성세항언 2

흐리멍덩한 세상을 깨우는 이야기

지은이 풍몽룡馮夢龍(1574~1646)

명나라 때의 문인으로 자는 유룡猶龍, 호는 용자유龍子猶, 고곡산인顧曲散人 등이다. 스물한 살에 생원이 되었으나 과거를 볼 경제적 여력이 없어 다른 과거 지망생을 가르치거나 수험서를 쓰면서 생활을 이어갔다. 교사이자 출판인, 문학가로 살면서 각각 40편의 단편소설을 수록한 대표작 '삼언', 즉 『유세명언』(1621), 『경세통언』(1624), 『성세항언』(1627)을 출간했다. 설화와 민요, 역사 기록 등을 소재로 쓴 백화소설 모음집인 삼언과 장편소설인 『평요전』, 『열국지』 등을 펴냄으로써 중국 소설의 토대를 마련했다는 평가를 받는다. 58세의 늦은 나이에 관직을 얻어 명왕조의 쇠락을 지켜보았고, 명나라가 멸망한 1644년에 명나라의 몰락을 기록한 『중흥실록』을 편찬하고 2년 후 그 자신도 생을 마감했다.

옮긴이 김진곤

1996년 서울대학교 중문과 대학원에서 『송원평화연구』로 박사학위를 취득했다. 중국 역사 서사의 유형과 특질에 관심이 많으며, 중국 고전 서사를 우리말로 옮겨 우리 삶에 재미와 자양분을 공급하는 작업을 하고 있다. 『중국 고전문학의 전통』, 『이야기, 小說, Novel』, 『강물에 버린 사랑』, 『중국백화소설』, 『도교사』, 『그림과 공연 - 중국의 그림 구연과 그 인도 기원』, 『유세명언』, 『경세통언』, 『성세항언』 등의 저서와 역서를 펴냈다. 한밭대학교 중국어과 교수로 재직 중이다.

성세항언
흐리멍덩한 세상을 깨우는 이야기 2

초판 1쇄 찍은 날 2025년 10월 24일
초판 1쇄 펴낸 날 2025년 10월 31일

지은이 | 풍몽룡
옮긴이 | 김진곤
펴낸이 | 김삼수
펴낸곳 | 아모르문디
등   록 | 제313-2005-00087호
주   소 | 서울시 마포구 월드컵북로5길 56 401호
전   화 | 070-4114-2665 팩 스 | 0505-303-3334
이메일 | amormundi1@daum.net

ⓒ 김진곤, 2025 Printed in Seoul, Korea

ISBN 979-11-91040-51-7 (04820)

책값 30,000원

이 책은 저작권법의 보호를 받는 저작물이므로 무단전재와 복제를 금지하며, 이 책의 내용 일부 또는 전체를 재사용하려면 반드시 저작권자와 출판사의 동의를 받아야 합니다.

흐리멍덩한 세상을 깨우는 이야기

성세항언 醒世恒言

2

풍몽룡 지음　김진곤 옮김

아모르문디

차례

장숙아가 양생을 구하다   7
— 張淑兒巧智脫楊生

여동빈이 황룡선사에게 한 수 배우다   31
— 呂洞賓飛劍斬黃龍

해릉왕이 황음으로 신세를 망치다   60
— 金海陵縱欲亡身

수양제가 방탕에 빠져 나라를 잃다   131
— 隋煬帝逸遊召譴

독고 진사의 기이한 꿈   163
— 獨孤生歸途鬧夢

설위가 물고기 꿈을 꾸다   209
— 薛錄事魚服證仙

이옥영이 억울함을 상소하다   247
— 李玉英獄中訟冤

선창에서 맺은 사랑   307
— 吳衙內鄰舟赴約

태학생 노남이 괘씸죄에 걸려들다   344
— 盧太學詩酒傲公侯

침상 밑에서 나온 의로운 협객   405
— 李汧公窮邸遇俠客

정 절도사가 신궁으로 공을 세우다　　458
― 鄭節使立功神臂弓

백옥 말 장식 덕분에　　493
― 黃秀才徼靈玉馬墜

얄궂은 농담이 큰 화를 부르다　　526
― 十五貫戱言成巧禍

그놈의 동전 한 닢 때문에　　554
― 一文錢小隙造奇冤

늙은 하인이 집안을 일으키다　　603
― 徐老僕義憤成家

채서홍이 모욕을 견뎌 원수를 갚다　　639
― 蔡瑞虹忍辱報仇

두자춘이 장안에 세 번 들어가다　　688
― 杜子春三入長安

이 도사가 홀로 운문에 들어가다　　730
― 李道人獨步雲門

왕 대윤이 보련사를 불태우다　　781
― 汪大尹火焚寶蓮寺

마당 신령이 왕발을 등왕각에 보내주다　　809
― 馬當神風送滕王閣

『성세항언』을 옮기고 나서・829

장숙아가 양생을 구하다

張淑兒巧智脫楊生
장숙아가 지혜를 써서 양생을 탈출시키다

자고로 재산은 생명을 겨누는 칼날,
지혜는 자신을 지켜주는 부적.
악랄한 중놈이 선비 목숨을 노리나,
현숙한 여인이 전도양양한 선비를 알아보네.
빡빡한 그물에서 삶을 건져낸 것이 바로 행운이라,
고생 끝에 행운이 찾아올 줄이야 누가 알았으리.
상소문이 받아들여지는 순간,
억울함이 풀리고, 은혜를 갚고, 선비 인품은 세상에 드러나네!

한편, 정덕正德 연간(1506~1521)에 한 선비가 있었으니 그는 성에서 치르는 과거에 급제한 거인이었다. 그의 성은 양楊, 이름은 연화延和, 별명은 원례元禮라. 원래 사천 성도부에 뿌리를 둔 그의 집안은 조상이 남직예 양주부에 벼슬살이하러 오는 바람에 양주부 강도현에 자리 잡게 되었다. 양연화는 새하얀 피부, 선홍색 입술, 시원한 이목구비, 마치 옥덩어리를 조각해놓은 것 같았으니 미남이라 소문난 배해裵楷1)나 왕연王衍2)이라 해도 명함도 못 내밀 정도라. 오직 양연화만이 외모와 분위기가 모두 멋들어진 진정한 미남이라는 소문이 돌았다. 게다가 그는 타고난 문학적 재주를 바탕으로 밤낮으로 열심히 공부했다. 고금의 고전을 한 번 손에 잡았다 하면 한 장 한 장 바로바로 넘겨 가며 쉬지 않고 읽으니 차 한 잔 마실 시간이면 책 한 권을 다 읽어버릴 정도였다. 사람들은 그걸 보고 양연화가 책을 한 장 한 장 쓱쓱 넘기기만 해놓고는 책 한 권 다 읽었다고 큰소리치는구나 생각했지만, 사실 양연화는 책에 나오는 한 글자 한 글자, 한 줄 한 줄의 의미를 모두 정확히 이해하고 머리에 담아둔 것이다. 문장을 지을 때면, 벼루를 준비하여 먹을 갈고 종이를 펼친 다음 붓에다 먹물을 찍자마자 일필휘지 쓱쓱 종이 위에 붓 가는 소리가 나면서 곧바로 써대는데 마치 한바탕 소낙비가 종이 위에 뿌리는 듯했다. 한 글자 한 글자가 다 비단결이라.

　　하늘에서 소낙비 내리듯 붓에서 글자가 떨어지네,
　　문장을 쓰니 귀신도 감동하여 눈물 흘리네.
　　보통 사람들이 감히 흉내 낼 수 있는 게 아니니,
　　종묘에 모실 귀중한 작품이라네.

---

1) 서진의 관료(237~291)로 풍채가 좋고 잘생겨서 마치 옥을 깎아 조각한 듯하다 하여 옥인이란 별명으로 불렸다고 한다.
2) 서진의 관료이자 정치가로 현학에 능했다(256~311). 특히 인물이 잘생겨 자공子貢에 비견되었다.

일곱 살 때 정자를 제대로 쓸 줄 알았고, 여덟 살 때 고시를 지을 줄 알았으며, 아홉 살 때 과거시험 답안용 문장을 지을 줄 알았으며, 10살 때 부학에 들어가 공부했으며, 바로 다음 해에 평가 시험에서 1등을 했다. 부모가 앞서거니 뒤서거니 세상을 떠나는 바람에 삼년상을 두 번, 육 년 동안 치렀다. 어려서 부모를 여의는 바람에 양연화는 정혼을 하지 못한 처지였다. 뜻을 세우고 열심히 공부한 덕분에 열아홉 살에 성에서 치르는 과거에 2등으로 급제했다. 자기가 1등 하지 못한 게 안타까워 세상에 나를 알아봐 주는 자가 없다며 탄식하면서 북경에서 치르는 다음 단계의 과거를 치르러 가지 않겠다고 했다. 친척 어른들과 친구들이 하나도 빠짐없이 어서 북경으로 과거 치르러 가라고 성화를 부렸다. 성에서 같은 해에 과거를 치렀던 동료 여섯 명도 하루가 멀다 하고 찾아와 자기들과 같이 북경으로 출발하자고 했다. 양연화가 비록 입으로 북경으로 과거 치르러 가지 않겠다고 하긴 했으나 그건 자기가 성에서 치른 과거에서 장원으로 급제하지 못하여 화가 나서 그렇게 말한 것일 뿐 출세하고자 하는 마음은 누구보다도 더했으면 더했지 덜한 게 아니었다.

그날도 동료들이 와서 같이 북경으로 가자고 권했다. 양연화는 권유를 받고 못 이기는 척 자기도 가겠다 하고는 짐을 꾸렸다. 그가 어려서 부모를 여의었으나 선친이 살림을 잘 건사해놓은 덕분에 물려받은 전답과 건물이 꽤 되었다. 양연화는 그중 한두 개를 팔아 북경 가는 노잣돈으로 삼았다. 함께 북경 가는 동료 여섯이 누구런가. 성이 초焦, 이름이 사제士濟, 별명이 자주子舟란 사람, 성이 왕王, 이름이 원휘元暉, 별명이 경조景照인 사람, 성이 장張, 이름이 현顯, 별명이 도백弢伯인 사람, 성이 한韓, 이름이 번석蕃錫, 별명이 강후康侯인 사람, 성이 장蔣, 이름이 의義, 별명이 예생禮生인 사람, 성이 유劉, 이름이 선善, 별명이 취지取之인 사람, 이렇게 여섯이었다. 이 여섯 명 가운데 장의, 유선 두 사람만 집안 형편이 좀 넉넉지 못했을 뿐 나머지 넷은 집안 형편이 넉넉했다. 특히 왕원휘는 재산이 백만금이나 되어서 그 고을에서 젊은 왕개王愷3)라 불렸다.

성에서 치른 과거에 합격하여 거인이 된 것만 해도 이미 충분히 자랑스러운 일이라 같은 해에 급제한 이 친구들이 기뻐 어쩔 줄 몰라 하는 것도 무리는 아니었다. 막 성에서 치른 과거에 합격한 그들이 대여섯 명의 하인을 거느리고 북경으로 출발했으니 그 기세가 참으로 대단했다. 그 모습이 어찌했던가? 자, 이걸 보시라.

날렵하고 매서운 눈매,
비단 바지, 화려한 저고리.
바람막이 대나무 모자 한들한들,
비 막이 옷은 번쩍번쩍.
옥 장식 재갈을 물고 있는 말,
버들가지 심어진 강둑에서 히잉히잉,
파란 휘장 친 가마,
눈 내린 봉우리 잔솔가지 헤치며 바퀴 굴리네.
오른쪽 어깨엔 활을 메었으니,
남자답기 그지없구나.
왼쪽 어깨엔 용무늬 화살통을 메었으니,
위풍당당하기 그지없구나.
채찍 들어 올려 달려 하고 외치니,
누가 감히 그보다 빨리 달리겠다 나서랴.

---

3) 서진西晉 시대의 외척으로 엄청나게 넓은 봉지와 천만금의 재산을 소유한 부자였다. 이후 석숭과 재산이 서로 많다고 자랑질한 일화가 유명하며, 석숭과 함께 부자의 대명사가 되었다.

무리 지어 달려가니,

마을 사람들 모두 놀라며 쳐다보더라.

정말로, 어딘들 말고삐 묶어둘 버드나무 없을 것이며,

사람 걷는 길이면 어느 길인들 장안에 닿지 않으랴!

그들이 거느린 하인들이란 비록 활을 메고 칼을 차긴 했지만 그걸 쓸 줄은 하나도 몰랐더라. 길 떠나는 사람에겐 '경험'이란 두 글자가 가장 중요할지라. 일거수일투족에 조심 또 조심, 절대 해서는 안 되는 것이 조금 편하겠다고 대충대충 하는 것. 산동 연주부 나루터에서 하인들이 각자 은 덩어리를 동전으로 바꿔 상자 안에 넣고선 말 등에 실었다. 동전 무게만으로도 말과 짐꾼이 휘청할 정도였다. 사람들은 상자 안에 있는 게 은인가보다 했지 그게 다 동전이란 걸 상상이라도 하겠는가! 하남부 영현을 7, 80리 눈앞에 두었을까. 길이 너무도 황량한데 멀리서 종소리가 유독 맑디맑게 들려왔다. 고개 들어 바라보니 멀리서 큰 사찰이 눈에 들어왔다.

굽이굽이 옹이진 푸른 소나무,

이무기가 똬리를 튼 것 같은 아름드리 잣나무.

천 길 낭떠러지 위에

높디 높이 자라고 있어라.

소리 내며 떨어지는 천 갈래 만 갈래 폭포수,

푸른 하늘에 진주와 옥구슬을 뿌리누나.

사찰 지붕 용마루에 앉은 이무기,

푸른 하늘에 머리를 디밀고,

새가 날갯짓하듯 날렵한 처마,

땅을 향해 내려온다.

높고도 웅장하다 구름에 걸린 궁궐인가,

멋지고 찬란하다 천상의 성채런가.

절 대문 위에는 '보화선사寶華禪寺'란 황금빛 네 글자가 새겨진 편액이 걸려 있었다. 며칠을 쉬지 않고 길을 달려온 이들은 대사찰을 보자 마음이 들떴다. 일제히 말을 세우고 마차에서 내려 안으로 들어가 좀 쉬고 싶었다. 나무 그늘진 좁은 길이 구불구불 이어지는데 길 양쪽에는 오래된 비석들이 어느 건 누워 있고 어느 건 제대로 서 있었다. 비석에 새겨진 글자도 거의 다 뭉개져 버렸더라. 자세히 들여다보니 당나라 개원開元 연간에 세워진 것 같았다.

젊은 중 녀석이 이들을 발견하고 나이 지긋한 스님에게 쪼로로니 알렸나 보다. 이들이 비석을 들여다보고 있으려니 나이든 스님 하나가 번쩍번쩍한 머리에 번들거리는 얼굴을 하고 그 젊은 중 녀석을 따라 나왔다. 그 스님은 선비들이 의관을 제대로 갖춰 입고 찾아온 걸 보더니 곧장 한 명 한 명에게 합장하면서 인사를 올리며 어디서 온 뉘신지 물어보고 나서 젊은 중 녀석한테 다과를 준비하라고 일렀다. 일행이 바로 스님에게 물었다.

"스님, 법명이 어찌 되시는지요?"

"소승은 오석悟石이라 하외다. 선비님들께선 무슨 연고로 이 누추한 절간을 다 찾아오셨소이까?"

"저희들은 지금 북경으로 과거시험을 치르러 가는 길이올시다. 지나가는 길에 이렇게 멋들어진 사찰을 발견하고서 차마 그냥 지나칠 수가 없었습니다."

"아이고 이런, 주지 스님께서 출타 중이신지라 선비님들을 대접하지 못하니 이 일을 어쩌면 좋을꼬!"

오석은 양연화 일행과 이런저런 이야기를 주고받고 나서 잠시 나가서 다과를 준비하라 시키더니 다시 돌아왔다. 오석이 살펴보니 일행의 짐 상자가 대단히 화려하고, 따라다니는 하인들도 많고, 의관도 엄청스레 화려했다. 오석은 양미간을 좁히며 한참을 생각에 잠겼다. 그는 아무도 몰래 웃음을 지으며 혼자 중얼거렸다.

'저놈들만 없애면 저 상자 안에 있는 건 다 내 것이 되는 거구먼. 이 궁벽한 절간에 저놈들이 찾아오다니 이게 다 하늘이 준 기회가 아니겠어! 눈앞에 있는 보물을 그냥 떠나가게 내버려 두는 건 예의가 아니지. 일단 저놈들을 붙잡아 놓고 난 다음 천천히 생각해 보자고.'

오석이 양연화 일행에게 말했다.

"선비 여러분, 소승이 할 말이 있소이나. 듣고서 너무 당돌하다고 여기지 마시기 바랍니다."

"걱정 말고 말씀하십시오."

"정말로 기이하게도 소승이 어젯밤에 꿈을 꾸었소이다. 하늘에서 큰 별이 소승의 절 뒤뜰에 떨어지더니 그게 푸른 바위로 변하는 거 아니겠소. 소승은 하늘이 이 누추한 절간에 귀인을 보내주시려나 보다 생각했소이다. 한데 오늘 과연 여러분이 이렇게 우리 절에 나타났소이다. 이번 과거의 장원은 틀림없이 여러분 일곱 명 가운데에서 나올 것이오. 여러 선비님들을 이 절간에서 모시기는 참으로 송구하나 소승이 꾸었던 길몽을 절대 무시할 수 없기에 여러 선비님들을 모시고 싶소이다. 선비님들은 소승의 정성을 외면하지 마시고 하룻밤 머물러서 길몽의 효험을 누리시기 바라외다. 다만 시골 절간이라 그저 푸성귀밖에 없어 여러 선비님들을 제대로 모시지 못하더라도 너무 꾸짖지는 마십시오."

양연화 일행은 별이 이 사찰의 뒤뜰에 떨어졌고 그건 자기들 가운데 한 명이 장원급제한다는 조짐이라 자기가 그 조짐의 주인공이 되고 싶어 당장 유숙하고 가겠노라 했다. 다만 양연화만큼은 뭔가 미심쩍은 마음을 감출 수 없어 일행에게 넌지시 말했다.

"황량하고 궁벽한 곳에 있는 사찰이라, 스님이 비록 겉으론 예의를 갖추는 듯하나 속마음은 누구도 헤아리기 어려운데 저 스님이 이렇게 우리를 극구 붙잡아 두려는 게 아무래도 뭔가 꿍꿍이가 있을 거 같아!"

"양 형은 세상을 너무 삐딱하게 보는 거 같아. 우리 일행은 하인들까지 다하면 무려 14명이나 되잖소. 이 촌구석의 중 하나를 못 당하겠소! 만약 양 형이 소지품이라도 잃어버리면 우리가 대신 보상해주겠소이다."

"여기서 3, 40리만 더 가면 따로 유숙할 데가 있으니 어서 서둘러 거기로 가는 게 좋을 것 같소이다."

한데, 일행 가운데에서도 특히 친한 사이인 장현과 유선이 나서서 오석 스님의 말에 너무도 들떠버려 그냥 이 절에 머물기를 바란지라 양연화에게 이렇게 말했다.

"이미 날이 다 저물었는데 또 어디를 간단 말이야. 다시 길을 더 가려는 게 그게 더 걱정이요. 기왕에 이렇게 절간에 들어왔으니 여기서 하루 머물고 내일 아침에 출발하는 게 그리 나쁜 선택은 아닐 것이오. 양 형이 꼭 마을 객점까지 가야겠다면 혼자서라도 출발하시오. 우리가 굳이 말리지는 않겠소."

오석이 눈치를 보니 일행이 서로 낮은 목소리로 뭔가 심각하게 이야기하는데 양연화는 어서 길을 떠나자 하고 다른 일행은 그냥 여기 머물고 싶어 하는 거였다. 오석이 양연화에게 말했다.

"선비님, 여기서 10리쯤 떨어진 곳에 황니패라는 곳이 있는데 강도들이 득실댑니다. 게다가 지금은 날까지 저물었으니 어떤 일이 생길지 장담할 수가 없습니다. 선비님 같은 귀하신 분은 그래도 이 절간의 방에서 주무시고 내일 아침 일찍 출발하는 게 나을 것입니다. 조금 일찍 가시려다 큰일을 당하시면 어떻게 하시려고요."

다른 일행이 계속 붙잡고 오석도 계속 호의를 보이고 게다가 수행하는 종놈도 절간에서 따듯한 차를 마시더니 더는 길을 가고 싶지 않았던지 양연화에게 이렇게 아뢰는 것이었다.

"스님께서 날 저물면 황니패를 건너기가 너무도 위험하다 하시니 여기서 하룻밤 지내는 게 좋을 것 같습니다요."

양연화가 보기에 하인 녀석의 말도 나름대로 일리가 있는지라 그렇게 하기로 했다. 일행은 일단 짐을 풀고 내일 아침 다시 출발하자 했다.

오석은 양연화 일행이 자기 계략에 말려든 걸 보고는 속으로 쾌재를 불렀다. 황급히 술자리를 마련하게 하고 불목하니를 시켜 닭을 잡고 생선을 찌고 하여 있는 요리 없는 요리 모두 다 만들어내게 했다. 아니 절간에 무슨 닭이야 생선이야 있냐고? 사실 이 오석이란 중놈은 워낙 수단이 좋은 놈이라서 자기 거처에서 닭이랑 거위랑 뭐 그런 것들을 다 기르고 있었다. 하기에 그런 걸 잡아서 요리하는 데 그다지 시간이 많이 걸리지도 않았다. 불당 옆, 복도를 따라 돌아가면 세 칸짜리 손님방이 있었다. 일자로 쭉 일곱 개 앉는 자리가 있었고 그 아래쪽에 협탁 같은 게 하나 있어서 총 여덟 자리가 있었다. 그 배치가 매우 정돈되어 보였다. 오석이 잔을 들고 자리에 앉았고 일행도 서로 나이 순서로 자리에 앉았다. 술을 몇 잔 마시고 난 다음, 장현이 먼저 입을 열었다.

"여보게들, 우리 술 마시면서 주사위 놀이 정도는 해줘야 재미있지 않겠소!"

유선이 오석에게 물었다.

"스님, 여기에 주사위가 있습니까?"

"있다마다요."

오석은 곧장 불목하니를 불러 주사위와 주사위 판을 가져오게 하고는 술잔에 술을 가득 부어 맨 처음 주사위를 던지는 초사제에게 건넸다. 초사제는 마다하지 않고 그 잔을 받아 단숨에 들이켜고 주사위를 던졌다. 이렇게 한 번씩 쭉 주사위를 던져서 가장 높은 수가 나온 사람이 선을 잡는 거였다. 한 번씩 잽싸게 주사위들을 던졌다. 일행은 술이 특별히 맛있다며 잔을 입에 대자마자 바로 털어 넣었다. 이 술이 보통 술이 아니렷다. 오석이 일행을 마취시켜 버리려고 술을 거를 때 특별한 향료를 섞고 미혼약을 넣었으니 술 색깔이 특별히 더 진하여 마치 호박 보석 색깔 같았다. 입에 대면 향기는 특히 더 좋았다. 일행은 그 술을 진탕 마셔대더니 마침내 정신이 다 나가버리고 사지가 흐물흐물해지고 말았다.

이 일행은 과거를 치르러 길을 나선 후로 세상의 온갖 술을 다 맛보았더라. 맹물같이 밍밍한 술, 탕약처럼 쓴 술, 오줌같이 텁텁한 술, 한데 오늘 밤 마신 술은 술맛 자체가 입에 착착 감기고 분위기까지도 너무 신나서 누구도 사양하지 않고 부어라 마셔라 했던 것이라. 오석은 젊은 중한테는 저 일행의 하인들을 대접하라 하고 불목하니에게는 마부와 가마꾼들을 대접하라 했으니 주인이고 하인이고 할 것 없이 다 술에 떡이 되어버렸다. 오직 양연화만 술을 한 모금 마셔보고는 맛이 지나치게 달고 정신이 알딸딸해지는 걸 보고는 속으로 혼자 이렇게 생각했다.

'아니, 이런 절간에 어찌 이리 좋은 술이 다 있단 말이냐! 게다가 정신까지 혼미하게 만들다니 뭔가 꿍꿍이가 있는 게 틀림없다.'

양연화는 즉시 임기응변 꾀를 내어 배가 아프다 핑계 대고 더는 술을 마시지 않았다. 다른 사람들은 그 속뜻도 모르고 말했다.

"먼 길 오느라 오한이 들었나 보네. 얼큰하게 술 마시면 바로 나을 건데 왜 술을 사양하는 거야?"

다들 양연화에게 술을 권했다. 오석이 양연화에게 말했다.

"양 선비님, 이 술은 소승이 직접 머리맡에서 3년 숙성시킨 것으로 소승 역시도 감히 함부로 마시지 않았던 것입니다. 오늘 선비님들이 오셔서 특별히 개시한 겁니다. 선비님이 배가 아프신 거는 틀림없이 오한이 들어서라. 이 큰 잔으로 쭉 들이켜시면 바로 회복하실 겁니다요."

양연화는 오석이 극구 술을 권하는 게 외려 더 이상하여 한사코 술을 마시지 않았다. 일행이 말했다.

"양 형, 왜 이리 분위기를 깨고 그러시나! 우리 한번 제대로 마셔보자고. 정성껏 권하는 스님의 마음을 거절하면 쓰나."

오석은 일행이 앉아 있는 쪽으로 다가와 자기도 자리를 잡고 술잔을 권하면서 양연화를 절대 놔주지 않겠다는 기세였다. 오석이 속으로 혼자 생각했다.

'이놈이 대체 왜 이리 술을 안 마시려고 하지? 하긴 한 놈이 정신 말짱한 채로 절간 밖으로 나간다고 뭐 대수겠어!'

양연화가 말했다.

"스님, 챙겨주시는 마음이야 감사합니다만 저는 정말로 술을 못 마시겠습니다."

오석은 다른 사람들에게만 죽자고 술을 권했다.

한편, 젊은 중이 하인들에게 짐을 챙기게 하고는 절간의 방으로 안내하니, 하인들은 각자 잠자리를 정돈하고 자기 주인의 이부자리를 깔아두었다. 일행은 술을 마시고 나서 누구는 수석합격, 누구는 차석합격이니 하며 서로 왁자지껄 떠들면서 방으로 들어와 옷도 벗지 않고 씻지도 않고 고개를 처박고는 바로 곯아떨어졌다. 코 고는 소리가 벼락 치는 듯 들렸다. 하인들도 젊은 중에게 술대접을 받으니 죽을 둥 살 둥 모르고 벌컥벌컥 마셔 마침내 눈알이 다 풀리고 손발의 힘이 쑥 빠져서는 그냥 쓰러져버렸다. 오석은 왜 술에 취하지 않았을까? 오석은 불목하니에게 일행들이 마시는 술과 색과 향이 같으면서도 잘 취하지 않는 술을 따로 준비하게 하여 그걸 따라 마셨다. 일행이 직접 따라 주면 어쩔 수 없이 마셨으나 자기 방으로 돌아가 숙취해소탕을 마시곤 했다. 일행과 일행의 하인들이 모두 술에 곯아떨어지자 이 중놈들은 오도독 손을 꺾으면서 일을 시작하려고 했다. 오석이 말했다.

"이런 일은 때가 중요한 거야. 때를 놓치면 안 된다고. 저놈들 술기운이 빠지면 일이 힘들어져."

오석이 분부하니 각자 날카로운 칼을 챙겨 들고 살금살금 그들이 자는 방으로 다가갔다. 잠시 방 안의 기척을 살피고 나서 문을 열려고 하는데 사천 출신 중, 법명이 각공覺空이라는 자가 오석에게 소곤댔다.

"저 먹물들이야 별로 힘들지 않을 것이니 먼저 하인 놈들을 처치하고 나서 저 먹물들을 처치합시다요. 풀을 베어도 뿌리까지 다 뽑아버리라고 하지 않습니까."

"그 말이 맞네."

그들은 하인이 자고 있는 방문을 열고 들어가 머리가 보이는 대로 베어버렸다. 술에 나가떨어진 놈들을 베는 게 마치 무를 베는 것과 같았다. 피가 사방으로 흘러넘쳤다.

한편, 양연화는 아무래도 미심쩍은 게 많아서 옷도 벗지 않고 그냥 자리에 누웠다. 양연화가 죽을 운명이 아니었는지, 누워도 잠이 오지 않았다. 귀를 기울여보니 밖은 쥐 죽은 듯이 조용하고 아무런 소리도 들리지 않았다.

'이 중놈들이야 산에서 자기들끼리 사는 처지라 잔치 벌이고 나면 남은 음식 다 걷어서 자기들끼리 먹을 것인데. 하다못해 자리 정리하고 설거지라도 할 텐데 왜 이리 조용하지!'

잠시 후 창문 밖에서 사람들 발자국 소리가 들리고 소곤대는 소리가 들리니 더더욱 뭔가 의심이 일어났다. 밖에서는 아얏, 아얏 하는 소리, 뭔가 정체를 알 수 없는 소리가 들려왔다. 너무도 불안해진 양연화는 자리에서 벌떡 일어났다.

'아이고, 큰일 났다. 저 중놈의 계략에 말려들었구나.'

발자국 소리가 점점 가까워지는 걸 느끼고는 술 취한 일행을 흔들어 깨웠지만 꿈쩍도 하지 않았다. 나무토막처럼 움직이지 않는 놈도 있고, 홍얼홍얼 잠꼬대해대는 놈도 있었다. 양연화가 일행을 깨우는 사이 덜커덕하면서 방문 자물통을 열고 삐그덕 문을 여는 소리가 들려왔다. 이제 일행을 챙길 계제가 아니었다. 궁하면 통한다고 주위를 둘러보니 뒤쪽 창문이 눈에 들어왔다. 얼른 창문을 통해 빠져나왔다. 뒤뜰에 큰 나무 한 그루가 있기에 황급히 기어 올랐다. 몰래 살펴보니 머리 깎은 중놈과 속세 사람이 섞여서 방 안으로 들어와 날카롭게 벼린 칼로 일행의 목을 닥치는 대로 베었다. 양연화는 자기 일행이 하나도 남김없이 목이 베이는 걸 보고는 가슴이 두근거리고 간이 콩알만 해졌다. 담 밖에 물이 있는지 진흙더미가 있는지 살필 겨를도 없이 일단 밖으로 뛰어내렸다. 담 밖은 가시덤불이었다. 여기서 어찌 좀 숨어 있을까 했으나 뒤쪽 창문을 닫지 않고 그냥 몸만 빠져나온 게 생각났다. 중놈들이 필시 쫓아올 것이라 이곳이 절대 안전할 것 같지가 않았다. 있는 힘껏 덤불을 헤치고 나가려니 온몸이 피투성이라. 겨우겨우 몸을 빼내어 잽싸게 도망쳤다. 덤불 밖은 황량한 벌판 흙길이라 양연화는 뛰다시피 도망쳤다. 2, 3리 정도 갔을까, 하늘과 땅이 모두 컴컴한데 음산한 기운을 품은 바람이 쏴쏴 불어왔다. 돌보는 사람 하나 없는 주인 없는 무덤들이었다. 그곳을 지나니 외딴집 하나가 보였다. 문틈 사이로 빛이 새어 나왔다. 양연화는 바로 이런 생각을 했다.

'내가 지금 기진맥진, 더는 걸을 수도 없구나. 이 집에는 그래도 불빛

이 새어 나오니 하룻밤 재워달라 하고 그다음 일은 나중에 생각하자.'

청룡과 백호가 함께 길을 가고 있으니,
길할지 흉할지 전혀 알 수가 없구나.

양연화가 조심스레 문을 두드렸다. 쉰 살쯤 되어 보이는 아주머니가 등불을 들고 나와 문을 열고는 양연화를 보고 물었다.
"밤늦어 사람 발자국도 다 끊어진 이 시각에 어인 일로 문을 두드리시오?"
"이렇게 늦은 시각에 문을 두드렸으니 실례가 많습니다. 하도 위급한 상황이라 아주머님의 도움을 청해야 할 것 같습니다. 하룻밤만 묵어가게 하여주십시오."
"여자 혼자 사는 처지라 길손을 묵어가라 하기 힘들겠소이다. 게다가 길손은 짐도 하나 없고 수행하는 하인조차 안 보이니 전혀 길손 같지가 않소이다. 누군지도 모르는 길손을 재워주기는 정말 어렵겠소이다."
양원화는 혼자서 생각에 잠겼다.
'그래, 기왕에 이렇게 된 마당에 이 아주머니한테 모든 걸 털어놓는 게 낫겠다.'
양연화가 아주머니에게 말했다.
"기왕에 아주머니를 만났으니 내가 모든 걸 숨김없이 말하리다. 소생은 성은 양이라 하고, 양주 사람입니다. 과거를 보러 북경으로 가다가 이곳을 지나게 되었는데 보화사의 중이 하도 우리한테 하룻밤만 자고 가라고 붙잡더이다. 그 중놈이 흑심을 품고서 소생과 같이 과거 보러 북경 가는 동료 예닐곱 명을 엄청나게 술 먹이고 취하게 하고는 모두 목을 베어버렸지 뭡니까. 오직 소생만 술에 취하지 않은 덕에 다행히도 이렇게 도망칠 수 있었습니다."

"아미타불. 아니 어떻게 그런 일이 다 있을 수 있단 말이오!"

"만약 믿지 못하겠다면 소생의 얼굴에 묻은 핏자국을 보십시오. 소생이 보화사 뒤뜰에 있는 큰 나무 위에 올라가 담 밖으로 뛰었더니 아뿔싸 가시덤불 사이에 떨어져 그걸 헤치고 나오느라 얼굴이 온통 찔리고 생채기가 나고 피가 나서 그런 거라오."

그 아주머니가 양연화의 얼굴을 자세히 살펴보니 과연 얼굴에 온갖 생채기가 나 있었다.

"아이고, 우리 선비님한테 진짜 그런 일이 있었나 보네. 이 아주머니가 재워줘야지. 나중에 과거에 급제하걸랑 이 아주머니를 보살펴줘야 한다고. 그래야 서로 공평하지 않겠어!"

"아이고 정말 감사합니다. '한 사람 살려주는 게 칠층탑 짓는 것보다 더 낫다'는 말도 있지 않습니까. 문은 제가 달겠습니다. 아주머니, 어서 안으로 들어가서 주무셔요. 저는 여기서 잠시 눈 좀 붙이고 날이 밝는 대로 떠나겠습니다."

"선비님 편하실 대로 하시구려. 저 대문이야 뭐 이 아주머니가 알아서 달을 거니까 선비님이 굳이 신경 쓸 필요 없소이다. 이 누추한 집에 북경으로 과거시험 보러 가는 선비가 찾아오네그려. '귀중한 손님이 찾아오시면 장작이 3천 근, 쌀이 8백 근 생길 운세'라는 옛말도 있지 않소. 이 아주머니의 이모가 앞마을에서 술장사를 하니 얼른 가서 술 한 병 받아와 선비님의 놀란 가슴을 진정시켜줘야죠. 게다가 이불도 없이 냉골에서 어찌 그냥 자려고요?"

양연화는 환란에서 빠져나왔다는 생각에 놀랍고도 또 기쁜지라 고마운 마음에 이렇게 말했다.

"아주머니, 저를 재워주시는 것만으로 이미 큰 은혜를 베푸시는 건데 술까지 주신다니 이 은혜를 어찌 다 갚지요? 소생, 나중에 출세하게 되더라도 아주머니의 이 큰 덕은 결코 잊지 않겠습니다."

"선비님은 잠시만 편히 앉아 계셔요. 제 딸년을 여기 오라고 해서 잠시 말벗이라도 되어드릴 터이니 그사이에 내가 잠시 다녀오리다. 제 딸년이 오면 대문을 잠그시고요. 내가 술을 사 가지고 돌아올 터이니."

그 아주머니는 딸내미에게 몇 마디 당부하더니 술병을 들고 문을 나섰다. 이 이야기는 여기서 그친다.

한편, 아주머니의 딸은 양연화를 꼼꼼하게 살펴보더니 뭔가 아쉬운 듯한 표정을 지었다. 양연화가 물었다.

"아가씨, 올해 나이가 어떻게 되시오?"

"열셋입니다."

"무슨 이유로 소생을 그렇게 뜯어보신 거요?"

"소녀가 보기에 선비님은 용모도 당당하고 똑똑하고 영리해 보이는데 어쩌다 그런 환난을 당했나 싶어 자세히 살펴본 것입니다. 선비님이 책을 많이 읽으셨으나 세상 물정에 어두우신 게 안타까울 따름입니다."

"아니, 아가씨가 그런 말을 하는 이유가 뭡니까? 소생은 정말로 궁금하외다."

"우리 어머니가 처음에 왜 선비님을 재워주지 않으려 했는지 짐작이 되시나요?"

"여자만 사는 집이라서 늦은 밤에 외간 남자를 들일 수가 없어서 아니겠소."

"선비님이 환난을 당했다는 말을 하자 우리 어머니가 선비님을 붙잡아 두려고 한 이유는 짐작되시는지?"

"그야, 어머니께서 소생을 불쌍히 생각하여 그렇게 하신 거겠지요."

"하하, 처마 아래에 제비집 짓고서 그걸 노리는 족제비가 있는 걸 모르는 격이네요."

양연화는 더욱 알다가도 모를 일이다 싶어 물었다.

"설마 어머니가 나를 노린다는 말이오? 나는 지금 달랑 몸뚱이 하나뿐이고 가진 거라고는 아무것도 없는데 나를 노려서 무슨 이익됨이 있다고. 아가씨, 소생이 끈 떨어진 연 신세라고 날 가지고 놀리는 거요?"

"지금 이 집이 누구 집이며, 우리 집 살림하는 돈이 어디서 나오는지 짐작이나 하시는지요?"

"아니 무슨 그런 이상한 말을 다 하시오! 아가씨 집안일을 소생이 어찌 알겠소이까?"

"소녀는 성이 장가입니다. 오빠가 하나 있는데 장소을이라고 하죠. 어머니가 입양한 아들이죠. 여기서 멀지 않은 곳에서 장사를 하는데 그 밑천이 바로 보화사 오석 스님한테서 나온 거라고요. 이 집도 보화사에서 지어준 것이고요. 오늘 오빠가 장사를 마치고 집에 돌아와서는 보화사에 들어가 벌어들인 돈을 갖다줄 거라더군요. 그래서 지금 오빠가 집에 없는 거라고요. 만약 오빠가 선비님을 보면 가만두지 않을 겁니다."

양연화가 생각해보았다.

'방금 중들이 일행을 죽일 때 속인이 한 명 보이던데 그자가 바로 이 아가씨의 오빠겠구나.'

양연화가 아가씨한테 물었다.

"아가씨 어머니와 보화사 중들이 한통속이라면서 어머니는 어째서 나한테 술을 다 사준다고 하시는 거요?"

"무슨 술을 사러 갔겠어요! 술 사러 간다고 핑계 대고 보화사 중들한테 선비님이 찾아온 거를 알려주려고 하는 거죠. 보화사 중들이 들이닥치면 선비님의 목숨도 이제 끝이겠네요. 선비님이 재주와 용모가 출중하여 제가 이렇게 알려드리고 이 위기에서 어서 빠져나가라고 하는 거죠."

양연화는 너무도 놀라 등에서 식은땀이 흘러내렸다. 양연화는 어서 일어나 도망치려 했다. 소녀가 그런 양연화를 막아섰다.

"선비님이 지금 도망가는 거야 어렵지 않으나 제 어머니가 워낙 악독하신 양반이라 집에 돌아오셔서 선비님이 안 보이면 소녀가 선비님한테 비밀을 누설한 거로 알고 소녀를 가만두지 않을 겁니다. 제가 그걸 어찌 견디겠습니까!"

"그런 고초를 견뎌야 함에도 소생을 구해주고자 하시다니요. 이 은혜는 평생 잊지 않겠소이다."

"소녀에게 생각이 있습니다. 어서 밧줄로 나를 기둥에 묶은 다음 여기를 빠져나가도록 하십시오. 그럼 나는 어머니한테 살려달라고 소리를 칠 겁니다. 어머니가 돌아오면 선비님이 저를 억지로 범하려고 기둥에 묶었으나 내가 하도 소리치고 반항하니 선비님이 어머니한테 걸릴까 걱정되어 그냥 도망쳤다고 할 겁니다. 그러면 아마도 제가 크게 벌 받지는 않을 것입니다."

소녀는 함에서 은을 한 덩어리를 꺼내어 양연화에게 주었다.

"이건 보화사 중이 우리 집에 준 밑천입니다. 어머니가 어쨌냐고 물어보시면 제가 알아서 잘 대답할 것입니다."

양연화는 사양하고 받지 않으려 했으나 노자가 한 푼도 없는 상황이라 받지 않을 도리가 없었다. 소녀를 밧줄로 묶으면서 생각했다.

'이 소녀는 지혜롭기도 하고 어질기도 하구나. 내 생명을 구해준 이 은혜는 내 잊지 않으리. 내가 이 소녀와 스스로 가약을 맺고 언젠가는 아내로 삼으리라.'

양연화가 소녀에게 물었다.

"나는 성이 양, 이름은 연화, 별명은 원례라 하오. 나이는 열아홉 살이라오. 양주부 강도현 출신이외다. 어려서 부모를 여의고 아직 장가를 가지 않았소이다. 그대가 나의 생명을 구해주었으니 나는 그대와 부부의 인연을 맺고자 하오. 내가 나중에 꼭 그대를 데려갈 것이오. 그대의 의향을 어떠하오?"

"소녀의 이름은 숙아淑兒라고 합니다. 나이는 열셋, 만약 선비님이 저를 버리지 않으신다면 저는 평생 선비님을 모시고 살겠사옵니다. 다만 한 가지, 소녀의 어머니가 평소 보화사 스님의 보살핌을 받고 살아왔는지라 소녀 역시 보화사와의 인연을 하루아침에 싹둑 잘라버릴 수는 없습니다. 나중에라도 이 때문에 너무 괘념하지 마시기 바랍니다. 시간이 없습니다. 지체하지 말고 어서 떠나십시오."

양연화는 대화를 마치고 바로 밖으로 달려나갔다. 문밖으로 나가기가 무섭게 뒤쪽에서 한 무리의 사람들이 횃불을 들고 벌떼처럼 달려오는 게 보였다. 양연화는 걸음아 날 살려라 하며 고개도 돌리지 않고 앞만 보고 달렸다.

여기서 이야기는 둘로 나뉜다. 그 아주머니가 길을 안내하고 사천 출신 각공이 몽둥이를 들고 앞서고 오석이 그 뒤를 따랐다. 장소을을 포함하여 모두 20여 명이 씩씩거리며 그 아주머니 집으로 달려왔다. 장숙아는 인기척이 들리자 대성통곡을 했다. 아주머니가 집 안으로 들어와 보니 그놈의 양가놈은 보이지 않고 자기 딸년이 기둥이 묶여 있으니 너무도 깜짝 놀랐다.

"아니 네가 왜 거기 묶여 있는 거냐?"

장숙아가 울면서 대답했다.

"어머니가 집을 나선 다음에 그놈이 저를 억지로 범하려고 하기에 제가 끝까지 버텼더니 글쎄 저를 이렇게 밧줄로 묶어버렸습니다. 제가 길길이 소리를 지르고 반항하니 그냥 도망치려고 하다가 다시 돌아와 노자를 내놓으라고 하기에 제가 없다고 버텼더니 제멋대로 함을 뒤지더니 뭔가를 찾았는지 밖으로 달려나갔습니다."

아주머니가 장숙아의 말을 듣곤 마치 꽁지 빠진 새처럼 아무 말도 하지 못했다. 그러다 갑자기 함을 열고 살펴보니 은 덩어리가 사라져 버렸는지라 이렇게 소리를 쳤다.

"아니 어째 이런 일이! 내가 스님한테 받은 돈인데 그걸 그놈한테 뺏기다니!"

중놈들은 양연화가 보이지 않자 즉시 밖으로 나가 뒤쫓고자 했으나 대체 그놈이 어느 방향으로 갔는지 알 길이 없었다. 한참을 그렇게 헤매다가 입맛만 다시고 다시 절로 돌아갔다. 그러면서 이렇게 중얼거렸다.

"뱀을 건드리기만 하고 죽이지 못했으니 필시 후환이 있으렷다!"

하나 그들한테 지금 뾰족한 수가 없으니 어쩌랴. 그들은 일단 자신들이 죽인 시체를 뒤뜰에 묻었다. 일행이 지니고 있던 상자를 열어보니 동전이 가득 들어 있었다. 은자는 8, 9백 냥 정도 되었다. 그중에 일부를 각공에게 나눠주고 나머지 중과 불목하니에게도 나눠주고 장소을에게도 나눠주었다. 중놈이든 속인이든 막론하고 그걸 받고는 다들 좋아 죽을 지경이었다. 나머지 부스러기는 아주머니에게 주었다. 입막음용이기도 하고 양연화에게 도둑맞은 본전을 보상해주고자 함이었다. 그러나 예전과 마찬가지로 그건 그냥 주는 게 아니라 빌려주는 것이었다.

한편, 양연화는 그 아주머니 집에서 도망친 다음 어둠 속에서 왔다 갔다 헤매다 보니 어디 가지도 못하고 그냥 그 자리였다. 기진맥진하여 다 쓰러져가는 사당으로 기어들어 갔다. 하늘이 희부윰하게 밝아오자 다시 걷기 시작하여 영현까지 나아갔다. 성문 안으로 들어섰더니 한 노인장이 연거푸 소리치는 것이었다.

"아이고 우리 조카, 성에서 치른 과거에 급제하여 거인이 되었다며? 축하하네! 한데 어째서 혈혈단신으로 북경에 회시를 치르러 가는 건가?"

여러분, 이 노인장이 누군지 아는가? 양연화의 숙부 양소봉楊小峰이렷다. 양소봉은 북경에서 장사를 하는데 물건을 팔러 나와 하간부를 지나 산동에 이르렀다. 이렇게 뜻하지 않게 조카를 만났으니 얼마나 기뻤으랴. 양연화는 막다른 골목에서 숙부를 만난 격이라. 보화사에서 수난을 당한 일이며, 아주머니 집에서 도망친 일을 일일이 말씀드렸다. 양소봉이 너무도 놀라더라. 양소봉이 양연화의 손을 잡고서 객점으로 이끌고 가서 밥을 먹이고 자기가 데리고 다니던 아삼을 양연화에게 붙여주고 시중들게 했다. 백은 120냥을 주고, 마차와 마부를 건사해주고는 양연화를 북경으로 모시고 가게 했다.

뼛속까지 파고드는 찬바람을 겪지 않고서,
코로 밀려오는 매화 향기를 어찌 맡을 수 있으랴!

양원화는 양소봉과 작별하고 북경에서 회시를 치러 2등급으로 합격했다.

'아깝구나. 내가 1등급을 놓치다니! 그래도 여하튼 합격은 했구나. 장숙아와의 약속을 지킬 수 있고, 억울하게 죽은 자들의 한을 풀어줄 수 있겠구나.'

어전에서 치르는 최종 시험에서 1등급 3위의 성적으로 합격하여 한림원에 자리를 잡았다. 같은 해에 회시를 치른 서유경舒有慶과 각별히 친하게 지냈다. 서유경의 아버지 서정舒珽이 마침 산동 감찰사를 맡고 있었다. 양연화가 자기랑 같이 북경으로 회시를 치러 가다가 봉변을 당한 여섯 동료와 하인들이 떼죽음을 당한 사정을 서유경에게 상세하게 이야기해주었다. 서유경이 이를 다시 자신의 아버지에게 이야기하니 서유경의 부친은 현령에게 명하여 보화사의 중놈들을 모조리 잡아들이라 했다. 오석, 각공 두 중놈을 심문하니 자신들이 살인을 저지른 자초지종을 모조리 불었다. 그놈들을 끌고 보화사의 뒤뜰로 가서 현장을 검증했다. 즉시 중놈들을 감옥에 처넣었다. 장소을은 병들어 이미 저세상으로 떠난 후였다. 서정은 즉시 문서를 닦아 보화사를 없애버리고 중들을 모두 처형하고 그 자리에 비석을 세워 후세에 경계로 삼자고 하니 고을 사람들이 한결같이 칭송해 마지않았다. 나중에 양연화가 휴가를 신청하고 그 보화사 터에 들러 자신의 일행 여섯 명을 애도하는 시를 지었다고 하는데 그 이야기는 따로 하지 않겠다.

한편, 장숙아의 어머니는 본디 보화사 중의 심복이었으나 보화사가 완전히 폐쇄되어 버렸다는 소식을 듣자마자 아이고 어서 도망쳐야겠구나 생각했다. 이를 보고 장숙아가 생각에 잠겼다.

'내가 만약 어머니를 따라가게 되면 나중에 양 선비님이 나를 어떻게 찾지?'

바로 이때 한 노인네가 헐레벌떡 뛰어와 물었다.

"이 집이 장씨 댁이오?"

장숙아의 어머니가 대답했다.

"죽은 내 남편이 장가이긴 합니다만."

"댁의 따님 이름이 숙아가 맞소이까?"

"아니 내 딸년의 이름을 어찌 아시오?"

"나는 양주 출신 양소봉이라오.. 나한테 양연화라는 조카가 있는데 성에서 실시하는 과거에 합격하여 거인이 되어 북경으로 회시를 치르러 갈 때 이곳을 지나게 되었다고 합니다. 한데 보화사의 중을 만났다가 그 중놈이 악심을 품고 내 조카의 동료 여섯과 하인들을 죽여 버렸다고 합니다. 내 조카는 천행으로 목숨을 건지고 회시를 치를 수 있었고 3등의 성적으로 급제했습니다. 아주머니의 따님이 내 조카의 목숨도 구해주고 거기에 더하여 노자까지 챙겨주었다고 합니다. 내 조카가 특별히 저에게 아주머니의 딸에게 청혼하여 달라고 부탁했습니다."

장숙아의 어머니는 그 말을 듣고 너무도 놀라서 한참 동안 아무런 말도 하지 못했다. 장숙아는 어머니가 놀라서 아무 말도 하지 못하는 걸 보고 당장 달려가서 어머니를 방 안으로 모시고 들어왔다.

"어머니, 사실은 소녀가 그날 밤 양연화를 살펴보니 용모가 출중하고 나중에 필시 귀하게 될 관상이라, 차마 그냥 죽게 놔둘 수가 없어 노잣돈을 챙겨주고 도망치게 도와주었습니다. 양연화가 그런 저를 보고 감격하여 저와 평생을 맹약했습니다. 그때 제가 '제 어머니는 평생 보화사 스님의 보살핌을 받았는지라 선비님이 집에 찾아왔음을 보화사 스님에게 알리지 않을 수 없었을 것입니다. 그걸 너무 원망하지 마시기 바랍니다'라고 말한 바 있습니다. 그 선비 역시 그러마 했으니 너무 염려하지 마시기 바랍니다."

양소봉이 장숙아 모녀를 데리고 양주로 가서 방을 얻어 살면서 양연화가 금의환향하기를 기다리다가 양연화가 돌아오자마자 바로 혼례를 치르게 했다. 장숙아의 어머니는 감히 양연화를 마주할 엄두를 내지 못했다. 장숙아가 어머니를 대신하여 양연화에게 몇 번이고 사죄하니 그제야 비로소 얼굴을 볼 엄두를 내었다. 장숙아 어머니가 양연화 앞에서 벌벌 기자 그걸 본 양연화가 일으켜 세우고 절을 올렸다. 양연화는 지난 일을 한마디도 입에 올리지 않았다.

양연화와 장숙아 사이에 태어난 아들이 나중에 신미년(1571) 과거에 장원급제했다. 양연화 가문은 자자손손 번성했다. 양연화가 그날 밤 도망치지 못했다면 어찌 장숙아 같은 여자를 만날 수 있었으리! '부부의 인연은 하늘이 정하는 것'이라는 말이 정말 맞는 말이렷다. 이를 증명하는 시가 한 수 있구나.

북경으로 회시를 보러 가다가 강도를 만났네,

환난에서 빠져나올 수 있었던 것은 오롯이 여장부 덕이라.

포기하지 말지라, 최후의 한 수가 꼭 있을지니,

쉬 포기하고 나중에 후회하지 말지라.

여동빈이 황룡선사에게 한 수 배우다

呂洞賓飛劍斬黃龍

여동빈이 칼을 날려 황룡선사를 베려 하다

창오에서 잠을 자고,

날 밝으니 봉래섬에 놀러가네,

낭랑한 노랫소리 동정호를 지나네.

악양루에서 술 한잔 들이켜고,

옥산을 베개 삼았으니,

나 편하게 잠들도록 건드리지 마시게나.

들고남에 흔적도 없고,

오고감에 정처 없으니,

미치광이인가, 속세를 떠난 자인가.

몸에 지닌 건,

활 하나, 칼 한 자루,

나는 구름과 안개를 팔고 돌아다니는 장사꾼.

인간 세상을 여러 해 동안 떠돌아다니다,
동화東華1)의 잔치에 초대받기도 했다네.
옥루를 무너뜨리고,
기이한 나무를 심고,
황하 물을 빼고,
황금 연꽃을 심었다네.
산호를 부수고,
북해로 날아가,
옥황상제 어전에 머리 조아렸지.
세상에 뭐 어려운 일 있으랴,
끝없는 수련을 하여,
온 세상을 주유하리라.

위에 인용한 것은 「심원춘沁園春」이란 사다. 이 세상을 주유하며 살았던 신선이 지었다. 그 신선이 누구냐고? 성은 여呂, 이름은 암嵒, 별명은 동빈이라. 신선계에선 그를 순양자純陽子라 불렀다. 인생이 일장춘몽임을 깨닫고 종리 선생을 따라 종남산에서 도를 배웠다. 하루는 여동빈이 스승에게 물었다.

"제가 스승님께 도를 배워 세속을 초탈하고 불로장생하는 비결을 얻었습니다. 우리의 도가 돌고 돌다가 마침내 사라지는 날이 있을까요?"

"어찌 끝나는 날이 없겠는가. 모든 것이 뒤엉켜 세상이 열린 이래 작은 한 겁의 시간, 12만 9천 6백 년이 지나자 세상이 가지런해지고 성현

---

1) 동왕공東王公 혹은 동화제군東華帝君이라고도 불리는 신선. 득도하여 신선이 되는 남자를 주관하고, 신선의 계보를 관리한다.

이 모두 다 사라졌지. 큰 시간, 25만 9천 2백 년이 지나자 유교가 다 사라졌지. 아수라 겁의 시간, 38만 8천 8백 년이 지나면 우리의 도 역시 다 사라질 거야. 또 억겁의 시간, 77만 7천 7백 년이 지나면 석가도 떠날 거야. 그게 다 정해진 억겁의 운수지."

"스승님, 사람이 깃들어 사는 이 세상은 어떻습니까. 높고 낮으며 동서남북 광활하게 펼쳐져 있는 이 세상도 언젠가는 다함이 있습니까?"

"어찌 다함이 없겠느냐! 우리 사는 이 중원 땅, 동쪽에서 해 뜨고, 서쪽으로 해지고, 남으로 미지의 땅, 북으로는 황량한 땅, 해와 달이 서로 갈마들며 하늘을 만들고, 수백 개의 주, 수천 개의 현, 수백 명의 관리가 있는 곳이라."

"제자, 중원을 유람하고 싶은데 어디부터 시작해서 어디서 끝내야 할지요?"

"구구九九는 바로 양에 속하는 수. 종남산 앞 구주九州와 종남산 뒤 구주에서 출발해야지. 양회兩淮의 삼구三九 27군주軍州, 하북의 사구四九 36군주, 관서關西의 오구五九 45군주, 서천西川의 육구六九 54군주, 형호荊湖의 칠구七九 63군주, 강남의 구구九九 81군주, 해외의 조양潮陽 4주, 모두 해서 400개 군주라네."

"이 400개 군주에서 살고 있는 사람은 얼마나 되는지요?"

"세상의 열에 셋은 산이요, 열에 여섯은 물이요, 열에 하나는 사람이로다."

"사부님께서 도를 얻으시고 오늘까지 얼마나 연수가 흘렀습니까?"

"한왕조가 407년, 진왕조가 157년, 당왕조가 288년, 송왕조가 317년이었으니 헤아려보면 1천 1백 년이로구나."

"사부님, 1천 1백 년 세월 동안 몇 명이나 구제하셨습니까?"

"오직 너 하나로다."

"어이하여 저 하나뿐인지요? 혹시 스승님께서 널리 자비를 베푸시고 구제하시는 데 인색하셔서 그런 것 아닌지요? 사부님께서 저에게 3년 말미를 주시면 제가 널리 중원을 누비면서 3천 명을 구제하여 우리 도를 흥성시키겠습니다."

종리 선생은 그 말을 듣고 가가대소했다.

"하하, 제자는 그 입 다물라! 세상에는 불효, 불충, 불인한 놈투성이인데 어떻게 그런 놈들을 신선으로 만들겠다는 거냐? 그래 내가 너에게 3년 말미를 줄 터이니 세상으로 나가서 하나라도 구제하면 그것이야말로 너의 공덕을 이루는 것이로다."

"그럼 오늘 바로 스승님께 작별인사를 올리고 제자 세상 유람을 떠나도록 하겠습니다."

"잠깐만, 잠깐만! 아직 출발하지 마라. 내가 너에게 한 가지 비술을 아직 전수해주지 않았노라. 어서 가서 마귀를 제압하는 신검을 가지고 오너라."

옆에 있던 동자가 검을 가지고 왔다. 종리 선생이 말했다.

"이 검은 나의 사부 동화제군東華帝君이 전수해준 것이다. 이제 내가 너에게 전수해주마."

여동빈이 무릎을 꿇고 말했다.

"삼가 스승님의 뜻을 받들겠나이다."

"이 검은 스스로 날아가 사람의 목을 벨 수 있느니라. 사람이 사는 곳과 이름을 말하고 주문을 외면 이 검이 청룡으로 변하여 날아가 그 사람의 목을 베어 물고 돌아오느니라. 날아가게 할 때는 이런 주문을 외우고, 돌아오게 할 때는 이런 주문을 외워라."

종리 선생의 말을 듣고 여동빈이 삼가 그 검을 받아 등에 메고 말했다.

"스승님, 이제 인사드리고 하산하겠습니다."

"잠깐만, 잠깐만! 아직 출발하지 마라. 하산하기 전에 나에게 세 가지를 약속해야 하느니라."

"그 세 가지가 무엇입니까?"

"첫째, 스님들하고 싸우지 말라. 지킬 수 있겠느냐?"

"그렇게 하겠습니다."

"둘째, 내가 전해준 보검을 가지고 가되 돌아올 때 절대 잊지 말고 챙겨오도록 하라. 지킬 수 있겠느냐?"

"그렇게 하겠습니다."

"셋째, 너에게 3년의 말미를 줄 터이니 절대 그 기한을 어기지 말라. 만약 기한을 어기면 너의 목을 벨 것이다. 지킬 수 있겠느냐?"

"그렇게 하겠습니다."

종리 선생이 기쁜 표정을 지으며 말했다.

"그래, 이제 떠나도 좋다."

"스승님께서 오랫동안 제자에게 도를 깨우쳐 주셨기에 중원의 지리와 보검과 주문을 모두 알게 되었습니다. 이제 시를 한 수 지어 스승님의 은혜에 감사를 드리고 나서 사람들을 구제하러 떠나겠습니다."

우리 몸 24개 기관이 맑아지면,
3천 기능이 원활하게 되네.
구름과 안개가 땅의 축을 감싸고,
별과 달이 하늘을 덮었네.
옥이 누가 뿌려서 난 것이 아니듯,
금단이 누가 심어서 난 것이 아니라.
그 안에 오묘한 이치 숨어 있으니,
어찌 장생이 없다 하는가?

여동빈이 시를 다 짓자 종리 선생이 가가대소했다.

"제자야, 가라, 3년 동안 사람을 구제하고 돌아오라. 구제하지 못하더라도 돌아오너라. 기한을 어기지 말고, 보검을 잃어버리지 말고, 스님들하고 시비하지 말고 돌아오너라."

여동빈이 스승에게 인사를 올리고 하산했다. 여동빈이 사람들을 구제할 것인가 구제하지 못할 것인가?

말이란 낚싯바늘과 낚싯줄이라,
아무것도 없는 데서 시비를 불러일으키곤 하지.

여동빈은 구름을 타고 하산하여 속세로 내려와 도에 뜻을 두고 있는 선비를 찾았다. 1년을 꼬박 찾았으나 종무소득이었다.

철이 바뀌는 것도 모른 채 깊숙한 곳에 숨어,
푸른 바다가 몇 차례나 땅으로 변하고.
나 이제 장생법을 깨쳤으나,
함부로 사람에게 전할 수가 없구나.

1년이나 찾았으나 도를 전할 사람 하나 찾지 못했으니 이를 어찌할꼬? 여동빈은 미간을 찌푸리며 한참 동안 생각에 잠겼다. 산중에서 스승님이 말하는 소리가 들려 곧장 하늘로 올라 바라보았다. 보랏빛 기운이 모이는 곳은 오패 제후, 검은 기운이 모이는 곳은 산과 물의 요괴, 푸른 기운이 모이는 곳은 득도한 신선이 모이는 곳. 여동빈이 인적이 없는 곳으로 가서 '일어나라'고 외치니 한 줄기 구름이 일어났다. 여동빈은 그 구름을 타고 하늘 꼭대기까지 올라갔다. 사방을 살펴보니 멀리서 푸른 기운이 일어나 하늘까지 올라오고 있었다.

'옳다. 바로 저곳에 신선이 있겠구나.'

구름은 만 리를 가고 바람은 팔천 리를 간다든가. 암튼 조각구름을 타고 천릿길을 날아와 푸른 기운이 일어나는 곳을 살폈다.

"이곳을 지키는 토지신은 어디 있느냐?"

한 줄기 바람이 불더니 토지신이 모습을 드러냈다.

옷으로도 다 가리지 못할 모습,
모자로 세 봉우리를 덮었네.
손에 짚고 있는 지팡이는 용의 모습,
허리를 감싸고 있는 것은 검은 호랑이 꼬리.

토지신이 입을 열었다.

"신선이시여, 이 토지신을 부르심은 무슨 까닭이신지요?"

"아래 인간 세상에서 푸른 기운이 일어나는 곳이 있습니다. 그게 누가 사는 곳인지요?"

"서경 하남부 동치항에 은殷씨 여인이 살고 있는데 나이는 서른 정도 되었고 아직 시집은 안 갔습니다. 대대로 도를 닦아 그 효험을 보고 있습니다. 당왕조 은개산殷開山의 7대손인데 아마 이 때문에 여기에서 푸른 기운이 일어났던 모양입니다."

"이제 그만 가도 좋소이다."

바람이 가는 곳을 따라 토지신도 사라졌다.

한편, 여동빈은 구름에서 내려 누더기를 걸쳐 입고 도사로 변신하여 성안으로 들어갔다. 동치항에 들어서니 가게 간판이 하나 눈에 들어왔다. '은가네 초 가게, 맑은 기름으로 정성껏 만듭니다'라고 쓰여 있었다.

물고기 가시로 장식한 모자를 쓰고 도사 복장을 한 여인네가 서 있었는데 미간에 맑은 기운이 넘쳤다. 여동빈이 그 여인을 보고서, 아 참 잘 만났다는 생각이 절로 들었다. 얼마나 기뻤는지 모른다.

신발이 다 닳아빠지도록 안 돌아다닌 곳이 없었더니,
그것이 헛심 쓴 것만은 아니로구나.

여동빈이 '여보시오'하고 소리쳤다. 그 여인네가 초 만드는 장인과 이야기를 하다가 그 소리를 듣고 고개를 돌리더니 잠시만 기다려달라고 했다. 여동빈이 앞쪽을 살펴보니 여인네에게서 품어져 나오는 노기가 너무도 강했다. 여동빈은 '안타깝도다'라고 장탄식을 하고서 소매 품에서 종이를 꺼내어 네 구절로 된 시를 적었다.

하산하여 3천 명의 사람을 구제하겠노라 다짐했네,
온 세상 돌아다녀도 아직 인연 있는 자를 만나지 못했네.
그럴 기미 있는 자 있다 하여 특별히 찾아왔으나,
가련토다, 은씨는 신선이 될 상이 아니로다.

여동빈은 시를 다 쓴 다음 '□□ 신선 지음'이라고 덧붙였다. 은씨는 여동빈의 소매 품에서 종이 한 장이 날려 떨어지는 걸 보고는 사람을 시켜 집어오게 하여 살펴보았다. 구구□□는 바로 '여呂' 아닌가. 그제야 여동빈이 왔다간 것을 눈치챘다. 사람을 시켜 바로 나가 찾아보게 했다. 여동빈은 이미 바람을 타고 사라져버렸다. 은씨는 너무도 후회막급이었다. '인연이 안 되려면 코앞에 두고도 못 알아본다'는 격이었다. 은씨는 이 시를 보고 난 다음 12년 동안이나 더욱 정진했다. 그리고 앉은 채로 세상을 하직했다.

눈 깜빡할 사이에 또 1년이 지났다. 여동빈은 아무도 찾지 못했다. 다시 하늘 꼭대기에 올라 아래를 내려다보니 말 한 필이 날아왔다. 누군가가 말안장에서 내렸다. 그자가 등에 메고 있던 문서통에서 초청장 하나를 꺼냈다.

"신선이시여, 도를 삼가 믿으며 동경 개봉부 마행가에 사는 관리 왕유선王惟善이 이달 14일에 집 정원에 제단을 쌓고 360인과 함께 초재를 지내고자 합니다. 도사 2천 명을 초대하여 지내는 이 초재는 순전히 여동빈님의 탄신일을 축하하고자 함이니 이에 특별히 모시러 왔나이다."

"내일이 내 생일이라는 걸 까마득히 잊고 있었구나. 이렇게 먼 길을 달려와 그 소식을 알려준 그대의 공로가 참으로 크도다."

"제가 그 소식을 전하러 종남산으로 갔더니 신선의 스승님께서 신선께서 중원에 내려갔다고 하시기에 이렇게 바로 달려와 뵐 수 있게 되었습니다."

여동빈은 가시나무로 만든 광주리에서 신선들이 먹는 과일을 꺼내어 소식을 전하러 온 전령에게 주었다. 전령은 감사의 인사를 올리고 말을 타고 떠났다. 여동빈은 구름을 타고 동경 인근, 사람 발자취가 없는 곳으로 가서 구름에서 내렸다. 이 모습 그대로 나타나면 사람들이 금방 알아차릴 것이라 머리를 흔들며 '변해라' 하면서 주문을 외웠다. 여동빈은 금세 거지꼴로 변했다.

성안으로 들어가 마행가에 이르렀다. 거리에는 온통 초재를 알리는 깃발이 휘날리고 있었다. 신선들을 불러들이는 주문 소리가 들려왔다. 여동빈은 때맞춰 잘 왔다 싶었다. 사람이 모든 정성을 다해 바라면 하늘도 무심하지 않은 법. 아무튼 여동빈은 초재를 준비한 자가 득선할 운명인지 아닌지를 확인해보고자 했다. 여동빈이 제단에 다가가 보니 평소도 닭기를 좋아하고 이번 초재를 위해 많은 돈을 희사한 환관 태위가 보였다. 그의 양미간에 맑은 기운이 서려 있는 게 보였다. 여동빈은 속으로 생각에 잠겼다.

'이 사람은 아직 때가 이르지 않았구나. 하나 내가 신통력을 발휘하여 이 사람을 변화시켜 봐야겠다. 초심을 무너뜨리지 않는다면 나중에 오랜 세월이 지난 후라도 깨달음을 얻으리라.'

여동빈은 초재에 참례하고 난 다음 초재에 참례하면서 내야 할 동전 5백 문과 백미 다섯 말을 내지 않고 대신 이렇게 말했다.

"본 도사가 수묵화를 좀 그릴 줄 압니다. 물 한 사발만 있으면 붓도 필요 없이 비단 한 필에 산수화를 그릴 수 있으니 그걸로 대신할 수 있을까 합니다."

하인들이 태위 어른에게 아뢰고 비단 한 필을 여동빈에게 가지고 왔다. 여동빈이 먹물 한 사발을 갈아 그걸 비단에 뿌려버리니 그 비단이 먹물투성이가 되고 말았다. 태위가 소리쳤다.

"저놈 참 무례하구나. 나를 가지고 장난하는 건가. 어서 저놈을 잡아오너라."

여동빈은 태위가 화를 버럭 내는 걸 보고 그냥 떠나버렸다. 하인들이 쫓아나가니 여동빈이 바람을 타고 날아가는 것만 보일 따름이었다. 하늘에서 백지 한 장이 날아 내려오니 하인들이 그걸 가져와 태위에게 보였다. 태위가 그걸 펴보니 네 구절의 시가 적혀 있었다.

초재를 지냄은 신선을 모시고자 함이거늘,
내가 왔으나 알아보질 못하누나.
내가 누구인지 알고 싶다면,
비단 폭 그림을 보시라.

태위는 하인에게 아까 먹물로 더럽혀진 비단을 가져오게 하여 다시 펼쳐보았다. 그걸 보지 않았다면야 아무런 일도 안 생겼겠지만 그걸 보았으니 그는 결국 고개를 숙이고 머리를 조아릴 수밖에 없었노라. 그 비단에 뭐가 있었던고?

신선이 뭔가를 확 드러나게 이야기하지 않는 것은,
세상 사람들이 그 한 가지에만 사로잡힐까 걱정함이라.

태위가 그 비단을 펼쳐보니 여동빈의 모습이 완연하더라. 그제야 조금 전 그자가 바로 여동빈임을 알아차렸으나 이미 때가 늦었구나. 태위가 이 비단 그림을 궁으로 가지고 들어가 바치니 태후마마가 그걸 표구하여 궁궐 창고에 보관하게 했다. 왕 태위는 상주를 올려 자기 재산을 궁궐에 바치고 하인들을 모두 풀어주고는 자신은 무당산으로 들어갔다. 무당산에서 약초를 캐다가 우연히 여동빈을 만나 득도하여 신선이 되었다는 뒷이야기가 전한다.

한편 여동빈은 3년 기한이 다 되어가는데도 한 사람도 구제하지 못하여 이 일을 어찌할꼬 하면서 근심 걱정이었다. 어쩔 수 없이 다시 하늘 꼭대기까지 올라가 푸른 기운이 올라오는 곳을 살폈다. 정남 방향에서 한 줄기 푸른 기운이 서려 있는 걸 보고 곧바로 구름을 타고 그쪽을 향해 날아갔다. 네 시간 정도를 날아가니 푸른 기운이 가까워졌다. 여동빈이 구름에게 멈추라 한 다음 소리쳤다.

"이곳의 산신은 어디에 있느냐?"

한 줄기 바람이 스쳐 지나가더니 산신이 모습을 드러내었다. 황금빛 투구와 황금빛 갑옷을 입고 비단 도포를 입고 도끼를 들고 머리를 조아리며 대답했다.

"신선이시여, 분부하실 일이 무엇인지요?"

"아래쪽에서 푸른 기운이 올라오는데 그게 누구 집인지 모르겠도다."

"강서 땅 황주에 황룡산이 있고 그 황룡산에 성이 부傅, 이름이 영선永善이라는 노인장이 살고 있습니다. 그 노인장은 저승 세계의 이치를 꿰뚫고 오랫동안 선행을 베풀었습니다. 그런 이유로 푸른 기운이 솟아올라 오는 것 같습니다."

"그만 물러가도록 하라."

기를 모아서 형상을 만들어 보여주기도 하고 바람처럼 흩어지기도 하는 법, 산신은 연기처럼 사라졌다. 여동빈은 구름에서 내려와 황룡산에 있는 부영선 집으로 갔다. 마침 이때 부영선은 스님에게 식사를 대접하고 있었다. 여동빈은 곧장 초당으로 가서 부영선을 만났다.

"나를 만나 인연을 맺어서 복을 더 누리고 더욱 넓게 도를 닦으시라."

"너무 기분 나빠하지 마시오. 나는 스님들을 대접하기는 해도 도사들을 대접하지는 않소이다."

"유불도가 본디 하나임을 모르시는가?"

"그대가 속한 도교를 내가 인정하지 못하니 그건 그대가 말하는 도라는 게 너무 황당무계하기 때문이오."

"우리 도가 너무 황당무계하다고 하는데 대체 그 이유가 무엇이오?"

"진시황, 한무제 같은 자들도 그대 도사들한테 미혹되었는데 하물며 우리 같은 사람이야 오죽하겠소!"

"어디 제대로 한번 이야기해보시오. 우리 도가가 어떻게 진시황과 한무제를 미혹했다는 거요?"

"백거이의 「풍간諷諫」이란 시를 모르진 않을 것이오."

깊고 넓은 바다,

바닥도 끝도 없구나.
구름처럼, 눈처럼 파도가 치는 저 가장 깊은 곳,
사람들이 삼신산이 있다고 하는 곳.
불사약이 자라는 곳,
그걸 먹으면 날개가 돋아나고 신선이 된다지.
진시황, 한무제가 이 말을 믿고,
해마다 방사를 보내 이 약을 따오라 했지.
봉래섬은 예나 지금이나 제일 유명해,
물안개 아득하여 찾아가기도 힘들지.
하도 넓어서 아득한 바다,
바람은 호호탕탕,
눈이 뚫어져라 쳐다보아도 어이 뵈지 않는가.
봉래섬을 찾지 못했으니 돌아가지도 못할 신세,
동남동녀들은 그저 배 안에서 늙어가네.
미친 소리 나불대는 방사 서불,
원시 하늘, 옥황상제 같은 소리만 주워섬기지.
보아라, 여산과 무산의 꼭대기에 있는 무덤을,
그저 비바람에 잡초더미만 흩날리누나.
도덕경을 아무리 들춰봐도,
불사약도,
신선도,
우화이등선도 없더라.

부영선의 말을 듣고 여동빈이 물었다.
"그래 우리 도가가 허황하다고 하는데 그럼 당신네 불가에는 무슨 뾰족한 이치라도 있소이까?"

"영취산의 석가모니는 그만두고 우리 황룡산, 황룡사의 주지 스님 황룡선사만 해도 불경을 해설하고 설법을 하여 널리 깨달음을 얻는 길을 설파하고 중생을 제도하여 보살문에 이르게 하고 있소이다. 설법을 하매 사람이 구름처럼 밀려오고 비가 대지를 적시듯 중생을 제도하고 있소이다. 황룡선사의 법좌 아래에서 설법을 듣는 자가 매일 수천 명이 넘는데도 한 사람도 빠짐없이 기뻐 춤추고 그러하오. 당신네 도사라는 사람들이 무슨 도술이랍시고 펼치면서 중생을 제도한다고 하는 걸 수없이 보았으나 겨우 자기 한 몸 건사하기도 바쁘더이다. 내 이런 이유로 도가를 존중하지 않는다오."

여동빈이 이 말은 안 들었다면야 아무런 일도 안 생겼겠지만 이 말을 듣고 말았으니 여동빈이 노기충천하여 부영선에게 물었다.

"그래 황룡선사가 오늘도 설법을 하는가?"

"일 년 사시사철 빠지지 않고 하는데 오늘이라고 어찌 쉬겠소!"

여동빈은 부영선과 작별을 나눌 틈도 없이 보검을 들고 곧바로 황룡산으로 향하여 출발하여 황룡선사와 지혜를 겨뤄보고자 했다. 누가 이기고 누가 졌을까?

손바닥만 한 헛된 명예,
파리 날개보다 작은 이익,
그것이 그렇게 달콤하던가!
모든 일은 다 운명처럼 정해져 있는 것,
누가 약하고 누가 강할꼬?
이 몸이 더 늙기 전에,
아무런 거리낌 없이 멋대로 살리라.

백 년을,

3만 6천 날을,

취한 채로.

얼마나 긴 세월일 수 있을까?

슬픔과 비바람이 끼는 날은,

또 얼마나 많을까?

맑은 바람 밝은 달을 마주할 수 있으면,

아름다운 병풍, 멋진 휘장 치리라.

아름다운 강남,

온갖 맛난 술,

「만정방滿庭芳」 노랫가락.

눈 깜빡할 사이에 여동빈이 황룡산에 도착하여 황룡선사를 찾았다. 한편, 황룡선사는 법고를 두드리고 종을 치고 경쇠를 두드리며 대중을 모아놓고 설법을 시작하려고 했다. 막 입을 열려는 순간, 일진광풍이 불더니 푸른 기운이 밀려 들어와 황룡선사의 법좌에 이르렀다. 황룡선사가 그걸 지긋이 바라보며 '마귀가 왔도다'라고 읊조렸다. 손에 쥐고 있던 죽비를 들어 탁자를 내리치며 대중을 향하여 일갈했다.

"오늘은 이 늙은 중이 설법도 하지 않고 불경을 강설하지도 않으리다. 내가 시를 한 수 읊조릴 터이니 화답할 자 있을까?"

황룡선사가 말을 마치기도 전에 군중 사이에 있던 여동빈이 외쳤다.

"스님, 어서 읊어주시오!"

늙은 중이 올해 겁도 없이,

황룡산 자락에 산채를 쳤도다.

소매 품에서 금도끼를 꺼내어,
이 세상을 조각조각 내버렸도다.

여동빈이 가가대소하며 말했다.
"스님, 재작년에도 용기가 없었고, 작년에도 용기가 없었고, 내년에도 용기가 없을 것이나 단지 올해만 용기를 냈다는 거요? 다시 한번 말씀해주시오."
"늙은 중이 올해 겁도 없이!"
"그만 멈추시오."

이 도사는 원래 겁이 없어,
산채를 빼앗을 줄 알지.
난, 소매 품의 금도끼를 빼앗아,
이 세상을 조각조각 내리라.

사람들이 듣고서 함성을 질러댔다. '바람 불어와 대나무 숲을 쓸어버리고, 깊은 밤 수백만의 병사들을 호수에 빠뜨리는' 기세였다. 사람들은 여동빈이 답을 너무도 잘했다고 칭송했다. 황룡선사가 죽비를 들어 탁자를 두드리자 사람들이 모두 입을 다물고 조용해졌다. 여동빈이 말했다.
"스님, 이 네 구절의 시는 그저 시작에 불과하니 승부를 가리기는 아직 이릅니다. 나에게도 내 나름의 시가 있으니 그걸 읊고 스님과 겨뤄볼까 합니다. 이건 무슨 돈이나 부귀공명을 두고 다투자는 건 아닙니다."
여동빈은 등에서 보검을 꺼내어 바닥의 돌 사이에 꽂아놓고 손뼉을 치며 말했다.
"여러분, 이 도사의 말을 들어보시오. 저 스님이 이기면 이 도사의 목을 베고, 이 도사가 이기면 황룡선사의 목을 베겠소이다."

여동빈의 말을 듣고서 사람들은 깜짝 놀라 얼굴색이 파랗게 질렸다. 황룡선사가 소리쳤다.

"어서 읊어보기나 하라."

쇳덩어리 소가 밭을 갈며 황금 동전을 심네,
돌에 새겨진 어린아이, 실로 짠 옷 입었네.
곡식 한 알에 세상이 담겨있네,
반 뼘 번철燔鐵에 산과 내를 넣어 볶네.
흰머리 노자가 미간을 찌푸릴 때,
파란 눈의 이국 승려 손가락이 하늘을 가리키네.
이 오묘함 말고도 더한 오묘함이 있다고 말하지 말게나,
오묘하고 또 오묘하니 더한 오묘함이 어이 있을까.

여동빈이 이 시를 읊조리고 나서 황룡선사에게 물었다.

"이 시에 답할 수 있겠소이까?"

"다시 한번 읊어보게나."

'쇳덩어리 소가 밭을 갈며 황금 동전을 심네'라고 읊조리자 황룡선사가 갑자기 소리쳤다. "그만 멈춰라." 그런 다음 이렇게 읊조렸다.

활활 타오르는 화로 있어 옥 동전을 심네,
어렸을 적 아무것도 걸치지 않았지.
곡식 한 알로 온 세상을 만들어낼 수 있고,
큰 바다는 온갖 개천을 다 받아들이지.
6월 화로에서 맹렬한 불꽃이 뿜어져 나오고,

겨울 강바닥은 차가운 바람을 품고 있다네.
참선의 참맛을 누가 알리,
참선하는 가운데 또 참선을 낳는구나.

여동빈이 말했다.

"스님이 졌소이다. 곡식 한 알로 어찌 세상을 만들 수 있단 말이오?"

황룡선사가 말했다.

"지금 무슨 말을 한 건가? 요즘 내가 귀가 먹어서 말이야."

여동빈이 그게 계략이란 걸 모르고 황룡선사가 앉아 있는 곳으로 다가갔다. 그 순간 황룡선사가 여동빈을 와락 붙잡고 이렇게 말했다.

"그래, 어디 한 번 물어보자. 곡식 한 알로는 세상을 만들 수 없다고? 그럼 곡식 한 알에 어찌 세상을 담을 수 있느냐? 그리고 반 뼘 번철에 산과 내를 넣어 삶는다는데 그럼 나머지 반 뼘은 또 어디 있단 말이냐?"

여동빈은 막상 대답할 말이 없었다. 황룡선사가 말했다.

"나의 깨달음은 크나 말은 작고, 너의 깨달음은 작으나 말은 크구나. 본디 너의 목을 베어야 할 것이나 불가에서는 살생을 금하는구나. 이번 한 번은 너를 용서하노라."

황룡선사가 죽비를 들어 여동빈의 머리를 부스러기가 날 정도로 때렸다. 여동빈의 얼굴이 빨개졌고 사람들은 일제히 황룡선사를 축하했다. 여동빈은 난감한 분위기를 빠져나갈 방법이 마땅하지 않자 황룡선사를 보면서 크게 소리 내 세 번 웃고 고개를 세 번 가로젓고 손뼉을 세 번 치고 난 다음 보검을 칼집에 집어넣고서 곧장 밖으로 달려나갔다. 사람들이 "지고 도망가는구나"라고 소리 질렀다. 황룡선사가 죽비를 들어 올려 사람들을 조용히 시키고 나서 말했다.

"여러분, 이 노승이 오늘 큰일을 당할 것이니 내일 어떻게 될지는 알 수가 없소이다. 내가 여러분에게 이 시를 읊조려 주리다."

다섯 박자 그리고 또 다섯 박자 총 스물다섯 마디로,
하산賀山의 북을 두드릴지라.
황룡산 아래에서 몸싸움을 보느니,
여기 와서 내기를 걸어라.
땅 위의 참외 한 입 한 입 어이 이리도 달까,
참외가 달다 하나 꼭지는 쓰다는 것도 알아야 할지니.

"여러분, 그자가 왜 세 번 손뼉 치고 세 번 고개를 젓고 세 번 소리 내어 웃었는지 아는가? 오호라!"

맛난 타락죽,
그게 변하여 독약이 되었네.
오늘 밤 삼경이 지나면,
검이 날아와 내 목을 베리라.

황룡선사가 말을 마치자 사람들이 흩어졌다. 황룡선사는 법좌에서 내려와 방으로 들어간 다음 스님들을 모아놓고 말했다.
"여러분에게 고하니 오늘 밤 삼경이 지나면 여동빈의 검이 날아와 내 목을 노릴 것이다. 나의 신통력이 통하면 내 목이 그대로 붙어 있을 것이고 내 신통력이 부족하면 내 목이 날아갈 것이다. 여러분은 각별히 조심할지어다."
스님들이 합장하고 무릎을 꿇고서 아뢰었다.
"주지 스님께서 자비를 베푸셔서 저희를 살려주시기 바라나이다."

황룡선사가 고개를 끄덕였다. 두 손가락을 펼치고 몇 마디 말을 했다. 이 몇 마디 말이 이 절의 승려들을 살렸도다.

그대여, 누구하고도 원수지지 말지라,
원한이 깊으면 풀기도 어렵나니.
원한이 맺히기는 하루,
원한이 풀리기는 천일.
원한을 은혜로 풀면,
끓는 물을 눈 위로 던지는 것과 같으니라.
원한으로 원한을 갚으면,
이리가 전갈을 마주하는 것과 같으니라.
남에게 척지는 일을 하는 사람은,
결국 그 일로 말미암아 자기가 손해를 보더라.

"스님들아, 문을 굳게 닫아걸고 등불과 촛불을 다 끄도록 하라. 모두들 두건을 질끈 동여매고 모자를 쓰고 오늘 밤의 환난을 피하고 내일 아침에 모이도록 하라."

스님들은 주지 스님 방에서 나와 저마다 혼잣말을 했다.

"오늘도 설법, 내일도 설법, 하루도 빠짐없이 설법을 해대더니, 결국 이런 재앙을 불러들이고 말았구먼! 우리 절의 3백 명 중들의 머리가 수박통 잘리듯이 잘리게 생겼네!"

용기가 좀 있는 중들은 절에 남고 겁이 많은 중들은 야밤에 도망쳤다. 한편 황룡선사가 문지기를 불렀다. 황룡선사가 문지기에게 가까이 오라고 하더니 귓속말로 뭔가를 분부했다. 문지기가 분부를 받들고 돌아갔다. 날이 저물고 밤, 황룡사에 한바탕 소란이 일어나고 깊은 밤의 안식이 깨지는구나.

한편, 여동빈은 산기슭 너럭바위에 앉아 생각에 잠겼다.

'아, 정해진 기한은 다가오는데 한 사람도 구제하지 못했구나. 스승님께서 스님하고는 다투지 말라고 하셨으나 내가 황룡선사에게 죽비로 처맞은 걸 그냥 이렇게 넘길 수야 없지. 그래 황룡선사 너 아니면 나 둘 가운데 하나만 살아남는 거지. 내가 검을 날려 황룡선사의 목을 베어 사람들이 내 도술이 더 뛰어남을 인정하게 하겠노라. 만약 내가 황룡선사의 목을 베지 못한다면 무슨 면목으로 스승을 뵐까?'

고개 들어 하늘을 보니 뭇별들이 움직이고 북두성의 손잡이가 한 바퀴 돈 걸 보니 바로 삼경이라. 여동빈은 검을 빼 들고 명령을 내렸다.

"너는 내 명령을 받들라. 너는 나를 지키는 호신부려니 내가 절대 다치지 않게 나를 보호할지라. 너는 황룡산의 황룡사로 가서 장로 황룡선사를 보거들랑 그가 앉아 있든 서 있든 누워 있든 상관 말고 그의 목을 베어오라."

여동빈이 주문을 외우고 마침내 소리쳤다. "가라!" 휘익 소리가 나더니 검이 청룡으로 변하여 곧바로 황룡사로 날아갔다. 검이 날아간 후 한참 시간이 흘러 사경쯤 되었을까, 돌멩이가 강물에 빠진 듯, 연이 줄이 끊어진 듯 검이 돌아올 기미가 없다. 검을 거둬들이는 주문을 황급히 외웠다. 3천 번쯤 외웠을까. 그래도 소식이 없다. 여동빈은 속이 탔다.

'보검을 잃어버리면 내 목이 달아나고 내 육신이 사라지고 말 텐데!'

여동빈은 황급히 자리를 털고 일어나 구름을 타고 황룡사에 이르러 구름에서 내렸다. 대문을 바라보니 활짝 열려 있었다. 황룡선사가 문지기에게 문을 잠그지 말라고 한 것이다. 여동빈이 그걸 보고서 한탄했다.

'애석하도다. 황룡선사가 이렇게 방비를 안 하고 있음을 진즉에 알았더라면 곧바로 주지 방으로 짓쳐들어가 그놈을 두 동강 내버릴걸!'

주지의 방으로 들어가 보니 붉은색 촛불 두 개가 환하게 타고 향기로운 냄새를 풍기고 있었다. 황룡선사가 자리에 앉아 있다가 소리쳤다.

"이 허풍쟁이야, 지금 검을 찾으러 온 것이냐? 검은 안에 있느니라, 어서 안으로 들어와 가져가도록 하라."

여동빈이 휘장을 걷고 주지 방으로 들어가 외쳤다.

"중놈아, 내 검을 돌려다오!"

황룡선사가 손으로 가리키는 곳을 보니 여동빈의 검이 바닥에 반 정도가 박혀 있었다. 여동빈이 생각에 잠겼다.

'내가 저 검을 뽑는 동안 저놈이 내 목숨을 노리면 어떡하지?'

여동빈이 황룡선사에게 외쳤다.

"어이 황룡선사, 그만두자고! 저 검을 나에게 돌려주기만 하면 우리 서로 비긴 거로 해줄게."

"이 허풍쟁이야, 내 본디 네놈이 하도 같잖아서 목을 베어버리려 했으나 네놈 사부 생각해서 봐주는 거다."

여동빈은 '아이고 살벌하구나' 하는 생각이 절로 들었다. 어서 보검을 뽑아 저놈의 목을 베리라 작정했다. 터벅터벅 앞으로 걸어가 두 손으로 검을 잡고 뽑으려고 했다. 그러나 마치 천만금의 쇠를 녹여 부어 검과 흙이 한 덩어리가 되어버린 것처럼 꿈쩍하지 않았다. 젖 먹던 힘까지 다 내어 용을 써 봐도 꿈쩍도 하지 않았다. 황룡선사가 가가대소했다.

"이놈 허풍쟁이야, 자고로 이런 말이 있느니라."

사람이 호랑이를 해치려 하지 않으면,
호랑이 역시 사람을 해치려 하지는 않는다.

"내가 너에게 검을 돌려주고 네가 스승님에게 돌아가게 해주려고 했건만 너는 외려 그 검을 뽑아서 나를 죽이려 하다니. 내가 너에게 검을 돌려주지 않으련다. 네놈이 힘이 있으면 뽑아가거라."

여동빈이 생각에 잠겼다.

'저놈이 이 검에다 마술을 걸어놓았는데 어떻게 이 검을 뽑지?'

주문도 외워보고 별의별 방법을 다 써 봐도 검은 요지부동이었다.

"스님, 검을 좀 돌려주시오!"

"내가 너에게 네 구절의 게송을 들려주겠노라. 네가 그 의미를 제대로 알아차리면 검을 돌려주마."

"어서 읊어보시오."

황룡선사가 품속에서 종이 한 장을 꺼내었다. 그 종이에는 동그라미가 하나 그려져 있고 그 동그라미 한가운데 점이 하나 찍혀 있었다. 그리고 게송 한 수가 적혀 있었다.

단丹은 검 끝에 있고,
검은 단의 한중간에 있네.
이를 깨닫는 자는,
삶과 죽음의 윤회에서 해탈하리라.

여동빈은 그 의미를 알 수가 없었다. 황룡선사가 물었다.

"허풍쟁이야, 알겠느냐?"

여동빈은 입을 꾹 다물고 아무런 말도 하지 못했다. 황룡선사가 주문을 외웠다.

"나의 수호신이여, 어디 있느냐?"

바람이 불어오는가 싶더니 황룡선사의 수호신이 모습을 드러냈다. 그 모습이 어떠한고?

머리엔 황금투구,

검붉은 머리카락, 빨간색 투구 끈.

전신을 감싸는 황금색 갑옷,

이것이 바로 그의 진정한 모습.

손에는 마귀 잡는 몽둥이.

그의 모습은 외려,

귀여운 꼬마 같더라.

수호신이 황룡선사를 향하여 물었다.

"스승님, 부르셨습니까, 무슨 시키실 일이 있으신지요?"

"저 말 많은 놈을 잡아다 마귀 가두는 바위틈에 집어넣어라. 저놈이 조금이라도 깨달음이 생기면 그때 나에게 데려오너라. 그리고 날마다 하늘 주방에서 만두 하나씩 갖다 주어라."

"말씀대로 하겠나이다."

수호신이 여동빈에게 말했다.

"이봐 어서 가자고!"

"가긴 어딜 간다는 거야?"

"어서 가자고. 만약 꾸물대면 세상을 관장하는 호법신 위태존천韋馱尊天의 몽둥이 맛을 보여줄 테다. 그 몽둥이 무게가 8만 4천 근이라. 네가 더 꾸물대면 그 몽둥이로 너를 땅속에 박아버릴 거야."

여동빈이 혼자 생각에 잠겼다.

'사부님께서 중들하고는 싸우지 말라고 하셨는데.'

여동빈은 하는 수 없이 수호신을 따라 마귀 감옥으로 들어가 참선을 시작했다. 이 이야기는 여기서 그친다.

한편, 황룡사의 중들은 새벽 오경에 주지 스님 방으로 찾아와 황룡선사를 뵈었다. 황룡선사가 말했다.
"밤새 많이 놀랐을 거네."
"선사님의 호대한 법력 덕분에 아무 일 없이 잘 지나갔습니다."
"가서 편히 쉬게나. 밤새 한숨도 못 잤을 텐데."
"혹시 뭐라도 저희에게 보여주실 게 없으신지요?"
황룡선사가 손가락으로 어딘가를 가리켰다. 중들이 바라보니 그곳엔 보검이 있었다.

정수리를 뽀개고,
그 사이에 얼음물을 들이붓는 듯하여라.

중들은 일제히 머리를 조아리며 황룡선사의 신통력이 광대무변하다고 칭송했다. 온 산에, 온 마을에 남녀노소, 스님과 속인 할 거 없이 모두들 달려와 그 검을 구경했다. 황룡산 아니 황주부 전체가 떠들썩했다.
한편, 여동빈은 바위감옥에 갇힌 채로 왁자지껄한 소리가 들려오기에 산신을 불러 물었다.
"저놈의 절이 왜 이리 시끄러운가?"
"성 안팎의 사람들이 죄다 몰려와 보검을 구경하고 있습니다. 서로 그 검을 뽑아보겠노라 덤비는데 아무도 뽑지를 못하고 있습니다."
"어서 물러가라."
산신이 물러갔다. 여동빈이 생각에 잠겼다.
'황주에서 생긴 이 일을 사부님도 아시게 될 텐데 이거 그때 가서 뭐라고 말씀드리지? 차라리 지금 내가 먼저 말씀드릴까.'
위태존천이 자리를 비우고 있는 틈을 타서 바위감옥에서 빠져나와 구름을 불러 탔다. 한편, 위태존천이 바위감옥에 돌아와 보니 여동빈이 보이지 않는지라 곧장 황룡사로 와서 황룡선사에게 보고했다.

"여동빈이 도망쳤습니다. 그놈을 쫓을까요, 아니면 그냥 놔둘까요?"

"우리를 보호하시는 수호신이여, 굳이 그렇게 수고하실 필요 있겠소이까. 이제 그만 천궁으로 돌아가시라."

위태존천은 맑은 바람으로 변신하여 떠나갔다.

한편, 여동빈은 구름을 타고 종남산 동굴까지 날아갔다. 동자가 보이기에 인사를 건넸다. 동자가 답례했다. 여동빈이 말했다.

"동자여, 사부님은 어디 계신가?"

"사부님은 산으로 약초를 캐러 가셨습니다. 여기에는 안 계십니다."

여동빈은 사부님을 뵈러 산으로 올라갔다. 사부님을 만나 무릎을 꿇었다. 종리 선생이 가가대소했다. 종리 선생은 그 사정을 이미 알고 있었던 것이라.

"그래 제자야, 몇 명이나 도의 길로 이끌었느냐? 일단 검부터 돌려다오."

여동빈은 바로 사실대로 말씀드리고 용서를 빌었다.

"사부님, 이 제자를 도와주십시오."

"내가 스님들하고는 시비를 일으키지 말라고 여러 차례 당부했거늘. 네 이마의 혹이 다 떨어지기도 전에 또 이런 일이 생겼으니 무슨 면목으로 다시 나를 보러 왔느냐! 너는 신통력이 아직 부족하고 법력도 미약한데 어찌하여 다른 사람들과 그걸 겨루려 드느냐. 너는 다른 사람을 구제하기는커녕 도를 추구하는 우리의 체면을 구기는 일만 했구나. 이번은 처음인지라 한번 용서해줄 테니 어서 가서 검을 찾아오너라."

"제자의 죄를 용서하소서! 그 검은 저 중놈한테 빼앗겨버려 제가 다시 가져올 수가 없습니다."

"내가 서찰을 한 통 써줄 것이니 이를 나의 사형 독각獨覺 부처에게 보여주어라. 그럼 그 검을 가지고 올 수 있게 될 것이다. 이 서찰을 잘 간직하고 서찰 봉투가 상하지 않게 조심하여라."

종리 선생은 가시나무로 만든 광주리에서 서찰을 꺼내왔다. 여동빈은 그걸 보고서 머리를 조아려 절했다.

"스승님께서는 과거와 미래를 모두 다 꿰뚫고 계십니다."

여동빈은 스승의 서찰을 들고서 황룡사로 날아가 구름에서 내렸다. 절 지킴이가 황룡선사에게 아뢰었다.

"여동빈이 선사님을 뵙고자 밖에서 대기하고 있습니다."

"들어오게 하라."

절 지킴이가 여동빈에게 말했다.

"선사님께서 들어오시랍니다."

여동빈이 방 안으로 들어가 황룡선사에게 합장하여 예를 표했다.

"스승님의 서찰을 가지고 다시 찾아왔나이다."

"그 서찰을 건네주게나."

여동빈이 두 손으로 그 서찰을 건넸다. 황룡선사가 봉투를 열어보니 원이 한 개 그려져 있고 그 원 위에 점이 하나 찍혀 있었고 그 아래에 네 구절의 게송이 적혀 있었다.

단丹이 검이고,
검이 단이라.
검을 얻으면 단을 알게 되고,
단을 얻으면 검을 알게 되리라.

황룡선사가 말했다.

"네 스승의 얼굴을 봐서 검을 돌려주마."

여동빈이 앞으로 나가 검을 뽑아보니 가볍게 뽑혔다.

"감사하오이다. 한 가지 물어볼 게 있소이다. 전에 보여준 종이에 동그라미가 하나 그려져 있고 그 동그라미 안에 점이 하나 찍혀져 있었습니다. 제 스승님이 주신 서찰에는 동그라미가 하나 있고 그 동그라미 위에 점이 하나 찍혀져 있다고 했습니다. 이게 다 무슨 뜻인지요?"

"네가 나를 스승으로 모신다면 내가 그 뜻을 알려주마."

"제가 기꺼이 스님의 제자가 되겠나이다."

여동빈은 전면을 향하여 세 번, 후면을 향하여 세 번, 부처님을 향하여 세 번, 도합 아홉 번 절을 했다. 그런 다음 무릎을 꿇고 삼가 가르침을 청했다. 황룡선사가 설명을 시작했다.

"네가 전에 내 앞에서 '곡식 한 알에 세상이 담겨 있네'라고 읊었지. 이건 작은 것이 큰 것을 품고 있는 거니까 동그라미 위에 점을 하나 찍은 거지. 내가 '곡식 한 알로 온 세상을 만들어낼 수 있고'라고 화답했지. 이건 큰 것이 작은 것을 품고 있는 거니까 동그라미 안에 점을 하나 찍은 거지. 이것이 바로 도라. 내가 그 도를 너에게 전수하여 주노라."

여동빈이 그 설명을 듣고 대오각성했다. 칠흑 같은 어둠에서 광명으로 빠져나온 것 같았다.

"스님께 감사 인사를 올립니다. 제자 종남산으로 돌아가 사부님을 뵙고자 합니다."

"내가 너에게 도를 깨우쳐 주었나니 나중에 너 스스로 깨달았다고 헛소리하지 말라. 내가 지필묵을 준비해줄 터이니 시를 지어서 증거를 남기도록 하라."

여동빈은 바로 먹을 갈아 시를 한 수 지었다.

내 조롱박과 내 비파를 산산이 부숴버리노라,
내 본디 도가만을 수련해왔노라.
이제 황룡선사의 법술을 깨닫고,
내 이전의 잘못을 뉘우치노라.

여동빈은 시를 다 적고 나서 황룡선사에게 작별인사를 올리고 종남산으로 돌아와 사부 종리 선생을 뵙고 검을 돌려드렸다. 이후로 마음을 다잡고 도를 닦고 수양에 전념했다. 수백 년 동안 산에서 내려오지 않고 공력을 쌓아 마침내 지상 최고의 신선이 되었다.

아침에 하얀 사슴을 타고 신선이 사는 세 섬으로 날아가네,
저녁에 파란 난새를 타고 하늘 꼭대기에 오르네.

나중에 사람들이 봉상부鳳翔府의 도교 사원 천경관天經觀에 적혀 있는 시를 한 수 발견했다. 글자가 마치 용이 꿈틀대는 것 같았다. 시의 말미에 '회도인回道人'이라고 세 글자가 적혀 있는 게 보였다. 사람들은 이 세 글자를 통해서 이 시를 바로 여동빈이 지었음을 알 수 있었다.

도를 깨친 지 어언 8백 년,
검을 휘날려 사람의 목을 벤 적이 없네.
옥황상제의 부르심이 아직 이르지 않았으니,
검은 세상을 따라 흘러가누나.

해릉왕이 황음으로 신세를 망치다

金海陵縱欲亡身

금나라 해릉왕이 황음하여 신세를 망치다

어제 앵무새 울더니 오늘은 매미,
아침에 일어났나 했더니 벌써 해 저물녘.
저 세월은 여섯 마리 용이 끄는 수레도 쫓을 수 없거늘,
이 삐걱대는 수레 타고 채찍질하여 무엇하리.

이 시는 당나라 시인 사공도司空圖가 지은 것이다. 아마도 세월은 흐르는 물처럼 빨리도 지나가는데 우리 인생은 너무도 짧으니 괜히 돈이나 여색을 탐하여 짧은 인생 망치지 말라고 경고하는 내용인 듯하다. 이 시는 또 우리네 민초들을 어루만져주고자 지은 것 같기도 하다. 우리 민초들이야 가진 것 없이 몸뚱이 하나로 버티는 주제니 설사 여색을 탐하고 싶은 마음이 굴뚝같다 해도 능력이 안 되어서 주저앉고 만다. 그렇지만 돈 많고 권세 높은 자들이야 마음만 먹으면 못할 일이 없는 것 아닌가?

상나라의 걸임금은 달기를 총애했고, 주나라의 주임금은 포사를 총애했으며, 한나라 명제는 조비연을 총애했고, 당나라 현종은 양귀비에 푹 빠졌다. 그러나 보라, 이 황제들이 여인 하나 때문에 나라와 자신에게 큰 재앙을 초래하고 끝이 얼마나 안 좋았는지를. 그러한즉, 날마다 여색을 탐하고 예의염치를 모른 체하고 도덕과 인륜을 버린다면 말이 되겠는가. 도리를 저버리고서도 아무런 일이 없다면 하늘이 우리 인간 세상을 굽어보고 있다는 말도 허튼소리가 되고 말 것이다.

오늘 이야기하려는 인물은 금나라의 현명한 임금 해릉왕海陵王이다. 하나 이 임금은 황음무도하고 인륜을 저버렸으며 12년을 재위하면서 세 차례나 연호를 바꾸었다. 먼저 천덕天德이란 연호를 3년, 다음으로 정원貞元이란 연호를 3년, 마지막으로 정륭正隆이란 연호를 6년 사용했다.[1] 정륭 6년에 대거 군사를 일으켜 송나라를 공격하다가 과주瓜洲에서 시해당했다. 이어 대정大定황제[2]가 즉위하여 해릉왕으로 폐위시켰다. 후대 사람들이 폐제 해릉왕의 일을 이야기로 꾸며 교훈으로 삼았더라.

후대 사람들아 앞사람의 행실을 경계로 삼아,
괜히 사람들의 비웃음 사지 말기를.

한편, 폐제 해릉왕의 어릴 적 이름은 적고迪古이고, 자라서 이름을 량亮, 자를 원공元功이라 했으며, 요왕遼王 종간宗幹의 둘째 아들이었다. 원래 말 꾸며 대기와 속임수를 좋아했으며 성격이 급한 데다 시기 질투가 심

---

[1] 음력 기준으로 천덕은 1149년 12월 11일부터 1153년 3월 25일, 정원은 1153년 3월 26일부터 1156년 1월 30일, 정륭은 1156년 2월 1일부터 1161년 10월 8일까지이다.
[2] 완안옹完顔雍(1123~1189)인 금나라 세종(재위 1161~1189)을 일컫는다. 남송과 화의를 맺고 금나라를 29년 동안 안정적으로 이끌었다. 대정은 그의 재위 기간과 일치하는 연호이다.

했고, 잔인하기 그지없었다. 나이 열여덟에 황실 자제의 신분으로 봉국장군奉國將軍이 되어 양왕梁王 종필宗弼의 군대에서 일을 맡았다. 양왕은 그에게 만 호의 군사를 맡김과 아울러 표기 상장군驃騎上將軍에 보임했다. 얼마 후 용호위 상장군龍虎衛上將軍으로 승진했으며, 상서우승尙書右丞, 변경유수汴京留守를 거쳐 상서성의 일을 맡아보았다. 후에 승상에 임명되었다. 그전에 희종은 태조의 적손으로서 제위를 이었다. 해릉왕은 그의 아비 요왕이 본디 장자였으므로 자신도 적손이 되며 당연히 자신이 천하를 다스려야 한다고 생각했다. 분에 넘치는 욕심을 품어 위용을 과시하여 사람들을 복종시키려 들었으며 마침내 희종을 시해하고 그 지위를 찬탈했다. 해릉왕은 태종의 여러 아들들이 후환이 될까 두려워 모두 제거하고자 했다. 그는 비서감 소유蕭裕와 은밀히 음모를 꾸몄다. 마침내 소유는 태부太傅 종본宗本과 병덕秉德 등이 반란을 도모한다고 참소讒訴했다. 해릉왕은 종본을 먼저 죽인 다음, 사람을 보내어 병덕, 종의宗懿와 태종의 자손 70여 명과 진왕秦王 종한宗翰의 자손 30여 명을 죽이도록 했다. 종본이 죽고 나자 소유는 종본의 문객 소옥蕭玉을 시켜 그의 주인 종본이 반란을 도모했다는 내용의 글을 써서 천하에 공표하게 했다. 천하 사람들 가운데 원통해 하지 않는 자가 없었다. 소유는 종본을 제거한 공로로 상서우승에 임명되었다가 얼마 후 평장정사平章政事에 임명되어 그 위세가 대단했다. 나중에 소유는 모반을 꾀하다가 죽임을 당했다고 한다.

한편, 해릉왕이 막 승상에 임명되었을 때 일부러 검소한 척하여 첩을 셋밖에 두지 않았다고 한다. 그러나 제위에 오르자 결국 음탕한 본심을 드러내고 말았다. 도단徒單 황후 아래로 대씨大氏, 소씨蕭氏, 야율씨耶律氏 등을 비妃로 두었는데 모두 천하일색이었다. 해릉왕은 자신의 마음에 들어 관계를 맺은 여인은 모두 내궁으로 불러들여 비로 삼았다. 아울러 널리 천하의 미색을 구했다. 성씨가 같든지 다르든지 상관하지 않았으며 신분의 고하를 따지지 않았으며 남편이 있든 없든 구애받지 않고서 그저 마음에 들기만 하면 어떤 방법을 써서라도 차지하고야 말았다. 내궁에는 여인이 넘쳐나 비 칭호를 가진 여인이 스물, 소의昭儀와 충원充媛이라는 칭호를 가진 여인이 아홉, 첩여婕妤, 미인美人, 재인才人하여 셋, 그 아래로는 전직殿直이라는 칭호가 있었는데, 이를 제외하고도 수없이 많은 여인이 있었다. 해릉왕은 대대적으로 궁궐 공사를 하여 여인들을 기거시키고자 했다. 토목 공사비만 물경 이천만 전에 이르렀다. 수레 한 대를 끄는 데만도 오백여 명의 인부가 필요할 정도였다. 황금으로 궁전을 화려하게 장식한 다음 다섯 가지 화려한 색상으로 덧칠하고 금가루를 뿌려 마치 눈이 오는 듯하게 했다. 궁실의 공사비는 물경 억만금에 달했다. 조금이라도 마음에 들지 않으면 부수고 다시 지었다. 그 화려하기가 이루 말할 수 없을 정도였다.

한편 소비昭妃 아리호阿里虎는 성이 포찰蒲察이며, 부마도위駙馬都尉 몰리야沒里野의 딸이었다. 생김생김이 요염하고 아리따웠으며 술 마시기를 좋아하고 방탕했다. 아리호는 종실 자제 아호질阿虎迭에게 시집가서 딸을 낳았다. 그 아이가 바로 일곱 살 먹은 중절重節이다. 아호질이 죽자 아리호는 치상을 채 마치기도 전에 중절을 데리고 왕족 남가南家에게 재가했다. 남가는 본디 색을 밝히는 자였다. 아리호는 친정 아비에게서 배운 비방으로 춘약을 만들어 복용하면서 낮이나 밤이나 음란한 짓에 몰두했다. 중절이 제 어미의 음란한 짓을 보고서 말하지 않은 바 아니었으나 아리호의 음욕은 그칠 줄 몰랐으니 마침내 남가의 정기가 모두 쇠하여 죽고 말았다. 남가의 아버지 돌갈속突葛速은 남경원수도감南京元帥都監을 지내고 있었는데, 며느리 아리호의 음탕한 행실로 말미암아 아들이 죽음에 이르게 된 것을 알게 되자 아리호를 남경에 데려가서 가두어 버렸다. 아리호는 해릉왕이 미색을 좋아하고 음사를 즐긴다는 말을 듣고서 한번 만나보기를 갈망했다. 하나 이제 시아버지에 의하여 갇혀 있는 신세, 그 답답한 심사를 억누를 길이 없었다. 그러던 중 마침 해릉왕도 남경에 있다는 소식을 듣고는 자기 얼굴을 화폭에 담고 직접 시를 적었다.

> 아리호, 아리호여,
> 이광, 모장이 감히 범접하지 못할지니.
> 남편 죽어 남경에 끌려온 이내 신세,
> 시아버지 등쌀에 이내 몸은 괴로울사.
> 이 감옥에서 나를 구해주는 자만 있다면,
> 괴로움에서 벗어날 수 있을 텐데.

아리호는 시를 다 적어 밀봉한 다음, 머리에서 금비녀를 빼내어 은자 열 냥과 함께 옥졸에게 뇌물로 주어 서찰을 해릉왕에게 전하도록 했다. 해릉왕은 평소에 아리호의 미모에 대한 소문을 듣기는 했으나 그다지 믿지 않고 있던 차에 아리호의 얼굴을 그린 그림을 보고서는 너무도 아름다워 첫눈에 반해버렸다. 해릉왕이 사람을 보내어 아리호를 보내 달라고 부탁했으나 돌갈속이 거절했다. 해릉왕은 돌갈속이 며느리에게 흑심을 품고 있다는 소문을 내었다. 돌갈속이 오해를 받기 싫어서라도 아리호를 풀어주게 하려는 속셈이었다. 해릉왕이 왕위를 찬탈한 지 사흘째 되는 날 돌갈속은 며느리를 친정 부모 문안 인사 보낸다는 핑계를 대고 예물을 갖추어 궁중으로 들여보냈다. 궁중으로 들어간 아리호는 더욱 음탕해졌고 해릉왕은 이런 아리호를 너무 늦게 만났다며 아쉬워했다. 몇 달 후 해릉왕은 아리호를 특별히 현비賢妃에 봉했고, 다시 소비에 봉했다.

중절이 궁중으로 들어왔다. 중절은 해릉왕의 재종형의 딸로서 아리호는 바로 중절의 생모였다. 어느 날 해릉왕이 중절이 머물고 있던 곳으로 갑자기 들이닥쳤다. 해릉왕은 중절이 이제 비녀를 꽂을 만한 꽃다운 나이에 미모마저 빼어난지라 자기도 모르게 음심이 발동했다. 해릉왕은 아리호가 방해할까 봐 수많은 촛불을 높이 걸어 궁실을 대낮같이 밝히게 했다. 아울러 자신이 먼저 미혼약을 복용하고 아리호와 여러 비빈들을 발가벗기고서 음탕한 짓을 벌여 중절을 자극했다. 중절은 교성과 웃음소리가 계속 들려오자 살그머니 구멍을 뚫고서 바라보았다. 중절은 자신도 모르게 정신이 아득해지고 황홀해져서 문을 열어젖히고 달려가고 싶은 마음을 억지로 달래고 있었다. 해릉왕의 음란한 짓은 삼경을 넘어 사경이 되어서야 겨우 끝났다.

　비빈들이 촛불을 끄고 잠자리에 들어 사위가 조용해졌다. 중절이 손가락을 깨물고 가슴을 억누르며 아무리 애를 써도 전전반측 잠이 오지 않았다. 이때 홀연히 아리호의 침상에서 소리가 났다. 일어나 몰래 바라보고 싶은 마음이 굴뚝같았으나 억지로 가슴을 진정시키고 있는데 누군가 방문을 두드리는 소리가 들렸다. 중절이 응답하지 않으니 방문 두드리는 소리는 더욱 거칠고 빨라졌다. 중절이 일어나 누구인지 물으니 해릉왕이 시녀 목소리를 흉내 내어 촛불을 가지러 왔으니 어서 문을 열라 했다. 중절이 억지로 일어나 문손잡이를 돌리는 순간 해릉왕이 잽싸게 들어와 자신의 입술로 중절의 입술을 덮쳤다. 중절이 몸을 빼내어 도망하려 하니 해릉왕이 더욱 힘을 주어 그녀를 침상으로 끌고 갔다. 그날 해릉왕은 중절과 온갖 음탕한 짓을 다 벌였다.

　해릉왕이 아리호를 거들떠보지 않은 지도 벌써 열흘이나 되었다. 아리호는 자신의 정념과 욕정을 억누를 길이 없었다. 그녀는 자신의 딸이 궁에 머물고 있다는 사실을 염두에 두지도 않았다. 아리호는 궁녀에게 해릉왕이 누구하고 붙어 있는지 알아보게 했다. 궁녀가 돌아와 대답했다.

"왕께서 새로운 여인과 매일 같이 지내시느라, 예전의 여인들은 거들떠보지도 않사옵니다."

"그 새 계집이 누구더냐? 그 계집은 언제 궁으로 들어왔다더냐?"

"왕께서는 매번 중절이 머물고 있는 소화궁昭華宮에 납시는 것인데, 비께서는 아직 모르고 계셨사옵니까?"

이 말을 들은 아리호는 화가 치밀어 올라 얼굴이 붉으락푸르락, 가슴을 치고 발을 구르면서 중절을 욕했다. 궁녀가 아뢰었다.

"비께서 중절과 다투시면 남들의 웃음거리가 되지 않을까 걱정이옵니다. 더군다나 왕의 성미가 급하온데 화가 미치지 않을까 걱정입니다."

"그년의 아비가 죽은 지 이미 오래고, 나는 이미 재혼했으니 우리 둘 사이의 관계는 예전에 이미 끝난 것, 내가 어찌 다른 사람들의 시선을 두려워하겠으며 왕께서 또한 나를 어쩌겠느냐."

"중절은 이제 갓 피어오르기 시작한 한 송이 꽃 같은지라 왕께서 지금 천하의 이름난 옥을 얻은 듯 기뻐하고 계십니다. 비께선 이미 나이가 들었사오니 고개를 숙이고 받아들이시는 것이 좋을 것 같습니다. 어이하여 평지풍파를 일으키려 하십니까?"

아리호가 그 말을 듣고는 더욱 화를 내었다.

"왕이 처음 나를 데려올 때 절대로 버리지 않겠노라 맹세하셨는데 어찌하여 지금 저 음탕한 년이 들어와 내게서 왕을 빼앗아간단 말이냐?"

이 말을 내뱉고 아리호는 소화궁을 향하여 잰걸음을 옮겼다. 마침 이때 중절은 한창 화장을 하고 있었다. 옆에서 시녀가 머리를 잘 빗기고 비녀를 꽂아 드리고 있었다. 아리호가 중절의 뺨을 야멸차게 갈기며 욕을 퍼부었다.

"왕께서 나이가 들어 망령이 났나. 욕정에 눈이 어두워 사리 분별조차도 하지 못하다니. 네년은 아직 나이도 어리고 게다가 내가 낳아 기른 딸임에도 염치도 없이 왕과 함께 이런 짓을 벌이다니 네년이 그러고도 사람이냐?"

중절 역시 화를 내며 욕을 퍼부었다.

"늙은 년이 사리 분별도 못 하기는! 그래 촛불 환하게 밝혀 놓고 발 가벗고 노는 짓은 잘한 일이더냐? 내가 이 궁궐에 들어와 음란한 흉계에 빠져 죽을 수도 살 수도 없는 지경에 이르고 말아 늘 늙은 네년을 원망하고 있었는데 너는 그저 자기만 위하느라고 서슴없이 남을 해치는 주제에 뭐 잘났다고 나에게 와서 행패를 부리느냐."

두 여인이 서로 욕을 퍼부으며 한 덩어리가 되어 싸웠다. 궁녀들이 달려와 두 사람을 뜯어말렸다. 아리호가 씩씩거리며 자신의 궁으로 돌아갔다. 중절은 엉엉 소리 내어 서럽게 울었다. 답답한 마음이 영 풀어지지 않았다.

얼마 후 해릉왕이 중절을 찾아왔다가 얼굴에 수심이 가득하고 볼에 눈물 자국이 선명한 걸 보고 가까이 다가가 얼굴을 쓰다듬으며 물었다.

"무슨 일이 있는가? 얼굴에 온통 수심뿐이구나."

중절은 입을 열지 않았다. 시녀들이 아뢰었다.

"소비 마마께서 왕비님의 따귀를 때리시고 욕을 해대어 왕비님께서 상심하고 계십니다."

해릉왕은 이 말을 듣고서 화를 버럭 내었다.

"그대는 상심하지 말라. 내 달리 처분을 내릴 것이니라."

이날 아리호는 궁실로 돌아가 술을 마시며 해릉왕을 욕해댔다. 해릉왕은 아리호에게 사람을 보내어 아리호가 중절을 욕하고 때린 일을 질책했다. 아리호는 평소 조심하고 거리끼는 바 없이 전 남편 남가의 아들에게 옷을 가져다주곤 했다. 해릉왕이 이 사실을 알자 노하여 소리쳤다.

"이미 나에게 몸을 맡겼으면서도 돌갈속과의 정을 아직도 끊지 못하였다니."

이 일로 말미암아 아리호에 대한 애정이 갈수록 식어만 갔다.

해릉왕은 왕비를 모시는 시녀들이 남장하도록 하는 법제를 만들어 공포했는데, 이 남장 시녀를 '가짜 사내'라 불렀다. 그 가운데 아리호를 모시는 승가라는 시녀는 생김새가 꼭 남정네 같았다. 승가는 아리호가 매일 답답해하고 밤이면 잠을 이루지 못하는 것을 보고서 그녀가 욕정이 넘쳐서 그런 거라 생각하게 되었다. 승가는 환관에게 은밀히 부탁하여 나무로 만든 남자 성기를 사들였다. 아리호가 승가에게 먼저 시험해 보라 했다. 승가의 표정이 마치 열락에 빠져 있는 듯했다. 그 후로 아리호는 승가와 붙어 지내며 잠시라도 떨어질 줄 몰랐다. 이때 부엌일을 하는 삼낭이란 시녀가 이러한 사정은 알지 못한 채 해릉왕에게 고자질했다.

"승가는 본디 남자인데 여장을 한 것입니다. 승가가 아리호 왕비님을 모시는 것은 예에 어긋나옵니다."

해릉왕은 본디 승가하고 잠자리를 같이한 적이 있는지라 그가 남자가 아니라는 사실을 누구보다 잘 알고 있었다. 해릉왕은 아리호에게 사람을 보내어 이런 소문이 돈다며 알려주고 삼낭을 너무 심하게 꾸짖지 말라고도 당부했다. 아리호는 삼낭이 자신과 승가 사이의 일을 고자질한 것을 알고는 노발대발하여 몽둥이질하여 죽여 버렸다. 해릉왕은 소비궁에서 사람이 죽어 나갔다는 말을 듣고 필시 삼낭일 거라고 짐작했다.

"만약 아리호가 삼낭을 죽인 거라면 내가 그냥 두지는 않으리라."

사람을 시켜 조사해 보도록 하니 과연 자신의 짐작대로였다. 이번 달은 태자 광영光英이 태어난 달이라 해릉왕은 이달이 지나가면 일을 벌이리라 벼르고 있었다. 이때 도단徒單 왕후가 여러 비빈들과 함께 간절히 부탁하는지라 해릉왕은 유예미결猶豫未決했다. 승가는 전후 상황을 알아차리고는 독약을 먹고 자결했다. 아리호는 승가가 이미 자결했고, 해릉왕이 자기를 죽이려 한다는 사실을 알고서는 곡기를 끊고 낮이나 밤이나 하늘에 빌었다. 한 달이 지나고 아리호는 자신의 운명이 이미 다했음을 직감했다. 해릉왕은 아리호를 목매달아 죽이도록 하고 아울러 삼낭에게 몽둥이질한 시녀를 죽이도록 한 다음 소화궁엔 다시 걸음하지 않았다. 해릉왕은 중절을 민간인에게 시집보냈으나 궁으로 불러들여 즐기는 일이 잦았다.

유비柔妃 미륵彌勒은 야율씨의 딸로 미모가 출중하여 근동 사람치고 그녀를 칭송하지 않는 자가 없었다. 나이 열 살이 되자 더욱 아름다워져 사람들의 감탄을 자아냈다. 미륵 역시 자기의 미모를 자랑스럽게 여겼다. 미륵의 어머니와 이웃집 아낙은 늘 터놓고 지내면서 서로 왕래했다. 그 아낙의 아들 합밀도로哈密都盧는 나이가 12살로 용모가 영준했다. 합밀도로와 미륵은 어려서부터 한데 어울려 놀더니 서로 거리끼는 바가 없게 되었고 마침내 음란한 짓을 서슴지 않는 지경에 이르게 되었다.

12살 먹은 소년과 10살 먹은 소녀가 무얼 안다고 설혹 방 안에서 부둥켜안고 뒹군다 하여도 그저 장난이나 칠 뿐일 것인데 어이하여 심하게 음란한 짓을 벌인다고 하는 것인가? 하나 여러분, 오해하지 말지어다. 북방의 남녀는 기골이 장대하고 조숙하다는 사실을 기억하여야 할지니. 이 음탕한 오랑캐 족속은 어른들이 일을 벌이면서 도시 애들한테 가리는 게 없으니 나이 어린 녀석들도 그 짓을 제멋대로 해대는 형편이었다.

세월은 이러구러 흘러 1년이 지났다. 미륵이 깜빡 문을 잠그는 것을 잊고서 방 안에서 목욕을 하고 있었다. 이때 합밀도로가 허락도 없이 방 안으로 들어왔다. 미륵이 황급히 소리쳤다.

"어서 가, 엄마가 물 봐주러 곧 오실 거란 말이야!"

목욕통 안에 잠겨 있는 미륵의 하얀 살결을 본 합밀도로는 도저히 참을 수 없어 자신도 목욕통에 같이 들어가 목욕하려 들었다. 미륵이 깜짝 놀라 합밀도로를 밀쳐냈다. 서로 밀치고 당기고 하는 사이에 미륵의 어머니가 들어왔고 합밀도로는 잽싸게 도망갔다. 미륵의 어머니는 화가 머리끝까지 치밀어올랐다. 미륵을 두들겨 패고 욕해대며 매일 미륵의 일거수일투족을 감시하여 다시는 합밀도로와 어울리지 못하도록 했다.

 세월은 흘러 천덕天德 2년, 미륵도 벌써 비녀를 꽂을 나이가 되었다. 해릉왕은 미륵이 천하일색이라는 소문을 듣고 있던 차에 예부시랑 적련아불迪輦阿不을 시켜 그녀를 변경으로 데려오도록 했다. 적련아불의 중국식 이름은 소공蕭琪으로 미륵의 언니 택특라澤特懶의 남편인데 나이는 젊고 영준하며 제법 풍류를 아는 사내였다. 적련아불은 미륵을 보자 마음속 깊이 반했으나 해릉왕이 두려워 억지로 참았다. 미륵 역시 영준한 사내 적련아불을 보자 오랫동안 헤어져 지냈던 합밀도로가 절로 떠올랐으며 자기도 모르게 적련아불에 끌리는 마음이 생겨났다. 하지만 서로 다른 배를 타고 있는 처지라 쉽사리 그 마음을 전할 수가 없었다. 미륵은 꾀를 내어 밤마다 귀신이 나온다며 소리를 질렀다. 시녀들은 어쩔 수 없어 적련아불을 미륵이 타고 있는 배로 불러오게 되었다. 적련아불이 미륵의 배로 건너오자 미륵의 외침 소리는 절로 잦아들었다. 서로 눈길이 마주친 두 남녀, 깊은 곳에서 솟아오르는 욕정은 누구도 막을 수 없었다. 밤이 되어 두 남녀는 같이 식사를 하고 애정표현을 서슴지 않았다. 그러함에도 미륵이 숫처녀라 생각한 적련아불은 미륵의 처녀를 빼앗았다가 나중에 해릉왕에게 죗값을 치를까 두려워 차마 미륵과 잠자리를 같이하지 못했다. 어느 날 밤, 배가 강 언덕에 정박하여 있을 때 비가 억수로 쏟아졌다. 두 사람이 막 잠들려고 하는 무렵 어디선가 노랫소리가 들려와 귀를 간질였다. 적련아불은 도둑이 들었나 하는 생각에 일어나 앉아 그 소리를 들었다. 바로 야경꾼이 강 언덕에서 부르는 노래였다.

 추적추적 비는 내려 하늘이 보이지 않는데,

구관조 화당 앞으로 날아들어 온다.
제비는 둥지를 잃어버려 대들보 위에서 잠을 청하고,
처제와 형부는 함께 잠자리에 든다.

적련아불은 이 노랫소리를 듣고서 혼잣말했다.
"아, 나를 기롱하는구나. 나의 이런 추태를 어이 알았을꼬? '양고기는 먹지도 못했는데 온몸에 비린내만 나게 되었다'는 속담도 있는데 내가 바로 그런 꼴이로다."
혼자 탄식하고 있는데 사람의 발자국 소리가 들린다. 미륵이 찬찬히 적련아불의 침상으로 걸어오고 있었다.
"어인 일로 여기까지 오시었소이까?"
"노랫소리를 듣고 오는 길입니다. 그대는 나이가 들었다고 귀까지 먹었습니까?"
"노랫소리를 듣긴 들었습니다만 그게 어디서 나는 소린지 영문을 알 수 없어 망설이고 있었습니다. 어찌하여 잠자리에 들지 않으시옵니까?"
"그 노랫소리가 무얼 의미하는지 좀 알려주시지 않겠습니까?"
적련아불은 그 노래를 한 구절 한 구절 풀이해주었다. 미륵은 자기도 모르게 얼굴이 빨개지며 적련아불에게 몸을 기대면서 말했다.
"그 노래가 본디 그런 의미라면서 그대는 대체 아무런 생각도 없단 말이오?"
적련아불은 침상 앞에서 무릎을 꿇고서 아뢰었다.
"제가 목석이 아닌지라 어찌 아무런 감정이 없겠사옵니까? 다만 주상께서 알게 되신다면 신은 온전하지 못할 것입니다."
미륵은 적련아불을 일으켜 세우며 말했다.
"나와 그대는 가까운 인척간인데 무슨 문제가 있겠소. 주상께는 내 나름대로 변명해드릴 것이니 너무 염려하지 마시오."

두 사람은 마침내 정욕이 발동하여 서로 부둥켜안고 운우지정을 나누었다.

나비와 벌처럼 하늘거리는 날갯짓,
온몸에 송골송골 피어오르는 땀방울,
교성은 잦아들 줄 모르고.
한 사람은 사랑 나누기에 정통한 사람,
한 사람은 이제 막 배우기 시작한 사람.
사랑에 정통한 사람,
오늘 밤 자신의 모든 걸 다 자랑하기라도 하려는 듯.
이제 막 배우기 시작한 사람,
이게 바로 그 맛이구나 깨닫는다.
여인은 건장한 남정네가 애송이보다 낫다고,
남정네는 왕의 엄한 명령 나 모른다 하네.
원앙처럼 나누는 운우지정,
욕정에 눈멀면 사람이 이렇게 대담해지는가.

배를 타고 여행하는 내내 두 연인은 밤낮으로 사랑을 나누었다. 일행은 연경에 도착했다. 적련아불의 아비이자 연경유수燕京留守인 소중공蕭仲恭은 미륵을 보고서는 한눈에 그녀가 처녀가 아님을 알아차렸다.

"왕께서 필시 의심하고서 아들 공珙을 죽이려고 하시겠구나."

하나 소중공은 바로 자신의 아들이 그녀와 놀아났을 거라곤 상상도 못했다.

궁궐에 들어간 미륵은 자신의 행적이 언젠가는 들통날 거라는 생각에 후회막급이었다. 해릉왕이 자신에게 다가오자 두 볼에 눈물을 가득 흘리며 떨기만 했다. 이를 본 해릉왕이 더욱 음욕이 발동하여 양옆에 촛불을 밝히게 하고 시녀를 시켜 미륵의 옷을 벗기게 하고는 사랑을 나누고자 했다. 미륵은 계속 옷으로 몸을 가리면서 머뭇거리기만 했다. 해릉왕은 미륵이 처녀가 아님을 알아차리고는 버럭 화를 내었다.

"그래 적련아불이 감히 그대의 처녀를 짓밟다니, 이 망측한 녀석!"

해릉왕은 환관을 시켜 미륵을 묶게 하고는 미륵에게 물었다. 미륵이 울면서 대답했다.

"소첩은 이미 열세 살 때 합밀도로와 관계를 가진 적이 있사옵니다. 적련아불과는 무관한 일이옵니다."

"그래 합밀도로는 어디에 있느냐?"

"이미 죽었사옵니다."

"그래 합밀도로는 몇 살 때 죽었느냐?"

"열여섯이었사옵니다."

"그래 열여섯 살 먹은 애송이가 여자랑 잠을 자."

"죽을죄를 지었사옵니다. 적련아불은 아무런 죄가 없습니다."

"내 알겠노라. 합밀도로가 네 처녀를 빼앗고, 적련아불이 이참에 재미를 본 거구먼."

미륵은 머리를 조아리고 아무런 말도 하지 못했다. 해릉왕은 적련아불을 처형하고 미륵을 출궁시켜버렸다. 미륵이 쫓겨난 지 몇 달, 해릉왕은 미륵이 그리워졌다. 해릉왕이 미륵을 불러들여 충원充媛에 봉하고 그 어미 장張씨를 화국부인華國夫人에 봉했으며, 큰어머니 난릉군군蘭陵郡君 소씨를 공국부인鞏國夫人에 봉했다. 며칠이 지나고 해릉왕은 미륵이 찾는다는 핑계로 적련아불의 처 택특라를 궁으로 불러들여 음사를 벌였다.

"적련아불이 미륵과 더불어 놀아났으니 짐 역시 그의 처를 범하여 갚아주련다."

해릉왕은 미륵을 유비柔妃에 봉하고 택특라를 시녀로 삼아 유비를 모시도록 하고는 시간 나는 대로 찾아가 즐겼다.

숭의崇義절도사 오대烏帶의 아내 당고정가唐姑定哥는 맑은 눈매가 달나라 항아姮娥와 같았고, 아름다운 눈썹은 마치 요지瑤池의 옥녀 같았다. 해릉왕이 변경에 있을 때 우연히 그녀를 보고 반하여 자신도 모르게 정신이 멍해졌다.

"세상에 이렇게 아름다운 여인이 있다니! 이런 여자를 다른 남자가 차지하다니 정말 원통할 일이로군."

해릉왕은 사람을 시켜 그녀가 어디에 사는지 알아보도록 했다.

"그분은 절도사 오대의 아내로 풍류를 잘 알기로 제법 소문이 났다고 합니다만 그녀와 통할 만한 사람이 없는 것이 문제입니다. 그녀에게는 시녀들이 많이 있습니다만 그중에서도 귀가貴哥 정도만이 그녀와 통한다고 하는데 그 귀가 역시 미모가 빼어나다고 합니다."

해릉왕은 꾀를 내어 오대의 집에 늘 다니면서 머리를 해주는 여자 이발사를 불러 자신의 머리를 손질하게 하고는 은자 열 냥을 주었다. 그녀는 해릉왕이 평소에 각박한 사람이라는 것을 잘 알고 또 위세가 대단한 사람인 것도 잘 아는지라 극구 사양하면서 그 은자를 받지 않았다.

"짐이 다 생각이 있어 그대에게 은자를 주는 것이니 사양하지 말라."

"폐하의 분부라면 쇤네 어떤 일이라도 마다하지 않고 할 것이옵니다. 어찌 감히 사례를 바라겠습니까?"

"그대가 이 은자를 거절한다면 짐의 일을 성심성의껏 해주지 않는 것으로 알겠네. 그대가 이 일을 잘 처리해준다면 짐이 따로 섭섭지 않게 해주겠네."

"무슨 일인지요?"

"저 남쪽에 있는 저택이 바로 오대 절도사의 집이라면서?"

"그러하옵니다."

"그대가 그 집 아낙들의 머리 손질을 해주곤 한다는데 사실인가?"

"그러하옵니다. 그 집 마님과 여종들이 저에게 머리 손질을 받곤 합지요."

"그 집에 귀가라고 하는 여종이 있다고 하던데 그대가 아는가?"

"예, 마님이 아끼는 여종입니다. 저하고도 아주 친한 사입니다. 가끔씩 저에게 뭐도 챙겨주고 저를 보살펴 주기도 하고 그럽니다."

"마님의 심성은 어떠한가?"

"마님은 너무도 엄격하신 분입니다. 말수도 적고 잘 웃지도 않으십니다. 한데 무슨 이유인지 모르겠지만 오직 귀가만은 총애하셔서 아무리 기분 나쁜 일이 있어도 귀가가 옆에서 뭐라고 한마디 하면 금방 풀어져 버립니다. 이런 이유로 모두들 귀가를 두려워합니다."

"그대가 기왕에 귀가와 사이가 좋다고 하니 짐이 하는 말을 귀가에게 전해주도록 하라."

"혹시 귀가가 폐하의 친척이라도 되는지요?"

"아니야."

"혹시 마님 댁의 하녀 가운데 폐하의 친척이 있기라도 해서 귀가를 아는 것인지요?"

"아니야."

"혹시 전에 폐하께서 부린 적이 있으신지요?"

"아니야."

"이도 저도 아니면 저에게 무슨 일을 시키시려 하시는지요?"

"짐에게 가락지 한 쌍과 진주 팔찌 한 쌍이 있노라. 이걸 귀가에게 갖고 가서 짐이 주는 것이라고 말해주거라. 그래 줄 수 있겠느냐?"

"전해주는 것은 어렵지 않겠습니다만 폐하께서 귀가와 친척도 아니시고 이웃에 사는 사이도 아니라서 제가 들고 가면 저에게 어찌 된 영문인지 시시콜콜 물어볼 것입니다. 그럼 제가 어찌 대답하면 좋을지요?"

"그래, 그대가 무슨 말을 하는지 알겠노라. 설마 짐이 아무런 설명도 없이 그냥 이걸 전해주라 하겠느냐. 짐이 지금 하는 말을 잘 듣고 귀가에게 실수 없이 전달해라."

"폐하께서 명령하신 일을 어찌 소홀히 할 수 있겠습니까!"

"짐이 요 며칠 동안 귀가가 모신다는 그 마님을 봐왔노라. 참으로 아름답더구나. 하나 그녀를 만날 방도가 마땅하지 않아 이리저리 수소문하여 보니 그대가 그 마님 댁과 왕래가 있다 하고 그 마님은 또 귀가를 총애한다고 하더구나. 하여 그대에게 이렇게 은자를 주고 이것들을 전달해 주라 한 것이니 귀가한테 말을 잘 해서 짐이 그 마님과 하룻밤을 보낼 수 있게 해 보아라."

"남몰래 인연을 맺어주는 것보다 더 어려운 일이 세상에 또 어디 있겠습니까? 게다가 그 마님은 또 여간 괴팍한 분이 아니라서 제가 어찌해야 좋을지 모르겠습니다."

"아니 이 늙은 할망구가 지금 짐 앞에서 거듭거듭 못하겠다는 말을 한단 말이지. 짐이 지금 당장 네년의 목을 베어버려야겠구나!"

이 말이 떨어지자마자 그 여자 이발사는 너무도 놀라 모골이 송연해지더니 벌벌 떨었다.

"제가 가지 않겠다고 말씀드리는 것이 아니라 이 일은 천천히 시간을 갖고 하여야지 서두르다 보면 될 일도 안 된다는 뜻이었습니다. 폐하께서 이렇게 화를 내시니 몸 둘 바를 모르겠습니다."

"짐이 지금 그대에게 화를 내는 것이 아니로다. 짐이 그대에게 한 달 말미를 줄 것이니 어서 이 일을 성사시켜 보아라. 조금도 소홀히 해서는 안 될 것이로다."

그 여자 이발사는 예, 예 하면서 황급히 물러갔다. 집에 돌아와 밤새 이리저리 궁리하여도 도무지 어떻게 하면 좋을지 타산이 서지 않았다. 이튿날 새벽같이 일어나 세수를 마치고 나서 어제 받은 가락지와 팔찌를 품에 넣고 오대의 집을 향하여 달려갔다. 대문에 이르러 귀가를 만났다.

"오늘은 무슨 일로 이렇게 새벽같이 달려오셨소?"

"제 친척이 송사에 휘말렸지 뭡니까요. 하여 장신구 두 개를 주면서 이걸 팔아서 돈을 좀 마련하여 달라고 하네요."

"그게 어디 있소? 내가 쓸 만한 건지 모르겠네."

"그야 물론입죠. 사주신다면 정말 고맙죠."

"돈을 얼마나 받으려고 하려나? 일단 한번 보여주게."

"방에 들어가면 보여드리지요."

귀가가 그녀를 방으로 데려갔다. 찬장에서 과자를 꺼내주면서 그 장신구를 보여 달라고 했다. 그녀는 가락지 한 쌍을 꺼내어 탁자 위에 올려놓았다. 비취가 박힌 그 가락지는 눈이 부시게 아름다웠다. 귀가는 첫눈에 맘에 들어 했다.

"그래 얼마나 받으려고 하는가?"

"하나에 2천 냥씩 해서 4천 냥을 받아달라고 했습니다."

귀가가 입맛을 다시며 말했다.

"몇 푼 정도야 어찌 해보겠네만 그 큰돈은 나도 없고 우리 마님이라고 해도 감당하기 만만치 않을 걸세. 아이고, 눈 호강 한 번 한 셈 치세. 내가 이걸 들고 가서 우리 마님에게 한번 보여드리고 싶네. 세상에 이렇게 멋진 가락지도 있다는 걸 알려드려야지."

"잠깐만요. 실은 드릴 말이 있습니다. 제 말을 듣고 가시지요."

"빙빙 돌리지 말고 속 시원하게 말하게나."

"평소 저를 보살펴 주신 은혜를 늘 잊지 않고 있습니다. 오늘 제가 주제넘은 말씀을 하나 올리겠으니 저를 너무 나무라지 말아주십시오."

"아니, 자네 오늘 미쳤나 그래. 나랑 알고 지낸 지가 벌써 몇 년인데 무슨 말 한마디에 내가 자네를 꾸짖고 말고 하겠나. 어서 말이나 하게."

"이 가락지는 어떤 분이 무슨 부탁을 하려고 저에게 준 것입니다. 돈은 내실 필요 없습니다. 그리고 팔찌 한 쌍도 더 있습니다."

그녀는 황급히 품에서 팔찌 한 쌍을 꺼내어 탁자 위에 올려놓았다. 귀가가 이걸 보더니 이렇게 말했다.

"아니, 이 할마씨가 말하는 걸 보니 정말 미쳤구먼! 나는 어려서부터 이곳에 살면서 밖에 나가본 적이 없는데 누가 날 안다고 이런 값비싼 장신구를 나한테 준단 말인가. 아무래도 출세를 바라는 사람한테 자네가 우리 나리 이름을 팔아서 이런 걸 받았던 모양이네. 그래, 이제 그게 들통이 나서 우리 나리께서 알게 될까 봐 이 꼭두새벽에 찾아온 거야?"

"만약 정말로 그렇다면 저는 죽어도 싸죠. 어서 귀 좀 가까이 해보셔요. 제가 아무도 모르게 드릴 말씀이 있습니다."

"여긴 다른 사람이 없으니 그저 목소리만 좀 낮춰서 말하면 될걸세."

"이 가락지와 팔찌는 다른 사람이 보낸 게 아니라 요왕 종간의 둘째 아들이시며, 우승상으로서 행대상서성을 통할하시는 완안적고完顏迪古 세자께서 저를 통해 주신 것입니다."

귀가가 웃으면서 말했다.

"완안적고 세자라면 허여멀겋고 수염도 안 난 그 미남자를 말하는 거냐?"

"맞습니다. 바로 그 젊고 잘생긴 세자십니다."

"거참 이상하다. 그분이 우리 나리하고 왕래가 있으시긴 하다만 그거야 서로 벼슬살이하는 처지라 그런 거고 무슨 인척 관계도 아니고 형제

사이도 아니라 서로 편하게 술잔을 나눠본 적도 없는 사이로다. 게다가 나는 그분하고 일면식도 없도다. 한데 무슨 일로 이런 보물을 나한테 보낸단 말이냐?"

"제가 생각해도 우습긴 우습네요. 제가 입 다물고 아무런 말도 하지 않으면 제가 부탁받은 일을 제대로 하지 못할까 봐 걱정이고, 또 그냥 말해버리자니 너무 놀랄까 봐 걱정이네요."

"무슨 사연인지 어서 속 시원하게 말해보라고!"

그녀는 숨을 고르더니 귀가의 귀에 입을 갖다 대고 목소리를 낮추어 말했다.

"며칠 전, 완안적고 세자께서 길을 지나다가 우연히 이 집의 마님이 주렴 아래 서 있는 걸 보시고는 마님을 한번 만나보고 싶어 하십니다만 마땅히 어찌하면 좋을지 몰라 하시다가 귀가님이 마님과 각별하신 걸 알고 다리를 좀 놔줬으면 좋겠다 하셨습니다. 그리고 이 가락지와 팔찌를 저에게 주시면서 귀가님에게 전달해주라고 했습니다. 이것 참 이상하지 않나요, 우습지 않나요!"

"하하, 두꺼비가 개울에 숨어서 하늘을 나는 고니를 먹으려고 하는 격이네. 꿈 깨라고 하게나. 우리 마님의 냉랭한 성격 때문에 하녀들조차도 그 앞에서 감히 토를 달지 못하는데 일면식도 없는 사람이 감히 우리 마님을 보겠다? 몇 년을 한 이불 덮고 살아온 나리도 마님이 원치 아니하시면 곁에 다가가지 못하는데. 완안적고 세자께서 어쩌다 이런 백일몽을 꾸게 되었는지 모르겠네!"

"그렇게 말씀하시는 걸 보니 아무래도 안 되겠네요. 이 가락지와 팔찌를 세자께 돌려드리고 헛꿈 꾸지 말라고 전해야겠어요."

귀가가 비록 입으로야 쌀쌀맞게 굴었지만 눈으로는 그 값나가는 가락지와 팔찌를 포기하지 못했다.

"아니, 이 닳고 닳은 뚜쟁이 할망구가 아무것도 모르는 숫처녀처럼 그렇게 급하게 구는 거야? 매사 차근차근, 두 번 세 번 생각하고 처리해야지. 첫술에 배부른 일이 세상에 어디 있어!"

"제가 성미가 급한 게 아니라 귀가님이 하는 말이 너무도 성의가 없어서 제가 완안적고 세자님에게 어찌 말씀드려야 할지를 모르겠기에 차라리 이 장신구를 돌려드리는 게 낫겠다 싶었던 거죠."

"내가 틀린 말을 한 것은 아닐세. 아무튼 그 가락지와 팔찌는 그냥 두고 가게. 내가 짬을 봐서 차근차근 처리하고 자네에게 소식을 전해주지. 조금이라도 될 성싶으면 내가 이걸 마님께 전해드리겠네. 그리고 완안적고 세자님에게 내 몫으로 따로 한 쌍 챙겨달라는 말도 전해주게나."

"그야 물론입죠. 아무튼 항상 마음에 두고 꼭 좀 챙겨주시기 바랍니다. 제가 며칠 후 다시 찾아와서 소식을 여쭙겠습니다. 세자님께 좋은 소식을 전해드릴 수 있기를 바랍니다."

그녀는 귀가에게 수고하시라는 인사를 하고 자리에서 일어났다. 귀가는 가락지와 팔찌를 자기 보석함에 넣고 머릿속으로 궁리를 하느라 자리에 그대로 앉아 있었다.

달이 대낮처럼 환하게 빛나는 밤, 정가가 혼자서 회랑에 걸터앉아 달구경을 하고 있었다. 귀가도 그 옆에 가까이 서서 정가의 얼굴을 꼼꼼하게 살펴보았다. 정말로 화용월태요, 물고기가 부끄러워 숨고 날아가던 기러기가 떨어질 미모였다. 다만 눈썹 사이에 뭔가 수심이 서려 있는 듯했다. 귀가가 정가의 심사를 8, 9할은 알아차리고 조용히 말을 걸었다.

"마님께서 혼자서 달구경 하는 모습이 조금은 쓸쓸해 보입니다. 나리를 모셔서 같이 술이라도 들면서 달구경 하면 더욱 신나지 않겠습니까!"

정가가 미간을 찡그리면서 대답했다.

"자고로 달이 맑은 만큼 사람도 맑아야 하는 법이라 했네. 나 혼자 달구경 하는 게 조금은 쓸쓸해 보이기도 하나, 그래도 그게 차라리 달의 본래 정취를 망치지 않는 길이기도 하다네. 저 속물을 데리고 같이 술잔을 기울이며 달구경 하다가는 항아에게 꾸중 듣기 딱 맞다네!"

"제가 평소에 마님 덕분에 이렇게 저렇게 귀동냥이라도 하여 세상 물정을 좀 알게 되었습니다만, 어떤 사람이 멋을 제대로 아는 사람이고 어떤 사람이 속물인지는 아직 잘 모르겠습니다."

"그래, 자네가 잘 모르겠다 하니 내가 설명해주지. 자네는 나중에 멋을 제대로 아는 사람에게 시집가게나. 속물한테 시집가느니 차라리 남편이란 작자가 없는 게 낫지. 그런 작자 때문에 몸을 망칠 필요는 없다네."

"마님, 가르침을 내려주십시오."

"일단 얼굴이 미남이고 군계일학의 기품이 있으며 문장도 잘 지을 줄 알고 학문도 깊이가 있는 자가 멋을 제대로 아는 사람이지. 얼굴도 못생기고 행동거지도 거칠고 매사가 깔끔하지도 않은 자는 바로 속물이라네. 내가 전생에 덕을 쌓지 못해서 그런지 속물에게 시집갔으니 그런 남편이 내 눈에 찰 리가 있겠는가! 차라리 혼자서 달구경 하는 게 속 편하지."

"제가 주제넘게 한 말씀 올려도 좋을지요. 저 같으면 만약 속물에게 시집갔다면 다시 멋진 남편을 찾아보겠어요."

정가가 하하 웃으면서 말했다.

"하하, 우리 귀가가 제법 재미있네. 세상의 모든 아내에겐 그저 남편이 하나뿐이지 않은가. 남편이 둘일 수는 없다네. 남편을 또 찾는 건 부정을 저지르는 짓이지."

"저도 본남편만 두는 게 아니라 따로 사랑하는 남자를 두는 경우가 많다고 들었습니다."

"맞아. 자네가 나중에 시집가거들랑 딴 남자를 둘 필요가 없기를 바라네."

"마님께서 저를 멋진 남편에게 시집보내주시기만 하면 제가 따로 다른 남자를 찾을 이유가 전혀 없지요. 마님께서는 지금 눈앞에 있는 사람이 맘에 들지 않으셔서 늘 미간을 찌푸리고 계시니 차라리 사리 분별이 빼어난 멋진 남자를 찾아 그 남자와 남의 눈을 피해 왕래하셔서 인생의 기쁨을 누리는 게 낫지요. 눈 깜빡할 사이에 사라지고 마는 인생, 그렇게 슬픈 표정을 지으며 허송세월할 필요가 어디 있겠습니까? 그런다고 해서 열녀라고 칭송받아 청사에 길이 빛나는 것도 아니지요."

정가가 한참 동안 생각에 잠겨 있다가 입을 열었다.

"입 꾹 다물고 허튼소리 하지 마라. 다른 사람이 들을까 걱정이다."

"이 집에서 나리가 바깥어른이라면, 마님이 안쪽어른 아닙니까. 나리와 마님 말고 감히 뭐라고 끼어들 자가 어디 있겠습니까. 게다가 나리는 늘 집을 비우시니 마님께서 대소사를 주관하시고 거기에 감히 '아니 됩니다' 하고 나서는 자가 누가 있겠습니까. 말씀하시면서 꺼릴 필요 조금도 없습니다."

정가가 달을 바라보며 한숨을 쉬더니 뭔가 말을 하려다 그만두었다. 귀가가 다시 말을 이었다.

"저야말로 마님의 심복 아닙니까. 마님, 심중의 이야기를 솔직히 털어놓으시지요."

"자네 말을 내가 모르는 바는 아니나 내가 지금 새장 속의 새 신세인데다가 마땅히 내 마음을 설레게 하는 자 또한 없으니 괜히 심사만 복잡하게 할 필요가 뭐 있겠는가. 설혹 내 마음에 드는 자가 있다고 하더라도 내 마음을 전달해줄 사람이 없으니 내 마음에 드는 자가 어찌 나를 찾아올 수 있겠는가."

"마님께서 마음에 드는 자가 나타나기만 한다면 제가 중간에서 다리를 놓아드리겠습니다. 마님, 어찌하여 마음을 전달해줄 사람이 없다는 말을 하십니까!"

정가는 묘한 웃음을 지으며 아무런 대꾸도 하지 않았다. 귀가가 몸을 돌려 떠나려 하니 정가가 소리쳐 붙잡았다.

"어디 가려는 건가? 내가 대꾸하지 않아서 화가 나신 건가. 내가 대꾸하고 싶지 않아서 그런 게 아니고 자네가 말하는 게 하도 멋들어져서 감탄하고 있었던 거라고!"

"제가 보물 하나를 얻어서 그걸 제 방에 잘 간직하고 있습니다. 제가 지금 가지고 와서 마님께 보여드리지요."

"무슨 보물이야? 어디서 난 거야? 하긴 내가 뭐 보물을 감정할 줄 아는 노련한 인물도 아니긴 하네."

귀가는 대답할 생각은 하지 않고 바로 자기 방으로 돌아가 가락지와 팔찌를 가지고 와서 정가에게 건네주었다.

"마님, 이 두 보물이 꼭 결혼예물 같지 않아요?"

정가가 그걸 받아서 손바닥 위에 올려놓고 바라보았다.

"이거 어디서 난 건가? 정말 좋긴 좋네. 자네 같은 사람이 쉽게 받을 수 있는 그런 결혼예물이 아닌데. 이건 황족이나 부마나 제후 같은 자들이나 만져볼 수 있는 그런 물건이야. 자네처럼 남의 집에서 일해 주는 자들이 만져볼 수 있는 물건이 아니라네. 어서 사실대로 말해보게나."

"마님께 사실대로 다 말씀드리지요. 이건 마님께 머리 해주러 오는 이발사가 저한테 중매를 부탁하면서 갖다 준 것입니다."

"자네 미쳤구먼. 나한테는 아들도 딸도 없고 아씨도 없고 도련님도 없는데 그 이발사가 대체 뭐 하러 나한테 와서 중매를 서겠다는 거야?"

"그 이발사가 아들이나 딸이나 아씨나 도련님한테 중매를 서겠다는 게 아닙니다. 그자가 중매를 서려고 하는 분은 어디 멀리 있는 게 아니라 바로 제 눈앞에 있습니다."

"그럼 자네한테 중매를 서주려는 것인가?"

"저한테 이런 멋진 보물을 받을 복이 어디 있겠습니까?"

"그럼 여종 가운데 한 명한테 중매를 서달라는 것인가? 여종은 자네보다 자격이 더 없을 거 같아. 그럴 리가 없겠지!"

"여종 주제에 어찌 감히 이런 걸 욕심낼 수 있겠습니까. 하늘에서 내려온 선녀나 신선 세상에서 놀던 옥녀나 마님 같은 천하의 미녀만이 이런 걸 받을 수 있지요."

"하하, 자네 말대로라면 내가 지금 딴 길 보기를 해서 그 이발사를 중매로 내세워 새 신부가 되어야 하는 거구먼. 자네는 나를 따라가는 여종이 되고 말이야."

귀가가 무릎을 꿇고 말씀을 올렸다.

"마님께서 그 이발사를 중매쟁이로 받아들여 주신다면 저 역시 기꺼이 마님을 따라가는 여종이 되겠습니다."

정가가 다시 한번 알 듯 모를 듯한 미소를 짓더니 귀가의 따귀를 때렸다.

"내가 그동안 너를 귀엽게 봐주었더니 이젠 나를 잘못된 길로 끌어들이려고 온갖 엉뚱한 소리를 하는구나. 남이 들을까 무섭다. 내 체면이 말이 아니로구나."

"제가 허튼소리를 하는 게 아닙니다. 그 이발사가 마님을 위해 예물을 가지고 온 게 맞습니다."

정가는 미간을 찡그리고 두 눈을 부릅뜨고선 버럭 화를 냈다.

"나는 정경부인이야. 여염집의 청상과부 나부랭이들과는 다르다. 그년이 나를 어떻게 보고 이런 버르장머리 없는 말을 했는지 모르겠다. 내가 내일 나리께 말씀드려서 그년을 잡아들여 치도곤을 내서 이 분을 좀 풀어야겠다."

"마님, 너무 그렇게 화만 내지 마시고 제가 드리는 말씀을 찬찬히 들어보시고 괜히 긁어 부스럼 내서 다른 사람들한테 웃음 사는 일이 생기지 않게 하십시오. '우스갯소리를 안 하면 웃을 일 없고, 때리지 않으면 비명 소리 날 일이 없다'는 말도 있지 않습니까! 다만 제가 말씀드리는 걸 듣고서 마님께서 비웃거나 화를 내시지 않을까 걱정입니다."

정가는 평소에 귀가를 너무도 귀여워해서 다른 일로 화가 났다가도 귀가를 보기만 하면 화가 풀리기도 하고 그랬으니 귀가가 자기 말 좀 들어달라고 하는 걸 굳이 못 들어줄 이유가 또 어디 있으랴! 정가가 스스로 화를 누그러뜨렸다. 귀가가 말을 시작했다.

"며칠 전 완안적고 세자께서 집 앞을 지나다가 마님이 주렴 안쪽에 서 있는 것을 보았답니다. 마님이 너무도 아름다운 게 마치 모장, 조비연과도 같았기에 세자님의 혼이 다 빠져나갈 정도였다고 합니다. 세자님이 집에 돌아가 며칠을 전전긍긍, 전전반측 오직 마님을 다시 볼 수 있기만을 고대하고 또 고대하여 그 이발사 편에 가락지와 팔찌를 전해 달라고 한 것입니다. 만약 마님께서 세자님을 만나기를 원하신다면 주렴 아래에 다시 나타나셔서 얼굴을 보여주시면 된다고 합니다. 그리고 이 가락지와 팔찌를 정표로 받아주십시오. 게다가 완안적고 세자님은 얼굴도 미남이시고 관직도 높으신 분이라 어쩌면 마님께서 전에 한번 만나신 적이 있을 수도 있겠습니다."

정가의 화난 얼굴이 다시 환하게 미소 짓는 얼굴로 바뀌었다.

"나리한테 자주 놀러 오고 했던 그 젊은이가 아니냐! 정말로 멋지게 생긴 분이지. 근데 성질이 보통내기가 아니라서."

귀가가 하하 웃더니 대답했다.

"평소에 알고 지낸 사이라 만나서 이야기를 나눈 적도 있고 머리끝부터 발끝까지 살피고 손으로 허리를 안아보았다 해도 그저 겉모습만 알

뿐이지 속마음은 알 길이 없는데 마님께서는 완안적고 세자님을 속마음까지 이렇게 잘 알고 계시니 두 분이 딱 맞는 인연인 게 틀림없습니다."

"쓸데없는 소리 그만하게나. 그래 그 이발사가 뭐라고 이야기하던가, 자네는 또 뭐라고 대답했는가?"

"그 이발사야 닳고 닳은 할망구라 잘못 이야기했다가 자기한테 시빗거리가 생겨날까 봐 말 한마디 던져놓고 이리 빼고 저리 빼고 그랬죠. 제가 '이 할망구야, 말 좀 고만 돌리라고. 누군가가 우리 마님을 보고 확 반해버린 모양이네. 그래서 이 할망구가 중매를 서려는 거고. 이런 일 가지고 어째 그리 엄청난 일이라도 하는 것처럼 유난을 떨고 그래!' 이렇게 말했지요. 그러니까 그 이발사가 손뼉을 치고 발을 구르며 말하더라고요. '역시 우리 귀가님은 못 당한다니까. 누가 귀가님한테 세상일을 꿰뚫어보는 구멍이라도 내준 것 같네. 내 속셈을 송두리째 다 들키고 말았네요.' 제가 그년 얼굴에 침을 뱉고 욕을 해대었습니다. '이 화냥년 같은 할망구야, 그래 염치가 없어도 유분수지. 할망구는 그래 세상 모든 일을 다 배우고 흉내 낼 수 있는 능력이 있기라도 한 거야. 어쩜 이렇게 뻔뻔한 짓을 하는 것까지 다 배운 거야. 나는 타고나길 총명하게 태어나서 한마디만 들어도 금방 말귀를 알아듣고 눈치를 챈다고. 내가 어찌 할망구 같은 사람한테 휘둘리겠어!' 그러자 그녀가 이렇게 대답했습니다. '아이고 너무 그렇게 화만 내지 마시구요. 그저 농담한 거라고요. 귀가님처럼 성깔 있는 여자한테 어디 남자가 붙어나겠어요!' '그래 그렇게 말한다면 그냥 넘어가 주지. 이제 나 가지고 더는 장난하지 말게나.' '실은 마님 때문에 온 건데 이렇게 화를 내버리시니 내가 어찌 더 말을 할 수가 있겠어요! 아무튼 마님의 평소 성격을 좀 말해주시지요. 저는 관상과 목소리와 골상을 보고, 마의麻衣3)와 달마達磨4)의 방법으로 마님의 마음씨를 바로 알아맞힐 수 있습니다.' 제가 대답했지요. '다른 사람이라면야 사실 내가 뭐라 말해주고 싶지 않지만 우리 마님이니까 한마디 하지. 마님이야 집안 살림 똑소리 나게 하시고, 아랫사람들에게 엄정하게 대하시고, 함부로 웃는 모습 보여주지 아니 하시니 우린 마님 앞에서 제대로 서 있지도 못할 정도라네.' 그녀가 이렇게 말했습니다. '하하, 그렇게 말하는 걸 보니 지금 중매쟁이로 나선 내 입장에서 봐도 이 중매는 이미 다 된 거나 마찬가지네요. 아이고 축하드립니다.' 제가 다시 말했습니다. '그렇게 함부로 주둥아리 놀리다간 자네 뺨이 남아나지 않을 거야.' 그녀가 이렇게 말했습니다. '저야 뭐 관상 책에 적혀 있는 대로 말씀드린 것뿐입니다.' 제가 이어서 물었습니다. '어느 관상 책에 그런 게 나오던가?' 그녀가 이렇게 대답했습니다. '화사하게 웃는 얼굴, 외려 쉽게 다가가기 어려우며, 딱딱하게 굳은 얼굴, 외려 꼬드기기 쉽다네.'"

정가가 차 한 모금을 들면서 귀가의 이야기를 듣다가 자기도 모르게 크게 웃다가 그 찻물을 얼굴에 품었다.

"그놈의 할망구 말하는 본새 좀 보게 그래. 내일 그 할망구 당장 데려와라, 내가 귀싸대기라도 몇 대 갈겨 줘야겠구나."

두 사람 사이의 대화가 끝날 무렵 향로의 연기도 거의 사라지고 직녀성도 기울고 밤 이경을 가리키는 북소리가 울렸다. 귀가는 정가를 침실로 모시고 들어가 물었다.

"이 두 보물은 어디에 놓을까요?"

"일단 내 보석함에 넣어놓고 열쇠를 잘 잠가라."

귀가가 그 말대로 했음은 물론이다.

---

3) 당나라 말기의 선사로 천문과 지리에 통달했으며 특히 관상을 잘 보았다고 한다.

4) 남인도에서 중국으로 건너왔다는 고승으로 중국 선불교의 창시자로 칭송받는다. 특히 관상술에 빼어났으며, 앞에 나오는 마의상법과 더불어 중국 관상술의 양대산맥으로 일컬어진다.

한편, 귀가는 정가와 이렇게 한참이나 말을 주거니 받거니 하고 나서는 이제 얼추 8, 9할은 일이 되었음을 느끼면서 편하게 잠자리에 들었다. 이튿날 아침 일찍 정가가 세수를 하고 화장을 했다. 귀가가 옆에서 정가를 모시면서 보니 눈가에 웃음기가 퍼지는 게 평소보다 기분이 몇 배는 좋아 보였다. 귀가가 정가에게 은근슬쩍 한마디 했다.

"오늘 그 할망구를 오라 하여 귀싸대기를 갈긴다고 하셨잖습니까?"

"조금만 기다려라. 그 할망구가 제 발로 찾아올 테니."

"제가 성질이 급한 게 아니라 그 할망구한테 워낙 화가 많이 나서요."

"화가 불같이 끓어오를 때는 물로 식히며 참아야 하느니라. 너무 조급하게 굴지 마라."

"매사 확실하게 매듭을 지어야 하지 않겠습니까. 쇠뿔도 단김에 빼라는 말도 있지요. 밤이 길면 꿈꾸는 시간도 늘어나고 그러다 보면 그같이 멋진 분은 다른 사람이 뺏어갈 수도 있어서요. 그러면 이미 늦는 거죠."

"그 사람 잘생긴 거가 나하고 무슨 상관이야?"

"제가 뭐 잔소리하는 건 아니고요.. 나리가 늘 집을 비우시는지라 마님 혼자서 독수공방하시잖아요.. 제가 아무리 노력한다고 하더라도 마님의 시린 몸과 마음을 어찌 데워드릴 수 있겠어요. 멋진 분이 마님을 위로해주시면 겨울에 뜨끈한 물병을 껴안는 것보다 낫고, 여름에 죽부인 껴안는 것보다 낫지 않겠어요."

"거참 말이 많구나. 네가 상관할 일이 아니다."

"저야 마님 덕분에 목숨을 부지하고 사는데 마님의 기쁨과 슬픔을 제가 어찌 헤아리지 않을 수 있겠어요?"

정가는 그 말에 답하지 않고 옆에 있던 돈주머니에서 은자 열 냥을 꺼내어 귀가에게 건네며 말했다.

"자, 이거 받게나. 이거로 팔찌라도 장만해서 차고 다니게. 그리고 나를 성심으로 모시게. 다른 사람들이 눈치채게 해서는 안 되네."

귀가가 머리를 조아리며 은자를 받고서는 말했다.

"이것으로 이미 충분합니다. 제 마음은 수만금 앞에서도 절대 변하지 않을 것입니다. 마님께서 이 매파에게 사례금을 주셨으니 이 매파 바로 그 이발사를 찾아가 그 남자분이 오늘 밤 찾아오게 하겠습니다."

정가가 입을 가리고 웃으며 말했다.

"시집도 안 간 처녀가 제 한 몸 간수하기도 힘든 처지에 매파 노릇을 하려 들다니!"

"매파도 다 여자 아닙니까요. 처녀가 매파 못한다는 법은 없지요."

"자네 참, 말도 재미있게 하는구먼. 그래도 처음 하는 일인데, 쑥스럽지 않을까! 가서 어떻게 약속을 잡을 건가?"

"쑥스럽기는요! 이 일은 저하고 그 이발사만 알고 있는 건데요, 뭐. 부끄러울 때마다 제 뺨을 때리죠, 뭐. 그럼 맞아서 빨개진 줄 알거나 그러겠죠. 계속 부끄러우면 계속 때리고 안 부끄러우면 안 때리고요."

"아이고 이런! 자넨 언제 그렇게 내 마음에 쏙 드는 말을 마음속에 담아 두었나그래!"

이렇게 서로 주거니 받거니 대화를 하면서 정가가 몸단장을 마쳤다.

귀가가 대청으로 나가서 청지기에게 말했다.

"가서 이발사를 모셔오게. 마님이 머리도 하시고 얼굴의 잔털도 뽑으신다고 하신다네."

"마님께서 절에 가시거나 어디 잔치에 가시거나 하실 일도 없으신데 갑자기 얼굴의 잔털을 뽑으신다고 하시네요."

"마님 얼굴에 잔털이 많이 자라서 그러는 거 아니냐? 너는 왜 쓸데없이 나서서 참견하는 거냐?"

"조금 있다가 내가 이발사를 모셔오면 귀가 너도 잔털을 뽑지그래.

나중에 잔털이 자라서 땅바닥에 쓸리지 않게 말이야."

귀가가 쳇 하고 입술을 삐죽이고는 안으로 들어가 버렸다. 잠시 후 이발사가 와서 정가에게 인사했다. 정가가 그녀를 안채로 들어오게 하여 머리 손질을 받았다. 귀가만이 곁에 남고 다른 여종들은 모두 내쳤다. 이발사가 안채로 들어가서 기구를 싼 보자기를 풀고 머리 손질 기구를 하나씩 꺼내었다. 얼레빗, 통빗, 참빗, 집게, 가르마 타는 일자빗, 털이개빗, 비녀 등등을 모두 펼쳐 놓았다. 정가의 머리를 다 풀어헤치고 손으로 앞뒤 좌우 빗겨주고 당겨주고 풀어주고 난 다음 이 빗 저 빗으로 빗질해주기 시작했다. 귀가가 옆에서 지켜 서 있다가 입술을 쭉 내미니 이발사가 즉시 눈치를 채고 입을 열었다.

"마님, 두피를 보니 때깔이 좋은 게 뭔가 좋은 일이 있을 거 같네요."

옆에 있던 귀가가 끼어들었다.

"그 좋은 일이 언제 있으려나?"

"멀지 않았습니다. 조만간 엄청나게 좋은 일이 생길 겁니다요."

정가가 한마디 했다.

"조정에서 널리 상급을 내린다는 소식이 있는 것도 아니고, 내가 무슨 작위를 받는 것도 아닌데 무슨 경사가 생긴다는 말인가?"

"살아 움직이는 보배가 마님께 나타날 것입니다."

귀가가 끼어들었다.

"인도양에서 나온 왕방울 진주, 버마의 면령緬鈴5) 같은 거 말고는 사람이 바로 살아 있는 보배지. 사람이라면야 이 집에 넘치고 넘치니 굳이

---

5) 종보다는 구슬이나 방울에 가깝다. 얇은 막으로 표면을 처리하고 그 안에는 수은과 같은 물질을 넣어 열을 가하면 진동이 일어날 수 있게 했다. 성적 흥분이나 자위를 목적으로 만들어진 물건이다. 앞의 면緬은 이걸 만드는 나라 면전緬甸에서 유래했다. 귀가가 살아 숨 쉬는 보물로 이걸 예로 든 이유가 잘 드러난다.

소개받을 필요도 없을 거고. 한데 자네가 무슨 보배 얘길 꺼내는 건가?"

"사람은 사람대로 등급이 있고 물건에는 물건대로 등급이 있고 보물에는 보물대로 등급이 있고 살아 있는 것에는 살아 있는 것대로 등급이 있지요.. 그대야말로 마님 뒤에 숨어서 이러쿵저러쿵 말만 많았지 진짜 제대로 된 보물을 본 적은 없을걸요."

정가는 속으로 무척이나 궁금했지만 겉으론 관심이 없는 척했다. 귀가가 다시 이발사에게 물었다.

"자네, 오늘 마님 머리하러 온 거야, 아니면 보물 자랑하러 온 거야?"

정가가 이발사에게 마치 그만 좀 하라고 말리는 것 같이 손짓을 하면서 말했다.

"저 사람 말이 참 많구먼. 자넨 신경 쓰지 말게나."

귀가가 이발사를 바라보며 눈을 움찔했다. 이발사가 말했다.

"보물이야 언제라도 준비되어 있습니다만 마님께서 찾을지 안 찾을지 모르겠습니다."

"마님은 언제라도 쓰실 준비가 되어 있으시네."

정가가 다시 한마디 했다.

"또 입을 열고 그러네. 누가 자네한테 말하라고 시키던가?"

"제가 여기 있다 보니 말을 안 할 수가 없네요. 좀 멀리 떨어져 있겠습니다."

귀가가 한쪽으로 종종걸음을 치며 빠져나갔다. 그러자 정가가 입을 열었다.

"여보게, 한번 물어보세. 그 사람이 언제 나를 보러 오겠다는가? 자네한테 무슨 말을 했기에 이렇게 감히 나한테 와서 나를 유혹하는가?"

"마님께서 저를 너무 나무라지 않으신다면 제가 자세하게 말씀드리겠습니다. 이달 언젠가 마님께서 주렴 아래 서 계셨을 때 길을 지나던 누군가를 바라보셨을 겁니다. 그 사람이 마침 마님의 용모를 보고서 '세상에 저런 미인이 있다니! 저 미인이 다른 사람한테 시집가고 말았구나. 내가 이렇게 복이 없다니!'라면서 한탄했다고 합니다."

"그건 그분이 복이 없는 것은 아니지."

귀가가 그 대화를 듣더니 다시 가까이 다가와 끼어들었다.

"그분이 복이 없는 게 아니라면 그럼 누가 복이 없는 건가요?"

이발사가 대답했다.

"이 할망구가 복이 없는 거죠. 만약 그분이 마님을 직접 보지 않았더라면 제가 중매를 서서 은자 열 냥 정도는 너끈히 벌었을 텐데요."

"중매 서준 사례는 우리 마님이 은자 백 냥 정도는 주실 텐데. 다만 그분이 우리 마님을 만날 복이 있는지가 문제지."

정가가 말했다.

"그분이야 조정에서 하늘같이 높은 지위를 누리시고 승상 벼슬을 하고 계시니 주변에 예쁜 여자가 줄을 서서 기다릴 것 아닌가. 그분이 복이 없는 게 아니라 내가 복이 없는 거지."

"마님, 정말 사람 볼 줄 아시네요. 그분은 워낙 진중하셔서 아무한테나 함부로 정을 주지 않으십니다. 마님이 복이 없는 게 절대 아닙니다."

이발사가 머리를 손질하면서 이렇게 말했다. 세 사람은 서로 말을 하다 보니 쑥스러움도 사라져 버렸다. 정가가 상자를 열어 예쁜 옷 한 벌과 은자 열 냥을 꺼내어 이발사에게 선물로 주었다.

"여보게, 오늘은 특별히 머리 손질을 잘해 주었구먼. 우선 이걸 상으로 주지. 나중에 따로 두둑이 챙겨주겠네."

이발사가 거듭거듭 고맙다고 인사를 하더니 그걸 받았다. 그런 다음 정가의 귀에 대고 이렇게 말했다.

"나리 그분을 오늘 모셔올까요, 아니면 내일 모셔올까요?"

정가가 얼굴이 빨개져서 대답하지 못했다. 귀가가 끼어들어 말했다.

"이 중매쟁이 할망구가 일을 제대로 못 하는구먼. 말하는 게 너무 우습네. 오늘이야말로 둘도 없는 길일, 이런 날은 뭘 해도 잘 되는 것 아닌가. 게다가 그분도 며칠 전부터 자네한테서 전갈이 오기만을 애타게 기다리고 있을 것 아닌가. 어서 가서 오늘 밤 찾아오시라고 전하게. 그분 역시 해가 서산에 넘어가고 달이 동해에 떠오르는 것을 기다리기도 힘들 건데 어찌 내일이란 말을 입에 올리는가?"

정가가 웃으면서 말했다.

"아니, 저 사람 보게나! 자네가 그분을 언제부터 알았다고 그분의 속마음을 그렇게 잘 안다는 듯이 말을 하나그래!"

"제가 비록 그분을 만나보거나 모신 적은 없으나 그분의 속마음을 읽어낼 비법 정도는 갖고 있습니다."

정가는 그 말을 듣고 코웃음 치더니 고개를 숙이고는 치마끈을 만지작거렸다. 이발사가 말했다.

"이 중매쟁이가 지금 당장 달려가 그분을 모셔오겠습니다. 마님, 혹시 신표로 주실 물건은 없으신지요?"

귀가가 정가의 봉황새 장식이 달린 금비녀를 들고 왔다. 그 비녀가 어찌 생겼던고?

이국에서 만든 황금 잎사귀,
불타는 것처럼 정열적인 빨간색.
실처럼 가늘게 늘여서 봉황 장식 만들었네,
그 모양이 어쩌면 이리 자연스러울까.
한쪽에 고양이 눈만 한 구멍을 내어,
번쩍 빛이 새어 들어오도다.

하늘을 향해 날아가는 저 봉황,

입 벌려 해를 바라고,

두 갈래 날개를 나는 듯이 아래로 늘어뜨리네.

윤기 나는 검은 머리카락 사이에 꽂힌 모습,

검은 구름 사이에 붉은 용이 날아가는 모습이네.

황금이 흑단 사이에 숨어 있는 듯,

하늘의 선녀가 강림하는 모습이구나.

저 머리 만지는 여인네,

이걸 받아들더니,

온갖 고민을 다 해결해줄 듯,

고통에서 건져줄 듯,

상사병을 낫게 해줄 듯,

온갖 병을 치료해줄 듯.

귀가가 그 비녀를 이발사에게 건네며 말했다.

"이게 바로 신표라네."

정가가 그걸 보고 한마디 했다.

"저자가 참 배짱도 좋구나. 어찌 내 것을 자기 맘대로 하는가!"

귀가가 웃으면서 대답했다.

"제가 처음으로 제 주장을 했습니다. 마님, 부디 용서하여주십시오."

정가가 바로 말했다.

"그래, 그래!"

이발사가 함박웃음을 지으면서 그 비녀를 받아서는 해릉왕의 집으로 달려갔다. 해릉왕이 집에 있으려니 이발사가 찾아와 말했다.

"폐하, 기쁜 소식이 있습니다."

"짐이 너에게 일을 부탁한 지가 벌써 칠팔일이 넘었구나. 짐이 너 때문에 애간장이 타서 죽을 지경이다. 그래 무슨 기쁜 소식이냐?"

"저는 지금 이발사로 여기에 온 것이 아닙니다. 옛날 진의 강토를 정벌하고 유방을 도와 한나라를 세운 한신, 임동臨潼에서 무용을 선보여 주 왕실을 보필한 오자서伍子胥6), 부절符節을 훔쳐 몸에 지니고 성의 포위를 풀어 조나라를 도운 위무기魏無忌7) 같은 자격으로 이렇게 온 것인데 어찌 저 때문에 애간장이 타서 죽을 지경이라는 말을 하십니까?"

해릉왕이 환하게 얼굴을 펴며 말했다.

"아이고, 네가 그 일을 이렇게 성사시킨 것도 모르고 너를 탓하고 말았구나."

이발사가 전후 사정을 상세하게 설명했다. 그런 다음 소매 품에서 마음 심자 매듭을 묶은 금비녀를 꺼내어 해릉왕에게 건네며 말했다.

"이건 추상과도 같은 명령장이며, 일호의 틀림도 없는 신표니 당장 실행에 옮겨야 하며 조금이라도 늦장을 부려서는 안 됩니다."

그 말을 듣고 해릉왕은 몸이 사뿐사뿐 잠시도 가만히 있을 수 없다는 듯, 들뜬 자세로 말했다.

"이 일은 모두 자네 덕분에 이렇게 잘 된 거야. 그래 내가 언제 가면

---

6) 오자서(?~기원전 485)는 본디 초나라 신하였으나 평왕에게 버림받고 오나라로 도망쳐 재기한 후 초나라를 침공하여 평왕의 무덤을 파헤쳐 시체를 매질한 이야기로 유명하다. 본문의 임동에서 무용을 선보여 주 왕실을 보필했다는 설명은 오자서가 초나라에 있던 시절 진나라가 각 제후국에게 보물을 가지고 임동에 모여 어떤 보물이 제일 나은지 겨루자고 제안하고 이 보물들을 빼앗아 각 제후국을 진의 발밑에 두려 했을 때 오자서가 그 의도를 간파하고 진나라 장수와 싸워 이겨 그 시도를 물리침으로써 주 왕실 중심의 춘추시대 질서를 그대로 유지한 것을 말한다.

7) 위무기(?~기원전 243)는 위나라 소왕의 아들로, 이복형이 왕에 즉위한 후 신릉군信陵君에 봉해졌다. 진나라의 침공을 받아 도성 한단이 포위되고 명재경각의 위기에 처한 조나라가 위나라에 구원을 청하자 위왕의 왕비를 통해 병사 지휘권을 상징하는 부절을 훔쳐내어 그걸로 군사를 동원하여 조나라를 돕는다.

좋을까, 어느 길로 가면 좋을까?"

"황혼녘에 머리에 두건을 하시고 검은 비단옷을 입으시고 그 집의 왼쪽 문으로 들어오시면서 마님의 부탁을 받고 독경하러 온 비구니라고만 말하십시오. 조금이라도 실수가 있으면 안 됩니다."

"자네는 정말 손무孫武나 오기吳起보다 지혜롭고, 꾀가 육가陸賈[8] 뺨치는구먼. 나도 자네한테 딱 걸려들었어."

해릉왕이 즉석에서 바로 은자 스무 냥을 꺼내어 건네주었다. 이발사가 그걸 받으며 말했다.

"일전에 주신 가락지와 팔찌는 귀가 편에 모두 다 마님께 선물로 전해드렸습니다. 폐하께서 오늘 저녁에 방문하실 때 따로 패물을 마련하셔서 귀가에게 선물해주시기를 바라나이다."

"가락지와 팔찌라면야 나에게 또 한 쌍이 더 있지만 그게 전에 자네에게 건네준 것보다 훨씬 더 좋은 것이라. 사실 그건 이번에 그 부인에게 주려고 아껴 둔 것이네. 한데 부인이 이미 받았다고 하니 그냥 귀가에게 주도록 하지. 자네가 먼저 가서 내가 찾아간다는 말을 전하고 약속을 잘 해두게. 다음번에는 편하게 드나들 수 있게 길을 닦아 놓게나."

이발사가 잽싸게 돌아가 정가에게 해릉왕의 말을 전했다. 정가가 그 말을 듣고 얼굴에 미소가 번졌다. 귀가가 이발사를 전송하면서 말했다.

"비구니께서 일찍 오셨으면 좋겠소이다."

이발사가 걸음을 떼면서 낮은 목소리로 은밀하게 귀가에게 말했다.

"완안적고 세자께서 두 번 세 번 당부하셨습니다. 저녁때 귀가님께

---

[8] 손무와 오기는 춘추시대의 뛰어난 전략가이자 병법가로 유명하다. 둘 다 자기 이름을 딴 병법서를 저술했다고 한다. 육가는 한나라 초기의 인물로, 이 작품집의 세 번째 이야기 「기름 장수가 최고 기녀를 얻다」의 주석을 참고하라. 셋 다 말 잘하고 꾀가 많은 인물이다.

가락지와 팔찌를 따로 주신다고도 하셨습니다. 그게 지난번 거보다 훨씬 더 좋은 거라고 하시네요. 세자님을 잘 챙겨드리세요. 모든 걸 마님한테만 떠넘겨두시지 마시고요."

귀가가 혀를 차고 웃으며 한마디 했다.

"아이고, 이렇게 사전사후까지 모든 걸 아금박스럽게 처리하는 기막힌 중매쟁이가 여기 있네그려!"

그런 다음 두 사람은 서로 작별을 고했다.

날이 저물었다. 정가는 하인들에게 문단속하고 각자 잠자리에 들라 했다. 하녀들도 각각 자리를 찾아 들었다. 귀가 혼자만 정가 곁에 남았다. 인정을 알리는 북소리가 울리고 멀리 절에서 종소리가 들려왔다. 해릉왕은 도단 부인에게 거짓말을 하고 하인 하나 없이 혼자서 이발사 집을 찾아갔다. 해릉왕이 문을 두드렸다.

"이발사, 집에 있는가?"

이발사가 등불 하나를 받쳐 들고 나왔다. 해릉왕이 혼자서 대문 밖 어두운 곳에 서 있었다.

"안으로 들어오셔서 잠시 앉으시지요."

"늦은 시각에 어찌하여 안으로 들어와서 앉으라 하는가!"

"상대방은 아직 맞을 준비가 되지 않았는데 어찌 그리 성급하신지요!"

해릉왕이 웃으면서 이발사의 손을 잡았다. 이발사가 이렇게 말했다.

"아이고, 저한테 왜 이러세요.. 설마 저를 어쩌시려는 건 아니겠지요."

두 사람은 등불을 들고서 다른 사람 눈을 피하며 오대의 집 왼편 쪽 문까지 이르렀다. 가볍게 문을 두드리니 안에서 하녀 하나가 비단 초롱을 들고 나왔다. 해릉왕이 안으로 들어서니 하녀가 다시 그 문을 잠갔다. 이발사가 해릉왕의 옷을 잡아끌더니 말했다.

"스님, 이자가 바로 귀가입니다."

해릉왕이 연거푸 읍을 하며 귀가한테 고맙다고 했다. 그런 다음 소매품에서 가락지와 팔찌를 꺼내어 건네주었다.

"그대가 여러 차례 애써준 것에 감사하오. 이거로 내 감사의 마음을 표시하고자 하니 너무 약소하다고 탓하지 마시오."

이발사가 옆에 있다가 끼어들었다.

"나리, 한번 잘 봐두세요. 이런 분이야말로 나리의 선물을 받을 자격이 있는 자랍니다."

해릉왕이 웃으면서 말했다.

"그대가 이렇게 애써주신 덕분에 이렇게 감히 찾아올 수 있게 되었소이다. 나 같은 사람이 그대에게 어울릴지 모르겠소이다."

이발사가 다시 말했다.

"나리, 겸손이 너무 지나치십니다. 귀가 언니는 또 너무 두려워하지 마시우. 두 분이 먼저 합환주라도 드셔야 하지 않겠어요!"

"그래, 그대 말이 지당하긴 하네만 술이 어디 있어야지. 잔은 또 어디 있는가?"

이발사가 두 사람의 머리를 잡고 가까이하게 하더니 말했다.

"나리, 참 답답하십니다. 잔은 입술, 술은 바로 입안에 있지 않습니까. 두 분이 향기롭고 달콤한 입술을 맞대면 그게 바로 합환주 아니우."

"그래 맞아, 내가 참으로 멍청하여 그것도 모르고 있었네그려!"

해릉왕이 바로 귀가를 껴안고 입을 맞추려 들었다. 귀가는 도리질하며 피했다. 그러나 해릉왕에게 허리를 잡히고 꼭 안겨 옴짝달싹할 수 없게 되자 그저 입만 앙다물고 버텼다. 해릉왕이 여자 후리는 노련한 솜씨로 한참 동안 귀가의 입술을 빨고 핥아대었다. 이발사가 웃으며 말했다.

"언니야, 술을 너무 많이 마시는 거 아냐. 그렇게 많이 마시다가는 술주정하게 된다고!"

해릉왕이 이발사의 어깨를 손으로 툭 치고는 말했다.

"이 할망구야, 왜 이리 쓸데없는 소리를 하고 있어. 중매 일이나 잘할 것이지!"

세 사람은 이렇게 말을 주거니 받거니 하면서 정가의 방으로 갔다. 촛불이 환하게 밝혀져 있고 온갖 산해진미를 다 갖춘 술상이 차려져 있었다. 마치 약혼식이라도 하듯이 신랑 신부가 꽃단장하고 모였고, 피로연이라도 하듯이 형형색색의 갖은 요리를 다 차려내었다. 해릉왕이 나아가 인사를 하니 정가가 황급히 답례하였다. 둘은 서로 마주 보고 자리를 잡고 앉았다. 이걸 보고 이발사가 바로 한마디 끼어들었다.

"이제 두 분이 같이 신방 침상에 오를 차례인데 무슨 사돈어른 만나듯이 서로 마주 보고 앉고 그러십니까!"

이발사가 정가를 끌고 와서 해릉왕 곁에 앉혔다. 귀가가 하하 웃으며 말했다.

"자네가 이제 중매쟁이 노릇만 하는 게 아니라 마님 시녀 노릇까지 제대로 하는구먼."

해릉왕이 말했다.

"이게 바로 혼자서 두 몫을 하니 걱정거리가 생겨날 까닭이 없다는 바로 그런 경우 아닌가!"

정가와 해릉왕은 서로 어깨를 맞대고 앉아서 술잔을 주거니 받거니 하면서 서로를 사랑하는 마음을 말했다. 이발사가 그 곁에서 술잔을 따르고 권하고 했다. 귀가는 술병을 들고 의자 뒤에 서서 정가와 해릉왕이 서로 사랑의 밀어를 주고받는 걸 보면서 얼굴이 달아올랐다가 가라앉았다가 다시 달아올랐다가 했다. 정가와 해릉왕은 얼큰하게 술기운이 올랐다. 이발사가 말했다.

"사랑하는 님과 함께라면 이 밤이 너무 짧고, 고독과 함께라면 이 밤이 너무 길다 했습니다. 이제 두 분이 한마음이 되었으니 어찌 그냥 지날 수 있겠습니까!"

이발사는 술상을 주섬주섬 치우고 문단속을 마친 후에 귀가랑 함께 자러 갔다. 정가와 해릉왕은 휘장을 열고 침상 위에 올랐다. 서로를 안고 옷을 벗고 서로의 몸을 어루만졌다. 다시 껴안고 얼굴과 얼굴을 맞대었다. 말로는 다할 수 없는 교태가 흐르니 온 정신이 다 아득해졌다.

욕망에 불타는 몸, 가눌 수 없어라,
봄을 따라 날아온 한 쌍의 나비.

두어 시간 동안이나 서로를 껴안고 있었다. 마치 아교풀로 딱 붙여놓은 듯 떨어질 줄 몰랐다. 거칠 것 없이 폭풍과도 같은 시간을 보내고 나서야 눈을 감고 잠에 빠져들었다. 이발사 역시 잠에 곯아떨어져 드르렁드르렁 코를 골고 있었다. 오직 귀가만은 정가와 해릉왕이 사랑을 나누는 소리를 듣고는 다가가 그들의 모습을 훔쳐보면서 두 눈과 두 귀가 오직 그 모습 그 소리에 쏠렸는지라 혼이 쏙 빠져나가 버리고 이리 뒤척 저리 뒤척 좀체 잠을 이루지 못했다. 새벽을 알리는 종소리가 울리고, 물시계의 물이 거의 다 떨어지고, 새벽 나팔 소리가 났다. 귀가는 하는 수 없이 정가와 해릉왕 곁으로 다가갔다.

"새벽닭이 울려 합니다. 어서 일어나세요.. 다음에 다시 만나시고요."

해릉왕이 비몽사몽 자리에서 일어나 옷을 걸쳐 입고 떠날 채비를 했다. 정가가 옷을 걸쳐 입고 배웅하려 했다. 해릉왕이 그런 정가를 말리며 그냥 쉬라 했다. 정가가 귀가에게 분부했다.

"어서 나리를 잘 배웅해드리고 오너라."

귀가가 등불을 들고 소리 나지 않게 조심조심 겹겹이 닫힌 문을 열고 해릉왕을 배웅했다. 해릉왕은 귀가를 따라 걸어 나오다 곁방에 아무도 없는 것을 보고는 바로 귀가를 껴안고 몸을 탐하려 했다. 귀가가 말했다.

"마님이 저를 주시하고 계신데 제가 늦게 돌아가면 저를 엄청나게 꾸짖으실 거예요."

"그대가 마님한테 해준 일이 얼만데 마님이 그대한테 보답을 해줘도 시원치 않을 것인데 어찌 함부로 꾸짖겠느냐!"

해릉왕은 이렇게 말하면서 귀가를 껴안고 방 안으로 들어갔다. 마침 방 안에 오래된 의자 하나가 벽을 향해 놓여 있었다. 해릉왕은 그 의자 위에 귀가를 누이고 일을 치렀다. 귀가의 나이는 이팔청춘, 오대 역시 그녀한테 눈독을 들이며 언제고 그녀랑 일을 벌이려 했으나 정가의 눈치를 보느라 아직 손대지 않고 있었다. 귀가가 정가와 해릉왕이 사랑을 나누는 것을 지켜보면서 자기도 모르게 몸이 달아오르기도 했는지라 해릉왕이 자기랑 일을 치르려 하자 귀가 역시 마음을 열고 다가갔다. 하지만 처음엔 너무도 아파 해릉왕에게 제발 살려달라고 소리를 질렀다. 해릉왕 역시 귀가를 아끼고 싶은 마음에 함부로 다루고 싶지는 않았다. 그렇다고 해서 그냥 멈추기도 아쉬워 한참을 애무하더니 그제야 문을 나섰다.

한편, 정가는 귀가가 해릉왕을 배웅하러 갔다가 한참이 지나도 돌아오지 않자 다른 일이 생긴 거 아닌가 의심이 들었다. 정가는 발자국 소리가 나지 않게 살금살금 쪽문으로 다가가 귀가가 돌아오기를 기다렸다. 귀가가 배웅을 마치고 돌아오는 소리가 나자 정가는 바로 문 안쪽 어두운 곳에 숨어 귀가가 뭐라 중얼거리는 소리를 들었다.

"그게 뭐가 그리 좋다고 그렇게 환장하듯이 덤벼들었을까! 정말 우습구나, 우스워!"

귀가는 이렇게 말하면서 웃으며 방을 향해 걸어갔다. 귀가는 아무도 자기 말을 듣지 않으리라 생각했다. 정가가 몰래 엿듣고 있을 줄은 꿈에도 몰랐다. 문을 열고 방에 들어가 문을 다시 닫으려다 정가를 발견하고는 소스라치게 놀라 바닥에 나자빠졌다. 귀가는 얼굴이 빨개지며 차마 정가를 바라보지 못했다. 정가가 귀가를 안아 일으키며 말했다.

"그래 그이하고 무슨 좋은 일을 한 거야? 내가 다 봤다고!"

"아무 일도 안 했어요!"

"어디서 거짓말을 하려고 들어! 다른 사람 같으면 내가 용서하지 않았을 거야. 그이를 소개해준 게 너고, 그이가 내 바보 같은 남편보다 너무도 멋지고, 내가 또 그이랑 계속 만나고 싶으니 너 없이는 곤란하겠지. 다만 앞으로 나보다 선수 치면 절대 안 돼!"

"제가 어찌 감히 선수를 치겠습니까! 마님께서 저를 용서해주시기만을 바랄 뿐입니다."

말을 마치고 둘은 서로 들뜬 마음으로 날이 밝기를 기다렸다.

이날 이후로 해릉왕은 시도 때도 없이 정가의 집으로 찾아들어 밤새 즐기곤 했다. 정가와 귀가는 마치 자매처럼 서로 꺼리는 게 하나도 없게 되었다. 그러다 보니 시녀들도 이를 다 눈치채게 되었으나 그저 자기 일이 아니라 말을 하지 않았을 따름이다. 오직 오대만이 이걸 까마득히 모르고 있었다.

시간이 쏜살같이 흘렀다. 해릉왕이 정가와 왕래한 지도 벌써 몇 개월이 되었다. 해릉왕이 워낙 안 가리고 여색을 밝히는 성품이라 그새 다른 짝을 찾아내었다. 그러다 보니 한참 동안 정가를 찾아오지 않았다. 정가는 고개를 떨구고 눈물을 흘리며 그저 봐주는 사람도 없는데 화장을 하며 원망도 하고 후회도 했다. 정가는 귀가한테 이발사를 찾아가 자기의 신표를 해릉왕에게 전해주게 하고 더불어 해릉왕을 모시고 찾아오게 하라고 했다. 하나 이발사가 마침 병이 나서 누워 있는지라 옴짝달싹할 수가 없었다. 정가는 끓어오르는 춘심을 어쩔 수가 없었다. 기다림과 원망을 품고 살자니 일일이여삼추였다. 남편 오대는 그저 눈엣가시 같은지라 보면 볼수록 속만 끓었다. 하인 중에 염걸아閻乞兒라는 녀석이 있었다. 나이가 아직 스물도 안 된 데다가 인물도 말끔하여 정가가 이미 눈에 넣어 두고 있었으나 귀가가 내켜하지 않을까 걱정되어 말을 꺼내지 못하고 있었다. 마침 귀가가 자기 집을 다녀올 때 정가가 직접 염걸아를 불러들여 정을 통했다. 그 정을 통한 모습이 어떠했을까?

　　잠시 바람을 쐬려는 마님,
　　처음 여자를 알게 되는 사내.
　　바람 쐬는 마님,
　　마치 주린 호랑이가 양을 잡는 듯.
　　처음 여자를 알게 되는 사내,
　　솔개가 병아리를 잡아채듯.
　　원앙 베개엔,
　　비단 버선이 어지러이 놓이고,
　　비취 이불 속엔 머리카락 어지러이 흔들리네.
　　그렇게 애타게 갈구하던 정가의 춘심이,
　　이제야 보답을 받았구나.
　　죽기 살기로 몸을 던지는 염걸아,
　　오늘 밤 모든 걸 다 드러내는구나.
　　세상이 끝날 때까지 함께하고 싶어라,
　　밤이나 낮이나 함께하고 싶어라.

　이렇게 두 사람의 밀회는 밤마다 이어졌다. 귀가가 집에서 돌아와 보니 정가의 얼굴이 예전과 달리 생글생글 윤기가 돌았다. 귀가가 정가에게 물었다.

"그분이 언제 찾아오셨나요?"

"오긴 언제 와? 다른 먹이를 찾았거나 아니면 어명을 받고 다른 데로 부임했겠지. 나는 날이면 날마다 너를 그리워하고 너를 원망하고 그랬어. 왜 오늘에야 돌아온 거야?"

"마님, 어인 일로 저를 그리워하시고, 저를 원망하신 건가요?"

"네가 그분을 나한테 소개해주었으니 그래서 너를 그리워한 거고, 그분이 이제 나를 찾아오지 않으니 그래서 너를 원망한 거지."

귀가는 정가가 이렇게 말하는 소리를 들으면서도 뭔가 미심쩍었으나 어찌 물어보기가 그래서 참았다. 얼마 지나지 않아 정가가 귀가를 방 안으로 불렀다. 뭔가 이야기하고 싶은 눈치였으나 얼굴을 붉히기만 하고 말을 내뱉지는 않았다. 귀가가 참다못해 물었다.

"마님께서 저를 부르신 건 뭔가 하실 말씀이 있으셔서일 텐데 왜 아무 말씀도 하지 않으시는지요?"

정가가 한숨을 쉬더니 입을 열었다.

"네가 집에 가 있는 동안 내가 일을 하나 저질렀어. 그래서 그 일을 상의하고 싶어서 부른 건데 막상 너를 눈앞에 두고는 말을 못 하겠네."

"마님, 평소에 저에게 아무런 거리낌 없이 뭐든지 다 말씀하시곤 하셨는데 오늘은 무슨 연유로 그리 망설이시는지요?"

"이거 참, 말하기도 민망한데, 내가 거지 같은 녀석9)한테 안 좋은 일을 당했다네!"

---

9) 여기서 '거지 같은 녀석'이란 염걸아의 이름인 걸아乞兒를 의미한다. 정가는 드러내놓고 말하기 쑥스러워 그냥 걸아라고만 한 거고, 그걸 들은 귀가는 그것을 거지 같은 녀석으로 받은 것이다. 걸아가 거지라는 뜻이므로 그리고 염걸아가 아마도 부모 없이 자라 동냥하다가 정가 집에 하인으로 들어왔기에 그냥 이렇게 이름 붙였을 수도 있다.

"동냥이나 하는 거지 녀석한테 안 좋은 일을 당하시다뇨! 만약 마님이 그놈을 봐주고 싶으시면 그냥 넘어가시고, 만약 혼내주고 싶으시다면 당직을 서는 집사 편에 그놈을 오성병마사五城兵馬司한테 넘겨버리십시오. 관에서 그놈에게 곤장을 치고 무거운 칼을 채워 석 달을 고생시키면 분이 풀리실 겁니다."

"그런 거지가 아니란 말일세. 그래서 내가 특별히 자네를 불러 장구지책長久之策을 상의하는 것 아닌가."

"그런 거지가 아니라면 대체 어떤 거지란 말씀이십니까?"

"우리 집의 염걸아란 말일세."

"염걸아가 마님에게 불충한 짓을 했다면 마님께서 괜히 번거롭게 나설 필요도 없고 관가에 보낼 필요도 없으며 그저 나리가 돌아오시면 그놈을 치도곤 낸 다음 쫓아내시면 간단하게 해결될 것인데 무슨 장구지책이라 말씀하시는지요!"

정가가 귀가의 귀에다 입을 갖다 대고 속삭였다.

"그게 아니고 내가 며칠 전 염걸아한테 몸을 빼앗겼다네. 이걸 다른 사람한테 말하기도 창피하고 그래서 네가 돌아오기만 기다렸어."

귀가가 웃으면서 말했다.

"집안의 법도에 따르면 남정네 혼자서는 안채에 발을 들여놓을 수가 없는데요. 설혹 들어온다 하더라도 여집사나 시녀가 함께하여야만 하는데 그놈이 어떻게 안으로 들어와 마님을 덮칠 수 있었는지? 만약 정말로 마님께서 그놈한테 몸을 빼앗기신 거라면 그놈이 담이 크기가 이루 말할 수 없을 정도구먼요. 그놈이 낮에 들어왔습니까, 밤에 들어왔습니까?"

정가의 얼굴이 빨개졌다가 하얘지고 하얘졌다가 다시 빨개졌다.

"사실대로 말하자면 그놈이 밤에 들어왔다네."

"마님 말씀을 들어보니 그건 억지로 당하신 게 아니라 서로 좋아서 그러신 거네요. 염걸아만 죄를 지은 게 아니라 마님한테도 잘못이 있는 거 같습니다."

"내가 자고 있는데 그놈이 어떻게 들어왔는지 나를 억지로 범했다네."

"하하, 그놈이 딱따구리 새라도 되는 모양이네요."

"딱따구리 새라니 그게 무슨 소리야?"

"딱따구리 새가 날카로운 부리로 나무를 쪼아서 구멍을 쭉 내어놓으면 나무 안에 있던 벌레들이 그 구멍으로 비집고 나와서 딱따구리 새의 먹이가 된다고 하네요. 마님께서 방문을 꼭 닫아두었을 것이고 하녀들도 방 안에서 마님을 모시고 있었을 텐데 그 나쁜 놈이 어떻게 마님 방문에 구멍을 내고 흔들었기에 마님 방문이 저절로 열렸는지 모르겠어요. 그래서 제가 그놈을 딱따구리 새라고 부른 거지요."

"아이고 이런, 또 나를 놀리는구나! 사실대로 말하자면 그분이 요즘 왕래가 뜸하니 내가 얼마나 속이 상해야지. 게다가 너도 옆에 없고 하니 내 마음을 알아줄 사람이 하나도 없더구나. 그래서 그냥 나도 모르게 염걸아를 끌어들이고 말았지. 이제 너도 돌아왔으니 염걸아하고 관계는 끊어야지. 다시는 그를 끌어들이지 않을 거야."

"소하蕭何가 정한 법에 따르면 화간녀 역시 장형에 처한다 했습니다. 마님 말씀을 듣고 보니 마님 역시 벌을 피하기 어렵습니다. 그러한즉 다른 사람에게 알리지 않고 마님께서 직접 처리하시는 게 나을 듯합니다. 다만 그놈이 새가 있는 줄도 모르고 나무에서 기어 나와 잡아먹히는 꼴을 당할까 봐 그게 걱정입니다."

두 사람이 이야기를 나누고 있는 바로 그때 당직 집사가 오대가 돌아왔다는 전갈을 전해왔다. 두 사람은 모두 얼굴이 흙빛이 되어 황급히 뛰어나갔다.

정가가 비록 귀가 앞에서 입으로는 염걸아를 끊어내겠다고 말하긴 했으나 마음으로는 끊어내지 못하고 몰래 틈을 노려 염걸아와 몸을 섞었다. 다만 같이 밤을 지새우면서 즐기지는 못했다. 귀가 역시 그 사실을 알았으나 모른 체하고 관여하지 않았다. 소저약사노小底藥師奴란 하녀가 어느 날 우연히 정가와 염걸아가 회랑에서 이야기를 나누는 걸 보고 귀가에게 달려와 알렸다. 귀가는 그 하녀를 입단속하면서 괜히 나서서 마님 곤란하게 만들지 말라고 했다. 하녀 역시 귀가의 말을 듣고 함구했다.

한편 염걸아가 틈나는 대로 귀가에게 함께 즐기자고 희롱했으나 귀가는 곁을 주지 않았다. 하루는 염걸아가 눈을 번연히 뜨고 귀가의 허리를 껴안고 입을 맞추려 들었다. 귀가가 그런 염걸아에게 욕을 퍼부었다.

"이런 개 같은 자식! 능지처참당할 죄를 저지르고서도 지금 죽을지 살지도 분간하지 못하고 나한테까지 손을 뻗치고 그런단 말이지. 내가 입만 뻥끗하면 네놈은 죽은 목숨이라고."

그 말을 듣고 염걸아는 얼굴이 새파랗게 질리며 놀랐다. 몰래 정가에게 이 사실을 알리고 귀가를 어찌 끌어들여 보려는 마음을 접었다. 나중에 해릉왕이 황제에 즉위했다. 오대는 숭의절도사 자리를 그대로 맡고 있었다. 정월 초하루와 해릉왕의 생일 때마다 하인 갈로갈온葛魯葛溫을 궁궐로 보내어 축하드렸다. 정가 역시 귀가를 보내어 양궁태후에게 인사를 올리게 했다. 해릉왕이 귀가를 보고는 옛정이 떠올라 정가에게 이 말을 전해 달라 했다.

"자고로 황제에게는 양궁태후가 있으니 자네 마님이 남편을 죽이고 짐을 찾아오면 자네 마님을 태후에 봉한다고 전하게."

귀가가 돌아와 정가에게 해릉왕의 말을 전했다. 그 말을 듣고 정가가 웃으면서 말했다.

"소싯적 그 일은 내가 부끄럽고 창피하게 생각하고 있노라. 이제 아이들도 다 큰 마당에 어찌 그런 일을 다시 벌여 아이들을 곤란하게 만들겠느냐!"

정가가 이렇게 말한 것은 아마도 염걸아와의 관계를 차마 끊지 못했기 때문이기도 했을 것이다. 해릉왕이 그 대답을 전해 듣고 사람을 보내어 이렇게 말을 전하게 했다.

"네가 남편을 차마 못 죽이겠다면 내가 네 가문을 멸족시킬 것이다."

정가가 그 말을 듣고 두려움에 떨면서 아들 오답보烏答補가 늘 아버지 곁을 지키고 있어 틈을 노릴 수가 없노라 핑계를 대었다. 해릉왕이 즉시 오답보를 궁궐로 불러들여 옥새 담당관에 임명했다. 정가가 귀가에게 이렇게 하소연했다.

"이 일은 그냥 적당히 넘어갈 수가 없을 것 같구나."

오대에게 술을 권하여 취하게 하고는 하인 갈로갈온을 시켜 오대의 목을 졸라 죽이게 했다. 때는 바야흐로 천덕天德 3년(1151) 7월이었다. 오대가 죽자 해릉왕은 짐짓 애도를 다하는 척하고 후하게 장사를 지내주었다. 해릉왕은 소저약사노 편에 정가에게 궁으로 들이겠노라는 뜻을 전했다. 정가는 궁으로 들어가면서 귀가를 같이 데리고 가려 했다. 소저약사노가 기롱하며 말했다.

"마님이 입궁하시면 염걸아는 무슨 낙으로 살지요?"

정가는 그 말을 듣고 깜짝 놀랐다. 만약 소저약사노가 해릉왕에게 이 사실을 고자질하면 큰일 날 것 같았다. 소저약사노에게 노비 18인을 붙여주고 염걸아와의 일을 발설하지 말라고 당부했다. 정가가 입궁하자 해릉왕은 그녀를 낭자娘子에 봉했다. 정원貞元 원년(1153)에 귀비에 봉하고, 크게 총애하면서 황후에 봉하겠노라 약조하고 정가의 하인 손매孫梅에게 진사進士 자격을 하사했다. 해릉왕이 매번 연못으로 놀러 갈 때마다 정가는 해릉왕과 함께 가마를 타고 동행했으며 다른 비빈들은 걸어서 뒤를 따랐다. 정가가 집에서 데리고 부리던 염걸아는 시종이 되었다.

해릉왕이 여인을 더 들이게 되자 정가가 해릉왕의 얼굴을 볼 날이 갈수록 줄었다. 하루는 누각에 앉아 있자니 해릉왕이 다른 비빈과 같이 가마를 타고 누각 아래를 지나고 있었다. 정가가 그걸 보고 소리치고 욕을 했으나 해릉왕은 못 들은 척하고 그냥 지나가 버렸다. 정가가 어디 의지할 데가 없어 다시 염걸아와 정을 통하고 싶은 마음이 들었다. 정가가 비구니를 시켜 염걸아에게 남겨두었던 옷을 갖다 주기를 바란다는 말을 전하게 했다. 염걸아가 그 말 속뜻을 눈치채고 웃으며 말했다.

"비빈께서 요즘 부귀에 젖으셔서 저를 잊으셨나 봅니다."

정가는 꾀를 내어 염걸아를 궁으로 불러들이고 싶었으나 문지기가 눈치를 챌까 봐 그게 걱정이었다. 이에 먼저 다른 시종 편에 큰 상자 안에 자신의 속옷을 담아 궁으로 들고 오게 했다. 문지기가 그걸 검사하여 보니 정가의 속옷이라 무척이나 송구했다. 정가가 사람을 보내어 문지기를 질책했다.

"천자의 비빈인 내 몸에 닿은 속옷을 그렇게 무례하게 검사한 이유가 무엇인가? 내가 천자께 고할 것이니라."

문지기가 그 말을 듣고 두려움에 떨면서 사죄하고는 다음번부터는 감히 검사할 엄두를 내지 못했다. 정가는 이에 다시 비구니를 보내 큰 상자에 염걸아를 담아 궁으로 데려오게 했다. 문지기는 감히 그걸 검사할 엄두를 내지 못했다. 염걸아가 입궁한 십여 일 동안 정가는 염걸아와 마음껏 즐겼다. 그러나 그 즐거움을 계속할 수만은 없는지라 염걸아에게 여자 옷을 입혀 다른 시녀들 틈에 섞여서 해질녘에 빠져나가게 했다. 귀가가 그 사실을 눈치채고는 해릉왕에게 알려주었다. 해릉왕이 정가를 목매달아 죽게 했다. 그런 다음 염걸아와 비구니를 잡아 오게 하여 주살했다. 귀가를 췌국부인萃國夫人에 봉했다. 소저약사노는 정가가 간통하는 걸 숨겨주었다는 죄목으로 곤장 150대를 맞은 다음 자살을 명받았다.

여비麗妃 석가石哥는 정가의 동생으로, 본디 비서감秘書監인 문文의 아내였다. 해릉왕이 그녀와 사통하여 그녀를 궁으로 들이고 싶어 하여 문의 서모인 안도과按都瓜로 하여금 말을 전하게 했다.

"네 부인을 집에서 내보내라. 그렇지 않으면 내가 다른 조치를 취할 것이니라."

이 말을 전해 들은 문은 너무도 난처했다. 안도과가 말을 덧붙였다.

"천자께서 다른 조치를 취하겠다는 말은 결국 너를 죽이겠다는 거 아니냐. 아내 때문에 네 목숨을 버릴 것인가? 그런 바보짓은 안 하겠지."

이 말을 들은 문은 자포자기 심정으로 아내 석가를 껴안고 눈물을 흘리며 떠나보냈다. 당시 연경에 있던 해릉왕은 석가를 연경으로 맞아들였다. 하루는 해릉왕이 석가와 편전에 있다가 문을 불러들였다. 해릉왕이 석가를 가리키며 물었다.

"아직도 저 사람을 그리워하는가?"

"'넓고 깊은 궁궐 문 안으로 들어간 후로, 그님은 이제 낯선 사람이 되었다네'라는 시 구절도 있지 않습니까. 소신이 어찌 다시 그리워하겠습니까!"

해릉왕이 흡족해하면서 말했다.

"그대는 짐의 진정한 충신이로다."

해릉왕은 마침내 문에게 적련아불을 맺어주었다. 나중에 정가가 목을 매달아 죽은 다음 석가도 궁에서 쫓겨나게 되었다. 며칠이 지나지 않아 해릉왕이 다시 석가를 불러들여 소의昭儀에 봉했다. 정륭正隆 원년에는 유비柔妃에 봉했다가, 1년 후에 마침내 여비에 봉했다.

소원昭媛 야율찰팔耶律察八은 일찍이 해奚 부족의 소당고대蕭堂古帶에게 시집갔었다. 해릉왕이 그녀의 미모가 출중하다는 소문을 듣고 강제로 입궁시켜 소원에 봉하고 소당고대를 호위대장에 임명했다. 야율찰팔은 해릉왕에게 비빈이 넘쳐나고 해릉왕이 자꾸 새 여자를 들여 새로운 기쁨을 추구하는 걸 보고는 해릉왕에게 환심을 사려고 노력했지만 속으로는 소당고대를 잊지 못하고 있었다. 하루는 금실로 메추라기를 수놓은 보자기에다 시 한 수를 적어 소당고대에게 보냈다.

구중궁궐에 갇혀 무심히 시간만 흘러가네,
그대 생각에 눈물만 주르륵.
이승에서 함께하지 못한 그대와의 부부의 인연,
죽어서 망부석이 되어서 다시 만나리.

소당고대는 이 시를 받고서 혹시 화가 미칠까 두려워 하간河間으로 가서 이 일을 신고하려 했다. 시간이 얼마 지나지 않아 이 일이 발각되었고 해릉왕이 소당고대를 불러 물었다. 소당고대가 사실대로 아뢰었다. 해릉왕이 말했다.

"이건 네 죄가 아니로다. 너를 그리워한 자의 죄로다. 짐이 너를 위하여 다음 생의 인연을 맺어주겠노라."

해릉왕은 보창루寶昌樓에 올라 칼로 야율찰팔의 목을 베고 아래로 떨어뜨렸다. 비빈들이 벌벌 떨면서 차마 그 광경을 쳐다보지 못했다. 해릉왕은 소당고대에게 보자기를 전해준 시녀도 목을 베어버렸다.

해릉왕이 종실의 남자들을 죽여 버린 다음 그 아내들 가운데 미모가 출중한 자를 골라 궁에 들이려고 했다. 해릉왕이 재상에게 말했다.

"짐이 대를 잇게 할 아들이 적은데 이번 세상 떠난 자들의 부인 가운데에는 짐의 친척 되는 이도 있고 하니 궁으로 들일까 하오."

도단정徒單貞이 이 말을 소유蕭裕에게 전했다. 소유가 말했다.

"종실 남자들을 죽인 일로 안팎으로 말들이 분분한데 어찌 그들의 부인을 궁에 들이는 일까지 한단 말이오?"

도단정이 이 말을 해릉왕에 다시 전했다. 해릉왕이 말했다.

"짐은 이미 소유가 반대할 줄 알고 있었느니라."

해릉왕은 도단정에게 도단정 자신이 이 일을 하려는 것으로 꾸미고 소유를 설득하여 이 일을 꼭 이뤄내라고 엄명했다. 도단정은 해릉왕의 명을 거역할 수 없어 다시 소유를 찾아가 말했다.

"폐하의 뜻이 이미 정해졌으니 공께서 괜히 막으려 해봐야 화만 미칠 것입니다."

"폐하께서 정히 그러하실 거라면 한 명만 뽑아서 보냅시다."

"공께서 직접 폐하를 뵙고 말씀드리셔야 합니다."

소유는 해릉왕을 말릴 수 없음을 깨닫고 상주문을 써서 아뢰고, 병덕秉德의 동생 규리糺里의 처 고高씨, 종본宗本의 아들 사로랄莎魯剌의 처, 종고宗固의 아들 호리랄胡里剌과 호실래胡失來의 처를 입궁시키겠노라 했다. 더불어 숙조국叔曹國 왕자王子 종민宗敏의 처 아라阿懶를 입궁시키니, 정원 원년에 해릉왕이 그녀를 소비昭妃에 봉하려 했다. 조정의 대신이 상소를 올려 종민은 황실의 일원이며 항렬도 높은데 그렇게 할 수 없다고 아뢰었다. 이에 해릉왕은 아라를 출궁시키고, 고씨를 수의修儀에 봉하고 그녀의 부친 고야로와高邪魯瓦를 국상장군國上將軍에 임명하고 모친 완안完顏씨를 밀국부인密國夫人에 봉했다. 송왕宋王 종망宗望의 딸이며 수녕壽寧 공주인 십고什古, 양왕梁王 종필宗弼의 딸이며 정락靜樂 공주인 포자蒲剌, 습연習撚 종준宗雋의 딸 사고아師姑兒는 모두 해릉왕과 사촌간이다. 혼동混同 공주 사리고진莎里古真과 동생 여도餘都는 모두 태부 종본의 딸로 해릉왕과 육촌간이다. 사촌형 장정안張定安의 처 내랄홀奈剌忽, 여비麗妃의 동생 포로호지蒲魯胡只에게는 모두 남편이 있었으나, 십고는 남편이 세상을 떠났다. 해릉왕은 거리낌 없이 고사고高師姑, 내가內哥, 아고阿古 등에게 중간에 다리를 놓게 하고 십고와 사통했다. 그 여인들 가운데에서도 사리고진이 가장 예뻤고 방사도 제일 잘했다. 고사고가 사리고진에게 말했다.

"폐하께서 여색을 좋아하는 것은 그대도 잘 알고 있을 것이다. 그대의 미모를 폐하께서 가만 놔둘 것 같은가! 폐하는 또 그대와 육촌 사이였으나 그대가 결혼한 이후로 그 친족 관계야 다 사라진 것이니 결국 서로 모르는 사이라 해도 좋을 것이라. 그러니 그대가 폐하를 모시지 못할 이유는 없도다. 그대가 폐하의 은총을 받기를 바라노라."

사리고진은 웃으면서 그 말을 따랐다. 입궁하여 해릉왕을 뵈니 해릉왕이 힘을 다 바쳐 사리고진과 사랑을 나누고 기쁘게 해주려 애썼다. 다음 날 해릉왕이 사리고진의 남편 살속撒速을 시켜 가까운 곳에서 호위하게 했다. 해릉왕이 살속에게 이렇게 말했다.

"그대의 처가 젊은데 그대가 마침내 오늘 숙직을 하게 되었구려. 아무튼 그녀를 그대의 집에 머물게 해서는 안 되고, 마땅히 비빈 자격으로 궁에 머물게 해야 할 것이네."

살속은 묵묵히 그 명을 받들고 감히 아무 말도 하지 못했다. 매번 사리고진을 궁으로 부를 때마다 해릉왕은 몸소 복도까지 나와 그녀를 기다렸다. 기다리다가 다리가 아프면 고사고의 무릎에 걸터앉아 사리고진이 오기를 기다렸다. 고사고가 해릉왕에게 말했다.

"존귀하신 폐하께서는 비빈들이 궁에 가득한데 어찌하여 이렇게 또 사서 고생하십니까?"

"천자의 지위야 쉽게 얻을 수 있으나 이렇게 여인을 만나는 것은 정말 귀한 것이지."

사리고진이 도착하자 해릉왕은 모든 정성을 다하여 그녀를 아끼고 어루만지며 그녀가 혹시 자기를 마음에 들어하지 않을까 걱정했다. 사리고진은 궁궐 밖에서 제멋대로 행동하고 음탕한 짓도 마다하지 않았으며 해릉왕의 총애를 믿고 남편을 매질하기까지 했으나 남편도 감히 어떻게 하지 못했다. 관직이 높거나, 재주가 넘치거나, 잘생기고 밤일을 잘하는 자를 불러들여 일을 치렀다. 해릉왕이 그 소문을 듣고 격노했다.

"그대가 벼슬 높은 자를 좋아한다면 짐보다 더 높은 자가 어디 있는가? 그대가 재주 많은 자를 좋아한다면 짐처럼 문무를 겸비한 자가 또 어디 있는가? 그대가 웃고 즐기는 것을 좋아한다면 짐보다 그대를 더 웃고 즐겁게 해줄 자가 또 어디 있는가?"

해릉왕은 너무 화가 나서 말을 잇지 못할 정도였다. 그러나 사리고진은 전혀 개의치 않고 희희낙락했다.

"저는 그저 폐하가 무능한 것이 우스울 따름입니다."

해릉왕이 격노하며 사리고진을 궁에서 내쫓았다. 그러다 나중에 다시 생각나 몇 차례 불러들였다. 사리고진의 동생 여도는 패인송고랄牌印松古剌의 부인이다. 해릉왕이 여도와 사통하면서 이렇게 말했다.

"그대는 얼굴이 예쁜 건 아니나 피부가 뽀얗고 너무 귀여워! 그게 사리고진보다 더 낫구먼."

여도가 그 말을 듣고 토라져서 말했다.

"고진이 얼굴이 예쁘니 폐하께서 고진의 피부를 하얗게 바꿔주면 고진이 완벽한 미인이 되겠네요."

"짐이 조물주도 아닌데 어찌 고진의 피부를 바꿔줄 수 있단 말이냐?"

"저는 이제부터 폐하의 부름을 받들 수가 없습니다."

"그냥 농담으로 한 소리야. 짐의 말을 너무 심각하게 받아들여서 괜히 쓸데없이 원망하지 말라."

해릉왕은 여도를 수양壽陽 공주에 봉하고 귀비의 지위를 하사했다.

해릉왕은 또 내가를 시켜 십고를 불러 소비에 봉했다. 십고는 와랄합미瓦剌哈迷의 처다. 와랄합미는 기골이 장대하여 키가 7척이나 되고, 혼자서 무거운 솥단지를 번쩍 들고, 기세는 소를 잡아먹을 정도였다. 밤마다 두세 명의 여인과 잠자리를 가졌으며 만약 그렇지 못하면 무거운 것을 번쩍번쩍 들어 올려서라도 기를 발산하여야 했다. 매번 십고와 일을 치를 때면 십고가 그 흥에 겨워 눈을 감고 숨이 넘어갈 것 같은 표정을 짓게 만들곤 했다. 후에 와랄합미가 전사하자 십고는 그 외로움을 견디지 못하고 젊은 하인과 정을 통했다. 십고는 그와 정을 통하면서도 왠지 모를 부족함이 있어 늘 아쉬워했다. 젊은 하인이 미약을 복용하고는 밤새 일을 치러도 지칠 줄을 몰랐다. 십고가 웃으면서 말했다.

"오늘은 합격이로다!"

그 후로 사람들이 이 사실을 알게 되자 그 젊은 하인을 '합격생'이라고 부르며 놀렸다. 해릉왕이 십고가 방사를 잘 치른다는 걸 알고는 마침내 내가를 시켜 말을 전했다.

"그대가 방사에 능하여 세상의 으뜸이라 할 만하다고 하던데 어찌하여 그렇게 혼자서 별 볼 일 없는 사람들 사이에 숨어 지내는 것이오? 풍류계의 초고수를 만나보지 못한다면 이 세상을 사는 게 무슨 의미가 있겠소이까? 폐하는 사람들 가운데에서도 최고의 지위에 오른 분인데, 그대는 어이하여 폐하를 만나 풍류를 즐기려 하지 않는단 말이오?"

"하하, 폐하가 아무리 빼어나다고 해도 와랄합미의 반이나 될까 싶소이다. 게다가 폐하의 주위에는 비빈들이 넘쳐날 텐데 어찌하여 나를 찾는지 모르겠소이다."

"폐하께서 그대를 맘에 둔 지가 이미 오래되었다고 하더이다. 거절한다면 그 화가 어떻게 미칠지 알 수 없소이다."

십고는 그 말을 듣고 하는 수 없이 입궁하기로 했다. 해릉왕은 십고를 위하여 먼저 방을 준비해놓고 그 안에 비파를 갖다 놓게 했다. 십고가 입궁하여 인사를 올리자 해릉왕이 그녀의 손을 잡아 무릎 위에 앉힌 다음 비파를 연주하여 그녀를 즐겁게 해주었다. 해릉왕이 그녀를 소녕昭寧 공주에 봉했다. 해릉왕이 즐거운 침실 생활이란 뜻의 『동방춘의洞房春意』책을 펼쳐보면서 십고에게 말했다.

"짐이 오늘 밤 그대와 함께 24종류의 자세를 차례로 시험해 보련다."

"폐하께서 싸움을 걸어오신다면 소첩이 어찌 응전하지 않을 수 있겠습니까?"

24종류의 자세 가운데 반도 시도하지 못하고 해릉왕은 힘이 떨어지는 느낌이었다. 십고가 그런 해릉왕을 껴안고 말했다.

"폐하, 싸움의 기술이 빼어나시긴 합니다만 힘이 조금 약하신 게 안타까울 따름입니다."

해릉왕이 계면쩍은 듯 물었다.

"와랄합미는 힘이 어떠냐?"

"폐하하고는 다른 세계에 속합니다."

해릉왕이 기분이 상했다.

"너는 나이도 많아 색기도 다 사라져가는 마당이라 짐이 너를 버리지 않는 것만도 고마워할 줄 알아야지. 어디 그런 말을 하느냐?"

십고는 그런 말을 한 게 후회막급이었다. 이튿날 궁에서 나온 십고는 자기의 젊은 하인에게 이렇게 말했다.

"폐하와 교접하면서 전수한 게 제법 있노라. 그냥 헛걸음한 건 아니로다."

그 하인이 참지 못하고 그 말을 다른 사람들에게 퍼뜨리니 사람들이 이렇게 맞장구쳤다.

"폐하께서 이제 합격생이 되셨구나."

내랄홀奈剌忽이란 여자는 포지합랄적蒲只哈剌赤의 딸이다. 예쁜 얼굴에 뽀얀 피부라 보는 사람마다 눈이 휘둥그레질 정도였다. 열다섯 살, 비녀를 꽂을 나이가 되어 절도사 장정안張定安에게 시집갔다. 장정안은 해릉왕의 사촌 형이다. 해릉왕이 약관의 나이가 되기 전 어릴 적에 장정안의 집에 놀러 가곤 했다. 그러다 어느 날 내랄홀과 사통했다. 그러다 장정안이 희종의 명을 받들어 송나라에 사신으로 갔을 때 해릉왕은 그녀와 마치 실제 부부처럼 밤새 즐겼다. 방에서 시중들던 하녀들까지 모두 남아나지 않을 정도였다. 뜻밖에 희종이 해릉왕을 양왕梁王의 휘하로 보내니 해릉왕은 내랄홀을 다시 볼 수 없게 되었다. 그러다 해릉왕이 즉위하여 비로소 내랄홀을 불러 유비柔妃에 봉했다.

시녀 가운데 벽라闢懶라는 자가 있었다. 남편이 있어 궁밖에 기거하는데 해릉왕이 그녀를 갖고 싶어 현군縣君에 봉하고 궁으로 불렀다. 어쩌다 임신이 되었다. 해릉왕이 사향탕을 끓여오게 하여 직접 먹이고 손으로 배를 눌러댔다. 그녀는 태아를 살리고 싶은 생각에 애걸했다.

"아이를 낳더라도 지체 없이 다시 폐하를 모시러 오겠나이다."

"아이를 낳으면 길이 넓어져 쓸모가 없게 되느니라."

마침내 태아를 떼어버렸다. 며칠 후 해릉왕이 그녀와 잠자리를 같이 했다. 그녀의 속 길에 뭐가 남아 있었는지 해릉왕의 물건에 피가 잔뜩 묻었다. 해릉왕이 그걸 바라보며 이렇게 시를 지었다.

매끈한 오이에,
갑자기 붉은 물이 들어버렸네.
하루아침에 붉은 오이로 변하다니,
붉은 오이 따러 다시 밭으로 나가야겠네.

벽라가 웃으며 대답했다.

평평한 실개천,
메기 한 마리 제멋대로 노는구나.
어쩌나 실개천에 물이 갑자기 넘치니,
붉은 물고기로 변하더니 사라져 버리네.

해릉왕이 다시 이렇게 읊조렸다.

검은 솔잎 수풀 아래로 잔잔히 흐르는 실개천,
한 점 한 점 꽃잎 날려 실개천에 가득 차네.
물고기는 꽃잎 넘실대는 실개천의 물을 머금고,
솔잎 수풀 사이의 안개를 뚫고 지나가네.

벽라가 다시 대답했다.

오래된 절간 대문 앞에 선 스님 하나,
붉은 물 들인 가사를 걸쳤네.
이젠 보살계를 버리려니,
달빛 아래 산사의 문 두드릴 일 없으리다.

해릉왕이 웃으면서 벽라에게 말했다.
"응대하는 게 제법 그럴듯하구나!"

포찰아호질蒲察阿虎迭의 딸 차찰又察은 해릉왕의 누나 경의慶宜 공주의 딸이다. 어려서 요왕遼王 종알宗斡의 집에서 자랐다. 비녀를 꽂을 나이가 되자 병덕의 동생 특리特里에게 시집갔다. 병덕이 죄를 지어 처형되자 차찰 역시 연좌제에 걸려 같이 처형당할 뻔했다. 태후가 오동梧桐 편에 해릉왕에게 특별히 부탁하여 죽음을 면하게 해주었다. 해릉왕이 태후에게 차찰을 궁으로 들이고 싶다고 했다. 그 말을 들은 태후가 이렇게 말렸다.

"그 애는 태어나자마자 바로 선왕께서 직접 안아 우리한테 주시면서 키워주라 하셨으니 폐하는 그저 외삼촌이 아니라 아버지라고도 할 수 있습니다. 예의에 어긋나는 일을 하시면 안 됩니다."

해릉왕은 태후의 말에 따라 그 일을 더는 추진하지 않았다. 차찰은 놀기 좋아하고 색을 밝히는지라 혼자 수절하지 못하고 마침내 완안수성完顏守誠과 사통했다. 완안수성의 본명은 알리래遏里來였다. 잘생긴 데다 피부도 뽀얗고 밤일도 능했다. 차찰은 그런 완안수성을 너무도 좋아했다. 태후가 그걸 눈치채고 차찰을 종실 안달해安達海의 아들 을보랄乙補剌에게 시집보냈다. 을보랄이 차찰을 만족시켜 주지 못하니 둘 사이가 좋을 리가 없었다. 해릉왕은 그런 사정은 모른 채 을보랄에게 여러 차례 사람을 보내어 차찰과 헤어지라고 한 다음 차찰을 입궁시켰다. 태후는 처음에는 그 일을 몰랐다. 차찰은 완안수성을 잊지 못하여 늘 미간을 찌푸리고 살았다. 매번 해릉왕과 일을 치를 때면 억지로 웃음 짓고 즐거운 척했으나 돌아서서는 해릉왕을 욕하곤 했다. 누군가가 고자질하니 해릉왕이 버럭 화를 내었다.

"짐이 완안수성만 못하단 말인가!"

마침내 완안수성을 죽이고 말았다. 차찰마저 죽여버리려 했으나 태후가 간청하니 궁 밖으로 쫓아내는 것으로 마무리했다. 얼마 지나지 않아 차찰이 완안수성의 죽음을 애통해하며 낮이나 밤이나 해릉왕을 무도하게 저주한다고 아뢰는 자가 있었다. 해릉왕이 직접 차찰을 불러 물었다.

"네가 완안수성의 죽음 때문에 짐을 욕한다고! 그래 완안수성을 만나러 가게 해주마!"

해릉왕이 차찰을 죽이고 그 시체를 갈기갈기 찢어버렸다.

태종太宗 정아리호正阿里虎의 처 포속완蒲速碗은 원비元妃의 동생이다. 미모가 빼어나고 몸가짐도 단정했다. 포속완이 원비를 만나러 입궁했다. 밤이 되자 해릉왕이 포속완에게 같이 식사하자고 했다. 포속완이 정색을 하며 거절하고 원비의 처소에서 원비하고 식사했다. 포속완은 해릉왕이 혹시 불시에 찾아올지도 몰라 옷을 다 여미고 매듭을 꼭꼭 묶고는 눕지 않고 앉아 있었다. 과연 밤을 알리는 북소리가 울리고, 뿔피리 소리가 들려오고, 은촛대 위의 촛불이 깜빡깜빡하며 포속완이 졸음이 밀려오려고 할 때 해릉왕이 갑자기 들이닥쳐 포속완을 껴안았다. 포속완은 도리깨질을 하면서 버티고 해릉왕은 어떻게든지 범하려고 힘을 쓰면서 한 시간은 지난 듯했다. 해릉왕이 마침내 포속완을 힘으로 제압하고자 엄청나게 큰 소리를 질렀다. 마치 호랑이가 포효하는 듯한 소리로 시녀들을 불러 그녀를 붙잡으라 한 다음 그녀의 옷고름을 다 풀어헤쳤다. 포속완은 기운이 다 빠져 더는 버틸 수가 없었다. 억울하다는 소리조차 지를 수가 없었다. 두 눈을 감고 양팔을 벌린 채, 해릉왕이 하는 대로 내버려 두었다. 숨조차 쉬지 못하는 것 같았다. 얼이 빠진 듯했다. 해릉왕은 자기 마음이 내키는 대로 한참을 일을 치르다가 포속완이 아무런 감흥을 보이지 않자 자기도 흥이 나지 않는 듯 그냥 돌아가 버렸다.

원비가 포속완에게 물었다.

"동생, 평소 그 느낌은 다 어디로 간 거야? 오늘은 왜 그러는 거야?"

"언니, 사람이 어찌 그런 말을 할 수 있어요? 옛날에 아황娥皇과 여영女英은 결혼하지 않은 처녀였기에 요임금이 순임금에게 시집보낸 거죠. 하지만 난 남편이 있는 몸인데 언니랑 같이 한 남자를 모시게 되면 사람들이 얼마나 손가락질하겠어요. 언니도 역시 사람 취급 못 받을 거예요."

"일이 이미 이 지경에 이르렀으니 나도 어쩔 수 없다네. 시집왔으니 남편 주장을 따르는 수밖에. 내가 어찌 다른 사람의 손가락질에 신경 쓸 수 있겠나."

"언니, 그게 무슨 말이에요? 그런 말을 다 하다니요. 세상에 백 년 가는 태평성대 어디 있으며, 천 년 가는 천자가 어디 있나요? 언니가 다른 사람에게 능욕을 당했다면 그냥 넘어갈 수 있겠어요?"

원비는 부끄럽기도 하고 슬프기도 하여 아무 말도 하지 못했다. 다음 날 새벽, 포속완이 작별인사를 올리고 궁을 떠나 집으로 돌아가 다시는 입궁하지 않았다. 해릉왕이 이런저런 핑계를 대고서 그녀를 불러도 그녀는 몸이 아프다며 사양했다.

"저는 죽으면 죽었지 결코 왕비마마를 보러 가지 않겠습니다."

해릉왕도 마침내 어쩔 수 없다고 생각하여 포기했다.

장중가張仲軻란 자는 어렸을 적 이름이 우아牛兒로 이곳저곳 시장을 떠돌아다니며 남녀 사랑 이야기나 우스갯소리를 공연하는 걸 업으로 삼았다. 그의 혀는 특별히 가늘고 길어서 쭉 내밀면 코까지 닿았다. 해릉왕이 이 장중가를 자주 불러서 공연하게 했었다. 그러다 황제 자리에 오른 다음에는 비서랑에 봉하여 궁중에 들어와 머물게 했다. 장중가는 어떤 일이 생기면 그 일을 보고서 이야기를 만들어내고, 새로운 상황이 발생할 때마다 거기에 맞춰 해학과 농담을 만들어내면서 거리끼는 바가 없었다. 해릉왕이 비빈들과 교접할 때면 휘장을 열어놓고 장중가한테 그걸 보면서 음담패설을 늘어놓아 흥을 돋우게 했다. 장중가한테 등을 대라고 하고 그 등위에 비빈의 허리를 걸쳐 올려놓기도 하고, 미혼약을 자기 물건에 바르게 하기도 했다. 비빈들을 발가벗겨서 두 줄로 세워놓고 해릉왕이 그사이에 선 다음 장중가에게 끈으로 자기 물건을 묶게 하고는 끌고 달리게 했다. 장중가가 달리다가 잠시 멈추면 비빈과 해릉왕이 일을 치렀고, 장중가는 뒤에서 해릉왕의 물건이 비빈의 음부를 밀고 들어가게 온 힘을 다하여 밀었다. 이런 연유로 장중가가 직접 보지 못한 비빈의 음부가 하나도 없을 지경이었다.

나이도 어리고 아름다우며 대화도 능숙하게 잘하는 여인이 있었으니 해릉왕이 그녀를 무척이나 아꼈다. 매번 다른 비빈과 교접을 할 때마다 그 여인을 두고 장중가에게 이렇게 말하곤 했다.

"저 아이가 아직 어리니 내 물건을 받아들이기가 어려울 것이라. 내가 조금 더 기다릴 것이라. 저 아이가 고통스러워하는 걸 차마 볼 수가 없느니라."

장중가가 그 말을 듣고 폐하 만세라 외치며 화답했다. 어느 날인가 해릉왕이 낮에 술에 취하여 안궤에 기대어 잠이 들었다. 장중가는 처마 아래에서 휴식을 취하고 있었다. 그 여자아이가 해릉왕이 혹시 감기라도 걸릴까 걱정되어 도포를 들고 와서 그의 어깨를 덮어주었다. 그 바람에 해릉왕이 잠에서 깨어 졸린 눈으로 바라보니 바로 그녀라 그녀를 품 안에 껴안고 흥에 겨워 그녀가 아직 어리고 약하다는 것도 까먹고 마침내 일을 치렀다. 그녀가 눈물을 글썽이자 해릉왕이 황급히 자기 물건을 빼내었으나 그녀의 음부에서는 피가 줄줄 흘러나와 멈출 줄을 몰랐다. 해릉왕은 그런 그녀가 너무도 안쓰러워 장중가를 불러 그 피를 핥아주라고 했다. 장중가는 차마 그녀의 음부를 쳐다보지 못하고 망설였다. 그녀가 부끄러워하며 일어나 떠나버렸다. 해릉왕이 장중가에게 말했다.

"너도 수염 난 남자요, 물건 달린 놈인데 날마다 내가 비빈들과 일을 치르는 걸 보면 네놈의 물건도 벌떡 일어나지 않느냐? 어서 바지를 벗어라. 짐이 직접 한 번 보겠노라."

"궁궐의 법도가 엄연한데 폐하처럼 존엄하신 분 앞에서 저처럼 미천한 것이 어찌 감히 몸을 드러낼 수가 있겠습니까?"

"짐이 너의 물건을 보겠다는 것이니 누가 너를 탓하겠는가? 짐 역시 절대 문제 삼지 않겠노라."

장중가가 머리를 조아리며 제발 그것만은 하지 않게 해달라고 간청했다. 해릉왕이 환관을 시켜 장중가의 옷을 벗기게 했다. 장중가는 허리를 숙이고 두 손으로 사타구니를 가렸다. 해릉왕이 다시 환관을 시켜 장중가를 등받이가 없는 기다란 걸상 위에 눕히고 밧줄로 묶어버리라 했다. 장중가의 물건이 빳빳하게 고개를 쳐들고 있었다. 크고 길쭉하긴 했으나 해릉왕에 비하여 삼분의 이 정도에 불과했다. 비빈들이 그걸 보고는 얼굴을 가리고 키득거렸다. 해릉왕이 말했다.

"그만들 웃어라. 저놈 역시 사내 아니냐. 그래도 어린 처녀를 붙여주지는 마라. 저놈 물건 때문에 아플 수도 있을 테니까 말이다."

비빈들이 또다시 깔깔대며 웃었다. 얼마 후 장중가의 물건이 수그러들자 그제야 밧줄을 풀어주었다.

한편, 일찍이 해릉왕이 시종들을 궁전 한곳에 모이게 하고는 각자 자기 물건을 내놓고 그 크기를 서로 비교하게 했다. 물건이 큰 시종들을 제1등급이라 칭하고 그들에게 자기가 더는 총애하지 않는 궁녀를 상품으로 하사하고는 양물제후라 적은 명패를 주었다. 물건 크기가 중간 정도에 해당하는 시종들을 제2등급이라 칭하고 그들에게 은 백 냥을 하사하고는 양물대부라 적은 명패를 주었다. 물건이 제2등급에 미치지 못하는 자들에게는 최하등급이라 칭하고 따로 상을 하사하지 않았다. 정전에서 조회를 열어 정사를 논하거나, 관직의 등급에 맞춰 순서를 정하여 연회를 여는 때를 제외하고는 저녁에 숙직을 하거나 내전에서 술자리를 가질 때는 관직의 등급을 따지지 않고 그 명패에 적혀 있는 대로 열을 맞춰 앉아 웃고 즐겼다. 해릉왕의 처남인 도단정이라도 예외일 수 없었다. 만약 백 명이 참가했다고 치면 물건이 해릉왕의 물건과 백중지세이거나 해릉왕보다 약간 작은 자가 하나나 둘 있을 정도였고 일등급의 물건보다 엄청나게 큰 자는 아무리 찾아도 없었다. 당시 사람들이 이런 노래를 지어 불렀다고 한다.

> 조정의 모든 일은 물건 크기에 달렸다네,
> 관리를 선발하는 기준이 별도로 있다네.
> 일 잘하고 글 잘 짓는 거는 아무 소용이 없다네,
> 허리 아래 물건만 크고 단단하면 되는 거라네.

이 노래가 마침내 해릉왕의 귀에까지 들어갔으나 해릉왕은 그걸 신경 쓰지 아니하고 계속하여 음란한 짓을 했다. 궁중의 여인들 가운데 설사 벼슬아치의 부인일지라도 해릉왕이 한번 맘에 들어 교접하고 나면 바로 궁녀로 편입시켜버렸다. 그 여인들의 남편을 불러 궁중에서 번을 서게 하고 그 틈에 여인들과 마음대로 음란한 짓을 했다. 해릉왕은 남편을 불러 번을 서게 하는 게 번거롭게 느껴져 그 남편들을 전부 상경上京[10)]으로 파견시키고 그 여인들을 모두 궁중에 머무르게 했다. 여인들과 교접을 할 때면 침실의 휘장을 걷어버리게 하고 악사들을 불러 연주하게 했다. 교접이 끝나면 연주를 멈추고 다시 교접을 시작하면 연주도 다시 시작하게 했다. 한번 교접을 시작했다 하면 여러 명의 여인과 한꺼번에 일을 치르고 자기 쾌락만 느끼면 그만두어버렸으니 일을 치르는 여인들은 입을 삐쭉이며 불만이 가득했다. 숫처녀와 일을 치를 때면 자기 흥에 겨워 아주 거칠게 일을 치러 숫처녀가 아파하는 것을 전혀 신경 쓰지 않았다. 마음대로 일을 치르지 못할 경우에는 궁녀들을 불러 숫처녀의 손발을 꼭 붙잡아 움직이지 못하게 했다.

---

10) 금나라의 옛 수도, 지금의 흑룡강성 하얼빈시 지역이다. 금나라는 이곳 상경에서 중경(연경, 지금의 북경)으로 천도했다. 이 천도를 단행한 황제가 바로 해릉이다.

해릉왕은 비빈들과 함께 있을 때면 바닥에 뭔가를 떨어뜨려서 시종들에게 그걸 찾아내라 했다. 시종 가운데 그걸 찾으며 곁눈질하는 자는 목을 베었다. 궁중에서 잡일을 하는 남자가 눈을 들어 비빈을 바라보면 그 눈을 파내버렸다. 시종들이 궁중을 나설 때는 혼자는 안 되고 반드시 넷이 함께 가야 하며 조장은 칼을 차고 있다가 말을 듣지 않는 자의 목을 베라 했다. 해가 진 다음에 계단 아래로 내려오는 자는 죽임을 당했다. 계단 아래로 내려오는 자를 고발하는 자는 백만 전을 상금으로 주었다. 남자와 여자가 어쩌다가 실수로 몸이 서로 닿기라도 하면 그걸 먼저 밝히는 자에게는 3품의 벼슬을 내렸고, 늦게 이야기하는 자는 죽임을 당했으며, 동시에 이야기하면 없던 일로 해주었다.

양충梁珫이란 자가 있었다. 대고大㪱의 가노였다가 원비를 따라 입궁한 후 환관이 되어 해릉왕을 모셨다. 양충은 눈치가 빠르고 사람의 비위를 잘 맞추었다. 해릉왕도 특별히 양충을 신임하고 그의 말이라면 다 따랐다. 양충이 온 세상의 비법을 다 동원하고 정력을 세게 해주는 특이한 약재를 널리 구하여 미혼약을 조제하여 해릉왕에게 바쳤다. 해릉왕이 복용하여 보니 자못 효험이 있었다. 해릉왕이 그 덕에 방사를 더욱 잘 치를 수 있었다. 만 명을 헤아리는 궁녀를 거느리고도 세상의 가장 멋진 여인을 취하여 기쁨을 얻지 못하는 것을 안타까워했다. 양충이 송나라 유귀비劉貴妃가 경국지색이라고 간언했다. 해릉왕이 양충에게 유귀비의 용모가 어떠한지 한번 말해보라 했다. 양충이 이렇게 대답했다.

"머리카락은 윤기 나게 찰랑찰랑, 가느다란 허리에 풍만한 가슴과 엉덩이, 흰 눈처럼 눈부신 피부, 꽃보다 더 아름다운 얼굴, 그녀에게서 뿜어져 나오는 광채는 보는 사람의 눈을 멀게 합니다. 사람의 마음을 사로잡는 대화, 행동거지는 더욱더 멋들어집니다. 지혜롭고 똑똑하며, 노래 솜씨와 춤 솜씨는 타의 추종을 불허합니다."

해릉왕은 그 말을 듣고 너무도 기뻐하여 즉석에서 바로 남쪽 송나라를 정벌하고자 마음먹었다. 정벌을 떠나기에 앞서 고사고한테 자색 비단 휘장, 대리석 침대, 자고새를 수놓은 베개, 짐승 털로 만든 요, 부드러운 비단 이불, 녹색 가림막, 무늬가 아로새겨진 천 등을 챙기게 했다.

  비단 휘장은 가볍고 투명하여 눈으로 보기엔 아무것도 쳐놓은 것 같지 않지만 엄동설한에는 바람 하나 들어오지 않고 삼복더위에는 시원한 바람이 절로 들어왔다. 은은한 색깔 때문에 휘장이 쳐진지도 모를 정도였다. 비단 무늬처럼 표면을 장식한 대리석 침대는 돌이면서도 가볍기가 그지없었다. 훈족이 조공으로 바친 것이다. 베개는 칠보로 자고새를 수놓았다. 요는 색깔이 선명하고 광채가 넘치는데 일설에 코뿔소 털로 만들었다고 한다. 고려11)에서 온 것이다. 부드러운 비단 이불에는 원앙새 3천 마리가 수놓아져 있고 사이사이에 기화요초를 수놓았다. 그 표면에는 다시 오색영롱한 진주 알을 마치 과일 알갱이처럼 달아놓았다.

  녹색 가림막은 너비가 30자, 길이가 90자 정도인데 가볍고 투명하고 얇기가 세상에 비길 게 없었다. 가림막을 펼치면 영롱한 이슬방울이 달린 녹색 차양이 펼쳐진 듯했고 아무리 큰비가 내려도 비 한 방울 새는 법이 없었다. 용뇌를 발랐기 때문이라 한다. 무늬가 아로새겨진 천이란 바로 수건을 말한다. 흰 눈처럼 하얗고 솜털처럼 부드럽다. 한번 닦기만 해도 물기를 쫙 빨아들이고 몇 년을 써도 번들거리지 않고 새것 같다. 견곡국甽谷國에서 들여온 것으로 유귀비를 차지하면 사용할 요량이었다.

---

  11) 원문은 구려국句驪國이다. 해릉왕이 활동하던 시기의 역사기록인『송사宋史·외국열전外國列傳』에 "高麗, 本曰高句驪."라는 대목이 나온다. 원문의 구려국이 고려인지 명확하지는 않다. 고려 시대에도 고구려 혹은 구려국이란 명칭이 한반도 및 그 이북 지역 강토의 명칭으로 여전히 사용되었을 것 같기는 하다. 구려국의 기원을 기원전 14세기까지 끌어올려 요동 지역을 실질적으로 지배한 부족국가로 파악하는 설도 있다. 영문 번역본에서는 Korea라 옮기고 있다.

아울러 아홉 빛깔 옥으로 만든 비녀, 코뿔소 뿔로 된 장신구, 행운을 빌어주는 옥 장신구, 얇은 비단으로 만든 옷, 용 수염으로 만든 자색 총채도 마련했다. 비녀에는 아홉 마리 난새를 조각하고 각각 다른 색으로 칠했다. 그리고 '백옥白玉'이란 글자를 새겼다. 그 솜씨가 너무도 빼어나 사람이 만든 것 같지가 않았다. 코뿔소 뿔로 만든 장신구는 작은 공처럼 생겼는데 화가 날 때 손으로 만지면 화가 누그러지는 효능이 있다. 옥으로 된 장신구는 모양이 복숭아씨처럼 생겼으며 일곱 개의 구멍을 뚫어 놓았는데 그 구멍은 지혜의 구멍을 상징한다. 비단옷의 무게는 다 해봐야 두 냥 정도밖에 안 되었고 접으면 한 손에 다 들어올 정도였다. 자색으로 찬란하게 빛나는 총채는 길이가 석 자 정도로 수정을 다듬어 손잡이로 만들었고 홍옥으로 연결고리를 만들었다. 바람이 불고 비가 내리는 어두운 날에도, 흐르는 물속에서도 언제나 그 광채가 찬연했다. 그걸 방 안에 놓아두면 낮에는 파리를 쫓아내고 밤에는 모기를 쫓아냈다. 그걸 흔들면 소리가 났다. 닭이나 개가 그 소리를 들으면 놀라서 도망쳤다. 그걸 연못에 늘어뜨려 놓으면 온갖 물고기들이 헤엄쳐 몰려들었다. 그걸 물속에 집어넣어 흔들면 물방울이 하늘로 솟아올랐다 떨어지는 게 마치 폭포 같았다. 제비 고기를 태울 때 나는 연기를 이 총채로 흔들어대면 마치 운무처럼 연기가 피어올랐다. 들리는 소문으로는 그걸 동정호에서 얻었다고 한다.

해릉왕은 유귀비를 얻으면 이것들을 다 선물로 줄 요량이었다. 해릉왕이 이 품목들을 꼼꼼하게 점검했다. 한데 정탐병이 돌아와 유귀비가 세상을 떠났다고 보고했다. 해릉왕은 너무도 안타까웠다. 해릉왕은 송나라를 정벌하여 유귀비의 시신이라도 한번 봐야 원이 풀릴 거 같았다.

살아서는 같이 원앙 이불 덮지 못했으니,

죽어서 이소군李少君12)의 도움을 받아서라도 만나봐야지.

세종이 제남 부윤의 직을 담당하고 있을 당시 세종의 부인은 오림답烏林荅씨였다. 옥 같은 피부에 나긋나긋한 몸매, 아름다운 자태가 사람을 매혹시켰다. 해릉왕이 그녀를 보더니 정을 통하고 싶은 마음이 간절해졌다. 그러나 오림답이 결코 곁을 주지 않았다. 어느 날 해릉왕이 오림답을 불러들이는 조서를 보내오니 세종이 버럭 화를 내며 가지 말라고 말렸다. 오림답이 울면서 세종에게 이렇게 말했다.

"제 몸은 당신 것입니다. 한번 초례를 치른 이상 다른 남자를 섬기지 않고자 하는 것이 제 마음이니 어찌 황제에게 이 몸을 바치고 싶겠습니까. 다만 제가 황제의 부름에 응하지 아니하면 황제를 무시하는 게 되고, 황제의 명령을 받들지 않은 불충한 일을 저지르게 되는 거니 황제는 이것을 빌미로 당신을 죽이려 할 것인데 당신이 어찌 그 죽음을 피할 수 있겠습니까? 제가 황제의 부름에 응하는 것이 당신을 살리는 길입니다."

세종이 눈물을 흘리며 오림답과 헤어지는 것을 애달파했다. 오림답은 만사를 초연한 듯이 길을 떠났다. 길가는 동안 너무도 가슴이 미어져 도대체 아무것도 마음 붙일 게 없었다. 양향良鄕이라는 마을에 이르러 오림답은 자기 옷을 모두 다 꼭꼭 여몄다. 그런 다음 겉옷에 시 한 수를 적더니 마침내 자결하고 말았다.

손바닥 뒤집듯이 변하는 세태,
늑대와도 같은 임금의 마음.

---

12) 한나라 무제 때의 도사로 무제가 죽은 궁녀를 그리워하자 궁녀의 혼령을 불러내어 만나게 해주었다고 한다.

미치광이처럼 쾌락만 찾는구나,
음란함에 사로잡혀 삼강오륜마저 버렸구나.
이 몸이 죽어져야 욕을 당하지 않으리니,
지아비도 살고, 내 이름도 남으리라.
나를 호송하는 저 사람아,
이 피를 가지고 가서 임금에게 보고하게나.

오림답이 죽자 오림답을 모시고 가던 사신이 이 사실을 해릉왕에게 알렸다. 해릉왕이 이 소식을 듣고 억지로 애달파하더니 그 시신을 관에 담아 남편인 세종에게 보내주라 했다. 세종이 관 뚜껑을 열어보니 오림답의 얼굴이 마치 살아 있는 듯했고 목에는 핏자국이 선명했다. 세종은 오림답의 시신을 껴안고 통곡하고는 장사를 치렀다. 나중에 세종이 29년 동안 재위하면서도 왕후를 따로 들이지 않았다고 하니 이는 아마도 오림답의 절개를 마음에 간직하고 있었기 때문일 것이다. 아무튼 이것은 훗날의 이야기다.

한편, 해릉왕이 대대적으로 남쪽 송나라를 정벌하고자 전함을 건조했다. 민가를 부숴서 목재를 취하고 죽은 사람을 태워 기름을 얻었다. 들어가는 비용을 전혀 아까워하지 않고 물 쓰듯이 퍼붓고 사람 목숨을 전혀 중히 여기지 않았다. 드디어 병사를 거느리고 남하하니 백성들의 원망 소리가 끊이지 않았다. 신하들이 그 원망을 듣고 조국공曹國公 오록烏祿을 황제로 세우니, 그가 요양遼陽에서 즉위하고 스스로 이름을 옹雍이라 바꾸고 연호를 대정大定(1611)이라 했다. 그리고 해릉왕을 황제에서 왕으로 강등시켜 버렸다. 해릉왕이 이 소식을 접하고 한탄했다.

"짐이 송나라를 정벌하고 천하를 통일한 다음 대정이란 연호를 쓰고자 했더니 이제 오늘 이렇게 대정이란 연호를 먼저 듣게 되었구나. 이것 역시 하늘의 뜻인가 보다."
　해릉왕이 '한번 군사를 일으키니 천하가 크게 태평해졌도다.'라는 글귀를 적은 두루마리 종이를 펼쳐 보여주고는 연호가 바뀌었음을 알렸다. 아울러 휘하의 장수들에게 북으로 퇴각하라 명령했다. 과주에 이르렀을 때 절서로도통제浙西路都統制인 야율원의耶律元宜가 해릉왕을 시해하려고 모의했다. 화살이 해릉왕의 군막에 떨어지자 처음에는 송나라 병사의 화살인 줄 알았다가 화살을 집어보고는 "아, 우리 병사의 화살이구나"라고 말하면서 그 화살을 다시 집어 들고 되쏘려다가 화살을 맞고는 고꾸라졌다. 연안延安 소윤少尹 납합간로보納合干魯補가 칼로 해릉왕을 찔렀다. 해릉왕의 팔과 다리가 아직도 움직이자 그는 해릉왕이 더 못 움직일 때까지 목을 졸랐다. 수십 명의 비빈들도 역시 죽음을 피할 수 없었다. 세종이 해릉왕의 죄목을 나열하면서 폐제란 호칭을 사용하지 못하게 하니 해릉왕이란 호칭으로 불리게 되었다. 더 시간이 지나서 해릉왕은 다시 서인으로 강등되었고 도성에서 서남쪽으로 40리 떨어진 곳으로 이장되었다. 이를 한탄하며 지은 후세 사람의 시를 인용하노라.

　　색을 싫어하는 자가 어디 있으랴만,
　　해릉왕은 유독 자제할 줄을 몰랐구나.
　　남쪽 송나라를 정벌하기도 전에,
　　연호는 대정으로 바뀌고, 공연히 탄식하게 되는구나.
　　탄식만 하는구나, 탄식만 하는구나,
　　나라를 잃고 집안도 망가지니 돌아갈 곳 없어라.
　　혼자서 쓸쓸하게 객사하니 여인네들 애달파하네,
　　패륜 역적이란 이름만 역사에 길이 전해지겠네.

수양제가 방탕에 빠져 나라를 잃다

隋煬帝逸遊召譴
수양제가 방탕하게 놀다가 꾸짖음을 당하다

옥수玉樹 곡조에 맞춰 노래 부르고, 무희들 옷자락 날리고,
경양궁엔 빽빽이 들어선 호위 병사의 칼들.
새벽 별이 천하를 비출 때,
천하엔 황제와 그 여인을 원망하는 소리만.

이 시가 뭘 읊고 있는지 알고 싶으면 다음을 보라. 수나라 문제가 주나라와 진나라를 차례로 무너뜨리고 통일을 이룩하니 이제 천하가 태평해졌다. 사람들은 문을 걸어 잠그지 아니하고 길에 뭐가 떨어져도 주워 가지 않았다. 수문제가 왕자 용勇을 태자로 책봉하자 황후 독고獨孤씨가 이를 못마땅해했다. 본디 문제의 황후 독고씨는 투기가 심했다. 문제는 그걸 알면서도 독고씨를 총애했다. 문제는 늘 이렇게 말하곤 했다.

"역대 제왕들은 적서嫡庶분쟁, 골육상쟁이 없었던 적이 없고 그게 모

든 재앙의 불씨가 되었도다. 짐의 다섯 아들은 모두 한 어머니를 둔 형제요, 이복형제는 하나도 없으니 앞으로 천하는 태평할 것이요 환난이 없을 것이로다."

한데, 태자 용이 자신의 태자비 원元씨를 총애하지 아니하자 원씨는 이를 원망하다가 세상을 떠나고 말았다. 태자는 운정흥雲定興의 딸만을 사랑했다. 하나 그녀와의 사이에서 태어난 아들딸은 모두 서출이라. 독고황후는 이 점을 몹시도 못마땅해했고 문제의 면전에서 태자를 헐뜯곤 했다. 문제는 황후의 말을 무척이나 신경 쓰는 편이라 문제와 태자 사이는 갈수록 소원해져만 갔다.

한편 둘째 아들 진왕晉王 광廣은 당시 양주 도총관都總管을 맡고 있었다. 총명하고 품위가 있으며 용모 역시 빼어났다. 10살에 이미 고금의 명저를 널리 읽고 의학, 천문지리, 다양한 기예와 수학 등등 못 하는 게 없었다. 다만 한 가지. 마음이 음흉하고, 한번 싫어하는 사람은 끔찍이도 싫어하고, 타인 이목에 신경 쓰고, 의도를 숨긴 채 집요하게 캐묻기를 좋아했다.

진왕 광은 태자가 황후의 사랑을 잃고 있음을 알게 되자 틈만 나면 둘 사이를 더 이간질했다. 날마다 자신의 정비 소蕭씨하고만 지내고 후궁들에게는 눈길도 주지 않았다. 문제와 독고황후가 행차할 때마다 소비로 하여금 직접 모시게 하고 행차를 마치고 돌아갈 때는 소매 품에 돈도 넣어드리곤 했다. 사람들이 이구동성으로 독고황후에게 진왕 광은 인자하고 효성스럽고 총명한데 태자는 오만하고 은덕이 부족하고 오직 운씨만을 총애하니 마치 돼지나 송아지 같다고 말하곤 했다.

독고황후는 그 말을 듣고는 밤낮 문제에게 태자가 황제 자리를 이어받기에 부족하다고 되뇌고 또 되뇌었다. 진왕 광은 금은보화를 잔뜩 보내어 월공越公 양소楊素와 관계를 맺고 그에게 태자를 교체하여야 한다고 아뢰게 했다. 양소야말로 문제에게는 제일가는 공신이라 문제는 그의 말을 무조건 신뢰했다. 독고황후가 안에서 이야기하고 양소가 밖에서 간언하니 결국 문제가 태자 용에게 버럭 화를 내고 마침내 태자 용을 폐위하여 별궁에 유폐시켜 버리고 진왕 광을 태자로 세웠다. 진왕 광을 태자로 세우는 날 세상 온 땅이 흔들거렸다. 아는 사람들은 다 이게 태자의 자리를 찬탈하고자 하는 음모 탓이라고 수군거렸다. 오직 심성이 잔인한 양소만은 득의양양하게 '태자를 내가 옹립했다'고 떠벌였으니 그의 위세가 천하를 주름잡았으며 모든 관리가 이를 두려워하여 아무 말도 하지 못했다.

　독고황후가 세상을 떠났다. 후궁들이 황제의 은총을 입을 기회가 생겼다. 선화부인宣華夫人 진陳씨가 있었다. 진선제陳宣帝의 딸이었다. 진나라가 수나라에게 멸망하면서 문제의 후궁이 되었다. 총명하고 용모도 아름다웠다. 황후가 세상을 떠나자 귀인貴人의 작위를 받았으며 문제의 총애를 독점했다. 문제가 병이 나서 인수궁에 머물 때 선화부인과 새로 태자로 책봉된 광이 함께 문제를 시중들었다. 어느 날 아침, 선화부인이 옷을 갈아입는데 태자가 희롱했다. 선화부인이 이를 거절하느라 머리가 흐트러지고 정신이 다 아득해졌다. 문제가 그런 선화부인을 보고서 이상하게 여겨 그 까닭을 물으니 태자가 무례하게 굴었다며 아뢰었다. 문제가 대로하며 말했다.

　"이런 짐승 같은 짓을 저지르다니! 독고황후가 나를 망쳤구나."

　문제는 독고황후를 원망하고 나서 병부상서 유술柳述, 황문시랑黃門侍郎 원암元巖, 사공司空 양소를 불렀다.

　"태자를 불러들여라."

　유술 등이 태자를 부르러 나갔다. 그사이에 문제가 '용으로 다시 바꿔야겠소.'라고 말하니 양소가 아뢰었다.

"나라의 근본을 자주 바꾸는 것은 불가합니다. 신은 감히 그 명을 받들지 못하겠습니다."

문제가 가래 섞인 기침을 하면서 안쪽으로 고개를 돌리고는 아무런 말도 하지 않았다. 양소가 밖으로 나가 태자 광을 만나 아뢰었다.

"큰일 났소이다."

태자가 엎드려 아뢰었다.

"내 평생은 경의 손에 달려있습니다."

잠시 후 신하들이 헐레벌떡 달려와 양소에게 아뢰었다.

"황제께서 불러도 대답이 없으시고 목에서 가르릉 가르릉 소리만 새어 나오고 있습니다."

양소가 급히 안으로 들어가 보니 문제가 이미 붕어했더라. 선화부인과 후궁들은 슬픔에 잠겼다. 해저물녘, 태자 광이 황금색 상자에 직접 쓴 서찰을 넣은 다음 밀봉하여 선화부인에게 보냈다. 선화부인은 태자가 자기에게 사약을 내린 것이라 생각하여 감히 열어볼 엄두를 내지 못했다. 상자를 들고 온 사자가 재촉하니 그제야 열어보았다. 그 안에는 마음 '심' 자 모양으로 접은 종이가 들어있었다. 주변 사람들이 모두 목숨을 건지셨다고 축하했다. 선화부인은 떨떠름한 표정으로 머뭇거리며 상자를 들고 온 사자 편에 감사의 뜻을 전하지도 않았다. 주변 사람들이 하도 강권하니 그제야 사자에게 감사 표시를 했다. 태자가 밤에 선화부인을 찾아와 함께 지냈다.

다음 날 아침 문제가 붕어했음을 공표했다. 태자는 사람을 보내어 이전 태자의 목을 베라 했다. 그런 다음 황제에 즉위했다. 좌우 신하가 태자를 부축하여 보좌에 오르게 했다. 태자의 다리 힘이 부족하여 넘어지기를 여러 차례 하고 보좌에 오르지 못했다. 양소가 부축하고 있던 신하에게 소리 질러 물러나게 하고 자기가 직접 태자를 부축하여 보좌에 오르게 했다. 지켜보던 자들이 하나같이 탄식했다.

양소가 집에 돌아와 식구에게 이렇게 말했다.

"내가 저 어린 녀석을 황제로 등극시키기는 했다만 그가 그 자리를 감당할 수 있을지 모르겠노라."

태자를 황제로 등극시킨 자가 바로 양소인지라 사람들은 모두 그를 극존칭으로 불렀다. 한번은 궁궐에서 잔치를 벌이는데 내관이 양소의 옷에 술을 흘렸다. 양소가 화를 버럭 내며 그놈을 매질하라고 했다. 황제가 무척이나 아니꼬웠으나 꾹 눌러 참았다.

하루는 양소와 황제가 후원 연못에서 낚시를 했다. 양산을 펴서 해를 가리고 나란히 앉았다. 황제가 화장실을 가다가 잠시 뒤돌아 바라보니 양산 아래 앉아 있는 양소가 풍채도 당당하고 신비한 분위기를 풍기고 있었다. 황제가 이에 기가 질렸다. 황제가 무슨 일을 벌이려 할 때마다 양소가 번번이 가로막았다. 황제는 더더욱 양소를 못마땅하게 여겼다. 이런 이유로 양소가 오늘내일하면서 침대에 누워 있을 때 황제는 '양소를 살려내려고 노력하는 자는 모조리 죽일 것이며 그의 구족까지 죽임을 면치 못하리라'고 했던 것이라. 양소가 병 들기 전에 하루는 입궐했더니 문제가 도끼를 들고 양소를 쫓아오면서 이렇게 소리 지르는 것이었다.

"이 도적놈아, 내가 용을 태자로 세우라 했거늘 그 말을 듣지 아니하다니. 내가 너를 죽이고 말 테다."

양소가 놀라서 방으로 들어와 동생 둘을 불러 말했다.

"나는 이제 곧 죽을 거다. 문제가 나타나 나에게 이리이리 말했노라."

얼마 지나지 않아 양소는 세상을 하직했다.

양소가 죽자 황제는 아무런 거리낌이 없어 여색에 빠져들었다. 하루는 가까운 신하에게 이렇게 말했다.

"황제란 천하가 부유한 것을 즐거워하고, 백성들이 즐거워하는 것을 기쁨으로 여기느니라. 이제 천하가 풍요롭고 안락하니 짐이 스스로 짐만의 즐거움을 누릴 때로다. 지금의 궁전은 크기만 하고 섬세하거나 아늑한 맛이 없고 내밀한 공간도 없느니라. 섬세하고 아늑하고 내밀한 공간이 있어야 짐이 그 안에서 노년을 보낼 것 아니냐!"

황제의 총애를 받는 신하 고창高昌이 아뢰었다.

"신에게 항승項昪이란 친구가 있사옵니다. 항승은 절강 출신으로 스스로 궁실을 짓는 재주가 빼어나다고 자부하는 자이옵니다."

다음 날 황제가 항승을 불러들였다. 항승이 아뢰었다.

"신, 먼저 설계도를 그려 바치겠나이다."

이틀 후 항승이 설계도를 바치니 황제가 그걸 보고 뛸 듯이 기뻐했다. 황제가 즉시 담당자를 불러 목재를 준비하고 수만 명의 인부를 동원하여 공사를 시작하게 하니 몇 년이 지나 바로 완성되었다.

높다란 누각, 시원한 창과 시선을 막아주는 휘장, 아늑한 방, 아름다운 장식이 빛나는 난간이 서로 끊임없이 이어지면서 사방으로 뻗어 나가 문에서 문으로 연결되었다. 문의 개수는 천과 만을 헤아렸고 황금빛 벽과 옥색 벽이 서로 어우러져 사람의 눈이 휘둥그레지게 했다. 기둥 아래는 황금빛 용이 장식되어 있고, 대문 옆 옥 기둥에는 짐승 모습이 조각되어 있었다. 섬돌에는 빛이 나고, 창문으로는 햇빛이 스며들었다. 궁궐을 지은 이 솜씨가 천하제일이라 역대로 이에 견줄 게 아무것도 없었다.

이 궁궐을 짓다 보니 황실의 창고가 텅텅 비어버렸다. 궁궐 안에서 길을 잃으면 온종일 헤매도 빠져나오질 못했다. 황제가 직접 와서 보고는 너무도 기뻐했다. 주위 신하들에게 말했다.

"신선이 이곳에 놀러 왔다가도 길을 잃겠도다. 그래 이곳의 이름을 '미루迷樓'라 짓자."

황제는 항승에게 5품 관직을 하사하고 황실 창고에서 황금과 비단을 꺼내어 하사하도록 했다. 황제는 양갓집의 처녀를 수천 명 징발한 다음 이 미루에서 살게 했다. 황제가 이 미루에 행차하면 한 달이 넘도록 떠날 줄을 몰랐다.

이때 대부 하조何稠가 여성 전용 가마를 바쳤다. 그 가마는 너무 작아서 여자 한 명만 탈 수 있었다. 그리고 그 안에 장치가 하나 들어있었다. 만약 숫처녀가 타면 장치가 여자의 손발을 꽉 조여서 옴짝달싹 못 하게 만들었다. 황제는 이 기구로 처녀를 판별할 수 있겠다는 생각에 무척이나 기뻐했다. 황제가 하조를 불렀다.

"그대의 설계가 너무도 대단하오. 어쩜 이렇게 신묘할 수 있소그래!"

황제는 하조에게 천금을 하사했다. 하조는 또 다른 가마 하나를 바쳤다. 계단을 평지처럼 올라가는 기능을 갖춘 이 가마는 여자가 타면 자동으로 흔들거렸다. 황제가 더욱 기뻐하면서 하조에게 말했다.

"이 가마의 이름이 무엇인고?"

"신이 거침없이 마음껏 구상하고 만들기는 했으나 아직 이름을 정하지는 못했습니다. 폐하께서 이름을 지어주십시오."

"그대가 거침없이 마음껏 구상하여 만들고 짐은 맘껏 즐길 수 있으니 '내 맘대로 가마'라고 이름 붙이자."

황제는 또 화공을 불러와 남녀가 교접하는 그림을 수십 장 그리게 하여 그걸 미루에 걸어놓고 즐겼다.

그해, 상관시上官時가 장강 너머 지역에서 근무를 마치고 장안으로 돌아오면서 청동 거울 수십 개를 만들어 바쳤다. 높이는 다섯 자, 너비는 석 자인 그 거울을 마치 병풍처럼 침실에 세워두었다. 황제는 궁녀들을 그 거울을 세워둔 방에 몰아넣었다. 황제가 너무도 기뻐하며 말했다.

"이걸 보아라. 이게 바로 인간의 본래 모습이니라. 그깟 그림보다 수만 배나 더 멋지지 않느냐!"

황제는 낮이나 밤이나 미루에서 환락에 탐닉하여 기력이 갈수록 쇠잔해져 갔다. 아울러 백만의 인부를 동원하여 둘레 200리가 되는 정원을 만들고 그 안에 누각 16개를 만들고 기묘한 암석을 모아 산처럼 쌓고 땅을 파고 물을 대어 호수와 바다처럼 만들고 이 세상의 온갖 기화요초를 모두 장안으로 옮겨오게 했다. 마침내 이 정원에 있는 16개 누각의 이름을 붙였다.

밝은 경치[경명景明], 해맞이[영휘迎暉], 봉황이 깃드는 집[서란棲鸞], 새벽빛[신광晨光], 밝은 노을[명하明霞], 화려한 비취[취화翠華], 고요[문안文安], 진귀한 보배[적진積珍], 그림자 무늬[영문影紋], 우아한 봉황[의봉儀鳳], 어질고 지혜로움[인지仁智], 맑음과 수양[청수淸修], 보배로운 숲[보림寶林], 조화와 밝음[화명和明], 아름다운 그림자[기음綺陰], 붉은 햇빛[강양絳陽].

이 열여섯 개 누각에 미모와 재주가 뛰어난 여인을 선발하여 채웠다. 그 가운데 황제의 이쁨을 받는 여인을 무리의 행수로 삼았다. 환관을 파견하여 여인들을 관리하고 새로운 여인을 물색하게 했다. 정원에 또 다섯 개의 호수를 팠는데 호수의 둘레가 십 리에 달했다. 동쪽에는 취광호翠光湖, 남쪽에는 영양호迎陽湖, 서쪽에는 금광호金光湖, 북쪽에는 결수호潔水湖, 가운데에는 광명호廣明湖를 팠다. 호수 가운데에는 돌과 흙을 쌓아 산을 만들었고, 그 산 위에 누각을 만들고, 이리 구불 저리 구불 산책길을 만들었다. 인간 세상의 온갖 화려함은 거기에 다 깃들어 있었다.

또 북해를 팠다. 북해 둘레는 40리, 그 가운데에 봉래, 방장, 영주를 본떠 세 개의 산을 만들었다. 그 산 위에는 정자를 만들었고 정자에 올라가는 회랑을 만들었다. 그 아래로는 물, 물의 깊이는 삼십 자에 이르렀다. 다섯 호수와 북해를 서로 연결하여 배를 타고 다닐 수 있게 했다. 황제는 주로 동호에 배를 띄우고 놀았다. 그러면서 「호상곡湖上曲 · 망강남望江南」 여덟 수를 지었다.

첫째 수―

호수의 달,
신선 누각을 비추네.
물결 찰랑찰랑, 스산한 달빛이 사위를 덮고,
맑은 그림자 아래 파도 일렁이니 황금빛 물뱀 헤엄치는가,
배를 띄워 신선놀음.
멋진 풍경일지고,
맑은 달빛 구름 사이로 비스듬히 얼굴 내밀고.
달그림자 아래 맑은 이슬방울 맺히고,
서풍에 계수나무 꽃 날려 떨어지니,
술자리에선 그리움만 한없어라.

둘째 수―

호수의 버들가지,
안개 가운데 한들거리며,
밤새 잠들었던 호수를 깨워 얼굴 드러내게 하네.
동풍 불어오니 여인네 가는 허리처럼 흔들리고,
안개비와 더욱더 잘 어울린다.
호안은 동그랗게 굽어,
화려하게 장식한 다리 아래로 연결되네.

봄날 저녁, 사람들이 버들가지 부딪히며 떠난 후,
버들 솜은 눈처럼 하얗게 바람에 날리는데,
님 그리는 마음만 한없이 이어지누나.

셋째 수―

호수의 눈,
바람에 날려 어이 이리 수북하게도 내리나.
가벼이 날려 대나무 지붕을 두드리고,
하얀 꽃처럼 맑은 물 위로 떨어지네,
바라보니, 옥가루 아니냐!
저 먼 곳 호수,
세상이 온통 한 색깔이구나.
양원부梁苑賦1)를 부러워하지 말게나,
어서 와 여기 여인네의 사랑 노래를 듣게나,
취하지 않고는 못 배길 거외다.

넷째 수―

---

1) 서한西漢 양梁나라 도성都城 휴양睢陽에 있었다고 하는 방대하고도 화려한 정원. 양효왕梁孝王 유무劉武가 조성했다 한다. 『수경주水经注』에 따르면 둘레가 30리에 달했다고 한다. 양원은 매승枚乘, 사마상여司馬相如 같은 서한 시대 부 작가들의 활동 무대가 되었으며, 이백李白, 두보杜甫, 고적高適, 왕창령王昌齡, 이상은李商隱, 왕발王勃, 이하李賀 등이 양원을 근거지로 활동한 시절이 있거나 양원을 주제로 작품을 썼다고 한다. 여기서 '양원부'는 수양제가 조성한 정원의 화려함이 양원 못지않음을 뜻하기도 하고, 이 양원을 중심으로 문인들이 모이고 잔치가 벌어지고 그것이 작품화되는 일련의 활동이 활발했던 것처럼 이곳 수양제의 정원에서도 이런 활동이 활발하리라는 것을 의미하기도 할 것이다.

호수의 풀,

푸른 때깔이 마치 물결과도 같이 나루터까지 이어지네.

그 풀 위에서 춤추고 노래하는 여인네,

그 풀을 돗자리 삼아 술 마시는 자들,

어느덧 향기 나는 원앙금침.

아침 햇살이 호수와 눈을 맞추면,

그 빛깔 더욱 새로워라.

떠난 님 돌아오지 않으시는데 풀은 땅에 가득하고,

내 님은 떠나려 하는데 풀은 더욱 파랗다,

이 맘을 어이 다 말로 표현하랴.

다섯째 수—

호수의 꽃,

하늘과 호수를 같이 머금고 피었다.

물가에서 터뜨린 꽃술, 매끄러운 옥가루 같네,

하늘 끝까지 다다를 향기, 노을에 밝네,

신선 사는 곳이 여기런가.

흐드러지게 핀 꽃,

살짝 머리에 꽂아보네.

봄날 물가에 피어 더욱 요염하여라,

아름다운 정자를 밝게 비추는 저 꽃이여,

저 꽃 보노라면 근심 걱정 다 사라지누나.

여섯째 수—

호수의 여인,
아름다운 여인들 가운데서 뽑히고 뽑힌 여인.
천상의 궁전에서 내려온 선녀이런가,
호수에서 연꽃을 따누나,
반주도 없이 연꽃 따는 노래 부르네.
장난치며 배를 띄워 보노라.
피리 소리 거문고 소리 흐드러지게 어우러지는 이 밤,
봄나들이하며 싸돌아다니는 청춘들,
황제 마차도 그들 틈에 끼고 싶은 듯하구나.

일곱째 수—

호수의 술,
우리에게 기쁨을 주는 존재,
경쾌한 박자, 천천히 뜯는 비파소리,
밥알이 둥둥 뜬 술, 향기롭고 깔끔하네,
취한 눈으로 그대를 바라보네.
봄, 궁전에 해지면,
선녀들 요염하게 술잔을 들어 권하지.
아름다운 호수,
술에 취해 바라보는 세상은 한가롭기 그지없어라,
제왕이시여, 평안하시군요.

여덟째 수 —

호수의 물,
황실 정원을 감싸고 흐르네,
비스듬히 햇살 비치니 맑은 잔물결 일고,
꽃 떨어지니 빨간 무늬 지고,
마른풀 위로 맑은 바람 지나간다.
사방을 빙 둘러보니,
연꽃 귀엽게 피어있는 곳에 뛰노는 물고기.
배도 노도 가볍게 들어 올려주고,
선녀의 그림자도 껴안아주고,
그걸 바라보는 내 맘마저 겹겹이 안아주고.

황제는 이곳에 빈번히 행차했다. 궁중 미녀들에게 이 곡을 노래하게 했다. 대업大業(605~618) 6년, 후원의 화초가 무성하고 짐승들이 번성하고 사잇길에 버드나무 늘어져 시원하게 그늘을 드리우고 원숭이 사슴이 뛰어놀고 있었다. 궁실에서 서원까지 곧바로 길을 내고 그 양쪽에 아름드리 소나무와 버드나무를 심었다. 황제는 행차할 때마다 이곳 정원에서 자곤 했다. 수행원들이 떼 지어 길 양옆에서 잠자곤 했다. 황제는 한밤중에 미인들과 사랑을 나눴다.

도주道州에서 난쟁이 한 명을 바쳤다. 그 이름은 왕의王義였다. 왕의는 생긴 게 곱상하고 사람을 응대하는 재주가 남달랐다. 황제가 왕의를 무척 아꼈다. 황제는 어디 나갈 때마다 왕의를 데리고 다녔으나 궁궐 안으로 들이지는 않았다. 그러면서 "너는 궁중에 들일 수 없는 자이노라"라고 말했다. 왕의는 그 길로 나가 스스로 불알을 까고서는 궁에 들여보내

달라고 했다. 황제가 그걸 보고서 안쓰러워하고 비로소 궁궐 안 출입을 허락했다. 왕의가 늘 황제의 침실 곁을 지켰다. 황제가 정원 행차를 하면서 열여섯 누각 가운데 하나에서 묵는 경우가 많았다.

어느 날 밤, 한밤중 황제가 서란원에 조용히 잠자리를 잡았다. 때는 바야흐로 여름, 열기가 후끈한데 후궁 경아慶兒가 황제를 모시고 같이 잠들었다. 달이 얼굴을 내밀어 서란원을 무척이나 밝게 비추고 있었다. 경아가 가위에 눌리기라도 했는지 자지러지게 놀랐다. 황제가 왕의를 불러 경아를 깨워주게 했다. 황제도 직접 나서서 경아를 안아 주니 그제야 겨우 숨을 골랐다.

"그래, 자다가 악몽이라도 꾼 거냐?"

"신첩이 평소처럼 잠이 들었사옵니다. 폐하께서 신첩의 어깨를 감싸시고 함께 열여섯 누각을 노닐 제 열 번째 누각에 이르러 폐하는 보좌에 앉으시었습니다. 잠시 후 불이 나서 신첩이 자리에서 일어나 도망치는데 돌아보니 폐하께서 화염 속에 계시기에 놀라서 어서 폐하를 구하라고 소리 지르다 이렇게 잠에서 깨었습니다."

"악몽을 꾸었구나. 불이란 게 원래 기세가 강한 건데 짐이 그 가운데 있었다면 짐이 위세당당하다는 것 아니겠느냐."

나중에 수양제가 강도江都에 행차했다가 죽임을 당하는데 경아가 꿈에서 본 것은 아마도 이것을 미리 알려주는 징조였을 것이다.

어느 날 밤, 황제가 궁전 벽에 그려져 있는 광릉도廣陵圖를 꿈쩍도 하지 아니하고 바라보았다. 소후蕭后가 옆에서 아뢰었다.

"저게 무슨 그림이기에 폐하께서 그렇게 마음을 두십니까?"

"그림이 아니라 저 그림의 배경이 되는 곳 때문에 그러는 것이니라."

황제가 왼손으로 소후의 어깨를 감싸고 오른손으로 그림에 나오는 산과 강, 인가, 마을, 암자 등을 가리키며 설명해주었다.

"짐이 전에 진후주陳後主를 정벌할 때 이곳 광릉을 유람한 적이 있노라. 이제 천하를 다스리매 모든 일을 다 직접 처리하여야 하여 회포를 풀 겨를도 없으니 그것이 안타깝노라."

황제가 뭔가 아쉽고 슬픈 표정을 지었다. 소후가 아뢰었다.

"폐하께서 광릉을 그리워하시는데 행차하지 않을 이유가 어디 있겠습니까?"

황제가 그 말을 듣고 얼굴이 환해졌다. 황제는 당장 신하들을 모아놓고 광릉에 행차하여 그곳에서 노닐 것이라 선포했다. 낙수에서 배를 출발하여 하수를 지나 회수로 들어간 다음 광릉으로 갈 것이라 했다. 신하들이 모두 이렇게 아뢰었다.

"그 길은 만 리나 되고, 물길도 거칠고 파도가 크게 넘실대는지라 큰 배를 띄우자면 무슨 일이 일어날지 예측할 수가 없는 위험한 길입니다."

당시 간의대부 소회정蕭懷靜은 소후의 동생이었다. 소회정이 아뢰었다.

"신이 듣기로 진시황은 금릉에 왕이 될 자의 상서로운 기운이 난다는 말을 듣고 사람을 그곳에 파견하여 그곳에 구멍을 내어 지맥을 끊어 마침내 그 기운이 사라지게 했다고 합니다. 지금 저양雎陽에 상서로운 기운이 샘솟고 있다 하는데, 폐하께서 동남쪽으로 순행하시려 배를 띄우시면 혹시 위험한 일이 생기지 않을까 걱정이 됩니다. 게다가 대량大梁 서북쪽 뱃길은 아주 오래전에 진시황이 장수 왕분을 시켜 운하를 파고 황하의 물을 대어 만든 것입니다. 원컨대 폐하께서 지금 다시 병사를 대대적으로 동원하셔서 대량에서부터 시작하시어 하음을 거쳐 맹진의 물을 끌어들이고, 동쪽으로 회음에 이르러 맹진에서 들어온 물이 나가게 하십시오. 이 거리는 천 리에 불과합니다. 아울러 저양 경내를 지나게 되니 광릉에 이르는 길도 내고 더불어 왕기를 꺾는 효과도 거둘 수 있습니다."

황제는 이 건의를 듣고 무척이나 기뻐했다. 즉시 칙령을 내려 감히 운하를 개통하는 건에 대하여 왈가왈부하는 자는 참수하겠노라 했다. 정북대총관征北大總管 마숙모麻叔謀를 운하건설 책임자로 임명하고, 탕구蕩寇 장군 이연李淵을 운하건설 부책임자로 임명했다. 이연이 병을 핑계 대고 나아가지 아니하자 좌둔위 장군左屯衛將軍 영호달令狐達을 대신 임명했다. 곧바로 명령을 내려 천하의 장정들을 조발하게 하니 15살 이상 50살 이하 남정네를 모두 불러 모았다. 만약 도망가거나 숨는 자가 있으면 삼족을 멸했다. 543만여 장정이 주야로 쉬지 않고 운하를 팠다. 강회 지역에 명령을 내려 500척의 선박을 만들게 했다. 백성들은 가산을 다 쏟아부어도 배 한 척 만들기 힘들었다. 할당을 채우지 못하면 옥에 갇히고 매질을 당하니 자식을 팔아서라도 그 할당을 채울 수밖에 없었다.

운하건설이 막바지에 이를 무렵, 배 건조 작업도 어느 정도 마무리되었다. 황제가 너무도 기뻐하며 강도 행차를 준비하게 했다. 월왕越王 양동楊侗에게 동도 낙양을 지키게 했다. 궁녀 가운데 반은 황제를 따라가지 못했다. 남게 되는 궁녀들은 황제에게 울면서 제발 자신들 곁을 떠나지 마시고 어서 어가를 돌려주십사 하소연했다.

"폐하, 요동 같은 작은 지방 정벌하시는 일을 어찌 직접 다녀오시려고 하십니까? 장수 하나를 파견하시면 충분할 것이옵니다."

황제는 요동의 강도를 찾아가면 돌아올 마음이 없었던 모양이다. 궁녀들에게 이렇게 시를 지어주었다.

꿈에도 그리던 강도,
요동 정벌이야 그저 그다음 문제지.
그곳, 강도 옛 모습 변치 않았기를,
그곳 찾아가면 다시 떠나지 않으리라.

어가가 출발했다. 수행원 수가 백만을 헤아렸다. 장안을 떠난 지 열흘째 되는 날, 황제에게 장안 출신 여인 하나가 진상되었다. 그녀의 이름은 원보아袁寶兒, 나이는 열다섯, 허리는 버들가지처럼 가늘고 교태가 좔좔 흘러서 황제의 총애를 독차지했다. 이때 낙양에서 한 꽃대에 쌍으로 핀 꽃을 바쳤다.

"숭산에서 딴 꽃이온데 이름조차 알 수 없는 진귀한 꽃이라서 이렇게 바치옵나이다."

마침 어가가 지나갈 때 이 꽃을 따게 되었으니 '어가맞이꽃'이라 이름 지었다. 황제는 이 꽃을 보아에게 선물하고 보아에게 '꽃지기'라는 별명을 지어주었다. 황제는 우세남虞世南에게 명하여 '황제의 요동 정벌 관련 칙령 일람'을 편찬하게 했다. 보아가 이때 꽃을 들고서 한참 동안 우세남이 글 쓰는 모습을 바라보고 있더라. 이를 지켜보던 황제가 우세남에게 말했다.

"예전에 조비연이 사람의 손바닥 위에서 춤을 추었다는 기록이 있기에 짐은 그게 다 글쟁이들이 과장한 거라 생각했노라. 한데 오늘 보아를 보니 옛 기록이 허튼 게 아님을 비로소 알겠노라. 보아가 지금 다정다감한 자태로 경이 문장 쓰는 걸 지켜보고 있었나니 명색이 문인이라는 경이 어째서 시를 지어 보아의 이런 모습을 읊지 않을 수가 있겠소."

우세남이 황제의 말을 듣더니 이렇게 절구를 지었다.

화장도 제대로 하지 않은 듯,
어깨와 소맷자락을 어설프게 휘날리고.
황제의 은총 받을 운명이었나,
어가맞이꽃이 어가를 따르네.

황제가 너무도 기뻐했다. 변경에 이르러 드디어 배를 탔다. 소후는 봉황 모양의 배를 탔다. 오월 지방의 열대여섯 먹은 처녀 5백 명을 선발하여 '처녀 뱃사공'이라 이름 붙이고 황제와 소후가 탄 배에 배치했다. 배에는 또 화려한 색상의 밧줄을 열 개씩 매달아 놓았고, 그 밧줄 하나에 처녀 뱃사공 열 명이 붙고, 그 열 명의 뱃사공에는 또 어린 양 열 마리가 붙어 여인 하나에 양 한 마리 꼴이 되었다.

때는 바야흐로 한여름, 한림학사 우세기虞世基가 계책을 아뢰었다.

"늘어지는 버드나무를 변汴운하의 양쪽 강둑에 심으시옵소서. 그 뿌리가 사방으로 퍼지면서 운하 강둑의 흙을 단단하게 잡아주어 강둑을 보호해줄 것이며, 배를 타고 다니는 사람들이 그 그늘에서 쉴 수 있을 것이며, 배를 끄는 양이 그 잎을 먹을 수 있을 것입니다."

황제가 그 말을 듣고 무척 기뻐했다. 백성들에게 포고하기를 버드나무 한 그루를 바치면 비단 한 필을 상으로 주겠노라 했다. 백성들이 앞다퉈 버드나무를 바쳤다. 버드나무 심기를 장려하는 의미로 황제가 직접 한 그루를 심고 신하들이 차례로 심고 백성들이 심었다. 당시에 '천자가 먼저 식재하니, 백성들이 따라서 식재한다'는 말이 유행했다. '식재植栽'라는 말의 '재zai'가 실은 재난災難이란 말의 '재zai'자랑 겹치니 이 역시 나중에 있을 불행을 미리 예언하는 것이었는지도 모른다. 버드나무 식재가 끝나자 황제가 붓을 들어 그 버드나무에게 자기의 성씨인 양楊씨 성을 내리니 이제 버드나무는 양류楊柳라 불리게 된다.

당시 황제의 선단은 배와 배가 이어져 천 리까지 이어졌다고 한다. 황제의 선단이 지나는 곳마다 향내가 진동했다고 한다. 하루는 황제가 배 안에서 처녀 뱃사공 오강선吳絳仙을 보았다. 그녀가 다른 여자들과는 비할 수 없이 너무도 아름답기에 그 자리에 오랫동안 머물며 바라보고 있었다. 오강선은 눈썹화장이 특히 멋들어졌다. 황제는 불타오르는 욕정을 억누를 수가 없어 어가로 돌아와 오강선을 불러 후궁으로 임명하고자 했다. 소후가 이를 질투하여 황제는 그 뜻을 이룰 수 없었다. 대신 황제는 오강선과 즐거움을 맛보고 나서 처녀 뱃사공의 우두머리로 임명했다. 그런 다음 오강선을 '깊은 눈동자를 지닌 여인'이란 별명으로 불렀다.

이 일로 말미암아 처녀 뱃사공들은 앞다퉈 눈썹을 길게 기르기 시작했다. 황실 물품 담당관이 하루에 공급하는 눈썹화장품 양이 다섯 부대나 되었다고 한다. 서역에서 들여오는 이 화장품은 한 덩어리에 값이 열 냥이나 되었다. 나중에 세금이 잘 안 걷혀 서역에서 들여온 것 대신 구리 섞인 눈썹화장품을 대신 공급했는데 오강선만은 서역에서 직접 들여온 것을 끊이지 않고 사용할 수 있었다고 한다. 황제는 오강선에게 정신이 팔려 늘 그 주변을 싸고돌았다. 한번은 황제 침실에 여인 들이는 일을 담당하는 환관에게 이렇게 말했다.

"예쁜 여자를 보면 안 먹어도 배부르다고 하는 말이 있는데 오강선이를 보니 그 말이 이해되는구나."

황제는 「처녀 뱃사공에게 주는 노래」를 만들어 하사했다.

복사꽃 잎을 노래한 옛 여인,
매화조차 부끄럽게 하는 새 여인.
노 젓는 처녀 뱃사공 곁에 몸을 맡겼더니,
지금 강물 위에 배 띄운 줄을 비로소 알겠네.

처녀 뱃사공들에게 이 노래를 따라 부르게 했다. 한편, 월계越溪에서 투명하게 빛나는 비단을 진상했다. 그 비단은 올록볼록하면서도 광채가 있었다. 황제가 그 비단을 꽃지기 보아와 오강선에게만 하사했다. 소후가 이를 알고 질투하며 이를 바득바득 갈았으니 이런 이유로 보아와 오강선은 황제와 가까이할 기회를 차단당했다. 황제는 누각에 올라 이 두 여인을 그리워했다. 그러면서 「동쪽 기둥을 바라보며」라는 시 두 편을 지었다.

그리움이 뼈에 사무쳐,
점점 병이 되었네.
내 머리가 하얗게 변한 것은,
그리움이 서리처럼 내려앉아서라.

긴 그리움을 내 미처 몰랐더니,
허연 실오라기 같은 머리카락이 어이 생기나.
하릴없이 난간에 기대어 서서,
몇 번이나 그 그리움을 삭혀왔느냐.

광릉에 도착하자 처녀 뱃사공들은 월관궁月觀宮에 모여서 대기하게 되었다. 오강선 역시 직접 황제를 모시지 못할 형편이 되었다. 과주에 파견되었다가 돌아온 낭장郞將이 쌍둥이 모양 과일 한 그릇을 진상했다. 황제가 환관에게 명하여 그 가운데 두 개를 오강선에게 갖다 주게 했다. 그 과일을 들고 말을 타고 오는 사이에 말이 너무 흔들려 쌍둥이처럼 과일과 과일을 연결하는 꼭지가 떨어져 버렸다. 오강선이 그 과일을 받고서 작은 꽃무늬 종이에 이렇게 적어서 황제에게 바쳤다.

쌍둥이 과일을 전해주셨으니,
총애의 맘이 깊디깊음을 느끼옵니다.
하지만 어찌하오리까! 한번 떠나면,

다시 돌아올 마음이 없음을!

황제가 이 쪽지를 보더니 기분이 상해버렸다. 환관에게 물었다.
"아니, 강선이가 왜 이리 원망하는 내용으로 시를 적었단 말이냐?"
"실은 그 과일을 들고 가는 동안에 말이 하도 요동을 쳐서 월관궁에 도달해보니 그만 쌍둥이 과일이 떨어져 버렸습니다."
"강선이 얼굴만 이쁜 게 아니라 시도 잘 짓는구먼. 여자 사마상여야. 귀빈 좌左씨 못지않아."

황제가 후궁에 들러 술을 마시다가 궁녀 나라羅羅를 보고 마음에 들어 했다. 나라는 소후를 무서워하여 감히 황제의 사랑을 받지 못하고 생리가 있음을 핑계 대고 잠자리로 나가지 못했다. 이에 황제가 시를 지어 탄식했다.

아무나 눈을 껌뻑거린다고 예쁘리오만,
예쁜 눈동자, 진한 눈썹의 그녀라면!
그녀가 나와 함께 꿈을 꾸길 바랐건만,
나를 잠자리로 데려가지 않는 그 이유는 무엇?

광릉에 도착한 다음 황제는 나날이 주색에 빠져들고 요상한 미신에 현혹되었다. 오공대吳公臺에 찾아갔다가 진후주를 만났던 일을 떠올렸다. 황제는 어렸을 적에 진후주와 사이좋게 지냈더라. 그 진후주가 일어나 황제를 환영했다. 황제는 진후주가 이미 저세상으로 떠난 사실도 까먹었다. 진후주가 황제를 전하라 부르며 맞이했다. 진후주는 검정색 비단 두건을 쓰고, 파란색 도포와 긴 두루마기를 입고, 녹색 비단에 자색 실로 무늬를 박은 신발을 신고 있었다. 무희 수십 명이 진후주의 좌우에 도열

해 있었다. 그 가운데도 무희 하나의 미모가 워낙 출중하여 황제는 그녀만을 쳐다보았다. 진후주가 입을 열었다.

"전하, 이 여인을 모르오이까? 귀비 장려화張麗華올시다. 저는 이 장려화와 함께 도엽산 앞쪽에서 전함에 실려 북으로 끌려가던 때가 떠오릅니다. 그때를 생각하면 장려화가 얼마나 불쌍한지! 장려화는 궁궐 임춘각臨春閣에서 날랜 토끼의 부드러운 털을 모아 만든 붓을 들어 가늘고 부드럽게 짠 비단 위에다 강령江令2)의「벽월璧月」에 답하는 작품을 쓰다가 푸른 갈기 말을 탄 수만 명의 기병을 이끌고 달려온 한금호에게 붙잡혀 서로 온다간다 인사 나눌 겨를도 없이 떠나 오늘에 이르렀습니다."

진후주는 녹색 문양이 새겨진 술잔에 새로 담은 붉은색 고량주를 따라 황제한테 권했다. 황제가 그 술을 마시고 마음이 너무 기뻤다. 황제가 장려화에게 계수나무와 뒤뜰의 꽃이란 제목의「옥수후정화玉樹後庭花」춤을 추어보라 했다. 장려화가 진후주에게 '춤을 끊은 지도 오래되었고, 우물에서 오래 있다가 올라온지라 허리도 굳어버려 지난 시절의 춤사위가 나오지 않을 것'3)이라 말했다. 황제가 거듭거듭 권하자 장려화가 천천히 일어나 춤을 추기 시작하여 한 곡조에 맞춰 춤을 마쳤다.

진후주가 황제에게 물었다.

"소후는 장려화에 비하면 어떠하오니까?"

"봄에는 난초, 가을에는 국화라. 철에 맞게 다 그 나름의 아름다움이

---

2) 강총江總(519~594)은 남조의 양梁, 진陳 그리고 수隋 왕조에 걸쳐 벼슬을 지냈다. 진나라 때 상서령을 지내서 '강령'이라 불리게 되었다. 고향을 그리워하며 지은 작품이 빼어나다.

3) 진후주와 그가 총애하는 귀비 장려화는 한금호가 이끄는 수나라 병사가 진나라를 멸망시키려 궁궐로 내닫고 있을 때 우물에 숨는다. 귀비는 잡혀 목 베임을 당하고 진후주는 포로가 된다. 귀비는 진즉에 죽임을 당했음에도 불구하고 꿈속에서 진후주, 수황제와 재회하는 것이라서 아마도 이런 말을 했을 것이다.

있는 것 아니겠소!"

진후주가 시를 십여 수 지었다. 황제는 그걸 다 기억하지는 못하나 「소창시小摠詩」와 「기시아벽옥시寄侍兒碧玉詩」 두 수를 유독 좋아했다.

소창시

낮술 겨우 늦게 깨어나,
꿈에서도 깨어나.
석양이 스스로 찾아와,
구석 조그만 창문을 밝히네.

기시아벽옥시

헤어짐은 내 애간장마저도 끊어버리고,
그리움은 내 뼈마저도 녹여버리고.
슬픈 내 영혼 흩어질 줄 모르고,
난간에 기대어 그대 이름만 부르고.

장려화가 황제에게 한 수 지어주십사 부탁하니 황제가 사양했다. 장려화가 미소를 지으며 아뢰었다.

"여기서 거절당한다고 다른 부탁할 데가 없을까 봐요! 어찌 못하시겠다는 말씀을 하시는지요?"

황제는 장려화의 성화에 못 이겨 마침내 붓을 들고 한 수 지었다.

그대 얼굴 보기 전부터,

그대 이름 익히 들어왔노라.
원래 타고난 그 미모,
이제 만나니 얼마나 좋은가.

장려화가 그 시를 받아보더니 얼굴을 붉히고 별로 기뻐하지 않는 기색을 보였다. 진후주가 황제에게 물었다.

"배를 타고 오시는 동안 즐거우셨습니까? 예전엔 전하께서 나라를 다스림이 요순보다 더 나음이 있었으나 요즘엔 이렇게 쾌락을 좇게 되셨구려. 사람이란 각자 좋아하는 게 따로 있기 마련인데 예전엔 왜 그렇게 나를 죄악시하셨는지요? 전하가 나의 죄목을 낱낱이 열거한 공문을 작성하신 바 있으시온대, 사실 나는 그 일을 지금도 원망하고 있습니다."

황제가 진후주가 이미 죽은 사람이란 걸 깨닫고 버럭 소리 질렀다.

"아니, 왜 지금도 짐을 전하라 부르며 옛일을 갖고 따지고 드는가?"

황제가 소리치는 사이에 진후주가 바로 사라져 버렸다. 황제는 그들이 사라졌음에도 오랫동안 정신이 혼미하고 기분이 멍했다.

황제가 타고 있는 배에서 누군가가 노래를 불렀다. 그 곡조가 심히 애잔했다.

요동 정벌 떠난 형은,
청산 아래에서 굶어 죽었다네.
황제의 배를 끄는 나는,
운하 뱃길에서 고생하네.
천하 사람들 다 배고픈데,
내 배급양식이라고 어이 풍족하리.
장장 3천 리 여정,

이 몸의 안전을 어이 보장하리.

거칠고 차가운 잠자리,

아스라이 먼 곳을 울며 떠도는 영혼.

문고리 잡고 선 아내와 울며 이별,

노친네와도 이별.

어디 의로운 자 있다면,

고향 떠나 헤매는 이 시체를 거둬 태워주시라.

그럼 영혼은 날아서 고향 돌아가고,

타고 남은 뼈는 그대 어깨에 매달려 고향 돌아가리라.

    황제가 그 노랫소리를 듣고 사람들을 보내어 찾게 했으나 새벽이 올 때까지 찾지 못하는 모양이었다. 황제는 밤새 이리 뒤척 저리 뒤척 잠을 이루지 못했다. 황제는 하늘의 운세가 다했음을 직감했다. 영가永嘉에 행차하고 싶었으나 따라나서는 신하가 하나도 없었다. 양주揚州에서 조회를 열어보니 천하의 공물이 하나도 제대로 전달되지 않는다 했다. 전달하려고 해도 도중에 군사를 만나 그 공물을 빼앗기기 일쑤라. 황제는 신하들과 상의하여 13도의 병사들을 징발하여 공물을 제대로 바치지 않는 자는 목을 베기로 했다. 황제가 천문에 조예가 깊었다. 밤에 하늘의 별자리를 관찰하고서 태사령 원충袁充을 불러 물었다.

    "별자리 모습이 어떠한고?"

    원충이 바닥에 엎드려 울면서 아뢰었다.

    "별자리 모습이 너무도 좋지 않습니다. 도적별이 제왕별의 자리를 침범하여 오늘내일 화가 발생할 조짐입니다. 원컨대 폐하께서 속히 덕을 쌓아 이 재앙을 없애버리소서."

    황제는 그 말을 듣고 마음이 언짢아 바로 일어나 편전으로 들어가 술을 들이켜고는 노래를 지어 불렀다.

궁궐의 나무 우거진 그늘, 제비 날아든다,
흥망성쇠가 모두 그대로 슬픈 역사가 되네.
언젠가 돌이켜 보면 더욱 아름답고 아름다울 미루,
여인과 꽃들이 서로 아름다움을 다투던 그곳, 미루.

노래를 마치니 슬픔에 슬픔이 더하여졌다. 옆에서 시중들던 환관이 아뢰었다.

"무슨 연고로 그렇게 슬픈 노래를 부르시는지요? 저희들은 도시 알 길이 없습니다."

"나중에 저절로 알 날이 있을 것이다."

황제가 난쟁이 왕의를 불러오게 하여 물었다.

"천하가 장차 어지러워질 것을 너는 아느냐?"

왕의가 울면서 대답했다.

"저 촌 동네 미천한 출신인 소인이 폐하의 은혜를 입어 이렇게 구중 궁궐까지 들어와 폐하를 가까이 모실 수 있게 되었습니다. 천하가 장차 어지러워진다면 그것이 어찌 어제오늘의 일 때문이겠습니까! 서리가 오래 내려야 얼음이 얼듯 그건 오랜 세월을 두고 준비된 것이옵니다. 큰 재앙이 닥친다면 어쩌면 그건 사람 힘으로 어찌할 수 없을 것입니다."

"너는 그걸 왜 나에게 진즉 이야기해주지 않았느냐?"

"소신이 그걸 아뢰었다면 이미 이 세상 사람이 아닐 것입니다."

황제가 그 말을 듣고 눈물을 흘리며 말했다.

"너는 짐에게 천하 흥망성쇠의 이치를 아뢰어라. 짐이 그걸 알고 싶노라."

다음 날 왕의가 상소를 올렸다.

신은 본디 남쪽 땅, 옛날 초나라가 있던 촌 동네 출신으로 폐하께서 천하를 태평하게 다스리시는 이 은혜로운 때를 만나 폐하를 뵙는 영광을 누리게 되었습니다. 신은 본디 난쟁이에 성품마저도 시원시원하지 못합니다. 그런 신이 폐하를 모신 지 벌써 몇 년이 지났습니다. 신이 이렇게 은혜를 입었으니 이는 신이 평생 꿈도 꾸지 못한 일이기도 합니다. 폐하께서 나들이하실 때나 폐하께서 궁궐 안에 계실 때나 함께할 수 있었습니다. 신이 비록 미천하오나 경서의 이치를 탐구하기를 좋아하여 선악의 근원을 알며, 흥망성쇠의 근원을 조금 깨달았습니다. 백성들 사이를 돌아다니며 그들에게 이익 됨과 해악 됨을 살펴보았습니다. 폐하께서 신에게 하문하시기에 이제 감히 상소를 올리나이다.

폐하께서 즉위하신 이래로 모든 일을 폐하의 뜻대로만 처리하시고 신하들의 건의를 받아들이지 않으셨습니다. 서원西苑을 크게 일으키시고, 요동으로 두 번이나 행차하셨습니다. 만 척이 넘는 화려한 배, 천하 곳곳에 별궁을 마구 만드셨습니다. 상시로 백만이 넘는 군사를 동원하니 백성들이 산골짜기에서 눈물을 흘렸습니다. 출정한 병사 가운데 열에 하나도 남지 않았고, 죽은 자 가운데 장사를 제대로 지내준 자는 열에 하나도 채 되지 않습니다. 황실의 창고는 텅텅 비고, 곡물 가격은 몇 배로 치솟았습니다. 그러함에도 폐하의 행차는 거듭되고, 병사들은 폐하를 수행하느라 늘 궁을 비우게 되었습니다. 천하의 백성들이 실망하고 천하의 땅은 폐허로 변했습니다. 마을의 인가가 눈에 띄게 줄었으니 이는 그들의 아들들이 병역을 치르다 세상을 떠났기 때문이고, 노약자들은 풀떼기만 먹다가 굶어 죽었기 때문입니다. 죽은 병사들이 산과 들을 덮고 굶어 죽은 사람들이 계곡을 채웠습니다. 개, 돼지가 사람의 시체를 더는 거들떠보지 않게 되었으며 새와 물고기도 사람 고기를 물려할 정도입니다. 시체 썩는 냄새가 천지에 진동하고 시체는 산을 채웠습니다. 사람이 살지 않는 들판에는 음산한 바람이 불고, 귀신은 서늘한 초원에서 울음 울고 있습니다. 널리 눈을 돌려보아도 천 리에 밥 짓는 연기 하나 올라오지 않습니다. 백성들이 가진 걸 모두 뺏긴 나머지 아침에 일어나면 저녁까지 살 수 있을지 장담할 수 없는 상황입니다. 아버지는 아들을 잃고 울고, 부인은 남편을 잃고 울고 있습니다. 괴로움이 이렇게 크며, 굶는 고통이 이렇게 심대합니다. 이런 고통이 이제 막 시작되었는데 앞으로 어떻게 살아갈 수 있을지 그 누가 장담하겠습니까!

임금이란 백성을 사랑하는 존재라 하는데 폐하께서는 어떻게 이 지경에 이르게 되었는지요! 폐하께서 워낙 강인하신 분이라 주변에서 감히 뭐라고 건의조차 할 수 있겠습니까? 혹시라도 누군가 용기를 내어 바른말을 하면 즉시 죽임을 당하게 되었을 따름입니다. 신하들은 서로 얼굴을 마주 보며 입을 다물어 목숨을 부지하기 바빴으니 용봉龍逢[4] 같은 자가 다시 태어난다 하더라도 어찌 직언을 할 수 있겠습니까? 폐하 주변의 신하들은 아부나 일삼으며 다른 사람의 직언을 차단했습니다. 이렇게 아부를 일삼는 자들이 출세하고 부귀영화를 누리니 폐하의 잘못을 지적하는 말을 어디서 들을 수 있겠습니까? 방금 요동 정벌이 실패로 돌아갔음에도 폐하께서는 다시 요동 정벌을 꿈꾸고 계십니다. 사직은 봄눈 녹듯이 와해될 지경인데 사방에 병사를 파견하여 전투를 벌이고 있습니다. 백성들은 이미 도탄에 빠졌는데도 관리들은 이를 제대로 말씀드리지 못하고 있습니다.

폐하께서 직접 어떤 계책이 마땅할지 생각해 보시옵소서. 폐하께서 다시 병사를 일으키신다고 하여도 병사들이 따르지 않을 것이며, 다른 곳으로 행차하고 싶으시다고 하더라도 신하들이 따라나서지 않을 것입니다. 이럴 때 폐하께서

---

4) 관룡봉關龍逢, '逢'을 逢이라 표기하기도 하고, 환룡봉豢龍逢이라 표기하기도 한다. 하夏나라 걸桀임금 때의 재상으로 걸임금에게 직언하다가 죽임을 당했다. 은나라 주紂임금에게 직언하다가 죽임을 당한 비간比干과 더불어 충성되고 할 말은 할 줄 아는 신하의 대명사가 되었다.

어찌하심이 합당하리까? 폐하께서 몸과 마음을 다시 닦고 백성들을 더욱 아끼고 자애로운 마음으로 백성들을 구제하려고 하시더라도 천하를 다시 얻기 힘들 것입니다. 대세가 한번 꺾이면 그걸 다시 회복하기는 어려운 법입니다. 거대한 건물이 무너지려고 하는데 어찌 기둥 하나로 그걸 버틸 수 있겠으며, 거대한 강둑이 터졌는데 흙 한 주먹으로 어찌 막을 수 있겠습니까.

신이야 미관말직에 불과한지라 그저 이렇게 두려움 없이 말씀 올렸습니다. 일이 이 지경이 되었는데 어찌 입을 닫고 있을 수 있겠습니까. 신이 지금 죽지 않고 목숨을 부지한다고 하더라도 나중에 적병의 칼 아래 죽을 것입니다. 감히 이 상소를 올리고 엎드려 죽음을 기다립니다.

황제가 왕의의 상소를 읽고 말했다.

"자고로 망하지 않는 나라가 어디 있을 것이며, 죽지 않는 임금이 어디 있겠느냐?"

왕의가 아뢰었다.

"폐하 스스로의 허물을 감추려고 하지 마시옵소서. 폐하께서 늘 삼황오제를 뛰어넘고 은나라 주나라를 굽어보며 만세에 으뜸가는 군왕이 되리라고 말씀하지 않으셨습니까. 한데 지금의 상황은 어떻습니까? 도읍으로 돌아가 다시 나라를 다스릴 수 있겠사옵니까?"

황제는 두 번 세 번 탄식만 하고 있었다. 왕의가 다시 아뢰었다.

"신이 전에 간언하지 못한 것은 제 목숨을 아까워했기 때문입니다. 이제 이렇게 간언하는 것은 죽음으로 폐하의 은혜에 보답코자 함입니다. 천하가 바야흐로 어지러워질 것입니다. 폐하 자중자애하시옵소서."

잠시 후 신하들이 달려와 아뢰었다.

"왕의가 자결했습니다."

황제는 슬픔을 가누지 못했다. 왕의를 후하게 장사지내주라고 명했다. 궁궐 침실경호 책임자 배건통裵虔通, 궁궐 경호대장 사마덕감司馬德戡, 대장군 우문화급宇文化及이 반란을 일으키고자 궁리했다. 그들은 황제에게 관노들을 배치하여 궁궐 경호를 대신하게 해달라고 요청했다. 황제는 그 요청을 수락하고 이렇게 조서를 내렸다.

추위와 더위가 갈마들어야 한 해가 지나가고, 해와 달 역시 자기 일을 하고 교대하는 법이다. 그러므로 병사들도 휴가가 필요하고, 농부들 역시 농사를 멈추고 쉬는 때가 있는 법이다. 그대들은 모두 머리가 세기 시작할 나이, 그동안 복무하면서 한 번도 게으름을 피운 적이 없었도다. 머리카락에 먼지가 쌓이고 투구 속에 곰팡이가 슬었도다. 짐이 이를 불쌍히 여겨 임무를 교대하여 주나니 편히 휴식을 취해야 할 것이다. 그대들의 휴식을 위하여 동방삭이 우화를 동원하여 호위병들의 교대를 넌지시 요청한 것과 같은 그런 번거로운 일은 필요 없도다.[5] 짐이 호위병들을 바라보는 마음엔 항상 은혜가 넘치도다. 그대들의 요청대로 처리하도록 하라.

며칠 지나지 않아 한밤에 밖에서 저벅저벅 소리가 들려왔다. 황제가 황급히 의관을 갖춰 입고 내전에 들었다. 잠시 후 좌우에 숨어 있던 병사들이 모습을 드러냈다. 사마덕감이 날카로운 칼날을 황제에게 겨누었다. 황제가 사마덕감에게 버럭 소리를 질렀다.

"내가 평생 너에게 높은 벼슬을 주고 후한 봉록을 주며 너를 버린 적이 없거늘 너는 왜 나를 배반하느냐?"

---

[5] 한무제 때 문학자이자 재사였던 동방삭과 관련된 일이다. 비를 맞으면서 무제를 호위하느라 고생하는 병사들을 보고 동방삭이 우화를 동원하여 그들의 교대 근무와 휴식을 넌지시 요청한 일을 차용했다.

이때 황제 곁에 있던 주귀비朱貴妃가 사마덕감에게 말했다.

"사흘 전, 폐하께서 추워지는 가을 날씨에 경호대원들이 고생할까 걱정하시고 궁인들에게 면 도포와 면바지를 만들라 하시고 옷 만드는 곳에 친히 납셔서 독려하시었습니다. 하여 이틀 만에 천벌이나 되는 옷을 완성하여 어제 그걸 다 나눠주었습니다. 그대가 이걸 모르지 않을 것인데 어이하여 이렇게 감히 폐하를 겁박하는가?"

주귀비가 사마덕감을 크게 꾸짖고 욕했다. 사마덕감이 주귀비의 목을 베어버리니 그 피가 황제의 옷에까지 튀었다. 사마덕감이 앞으로 나아가 황제의 죄상을 나열하고 나서 이렇게 덧붙였다.

"신이 폐하를 저버리는 것이라 해도 할 말은 없습니다만 지금 천하가 다 반란에 휩싸여 장안과 낙양 두 곳 모두 반란군의 손에 떨어졌습니다. 폐하가 돌아갈 곳은 없소이다. 신도 달리 선택할 길이 없습니다. 신은 이미 신하의 도리를 버렸으니 다시 폐하와 예전의 관계로 돌아갈 수도 없습니다. 다만 폐하의 목을 베어 천하에 보답하기를 바랄 뿐입니다."

사마덕감이 칼날을 황제의 목에 겨누니 황제가 다시 버럭 화내며 욕했다.

"너는 제후의 피가 땅에 떨어지면 3년 동안 가뭄이 든다는 말도 못 들었느냐? 하물며 천자는 더 말할 필요도 없지 않겠느냐? 죽는 데도 다 법도가 있는 법이다."

황제가 독약이 든 술을 찾았으나 없었다. 주위 장수들이 하얀 천을 건네며 황제한테 누각 기둥에 목을 매달아 자결하라고 몰아붙였다. 소후가 궁녀들과 함께 침상 판때기를 뜯어 관을 만들어 시신을 거두고 얼추 장례를 치러 그 시신을 오공대 아래에 묻었다. 오공대는 황제가 꿈에서 진후주를 만났던 바로 그 장소였다.

황제는 셋째 아들 제왕濟王 간暕을 특별히 못마땅해하고 보기만 하면 싫은 소리를 했다. 다른 곳에 행차할 때면 셋째 아들을 경호대원의 틈에 끼어서 따라오게 했다. 반란이 일어나자 황제는 소후에게 "설마 아해阿孩가 일으킨 건 아니겠지?"라고 물었다 한다. 아해는 셋째 아들 간의 아명이다. 사마덕감은 황제를 죽이고 난 다음 기병을 보내어 제왕 간을 잡아오게 했다. 제왕 간은 맨발로 거리에 끌려 나왔다. 제왕 간이 말했다.

"황제께서 나를 죽이라고 하신 모양인데 내가 의관이나 제대로 갖추고 죽게 해주시오."

제왕 간은 죽는 순간에도 황제가 사람을 보내어 자기를 죽이는 거라고 알았던 모양이다. 부자가 죽임을 당하고 아들은 누가 자기를 죽이는 줄도 모르고 죽임을 당했으니 참으로 애달픈 일이로다.

이후 당나라 태종이 즉위했다. 병사를 이끌고 장안으로 들어와 미루를 보고 "이게 다 백성들의 피와 땀으로 만든 것이로다"라며 탄식했다. 태종은 궁녀들을 풀어주고 난 다음 궁궐을 불태웠다. 그 불은 한 달이 넘게 꺼지지 않았다. 전에 떠돌던 말, 떠돌던 시가 다 들어맞은 것이다. 수양제의 죽음이 단지 천명의 문제만은 아닐 것이다. 후대 사람이 이런 시를 지었다.

천릿길 운하가 열리고,
그 운하에 흐른 건 수나라 멸망시키는 거센 파도.
화려한 범선 닻을 내리기도 전에 변란이 일어나고,
애달프다, 황제의 배는 다시 돌아오지 못하네.

독고 진사의 기이한 꿈

獨孤生歸途鬧夢

독고 진사가 집으로 돌아오는 길에 기이한 꿈을 꾸다

나비, 정원에서 숨 가쁜 날갯짓,
나부羅浮[1] 언덕, 수많은 꽃들의 향기.
꿈이란 길든 짧든 그저 꿈인 것,
베개 끌어당기며 깨버린 꿈을 다시 청하는 건 얼마나 미련한가.

옛날에 부부가 살고 있었다. 한창 청춘인 나이, 갓 결혼하고서 마치 실과 바늘처럼, 물고기와 물처럼 한시도 떨어질 줄을 몰랐다. 한데, 결혼한 지 사흘 만에 관청에서 남편을 불렀다. 군량미 운송하는 일을 해야

---

[1] 수隋나라 때 조사웅趙師雄이 나부산 매화촌 주점 옆에서 소복 입은 미인을 만나 함께 술을 마시고 취하여 잠들었다가 깨보니, 자기 혼자 매화나무 밑에 누워 있고 달은 지고 별은 기울고 새가 지저귀고 있을 뿐이었다 한다. 이로 말미암아 나부몽은 일장춘몽의 의미로 사용된다.

했다. 남편이 관청으로 달려가 해당 문서에 서명하니 남편한테 어서 출발하라고 성화를 부렸다. 만약 군량미 운송 기한을 넘기면 군법으로 다스리겠다고 겁도 주었다. 서둘러 출발하여야 한다면서 집에 가서 아내와 작별 인사할 틈도 주지 않았다. 남편은 어쩔 수 없이 인편에 소식을 전해달라고 했다. 위에서 시키는 일이라 남편도 어쩔 도리가 없었다. 군량미 운송길을 나서면서도 마음은 늘 아내를 그리워했다. 그렇다고 이런 심사를 남들한테 뭐라고 하소연하기도 그러하여 그저 혼자서 가슴앓이를 할 뿐이었다.

길 떠난 첫날, 그의 마음은 아내에게 만 번은 달려갔다 온 듯했다. 객점에서 잠이 들었다가 꿈에서 아내를 만나 여느 때처럼 사랑을 나눴다. 이후로 밤마다 꿈을 꾸지 않은 적이 없었다. 한 달 후 꿈에 본 아내는 임신을 했더라. 그저 씩 웃어넘기고 말았다. 다행히도 아무 일 없이 기한 안에 군량미 운송을 마치고 밤을 낮 삼아 고향으로 달려갔다. 관청에 들어가 보고를 마치고 집으로 돌아가 아내를 만나니 그 기쁨이 이루 말할 수 없었다. 군량미 운송은 장장 석 달이 걸렸다. '오래 헤어졌다 만나면 모두가 새 신부 같다'고 하지 않든가. 밤에 아내와 진한 사랑을 나눴음이야 말할 필요조차 없으렷다. 아내가 남편한테 그동안 얼마나 그리워했는지 이야기하고 더불어 밤마다 이러이러한 꿈을 꾸었노라 이야기해주었다. 아내가 말하는 게 남편이 꿈꾼 것과 하나도 다를 게 없었다. 아내가 임신 3개월이기도 했다. 남편이 먼저 꿈 이야기를 꺼낸 게 아니라 아내가 먼저 이야기한 거니 뭐라 의심할 여지도 없었다. 꿈에서 혼이 교통하여 아이를 밴 것이라 서로의 정성이 이런 결과를 맺은 것이리라.

지금 또 이야기하려는 것도 부부의 사랑이 쌓여서 나온 꿈 이야기다.

꿈에서 보았던 것이 모두 가짜는 아니요,

깨어서 경험했던 일이 모두 진짜도 아닐 것이라.

한편, 당나라 덕종德宗황제(780~804 재위) 정원貞元 연간에 진사가 한 명 살고 있었겠다. 그의 이름은 독고하숙獨孤遐叔, 낙양성 동쪽 숭현리에서 살았다. 어려서부터 남달리 영특하여 열 살 때 문장을 지을 줄 알았고, 열다섯 살이 되어서는 경서와 사서에 정통하여 붓을 들었다 하면 망설임 없이 수천 단어의 문장을 줄줄 지었다.

독고하숙의 아버지는 독고급獨孤及으로 사봉司封이라는 벼슬을 하고 있었다. 독고급은 아들 독고하숙을 자신의 과거 동기인 사농司農 백행간白行簡의 딸 연연娟娟과 정혼시켰다. 연연은 여성스럽고 예뻤으나, 자수나 화조도 그리기 같은 거에는 관심을 보이지 않고 독서와 글짓기 같은 일에만 심취하여 시부에 능했다. 만약 과거를 치르라 하면 장원을 맡아 놓고 할 만한 실력이었다. 하숙과는 정말 잘 어울리는 짝이라, 서로가 서로를 이해해주는 그런 사이였기에 이렇게 정혼하기에 이른 것이다.

불행하게도 하숙의 부모가 연이어 세상을 뜨고, 장인 장모 역시 앞서거니 뒤서거니 세상을 뜨고 말았다. 공명을 이루기도 전에 가세가 먼저 기울어버렸다. 하인들도 다 떠나버리고 그저 조그만 집만 달랑 남았다. 백행간에게는 장길長吉이라는 아들이 있었다. 장길은 성질이 못되고 권세와 이익만을 좇는 그런 자였다. 하숙의 가세가 기운 걸 보고 정혼을 물리고 동생 연연을 안릉의 부잣집으로 시집보내려 했다. 연연 아가씨는 지조가 있는 여인이라 결코 개가하지 않겠노라 버텼다. 장길이 더는 강요하지 못하고 그냥 하숙과 혼례를 치르게 할 수밖에 없었다. 그러나 아무런 혼수도 해주지 아니하였는지라 연연은 그저 평소에 입던 옷 그대로 입고 어려서부터 자기를 모시던 여종 취교翠翹 하나만 달랑 데리고 하숙에게 시집가게 되었다.

하숙에게 시집온 후로 연연은 가난을 감내하고 싫은 내색을 조금도 하지 않았다. 아침저녁으로 밥 짓고 길쌈하면서 하숙이 공부하는 걸 도왔다. 하숙은 연연이 지조를 지키는 마음에 감동하고 여기에 더하여 연연의 빼어난 문장 솜씨에 매료되었으며, 또 연연의 아름다운 외모를 사랑하여 둘 사이의 사랑이 더욱 깊어만 갔다. 둘 사이는 마치 물과 물고기의 관계와 같았다.

연연의 친척들은 하숙이 아직 꽃을 피우지 못한 재주가 있는 걸 보고 못내 안타까워하고 아꼈으나 오직 장길만은 돈 있고 권세 있는 자들하고 붙어 다니면서 자기 여동생이 눈치 없이 고집만 세서 천하의 가난뱅이한테 시집가서 자기 체면이 말이 아니라고 투덜대곤 했다. 장길은 하숙을 눈엣가시나 살에 찔린 바늘 정도로 생각했다. 하숙이 비록 가난하기는 해도 남에게 고개 숙이는 성격이 아닌지라 두 사람은 왕래가 뜸해지고 자연스럽게 멀어져갔다.

때는 바야흐로 정원 15년(799), 조정에서 과거를 실시하여 인재를 등용하고자 천하에 방을 붙였다. 석 달의 말미를 주고 천하의 진사들에게 장안으로 와서 어전시험을 치르라는 거였다. 하숙은 연연과 작별하고 장안으로 출발했다. 자신의 실력이라면 틀림없이 장원급제할 것이라고 믿었다. 당시 시험관은 예부시랑 겸 평장사平章事 정여경鄭餘慶이었다. 정여경은 하숙의 답안지를 장원 감으로 점찍고 덕종에게 보였다. 그런데 그 답안지에 이런 구절이 있었다.

봉천奉天의 난리는 간신 노기盧杞가 권력을 사유화하고, 경원涇原절도사 요령언姚令言과 태위 주차朱泚를 시켜 병사들의 마음을 조종하고 국고를 빼돌렸기 때문에 일어난 것입니다.[2] 여러 군자가 힘을 합해도 태평성대를 이룩하기 어려우나 소인 한 명이 천하를 어지럽히기는 쉬운 법입니다. 그러므로 임금은 사람을 등용함에 있어 신중에 신중을 기하지 않을 수 없습니다.

덕종은 본디 시기심이 많은 자라 이 답안지에 조정을 비난하고 정치를 욕하는 내용이 들어있다면서 떨어뜨리고 뽑지 않았다. 하숙의 처삼촌인 백거이와 백민중白敏中의 문장 실력이 하숙만 못했으나 두 사람은 모두 높은 성적으로 급제했다. 유독 하숙만 낙제했다. 하숙은 너무도 낙심했다. 그날 밤 바로 짐을 챙기고 고향으로 출발했다. 백거이, 백민중은 이 소식을 듣고 십 리까지 따라와서 배웅해주었다. 하숙은 길 떠나는 도중 마음이 답답하여 시를 한 수 지었다.

어린 나이에 책을 품고 장안으로 달려갔으나,
약관이 되어도 뜻을 이루지 못하고 길 떠나는 신세.
현명한 임금을 만나지 못할 팔자,
장안 다녀온다고 흰옷에 공연히 먼지만 묻혔구나.

며칠 후 낙양으로 돌아와 아내를 만났다. 부끄러웠다. 온종일 서재에 틀어박혀 책만 읽었다. 자신이 과거에 낙방했다는 생각을 하니 슬픔에 겨워 눈물이 절로 나왔다. 아내 연연이 이렇게 위로했다.

"언젠가는 공명을 이룰 날이 꼭 있을 것입니다. 어찌 이렇게 낙담하

---

2) 노기盧杞(?~785)는 현자를 질투하고 세금을 과중하게 거뒀다고 한다. 건중建中 4年(783)에 경원涇原 변란이 일어났고 반군이 장안을 공격하면서 내건 구호가 바로 노기 무리가 가렴주구한 것을 바로 잡고자 함이었으니 덕종은 황급히 봉천奉天(지금의 섬서성 건현乾縣)으로 피난한다. 요령언姚令言(?~784)은 경원절도사를 지내다 회서절도사 이희렬李希烈이 반란을 일으켰을 때 진압군을 돕기 위해 병사 5천을 거느리고 장안에 이르렀다가 휘하 병사들이 대우에 불만을 품자 이 병사들을 거느리고 당시 반군의 지도자였던 주차와 한편이 된다. 주차朱泚(742~784)는 유주절도사를 지냈으며 782년에 병사를 이끌고 당 왕조에 반란을 일으켰다.

십니까!"

"부인께서 이렇게 나에게 맘 써주고 나를 위로해주니 고맙기가 그지없소이다. 다만 우리가 너무 어려워 당장 입을 거 먹을 것도 없는 형편이라 나중에 출세하는 날을 기다리다가 지금 당장 굶어 죽을 판이니 이를 어찌한단 말이오?"

"열 번을 빌어먹으러 갔다가 아홉 번을 거절당해도 앉아서 굶어 죽는 거보다는 낫다는 속담도 있잖아요. 시아버님께서 관직 생활을 30년이나 하셨으니 지금 높은 벼슬자리 차지하고 있는 양반들 가운데 아는 사람이 한 명도 없겠어요? 당신이 짬 나는 대로 한번 찾아가 보세요. 혹시 알아요. 조그만 도움이라도 받아서 3년 동안 더 공부할 수 있게 될지!"

하숙은 아내의 말을 듣고 퍼뜩 떠오르는 게 있었다.

"당신 말이 맞는 말이긴 하나 내가 어려서부터 공부만 하느라고 널리 사람을 만나러 다니지 못했소이다. 아버님의 제자나 친구들 가운데 아는 사람이 어디 있어야지. 다만, 위고韋皐라고 하는 분은 알고 있소이다. 장안 출신이며, 자는 중상仲翔이외다. 장인 장연상張延賞에게 쫓겨났다가 선친께 찾아와 선친의 추천을 받고서 관직에 오르게 되었기에 선친에게 각별히 고마워하는 처지라오. 지금은 서천절도사요. 내가 찾아간다면 반드시 나를 도와줄 것이오. 하지만 이곳 낙양에서 서천까지 만 리 길이라 오가는 데만 일 년이 걸릴 것인데, 그동안 당신은 뭘 먹고 산단 말이오? 당신을 두고 떠날 수가 없소이다."

"그런 분이 계신다면 당장 짐을 챙겨서 출발하셔야지요. 집안일은 제가 알아서 할 것이니 걱정하지 마십시오. 힘들면 올케한테 도움을 청하기라도 하죠."

"당신이 그렇게 해준다면 내가 안심하고 출발하겠네."

"한데 그렇게 먼 길을 당신 혼자서 어떻게 다녀오지요?"

"하인 거느리고 갈 형편도 안 되는데 그냥 혼자 다녀오겠소이다."

하숙의 아내 연연은 남편이 출발하는 날 여름 겨울에 입을 옷을 챙기고 짐을 싸서는 여종 취교랑 같이 개양문까지 남편을 배웅하러 따라왔다. 부부가 서로 헤어지기 아쉬워하는 그 순간 갑자기 하늘에서 장대비가 쏟아져 내렸다. 길가의 다 허물어진 절로 들어가 비를 피했다. 이 절의 이름은 용화사, 북위北魏 광릉왕廣陵王이 세운 절이다. 참으로 웅장했다. 계단 주변에는 온갖 기화요초가 자라고 있었다. 종각에서 울리는 종소리가 오십 리 밖에까지 들렸다고 한다. 그 종을 호태후胡太后가 궁궐로 옮겨갔다고 한다. 당 태종 때 외국에서 온 스님이 다른 종을 만들어 그 종각에 걸었으나 종소리가 이십 리에도 닿지 않았다고 한다. 현종 때 스님 수가 오백에 달할 정도였고 염불 소리가 끊이지 않았다. 나중에 안녹산과 사사명의 난 때 반군이 낙양을 공격하여 스님들을 모두 죽여버리고 종도 녹여서 무기로 만들고 나무들을 베어서 땔감으로 써버렸다고 한다. 이 일로 말미암아 절은 폐허가 되어버렸다. 하숙과 연연은 탄식을 금할 수 없었다.

"이런 기도 도량을 중건할 불심을 가진 자가 아무도 없다니!"

하숙과 연연은 부처님이 자신들을 보우해주시기를 빌었다. 그리고 자신들이 이름을 날리게 되면 보시하여 이 절을 중건할 것이라 발원했다. 비가 그치고 하숙은 길을 떠났고, 부부는 그렇게 이별했다.

알량한 돈 몇 푼 때문에 쫓기듯 떠나는 길,
호랑이가 아가리 벌리고 기다리는 위험한 길.

연연이 남편 하숙을 떠나보내고 집으로 돌아가는 이야기는 따로 하지 않는다. 한편, 하숙은 새벽같이 일어나 길을 걷고 밤이면 자고 하여 꼬박 한 달을 걸어 형주에 도착했다. 강에서 배를 탔다. 여기서부터는 뱃길이 죽 이어진다. 순풍이 제대로 불면 돛을 달고, 바람이 자면 밧줄 당기기를 한다. 이 밧줄 당기기를 백장百丈이라고 불렀다. 왜 백장이라고 부르는지 아는가? 사천 지방에서 배를 끄는 방식은 다른 지방하고는 조금 달랐다. 삼으로 짠 밧줄과 생옻칠을 한 1촌 정도 두께의 대나무를 조각조각 잘 엮어서 백 장 정도의 길이로 만들었기에 백장이라 불렀다. 그리고 이물에 그 밧줄을 감고 풀고 하는 도르래 장치를 걸고, 그 도르래에 이 밧줄을 감아놓고 강둑에서 당기는 사람이 배에서 북 두드리는 소리를 듣고서 그걸 신호 삼아 당긴다. 하숙은 그 광경을 보고서야 비로소 두보의 '밧줄로 끌고 가는 저 배여'라는 구절과 '북을 두드리며 배를 끌게 하는 저 총각은 누구인가' 같은 구절이 바로 이런 상황을 보고서 쓴 거로구나 이해되었다.

열흘 정도 지나니 황우협黃牛峽을 목전에 두었다. 그 산 모양이 황소처럼 생겼다고 해서 그런 이름이 붙었다. 3, 40리 정도 되는 먼 곳에서 바라보아도 그 모습이 확연히 눈에 띄었다. 이 협곡은 물살이 특히 거세서 이곳을 지나가기가 그렇게 쉽지가 않았다. '아침에 황소를 보고 출발했는데, 저녁에도 황소가 보이네, 아침에도 저녁에도 황소가 여전히 우리 곁에 서 있네'라는 우스갯소리가 있을 정도였다.

다시 또 열흘 정도 가니 구당협에 이르렀다. 구당협이야말로 물살이 세기로 유명한 곳. 이곳에는 염여퇴라는 유명한 돌산이 있다. 사오월에 물이 불면 돌산의 일부만 살짝 물 밖으로 얼굴을 내밀 뿐이다. 이곳을 지나는 배들이 자칫 잘못하여 그 위를 올라타면 배가 산산조각이 나버릴 정도로 그렇게 위험하다. 하숙이 이런 위험한 지형을 보고 탄식했다.

'만 리 먼 길을 사람 찾아 떠나며 그 사람이 나를 도와줄지 안 도와줄지도 모르는데 도중에 이렇게 험난한 물길을 지나는구나. 내 아내는 내

가 이렇게 고생하는 줄 알기나 할까!'

파촉 지방 동쪽에는 이런 협곡이 연이어 세 개나 있다. 첫째는 구당협, 둘째는 광양협, 셋째는 무협이다. 이 세 협곡 가운데 무협이 가장 길다. 협곡 양쪽으로 고산준령이 이어지고 고목이 울창하여 강물에 그림자를 드리워, 해가 중천에 떠 있을 때만 햇빛이 나무 그늘 사이로 가끔씩 한줄기 긴 직선처럼 얼굴을 내밀 뿐이다. 수백 리 이어지는 길에 인가라고는 찾아볼 수가 없고 원숭이 울음소리만 밤낮없이 들려올 따름이다.

삼협 중에서도 가장 길다는 무협,
원숭이 울음소리가 나그네 애간장을 끊누나.

무산이 바로 이 무협에 있다. 무산의 봉우리는 열두 개. 이 무산에 고당관高堂觀이 있다. 초나라 양왕이 이 고당관에서 하룻밤을 지내다 꿈속에서 미녀를 만나 함께 잠을 잤다고 한다. 그 미녀가 자신은 복희씨의 딸 요희瑤姬로, 처녀로 죽어 무산의 여신이 되었으며, 아침이면 구름으로 저녁이면 비로 모습을 바꿔 늘 양대에 머문다고 말하고는 떠났다 한다. 양왕은 꿈에서 깨어서도 그 여신이 그리워 송옥에게 「고당부高堂賦」를 지어서 여신의 아름다운 자태를 묘사하게 했다. 이런 일로 말미암아 후세 사람이 무산에 사당을 짓고 무산여신 사당이라고 이름을 붙였다.

하숙은 강물 위에서 사당을 바라보며 강물을 한 움큼 떠서 마치 정한 수인 양하여 이렇게 빌었다.

'여신께서는 신비한 능력이 있으셔서 꿈도 지배하시리다. 제가 꿈속에서 제 아내 연연과 만나게 하여 주소서. 제가 무사하게 길을 잘 가고 있으니 걱정 말라고 전하고 싶습니다. 제가 부 한 수를 지어 바치겠나이다. 비록 송옥처럼 멋진 작품을 짓지 못하여 외려 여신의 얼굴에 먹칠하는 게 아닐까 걱정입니다만 그래도 한번 읽어봐 주시옵소서. "믿는 사람이 있어야 신도 있다"라는 말처럼, 열심히 믿는 자에게 시를 짓고 부를 짓게 하여 주셨으니, 신이시여 구름으로 변하고 비로 변하여 신통함을 보여주시는 것 말고도 다른 방식으로 분명 신통함을 보여주실 수 있을 것입니다.'

비옵나니, 신의 능력이 제 아내 있는 그곳에 미쳐,
제가 평안하게 잘 지내고 있다는 소식 한번 전해주옵소서.

무협을 지나고 파촉의 중심부를 지나서 서쪽으로 더 나아가니 너른 강물을 만나게 되었다. 한 달을 더 여행하여 성도에 도착했다. 성도까지 이어지는 큰 강이 있으니 그 강 이름이 바로 탁금강濯錦江이다. 여러분은 그 강 이름이 어째서 탁금강이라 불리게 되었는지 아는가? 성도는 비단 산지로 유명했고 조정에서는 그 비단이 촉땅 성도에서 난다 하여 촉금蜀錦이라 불렀다. 비단을 짜고 나서 이 강물에 씻으면 그 때깔이 더욱 빛났다. 이런 연유로 이 강을 비단 씻는 강이라 하여 탁금강이라 부르게 되었다. 당현종이 안녹산의 난을 피하여 이곳에 와서는 성도를 남경이라 이름 바꿨다. 이곳은 서천절도사가 주재하는 곳이라 사방으로 기름진 들판이 펼쳐지고 사람 사는 집들이 끝없이 이어져 마치 화려한 비단을 펼쳐놓은 듯했다.

하숙은 무심하게 그걸 바라보면서 성큼 성안으로 들어가 절도사 집무실로 찾아가 위고의 소식을 알아보았다. 아이고, 어찌 이런 일이! 위고는 몇 달 전 운남에서 남만이 반란을 일으키자 병사를 거느리고 정벌하러 떠났더라. 진압을 마치고서야 돌아올 수 있을 터. 언제 그 반란군을 진압할 수 있을지 알 길이 없는 노릇이었다. 하숙은 이 사실을 알고서는 진퇴양난이 되어버렸다.

"'새에게는 깃들 수풀이, 사람에겐 기댈 사람이 있기 마련이다'는 말도 있는데 나 하숙에겐 어이하야 이렇게 기댈 사람 하나 없는 것인가! 만 리 먼 길을 달려왔건만 기댈 사람은 또 어디로 가버렸단 말인가. 경비는 바닥나고 여기에 아는 사람은 하나 없으니 오긴 왔으나 돌아갈 길이 막막하구나. 하늘이시여, 어찌 저를 살려주실 생각은 아니 하시고 사지로 몰아넣으시나이까!"

옛말에 귀인은 하늘이 돕는다고 했던가. 하숙이 절도사 관아 앞에서 탄식할 때 그 옆으로 도사가 지나가다가 하숙에게 물었다.

"선비, 무얼 그리 탄식하고 있소이까?"

"저는 낙양 사람으로 성은 독고, 이름은 하숙입니다. 과거에 낙방했는데 집은 가난하고 하여 먼 길 달려와 위고에게 좀 기대볼까 했더니 제 팔자가 기구한 탓인지 그분은 다른 곳으로 출정했습니다. 여기서 기다리자니 언제 돌아올지 기약이 없고 돌아가자니 경비가 바닥나 버려서 진퇴양난이라 이렇게 탄식만 하고 있습니다."

"나는 명색이 도를 닦는 도인이라. 어려운 사람 도와주는 게 바로 내 일이라오. 내 도관이 여기서 멀지 않소이다. 선비가 지금 너무 어려운 형편이라니 괜찮다면 나랑 같이 도관으로 가서 생활하면서 절도사 어른이 돌아오기를 기다렸다가 만나는 것이 이 먼 길 찾아온 게 헛수고가 되지 않게 하는 것 아니겠소이까?"

"그럴 수만 있다면 정말 감사할 노릇이지요. 하지만 도사님께 너무 폐를 끼치는 것 아닌지 모르겠습니다."

하숙은 도사를 따라 도관으로 갔다. 하숙을 전혀 알지 못하면서도 하숙이 어려운 처지에 놓여 있다는 걸 알고는 바로 자기 도관으로 데리고 가다니! 누군가의 도움을 받지 못한다면 타향에서 이리저리 떠돌면서 언제 고향으로 돌아갈 수 있을지 모를 그럴 형편이었던 하숙에게 불행 중 다행으로 이런 일이 생겼구나.

하숙은 곧장 절도사 관아를 떠나 도사를 따라 출발했다. 1, 2리도 채 못 가서 아름드리 소나무, 잣나무가 양옆에 줄지어 있고 거북이 등딱지처럼 넓은 길로 접어들더니 바로 도관 문이 나타났다. 그 문 위에는 '벽락관碧落觀'이라는 이름이 각각 쌀 까부르는 키 정도의 크기로 황금색으로 적힌 현판이 걸려 있었다. 이 도관은 한나라 고조가 도사 이적李寂을 위해 지어준 것이라고 한다. 당현종 때 도사 서좌경徐佐卿3)이 중건했다. 속세의 때라곤 하나도 없을 것 같은 신선 세계였다. 하숙은 도관 안으로 들어가 안에 모셔져 있는 신선 상에 절하고 난 다음 도사를 따라 방 안으로 들어갔다. 그런 다음 도사에게 다시 인사를 올리고 자리에 앉았다. 하숙이 바라보니 방 안도 너무나 정갈했다. 벽에 시를 적은 족자 하나가 걸려 있었다. 이 시를 적은 자가 누구인지 여러분은 상상할 수 있겠는가? 그자는 바로 하숙의 부친 독고급이라. 독고급이 서촉으로 돌아가는 서좌경을 환송하면서 적은 작품이었다.

노랫소리, 악기 연주 소리 울려 퍼지고 그대는 떠나고,
친구들 앞다퉈 그대에게 석별의 술잔을 건네네.
몸은 궁궐에 있었으되 마음은 산에 있었으니,
백학산으로 돌아가는 그대, 다시 돌아오지 않을 것이라.

---

3) 당나라 현종 때 도사. 당현종이 안녹산의 난을 당하여 촉 지방으로 피난 갔을 때 한 도관을 방문하게 되었는데 그 도관에 자신의 황제 전용 화살이 걸려 있는 걸 발견한다. 그 도관의 도사가 전하기를 10년 전 서좌경이 학을 타고 날아가다가 현종황제가 쏜 화살을 맞은 적이 있는데, 이게 바로 그 화살이며 그 말을 서좌경 도사에게 들었다고 하였다.

원래, 당현종이 서좌경이 빼어난 도사인 걸 알아보고 산길을 가기에 적합한 편안한 가마를 보내어 궁궐로 모셔왔다. 서좌경은 관리가 되고 싶은 마음이 눈곱만큼도 없었고 마음은 늘 산속에 있었다. 그가 산으로 돌아갈 때 만조백관이 모두 석별의 시를 한 수씩 지어 선물했는데, 그 가운데에서도 독고급의 작품이 으뜸이었다 하여, 서좌경은 시를 이 도관의 벽에 걸어두고 애지중지했던 것이다. 하숙은 선친의 친필을 보자마자 절로 눈물이 나왔다.

"아니, 저 시를 보고서 어이하여 눈물을 흘리시오?"

"사실대로 말씀드리면 선친의 필적을 보니 저도 모르게 감정이 격해졌습니다."

도사는 하숙이 독고급의 아들이라는 걸 알고서 더욱더 각별하게 보살펴 주었다. 세월은 유수같이 흘러 순식간에 반년이 지났다. 위고가 운남의 반란군을 진압하고 돌아왔다. 하숙은 하루라도 빨리 위고를 만나고 싶었다. 반란군을 진압한 것을 축하드리고 자신이 이 먼 길을 찾아온 이유를 설명하고 도움을 받고 싶어서였다.

선친은 전도양양한 후학을 끔찍이도 보살폈으나,
그 후학은 얼마나 선친을 잊지 않고 있을까!

위고는 하숙을 보자마자 반기며 자기 곁에 며칠 머물면서 이야기를 나누자고 붙잡았다. 한데 평소 남만 사람을 자기 앞잡이로 삼아왔던 토번의 왕이 위고가 남만을 정벌해버렸다는 소식을 듣고는 자기의 왼팔 오른팔이 잘려 나간 걸로 생각하여 날랜 병사 30만 명을 이끌고 국경을 넘어와 위고와 일전을 불사했다. 한판의 전쟁이 코앞에 닥쳤으니 위고는 황급히 조정에 이 사실을 보고하는 한편, 병사들을 점검하고서 토번의 군사를 상대할 준비를 했다. 하숙이 탄식했다.

"반년을 기다려 겨우 위고를 만났더니 변방에서 또 전쟁이 벌어지다니. 이것도 내 운명이런가!"

하숙은 위고에게 이제 그만 돌아가겠다는 뜻을 내비쳤다. 위고가 말렸다.

"토번이 침공하여 사방이 온통 난리인데 돌아가는 길이 안전할 리가 있겠는가! 내가 이미 도사에게 자네를 잘 보살펴달라고 부탁해 놓았으니 내가 토번 병사를 무찔러 길이 안전해진 다음에 나하고 작별하고 떠나시게나."

하숙은 어쩔 수 없이 그렇게 하겠노라 답하고 벽락관으로 돌아갔다. 이 이야기는 여기서 접는다.

한편, 위고는 병사를 이끌고 성도를 출발하여 가맹관葭萌關 바깥쪽으로 이동하여 토번의 병사를 마주 보게 되었다. 위고는 먼저 통역을 파견하여 토번의 왕과 대화를 시도했다.

"우리 황실이 그대 나라와 화친을 맺은 이래로 황실의 공주를 그대 나라로 시집보내기도 했으며 서로 침략하지 않기로 다짐했건만 지금 무슨 이유로 맹약을 저버리고 이곳 서촉 지방을 침략했는가?"

"운남의 남만은 본디 우리나라를 섬기던 자들이오. 한데 그대가 무슨 연고로 병사를 동원하여 남만을 침범했소이까? 나에게 운남을 되돌려준다면 내가 병사를 돌려 돌아갈 것이오. 만약 내 말을 듣지 않으면 이곳 서촉 지방의 안전도 보장할 수 없소이다."

"우리 왕조가 미치는 곳은 끝이 없으니 이 세상 어디라고 우리 당나라에 속하지 않겠소이까? 싸우고 싶다면 싸울 뿐, 결코 운남을 되돌려줄 수 없소이다."

본디 토번은 남만인의 길 안내를 받지 못하면 길에 서툴렀다. 위고는 깊은 숲속 험준한 계곡 지역까지 토번 군대를 맞이하러 나와서는 수많은 깃발을 꽂아서 이곳에 엄청나게 많은 진을 치고 있는 것처럼 위장하고는 보병들한테 방패로 몸을 보호하면서 낮은 자세로 앞으로 나아가 적병의 말의 다리를 베라고 했다. 한 줄기 발포 소리가 나고 북과 나팔 소리가 일제히 울리자 병사들이 앞다퉈 달려나갔다. 토번의 병사들은 당황하여 어쩔 줄 몰라 하면서 후퇴하더니 위고의 병사들에게 밀려 토번 왕이 새로 쌓은 왕성인 말파성末波城까지 밀렸다. 죽임당한 토번 병사의 시체가 들판을 덮었고 그들이 흘린 피가 강물처럼 흘렀다. 이번 전투의 전과는 엄청난 것이었다. 위고는 토번 병사들이 멀리 도망치는 것을 보고서 병사들을 회군시키는 한편, 파발마를 띄워 조정에 이 소식을 보고했다.

> 휙휙 말채찍 들어 황금 등자 두드리며,
> 껄껄 웃으며 개선가 부르며 돌아오네.

이야기는 여기서 둘로 나뉜다. 벽락관에서 머물고 있던 하숙은 답답한 마음을 가눌 길이 없었다. 발길 닿는 대로 산책을 나섰다. 발길이 승선교에 다다랐다. 승선교는 한나라 때 사마상여가 임공현에서 탁문군을 훔쳐서 성도에 왔다가 살림이 하도 곤궁하여 사람들한테 괄시를 받자 화가 나서 이 다리 난간에 '대장부로서 말 네 필이 끄는 마차를 타지 않고서는 다시는 이 다리를 건너지 않으리라'라고 큼지막하게 써놓았던 곳이다. 나중에 황제의 비서랑이 되었다가 운남의 길을 개척하는 임무를 받고 다시 성도에 돌아오게 되니 그의 다짐이 마침내 이루어진 셈이다.

하숙은 승선교 위를 왔다 갔다 하다가 탄식했다.

'내 재주는 사마상여 못지않으며 내 아내 역시 탁문군보다 못할 게 없는데 어찌하여 우리한테는 말 네 필이 끄는 마차를 탈 그날이 오지 않

는단 말인가!'

 하숙이 다리에서 내려와 벽락관으로 돌아가려고 하니 때는 바야흐로 서산에 해가 지려고 하늘이 붉게 물들 무렵, 수풀을 나는 두견새가 '돌아가야지' 하며 울더라. 하숙은 새소리를 듣고서 더욱 그리움이 사무쳤다.

 '내가 아내랑 이별할 때 일 년 하고도 반이면 돌아온다고 했건만 어쩌다 이렇게 시간을 지체하게 되었는가. 하늘이시여, 저는 위고한테 큰 도움을 받는 건 바라지도 않습니다. 그저 위고가 어서 토번을 물리치고 돌아와 제가 고향에 돌아갈 수 있게만 해주시옵소서. 제 아내가 아침이나 저녁이나 늘 저만 생각하며 걱정하는 일을 그만두게 해주시옵소서.'

 봄이 가고 여름이 오고 이렇게 1년이 또 지나갔다. 그렇게 위고가 정벌을 마치고 돌아오기만을 기다렸다. 바로 이때 위고의 보고서가 조정에 도착했다. 황제는 위고가 토번 병사와 싸워 대승을 거두었음을 알고 무척이나 기뻐했다. 황제는 위고를 서천절도사에 더하여 병부상서 겸 태자태보에 임명했다. 위고가 절도사 관아에 돌아오는 날, 사람들이 하나도 빠짐없이 나와서 소를 잡고 술을 장만하여 축하했다.

 위고가 돌아와 한숨을 돌릴 만하자 하숙이 찾아가 축하를 드렸다. 자신이 선물을 마련할 형편이 되지 못하니 「촉도이蜀道易」란 사를 지어 건넸다. 「촉도이」란 게 무언가? 당나라 현종 천보天寶 말년, 안녹산이 반란을 일으키자 정국공鄭國公 엄무嚴武4)를 서천절도사에 임명했다. 당시 습유 벼슬을 하던 두보란 자가 서천으로 피난 왔고, 승상 방관房綰을 강등시켜 절도사 아래로 보냈다. 엄무가 본디 성격이 교활하고 악독하니 이에 한림공봉翰林供奉 이백이 「촉도난蜀道難」5)을 지어, 끝자락에 '서천이 비

---

4) 엄무(726~765)는 당나라의 장수이다. 두보와 교유하였으나 성격이 포악하여 죽일 뻔한 적이 많았다고 한다.

록 놀기 좋은 곳이라 하나 어여 돌아가는 게 좋을 거외다'라고 적었다. 이는 방관과 두보의 안위를 걱정하는 뜻에서 나온 구절이다. 하숙은 이 원래의 시 제목 가운데 어려울 난難을 쉬울 이易로 고치고 악부로 개작했다. 위고의 전공이 엄무보다 훨씬 대단함을 찬양하면서, 아울러 자신이 이곳 성도에 와서 진정 주인으로 모실 만한 사람을 만났으니 방관이나 두보보다 훨씬 운이 좋음을 표현하고자 했다. 이는 결국 위고의 마음을 움직이고자 함이었다. 그 시는 이러하다.

오호라 서촉으로 가는 길,
옛날부터 유명한 험난한 길.
먼 옛날 탐험가들이 촉을 열 때,
산과 강은 울창하고 꼬불꼬불.
진시황 때 금우金牛길을 열면서6)
처음으로 길이 통하기 시작했네.
하늘에 닿을 듯한 사다리, 절벽의 잔도,
높디높은 산봉우리를 이어주고 또 이어주네.
우러르니 푸른 하늘에 닿을 듯,
아래론 폭포가 하늘에 걸려 있는 듯.
날랜 원숭이 무리조차도,

---

5) 「촉도난」은 본디 이백이 촉 지방에 이르는 험난한 길을 읊고 더불어 안록산의 난을 당하여 이곳으로 피난을 떠난 현종의 고달픈 신세와 당나라의 질곡을 읊은 시다. 하숙은 이 시를 패러디하여 자기가 위고를 찾아온 길이 어려운 길이 아니었음을, 그리고 위고가 이곳 촉 지방을 잘 다스려 이곳에 이르는 길이 하나도 위험하지 않았음을 읊었다. 그래서 「촉도난」의 제목에 들어 있는 어려울 난 자를 쉬울 이 자로 바꿨다. 일종의 패러디라 하겠다.

6) 진시황이 촉을 정벌하고자 가짜 소를 만들고 그 소의 엉덩이에 황금색 칠을 하여 촉왕에게 선물하니 촉왕이 욕심에 눈이 멀어 장정을 보내 길을 내고 소를 끌고 오게 했다는 고사가 있다.

쉬 올라갈 수 없구나.
사람들은 바라보고,
한숨만 쉴 뿐.
아, 우리의 대장군 위고,
깃발을 세우고 관문을 수호했네.
서쪽의 오랑캐를 정벌하고,
남쪽의 오랑캐를 항복시켰네.
밥 짓는 연기 다시 피어오르고,
백성들 살림 다시 윤택해졌네.
상인들은 사방으로,
앞다퉈 다니기 시작했네.
험한 산길, 거센 물길,
걷고 또 뛰는 게,
마치 주단을 깔아놓은 길을 걷듯,
평안하게도 걷더라.
토란으로 허기를 면하고,
삼베옷으로 추위를 달래네.
이곳은 하늘로부터 축복받은 고장,
사람 살기 좋은 점이 너무도 많다네.
나그네여,
얼굴을 펴시게 좋은 일이 일어날 거니.
너무도 즐거운 이 성도 땅에서,
어이하여 고향 돌아갈 생각을 하는가.

위고는 하숙의 「촉도이」를 읽고서 감탄해 마지않았다.

"예전에 이백의 「촉도난」작품을 두고 태자의 사부 하지장賀知章이 이백을 가리켜 하늘에서 귀양 온 신선이라고 일컬었소이다. 오늘 그대의 작품을 보니 이백에 절대 뒤지지 않소이다. 마침 제 막부에 서기 한 명이 필요하니 그대를 예부원외로 봉하고 서천절도부의 비서실장으로 임명하여 달라고 조정에 상주하면 아마도 바로 허락이 떨어질 것 같습니다. 그대의 의향이 어떠한지 모르겠습니다."

"우리 왕조는 과거를 가장 중시하는지라 과거 출신이 아니면 비록 정승판서가 되어도 사람들에게 무시를 당합니다. 제가 비록 세 번이나 과거에서 낙방했으나 과거를 향한 내 결기가 아직 식지 않았으니 어찌 과거를 하루아침에 포기하겠습니까! 고향 떠나 이곳에 머문 지도 어언 한 해가 넘어가고 내 아내 연연과 소식도 주고받지 못했소이다. 이 점이 아침저녁으로 마음에 자리 잡고 떠나지 않소이다. 절도사께서 군사를 이끌고 돌아오면 인사를 드리고 떠날 참이었소이다. 저의 이런 구구한 사정을 헤아리시어 제안을 받들지 못함을 너무 나무라지 말아주십시오."

"그대가 제 제안을 허락하지 않으시니 제가 어찌 더 감히 강권하겠습니까. 다만 지금은 겨울이 한창일 때, 천지가 눈과 얼음이라 길 떠나기 어렵습니다. 조금 더 기다렸다가 봄이 오면 그때 짐을 꾸려 출발하여도 늦지 않을 것입니다."

위고가 정중하게 권하기도 하고 실제로 날씨가 워낙 추워 길 떠나기가 참으로 어려운지라 하숙은 좀 더 기다릴 수밖에 없었다.

섣달이 가고 정월이 왔다. 그리고 정월 대보름. 성도는 사람도 많고 땅도 비옥한 곳으로 서남지방의 으뜸 도시다. 당현종이 이곳으로 피난 온 이래 사방의 조공사절도 모두 여기에 모였으니 마치 장안을 여기로 옮겨온 것 같은 분위기였다. 엄무가 파촉을 굳게 지키면서 평화롭게 정무를 펴니 백성들의 살림이 윤택해지고 창고에는 곡식이 가득해졌다. 그 뒤를 이어 위고가 운남의 오랑캐를 복속시키고 토번의 50만 군사를 격파하여 그 명성이 천하에 진동했다.

위고가 본디 호탕한 성격의 소유자라 이 지역이 어느 정도 안정되고 민심이 자기를 믿고 따르며 자신의 명령에 힘이 실림을 보고서 성도 안팎에 화려한 꽃장식 등을 걸고 축제를 열라고 분부했다. 이 명령을 뉘라서 안 따를 것인가. 정월 13일부터 17일까지 닷새 동안 가가호호 집 앞에 등줄을 매달고 거기에 신기하고 멋들어진 등을 걸어두니 기기묘묘한 등에서 뻗어 나오는 불빛이 사방을 대낮처럼 비추었다. 사자춤, 외국인 춤, 다양한 기예 공연, 북과 피리 같은 악기 연주가 밤새 이어졌다.

위고는 밤마다 산화루散花樓에서 술자리를 열고 하숙을 초청하여 정월 대보름을 즐겼다. 등을 내리는 날 하숙은 위고에게 이제 떠나겠노라 알렸다. 위고가 두 번 세 번 붙잡았으나 하숙은 더는 여기에 머무르려고 하지 않았다. 위고가 하숙에게 말했다.

"그대의 뜻이 그렇게 완강하시니 더는 붙잡을 수가 없을 것 같습니다. 제가 그대에게 술 한잔 대접하고 싶고 또 선물을 드릴 게 있어 만리교萬里橋 동쪽에서 이별연을 갖고자 하니 거절하지 마십시오."

위고는 바로 배 한 척을 마련하여 내일 만리교에서 하숙을 태우고 동쪽으로 출발하라 하고 더불어 병사 한 명을 붙여 하숙의 먼 여정을 경호하게 했다.

이튿날 아침, 위고는 만리교에서 하숙을 전송하는 이별연을 열었다. 위고가 직접 황금 술잔을 들고서 말했다.

"이 다리는 세상에서 가장 오래된 다리요. 옛날 제갈공명이 이 다리에서 오나라에 사신으로 떠나는 비위費禕를 전송하면서 만 리 길 오나라 길을 잘 다녀오라 말한 적이 있는데 만리교란 이름이 바로 여기서 유래했다고 하오. 그대의 청운의 꿈을 이루기 위한 만 리 길도 여기서 출발하니 바라건대 늘 자중자애하십시오. 미관말직에 있는 저 역시 그대가 장원급제했다는 반가운 소식이 들려오기만 한다면 특별히 그대를 위해 노래하고 축하할 것입니다."

위고가 하숙에게 연거푸 술 석 잔을 권한 다음에야 비단 주머니 하나를 꺼냈다.

"그대의 선친께서 밀어주고 끌어주신 덕분에 오늘날의 제가 있을 수 있었습니다. 나랏일에 매여 있다 보니 그 은혜를 지금까지 갚지 못하고 있었습니다. 그대를 이렇게 몸소 먼 길을 찾아오시게 했으니 송구하기 그지없습니다. 지금 도적이 들끓어 많은 돈을 가지고 가는 게 위험해 보이기도 합니다. 제가 그대의 노자로 3백 금을 준비했습니다. 또 별도로 황금 만 냥, 서촉 특산 비단 천 필도 같이 준비하여 길이 좀 평안해진 이참에 사람을 딸려 들고 가게 했습니다. 제가 준비한 게 너무 적으니 은인의 은혜를 저버리는 처사라고 나무라지 마시기 바랄 뿐입니다."

그런 다음 위고가 병사를 불러 이렇게 분부했다.

"길 가는 동안 정성을 다하여 모시고 조금도 소홀함이 없도록 하라."

병사가 머리를 조아리며 대답했다. 하숙이 두 번 세 번 절하며 고마워했다.

"못난 제가 이걸 받을 줄이야 생각지도 못했습니다. 여기에 또 뭘 더 바라겠습니까!"

하숙은 위고가 건넨 비단 주머니를 받았다. 위고가 붙여준 병사가 하숙을 따라 배에 올랐다. 위고는 하숙이 탄 배가 시야에서 사라질 때까지 바라보다가 돌아갔다. 이제 위고 이야기는 여기까지 하고 그친다.

한편, 하숙은 위고와 작별하고서 배를 타고 동쪽을 바라고 출발했다. 강물을 따라 내려가는 뱃길이 쏜살같이 빠른지라 이삼일이 채 안 되어 무협 어귀에 도착했다. 멀리 무산여신의 사당이 보였다.

'지난번 여기를 지날 때 여신에게 내 아내 꿈에 현몽하여 달라고 기원하고 시부를 지어 감사드릴 것이라고 약속드린 바 있구나. 아, 정말 그 때 내 아내가 꿈속에서 나를 만났을까? 아무튼 내가 시부를 짓겠다고 한 약속은 지켜야겠구나.'

울창한 고목이 쭉쭉 뻗어 하늘에 닿았네,
무산 열두 봉우리가 하늘을 막아 연기도 날아올라가지 못하네.
양왕은 운우지정 나눈 꿈을 꾸었다는데,
햇볕 드는 누각에서 선녀하고 말이지.

시를 다 짓고 나서 산을 바라보고 감사의 절을 올렸다. 삼협을 지나 형주에 이르렀다. 위고가 붙여준 병사가 그만 병들어 몸져누웠기에 하숙이 외려 그 병사를 시중들어야 할 판이었다. 며칠을 더 가서 한구漢口에 도착했다. 여기서부터 여녕汝寧을 거쳐 낙양에 이르는 길은 모두 뭍길이라. 그 병사가 몸을 좀 추스르기는 했으나 말을 타고 길을 가기는 어렵겠는지라 하숙이 서찰을 한 통 써주고 노자를 건넨 다음 이 배를 타고 그대로 돌아가라 했다. 하숙은 혼자서 짐을 챙겨 강둑으로 올라갔다. 아무래도 말을 사는 편이 낫겠다 싶어 자기가 직접 한 필을 사서 낙양을 향하여 출발했다.

한 달 후에야 낙양 인근에 도착했다. 이제 개양문에서 불과 30리 떨어진 곳이다. 때는 바야흐로 해질녘, 한시라도 빨리 집에 돌아가고 싶은 마음에 말 등을 두드리며 십 리를 더 달렸다. 이미 달이 떠올랐다. 달빛 아래서 십 리를 더 갔다. 어디선가 종소리가 들려왔다.

'성문은 이미 닫혔을 거니 서둘러 가봐야 성안으로 들어가지 못할 것이라. 이 근방에 용화사가 있으니 지친 말도 쉬게 할 겸 들러봐야겠다.'

하숙은 말에서 내려 절 문 안으로 들어갔다. 하숙이 오늘 밤 겪은 일은 그만하기로 하고 여기서 일단 이야기를 나눠보기로 하자.

꿈속에서 아내를 보네,
별빛 아래에서 그녀의 노랫소리를 듣네.

자, 이제 다른 이야기를 좀 해볼까. 한편, 연연은 용화사 앞에서 남편 하숙을 떠나보낸 다음 집안 형편이 말이 아니게 어려웠다. 입을 거 먹을 거 하나 없었다. 다행히 연연이 바느질 솜씨가 빼어났을 뿐 아니라 글을 잘 짓는다는 소문이 자자했다. 게다가 연연 집안이 원체 식구가 많은 집안이어서 연연에게 바느질이나 글짓기를 배우려는 사촌들이 넘쳤다. 그들이 예물을 마련하여 사례로 건네주곤 하여 연연은 그걸 받아서 살림에 보탰다. 그러나 때때로 남편이 떠나면서 1년 안에 돌아온다고 했건만 어찌하여 3년이 되어도 돌아오지 않으시나 하는 생각이 드는 건 어쩔 수 없었다. 서천 가는 길은 너무도 험하여 좁은 하늘, 사람들이 죽어 켜켜이 쌓인 곳, 뱀도 뒷걸음치는 곳, 귀신도 시름하는 곳이 여기저기라고 하지 않는가. 예부터 세상에서 제일 험난한 길이 있다면 그게 바로 서천 가는 길이라고 하지 않는가. 남편이 저 험한 길을 떠났으니 필시 놀라고 힘든 일이 많을 거라는 생각이 들었다. 떠나신 다음에 소식 한 자 없는데 별고는 없으신지?

'내 가슴의 근심 걱정을 내려놓을 수가 없구나!'

직접 서천으로 가서 남편 소식을 알아보고 싶은 심정이었다.

'아녀자라서 문밖출입을 자유롭게 할 수 없으니 어찌할 수가 없구나. 꿈속에서라도 남편을 만나 소식을 알았으면 좋으련만.'

연연은 자나 깨나 남편 생각뿐이었다. 어느 날 밤 혼자 있는 적막한 방에서 외로운 심사를 시로 표현했다. 그 시는 이러하다.

서천은 천릿길,
기러기가 물고 오는 소식조차 없네.
침대에 주저앉아 부질없이 내 님 생각,
님 계신 서천 볼 수 없어 가슴만 무너져.

남편 생각에 사무친 연연은 꿈속에서라도 남편을 만나고 싶었다. 그러고 보니 3년 동안 꿈속에서조차 남편을 보지 못한 것 같았다. 바야흐로 청명절, 사촌들이 와서 들놀이 가자고 했다. 하지만 연연이 어디 그럴 기분이겠는가! 연연은 사양하고 가지 않았다. 밤이 되어 등불 하나 밝히고 멍하니 생각에 잠겼다. 한참을 이렇게 앉았다 고개를 돌려보니 하녀 취교가 이미 코를 드르렁거리고 있었다. 맥이 풀린 연연은 침대 위에 올라 잠을 청했다. 이리 뒤척 저리 뒤척 했으나 어디 잠이 오겠는가!

'아, 내가 이렇게 지지리도 복이 없다니! 꿈에서나마 남편을 만나려 했으나 그것조차도 마음대로 안 되는구나. 하긴 꿈에서 남편을 만나도 꿈은 그저 꿈일 뿐 그게 어찌 직접 만나는 것만 같으랴! 내가 직접 서천에 가서 남편을 만나고 와야 마음이 놓일 것 같구나. 아, 우리 집 언니 동생이 알면 나를 보내주려 하지 않을 텐데. 아무 말 하지 말고 그냥 내일 아침에 바로 떠나버리자.'

이렇게 고민하다 보니 어느새 꼬꼬댁 닭 우는 소리가 들려오고 날이 밝아왔다. 연연은 바로 일어나 세수를 마치고 시골아낙네처럼 수더분하게 차려입고 노자로 쓸 은자를 챙기고 옷 몇 벌도 같이 챙겼다. 하녀 취교가 아직도 잠에 취하여 있는지라 아무 말도 하지 않고 바로 대문을 열고 나섰다. 숭현리를 지나 바로 개양문을 나서 용화사를 지나 양양 지역에 이르렀다.

그곳에 기금정이란 정자가 있었다. 전진前秦(351~394) 때 안남 장군 두도竇滔가 양양으로 부임하면서 본처 소蘇씨는 내버려 두고 애첩 조양대趙陽臺만 데리고 임지로 갔다. 본처 소씨는 이름이 혜蕙, 자가 약란若蘭으로 재주와 미모를 겸비했다. 소씨는 가로세로 각각 8촌 정도 되는 하얀색 비단에 회문시回文詩를 적었다. 글자는 다섯 가지 색깔로 구분하여 적었고 글자 수는 총 841자, 가로세로 대각선 등등 하여 읽어내는 방향에 따라 총 3,752수가 되었다. 소씨가 이 회문시를 두도에게 주었다. 두도는 그걸 받아든 즉시 조양대를 돌려보내고 소씨를 데려왔다. 부부의 우애가 예전보다 더 돈독해졌다. 나중에 사람들이 이곳에 정자를 지었다. 연연은 이 정자에서 한참을 내려다보았다.

'내가 약란만큼 재주가 많지는 않아도 그래도 문장을 제법 지을 줄 아는데 내가 회문시를 짓는다 해도 그걸 누구 편에 전하여 내 남편이 하루빨리 돌아와 나와 함께하게 한단 말인가?'

연연은 입으로 회문시를 중얼거려보더니 기둥에다 그걸 적었다.

陽春艶曲, 麗錦誇文。　傷情織怨, 長路懷君。
惜別同心, 膺填思悄。　碧鳳香殘, 靑鸞夢曉。

따사로운 봄 아름다운 곡조,
비단 위에 빛나는 글.
설운 마음에 스며드는 원망,
먼 길 떠난 님 그리워.
석별의 정,
가슴에 채워지는 건 근심뿐.

봉새가 뿜는 향기에,
난새는 새벽 꿈을 깬다.

이걸 거꾸로 읽어도 훌륭한 시가 된다.

曉夢鸞靑, 殘香鳳碧。　　悄思塡膺, 心同別惜。
君懷路長, 怨織情傷。　　文誇錦麗, 曲艶春陽。

새벽에 난새 꿈을 꾸노라,
향기 품은 봉새는 푸르다.
근심스러운 사념이 가슴에 차이고,
이별을 아쉬워하는 마음.
님은 먼 길 떠날 생각,
나는 원망에 가슴만 아리다.
멋진 글이 비단을 장식하고,
곡조는 멋들어져 봄날에 빛난다.

　연연이 시를 다 적고 나서 기금정을 떠나 형주를 지나 어느덧 기부에 이르렀다. 때는 해저물녘, 앞쪽에 사당이 하나 눈에 들어왔다. 사당을 향하여 발걸음을 옮겼다. 황금색으로 '고당관'이라 적은 편액이 눈에 들어왔다. 바로 무산여신의 사당이었다. 연연은 준비한 향초가 없어 대신 흙을 올리고 빌었다.
　'저는 성은 백이요, 이름은 연연입니다. 저는 낙양에서 살고 있사온대 제 남편 독고하숙이 서천절도사 위고를 만나러 떠난 지 3년이 되었습니다만 지금까지 소식 한 자 없어 남편을 만나려 제가 이렇게 만 리 길을 나섰습니다. 오늘 밤은 여신님의 처소에 머물면서 제 심사를 감히 하소연합니다. 여신님은 꿈에 초왕과 운우지정을 나누셨다 하니 이 여인네에게도 꿈에 사랑하는 이를 만나게 하여 주십시오. 여신님의 능력을 발휘하셔서 꿈에 제 사랑하는 이를 만나게 해주신다면 평생 그 은혜를 잊지 않겠습니다.'

연연은 다 빌고 나서 잠이 들었다. 과연 꿈에 여신이 나타났다. 여신이 연연에게 이렇게 말했다.

"하숙이 서천에서 별 탈 없이 오랫동안 지내다가 지금은 서천을 떠나 동쪽 길을 잡아 고향으로 돌아가고 있느니라. 이렇게 길을 떠난다손 어찌 남편을 만날 수 있겠느냐? 어서 집으로 돌아가라. 괜히 도중에 쓸데없는 일을 만나 놀랄 필요 없느니라. 몸조심하여라."

연연이 깜짝 놀라 잠에서 깨어보니 날이 이미 밝았더라. 꿈속에서 여신이 했던 말이 아직도 귀에 쟁쟁하게 들리는 듯하여 그저 한바탕 일장춘몽으로만 여길 수가 없었다. 연연은 자리를 털고 일어나 여신에게 감사 인사를 드리고 사당 문을 나서서 다시 길을 되짚어 낙양으로 되돌아가기 시작했다. 저녁이면 자고 아침이면 일어나 걷고 하면서 부지런히 낙양을 향하여 갔다.

바야흐로 늦봄 날씨, 길가엔 도화꽃 피고 버들가지 늘어지고 제비와 앵무새가 지저귀더라. 연연이 경치를 구경하느라 날이 저무는 줄도 몰랐다. 개양문에서 20리 떨어진 곳, 달빛을 바라보며 집으로 가는 발걸음을 재촉했다. 앞에 한 무리의 사람들이 걸어오고 있는 게 보였다. 깔깔대며 이야기하면서 그들이 다가왔다. 그들이 누구일까? 바로 낙양에서 좀 논다 하는 부랑아들이었다. 달밤 꽃피는 곳에 몰려다니며 비파랑 생황을 연주하고 술이랑 돗자리를 들고 다니며 어디 예쁜 여자 없나 눈 비비고 찾으며 풍류를 즐기는 자들이었다.

연연은 한두 명이 아니라 아예 패거리가 몰려오는 걸 보고 일단 몸을 숨겼다. 원래 미인이 달빛 아래 서 있으니 얼마나 더 아름다워 보일까. 숨는다고 했지만 연연은 그네들의 눈에 띄고 말았다. 그들이 연연을 둘러싸고 말했다.

"우리는 성문 밖으로 놀러 나왔다가 달빛을 따라서 여기까지 오게 되었소이다. 달만 있고 술이 없다거나 술만 있고 여인이 없다면 이 좋은 밤을 그냥 보내버리는 것이니 어찌 아깝지 않겠소이까! 여기서 멀지 않은 용화사에 배꽃 복사꽃이 흐드러지게 피었다 하니 아가씨는 사양하지 말고 우리랑 같이 가서 꽃구경합시다."

연연은 그 말을 듣고 화가 치밀어 올랐다. 가슴속 깊은 화가 귓불까지 올라와 얼굴이 온통 다 빨개졌다.

"네놈들은 사사명 휘하의 반란군도 아닐 터. 이런 태평성대에 어찌 감히 아녀자를 기롱하느냐! 게다가 내가 범상한 여자도 아니고 백白 사농司農의 딸이요, 독고獨孤 사봉司封의 며느리요, 독고 진사의 아내로다. 누구라고 감히 나를 기롱하려 드느냐!"

저런 망나니 같은 놈들이 어찌 벼슬아치 집안의 여인이라고 주춤거리기라도 하겠는가! 연연이 아무리 고함을 쳐도 들은 척도 않고 연연을 끌기도 하고 당기기도 하면서 꽃구경하자며 용화사로 억지로 데려갔다.
'동전은 화로에 빠지면 끝장이요, 사람은 올가미에 걸리면 끝장이라.'

명문가 요조숙녀가,
어쩌다 주흥을 돋우는 가기가 되었구나.

한편, 하숙은 성안으로 들어가지 못할 형편이라 용화사에서 하룻밤 머물 심산이었다. 생각해 보니 이 용화사에서 아내와 이별한 지 꼬박 3

년이 지났더라. 아내 연연이 잘 지내고 있는지 몹시도 궁금했다. 하숙은 양양 출신 맹호연의 시 구절을 읊조렸다.

고향에 다가갈수록 마음은 더욱 설레,
길 지나는 사람에게 차마 물어볼 수 없구나.

하숙은 이 시 구절을 몇 번이고 되뇌어 보다가 자기도 모르게 눈물을 흘렸다. 밤은 깊어갔지만 잠이 오지 않았다. 용화사 담장 너머로 시끌벅적한 소리가 들려오기 시작하더니 그 소리가 갈수록 크게 들려왔다. 하숙이 생각했다.
'분명 사람 소리렷다. 귀신 소리일 리는 없지. 이렇게 야심한 시각에 관가에서 사람을 보냈을 리도 없고.'
바로 이때 십여 명 정도의 사람들이 빗자루랑 걸레를 들고 와서 법당을 청소했다. 잠시 후 백 명도 넘는 사람들이 자리를 깐다, 술상을 본다, 등불을 밝힌다, 악기를 설치한다, 야단법석을 떨더니 마침내 모든 걸 빠짐없이 다 준비를 마쳤다.
'오늘이 청명절이라 권문세가의 자제들이 들놀이를 나왔다가 달빛이 대낮처럼 밝고 절에 배꽃과 복사꽃이 흐드러지게 핀 걸 보고 꽃구경하러 몰려온 모양이로군. 내가 저 사람들 눈에 띄면 쫓겨나기 십상이니 불상의 후벽 뒤로 가서 숨어 있다가 저 녀석들의 술자리가 파하고 나면 잠을 자야겠구나. 아이고, 나는 어이하여 이렇게 복이 없을까. 절간에서 좀 편히 잘까 했더니 그것도 내 맘대로 안 되는구나.'
하숙은 서둘러 불상 후벽으로 몸을 숨기고 아무 소리도 나지 않게 조심했다. 얼마 지나지 않아 예닐곱 명의 청년이 서로 갖가지 옷을 차려입고 한 여인을 데리고 절 안에 차려진 술판으로 다가와 그 여인을 서쪽

제일 상석에 앉았다. 청년들은 그 여인 주변에 둘러앉았다.

'권문세가 자제들이 놀러 나온 거라 생각한 게 아무래도 맞는 모양이네. 저 여인은 관기 아니면 개인 집 기생일 텐데 어째 저렇게 그녀 주위에 몰려들어 환심을 사려고 하지? 양갓집 규수가 이런 자리에 나올 리는 없고. 혹시 양갓집 규수를 억지로 끌고 온 걸까?'

그 여인네는 서쪽에 살짝 걸터앉아 미간을 찌푸리고 무척 화가 난 표정이었다. 하숙이 두 눈을 부릅뜨고 신경을 집중하여 그 여인네를 바라보니 아내 연연과 너무나 닮았더라. 하숙은 얼음물이 자신 목덜미에 쏟아 내리는 것처럼 깜짝 놀랐다. 몸이 다 마비되는 것 같았고 한편으론 덜덜 떨렸다.

'아니야, 아니야! 내 아내가 얼마나 현숙한 여인이라고. 온종일 집 안에 있으면서도 친척 남자들과 얼굴 한 번 마주치는 적이 없는 여인인데, 저런 불한당 같은 남자들을 따라나설 리가 없지. 세상에 닮은 사람이야 좀 많아! 저 여인이 내 아내일 리가 없지.'

이렇게 생각하면서도 종내 마음이 놓이지 않았다. 어둠 속에서 살금살금 그쪽으로 다가가 자세히 살펴보니 목소리나 행동거지나 아내 연연과 닮아도 너무 닮아서 의심할 여지가 없었다.

'내가 눈이 어리어리해서 잘못 본 게 틀림없어.'

하숙이 두 눈을 비비고 다시 보았지만 역시 자기 아내가 틀림없었다.

'내가 지금 꿈을 꾸고 있는 걸까?'

눈을 비벼보고 허벅지를 꼬집어보니 너무도 아팠다. 꿈이 아님이 분명했다. 어이하여 이런 기이한 일이 다 있단 말인가?

'나랑 검은 머리 파 뿌리 될 때까지 함께 하자던 약속을 철석같이 했건만 내가 서천에 오랫동안 머물며 돌아오지 않다 보니 그 마음이 변했단 말인가? 예전에 소진이 낙제하고 돌아왔을 때 그 아내가 그냥 베틀에 앉아 있기만 하고 제대로 맞아주지 않았지. 나중에 소진이 재상이 되고서는 자신의 아내를 내쳤다고 하지. 내가 내일 아침 집에 돌아가면 아내가 나를 어떻게 맞이하나 한 번 볼까나!'

하숙은 화가 너무 나서 주먹을 불끈 쥐고 달려가 저놈들을 때려죽이고 싶었다. 그러나 중과부적이라 어설프게 달려들었다 도리어 화를 입을 게 분명했다. 하숙은 억지로 화를 꾹 눌러 참고 저놈들이 대체 어떻게 하는지 지켜보기로 했다. 그 가운데 수염이 덥수룩하게 난 털보 녀석이 술잔을 들고서 연연에게 향하여 말했다.

"한 사람이 구석에서 인상 찌푸리고 있으면 온 좌석의 사람들 기분이 나지 않는다는 말도 있지 않느냐. 우리하고 아가씨가 비록 어쩌다 만난 사이라도 그게 다 천생연분이 있어서 그런 것이지. 이렇게 멋진 날씨, 아름다운 풍경 또한 쉽사리 만나기 어려운 것인데 어찌 그렇게 죽을상을 하고 있는 거야. 어서 기분 풀고 시원하게 한 잔 마시라고. 그리고 아름다운 노랫가락으로 술맛을 좀 돋워보라고."

연연은 억지로 끌려온 입장이라 노래 부르고 싶은 마음은 눈곱만큼도 없고 오히려 저놈들을 때려죽이고 싶은 마음이 간절할 따름이었다. 그러나 저놈들은 예의범절이 뭔지도 모르는 무뢰한들이고 지금 자기는 혼자서 여기 잡혀 온 입장이라 괜히 저놈들을 자극하면 더 큰 화를 당할 게 분명해 보였다. 연연은 옷소매로 눈물을 닦아내고 금비녀를 뽑아서 그걸로 박자 판을 두드리며 노래를 불렀다.

오늘 밤, 아니면 내일 밤?
내 님은 돌아오실까, 안 돌아오실까?
내 님은 저 먼 곳으로 떠나셨네,
꽃나무가 세 차례나 피고 지고.

'연인의 노래는 연인의 심정을 닮는다'는 말이 있지 않은가. 연연은 자신의 심사를 담아 노랫말을 지어 멋들어진 목소리로 불렀다. 그 목소리는 너무도 맑고 아름다웠고 너무도 애절했다. 아름다운 새가 하늘을 날아 올라가듯, 멋진 물고기가 자유롭게 연못을 헤엄쳐 노니는 듯하니 그 불한당 같은 녀석들이 모두 왁자지껄 소리치며 환호해 마지않았다. 털보 녀석이 "고맙소이다, 고맙소이다!"라고 소리치더니 술잔을 들어 벌컥 마셔버렸다. 하숙은 어둠 속에서도 아내가 노래 부르기를 거절하지 않고 비녀를 뽑아 박자를 맞추며 노래하는 걸 똑똑히 볼 수 있었다. 저 비녀는 자기가 선물로 준 것 아닌가. 화가 머리끝까지 치밀어 올라 이를 바득바득 갈았다. 노랫말이 하나도 귀에 들어오지 않았다. 뛰어나가 저 놈들과 한판 붙고 싶었으나 중과부적이라 그저 참는 수밖에 없었다.

노란 저고리를 입은 녀석이 술잔을 들고 아내 연연에게 말했다.

"아가씨의 노래를 들으니 정신이 맑아지고 잡념이 다 사라지는구먼. 한 곡조 더 청하니 사양하지 마시오."

연연은 불쾌한 기분에 얼굴이 붉으락푸르락했다.

"더는 흥미 없소이다. 노래 한 곡조면 되었지 뭘 더 부르라는 거요!"

이때 그 털보 녀석이 엄청스레 큰 쇠뿔 술잔을 들고 일어나 말했다.

"자, 우리 이 술자리 규칙을 정하자고. 노래 부르는 걸 거부하는 자는 이 술잔으로 한 잔, 술잔을 안 비우거나 떨떠름한 표정을 짓거나 남이 부른 노래를 또 부르는 자 역시 이 술잔으로 한 잔."

연연은 털보 녀석의 험상궂은 인상을 보고 겁에 질려서 하는 수 없이 노래를 한 곡 더 불렀다.

풀들이 노란 옷으로 갈아입고,

귀뚜라미 구슬프게 울고,
내 님은 한 번 떠나더니 돌아오실 줄 모르고,
오늘도 우두커니 앉아 있는 나,
귀밑머리에 서리가 내렸구나.

연연이 노래를 마치니 사람들이 일제히 박수갈채를 보냈다. 노란 저고리를 입은 녀석이 술잔을 비우고 고맙다는 인사를 건넸다. 하숙은 아내가 노래를 한 곡조 더 하는 걸 보니 더욱더 화가 치밀어 올랐다. 할 수만 있다면 눈으로 불길을 쏘아내어 이 용화사를 모두 불태워버리고 싶었다. 이제 얼굴이 뽀얀 녀석이 술잔을 들어 마시자고 제안할 차례였다.

"노래 솜씨도 최고요., 이 자리에 참석한 모든 사람이 다 기쁘기 한량없는데 이렇게 처지는 노래를 부르니 그게 좀 거슬리는구먼. 자, 좀 신나는 노래를 불러봅시다."

다른 사람들이 맞장구쳤다.

"맞아, 정말 그러네! 신나는 노래를 불러서 술맛 좀 나게 해보라고."

연연은 어쩔 수 없이 한 곡조 더 불렀다.

그대여 술 한잔,
그대여 사양치 마시게나.
꽃은 나뭇가지를 휘감으며 떨어지고,
강물은 한번 흘러가면 돌아올 수 없으려니.
젊은 시절이라 너무 방심하지 말게나,
그 젊은 시절 얼마나 갈 것인가?

연연이 노래를 다 끝마치기도 전에 얼굴이 뽀얀 녀석이 소리쳤다.

"아니, 이렇게 정취 넘치는 노래를 왜 이리 일부러 감정도 없이 아무런 맛도 없게 부르는 거야? 규칙대로 벌주 한 잔을 마셔야겠구먼."

털보 녀석이 벌주를 따라 주려고 하자 자줏빛 옷을 입은 녀석이 소리쳤다.

"잠깐만 벌주를 내리지 말고 기다려보라고."

얼굴이 뽀얀 녀석이 물었다.

"무슨 이유로 그러는 거지?"

자줏빛 옷을 입은 녀석이 대답했다.

"원래 술자리의 묘미는 서로가 서로를 챙겨주는 거잖아. 그래야 더 재미도 있고. 너무 야박하게 벌을 주고 그러는 건 욕 먹을 짓이지. 일단 이 술잔은 그대로 두고 그녀가 노래를 어떻게 다시 부르는지 보는 게 낫지 않겠어!"

털보 녀석이 그 말을 받았다.

"그래, 그 말도 일리가 있네그려."

털보 녀석은 술잔을 잠시 내려놓았다. 이제 자줏빛 옷을 입은 녀석이 술잔을 들고 술을 권할 차례였다. 연연은 더는 어쩔 수 없어 눈물을 훔치고 다시 노래를 불렀다.

아무도 없는 방에 원망만 가득하고,
가을 햇살도 서산으로 넘어가기를 주저하누나.
남편은 소식조차 전하지 않으니,
기러기만 무심하게 허공을 나는구나.

얼굴이 뽀얀 녀석이 웃으면서 말했다.

"역시 또 청승맞은 목소리, 어디 간드러진 맛이 있어야 말이지!"

자줏빛 옷을 입은 녀석이 말했다.

"저 여인이 원래 배운 게 저런 모양이니 너무 탓할 필요 없을 거 같아."

자줏빛 옷을 입은 녀석은 자기 앞에 놓인 술잔을 들고 벌컥 마셔버렸다. 검정 모자를 쓴 호족 남자가 손에 술잔을 들고서 말했다.

"나는 음악은 잘 모르오. 그냥 아가씨 좋을 대로 한 곡조 불러주시면 이 술이 내 뱃속으로 잘 넘어갈 것 같소이다. 나를 썰렁하게 만들지는 마시오."

연연은 연거푸 노래했기 때문에 숨도 차고 목도 아프고 하여 더는 견딜 수가 없었다. 연연은 고개를 딴 쪽으로 돌리고 노래를 부르지 않았다. 털보 녀석이 연연이 노래를 부르지 않는 걸 보더니 이렇게 소리쳤다.

"노래 불러달라는 부탁을 거절하면 안 되지!"

털보 녀석이 큰 술잔에 술을 따라 디밀었다. 연연은 이 상황에서 어찌할 수 없어 그저 눈물을 흘리며 이 벌주를 받아 마시고 다시 노래를 불렀다.

쏴아쏴아 저녁 바람,
뜰 안의 풀은 이슬에 젖어 촉촉하다.
한 번 떠나 돌아올 줄 모르는 내 님은,
눈물 훔치는 내 심사를 아는지?

검정 모자를 쓴 호족 남자가 술잔을 비우고 나니 이제 녹색 옷을 입은 남자 차례였다. 그 녹색 옷을 입은 남자가 술잔을 들었다.

"밤은 깊어 가나 우리의 흥은 식을 줄 모르니 그대의 노래가 딱 필요할 때라오. 우리 밤새 놀아 봅시다."

연연이 그동안 노래를 부르느라 숨이 다 헐떡거리고 너무도 힘들었다. 한데 이젠 녹색 옷을 입은 남자가 또 노래를 시킬 참이라 자기도 모르게 두 줄기 눈물을 흘렸다. 그 녀석들이 일제히 웃으면서 말했다.

"이렇게 달빛 밝고 꽃이 아름답고 맛난 술에 노랫가락마저 멋들어져 한없이 즐거운데 뭐가 문제라고 이렇게 눈물 바람을 하고 분위기를 망치는 거지? 벌칙을 줘야겠군."

연연은 또 벌주를 마실까 봐 걱정되어 눈물을 참고 노래를 부르는 수밖에 없었다.

반딧불이 백양나무 사이를 날고,
설운 바람은 거친 풀밭 위를 난다.
꿈속에서 노니는 걸까,
그리움 속에 옛 동산 찾는다.

연연이 노래 부르는 것이 마치 마지막 숨을 몰아쉬는 두견새마냥 한 소절하고 다음 소절로 겨우 넘어갔다. 그 애잔한 노랫소리를 듣고 사람들은 연연의 심사를 눈치챘다. 녹색 옷을 입은 녀석이 술을 비웠다. 털보 녀석이 웃으면서 말했다.

"내가 비록 노래를 잘하지는 못하나 그래도 답가가 없으면 예의가 아니지. 내가 한 곡조 부르고 술도 한 잔 권할 테니 비웃지 말게나."

젊은 녀석들이 일제히 한마디씩 했다.

"아니 자네, 노래는 또 언제 배운 건가? 어서 한번 불러보라고."

털보 녀석이 목청을 가다듬더니 노래를 부르기 시작했다.

꽃 필 때 만났다가,
꽃 질 때 떠나갔네.

꿈에 다시 만나자는 말을 마소,
인생이 다 한바탕 꿈인걸.

털보 녀석의 목소리가 두꺼비 멱따는 소리요, 병든 고양이 소리 같았으니 좌중의 사람들이 모두 배꼽이 빠지게 웃었다.
"자네가 노래를 좀 할 줄 아나 싶었는데 역시 큰소리만 친 거였구먼."
털보 녀석은 그런 말을 듣고도 안색 하나 안 변하고 그러거나 말거나 끝까지 노래를 불렀다.
"웃지들 말라고. 나도 비싼 수업료 내고 배운 거라고. 내 노래를 듣고 배울 수 있는 걸 영광으로 알라고."
젊은 녀석들은 그 말을 듣고 더욱 큰 소리로 웃기 시작했다. 털보 녀석도 따라 웃으면서 술잔에 술을 가득 따라서 연연에게 권하고 연연이 그 술잔을 비우자 자리에 앉았다.
하숙이 처음에 아내 연연이 저놈들하고 술을 마시고 있는 걸 보고 피가 거꾸로 솟고 코가 벌렁벌렁하고 가슴에 구멍이 뚫리는 듯했다. 그러나 이제 저놈들이 아내에게 억지로 노래를 시키고 아내가 슬픔을 가누지 못하고 눈물을 흘리는 걸 보고는 아내가 억지로 끌려와 당하고 있음을 알고 치솟던 화가 모두 가라앉아 버렸다.
'아내가 집에 있었을 텐데 어쩌다 이렇게 불한당 같은 놈들한테 붙잡혀 이곳까지 오게 되었지? 참 알다가도 모를 일이로군. 저놈들이 어떻게 나오는지 좀 더 두고 보자.'
얼굴 뽀얀 녀석이 술을 마실 차례가 되었다. 그 녀석이 황금색 술잔을 들더니 연연에게 말했다.
"그대가 불러주는 노래는 어째 다 슬픔에 겨운 것들이라 우리도 눈물이 다 날 정도야. 분위기가 너무 쳐지고 말았어. 다시 분위기를 띄우는 노래를 불러 보라고. 사양하지 말고 말이야."

하숙이 이런 생각이 들었다.

'이런 죽일 놈! 남의 집 여자를 데려다 억지로 노래를 시키면서 노래가 마음에 드네, 마네 구시렁대다니!'

연연은 참으로 난감했다. 이미 몇 곡이나 연거푸 노래를 불러서 입술이 빠짝 마를 정도였고 목도 아파서 다시는 노래 부르기가 어려웠다. 연연은 고개를 푹 숙이고 아직 노래를 부르지 않고 있었다. 털보 녀석이 소리를 질렀다. "벌칙을 줘야겠구먼." 털보 녀석이 큰 술잔에 술을 따르기 시작했다. 하숙은 꾹꾹 눌러왔던 화가 터져 더는 참을 수가 없었다. 하숙은 바닥을 더듬어 벽돌 두 장을 손에 쥐고 일단 한 장을 힘껏 던졌다. 벽돌이 날아가 털보 녀석의 머리에 맞았다. 두 번째 던진 벽돌은 얼굴 뽀얀 녀석에게 맞았다. 사람들이 "도둑이야!"라고 외치는 소리가 들려왔다. 사람들이 허둥대더니 어디론가 다 사라져 버렸다.

하숙이 불당으로 걸어가 보니 사람만 사라진 게 아니라 주변에 널려 있던 술잔, 탁자 같은 것들도 하나도 남김없이 다 사라져 버렸다. 너무도 이상했다. 하숙은 너무도 놀라 가슴이 콩닥콩닥 뛰었다. 깜짝 놀라 나온 혓바닥을 다시 입안으로 집어넣지 못할 정도였다.

하숙은 잠시 후 이런 생각을 했다.

'맞아, 내 아내가 이미 세상을 떠난 거야. 그래서 그녀의 혼령이 여기에 왔다가 내가 던진 벽돌에 놀라 달아난 거야.'

하숙은 도저히 잠을 이룰 수가 없었다. 새벽닭이 울기도 전에 짐을 꾸려 길을 나섰다. 아침 하늘이 밝아 오기도 전에 낙양성에 이르렀다. 개양문을 통과하여 숭현리로 달려갔다. 한 발 한 발 눈물 흘리며 달려갔다. 멀리서 고향 집 대문이 보였다. 장례 치른 집임을 알려주는 표시는 발견할 수 없었다. 마치 두레박이 위아래로 오르락내리락하는 것처럼 그렇게 가슴이 쿵쾅거렸다. 대문 안으로 들어가 대청으로 올라서서 하녀 매향과 취교를 만나자 곧바로 물었다.

"마님은 잘 계시느냐?"

그렇게 물으면서 혹시나 불길한 대답이 튀어나올까 걱정하는 마음에 하숙의 등에서 식은땀이 줄줄 흘러내렸다. 취교가 심드렁하게 대답했다.

"마님은 지금 방에서 주무시고 계세요. 머리가 지끈거린다고 하시면서 아직 세수도 하지 않고 계세요."

하숙은 취교가 마님이 무탈하시다고 대답하는 걸 듣고는 마치 만삭의 임산부가 마지막 힘을 쏟고 아이를 밀어내는 것과 같은 그런 속 시원한 기분이 들었다. 그러면서도 어젯밤 자기가 목도한 일은 무엇이었던가 하는 의문이 더욱 깊어져만 갔다. 하숙은 황급히 침실로 들어가 물었다.

"어쩌다 밤에 잠을 제대로 못 잔 거야? 아침이 되어도 아직도 자리에 누워 있다니!"

연연이 대답했다.

"내가 어젯밤 뭐에 씌웠나 봐요. 당신이 떠나고 3년이 되어도 아무런 소식이 없기에 제가 너무도 걱정되었지요. 밤에 꿈속에서 서천으로 달려가 당신의 소식을 알아보려고 했지요. 도중에 무산에 이르렀을 때 여신 사당에서 잠을 자게 되었어요. 그 여신이 제 꿈에 나타나 당신은 이미 서천을 떠나 조만간 낙양에 도착할 거라고 알려주셨어요. 괜히 길이 엇갈리면 안 될 거 같아 저는 오던 길을 되짚어 돌아오기 시작했습니다. 개양문에 20리 정도 못 미친 곳에 이르자 달이 얼굴을 내밀기 시작하여서 서둘러 성안으로 들어가야겠다 싶었지요. 바로 이때 젊은 녀석들 한 무리가 나타나 용화사 밤 꽃놀이 가자고 저를 억지로 끌고 가지 뭐예요. 그 녀석들이 술을 마시면서 저에게 노래를 부르라 시키니 저는 여섯 곡이나 부를 수밖에 없었지요. 게다가 일행 가운데 털보 녀석이 저한테 벌주를 몇 잔 마시게 하기도 했어요. 근데 갑자기 공중에서 벽돌 두 장이 날아와 그 털보 녀석의 머리와 제 이마를 맞춰 제가 깜짝 놀라 일어났죠. 근데 머리가 너무도 아파서 자리에서 일어나지 못하고 아직도 이렇게 누워 있답니다."

하숙은 아내의 말을 듣고 연거푸 소리를 질렀다.

"이상하다, 참으로 이상하다. 어떻게 이렇게 기이한 일이 다 일어날 수 있단 말인가!"

아내 연연이 하숙에게 물었다.

"아니 뭐가 그렇게 기이하다는 거죠?"

하숙은 어제 용화사에 머물다가 자기가 직접 목격한 것을 자세하게 말해주었다. 연연이 그 말을 듣고 너무도 기이한 일이라 맞장구쳤다.

"어젯밤에 겪은 일이 분명 꿈인 것 같기는 하네요. 그런데 그 젊은 녀석들은 대체 누구일까요?"

"어차피 꿈속의 일인데 그걸 따져서 뭐 하겠소!"

여러분은 지금 내가 하는 말을 듣고 '세상에 허튼소리 하는 자들이 얼마나 많아! 무슨 경전에 근거가 있는 것도 아니고, 하는 말이 일리가 있어 보이지도 않고, 이렇게 밑도 끝도 없이 황당한 말을 하는 사람이 다 있다니' 하고 생각할지도 모르겠소이다. 연연이 집에서 잠들었다가 꿈속에서 용화사를 방문했다는 것은 연연의 몸이 실제로 용화사를 방문했다는 말은 아니잖은가? 한데 하숙이 용화사에서 연연을 목격했다는 건 말이 안 되는 것이리라. 이런 터무니없는 말은 세 살 먹은 어린아이도 안 믿을 건데 여러분이 믿을 리가 없을 것이다. 그러나 여러분이 놓친 게 하나 있다. 대저 인연이나 원인이 겹쳐서 그게 마음속에 자리 잡으면 꿈에 나타나는 것이라. 연연은 앉으나 서나 남편 생각만 했던지라 꿈속에서 자신의 영혼이 오롯이 날아서 용화사를 찾아간 것이고 그 영혼은 연연의 모습을 그대로 갖고 있었던 것이라. 하숙 역시 아내 연연 생각을 한시도 멈춘 적이 없기에 비록 꿈이 아닌 생시라 해도 자연스럽게 아내의 꿈속에 들어갈 수 있었던 것이라. 남편과 아내의 영혼이 혼연일체가 되어 이런 일이 일어났음은 조금만 생각하면 바로 알 수 있으리라. 어찌 이 이야기꾼이 허황한 소리를 한다고 하는가!

이별 후 그리는 마음이 너무 사무쳐,
영혼이 시간과 공간을 넘어 왕래하는구나.

그 말을 듣고 연연이 말했다.
"꿈속에서 본 것은 당신과 제가 똑같으니 굳이 말할 필요는 없을 것 같네요. 한데 당신이 떠난 후 그렇게 오랜 시간 동안 왜 이리 일자무소식이었는지요. 제가 꿈속에서 무산의 사당에서 꿈속에서라도 당신을 만나게 해주십사 빌었더니 무산의 여신이 당신이 건강하게 잘 있으며 서천에서 할 일도 잘 마쳤다고 말씀해주시더이다. 서천으로 가는 길이 너무도 험한데 당신이 어찌 그 길을 잘 가셨는지, 서천에 도착하여선 위고를 잘 만나셨는지, 위고를 만나서는 당신이 원하는 것을 얻으셨는지 모든 게 궁금할 따름입니다."
"내가 무협을 지날 때 그곳 여신이 영험하다는 소문을 듣고 꿈에서라도 당신을 한 번 만나서 내가 잘 있다고 소식 전하게 해달라고 빌었지. 한데 이렇게 당신이 꿈에서 나를 보았으니 그 여신이 영험하다는 게 허튼소리가 아니었던 모양이오. 아무튼 내가 서천에 갔을 때 위고가 두 차례나 출정하는 바람에 나는 2년 동안이나 꼼짝없이 기다릴 수밖에 없었소이다. 서천으로 가는 데만도 반년이 걸렸으니 당신과 약속한 기한은 이미 넘겨버렸지요. 천만다행으로 위고가 선친에게서 받은 은혜를 잊지 않고 나를 각별하게 대해 주었지요. 내가 얼른 집에 돌아가고 싶다고 간청하지 않았다면 위고에게 붙잡혀 아직도 집에 돌아오지 못하고 있었을 거외다."

하숙은 서천을 찾아가면서 겪었던 고충, 객지에서 느꼈던 외로움 그리고 위고가 금은을 챙겨주고 더불어 사람을 붙여준 일들을 자세하게 설명해주었다. 하숙과 연연은 감탄에 감탄을 거듭했다. 위고에게서 받은 3백금을 생활비로 충당하고 하숙은 공부에만 전념했다. 반년쯤 지난 후에 위고가 장교 두 명 편에 서찰과 황금 1만 냥 그리고 서천의 비단 1천 필을 보내왔다. 하숙은 황급히 감사의 서찰을 써서 돌아가는 장교 편에 보냈다. 하숙이 연연에게 말했다.

"선친께서 관직 생활을 하신 30년 동안 일찍이 남에게 이런 신세를 져본 적이 한 번도 없으셨소. 청빈한 삶을 살고자 하셨기 때문이요, 학자로서의 본분을 지키고자 하셨기 때문이기도 하오. 위고가 지난번에 챙겨준 것만으로도 생활하기에 부족하지 않은데 뭘 더 바라겠소이까! 이번에 받은 건 잘 싸서 치워두시오. 내가 나중에 명성을 이룬 다음에 달리 쓸 데가 있소이다."

연연이 하숙의 말대로 그걸 잘 싸두고 건드리지 않았음은 물론이다.

한편, 당나라의 과거는 3년마다 한 차례씩 열린다. 하숙이 정원 15년에 과거에서 낙방한 다음 서천을 다녀오느라고 정원 18년의 과거를 그만 놓치고 말았다. 이제 정원 21년, 과거가 있는 해였다. 하숙은 짐을 꾸려 연연과 작별하고 과거를 치르러 장안으로 출발했다. 마침 이번 과거 감독관인 최군崔羣은 평소 하숙의 재주를 높이 사 그를 발탁하고 싶은 마음이 컸던 까닭에 하숙의 답안지를 1등 후보에 올린 다음 덕종황제에게 보고했다. 덕종황제는 친필로 하숙의 답안지에 장원급제라 적어주었다. 하숙의 명성이 이미 자자했던지라 과거급제자 방이 붙고 나서 엉뚱한 자가 장원급제했다고 수군거리는 소리는 하나도 없었다. 관례대로 하숙은 사흘 동안 말을 타고 장안 거리를 자랑하며 다니고, 곡강정曲江亭에서 연회를 열고, 안탑雁塔에 급제자 이름을 새겼다. 덕종황제가 하숙에게 한림원의 역사편수관(한림원 수찬修撰) 겸 황제 명령문서 작성관(지제고知制誥)의 관직을 내렸다. 하숙은 황제에게 감사 인사를 올리고 난 다음 바로 서찰을 써서 인편에 아내 연연에게 보냈다. 아내에게 어서 장안에 와서 함께 부귀를 누리자고 했다.

아내 연연은 고향에서 이제나저제나 손을 꼽으면서 소식을 기다리고 있었다. 어느 날 방에 앉아 있는데 대청 앞에서 왁자지껄하게 소리가 났다. 연연이 취교한테 무슨 일인지 얼른 가서 알아보라 했다. 장안에서 소식을 전하러 온 자가 도착한 것이었다. 연연은 그자에게 자세히 물어보고 남편이 장원급제했음을 알게 되었다. 연연은 두 손을 모아 이마에 대고 절하며 하늘에 감사했다. 그런 다음 술과 음식을 정성껏 장만하여 그자를 대접했다. 잠시 후 성안이 온통 떠들썩해졌다. 연연의 친정 식구들도 모두 달려와 축하했다. 예전에 하숙을 대놓고 무시하던 장길도 하숙이 장원급제했다는 소식을 듣고 언제 그랬냐는 듯이 선물을 준비하고 찾아와 축하했다. 연연이야말로 남을 원망할 줄 모르고 항상 좋은 쪽으로 생각하는 현숙한 사람이라 예전의 그런 감정은 다 잊고 장길을 반갑게 맞았다. 장길은 하루가 멀다고 찾아와 연연에게 알랑방귀를 뀌었다. 평소에 왕래를 거의 끊다시피 했던 친척들도 연연에게 찾아와 축하 인사를 건네니 연연은 그들을 맞이하느라 정신이 없을 정도였다. 하숙의 서찰을 들고 출발한 차인이 불철주야 낙양을 향해 달려와 마침내 연연을 뵙고 서찰을 전달했다. 연연이 봉투를 뜯어보니 서찰 말미에 시가 한 수 적혀 있었다.

이 서찰을 보내는 그대의 남편이 장안에서,
은빛 찬란한 관복을 하사받았다오.
베틀에 앉아 고생하는 그대에게 이 서찰 바치니,
이 몸에게 미소로 답해주구려.

연연은 서찰을 다 읽고 나서 미소를 지었다. '남편이 나를 장안으로 오라 하시는구나.' 연연은 차인에게 잠시 머물러 기다리라 하고 길일을 잡아 같이 출발했다. 부현에서 뱃사람을 보내주었다. 친척들이 모두 와서 환송했다. 장길이 동생 연연이랑 장안까지 동행했다. 하숙이 아문 앞까지 나가 그들을 영접했다. 부부가 만나는 그 기쁨을 무엇에 비할까! 장길이 하숙에게 용서를 빌었다. 하숙은 도량이 넓은 사람이라 과거의 일은 하나도 개의치 않고 바로 잔치를 열어 그를 환영했음은 물론이다.

그해 덕종황제가 승하했다. 만조백관이 순종황제를 새롭게 모셨다. 반년이 채 못 되어 순종황제 역시 승하하고 말았다. 다시 헌종이 즉위하게 되었고 연호를 원화元和로 했다. 그해 원화 원년 4월에 하숙은 한림원 학사로 승진했으며 지제고 직책은 그대로 겸임했다. 여러분, 하숙이 어찌하여 이렇게 고속 승진했는지 아는가? 승하한 황제의 유언과 새로 즉위한 황제의 명령을 총 네 편의 문장으로 완성한 자가 바로 하숙이었다. 이것은 조정의 가장 중요한 작업이었으니 이 작업을 완수한 하숙이 승진하는 것이 하나도 이상할 것이 없었다.

마침 5월에 천하에 대사면을 내리는 조서가 준비되었다. 하숙은 이 조서를 반포하는 역할을 자청했다. 하숙 부부가 금의환향했다. 친척들이 십 리 밖까지 달려 나와 그들을 맞았고 부와 현의 관리들도 성 밖까지 나와 그들을 맞았다. 하숙은 고향 집에 돌아와 조상 묘를 찾아 노란색 종이를 태우고 돼지를 잡고 양을 잡아 축하연을 열어 일가친척을 초대했다. 하숙은 술을 마시다가 예전에 용화사에서 맹세했던 일을 떠올리고 위고가 보내온 황금 만 냥과 비단 천 필을 시주하여 불전을 다시 짓고 일주문도 다시 짓겠노라고 했다. 마침내 길일을 택하여 불사를 시작했다. 이때 중서시랑직을 맡고 있던 백민중이 휴가를 청하여 고향에 돌아왔다. 백거이는 항주부 태수에 임명되어 임지로 가는 길에 고향에 들렀다. 백민중과 백거이가 찾아와 하숙을 축하해줬다. 하숙이 불사를 위해 시주하는 걸 보고 두 사람도 각각 시주했다. 부와 현의 관리들 역시 하숙의 마음을 사기 위해서라도 모두 달려와 불사를 거들었다. 얼마 지나지 않아 용화사의 면목이 일신되어 몰라보게 정갈해지고 웅장해졌다.

웅장한 대웅전은 하늘을 향해 치솟고,
드높은 대문은 사바세계 위에 우뚝 섰구나.

한편 오랜 세월 동안 촉 지방의 방어를 책임져왔던 위고는 자신의 나이가 연로한데 만약 서쪽의 이민족과 남쪽의 이민족이 동시에 난을 일으킨다면 도저히 감당할 수 없음이 걱정되었다. 위고는 천자께 상소를 올려 자신이 물러나고 대신 하숙이 이 일을 맡기 바란다고 아뢰었다. 마침내 천자의 조서가 내려졌다.

위고가 오랜 세월 동안 촉 지방을 방어하매 그 공이 크고 높도다. 하여 위고를 광록대부, 우승상, 동평장사에 임명하고 양국공襄國公에 봉하니 서둘러 조정으로 돌아오라. 독고하숙은 한림원에서 짐을 보필하여 문서를 작성하매 한 치의 실수도 없이 짐의 여망에 부응했다. 그 재주는 크고 넓어 병부시랑 겸 서천절도사를 맡기에 모자람이 없도다. 이제 지체 없이 말을 달려 임지로 떠나도록 하라. 이렇게 짐이 명령하노라.

하숙은 천자의 조서를 받들고 혹여 기한을 넘길까 걱정되어 연연과 함께 즉시 출발했다. 반도 채 가지 못하여 위고가 파견한 영접관을 만났다. 영접관은 위고가 기부^{釐府}에서 업무교대 하기를 원한다고 전했다. 기부는 무산여신의 사당이 있는 곳. 하숙과 연연은 이참에 무산여신의 사당을 참배하고 꿈에 자기 부부가 서로 만나게 해준 은혜에 감사했다. 그런 다음 위고를 만났다. 서로 인사를 나눈 다음, 절도사의 직인을 건네주고 받았다. 업무에 관한 세세한 사항을 짚으며 인수인계했다. 그런 다음 축하연을 벌였다. 이날의 축하연은 하숙이 위고에게 한턱내는 것이었다. 이튿날 아침, 기병 부대를 편성하여 장안으로 돌아가는 위고를 호위하게 했다.

하숙이 절도사로 부임한 이래 모든 사무를 공정하고 안정적으로 처리하니 군인들과 백성들이 두루 평안해 했다. 하숙의 명성이 온 누리에 퍼졌다. 조정에서 하숙에게 포상을 거듭하고 승진을 시키니 태보^{太保} 겸 이부, 병부상서에 임명되었으며 위국공^{魏國公}에 봉해졌다. 연연은 위국부인이 되었다. 부부는 백년해로했으며 자손이 번성했다. 시 한 수가 이를 증명한다.

생시에 바라고 또 바라면 꿈에 나타나더라,
진심으로 바라면 꿈조차도 실제가 되더라.
바보같이 꿈이나 꾼다고 탓하지 마라,
꿈 이야기나 한다고 탓하는 자가 외려 바보일지라.

설위가 물고기 꿈을 꾸다

薛錄事魚服證仙

설위가 물고기로 변신했다가 자기가 신선임을 깨닫다

무슨 연유로 백룡이,

물고기 비늘을 뒤집어썼을까.

강물에서 자유자재 노닐지만,

구름과 비를 부리는 힘을 잃어버리고,

작은 웅덩이에 갇혀버렸나.

신선과도 같은 마음을 얻으니,

아무 데도 매이지 아니하고 자유롭구나.

작은 기쁨에 매어 정신을 놓지 아니하고,

장주가 꿈에 나비가 되었다지,

설위薛偉는 물고기가 되었다네.

한편, 당나라 숙종 건원乾元 연간(758~759)에 설위라는 자가 살고 있었겠다. 설위는 오현 사람으로 천보天寶(742~756) 말년에 과거에 급제하여 진사가 되었다. 설위는 부풍현 부현령으로 발령을 받았다. 부풍현 부현령으로 근무하는 동안 명성을 쌓고 촉 지방 청성현 주부主簿(문서담당관)로 승진했다. 부인 고顧씨는 소주의 명문가 출신으로 용모가 출중할 뿐 아니라 성격도 원만하고 부드러웠다. 부부는 서로를 존중하고 사랑했다.

   3년이 쏜살같이 지나갔다. 청성현의 현령이 다른 임지로 떠나게 되었다. 현령은 설위가 청렴하면서도 능력이 있는 걸 보고는 설위가 현령의 직을 임시로 대신하기를 바랐다. 청성현은 험난한 산과 깊은 계곡 사이에 있는 곳, 농토가 척박하여 농민들은 세금을 내고 나면 먹을거리가 없었고 도적이 들끓었다. 설위가 현령의 직을 임시로 맡고 나서 자경단을 조직하여 도적이 나타나면 마을 사람들이 서로 협력하여 막아내게 했다. 아울러 학교를 세워 무상으로 인재를 가르쳤다. 의창을 열어 고아와 과부를 구제했다. 봄마다 마을을 돌아다니며 농부들이 씨를 뿌리는 걸 살폈다. 백성들을 좋은 말로 타이르고 사람의 본분을 가르쳤다. 이로 말미암아 논밭에서 곡식이 무르익고 도적들은 저절로 양민으로 돌아왔다. 이제 밤에도 대문을 걸어 잠그지 않고 길에 뭐가 떨어져도 아무도 줍지 않게 되었다. 백성들이 설위의 은혜에 감동하여 노래를 지어 부르며 그의 공덕을 찬미했다. 그 노래는 이러하다.

   가을 되니 곡식 거두고,
   봄 되니 김을 매네.
   관리들이 세금 독촉하지 아니하고,
   밤에도 대문 걸어 잠그지 않네.
   백성들이 본업에 충실하고,
   학교를 세워 예절을 가르치네.

먹이고 가르칠 수 있음은,

모두 설 현령 덕분이라.

이제 우리 자손에게,

이름으로 설 현령을 전하게 하리라.

어떻게 이름 지을까?

설의 아들, 설의 손자라 이름 짓지.

  설위는 어질고 청렴했을 뿐 아니라 백성을 친자식처럼 사랑했다. 현의 동료나 아전들을 대할 때도 늘 겸손했으며 매사에 야박하게 하는 법이 없었다. 이 청성현에는 부현령 한 명, 주부 한 명, 현위縣尉(병사와 치안 담당) 두 명이 있었다. 부현령은 추방鄒滂이란 자로 설위와 같이 진사 출신이며 같은 해에 진사가 되어 친한 친구 사이로 지냈다. 두 명의 현위 가운데 한 명은 뇌제雷濟, 다른 한 명은 배관裴寬이었다. 이 세 명의 관리는 모두 청렴하고 공정했다. 이 셋은 설위와 뜻이 맞아 공무 중간에 틈이 나면 서로 시를 짓기도 하고 바둑을 두기도 하고 꽃과 대나무를 앞에 두고 술잔을 기울이기도 하면서 우애를 나누었다.

  때는 바야흐로 칠석, 설위가 관사에서 아내 고씨와 칠석 음식을 나누었다. 칠석날에는 잘 사는 집이든 못 사는 집이든 술과 음식을 차려 견우직녀에게 길쌈을 잘하게 해달라고 비는 풍속이 있었다. 이를 '재주 빌기'라 불렀다. 여러분, 왜 재주 빌기라 하는지 아는가? 옛날에 옥황상제에게 딸이 하나 있었다. 그 딸의 이름은 직녀성. 낮이나 밤이나 열심히 베를 짰다. 옥황상제는 그녀가 열심히 베를 짜는 걸 귀여워하여 견우성과 짝하여 주었다. 한데 직녀성은 견우성에게 시집간 다음에 둘 사이의 사랑에 푹 빠져 머리 빗고 단장하는 데만 신경을 쓰고 베 짜기에는 관심을 두지 않았다. 옥황상제가 대로하여 직녀를 은하수 동쪽으로 보내고 견우를 은하수 서쪽으로 보내 1년 가운데 단 하루 7월 7일에만 만날 수 있게 했다. 이날이 되면 까치가 서로 머리를 맞대어 다리를 놔주고 견우와 직녀가 건널 수 있게 해주었다. 사람들은 견우와 직녀가 은하수를 건너는 날, 달과 별 아래에서 바늘귀에 실 꿰는 일을 했다. 실을 잘 꿰면 솜씨 좋다 하고, 실을 꿰지 못하면 솜씨 없다고 했다. 이걸로 1년의 솜씨를 가늠했다. 견우와 직녀가 1년 동안 눈이 빠지게 이렇게 만날 날만 기다리다가 겨우 대여섯 시간 만나고 헤어지는 거라 그 시간 동안 자기들의 그리운 마음을 서로 주고받기도 바쁜데 아랫세상 인간들에게 솜씨를 보여줄 틈이 어디 있겠는가! 이 역시 허튼소리에 불과할 것이다.

한편 설위는 그날 밤 정원에서 아내 고씨와 술잔을 기울이다 어느덧 밤늦은 시각이 되어서야 잠자리에 들었다. 한데 차가운 밤공기를 쐬고 이슬을 맞아 오한이 들었는지 온몸이 불처럼 달아오르고 땀이 비 오듯 흘러내렸다. 식사도 제대로 할 수도 없고 정신은 혼미해지고 하여 이렇게 말했다.

"견딜 수가 없구나. 나를 더는 붙잡지 말라. 그냥 나를 내버려 둬라!"

병자가 이런 말을 한다는 것은 그 조짐이 상당히 안 좋은 것이라. 고씨는 깜짝 놀라고 속이 상했다. 이렇게 앉아서 남편이 죽는 걸 보고 있을 수만은 없었다. 의원을 불러오기도 하고 점을 치기도 하고 천지신명에 빌기도 했다. 청성현에는 산이 하나 있었다. 이름은 청성산. 도교에서 지상의 신선이 산다는 곳 열 군데 가운데 다섯 번째에 해당하는 곳이었다. 그 산에는 사당이 하나 있었고 그 사당은 태상노군 그러니까 노자의 상을 모셨다. 그 태상노군이 영험하다는 소문이 자자했다. 날이 개이게 해달라고 빌면 날이 개었고, 비가 내리게 해달라고 빌면 비가 내렸다. 아들을 낳게 해달라고 빌면 아들을 낳게 해주었고, 딸을 낳게 해달라고 빌면 딸을 낳게 해주었으니 소원을 빌러 오는 자가 끊이지 않았다.

고씨는 태상노군에게 비는 글을 써서 하인에게 주고서 사당에 가서 빌라 했다. 그 사당에서 뽑은 제비가 가장 영험하다는 소문을 들어왔던 고씨는 남편 설위를 위하여 재앙을 막고 복을 불러오는 제비 하나와 앞날의 길흉을 점치는 제비 하나를 뽑아오게 했다. 설위의 동료 셋이 이 소식을 듣고 하얀 옷을 입고 코뿔소 뿔로 장식한 허리띠를 매고 청성산 태상노군 사당을 함께 방문하여 향을 사르면서 자기들의 생명줄을 줄여서라도 설위의 생명을 연장하여 달라고 빌었다. 그들이 빌기를 마치고 돌아가자 현의 노인장들이 온 백성을 이끌고 사당으로 달려와 설위의 안녕을 빌었다. 설위가 평소에 얼마나 현의 백성들을 잘 다스렸는지, 또 얼마나 인심을 얻었는지 너끈히 알 수 있었다. 아무튼 그 사당에서 뽑은 제비는 32번 제비였다. 그 제비에 뭐라 적혀 있었을까?

온갖 맑은 샘물 모두 큰 강물로 흘러들어가지,
흘러가는 물 꿈꾸는 자의 혼을 차갑게 깨우지.
굳이 용문龍門을 찾아갈 필요가 있을까?
삼척이나 되는 신선물고기가 있으니.

하인이 이 제비를 뽑아 들고 관사로 돌아와 고씨에게 보였다. 고씨는 그 제비에 적혀 있는 게 대체 무슨 의미인지 알 길이 없었다.
'다른 사람들이 사당을 찾아가 빌고 뽑으면 마치 얼굴을 보고 직접 이야기해주듯 그렇게 속 시원하게 말해주는 제비가 잘도 나온다는데, 어찌 우리가 뽑은 제비는 무슨 물고기 이야기나 들어있고 남편이 앓고 있는 병하고는 아무런 상관도 없는고? 이게 길조인지 흉조인지 도무지 알 길이 없구나.'
고씨는 가슴에 두레박이 달려 오르락내리락하는 것처럼 그렇게 두근거리고 답답했다.

'그래 제비 뽑아서 해결될 일이 아니었지. 의원을 모셔와 남편을 보이는 게 바른길이겠구나.'

고씨는 즉시 하인을 보내어 알아보게 했다. 하인들이 성도부에 이팔백李八百이란 도인이 있다는 걸 알아왔다. 그 이팔백은 자칭 손사막孫思邈1)의 일대제자로 전수한 비방이 8백 개라 했다. 이런 까닭에 사람들이 그를 이팔백이라 부르게 된 것이다. 그에게 치료를 부탁할라치면 손이 닿기만 하면 병이 나을 정도로 신통방통했다. 이팔백의 문 앞에는 이런 광고가 적혀 있었다.

약값은 한강韓康2)처럼 정찰제,
병 나은 환자가 감사해서 심은 은행나무가 수천 그루.3)

문제는 이팔백을 청해오기가 어렵다는 것이었다. 하지만 그를 모셔오기만 하면 앓아누워 있는 환자가 바로 생기를 되찾곤 했다. 그가 치료비를 받는 방식도 다른 의사와 사뭇 달랐다. 약방문을 써주기도 전에 몇 백 냥을 먼저 요구하기도 하고, 병을 다 낫게 해주고 나서도 한 푼도 필요 없다고 하고는 술이나 한 잔 달라고 하는 경우도 있고, 자기를 찾는

---

1) 중국 당나라 때 활동한 섬서성 출신의 의사이자 도인. 『천금요방千金要方』, 『천금익방千金翼方』과 같은 의학서적을 저술하여 각종 질병의 증상과 예방 및 치료법을 설명했다.
2) 동한 환제桓帝 때의 유명한 의사. 평생 의술을 닦아 일가를 이루었다. 장안에서 약을 팔 때 한 번 정한 가격을 절대 흥정하지 않는 걸로 유명했다고 한다. 나중에 초야에 묻혀 유유자적하면서 황제가 불러도 나가지 않았다 한다.
3) 동한 말기, 삼국시대의 유명한 의사였던 동봉董奉은 화타와 더불어 신의로 불렸다. 그의 별명은 행림杏林(은행나무 숲), 환자를 치료하고 나서 환자에게 치료받은 정도에 따라 한 그루에서 다섯 그루까지 은행나무를 심게 했는데 그게 나중에 큰 숲을 이뤄 이 별명이 유래했다 한다.

다는 말을 듣자마자 달려가는가 하면 죽자 살자 매달려도 가지 않는 경우도 있어 도시 종잡을 수가 없었다. 아무튼 정성을 다하는 자에게는 기꺼이 달려갔다. 고씨는 이팔백에 대해서 듣자마자 바로 심부름꾼 편에 예물을 들려 서 달려가 모셔오게 했다. 마침 이팔백이 자기 동네를 떠나지 않았던 터라 바로 모셔올 수 있었다. 고씨는 조금이나마 마음이 놓였다. 한데 그가 문을 열고 들어와서는 진맥도 하지 않고서 바로 이렇게 말하는 것이었다.

"이 병은 겉보기엔 죽을병처럼 보여도 전혀 걱정할 필요 없다고. 뭐하러 나를 부르러 온 거야?"

고씨가 바로 남편이 병이 난 이유라든가 태상노군 사당에서 제비를 뽑은 일이라든가를 하나도 빠짐없이 그에게 말해주며 약을 좀 써달라고 간청했다. 그는 차갑게 웃으면서 말했다.

"이 병은 의서에도 언급된 적이 없어 나도 어쩔 도리가 없소이다. 혹시 환자가 숨을 거두더라도 매일매일 환자의 가슴에 손을 대보시오. 그때 온기가 남아 있으면 입관하지 마시오. 그러다 보름이 가고 20일이 지나 환자가 뭘 먹기 시작하면 자연스럽게 소생할 것이오. 태상노군 사당에서 뽑아온 제비가 허튼소리가 아님은 나중에 증명될 것이오. 하긴 그건 시간이 지나야 알 수 있으니 지금 뭐라고 왈가왈부할 것이 아니지."

이팔백은 약 처방을 해줄 생각은 아니하고 그냥 바로 돌아가 버렸다. 남편의 병이 약을 쓰지 않아도 저절로 낫는다는 것인지, 아니면 이미 너무 위중하여 약을 써도 아무 소용이 없어서 그냥 이런 핑계를 대고 가버린 것인지 알 길이 없었다.

청룡과 백호가 함께 가니,
길흉을 알 길이 없구나.

고씨는 이팔백이 그냥 떠나가 버리는 걸 보고 탄식했다.

'이렇게 유명한 의원이 약조차 쓰지 않으려 하는데 다른 의원이 감히 뭘 할 수 있을 건가? 병세가 너무 위중하여 손쓸 수가 없어 그냥 누워서 죽기만을 기다려야 한다는 것인가.'

설위의 몸은 일주일 내내 불처럼 뜨거웠다. 그러다 갑자기 정신이 혼미해지는지 두 눈을 감았다. 옆에서 흔들어 깨워도 눈을 뜨지 않았다. 고씨는 울면서 하인을 시켜 설위의 동료들에게 어서 이 소식을 전하게 했다. 동료들은 마침 안부 인사 차 들리려던 참이라 이 소식을 듣고 눈물을 흘리지 않는 자가 없었다. 이들은 부리나케 달려와 설위를 마주하고 대성통곡했다. 그런 다음 고씨를 위로했다.

때는 바야흐로 초가을, 아직 날씨는 더운 기운을 채 버리지 않았다. 하인들을 보내어 수의랑 관을 사 오게 했다. 사흘째 되는 날, 장례 치를 준비가 얼추 되었다. 이제 염을 하고 입관할 참이었다. 고씨가 설위의 시신을 부여잡고 대성통곡했다. 한데 설위의 가슴이 여전히 따뜻했다. 고씨는 이팔백이 한 말이 떠올라 설위를 다시 침상에 뉘라 했다. 하인들이 모두 이렇게 말했다.

"사람이 죽으면 사나흘 정도는 가슴이 따뜻한 채로 있는 법입니다. 죽는다고 바로 식어버리는 건 아니랍니다. 그런 말에 괜히 신경 쓸 필요 없습니다. 지금은 7월, 더위가 아직 가시지 않았으니 천둥 번개 치는 날씨에 시신이 붓기라도 하면 입관하기도 어려워집니다."

"이팔백이 하루라도 가슴팍이 따뜻한 채로 남아 있으면 입관하지 말고 그냥 기다리라 하셨노라. 저 가슴이 아직도 이렇게 따뜻하지 않느냐. 설혹 그의 말대로 보름, 20일까지는 못 기다린다 해도 사흘째 되는 날 아직 가슴팍이 이리 따뜻한데 어찌 염을 하고 입관하겠느냐? 관은 이미 다 준비해놓았으니 내가 남편 곁을 낮이나 밤이나 지키다가 가슴팍이 식으면 그때 입관하여도 늦지 않을 것이다. 하늘이시여, 이팔백의 말대로 제 남편을 소생시켜 주시옵소서. 어찌 제 남편 한 목숨뿐이겠습니까. 제 한 목숨도 같이 살려주시는 것이옵니다."

하인들이 연거푸 뭐라 말해도 고씨는 막무가내였다. 하인들은 고씨의 말을 따르지 않을 수가 없었다. 고씨가 설위를 다시 침대에 뉘고 옆에서 지켜보았음은 두말할 나위가 없다.

한편, 설위는 앓아누운 지 이레째 되는 날, 자신의 몸이 불덩이처럼 달아오르는 걸 느꼈다. 설위는 잠시도 견딜 수가 없었다. 어디 시원한 곳을 찾아가 열을 식히면 그래도 좀 살 것 같았다. 설위는 부인에게 말하지도 않고 동료들의 눈도 피하고서 죽장을 짚고 아문을 떠나 혈혈단신 출발했다. 얼마 지나지 않아 성 밖으로 나갔다. 새장에서 풀려난 새처럼, 어망에서 빠져나온 물고기처럼 기분이 너무 상쾌했다. 자기가 병에 걸렸다는 사실조차 다 잊어버렸다.

설위가 지금 청성현의 현령을 대리하고 있는 자인데 아문을 떠나는 동안 어찌 다른 사람들이 전혀 모를 수가 있을까? 본디 생각이 한쪽으로 쏠리다 보면 꿈에 그게 나타나게 되고 그 꿈에서 혼백이 훨훨 여행하게 되는 것이다. 설위의 몸이 그대로 침대에 누워있는데 어찌 혼백이 훨훨 날아갈 수 있었을까? 고씨가 설위 옆에서 낮이나 밤이나 울며불며 남편이 깨어나기를 빌었지만, 남편의 혼백이 꿈속에서 훨훨 아무런 걸림돌도 없이 날아가 이렇게 즐거움을 만끽하는 걸 알 턱이 없었다.

설위는 남문을 빠져나가 산 쪽으로 향했다. 용안산이란 이름의 산이었다. 이 용안산에 정자가 하나 있었으니 그 이름은 피서정이라. 수문제의 아들 양수楊秀가 촉왕蜀王에 책봉되고 나서 세운 정자였다. 사방으로 나무, 특히 대나무가 빽빽하고 하늘을 향해 쭉쭉 뻗어 바람을 맞아 하늘거리니 햇빛 한 점도 들어올 틈이 없을 정도였다. 매년 한여름이면 촉왕이 손님들을 초청하여 이곳에 와서 더위를 피하곤 했다. 과연 너무도 시원한 곳이었다. 설위는 그 정자를 바라보기만 해도 속이 다 시원해졌다.

'내가 성 밖으로 나오지 않았다면 이런 곳이 있다는 걸 몰랐을 거 아닌가. 내가 청성현에 이렇게 오래 머물렀건만 여기에 한 번도 와보지 못했구나. 내 동료들도 이런 곳이 있다는 걸 알기나 할까? 동료들에게 이런 곳이 있다는 걸 알려주고 같이 와서 술 한잔하면서 더위를 피해야겠구나. 아무튼 이 멋진 곳에 친구가 없이 나 혼자라는 게 좀 아쉽네.'

눈앞에 펼쳐진 풍경이 너무도 멋들어져 마침내 시를 한 수 지었다.

덧없는 인생 잠시 짬을 내어,
깎아지른 절벽 기어오른다.
하늘 문이 코앞에 있으니,
바람아 불더라도 나를 쓸어가지 말게나.

설위는 정자에 잠시 앉았다가 다시 산길을 걸었다. 그 숲길은 나무가 그리 울창하지 않아 정자처럼 그렇게 시원하지는 않았다. 십 리 정도를 걸었다. 걸음을 옮길수록 덥고 답답했다. 멀리 큰 강줄기가 보였다. 이 강이 무슨 강이런가? 옛날 우임금이 물길을 다스릴 때 민산에서 민강 물길을 끌어와 무주와 위주를 지나 강물이 흐르게 한 다음 타강沱江이라 이름 지었다. 강둑에서 강바닥까지 큰 쇠사슬을 늘어뜨려 놓았다. 그 강바닥은 바로 우임금이 날개 달린 용을 가두어둔 곳이다. 우임금이 치수할 때 물길이 서로 통하지 않자 날개 달린 용을 앞세웠다. 날개 달린 용이 꼬리를 휘두르자 바로 높은 산과 커다란 바위가 쩍쩍 갈라졌다. 이걸 보고 세상 사람들이 모두 신령스러운 우임금이라 불렀다. 이런 용 같은 존재를 동원하지 않고서야 어찌 홍수를 8년 만에 모조리 다스릴 수 있었겠는가? 지금도 사강泗江에는 원숭이처럼 생긴 강신을 묶어놓은 쇠사슬이 드리워져 있다. 날개 달린 용이 치수할 때 공을 세웠다고 나중에 그걸 믿고 패악질을 할까 봐 쇠사슬로 묶어 두었으니 이 역시 신령스러운 우임금이 주도면밀하게 일을 해주신 것이라.

설위는 숲길을 걷다가 답답한 기분이 들어 열병이 다시 도질 뻔했다가 가을 하늘과도 같이 호호탕탕 넓고 푸른 강물을 바라보노라니 속이 다 후련해지는 것 같았다. 설위는 평소 세 걸음에 걷는 거리를 한걸음에 걷고야 말겠다는 듯이 그렇게 바람처럼 걸음을 떼었다. 한데 산에서 바라볼 때는 엄청 가까워 보였으나 실제로 걸어가려니 만만치 않았다. 타강에 다다르기 전에 동담이란 호수가 가로막고 있었다. 동담이 또 얼마나 큰지! 물은 맑디맑아 거울과도 같아서 아무리 깊은 곳이라도 훤히 다 보였다. 거기에 더하여 양쪽 강둑의 대나무 그림자가 강물에 비쳐 가을의 정취를 손으로 잡을 수 있을 것만 같았다. 설위는 옷을 벗고 강으로 들어갔다. 설위가 본디 호수가 많기로 유명한 강남 오 지역 태생이라 어려서부터 헤엄을 아주 잘 쳤다. 나이 들어서는 외려 헤엄칠 일이 없었다. 하나 오늘 이렇게 헤엄을 치니 답답한 속이 후련하게 풀리는 것 같았다.

'하하, 사람 헤엄치는 게 아무래도 저 물고기만 못하구나. 저 물고기의 비늘을 빌려 내 몸에 붙일 수 있다면 아무 데고 헤엄쳐 다니고 얼마나 좋을까!'

옆에서 노닐던 작은 물고기가 설위에게 말을 걸었다.

"물고기로 변하는 게 어렵지 않은데 뭐 하러 비늘을 빌리려고 하죠? 내가 하백한테 가서 부탁드려 볼 테니까 조금만 기다리시지요."

말을 마치기가 무섭게 그 물고기가 바로 사라져 버렸다. 설위가 깜짝 놀랐다.

'아이고 물에도 요괴가 득실거리는구나. 혼자서 조용히 헤엄치기도 글렀으니 어서 물 밖으로 나가야겠구나.'

그러나 설위가 물고기가 되어볼까 했던 이 생각 때문에 업장에 떨어지게 될 줄이야 어찌 알았으랴!

생을 고달프게 하는 옷을 잠시 벗어 던졌더니,
몸에서 비늘이 바로 생겨나지 뭐야.

설위가 어서 옷을 챙겨 입고 돌아가야겠다 생각하고 있는데 그 물고기가 돌아와 소리쳤다.
"축하합니다! 하백께서 허락하셨습니다."
이때 바로 몸은 사람이요, 머리는 물고기인 자가 큰 물고기를 타고 앞뒤로 물고기들의 호위를 받으며 다가와 하백의 교지를 낭독했다.

뭍에서 사는 자와 물에서 헤엄치는 자는 그 사는 길이 판연히 다르도다. 뭍의 것들이 물고기 잡아먹을 때 말고는 서로 교통할 때가 또 있으랴. 그대는 오 지역 태생으로 명예직인 청성현의 부현령을 맡고 있도다. 그대는 넓고 푸른 맑은 강에서 마음껏 헤엄치기를 좋아하여 옷을 훌훌 벗어 던지고 시끄러운 세상을 떠났도다. 그대를 잠시 물고기로 변하게 하나 평생 물고기로 살게 할 것은 아니로다. 그대는 동담의 황금 잉어가 될지라. 그러나 멀리 놀러 나가 돌아올 줄 몰라 하면 신의 벌을 받을지니라. 낚싯바늘에 달린 미끼를 탐하면 부엌칼 아래 죽는 걸 면하지 못하리라. 남에게 잡히는 신세가 되어 우리 무리를 부끄럽게 만들지 않도록 각별히 노력하여라!

설위가 교지 낭독 소리를 듣고 나서 자기 몸을 돌아보니 온몸에 이미 황금색 잉어 비늘이 돋아났다. 설위가 깜짝 놀랐다.

'이왕에 이렇게 된 거 이참에 맘껏 물속 세상을 돌아다니며 물속 세상의 맛을 느껴보리라.'

설위는 삼강오호三江五湖를 맘껏 유람했다. 하백이 본디 설위를 동담의 황금 잉어로 변신시켜 주겠노라 하셨나니 설위가 어디로 헤엄쳐 가더라도 다시 동담으로 돌아와야만 했다. 설위는 이 점이 조금 불편했다. 며칠 후 그 작은 물고기가 설위를 찾아왔다.

"산서 평양부에 우임금이 치수할 때 길을 낸 용문산이 있다는 말을 들어보지 못하셨소. 그 용문산 아래가 바로 황하라오. 마치 하늘에서 흘러내리기라도 하듯이 산꼭대기에서부터 물이 곧장 흘러내려 온다오. 이곳이 바로 황하의 발원지, 이름은 하진이라 하지요. 때는 바야흐로 8월, 천둥소리를 뒤이어 가을비가 내릴 것이오. 천하의 잉어들이 모두 몰려와 용문을 뛰어넘으려고 할 텐데, 그대는 왜 가지 않으시오? 만약 용문을 뛰어넘어 올라가면 용이 된다고 하니 잉어보다 몇 배는 낫지 않겠소."

설위는 동담에 갇혀 사는 게 답답하던 참에 이 소식을 듣고 너무나 기뻤다. 작은 물고기와 작별하고 하백을 찾아갔다. 하백이 사는 궁전은 기둥은 산호, 들보는 대모, 역시 바닷속의 용궁이라 뭍의 궁전하고는 사뭇 달랐다. 하백이 관할하는 민강, 타강, 파강, 투강, 부강, 검강, 평강강, 사홍강, 탁금강, 가릉강, 청의강, 오계, 노수, 칠문탄, 구당삼협의 잉어들이 하나도 빠짐없이 헤엄쳐와 용문을 뛰어넘고 싶노라 하백에게 아뢰었다. 오직 설위만이 황금 잉어였던 까닭에 다른 잉어들이 모두 설위를 대장으로 모시고 하백을 뵈러 갔다. 용궁 잔치는 과거를 치르러 가는 자를 환송하는 술자리와 흡사했다. 설위는 각처에서 온 잉어와 함께 용궁 잔치에 참가하여 하백의 은혜에 감사를 표시했다. 그런 다음 용문 위로 뛰어올랐다. 그러나 어이 알았으랴! 모두 용문을 뛰어넘지 못하고 그저 이마에 붉은 점만 남긴 채 돌아갔다. 대체 왜 붉은 점이라고 부르는지 아는가? 잉어가 용문을 뛰어넘으려 강물을 거슬러 올라오다 보니 온 정기가 다 이마에 모이고 그게 마치 붓으로 이마에 붉은 점을 찍은 것과 똑같다고 해서 이런 말이 생긴 것이다. 뭍에서 과거에 낙방한 자를 일러 붉은 점이라 부르는 것 역시 여기서 유래한 것이다.

용문의 거센 물결 뛰어넘기 어려워라,
부끄럽다, 그저 이마에 붉은 점 하나만 남았구나.

한편, 청성현에 어부 하나가 살고 있었으니 그 이름이 조간曹幹이라. 아내랑 같이 타강에서 그물질하여 물고기를 잡아먹고 살았다. 그물을 던졌다가 큰 자라 한 마리를 잡았다 했더니 그 자라가 그물을 물고 그대로 강으로 들어가 버렸다. 조간 역시도 강물 속으로 빠질 뻔했다. 조간의 아내가 군소리했다.

"우리 두 식구가 그 그물을 밑천 삼아 밥 먹고 살았는데 이제 그 밑천을 날려버렸으니! 어디 여윳돈이 있는 것도 아닌데 어디 가서 다시 그물을 장만한다죠? 현청에서 찾아와 물고기를 바치라고 닦달하면 어떻게 하시려고요?"

조간 부부는 이 일로 밤새 싸웠다. 조간은 아내의 성화에 시달리다 못해 낚싯대를 들고 동담에 가서 낚시라도 할 요량이었다. 여러분, 조간이 왜 타강을 놔두고 하필 동담에서 낚시하려고 하는지 아십니까? 타강은 물살이 너무 세 그물질하기엔 좋아도 낚시질에는 적당치 않았기 때문이라. 하여 조간이 동담에 가서 자기 나름대로 새롭게 살길을 찾아보고자 한 것이다. 향기 좋은 면 가닥을 낚싯바늘에 꽂아서 물속에 던졌다. 설위는 용문에서 이마에 붉은 점 자국 하나 달고 돌아온 다음에 며칠 동안 먹을거리를 찾으러 나설 생각도 안 하고 심드렁하게 동담에서 두문불출하다 보니 배가 너무 고팠다. 바로 이때 조간의 고기잡이배가 다가오니 자기도 모르게 헤엄쳐 가보게 되었다. 미끼에서 향내가 풍겨 나왔다. 먹고 싶었다. 주둥이를 미끼에 들이대다가 생각에 잠겼다.

'저 미끼는 틀림없이 낚싯바늘에 달려있을 것이라. 내가 저 미끼를 물면 내가 낚이고 말 것이라. 내가 비록 잠시 물고기로 변한 처지라 해도 어디고 먹을 거 구할 데가 없을까 봐 저런 미끼까지 먹을까!'

설위는 다시 배 주위를 한 바퀴 돌았다. 미끼에서 품어져 나오는 향기가 너무도 강렬했다. 마치 콧속으로 파고드는 듯했다. 배는 또 너무 고프지, 도저히 참을 수가 없었다.

'내가 본디 사람인지라 무게가 엄청 나갈 거라. 이 낚싯바늘로 어찌 나를 들어 올릴 수가 있겠어! 설혹 내가 저 낚싯바늘에 걸린다 해도 나는 현의 부현령이라 어부 조간이 나를 못 알아볼 리가 없으니 나를 현청으로 돌려보내줄 것이라. 저자한테 잡아먹히진 않을 거야.'

설위가 입을 열어 미끼를 물고 그걸 목구멍에 넘기기도 전에 조간의 낚싯대에 끌려가게 되고 말았다. '머리로는 안 된다는 걸 알았지만, 욕망은 그걸 참지 못했도다.' 조간은 석 자나 되는 황금 잉어를 낚고선 손으로 자기 이마를 탁 치면서 소리 질렀다.

"아이고 좋을시고! 내가 이런 물고기를 몇 마리 더 잡아서 돈으로 바꾸면 금방 다시 그물을 장만하겠네!"

설위가 연신 소리쳤다.

"조간, 넌 우리 현의 어부 아니냐, 나를 어서 현청으로 데리고 가라."

조간은 설위의 외침엔 들은 척도 하지 않고 새끼줄로 잉어 아가미를 꿰어서 갑판 아래 짐칸에다 던져놓았다. 이때 불현듯 조간의 아내가 이렇게 말하는 것이었다.

"현에서 언제 물고기를 걷으러 올지 몰라. 이렇게 큰 물고기를 현청 아전이 보면 안 가져갈 리가 없지. 한데 현청에서 쳐주는 값이 얼마나 되겠어? 호숫가 갈대 사이에 잘 숨겨두었다가 상인이 찾아오면 팔자고. 그게 훨씬 더 비싸게 받을 거야."

조간이 그 말을 듣고 대답했다.

"일리 있는 말일세그려."

조간은 그 잉어를 들고 갈대 사이에 숨긴 다음 해진 도롱이로 덮어두었다. 조간이 잉어를 감추고 돌아와 아내에게 말했다.

"값을 후하게 받으면 술을 받아와서 자네랑 함께 마시자고. 우리 오늘 밤 또 횡재하고 내일 두 마리 잡을지도 모르지!"

조간이 잉어를 감추고 돌아온 지 얼마 안 되어서 장필張弼이라는 아전이 찾아왔다.

"배오야裵五爺 나리께서 소금에 절이고 삭혀서 드시고 싶다며 엄청 큰 물고기를 찾으신다네. 오늘 아침에 자네를 찾으러 타강에 갔더니 안 보이기에 어디 갔나 했더니 여기 있었구먼. 내가 자네를 찾으러 이리저리 왔다 갔다 하느라 땀을 비 오듯 흘리고 숨이 다 넘어갈 정도였네. 어서 나한테 큼지막한 놈으로 한 마리 주게나. 내가 그걸 갖고 가게 말이야."

"아이고 나리, 괜히 헛걸음하게 해서 죄송하구먼요. 제가 원해서 여기 온 게 아니라 제가 어제 그물을 물에 빠뜨리고 말았는데 그걸 다시 살 돈도 없고 하여 하는 수 없이 잠시 여기로 와서 낚시라도 해서 돈을 좀 만들어보려고 했던 겁니다요. 큰 놈은 없고 서너 근 되는 작은 놈은 있으니 그걸 가지고 가시지요."

"배오야 나리께서 큰 놈으로 가져오라 하셨는데 어떻게 작은 놈을 가지고 간단 말이냐?"

장필이 조간의 배 갑판 위로 뛰어올라 고기 넣은 통을 열어보았다.

정말로 작은 놈밖에 없었다. 장필은 일단 현청으로 돌아가 적당히 답하여야겠구나 작정했으나 문득 이런 생각이 들었다.

'이렇게 넓은 호수에 물고기 큰 놈이 하나 없을라고? 저 녀석이 어디에다 숨겨두고 거짓말하는 게 틀림없어.'

장필이 배에서 내려 강둑으로 올라가 사방을 뒤졌으나 찾을 수가 없었다. 갈대 사이로 가보니 해진 도롱이 하나가 보였다. 그 도롱이는 오르락내리락하면서 심하게 흔들리고 있었다. 물고기가 아래에 있는 게 틀림없어 보였다. 장필이 서둘러 다가가 도롱이를 들추니 석 자쯤 되는 황금 잉어가 보였다. 조간 부부는 그걸 보면서 그저 '아이고 저런!' 할 뿐이었다. 장필은 이것저것 따지지 않고 그 잉어를 가지고 가면서 조간에게 소리쳤다.

"이놈아, 감히 나를 속이려 들어? 내가 배오야 나리께 고하여 네놈을 치도곤을 낼 테다."

설위가 목청껏 소리쳤다.

"장필, 장필아, 너 나를 알잖아! 내가 동담에서 노닐다가 장난삼아 물고기로 변신한 거라고. 넌 어째 나한테 인사도 안 하고 나를 잡아가는 거야?"

장필은 설위한테 인사는 안 하고 그대로 그 물고기를 잡아서 현청으로 돌아갔다. 조간도 뒤를 따랐다. 장필이 현청으로 돌아가는 내내 설위는 끊임없이 욕을 해댔다. 성문에 이르니 성문을 지키는 병사가 보였다. 설위가 바라보니 바로 호건胡健이었다. 설위가 호건한테 소리쳤다.

"호건, 호건아, 내가 며칠 전 성문을 나설 때 혼자서 바람 쐬러 나가는 거니까 다른 나리들한테 알릴 필요 없고, 괜히 아전들 풀어서 나를 호위하게 할 필요도 없다고 말한 걸 기억하나? 내가 성문을 나선 지 얼마 안 되었으니 설마 그걸 까먹은 건 아니겠지? 하지만 내가 다시 성에 돌아오는 이때야말로 내 동료들한테 알려서 나를 마중하러 나오게 해야지. 이제 나는 안중에도 없는 거냐, 이렇게 나한테 함부로 하다니!"

어쩌랴, 호건 역시 장필처럼 설위의 말을 들을 수가 없는 것을! 장필은 물고기를 들고서 성문 안으로 성큼 들어섰다. 설위는 장필에게 끊임없이 욕을 해대었다. 호부의 아전과 형부의 아전이 서로 마주 앉아 장기를 두고 있었다. 호부 아전이 한마디 했다.

"우아, 대단한데! 이렇게 큰 물고기가 다 있다니. 이거 열 근도 넘을 거 같은데."

형부 아전도 끼어들었다.

"이거 펄떡펄떡 뛰는 황금 비늘 좀 보라고. 이건 뒤뜰 연못에다 풀어 놓고 키웠으면 좋겠어. 그냥 잡아먹기에는 너무 아까워!"

설위가 큰소리를 쳤다.

"야 이놈들아, 너희는 하루 종일 현청에서 내 명령을 받들어 일하던 놈들인데 내가 비록 물고기로 변했어도 당연히 알아봐야지. 어째 나를 보고도 자리에서 일어날 줄도 모르고, 다른 나리들한테 가서 보고할 생각도 안 하는 거냐?"

두 아전은 계속해서 장기만 두고 설위의 말엔 귀도 갖다 대지 않았다. 설위가 생각했다.

'나리가 무서운 게 아니라 나리의 잔소리가 무섭다는 말도 있는데, 내가 지금 잠시 잔소리할 수 없는 처지가 되니 나는 무섭지 않다는 거지! 그래 내가 성문 밖으로 나가서 며칠 보내는 동안 내 일을 누가 뺏어서 대신 하는 모양이구먼. 내 일을 누가 대신해도 그렇지. 내가 관직을 그만둔 것이 아니니 내가 저놈한테 잔소리할 권한이 사라진 건 아니잖아. 내가 동료들을 만나면 버르장머리 없는 저놈들을 그냥 두지 말고 살이 문드러지게 곤장을 치라고 할 테다.'

여러분, 지금 설위의 이 말을 잘 기억해두시라. 그리고 다음에 어떻게 되는지 지켜보시라.

한편, 고씨가 남편 설위의 시신을 옆에서 지킨 지도 벌써 20일이 넘었으나 남편의 피부는 살아 있을 때와 똑같이 조금도 해지거나 터지지 아니했다. 손으로 가슴을 쓰다듬어보니 전보다 오히려 더 따듯하게 느껴졌다. 천천히 목에서 배꼽까지 손으로 만져보았다. 차가운 기운이 조금도 느껴지지 않았다. 이팔백의 말을 떠올려보았다. 그 말이 신통하게도 다 들어맞았다. 고씨는 바늘로 자기 손가락 끝을 찔러 축원문을 썼다. 유명한 도사 몇 명을 초빙하여 청성산 태상노군 사당에서 초재를 지내며 남편 설위가 다시 살아나게 해달라고 빌고, 만약 남편이 다시 살아나게 되면 사당을 중창하고 태상노군 상에 황금 옷을 다시 입혀드리겠노라 서원할 참이었다.

초재를 지내고 축원문을 읽기로 한 날, 남편 설위의 동료와 현청의 관리와 현의 백성들이 하나도 빠짐없이 나와 전에 했던 그대로 향을 사르고 빌었다. 복 있는 사람은 하늘도 돕는다는 옛말도 있지 않은가. 설위는 덕이 있는 관리인 데다 현의 백성들이 모두 와서 빌고 또 비니 하늘이 어찌 이를 본체만체할 수 있으랴! 그러나 죽은 지 20일이 넘는 사람을 다시 살려내는 일이라 태상노군 사당이 아무리 영험이 있어 정성껏 비는 일을 안 들어 준 적이 없다고 하더라도 염라대왕 명부에 오른 이름을 다시 꺼내오는 일이라 어느 저승사자가 되돌려 보내주려고 하겠는가!

착한 일을 하면 반드시 보답 받을지라,
신의 보호하심이 없다고 말하지 말라.

한편, 이날 밤 도사가 초재를 지내기 위해 일곱 개의 등잔불을 마치

북두칠성처럼 밝혔다. 북두칠성의 일곱 번째 별은 국자 자루에 해당하는 별이라. 봄에는 동, 여름에는 남, 가을에는 서, 겨울에는 북을 가리키며 하늘을 돈다. 네 번째 별은 하늘 지도리[樞]라 불리는 별로 언제고 그 자리를 지키고 있다. 그러므로 이 지도리 별자리의 등잔불이 바로 목숨별 등잔불이다. 이 등잔불이 밝게 타면 별 탈 없는 것이고, 이 등잔불이 희미해지면 병세가 더욱 악화되는 것이며 꺼지면 마침내 희망도 사라지는 것이다.

도사는 초재를 지내는 도구를 손에 들고 축원문을 낭송하고 정성을 다하여 설위의 병을 낫게 해달라고 축원하고 또 축원했다. 그런 다음 자신의 혼령만 빠져나와 별자리를 책임지는 신들을 찾아가 설위의 혼백을 다시 이승으로 되돌려 달라고 빌고 돌아왔다. 도사가 눈을 뜨고 일곱 개의 등잔불을 바라보니 모두가 밝게 빛나고 특히 목숨별 등잔불이 더욱 밝게 빛났다. 도사가 고씨에게 축하의 인사를 건넸다.

"설 나리님의 목숨별이 전보다 더 밝게 빛나니 이제 곧 다시 살아나실 겁니다. 마님께서 슬퍼하며 울고 그러시면 나리의 혼백이 놀라고 불안해하셔서 돌아오실 때 힘들어하십니다."

고씨는 눈물을 꾹 참고 감사의 인사를 했다.

"그렇게만 된다면 이 초재도, 제가 밤낮으로 남편 곁을 지켰던 것도 헛되지 않을 것입니다."

고씨는 도사의 말을 듣고 마음이 좀 놓였다. 고씨는 정신이 조금 아득해지나 싶더니 잠에 빠졌고 꿈을 꾸게 되었다. 꿈에 남편이 헐레벌떡 옷을 하나도 입지 않고 온몸에 피를 흘리면서 두 손으로 목을 움켜쥐고 방 안으로 뛰어들어오면서 소리치는 것이었다.

"아이고, 아이고! 내가 배를 타고 강을 건너는데 기분이 정말 상쾌하더라고. 한데 갑자기 일진광풍이 불어오고 엄청난 파도가 일어 하늘까지 치솟더니 마침내 배를 뒤집어버리더라고. 나는 그만 물에 빠지고 말았어. 다행히도 강신이 내가 아직 죽을 때가 아님을 알고 나를 불쌍히 여겨 나에게 황금 갑옷을 주시고 물 밖으로 내보내 주셨지. 어떻게 길을 찾아 성안으로 들어오려고 하는데 강도를 만났어. 그 강도가 내 황금 갑옷을 탐내어 단칼에 내 몸을 베어 죽여버리더군. 자네가 나와의 부부의 정분을 아직 잊지 않고 있다면 나의 혼백을 잘 지켜 주어 내가 돌아올 수 있게 해주게나."

고씨는 이 말을 듣고 자기도 모르게 대성통곡하다가 잠에서 깨었다.

'아까 도사가 남편이 죽지 않고 살아난다고 했는데 어째 이런 악몽을 꾸게 되었을까? 해몽책에 꿈과 생시는 서로 반대로 나타난다고 했으니, 그래서 남편이 몸에 아무것도 걸치지 않고 나타난 것인지도 모르겠구나. 아무튼 내가 남편 곁에 꼭 붙어 있어야겠다.'

다음 날 고씨는 초재를 지낼 때 바쳤던 제물을 남편의 동료 셋에게 나눠주었다. 이걸 복 나눠주기라는 뜻으로 '산복散福'이라 부른다. 이날 배 현위가 주관하여 각 아문의 관리를 초대하여 잔치를 열었는데 이 잔치를 '복을 함께 마신다'라는 뜻으로 '음복飮福'이라 했다. 이런 이유로 배 현위가 장필을 어부한테 보내 물고기를 큰 놈으로 사오게 한 것이었다. 부현령 추 공이 배 현위와 함께 술을 나누다가 과거 동기인 설위와의 정을 떠올리면서 탄식했다.

"이 술자리는 평소 술자리와 다른 것 같네. 설 공이 어서 회생하기를 비는 초재를 지내고 와서 그 음식을 이렇게 나누고 있자니 설 공의 생사를 아직 잘 모르는지라 이게 어찌 목에 넘어가겠는가?"

배 현위가 지체 없이 말했다.

"음식 앞에 두고 궁상맞은 소리 안 하는 법이라는 옛말도 있지 않소이까. 그대가 설 공과 과거 동기의 정이 있다면 우리는 설 공과 동료의 정이 없을 것 같소이까. 도사가 설 공이 곧 살아날 거라 했으니 어젯밤이 아니라면 바로 오늘 아니겠소. 내가 물고기를 큰 놈으로 가져오라 했으니 그게 도착하면 그걸 안주로 해서 코가 삐뚤어질 때까지 마시면서 바로 이 자리에서 설 공이 살아날 때까지 기다려봅시다. 이게 바로 동기의 우정과 동료의 우정을 다 챙기는 거 아니겠소?"

배 현위는 본인이 이 자리를 주재하는 처지인데 물고기가 아직 도착하지 않는지라 마시던 술잔을 잠시 내려놓고 복숭아를 먹으면서 추 공과 뇌 현위가 주사위 놀이하는 걸 구경하고 있었다. 오시가 넘어서야 장필이 물고기를 들고 현청 계단 앞에 나타났다. 배 현위는 장필을 보자 자기도 모르게 버럭 화를 내었다.

"물고기를 사오라 보냈더니 대체 뭐 하느라고 이렇게 늦게야 돌아오는 거야? 내가 급한 일이라고 몇 번이고 미리 신신당부했기 망정이지 안 그랬으면 아예 돌아오지도 않을 작정이었나 보네!"

장필은 연신 머리를 조아리며 어부 조간이 큰 물고기를 숨겨두었던 이야기를 상세하게 아뢰었다. 장필은 당직 포졸을 불러 조간을 잡아 오게 하여 곤장을 50대 치라 했다. 조간은 곤장을 맞아서 살이 터지고 피가 줄줄 흘러나왔다. 여러분, 조간이 왜 진즉에 도망을 가지 않고 이렇게 현청에 잡혀 와 고초를 당했는지 아는가? 조간은 물고기 값으로 몇 푼이라도 받아 가려고 이렇게 곤장을 맞은 거라. 한데 곤장만 맞고 돈은 받지 못했으니 이건 황금 잉어가 향내 나는 미끼에 빠져 낚싯바늘에 걸려든 거나 마찬가지렷다.

이 세상 죽고 사는 건 모조리 탐욕 때문이라,
마지막 죽음의 강을 건너기 전까지 이 탐욕을 끊지 못하네.

배 현위가 조간을 쫓아내 버렸다. 장필에게 물고기를 가져와 보라 하니 과연 석 자나 되는 황금 잉어라.

"정말로 좋은 물고기로구먼. 어서 주방에 갖다 주고 요리하게 하라."

설위가 바로 큰 소리로 외쳤다.

"아니, 무슨 물고기라는 말을 하고 있어! 난 바로 자네의 동료라고. 나를 어찌 못 알아볼 수가 있지? 내가 그간 사람들한테 엄청난 수모를 받아서 자네한테 하소연하고 분을 좀 풀려고 했더니, 어찌 자네는 나를 물고기로 알고, 게다가 한술 더 떠서 주방에 갖다 주고 요리하라고? 내가 이렇게 억울하게 죽어야 하겠는가. 우리가 동료로 같이 일한 정분은 전혀 생각하지 않는단 말인가?"

동료들 가운데 누구도 설위를 신경 쓰지 않았다. 설위는 화가 머리 꼭대기까지 치밀어올랐다.

"추 형, 나라고 설위! 천보 말년에 자네랑 같이 진사에 급제한 설위 말이야. 장안에서 서로 돈독하게 지내다가 이젠 이곳 청성현에서 같이 근무하지 않나. 지금 내가 죽어 나가는 마당에 다른 사람은 몰라도 자네가 입도 뻥긋하지 않다니!"

추 공이 배 현위에게 말하는 게 들렸다.

"내 생각에 이 잉어는 우리가 먹어버리면 안 될 거 같소이다. 청성산 태상노군 사당에 방생지라는 큰 연못이 있어서 초재를 지내는 사람들이 물고기나 자라나 조개, 소라를 그 연못에 방생한다지 않소. 오늘 잔치 자리에서는 설 공 초재를 지내고 가져온 음식을 나눠 먹고 이 잉어를 그 방생지에 풀어주는 게 설위와의 정분을 생각했을 때도 덕을 쌓는 일이 될 거 같소."

뇌 현위도 옆에서 한마디 거들었다.

"방생 좋지. 그야말로 덕을 쌓는 일이지. 게다가 오늘은 산해진미가 다 있으니 저 잉어까지 요리해 먹을 필요야 없을 거 같소이다."

이때 설위가 계단 아래에서 이 대화를 듣고는 탄식했다.

"추 형, 그렇게 상황파악을 못 하다니! 나를 구해줄 요량이면 당장 나를 안으로 데리고 들어갈 것이지. 뭐, 나를 청성산으로 데리고 간다고? 그럼 나를 물도 못 마시게 해서 죽일 작정이야? 그래도 요리사 손에 죽는 거보단 낫겠지. 내가 잠시 방생지로 갔다가 원래 몸을 되찾고 관대를 차고 관모를 쓰고 이 현청으로 돌아오겠네. 조간 놈과 자네들이 무슨 낯짝으로 나를 대하는지 두고 보자고."

이러는 와중에 배 현위가 대답했다.

"추 공이나 뇌 공께서 이 잉어를 방생하자고 하는 거야 다 생명을 아끼는 마음에서 나온 것이니 어찌 따르지 않겠소이까. 그러나 초재를 지내는 건 도가의 일이지 불가와 관련된 일은 아니지 않소. 덕을 쌓는 것도 실은 도가의 일이 아니라오. 생각건대 하늘이 만물을 길러주는 것은 모두 다 사람을 먹여 살리려고 하는 것이외다. 이런 물고기도 사람이 잡아먹지 않으면 세상이 다 물고기 천지로 변해서 강물 길도 막혀버리고 말 것이오. 우리가 덕을 쌓는 일도 입으로 하는 게 아니라 마음으로 하여야 하는 거요. 그래서 '불심이 심장에 있기만 하면, 술과 고기가 위장을 지나가도 문제가 없다'는 말이 생긴 거 아니겠소. '불법을 곧이곧대로 지키려면 맹물도 마시면 안 된다'는 말도 있지요. 막말로 우리가 이 잉어를 먹으면 우리의 동료애가 어떻게 망가지기라도 한다는 거요. 이렇게 좋은 잉어를 눈앞에 두고 먹지도 않고 방생한다니 우리가 먹지 않는다고 해서 수달한테 잡아먹히지 말라는 법은 또 어디 있소. 어차피 죽을 거 우리가 잡아먹는 게 차라리 낫지 않겠소."

설위는 이 말을 듣고 엄청 크게 소리를 질렀다.

"아니 이 친구야, 손님으로 와서 음식을 대접받는 두 사람이 다 놔주라 하는데 자네가 왜 빡빡 우겨서 날 잡아먹겠다는 거야! 이건 나와의 동료로서의 우정도 저버리는 짓이고 손님을 대접하는 예의도 아니라고!"

뇌 현위는 이래도 흥 저래도 흥하는 사람이라 배 현위가 잉어를 요리해 먹자고 계속 주장하자 이제 외려 추 공한테 이렇게 말했다.

"배 공이 불가의 인연설을 안 믿는 모양이라 이 물고기를 방생하기가 힘들 거 같아. 게다가 오늘 이 자리를 주재하는 자가 또 배 공이기도 하잖나. 배 공이 이 잉어로 손님을 대접하겠다는데 우리가 또 어떻게 거절하겠나? 우리가 이 잉어를 잡아먹으려고 해서 그런 게 아니라 오늘이 이 잉어의 제삿날이라 우리가 살려주고 싶어도 어쩔 수 없는 것 같네."

이 말을 듣자마자 설위는 그 자리에서 마구 소리를 질렀다.

"뇌 공 이 사람아, 어찌 그리 주관도 없이 이리저리 흔들리며 왔다 갔다 하는가! 배 공한테 나를 놓아주라고 했을 때 배 공이 그 말을 듣지 않으면 다시 또 설득해야 옳지. 반대로 추 공한테 나를 놓아주지 말자고 말할 수가 있나 그래. 요즘 자네가 형편이 어려워 잉어를 먹은 지가 너무 오래되어 나를 잡아 배가 터지게 먹으려고 하는 건가?"

설위는 다급한 마음에 다시 추 공한테 매달렸다.

"추 형, 추 형, 자네가 그저 남한테 한번 보이려고 인정을 베푸는 척하는 거였는가. 배 공한테 나를 방생하자고 한 번 권한 걸로 자네 할 일을 다했다고 생각하고선 다시는 입도 뻥긋하지 않다니! 삶과 죽음이 왔다 갔다 할 때 진정한 우정이 드러난다는 옛말도 있지 않은가. 오늘 이렇게 내가 죽을 위기에 빠지고 자네가 날 살려줄 수 있는 그런 상황이 생기지 않았더라면 자네의 우정이 이렇게 얄팍하다는 걸 몰랐을 것이네. 아무튼 나를 방생해주기만 하면 내가 예전 모습으로 돌아갈 수 있을 것이고, 그럼 나는 적공翟公이 대문에 붙여놓았다는 글귀를 현청에 붙여놓고 자네한테 보여주겠네.4) 추 형, 그땐 후회해도 소용없을 것이네."

설위가 아무리 크게 소리를 질러도 배 현위와 다른 동료들은 전혀 신경도 안 쓰는 것 같았다. 배 현위가 곧장 주방장 왕사량을 불렀다. 왕사량이 솜씨가 좋아 잉어 요리 적임자라 생각한 배 현위는 이 잉어를 그에게 맡겼다.

"맛있게 그리고 빨리 요리하도록 하라. 그렇지 않으면 너도 조간처럼 곤장 50대를 맞을 것이다."

왕사량이 배 현위에게 답하면서 손을 뻗어 잉어를 집어 들었다. 다급해진 설위는 하늘이 노래지고 혼이 다 빠져나가 버리는 느낌이었다. 설위가 대성통곡하면서 소리치기 시작했다.

"내가 평소 동료들과 친형제처럼 그렇게 돈독하게 지냈건만 내가 이렇게 울고 불며 사정하는데도 왜 나를 죽이려고만 하는 건가? 아, 맞다, 내가 지금 현령을 맡고 있는 걸 질투하여 이렇게 악심을 품은 게 틀림없어. 아이고 이 친구들아, 내가 지금 현령을 맡게 된 것은 다 전임자가 나를 추천한 때문이지 내가 무슨 수작을 부려서 그렇게 된 것이 아니란 말이다. 나를 풀어주기만 하면 내가 당장 현청으로 돌아가 현령의 도장을 너희들에게 건네줄게."

설위는 소리치다가 울고, 울다가 소리치고 했다. 그러나 어찌하랴! 동료들은 모두 들은 척도 하지 않았으니. 설위는 왕사량의 손에 잡혀 주방으로 들어왔다. 왕사량이 도마 위에 올려놓았다. 설위가 눈을 들어 바라보니 바로 자기한테 음식을 대령하던 자 아닌가.

---

4) 한나라 무제 때 인물인 적공이 정위廷尉(나라의 최고 법관) 벼슬에 올랐다가 귀양을 가게 되었고 그 후 다시 복직하게 된다. 친구들이 적공의 부침에 따라 모였다가 흩어졌다가 하니 적공이 사느냐 죽느냐 순간이 되어야 진정한 우정이 드러나고, 부자가 되었다가 망해보기도 해야 친구들의 참모습이 드러나며, 출세도 했다가 몰락도 해봐야 우정의 바닥이 드러난다는 글을 적어 자기 집 대문에 붙여놓았다 한다.

"왕사량! 설마 나 설위를 몰라보는 건 아니겠지? 내가 너에게 『오하식보吳下食譜』5)를 전수해주지 않았더라면 네가 무슨 수로 맛난 음식을 요리할 수 있겠으며, 무슨 수로 나리들한테 그렇게 인정을 받을 수 있었겠느냐? 너야말로 내가 너를 끌어준 은혜를 생각해서라도 어서 나를 현청으로 돌려보내 줘야 할 것이라. 지금 나를 도마 위에 올려놓고 대체 뭘 하겠단 말이냐?"

그러나 어쩌랴 왕사량은 들은 척도 하지 아니하고 오른손으로 칼을 쥐고서 잉어 대가리에 지긋이 갖다 대었다. 설위는 너무도 화가 나서 참을 수 없었다.

"이 망할 놈의 자식아! 그래 배 현위의 말만 듣고 내가 하는 말은 신경도 안 쓴단 말이지. 내가 너 하나 죽이고 살릴 힘이 없을 줄 알아?"

설위가 있는 힘껏 꼬리를 들어 올려 마치 따귀를 치듯이 왕사량의 얼굴을 후려쳤다. 왕사량은 졸지에 귓불이 얼얼하게 잉어 꼬리에 맞아서 황급히 손으로 얼굴을 감싸 쥐느라 쥐고 있던 칼을 바닥에 떨어뜨리고 말았다. 왕사량이 칼을 집어 들고 코웃음 치며 말했다.

"야, 요 녀석이 아주 싱싱하구나. 잠시만 기다려라. 내가 네놈을 물이 펄펄 끓는 솥단지에 집어넣어 줄 테니 그 안에서 한번 놀아보아라."

원래 잉어 숙회를 제대로 만들려면 일단 잘 드는 칼로 잉어를 아주 얇게 한 조각 한 조각 떠낸 후, 펄펄 끓는 물에 한 번 휘저은 다음 산초

---

5) 오하란 옛날 춘추전국시대의 오나라 지역, 지금의 강소성 일대를 아우르는 지역을 부르는 명칭이다. 식보란 요리법, 혹은 음식 메뉴라는 의미이다. 『오하식보』가 옛날부터 물산이 풍부하고 토지가 비옥한 지금의 강소성 일대의 음식 조리법을 소개하는 책의 제목인지 아니면 그 지역의 요리법을 말하는 일반명사인지는 분명하지 않다. 이 작품의 공간 배경이 지금의 사천성 성도 부근이면서도 그곳과는 상당히 떨어진 오하 지역이 호명된 것은 당시에 이미 오하 지역이 먹거리도 풍부하고 요리법도 발달한 지역으로 널리 알려졌기 때문인 듯하다.

같은 양념을 묻혀주고 기름장을 뿌려줘 윤기도 나고 싱싱하게 해야 하는 법이다. 왕사량은 다시 한번 칼을 숫돌에 갈았다. 설위는 자기가 아무리 소리쳐도 들은 척도 하지 아니하고 숫돌에 칼을 가는 왕사량을 지켜보면서 그저 한숨만 쉬었다.

"그래, 이번에 한 번 내 몸에 칼을 갖다 대면 나는 이제 죽는구나. 아이고, 내가 아무리 몸이 아프다 한들 그냥 참으면 되었을 것을 뭐 하러 남몰래 빠져나왔다가 이런 고생을 사서 하는가! 아, 내가 차라리 동담을 보지 않았다면, 아니 동담을 보았더라도 그 속에 헤엄치러 들어가지 말 것을, 물고기로 변해보자고 꿈꾸지 않았더라면, 아니 물고기로 변했더라도 하백의 교지를 받들지 말 것을! 어쩌자고 이 지경이 되었을꼬! 그때 작은 물고기의 말에 홀딱 넘어가 버렸구나. 물고기로 변한 다음에라도 조간의 낚싯바늘에 달린 미끼에 내가 현혹당하지 않았으면 되었을 건데. 이게 다 내 팔자요, 내가 뿌린 씨를 내가 거두는 거로다. 내가 누구를 원망하리오! 아들도 딸도 하나 없는 내 마누라가 장차 누구를 의지하고 살아간단 말인가? 내가 서찰이라도 한 장 내 마누라에게 전해줘야 죽어도 눈을 감을 수 있을 것인데!"

설위가 대성통곡하고 있자니 왕사량이 날 선 칼을 들고 설위의 목덜미 향해 들이대었다. 숨이 붙어 있을 때는 아등바등 어떻게든 뭔가 얻으려고 애쓰지만, 숨이 딱 끊어지면 모든 게 일장춘몽이라. 아, 설위가 이렇게 마지막 숨을 거두고 마는 것인가!

설위가 다시 살아나는 날,
물고기가 목숨을 다하는 날.

왕사량이 칼로 잉어의 목을 자르는 바로 그 순간, 안채 침대에 누워 있던 설위가 벌떡 자리에서 일어나 앉았다. 곁에 있던 고 부인은 아무래도 여자라서 그런지 너무도 놀라서 기절할 뻔했다. 집 안에서 같이 설위의 시신을 지키고 있던 남정네들도 모두 놀라서 고개를 가로젓고 혀를 찼다.

"이상하다! 이상하다! 우리가 여기서 꼼짝도 하지 않고 지켜보고 있었지 않은가. 정말 아무도 건드리지 않았는데 저절로 시체가 벌떡 일어나 앉다니?"

설위가 한숨을 내쉬고 나더니 물었다.

"내가 정신을 잃은 지가 얼마나 되었는가?"

고 부인이 대답했다.

"아이고, 어쩜 이렇게 사람을 놀래킬 수가 있어요! 나리께서 숨을 거둔 지가 이미 25일, 저는 나리가 다시는 소생하지 못하실까 봐 걱정했습니다."

"아니 내가 언제 죽었다는 거야? 나는 그저 꿈을 꾼 거라고. 꿈꾸는 사이에 그렇게 시간이 많이 흘렀을 줄은 미처 몰랐네."

설위가 하인을 불렀다.

"어서 내 동료들한테 가보아라. 지금 현청에 모여서 잉어 숙회를 먹으려고 기다리고 있을 것이다. 그들한테 잠시 젓가락을 내려놓고 어서 나한테 좀 오시라고 말을 전하여라."

하인이 달려가 보니 마침 설위의 동료들이 술을 마시다가 잉어 숙회 안주가 들어오니 젓가락을 들어 그걸 집어먹으려던 찰나였다.

"설위 나리께서 깨어나셨습니다. 설위 나리께서 나리님들께 그 잉어 숙회를 드시지 마시고 안채로 오셔서 같이 말씀 나누자고 하셨습니다."

세 명의 동료는 깜짝 놀라 자리에서 일어났다.

"이팔백이 진맥하면서 한 말이나 태상노군 사당에서 초재 지낼 때 봤던 등잔불이 모두 이렇게 영험이 있을 줄이야!"

그들은 황급히 설위에게 달려갔다. 달려가면서 연신 축하한다는 소리를 해댔다. 설위가 그들을 보더니 이렇게 말했다.

"자네들 눈치는 채셨는가? 방금 자네들이 먹으려 했던 황금 잉어가 바로 이 사람 설위라네. 왕사량이 내 목을 잘라주지 않았더라면 나는 아직도 꿈에서 깨어나지 못했을 거라네."

설위의 속사정을 모르는 세 명의 동료가 한목소리로 이렇게 말했다.

"세상에 어찌 이런 일이 있단 말인가! 어서 자세하게 이야기 좀 해주시게나."

"장필이 물고기를 들고 왔을 때 추 형과 뇌 공은 주사위 놀이를 하고 있고 배 현위는 옆에서 복숭아를 먹고 있었지요. 장필이 어부 조간이 큰 물고기를 감추고 내놓지 않더라고 보고하자 배 현위가 대로하여 조간을 잡아 오게 하여 곤장 50대를 치게 했는데 이런 일이 실제 있었소이까?"

"당연히 있었지요. 한데 설 공께서 어떻게 그런 걸 다 상세하게 알고 계시오?"

"조간과 장필, 그리고 영훈문을 지키는 병사 호건, 호조와 형조의 아전 둘, 주방장 왕사량을 모두 불러주시게. 그들에게 물어볼 게 있다네."

설위의 동료들이 심부름꾼을 보내어 이들을 다 불러오게 했다. 설위가 입을 열어 물었다.

"조간, 너는 동담에서 낚시하다가 석 자 정도 되는 황금 잉어를 잡았지. 네 처의 말을 듣고 그걸 갈대 사이에 숨기고 해진 도롱이로 덮어두었고. 장필이 와서 큰 물고기를 달라고 하자 너는 큰 놈은 없노라 대답했지. 장필이 네가 숨겨놓은 걸 찾아내어 그걸 들고 영훈문까지 갔지. 문을 지키던 병사 호건이 장필에게 배 현위 나리께서 지금 어서 오지 않는다고 성화를 내고 계시니 득달같이 달려가라고 말했지. 장필이 현청에 도착하자 두 명의 아전이 서로 마주 보고 앉아서 장기를 두고 있었지. 그 아전 가운데 한 명이 '아이고 어린아이만큼이나 크네. 잉어 숙회 만들어 먹으면 정말 맛있겠다'라고 말했고 다른 아전은 '이 잉어 정말 멋지게 생겼는데 현청 뒤뜰 연못에 방생하는 게 좋겠어. 그냥 죽이면 안 될 거 같아'라고 말했지. 왕사량이 잉어를 도마 위에 올려놓다가 잉어 꼬리에 뺨을 얻어맞았지. 그런 다음 칼을 숫돌에 갈고 나서야 잉어 대가리를 칼로 찔렀지. 실제로 이런 일이 있지 않았느냐?"

이들은 설위의 말을 듣고 깜짝 놀랐다.

"그런 일이 실제로 있었습니다만 나리께서 어떻게 그걸 아시는지요?"

"그 잉어는 사실 내가 변신했던 것이니라. 내가 낚시에 걸린 후로 만나는 사람한테마다 매번 나를 어서 현청으로 데려다 달라고 했건만 누구도 내 목소리에 귀 기울이지 아니했노라. 대체 무슨 이유로 그리했던 것이냐?"

조간과 다른 사람들 모두 머리를 조아리며 아뢰었다.

"소인들은 전혀 듣지를 못했습니다. 저희들이 들었다면 어찌 감히 대답하지 않았겠습니까?"

설위는 또 배 현위에게 물었다.

"설 공께서 잉어 숙회를 만들자고 할 때 추 형이 여러 차례 그냥 잉어를 방생하여 주자 하고 뇌 공도 옆에서 그렇게 하자 거들었건만 자네가 굳이 고집을 피워서는 왕사량을 불러 잉어를 들고 가라고 했지. 하여, 내가 대성통곡하면서 '우리가 동료로 함께 지낸 시간이 얼만데 오늘 이렇게 나를 기어코 죽이려 들다니 이게 어찌 소위 어진 사람이 할 짓인가!'라고 소리쳤지. 그래 배 현위가 내 말을 신경 쓰지 않은 거야 그렇다 치자고. 추 형과 뇌 공은 또 어떻게 옆에서 한마디도 거들지 않다니. 대체 무슨 이유로 그렇게 한 건가?"

설위의 세 동료는 서로 마주 보며 이렇게 대답했다.

"우리는 당최 아무 소리도 듣지 못했다네!"

그들은 일제히 자리에서 일어나 사죄했다. 설위가 한바탕 웃고 나서 말했다.

"하긴 그 물고기가 죽지 않았다면 이 몸이 다시 살아나지 못했을 것이네. 지난 일을 다시 이야기해서 뭐 하겠는가!"

설위는 조간과 함께 불러온 사람들을 그만 물러나라 했다. 세 동료도 작별인사를 하고 현청으로 돌아갔다. 그들은 잉어 숙회를 물에다 버리고 다시는 물고기를 먹지 않겠노라 맹세했다. 설위가 아무리 소리를 쳐도 그게 어찌 사람들에게 들릴 수가 있었겠는가? 그저 물고기가 아가미를 뻐끔거리는 것일 뿐. 설위의 세 동료와 조간 그리고 다른 사람들이 설위의 목소리를 듣지 못했던 것도 다 이런 이유가 있었기 때문이라.

한편, 고 부인이 태상노군 사당에서 뽑은 제비에 쓰여 있던 구절을 떠올려보니 한 글자도 맞아떨어지지 않는 게 없었다. 고 부인이 초재를 지내고 제비를 뽑았던 일을 설위에게 자세하게 설명해주고는 자신이 서원한 일을 지키고 싶노라 말했다. 설위가 깜짝 놀라 말했다.

"내가 이곳 청성현에서 지낸 지도 꽤 오래라 청성산에 자리 잡고 있는 태상노군 사당에 참배하는 자들이 많다는 말은 들었으나 그게 이렇게 영험한지는 미처 몰랐소이다."

설위는 곧장 일주일 작정으로 고기를 삼가는 재계를 시작하고 초와 향을 마련하여 직접 태상노군 사당을 참배하여 고 부인의 소원을 들어주신 것에 감사하고자 했다. 아울러 사람을 시켜 사당 중창에 목재가 얼마나 들어가는지, 태상노군의 상을 도금하는 데는 비용이 얼마나 드는지 그리고 작업을 하려면 인건비는 얼마나 필요한지 알아보게 한 다음, 그간 저축한 것과 자신의 녹봉을 모아 준비를 마치고 날짜를 잡아 중창에 들어가기로 했다.

일주일째 되는 날 아침에 하인들도 대동하지 않고 열두세 살 먹은 사환 하나만 데리고 현청 문을 나서 청성산을 향해 출발했다. 청성산 중턱쯤에 도착했을까 땅에 엎드려 절하고 있는데 누군가가 이렇게 우렁차게 외치는 소리가 들렸다.

"설위, 이제 좀 깨달았느냐?"

설위가 깜짝 놀라 고개를 들어 바라보았다. 머리에 삿갓을 쓴 목동이 파란 소 잔등에 옆으로 걸터앉아 손에 단소를 들고 산등성이를 돌아 내려오고 있었다. 설위가 곧장 물었다.

"아니, 뭘 깨달았느냐니 그게 무슨 말인가?"

"금고琴高라는 신선이 있었으니 그는 본디 황금 잉어를 타고 승천했지요. 그 금고가 서왕모 면전에서 운라를 연주하던 전사비田四妃를 바라보다가 속된 마음이 일어, 결국 금고와 전사비가 함께 인간 세상으로 귀양 가게 되었습니다. 그대의 전생은 바로 금고, 그대의 아내는 바로 전사비랍니다. 그대가 관리가 된 이후로 속진 세상의 맛에 빠져 헤어 나오지 못하니 그대를 잠시 동담의 황금 잉어로 변신시켜 갖가지 고초를 겪게 하여 자신을 돌아보게 한 것입니다. 그대는 어찌 그런 사정을 깨닫지 못하고 아직도 꿈에서 깨어나지 못하는 것입니까?"

"그대의 말에 따르면 내 전신은 신선이었다는 거로군. 하나 내가 이미 속진 세상에 찌들어버렸으니 나를 다시 깨우쳐 주실 스승이 필요할 것 같소이다."

"그대를 깨우쳐 줄 스승은 어디 멀리 있는 게 아니라 바로 그대 코앞에 있소이다. 이 성도부에 사는 이팔백이 신선이 아니고 무엇이겠소? 그는 본디 한나라 때 한강韓康이라 불렸으며 장안 시내에서 약을 팔면서 절대 약값을 가지고 왈가왈부한 적이 없다오. 나중에 한 여인이 한강의 정체를 알아차리자 한강은 이름을 이팔백이라 고쳤습니다. 사람들은 이팔백이 손사막의 비법을 전수한 것만 알지 그의 도술이 손사막보다 훨씬 윗길에 있고 그가 800년이 넘게 살았다는 것은 잘 모릅니다. 지금 그대 부부의 귀양살이 기간이 끝나기 직전이니 마땅히 신선의 족보에 다시 올라야 할 것입니다. 어째서 이팔백에게 찾아가서 그대한테 낀 마를 제거하여 달라고 부탁하지 않는 거요?"

고 부인이 설위에게 태상노군 사당에서 초재를 지낸 일과 서원한 일을 설명하면서 이팔백이 설위를 진맥했던 일은 빠뜨렸기 때문에 목동이 이팔백 이야기를 할 때 설위가 당최 알아듣지 못했던 것이다. 설위는 혼자서 이렇게 생각했다.

'산에 사는 목동 주제에 알기는 뭘 안다고! 저 녀석이 멋대로 지껄이는 황당한 말을 어찌 믿을 수가 있겠어! 나는 그저 걸음 한 발, 절 한 번 하면서 태상노군의 은혜를 갚자고!'

하나, 어찌 상상이나 했으리! 그 목동과 파란 소가 자색 기운으로 변하여 하늘을 향해 날아갈 줄이야.

눈앞에 신선을 두고도 알아보지 못하는데,
전생의 일을 어찌 알리!

설위는 자기가 물고기로 변신했던 일이 너무도 기이하다고 생각하던 차였는데 이번에 또 목동이 바람이 되어 사라지는 것을 목격하고서는 더욱 마음이 혼란스럽고 당혹스러웠다.

'혹시 지금 내가 꿈속에서 목동을 본 것인가!'

설위는 도무지 갈피를 잡을 수가 없었다. 잠시 후 설위는 산 정상에 있는 태상노군 상 앞에 도착하여 머리를 조아리며 자신을 살려주신 은혜에 감사했다. 조만간 길일을 택하여 고 부인이 발원한 일을 시작하겠노라 고했다. 절을 마치고 일어나 태상노군 상을 바라보니 아까 보았던 목동의 모습이라.

'방금 내가 보았던 목동은 태상노군이 나를 다시 신선 세상으로 불러들이고자 변신했던 것이로구나. 내가 눈이 멀었지. 눈앞에 보배를 두고도 알아보지도 못하다니.'

설위는 다시 태상노군 상에 절을 하며 사죄했다. 설위는 현청으로 돌아와 고 부인에게 목동을 만났던 이야기를 자세하게 해주었다. 고 부인이 그 이야기를 듣더니 바로 이렇게 말했다.

"나리의 병이 한창 위중했을 때 성도부의 이팔백을 모셔와 진맥하여 달라고 부탁했습니다. 그때 이팔백이 나리가 죽었으되 죽지 않은 상태라고 하며 보름이나 이십일 정도 지나면 자연스럽게 다시 살아날 것이니 굳이 약을 쓸 필요가 없다고 했습니다. 이팔백이 출발하기 직전에 또 이렇게 저에게 말했습니다. '뽑아온 제비가 정말 영험하외다. 물고기를 보면 그제야 이해가 될 것이오.' 지금 생각해보니 이팔백이 과거와 미래를 꿰뚫어볼 줄 아는 신선이 아니고 무엇이랴 싶습니다. 태상노군께서 현신하셔서 나리한테 이팔백을 만나보라 하기도 했거니와 이팔백이 신선이든 아니든 당신을 진맥했을 때 너무도 신통했고 그가 한 말이 다 들어맞았으니 어서 찾아가서 사례하는 게 좋을 것 같습니다."

고 부인의 말을 듣고 나서 설위가 대답했다.

"이런 인연이 있었음을 이제야 깨달았소이다. 내 어찌 찾아가 보지 않겠소."

설위는 일주일 동안 고기를 끊고 재계하고는 성도부로 걸어서 이팔백을 찾아갔다. 마침 이날 이팔백은 다른 데 가지 아니하고 자신의 의원에 있었다. 이팔백이 설위를 보고 물었다.

"그래 꿈에서 깨어나셨는가?"

설위가 바닥에 엎드려 대답했다.

"제자, 이제야 깨어났습니다. 사부님의 가르침을 받들어 제자 이 풍진 세상에서 벗어나 어서 도리를 깨닫고 싶습니다."

이팔백이 웃으며 대답했다.

"그대는 본디 기초가 없는 자도 아니지 않은가. 어서 가서 연단을 하시게나. 그대가 본디 전생에 신선이었다가 인간 세상에 귀양 왔다는 걸 태상노군께서 이미 알려주지 않았는가. 그대가 누구인지 아직도 깨닫지 못했는가? 여전히 그대를 청성현의 임시 현령으로만 알고 있는가?"

이 말을 듣자마자 바로 설위는 대오각성하고는 엎드려 절했다.

"제자, 이제야 깨달았습니다. 다만 태상노군 사당 중창하는 일을 아직 마치지 못했으니 그 일만 마무리하고 나서 바로 관직을 버리고 아내랑 같이 사부님을 따라 출가하여 다시 신선 세상에 오르겠나이다."

설위는 이팔백에게 작별인사를 올리고 급히 청성현으로 돌아와 이팔백과 나눈 이야기를 고 부인에게 들려주었다. 고 부인은 그 말을 듣고서 바로 자기가 서왕모 면전에서 운라를 연주하던 전사비이며 인간 세상에 귀양 온 것임을 깨달았다. 그날 밤 고 부인은 설위랑 각각 방에 좌정하고서 향을 피우며 전생의 인연을 떠올리고 묵상했다.

이튿날 설위는 임시로 맡고 있던 현령의 직인을 추 공에게 건네고 자신의 직을 면해달라는 문서를 상부에 올렸다. 그러는 한편 태상노군 사당의 중창을 맡은 인부들을 독촉하여 어서 사당 건축을 마무리하고 태상노군의 상에 금을 입히는 것을 마무리하라 했다. 중창이 마무리되던 날, 추 공은 자신이 초재를 지내면서 서원한 것을 지키기 위하여 배 현위, 뇌 공과 함께 설위의 숙소로 찾아갔다. 자신들 셋이서 돈을 추렴하여 보태고 싶노라 말할 참이었다. 하인이 추 공에게 설위가 안에 좌정하고 있노라 대답한 다음 안으로 들어가 추 공 일행의 방문을 알리고자 했다. 한데, 탁자 위에 시 한 수만 덩그러니 남아 있고, 설위와 고 부인은 온데간데없었다. 하인이 그 시를 추 공에게 전달했다. 그 시는 바로 설위가 동료와 백성에게 이별을 고하는 것이었다.

물고기로 변한 게 꿈이런가,
아니면 실제로 변하고 실제로 죽음을 맞이한 것인가.
살아 있는 것은 언젠가는 죽음을 맞이하는 법,
삶과 죽음을 벗어나는 길은 홍진 세상을 떠나는 길뿐.

추 공은 이 시를 읽고 나서 탄식을 금할 수가 없었다.
'아니, 설 공 그대가 출가하여 수행하려 한다면 그래도 우리랑 작별 인사 정도는 해야 할 것 아닌가. 이렇게 아무 말도 없이 떠나버리니 너무도 섭섭하구먼. 다행히 설 공이 그리 멀리 가지는 않았을 터.'
추 공은 즉시 사람들을 사방으로 파견하여 설위의 행방을 찾도록 했으나 도시 오리무중이었다. 배 현위가 웃으면서 말했다.
"두 분께서는 어찌 그리 눈치가 없으시오! 설 공이 아마도 수중세계의 맛을 잊지 못하여 다시 잉어로 변신하여 놀러 간 모양이니 동담에 가서 그를 잡아 오면 될 거요."
동료들이 호들갑 떠는 이야기는 그만하기로 하자. 한편, 설위와 고 부인은 다른 곳이 아니라 이팔백을 만나러 성도로 갔다. 이팔백이 설위를 보더니 웃으며 말했다.
"그대의 전신은 금고, 그대가 승선할 때가 얼마 남지 않아서 황금 잉어를 동담에 대기시켜 놓았네. 동담으로 돌아가 황금 잉어를 타고서 하늘에 오르는 게 어떨지?"

이팔백이 또 고 부인에게 말했다.

"그대가 귀양을 떠난 후 서왕모 앞에서 운라를 연주하는 일은 잠시 동쌍성董雙成이 맡고 있다네. 이제 그대가 돌아가서 그 일을 다시 맡아야 할 것이네."

다들 신선이 아니던가? 모두 신선의 이치를 깨닫고 득도한 자들이니 굳이 무슨 주문이나 수련법이 필요치 아니하고 그저 아무 말 없이 웃음만 주고받아도 서로 뜻이 통했다. 고 부인이 이팔백에게 말했다.

"저는 스승님과 함께 승천할 운명이니 여기서 스승님과 함께 있겠습니다."

잠시 후, 상서로운 구름이 뭉게뭉게 피어오르고 향기로운 아지랑이가 주위에 맴돌았으며 하늘에서 신선들의 소리가 들려오고 난새와 학이 춤을 추고 선동과 선녀가 깃발과 띠 그리고 멋지게 장식한 일산을 들고서 그들을 맞이하러 왔다. 설위는 황금 잉어를 타고, 고 부인은 자색 구름을 타고, 이팔백은 백학을 타고 함께 하늘로 올라갔다. 성도에 사는 남녀노소 가운데 이 광경을 지켜보지 않은 자가 하나도 없었으니 모두들 하늘을 우러러보고 절하며 감탄해 마지않았다. 지금도 승선교에는 이들의 자취가 그대로 남아 있다.

광막한 우주에 신기한 일이 일어났으니,
사람이 물고기가 되었다가 그 물고기가 다시 사람이 되었다가.
겉모습은 변하나 본성은 변하지 않음을 깨달을지니,
그 본성을 제대로 닦을 줄 알면 진정 신선이 될지라.

이옥영이 억울함을 상소하다

李玉英獄中訟寃

이옥영이 옥중에서 억울함을 호소하다

이 세상의 부부들은 모두 백년해로하고 싶고,
아들딸 무탈하게 잘 자라게 하고 싶고.
아들 크면 장가들이고, 딸 크면 시집보내고 싶고,
손주들이 자라서 올망졸망 걸음마 하는 걸 보고 싶고.
이 소망을 다 이루고 나면,
어느덧 한평생 다 지나고 눈을 감게 되네.
살아가는 동안에 예상치 못한 일 어이 안 생길쏜가,
전처 세상 떠나보내고 후처 들이게 된다네.
후처 악독하기가 뱀이나 전갈보다 더하니,
베갯머리에서 하는 말이 왜 이리 독한고.
자기가 낳은 아이는 보배처럼 아끼고,
남이 낳은 아이는 못 잡아먹어서 안달이라네.

먹을 것 입을 것 제대로 주지 아니하니,
헝클어진 머리, 땟국 진 얼굴이 아비 맘을 아프게 하도다!
그대는 순임금이 역산에서 밤새 울었던 것과,1)
민자건閔子騫이 초겨울에도 갈대꽃 옷을 입었던 것을 알지 못하는가!2)

  이 시는 계모가 마음을 곱게 쓰지 아니하고 자기 배 아파서 낳은 아이만 세상에서 으뜸가는 보배처럼 애지중지하는 걸 풍자하고 있다. 자기 배 아파서 낳은 자식을 아끼는 거야 인지상정이라 뭐라고만 할 수도 없으리라. 그렇다고 해도 전처소생의 아이를 그렇게 막 대해도 된다는 말은 아니지 않은가. 전처소생이 나이가 열대여섯 살이라도 넘으면 그나마 그걸 어떻게든 견뎌내고 힘들어도 나중을 기약할 수 있으련만 열 살 정도밖에 되지 않은 어린아이라면 그 가련함이 얼마나 대단할까!
  비록 그러하나 그 중에도 세 등급이 있다. 그 세 등급이라는 게 뭔가? 일등급, 부귀한 집안이다. 어렸을 때는 유모가 키워주고 보살피고 대여섯 살이 되면 학교에 입학시켜 공부를 시킨다. 게다가 일가친척도 대단히 많고 하인도 많고 바라보는 시선도 많고 해서 사람들 입길에 오르내릴까 봐 체면도 지켜야겠기에 굶기거나 매질하지는 않는다. 만약 자기 소생의 아들이 있어 그에게 모든 가업을 물려주고 싶으면 아예 그 싹을 잘라버리는 작업을 해버린다. 시 한 수로 이를 증명하노라.

---

  1) 순임금은 계모의 학대를 견디지 못하고 역산으로 도망쳐 그곳에서 황무지를 개간하고 밭갈이하다 지쳐 밤새 슬피 울었다 한다.
  2) 공자의 제자 민자건(기원전 536~기원전 487)의 계모가 자신이 낳은 친아들 둘에게는 겨울에 비단 솜옷을 입히고 민자건에게는 갈대 옷을 입혔다고 한다. 이를 본 민자건의 아버지가 계모를 내쫓으려 하자 민자건이 어머니가 계시면 자기 혼자 추우면 되지만 어머니가 안 계시면 저희 아들 셋 다 추위에 떨게 된다면서 말린 이야기는 너무도 유명하다.

창고 고치라 하고 불태워 죽이려 하고, 지붕 고치라 하고 사다리 치웠으니
얼마나 악독한가,
신생申生은 비방을 받고, 백기伯奇는 추방당했노라.3)
후처가 설치는 건 예전부터 늘 있었던 일,
그걸 꿰뚫어보는 남정네가 얼마나 될까!

    이등급, 중인 집안이다. 자기 나름대로 체면을 챙기려고 하나 어렸을 적에 유모나 보모의 보살핌을 받기는 어렵고, 대체로 모든 보살핌을 계모한테서 받는 처지라. 계모한테 제대로 얻어먹지도 못하고 욕먹고 얻어맞고 하는 설움을 피할 길이 없구나. 만약 남자가 줏대가 있으면 그런 자식을 보호해주고 마누라와 싸워서라도 자식을 괴롭히는 것을 막을 것이다. 물론 그렇다 하더라도 남편이 보지 않을 때 몰래 자식을 괴롭히는 것까지 막을 도리는 없을 것이다. 그러나 계모가 남편을 아예 무서워하지 않으면, 그러니까 이건 세상에 무서울 게 없는 여자가 되는 셈이다. 그런 여자는 체면이고 나발이고 따지지 않는다. 만약 남편이 때리거나 욕할라치면 더욱더 거세지고 대드는 그런 여자라 걸핏하면 죽어버리겠다고 칼을 들고 설치고 대들보에 목을 매겠다느니 아니면 우물에 빠져버리겠다느니 하면서 남편을 협박하면서 마침내 집안 살림을 완전히 자기 손에 쥐어버린다. '말 안 듣는 자식과 고집 센 마누라는 약도 없다'는 속담도 있지 않은가. 이런 마누라를 만나면 처음에는 말리기도 하고 싸우

---

3) 진헌공晉獻公의 애첩 여희驪姬가 자기 소생의 아들을 태자로 봉하고자 적장자嫡長子인 신생을 모함하니 신생이 마침내 자살하고 말았다. 백기는 서주 선왕宣王 때의 중신 윤길보尹吉甫의 장자였다. 계모가 자기 소생의 아들을 사랑하고 백기를 헐뜯는데, 윤길보가 그 말을 믿고서 백기를 내쫓아 버렸다. 나중에 연잎으로 옷을 해 입고 마음을 뜯어 먹으면서 버티고 노래를 지어 부르니 마침내 윤길보가 깨달아 백기를 다시 맞아들이고 후처를 죽여 버렸다고 한다.

기도 하고 그러지만, 그것도 하루 이틀이지 마침내 봐도 못 본 척 대충 넘어가게 되는 것이라. 다른 집안에 양자로 보내거나 출가시켜 중이 되게 하거나 혹은 외가로 보내 붙어살게 하기도 했으니 그건 그래도 남자가 정신이 제대로 박혀 있는 경우라 하겠다.

한편, 배알도 없고 줏대도 없으며 게다가 잔인하고 법도마저 내팽개쳐버리는 남자도 있으려니, 그런 남자는 전처가 살아 있을 땐 서로 죽고 못 살 것처럼 지내고 자식들도 애지중지 길렀으면서도 전처가 죽고 후처를 맞아들이고서는 후처가 해온 혼수에 눈이 멀거나 후처의 미모에 푹 빠져버리거나 아니면 후처의 젊음에 마음이 팔려 정신이 나가버려서는 전처와의 사랑과 정분을 헌신짝처럼 버리고 만다. 이러다 보니 전처와 낳은 자식들도 눈엣가시가 되고 잘못 삼킨 가시가 되고 만다. 후처가 전처소생의 자식들을 욕하고 때리면 이를 말릴 생각은 하지 않고 오히려 덩달아 자기도 욕을 해대면서 후처의 환심을 사려고 한다. 후처와 사이에 낳은 자식들은 모두 시집장가 보내고도 전처와 낳은 자식들은 전혀 신경 안 쓰고 있다가 주위에서 수군대면 대충 아무렇게나 짝을 맺어줘 버린다. 후처는 온갖 여우 같은 짓을 하여 전처소생 아들 부부 사이를 훼방 놓는다. 이런 여우 같은 짓이 통하지 않으면 아들을 쥐어박고 며느리에게 욕을 퍼붓는다. 남편에게는 없는 말을 지어내어 이간질하면서 아들 부부를 쫓아내라고 한다.

뭐니 뭐니 해도 아들과 딸 가운데 딸이 더욱 죽을 맛이다. 아들이야 계모한테 맞기라도 하면 그래도 공부하러 학교로 가기도 하고 이웃집 친구들과 놀면서 시간을 보내기라도 하는데, 딸은 온종일 집안에 갇혀서 야차 같은 계모와 함께 지내며 계모 심부름하느라 앉아 있을 틈도 없이 발을 동동거려야지, 물 길으랴 빨래하랴 시달린다. 계모가 바느질시킨 걸 조금이라도 제때 못해내면 욕하고 때리기가 일쑤다. 반대로 제때 바느질을 마치면 이 트집 저 트집을 잡아 다른 데 가지 못하게 하고 꼼짝없이 일에 시달리게 한다. 계모가 아이라도 낳으면 마치 그 아이를 키워주기로 계약이라도 되어 있는 것처럼 낮이나 밤이나 아이를 대신 안아 키워야 한다. 만약 아이가 울기라도 하면 아이 보는 게 싫어서 그런 거냐고 전처소생 딸에게 온갖 성질을 부린다. 아이가 어디 아프기라도 하면 일부러 해코지한 거라고 소리친다. 아이 몸에 모기 물린 자국이라도 생기면 일부러 못으로 찌른 거냐고 소리친다. 더욱 힘든 건 고드름이 걸리고 천지가 얼어붙는 날씨에 얼음을 깨고 더러운 빨랫감을 깨끗이 빨아오라고 시키고는 나중에 빨래를 제대로 하지 않았다고 온갖 험한 욕을 해댄다. 이런 고초를 견디며 열대엿 살 정도 되면 어엿한 처녀티가 나게 된다. 이때가 되면 계모의 욕설이 더욱 표독스러워진다. 걸핏하면 남자 꼬드기려고 그러느냐고 욕하고 남정네한테 꼬리 친다고 욕한다. 가련한 딸내미는 하소연할 곳도 없으니 그저 남몰래 소리 죽여 울 따름이다. 만약에 우는 소리라도 들리면 누구 들으라고 일부러 그러는 거냐고 욕을 얻어먹게 된다. 온갖 고초를 견디지 못하여 마침내 스스로 목숨을 끊고 만다. 시 한 수로 이를 증명하노라.

> 아내에게 잡혀 사는 저 남편,
> 후처가 뭘 어찌하든 무서워 아무 말도 못 하네.
> 후처가 전처소생 아이들을 욕하고 때려도,
> 그저 속상해하기만 하고 말도 못 하네.

삼등급, 하루 벌어 하루 먹고 사는 사람들. 이런 사람들은 생모가 살아 있을 때도 겨우 허기나 면할 정도라 무슨 호의호식했으리. 열 살 정도가 되면 어서 가서 장사라도 배우라고 보내고 그렇게 몇 푼이라도 벌어오면 살림에 보태쓰기 바쁘다. 그러다 표독한 계모라도 만나면 엎친데 덮친 격이라. 한 끼를 해결하고 나면 다음 끼니는 어떻게 해결해야 할지 막막하니 여하튼 배고픔을 참고 견뎌야 한다. 따듯한 물이라도 한 잔 마시고 싶어도 꼭 계모의 허락을 받아야 하지 그냥 맘대로 먹을 수가 없다. 몸에 걸치는 옷도 앞이 질질 끌리거나 뒤에 구멍이 뻥 뚫려 추운 겨울에 바람이 그대로 숭숭 들어와도 감히 춥다고 입도 뻥끗하지 못한다. 머리카락조차도 제대로 빗어 넘기지 못하여 늘 아무렇게나 질끈 동여매곤 하나 그마저도 풀어져 얼굴을 덮곤 한다. 발에는 양말이나 신발을 신어본 적이 없으니 늘 맨발로 지내기가 일쑤다. 어쩌다 짚세기 신발이라도 하나 얻어 신으면 무슨 가죽 신발을 신은 것처럼 감지덕지했다. 장작 패고 불 피우고 물 길어오고 간장 사오는 일을 도맡았다. 그마저도 계모의 맘에 들게 해내지 못하면 주먹으로 맞고 발로 차이고 심한 경우 몽둥이찜질을 당하기도 한다. 계모는 입에다 늘 욕을 달고 살고 욕하는 걸 무슨 재밌는 오락거리로 여기는 듯하다. 아이가 좀 자라서 지게라도 질 줄 알게 되면 매일 밖으로 내보내 돈을 벌어오게 한다. 만약 아이가 돈을 한 푼이라도 덜 벌어오면 초주검이 되게 얻어맞았다. 계모는 남편에게 아이를 다른 집 하인으로 팔아버리자고 꼬드기곤 했다. 그러면서 그게 오히려 아이들 팔자를 펴게 해주는 것이라 둘러대곤 했다. 가난한 집 아이가 계모를 맞이하게 되면 결국 열에 아홉은 죽도록 고통을 당하게 된다. 이를 증명하는 시 한 수가 있도다.

가난한 집 아이, 고생길이 열렸네,
계모는 더욱 매섭게 혼내고 몰아치네.
매 맞고 굶주리고 추위에 떨지만,
그래도 남들 앞에선 엄마라고 부를 수밖에.

이야기꾼이여, 어찌하여 계모의 단점을 이렇게 구구절절 읊어대는가? 그건 오늘 여러분에게 들려줄 이야기가 바로 계모가 전처소생 아이들을 모해했다가 나중에 그것이 백일하에 드러나 국법에 의하여 처벌되어 천하의 모든 계모들에게 경각심을 불러일으킨 이야기이기 때문이라. 하여 먼저 계모의 단점을 개략적으로 이야기하는 것으로 서두를 삼고자 했던 것이다. 내가 지금 하려는 이야기라는 게 바로 이렇다.

냉혈한조차 가슴 아파하고,
돌덩이 같은 사람조차도 눈물 흘리게 한다.

여러분들은 이 이야기가 언제 어디서 일어난 것인지 아는가? 바로 우리 왕조 명나라 정덕正德 연간(1506~1521)에 북경 순천부에서 살던 이웅李雄은 아버지한테 도성수비대의 백호장 벼슬을 물려받았다. 그는 비록 무관 집안 출신이었으나 어려서부터 총명하고 책 읽기를 좋아하여 고금의 도서에 통달했다. 나이가 들면서 기골이 장대하고 힘이 무척이나 셌다. 게다가 칼을 잘 다루고 활을 잘 쏘았으니 문무를 겸비한 장수라 하겠다. 특히 환관 장영張永을 수행하여 섬서陝西 안화왕安化王4)을 정벌하는 데 공을 세워 황실수비대의 천호장으로 승진했다. 하何씨 여인과 결혼하여 부부 사이의 금슬이 너무 좋았다. 슬하에 딸 셋과 아들 하나를 두었다. 아들 이름은 승조承祖, 큰딸 이름은 옥영玉英, 둘째딸 이름은 도영桃英,

---

4) 안화왕은 명 황실의 일원인 주치번朱寘鐇이다. 안화왕은 당시 전권을 휘두르고 가혹한 세금을 거두었던 환관 유근劉瑾을 제거하겠다는 명분으로 정덕제에게 반란을 일으켰다. 1510년 5월 12일에 시작된 이 반란은 5월 30일에 진압되었다.

셋째딸 이름은 월영月英이었다. 딸을 먼저 낳고 아들은 나중에 낳았으니, 옥영이를 먼저 낳고 그런 다음 아들 승조를 낳았고, 그다음에 도영 그리고 마지막으로 월영을 낳았다. 한데 아내 하씨가 월영이를 낳고서는 몸이 급속히 허약해져서 반년이 못되어 그만 세상을 떠나고 말았다. 어이 이런 가련한 일이!

함께 덮던 비단 이불은 그대로건만,
아내 잃은 서글픔만 가슴을 덮치네.

이때 옥영은 겨우 여섯 살, 승조는 다섯 살, 도영은 세 살, 월영은 여섯 달이 갓 지났다. 보모와 하녀의 보살핌이 있다고는 해도 마치 암탉을 잃은 병아리처럼 갈데없이 우왕좌왕, 그저 눈물 흘리며 울기 바빴다. 이웅은 자식들이 이렇게 고초를 겪는 걸 지켜보자니 마음이 편치 않아 온종일 집안일에 매달리게 되었다. 하지만 이렇게 집안일에 신경 쓰다 보면 천호장의 일을 제대로 처리할 수가 없고, 천호장 일에 신경 쓰다 보면 자식들을 돌볼 짬이 나지 않았다. 몇 개월을 버티다 이렇게 살 수는 없겠다는 생각이 들어 재취를 들이기로 작정하고는 매파에게 부탁했다. 이 매파는 사방팔방 돌아다니면서 짝을 찾았다. 사람들은 이웅이 나이가 서른 남짓이고 천호장이라는 말을 전해 듣고는 매파한테 이모, 이모 부르며 당장이라도 혼례를 치르기라도 할 것처럼 적극적이었다. 매파는 사흘 동안 돌아다니면서 처자들의 사주단자를 받아서 이웅에게 건네고 하나 뽑으라 했다. '부부는 전생에서 이미 인연이 맺어지는 것, 사람들이 나서서 어찌할 수 없다'는 속담도 있지 않은가. 이웅이 이리저리 재다가 마침내 초焦씨 집안의 여인을 택했다. 그 여인의 나이는 열여섯, 부모는 모두 안 계시는 처지라 오빠와 올케가 혼주로 나섰다. 오빠의 이름은 초용焦榕, 관청을 드나들며 사람들에게 안면을 트고 어디 돈 해먹을 데 없나 살피는 놈팡이였다. 이웅이 잠시 뭐에 씌웠는지 이런 거를 제대로 살피지 않고 식을 올리기로 작정하고 예물을 건네고 사주단자를 건네고 며칠 안 되어 여인을 맞아 들여와 화촉을 밝혔다.

초씨는 인물도 빼어나고 바느질 솜씨도 좋고 매사에 영리하고 똑똑한 편이었으나 다만 하나 마음씨가 너무도 표독스러웠다. 이웅의 전처소생 네 아이들을 보더니 바로 시기 질투하는 마음을 품었다. 게다가 남편 이웅이 아이들을 무척이나 아끼고 시도 때도 없이 아이들을 잘 키우라고 잔소리해대니 아이들에게 호감이 생길 리가 만무했다.

'저 원수 놈의 아이들만 없다면 남편이 천호장 맡아서 벌어오는 게 다 내가 낳은 아들딸 차지가 될 텐데. 이렇게 올망졸망 어린 것들이 많으니 아무리 용쓰고 벌어와도 저것들이 중간에서 다 채 가버릴 것이라. 그럼 내 자식들한테는 뭘 남겨줄 수 있겠어! 내 자식들 고생길이 훤하구먼. 이렇게 되면 나 역시 평생 뼈 빠지게 일만 하는 거 아냐. 아무래도 내가 남편을 잘 구워삶아서 남편과 아이들 사이가 벌어지게 한 다음 넷 가운데 두셋은 없애 버리고 한둘만 남겨놓아야 그놈들이 내 말을 고분고분 들을 거야.'

세상에 어찌 이리 기가 막힌 일이 다 있는가. 겨우 열대여섯 먹은 처자가 앞으로 얼마나 어떻게 살지도 모르고 또 아이를 낳을지 안 낳을지도 모르는 판국에 몇십 년 이후의 일을 염려하여 전처소생의 아이들을 없애 버리려는 끔찍한 생각을 하다니 한탄스럽기 짝이 없는 일이로다. 시 한 수로 이를 증명하노라.

자식을 키우고자 후처를 들였더니,
후처는 그 자식을 원수로 여기네.

후처가 악독해서 그런 게 아니라,
남자가 생각이 짧았던 것이라네.

이런 생각을 한 다음에 초씨는 온갖 정성을 다해 남편을 모셨다. 한창 물이 오를 나이에 꽃처럼 나비처럼 단장하고 잠자리에서 살살 애교를 떨어대었다. 과연 남편 이웅은 그런 초씨에게 푹 빠져서 초씨가 말하는 건 뭐든지 다 들어주었다. 다만 한 가지, 남편이 양보하지 않는 게 있었으니 그것은 바로 전처소생 아이들이었다. 초씨가 전처소생 아이들 이야기를 꺼내려고만 하면 남편이 이렇게 말하곤 했다.

"어미 없는 불쌍한 아이들이잖아. 아직 어려서 철이 없는 거라 그래. 어쩌다 실수라도 하면 좋은 말로 타일러주라고. 너무 심하게 몰아붙이지 말고."

초씨가 몇 번이나 기회를 봐서 아이들 이야기를 꺼내려 했으나 이웅은 그 말을 귀담아들으려 하지 않았다. 어느 날 이웅이 집에 없을 때 초씨는 전처소생 아들 승조의 실수를 꼬투리 삼아 마구 때렸다. 어린아이의 머리를 하도 세게 쥐어박으니 머리가 마치 옆구리 터진 만두처럼 너덜너덜 부어올랐다. 승조는 어쩔 줄을 몰라 그저 울기만 했다. 보모나 하녀도 옆에서 지켜보기만 할 뿐 어쩌질 못했다. 큰딸 옥영이 비록 나이는 어려도 총명했는지라 동생이 아무런 잘못도 없이 이렇게 얻어맞는 걸 보고는 계모가 선량한 사람은 못 된다는 걸 바로 깨달았다. 그래도 그냥 두고 볼 수만은 없어 계모한테 이렇게 말했다.

"어머님, 동생이 어려서 철이 없어서 그런 것이니 너그러이 용서하여 주십시오."

이 말을 듣더니 초씨가 버럭 소리를 질렀다.

"이년아, 누가 너한테 나서라고 그랬어! 내가 너를 때리지 못할까 봐? 내가 네년 머리에 구멍이 나도록 패줘도 동생 감싸고 나설 거냐!"

옥영이 이 말을 들으니 더욱 서글펐다. 초씨가 다시 승조를 때리고 있는데 이웅이 들어왔다. 승조가 아버지 이웅을 껴안고 구슬피 울었다. 이웅은 이 광경을 보고 노발대발했다. 초씨도 기왕 이렇게 된 거 고개를 빳빳이 들고 남편에게 대들었다. 누군가 이 광경을 지켜보다 초씨 오빠에게 알려주니 오빠 초용이 찾아와 말렸다. 이웅이 초용에게 말했다.

"내가 그대 동생을 재취로 맞아들인 건 내 아이들을 보살펴달라는 뜻이지 않소. 뭐 내 자식들 쥐어팰 사람이 없어 그대 동생을 데려왔겠소! 내가 어미 없는 어린아이들이니 친어머니처럼 잘 보살펴 달라고 몇 번이나 부탁했는데 이렇게 주먹질을 해대다니!"

초용은 일부러 큰 소리를 내어 동생을 꾸짖더니 동생을 대신하여 이웅에게 마음에도 없는 사죄를 했다.

"내 동생이 어려서 철이 아직 안 든 데다가 집에서 오냐오냐 자라다 보니 버릇도 없습니다. 부디 이 서방이 너그럽게 봐주시고 너무 화내지 말아 주시오."

초용이 다시 이어서 이렇게 말했다.

"여기서 이럴 게 아니라 내가 동생을 집에 데리고 가서 며칠 같이 지내면서 다시는 이런 일 못하게 잘 타이르겠소이다."

초용이 말을 마치고 떠나갔다. 잠시 후 가마와 하녀를 보내어 초씨를 모셔오게 했다. 초씨는 초용 집에 들어서자마자 원망을 퍼부었다.

"오빠, 이 동생이 아무리 미워도 어머니 아버지 생각해서라도 좀 제대로 된 남편감을 찾아줬어야지. 어떻게 저렇게 형편없는 사람을 골라서 내 인생을 망쳐놓는 거야!"

초용이 웃으며 대답했다.

"황실수비대 천호장한테 시집간 게 뭐가 문제라고! 네가 소견이 모자란 걸 가지고 어찌 다른 사람을 탓하고 그래."

"아니, 내가 소견이 모자라다고?"

"이 서방이 아이들을 끔찍하게 생각하고 있으니 일단 너도 그걸 생각해서라도 아이들을 잘 대해주었어야지."

"내 배로 낳은 아이들도 아닌데 내가 어떻게 그들을 잘 대해줄 수가 있겠어!"

"그래서 내가 너한테 소견머리가 모자란다고 하는 거야. '받고 싶으면 먼저 주라'는 속담도 있지 않냐. 네가 그 아이들이 싫으면 싫을수록 오히려 더 아껴주고 그래야지."

"나는 그놈들이 한시라도 빨리 눈앞에서 사라져야 속이 시원하겠구먼, 오히려 그놈들을 아껴주라고 하다니!"

"지금 걔네들이 무슨 엄청난 잘못을 한 것도 아니잖아. 게다가 집안의 하녀들도 다 너 시집가기 전부터 있었던 자들이라 아직 네 편도 아니잖아. 이런 상황에서 네가 아이들을 때리고 그러면 하녀들이 냉큼 나서서 아이들이 별로 큰 잘못도 안 했는데 네가 아이들한테 너무 심하게 한다고 할 것 아냐. 그럼 이 서방도 네가 아이들을 잡으려 드는구나 생각할 거라고. 이 서방이 너한테 그런 생각을 하게 되면 설혹 아이들이 병들어 죽는다 해도 네가 무슨 짓을 해서 죽은 거라고 의심할 텐데, 그럼 너는 하지도 않은 일 때문에 곤란해지는 것 아니냐. 네가 그들을 잘 품어주면 그들이 자라서 너한테 얼마나 효도하고 그러겠냐!"

초씨가 고개를 절레절레 흔들며 대답했다.

"난 절대 그렇게 할 수 없을 거라고!"

"아무리 그래도 내 말대로 해봐. 그 아이들을 친자식처럼 대해주라고. 하녀들한테도 인심을 써주고. 그러면 하녀들이 너의 심복이 될 거야. 그럼 그 하녀들이 너에게 그 아이들이 뭐라도 잘못한 거를 일러바칠 거라고. 그럼 그때 내쫓으라고. 그때는 이 서방도 네 말을 철석같이 믿을 거고 하인들도 다 네 편일 거고, 또 네가 낳은 아이들이 있어 이 서방이 좋아할 거고. 상황 봐서 승조 그놈부터 제거하여 버리는 거야. 그래도 이 서방이 너를 의심하지 않을 거야. 그러다 보면 그 딸년들도 나이가 찰 거니 그때가 되면 하인 놈들을 꼬드겨 딸년하고 가깝게 지내게 한 다음 네가 그렇고 그런 사이라고 살짝 흘리면 이 서방이야 관직에 있는 몸, 체면을 생각해서라도 딸년한테 목매달라고 하지 않겠느냐고. 이렇게 하면 너는 손 안 대고 코 풀고 정의롭고 일 처리 똑바로 한다고 칭찬도 받을 거다."

초씨는 초용의 말을 듣고 뛸 듯이 기뻐했다.

"오빠 말이 정말로 맞는 말이네. 내가 괜히 오빠한테 화를 냈어. 내가 돌아가면 오빠 말대로 할 거야. 다른 중요한 건이 생기면 내가 다시 와서 오빠한테 상의할게."

초용 남매 이야기는 여기까지만 하기로 하고 이제 이웅 이야기를 해 보자. 이웅은 아내가 아이들을 학대하는 거 때문에 골치가 이만저만 아픈 게 아니었다.

'재취를 얻어 아이들을 좀 보살피게 하렸더니 오히려 골칫거리만 하나 더 늘었네. 아이들 앞길이 창창한데 이놈들을 어떻게 키우지!'

이웅은 이리 고민 저리 고민하다가 한 방법을 생각해내었다. 그 방법이란 게 뭐냐고? 공부방을 하나 꾸며서 나이 듬직한 선생을 초빙하여 옥영과 승조한테 그 공부방으로 가서 공부하라고 시키는 것이다. 그리고 먹을 거는 그 공부방으로 날라다 주고 밤이 될 때까지 그 방에서 공부하게 한다면 옥영이와 승조가 계모의 서슬을 피할 수 있을 것 같았다. 그리고 도영과 월영은 보모한테 맡기면 별문제 없을 것 같았다.

부부싸움은 칼로 물 베기라고 하지 않는가. 며칠 지나고 이웅은 사람을 보내어 초씨를 데려오게 했다. 초용은 선물을 챙겨서 초씨가 이웅에게 돌아가는 길에 같이 보냈다. 초씨는 이웅이 아이들 선생을 모시려고 한다는 말을 듣고 그 꿍꿍이를 바로 눈치챘으나 그냥 신경 쓰지 않기로 했다. 초씨는 친정에서 돌아온 이후로 태도가 전과는 완전히 달라졌다. 얼굴은 늘 웃는 표정, 전처소생 아이들을 마치 친자식처럼 알뜰살뜰 보살폈다. 아이들에게 손 한번 안 대고, 싫은 소리도 한번 안 했다. 초씨는 또 하인들한테도 너무도 관대하게 굴었고 가끔씩 작은 선물을 건네주기도 하고 그랬다. 하인들의 심사라는 게 워낙 조변석개라 몇 푼 되지도 않는 선물을 받더니 초씨 칭찬을 입에 달고 살았다. 이웅은 처음에는 참으로 기이하다는 생각이 들었다. 자기 보는 데는 이렇게 하지만 자기 보지 않을 때는 틀림없이 아이들을 때리고 욕할 거 같았다. 이웅은 몇 차례나 몰래 초씨의 행동거지를 살피고 그랬으나 뭔가 의심스러운 구석을 발견할 수는 없었다. 1년 정도가 지났다. 초씨가 아이들을 보살피는 태도가 더욱 따듯해졌다.

'처남이 대체 어떤 식으로 충고를 해주었기에 이렇게 극적으로 개과천선을 했을까. 좋은 사람이 되는 것도 역시 마음먹기에 달렸구먼.'

이웅이 초씨를 향한 의심을 거두었다. 부부 사이의 금슬이 너무도 좋아졌다. 초씨는 얼른 아들을 낳고 싶은 마음이 간절했다. 그러나 결혼한 지 2년이 되어도 아이 소식이 없었다. 조급해진 초씨는 절을 찾아다니며 부처님 전에 빌었다. 참으로 신통하게도 초씨가 임신했다. 열 달이 지나고 아들을 낳았다. 그 아이 이름은 아노亞奴5)라 지었다. 여러분, 왜 아노라 이름을 지었는지 짐작이 가는가? 아이가 혹시 자라기도 전에 세상을 뜰까 봐 일부러 보살핌을 덜 받고도 알아서 잘 크는 동물 같은 것들로

---

5) 직역하면 머슴, 혹은 막 머슴 일 시작한 꼬마란 뜻으로 마당쇠, 돌쇠 같은 어감의 이름이다.

이름을 붙여주고 액땜을 해주는 풍습을 따랐기 때문이라. 이런 이유로 소, 개 이런 동물로 이름을 지어주는 경우가 많았다. 이런 이유로 개똥이, 말똥이 같은 식의 이름을 많이 지어주었다. 초씨가 전처소생 아이들을 끔찍이도 보살펴 주고 이렇게 아들 아노까지 낳아주니 이웅은 그녀를 더욱 아끼고 사랑하지 않을 수가 없었다.

이웅은 아노가 태어난 지 사흘째 되는 날 그리고 한 달이 되는 날, 친척과 친구들을 초대하여 잔치를 벌였다. '애는 그냥 가만 놔둬도 쑥쑥 자란다'는 속담도 있지 않은가. 어느덧 아노의 돌이 다가왔다. 옥영은 이미 열 살, 귀엽고 똑똑하게 생긴 게 마치 그림 속의 인물과도 같았다. 타고난 성품이 또 영민하여 책은 한 번 읽기만 하면 줄줄이 암송해내고 시도 척척 잘 지었다. 게다가 바느질과 수놓기는 누가 가르쳐주지 않았는데도 그렇게 잘할 수가 없었다. 동생 승조도 제법 똑똑하단 소리를 들었으나 누나한테는 어림도 없었다. 옥영이 읊은 연두색 매화라는 시를 볼까나.

국물 간 맞추는 매실 될 것은 마찬가지라지만,
넌 유독 벽옥 가지에 맺혔구나.
빨갛고 요염한 꽃, 자랑말지라,
밝고 하얀 꽃, 너무 평범하구나.
꽃술 터지니 앵무새조차 함부로 쪼려 들지 않고,
꽃향기 나니 나비조차도 쉽게 범접 못하네.
밭두둑 사이에서 울려 퍼지는 저 피리 소리,
사방의 녹음방초 잠 깨워주는 저 피리 소리.

옥영의 재주가 이리 빼어난지라 이웅은 옥영을 더더욱 아꼈으며 도영, 월영도 같이 서당에 보내 공부하게 했다. 이웅은 초씨에게 이렇게 말하곤 했다.

"옥영이가 이렇게 예쁘고 이렇게 재주가 많은데 나중에 어떻게 다른 녀석한테 시집보내지. 공부 잘하고 재주 있는 녀석을 데릴사위로 들여 부부가 서로 맞잡아서 공부하는 걸 보는 게 더 좋지 않겠어!"

초씨는 입으로야 맞장구치며 좋아라 했으나 속으로는 질투하는 마음이 더욱 깊어졌다. 초씨가 뭔가 일을 좀 꾸미려고 하는 그때 정덕 14년(1519) 하필이면 섬서에서 양구아楊九兒가 고란산皐蘭山을 근거지 삼아 반란을 일으켰다. 양구아가 관군을 번번이 격파하니 지방관들이 급변을 알리는 상소를 올렸다. 조정에서는 도지휘都指揮 조충趙忠을 총사령관으로 임명하여 병사를 거느리고 출동하여 진압하게 했다. 조충은 이웅이 지략과 용맹을 겸비했음을 알고 그를 선봉대장으로 발탁했다. 군사 작전이라는 게 촌각을 다투는 일이라 어찌 잠시라도 지체할 수 있으랴. 이들은 반달 안에 출정하기로 정했다. 이웅은 짐과 무기를 챙기고 집에 거느리고 있던 장정들을 거느리고 출발할 참이었다. 출발하려는 순간, 이웅이 초씨에게 당부했다.

"아이들을 잘 보살펴 주기 바라오!"

"그건 걱정도 마세요. 신령님이 보우하셔서 나리께서 전투에서 승리를 거두시고, 집안에 영광을 드리우실 수 있기만 바랄 따름입니다."

이웅이 아내 초씨 그리고 아이들과 작별인사를 나누고 있는 그때 밖에서 외치는 소리가 들려왔다.

"총사령관님께서 연병장에서 만나자 하셨습니다."

이웅은 황급히 눈물을 훔치고 말 등에 올라 연병장으로 달려가 사령관실로 들어갔다. 이웅은 다른 장수들과 인사를 나눴다. 조정에서 병부의 고관을 보내어 출정하는 장수들을 위로하니 장수들이 일제히 북쪽 대궐을 바라보고 그 은혜에 감사하며 만세 삼창했다. 총사령관이 이웅에게 선발대를 거느리고 먼저 출발하라 명령했다. 이웅이 명령을 받드니 예포가 세 번 크게 울렸다. 병사들이 일제히 고함을 지르니 그 소리가 땅을 뒤흔들 기세였다. 연병장을 출발하여 섬서를 바라고 행진했다. 행진하는 병사들의 기세가 당당하고 군기가 들어 보였으며 잘 벼려진 무기의 날이 선명하게 빛났다. 산을 만나면 길을 뚫고, 물을 만나면 다리를 놓으며 행진하여 며칠 후 마침내 섬서에 도착했다. 이웅의 부대는 그곳에 진을 치고 기다리다가 본진이 도착하여 일제히 반군을 향해 진격했다. 반군과 몇 차례 전투를 벌였으나 서로 호각지세라 쉽게 승부가 갈리지 않았다. 7월 14일, 반군이 싸움을 걸어오니 총사령관 조충이 이웅에게 맞아 싸우라 명령했다. 이웅은 날랜 부하들을 이끌고 반군을 맞아 싸우러 나갔다. 반군이 이웅의 부대를 견뎌내지 못하고 크게 패하여 도망치기 시작했다. 이웅은 이 기세를 타고서 몇 리를 뒤쫓아갔다. 아뿔싸, 이때 갑자기 사방에서 복병이 일어나 이웅의 부대를 에워싸고 공격해 들어오니 옴짝달싹할 수가 없었다. 구원병조차도 반군에게 결딴나버렸다. 이웅의 부하들이 비록 용감한 정예병사라 해도 중과부적이라 해가 질 때까지 버텼으나 결국 전멸당하고 말았다. 오호라, 일세영웅 이웅의 일생이 여기서 끝나는구나.

　　기세는 드높아 하늘을 찌를 듯한데,
　　영혼은 외로이 이역만리를 떠돌게 되는구나.

　　총사령관 조충이 출정한 이야기는 잠시 쉬고, 초씨의 이야기로 돌아가 보자. 초씨가 아이들에게 손을 쓰려고 하는 찰나, 때맞춰 남편이 출정하게 되니 이거야말로 천재일우의 기회다 싶었다. 이웅이 출정한 지 며칠 지나고 초씨는 가마를 타고 오빠 초용을 찾아갔다. 초씨가 오빠에게 자기 생각을 펴니 오빠가 이렇게 대답했다.

"아무래도 조금 더 기다려보는 게 좋을 거 같아."

"아니 왜?"

"이 서방이 집에 없을 때 아이들이 일을 당하면 의심받기 딱 좋아. 그러니 지금은 아이들을 더 아끼고 보살피고 있으라고. 나중에 이 서방이 돌아오면 너를 정말 철석같이 믿을 거야. 그때 불시에 손을 쓰면 아무도 너를 의심하지 않을 거 아냐!"

초씨는 오빠 말대로 남편이 없을 때 오히려 더 알뜰하게 아이들을 보살피면서 남편이 돌아오기만을 기다렸다. 8월 초순, 섬서에서 전황을 알리는 소식이 들려왔다. 7월 14일에 선봉 천호장 이웅의 병사들이 반군과 교전하매 자신의 용맹을 너무 믿고서 깊이 쳐들어갔다가 처음에 승리를 거두는 듯하다 마침내 대패하여 전멸하고 말았다는 소식이었다. 초용이야 관가를 누비며 먹고사는 놈이라 이 소식을 누구보다도 먼저 들었다. 초용은 대경실색하여 동생한테 곧장 달려왔다. 초씨는 남편이 전사했다는 소식을 듣고 목놓아 울었다. 옥영과 그의 동생들도 이 소식을 듣고 울다가 기절하고 다시 깨어나 또 울었다. 초씨는 오빠와 상의하고는 먼저 독선생을 내쫓고 장례 치를 준비를 했다. 집에다 초상이 났음을 알리는 등불을 걸고 제단을 설치하고 영정을 모셨다. 일가친척과 친지들이 모두 와서 조문했다.

이때부터 초씨가 안면을 싹 바꿔 걸핏하면 아이들에게 욕하고 때리곤 했다. 한 달쯤 지났을까 초씨가 초용을 찾아가 상의했다.

"이제 남편도 없는 마당에 걸릴 것도 없잖수. 바로 손을 쓰는 게 낫지 않아요?"

"나한테 묘책이 있어. 그 녀석들이 고향 떠나 타향에서 죽게 할 거야. 그래도 너한테 원망 하나 못하게 될 거고."

"그게 뭔데?"

"이 서방이 전사했는데 아직 시신을 수습하지도 않았잖아. 두 달 후면 엄동설한이 시작되니 믿을 만한 하인 하나 붙여서 승조랑 같이 섬서로 가서 이 서방의 유골을 수습해오라고 하는 거야. 승조는 나이도 어리니 낯설고 물선 그런 곳으로 가다 보면 도중에 그만 병을 얻어 세상을 떠날 것이야. 설혹 살아서 섬서에 도착하더라도 하인 녀석한테 승조를 그냥 내버려 두고 몰래 혼자만 돌아오라고 하는 거야. 그럼 승조 그놈은 노자도 한 푼 없고 하니 도중에 얼어 죽든 굶어 죽든 할 것이야. 딸년들은 그냥 죽이지 말고 첩으로 팔든 하녀로 팔든 하면 돈까지 챙길 수 있으니 일거양득 아니겠어."

"오빠 말이 정말 그럴듯하네!"

12월 초순 경, 초씨가 승조를 불러 말했다.

"네 아버지가 평생 고생만 하시다가 그만 전쟁터에서 저세상으로 떠나고 말았구나. 이젠 반군도 천 리 밖으로 도망치고 길이 다시 평안해졌구나. 내가 직접 섬서로 가서 네 아버지 시신을 거둬와 장례를 치러드려야 아내 된 도리를 다하는 것이겠으나 나 역시 젊은 나이로 과부가 되어 얼굴 내밀고 출타하기 민망하구나. 내가 하인 묘전을 시켜 너를 모시고 다녀오라 할 것이니 너는 가서 부친의 시신을 수습해와서 아들의 도리를 다하도록 하라. 행장을 다 꾸려놓았으니 내일 날이 밝는 대로 바로 출발하도록 하라."

승조는 이 말을 듣고 두 눈에서 눈물을 뚝뚝 흘렸다.

"어머님 말씀이 지당하십니다. 소자, 내일 아침에 바로 출발하겠습니다."

옥영은 필시 불순한 의도가 있을 거라 직감하고 깜짝 놀라며 입을 열었다.

"어머님께 아뢰옵니다. 아버님이 만리타향 전장에서 숨을 거두셨으니 당연히 동생이 가서 수습하여 와야 할 것입니다. 하지만 동생이 아직 너무 어려서 그런 먼 길을 가본 적이 없으니 위험한 산길 물길을 가다 보면 행여 목숨이 위태롭게 될지도 모릅니다. 하인 묘전과 다른 사람을 붙여서 다녀오게 하는 게 더 나을 것입니다."

초씨가 버럭 화를 내며 소리쳤다.

"이런 빌어먹을 년! 네 아비가 살았을 때 너희를 얼마나 끔찍이 아꼈는데 이제 저세상으로 떠났다고 이렇게 배은망덕하게 시신조차 거두지 않겠다는 거냐? 넌 글줄깨나 읽었다면서 목란이 부친을 대신하여 종군하고, 제영緹縈6)이 상소문을 올리고 대신 형벌을 받겠다고 한 것도 모른단 말이냐? 이런 어린 여자들조차도 효도할 줄 알거늘 너는 어째 이런 여자들을 본받아 아버님의 시신을 거두러 갈 생각은 안 하고 시신을 수습하러 떠나려는 동생을 말리기까지 하느냐! 승조는 남자 몸이요, 게다가 수행하는 하인도 있으니 남장하고 종군하여 생사를 넘나들던 목란에 비하면 뭐가 힘들고 무슨 목숨이 위험하고 말고 하단 말이냐. 네년 같은 불효녀를 대체 어디에다 써먹겠느냐!"

초씨가 이렇게 험하게 꾸짖어대니 옥영은 얼굴이 온통 새빨개졌다. 옥영이 울면서 하소연했다.

"아버님의 은혜가 태산과 같은데 아버님의 시신을 수습하여 장사지낼 생각을 어찌 한시라도 잊었겠습니까? 다만 동생이 너무 어려 먼 길 다녀오는 고초를 이겨내지 못할까 걱정이 앞서니 차라리 제가 대신 다녀

---

6) 순우제영淳于緹縈은 한나라 문제 때 여인이다. 부친 순우의淳于意가 죄를 범하여 신체 일부를 잘라내는 육형肉刑을 당하게 되자 직접 문제에게 상소를 올렸고 문제가 그 상소문을 읽고 감동하여 벌을 면해주었다고 한다.

오겠사옵니다."

"너는 지금 무슨 유람이라도 다녀올 심산인 모양인데 내가 너를 보낼 마음이 눈곱만큼도 들지 않는구나."

그날 밤 옥영 남매는 서로 얼싸안고 밤늦도록 울었다. 승조가 말했다.

"누님, 아버님의 시신이 만리타향을 떠돌고 있으니 내가 죽음을 무릅쓰고서라도 가서 모셔와 어머님을 평안하게 해드려야죠. 누님은 너무 걱정하지 마십시오."

이튿날 날이 밝자마자 초씨는 승조에게 어서 길을 떠나라고 성화를 대었다. 누나 옥영과 여동생들이 눈물을 훔치며 작별인사를 건넸다. 초씨가 승조에게 쏘아붙였다.

"네 아비의 시신을 찾지 못하면 다시는 나를 볼 생각도 말아라."

"소자 아버님의 시신을 찾지 못한다면 무슨 염치로 어머님의 얼굴을 다시 보겠습니까?"

하인 묘전이 승조를 안아 말에 태우고 북경을 떠났다. 여러분, 묘전이 누구인지 아는가? 초씨가 시집올 때 데려온 하인으로 초씨가 장가까지 들여준 심복이라. 초씨가 굳이 뭐라 설명하지 않아도 그 뜻을 바로 알아차렸다. 승조와 묘전은 북경을 떠나 섬서를 바라고 출발했다. 때는 바야흐로 엄동설한, 북풍이 화살처럼 살을 에고 땅에는 석 자나 됨직하게 눈이 쌓였다. 지나가는 말들은 마치 목화솜 사이를 지나는 것처럼 보였다. 승조는 열 살도 못 채운 어린아이, 게다가 어려서부터 집에서 귀여움을 받으며 자랐으니 이런 힘든 걸 해본 적이 어이 있으랴! 말 등에 앉아 쉴 새 없이 덜덜 떨다가 눈 속으로 넘어지기 일쑤였다.

아침이면 일어나 길을 가고 밤이면 잠을 청했다. 이렇게 열흘하고도 며칠이 지났다. 승조는 입맛이 점점 떨어지더니 마침내 병이 나버렸다. 승조가 묘전에게 말했다.

"몸이 너무 안 좋구나. 며칠 좀 쉬었다가 다시 길을 가자꾸나."

"나리, 마님께서 주신 노자가 빡빡합니다요. 서둘러 길을 가도 돌아갈 때 노자가 어찌될까 걱정인데, 이렇게 지체하다 보면 돌아갈 노자가 한 푼도 안 남을 겁니다요. 쉬시더라도 일단 목적지에 도착하셔서 거기서 며칠 쉬시죠."

"거기까진 얼마나 남았는가?"

"아직 멀었습니다. 아무리 빨리 가도 20일 정도 더 가야 합니다."

승조는 하는 수 없이 병든 몸으로 눈물을 머금고 길을 잡아갔다. 시 한 수가 이를 증명하노라.

가련하도다, 어린 도련님 고향을 떠나,
말 등에 얹혀 먼 길 가도다.
아득한 사막, 어디가 길인가?
초원에 구름 피어나는데 해가 뉘엿뉘엿.

계속해서 이틀 더 길을 갔다. 승조의 몸은 더욱 위중해졌다. 말 등에 앉아 있는 것도 힘들어 보였다. 그러함에도 묘전은 잠시라도 길을 멈추면 큰일이라도 난다는 듯이 승조의 상태는 아랑곳하지 않고 길을 재촉했다. 승조를 이 길 중간에 어찌 끝장내버리려는 의도가 명백해 보였다. 승조가 소리쳤다.

"묘전, 난 이제 더는 걸을 수 없네. 어서 객점을 정하여 좀 쉬자고."

묘전은 승조의 말을 듣고는 혼자서 생각을 굴렸다.

'저놈 상태를 보니 더 살기는 글렀구먼. 객점에 들렀다간 괜히 일이 꼬일 것 같아. 차라리 여기다 버리고 나 혼자 돌아가는 게 나을 것 같군.'

이렇게 마음을 정하고 묘전이 승조에게 말했다.

"도련님, 객점이 예서 너무 멀답니다. 도련님이 지금 한 발짝도 옮기기 힘드시니 잠시 여기 앉아 계시면 제가 먼저 객점에다 짐을 내려놓고 도련님을 업고 다시 객점으로 가는 게 어떻겠습니까?"

"그게 좋겠네."

묘전이 승조를 어느 집 대문 앞 계단참까지 부축하여 걸어가 승조를 앉히고 저벅저벅 걸어 앞으로 나아가더니 좁은 골목길을 돌아 먹을거리를 사서 배를 채우고 마필을 빌려서는 왔던 길을 되짚어 돌아갔다. 묘전 이야기는 더 할 필요가 없겠다.

한편, 승조는 다른 사람 집 대문 앞 계단참에 앉아 한참을 기다렸으나 묘전은 코빼기도 보이지 않았다. 도저히 몸을 가눌 수가 없어 그만 쓰러져 잠들어버렸다. 그 집은 홀로 된 노파가 사는 집, 안에서 혼자 실을 잣고 있었다. 노파는 한 남정네가 어린 사내아이를 부축하여 오더니 자기 집 대문 앞에 앉히는 걸 보고 그러려니 하고 무심결에 넘겼다. 해 질 무렵, 노파가 물을 길으러 대문을 여는데 그 사내아이가 자기 집 대문을 가로막고 잠들어 있지 않은가.

"아이고, 이 도련님 좀 봐, 어서 일어나라고. 이 노파 물 길으러 가야 한다네."

승조는 잠결에 누가 자기를 깨우는 소리를 듣고 묘전이 돌아왔나 싶었다. 눈을 떠서 바라보니 이 집 사는 노파였다. 승조가 억지로 일어나 입을 열었다.

"할머니, 무슨 말을 하시는 건가요?"

노파가 들으니 사내아이의 말투가 이 고장 말투가 아니라 다시 한번 물었다.

"아니, 어디서 왔기에 남의 집 대문 앞에서 잠이 들었는가?"

"전 북경에서 왔습니다. 몸이 너무 아파 움직일 수가 없어 잠시 이곳에 앉아서 하인을 기다리고 있습니다. 하인이 오기만 하면 바로 떠날 것입니다."

"그 하인은 어디 있는가?"

"하인이 먼저 객점을 잡고 짐을 놓고서 절 데리러 온다 했습니다."

"아이고, 도련님네 하인이 오전에 떠났는데 지금은 벌써 해가 지려고 하지 않소. 오려면 벌써 왔을 거 같은데. 아마도 짐 속에 은자가 꽤 들어 있기라도 해서 도련님을 버리고 도망간 것 같소이다."

승조는 잠을 자느라 날이 이렇게 어두워진 것도 모르고 그저 하인이 곧 돌아올 거라 대답했다가 노파의 말을 듣고 황급히 고개를 들어 하늘을 바라보았다. 해가 이미 서산에 코빼기만 걸어놓고 숨어버렸다. 승조가 깜짝 놀랐다.

'이 빌어먹을 놈이 내 병이 갈수록 위중해지는 걸 보고 내 시중들기 싫어서 도망친 거구나. 아이고 진퇴양난이로다. 어쩌면 좋을꼬?'

승조는 눈물을 줄줄 흘리면서 대성통곡했다. 이웃 사람들이 몰려나와서 이 광경을 구경했다. 노파는 승조가 이렇게 우는 게 너무도 불쌍해 보여서 물통을 내려놓고 물었다.

"도련님, 부모님은 뉘시오? 무슨 급한 일이 있기에 이런 엄동설한에 하인 하나 딸려서 길을 나서게 했단 말이오, 대체 어디 가는 길이요?"

승조가 눈물을 떨구며 대답했다.

"할머니한테 사실대로 말씀드리지요. 제 아버님은 황실수비대 천호장이시온데 조충 사령관님을 모시고 섬서로 반군을 정벌하러 출정했다가 그만 전장에서 전사했습니다. 어머니께서 저에게 묘전이라는 하인을 딸려서 전장에 가서 아버님 시신을 수습하여 오라 했는데 그만 도중에 제가 병이 들어 버리니 그 하인 놈이 저를 버리고 도망친 것 같습니다. 이제 전 타향에서 불귀의 객이 될 처지입니다."

승조가 말을 마치고 다시 또 대성통곡했다. 사람들이 승조의 말을 듣더니 모두 혀를 끌끌 찼다. 노파가 입을 열었다.

"아이고, 이거 불쌍해서 어쩌나! 본디 번듯한 집안의 아들이로구먼. 아직 나이도 어린데 어찌 이리 효심이 깊을까, 정말로 보기 드문 아일세 그려! 몸도 아픈데 이렇게 차가운 돌덩어리 위에 몸을 뉘면 몸이 더 안 좋아지지. 어서 일어나서 내 방으로 들어가서 좀 누워 있으라고. 혹시 알아, 그 하인 놈이 다시 돌아올지."

"할머니 말씀은 너무 고맙습니다만 폐가 되지 않을까 걱정입니다."

"무슨 그런 말을! 누군들 살다 보면 힘들 때가 없을라고."

노파가 승조를 이끌고 집 안으로 들어갔다. 이웃 사람들도 각기 흩어졌다. 승조가 방 안으로 들어가 보니 옆쪽에 바로 아궁이가 있고 그 아궁이 위를 벽돌로 쌓아 침상으로 쓰고 있었다. 노파는 승조를 침상에 누이고 황급히 물을 끓여 마시게 해주었다. 밤이 깊은 시각, 노파가 승조의 몸을 만져보니 불덩이처럼 뜨거웠다. 새벽녘, 승조는 인사불성이 되고 말았다. 노파는 황급히 의원을 청해와 승조의 맥을 짚어보게 하고 약을 지어 먹이며 극진히 보살폈다. 주위 사람들은 승조의 병세가 아주 심각한 걸 아는지라 노파가 뭐 하러 이렇게 사서 고생하며 보살피는지 모르겠다고 수군댔다. 노파는 남들이 뭐라고 하든 말든 온 정성을 다하여 승조를 보살폈다. 승조가 아직 죽을 팔자는 아니었는지 이렇게 마음씨 좋은 노파를 만났다. 시 한 수로 이를 증명하노라.

계모는 자신을 원수처럼 대했는데,
길에서 우연히 만난 노파가 극진히도 보살펴 주는구나.
사람의 마음씨가 이렇게도 천양지차,
낯선 노파 사랑이 계모보다 낫구나.

승조는 이렇게 병든 채로 새해를 맞이했다. 2월이 되어서야 조금 차도가 보였다. 승조가 침상에서 노파를 바라보고 입을 열었다.

"할머니께서 이렇게 자비를 베풀어주셔서 제가 생명을 구할 수 있었으니 정말로 저를 다시 살게 해주신 분이올시다. 제가 몸을 추스르기만 하면 이 은혜를 기필코 갚겠습니다."

"아이고 도련님, 무슨 그런 말을 다! 그저 먼 길 가던 도련님이 너무 아프고 힘들어 보이기에 잠시 내 집에 머무르게 한 것일 뿐인데, 그게 무슨 대단한 일이라고 은혜를 갚는다는 말을 다 하고 그러우!"

세월은 무정하게 계속 흘러 어느덧 3월도 다 가고 4월이 다가왔다. 이제 승조가 병이 거의 나아 몸이 건강해졌다. 승조는 노파에게 작별을 고하고 아버지의 시신을 수습하러 출발하려 했다. 노파가 승조에게 이렇게 말했다.

"도련님, 이제 갓 몸을 좀 추슬렀으니 아직은 움직일 때가 아니라오. 앞으로 가야 할 길이 얼마나 먼데 혼자서 노자도 없이 어찌 가려고 그러시나? 그러지 말고 여기서 기다리고 있으면 이 노파가 북경 가는 사람을 수소문해줄 테니 그 사람 편에 집으로 서찰을 보내어 식구가 와서 도련님을 데리고 가게 하는 게 좋을 거라오."

"할머니 말씀이야 지당합니다만 집에서 나를 데리러 올 만한 사람도 없기도 하거니와 여기서 오랫동안 머물다 보니 제 마음이 편치도 않고, 이렇게 날씨가 포근할 때 길을 나서야지 나중에 날씨가 뜨거워지면 길을 나서는 게 더욱 힘들어질 것입니다. 제 몸은 이제 다 나았으니 길을 나서도 큰 문제는 없을 것입니다. 여기서 조금만 더 가면 바로 대로라 왕래하는 사람도 많고 할 것이니 제가 구걸이라도 하면서 아버님의 시신을 찾으렵니다. 돌아가는 길에 할머니를 다시 뵈올 수 있기를 바랍니다."

"가서 아버님의 시신을 찾는다 해도 그걸 운반할 돈이 없으니 괜한 헛수고만 하는 거라오."

"거기도 관청이 있을 터이니 제가 관청을 찾아가 사정을 이야기할 것입니다. 관청에서도 아버님이 나라를 위하여 목숨을 바친 것을 가상히 여겨 아버님 시신을 고향으로 모실 수 있게 도와줄지도 모르죠."

노파가 승조를 거듭거듭 말렸으나 승조가 끝내 말을 듣지 않으니 하는 수 없이 승조에게 은자를 챙겨주었다. 노파와 승조는 서로 슬피 울며 차마 이별을 하지 못했으니 그 모습이 마치 친어머니와 친아들 같았다. 승조를 떠나보내며 노파가 당부했다.

"도련님, 돌아갈 때 꼭 이 노파를 만나러 오시게. 그냥 지나치면 안 되네."

승조의 목구멍에 뭔가 뜨거운 것이 치밀어올라 차마 말은 못하고 그저 눈물을 흘리며 고개를 끄덕이고 또 끄덕였다. 승조가 두어 걸음 발길을 떼다가 다시 노파를 바라보았다. 노파는 대문 앞에 서서 승조가 사라질 때까지 계속 바라보더니 눈물을 흘리며 대문 안으로 들어갔다. 이웃사람들은 한결같이 노파가 참 물정도 모르게 쓸데없이 정을 쏟는다며 비웃었다.

"어디서 굴러들어왔는지 근본도 모르는 어린 녀석한테 돈도 아낌없이 쓰고 온 정성으로 병구완해주더니 이제 몸이 좀 움직일 만하니 그 녀석이 떠나간다고 하고 그런 녀석 보내면서 뭐가 아쉬워 그렇게 눈물을 흘리나. 대체 왜 그렇게 구슬피 울고 그러는지 알 수가 없네."

사람들은 이 일을 서로 수군대며 웃음거리로 삼았다. 여러분, 이 노파는 그리 잘 사는 형편도 아닌데 참으로 의롭지 않은가! 전혀 일면식도 없는 병든 어린 사내를 거둬 보살피고 헤어질 땐 노자까지 챙겨주며 이별을 아쉬워하다니! 주변에 사는 수많은 남자들 가운데 이 어린 사내에게 어질게 대해주고 의리를 보여준 자 어디 있는가? 오히려 노파의 의로운 행동을 비웃기나 했으니. 사람이라고 다 같은 사람은 아닐 것이니 사람의 마음 씀씀이가 이렇게 다르도다. 자, 쓸데없는 이야기는 이제 그만하자.

한편, 승조는 짐꾼도 없고 길도 설었다. 일단 큰길을 따라 걸으며 물어물어 앞으로 나아갔다. 걷다가 힘들면 암자나 도관이나 시장이나 시골 마을이나 닥치는 대로 잠자리를 얻어 몸을 뉘었다. 그래도 다행히 노파가 준 노자가 있어 반은 굶고 반은 요기하면서 임조부臨洮府를 향해 나아갔다. 그곳은 전란을 겪어 길이 황폐해지고 사람조차 드물었다. 승조는 지난날 전투를 벌였던 곳을 물어가며 고란산 쪽으로 가서 아버님을 위한 제사라도 지내려 했다. 하나 어쩌랴. 수중에 있는 열몇 푼의 동전을 탈탈 털어 지전을 좀 사고 불씨를 빌려 전투가 벌어졌던 곳을 향해 달려갔다. 멀리서 바라보니 그저 황량한 벌판, 인적이라곤 찾을 수가 없었다. 무섭다는 생각이 먼저 들었다. 승조는 그 자리에 서서 감히 더 나아가지 못하고 있었다.

'그래 내가 천신만고 끝에 여기까지 왔는데 이곳을 무서워한다면 어찌 아버님의 시신을 거둘 수 있으랴? 목숨을 걸고서라도 앞으로 가보자.'

승조는 호흡을 가다듬고 전투가 벌어졌던 그곳을 향해 발걸음을 내디뎠다. 눈을 들어 바라보니 정말로 처참했다.

아득하고 황량한 벌판,
여기저기 무성한 들풀.
사위는 가시나무,
끝없이 일어나는 황사.
여기저기 굴러다니는 해골,

지난날 세상을 호령하던 호걸이었을 터.

여기저기 발에 채는 백골,

살아서는 힘깨나 쓰던 장사였을 터.

음산한 바람은,

귀신들의 통곡 소리.

차가운 안개가 사방에서 일어나고,

놀란 토끼만 여기저기 달리는구나.

달빛 아래 원숭이 소리가 애간장을 끓이고,

가을 하늘 아래 기러기 울음이 슬픔을 불러오누나.

승조는 불을 그어 지전을 태우고 하늘을 바라고 울면서 절을 올렸다. 다시 눈을 들어 사방을 자세하게 살펴보니 백골이 이리저리 사방에 흩어져 구르니 온전한 시신을 찾을 수가 없었다. 조충 사령관이 반군을 격퇴한 후 사방에 즐비한 시신을 차마 그냥 두고 볼 수가 없어 전사자를 위한 제사를 먼저 지낸 다음 시신을 거둬 화장했기에 온전하게 남아 있는 시신이 거의 없게 되었다. 승조가 아버지 시신을 찾느라 반나절이 넘게 헤매다 보니 너무 피곤하여 풀더미 위에 앉아 잠시 쉬었다. 이때 퍼뜩 생각이 떠올랐다.

'전투가 벌어지면 서로 죽이고 죽는 게 다반사. 전투가 벌어진 곳이 이곳 한곳만은 아닐 것인데. 아버님은 대체 어디서 숨을 거두신 것일까? 내가 이곳만을 고집하여 아버님 시신을 거두려는 것은 바보짓 아닐까.'

승조가 다시 생각에 잠겼다.

'승조, 이 바보 같은 놈아. 아버님이 전사하신 지 이미 오래, 살은 이미 다 사라지고 뼈만 남았을 것인데, 승조 네가 그걸 눈앞에서 바라본다 손 어찌 알아볼 수 있을까? 만약 승조 네가 아버님 시신을 알아보지 못

한다면 지금까지의 노력도 결국 헛수고가 되는 거 아니냐!'

승조가 고민하다가 마침내 하늘을 우러러 기도했다.

"아버님, 아버님의 혼령이 예서 멀지 않은 곳에 계실 것입니다. 불초소자 승조가 아버님을 뵈러 천릿길을 달려왔습니다. 제가 아버님의 시신을 모시려 합니다만 아버님의 시신을 알아낼 도리가 없습니다. 아버님께서 생전에 나라를 위해 충성을 다하셨으니 돌아가셔서도 필시 나라를 위한 신령이 되셨을 것입니다. 아버님께서 저에게 아버님의 시신이 어디에 있는지 알려주셔서 제가 모시고 돌아갈 수 있게 해 주십시오. 아버님이 이 황량한 곳에 계셔서 제사도 못 받는 귀신이 되는 일이 있어서는 안 될 것입니다."

승조는 기도를 마치고 목을 놓아 울었다. 그런 다음 백골이 널려 있는 들판을 이리저리 돌아다녔다. 해가 서산을 향해 가고 있을 시각, 어디 몸을 누일 곳도 마땅치 않았다. 일단 잠잘 곳부터 찾아야 했다. 들판 길을 조금 걸어가노라니 길옆 수풀에서 스님이 걸어 나왔다. 그 스님이 승조를 발견하고는 위아래로 훑어보았다.

"어린놈이 참으로 맹랑하네. 여기가 어디라고 이렇게 혼자서 돌아다니고 있어!"

승조가 울먹이며 대답했다.

"저는 북경에서 왔습니다. 아버님이 조충 사령관님을 모시고 이곳으로 출정했다가 전사했습니다. 하여 제가 특별히 여기 와서 아버님의 시신을 거두어 장사를 치러드리고자 합니다. 아버님이 어디 계신지 종적도 알지 못하는데 날은 어두워지려 하고 그래서 지금은 몸을 누일 곳을 찾고 있습니다. 스님께서 저를 암자로 데리고 가셔서 하룻밤 재워주시는 은덕을 베풀어주실 수 있으신지요?"

"그래, 어린 녀석이 효심이 지극하구나. 세상에 이런 효자가 다 있다니! 한데 시신을 다 불태워버렸는데 어찌 네 부친의 시신을 찾는단 말이냐?"

승조는 이 말을 듣고 땅바닥에 떼굴떼굴 구르면서 목을 놓아 울었다. 스님이 그런 승조를 안아 일으키며 말했다.

"아이고, 울어본들 무슨 소용이 있겠느냐. 나랑 같이 가서 오늘 밤을 지내고 내일 집으로 돌아가거라."

승조는 하는 수 없이 스님을 따라서 2리 정도 걸어 작은 마을로 들어섰다. 보아하니 대여섯 가구 정도가 모여 사는 마을이었다. 스님의 거처는 풀로 이어 지붕을 얹은 작은 암자, 문을 밀치고 안으로 들어가 불을 땔 때 밥을 지어 승조를 먹였다.

"그래 부친은 어느 벼슬을 하셨는가? 어느 사령관 휘하에 있었는지, 이름은 어떻게 되는지?"

"제 아버님은 황실수비대 천호장을 지내셨으며, 성은 이, 이름은 웅이라 합니다."

스님이 그 말을 듣고 깜짝 놀랐다.

"아, 바로 이 선봉장님의 아드님이구먼!"

"스님, 제 선친을 어떻게 아시는지요?"

"사실대로 말씀드리지요. 소승은 본디 황실수비대 소속 병사였으며, 이름은 호이虎二라고 합니다. 작년에 출정할 때 선봉장님 휘하에 있었습니다. 선봉장님께서 제 용력이 빼어난 것을 보시고 저를 선봉대의 일원으로 선발하여 선봉장님의 경호를 맡기시며 저를 특별히 신임하셨습니다. 저에게 반군과의 전투에서 승리하면 무관 벼슬길에 오르게 해주겠노라 약속하기도 하셨습니다. 하지만 아뿔싸 7월 4일, 선봉장님을 따라서 전투를 벌이던 중 적병 수백여 명의 머리를 베니 적병이 도망쳤고 저희는 기세를 믿고 그들을 추격하여 적진 깊숙이 들어갔습니다. 바로 이때 복병이 사방에서 일어나 저희를 에워쌌고 구원병마저 적에게 몰살당했습니다. 우리는 적병에게 전멸당하고 선봉장님과 저 이렇게 둘만 살아남았습니다. 저희는 부상을 당하여 시체 사이에 엎드려 있었습니다. 그러다 야밤을 틈타 도망치려니 선봉장님은 이미 숨을 거두신 후였습니다. 사방을 살펴보니 옆에 흙담이 있어 그곳까지 선봉장님을 메고 가서 흙담을 헐어 선봉장님을 덮어드렸습니다. 이때는 적병이 이미 앞을 가로막고 있어, 진지로 돌아갈 수도 없었습니다. 어쩔 수 없이 산골짜기 입구까지 이동했는데 한 노스님을 만났고 그 스님이 저를 암자로 데려갔습니다. 그 스님이 저를 보살펴 주시고 상처를 치료해주시면서 저에게 출가를 권했습니다. 저 역시 죄 많은 세상 악착같이 사느니 청정무구한 삶을 추구하는 것이 더 낫겠다는 생각이 들어 그 스님 말대로 머리를 깎고 출가했습니다. 올해 봄, 스님께서 열반에 드시니 다른 두 제자가 저더러 본디 속세에서 살다가 어쩌다 출가한 것이니 같이 암자에서 살게 할 수 없다고 했습니다. 제 소견으로는 저 역시 이미 출가한 몸인데 이게 무슨 말인가 싶었지만 그들하고 시비하기 싫어 미련 없이 그 암자를 나와 탁발하며 여기까지 오게 되었습니다. 바로 이곳에서 빈 초가집 하나를 발견하여 자리를 잡고 원근 각처로 탁발하러 다니며 지내고 있습니다. 이렇게 우연히 선봉장님의 아드님을 만나다니 아마도 하늘이 도와주신 것 같습니다."

승조는 아버님의 시신이 보존되어 있다는 말을 듣고 엎드려 감사의 절을 올렸다. 스님이 황급히 승조를 안아 일으켰다.

"도련님은 나이도 어린데 어떻게 하인도 없이 이렇게 혼자서 길을 떠나셨습니까?"

승조는 도중에 병이 들었던 일, 묘전이 자기를 버리고 도망쳤던 일, 노파를 만나 도움을 받았던 일을 소상하게 설명해주었다.

"선친의 시신을 수습하지 못하고 이 황량한 벌판에서 그냥 뒹굴게 놔 둘 터였습니다. 천행으로 스님을 만나 우리 부자가 서로 만날 수 있게 되었습니다."

"돌아가신 선봉장님의 영혼이 아직 희미해지지 아니하시고 도련님의 효성이 하늘을 감동시켜서 하늘이 만나게 해주신 것입니다. 다만 도련님 은 혈혈단신이고 게다가 노자도 없는 형편인데 어떻게 선봉장님을 모시 고 돌아가시렵니까?"

"생각 같아서는 이곳 관가로 가서 도움을 청해보고 싶습니다만 그게 될지 모르겠습니다."

"아이고 도련님, 그게 되겠습니까? 관가의 인심은 겨울바람처럼 쌀쌀 하다고 하는 속담도 있지 않습니까. 평소 엄청 가까운 사이라도 죽으면 나 몰라라 하는데 하물며 평소에 일면식도 없는 사인데, 뭐라고 특별히 나서서 도와주려고 하겠습니까."

"그럼 어떻게 하면 좋을까요?"

스님이 한참을 고민하더니 드디어 입을 열었다.

"도련님, 너무 걱정하지 마십시오. 저에게 다 생각이 있습니다. 내일 선봉장님의 시신을 수습하여 상자에 담아 그걸 제가 메고 출발하여 탁발 을 하면서 북경까지 가면 되지 않겠습니까?"

"스님께서 그렇게만 해주시면 제가 죽어서도 결초보은하겠습니다."

"저는 이미 저를 알아봐 주신 선봉장님의 은혜를 입은 몸, 그 은혜를 갚기 위해서라면 뭔들 못하겠습니까."

이튿날 스님이 이웃에서 다 해진 대나무 상자 하나와 밧줄 두 개 그리고 괭이를 빌려왔다. 더불어 지전을 산 다음 암자의 문을 걸어 잠그 고 승조와 함께 출발했다. 몇 리를 걸어가니 한 마을이 나왔다. 그 마을 엔 밥 짓는 연기라곤 도무지 찾아볼 수가 없었다. 흙 담장 아래까지 곧장 가서 대나무 상자를 내려놓았다. 승조가 통곡하기 시작했다. 스님이 지전을 사르고 한차례 축도를 하고 난 다음 괭이를 들고 흙을 파내기 시작했다. 백골이 드러났다. 차근차근 수습하여 상자에 담아서 뚜껑을 덮고 밧줄로 동여매었다. 스님은 그 상자를 등에 짊어지고 승조는 괭이를 짊어지고 둘은 같이 암자로 돌아갔다.

스님이 옷과 이불 등속을 챙겨 짐을 꾸리더니 대나무를 하나 챙긴 다음 암자를 나섰다. 괭이를 이웃에게 돌려주고 이웃 사람들과 작별인사를 나누면서 암자를 좀 보살펴 달라고 부탁했다. 두 사람은 그곳을 떠나 탁발하면서 길을 잡아갔다. 탁발하다 보니 외려 노자가 부족한 줄도 모르게 마침내 보안촌에 다다랐다. 승조는 그 노파가 떠올라 다시 찾아가 감사 인사를 드리고자 했다. 누가 알았으리! 그 할머니는 승조가 떠난 후 밤낮 승조를 그리워하다가 그만 병이 들어 저세상으로 떠나고 말았으며 일가친척 몇이 장례를 치러드리고 교외에서 화장했다고 한다. 승조는 그 말을 듣고 멀리 하늘을 우러러 절을 올리고 한바탕 대성통곡했다.

둘은 다시 길을 잡아 출발했다. 석 달이 지나니 얼추 북경 인근이었다. 북경에서 10리 정도 떨어진 곳, 길가의 객점이 눈에 들어왔다. 스님이 승조에게 말했다.

"도련님, 여기서 잠시 쉬었다 가시지요."

둘은 같이 객점 안으로 들어갔다. 스님이 대나무 상자를 객점 안 탁자 위에다 올려놓고서 승조에게 말했다.

"제가 도련님을 댁까지 모시고 가서 선봉장님 영전에 절을 올려야 마땅하나 저는 본디 군인이었던 몸, 비록 출가했다고 하나 누군가 저를 알아보면 도망병이 되는 신세입니다. 여기서 도련님과 작별을 고하고자 합니다. 나중에 다시 만날 수 있기를 바라는 마음이 간절하나이다."

승조가 눈물을 흘리며 대답했다.

"스님의 말씀이 지당하십니다만 스님께서 저랑 같이 제집에 가시면 뭐라도 스님에게 보답하여 드릴 수 있을까 합니다만, 지금 여기서는 아무것도 해드릴 수가 없으니 이걸 어쩝니까요?"

"도련님, 무슨 그런 말씀을 하십니까! 제가 도련님을 모시고 길을 나선 것은 선봉장님의 은혜에 보답하기 위함이었고, 도련님이 혼자서 그 험한 길을 떠나신 게 안타까워서였지 어찌 무슨 보답을 바라고 한 것이었겠습니까?"

둘이 이야기를 나누자니 점원이 술과 음식을 내왔다. 스님이 대나무 상자 앞에다 그것을 차려놓고 네다섯 차례 연거푸 절을 올렸다. 그런 다음 승조에게 작별인사를 했다. 두 사람은 모두 눈물을 흘렸다. 스님은 또 돈을 내어 말 한 마리를 세내어 승조가 타고 갈 수 있게 하고 짐꾼을 사서 대나무 상자를 메고 가게 했다. 두 사람은 객점을 나서서 슬픔에 겨운 이별을 했다. 시 한 수로 이를 증명하노라.

부친의 시신을 수습하고자 바람과 먼지를 가르고 출발했네,
홀몸으로 천 리를 가노라니 몸이 먼저 병들어버리네.
노파가 돌봐주고 스님이 길을 함께하네,
하늘이 저 효자를 버리지 않네.

한편, 이야기는 여기서 둘로 갈린다. 묘전은 승조를 버리고 말을 세내어 타고서 북경 집으로 돌아가 전쟁터에 도착하여 이리저리 찾았으나 나리의 시신을 도저히 찾을 수가 없었고 도련님은 병들어 그만 세상을 떠났다고 전했다. 게다가 노자가 부족하여 도련님 시신을 메고 올 수가 없어 현지에다 묻어주었노라 했다. 묘전은 초씨에게만 살짝 사실을 알려 드렸다. 옥영 자매는 계모 초씨의 학대 때문에 날마다 그 고통이 이루

말할 수 없을 정도라 전쟁터에서 돌아가신 아버지가 더욱 그리웠다. 그런 와중이 승조가 세상을 떠났다는 소식까지 들으니 가슴이 더욱 찢어지는 듯했다. 초씨는 묘전이 전해준 소식을 듣고 억지로 한바탕 소리 내어 울었다. 하인들은 나리가 전사하고 그 시신을 거두러 간 도련님마저 세상을 떠났다는 소식을 듣고는 각자 자기 살길을 찾아 뿔뿔이 흩어졌다. 묘전 부부와 유모 둘만 남으니 집 안이 휑하디 휑했다.

초씨는 친아들 아노가 어서 커서 이웅의 관직을 물려받고 집안이 다시 북적북적해지기만을 고대하고 또 고대했다. 마침 병부의 급사중給事中이 천자께 상소를 올려 전장에서 목숨을 잃은 자들을 굽어살펴 주십사 청했으며 이에 천자의 비준이 있어 병부에서 이 건을 살피는 중이라는 소문이 돌았다. 초씨는 오빠 초용에게 돈푼깨나 쥐여주고서 병부의 위아래 벼슬아치들을 두루 만나서 이웅이 생전보다 한 등급이라도 더 높은 서훈을 받을 수 있게 손을 좀 써보라 부탁했다. 초용이란 작자는 평소 결코 맨입으로는 일을 안 하는 자라 아무리 여동생이라 해도 손을 안 벌릴 리 만무했다.

하루는 초용이 초씨에게 찾아와서 할 말이 있다 했다. 초씨는 그 말을 듣고 바로 술 한 상을 거하게 차려 오빠를 대접했다. 초씨 남매는 술이라면 마다하지 않는 자들이라 아무리 마셔도 도대체 취하질 않았다. 오후부터 마시기 시작한 술이 해질녘이 되어도 끝날 줄을 몰랐다. 초씨가 묘전에게 술을 사오게 했다. 묘전이 술병을 들고 대문을 나서 막 계단에 발을 내딛으려는 순간, 멀리서 말 한 마리가 다가오는 게 보였다. 그 말 위에는 어린아이가 하나 타고 있었다. 그 어린아이는 바로 승조였다. 묘전은 너무도 놀랐다.

'저놈이 아직 죽지 않고 살아 있었단 말이야!'

묘전이 즉시 몸을 돌려 안으로 들어가 초씨에게 이 사실을 알렸다.

초씨는 초용과 이 건을 상의하고 나서 묘전한테 뒷문으로 나가서 비상을 사오라 하고 둘은 계속 술을 마시면서 승조가 들어오기를 기다렸다. 이 이야기는 일단 여기까지만 하자.

한편, 승조는 자기 집 문 앞에 이르러 말에서 내렸다. 짐꾼은 대나무 상자를 메고 뒤를 따랐다. 대청에 이르기까지 아무런 인기척이 없었다.

'아버님이 돌아가시고 나니 이렇게 모든 게 다 퇴락해버렸구나.'

승조는 짐꾼한테 대나무 상자를 아버님 영전에 놓고 돌아가게 했다. 승조가 아버님 영전에 절을 올리고 나니 오가면서 겪은 고초가 떠올라 자기도 모르게 눈물이 비 오듯 흘러내렸다. 마침내 승조가 대성통곡했다. 초씨가 그 통곡 소리를 듣고 하녀를 시켜 살펴보게 했다. 하녀가 대청에 나가 살펴보니 승조라, 너무도 놀라 황망히 다시 돌아왔다.

"마님, 도련님이 귀신이 되어서 돌아왔어요."

초씨가 하녀 얼굴 코앞에까지 다가가 침을 튀기면서 소리쳤다.

"아니 비싼 밥 먹고 무슨 헛소리야!"

"도련님이 지금 나리 영전에서 울고 있다니까요. 마님, 못 믿으시겠다면 저랑 같이 가보시자구요."

초용도 짐짓 아무것도 모르는 척하며 소리쳤다.

"어찌 이런 일이 있을 수 있단 말이냐?"

셋이서 함께 밖으로 나갔다. 승조가 보고서 눈물을 훔치고 앞으로 나와 절을 하려고 했다. 초용이 승조를 붙잡으며 말했다.

"오가는 길에 고생이 많았을 텐데 무슨 절을 다하려고 그러느냐!"

초씨가 눈물을 흘리면서 말했다.

"묘전이 돌아와 네가 불행한 일을 당했다고 하더라. 내가 너무도 가슴이 아파 차라리 보내지 말 것을 하고 후회막급이었다. 이제 이렇게 돌아왔으니 천만다행이로다. 그래 네 부친의 시신은 수습했느냐?"

승조가 대나무 상자를 가리키며 말했다.

"예, 이 안에 모셔왔습니다."

초씨는 그 대나무 상자를 껴안더니 아이고 아이고 하면서 울기 시작했다. 옥영 자매는 승조가 무사하다는 걸 알고는 놀라기도 하고 기쁘기도 했다. 옥영 자매가 대청으로 달려오니 사 남매가 한 덩어리가 되어 울었다. 한바탕 울고 나서는 옥영이 물었다.

"묘전이 네가 죽었다고 하던데 어떻게 이렇게 살아 돌아온 거야?"

승조가 도중에 병이 들었던 일, 묘전이 잠시도 쉬지 못하게 하면서 계속 길을 가게 했던 일, 스님을 만났던 일을 하나하나 이야기했다. 초용이 버럭 화를 내며 말했다.

"묘전 이 죽일 놈, 어찌 이리 악독한 짓을 다 했단 말이냐. 내가 이놈을 관가로 끌고 가서 처형당하게 할 것이야. 그래야 우리 승조 도련님의 화가 조금이라도 풀릴 거 아냐!"

"외삼촌께서 그리 해주시면 참 좋겠습니다."

초씨가 끼어들었다.

"그래 오가는 길에 얼마나 고생이 많았느냐. 어서 안으로 들어가서 요기 좀 하고 쉬어라."

모두들 안쪽으로 들어갔다. 초용이 승조를 자기 옆에 앉혔다. 옥영 자매는 한쪽으로 다소곳이 비켜 앉았다. 초씨는 하녀에게 술을 데워오게 하고는 뒷문 쪽으로 살짝 나가보았다. 마침 묘전이 그곳에서 기다리고 있었다. 초씨는 묘전에게서 약을 건네받고 묘전한테는 잠시 더 있다가 들어오라 했다. 초씨는 주방 안으로 들어가 하녀들을 나가라고 한 다음 그 약을 술병에다 넣고는 다시 방 안으로 들어왔다. 잠시 후 하녀가 술과 음식을 장만하여 식탁으로 옮겨왔다. 초용이 술병을 들어 한 잔 가득 따라서 승조에게 권했다.

"원님 덕에 나팔 분다 하지 않소. 일단 이거로 목이나 축입시다."

"외삼촌, 정말 감사합니다!"

승조가 그 술잔을 받은 다음 탁자 위에 내려놓고 자기도 술을 따라 초용에게 드렸다. 초용이 그 술잔을 받아 들고서 이렇게 말했다.

"우리는 이미 많이 마셨네. 이 병에 술도 얼마 남지 않는데 우리 조카님이 더 드시고 몸이라도 녹이게나."

승조는 영문도 모른 채 벌컥벌컥 다 비워버렸다. 초용이 한 잔을 다시 또 따라서 건네며 말했다.

"조카 같은 젊은이는 한 번에 두 잔 정도는 마셔야지!"

승조는 외삼촌이 권하는 것이라 감히 사양하지 못하고 다시 한 잔 더 비웠다. 초용이 술병에 남은 술을 잔에 따라보니 반 잔 정도 되었다. 초용은 또 그걸 승조에게 권했다. 승조가 세 번째 잔을 마시기도 전에 승조의 배가 무슨 난리라도 난 것처럼 배가 아파 죽을 것 같다며 떼굴떼굴 굴렀다. 초씨가 한마디 거들었다.

"아이고 길에서 뭔가 안 좋은 기운이 들었나 보네."

"그럴 리가요."

"그때 안 좋은 기운이 들었던 게 지금 나타나는 거지!"

시간이 조금 더 지나니 비상 기운이 본격적으로 돌기 시작했다. 쇠꼬챙이로 배를 찌르는 것 같고 뜨거운 불기운이 마구 돌아다니는 것 같았다. 그 고통을 도저히 참을 수가 없었다. 승조가 소리를 질러댔다.

"아이고, 나 죽겠다!"

승조가 마침내 바닥에 쓰러지고 말았다. 초용이 짐짓 놀라는 척하며 말했다.

"아니 멀쩡하던 아이가 갑자기 왜 이렇게 자지러지게 아픈 거야?"

초씨가 이렇게 말했다.

"토사곽란이 난 게 틀림없어."

하녀를 시켜 승조를 옥영의 침상에 뉘도록 했다. 승조는 계속 떼굴떼굴 구르면서 아프다고 난리였다. 옥영 자매는 너무도 놀라고 걱정되었지만 어찌 손을 쓸 수조차 없었다. 한 시간도 채 못 되어 승조의 오장육부가 다 터지고 콧구멍 귓구멍에서 피가 줄줄 흘러나오더니 숨을 거두고 말았다. 옥영 자매는 가슴이 아리게 울음 울었고, 초씨는 너무나 기분이 좋았으나 그래도 남들 눈치를 보느라 억지로 마른 울음을 울었다. 초용이 한마디 거들었다.

"아이고, 우리 조카가 귀신한테 뭔가 밉보인 게 있어서 이렇게 요절하게 된 모양이네. 그래도 집까지 잘 살아 돌아왔는데 말이야. 승조를 옥영이 침상에 마냥 뉘어 놓을 수도 없으니 오늘 밤 바로 염을 하여야겠어. 그냥 그대로 놔두면 옥영이랑 동생들이 너무 무서워하지 않겠어!"

초씨가 은자를 꺼내러 안으로 들어갔다. 이때 묘전이 일이 어떻게 되어가나 살피러 안으로 들어가려니 울음소리가 들려왔다. 묘전은 이미 일이 다 끝났음을 눈치챘다. 묘전이 안으로 들어서자마자 초씨가 은자를 건넸다. 묘전은 당장 가서 관을 사 왔다. 묘전은 관을 사 올 때 같이 사 온 술 두 병을 먼저 벌컥벌컥 마셨다. 그런 다음 관을 곁방에 들여놓고는 소매를 걷어붙이고 옥영의 침상이 있는 방으로 들어가 옥영 자매들에게 서서 비키라 큰소리를 쳤다. 침대에 누워 있는 승조의 시신을 피도 닦지 않고 옷도 갈아입히지 않은 채 두 팔을 벌려 덥석 껴안았다. 묘전이 본디 힘이 센 데다가 술까지 마셨으니 열 살 갓 넘은 아이가 뭐가 무섭겠는가? 가볍게 양팔로 들어 올려 관을 놓아둔 곁방으로 갔다. 옥영 자매가 그 뒤를 따라가며 울었다.

한편 묘전은 초씨한테서 건네받은 돈 가운데 일부를 빼돌리고는 터무니없이 작은 관을 사왔다. 그러니 승조를 그 관에 넣을 수가 없었다.

한 반 자 정도는 발이 삐죽 튀어나왔다. 하는 수 없이 다리를 구부렸더니 이제 관 뚜껑이 닫히지 않았다. 묘전이 아무리 용을 써도 뾰족한 수가 없었다. 옥영 자매는 이 광경을 보고 더욱 서럽게 울었다. 초씨가 한참 동안 이걸 보다가 마침내 꾀를 하나 내었다. 옥영 자매와 하녀를 밖으로 내보냈다. 방문을 닫더니 묘전에게 시체를 바닥에 내려놓고서 도끼로 두 다리를 잘라내서 머리 아래 끼워 넣으라 했다. 잘린 다리가 베개가 된 셈이다. 관 뚜껑을 닫고 못질을 하고선 문을 열고 나왔다. 초용은 자기 집으로 돌아갔다. 옥영은 관 뚜껑을 닫고 못질까지 한 걸 보고 혼자 곰곰이 생각했다.

'아까까지는 뚜껑이 닫히지도 않았는데 우리를 밖으로 내쫓고 나서 뚜껑을 닫고 못질까지 한 거지? 설마 저 사람들이 무슨 마술이라도 부려 관을 키운 건가, 아니면 우리 승조 시체를 줄이기라도 한 건가?'

옥영이 아무리 생각해도 도무지 알 수가 없었다. 이틀이 지나고 초씨는 수의와 관을 사서 남편의 시신을 다시 염한 다음, 날을 잡아 선영에 안장하고자 했다. 마침 이때 반군과의 전투에서 죽은 자들을 예우하는 건이 승인되었다. 이웅은 충용장군忠勇將軍에 추증되었으나 세습되는 사령관으로 추증되지는 못했다. 초씨는 그저 헛돈을 쓰고 만 셈이었다. 남편을 선영에 묻는 날 일가친척이 모두 찾아왔다. 승조 역시 그 옆에 묻혔다. 사람들이 어떻게 죽은 거냐고 물으면 먼 길 다녀오는 동안 병이 들어 집에 오자마자 죽었다고 대답했다. 친척들 역시 자기 일도 아닌지라 뭐 하러 꼬치꼬치 캐묻겠는가! 불쌍하도다, 저 승조여. 황량한 들판에서도 목숨을 부지했건만 집에 돌아와 이렇게 쉽게 죽임을 당하다니.

생판 모르는 자가 나를 돕네,
나를 아는 자가 나를 해치네.

모든 게 운명이런가,

사람 힘으로 할 수 있는 게 하나도 없구나.

'힘든 고비가 지나야 이런저런 생각할 여유가 생기는 법'이란 속담도 있지 않은가. 승조가 막 숨을 거두었을 땐 옥영이 정신이 하나도 없어 도저히 이것저것 살필 수가 없었다. 승조의 장례를 치르고 생각해 보니 의심나는 구석이 하나둘이 아니었다.

'어떻게 집에 오자마자 숨을 거두었을까? 이렇게 시간이 딱 맞아떨어지기도 힘들 텐데! 입이랑 코에서는 피가 왜 그리도 흘러나왔을까. 동생의 장례를 치르기에 좋은 날을 잡으려고 하지도 않고, 동생 시신을 깨끗하게 염하려고도 하지 않고, 관이 작아서 동생을 제대로 집어넣을 수도 없었는데 왜 관을 바꾸려고도 하지 않았을까. 우리를 밖으로 내쫓고 그냥 아무렇게나 입관을 해버린 건 아닐까. 묘전을 관가에 고발한다는 말이 돌더니 지금은 그 말이 쏙 들어가고 외려 묘전하고 더 가깝게 지내는 걸 보면 처음부터 어머니가 묘전에게 뭔가를 시켰을 거야. 내 동생의 죽음엔 필시 무슨 사연이 있을 거야.'

분명 뭔가가 있다는 확신이 들었으나 아직은 뾰족한 수가 없어 그저 눈물 바람만 할 뿐이었다. 초씨는 승조를 제거하고 난 다음 또 이런 생각이 들었다.

'승조 놈은 없애 버렸지만 저 계집년들은 내가 엄하게 한다고 해도 아직 그렇게 힘들지는 않은 모양이네. 내가 저년들한테 진짜 힘든 게 뭔지 한번 보여줘야겠구먼. 그래야 나를 무서워할 거 아냐.'

이때부터 초씨는 날마다 신경을 곤두세우고 걸핏하면 옥영 자매들에게 매질을 해대었으니 옥영 자매들의 살이 성할 날이 없었다. 옥영 자매들은 맘대로 울 수도 없었으니 울음소리를 내기만 하면 운다고 더 때렸기 때문이다. 하루에 두 끼, 그것도 허여멀건 죽만 먹었고 시킨 일을 조금이라도 못 끝내면 욕을 얻어먹고 얻어맞기 일쑤였고 허여멀건 죽마저도 제대로 먹을 수가 없었다. 입고 있던 옷마저도 다 벗겨가고는 하녀들이 입던 해진 옷을 주고 입으라 했다. 동지섣달에도 홑옷 몇 겹, 등에는 다 뭉개진 솜옷, 밤에는 지푸라기 더미 위에서 해진 이불 덮고 덜덜 떨며 잠을 청해야 했다. 너무 추워서 서로 구더기처럼 한 덩어리로 껴안고 자야 했으니 그 고충을 어이 다 말로 할 수 있으랴! 옥영 자매들은 이러느니 차라리 죽어버릴까 생각하기도 했으나 그래도 살다 보면 좋은 날이 있을까 하는 실낱같은 희망에 차마 생명줄을 놓지는 못하고 서로 위로하며 견디고 있었다. 정말 살자니 힘들고 죽자니 억울한 그런 상황이었다.

며칠만 지나면 새해. 옥영은 이제 12살. 그해 2월, 정덕제가 승하하고 가정제가 뒤를 이어 즉위했다. 비빈을 간택하는 조서가 천하에 전달되었다. 가가호호 처녀를 보고하라는 명령이 떨어졌으며 만약 숨기는 자가 있으면 연대책임을 묻겠다 했다. 옥영의 이웃은 옥영이 용모가 출중하고 재주가 빼어난 것을 잘 알고 있는지라 즉각 옥영의 이름을 관가에 보고했다. 옥영 집 대문에는 후보로 간택되었음을 알리는 노란 딱지가 붙었다. 이때 초씨는 황실과 인척을 맺는 꿈에 부풀어 갑자기 태도를 바꿔 옥영을 애지중지 아끼면서 비단옷으로 갈아입히고 온갖 산해진미를 갖다 바쳤다. 초용에게 은자를 갖다 주고는 예부에 손을 좀 써달라고 부탁했다. 옥영이 초씨에게 온갖 학대를 당했다고는 하나 그래도 기본 바탕이 있는지라 며칠 잘 먹고 요양하니 잘난 모습이 바로 돌아왔다. 게다가 멋진 옷을 입히니 그림 속의 여인처럼 멋들어졌다. 담당관리가 수많은 여인을 후보로 선발했음에도 불구하고 옥영을 첫째로 예부에 추천했다. 예부의 관원도 옥영의 용모를 보고 너무 기뻐했다. 다만, 옥영의 나이가 너무 어려 천자를 모시기 어려울까 걱정하여 집으로 돌려보냈다.

초씨는 자기 나름대로 돈을 많이 썼다고 썼는데 옥영이 뽑히지 못하자 후회가 되기도 하고 억울하기도 했다. 초씨는 안면을 싹 바꿔 옥영의 비단옷을 빼앗아버리고 맛난 음식도 끊어버리고 더더욱 심하게 일을 시키고 닦달했다. '가만히 앉아 놀고먹으면 태산 같은 재산도 금세 바닥이 난다'는 말도 있지 않은가. 이웅의 재산이 그렇게 엄청나게 많은 것도 아니었던 데다가 초씨는 아이들 괴롭히는 데만 신경 쓰고 재산 불리는 건 게을리했으니 그게 얼마나 가겠는가. 게다가 전사한 남편이 보상을 잘 받게 해달라고, 또 옥영이 천자의 비빈이 되게 해달라고 있는 돈 없는 돈 써댔으니 날이 가면 갈수록 재산이 줄어들었다. 하녀 둘을 팔았지만 그 돈도 이미 먹어 없애버렸다. 어찌할 도리가 없어 집도 팔았다. 한데 묘전 이놈이 이 집안 형편이 갈수록 어려워지고, 아들 아노가 자라서 죽은 부친의 직을 물려받으려면 부지하세월이라 싹수가 없구나 생각하고 밤에 초씨의 방에 몰래 들어가 집 판 돈을 훔쳐 자기 마누라랑 같이 멀리 도망쳐버렸다. 이튿날 아침 초씨가 그걸 알아차리고 화가 머리끝까지 치밀어올랐으나 달리 어쩔 도리가 없어 옥영 자매에게 화풀이했다.

"어째 도둑맞는 것도 모르고 그리 잠만 퍼자고 그러냐, 글쎄!"

초씨는 이렇게 소리를 치면서 옥영 자매에게 매질을 해대었다. 한편 초씨는 초용에게 어서 관가에 도둑맞았다고 신고하여 달라고 부탁했다. 그로부터 두 달 정도나 지났으나 어디 종적이나 찾겠는가. 집을 산 사람이 찾아와 어서 집을 비워달라고 재촉하니 시달리다 못한 초씨는 초용과 상의했다. 둘은 옥영을 파는 걸 두고 설왕설래했다. 초용이 말했다.

"옥영 저년 정도의 인물이면 천천히 임자를 찾으면 충분히 비싼 값을 받을 텐데 이렇게 황급히 그냥 팔면 얼마나 받을 수 있을지 모르겠다. 좀 더 있다 팔면 그냥 대충 팔아도 엄청나게 좋은 가격을 받을 거야. 우선 급한 대로 동생 년을 파는 게 더 낫겠다."

초씨는 초용의 말대로 도영을 부잣집 종으로 팔아버렸다. 자매가 헤어질 때 서로 헤어지기를 싫어하여 슬퍼하는 모습이 너무도 안타까웠다. 초씨는 작은 집 하나를 세내어 날을 잡아 이사하려 했다. 옥영은 조상 대대로 살던 집을 하루아침에 다른 사람에게 넘긴다 하니 너무도 가슴이 아렸다. 대청 앞으로 나가 들보에 앉아 있는 제비를 바라보았다. 제비는 헌 집을 고치면서 동시에 새집을 짓고 있었다. 옥영이 속으로 탄식했다.

'저 제비도 가을에 떠났다가 봄에 돌아오면 자기 집이 기다리고 있구나. 나 옥영, 이렇게 이 집을 떠나면 언제 다시 돌아올 수 있을까?'

경치를 바라보니 슬픔이 밀려오고 그러다 보면 주변 환경을 빌어 감정을 읊어낸다고 하지 않는가. 옥영이 바로 그 짝이라. 옥영은 제비와 이별하며라는 뜻의 「별연別燕」 시를 지었다.

새집을 다 못 지었는데 헌 집의 흙이 떨어져 내리네,
떨어지는 흙을 뭐라도 걸쳐 막아보려 하지만 너무 늦었네.
서글픈 마음으로 저 제비랑 이별할제,
이 집은 그대로일 것이나 주인은 바뀌겠구나.

초씨는 초용에게 기대고 싶은 마음이 컸기에 초용 집에서 손 뻗으면 닿을 수 있을 정도로 가까운 곳으로 이사했다. 초씨가 이사한 집은 권문세가의 정원과 닿아 있었다. 이사한 집은 겨우 두 칸이라 모든 게 불편했다. 물도 이웃집 샘에 가서 길어와야 했다. 평소에 시켜 먹기만 했던 초씨는 물 길어오는 걸 옥영과 월영에게 시켰다. 옥영과 월영은 다른 사람들한테 얼굴을 내놓기가 부끄러웠지만 그래도 물을 길러 다녀야 했다. 세월이 또 흐르자 도영을 팔고 몸값으로 받았던 돈도 다 바닥나고 말았다. 어느 날 저녁 초씨가 아들 아노를 데리고 문 앞에 서 있자니 여자 거지 하나가 구걸하는 게 보였다. 나이는 열 몇 살, 목소리가 너무도 처량했다. 옆집 할머니가 그 거지에게 말했다.

"요즘 같은 때 누가 적선을 하겠어! 그만 돌아가는 게 나을 거야."

그 여자 거지가 울면서 할머니에게 말했다.

"할머니, 할머니가 제 고초를 어찌 아시겠어요? 저희 집 노인네가 매일 50푼을 구걸해오라고 시킨답니다. 만약 한 푼이라도 못 채우면 저를 죽도록 때리고 저녁밥도 주지 않고 다음 날 그걸 더 채우라고 합니다. 제가 아직도 6, 7푼이 모자라는데 어찌 돌아갈 수 있겠어요!"

할머니가 여자 거지의 딱한 사정을 듣더니 두 푼을 적선했다. 옆에 있던 사람들도 할머니가 적선하는 걸 보고 너도나도 한 푼 한 푼 적선하니 삽시간에 열몇 푼이 모였다. 여자 거지는 감사의 인사를 몇 번이나 하고는 돌아갔다. 이걸 지켜보던 초씨는 갑자기 욕심이 일어났다.

'저 거지가 대체 하루에 얼마를 버는 거야! 월영이는 생긴 것도 박색이라 어디 팔아봐야 몇 푼 받지도 못할 텐데. 그년한테 구걸하는 걸 가르쳐서 돈을 벌어오게 하는 게 훨씬 낫겠구먼.'

초씨가 이렇게 생각에 잠겨 있는데 마침 월영이가 물을 길어 집으로 돌아왔다. 초씨가 월영에게 소리쳤다.

"이년아, 너 길에서 구걸하던 저 거지 못 봤냐! 나이가 네년보다 어린데도 하루에 50푼씩이나 번다고! 넌 어디 가서 다섯 푼이라도 벌어올 수 있느냐?"

"저 여자는 거지라서 이 사람 저 사람 가리지 않고 달려가 한 푼 줍쇼 할 수 있으니 저하곤 다르죠."

"아니, 네년이 저 거지처럼 못 할 게 뭐가 있어! 당장 내일부터 구걸을 시작하라고. 하루에 50푼씩 구걸해와. 만약 한 푼이라도 모자라면 내가 네년을 반쯤 죽여 놓을 거야."

옥영과 월영은 초씨가 월영에게 구걸을 해오라는 소리를 하는 걸 듣고 서로 얼굴을 마주 보며 눈물을 흘렸다. 옥영과 월영이 무릎을 꿇고서 초씨에게 말했다.

"어머님, 저희 집안이 대대로 벼슬살이했던 집안임은 근동의 사람들이 익히 아는 바입니다. 저희 집안은 그 나름의 체면과 체통이 있는데 저희에게 구걸하러 나가라 하시면 우리 집안 체면에 먹칠하는 것이고 다른 사람들의 비웃음을 사는 일이 됩니다."

초씨가 다시 한마디 했다.

"지금 당장 먹을 게 없어서 굶어 죽을 판인데 무슨 얼어 죽을 놈의 체면 타령이냐. 부끄러울 게 뭐가 있다고 그래."

월영이 한마디 더 했다.

"맞아 죽으면 맞아 죽었지. 절대 구걸하러 가지는 않을 겁니다요."

초씨가 소리를 질렀다.

"이 미친년이 어미 말을 안 듣겠다는 거냐? 이년이 맞아야 정신을 차리겠구먼."

초씨가 몽둥이를 들고 달려오더니 머리고 얼굴이고 가리지 않고 월영을 두들겨 패기 시작했다. 월영은 너무 아파 견딜 수가 없었던지 바로 소리를 질렀다.

"아이고 어머니, 잘못했어요. 내일부터 당장 구걸하러 나갈게요."

초씨가 월영에게서 눈을 떼고는 옥영을 바라보면서 말했다.

"내가 그래도 너를 챙겨준답시고 너한테는 구걸을 시키지 않았건만 네년이 외려 동생 구걸하러 나가는 걸 가로막고 나서고 그런단 말이지!"

초씨가 옥영을 바닥에 밀쳐놓고 몽둥이찜질을 해댔다. 이튿날 아침 초씨가 월영에게 구걸하러 나가라고 닦달하니 월영은 하는 수 없이 창피함을 무릅쓰고 나섰다. 이날부터 월영은 날마다 구걸을 다녔다. 50푼을 채우면 그래도 그냥 넘어갔지만 조금이라도 모자라면 초주검이 되도록 매질했다.

세월이 쏜살같이 흘러 옥영의 나이 벌써 열여섯. 때는 바야흐로 3월 하순, 초용의 쉰 살 맞이 생일잔치가 열렸다. 초씨는 아노를 데리고 오빠 생일을 축하하러 갔다. 월영은 구걸하러 거리로 나갔다. 옥영 혼자 남아서 집을 보고 있었다. 옥영은 초씨가 나간 다음 문을 닫고 손가락에 골무를 끼고는 생각에 잠겼다.

'아버지가 살아계셨을 땐 우리 자매를 금이야 옥이야 키워주시고 험한 말 한마디 하지 않으셨는데. 어쩌다 이런 새엄마를 만나 생고생을 하는지 남동생은 새엄마에게 죽임을 당하고 여동생은 하녀로 팔려가고 거지가 되어 구걸하러 다니게 되었구나. 우리 집 살림은 다 거덜 나버리고 마침내 이런 지경에 이르렀구나. 우리 신세가 어쩌다 이렇게 되었을까. 우리 앞날은 어떻게 될까, 우리는 대체 어떤 팔자를 타고난 걸까? 살아서 좋은 꼴 보지 못하느니 차라리 일찍 죽는 게 복일 거야. 그래, 새엄마가 집에 없을 때 스스로 내 삶을 정리하는 게 괜히 살아서 욕먹고 매 맞는 것보다 나을 거야!'

지나온 일들이 주마등처럼 떠올랐다. 생각하다 보니 눈물이 나고, 눈물이 나니 더 생각이 났다. 울다 보니 기운이 다 빠져버리고 기분이 바닥까지 가라앉았다. 손가락에서 골무를 빼버리고 마당으로 나갔다. 새로 잎이 나기 시작하는 나뭇가지에 제비랑 꾀꼬리가 옹기종기 모여 앉아 재잘거리고 있었다. 버들솜이 슬슬 하늘을 날고 느릅나무 꼬투리가 어지러이 떨어지고 있었다. 이걸 바라보노라니 가슴이 너무 아렸다. 옥영이 슬픔에 겨워 마침내 봄 보내기란 뜻의 「영춘送春」 시 한 수를 지었다.

사립문 덩그러니 잠긴 늦봄,

느릅나무 꼬투리가 동전마냥 떨어지나 가난을 구제해주지는 못하네.
머리카락도 해진 옷도 온통 흙투성이,
어이하여 저 들꽃은 홀로 피어 나를 심란하게 하는가.

시를 다 짓고 나서 옥영은 또 생각에 잠겼다.
'아버님이 돌아가신 후로 하루도 계모에게 시달리지 않는 날이 없어 시심이 일어날 겨를조차 없었구나. 이사하던 날 「별연」 시를 지었던 게 엊그제 같은데 벌써 일 년이 넘게 흘렀구나. 세월은 어쩜 이렇게 야속하게 빨리 흐른단 말이냐!'

옥영은 탄식하다가 퍼뜩 계모가 시킨 일을 아직 다 마치지 못한 게 떠올라 서둘러 자리를 털고 일어났다. 그때 탁자 위에 무슨 종이가 하나 보였다. 바로 초용이 동생 초씨를 자기 생일잔치에 초대하는 초청장이었다. 옥영은 손을 뻗어 붓과 벼루를 찾아서 자신이 지었던 시 두 수를 적더니 천천히 바라보았다. 그런 다음 또 탄식했다.

'자고이래로 재주 있는 여인이 자신의 남편과 혹은 형제자매와 주고받았던 작품이 천고의 명작이 되어 사람들 입에 오르내리는 경우가 얼마나 많은가! 하나 나 옥영은 너무도 박복하여 이렇게 한평생을 마칠 것 같으니 어찌 애석하지 않으리!'

옥영은 한참을 슬픔에 겨워하다가 그것도 무료한 듯하여 그 종이를 이리 접고 저리 접었다. 그 종이를 마침내 마름모 모양으로 접어서는 베개 밑에 넣어두었다. 그리고 붓과 벼루 치우는 건 까먹고 바로 바느질하러 갔다. 해 질 무렵, 월영이 집에 돌아왔다. 얼마 지나지 않아 초씨도 집에 돌아왔다. 옥영이 눈가에 눈물 자국이 남아 있는 걸 보더니 초씨가 한마디 했다.

"뭐가 그리 힘들다고 그렇게 유세를 떨어!"

옥영은 대꾸할 엄두를 내지 않고 바느질 마친 걸 초씨에게 보여주었다. 월영도 구걸한 돈을 초씨에게 건네주고 죽을 챙겨 먹었다. 옥영은 밤늦도록 바느질을 하다가 잠자리에 들었다. 이튿날 초씨가 탁자 위에 붓과 벼루가 놓여 있는 걸 보고 오빠한테 받은 초청장을 찾아보니 뒷면을 안쪽으로 하여 접혀 있었다. 초씨는 옥영이 혹시 자기를 헐뜯는 말이라도 적어놓았나 싶어 옥영에게 물었다.

"너 이 초청장 뒷면에 뭐라고 적은 거야? 어서 펴서 나한테 보여 봐."

"우연히 시상이 떠올라 한 수 적은 것이지 다른 건 없습니다."

"너 사귀는 남자한테 내 험담을 적어 보내려고 한 거 아냐?"

옥영은 초씨의 이 말을 듣고 너무 창피하여 얼굴이 온통 새빨개졌다. 초씨는 옥영의 얼굴이 새빨개지는 걸 보더니 정말로 사귀는 남자가 있는 모양이라며 어서 그 초청장을 펴보라고 닦달했다. 그리고 마름모꼴로 접은 거가 틀림없는 사랑을 전하는 서찰 본새라고 소리쳤다. 초씨는 몽둥이를 들고 옥영을 겨누며 말했다.

"이 요망한 년, 참 대담하기도 하네. 내가 집에 없는 틈을 타서 사내놈한테 연애 서찰을 다 쓰다니! 그놈이 누군지 어서 나한테 말하라고. 그놈하고 바람난 게 얼마나 된 거야?"

옥영이 울면서 말했다.

"대체 뭘 말하라는 거예요! 하지도 않은 걸 어떻게 이야기해요. 정말 이렇게 사람 잡을 거예요?"

초씨가 버럭 화를 내며 말했다.

"여기 이렇게 증거가 있는데도 계속 딴소리할 거냐!"

초씨가 몽둥이로 앞뒤 안 가리고 사정없이 내려쳤다. 옥영은 매를 피하려고 대문 쪽으로 뛰었다. 초씨가 소리쳤다.

"그 남자 놈 부르려고 달려가는 거냐? 그 남자 놈 불러서 나를 때려

달라고 하려고!"

초씨가 이렇게 소리 지르며 옥영을 뒤쫓아갔다. 한데 그만 발을 헛디디며 벽돌에 얼굴을 부딪쳤다. 머리가 깨져 얼굴에 온통 피가 흘러내렸다.

"그래 잘한다 잘해. 그래 나를 이렇게 때렸다 이거지."

월영이 부리나케 달려와 초씨를 안아 일으켰다. 초씨가 월영의 손을 뿌리치고 다시 옥영을 쫓아가려는 순간, 아노가 초씨 허리를 꼭 붙잡고 이렇게 말했다.

"어머니, 누나를 용서해주세요!"

초씨는 아들 아노가 걸려 넘어질까 봐 일단 그 자리에 멈춰섰다. 그러곤 옥영에게 고래고래 욕을 퍼부었다. 옥영은 대문 옆에 몸을 숨기고 구슬피 울었다. 이웃 사람들은 초씨가 옥영 자매를 욕하고 때리는 걸 늘 들어 왔지만 오늘은 왠지 더욱더 그악하게 소리치고 욕하고 그러기에 모두 대문 앞까지 다가와 구시렁대며 구경했다. 마침 이때 초용이 동생 집에 찾아왔다. 초씨가 오빠 초용에게 이렇게 하소연했다.

"오빠 정말 때맞춰 잘 왔소이다. 옥영 저년이 다른 놈과 정을 통하더니 외려 나한테 이렇게 주먹질하여 이렇게 만들어버렸소이다."

초용은 동생 초씨 얼굴에 핏자국이 선연하게 있는 걸 보고선 초씨가 맞아서 그런 줄 알고 불문곡직하고 초씨 손에 들려있던 몽둥이를 빼내서는 옥영을 때리려고 다가갔다. 이때 이웃 사람들이 이건 아니다 싶었는지 일제히 달려와 초용을 말렸다.

"열대엿 살밖에 안 먹은 어린 처녀를 이렇게 무지막지하게 때리는 법이 어딨어그래. 외삼촌이란 자가 왔으면 말려야지, 그걸 더 때리려고 들다니! 외삼촌이 조카를 때리는 법은 없지."

머쓱해진 초용이 몽둥이를 내려놓았다. 이웃 사람들이 혀를 차며 말했다.

"어째 계모라는 사람이 허구한 날 두 딸을 때리고 욕하더니 이젠 외삼촌이라는 작자까지 와서 거들고 있네그려. 두 딸이 목숨 부지하기 힘들겠구먼."

또 다른 이웃 사람이 이렇게 거들었다.

"애들이 만약 죽으면 내가 관가에 고발할 거야. 저 초가 연놈들도 대가를 치러야 할걸."

초씨는 이웃 사람들이 자기한테 이렇게 벼르고 있다는 걸 알고선 그만 입을 다물 수밖에 없었다. 월영이한테 대문을 닫으라고 소리치더니 피를 닦으러 가면서 어서 구걸하러 가지 않고 뭐 하냐고 닦달했다. 옥영은 울음을 멈추고 안으로 들어가 바느질을 했다. 초씨는 계속 구박하는 소리를 멈추지 않았다. 밤이 되자 옥영은 소리가 나지 않게 흐느끼면서 생각에 잠겼다.

'백 년도 못사는 인생, 어차피 한 번 죽는 것은 마찬가지. 이렇게 모욕을 당하고 맞으면서 살아서 무엇하리!'

옥영은 초씨가 잠들기를 기다렸다가 조용히 자리에서 일어나 발에 묶어두었던 끈을 풀어 들보에 걸었다. 그러나 아직 죽을 팔자가 아니었나 보다. 아니면 계모 덕분이라고 해야 할까? 계모가 워낙 옥영에게 신경을 써주지 않아서 입은 옷이 다 해지고 닳아빠지고 그랬을 뿐만 아니라 발을 묶어주는 끈조차도 몇 년씩이나 차고 다녀서 그걸 대들보에 걸고 목을 집어넣으려고 힘을 한 번 쓰니 그만 끊어지고 말았다. 옥영이 쿵 하고 떨어지는 소리에 월영이 놀라 잠에서 깨었다. 월영은 언니가 보이지 않자 필시 죽으러 갔나 보다 싶어 바로 소리를 질렀다.

"아이고 큰일 났다!"

월영이 자리에서 벌떡 일어나 서럽게 울기 시작했다. 초씨는 일어날 생각도 하지 않고 먼저 욕부터 했다.

"그래 자살하려고 한 게 뭐가 대수라고 그걸로 나를 겁주려는 거냐? 내일 아침 날이 밝으면 내가 알아서 처리할 거야!"

이튿날 아침 초씨는 아들 아노를 데리고 초용 집을 찾아갔다. 초씨는 초용에게 어제 이웃 사람들이 했던 말도 전하고 옥영이 목을 매달아 죽으려고 했던 일을 말해주었다. 그런 다음 이렇게 덧붙였다.

"만약 죽기라도 했으면 괜히 오빠까지 곤란하게 됐을 뻔했어. 오빠가 먼저 관아에 가서 잘 부탁하여 저 애물단지를 없애버려야 할 거 같아."

"그년 하나 처리하는 거야 일도 아니지. 내가 왕년에 황실수비대 사람들하고 일을 많이 했잖아. 나랑 죽고 못 사는 친구가 한둘이 아니라고. 네 집이 또 황실수비대 천호장 벼슬했던 사람 집 아니냐. 그년을 네가 먼저 관가에 가서 고소하면 누가 감히 감 놔라 대추 놔라 하겠느냐!"

초씨는 그 말을 듣고 너무 기뻐하면서 오빠 초용한테 고소장을 써줄 사람을 찾아달라고 부탁했다. 그 사람한테 옥영이 간음하고 효도를 다하지 않았다는 내용으로 고소장을 써달라고 한 다음 옥영이 지은 시 두 수를 증거 삼아 옥영을 황실수비대 관아로 끌고 갈 심산이었다. 초용은 황실수비대 사람들하고 워낙 너나들이하면서 지냈던 터라 자기가 먼저 관아로 들어가 이 일을 살짝 귀띔해두었다. 얼마 지나지 않아 고소 사건을 처리하는 관리가 등장하여 초씨의 고소장을 읽어보더니 포졸 넷을 파견하여 옥영을 잡아 오게 했다. 관리는 초씨 한쪽 말만 듣고 이것저것 따지지 않고 바로 고문을 시작했다. 옥영이 자초지종을 차근차근 설명하려 했으나 그 관리는 들을 생각을 아예 하지 않았다. 불쌍한 옥영은 고문을 이기지 못하고 그냥 고소장에 적힌 게 다 맞노라고 인정하고 말았다. 옥영은 죄를 인정하자마자 바로 사형이 언도되었다.

옥졸 둘이 양쪽에서 옥영을 꼭 붙잡고는 관아에서 데리고 나와 옥에 처넣으려 했다. 옥졸 둘에 끌려 관아에서 나오는 길에 옥영이 동생 월영을 만났다. 월영은 포졸 넷이 언니를 잡으러 집에 들이닥치자 혼비백산하여 황급히 집 대문을 걸어 잠그고는 언니 뒤를 쫓아왔다가 옥졸 둘이 언니를 관아에서 끌고 나오는 걸 보고 바로 달려가 대성통곡했다. 초씨가 다가와서 월영을 떼어내며 소리쳤다.

"이 미친년아, 하라는 집안일은 안 하고 여기서 대체 뭐 하는 거야!"

월영이 초씨의 얼굴을 보더니 마치 쥐가 고양이를 본 것마냥 고개를 푹 숙이고 꼬리를 내리고는 언니 뒤를 따라갈 엄두를 더는 내지 못했다. 집에 돌아와 초씨가 월영을 개 패듯이 때렸다.

"나중에 또 네 맘대로 옥영이 년을 찾아가서 뭐라도 알아본다고 설쳐대면 네년도 그냥 옥에 처넣어버릴 거야!"

월영이 비록 입으로야 알았다고 대답했지만 언니를 걱정하는 마음이 어이 그냥 사라질 수 있으랴! 이삼일 후 초씨가 정해준 액수보다 열 푼 정도 더 구걸해서 몰래 언니를 만나러 옥에 찾아갔다. 그 일은 더는 이야기하지 않는다.

한편, 옥영이 옥에 갇힌 후 그 옥을 지키는 옥졸 하나가 옥영의 미모를 보고서 흑심을 품었다. 그 옥졸은 옥영을 불쌍히 여기는 척, 옥영을 보살피는 척했다. 옥졸은 옥영에게 그 나름대로 좋은 곳을 배정해주고 음식도 챙겨주고 했다. 옥영은 옥졸이 정말 착한 사람이라고 생각하여 고맙게 여기고 있었다. 옥영이 그 옥졸에게 부탁 하나를 했다.

"저한테 월영이라는 동생이 하나 있습니다. 월영이가 틀림없이 저를 만나러 올 텐데 제발 얼굴 한 번만 보게 해주셔요."

그 옥졸은 옥영이의 부탁을 가슴에 새겨두었다. 옥영이 옥에 갇힌 지 나흘째 되는 날, 월영이 옥에 찾아왔다. 월영이 옥영의 이름을 대니 옥졸이 두말없이 바로 옥문을 열어주었다. 월영이 옥영을 만났다. 두 사람이 서로 껴안고 눈물을 흘렸음이야 말할 필요조차 없으렷다. 해저물녘 두 사람은 아쉽게 이별했다. 이후로 둘이 짬 나는 대로 만났음은 당연지사.

한편, 그 옥졸은 옥영의 용모를 탐내어 자나 깨나 옥영을 범하고 싶은 마음뿐이었다. 하지만 지켜보는 눈이 많기도 하거니와 만약 옥영이 한사코 거부하여 소리라도 질러대면 일을 그르칠까 봐 결행하지는 못하고 있었다. 그 옥졸은 짬 나는 대로 옥영을 찾아가 이런저런 이야기를 건네며 분위기를 돋우곤 했다. 옥영이 본디 총명한 여인이라 그 옥졸이 말하는 본새를 보고선 음흉한 속내를 지닌 자라는 걸 금세 알아차렸다. 결코 곁을 주지 않으며 무슨 일이라도 얽히지 않으려고 애썼다. 하루는 옥영이 옥 안에서 답답하게 앉아 있는데 그 옥졸이 총총걸음으로 다가와 웃으며 나지막한 소리로 이렇게 말하는 것이었다.

"여봐 아가씨, 내가 그동안 아가씨를 잘 챙겨준 뜻을 좀 알 것 같아?"

그 옥졸이 무슨 말을 하고 싶어 하는지 속이 훤히 보였지만 일부러 이렇게 대답했다.

"지금 무슨 말씀하시는 건지 하나도 모르겠습니다."

"아니, 아가씨같이 영리한 사람이 설마 그걸 모르겠어!"

그 옥졸이 다가와 옥영을 껴안으려 했다. 옥영이 너무도 다급하여 마구 소리를 질렀다.

"사람 살려, 사람 살려!"

옥졸은 상황이 맘대로 흘러가지 않자 바로 몸을 돌려 나가면서 말했다.

"그래 내 말을 듣지 않겠다 이거지. 오늘 밤 내가 너한테 매운맛을 보여줄 테다!"

옥영은 그 말을 듣고 가슴을 치고 발을 동동 구르며 구슬피 울었다. 옥 안의 사람들이 모두 옥영이 쪽을 바라보았다. 옥영은 옥졸이 자기를 희롱한 사연을 사람들한테 말해주었다. 그 사람들 가운데에서도 불의한 일을 보면 못 참는 몇몇이 그 옥졸에게 이렇게 소리쳤다.

"네 이놈, 여인을 강제로 범하려 하다니 그게 얼마나 큰 죄인지 알긴 알겠지? 앞으로 저 여인을 정성껏 보살피면 우리가 그냥 넘어가 줄 것이나 조금이라도 저 여인을 함부로 대하면 우리가 떼 지어 일어나 네놈의 죄를 고발할 테다."

그 옥졸은 도둑이 제 발 저리다고 몇 번이고 자기가 옥영을 잘 보살피겠노라고 다짐하면서 용서를 빌었다.

"내가 다시는 저 여인을 희롱하지 않을 거네."

양고기 만두 입만 대고 먹지도 못했건만,
온몸에 누린내만 가득 배었네.

옥영이 옥에 갇힌 지도 벌써 두 달이 넘었다. 때는 바야흐로 6월 초순. 해마다 여름 초입이 되면 조정에서 은전을 베푸는 풍습이 있었다. 환관을 파견하여 각 부서의 미해결 사건을 검토하게 했다. 억울한 일을 당했다고 생각하는 자는 그걸 하소연할 수 있게 해주었다. 옥영이 이 소식을 듣고 바로 이렇게 작정했다.

'우리 일가족이 초씨에게 해코지를 당했으니 이번 기회에 이 억울함을 풀지 않으면 다시는 이런 기회가 오지 않을 거야!'

옥영은 마침내 자기 일가족이 겪은 사연을 자세하게 적어 월영에게 주고 접수하라 했다. 옥영이 적은 상소문의 내용은 이러하다.

성현께서 불효가 가장 큰 죄이며, 의롭지 못한 것이 가장 부끄러운 일이라고 말씀하셨다고 들었습니다. 두씨 자매가 절벽에서 몸을 던지고, 운화가 우물에 몸을 던진 것은 모두 삼강오륜을 지키기 위함이었으니 이로 말미암아 그들의 그 이름이 만세토록 전해지게 된 것입니다.[7]

신의 선친은 황실수비대 천호장 이웅으로서 신의 친어머니와 혼인하여 우리 자매 셋과 남동생 승조 이렇게 넷을 슬하에 두었습니다. 하지만 불행히도 친어머니가 저희가 아직도 너무 어릴 때 세상을 떠나고 말아 선친이 저희를 불쌍히 여기셔서 계모 초씨를 취하여 저희를 돌보게 했습니다. 선친은 정덕 14년 7월 14일에 섬서의 반군을 토벌하러 출정했다가 그만 전사하고 말았습니다. 선친이 전사하시자 신의 형제자매의 불행이 시작되었습니다. 신의 나이 열여섯, 아직 혼례를 치르지 못했습니다. 신의 자매는 믿고 의지할 데가 하나도 없는 처지입니다. 이미 과년한 나이나 중매를 서 줄 자가 없습니다. 「영춘」, 「별연」 같은 시는 신의 이런 심사를 읊조린 것입니다. 신의 감정이 복받쳐 도저히 시를 짓지 않고는 배겨낼 수 없었던 것입니다.

신의 계모는 이런 신의 속마음을 헤아리려 하지 않고 신이 몰래 남자를 만나 정을 통하고 불효를 저질렀다는 죄목으로 뒤집어씌워 신의 외삼촌 초용을 시켜 신을 황실수비대 관아로 끌고 가게 했습니다. 황실수비대의 관리는 저의 사정을 헤아려보려 하지도 않고 신을 극형에 처해버렸습니다. 신은 여자의 몸으로 어떻게 변론하기도 어려워 그저 머리를 조아리며 그대로 따를 수밖에 없었습니다. 계모의 뜻을 거스르다 보면 신이 불효를 저질렀다는 누명에서 벗어나기가 더욱더 어려워질 것 같았기 때문입니다.

그러나 성은이 망극하게도 폐하께서 억울한 사람의 심정을 헤아려주시려 그 사정을 소상히 아뢰라 하셨습니다. 신은 이로 말미암아 살아보고 싶은 마음이 생겼으며 이 어려움에서 벗어나고자 하는 열망이 생겼습니다. 신의 선친은 본디 무신이면서도 경서에 통달했습니다. 저 역시 미천한 아녀자이나 선친의 가르침을 물려받은 바 있습니다. 신의 계모는 올해 나이 스물, 계모 소생 아들

---

7) 당나라 때 봉천현에 살던 두竇씨의 두 딸이 미모와 품행을 둘 다 갖추고 있었다. 도적 떼 수천 명이 들이닥쳐 목숨과 지조를 보전하기 어려워지자, 언니가 먼저 절벽에서 몸을 던지니 동생도 따라서 몸을 던져 절개를 지켰다고 한다.

아노는 이제 갓 돌을 지났습니다. 선친이 전사하셨을 때 계모는 친아들 아노한테 선친의 자리를 음서로 물려받게 해주려고 열 살밖에 되지 않은 제 친동생 승조를 선친의 유골을 수습하라며 전장으로 떠밀어 보냈습니다. 승조를 사지로 보내어 자신의 이익을 도모한 것입니다. 다행히 하늘에 계신 선친의 혼령이 보호하시어 승조는 유골을 거둬 돌아올 수 있었습니다.

자기 계책이 들어맞지 않게 되자 계모는 승조에게 독약을 먹여 죽이고 사지를 잘라 버렸습니다. 신의 동생 도영을 다른 사람에게 하녀로 팔아버리고, 월영에게는 먹을 거 입을 거를 주지 않고 거리로 내몰아 구걸하게 하고 마침내 신에게 누명을 씌워 무고했습니다. 신이 비록 재주가 없으나 그렇다 해도 만약 신이 죄를 지었다면 이웃 사람들이 어찌 먼저 저를 고발하지 않았겠습니까? 신의 계모는 무슨 증인도 없이 그저 신이 지은 몇 구절의 시를 들먹이며 신의 죄를 억지로 만들어냈습니다. 신의 죽음이야 그렇다고 쳐도, 열 살 먹은 신의 남동생은 무슨 죄가 있다고 그렇게 죽임을 당한 것인지요? 나이 어린 여동생들은 또 무슨 허물이 있다고 그런 고통을 당한 것인지요? 계모의 허물은 신이 감히 말씀 올리지 못하겠습니다. 『시경詩經』의 「개풍凱風」8) 시를 생각하며 신을 자책할 따름입니다. 신이 죽는 거야 두렵지 않으나 후세의 계모들이 제멋대로 투기하고 학대하면서도 아무것도 거리끼지 않을까 그것이 걱정입니다.

엎드려 삼가 폐하께 바라옵나니 신의 심정을 헤아려주시어 신이 아뢴 것을 담당 부서에 보내어 어서 조사하게 하시옵소서. 어서 신의 목을 베어 신의 계모의 마음을 편안케 해주시고, 그런 다음 신이 지은 시를 검토하셔서 무슨 사정이 있는지 살펴주시옵소서. 그러면 신의 본심이 말하지 않은 곳에 감춰져 있음을 미루어 헤아리실 수 있으실 것입니다. 신의 평생 억울함이 풀린다면 신

---

8) 『시경·패풍邶風』에 실린 시다. 남풍이 불어오매 따스한 봄바람처럼 자식들을 품어 길러주신 어머님의 은혜를 떠올리고 그런 은혜를 제대로 갚지 못하는 자식의 불효를 자책하는 내용이다.

의 선친의 혼령도 지하에서 감동할 것입니다!

　이 상소문이 천자에게 전달되니 천자가 친히 꼼꼼히 읽어보고 옥영의 억울함에 감동되어 삼법사三法司9)에 이 건을 다시 심문하라 엄명했다. 삼법사의 관리는 이를 감히 소홀히 할 수 없어 관련자들을 모두 불러들였다. 도영조차도 당장 불러들였다. 그들을 모두 하나씩 심문하니 초씨와 초용은 처음에는 자신들은 모르는 일이라고 뻗대다가 형구를 씌워 고문하니 그제야 사실을 토설하기 시작했다. 그들이 자백한 내용은 옥영이 상소한 내용과 하나도 어긋남이 없었다. 초씨가 남편의 바람을 저버리고 아들을 죽인 것은 삼강오륜에 어긋난 짓이라 실수로 자식을 죽인 것과는 다른 중죄라 엄한 벌로 다스려 향후 계모들의 경계로 삼도록 했다. 초용은 초씨와 짜고서 목숨을 앗아갔으니 응당 죗값을 치러야 했다. 옥영, 월영, 아노는 모두 집으로 돌려보냈다. 초용의 가산은 모두 몰수하고 도영을 되사오게 했다. 삼법사의 관리는 이렇게 처리 방침을 정하여 천자에게 보고하고 윤허를 기다렸다. 천자는 초씨의 악행이 너무도 끔찍함에 분노하여 아노도 즉시 처형하라 명했다.

　옥영이 다시 상소를 올려 아노는 아직 강보에 싸인 어린아이로 이 일에 관하여 아무것도 아는 바 없고 이씨 집안의 제사를 지내줄 유일한 아들이니 부디 용서하여 주십사 간청했다. 천자가 옥영의 상소를 받아들여 형부에 조서를 내려 초용과 초씨 두 사람만 묶어 형장으로 데려가라 했다. 두 사람은 그날 바로 처형되었다. 아노는 죽을 때까지 선친의 직위를 물려받지 못했고 이씨 집안의 적자 가운데 하나를 따로 택하여 그 자리

---

9) 당 나라 때 형부刑部와 어사중승御史中丞 그리고 대리경大理卿, 이렇게 중앙의 삼대 사법 기관을 통칭하여 삼법사라 불렀다.

를 물려받게 했다. 옥영, 월영, 도영은 각자 선비와 짝을 맺었다. 이옥영이 자신의 억울함을 호소했던 상소문은 『열녀전烈女傳』에 실려 전해진다. 그리고 그 상소문 말미에 다음과 같이 찬미하는 시가 실려 있다.

> 이옥영,
> 부친이 전사하고 집안은 풍비박산.
> 「영춘」, 「별연」 시를 지었더니,
> 계모가 외간 남자와 정을 통하고 지은 것이라 누명을 씌웠구나.
> 대역죄인을 가두는 감옥에 갇혀,
> 온갖 고초를 겪고 처형당할 뻔했구나.
> 억울함을 호소하는 상소문을 써내니,
> 가슴에 맺힌 한이 비로소 풀리게 되었구나.

후세 사람이 시를 지어 이렇게 읊었다.

> 흑심을 품은 계모의 갈고리처럼 휜 심보,
> 오직 친아들 하나 잘되라고 다른 아들을 독살했구나.
> 서강이 가득 넘치도록 참회의 피를 흘린다손,
> 지은 죄를 어찌 씻어낼 수 있으랴.

선창에서 맺은 사랑

吳衙內鄰舟赴約
오 도령이 여인을 만나러 옆의 배로 찾아가다

여인을 쫓느라 모든 정력을 다 쏟는 자,
타고난 몸과 정신을 다 망치는도다.
꽃을 보는 대로 무조건 따지는 말게나,
불가의 첫 번째 계율은 여색을 삼가라는 것.

한편, 남송 때 강주에 한 선비가 살고 있었다. 그 선비의 성은 반潘, 이름은 우遇. 아버지 반랑潘郎은 일찍이 장사 태수를 지냈으며 지금은 은퇴하여 집에서 쉬고 있었다. 반우는 이미 성에서 치르는 과거에 급제한 몸, 부친에게 작별인사를 올리고 배를 타고 임안으로 가서 궁정에서 거행하는 과거에 응시할 예정이었다. 떠나기 전날 밤, 반우의 부친이 북을 두드리고 깃발을 펄럭이며 장원 팻말이 대문 안으로 들어오는 꿈을 꾸었다. 그 팻말에는 아들 반우의 이름이 똑똑히 적혀 있었다. 아침에 일어나

아들을 불러 꿈 이야기를 해주니 아들이 너무도 기뻐하며 장원급제는 떼어 놓은 당상임이 틀림없다고 생각했다. 그는 임안으로 가는 내내 한껏 들뜬 기분이었다.

며칠 후 임안에 도착하여 작은 객점을 찾아들었다. 객점 주인이 물었다.

"도령님 성이 반씨입니까요?"

"그렇소이다만 쥔장이 어찌 내 성씨를 다 아시오?"

"어젯밤 꿈에 토지신이 나타나서 이번 과거에서 장원급제할 반씨 성을 가진 도령이 내일 낮에 찾아올 것이니 정성을 다해 모시라고 말씀하셨습니다. 정말 꿈에서 본대로 도령님이 나타나셨군요.. 저희 객점이 누추하긴 하나 그래도 개의치 않으신다면 여기 머무시는 게 어떠신지요?"

"쥔장이 정말 그런 꿈을 꾸셨다면 내가 응당 여기에 머물러야지 않겠소!"

반우는 하인에게 짐을 옮기라 하고 그 객점을 숙소로 정했다. 그 객점 쥔장에게는 딸이 하나 있었다. 나이는 열여섯, 미모가 빼어났다. 아버지가 반우에게 장원급제할 징조를 이야기해주는 걸 듣고 창문 아래에서 몰래 반우를 훔쳐보았다. 반우의 용모가 훤칠하기도 하여 첫눈에 반했으나 다가갈 빌미가 없었다.

하루는 반우가 먹을 가는 데 물이 필요했다. 마침 하인이 어디 가고 없어 직접 주방으로 물을 뜨러 갔다가 주인장의 딸과 마주쳤다. 그녀가 웃으면서 자리를 피했다. 반우는 넋이 다 빠져나가 버렸다. 마침내 금가락지 두 개와 옥비녀 하나를 하인에게 주고는 그걸 다른 사람 눈치채지 못하게 주인장의 딸에게 전달해주고 자기랑 만나자는 말을 전하라 했다. 그녀는 그걸 흔쾌히 받았으며 허리춤에 차고 있던 비단 주머니를 풀어 허락의 뜻으로 주었다. 아버지가 출타한 틈을 타서 반우의 서재로 찾아오겠노라 했다. 며칠 동안 반우는 문가를 눈이 빠지게 쳐다보았으나 그녀가 찾아오는 걸 보지는 못했다.

그러다 과거시험도 끝났다. 주인장이 술자리를 마련하여 반우를 대접했다. 술자리는 밤늦게까지 이어졌고 주인장이 술에 흠뻑 취했다. 반우가 잠자리에 들려고 하는 순간, 문을 두드리는 소리가 들려왔다. 문을 열고 바라보니 바로 그녀였다. 반우는 두말없이 그녀를 방으로 들였다. 두 사람은 서로 뜨거운 사랑을 나눴다. 반우는 그녀에게 장원급제하고 나면 그녀를 측실로 들이겠노라 약속했다.

그날 밤 반우의 아버지 반랑이 고향에서 꿈을 꾸었다. 전에 꾸었던 꿈과 똑같이 북을 두드리고 깃발을 펄럭이며 장원 팻말이 대문 쪽으로 다가오더니 그만 지나가 버리는 것이었다. 반랑이 그들을 향해 소리쳤다.

"그거 우리 집에 들어올 깃발과 팻말이 아니오?"

그 팻말을 들고 있던 자가 대답했다.

"아니오."

반랑이 달려가 살펴보니 과연 다른 사람 이름이 적혀 있었다.

"이번 과거의 장원급제자는 그대 아들 반우였으나 그 반우가 부정한 짓을 저질러 상제께서 반우 대신 다른 사람에게 그 복을 넘겼소이다."

반랑이 깜짝 놀라 잠에서 깨었다. 꿈에서 본 일을 반신반의하였다. 잠시 후 날이 밝았다. 반랑이 과거 합격자 명단을 들춰보니 과연 장원급제자의 이름이 꿈에서 본 이름과 똑같았다. 반우는 낙제했다. 반우가 집에 돌아왔을 때 자초지종을 물으니 반우가 더는 감추지 못하고 사실대로 고백했다. 부자는 서로 탄식해 마지않았다. 1년 정도가 지났을 때 반우가 그녀를 잊지 못하고 다른 사람 편에 선물을 보내어 그녀를 데려오게 했으나 그녀는 이미 다른 남자에게 가버린 상태였다. 반우는 후회가 밀려왔다. 반우가 후에 여러 차례 과거를 치렀으나 번번이 낙방하고 억울한 마음을 가누지 못하고 죽고 말았다고 한다.

한때의 쾌락에 눈이 멀어,
한평생의 부귀와 고귀한 인연을 잃고 말았네.

여보시오 이야기꾼, 옛날부터 지금까지 부모 허락 없이 사랑을 하고 인연을 맺었다가 나중에 남편이 출세하고 부인이 귀해지니 그게 도리어 미담이 되는 경우가 왕왕 있었지 않소. 그럼 그게 다 조물주가 깜빡하고 실수로 그냥 넘어가는 바람에 그랬단 말이오? 아이고, 그건 여러분이 잘 몰라서 하시는 말씀이라오. 만약 그저 여색에 빠져서 명예와 지조를 더럽힌다면 그것은 묵과할 수 없는 엄청난 잘못임이 분명하오. 그러나 5백 년 전에 이미 부부로 운명 지워지고 월하노인이 빨간 새끼줄로 그 둘을 묶어주었다면 이승에서 만나든 저승에서 만나든 어차피 만날 수밖에 없소이다. 이것은 모두 전생에 맺어진 인연으로 말미암아 그렇게 만난 것이니 이런 경우를 두고는 우리가 예의범절에 어긋난다고 말할 수 없는 것이외다.

여러분, 이제 내가 전해주는 다른 이야기 하나를 더 들어보시오. 이 이야기 역시 송나라 때 일이렷다. 신종황제(1068~1085 재위) 때, 벼슬아치가 하나 있었다. 그의 성은 오吳, 이름은 도度, 고향은 변경, 진사 출신이었으며, 장사부의 통판을 맡고 있었다. 오도는 임林씨와 결혼하여 슬하에 아들을 하나 두었다. 그 아들의 이름은 언, 나이는 열여섯, 인물도 훤칠하고 행동거지도 반듯했다. 어려서부터 공부를 열심히 하여 경서와 사서를 통독하고 시와 부를 잘 지었으며 못하는 게 없었다. 오언이 특별히 잘하는 게 하나 있었으니 그건 바로 먹는 거였다. 하루에 쌀 석 되, 고기 두 근, 술 열 되를 먹어 치웠다. 다른 사소한 간식거리는 치지도 않은 게 그 정도였다. 이 음식량도 실은 오언의 부친이 아들에게 혹시 안 좋은 일이라도 생길까 봐 걱정하여 상한선으로 정해준 것이었다. 부친이 정해준 양은 오언 입장에선 먹은 것도 아니고 안 먹은 것도 아닌 정도라 그의 성에 찰 리가 없었다.

그해 3월, 오언의 부친 오 통판은 장사부의 임기를 채우고 양주부의 부윤으로 승진했다. 양주부의 아전들이 말과 배를 대령하여 오 부윤을 모시러 장사부로 찾아왔다. 오 부윤은 곧바로 짐을 꾸리고 친구들과 작별하고는 출발했다. 배를 타고 순풍을 받아 날마다 임지를 향해 갔다. 며칠 후 강주 근처까지 다다랐다. 그 옛날 백거이가 장사꾼의 아낙에게 지어준 「비파행琵琶行」에 '(장사꾼 아낙의 애절한 비파 소리에 감동한) 강주 사마司馬가 파란색 옷소매를 흠뻑 적셨노라'라는 구절이 나오는데, 거기 나오는 강주다. 오 부윤이 탄 배의 돛은 바람을 듬뿍 받으며 강물을 따라 나아갔다.

이때 갑자기 광풍이 불어오고 강 물결이 성을 내기 시작하여 배가 뒤집힐 것만 같았다. 오 부윤과 부인이 겁을 내고 당황했음은 물론이고 뱃사공이나 키잡이들도 얼굴이 새파래졌다. 황급히 돛을 걷고 강둑에 배를 대려고 했다. 4, 5리 정도밖에 안 되어 보이는 강물길이건만 서너 시간째 고생하고 있었다. 강물 위를 오가는 배들을 살펴보니 어느 배고 다 강물 신이 보호하사 목숨을 건지게 해달라고 빌면서 어서 강둑에 배를 대어보려고 온갖 애를 쓰고 있었다. 다행히 신이 오 부윤 가족을 버리지 않아 오 부윤이 탄 배가 강둑에 닿을 수 있었다. 뱃사람은 닻을 내리고 밧줄로 배를 걸었다.

그곳엔 이미 관선이 한 척 정박하고 있었다. 그 관선은 오 부윤의 배와 한 열 장 정도 떨어져 있었다. 그 관선의 선창에는 주렴이 반쯤 내려져 있었다. 그 아래에 중년 여인 하나와 그녀의 딸로 보이는 소녀가 서 있었고, 그녀들의 등 뒤로 서너 명의 하녀가 서 있었다. 오언이 자기 배 선창 안쪽에서 바라보노라니 그 소녀의 아름다움이 필설로 형언할 수 없을 정도였다. 그녀의 모습이 어떠할까?

    맑은 호수 같은 눈동자, 백옥 같은 피부,
    연꽃 같은 얼굴, 버들가지 같은 허리.
    달세계 궁궐에서 사는 선녀려니,
    인간 세상의 여인이 아니로다.

  오언은 그 소녀를 보고서는 가슴이 쿵쿵 뛰었다. 당장 날아가 그 소녀를 품에 안고 싶었다. 그러나 그녀는 저만큼 멀리 떨어져 있어 그 얼굴 모습을 꼼꼼하게 살피기도 힘들 정도였다. 오언이 잠시 고민하다가 오 부윤에게 이렇게 말씀드렸다.
  "아버님, 선원에게 이 배를 저 관선 쪽으로 붙이게 해서 함께 묶어놓으면 더 안전하지 않겠습니까!"
  오 부윤은 아들의 말을 듣고 선원을 불러 배를 관선 쪽으로 붙이라 했다. 선원은 감히 머뭇거리지 못하고 바로 닻을 들어 올리고 밧줄을 푼 다음 관선 옆으로 배를 붙였다. 오언은 관선 옆쪽으로 가서 그 소녀를 맘껏 보고 싶었다. 그러나 어이 알았으랴! 관선 선창의 문이 닫혀 있었다. 오언의 흥분한 마음이 싹 가라앉아 버렸다.
  여러분, 저 관선에 타고 있는 관리가 누군지 아는가, 성과 이름을 아는가? 그 관리의 성은 하賀, 이름은 장章, 건강 출신으로 진사에 급제하여 전당의 부현령을 지내다가 형주의 호조 담당관으로 부임하게 되었다. 하장이 식솔을 거느리고 임지로 출발했다가 바람에 부딪혀 잠시 이곳 강주에 머물게 되었다. 이곳 강주의 통판이 하장과 같은 해 과거 급제한 사이라 이참에 성안에 들어가 만나려던 참이었다. 이런 까닭에 그 관선의 선창 문을 열어놓고 이야기를 나누고 있었던 것이다. 중년 여인은 하장의 부인 김씨, 아름다운 소녀는 딸 수아秀娥였다. 하장에겐 아들이 없고 오직 딸 수아 하나만 두었다.

수아의 나이는 열다섯, 물고기나 기러기도 꼬리를 내릴 미모, 달과 꽃도 감히 나서지 못할 그런 용모를 지니고 있었다. 게다가 영리하기조차 하여 바느질 같은 것은 굳이 일삼아 가르치지 않아도 스스로 배워서 너무도 잘했다. 하장이 일찍이 특별히 선생을 초빙하여 수아를 가르쳐 읽고 쓸 줄 아는 건 물론이고 글짓기 수준 또한 너무 높았다. 하장 부부는 외동딸 수아를 금이야 옥이야 아꼈다. 데릴사위를 들여서 수아와 짝을 맺어주고 싶었으나 아직 적당한 사윗감을 찾지 못했다.

수아 모녀가 선창 밖을 바라보노라니 배 한 척이 이쪽으로 다가오고 있기에 알아보니 바로 오 부윤의 배라, 즉시 안으로 들고 하녀를 시켜 선창 문을 닫게 했다. 오 부윤 역시 관직에 있는 몸, 하인을 보내 옆 배에 누가 탔는지 알아보게 했다. 하인이 득달같이 알아보고 보고했다.

"형주의 호조 담당관님이 타고 계신다고 하옵니다. 성은 하, 이름은 장, 지금 임지로 가는 길이라고 합니다."

오 부윤이 부인에게 말했다.

"이 형주의 호조 담당관 하장이 전에 과거를 치르러 변경에 왔을 때 나랑 안면을 튼 적이 있소이다. 전당의 부현령을 지내고 있었는데 아마도 이번에 승진한 모양이오. 이곳에서 이렇게 만났으니 한번 찾아가 봐야겠소이다."

오 부윤은 자신의 이름을 적은 쪽지를 하인에게 주고 전달하라 했다. 그 하인이 심부름을 다녀와서 고했다.

"그 배에서 사람들이 말하기를 하 나리님께서 사람을 만나러 성안으로 들어가셔서 아직 돌아오지 않으셨다고 했습니다."

그 하인이 말을 채 끝내기도 전에 이물에서 누군가 이렇게 보고하는 소리가 들렸다.

"하 나리님이 돌아오십니다."

오 부윤이 관복을 가져오라 하여 갈아입었다. 선창에서 내다보니 하장이 사인교를 타고 오고 그 뒤를 많은 수행원들이 따라오는 게 보였다. 알고 보니 하장이 강주 통판을 만나러 성안으로 들어갔으나 마침 강주 통판이 며칠 전 부친의 장례를 치르러 출발했기에 헛걸음하고 이렇게 일찍 돌아오게 된 거였다. 하장은 배 옆까지 가마를 타고 와서 내려 보니 옆에 또 배 한 척이 있는지라 속으로 누구 배가 여기 있는 건가 생각했다. 선창으로 들어와 아랫사람에게 물어보려는 순간 오 부윤의 쪽지를 전달받았다. 하장은 그 쪽지를 보고 바로 오 부윤을 초대했다. 오 부윤의 배와 하장의 배는 서로 선창을 마주하고 정박해 있던 차라 오 부윤이 지체 없이 바로 찾아왔다. 서로 절을 하고서 담소를 나누기 시작했다. 그런 다음 차를 마시고 나서 오 부윤이 자리에서 일어나 떠나갔다.

얼마 지나지 않아 바로 하장이 답례로 오 부윤의 배를 방문했다. 오 부윤이 하장에게 술을 권했다. 그리고 아들 오언을 불러 옆에 앉혔다. 하장은 자신에겐 아들이 없는데 아주 멋들어지게 잘 생기고 기품도 넘치는 오 부윤의 아들 오언을 보고 일단 마음에 들어 했다. 하장이 오언에게 고전에 관하여 이것저것 질문해보니 오언이 하나도 막힘없이 물 흐르는 듯이 대답하더라. 하장이 더욱더 경탄하면서 오언을 칭찬하고 또 칭찬했다. 하장이 속으로 이렇게 생각했다.

'이 젊은이는 인품이나 학식이나 정말 대단하구나. 이런 녀석을 사위로 들일 수 있다면 내 딸과 정말 잘 어울릴 텐데. 그러나 이 젊은이는 변경 출신, 나는 건강 출신 서로 이렇게 멀리 떨어져 있으니 내 딸과 짝을

맺어주기가 어려울 것 같구나. 정말 애석하구나!'

하장은 그저 속으로만 이런 생각을 했을 뿐 결코 입 밖으론 꺼내지 않았다. 오 부윤이 하장에게 물었다.

"선생은 슬하에 아들을 몇이나 두셨습니까?"

"사실대로 말씀드리자면 저한텐 딸만 하나 있고 아들은 없습니다."

오언이 옆에서 이 말을 듣고는 즉각 생각에 잠겼다.

'아, 저 미모의 소녀와 분명 인연이 되려나 보구나. 나랑 나이도 맞는 거 같은데, 저 소녀가 내 아내가 된다면 얼마나 좋을까. 한데 저 나리에겐 딸 하나밖에 없어서 멀리 시집보내려 하지 않을 거 같구나.'

오언이 다시 생각했다.

'저 소녀랑 결혼은 고사하고 앞으로 다시 만날 수 있을지 없을지도 모르는데 내가 괜히 쓸데없는 생각을 하고 있구나.'

오 부윤은 하장에게 아들이 없다는 말을 듣고서 이렇게 말했다.

"아, 선생께서 슬하에 아들을 두지 않으셨군요. 아들이 없으면 안 되니 어서 첩이라도 들여 아들을 얻을 수 있게 해보시지요."

하장이 대답했다.

"그 말씀 고맙습니다. 저 역시 그래 볼까 생각 중입니다."

두 사람이 서로 이야기를 나누다 보니 어느새 밤늦은 시각이 되어버렸다. 헤어질 때 오 부윤이 이렇게 말했다.

"오늘 밤이라도 바람이 자면 내일 날이 밝는 대로 출발하려고 합니다. 인사를 못 드리고 출발할 수도 있겠습니다."

하장이 대답했다.

"서로 헤어져 지낸 지가 이미 오래, 이렇게 만났다가 다시 헤어지면 언제 또 만날지 기약이 없군요. 다시 만나 이야기를 나눌 수 있는 날이 있기를 바랍니다."

하장이 이렇게 대답을 하고는 자기 배로 돌아갔다. 부인과 딸이 자지 않고 불을 밝힌 채로 기다리고 있었다. 하장은 술기운에 취하여 부인에게 오 부윤과 주고받은 이야기를 전해주었다. 더불어 오 부윤의 아들 오언이 인물도 좋고 학문도 깊어서 앞으로 필시 큰 인물이 될 거라 칭찬했다. 그러면서 내일 술자리를 마련하여 오 부윤 부자를 초청하자고 했다. 옆에 딸이 같이 있어서 사윗감으로 오 부윤의 아들을 한번 생각해 보자는 말은 꺼내지 않았다. 그러나 옆에 있던 수아가 이 말을 듣고 이미 오언을 그리워하는 마음을 품고 말았다.

이튿날에도 바람이 자지 않고 거세게 몰아쳤다. 강물 위에 안개가 가득하고 수십 자가 넘는 파도가 일렁거리고 그 파도가 부딪치는 소리가 귀를 울렸다. 오가는 배를 한 척도 찾아볼 수 없었다. 오 부윤은 그냥 머물러 있을 수밖에 없었다. 이른 아침부터 하장이 오 부윤 부자에게 초청장을 보내왔다. 오언은 하장의 딸을 그리워하는 마음에 밤새 잠도 제대로 자지 못했다. 하장이 초청장을 보내왔다는 소식을 듣고 어서 하장의 배로 달려가서 하장의 딸을 보고 싶은 마음이 굴뚝같았다. 그러나 오 부윤은 아들과 함께 가면 폐를 끼치는 것이 된다며 사양했다. 그리고 오후에 아들이 함께 참석하지 못하여 죄송하다는 인사의 글을 적어 들고서 하장의 배로 건너갔다.

오언은 아버지에게 뭐라 말하지도 못하고 그저 속으로만 끙끙 앓았다. 다행히도 하장이 오 부윤의 만류에도 불구하고 두 번 세 번 연거푸 오언을 초청했다. 오언은 자신의 맘대로 할 수가 없어 아버지 오 부윤의 허락을 기다렸다. 아버지의 허락을 받은 오언은 그제야 옷을 갈아입고 하장의 배로 건너갔다. 뒷선창에 있다가 오언이 하장의 배 선창에 앉아 술을 마시고 있다는 것을 안 하장의 딸 수아는 벌써부터 가슴이 두근거렸다. 수아가 앞뒤 선창 사잇문으로 다가가 틈 사이로 바라보았다. 오언이 옷차림이 특별히 더 말끔하여 평소보다 더욱 멋져 보였다. 그 모습이 어땠을까? 시 한 수로 증명해보자.

분을 바른 듯 뽀얀 얼굴 하안(何晏)의 얼굴과도 같고,
향수를 차고 다니던 풍류재자 순욱과도 같네.
만약 반안과 같이 거리로 나가면,
누구한테 과일을 던질까?

수아는 오언을 보고 자기도 모르게 가슴이 두근거렸다.
'저 도령은 정말로 인물도 준수하고 분위기도 멋들어지는구나. 저런 남자의 아내가 되면 얼마나 기쁠까! 하지만 이런 내 마음을 부모님께 어떻게 전하지? 저 도령 집에서 먼저 청혼을 해주면 좋으련만. 나의 이런 마음을 저 도령이 알고 있기는 할까? 내가 저 도령을 직접 만나보면 좋겠지만 늘 부모님이 지켜보고 계시는구나. 배에선 지켜보는 눈이 많으니 틈을 노리기도 쉽지 않구나. 쉽지 않아 보이니 그냥 그만두어야겠구나.'

수아는 마음속으로는 이 생각 저 생각 다 하면서도 눈은 오언에게서 잠시도 떼지 못했다. 사랑에 눈이 멀면 사랑하는 이의 단점조차도 장점으로 보이는 법. 게다가 오언은 본디 생긴 것 자체가 멋졌으니 바라볼수록 사랑하는 마음이 더욱 솟아났다.

'내가 저 도령님을 이번에 그냥 보내면 나중에 아버님이 권문세가의 자제를 찾아서 나를 시집보내려고 할 텐데. 그자가 저 도령만 할까?'

이런 생각이 드니 수아는 애간장이 다 녹는 것 같았으나 오언을 만날 수 있는 방법이 도무지 떠오르지 않았다. 이리저리 고민하다가 자리에 앉았다. 하지만 그것도 잠시, 누가 자리에서 자기를 잡아 일으키기라도 하듯이 벌떡 일어나 문 너머를 살펴보았다. 그러다 다시 자리에 돌아와

앉았다. 차 한 잔을 마실 시간도 못 가서 다시 일어나 선창 중간문 쪽으로 걸어갔다가 다시 돌아왔다. 그렇게 왔다 갔다 하면서 벌컥 오언 곁으로 다가가 자기의 이 마음을 고백하고 싶은 마음이 굴뚝같았다.

여보슈, 이야기꾼, 어디 한 번 물어봅시다. 뒷선창에는 하수아만 있는 게 아니라 하수아의 어머니, 하녀들도 있었을 건데, 하수아가 이렇게 부산스레 왔다 갔다 하면 분명 그들한테 들켰을 거 아뇨? 아이고 여러분, 다 연고가 있소이다. 하수아의 어머니는 지병이 있어 평소 오전에는 곤히 잠을 자곤 했소이다. 이때도 꿈나라에 가버렸으니 무슨 겨를이 있었겠소이까! 하녀들이야, 마님이나 아씨가 부르기 전에야 한쪽에 숨어서 자기들끼리 수다 떠느라고 정신이 없으니 당연히 다른 거 신경 쓰지 않았던 것이라오. 이런 까닭에 수아에게 관심을 기울일 자가 아무도 없었던 거라오. 잠시 후 어머니가 잠에서 깨었다. 수아는 어쩔 수 없이 자리에 앉아 기다릴 수밖에 없었다.

그리운 내 님 언제 다시 만날지 모르는데,
바로 이 순간을 어이 그냥 넘기라는 말인가?

한편, 오언은 부친 곁에 앉아 있기는 하였으나 마음은 뒷선창에 가 있었고 눈은 뒷선창 문에 고정되어 있었다. 하나 선창 문은 굳게 닫혀 있었고 소리조차 들리지 않았다.

'수아, 내가 그대를 보려고 이렇게 특별히 달려왔건만 그대 코빼기도 보지 못하다니, 우리 인연이 여기에서 끝나는 건가요?'

마음이 울적한 오언은 술조차도 하나도 달지 않았다. 저녁 무렵 술자리가 파하고 오언은 자기 배로 돌아왔다. 기분이 전혀 나지 않아 옷도 벗지 않고 그냥 침상 위에 누워버렸다. 한편, 하장은 오 부윤 부자를 송별하고 나서 부인과 딸을 앞쪽 선창으로 불러 같이 술을 마시자 했다. 머릿속에 온통 오언 생각뿐인 수아는 하장의 옆자리에 앉아서 한마디 말도 하지 않고 이미 술에 취한 듯 술을 한 모금도 입에 대지 않았으며 음식에는 젓가락질조차 하지 않았다. 부인이 그런 모습을 보고 물었다.

"수아야, 아니 어째서 음식엔 손도 안 대고 그저 멍하게 앉아 있기만 하는 거냐?"

부인이 연거푸 몇 번 묻자 수아가 그제야 입을 열어 대답했다.

"몸이 좀 안 좋아서 그래요."

하장이 말을 거들었다.

"아이고, 몸이 불편하면 어서 안에 들어가서 쉬어라."

부인이 하장의 말을 받아 하녀에게 등을 들고 수아를 모시게 했다. 하녀가 수아를 모시고 나갔다. 잠시 후 부인이 다시 한번 수아를 살펴보더니 하녀에게 저녁을 먹고 다시 와서 수아를 지켜보라 했다. 수아는 침상 위에서 이리저리 뒤척이며 도시 잠을 이룰 수가 없었다. 선창 밖에서 시를 읊조리는 소리가 들려 귀를 쫑긋 들어보았다. 바로 오언의 목소리였다. 그 시는 이러했다.

아득히도 넓은 이 세상에서,
그대를 만남이 어찌 우연이리요?
한때의 풋사랑이었노라 말하지 말아요,
우리 다시 만날 약속 아직 귀에 쟁쟁하니.

수아는 이 목소리를 듣고 너무도 반가웠다.

'내가 온종일 저 도령 만날 생각에 가슴 태우기만 했더니, 지금 저 목소리가 들리는구나. 하늘이 나에게 기회를 주시는 것이 아니고 무엇이

랴. 좀 더 기다려 사방에 인기척이 끊어지면 아무도 모르게 만나봐야지.'

수아는 혹시 하녀가 아직 잠들지 않았나 싶어 몇 번 소리 내어 불러 보았다. 아무런 대답이 없었다. 수아는 옷을 걸쳐 입고 자리에서 일어나 등잔불의 심지를 돋우어 불을 더 밝혀 놓은 다음 가볍게 선창 문을 열었다. 오언이 마침 선창 문밖에 서 있다가 수아가 문을 열자마자 바로 안으로 들어왔다. 두 사람은 서로 부둥켜안았다. 수아는 기쁘기도 하고 놀랍기도 했다. 어제오늘 끙끙 앓아왔던 속마음을 서로 터놓을 틈도 없이 선창 문을 닫는 것조차 까먹고 서로 껴안고 옷을 벗고 침상 위로 올라 사랑을 나눴다. 그들이 한참 사랑의 기쁨에 빠져 있을 때 하녀가 눈을 부비고 일어나더니 이렇게 큰소리를 질렀다.

"아니, 문이 열려 있잖아. 도둑이 들기라도 한 건가!"

그 소리에 깜짝 놀라 배에 타고 있던 사람들이 다 일어나 선창 문 쪽으로 와서 살펴보았다. 하장과 부인도 황급히 다가와 하녀에게 어서 불을 비춰보라 했다. 오언이 너무도 당황하고 놀라 수아에게 물었다.

"어떡하지?"

"걱정하지 말고 여기 침상에 가만히 계셔요. 아마 여기까지 찾아보지는 않을 겁니다. 제가 먼저 사람들을 돌려보낸 다음 도령님 배로 돌아가시게 하겠습니다."

수아가 침상에서 몸을 빼내었다. 바로 이 순간, 하녀가 오언의 신발을 불로 비추면서 소리쳤다.

"도둑놈의 신발이 여기에 있네. 아마도 침상에 숨어 있을 거예요!"

하장과 부인이 안으로 들어가 확인해보려는데 수아가 막아서면서 연신 "아니, 여긴 없어요"라고 소리쳤다. 하지만 하장 부부가 그 말을 어찌 곧이들으려 하겠는가. 하장 부부가 침상에서 오언을 발견했다. 수아는 그저 "아이고 이를 어쩌나"라는 말만 되뇌었다. 하장이 입을 열었다.

"이 나쁜 놈, 감히 우리 가문을 더럽히려 들다니!"
부인이 거들었다.
"저놈을 매달고 매우 쳐라!"
하장이 대답했다.
"때릴 거 뭐 있어. 그냥 강물에 던져 버리자고!"
하장은 뱃사람들을 시켜 오언을 머리부터 발끝까지 묶어서는 끌고 나가게 했다. 오언이 "제발 한 번만 봐주세요!"라고 소리쳤다. 수아가 아버지를 말리면서 이렇게 사정했다.
"아버님, 다 제가 잘못한 거예요. 저 도령님은 아무 죄가 없습니다."
하장은 아무런 대꾸도 하지 않고 수아를 한쪽으로 밀치고 오언을 강물에 집어 던지게 했다. 풍덩 소리가 들려왔다. 수아는 부끄러워할 겨를도 없이 발을 동동 구르며 울면서 소리쳤다.
"도령님, 제가 도령님의 앞날을 망치고 말았네요."
그리고 다른 사람의 목숨을 앗아놓고 나는 무슨 염치로 살아가야 하나 생각했다. 수아가 선창 문을 열고 밖으로 나가 강물로 몸을 던졌다.

꽃처럼 아름답고 향기로운 젊은 처녀가,
강물에 빠져 물귀신이 되었구나.

수아가 강물에 몸을 던지는 순간, 몸서리를 치며 깜짝 놀라 일어났다. 꿈이었다. 자기 몸은 아직도 침상에 그대로 있었다. 하녀가 옆에서 이렇게 물었다.
"아씨, 일어나셨어요?"
수아가 눈을 뜨고 바라보니 날이 밝아오고 하녀는 이미 자리에서 일어나 있었다. 밖은 여전히 바람이 거세게 휘몰아쳤다. 하녀가 물었다.

"아씨, 꿈에 뭘 보신 거예요? 아씨께서 너무도 서럽게 우시고 제가 소리 질러 깨워도 모르시더라고요."

수아가 대충 얼버무리고 넘어갔다.

'나랑 오 도령 사이의 인연은 이제 끝인가? 왜 이리 흉악한 꿈을 꾸었을까. 정말로 꿈에서처럼 오 도령이 나를 사랑하기만 한다면 난 죽어도 여한이 없을 거야!'

꿈에서 보았던 그 광경이 다시 떠올라 몸에 전율이 일었다. 생각하면 생각할수록 갈피를 잡을 수가 없었다. 수아가 자리를 털고 일어났다. 하녀들이 모두 어디론가 가버리고 보이지 않았다. 곧바로 선창 문을 닫고는 그 문을 응시했다.

'어제 오 도령이 이 문으로 들어와 나를 안아 주었는데 그게 꿈이었다니! 꿈에서도 그렇게 만났는데 생시에 못 만나라는 법이 어디 있을까!'

그런 다음 수아는 손으로 선창 창문을 열어젖히고 밖을 바라보았다. 오 부윤 배의 선창 창문이 활짝 열려 있고 오 도령이 그 안에서 이쪽을 바라보며 멍하니 앉아 있었다. 수아가 침실로 쓰는 뒷선창에서 오 부윤 배의 선창까지 지척이었다. 대여섯 자 정도밖에 떨어지지 않았다. 각각 선창의 창문만 없다면 마치 한집과 마찬가지였다.

오언 역시 자기 배로 돌아와 비몽사몽 헤매다가 새벽에 일어나 선창 창문을 열고 하장의 배를 바라보고 있었다. 하나 마치 두꺼비가 하늘을 나는 거위의 고기를 먹겠다고 상상하는 것과 마찬가지라. 이들이 만나고 못 만나고는 결국 하늘이 이들에게 어떤 운명을 정해주었는가에 달려 있을지라. 오언이 수아의 선창 창문을 바라보고 수아가 오언의 선창 창문을 바라보자니 네 개의 눈동자가 공중에서 부딪혔다. 서로가 놀랍고 반가웠다. 마치 오랫동안 알고 지낸 사이처럼 서로 미소를 교환했다. 수아가 언제 한번 만나자고 말하고 싶었으나 누가 들을까 봐 걱정되어 마침내 꽃무늬 종이를 꺼내고 먹을 갈아 붓에 듬뿍 묻혀서 시 한 수를 적은 다음 접고 소매 품에서 비단 손수건을 꺼내어 그걸 싸서 오언의 배로 던졌다. 오언이 두 손으로 그걸 받아 들고서 알았다고 외쳤다. 수아 역시 고개를 숙여 답례했다. 오언이 그걸 펴보니 이렇게 적혀 있었다.

꽃무늬 종이에 비단 같은 글씨를 적었네,
비단 손수건 안에 담긴 건 그대의 마음.
운우지정을 나누던 그 꿈 저버리지 않을지니,
구름은 이곳에 머물러 있구나.

그 시 옆에 작은 글자로 이렇게 덧붙여져 있었다.

오늘 밤 소녀가 등불을 밝혀 놓고 기다리고 있을 거랍니다. 가위 소리를 신호 삼아 낼 것이니 약속을 저버리지 마소서.

오언은 그걸 읽고서 뛸 듯이 기뻐했다.
'이 아가씨가 이렇게 아름답고 눈치도 빠를 줄이야. 정말 세상에 보기 드문 아가씨로다!'
오언이 찬탄해 마지아니하면서 황금색 종이를 꺼내 시 한 수를 적고 허리에 찬 비단 허리띠를 벗어서는 그걸로 종이를 싸서 수아 쪽으로 던졌다. 수아가 그 종이를 펼쳐보니 시 한 수가 적혀 있었다. 그 시의 내용이 어젯밤 꿈에서 본 것과 정확하게 일치했다. 수아가 깜짝 놀랐다.
'오 도령이 어제 내가 꿈꾼 것을 마치 보기라도 했단 말인가? 나와 오 도령이 평생 배필임이 틀림없구나. 그러하기에 내가 어젯밤에 그런 꿈을 꾸었겠지.'

오 도령이 적어 보낸 시 아랫부분엔 이렇게 작은 글씨가 한 줄 덧붙여져 있었다.

그대의 아름다운 제안을 어찌 받들지 않으리오.

수아는 그걸 다 읽고 나서 소매 품에 넣었다. 수아가 한참 오언을 맘속에 그리고 있을 때 하녀가 소세할 물을 들고서 문을 두드렸다. 수아가 문을 열고 하녀를 들였다.
 잠시 후 수아의 어머니가 수아를 살피러 왔다가 수아가 이미 자리에서 일어나 움직이고 있는 걸 보고 마음이 적이 놓였다. 이날 아침에 하장이 오 부윤의 초청에 응하여 오 부윤의 배를 방문했다. 수아 어머니는 수아를 살핀 다음 낮잠을 자러 갔다. 수아는 오언이 보내온 황금색 종이를 펼쳐보며 미소를 지었다. 밤이 오기만을 기다렸다. 어찌 이리 기이한 일이 다 있는가! 평소엔 눈 깜빡할 사이에 하루가 지나가더니 오늘은 누가 해를 밧줄로 묶어놓기라도 했는지 저물 생각을 하지 않는 것이었다. 수아의 마음이 너무도 답답했다. 어찌어찌 해가 저물려고 하는 황혼녘, 저 두 하녀가 밤에 성가실 것 같다는 생각이 들었다. 저녁밥 먹을 때 그 하녀 둘에게 대짜들이 술 한 병과 안줏거리를 선물로 안겼다. 두 하녀는 갈증 난 용이 물을 본 듯, 한 방울도 남기지 않고 벌컥벌컥 마셔버렸다.
 얼마 지나지 않아 하장이 오 부윤의 배에서 만취해서 돌아왔다. 수아는 오 도령도 혹시 만취하여 약속을 지키지 못할까 그걸 걱정했다. 뒷선창으로 돌아와 문을 닫고 하녀에게 이불과 베개에 향수를 잘 뿌려두라 했다. 그런 다음 이렇게 분부했다.
 "나는 바느질이나 좀 더 하고 잘 거니까 너희들은 먼저 가서 자거라."
 하녀들은 그렇지 않아도 술기운이 올라와 얼굴이 발개지고 귀가 뜨거워지고 발이 풀리고 머리가 빙빙 돌아 어서 잠자리에 들고 싶었으나 차마 말을 못하고 있던 차였다. 수아 아씨의 말을 듣고서 너무도 신나게 이부자리를 펴고 자리에 누웠다. 머리가 베개에 닿자마자 드르렁 드르렁 코 고는 소리가 들려왔다. 수아는 잠시 앉아 있다가 귀를 쫑긋 세우고 자기 배와 오 도령의 배 양쪽에 무슨 소리가 나는지 살폈다. 아무런 소리도 나지 않아 적막하기 그지없었다. 수아는 이제 문제없겠다 싶어 가위로 탁자를 두드려 신호를 보냈다. 저쪽 배에서 기다리던 오언이 그 신호를 바로 알아차렸다.

오언은 수아랑 만날 일을 생각하여 낮에 술자리에서 술도 일부러 덜 마시면서 자제했다. 하장이 자기 배로 돌아간 다음 선창에 앉아 가위 소리가 들려오기만을 기다렸다. 그렇게 두어 시간이나 기다렸지만 아무런 신호도 들려오지 않았다. 혹시 일이 잘못되었나 하며 조바심을 내고 있던 차에 가위 소리가 들리니 뛸 듯이 기뻤다. 오언이 황급히 몸을 일으켜 발걸음도 가볍게 선창 창문을 열고 몸을 쭉 빼내어 수아의 선창 창문을 가볍게 세 번 두드렸다. 수아가 곧바로 자기 선창 창문을 열어주니 오언이 그 창문을 넘어 들어갔다. 수아가 오언을 맞아들였다. 두 사람은 서로 인사를 나눴다. 오언은 등불 아래에서 수아를 찬찬히 바라보았다. 등불 아래에서 수아는 더욱더 예뻐 보였다. 서로의 가슴에 불길이 뜨겁게 타올랐다. 무슨 말이 더 필요하랴! 오언이 수아를 껴안더니 수아 옷의 단추를 풀어 옷을 벗겼다. 둘은 같이 침상 위로 올라갔다. 가슴과 가슴이 맞닿고 몸과 몸이 기대었다. 이 사랑 나눔이 특별히 더 멋들어졌다. 그 모습이 이러하더라.

선창 창문 두드리는 소리, 창문 열리는 소리,
눈앞에 보이는 내 님, 이게 정녕 꿈은 아니러니.

세상의 수많은 환락, 비교하지 말라,
술에 취해 잠든 하녀 깨지 않게 조심할지라.

한 차례의 격정의 순간이 지나고 서로 달콤한 사랑의 밀어를 나누었다. 수아는 오언에게 자신이 꿈에서 들었던 시가 바로 오언에게서 받은 시였음을 이야기해주었다. 오언이 깜짝 놀라며 말했다.

"그런 기이한 일이 다 있단 말이오! 내가 어제 꾼 꿈도 그대가 꾼 꿈과 하나도 다르지 않소. 내가 그 꿈을 꾸고 나서 참으로 기이하다 하면서 멍하니 앉아 있었소이다. 내가 말하지 않았는데도 하늘이 그대를 시켜 창문을 열고 내 쪽을 바라보게 했고, 그래서 우리는 이렇게 만날 수 있었다오. 아무래도 우리는 전생에 맺어진 인연인가 보오. 그러니 이렇게 영혼과 꿈이 먼저 통했겠지요. 내일 내가 부친께 우리 둘이 백년가약을 맺게 해주십사 말씀드려야겠소이다."

수아가 대답했다.

"그게 바로 제가 바라는 것입니다."

둘이 서로 사랑의 밀어를 나누다 다시 사랑을 나누니 서로의 끌림이 더욱 깊어졌다. 그러다 같이 잠이 들었다.

아뿔싸, 그날 밤 깊은 시각, 바람이 자고 파도가 잔잔해졌다. 새벽녘 두 척의 배가 모두 출항을 준비했다. 돛대를 손보고 강둑 기둥에 묶어두었던 밧줄을 풀었다. 뱃사람들이 모두 박자에 맞춰 어기여차 배 띄워라 합창을 하니 수아와 오언이 그 소리에 놀라 잠에서 깨었다. 뱃사람들이 말하는 소리가 들려왔다.

"이렇게 순풍을 받으면 기주까지도 금세 닿겠는걸!"

오언이 깜짝 놀라며 소리쳤다.

"아이고 이제 어쩌면 좋지?"

"목소리를 낮추세요. 아버님이 아시면 벼락이 떨어질 거예요. 기왕에 이렇게 된 거 서두른다고 해서 뭐 뾰족한 수가 나오는 것도 아니니 일단 진정하고 어떻게 할 건지 고민해보기로 합시다."

"어젯밤 꿈처럼 되진 않았으면 좋겠소이다."

이 말을 듣고 수아는 꿈에 하녀한테 오언의 신발을 들켜서 일이 발각된 게 떠올라 얼른 손을 뻗어 오언의 비단신을 눈에 안 띄게 감췄다.

수아가 조심조심 주저주저 고민하다가 마침내 한 가지 묘책을 떠올렸다.

"좋은 생각이 떠올랐어요."

"무슨 방법이오?"

"낮에는 제 침상 밑에 숨어 계세요. 저도 아프다고 핑계 대고 밥 먹으러 밖으로 나가지 않을 거예요. 그러면 아마 밥을 선창 안으로 갖다 주실 거예요. 형주에 도착하는 대로 제가 은자를 챙겨드릴 터이니 배가 정박하자마자 사람들이 북적대는 틈을 타 여기를 빠져나가서서 배를 얻어 타고 양주로 돌아가십시오. 그런 다음 청혼서를 작성하셔서 청혼하십시오. 만약 부모님이 허락하신다면야 두말할 필요 없는 거고 만약 허락하지 않으시면 제가 사실대로 다 말씀드리는 수밖에 없지요. 부모님이 저를 평소에 끔찍이도 아끼시니 제 말을 들으면 허락하지 않고는 못 배기실 겁니다. 그럼 우리는 진짜 부부가 되지 않겠어요!"

"그렇게만 된다면 얼마나 좋겠소!"

날이 밝고 하녀가 선창에서 나가자 두 사람은 침상에서 내려왔다. 오언은 곧바로 침상 아래로 기어들어가 몸을 최대한 구부려 숨었다. 침상 양옆을 상자로 가리고 앞쪽엔 휘장을 길게 늘어뜨렸다. 수아는 침상 곁에 앉아서 꼼짝도 하지 않았다. 양치하고 세수한 다음 머리도 빗지 않고 팔로 머리를 괴고 탁자에 앉았다. 어머니가 들어와 보고선 바로 물었다.

"얘야, 머리 빗질도 안 하고서 그렇게 기대앉아 뭐 하는 거냐?"

"몸이 안 좋아서 머리 손질도 못 하겠어요."

"아이고, 아침에 너무 일찍 일어나서 감기라도 걸린 모양이다. 어서 침상에 가서 눕지 않고서?"

"잠도 잘 안 오고 그래서 이렇게 앉아 있는 거예요."

"그래도 그렇지. 옷이라도 더 따듯하게 입고 그래야 추위를 덜 타지. 몸이 오슬오슬 춥고 그러면 큰일 난다."

수아의 어머니는 하녀에게 두꺼운 겉옷을 하나 가져오게 하여 그걸 입으라고 했다. 얼마 지나자 하녀가 수아 어머니에게 아침 식사가 준비되었다고 알렸다. 수아 어머니가 수아에게 말했다.

"얘야, 넌 몸도 편찮으니 밥을 먹을 게 아니다. 내가 향향이한테 죽을 좀 끓여오라고 해야겠다."

"어머니, 그래도 죽보다는 밥이 너 나을 것 같아요. 제가 움직이기가 힘들어서 그러니 밥을 좀 가져오게 해주셔요."

"그럼 나도 너랑 같이 먹을게."

"하녀들이 어머니 안 계시면 자기들 맘대로 일을 제멋대로 하고 그러잖아요. 어머니는 밖에서 드셔요."

"네 말이 일리가 있구나그래."

수아 어머니가 몸을 돌려 밖으로 나가더니 하녀를 시켜 선창 안 탁자에 밥을 차려주게 했다. 수아가 하녀에게 분부했다.

"너희들은 나가 있다가 내가 부르면 그때 들어오너라."

수아가 하녀들을 내보내고 나서 문을 닫아걸고 침대 밑에 숨어 있던 오언한테 나와서 밥을 먹으라 했다. 오언이 침상 밑에서 나와 허리를 쑥 늘이면서 기지개를 켜고 탁자를 바라보았다. 탁자 위엔 고기 두 접시, 야채 한 접시, 밥 한 공기가 차려져 있었다. 평소 수아가 기껏 먹는다고 해봐야 밥 한 공기에 반찬 한두 가지 정도였기에 이렇게 챙겨놓은 것이다. 그러나 하루에 쌀 석 되를 먹어치우는 오언의 식성에 요걸로 어디 간에 기별이라도 가겠는가! 오언이 씩 웃더니 젓가락질 두세 번에 뚝딱 먹어치워 버렸다. 다 먹고 나서도 여전히 배가 고팠으나 배고프다고 말하기가 쑥스러워 아무 말 않고 다시 침상 밑으로 기어들어 갔다.

　수아가 문을 열고 하녀를 불러 다시 밥을 차려달라고 해서 그걸 먹었다. 하녀들이 자기들끼리 수군거렸다.

　"아씨는 그저 밥 한 공기에 반찬 한두 가지 정도만 드시곤 했는데 오늘은 아프시다면서 오히려 밥을 평소보다 두어 배 더 드시니 정말 이상하지 않아!"

　마침 이때 수아 어머니가 이 말을 듣고 바로 수아한테 다가와 물었다.

　"애야, 너 몸도 안 좋다면서 어찌 그렇게 밥을 많이 먹었어?"

　"아뇨, 아직도 배가 고픈걸요!"

　수아는 이날 하루 세끼를 다 이런 식으로 먹었다. 하장 부부는 수아가 한창 몸이 크려고 잘 먹나보다 생각했다. 하나 그들이 선창 침상 밑에 먹성 좋은 거지 하나가 숨어서 수아 대신 밥을 먹어대고 그러면서도 배가 고파 낑낑대고 있을 줄이야 어이 알겠는가.

　하늘도 속이고 땅도 속이는 감쪽같은 계책,
　사랑하는 연인을 얻는 계책.

　그날 밤, 저녁밥을 먹고 나서 수아가 오언에게 침상 위로 올라와 눕게 하고 자기도 옷을 벗고 같이 누웠다. 수아 어머니가 수아를 보러왔다가 수아가 이미 잠들었기에 그저 몇 마디 던지고 돌아가서는 하녀에게 문단속하고 쉬라고 분부했다. 오언이 하도 배가 고파서 수아에게 말을 건넸다.

"급한 불은 껐는데 다만 한 가지 일이 걱정이라오."

"그게 무슨 일인지요?"

"솔직히 말하자면, 내가 먹성이 너무 좋아서 오늘 내가 세끼를 먹었다고 하나 그거 가지고는 간에 기별도 안 가니 매일 이런 식으로 먹으면서 어떻게 형주까지 갈지 걱정이라오."

"그럼 진즉에 말씀해주시지 그러셨어요! 내일부터 밥을 더 달라고 할게요."

"밥을 더 달라고 하면 의심을 받지 않을까 걱정이오."

"저한테 다 생각이 있으니 걱정하지 마셔요. 근데 얼마나 더 달라고 할까요?"

"얼마나 먹어야 내 양에 차냐고? 허허, 밥 열 공기 정도 먹으면 그럭저럭 견딜 만하오."

이튿날 아침 오언은 침상 밑에 숨어 있고 수아는 아픈 척 침상에 누워 앓는 소리를 내고 있었다. 수아 어머니는 걱정이 되어 의원을 불러오고 싶었지만 강 한복판에 떠 있는지라 그럴 수가 없었다. 게다가 수아도 무슨 의원을 불러오자는 거냐며 펄쩍 뛰면서 다만 배가 고파 죽을 지경이라고 하소연했다. 어머니가 황급히 하녀를 시켜 밥을 준비해오게 하니 수아가 또 양이 적다고 투덜대면서 열 공기가 넘는 밥을 달라 떼썼다. 어머니는 깜짝 놀라 자빠졌다. 어머니가 수아에게 밥을 너무 많이 먹는 거 아니냐고 한마디 하기라도 하면 수아는 일부러 더욱더 화를 내며 소리를 질렀다.

"그럼 그냥 가져가라고 하세요. 나 차라리 아무것도 안 먹고 굶어 죽을 거예요."

딸을 끔찍이도 아끼는 어머니인지라 딸이 화를 내는 거를 보고서는 바로 온화한 미소를 지으며 말했다.

"얘야, 나는 다 너를 위해서 그렇게 말한 건데 왜 그렇게 화를 내는 거냐? 먹을 수만 있다면야 누가 말리겠니. 그저 억지로 먹지는 말라는 거지!"

이렇게 말하면서 어머니가 수아에게 젓가락을 쥐여주었다.

"어머니가 지켜보고 계시니까 편하게 먹을 수가 없어요. 어머니가 나가 계시면 제가 천천히 먹을게요. 다 못 먹을지도 모르지만 말이에요."

어머니는 수아의 말을 듣고 하녀랑 같이 밖으로 나갔다. 수아는 옷을 걸치고 침상에서 내려와 문을 닫아걸었다. 오언이 침상 밑에서 기어 나왔다. 어젯밤 내내 너무도 배가 고팠다가 밥을 보더니 수아에게 잘 먹으라는 말도 한마디 없이 고개를 처박고 열 공기나 되는 밥을 마파람에 게 눈 감추듯이 먹어치웠다. 그러다 마지막으로 밥 한 공기가 남았을 때 비로소 젓가락질을 멈췄다. 수아가 너무도 놀라서 멍하니 바라보다가 낮은 목소리로 물었다.

"혹시 아직도 양에 차지 않는 거 아녜요?"

"이 정도만 하죠, 뭐. 여기서 더 먹는 건 좀 그렇잖아요!"

오언은 차를 따라 마시고 입가심을 하고선 다시 침상 아래로 쏙 들어가 버렸다. 수아 혼자서 남은 밥을 먹고 닫힌 문을 열어놓고 침상으로 올라가 누웠다. 하녀는 잠긴 문이 열리기만 기다리다가 문이 열리자 바로 안으로 들어갔다. 탁자 위의 밥이랑 반찬이 깡그리 사라진 것을 보고선 그릇을 치우다 웃으면서 이렇게 중얼거렸다.

"아씨가 병에 걸렸다더니 바로 걸신들린 거구먼!"

하녀가 마님께 이 사실을 고하니 마님이 고개를 절레절레 흔들면서 말했다.

"아니 어떻게 그걸 다 먹을 수가 있단 말이냐! 걸려도 참 희한한 병에 걸렸구나!"

마님이 황급히 하장에게 달려가 이 사실을 알리고 어서 의원을 좀 모셔와 달라고 청했다. 하장은 도저히 믿을 수 없다는 표정이었다. 점심에는 절대 수아가 달라는 대로 다 주지 말라고 했다. 그러다 괜히 수아의 속을 다 버려서 치료하기 더 어려워질까 걱정이었다. 그러나 오시가 되기도 전부터 수아가 배고파 죽겠다고 난리를 쳐댔다. 어머니가 두세 번이나 좋은 말로 타이르니 수아가 훌쩍훌쩍 울기 시작했다. 어머니는 어쩔 수 없이 수아의 말을 들어주었다. 저녁에도 역시 마찬가지였다. 하장 부부는 딸이 몹쓸 병에 걸렸다며 걱정이 태산이었다.

이날 밤 배가 기주에 도착했다. 하장이 뱃사람들에게 내일은 배를 출발시키지 말라고 분부했다. 이튿날 날이 밝자마자 하장이 하인을 시켜 성안으로 들어가 의원을 청해오게 했다. 아울러 치성을 드리고 점괘를 뽑아보았다. 잠시 후 하인이 자칭 세상 제일가는 명의를 모셔왔다. 이 의원은 옷차림이 깔끔했고 생김새도 제법 헌걸찼다. 하장이 그 의원을 맞아 선창 안으로 모시고 들어가 서로 인사를 나눈 다음 자리를 잡고 앉았다. 그 의원은 하장이 벼슬아치인 걸 알아보고 예의를 극진히 갖추었다. 차 한 잔을 들고 나서 의원이 하장에게 따님 증상이 어떤지를 여쭈었다. 의원이 뒷선창으로 가서 진맥한 다음 다시 하장에게 돌아와 앉았다. 하장이 물었다.

"의원님, 내 딸이 무슨 병에 걸린 것이오?"

의원이 헛기침을 한 번 하고는 대답했다.

"따님은 배가 더부룩하고 소화가 제대로 되지 않는 병에 걸렸습니다."

"그건 좀 이상한데요. 그건 어린아이들이 걸리는 병이잖소. 내 딸은 벌써 열다섯, 어찌 그런 병에 걸리겠소?"

의원이 웃음을 띠면서 대답했다.

"그건 하나만 알고 둘을 모르는 말씀이십니다. 따님이 열다섯 살이라고 하나, 아직은 봄이니 실은 열네 살이나 마찬가지고 만약 따님이 겨울에 태어났다면 이제 갓 열세 살 조금 넘은 거 아니겠습니까. 나리, 열세 살 여아가 어린아이가 아니고 무엇이겠습니까. 이 병은 섭취하는 음식에 균형이 깨지면 걸리게 됩니다. 게다가 환경이 바뀌거나 물을 갈아 마시게 되면 음식이 제대로 소화가 안 되고 아랫배에 더부룩하게 쌓여 마침내 열이 나고 그 열이 가슴까지 올라와 허기를 느끼게 되어 음식을 먹으면 그게 다 열로 발산됩니다. 이걸 초기에 잡지 않으면 나중엔 치료하기 정말 어렵습니다."

하장이 의원의 설명을 쭉 듣고 나서는 이렇게 대답했다.

"의원님의 말씀이 참으로 지당하오. 그럼, 지금 어떻게 하면 치료할 수 있겠소?"

"우선 따님의 체증을 풀어주고 몸 안의 열을 잡아야 합니다. 열이 잡히면 먹는 것도 자연스럽게 줄어들어 예전대로 돌아갈 것입니다."

"만약 그렇게만 된다면 내가 후히 보답할 것이오."

의원이 자리에서 일어났다. 하장이 의원에게 사례를 담은 봉투를 건네고 하인을 시켜 약을 받아오게 한 다음 지체 없이 약을 달여 수아에게 주라 했다. 수아는 하루라도 빨리 형주에 도착했으면 하는 마음뿐이었으니 그런 약을 먹을 마음이 조금이라도 있을 턱이 없었다. 처음에 아버지가 의원을 청해오겠다고 할 때 그럴 필요 없다고 말렸으나 아버지가 자기 말을 들으려 하지 않았다. 그렇다고 사실을 그대로 말씀드릴 수도 없어 그냥 두고 볼 수밖에 없었다. 의원이 어떻게 진단했는지 전해 듣고는 속으로 한참 웃었다. 하녀가 약을 가지고 오자 수아는 두고 나가라고 한 다음 그걸 변기통에 쏟아부어 버렸다.

하장 부부가 천지신명에게 빌고 점을 쳐보니, 별자리 운이 좋지 아니하고 두루미 신의 노여움을 샀으니 스님이랑 도사를 초빙하여 액막이를 하면 나을 거라고 했다. 또 다른 점괘에서는 들판에서 배고파 죽은 귀신을 범했으니 제단을 설치하고 천도재를 지내면 나을 거라고 했다. 하장 부부는 그 점괘대로 다 따라 했다. 하지만 몇 차례나 탕약을 먹여도 아무런 차도가 없이 전처럼 그대로 밥을 먹어댔다. 하장 부부가 다른 의원을 청했다. 이 의원은 위세가 더 당당했다. 가마를 타고 하인 서넛의 수행을 받으며 찾아왔다. 의원은 하장을 만나 서로 담소를 나누고 나서 수아의 증상을 물어본 다음 진맥을 했다. 의원이 하장에게 물었다.

"저 말고 다른 의원이 환자를 본 적이 있습니까?"

"일전에 한 명을 모셔온 적이 있소이다."

"그 의원이 무슨 병이라고 진단했습니까?"

"배가 더부룩하고 소화가 제대로 되지 않는 병에 걸렸다고 합디다."

의원이 그 말을 듣고 가가대소하더니 입을 열었다.

"이 병은 폐결핵의 일종이올시다. 소화불량이라뇨!"

"제 여식처럼 어린아이도 그런 병에 걸립니까?"

"따님이 기력이 쇠하거나 정욕을 딴 데 써서 그런 게 아니라 본디 타고난 기가 허약하여 그런 것입니다. 소아 폐결핵이라 할 수 있습니다."

"식욕을 억제하지 못하고 마구 먹어대는 이유는 무엇입니까?"

"한기와 열기가 오르락내리락하고, 속이 텅 빈 불기운이 치솟아 오르니 쉽게 기갈을 느끼게 됩니다."

하장의 부인이 병풍 뒤에서 의원의 말을 듣고 하인 편에 말을 전하게 했다.

"제 여식은 결코 열이 나지 않습니다."

"이 병은 겉은 차갑고 속은 열이 나고 뼛속이 펄펄 끓어오르는 것이라 열을 느끼지 못했을 따름입니다."

의원이 전에 다른 의원이 조제해 준 약을 달라 하여 보더니 말했다.

"이 약은 백해무익합니다. 따님의 원기를 쇠약하게 할뿐더러 계속 복용하면 회복할 수 없는 지경에 빠지고 말 것입니다. 제가 약을 처방하여 그걸로 우선 따님의 몸이 허하여 나는 열을 다스리고, 오장육부를 치료하여 음식을 절제할 수 있게 해줄 것입니다. 그런 다음에야 비로소 속 기운을 보충하고 열기를 내려주며 피를 맑게 하고 원기를 보충하는 환약을 써서 천천히 치료하면 완치될 것입니다."

하장이 의원에게 감사했다.

"의원님의 신묘한 능력을 믿을 따름이오."

의원이 하장에게 인사를 하고서 떠났다. 잠시 후 하인이 다른 의원을 모셔왔다. 이 의원은 나이가 한참이나 들어서 머리와 수염이 온통 새하얗고 발걸음도 약간 뒤뚱거렸다. 의원은 앉자마자 자기가 얼마나 괴이한 질병도 잘 잡아내는지 자랑하기 시작했다.

"누구 나리도 다 제가 살려냈습죠. 누구 나리 부인도 이러저러한 약을 써서 즉효를 봤습니다. 허허."

이런 자랑을 쉴 새 없이 한바탕 늘어놓은 다음 환자의 생활 습속이나 먹는 음식에 대하여 시시콜콜 묻더니 진맥을 하러 갔다. 하장이 이런 생각이 들었다.

'의원은 나이 든 의원, 점쟁이는 젊은 점쟁이라는 말도 있잖은가. 그래 이 의원이 영험할지도 모를 일이지.'

의원이 진맥을 마치고는 하장에게 말했다.

"역시 나리한테 인복이 있어서 저를 만나셨군요. 따님의 병은 저 같은 의원이 아니면 진찰해낼 수가 없습니다."

"제 딸이 무슨 병에 걸린 것인가요?"

"따님의 증상을 보니 딱 흉격막힘증입니다."

"흉격막힘증에 걸리면 음식을 먹지 못한다는데 내 여식은 오히려 평소의 몇 배를 먹어치우는데 어찌 그 병에 걸렸다고 하는지?"

"흉격막힘증에도 여러 종류가 있습니다. 따님의 경우는 속칭 쥐흉격이라 부릅니다. 남이 안 볼 때는 엄청나게 먹다가도 다른 사람이 보기만 하면 음식을 전혀 삼키지 못합니다. 그러다 나중에 너무 먹어서 점차 부풀어 오르고 마침내 기생충이 생기고 복부 팽창증에 걸립니다. 이런 증상이 겹쳐 오게 되면 치료하기 힘들어집니다. 지금 다행스럽게도 초기라 힘든 상황은 아닙니다. 저한테 맡겨두시면 뿌리를 뽑을 수 있습니다."

의원이 말을 마치고 자리에서 일어났다. 하장이 뱃머리까지 나가서 배웅했다. 하장 가족은 모두 쥐흉격이라는 말을 철석같이 믿고 다른 의원에게도 약을 받고 점쟁이를 찾아가 점치고 했다. 그러나 정작 수아는 약을 건네받고는 깡그리 변기통에 쏟아버리고 몰래 코웃음치곤 했다.

하장이 생각해 보니 이런 식으로 계속해서 기주에서 머무를 수는 없어 보였다. 부인과 상의하고는 의원에게서 처방을 받아서 한꺼번에 약재를 구입하여 가는 도중에 내내 먹이는 게 좋을 것 같았다. 형주에 도착하면 따로 의원을 청할 요량이었다. 그 나이 든 의원은 처방전을 써달라고 부탁을 받고는 처방전 값을 톡톡히 받아냈다. 이게 다 의원이란 작자의 수법이 아니겠는가! 이를 증명하는 시 한 수가 있도다.

의원이라고 어찌 병을 다 알리요,
그저 임기응변할 따름.
병이 없는 자에게 병이 있다고 우기며,
하장에게 돈을 뜯어내는구나.

'청춘남녀는 눈만 마주쳐도 불이 붙는다'는 말도 있지 않은가! 수아가 당초 오언을 처음 만날 때만 해도 경험이 없는지라 운우지정을 나눌 때도 긴장하고 몸을 사렸다. 게다가 오언도 내심 조심하고 또 조심했으니 두 사람 모두 서로 기쁨을 누릴 수가 없었다. 그러나 이삼일이 지나면서 점점 그 맛을 알아가고 서로 맘껏 즐기고 그 순간 걱정근심도 잊게 되었다. 어느 밤, 하녀가 잠에서 깨었다가 침상이 삐걱거리는 소리와 침상 모서리가 쿵쿵거리는 소리를 들었다. 잠시 후 또 숨을 헐떡거리는 소리가 들려오는 게 너무도 이상했다. 다음 날 아침, 하녀가 마님에게 이걸 이야기했다. 수아의 어머니 역시 수아 얼굴에 화색이 돌고 전혀 병자 같지가 않은지라 의심하고 있던 차였기에 하녀의 말을 듣자마자 그럼 그렇지 하는 생각이 들었다. 하장에게 말하지 않고 혼자서 바로 수아에게 가보았다. 수아 주변에 확연히 흐트러진 모습이 보이진 않았다. 수아 얼굴을 가까이서 바라보니 발그레하게 화색이 더욱 돌았다. 그렇다고 대놓고 물어볼 수도 없고 뾰족한 방법도 떠오르지 않고 하여 한참을 앉아 있다 그냥 나왔다. 아침밥을 먹고 나서 그래도 마음이 놓이지 않아 다시 수아한테 가서 넌지시 떠보며 물어보았다. 수아는 어머니가 넌지시 물어보는 의도를 눈치채고 아예 아무런 대답도 하지 않았다.

이때 갑자기 코 고는 소리가 귓가에 들려왔다. 오언이 밤새 일을 치르느라 잠을 자지 않았다가 아침을 먹고 나서 침상 밑에서 곯아떨어진 것이다. 수아가 어떻게 손쓸 틈도 없이 어머니가 이 소리를 들어버렸다. 어머니는 하녀한테 잠시 나가 있으라 하고 선창 문을 닫고 침상 밑을 살폈다. 총각 머리로 빗질한 도령이 벽을 향해서 몸을 구부린 채 한창 잠에 곯아떨어져 있었다. 어머니는 속으로 아이고 소리가 절로 나왔다. 딸 수아에게 말했다.

"그래, 이런 짓을 하려고 병이 들었다는 핑계를 대서 부모 속을 태우고 그랬느냐! 남 보기 남사스럽다. 어찌 사람이 그럴 수가 있을까! 저 죽일 놈은 대체 어디서 온 놈이냐?"

수아는 부끄러워서 얼굴이 새빨개졌다.

"제가 잘못했어요. 제가 순간 부끄러운 짓을 했어요. 어머니, 제발 좀 못 본 척해주세요. 저 사람은 다른 사람이 아니라 바로 오 부윤의 아들이에요."

어머니가 깜짝 놀라며 물었다.

"네가 오 도령을 만난 적도 없을 텐데! 게다가 네 아버지가 오 부윤 배로 건너가 술을 드실 때 오 도령이 자리를 함께했지 않니. 야심한 시각에 술자리가 파하고 새벽 네 시에 바로 배가 출발했는데 오 도령이 어떻게 여기 왔더란 말이냐?"

수아는 아버지가 오 도령을 칭찬하는 걸 듣고 마음이 쏠렸고, 다음 날 병풍 뒤에서 지켜보았다가 밤에 꿈을 꾸었고, 아침에 선창 창문을 통해 서로 만난 것 그리고 오 도령이 잠들었을 때 배가 출발했던 전후 사정을 자세하게 말씀드렸다. 그런 다음 이렇게 덧붙였다.

"불초 소녀가 잠시 욕정의 노예가 되어 명예와 절개를 더럽히고 아버지 어머니의 얼굴에 먹칠했으니 그 죄가 너무도 큽니다. 하지만 우리 집과 오 도령 집이 수천 리나 떨어져 있는데도 이렇게 거센 바람 때문에 만나게 되었으니 이 역시 전생의 인연이요, 하늘이 맺어준 인연이지 사람이 억지로 맺은 인연은 아닌 듯합니다. 저와 오 도령은 생사를 같이하고 그 마음 변치 않기로 맹세했습니다. 어머니가 아버지에게 잘 말씀드려서 제가 실수를 만회할 수 있게 해주세요. 만약 아버지가 다른 말씀을 하신다면 저는 차라리 죽음을 택하지 구차하게 살고 싶지 않습니다. 전 모든 걸 어머니께 말씀드리고 오직 어머니의 처분만 바랍니다."

수아는 말을 마치고 눈물을 비 오듯 흘렸다. 수아와 어머니가 이렇게 대화를 나누고 있는 동안에도 오 도령의 코 고는 소리가 그칠 줄을 모르고 오히려 더 커지기만 했다. 어머니는 화가 나기도 하고 기가 막히기도 했다. 이 딸년을 어찌할꼬? 금지옥엽 키운 딸을 어찌 버리겠는가! 하녀들이 알고 입방아를 찧으면 일이 탄로날까 걱정되어 화를 꾹꾹 눌러 참고 선창문을 열고 밖으로 나갔다. 어머니가 나가자마자 수아가 침상에서 내려와 선창문을 닫고는 침상 밑의 오 도령을 깨웠다.

"코를 그렇게 크게 골면 어떡해요? 어머니가 그 소리를 듣고 놀라셔서 모든 게 들통났잖아요!"

오언은 일이 들통 났다는 말을 듣고 너무도 놀라 온몸에 식은땀이 다 나고 덜덜 떨어 윗니 아랫니가 서로 맞부딪칠 정도였다. 오언은 한마디도 하지 못하고 멍하니 서 있었다. 수아가 오언에게 말했다.

"너무 놀라지 마세요. 그래도 제가 어머니에게 이리이리 말씀드렸으니 아버님이 어머니 말을 들으시고 허락하시면 좋은 거고, 만약 허락하지 않으시면 꿈속에서 봤던 대로 하는 거죠. 절대 도련님에게 누를 끼치진 않을 겁니다."

이렇게 말하다 보니 수아는 자기도 모르게 구슬 같은 눈물이 줄줄 흘러내렸다.

한편, 부인이 급히 하장을 찾아가 하녀를 물렸다. 그리고 한참이나 입을 열지 못했다. 두 눈에선 벌써 눈물이 흘러내리기 시작했다. 하장은 딸의 병을 걱정하여 그러나보다 싶어 부인을 위로했다.

"의원이 며칠 지나면 바로 낫는다고 합디다. 너무 걱정하지 마시오."

"그 사기꾼 같은 놈들 말을 어찌 믿어요. 무슨 뭐 쥐흉격이라고요! 그런 의원들은 며칠 지나면 낫는 것은 고사하고 천년이 지나도 무슨 병인지 알아내지도 못할 거라고요."

"그게 대체 무슨 말이오?"

부인이 하장에게 전후 사정을 자세하게 말해주었다. 하장은 그 말을 듣고 너무도 화가 나고 기가 막히는 듯했다.

　"아니 이게 무슨 날벼락이야! 이런 부끄러운 짓을 하다니! 가문에 먹칠하는 그런 딸을 어디에다 써먹겠어. 그래, 오늘 밤 바로 자결하여 더럽혀진 명예라도 다시 살리게 하라고."

　남편의 마지막 말을 듣고 부인의 얼굴이 흙빛으로 변했다.

　"우리 부부가 이제 다 중년 나이, 혈육이라곤 저 딸년 하나인데 그게 세상을 떠나면 우리한테 누가 있나요! 오 도령이 가문도 좋고, 재주와 용모를 겸비했으니 그를 사위로 맞아들이면 두 집안에 서로 잘 맞을 거 같아요. 그쪽에서 청혼해오기 전에 딸년이 먼저 관계를 맺은 거야 잘못이지만 기왕 이렇게 된 거 이제 와서 탓하면 뭐 하겠습니까. 실수한 거 있으면 그 실수를 고쳐나가도록 합시다. 아무도 몰래 다른 사람 편에 오 도령을 집으로 돌려보내고 더불어 오 부윤에게 서찰을 보내셔서 사람을 보내어 청혼해 달라 부탁하시지요. 나중에 둘을 맺어주면 그게 양쪽 다 좋을 겁니다. 지금 여기서 문제를 떠벌여봐야 될 일도 안 될 겁니다."

　하장은 한참 입맛만 다시고 있다가 어쩔 수 없다는 생각이 들었는지 부인의 말대로 하기로 마음을 정하고 밖으로 나가 뱃사람에게 물었다.

　"지금 여기가 어딘가?"

　"무창이 코앞입니다."

　"무창에 잠시 배를 대게나. 내가 하인을 집에 보낼 일이 생겼네."

　하장은 서찰을 써서 심복을 불러 부탁했다. 무창에 도착하자 그 심복이 하선하여 다른 배 하나를 빌려서 하장의 배 옆에 대고 기다렸다. 하장 부부가 뒷선창으로 가서 수아를 만났다. 수아가 아버지를 보고 무안했던지 이불로 얼굴을 가렸다. 하장이 다른 말은 하지 않고 "참 잘하는 짓이다!"라고 혼잣말하듯이 내뱉고선 침상 밑을 향해서 오 도령을 불렀다. 오언은 하장 부부가 들이닥친 게 대체 무슨 뜻일까 알 길이 없어 전전긍긍하다가 밖으로 기어 나와 바닥에 엎드려 죄를 빌었다.

"죽을죄를 지었습니다."

하장이 낮은 목소리로 꾸짖었다.

"자네가 젊고 나중에 큰 재목이 될 거라 여겼거늘 이런 무도한 짓을 벌여 우리 가문을 욕보일 줄이야! 자네를 강물에 처넣어야 내 화가 좀 풀릴 텐데. 그래도 자네 아버지의 체면을 봐서 자네 목숨만은 살려주겠네. 내가 사람을 붙여 자네를 고향에 돌려보내 줄 것이니 나중에 크게 출세하거든 이 불초한 내 여식을 아내로 맞아 가게. 그럴 자신이 없다면 내 여식을 데려갈 생각을 아예 하질 말게나."

오 도령은 내내 머리를 조아리며 하장의 말을 들었다. 하장은 오 도령에게 다른 사람 눈에 띄지 않게 숨어 있다가 야심한 시각에 사람들이 잠들면 아무도 몰래 하인을 시켜 오 도령을 데리고 다른 배로 건너가게 할 참이었다. 수아와 오 도령이 헤어질 때가 되자 두 사람은 모두 불길한 생각만 자꾸 떠올라 너무도 슬펐지만 차마 울음소리를 내지는 못했다. 수아가 어머니 등 뒤에서 이렇게 말했다.

"이번에 아버지가 무슨 뜻으로 오 도령을 보내는지 잘 모르겠어요. 하인이 돌아올 때 오 도령의 서찰을 받아와서 저에게 달라고 하셔요. 그래야 제가 마음이 놓일 것 같아요."

어머니는 수아의 말을 듣고 하인에게 분부했다. 이튿날 새벽, 하인은 오 도령을 모시고 배를 타고 떠났다. 하장의 배도 형주를 바라고 출발했다. 수아는 오 도령이 가는 동안 무슨 일이라도 생길까 봐 노심초사하다가 결국 진짜로 병이 나고 말았다.

헤어질 때는 얼음장처럼 차가웠는데,

님 생각날 때마다 가슴에 뜨거운 불길이 치솟네.
삼백하고도 육십 가지 하고 많은 병 가운데,
상사병에 걸리고 말았구나.

여기서 이야기가 둘로 갈린다. 한편, 오 부윤은 그날 강주를 출발하여 몇십 리를 가서 아침 먹을 시간이 되었는데도 아들이 일어나지 않기에 아마도 어젯밤 마신 술이 아직 덜 깼나보다 생각했다. 정오가 되어서도 아무런 기척이 없자 아무래도 이상하다는 생각이 절로 들었다. 부인이 직접 가서 아들을 불러보았으나 아무런 대답이 없었다. 참으로 당황스러웠다. 오 부윤이 하인을 시켜 문을 열어보라 하니, 선창 안이 텅 비어 있었다. 오 부윤 부부는 너무도 놀라 정신이 다 달아나버렸다. 울고불고 난리를 쳐보았으나 대체 무슨 연고인지 알 수가 없었다. 배 안에 있는 사람들이 모두 입을 모아 웅성거렸다.

"정말 귀신이 곡할 노릇이네! 이 배 안에서 대체 어디 간 걸까? 필시 물에 떨어진 모양이야."

오 부윤은 뱃사람들의 말을 듣더니 배를 강둑에 대라 하고 사람을 시켜 아들을 찾게 했다. 강주에서부터 지금 배를 댄 이곳까지 백 리에 이르는 물길을 다 찾아보라 했으나 아들 시체가 어디 있을 리가 있는가? 아들의 혼을 불러들이는 제사를 지내면서 부인이 울다가 기절하고 깨어나서 다시 울었다. 아들을 잃은 오 부윤은 벼슬살이도 그만두려 했으나 주위 사람들이 한사코 만류하니 그제야 다시 부임길에 올랐다.

며칠 후 하장의 하인이 자기 아들을 모시고 나타났다. 오 부윤 부자는 서로 만나 놀라기도 하고 기쁘기도 했다. 오 부윤은 하장이 보낸 서찰을 읽고서야 저간의 사정을 알게 되었다. 아들을 한 차례 꾸짖고 하장의 하인에게 며칠 기다리라고 한 다음 청혼 예물을 준비하고 답신을 써서 하인 편에 들려 보내며 청혼했다. 오 도령도 수아에게 보내는 개인 서찰을 써서 하인 편에 들려 보냈다. 수아가 한참을 아파하다가 오 도령의 서찰을 받더니 자리를 털고 일어났다. 오 도령은 부친의 부임지에서 낮이나 밤이나 공부에 몰두했다. 마침내 과거를 치르는 때가 되어 동경으로 달려가 응시하여 일거에 급제하여 진사가 되었다. 마침 오 도령은 형주부 상담현 부현령에 임명되었다. 오 부윤은 아들이 과거급제하고 벼슬에 나아가자 은퇴를 결심하고 아들을 따라 형주로 갔다. 길일을 잡아 수아를 맞아와 혼례를 치렀다. 동료들이 모두 찾아와 축하했다.

화촉 아래 서 있는 신랑 신부,
비단 이불 속에선 이미 친구.

수아는 시집온 다음부터 시부모에게 효성을 다하여 현명한 며느리로 이름을 날렸다. 나중에 하장도 변경으로 이사하여 말년을 딸 수아와 함께 보냈다. 오언은 나중에 용도각학사龍圖閣學士에 올랐다. 오언 부부는 두 아들을 두었으며 두 아들은 모두 과거에 급제했다. 이게 바로 '오 도령이 여인을 만나러 옆에 있는 배로 찾아갔다'는 이야기의 전말이다. 이제 시 한 수를 보자.

아름다운 아가씨 재주 많은 청년 용모도 닮았구나,
여덟 구절 시를 지어 아무도 몰래 자기 마음을 전하네.
백년가약을 침상 밑에서 맺었구나,
이들의 아름다운 사랑 이야기가 천년만년 세상에 전해지누나.

태학생 노남이 괘씸죄에 걸려들다

盧太學詩酒傲公侯
태학생 노씨가 술과 시에 취하여 고관대작에게 오만하게 굴다

위하 동쪽에 높이 솟은 부구산,

구름 사이에 대나무 집 짓고 봉새와 더불어 숨어 사네.

문장은 동중서董仲舒와 가의賈誼1)를 놀라게 할 만하고,

명성은 유정劉楨과 조식曹植2)을 넘고도 남아라.

가을, 푸른 하늘 아래 산길을 걷고,

---

1) 동중서(기원전 176~104)는 전한의 대표적 유학자로 도가를 물리치고 유가가 독보적인 지위를 누리게 하는 데 공을 세웠다. 인간 세상의 정치 행위의 잘되고 못됨이 홍수, 가뭄, 상서로운 이슬과 같은 자연현상으로 나타난다는 소위 재이설災異說을 주장했다. 가의(기원전 200~168)는 제후 세력을 약화시키고 중앙집권적 정치 체제를 실현하고자 노력한 전한의 정치 사상가이다. 『신서新書』를 저술했으며, 진나라 멸망의 원인을 설파한「과진론過秦論」으로 유명하다.

2) 유정(?~217)은 후한 말기의 이름난 문장가로 건안칠자建安七子 가운데 한 명으로 꼽는다. 조식(192~232)은 조조의 아들로 제후왕이자 후한 말기의 시인 겸 문장가이다.「백마편白馬篇」,「낙신부洛神賦」,「칠보시七步詩」같은 작품이 유명하다.

봄, 붓을 들어 시를 적는다.

술에 취하면 죽장을 짚고 휘파람,

천만리 먼 곳에서 바람 불어와 구름 파도를 깨치네.

이 시는 명나라 가정 연간(1522~1566)에 재주 많은 선비가 지은 것이다. 그 선비가 누구런가? 성은 노盧, 이름은 남枏, 별명은 소경少梗, 또 다른 별명은 자적子赤이다. 대명부大名府 준현濬縣 사람이다. 얼굴도 잘생기고 기골이 헌걸차고 속된 기운이 하나도 없었다. 여덟 살 때 이미 문장을 지을 줄 알았고 열 살 때 시를 능숙하게 지었으니 붓을 들었다 하면 수천 단어의 글을 단숨에 지어낼 정도였다. 사람들은 모두 그를 두고 이백이 환생한 것 같으며 조식의 후배인 것 같다고 했다. 그는 평소에 술 마시기를 좋아하고 의협심이 강했으며 얽매이기를 싫어하고 세속적인 것을 무시하고 자신의 성미대로 행동했다. 명성이 천하에 자자했고 재주가 당시에 으뜸이었다. 그와 왕래하는 자들은 모두 고관대작이었다. 게다가 대대로 벼슬을 하여 재산이 넘치고 넘쳤으니 평소 씀씀이가 왕후장상과 다를 바 없었다.

노남의 거처는 성 밖 부구산浮丘山이었다. 저택이 화려하고 웅장하게 구름 사이로 우뚝 솟아 있었다. 노래 잘하고 얼굴도 예쁜 여인들, 생김새가 천하일색인 소녀를 선발하여 노래와 악기 연주를 가르치면서 하루하루 지냈다. 아울러 시중드는 어린 하인이 그 수를 셀 수 없을 정도로 많았다. 저택 뒤에는 6만 평이나 되는 정원을 꾸몄다. 연못을 파고 물을 끌어들이고 돌을 쌓아 산을 만들었다. 그 솜씨가 너무도 정교했다. 그 정원의 이름을 휘파람 정원[嘯園]이라 붙였다. 대저 꽃들은 해를 좋아하는지라 다들 남쪽을 바라고 피고, 북쪽은 춥고 바람이 세게 부는지라 그쪽에 꽃을 심으면 대개가 얼어 죽고 마니 북쪽에는 자연 사람 발걸음도 드물었다. 이 휘파람 정원에 심어진 꽃 한 송이 풀 한 포기가 모두 돈 많고 권세 많은 자가 아니라면 감히 엄두도 내지 못할 그런 귀한 것이었다. 이곳 준현은 북경에서 멀리 떨어진 궁벽한 곳, 권문세가의 정원이 어쩌다 있다손 그렇게 볼만하지 못했다. 유독 이 노남만은 자신의 정원을 가꾸는 데 돈을 아끼지 않아 사방에 사람들을 보내어 기화요초, 기암괴석을 찾아오게 하여 이 근동에서 너무도 아름다운 경승지를 만들었다. 그 모습이 어떠했던고?

> 높은 언덕에 우뚝 솟은 누각,
> 고즈넉하고 청아한 정원.
> 산봉우리 사이로 기이한 모양의 바위들,
> 꽃밭에는 온갖 기화요초.
> 물가의 정자는 대나무 숲으로 이어지고,
> 바람 시원하게 불어오는 정자는 소나무 숲으로 이어지네.
> 구불구불한 연못길, 그 길 따라 이어지는 난간,
> 연못에 유리처럼 새하얗게 이는 물결.
> 첩첩 산봉우리, 겹겹 언덕,
> 비취색으로 방울방울 맺힌 이끼.
> 모란정 옆 나뭇가지에,
> 공작새가 짝을 지어 깃들어 있네.
> 작약꽃밭 난간 옆에,
> 학이 쌍으로 춤을 추네.
> 소나무 사이에 구불구불 이어지는 오솔길,
> 짙은 그늘 아래 가로 놓인 작은 다리.
> 구불구불 이어지고 만났다가 갈라지는 꽃길,

꽃 무더기 사이에 쑥쑥 솟아나는 키 큰 나무.
푸른 잎사귀를 어지러이 감싸는 안개,
잎사귀 보일 듯 말 듯.
비 내려 그 잎사귀 씻어주니,
파란 물감 들인 듯하구나.
향나무로 만든 배가 연꽃 사이를 미끄러지고,
그네는 수양버들 그늘 아래에서 오르락내리락.
빨간색으로 칠한 회랑 난간,
대나무 주렴, 비단 휘장이 바람에 휘날리네.

노남은 낮이나 밤이나 꽃과 새를 읊으며 그 정원에서 머물렀다. 왕이 되어 남을 다스리는 것보다 이렇게 노니는 것이 더욱 기뻤다. 친구가 찾아오면 같이 그 정원에서 술잔을 기울이고서야 돌려보냈다. 마음이 통하는 친구나 자기를 이해해주는 친구가 오면 열흘이고 한 달이고 곁에 붙잡아 두고 놓아주려 하지 않았다. 누군가가 환난을 당하여 찾아오면 뭐라도 꼭 챙겨줘서 그냥 빈손으로 돌려보내는 경우가 없었다. 사방에서 그의 명성을 듣고 찾아오는 사람이 끊이지 않았다.

응접실에 손님 끊일 틈이 없고,
술잔에 술이 빌 틈이 없구나.

노남은 재주가 빼어난 데다 학문도 탄탄하게 연마했기에 과거에 급제하는 것 정도는 식은 죽 먹기라고 여겼다. 그러나 노남에게 과거 급제 운수가 없었던지 아무리 애를 써서 비단결 같은 문장을 지어 제출하여도 시험관의 눈에 들지 않았다. 몇 차례 과거에 응시했으나 그때마다 낙방하고 말았다. 그는 세상에 자기를 알아주는 사람이 없음을 깨닫고 마침내 출세를 포기하고 시인이나 무사들과 교류하고 도사나 스님들과 왕래하며 참선과 검술에 대하여 토론하고 명산대천을 유람하며 부구산의 도인이라 자칭했다.

  새 날개를 타고 하늘까지 날아올라라,
  성큼성큼 발을 내디뎌 하늘 문까지 다가가노라.
  향초 피어나는 길을 바지 걷고 걷노라,
  바람 불어와 물결 일렁이노라.
  천상의 나무에 말고삐를 매어놓고,
  불로초로 아침 식사.
  천상의 경치를 마음껏 즐기노라,
  난새의 울음소리에 맞춰 휘파람을 부노라.
  혼탁한 속세 사람들,
  천상의 문장을 어찌 알아보리오!

 이야기는 여기서 둘로 갈린다. 준현의 지현知縣은 성은 왕汪, 이름은 잠岑으로 소년 급제하여 욕심이 한이 없고 시기심이 많고 강퍅했으며 술을 엄청나게 좋아했다. 한번 술을 마시기 시작하면 날을 새기가 일쑤였다. 왕잠은 준현에 부임한 이래로 자기와 대적할 사람을 아직 만나질 못했다. 재주와 학식이 넘치는 노남과 교유하기를 바라는 자들이 줄을 설 정도이며, 또한 노남의 정원은 이 고장의 으뜸이고, 노남의 주량 또한 이 고장 최고라는 소문을 익히 들어왔던 왕잠은 재학, 정원, 주량 이 세 가지를 두루 갖춘 노남과 만나서 교유하고 싶어 했다. 지현 왕잠이 하인을 보내어 노남에게 만나보자고 청했다.

한데 이처럼 가소로운 일이 다 있을까! 다른 선비라면 지현하고 안면을 트지 못해 안달이라 기회만 있으면 이 사람 저 사람에 청을 넣어 현청 문하에 달려와 지현에게 절을 올리고 스승이라 부르고 사시사철 선물을 보내고 속으로는 되로 주고 나중에 말로 보답 받기를 바랄 것이다. 그러니 지현이 먼저 부른다면 그건 마치 조정의 부름을 받는 것이나 마찬가지라 여기고 얼마나 영광스럽게 생각하겠는가! 지현의 초청장을 벽에다 붙여놓고 친구들에게 자랑할 것이다. 물론 이렇게 반응하는 건 보통 사람들이고 자기 나름대로 기개가 있는 사람은 뭐가 달라도 다르게 반응한다고 생각할 수도 있겠지만 아무튼 지현이 초청했는데도 나 몰라라 하고 안 가는 사람은 하나도 없을 것이다.

오직 노남만은 다른 사람과 완전히 달랐다. 지현이 대여섯 차례나 초청했으나 그걸 다 귓등으로 듣고 전혀 신경 쓰지 않았다. 그저 자기는 지금껏 관가에 드나들어 본 적이 없다고만 대답했을 따름이었다. 그가 왜 이런 태도를 보였을까? 그는 자기 재주가 세상의 으뜸이라고 생각하여 안하무인인 데다가 타고난 기질이 호기롭고 당당하여 부귀공명을 하찮게 여겼으니 왕후장상이 불러도 만나러 가지 않을 것인데 지방의 관리가 자기를 불렀다고 어찌 만나러 가겠는가! 황제가 신하로 굴복시키지 못하고 제후가 자기 친구로 삼지 못할 그런 높은 품격의 인물이었다.

노남이 자기 나름대로 기이한 품성과 주관을 지닌 사람이었던 것처럼 이 왕 지현도 또 참 고집 세고 특이한 사람이었다. 다른 사람을 초청했다가 상대방이 응하지 않으면 대여섯 번 하다가 그만둘 법도 한데 어떻게든 초청하겠다고 벼르고 포기하지 않았다. 아무튼 노남이 초청장을 받고도 찾아오지 않자 자기가 직접 찾아가겠노라면서 혹시 그가 그때 다른 데 외출할까 봐 일단 방문 쪽지를 전달하게 했다. 하인이 왕 지현의 방문 쪽지를 들고 노남의 집에 달려가 문지기에게 전달했다.

"지현 나리께서 전할 말이 있다고 하시면서 이 쪽지를 자네 나리께 전달하라 하셨네. 나를 안내하여 주게나."

문지기는 그 말을 듣자마자 곧바로 자기 주인 나리를 만나게 할 요량으로 하인을 정원으로 안내했다. 하인이 문지기를 따라 들어가며 바라보니 연못에 연둣빛이 비치고, 산 빛깔은 푸르기가 그지없으며, 숲의 나무들은 빽빽하기도 하고 성기기도 하며, 숲속의 새들이 우는 소리가 무슨 악기 연주 소리처럼 들렸다. 하인은 이런 풍경을 본 적이 없는지라 오늘 이 풍경을 보고서 마치 천상의 신선 세계에 온 것인 양 황홀해 했다.

'나리께서 뭐 하러 굳이 이곳에 오시려 하나 했더니 이곳이 이렇게 멋진 곳일 줄이야! 나도 오늘 심부름하느라 이곳에 와서 이렇게 구경이라도 한번 했으니 이 세상 살다간 보람이 있구나.'

하인은 사방을 돌아다니며 맘껏 경치를 감상했다. 구불구불한 꽃길을 따라 걷고 몇 개의 정자와 누각을 지나 마침내 한곳에 이르렀다. 주변엔 온통 매화라 마치 세상에 눈이 내린듯했다. 꽃발이 날리고 향기가 퍼지니 그 향기가 뼛속까지 들어오는 것만 같았다. 그 가운데 팔각정이 있었다. 빨간색 용마루에 파란색 기와, 화려하게 색칠한 기둥에 조각하여 장식한 대들보, 팔각정 처마 중앙엔 '옥빛 비치는 정자[옥조정玉照亭]'라 적힌 액자가 걸려 있었다. 그 정자에 손님 서너 명이 꽃구경하며 술잔을 기울이고 그 옆에 대여섯 기녀가 파란 옷을 입고 비파를 타고 피리를 불며 노래하고 있었다. 고계高啟(1336~1374)의 시「매화」를 인용해볼까.

옥 같은 자태, 저 꽃은 본디 천상의 것,
누가 이곳 강남에 이렇게 심어놓았나?
눈 가득 쌓인 산, 고매한 선비가 사는 곳,
달빛 밝은데 수풀 사이로 미녀가 찾아오네.

추운 날 대나무 수풀 사이로 몇 점 얼굴 내밀더니,
봄날 이끼 사이로 남은 향기 숨어버렸네.
물고기잡이 떠나고 꽃도 저물어,
봄바람만 혼자 서글프니 언제 다시 피려나.

문지기는 하인과 함께 정자 바깥에 서서 노래가 끝나기를 기다렸다가 쪽지를 건넸다. 문지기가 쪽지를 건네는 것을 보더니 하인이 앞으로 나가 말했다.

"저희 나리께서 말씀하시기를 어르신께서 현청을 방문하시기를 내켜 하지 않으시니 나리께서 직접 어르신한테 오시겠노라 하셨습니다. 혹시 어르신께서 다른 곳으로 출타하실 때 방문하여 못 만날까 걱정이 되어 먼저 소인을 보내셔서 날짜를 정하여 만나러 와서 말씀을 나누고 싶다고 하셨습니다. 더불어 어르신 정원이 천하일품이라 들어오셨는지라 그 김에 한 번 감상하여 보고 싶다 하셨습니다."

세상만사라는 게 내가 세게 나가면 상대방이 물러나고 내가 물러서면 상대방이 다가오는 법, 노남은 지현이 여러 차례 자기를 현청으로 불렀을 때는 외려 콧방귀도 안 뀌었다. 이는 어쩌면 노남 입장에서 보면 그리 이상할 것도 없었다. 그러나 이번엔 태도를 바꿔 직접 찾아와 가르침을 받겠다고 하니 노남의 생각도 바뀌게 되었다.

'그래, 왕 지현이 비록 탐욕스럽고 비루하다 하나 그래도 관리는 관리. 그가 몸소 자신을 굽히고 현자를 존경하는 마음으로 오겠다면 이 역시 가상할 노릇이지. 이번에도 야멸차게 거절하면 사람들이 나를 너무 야박하고 속 좁다고 흉볼 거야.'

이렇게 생각하다가 갑자기 다른 생각이 또 들었다.

'한데 저 왕 지현이란 자는 그저 한갓 속된 관리. 문장을 어찌 알겠으며, 시에 관심이라도 있을까! 고전은 이제 공부 시작한 학생 정도밖에 모를 거고. 그저 어쩌다가 운 좋게 진사 급제하고는 그거에 대만족하고 있을 터이니, 고전을 한번 제대로 보기나 했을까 걱정이구먼. 성리학이나 참선 관련 책은 꿈에도 볼 생각을 못 해보았을 거야. 그럼 이런 걸 빼고 나면 무슨 이야기를 나누지? 차라리 오지 말라고 해야 하나!'

그래도 왕 지현이 하인을 보내어 초대해주십사 부탁했는데 그걸 거절하면 너무 야박하게 보일 것 같았다. 노남이 이렇게 고민하는 찰나, 어린 하인이 술을 준비하여 왔다. 그는 이걸 보고 퍼뜩 생각이 떠올랐다. '그래 왕 지현이 술을 좀 마실 줄 알면 그자가 속물이라고 해도 그냥저냥 초대할 건데!' 노남이 심부름 온 하인에게 물었다.

"자네 나리께서는 술을 좀 마실 줄 아는가?"

"저희 나리께서야 술 때문에 사는 분이신데 무슨 그런 섭섭한 말씀을 하십니까!"

"주량이 얼마나 되시는가?"

"한번 드셨다 하면 밤새 마시는데 취할 때까지 가는 분이시라 주량이 얼마인지 가늠하기조차 힘듭니다."

노남은 속으로 기뻐하며 이런 생각을 했다.

'허, 이 속물이 그래도 술은 좀 마실 줄 아네. 그래 그럼 이거로 가자.'

노남은 하인을 불러 자기 명함을 가져오게 한 다음 그걸 심부름 온 하인에게 주었다.

"자네 주인 나리께서 기왕에 방문하시려 하신다니 매화가 무성하게 피었을 때 오시는 게 좋겠다. 바로 내일 오시라고 전하여라. 내가 술자리를 마련하고 기다리겠노라."

심부름 온 하인은 문지기랑 같이 나갔다. 하인이 현청으로 돌아가 노남의 명함을 지현에게 전달했다. 지현은 무척이나 기뻐하며 내일 당장 방문하겠노라 했다. 한데 뜻밖에도 신임 감찰어사가 도착했다는 전갈이 저녁에 당도했다. 왕 지현은 밤새 부 청사로 달려가야 했기에 노남과의 약속을 지키기가 어려워졌다. 하인을 보내어 초대에 응하기 어려워졌음을 알리게 했다. 왕 지현은 부 청사로 달려가 신임 감찰어사에게 인사하고 함께 사찰을 방문하여 향을 사르고 난 다음 현청으로 돌아왔다. 이러는 사이에 며칠이 지나버렸다.

> 향기로운 옥빛이 섬돌에 켜켜이 쌓이고,
> 조각조각 꽃잎이 난간 주변에 날리네.

매화 구경하러 가지 못한 탓에 왕 지현은 마음 한구석에 아쉬움이 남았다. 노남이 다시 한번 초대해주기를 바랐다. 그러나 노남 입장에서야 내키지도 않는 초대를 어쩔 수 없이 했던 건데 정작 왕 지현이 초대에 응하지 않자 이 일은 한쪽에 치워두고 말았으니 어찌 다시 초대할 생각을 하겠는가? 봄이 한창 깊어질 무렵, 왕 지현은 노남의 정원을 구경하고픈 마음이 간절하여 하인을 보내어 이 뜻을 전하게 했다. 하인이 노남의 정원에 도착하니 사방에 꽃이 비단처럼 피고, 연못가엔 풀들이 돗자리를 깔아놓은 듯하고, 앵무새와 제비가 목청껏 노래하고, 벌과 나비가 꽃 사이를 바쁘게 날아다니니 그 아름다움을 말로 다하기 어려웠다. 복사꽃 핀 곳으로 발걸음을 옮기니 온통 새빨간 노을빛처럼 물들어 마치 천 겹 만 겹 비단 이불을 둘러친 것 같았다. 그 찬란하고 농염한 아름다움을 시 한 수로 증명해보자.

> 복사꽃이 피었네, 온 산 가득 피었네,
> 수풀에 농염한 빨간 옷을 입혀놓았네.

미소 짓는 여인처럼 사람 마음 흔들어대던 저 꽃이여,

새벽바람에 또 얼마나 떨어졌을꼬!

이때 마침 노남은 손님들과 꽃밭에서 악기를 연주하며 맘껏 노래하고 술을 마시고 있었다. 하인이 왕 지현의 명함을 전달했다. 노남이 술에 취하여 그 하인에게 이렇게 말했다.

"어서 돌아가서 네 주인 나리에게 말씀드려라. 기분이 내키면 지금 바로 오시라고. 굳이 뭐 따로 약속 잡을 필요 없느니라."

이 말을 듣고 손님들이 말했다.

"그러지 마시게나! 우리가 지금 한창 흥이 올랐는데 지현이 오면 서로 격식 차리느라 흥이 다 깨지고 말거야. 나중에 따로 초대하라고."

노남이 대답했다.

"그 말도 일리가 있네그려. 그럼 내일 오라고 하자고."

노남은 명함을 건네받고서 그 하인을 돌려보냈다. 세상에 어찌 이런 일이 다 있을까! 이튿날 왕 지현이 노남의 정원을 구경하려고 하니 임신 5개월에 접어든 부인이 유산을 했다. 부인이 하혈을 하더니 마침내 혼절하고 말았다. 왕 지현이 너무도 놀라 정신이 하나도 없는 상황이니 어찌 꽃구경을 갈 겨를이 있겠는가! 어쩔 수 없이 사람을 보내서 오늘은 갈 수 없겠노라 전하게 했다. 3월 하순이 되어서야 왕 지현 부인의 병세가 좀 그만해졌다. 노남의 정원엔 모란이 한창 흐드러지게 피었다. 현 전체에서 노남 정원의 모란이 제일 예뻤다. 「모란」 시 한 수를 인용해보자.

봄날 낙양의 모란은 천고의 으뜸이라,

그 무엇에도 뒤지지 않을 농염함이여.

「청평조淸平調」3)가 널리 불리더니,

모란을 꽃 중의 왕이라 부르게 되었구나.

부인이 유산하고 보름 정도 병치레하는 동안 왕 지현은 마음이 뒤숭숭하여 하루 종일 술을 마시느라 현청 사무조차 제대로 처리하지 못할 정도였다. 그러다 노남 정원의 모란이 너무도 멋지다는 소식을 전해 듣고는 구경 가고 싶은 생각이 굴뚝같았다. 하지만 두 차례나 약속을 지키지 못했기에 다시 약속을 잡아 방문하기가 쑥스러웠다. 왕 지현이 하인 편에 은 석 냥을 노남에게 보내어 책을 사는 데 보태시라고 하면서 꽃구경하러 가고 싶다는 뜻을 내비쳤다. 노남은 왕 지현이 날을 잡아 방문하고 싶다는 청은 받아들이면서도 은 석 냥은 사양하고 그냥 돌려보냈다. 노남과 왕 지현은 정성이니 받아 달라, 아니다 사양하겠노라 몇 차례 주거니 받거니 하다가 노남이 더는 사양하지 못하고 받아들였다.

그날 날씨가 너무도 화창했다. 왕 지현은 오전 업무만 처리하고 바로 노남의 정원에 갈 작정이었다. 왕 지현이 아침에 안채에서 현청으로 출근하려는데 아전이 찾아와 보고했다.

"이부 급사중 나리께서 친가를 방문하는 길에 들르신다고 합니다."

관리의 인사를 담당하는 자가 찾아온다는데 어찌 소홀할 수 있으랴! 왕 지현은 성문 밖까지 달려가 자리를 마련하여 대접했다. 하루 이틀 정도 대접하고 나면 모란 구경을 갈 수 있을 거라 생각했으나 이 급사중이란 자가 유람하기를 좋아하여 왕 지현과 함께 이곳 준현의 경승지를 두

---

3) 이백李白이 지은 세 수의 7언 악부시로 양귀비를 모란에 비기어 당현종과의 사랑을 기리는 내용이다. 마지막 세 번째 수를 인용한다. "名花傾國兩相歡, 長得君王帶笑看. 解釋春風無限恨, 沈香亭北倚欄干. 이름난 꽃과 경국지색이 서로 반기니, 황제는 웃음 띠며 그걸 바라보네. 봄바람에 모든 시름 다 사라지니, 침향정 북쪽 난간에 기대어 섰구나." 여기서 이름난 꽃이란 모란을, 경국지색이란 양귀비를, 황제는 현종을 가리킨다.

루두루 구경하고 나서야 길을 떠났다. 급사중이 떠난 다음에 부랴부랴 노남에게 기별해보니 모란은 이미 다 시들고 하나도 남지 않았다는 말만 돌아왔다. 게다가 노남도 이틀 전 다른 곳으로 유람을 떠났다고 했다.

봄이 가고 여름이 왔다. 순식간에 음력 6월 중순, 왕 지현은 지금쯤 노남이 집에 돌아왔겠거니 하여 더위도 피할 겸 노남의 정원을 찾아가고 싶어 하인을 보내 방문하고 싶다는 뜻을 전하게 했다. 하인이 노남의 집을 찾아가 왕 지현의 명함을 전달했다. 잠시 후 문지기가 나와서 말했다.

"나리께서 자네에게 할 말이 있으니 어서 안으로 들라 하시네."

그 하인은 문지기를 따라 연꽃이 핀 연못에 다다랐다. 몇천 평은 되어 보이는 넓은 연못, 연못 제방에는 버들가지와 녹음방초가 우거져 해를 가렸다. 연못의 빨간 꽃과 푸른 이파리가 아름다움 그 자체로 사람을 물들이고 있었다. 시 한 수로 이걸 읊어보자.

찰랑찰랑 잔물결 맞으며 새 단장하고 얼굴을 내밀었구나,
모든 구멍에서 살포시 뿜어져 나오는 달콤한 향기.
연꽃은 정녕 얄미운 존재,
향기는 보이지 않고 색깔만 보이누나.

이 연못에도 이름이 있었으니 바로 엽벽지灩碧池, 푸른 물결 넘실대는 연못이라는 뜻이다. 연못 가운데 정자가 하나 있으니 바로 금운정錦雲亭, 비단 구름 정자라는 뜻이다. 이 정자는 연못 한가운데 두둥실 떠 있었다. 정자에 다가가는 다리도 설치하지 않아서 그 정자에 가려면 연꽃 따는 배를 타고 건너가야 했다. 이 정자는 노남이 더위를 피하는 곳이기도 했다. 문지기와 하인은 배를 타고서 연꽃 사이로 노를 저어 정자 아래까지 다가가 배를 묶고 정자 아래 내렸다. 빨간색으로 칠한 난간, 찰랑찰랑 둘

러쳐진 비취색 비단 휘장, 연꽃 향기는 코를 찌르고, 맑은 바람이 살랑살랑 불어오고, 물속에서는 황금 잉어가 수초 사이를 한가롭게 헤엄치고, 정자의 처마엔 제비가 집을 찾고, 갈매기와 백로가 나뭇가지에 터를 잡고, 앵무새가 짝을 지어 연못 제방 위를 날아다녔다. 정자를 바라보니, 등나무 의자와 대나무 의자, 돌로 만든 탁자와 대나무로 만든 탁자, 화병엔 수련이 꽂혀 있고, 향로엔 온갖 이름난 향초가 타고 있었다.

노남은 관도 쓰지 않고 신발도 벗고 돌 탁자에 비스듬히 기대어 앉아 있었다. 눈으론 고서를 보면서 손에는 술잔을 들었다. 쟁반 위엔 얼음을 담아놓고 그 얼음 위에 복숭아, 연밥, 배, 참외 등을 올려놓았다. 더불어 갖가지 안주가 더 있었다. 시동이 술 시중을 들고, 다른 시동 하나가 부채질을 하고 있었다. 노남은 책을 몇 줄 보다가 술을 한 모금 마시곤 하면서 즐거움에 빠져 있었다. 하인은 차마 곧장 나서지 못하고 옆에서 생각에 잠겼다.

'하하, 같은 사람이라고 해도 받는 복은 다 다르구나. 우리 나리는 진사에 급제하여 벼슬살이하느라 늘 바빠서 저 양반 같은 그런 자유가 하나도 없구나!'

노남이 고개를 들더니 그 하인에게 물었다.

"네가 왕 지현의 심부름을 온 하인이냐?"

"네 맞습니다."

"네 주인 나리는 참으로 이상한 자로다. 몇 번이나 만나기로 약속해 놓고는 약속을 어기고 나타나지 않다니! 이렇게 맺고 끊는 게 명확하지 않은 분이 어찌 지현 일을 하는지 모르겠다! 내가 시간을 무한정 매어놓고 사는 사람도 아닌데, 어찌 네 주인 나리가 오고 싶은 대로 바로 날짜를 잡겠다고 한단 말이냐."

"주인 나리께서는 오래전부터 나리의 크신 재주를 사모하여 한번 만나 뵙기를 갈망했습니다. 한데 번번이 부득이한 일이 생겨 약속을 지키지 못하고 말았습니다. 나리께서 한 번만 더 시간을 내주신다면 소인이 가서 주인 나리께 회신해 드리기가 훨씬 더 수월하겠습니다."

노남은 그 하인이 대답하는 본새가 재치가 있어 보여 마침내 이렇게 제안했다.

"그래, 기왕에 그러하다면 모레 방문하시라고 해라."

그 하인은 노남의 초청 쪽지를 받아들고서 문지기랑 같이 배를 타고 버들가지 늘어진 연못 제방으로 돌아와 왕 지현에게 말을 전하러 출발했다. 노남의 정원을 방문하기로 한 날, 왕 지현은 오전 공무를 마치고 낮 12시에 출발했다. 아뿔싸! 삼복더위에 연일 공무에 시달리다 보니 왕 지현이 그만 더위를 먹었던 데다 이날도 정오 무렵에는 해가 불덩이처럼 타올라 왕 지현이 눈이 자꾸만 가물거리고 입에서는 거품이 나왔다. 반 정도나 갔을까 싶을 때 왕 지현은 어질어질하여 그만 가마에서 굴러떨어지고 말았다. 하마터면 땅바닥에 부딪혀 저세상으로 갈 뻔했다. 하인들이 황급히 왕 지현을 모시고 현청으로 돌아갔다. 왕 지현은 안채로 들어가서야 겨우 정신을 차렸다. 노남한테 하인을 보내서 갈 수 없게 되었다는 말을 전하게 하는 한편 의원을 모셔와 진맥하게 했다. 왕 지현은 한 달이나 병치레하다가 겨우 몸을 추스르고 공무를 처리할 수 있었다.

한편, 노남이 하루는 그동안 자신이 받은 선물을 정리하다가 왕 지현이 자기에게 책값에 보태 쓰라는 명목으로 보내준 은자를 발견했다. 노남이 혼자 생각에 잠겼다.

'내가 왕 지현과 아직 한 번도 만나지 못했거늘 이렇게 은자를 그냥 받아두기만 했구나. 이 돈을 어디 좋은 데 써야 내 마음이 편하겠다.'

팔월, 노남은 왕 지현에게 사람을 보내 추석 때 달구경 하러 오시라 초청했다. 왕 지현도 마침 그런 생각을 하고 있던 차에 초청을 받으니 기분이 너무 좋았다. 초청장을 받고서 하인에게 말했다.

"내가 꼭 방문하겠노라. 가서 네 주인 나리에게 내가 고마워하더라고 전해라."

그래도 왕 지현이 한 고을의 우두머리인데 달구경 하자고 초청한 사람이 어찌 노남 한 사람뿐이겠는가! 팔월 초열흘에 이 고을의 향신들이 각각 왕 지현을 초청했다. 원체 술을 좋아하는 왕 지현이라 이런 초청을 마다할 리가 없었다. 이렇게 하다가 어언 팔월하고도 14일, 왕 지현은 바깥 모임을 다 사양하고 안채에서 술자리를 마련하고서 부인과 정원에서 달구경을 했다. 그날따라 달이 특별히 밝고 깨끗했다. 시 한 수를 인용해보자.

옥빛처럼 밝게 빛나고,
황금파도처럼 밤새 흐른다.
가련하도다, 차면 차는 대로 이지러지면 이지러지는 대로,
고금의 모든 시름을 다 비추누나.
바람이 저 달 씻어주니 달이 얼굴 내밀고,
산과 강이 한 번에 가을이로다.
어디선가 피리 소리,
술에 취해 남쪽 정자에서 잠이 드네.

부부가 함께 술잔을 주거니 받거니 하며 취할 때까지 마시다가 잠이 들었다. 그러나 왕 지현은 그동안 병치레를 하다가 막 몸을 추스르고 일어났던 터라 몸이 아직 정상이 아니었고, 며칠 연속해서 향신들과 술자리를 해서 그만 술병이 나고 말았다. 게다가 오늘 밤에는 밖에서 술을 마시느라 그만 찬바람에 감기까지 걸렸다. 이런저런 이유가 한꺼번에 쌓

여 병이 더 도지고 말았다. 노남과 추석 달구경 하자고 한 약속이 이렇게 그만 날아가고 말았다. 왕 지현은 며칠 더 앓아누웠다가 일어났다.

왕 지현은 현청에서만 지내자니 무료하기도 하고 노남의 정원에 계수나무 꽃이 흐드러지게 피었을 것 같기도 해서 이참에 한 번 찾아가 보고 싶었다. 마침 양자강 이남 사는 누군가가 왕 지현에게 뭔가 부탁하려고 혜산의 샘물로 담근 술 두 단지를 보내왔다. 왕 지현은 그 술 한 단지를 노남에게 보냈다. 노남은 좋은 술을 선물 받고 무척이나 기뻐했다.

'왕 지현의 업무 능력이나 문장 실력은 잘 모르겠으나 이런 좋은 술을 나에게 선물로 주는 걸 보니 뭔가 술을 좀 아는 사람은 틀림없구나.'

노남은 즉시 왕 지현에게 모레 계수화를 구경하러 오라는 초청장을 써주었다. 이를 증명하는 시 한 수를 인용해보자.

시원한 계수나무 휘장처럼 드리우니 달빛이 숨었구나,
하늘 궁전에서 단번에 가을바람 불어온다.
회남왕淮南王은 굳이 은자를 부르러 시를 짓지 않아도 되었을걸,[4]
계수화 자체가 이미 초대장이지 않았던가!

---

4) 유안劉安(기원전 179~122)은 한고조 유방의 손자로 아버지 유장의 뒤를 이어 회남왕에 봉해졌다. 휘하의 문인 식객의 도움을 받아 『회남자淮南子』를 편찬했다. 유안 혹은 그의 문인 식객이 지었다고 하는 「초은사招隱士」라는 작품은 산속 깊은 곳에 은거해버린 왕손王孫에게 이제 그만 산속에서 나오라고 권하는 내용이다. 이 「초은사」에 계수나무가 울창하지고 계수나무 꽃이 흐드러지게 핀 지금이야말로 그만 돌아올 때가 아닌가라고 읊은 구절이 나온다. 산속은 곰이나 원숭이 같은 무리가 서로 어울려 사는 곳이고 왕손 그대는 그대를 알아주는 나 같은 사람에게 돌아옴이 마땅하오, 산속은 그대가 오래 거할 곳이 아니라며 마무리했다. '계수나무 꽃이 피었소이다'라고 한마디 하는 것, 이 자체가 이미 나를 알아주는 누군가에게 우리 같이 꽃을 감상하고 인생을 이야기합시다라는 무언의 초대장이 되니 어찌 중언부언 다른 초대의 말을 더하겠는가!

'한 입 먹고 한 모금 마시는 것조차 전생의 운명으로 정해진 것'이라는 말이 있지 않은가! 그래도 지방의 우두머리인 왕 지현이 노남 같은 선비에게 직접 찾아보고 싶다고 먼저 청하는 것 자체가 이미 겸손의 덕을 보여주는 것이리라. 하지만 두 사람이 만날 인연이 아직 성숙하지 못한 모양이다. 왕 지현은 이번에 노남의 정원에 계수화를 구경하러 가는 김에 하루 종일 시간을 내어 즐기면서 오랜 시간 자기가 얼마나 그를 존경했는지 그리고 얼마나 만나고 싶어 했는지 꼭 말해주리라 마음먹었다.

하지만 왕 지현이 노남에게 찾아가기로 한 바로 그날, 아직 잠자리에서 일어나기도 전에 밖에서 보고사항이 있음을 알리는 소리가 들렸다.

"산서성의 법무담당관 조(趙) 나리께서 다음 관직을 받으러 북경에 가시는 길에 우리 현의 강어귀에 당도하셨습니다."

조 나리는 왕 지현이 향시를 치를 때 시험관을 맡았던 자이니 어찌 대접을 소홀히 할 수 있으랴! 왕 지현은 황급히 자리에서 일어나 세수를 마치고 현청으로 나가 가마를 타고 조 나리를 맞으러 강어귀로 가서 자리를 잡고 기다렸다. 출셋길에 들어서서 득의양양한 스승과 제자가 만났으니 어찌 금방 헤어질 수 있으랴! 두 사람은 며칠 동안 같이 시간을 보냈다. 조 나리가 떠나고 났을 때 계수화는 이미 이렇게 지고 말았구나.

황금색 꽃 떨기 바람에 날리더니,
그 향기로운 얼굴을 땅에 비비는구나.

노남은 강직하고 호방한 성품에, 윗사람에게 굽히기 싫어하고 아랫사람한테는 관대한 성격의 소유자라 왕 지현이 여러 차례 겸손한 언사로 자기랑 교제하기를 청해온지라 자기도 한번 사귀어보고 싶은 마음이 나름 생겼다. 때는 바야흐로 9월하고도 하순, 정원의 국화가 만개했다. 국화 종류가 너무도 다양했다. 그 가운데에서도 특히 학령鶴翎, 전융剪絨, 서시西施 세 종류가 빼어났다. 빛깔이 독특하고 꽃이 특별히 크고도 아름다웠다. 「국화」 시 한 수를 증거 삼아 인용하노라.

> 봄날 다른 꽃들과 겨루지 않더라,
> 서리 내리는 가을, 홀로 그 기상을 드러내누나.
> 동산 한 켠에 스스로 한 세상을 만드니 몇 송이런가,
> 향기 은은하게 영원하도다.

노남이 생각에 잠겼다.

'왕 지현이 몇 차례나 내 정원을 구경하려 했으나 그때마다 일이 생겨 뜻을 이루지 못했구나. 지금은 바야흐로 국화가 흐드러지게 필 때, 왕 지현을 한번 초대하여 그의 바람을 풀어주고 싶구나.'

노남이 바로 내일 한번 국화 구경하러 오시라는 초청장을 작성하여 하인 편에 보냈다. 하인이 그 초청장을 들고 현청을 찾아가니 마침 왕 지현이 현청에서 사무를 보고 있었다. 하인은 현청 집무실에 곧장 달려가 초청장을 전달하며 말씀드렸다.

"주인 나리께서 지현 나리를 초대하고 싶어 하십니다. 정원에 국화가 흐드러지게 피어 특별히 나리를 모시고 내일 같이 국화를 즐기고 싶다 하십니다."

왕 지현도 노남의 정원을 방문해보고 싶은 마음이 굴뚝같았으나 그 동안 너무 여러 차례 약속을 지키지 못하여 차마 입이 떨어지지 않던 차였다. 이렇게 노남이 하인을 보내어 자기를 초대해주니 어이 마다하리오? 왕 지현은 초대장을 보자마자 바로 말했다.

"가서 나리께 내일 아침에 바로 찾아뵙겠노라 전해라."

하인은 왕 지현의 대답을 듣고 바로 돌아가 노남에게 전달했다.

"지현 나리께서 내일 아침 일찍 찾아오시겠답니다."

사실 왕 지현이 내일 아침 일찍 찾아가겠노라 한 말은 별생각 없이 그저 상투적으로 갖다 붙인 말이었다. 한데 하인이 그걸 전달할 때 콕 집어서 '내일 아침 일찍'이라고 못 박듯이 말해버렸으니 오해의 소지가 다분했다. 바로 이 말 한마디 해석의 차이로 말미암아 노남이 지현에게 죄를 짓게 되고 그 많던 재산을 다 날리고 목숨마저 잃어버릴 뻔했구나.

혀는 모든 이해관계의 출발점,
입은 화와 복이 드나드는 문.

하인의 말을 듣고 노남은 피식 웃으며 생각했다.

'왕 지현, 저 양반 참 이상한 사람이네. 남의 집을 아침 일찍부터 방문하는 건 또 뭐람! 우리 집 정원이 너무 보고 싶어서 아침 일찍부터 하루 종일 구경하려고 그러는 건가.'

노남이 주방에서 요리를 담당하는 하인에게 분부했다.

"지현 나리가 내일 아침 일찍 방문하신다니 새벽같이 술상을 준비하도록 하라."

그 하인은 지현이 내일 아침 일찍 방문한다는 소리를 듣고 행여 시간 안에 음식 장만을 제대로 마치지 못할까 걱정되어 밤새 음식 장만을 서둘렀다. 아침 해가 밝자마자 노남이 문지기에게 분부했다.

"오늘은 손님을 들이지 않을 것이니 찾아오는 사람이 있거든 사정을 말씀드리고 돌려보내라. 나에게 기별하지 말라."

노남은 하인에게 초대장을 주고서는 왕 지현을 모시고 오라 했다. 아침 식전에 정원의 연희당이란 누각에 술상이 다 차려졌다. 오직 노남과 왕 지현을 위한 두 자리가 마련되었다. 그 술자리는 마치 꽃과 비단을 펼쳐 놓은 것 같았다.

부잣집 술 한 상이,
가난한 집 반년 먹을거릴세.

한편, 왕 지현은 아침 업무를 마친 다음 현청에서 안채로 돌아오지 않고 바로 노남에게 갈 심산이었다. 한데 아직 너무 일러서 술자리가 아직 다 준비되지 않았을 것 같아 문서 하나를 뽑아 읽어보았다. 그 문서는 얼마 전 체포한 강도 건이었다. 그 강도들은 위하에 진을 치고 오가는 상인들의 재물을 빼앗고 기생집에 숙식하다가 포졸들에게 잡혀 현청에 끌려온 것이었다. 왕 지현이 그놈들을 불러 심문해보니 그 가운데 석설가라는 자가 준현에서 푸줏간을 하는 왕가와 한패라고 자백했다. 왕 지현이 바로 포졸을 보내 왕가를 잡아 오게 했다.

"왕가야, 석설가가 너랑 한패라고 자백했노라. 장물은 네놈 집에 숨겨두었다고 했노라. 어서 사실대로 불어라. 그렇지 않으면 곤장을 면치 못하리라."

왕가가 대답했다.

"나리, 저는 그저 법을 꼭 지키며 사는 선한 양민이올시다. 나리께서 다스리시는 이곳 마을에서 푸줏간을 열어 먹고 사는 데 바빠 돌아다닐 틈도 없는 형편인데 어찌 강도짓을 하겠습니까! 게다가 저는 그놈들하고 일면식도 없습니다. 나리께서 못 믿으시겠다면 이웃 사람들을 불러서 물어보시면 바로 확인할 수 있으실 겁니다."

왕 지현이 석설가에게 물었다.

"이놈아, 죄 없는 사람을 무고하지 말라. 만약 네놈이 무고한 게 드러나면 죽음을 면치 못하리라."

"나리, 소인이 없는 말을 지어내는 것이 아니라 저놈은 진짜로 저희와 한패올시다."

"아니 이놈아, 나는 네 얼굴도 본 적이 없는데 어찌 한패라는 거냐?"

"왕가야, 우리랑 그렇게 같이 일하고서 어찌 얼굴도 모른다고 딱 잡아떼는 거냐? 네놈을 모른다고 하고 넘어갈 줄까도 했으나 내가 곤장을 맞다 보니 도저히 견딜 수가 없어 네놈 이름을 불고 말았다. 날 너무 원망하지 마라."

왕가는 너무도 억울해하며 이게 도대체 무슨 경우냐며 고래고래 소리를 질렀다. 왕 지현이 두 놈을 다 주리를 틀라 했다. 불쌍한 왕가는 혼절했다 깨어나고, 혼절했다가 다시 깨어나면서도 결코 자백하지 않았다. 석설가도 모진 고문을 견디며 왕가가 한패라는 주장을 굽히지 않았다. 이러다 보니 벌써 오시를 향해 가고 해는 중천에 떴다. 석설가와 왕가가 서로 자기주장을 하니 왕 지현도 쉽게 판단을 내릴 수가 없었다. 왕 지현은 귀찮기도 하고 어서 노남의 정원에 가고 싶기도 하여 석설가의 주장을 받아들여 왕가를 참수하고 그 재산은 장물이니 모두 몰수하라 했다. 판결문을 작성하고 나서 죄수들을 모두 감옥에 가두게 했다. 왕 지현이 즉시 가마를 타고서 노남의 집을 향하여 출발했음은 물론이다.

여러분, 저 석설가가 왜 한사코 왕가를 자기들과 한패라고 물고 들어갔을까? 석설가도 본디 장사를 하던 자였다. 한데 역병이 창궐했을 때 자기도 그 병을 피하지 못하여 본전을 까먹고 얼마 되지 않는 살림살이마저 다 팔아서 근근이 죽지 않고 버텼다. 병이 나은 후에 다시 장사를 하고 싶어도 밑천은 없고 겨우 솥단지 하나만 딱 남아 있었다. 이거라도 팔면 몇 푼이라도 받을 것이니 그거로 며칠은 버틸 것 같았다. 한데 그 솥단지가 옆쪽이 터져 있었다. 석설가가 꾀를 내어 숯검댕이와 흙을 으

깨어 잘 바르고 짚세기로 잘 닦아내어 거리로 팔러 나갔다. 반나절이나 기다렸지만 사람들이 혹시 어디 흠집 있는 거 아니냐며 사려고 들지 않았다. 석설가는 다시 돌아와 왕가 푸줏간 맞은편에서 싸전을 열고 있는 전대랑 집에 와서 솥단지를 사라고 흥정을 벌였다. 전대랑은 눈이 좀 안 좋은 편이라 솥단지의 흠집을 발견하지 못하고 단번에 80전에 사겠노라 했다. 석설가도 당연히 군말이 없었다. 전대랑이 돈을 건네고 석설가가 그걸 받아서 세고 있을 때 왕가가 맞은 편에서 이걸 보고 한마디 했다.

"전대랑, 좀 꼼꼼하게 살펴봐. 깨진 걸 사서 뭐 하게!"

전대랑이 처음엔 그 말을 듣고 자기 눈 안 좋은 걸 알고 농담으로 하는 소린 줄 알았다. 그러나 다시 한번 꼼꼼하게 살펴보니 깨진 틈이 눈에 들어왔다. 전대랑이 왕가에게 말했다.

"아이고, 자네가 말해주지 않았으면 저놈한테 속을 뻔했네. 이거 정말로 깨졌네."

전대랑은 서둘러 돈을 돌려받고는 솥단지를 물렸다. 석설가는 당초 솥단지를 팔게 되었다고 좋아하다가 이렇게 다시 돈을 물려줘야 하니 왕가가 너무도 미웠다. 왕가를 죽이지 못하는 게 한이었다. 그러나 자기 물건에 하자가 있는 게 사실이라 뭐라고 말도 못 하고 가슴 속 깊은 곳에 꽁하게 생각하게 되었다. 솥단지를 들고 돌아갈 때 왕가를 꼬나보면서 만약 왕가가 뭐라고 말이라도 걸면 그걸 빌미로 주먹다짐이라도 하려고 했다. 그러나 왕가가 아무런 관심도 없다는 듯이 그런 석설가에게 눈길 한번 주지 않았다. 석설가는 왕가가 아무런 반응을 보이지 않자 그냥 돌아갈 수밖에 없었다. 발걸음을 떼다가 그만 실수하여 발로 솥단지를 차 버리게 되었고, 솥단지가 산산조각이 나버렸다. 석설가는 왕가를 철천지 원수로 마음에 담아두었다. 왕가를 죽이고 자기도 그만 생명을 끊어버릴까 싶었지만 그렇다고 자기 생명을 그만 포기하기는 너무 아까웠다.

달리 뾰족한 방법이 없어 결국 밤이슬 맞고 다니는 도둑질을 배웠다. 그럭저럭 손에 쥐는 게 생기기는 했다. 1년 정도 도둑질을 하다 보니 이 놈의 벌이가 쩨쩨하다는 생각이 자꾸만 들었다. 다른 패거리와 힘을 합하여 위하에 터를 잡고 강도짓을 했다. 큰 잔에 가득 술을 마시고 고기를 덥석 베어 먹는 삶이 너무 통쾌했다. 왕가가 오히려 고맙게 느껴질 정도였다.

'그날 왕가가 그 솥단지가 깨진 거라고 말하고 나서지 않았더라면 나는 그걸 팔 수 있었을 거고, 그럼 그 돈을 밑천으로 무슨 장사라도 했겠지. 그럼 이렇게 신나는 생활을 내가 어찌할 수 있었겠어!'

그러나 강도짓 하던 게 규모가 커지게 되고 결국 관군에 잡혀 죽음을 면하기 힘든 상황이 되자 전에 왕가에게 섭섭했던 일이 다시 생각났다.

'그때 그놈이 나서서 고자질하고 입방정 떨지 않았으면 내가 그래도 솥단지를 팔아 돈푼을 얻었을 거고 그걸로 장사라도 해서 오늘처럼 이렇게 죽을 일도 없었을 것인데.'

석설가는 이렇게 왕가를 물고 들어가 너 죽고 나 죽자는 심정으로 죽어도 놓아주지 않았다. 그러나 석설가는 왕가를 한 번도 잊은 적이 없을 것이나 왕가가 어찌 석설가를 제대로 기억이나 하겠는가! 가을, 사형을 집행하는 때가 되었다. 왕가와 석설가는 모두 형장으로 끌려 나왔다. 왕가가 석설가에게 말했다.

"오늘 너나 나나 모두 죽는 날이다. 그래 네가 대체 나에게 무슨 억하심정이 있어서 이렇게 나를 죽이려고 드는지 그 이유나 좀 알자."

석설가가 그날의 일을 왕가에게 말해주었다. 왕가는 자신이 정말 억울하다고 길길이 소리를 질렀다. 하나 이때 누가 그 말에 귀 기울여주겠는가? 왕가는 그저 억울해하면서 형장의 이슬로 사라졌을 따름이다.

남의 일에 툭 던진 한마디 말,
멀쩡하던 그 육신을 저세상으로 떠나게 했구나.

자, 쓸데없는 이야기는 이제 그만하자. 한편, 노남이 새벽같이 일어나 기다렸으나 정오가 다 되어도 왕 지현의 코빼기도 볼 수 없었다. 하인을 시켜 알아보게 하니 왕 지현이 현청에서 공무를 보고 있다 했다. 노남은 기분이 살짝 언짢아졌다.

'아침 일찍 찾아오겠노라고 해놓고 이 시각까지 공무를 보고 있는 건 도대체 뭐지?'

좀 더 기다려보았으나 그래도 왕 지현이 도착하지 않자 다시 하인을 보냈다. 하인이 돌아와 전했다.

"공무를 아직 마치지 못했다고 합니다."

노남은 기분이 상당히 언짢아졌다.

'아이고, 내가 왕 지현을 초청한 게 잘못이지. 그래 조금만 참자!'

'제일 지겨운 일이 사람 기다리는 거다'라는 속담도 있지 않은가. 노남이 조금 더 기다리다가 다시 또 하인을 보내 알아보게 했다. 그 하인이 알아보고 돌아오기도 전에 다시 또 하인을 보냈다. 이렇게 알아보라고 보낸 하인이 순식간에 대여섯 명이나 되었다. 잠시 후 이들 하인이 한꺼번에 돌아와 보고했다.

"왕 지현 나리께서 현청에서 죄인을 심문하고 계십니다. 쉽게 끝날 것 같지 않습니다."

이 말을 듣고 노남은 이제 완전히 기분이 상해 화가 머리끝까지 치밀어올랐다.

'이 왕 지현은 속물에다 어디 쓸 만한 구석이라곤 하나도 없는 자로구먼. 정말 사람 귀찮게 하는구나. 내가 사람을 잘못 봤어. 지금이라도

바로 알아봤으니 다행이야.'

노남은 술자리를 봐 놓았던 탁자로 다가가 밖이 잘 보이는 쪽 의자에 앉아 하인들에게 술상을 치우라고 하고는 이렇게 명했다.

"어서 술잔 가득히 술을 따라오너라. 더럽혀진 내 위장을 좀 씻어내야겠다."

하인들이 대답했다.

"왕 지현이 늦게라도 찾아오면 어떻게 하시려고 그러십니까?"

노남이 눈을 부릅뜨고 소리를 질렀다.

"지현은 무슨 놈의 지현! 이 좋은 술을 그런 속물에게 마시게 할 수는 없지."

하인들은 주인 나리가 버럭 화를 내는 걸 보고는 더는 아무 말 못 하고 그저 큰 술잔에 술을 따라오고 더불어 주방에서 안주를 챙겨 왔다. 어린 시동이 악기를 연주했다. 노남이 연거푸 술을 몇 잔 마시고 나더니 다시 또 술을 더 가져오라 하여 열 몇 잔을 마셨다. 마시다가 열이 나는지 관과 옷을 벗어버렸다. 맨발에 머리에는 관도 쓰지 않고 의자에 걸터앉아 술을 마시고 안주를 먹다 보니 안주도 거의 바닥이 날 정도였다. 여기서 그치지 않고 술을 더 마시니 그나마 남아 있던 안주가 완전히 바닥나버렸다. 노남이 비록 주량이 대단하긴 했으나 그래도 본디 그렇게 술을 빨리 마시는 체질이 아닌데 오늘은 일시에 화가 치밀어 그걸 주체하지 못하고 연거푸 마셔댔더니 자기도 모르게 취해버려서 탁자에 기대어 잠이 들어 코를 골았다. 하인들은 노남을 감히 깨우지는 못하고 양옆에서 서서 부축하고 있었다.

노남이 곯아떨어진 걸 까마득히 모르는 정원지기는 멀리서 왕 지현이 다가오는 걸 보고는 황급히 달려왔다. 정원지기는 주인 나리가 술에 취하여 곯아떨어진 걸 보고 깜짝 놀라 소리쳤다.

"지현 나리께서 당도하셨는데 나리께서 이렇게 술에 취하셨으니 이를 어쩌나 그래!"

하인들은 지현 나리께서 당도하셨다는 말을 듣더니 서로 얼굴을 마주 보며 어찌할 바를 몰라 했다.

"술이야 있기는 하지만 나리께서 술에 취하여 인사불성이시니 이를 어떻게 하지?"

정원지기가 말했다.

"일단 나리를 깨우자고. 취한 채로라도 지현 나리를 모셔야지. 지현 나리를 청해놓고 섭섭하게 해서 보내드리면 안 될 말이지."

하인들이 모두 노남에게 다가가 목이 터져라 소리를 질러 보았지만 노남은 일어날 생각을 하지 않았다. 사람들이 웅성거리는 소리가 점점 가까워지는 걸 보니 아마도 지현 일행이 도착한 모양이었다. 하인들은 하나둘씩 내빼버리고 노남만 자리에 남았다. 이제 여기서 이야기를 나눠야겠다. 바로 이 일로 말미암아 사이좋은 손님과 주인이 철천지원수가 되어버리고, 아름답던 정원도 그저 한때의 옛이야기로만 남게 되는구나.

흥망성쇠는 운명, 하늘이 주관하는 것,
길흉화복은 팔자, 평소 언행이 쌓여서 정해진 것.

한편, 왕 지현이 현청을 출발하여 노남의 정원에 도착했는데도 노남이 자기를 맞이하러 나오지도 않고, 하인놈 하나 코빼기도 보이지 않자 냅다 고함을 질렀다.

"게 아무도 없느냐? 어서 가서 지현 나리께서 도착했다고 알려라."

그러나 아무런 대꾸도 없었다. 왕 지현은 문지기가 안으로 들어가 통기했거니 생각하고는 자기가 도착했음을 노남에게 알리라는 말을 수행원에게 따로 하지 않고 안으로 들어갔다. 정원 출입문에는 휘파람 정원이라 크게 써놓은 현판이 걸려 있었다. 정원 문 안으로 들어가니 길가에 잣나무가 병풍처럼 둘러쳐져 있었다. 구불구불한 길을 따라 걸으니 일주문 같은 것이 나타났다. 그 일주문에는 '세속과 거리를 둔 별세상'이라는 뜻의 '격범隔凡' 두 글자를 적은 현판이 걸려 있었다. 이 일주문을 지나니 소나무 길이 이어졌다. 소나무 길을 지나니 높고 낮은 산봉우리가 나타나고 아득히 멀리 누각이 보이고 초목이 드러나고 꽃과 대나무가 울타리처럼 둘러싸고 있었다. 그 배치가 정교하고, 그 모습이 맑고도 청초하여 왕 지현이 자기도 모르게 감탄했다.

'역시 멋을 아는 사람이 만든 정원이라 그런지 뭐가 달라도 다르구나. 한데 사람 소리가 하나도 들리지 않고 노남도 나를 맞아주지 않으니 참으로 이상하구나. 이 정원의 길이 여러 갈래라 혹시 다른 길로 나를 맞이하러 나와 서로 어긋난 것인가!'

왕 지현은 하인들을 시켜 이곳저곳 다니면서 이 정원의 주인 노남을 찾게 했다. 그러다 세 칸짜리 별채를 발견했다. 수백 수천 송이 국화가 찬란하게 햇빛 아래 얼굴을 내밀고 수만 그루 단풍나무의 홍엽이 마치 노을처럼 주위를 감싸고 유자와 귤은 황금으로 한 점 한 점 수를 놓은 듯했다. 연못 둑길에는 부용화가 수천 수백 그루 심겨 있었다. 색깔이 진하면 진한대로, 연하면 연한대로 빨간 꽃이 푸른 물에 두둥실 오르락내리락하고 원앙새와 오리가 그 꽃 주위에서 놀고 있었다. 왕 지현은 이런 생각이 들었다.

'그래, 노남이 나를 초대하고선 이 별채에서 나를 맞을 준비를 하고 있겠구먼.'

왕 지현은 별채 앞에 당도하여 가마에서 내렸다. 안으로 들어가니 술자리는 보이지 않고 누군가가 봉두난발에 신발도 신지 않고 바깥쪽을 향해 앉아 탁자에 고개를 박고 코를 골고 있었다. 그 사람 말고는 다른 사람은 코빼기도 뵈지 않았다. 왕 지현을 수행하여 온 하인이 그 사람에게 다가가 소리쳤다.

"지현 나리께서 납셨는데도 아직 일어나지 않고 뭐 하는가!"

왕 지현이 그 사람을 찬찬히 살펴보니 행색이 하인 나부랭이 같진 않았다. 칡으로 만든 관과 삼베옷이 옆에 놓여 있는 걸 보고선 이렇게 분부했다.

"억지로 깨우지 마라. 저 사람이 누군지 먼저 알아보도록 하라."

왕 지현의 심부름으로 여기를 자주 오갔던 하인이 앞으로 나와 자세히 살펴보더니 노남을 바로 알아보았다.

"이분은 바로 노남 나리십니다. 술에 취하여 이렇게 된 것 같습니다."

왕 지현은 이 말을 듣자마자 얼굴이 굳어지고 화가 머리끝까지 났다.

"이런 경우 없는 사람이 다 있나! 나를 욕보이려고 작정을 했구먼."

왕 지현이 하인들을 시켜 여기 정원을 다 쑥대밭으로 만들어버릴까 했으나 지현 체면에 그건 할 짓이 아닌 것 같았다. 왕 지현은 화를 꾹꾹 눌러 참고 가마에 올라 현청으로 돌아가자고 분부했다. 가마꾼들이 가마를 메고 왔던 길을 되짚어 정원 입구까지 나왔다. 그동안 사람을 한 명도 만나지 못했다. 왕 지현을 수행하여 따라왔던 자들은 이구동성으로 한마디씩 했다.

"노남 저자야 그저 국자감 학생에 불과한데 어찌 우리 지현 나리한테 이렇게 무례할 수가 있지! 거참 아무리 생각해봐도 이해할 수가 없네."

왕 지현은 가마에 앉아서 아랫것들이 이렇게 구시렁대는 소리를 듣고는 기분이 너무도 언짢고 갈수록 화가 더 났다.

'네놈이 재주가 빼어나면 얼마나 빼어나다고. 그래 봐야 내 다스림을 받는 주제 아니냐! 전에 내가 몇 번이나 초청했건만 다 무시하고 말이야.

내가 직접 찾아오겠노라 부탁하고 이름난 술도 선물로 주면서 현자를 찾아뵙는 예를 극진히 보여주었건만 이렇게 무례하게 나를 모욕하다니! 내가 이 고을의 지현이 아니라 그냥 편한 사이라고 해도 이런 식으로 하면 안 되지!'

왕 지현은 현청에 돌아와서도 분이 풀리지 않았다. 왕 지현은 그냥 안채로 들어가 버렸다.

한편, 노남의 하인들은 왕 지현이 현청으로 돌아간 것을 확인하고 하나둘씩 기어 나왔다. 별채에서 주인을 찾아보니 한창 잠에 곯아떨어져 있었다. 노남은 두 시간 정도 더 지나고 나서야 겨우 잠에서 깨었다. 하인들이 노남에게 아뢰었다.

"마침 나리께서 잠드신 그때 지현 나리께서 오셨다가 나리께서 주무시는 걸 보고서는 그냥 돌아가셨습니다."

"다른 말은 없었느냐?"

"저희들이 뭐라 응대하기 어려워 잠시 한쪽으로 빠져 있었기에 지현 나리를 뵙지는 못했습니다."

"그래, 당연히 그렇게 했어야지. 아주 잘했다."

노남은 아쉬운 생각이 들었다.

'내가 정원 문을 잠가놓으라고 하는 걸 깜빡했구나. 저 속물이 제멋대로 내 정원에 들어와 이곳저곳 더럽히고 다녔겠구먼!'

노남이 바로 정원지기에게 내일 아침 일찍 물을 충분히 퍼 올려서 왕 지현이 다녔던 길을 깨끗이 씻어내라고 분부했다. 아울러 하인에게 왕 지현의 심부름을 왔던 자를 찾아내서 그자 편에 왕 지현이 보내준 책값 선물과 혜산 샘물로 담근 술을 왕 지현에게 돌려보내라 했다. 노남의 하인은 감히 거역하지 못하고 지체 없이 현청으로 달려갔다. 이 이야기는 여기까지만 하자.

왕 지현이 안채로 돌아왔다. 부인이 노기충천한 왕 지현을 보고는 물었다.

"술자리에 초대받아서 가셨다더니 어찌 이리 화가 많이 나셨어요?"

왕 지현이 전후 사정을 자세하게 설명했다. 부인이 그 말을 듣더니 이렇게 말했다.

"그거야 다 나리의 자업자득인데 어찌 남을 원망하십니까? 나리는 이 고을의 최고 어른이시라 무슨 일을 하든지 사람들의 대접과 기림을 받으실 수 있게 하셔야 하는데 어찌하여 그렇게 여러 번 스스로 낮추시고 마침내 자식 같은 백성에게 찾아가시다니요.. 그자가 재주가 출중하다고 해서 나리께 무슨 이득이 있을 것입니까? 오늘 이렇게 험한 꼴을 당하셨으니 확실히 깨달았을 거네요."

왕 지현은 부인한테까지 이런 지청구를 들으니 화가 더욱 치밀었다. 의자에 털썩 주저앉아 한참이나 말도 안 하고 씩씩거리기만 했다. 이런 왕 지현을 지켜보더니 부인이 입을 열었다.

"뭘 그렇게 화를 내고 그러시나요! 한 집안의 뿌리를 뽑아버릴 수 있는 게 바로 지방의 수령이라는 옛말도 있지 않나요!"

왕 지현은 부인한테 '한 집안의 뿌리를 뽑아버릴 수 있는 게 바로 지방의 수령'이라는 말을 듣는 순간, 마치 꿈에서 깨는 듯했다. 노남의 재주를 아껴주려던 마음이 깡그리 사라지고 어떻게라도 꼬투리를 잡아 파멸시키고 싶은 생각이 들었다. 아무 말 하지 않고 속으로 어떻게 하면 노남을 망하게 할지를 궁리했다.

'그놈을 죽을 궁지에 몰아넣어야 내 분이 조금이라도 풀릴 것이다.'

그날 밤은 별일 없이 그냥 지나갔다. 이튿날 아침 공무를 마치고 심복 아전을 불렀다. 그 심복의 성은 담, 이름은 준, 재주가 비상하고 지현과 함께 뇌물을 주무르기도 하고 아주 오랜 세월을 두고 닳고 닳은 능구

렁이였다. 그 자리에서 왕 지현은 담준에게 노남이 어떤 짓을 했는지 소상히 설명했다. 그런 다음 노남에게 아주 죽을죄를 뒤집어씌워 분풀이하고 싶노라 했다.

"나리, 노남을 죽이려 하신다면 쉽게 덤비시면 안 됩니다. 그가 꼼짝도 못 하고 뒤집어쓸 그런 계략을 꾸며 옭아매셔야 하며 절대 인정사정 봐주시면 안 됩니다. 그를 제대로 처단하지 못하시면 나리께서 오히려 역공을 당하시게 됩니다."

"무슨 이유 때문에 그런 말을 하는 거냐?"

"소인이 노남과 한동네 살아서 잘 아는데 그놈은 고관대작과 교분이 두텁고 재산이 엄청난 데다 평소에 제멋대로 설치고 다니는 듯해도 법에 저촉되는 일을 하지는 않습니다. 노남을 붙잡아 문서를 꾸며 상부에 보내도 결과가 뒤집혀 그냥 풀어줘야 하게 되지 결코 그를 쉽게 죽일 수는 없을 것입니다. 그럼 노남이 나리께 원한을 품고 복수를 하려고 들 것인데 어찌 나리가 곤경에 빠지지 않겠습니까!"

"그래 네 말은 알아들었다만 그놈이 그렇게 오만방자하게 구니 필시 평소에 꼬투리 잡힐 만한 일을 하지 않았을 리가 없다. 네가 가서 뒷조사를 좀 철저하게 해봐라. 그런 다음 내가 알아서 처리하겠노라."

담준이 왕 지현에게 인사하고 나갔다. 담준이 나오다가 전에 왕 지현이 노남에게 선물로 보낸 은자와 술을 하인이 받아들고 오는 게 보였다. 담준이 왕 지현에게 이를 보고하니 왕 지현은 기분이 더욱 상했다. 왕 지현은 괜히 그 물건을 받아들인 하인에게 화를 내고 말았다.

"그놈이 돌려준다고 냉큼 받아오면 어떻게 하느냐!"

왕 지현은 그 하인에게 대나무 몽둥이로 20대를 때리게 했다. 그런 다음 그 돈과 술을 그 하인에게 줘버렸다.

다른 사람 마음 상하게 하는 일은 하지 말게나,
이를 부득부득 가는 사람이 많을 것이라.

한편, 여기서 이야기는 둘로 갈린다. 부구산 기슭에 유성이란 농부가 아내 김씨와 함께 살고 있었다. 유성의 형편이 매우 어려웠는데도 사람들한테 그다지 신용을 얻지 못하여 그에게 소작을 붙여주는 자들이 없었다. 유성은 그저 노남의 집에서 품팔이나 하면서 입에 풀칠했다. 2년 전에 아들이 태어났을 때 노남의 집에서 품팔이하는 자들이랑 하인들이 유성에게 선물을 해주었다. 찢어지게 가난한 유성 입장에선 그냥 받아두기만 했더라면 좋았을 것을 그래도 선물을 주는 사람의 성의에 보답해야 한다며 자기 형편을 헤아리지도 않고 선물을 준 사람들을 불러 술대접을 했다. 그것도 적당히 했으면 좋았으련만 허세를 부리고 싶은 마음이 앞서 그만 자기 몸값을 담보로 노남 집의 하인 노재(盧才)에게 은자 두 냥을 빌려 잔치를 벌이고 사람들을 대접했다. 게다가 떡과 국을 장만하여 이웃에 돌리니 마치 돈이 넘치는 부잣집에서 잔치하는 것 같았다. 한창 잔치를 벌이고 있을 때 아이가 하루 만에 고양이한테 놀래서 그만 숨을 거두고 말았다. 잔치는 끝나고 기분은 상할 대로 상했다. 잔치에서 기쁨을 채 느끼기도 전에 모든 게 끝나버렸다.

한편, 노재가 유성에게 돈을 빌려줄 때는 그 나름대로 다 꿍꿍이가 있었다. 여러분, 그게 무슨 말인지 아는가? 유성의 아내가 제법 인물이 반반한지라 노재가 이걸 빌미로 어찌 해보려고 자꾸 찾아가 수작을 부렸다. 그러나 노재와 유성의 아내가 인연이 안 될 팔자였는지 유성의 아내 김씨는 차라리 다른 사람한테 아무런 대가를 안 받고라도 갔으면 갔지 하는 심정이라 노재한테는 도무지 정이 안 갔다. 유성의 아내는 외려 자기 남편한테 노재가 자꾸 자기를 희롱한다고 일러바쳤다. 유성은 자기 아내가 참으로 정숙한 여인이라는 생각이 들었고 그런 만큼 노재를 미워했다. 노재한테 빌린 돈을 갚지 않겠다고 작정했다.

1년 정도를 공을 들였으나 유성 아내의 태도가 여전히 변함이 없자 노재는 그만 포기하고 빌려준 돈이나 받아야겠다고 생각했다. 노재가 유성한테 얼굴 붉히기를 몇 차례, 유성은 그저 돈이 없다는 대답만 할 뿐이었다. 누군가가 노재한테 귀띔을 해주었다.

"유성이 자네 주인집에서 1년짜리 일을 하잖아. 나중에 새경 받을 때 자네가 받을 돈을 받아내면 될 거 아냐. 그 간단한 걸 가지고 왜 그래!"

노재는 그 말을 듣고 유성한테 돈 갚으라는 말을 더는 하지 않았다. 섣달이 되었다. 새경을 나눠주는 날을 미리 알아내어 유성이 받으러 오기만을 기다렸다. 노남의 전답이 너무도 넓어서 하인 말고도 1년 단위로 일하는 자들도 100명이나 되었다. 매년 섣달이면 이들이 모두 새경을 받으러 몰려왔다. 노남은 하인들이 혹시 중간에 장난을 쳐서 새경을 제대로 나눠주지 않을까 봐 직접 한 명 한 명 불러 나눠주었다. 그러면서 술과 음식도 챙겨주었다. 유성은 새경도 받고 술과 음식도 배불리 먹고 난 다음 주인 나리에게 인사를 하고 일어났다. 대문에 이르니 노재가 가로막고선 돈을 달라고 손을 내밀었다. 유성은 돈이 아깝기도 하고 자기 아내를 뺏어가려 했던 게 괘씸하기도 해서 술에 취하기도 했겠다 바로 새경을 전대 속에 찔러 넣고는 노재에게 욕을 퍼붓기 시작했다.

"야, 이 개 같은 종놈아! 그깟 돈 몇 푼 빌려주고 그걸 빌미로 이 어르신한테 이렇게 함부로 한다 이 말이지. 그래 이놈아, 어디 너 죽고 나 죽고 한 번 해보자."

유성이 노재에게 가슴을 내밀며 달려들었다. 노재는 전혀 방비하지 않고 있다가 당황하여 계속 뒷걸음치다가 그만 넘어질 뻔했다. 노재는 화가 머리끝까지 나서 다시 달려와 유성에게 주먹질하려 들었다. 게다가

'개 같은 종놈'이란 유성의 욕이 다른 하인들의 화를 돋우고 말았다.

"아니, 이놈이 지금 어디서 행패를 부려! 아무리 네놈이 꿀릴 게 없다고 해도 그렇지. 우리 주인집에서 새경 받고 일하는 처지라면 우리한테 고개를 숙일 줄도 알아야지! 한데 돈을 빌린 주제에 오히려 행패를 부려? 네 이놈 맛 좀 봐라!"

하인들이 한꺼번에 달려들어 유성에게 주먹질을 해대기 시작했다. '주먹 둘이 주먹 넷을 못 당한다'는 속담처럼 유성 혼자 그 많은 하인들을 어찌 당할 수 있으랴. 유성은 하인들에게 흠씬 두들겨 맞았다. 노재는 유성이 새경을 전대에 넣어두는 것을 다 보았는지라 유성의 전대를 확 채더니 빼앗아 가버렸다. 유성과 같이 1년 단위로 머슴 사는 동료들이 손이 발이 되도록 빌자 다른 하인들이 유성을 주먹질하던 것을 겨우 멈추었다. 동료들이 유성을 부축하여 집으로 데려갔다.

노남은 서재에서 대문간에서 들려오는 시끌벅적한 소리를 듣고는 문지기에게 어찌 된 영문인지 알아보라 했다. 노남 집의 규율이 무척이나 엄한지라 문지기는 괜히 누구를 봐주려다 자기한테 피해가 올까 봐 사실대로 다 아뢰었다. 노남은 즉시 노재를 불러들였다.

"내가 전에 말하지 않았느냐! 하인들 가운데 누구도 우리 집에 일하러 오는 자들에게 돈놀이하지 말라고 했잖느냐. 만약에 돈놀이를 하다가 적발되면 그 빌려준 돈을 몰수하고 돈 빌려준 자는 엄히 벌하고 쫓아낸다고도 했지. 한데 넌 어찌하여 내가 정한 법을 어기고 머슴 놈의 돈을 빼앗고 구타하기까지 했느냐? 이런 방자하고 가증스러운 놈!"

노남은 노재에게 전대의 돈을 내놓게 하고 아울러 돈을 빌려준 문서도 내놓게 한 다음, 곤장 20대를 때리고 내쫓아버리고 절대 다시 쓰지 않겠노라 했다. 노남이 문지기에게 명했다.

"유성을 보면 나한테 오라고 해라. 내가 그에게 은자와 빚 문서를 돌려주겠노라."

문지기는 연신 알았습니다 하고 대답하고 물러갔다.

한편, 유성은 술과 음식을 배불리 먹고는 뜻밖에 흠씬 얻어맞고 새경도 빼앗겼으니 너무도 분했다. 한밤중에 몸에서 열이 나기 시작하더니 머리가 어질어질하고 창자가 꼬여 도저히 견딜 수가 없었다. 이튿날 자리에서 일어날 수조차 없었다. 그다음 날 아침 유성이 아내에게 말했다.

"내가 몸이 이렇게 아픈 게 아무래도 더 살 수 없을 거 같소. 어서 가서 형님 좀 모셔오구려. 상의할 일이 있다네."

'일이 일어나려니 우연도 겹친다'는 옛말이 있지 않은가. 유성에게는 유문이라는 친형이 있었다. 이 유문이 마침 아전 담준의 하인이었다. 아내 김씨가 평소에 담준의 집에 몇 차례 다녀온 적이 있었기에 유성이 아내를 시켜 형님을 모셔오라 한 것이다. 김씨는 남편이 죽을 거 같다는 말을 하자 너무도 놀라서 곧장 대문을 나서 추운 바람을 무릅쓰고 시아주버니를 모시러 떠났다.

담준은 혹시 노남에게 꼬투리 잡을 만한 게 뭐 없을까 사방을 들쑤시고 다녀보았으나 도대체 건수가 없었다. 왕 지현은 또 계속 옆에서 재촉해대니 참으로 입장이 곤란했다. 이날 담준이 현청에 앉아 있으려니 한 부인이 허둥지둥 걸어 들어왔다. 눈을 들어 바라보니 바로 자기 집 하인 유문의 제수씨였다. 김씨가 앞으로 다가오더니 인사를 하고는 물었다.

"나리, 저희 시아주버니 계신가요?"

"현청 문 앞으로 채소를 사러 갔으니 곧 올 것이네. 무슨 일로 그리 서두는가?"

"나리께서도 알고 계시는 게 좋을 거 같습니다요. 제 바깥양반이 그저께 노남 나리 댁의 하인과 싸우고 돌아와서는 바로 앓아눕더니 이젠 병세가 너무 위중해져서 이렇게 시아주버니를 찾아오게 되었습니다요."

담준이 김씨의 말을 듣더니 속으로 뛸 듯이 기뻐하면서 물었다.

"그래 무슨 일로 노남 집의 하인과 싸웠다더냐?"

김씨는 남편이 노재에게 돈을 빌린 일부터 서로 싸우게 된 일까지 상세하게 설명했다. 담준이 그 말을 듣고 김씨에게 일렀다.

"자네 남편에게 별 탈이 없이 지나가면 그만이지만 만약 무슨 일이라도 생기면 바로 나에게 알려주게나. 나만 믿고 나한테 맡겨두기만 하라고. 내가 자네의 억울함을 꼭 풀어주겠네. 그 노가네 많은 재산을 자네가 평생 쓰고 살게 해주겠네."

"나리께서 나서주기만 하신다면야 너무 좋죠."

둘이 말을 주고받는 사이에 유문이 돌아왔다. 김씨가 유문에게 사정을 이야기하고 유문과 함께 출발했다. 둘이 막 문을 나서려는데 담준이 소리쳤다.

"무슨 일이 생기면 바로 연락하게나."

현청 문을 나서서 두 시간이 채 못 지나서 집으로 돌아왔다. 문을 열고 안으로 들어갔으나 아무런 인기척이 없더라. 유성이 누워 있던 자리에 가보고서 두 사람은 깜짝 놀라 나자빠졌다. 유성이 뻣뻣하게 굳어 누워 있었다. 언제 그렇게 죽었는지 알 길이 없었다. 김씨가 오열했다.

부부란 본디 같은 수풀에서 노니는 새 같은 것,
운명의 시간이 오면 각자 다른 곳으로 날아가는 것.

유성의 이웃들이 통곡 소리를 듣고 달려와 이구동성으로 말했다.

"그렇게 젊고도 건강한 사람이 어쩌다 맞아 죽었다니! 불쌍하네, 불쌍해!"

유문이 제수씨 김씨에게 말했다.

"그만 울음을 그치고 어서 내 주인한테 가서 이 사실을 알립시다."

김씨가 그 말을 듣고 대문을 닫아걸고는 이웃 사람들에게 집을 좀 봐 달라고 부탁한 다음 유문을 따라갔다. 이웃 사람들이 서로 한마디씩 했다.

"저 사람들이 분명 현청에 고발하러 가는 거라고. 이건 사람 생명이 걸린 중대한 건이니 우리도 가서 우리가 아무런 일도 하지 않았다고 밝히는 게 좋을 걸세."

이웃 사람들도 김씨와 유문의 뒤를 이어 현청으로 출발했다. 유성이 죽었다는 소식이 삽시간에 원근 각처에 퍼졌다. 누군가가 이 사실을 노남에게 알렸다. 노남은 본디 세심한 편이 못 되는지라 유성이 이틀 동안 은자와 빚 문서를 돌려받으러 오지 않자 그 일을 그만 잊어버리고 말았다. 그러다 이 소식을 듣자 하인을 시켜 노재를 붙잡아 현청에 데려다주라고 했다. 그러나 노재는 유성이 죽었다는 소식을 듣자마자 괜히 자기한테 일이 연루될 게 뻔하여 바로 도망쳐버렸다.

한편, 김씨와 유문은 한달음에 현청으로 달려가 담준에게 이 사실을 알렸다. 담준은 이 소식을 듣고 너무도 기뻐하면서 아무도 몰래 왕 지현에게 가서 고했다. 그런 다음 다시 나와 두 사람에게 그간의 사정을 소상히 말하라 하고는 단숨에 노남이 김씨를 차지하려다 뜻을 이루지 못하자 유성을 때려죽였다고 고소장을 작성했다. 김씨와 유문에게는 억울하다고 고래고래 소리를 지르라 했다. 유문은 담준의 말을 듣고 이것저것 따지지 않고 곧장 김씨를 대동하고 나무 막대기를 들고 북을 두드리며 '사람 살려!'라고 소리를 질러댔다. 현청의 아전들은 미리 담준에게 귀띔을 받은지라 그 둘을 상관하지 않고 내버려 두었다. 왕 지현은 북소리를 듣고 곧장 현청으로 나와 김씨와 유문을 불렀다. 김씨와 유문이 작성한 고소장을 읽고 있는데 마침 유성의 이웃 사람들도 달려왔다. 왕 지현의 목적은 오직 노남 한사람에게 있었다. 유성의 이웃 사람들에겐 아무런 관심도 없었기에 그냥 몇 마디 물어보는 척만 하더니 제대로 따져보려고 하지도 않고 그냥 바로 나졸들을 파견하여 노남을 현청으로 데려오게 했다. 담준이 따로 나졸들을 불러 이렇게 당부했다.

"나리께서 지금 이 노남을 아주 단단히 벼르고 계신다고. 너희들은 당장 가서 아녀자만 빼고 나머지 놈들은 깡그리 잡아 오란 말이다."

나졸들도 이미 지현과 노남이 철천지원수가 되었다는 걸 잘 알고 있었지만 그래도 노남이 워낙 세력이 등등한 집안이라 인원수가 모자라면 대문 안에 들어가지도 못할까 봐 이리저리 인원을 긁어모아 사오십 명이 달려가니 마치 성난 호랑이 떼 같았다. 때는 바야흐로 한겨울이라 해도 짧아 하늘은 이미 어둑어둑해지기 시작하고 서녘 하늘엔 붉은 구름이 진하게 피어오르고 북풍이 차갑게 불어와 너무도 추웠다. 담준은 왕 지현의 명을 받들어 술을 준비해 와서는 일행에게 마시게 하여 흥을 돋우었다. 한 사람이 횃불 하나씩 들고 노남의 집으로 달려갔다. 모두들 고함을 치며 안으로 들어가 사람이 보이는 대로 붙잡았다. 노남의 하인들은 영문도 모른 채 이리저리 몰려다니고 아녀자들은 울고불고하면서 어쩔 줄을 몰라 했다. 노남의 아내는 하녀들과 방 안에서 불을 쬐고 있다가 밖에서 사람들이 법석대는 소리를 듣고 혹시 불이라도 났나 싶어 하녀에게 얼른 가서 알아보라 했다. 하녀가 방문을 열기도 전에 하인이 방문 밖에서 황급히 보고했다.

"마님, 큰일 났습니다. 무수한 사람들이 횃불을 들고 안으로 들이닥쳤습니다."

노남의 아내는 강도 떼가 온 줄 알고 너무도 놀라 윗니 아랫니가 저절로 딱딱 소리를 내며 부딪쳤다. 하녀한테 얼른 방문을 걸어 잠그라 했다. 말을 채 마치기도 전에 횃불을 든 녀석이 안으로 들어섰다. 하녀들은 미처 도망가지도 못하고 그저 소리를 쳤을 뿐이다.

"아이고 대왕님, 목숨만 살려주셔요."

"무슨 헛소리냐! 우리는 왕 지현님의 분부를 받들고 노남을 잡으러 온 포졸들이다. 무슨 대왕님 같은 소리냐!"

노남의 아내는 이 말을 듣고 남편이 지난번에 지현을 제대로 대접하지 않는 것 때문에 일부러 꼬투리를 잡고 남편을 붙잡으려 하는 거라고 직감했다.

"그래, 포졸이라면 설마 법도를 모르지는 않겠지! 우리 어르신이 무슨 일에 연루되셨다면 그건 아마도 토지 문제거나 하인들끼리의 무슨 다툼 같은 것, 무슨 대역무도한 일도 아닐 텐데 환한 대낮에 오지 않고 시커먼 밤에 불한당같이 떼를 지어 횃불 들고 몽둥이 들고 아녀자 방에 불쑥 들어와 난장판을 벌이려고 드느냐. 내일 현청에 나가서 네놈들의 행패를 일일이 밝힐 것이니라. 네놈들이 어떤 벌을 받는지 두고 보자."

"어서 노남이나 내놓아라. 그런 건 현청에 가서 말하든지 말든지 하고."

포졸들이 방 안을 샅샅이 뒤졌다. 맘에 드는 도자기나 보물 같은 것을 잔뜩 챙기더니 그제야 밖으로 나갔다. 포졸들이 다른 방으로 들이닥치니 첩과 하녀들이 놀라서 침대 밑으로 기어들어가 숨었다. 포졸들이 방 안을 이곳저곳 뒤져도 노남이 보이지 않자 틀림없이 정원에 있을 거라 생각하고 정원으로 몰려갔다. 노남은 마침 난방이 잘 되는 누각에서 네댓 명의 손님들과 술을 마시고 가기 둘이 옆에서 노래를 부르고 있었다. 마침 노재를 잡으러 갔던 하인이 결과를 보고하던 참이었다. 이때 하인 둘이 헐레벌떡 누각 2층으로 달려와 소리를 쳤다.

"나리, 큰일 났사옵니다!"

노남이 술에 취한 채로 물었다.

"무슨 큰일이 났다는 게냐?"

"무슨 연고인지 수십 명이 몰려들어 이리저리 들쑤시고 다니면서 닥치는 대로 남정네들을 붙잡더니 이젠 나리의 방으로 들어갔습니다."

사람들은 이 소리를 듣더니 너무도 놀라 술이 확 깨버렸다.

"이게 대체 무슨 일이란 말인가? 어서 가서 살펴보세."

노남은 마치 아무 일도 없다는 듯이 사람들을 말리며 이렇게 말했다.

"그놈들은 내버려 두고 우리는 술이나 마십시다. 괜히 분위기 깨지 말고. 어서 술을 데워오너라."

하인이 발을 동동 구르면서 대답했다.

"나리, 지금 밖에 난리가 나도 아주 큰 난리가 났는데 무슨 술을 드신다고 그러십니까!"

바로 이때 누각 앞에서 불빛이 번쩍번쩍하더니 포졸들이 들이닥쳤다. 가기들이 놀라서 이리저리 뛰어다녔지만 숨을 곳을 찾지 못했다. 노남이 버럭 화를 내며 소리쳤다.

"웬 놈들이 감히 여기 와서 행패냐? 어서 저놈들을 잡아가거라!"

포졸이 대답했다.

"지현 나리께서 할 말이 있으니 모셔오라 했소이다. 우리를 잡아가긴 어딜 잡아간다고 그러시오!"

포졸들이 노남의 목에 포승줄을 걸고는 소리쳤다.

"어서 가자!"

"아니, 내가 무슨 잘못을 했다고 이렇게 무례하게 구느냐? 못 간다."

"지난번에 우리 나리께서 너를 초대했는데 거절했으니 이렇게 끌고 가는 것 아니겠소!"

포졸들은 노남을 다 묶더니 끄는 사람은 끌고 미는 사람은 밀고 하여 노남을 붙잡아 누각에서 내려왔다. 노남 집의 하인 열네댓 명도 같이 붙잡아 데리고 갔다. 포졸들은 손님들도 한꺼번에 붙잡아 갈까 했으나 안면이 있는 사람도 있고 또 그 나름대로 방귀깨나 뀌는 사람들이라 괜히 긁어 부스럼이 될까 봐 그만두었다. 포졸과 노남 일행은 노남의 정원을 출발했다. 도중에 옥신각신하기도 했으나 마침내 현청에 도착했다. 손님 가운데 몇몇이 아무래도 걱정되었는지 뒤를 따라갔다. 난리를 피해 숨어 있던 노남 집 하인들이 슬그머니 나와서 마님에게서 은자 몇 냥을 받아 들고 아전에게 건네어 상황을 알아보려고 현청으로 달려갔다. 일단 이 이야기는 여기서 그친다.

한편, 왕 지현은 현청에 앉아서 기다리고 있었다. 현청엔 대낮처럼 불을 환히 밝혔다. 사방이 쥐 죽은 듯이 조용했다. 포졸들이 노남을 끌고 현청의 섬돌 앞에 이르렀다. 눈을 들어 왕 지현의 얼굴을 바라보니 살기가 등등한 게 꼭 염라대왕이 앉아 있는 것 같았다. 두 줄로 늘어서 있는 포졸들은 마치 소머리에 사람 몸을 한 지옥의 옥졸과도 같고, 야차와도 같았다. 노남의 하인들은 이걸 보고 지레 겁에 질려버렸다. 노남 일행을 잡아 온 포졸들이 왕 지현에게 보고했다.

"노남 패거리를 잡아 왔습니다."

포졸들은 노남의 하인들을 현청의 대청 앞으로 끌고 가서 무릎을 꿇렸다. 아울러 유문, 김씨도 같이 무릎 꿇렸다. 노남만이 뻣뻣하게 서서 버티고 있었다. 왕 지현이 노남이 무릎을 꿇지 않고 버티고 있는 걸 꼬나보더니 코웃음을 쳤다.

"그래, 토호랍시고 관청에 와서도 이렇게 오만방자하게 굴다니! 평소 밖에서 얼마나 제멋대로 하고 다닐까. 내가 지금 너하고 따질 계제가 아니니 일단 감옥에 들어가 있거라."

노남이 서너 걸음 더 앞으로 나가 몸을 더 꼿꼿하게 세우고 말했다.

"까짓것 감옥에 들어가지 못할 거야 없다만 대체 내가 뭘 잘못한 게 있다고 야밤에 나를 잡아 왔느냐?"

"네놈이 양민의 아내를 탐했다가 그걸 내 맘대로 하지 못하자 유성을 때려죽였으니 그 죄가 작지 않도다."

노남이 그 말을 듣고 입가에 미소를 지으며 대답했다.

"나는 또 무슨 대단한 일이라도 있는 줄 알았더니 바로 유성의 일 때문이었구먼. 네 말대로라면 내가 유성의 목숨값을 배상해주면 되는 거지. 뭘 이렇게 그런 사소한 일에 호들갑을 떨어! 유성은 우리 집의 머슴으로 내 하인 노재와 싸우다가 죽은 것이지 나하고는 전혀 관계가 없느니라. 설사 내가 또 유성을 때려죽였다 하더라도 나를 무슨 죽을죄를 지은 자처럼 대해서는 안 되느니라. 아마도 네가 이걸 꼬투리로 나에게 다른 허물을 뒤집어씌우려고 하는 모양인데 나 노남은 절대 그걸 인정할 수도 없거니와 여론이 가만히 있지 않을 것이다."

왕 지현이 대로하며 말했다.

"네놈이 죄 없는 자를 때려죽인 것을 목격한 자들이 많은데 그걸 네 하인의 짓이라고 뒤집어씌우고 본관을 능멸하며 무릎을 꿇지 않으려 들다니! 현청에서 감히 이렇게 망령된 짓을 하는 걸 보니 평소 어떤 식으로 하고 다녔는지는 불문가지라. 그래 네놈이 사람을 죽인 게 맞는지 틀리는지는 둘째라 치더라도 부모 같은 관리에게 대드는 것만으로도 얼마나 큰 죄를 지었는지 알아야 할 것이다."

왕 지현이 소리쳤다.

"노남을 데리고 가서 곤장을 쳐라!"

포졸들이 일제히 대답하고서 노남에게 달려가 노남을 붙잡아 곤장대에 올려놓으려 했다. 노남이 소리를 질렀다.

"선비는 죽일 수는 있어도 욕보일 수는 없는 법이다. 나 노남은 당당한 선비로 죽음을 두려워하지 않을진대 무슨 곤장을 치고 고문을 한단 말이냐? 나한테 무슨 죄목이라도 뒤집어씌우려면 다 씌워라. 난 목숨을 초개와 같이 여기노라. 나를 욕보이지 마라."

포졸들은 노남의 말에는 신경조차 쓰지 않고 노남을 곤장대에다 엎어놓고 곤장 30대를 쳤다. 왕 지현이 소리쳤다.

"멈춰라!"

왕 지현이 노남과 그 하인들을 옥에 가두게 했다. 이장을 시켜 유성의 시체를 염하고 관을 사서 입관하여 현청으로 가져와 검시에 대비하라 했다. 유문과 김씨 그리고 다른 증인에게도 곧 심문이 있을 것이니 대기하라 했다. 노남은 곤장을 맞아 살이 다 문드러지고 피가 줄줄 흘렀다. 하인 두 명의 부축을 받으면서도 가가대소하면서 현청 문을 나섰다. 노남의 친구들이 그걸 보고 달려왔다. 하인들은 혹시 자신들도 잡혀갈까 봐 멀리서 바라보기만 하고 감히 가까이 다가올 엄두를 못 냈다. 친구들이 노남에게 물었다.

"무슨 일로 이렇게 곤장까지 맞았는가?"

"별일 아니네. 왕 지현이 자기 개인적인 원수를 갚으려고 우리 집 하인 노재와 다투고 나서 세상을 떠난 녀석의 일을 나한테 뒤집어씌우고서 나를 죽이려고 하는 걸세."

"어찌 이런 일이 다 있을 수가 있는가?"

친구 가운데 한 명이 말했다.

"걱정 말게나. 내가 집에 가서 아버님께 말씀드려서 우리 현의 모든 선비와 학자들을 동원하여 현청으로 가서 이 일을 따지게 할 것이네. 지현도 이런 공론을 무시하지 못할 것이니 풀어줄 수밖에 없을 것이네."

"괜한 일에 신경 쓸 필요 없네. 그놈이 어떻게 하는지 지켜보자고. 대신 부탁할 것이 있네. 우리 집에 가서 술 몇 단지만 챙겨서 옥으로 가져오라고 전해주게나."

친구들이 대답했다.

"이제 자네 술도 좀 줄여야지."

노남이 웃으면서 말했다.

"자기 하고 싶은 대로 하면서 사는 게 중요한 것 아니겠어! 빈부귀천이야 다 팔자소관인 걸 신경 쓸 필요가 또 뭐가 있겠는가. 저 지현 놈이 나를 해치려 한다고 해서 내가 술을 마시지 않을 이유가 어디 있어!"

노남이 이렇게 말하는데 옥졸이 노남의 등을 떠밀면서 재촉했다.

"어서 옥 안으로 들어가라고. 하고 싶은 말이 있으면 다음에 다시 만나서 하고!"

그 옥졸은 다른 사람이 아니고 채현이라는 자로, 왕 지현의 심복이었다. 노남이 눈을 부릅뜨고 소리를 쳤다.

"이 빌어먹을 놈아! 내 입으로 내 말 하는데 네놈이 무슨 상관이야!"

채현이 초조한 듯한 표정을 지으며 말했다.

"아니, 넌 지금 나리한테 죄를 짓고 옥에 갇힌 신세라고! 밖에서 대접받고 지내던 귀공자 버릇은 당장 버리라고! 지금 그럴 때가 아니야."

노남이 다시 버럭 화를 내며 소리쳤다.

"뭐, 내가 네놈의 나리라는 작자에게 죄를 지었다고? 그래 내가 옥 안에 들어가지 않겠다면 어쩔 거냐?"

채현이 다시 뭐라고 대꾸하려는데 다른 노련한 옥졸들이 옥문을 열고 노남을 살살 달래서 옥 안으로 들여놓았다. 노남의 친구들이 돌아갔다. 사정을 살펴보러 왔던 노남 집의 하인들도 집으로 돌아가 마님께 보고했음은 물론이다.

노남이 현청을 나설 때 담준이 그 뒤를 따르며 노남이 친구나 옥졸들과 주고받는 말을 주의 깊게 새겨듣고는 왕 지현에게 돌아가 그대로 보고했다. 이튿날 아침 왕 지현은 병을 핑계 대고 현청에 나가지 않았다.

고을에서 이름깨나 있다고 하는 사람이 찾아와도 현청의 문지기가 아예 왕 지현에게 연락조차 취해주지 않았다. 오후가 되어서 왕 지현이 현청에 나와서 유성의 아내 김씨, 증인 그리고 검시관을 불렀다. 노남과 그의 하인들도 감옥에서 불러냈다.

　검시관에게 유성의 시신을 조사하게 했다. 검시관은 이미 왕 지현의 의도를 알아차리고는 그저 살짝 얻어맞은 것을 죽을 만큼 얻어맞은 거로 보고했다. 증인들도 왕 지현이 노남을 얽어매려는 것을 눈치채고 노남이 유성을 때려죽인 거라고 증언했다. 왕 지현은 노남에게 유성을 머슴으로 부리고 새경을 주기로 한 문서를 내보이라고 하더니 그걸 가짜라고 하면서 갈가리 찢어버렸다. 형구를 써서 노남을 때리고 고문하면서 유성을 죽인 것을 자백하라고 했다. 곤장 20대를 때리고 손에 형틀을 씌우고 사죄수 감옥에 가두라 했다. 하인들에게는 곤장 30대씩 치라 하고 더불어 3년 동안 귀양을 보내어 행동을 살피겠노라 했다. 유문과 김씨 그리고 증인들한테는 집으로 돌아가라 했다. 유성의 시신과 관은 추가로 상세하게 조사할 것이니 두고 가라 했다. 왕 지현이 사건의 심사보고서를 작성했다. 아울러 노남이 자신을 보고도 무릎을 꿇지 않는 일 같은 것도 상세하게 기록했다. 그런 다음 상부에 보고했다. 고을 선비들과 원로들이 노남을 위해 극구 변호해주었지만 왕 지현은 계속 고집을 피우며 절대 뜻을 꺾지 않았다. 이를 증명하는 시 한 수를 인용하노라.

　　현령이 한 집안 정도는 우습게 파멸시키기도 했지,
　　공야장公冶長도 죄 없이 옥에 갇혀 고통받았지.[5]

---

5) 공야장은 공자의 제자이다. 공자가 그가 옥에 갇혔음에도 그가 무언가 잘못해서가 아니라 오해 때문이거나 무고 때문일 거라 판단하고 그를 사위 삼았다는 이야기가 『논어』에 나온다.

고매한 선비가 감옥에 갇혔으니,
온갖 꽃 피는 저 정원은 누가 돌보랴!

한편, 노남은 본디 귀공자로 자라 생채기라도 하나 나면 바로 의원을 청해서 보여주고 치료받았던 몸이니 이런 곤장과 고문을 어이 견디랴! 옥에 갇힌 다음엔 정신이 어질어질하여 깨어나질 못했다. 다행스럽게도 옥 안의 다른 죄수들이 모두 노남이 돈이 많은 걸 알고 앞다퉈 도와주었으니 고약을 가져와 노남의 상처에 붙여주었다. 노남의 아내도 의원을 청하여 노남을 치료해주게 했다. 이렇게 안팎으로 나서서 도와주니 한 달이 채 되지 않아 노남의 몸이 회복되었다. 노남의 친구들도 끊임없이 감옥으로 노남을 찾아왔다. 옥졸들은 이미 돈을 많이 받아먹었는지라 그들이 옥을 드나드는 걸 하나도 막지 않았다. 다만 옥졸 가운데 왕 지현의 심복인 채현만은 이들이 드나드는 걸 쏜살같이 왕 지현에게 일러바쳤다. 왕 지현이 벌떡 일어나 옥으로 달려가 점검하여 대여섯 명을 찾아냈다. 그들은 모두 고을에서 이름깨나 알려진 선비요, 성의 과거시험에 합격한 자라 차마 막보기로 대할 수가 없어 아전을 시켜 그들을 옥 밖으로 내보내게 했다. 그런 다음 노남에게 곤장 20대를 치게 하고 옥졸 사오 명에게도 엄한 벌을 내렸다. 벌을 받은 옥졸들은 이게 다 채현이란 놈 때문이란 것을 알고 이를 바득바득 갈았지만 그래도 왕 지현이 아끼는 놈인지라 차마 어쩌지는 못했다.

노남은 평소에 고대광실에서 좋은 음식 먹고 비단옷 입고 지내다가 기화요초를 바라보며 아름다운 노랫소리와 악기 연주를 듣고 밤이면 아름다운 여인들과 원앙금침에서 뒹굴며 마치 신선처럼 세월을 보내던 자였다. 한데 지금은 몸을 제대로 뻗을 수도 없는 옥에서 말도 상스럽게 하고 생긴 것도 우락부락한 불한당 같은 죄인들과 함께 옥에 갇히게 되었다. 옥 안에서는 차꼬와 사슬이 부딪치며 내는 소리가 끊이지 않았다. 밤이 되면 옥졸들이 종을 치고 호루라기를 불고 딱딱이를 치고 징을 치면서 죄수들을 위협하는 소리를 질러대니 얼마나 처참한지! 노남이 본디 대가 세고 당당한 사람이긴 하나 매일 이런 환경에서 보내다 보니 자기도 모르게 위축되었다. 겨드랑이에서 날개가 자라나 날아서 이 옥에서 벗어나거나 도끼로 이 옥을 깨치고 다른 죄수들이랑 모두 함께 빠져나가지 못하는 게 안타까울 따름이었다. 자신이 모욕을 당한 걸 생각하면 피가 거꾸로 솟는 느낌이었다.

'일세의 호걸 나 노남이 저 나쁜 놈한테 걸려 이곳에 갇히고 말았구나. 아, 언제나 다시 세상에 나갈 수 있으려나! 세상에 다시 나가도 사람들 볼 면목이 없구나. 차라리 여기서 그냥 죽는 게 더 낫겠구나. 아니야. 예전에 탕왕과 문왕이 하대夏臺와 유리羑里6)에 갇히고, 손빈孫臏은 정강이뼈가 잘리고, 사마천은 궁형을 당했지. 그들은 어질고 덕을 지닌 자이면서도 그런 모욕을 당했지. 하지만 그걸 참고 때를 기다렸지. 그래, 나 노남 역시 짧은 생각을 하면 안 되지.'

노남은 또다시 생각에 잠겼다.

'그래, 나 노남은 아는 사람이 세상에 가득하고 그 가운데에는 벼슬이 높은 자들도 적지 않은데 그들이 내가 이런 곤란한 일을 당하고 있는 것을 그냥 두고 보지는 않을 것이로다. 아마도 그들이 내가 지금 이런 일을 당하고 있는 것을 모를 거야. 내가 일단 서찰을 써서 그들에게 알리고 상부에 연락하고 손을 써서 나를 좀 구해달라고 부탁해야겠다.'

---

6) 하대는 하나라의 감옥, 정확히는 감옥이 있던 곳의 이름이다. 하나라 말대 걸임금이 은나라 탕왕을 감금했던 곳이다. 유리는 은나라 감옥, 정확히는 감옥이 있던 장소의 이름이다. 은나라 말대 주임금이 주문왕을 감금했던 곳이다. 둘 다 나중에 감옥의 대명사로 쓰이게 되었다.

마침내 노남은 서찰을 몇 장 써서 하인을 시켜 전달하게 했다. 노남이 아는 사람 가운데는 현직도 있고 전직도 있었다. 그들 가운데 서찰을 받고 놀라지 않는 자가 하나도 없었다. 서찰을 받자마자 왕 지현에게 달려가 어서 노남을 풀어달라고 부탁하는 자도 있었고, 왕 지현의 상사에게 찾아가 미리 손을 써두는 자도 있었다. 왕 지현의 상사들은 노남이 뛰어난 선비임을 알기에 풀어주고 싶은 마음이 있어 왕 지현이 올린 노남 관련 문서를 반송시켰다. 그 반송하는 문서의 제목을 심부름하는 노남의 하인이 볼 수 있게 해주니 노남의 하인이 달려와 이 안건을 다른 현으로 보내 다시 조사하게 해달라고 요청하여 죄를 면하라 했다는 말을 노남에게 전했다. 노남은 이 소식을 듣고 속으로 너무도 기뻤다. 노남은 하인에게 여러 상부 기관으로 가서 억울함을 호소하게 했다. 과연 모든 상부 기관에서 다시 심사하라 했다. 그 상부 기관의 담당자들에게 노남의 친구들이 미리 손을 써두었음은 물론이다.

한편, 왕 지현은 며칠 동안 수십 통의 서찰을 받았다. 한결같이 노남을 풀어주라는 내용이었다. 마침 상부의 공문도 내려왔다. 자신이 보낸 보고서를 반박하는 내용이었다. 더불어 재판 담당 부서에서 해당 문서와 관련자를 올려보내라는 공문이 왔다. 노남을 풀어주고자 하는 의도가 분명했다. 왕 지현은 너무도 당황스러웠다.

'저 노남이란 놈 능력도 좋네. 옥에 갇힌 주제에 어떻게 요처에 이렇게 손을 다 썼지? 이번에 이놈을 이렇게 풀어주면 나를 가만두지 않을 게 뻔하군. 내가 일을 시작하지 않았다면 모를까 한번 시작했으니 끝장을 봐야지. 괜히 어설프게 중도에 그만두면 후환이 생긴다고!'

그날 밤 왕 지현은 담준한테 옥졸 채현을 시켜 노남을 처치하게 했다. 채현은 노남을 아무도 모르는 곳으로 데리고 가서 다짜고짜 몽둥이찜질을 하고 땅바닥에 패대기를 치고 밧줄로 손발을 묶고는 흙을 담은 부대로 얼굴을 씌워 입과 코를 틀어막아 버렸다. 이러니 어찌 한 시간인들 견디랴, 결국 세상을 떠나고 마는구나! 가련하도다, 천재 문인이 이렇게 옥중에서 억울하게 죽고 마는구나.

천하의 영웅이 한을 품었구나,
바람에 흔들리는 나뭇잎이 애간장을 끊는구나.

이야기는 여기서 둘로 갈린다. 한편, 준현의 형부 담당 부지현인 동신董紳이란 자는 회시 합격 출신으로 일 처리를 강단 있게 하고 법을 집행하는 게 공평하면서도 아량을 베풀 줄 알았다. 동신은 왕 지현이 노남을 처형하려 하는 것이 너무도 부당하다고 생각하고 있었다. 하지만 왕 지현이 자신의 상관인지라 아무 말도 하지 못했다. 매번 옥을 순찰할 때마다 노남과 이야기를 나누다 보니 노남과는 서로를 이해하는 친구 사이가 되었다. 바로 그날 밤 동신이 옥을 순찰하다 보니 노남이 보이지 않았다. 옥졸들에게 어떻게 된 일이냐 물었으나 다들 입을 열려고 하지 않았다. 동신이 버럭 화를 내며 소리를 질렀다. 그제야 옥졸들이 겨우 기어들어 가는 목소리로 대답했다.

"지현 나리께서 담준 나리를 보내어 처형하라 하셔서 이미 뒤쪽으로 데리고 갔습니다."

동신이 깜짝 놀라 소리쳤다.

"지현이란 한 고을의 부모와 같은 존재이거늘 어찌 이런 일을 감히 할 수 있단 말인가! 네놈들이 노남에게 돈을 뜯어내려고 협박하다가 뜻대로 되지 않자 그냥 죽여버리려고 하는 거 아니냐! 어서 나를 그곳으로 데리고 가라."

옥졸들이 감히 거역하지 못하고 뒤쪽 좁은 길로 안내했다. 동신이 담준, 채현을 발견했다. 동신이 옥졸들에게 담준과 채현을 붙잡으라고 한 다음 살펴보니 노남이 손발이 묶인 채로 땅에 넘어져 있었다. 얼굴은 온통 흙투성이였다. 동신이 옥졸들에게 명하여 노남의 얼굴을 덮은 흙 부대를 벗겨내게 하고 큰소리로 노남을 불러 깨웠다. 노남이 죽을 운명이 아니었던지 점점 정신을 차렸다. 노남의 밧줄을 풀어주고 부축하여 방으로 옮기고 뜨끈한 물을 구하여 먹여주었다. 노남이 겨우 입을 열어 담준이 채현과 함께 자기를 죽이려 했던 일을 이야기하면서 욕을 퍼부었다. 동신이 노남을 위로했다. 동신이 사람을 시켜 노남을 간호하게 했다. 동신이 잠시 생각에 잠겼다.

'이 일은 다 왕 지현이 꾸민 것이로다. 지금 이렇게 일이 탄로되었다고 하더라도 왕 지현이 인정할 리가 없지. 담준을 고문한다고 해도 그놈은 또 왕 지현의 심복이라 오히려 나한테 불리한 이야기만 할 것이 틀림없으니 그럼 외려 나에게 좋을 일이 없지!'

동신이 채현을 불러 채현이 담준과 공모하여 노남에게서 재산을 빼앗으려다 뜻을 이루지 못하자 노남을 죽이려 한 것이 아니냐며 어서 자백하라 닦달했다. 채현은 왕 지현이 시키는 대로 했을 뿐이라며 버텼다. 동신이 대로하며 명령했다.

"저놈의 주리를 틀어라!"

옥졸들은 전에 채현이 자기들을 왕 지현에게 밀고하여 자기들이 곤장을 맞게 하고 경을 치게 한 걸 꽁하게 생각하고 있던 차라 이참에 제일 단단하고 제일 아픈 주리를 가져와 채현의 허벅지 사이에 끼웠다. 채현이 마침내 자백하겠노라 연신 소리를 질렀다. 동신이 이제 멈추라 했으나 옥졸들은 지난날의 원한이 있어 그 말은 들은 척도 안 하고 주리를 틀어대니 채현은 어머니, 아버지, 할아버지, 증조할아버지 심지어는 몇십대 조상까지 불러댔다. 동신이 몇 차례나 멈추라 외치니 옥졸들이 그제야 주리 트는 걸 멈췄다. 동신은 붓과 종이를 채현에게 건네라 했다. 채현은 동신이 말하는 대로 받아 적지 않을 도리가 없었다. 동신은 채현이 적은 진술서를 받은 다음 옥졸들에게 분부했다.

"이 채현, 담준 두 놈은 절대 맘대로 풀어주지 마라. 내가 지현 나리께 보고하고 나서 직접 처리하겠노라."

동신이 일어나 현청으로 돌아가 밤새 문서를 작성하여 다음 날 아침 왕 지현이 집무실에 나오자마자 직접 건넸다. 왕 지현은 그렇지 않아도 담준이 일 처리를 어떻게 했는지 보고하러 오지 않아 걱정하고 있던 차였는데 동신이 이런 문서를 들고 나타나니 흠칫 놀랐다. 노남이 죽지 않고 살아난 게 너무도 미웠지만 그렇다고 지금 바로 그를 어떻게 할 수도 없는 노릇이었다. 왕 지현은 문서를 보면서 연신 고개를 저었다.

"설마 정말로 이런 일이 있었단 말이오!"

"제가 직접 목격했습니다. 어찌 없는 일을 지어내서 말씀드리겠습니까? 나리께서 믿지 못하시겠다면 두 놈을 불러서 심문해보시면 바로 알 수 있을 것입니다. 담준이야 그래도 넘어가 줄 수 있겠으나 이 채현은 그냥 두면 나리까지 욕보일 수도 있을 것입니다. 이놈을 징벌하지 않고서는 다른 사람들에게 경고할 방법이 없습니다."

왕 지현은 자신의 속마음을 들키고 말아 얼굴이 온통 새빨개졌다. 이 일이 소문 나서 자기의 체면이 구겨질까 걱정되어 일단 채현에게 죄를 물어 파면시켰다. 이 일로 왕 지현은 동신을 미워하게 되었다. 나중에 동신을 여자 문제 두어 건을 억지로 갖다 붙여 상부에 보고하여 마침내 파면되게 만들었다고 한다. 아무튼 이것은 나중의 일이니 여기서는 그만 이야기한다.

한편, 왕 지현은 노남을 처치하려 한 자신의 뜻을 이루지 못한 채 관련 문서를 정리하여 상부에 보고했다. 더불어 하인을 북경에 보내어 이건과 관련된 문서를 전달하게 했다. 그 문서의 내용은 노남이 자기의 재산을 믿고 파당을 짓고 죄 없는 자를 때려죽이고 치죄하려는 관리에게 대들었으며 요로에 있는 벼슬아치들에게 손을 써 죄를 벗어나고자 했다는 것이었다. 왕 지현은 그 내용을 부풀리고 심하게 적어서 남들이 감히 노남을 도와줄 엄두를 내지 못하게 만들었다. 아울러 담준을 시켜 유성의 부인 김씨의 이름으로 억울함을 호소하는 글을 밤새 작성하게 하여 그걸 고을 곳곳마다 붙였다. 이렇게 만반의 준비를 하고는 보고서를 다시 정리하여 노남의 사건을 상부에 이관했다.

상부에서 이 사건의 재심을 맡은 자는 본디 겁도 많고 나약한 관리라, 왕 지현의 보고서와 김씨의 호소문을 보고서 시시비비를 가릴 엄두를 내지 못하고 그저 원래 왕 지현이 처리한 그대로 비준하고 다시 상부에 보고하고 말았다. 원래 이런 판결은 누군가가 판결해 놓은 것을 다른 담당자가 뒤집기가 무척이나 어려운 것이라. 노남이 감옥에서 풀려나기를 바라서 노력했던 일이 오히려 사형을 확정 짓는 것으로 마무리되고 말았다. 노남은 다시 준현으로 호송되었고 옥에 갇혔다. 이제 지현이 갈려서 다시 어떻게 손을 써보기를 바랄 도리밖에 없었다. 하지만 그러기는커녕 왕 지현이 고을의 돈 많은 호족의 악행을 징벌했다는 명성이 북경의 유력한 벼슬아치들 사이에 퍼져 지방에서 북경의 급사중으로 승진했다. 왕 지현이 이미 중앙관계의 핵심 요직을 차지하게 되었으니 노남에게 아무리 하늘과 땅을 쥐락펴락하는 신통력이 있다 한들 이 사건을 다시 뒤집어엎을 관리를 찾아내기는 힘든 노릇이었다.

순회어사 번樊씨가 노남의 억울함을 불쌍히 여기고 그의 사건을 검토하여 풀어주고자 했다. 왕 급사중이 감찰을 담당하는 관리들에게 번씨가 뇌물을 받고 죄수를 풀어주려 한다고 알려 번씨를 파면시키게 만들었다. 준현의 관리들은 다시 노남을 옥에 가둬둘 수밖에 없었다. 이런 일이 있었으니 준현의 사건을 담당하는 상부의 관리들은 누구도 감히 자기의 자리를 걸고 노남의 억울함을 풀어주려고 나설 엄두를 내지 못했다. 무정한 세월만 흐르고 흘러 노남이 옥에 갇힌 지도 어언 10년이 넘어버렸다. 준현의 지현도 두 번이나 바뀌었다. 김씨와 유문도 모두 병들어 세상을 떠난 마당이지만 왕 급사중이 중앙에서 요직을 차지하고 위세가 더욱 등등해져서 노남은 옥에서 빠져나갈 희망을 조금도 품을 수가 없었다.

마침내 노남의 액운이 사라질 때가 된 것인가! 준현에 새로운 지현이 부임해왔다. 그럼 이 새 지현이 부임해온 여기부터 이야기를 갈라서 새로 해야겠구나!

이제 쥐구멍에도 볕이 들기 시작하니,
차가운 서리 녹고, 달콤한 이슬방울 되리라.

신임 지현의 성은 육陸, 이름은 광조光祖, 절강 가흥부 평호현 출신이다. 그는 가슴엔 비단 같은 지혜, 뱃속엔 보배 같은 학문을 품고 있었으며, 세상을 경영할 재주와 백성들을 편하게 다스릴 방책을 지니고 있었다. 그가 북경을 출발할 때 왕 급사중이 그를 따로 불러 노남 건을 특별히 부탁했다. 그는 부탁을 받고 참으로 이상하다는 생각이 들었다.

'그가 전에 그곳의 지현을 지냈을 때의 일이긴 하지만 세월이 이렇게 흘렀는데 지금 와서 무슨 상관이 있다고 나한테 특별히 부탁하는 걸까? 무슨 곡절이 있는 게 틀림없어.'

육광조는 임지에 도착한 다음 고을의 유지들을 찾아가서 그 곡절을 알아보았다. 만나는 사람마다 노남이 억울한 일을 당한 것이라고 입을 모으면서 노남이 왕 지현에게 미움을 받게 된 연유를 소상하게 설명해주었다. 육광조는 노남이 워낙 돈이 많아 이들에게 환심을 사두었기 때문일 수도 있다는 생각이 들어 이들 말을 그대로 다 믿지는 않았다. 자기 나름대로 이곳저곳에 사람을 대어 알아보았으나 고을 유지들이 했던 말과 하나도 다르지 않았다.

'백성의 부모와도 같은 목민관이 어찌 사사로운 감정에 휩싸여 죄 없는 사람을 죽일 수 있단 말인가!'

육광조는 상부에 문서를 올려 노남의 억울함을 풀어주고 싶었다.

'내가 이 건을 정리하여 상부에 보고하면 이걸 다시 조사한답시고 부지하세월이겠지. 차라리 노남을 먼저 석방하고 나중에 보고하는 편이 낫겠다.'

육광조가 노남 사건 관련 문서를 찾아서 조사해 보았다. 문서 자체에서는 어떤 결함을 찾아낼 수 없었다. 육광조는 몇 차례를 반복하여 문서를 읽어보고 나서 이런 생각이 들었다.

'어떻게 노재를 조사하지 않고 이 건을 매듭지을 수가 있었지?'

육광조는 포졸들에게 은 백 냥을 상금으로 내걸고 정해진 기한 안에 노재를 잡아 오게 했다. 한 달이 못 되어 마침내 노재를 붙잡아왔다. 육광조는 노재를 엄혹하게 심문하여 그 사정을 명확하게 밝혀냈다. 육광조는 노재가 자백한 것을 꼼꼼하게 문서로 작성했다.

조사한 결과를 정리하면 다음과 같습니다. 유성이 노남의 집에서 새경을 수령하던 중 빌려준 돈을 갚으라는 노재와 싸움을 벌였습니다. 유성이 노남 집의 머슴이었던 것은 명백하게 밝혀진 사실입니다. 머슴이 죽었다고 해서 주인이 그걸 배상하여야 하는 법은 없습니다. 하물며 돈을 빌려준 자도 노재, 빚을 갚으라고 재촉한 자도 노재, 주먹질을 한 자도 노재였건만 그런 노재를 풀어 주고 노남을 벌주었으니 어찌 법 집행이 옳다고 할 수 있겠습니까? 노재는 도망가 숨어버리고 관청에 나타나지 않아 자기 주인에게 피해가 미치게 했으니 사형에 처해도 전혀 억울하다고 하지 못할 것입니다. 노남이 이렇게 오랜 세월 동안 감옥에 갇혀 있었던 것은 정말로 억울한 일을 당한 것이니 바로 석방하지 않을 수 없습니다.

육광조는 그날로 바로 노남을 옥에서 나오게 하여 현청에서 칼과 차꼬를 풀어주게 하고는 집으로 돌아가라 했다. 준현의 아전과 옥졸들은 모두 깜짝 놀랐다. 노남 자신도 너무 뜻밖의 일이라 당황하기까지 했다. 육광조는 노재가 유성과 다툼이 일어나게 된 연유와 노남이 억울하게 옥살이를 하게 된 사정을 소상히 적은 다음 부 청사로 가서 순회 어사에게 직접 보고했다. 어사가 그 문서를 보더니 그가 노남을 전격적으로 풀어준 것은 필시 개인적으로 돈을 받았기 때문이라고 생각했다. 어사가 육광조에게 물었다.

"듣자 하니 노남이 그렇게 부자라던데 그대는 다른 사람에게 오해를 살 수도 있는 일을 왜 피하지 않는 거요?"

"저는 법을 집행하고 싶을 따름이지 다른 사람들의 오해는 신경 쓰고 싶지 않습니다. 사건 심리에 잘못됨이 있는지 없는지만 신경 쓸 따름이지 그 당사자가 돈이 많은지 적은지는 신경 쓰지 않습니다. 만약 억울함이 없다면 백이 숙제라 해도 풀어줄 수 없을 것이며, 억울함이 있다면 천하제일의 부자라도 그냥 죽게 내버려 둘 수가 없습니다."

어사는 육광조의 말이 이치에 딱 들어맞는지라 더는 따지지 않았다.

"옛날에 장석지張釋之가 정위廷尉를 맡았을 때 감옥에 억울한 죄수가 없었다고 하던데 그대가 바로 장석지 같은 자로군.[7] 그대 말을 어찌 따

---

7) 장석지는 한나라 문제 때 정위(최고 사법 책임자)를 맡았던 인물이다. 법을 엄격하게 집행하고 죄인을 공평하게 다뤄 천하에 억울한 백성이 없었다고 한다.

르지 않을 수 있겠소!"

육광조가 어사에게 인사를 드리고 부 청사를 나섰다.

한편, 노남이 옥에서 풀려나 집으로 돌아오니 온 가족이 다 환영했고 친구들도 모두 찾아와 축하했다. 노남이 하인을 보내어 알아보게 하니 육광조가 부에서 현으로 돌아왔다고 보고했다. 노남이 육광조에게 감사의 뜻을 전하고 싶었다. 노남은 평민이 입는 파란 복장으로 갈아입었다. 노남의 아내가 말했다.

"육 지현에게서 큰 은혜를 입었는데 예물을 준비해 가지고 가서 감사의 뜻을 전하여야 하지 않겠어요!"

"육 지현은 용감한 호걸이라 돈이나 밝히는 탐관오리들하고는 격이 다르다네. 괜히 예물을 가지고 가는 게 그에게 결례일지도 모르겠소."

"예물을 들고 가는 게 오히려 결례가 된다고 하는 건 또 무슨 말씀이신지요?"

"내가 억울하게 옥에 갇혀 있던 10년 동안 소위 상관이라고 하는 자들 가운데 그 누구도 나의 억울함을 살펴보려 하지 않았소. 한데 육 지현은 부임하자마자 나의 억울함을 바로 알아차리고 과감히 나를 석방하여주었소. 이건 지혜가 넘치고 용기와 식견이 출중하지 않으면 능히 할 수 없는 것이라오. 만약 내가 돈이나 선물로 그에게 보답하려고 하면 그것은 그 사람은 나를 알아주었으나, 내가 그 사람을 제대로 알아주지 못하는 것이라오. 어찌 그렇게 할 수가 있겠소?"

노남은 아무런 예물도 준비하지 않고 그냥 찾아갔다. 육 지현은 노남이 재주 넘치는 선비임을 알아보고 극진히 예를 갖춰 맞아들이고는 안채로 모셨다. 노남은 육 지현에게 고개를 숙여 절하지는 않고 두 손을 모아 읍을 했다. 육 지현은 속으로 이상하다 여기면서도 내색하지 않고 답례를 했다. 그런 다음 하인을 시켜 노남에게 자리를 안내하라 했다. 하인은 의자를 들고 육지현의 측면에 갖다 놓고 노남을 앉게 했다. 여러분, 이것 참 이상하지 않은가! 노남은 오랫동안 죄인 신세로 옥에 갇혀 있던 자, 육 지현의 덕분에 옥에서 나올 수 있었으니 자신의 생명의 은인이라 해도 과언이 아닐 것이니 사지를 땅에 대고 고개를 숙이고 절을 올려도 과하다고 하지 못할 것인데 이렇게 두 손을 모아 읍을 하는 것으로 끝내다니 예의를 따지기 좋아하는 관리라면 필시 괘씸하게 생각할 것이다. 그러나 육 지현은 이걸 조금도 개의치 아니하고 노남에게 자리를 내주고 편히 앉으라 했으니 그자가 얼마나 도량이 넓고 선비를 대접하기를 좋아하는 자인지 단번에 알 수 있을 것이다. 한데, 노남은 육 지현이 자기를 옆에 앉히는 것을 보더니 싫은 내색을 번연히 내었다.

"목민관 나리, 나리에게는 죽을죄를 지은 노남이 있을지언정, 측면에 앉는 노남은 없을 줄 압니다."

육 지현은 그 말을 듣고 바로 자리에서 일어나 재차 인사를 하고서는 말했다.

"아이고, 이거 제가 실수했습니다."

육 지현이 즉시 노남을 상좌로 옮겨 앉게 했다. 두 사람이 서로 옛날 일 오늘날 일을 토론하매 말이 너무도 잘 통하여 일찍 만나지 못한 게 한스러울 따름이었다. 둘은 단번에 막역한 친구가 되었다. 이를 증명하는 시 한 수를 인용한다.

갑옷 입고 몸을 굽히지 않고 읍을 하기만 했던 대장군이 있었다지,
여기 노남이 또 육 지현에게 몸을 굽히지 않고 읍을 하기만 했다네.
칼과 차꼬를 벗자마자 주빈 자리에 앉네,
대장부의 기개는 하늘까지 치솟네.

여기서 이야기가 둘로 갈린다. 한편, 왕 급사중은 육 지현이 노남을 풀어주었다는 소식을 듣고는 끓어오르는 화를 참지 못하고 심복을 시켜 육 지현뿐만 아니라 순회 어사까지 탄핵하는 문서를 올리게 했다. 이에 순회 어사는 왕 급사중이 준현의 지현을 지낼 때 노남을 무고한 일의 시말을 상세하게 적어 보고했다. 천자의 결재가 떨어졌다. 왕 급사중을 파직하고 고향으로 돌려보낼 것이며, 어사는 원직을 그대로 유지할 것이며, 육 지현에게는 아무런 잘못이 없음을 명확히 밝혔다. 이때 담준은 이미 현직에서 물러나 고을 사람들에게 고소장을 대필해주는 일을 맡아 하고 있었다. 육 지현은 이 사실을 상부에 보고하고 담준을 붙잡아 하옥시킨 다음 담준을 변방으로 보내어 수자리 살리게 해달라고 요청했다.

노남이 벼슬살이할 생각을 완전히 접고 오직 시 짓기와 술 마시기에만 몰두하니 가세가 점점 더 기울어졌다. 노남은 그런 형편을 조금도 개의치 않았다. 육 지현은 준현에 재직하는 동안 고을 백성들에게 한 푼도 바라지 않고 친자식처럼 아껴주었다. 감춰진 문제를 잘 파헤쳐내고, 백성들에게 이로운 것과 폐를 끼치는 것을 명확히 분별해내니, 간악한 무리가 저절로 두려움에 떨고 도적 떼가 자취를 감추었다. 온 고을의 백성들이 한결같이 육 지현을 칭송했다. 그러나 권문세가에 빌붙지 않았던 탓에 준현의 지현을 마치고는 남경의 예부주사로 보임되었다. 새로운 임지로 출발하는 날 백성들이 육 지현이 탄 수레 손잡이와 바퀴를 붙잡고 슬피 울면서 백 리까지 따라왔다. 노남은 5백 리까지 따라왔다. 노남과 육 지현은 서로 헤어지기 안타까워 눈물을 글썽이며 아쉬워했다.

육 지현은 나중에 남경의 이부상서로 승진했다. 노남의 가세는 더욱 더 기울었다. 노남은 남경으로 가서 육 지현에게 의탁했다. 육지현은 노남을 귀빈 대접을 해주었다. 날마다 노남의 술값을 대주었으며 맘껏 산수를 유람할 수 있게 도와주었다. 노남은 가는 곳마다 시를 지었다. 그가 지은 시가 입에서 입으로 널리 전해졌다. 하루는 채석采石에 있는 이태백의 사당을 방문했다가 맨발의 도인을 만났다. 속세를 초월한 듯한 그 도인의 모습을 보고서 노남은 그에게 같이 술 한잔하자고 권했다. 그 도인 역시 호로병에서 술을 한 잔 따라 노남에게 건넸다. 노남이 마셔보니 지금껏 마셔본 적이 없는 특별한 맛이라 그 도인에게 물었다.

"이 술이 어디서 나셨소이까?"

"내가 직접 담근 것이외다. 나는 여산 오로봉에 초막을 짓고 지내고 있소이다. 만약 그대가 나랑 같이 거처하기를 원한다면 이 술을 날마다 마실 수 있을 것이외다."

"이렇게 좋은 술이 있다면야 내가 어찌 따라가지 않겠소이까?"

노남은 출발하기 전에 먼저 이태백의 사당에서 육 지현에게 보내는 서찰을 쓴 다음, 짐도 챙기지 않고 그 맨발의 도인을 따라나섰다. 육 지현이 그 글을 읽고 탄식했다.

"바람처럼 왔다가 구름처럼 가는구나. 온 세상을 자기 집처럼 여기고, 자기 몸을 하루살이처럼 여기는구나. 세속을 초탈한 도인이로다."

육 지현이 몇 차례 사람을 보내어 노남의 자취를 찾아보게 했으나 헛수고였다. 10년 후 육 지현은 벼슬을 관두고 고향 산천으로 돌아갔다. 조정에서 사람을 보내어 육 지현의 안부를 물어주니 육 지현이 둘째 아들을 북경으로 보내어 답례 인사를 올리게 했다. 이때 둘째 아들을 수행하던 하인이 북경에서 노남을 만났고 노남이 육 지현의 안부를 물었다는 말이 있다. 혹자는 노남이 신선을 만나 득도했다는 말을 하기도 했다. 후대 사람이 시를 지어 이렇게 찬미했다.

기구한 운명을 타고난 영웅,
시 짓기와 술 마시기로 벼슬아치를 놀렸구나.

모든 걸 다 버리고 표표히 사라지니,
그 명성만큼은 만고에 전해지누나.

후대 사람이 시를 지어 선비들에게 노남처럼 오만하게 굴다가 신세 망치지 말라고 경고했다.

시와 술에 미치고 성미마저 오만하구나,
오만한 성격이 속세 사람들의 질투를 부르는구나.
사람들아, 노남을 본받지 말지라,
매사에 겸손할지라.

침상 밑에서 나온 의로운 협객

李汧公窮邸遇俠客
이견공이 허름한 객점에서 협객을 만나다

분분한 세상사 마치 바둑을 두는 것과도 같네,
누가 이기고 누가 질지 미리 알기 참 어렵네.
다만 가슴에 한 가닥 양심만 있다면,
선악 시비가 명확해져 고민할 필요 없을 것이네.

대저, 당나라 현종 천보天寶 연간(742~756), 장안에 한 선비가 있었으니 성은 방, 이름은 덕이라. 각진 얼굴에 큰 귀, 기골이 장대하고 키도 컸다. 나이가 서른이 넘었건만 집안 형편이 너무도 어려웠다. 아내 패씨가 베를 짜는 것으로 겨우 살림을 할 따름이었다. 때는 바야흐로 늦가을, 머리에는 다 해진 두건을 쓰고, 몸에는 닳아빠진 갈옷을 입었다. 갈옷엔 이곳저곳 숭숭 구멍이 뚫려 마치 성근 도롱이 같았다.

'겨울이 코앞인데 이런 차림으로 어떻게 남 앞에 나서지!'

방덕은 아내가 베 두 필을 남겨둔 것을 보고선 그걸로 옷을 해 입었으면 했다. 그러나 아내는 못사는 집안 태생에다 식견도 좁고 표독하기가 그지없었다. 한데 사람 응대하는 재주가 있어 마치 백정이 푸줏간에서 칼 다루는 것처럼 날랬다. 무슨 일이 있으면 세게 몰아붙여야 할 때는 몰아붙이고 뒤로 물러서야 할 때는 물러날 줄 알았다. 말로 다 죽어 가는 것을 살려내기도 하고, 팔팔하게 살아 있는 것을 다 죽은 것처럼 만들기도 했다. 세 치 혀를 자유자재로 놀릴 줄 아는 아낙이었다. 방덕의 아내는 방덕이 주변머리도 없는 데다 장래도 불투명하고 오히려 자기한테 손을 벌리는지라 늘 남편을 무시했다. 방덕도 자신이 아직 때를 만나지 못한 처지라 아내가 뭐라고 해도 대꾸하지 않고 매사를 아내에게 져 주곤 했다. 그러다 보니 은근히 아내를 겁내기까지 했다. 바로 이날, 방덕의 아내는 이런 생각을 했다.

'남편이란 작자가 저 모양인데 나한테 언제 좋은 날이 오기나 할까?'

그러면서 부모가 자기를 시집을 잘못 보내서 이렇게 고생시킨다고 원망했다. 정말 속이 부글부글 끓고 머리가 지끈거렸다. 방덕에게 이렇게 쏘아붙였다.

"사내가 되어서 어디 가서 밥벌이는 못 하고 마누라한테 손을 벌리고 그러냐! 이젠 마누라한테 옷까지 해 입혀 달라고? 이런 말을 하고 창피하지도 않냐?"

방덕은 이 말을 듣고 얼굴이 새파랗게 질리고 쥐구멍을 찾고 싶을 정도로 창피했다. 하지만 이왕 이렇게 된 거, 방덕은 염치불구하고 이렇게 말했다.

"여보 마누라, 당신 덕분에 이렇게 먹고 살고 있으니 고맙기 그지없소. 지금은 이렇게 힘들지만 그래도 언젠가는 우리 살림도 풀릴 날이 있을 것이오. 그 베 두 필로 우선 옷을 해 입을 수 있게 해주면 내가 나중에 형편 풀리는 대로 꼭 당신한테 갚겠소이다."

아내가 손을 휘휘 내저으며 말했다.

"그 입에 발린 말로 나를 몇 년이나 속여 왔는지 알기나 해! 이 베 두 필로는 우선 내 옷부터 해 입어야겠으니 괜히 헛물켜지 말라고."

방덕은 아내한테서 베를 얻어내지도 못하고 욕만 바가지로 얻어먹으니 기분이 너무 나빴다. 아내에게 뭐라 쏘아붙이고 싶었지만 되로 주고 말로 받을 게 분명했다. 게다가 아내 목소리가 워낙 커서 이웃 사람들이 다 들을 정도로 왜장을 칠 것이니 화가 나도 그냥 꾹 눌러 참고 밖으로 나가 아는 사람한테 하소연이나 하기로 했다.

반나절을 싸돌아다닌 것 같은데도 한 사람도 만나지 못했다. 그를 맞아준 것은 홀연히 불어오기 시작한 비바람이었다. 구멍이 숭숭 뚫린 갈옷이 바람에 날리는 소리는 마치 가을 낙엽 떨어지는 소리나 진배없었다. 추위에 덜덜 떨면서 비바람을 맞으며 앞쪽에 있는 오래된 절로 달려가 비를 피했다. 그 절의 이름은 운화사雲華寺. 방덕이 운화사의 일주문 안으로 들어가 보니 기골이 장대한 남정네가 왼쪽 회랑에 앉아 있었다. 법당에서는 노승이 불경을 암송하고 있었다. 방덕이 오른쪽 회랑에 앉아서 멍하니 바라보았다. 빗줄기가 점점 가늘어졌다.

'지금 가야겠구나. 다시 굵어질지도 모르니.'

돌아가려고 일어나면서 고개를 돌려보니 담장에 새 한 마리가 그려져 있는 게 보였다. 날개, 깃털, 다리, 꼬리가 다 있었지만 유독 새 대가리가 보이지 않았다. 참, 세상에 그렇게 쓸데없는 일에 참견하는 사람이 다 있다니. 자기 밥도 제대로 못 먹고 다니는 주제에 남이 그린 새 그림 가지고 왈가왈부하다니!

'새를 그리면 대가리를 먼저 그린다고 하는 말도 있는데, 여기 그림은 새 그리는 법도와는 정반대구나. 게다가 그림을 아직 완성하지 않은

이유는 또 뭘까?'

방덕은 이런 생각을 하면서 새 그림을 바라보았다. 보면 볼수록 새 그림이 더욱 예뻤다.

'내가 비록 그림을 잘 그리지는 못하나 그래도 새 대가리 하나 못 그리겠나. 내가 직접 한번 그려보자.'

방덕은 바로 스님한테 붓을 빌려 먹물을 듬뿍 묻혀 가지고 벽에 다가가 새 대가리를 그렸다. 그런대로 아주 못 봐줄 정도는 아니었다. 방덕이 뿌듯한 마음으로 혼잣말을 했다.

'내가 단청 칠하는 걸 배웠으면 제법 잘했겠는걸!'

방덕이 그림을 다 그리고 나자 왼쪽 회랑에 있던 남자가 다가와서 방덕을 위아래로 한참 훑어보더니 미소를 머금으면서 말을 건넸다.

"여보시오, 나랑 같이 가서 이야기 좀 나눕시다."

"뉘신지요? 나랑 무슨 이야기할 게 있다고?"

"그런 건 묻지 말고 그냥 따라오시오. 오면 좋은 일이 있을 거외다."

방덕은 한창 배가 고팠는지라 뭐가 좋은 일이 있을 거라는 말을 듣고 기분이 엄청 좋았다. 스님한테 붓을 돌려주고 해진 갈옷을 한 번 더 정돈하고는 그 남자를 따라갔다. 비는 그쳤어도 땅은 내린 비에 젖어 질척거렸지만 방덕은 신경 쓰지 않았다. 운화사를 출발하여 승평문을 지나 악유원에 이르렀다. 쓰러져가는 집의 작은 대문을 그 남자가 세 번 두드렸다. 잠시 후 한 사람이 문을 열고 나오는데 그 역시 기골이 장대했다. 그 사람이 방덕을 보더니 너무도 반가워했다. 방덕이 속으로 생각했다.

'이 두 사람은 누구고 또 뭐 하러 나를 여기에 데리고 왔을까?'

방덕이 물었다.

"여기는 누구 집입니까?"

"안에 들어가 보면 알게 될 것이오."

방덕이 대문 안으로 들어섰다. 두 사람은 대문을 닫아걸고 나서 방덕을 안으로 안내했다. 대문 안에는 가시덤불과 잡초가 무성한 게 마치 버려진 정원 같았다. 구불구불 길을 돌아 거의 쓰러져가는 정자에 도착했다. 그 정자 안에서 열너덧 명의 남정네가 나왔다. 모두 다 주먹도 크고 어깨도 딱 벌어지고 얼굴이 우락부락했다. 그들은 방덕을 보더니 얼굴에 미소를 띠며 말했다.

"어서 안으로 드시지요."

방덕이 혼자서 생각에 잠겼다.

'저 사람들은 대체 어떤 사람들이지? 그리고 나한테 무슨 할 말이 있는 걸까?'

그 사람들은 방덕을 맞이하여 정자 안으로 들어갔다. 그들은 방덕에게 인사를 하고 걸상에 걸터앉더니 물었다.

"선비, 이름이 무엇이오?"

"난 방가요, 다들 나에게 무슨 할 말이라도 있는 것이오?"

운화사에서부터 방덕을 안내해온 남자가 대답했다.

"솔직히 말하자면 우리는 녹림에서 활동하는 호걸이라오. 우리는 밑천이 안 드는 장사를 하오. 우리들은 모두 힘만 넘치는 놈들이라서 며칠 전에는 큰일을 당할 뻔했소이다. 그래서 우리가 하늘에 빌었소이다. 지혜롭고 꾀도 많은 사람을 보내주시면 우리가 그 사람을 큰 형님으로 모시고 그분의 지휘를 받겠다고 말이오. 마침 운화사 벽에 그려진 새에 대가리가 빠진 것을 보니 그게 바로 힘쓰는 졸개만 있고 지도자가 없는 우리 신세랑 딱 들어맞는 게 아니겠소. 만약 하늘이 우리를 흥성시켜주시려고 하신다면 영웅호걸을 보내줘서 그 영웅호걸로 하여금 새 대가리를 그리게 하실 것이니 그분을 모셔와 우두머리로 삼자고 생각했소이다. 그런 마음으로 며칠을 기다렸으나 아무도 나타나지 않았소이다. 그러나 하늘이 우리를 저버리지 않으셨으니 오늘 이렇게 선비님을 만났소이다. 헌걸찬 용모를 보니 지혜와 용기를 겸비했을 것이 분명한지라 우리 산채의 대장이 되기에 충분합니다. 우리가 형님의 명령을 받들어 모시면서 한평생을 평안하게 지낼 수 있다면 얼마나 좋겠습니까?"

그 남자가 다른 동생들에게 말했다.

"어서 가서 소를 잡아라. 하늘에 제사를 지내자."

남정네 서너 명이 곧장 뒤뜰로 달려갔다. 방덕이 생각에 잠겼다.

'알고 보니 강도들이구나. 나처럼 올곧은 사람이 어찌 이런 일을 할 수 있겠어?'

방덕이 대답했다.

"여러 장사분께 솔직히 말씀드리겠소이다. 다른 일이라면 다 할 수 있겠으나 이 일만큼은 할 수 없소이다."

"무슨 이유 때문이오?"

"나는 공부하는 선비의 몸으로 과거 볼 날만 기다리고 있는데 어찌 법에 저촉되는 일을 할 수 있겠소?"

"선비의 말은 옳지 않소이다. 지금은 양국충이 재상이 되어 매관매직을 자행하니 돈이 있어야 높은 벼슬을 하는 세상이오. 이태백 같은 사람도 재주가 그렇게 많아도 양국충의 시샘을 받아 과거에 급제하지 못했지 않소. 나중에 외국에서 보내는 외교 서한을 번역하는 일을 하지 않았더라면 아마도 끝내 벼슬자리 하나 하지 못하고 말았을 것이오. 내가 선비를 무시해서 하는 소리가 아니라 행색을 보아하니 그렇게 돈이 많은 것 같지도 않은데 어떻게 벼슬을 하려고 그러시오? 우리랑 같이 대짜배기 술잔을 들이켜고 고기 살점을 안주로 먹고 옷도 한 벌 제대로 갖춰 입고 벌어들인 돈 나눌 때 주관할 수만 있다면 얼마나 즐겁고 신나는 일이겠소! 그대가 야망이 있다면 이 산채를 근거지로 삼아 우두머리 노릇을 할 수도 있으니 그건 그대 하기 나름일 것이오."

방덕은 한참을 곰곰이 생각하며 대답하지 않았다. 그 남자가 말했다.

"선비, 그대가 원하지 않는다면 억지를 권하지는 않겠소. 올 때는 마음대로 왔으나 가는 것은 마음대로 할 수 없을 것이니 그대가 원하지 않는다면 그대 목숨을 우리가 가져가야겠으니 너무 원망하지 마시오."

남정네들이 번개처럼 재빠르게 신발에 차고 있던 검을 뽑아 방덕을 겨누니 방덕은 놀라서 정신이 다 달아나 버렸다. 방덕이 열 걸음쯤 뒷걸음치더니 소리쳤다.

"여보시오. 잠깐만 기다리시오!"

남정네들 역시 바로 소리쳤다.

"우리 말대로 할 것인지 말 건지 바로 대답하면 되는 거지, 뭘 그리 뜸을 들이나!"

방덕이 잠시 생각에 잠겼다.

'아이고, 여기는 인적이 드문 곳이라 내가 죽어도 아무도 모를 것 아니야! 일단 저놈들 말대로 한다고 하고 내일 도망가서 관가에 자수하자.'

방덕이 이렇게 작정을 하고는 말했다.

"여러분이 저를 이렇게 받들어 주시니 고마울 따름이오. 그러나 나는 겁이 많은 체질이라 이런 일을 제대로 감당할 수 있을까 걱정이라오."

남정네들이 대답했다.

"걱정도 하지 마쇼. 처음에는 다들 겁을 내지만 몇 번 하다 보면 무뎌지고 그러오."

"그럼 여러분의 말을 따르겠소이다."

남정네들이 그 말을 듣고 기뻐하며 칼을 다시 신발에 꽂고는 말했다.

"이제 우리가 한 가족이 되었으니 당연히 호형호제하여야겠소. 어서 옷을 가져와라. 형님이 옷을 갈아입고 천지신명에게 제사를 올려야지."

남정네가 안으로 들어가 비단옷 한 벌, 당건 하나, 새 신발 한 켤레를 가지고 왔다. 방덕이 그걸 입으니 신수가 훤해졌다. 남정네들이 갈채를 보냈다.

"형님 모습을 보니 산채의 두령은 말할 것도 없고, 나라의 황제도 너끈히 할 수 있을 것 같습니다."

'견물생심'이라는 옛말도 있지 않은가. 가난한 선비 방덕이 이렇게 화려한 옷을 입어본 적이 없었다가 오늘 이렇게 멋진 옷을 입어보니 자기도 모르게 기분이 우쭐해지고 게다가 남정네들이 추어주는 말을 들으니 자기가 뭐라도 된 듯했다.

'지금은 양국충이 재상 노릇 하면서 공공연히 매관매직하여 재주 많고 학문이 깊은 선비들을 얼마나 많이 좌절시켰던가. 나 정도의 범상한 학문으로 관리가 될 수 있을까? 관리가 되지 못하면 평생 가난한 신세를 못 면할 것이니 이 사람들의 부탁을 들어주는 게 백번 나을 것이다. 늦가을 날씨에 이렇게 해진 갈옷이나 입고 마누라한테 옷 해 입게 베 한 필 달라고 했다가 지청구나 먹을 뿐이며, 나를 도와줄 사람은 아무리 눈 씻고 찾아봐도 하나도 없구나. 평소 나하고 일면식도 없는 이 사람들이 그래도 의리가 있어 멋진 옷도 주고 나를 두령으로 모시려 하는구나. 이들과 한패가 되어 남은 평생 신나게 살아보는 것도 나쁘지 않을 것이야. 안 돼, 안 돼! 그러다 만약 붙잡히기라도 하면 내 목숨은 끝장이야!'

이 생각 저 생각에 갈팡질팡하고 있는데 남정네들은 제사 지낼 준비를 하느라 바빴다. 돼지도 한 마리 잡고 양도 한 마리 잡아 제사상에 올리고 방덕을 포함하여 18명의 남정네가 일제히 무릎을 꿇고 향을 사른 다음 서로 피를 나눠 마시고 맹세했다. 방덕과 남정네들은 서로 마주하여 절을 하고 서로의 이름을 주고받았다. 잠시 후 술상을 차려 방덕을 제일 윗자리에 모셨다. 좋은 술과 산해진미를 맘껏 먹고 마셨다. 방덕은 평소에 꽁보리밥에 장아찌 반찬이나 먹는 신세, 어쩌다 고기라도 한번 먹을 때는 간에 기별도 안 가게 겨우 몇 점 먹을 따름이었다. 오늘은, 아이고 이런 횡재가 어디 있냐 싶을 정도로 동생들이 모두 형님, 형님 하면서 만면에 웃음을 지으면서 자기에게 술잔을 올리곤 했다. 방덕은 이들과 함께 일할까 말까를 고민하다가 이젠 그래 죽어도 같이 죽고 살아도 같이 살자는 쪽으로 완전히 기울어버렸다.

'그래도 내가 그냥 이렇게 죽을 팔자는 아니라서 이런 동생들을 만나게 되었으니 혹시 이들과 함께 큰일을 한번 벌일 수 있을지 누가 알아! 그렇게는 안 되더라도 두어 차례 일이 잘되어 재물을 좀 모으면 그걸 가지고 양국충한테 가서 한 자리 사면 그것도 좋은 거 아니겠어! 일이 잘못되어도 그동안 잘 먹고 나 하고 싶은 거 하고 살았으니 그걸로 대만족이지. 배곯고 얼어 죽는 것보다 몇 배는 나은 것 아냐!'

> 비바람 소슬하게 불어오니, 밤은 더욱 추워라,
> 일엽편주 노를 저어 여울목을 거슬러 올라라.
> 앞날의 파도가 더욱 거칠어질 것을 잘 알지만,
> 오늘의 춥고 배고픔이 더 견디기 어려워라.

모두들 주거니 받거니 해질녘까지 술을 마셨다. 그 가운데 한 명이 이렇게 제안했다.

"오늘 형님이 처음 오셨는데 어디 가서 한 건 해야지 않겠소?"

다른 남정네들이 일제히 대답했다.

"그래 맞는 말이네. 근데 어디 가서 한 건 할까?"

방덕이 대답했다.

"장안의 제일가는 부자는 연평문 왕원보王元寶 저 영감탱이를 꼽아야 할 거야. 게다가 성문밖에 살아서 포졸들이 순찰도 안 돈다고. 내가 그 길을 아주 잘 알지. 그 집만 털면 다른 집 열 집 터는 것과 맞먹는다고. 다른 사람들 생각은 어떤지 모르겠네."

"실은 저희도 오래전부터 그 집을 노리고 있었으나 엄두를 내지 못하고 있었는데 형님이 그 집을 말씀하시다니요! 저희와 형님이 일심동체인 게 틀림없습니다."

그들은 술상을 치우고 유황, 염초, 횃불 그리고 무기를 챙겨서 함께 묶고 준비했다.

하얀 두건을 쓰고,
발목까지 덮는 무명 신발 신고.
얼굴에는 검정 색칠, 빨간 색칠 하고,
손에는 칼 들고 도끼 들고.
바지는 무릎 아래까지만 깡총하게 내려오고,
저고리는 허리춤까지만 내려오고,
어깨 부분은 바짝 몸에 달라붙고.
마귀 떼들이 세상에 내려온 건가,
호랑이와 표범 떼들이 산림에 득실거리네.

남정네들은 채비를 갖추고 해가 서산에 넘어가기를 기다렸다가 대문을 나서서는 대문을 지그려 놓고 바람처럼 달려갔다. 연평문은 이곳 악유원에서 십 리 길도 못 되니 그리 오래지 않아 바로 도착했다.

저 왕원보는 경조윤京兆尹 왕홍의 집안 형뻘이 되며, 나라의 으뜸갈 만한 재산을 지닌 것으로 유명하여 현종황제도 종종 불러 만나곤 했다. 사흘 전에 자기 집 재물을 도둑맞은 적이 있어서 이걸 왕홍에게 알려 어서 그 도둑을 잡아 달라 부탁하고 더불어 포졸 30명을 파견받아 자기 집을 지키게 했다. 방덕 일행이 재수가 없으려니 바로 이런 때에 걸려든 것이다. 방덕 일행이 횃불을 대낮처럼 밝혀 들고 칼과 도끼를 들고 곧장 정문으로 짓쳐 들어갔다. 왕원보 집을 지키러 온 포졸과 하인들이 자다가 깜짝 놀라 일어나 징을 치고 고함을 지르며 곤봉을 들고서 방덕 일행을 잡으러 달려 나왔다. 동네 사람들이 소란스러운 소리를 듣고서 모두 달려와 손을 보탰다.

　방덕 일행은 상대방 인원이 엄청나게 많을 걸 보더니 와락 겁을 먹고 횃불을 던져 왕원보네 집에 불을 붙이고는 왔던 길을 되짚어 도망치기 시작했다. 왕원보네 하인과 포졸들은 인원을 둘로 나눠 한패는 불을 끄고 다른 한패는 방덕 일행을 에워쌌다. 방덕 일행은 죽을힘을 다해 싸워 상대방 몇 명을 거꾸러뜨리기도 했으나 중과부적이라 대부분 붙잡히고 나머지 몇몇은 걸음아 날 살려라 도망쳤다. 방덕도 역시 붙잡혀 포승줄에 묶인 채로 날이 밝기를 기다렸다가 경조윤 아문으로 끌려갔다.

　왕홍이 이 소식을 듣고서 경기 현위를 파견하여 이 사건을 담당하게 했다. 그 현위의 성은 이李, 이름은 면勉, 자는 현경玄卿으로 황족 출신이었다. 성품이 충직하고 의리를 지킬 줄 알며, 천하를 경영할 만한 재주와 백성을 널리 이롭게 하고자 하는 포부를 지닌 자였다. 이임보와 양국충이 이어서 재상이 되어 능력 있고 현명한 선비를 질투하고 나라와 백성들을 병들게 하고 괴롭히는 바람에 이면은 낮은 자리에 거하여 자기의 재주와 능력을 발휘할 기회를 얻지 못했다. 경기 현위가 비록 직급이 낮은 자리이긴 하나 그래도 사법 기능을 담당하는 자리라 도적을 잡으면 그 도적을 심문하는 일도 그의 몫이었다. 경기 현위를 역임한 자들은 대체로 혹리酷吏라는 말을 듣게 되었으니 주흥周興,1) 내준신來俊臣,2) 삭원례索元禮3) 등은 아주 유명한 고문 기구를 남겼다. 그것들의 이름이 어떠한가? 「서강월」 사로 알려주리다.

아이고 무서워라, 송아지를 마차에 매달기,
아이고 불쌍해라, 노새한테 말뚝 뽑게 하기.
아이고 나 죽네, 봉황새 날갯죽지 뽑아내기,
혼이 쏙 빠져나가네, 어린아이 참선하기.

아이고 살 떨려, 옥녀 사다리 올라가기,
아이고 눈물 난다, 신선한테 과일 바치기.
이래도 안 불래, 원숭이가 불덩이 지나가기,
이젠 야차가 바다 바라보기로 넘어가야지.

이 혹리들은 고문을 하면서 위세를 부리는 것을 좋아하거나 혹은 요로에 있는 상관의 부탁을 받고서 잡혀온 자가 실제로 죄가 있는지 없는지는 따지지도 않고 그저 참혹한 고문을 가하여 원하는 답을 얻어내곤 했다. 아무리 쇳덩이 같은 근육과 골격을 갖춘 사람이라도 이곳에 잡혀 오면 간담이 서늘해지고 놀라니 얼마나 많은 충신과 의사가 목숨을 잃어버렸는지 모른다. 이면은 다른 경기 현위와는 다르게 관용을 베풀 줄 알아서 참혹한 고문을 일절 가하지 않았다. 그저 매 사건의 정황을 꼼꼼하

---

1) 주흥(651~691)은 당나라 고종, 무측천 때의 혹리로 유명하다. 황족을 도살하는 데 앞장섰다가 모반죄로 붙잡혀 유배를 떠나다 도중에 피살당했다.
2) 내준신(651~697)은 당나라 고종, 무측천 때의 혹리로 유명하다. 자신의 지위를 이용하여 드러내놓고 뇌물을 받고, 무고한 자를 벌주고 잔혹한 고문 방법을 발명했다고 한다.
3) 삭원례(?~691)는 무측천 때의 혹리로 유명하다. 무측천을 반대하는 자들을 잔혹한 방법으로 제거하였다. 나중에 무측천이 성난 민심을 달래기 위해 삭원례를 처형했다.

게 따져 들으니 억울한 옥살이를 하는 자가 생기지 않았다.

그날 아침에 사무를 보자니 경조윤이 이 건을 송치해왔다. 강도 십여 명, 부상당한 오륙 명의 하인들이 현청 뜰에 무릎을 꿇고 있었다. 그들이 사용한 병장기는 모두 압수하여 현청 계단 앞에 쌓아두었다. 이면이 고개를 들어 잡혀온 놈들을 바라보니 그 가운데 방덕이라는 자가 인물이 출중하고 재주도 비범해 보였다. '저런 사람이 어쩌다 강도가 되었을까?' 하는 생각이 들어 자못 안쓰러웠다. 먼저 포졸들과 왕원보 네 하인들을 먼저 불러 강도를 당한 정황을 물어보았다. 그런 다음 강도들을 하나씩 불러 이름도 물어보고 심문했다. 현장에서 즉시 붙잡혀온 놈들이라 굳이 고문할 필요도 없이 자기들의 잘못을 인정하고 더불어 산채 위치도 불었다. 이면은 포졸들을 산채로 파견하여 강도 일당을 다 잡아 오게 했다. 방덕의 차례가 되니 방덕이 앞으로 기어 나와 울면서 말했다.

"소인은 어려서부터 학문을 닦았으며 본디 도적이 아닙니다. 집안이 너무 가난하여 어쩔 도리가 없어 어제 친척들을 찾아다니며 도움을 청하려고 집을 나섰다가 비를 만나 비를 피하고자 운화사에 들렀다가 이들에게 위협을 받고 한패가 되었습니다."

방덕이 운화사에서 새대가리를 그렸던 일부터 한패가 되기까지의 이야기를 세세하게 했다. 이면은 방덕의 용모와 재주가 아깝다는 생각이 들었던 데다 그의 사정이 딱하기도 하여 그를 풀어주고 싶었다.

'저 강도놈들 가운데 방덕 한 사람만 풀어주면 말이 많을 건데. 게다가 위에서 특별히 부탁한 것도 있고 한데. 으흠, 이렇게 해야겠구나.'

이면이 방덕을 호되게 욕한 다음 칼과 차꼬를 채워서 옥에 가두라 하고는 나머지 놈들을 잡아 오면 같이 더 심문하겠노라 했다. 부상당한 왕원보네 하인들은 돌아가서 치료하라고 했다. 공을 세운 포졸들에겐 상을 내렸다. 사람들을 다 물린 다음, 옥졸 왕태를 몰래 불렀다. 본디 왕태는 전임 경기 현위에게 미움을 사서 무고를 받아 죽을 지경에 이르렀었다. 이때 이면이 이 사건을 담당하여 왕태를 그냥 그대로 원직에 복귀할 수 있도록 조처해주었다. 왕태는 이면의 은혜에 감격하여 이면이 부탁하는 일이라면 온 힘을 다하여 해내었다. 왕태는 마침내 옥졸의 우두머리로 승진했다. 이면이 왕태를 불러 당부했다.

"오늘 붙잡혀온 강도 가운데 방덕이란 자가 있는데 내가 보니 인물도 출중하고 언사도 반듯하여 아직 때를 만나지 못한 호걸이라. 그놈을 풀어주고 싶었으나 사람들의 이목이 신경 쓰여서 그 자리에서 바로 풀어주지는 못했느니라. 내가 너에게 부탁하노니 기회를 봐서 그자를 풀어주도록 하라."

이면은 은자 석 냥을 봉투에 담아 왕태에게 건네며 방덕에게 노자에 보태쓰라고 전해주고 먼 곳으로 도망쳐 괜히 다른 사람한테 붙잡히지 말라고 일러주라 했다. 왕태가 대답했다.

"나리의 분부를 제가 어찌 감히 받들지 않겠습니까? 다만 다른 옥졸이 이 일로 곤욕을 당할까 걱정이 됩니다."

"방덕을 풀어주고 나서 바로 자네 처자식을 데리고 내 사처로 들어오게나. 물론 방덕 관련 서류는 오롯이 자네 명의로 처리하고. 그럼 다른 옥졸들에게 피해가 가진 않을 걸세. 자네는 내 곁에 있으면서 내 개인 수행원 노릇을 하게. 그것이 평생 옥졸로 늙는 것보다 낫지 않겠나?"

"나리께서 소인을 거둬주시고 소인이 나리를 곁에서 모실 수 있다면 더 바랄 것이 없습니다."

왕태는 은자를 받아서 소매 품에 넣고 아문을 나서서 옥으로 달려가 부하 옥졸에게 명령했다.

"오늘 새로 들어온 죄수들은 아직 곤장을 맞지 않았으니 괜히 한곳에 모아놓지 마라. 괜히 문제 생길까 걱정이다."

부하 옥졸은 왕태의 말을 듣고 오늘 들어온 강도들을 이리저리 흩어 놓았다. 왕태는 남이 눈치 못 채게 몰래 방덕을 데리고 나와 이면 나리가 풀어주려고 한다는 것을 상세하게 설명해주고 은자를 전달했다. 방덕은 깜짝 놀라고 감동했다.

"번거롭겠지만 나리께 꼭 말을 전해주십시오. 내가 금생에 못 갚으면 죽어서 개와 말이 되어서라도 꼭 은혜를 갚겠다고 말이오."

"나리께서는 오직 정의감에 불타서 그대를 돕는 것이지 무슨 보답을 바라고 하는 게 아니라오. 다만 그대가 개과천선하여 나리께서 그대를 살려주시는 은덕을 저버리지 않기를 바랄 따름이오."

"옥졸 형님의 말씀을 제가 어찌 감히 따르지 않겠습니까?"

밤이 되자 왕태와 옥졸들은 방덕을 시작으로 죄수들 하나하나 점호하고 잠자리에 들게 했다. 모두 한참 자기 일에 몰두하고 있을 때, 그 틈을 타서 왕태가 방덕이 차고 있는 칼과 차꼬를 풀어주고 놓아주었다. 또 자기가 전에 입던 옷과 모자를 챙겨주고 입으라 하고는 옥문까지 안내했다. 옥 출입문 근처에는 다행히 아무도 없었다. 서둘러 옥문을 열고 방덕을 내보냈다. 방덕은 옥을 벗어나 냅다 달렸다. 감히 집으로 돌아갈 엄두는 내지 못하고 곧장 성문을 나서 밤새 달렸다.

'경기 현위 나리께서 내 생명을 구해주셨구나. 이젠 누구한테 내 몸을 의탁한단 말인가! 요즘은 안녹산이란 자가 황제의 총애를 한 몸에 받고 천하의 호걸들을 다 결집해 놓았다 하니 그에게 가지 않으면 누구한테 가겠는가?'

방덕은 범양范陽으로 곧장 길을 잡아 달려갔다. 마침 친구 엄장이 범양 현령의 비서장 노릇을 하고 있어 그편에 안녹산을 만날 수 있었다. 당시 안녹산은 이미 다른 큰 뜻을 품고서 도망자나 반역자 무리를 모으고 있었다. 방덕의 사람됨이 비범한 것을 보고 반한 데다 방덕과 이야기를 나눠보니 의기투합되는지라 바로 자기 부하로 끌어들였다. 방덕이 범양에서 머물다가 몰래 사람을 보내어 처자를 데려왔음은 물론이다.

천지를 뒤덮은 그물에서 벗어나고,
파도처럼 몰려오는 근심걱정에서 헤어나네.
득의양양한 오늘날 되돌아보니,
그때 그것이 바로 전생의 인연이었구나.

한편, 왕태는 그날 밤 집에 일이 있어 들어가 봐야 하니 근무 잘하라고 옥졸들에게 당부하고 옥문의 열쇠도 건네주고 옥문을 나서 집으로 돌아가 황급히 짐을 챙기고 아무도 몰래 처자를 데리고 이면의 아문으로 들어갔다. 이튿날 아침 옥졸들이 죄수들을 호출하러 다니다가 방덕이 칼과 차꼬를 한쪽에 치워두고 도망친 것을 발견했다. 옥졸들은 소스라치게 놀라 얼굴이 흙빛으로 변했다.

"꽁꽁 채운 칼과 차꼬를 어떻게 풀고 도망칠 수 있었을까? 이거 우리 책임추궁 된통 당하는 거 아냐! 이놈은 대체 어디로 도망친 거지?"

옥졸들이 일단 사방을 이리저리 살펴보았으나 아무 데서도 방덕은커녕 방덕의 그림자조차 보이지 않았다.

"이놈이 어제 현위 나리한테 자기는 초범이라면서 설레발을 치더니만 알고 보니 닳고 닳은 놈이구먼."

"우리 어서 왕 대장님한테 보고하자고. 왕 대장님한테 어서 현위님께 보고해서 급히 탈옥수를 생포하는 파발마를 띄우게 해야지."

옥졸이 쏜살같이 왕태의 집으로 달려갔다. 왕태의 집 대문이 굳게 닫혀 있었다. 아무리 소리쳐 부르고 문을 두드려도 아무런 응답이 없었다. 이웃 사람 하나가 나와서 말했다.

"그렇지 않아도 어젯밤에 저 집이 밤새 시끄럽더라고. 아마도 이사라도 간 모양이야."

"왕 대장님이 이사하신다는 말은 한 적이 없는데!"

"아니 이런 코딱지만 한 집에서 이렇게 문을 두드리는데도 어떻게 못 알아들을 수가 있어! 아예 귀신이 떠메어가도 모를 정도로 잠들기라도 했다는 거야!"

옥졸들은 그 말을 듣더니 머리를 망치로 두드려 맞기라도 한 듯 억지로 문을 밀치기 시작했다. 나무 막대기로 빗장 걸어놓은 대문이 열렸다. 안에는 가재도구 몇 점만 덩그러니 남아 있고 사람은 그림자도 보이지 않았다.

"거참 이상하다! 왕 대장님이 왜 도망친 거지? 저 방덕이 놈도 왕 대장님이 빼돌린 거 아닐까. 아무튼 우리는 모든 책임을 왕 대장님한테 덮어씌우는 수밖에."

옥졸들은 대문을 다시 닫아걸고 옥으로 돌아가지 않고 경기 현위 아문으로 갔다. 마침 이면 현위가 오전 사무를 보고 있었다. 옥졸이 이 건을 보고했다. 이면이 짐짓 놀라는 척했다.

"왕태가 소심한 줄만 알았더니 이렇게 대담한 짓을 벌이다니. 그런 중죄인을 어떻게 풀어줄 수 있단 말이냐! 그놈들 어디 멀리 가지 못했을 테니 어서 샅샅이 뒤져라. 그놈들을 찾는 자에겐 후한 상을 내리리라."

옥졸들은 인사를 올리고 돌아갔다. 이면은 이 건을 문서로 꾸며 상부에 보고했다. 왕홍은 이면이 옥졸을 제대로 관리하지 못하는 등 직책 수행을 제대로 하지 못했다고 천자에게 주달하고서 그를 파면시켰다. 아울러 방덕과 왕태를 잡기 위하여 방을 붙이게 했다. 이면은 그날로 바로 관직 사퇴 보고를 올리고 왕태를 자기 여종 틈에 숨겨서 같이 아문에서 빠져나와 집으로 돌아왔다.

곤경에 빠진 사람을 기꺼이 도우려는 마음,
도망자, 죄인까지 기꺼이 숨겨주는 마음.

이면은 본디 형편이 풍족하지도 않았던 데다 관직에 있으면서도 돈을 밝히지 않았다. 관직에서 물러나니 다시 빈털터리 선비라 고향으로 돌아가 식솔들과 함께 직접 농사를 지었다. 그러기를 2년 정도 하니 살림은 더욱 어려워지고 아내까지 떠나보내야 했다. 왕태와 하인 둘을 데리고 옛 친구를 찾아 동쪽으로 길을 잡아 하북까지 갔다. 친구 안고경顔杲卿이 상산 태수로 새롭게 부임하여 갔다는 소식을 듣고 다시 그쪽으로 길을 잡아가는 도중 백향현을 지나게 되었다. 이곳은 상산에서 2백여 리쯤 떨어진 곳. 이면이 이곳을 지나려니 한 무리의 사내들이 손에는 몽둥이를 들고 누군가를 안내하며 다가오고 있었다.

"현령 나리께서 행차하시는데 말에서 내리지 않고 뭐 하는 거냐!"

이면이 황급히 길가로 피하려고 했다. 왕태가 멀리서 다가오는 현령을 보니 백마를 타고 검은색 휘장을 쓴 게 위세가 대단하고 생김새도 훤칠했다. 자세히 살펴보니 다른 사람이 아니라 자기가 풀어준 방덕이 아닌가. 왕태가 이면에게 말했다.

"나리 잠시만 기다리시지요. 저 현령은 바로 방덕입니다요."

이면은 이 말을 듣고 너무 반가웠다.

"내가 방덕을 보고서 아직 때를 못 만난 영웅호걸이라 했는데 과연 그 말이 틀리지 않았나 보구나. 한데 방덕이 어떻게 현령이 되었는지 모르겠다."

이면은 왕태에게 아무런 내색도 하지 말라고 한 다음 고개를 돌리고서서 방덕 현령이 지나가게 했다. 방덕이 다가오다가 고개를 돌리고 서 있는 이면과 왕태를 발견하고서 너무도 놀라고 기뻐했다. 방덕은 수행원들에게 멈춰서라 명하고 말에서 내려 이면에게 다가와 읍을 했다.

"저 방덕을 보시고서 어찌 아는 체하지 않으시고 고개를 돌리고 계셨습니까? 하마터면 그냥 지나칠 뻔했습니다."

이면이 답례하며 말했다.

"공사에 바쁠 터인데 방해가 될까 봐 부르지 않았던 것이네."

"그게 무슨 말씀입니까! 저의 생명의 은인이신데 어서 저랑 같이 현청으로 가시지요."

이면은 오랜 여행으로 피곤하기도 하고 또 방덕이 정성스럽게 자기를 청하기도 하니 이렇게 대답했다.

"그대가 이렇게 청해주니 잠시 들러볼까!"

이면은 다시 말에 올라타고 출발했고 왕태가 그 뒤를 따랐다. 일행은 잠시 후 현청에 도착하여 말에서 내렸다. 방덕이 그들을 안채의 왼쪽에 자리 잡은 서재로 모셨다. 방덕은 다른 일행은 따라오지 말라 하고 심복 진안에게만 서재 문 입구에서 대기하라 했다. 아울러 방덕은 하인을 시켜 음식을 차려오게 하는 한편, 이면이 타고 온 네 필의 말에게 여물을 먹이게 하고 이면 일행의 짐은 왕태가 직접 챙기게 했다. 방덕은 아문에서 하인 둘을 불러와 이면 일행을 모시게 했다. 두 하인 가운데 하나는 이름이 노신, 다른 하나는 지성으로 둘 다 방덕이 현위를 맡고 있던 시절에 사온 자들이었다. 방덕이 왜 하인들을 안으로 들어오지 못하게 했을까? 방덕은 평소에 자기를 재상 방현령房玄齡의 후손이라며 자기가 마치 대단한 가문의 후손인 것처럼 자랑을 해와서 동료나 부하들이 진짜로 믿고 방덕을 우러러보았는데 이제 이면을 만나 자신의 진짜 내력이 들통 나면 웃음거리가 될 뿐더러 지금 자리조차도 건사하지 못하게 될까 걱정했기 때문이다. 그래서 하인들에게 들어오지 못하게 한 것이니 방덕이 자기 나름대로 조심성이 있는 사람이라.

이면이 방덕의 서재를 살펴보니 햇볕이 잘 드는 세 칸짜리 건물이라. 옆에는 또 두 칸짜리 곁채가 붙어 있었다. 한 칸 한 칸이 널찍하고 창문이 훤했다. 유명한 화가가 그린 산수화도 한 폭 걸려 있었다. 예스러운 구리 향로에서는 은은한 향이 풍겨 나왔다. 왼쪽에 대나무로 만든 탁자, 오른쪽에는 책이 가득 꽂힌 책장이 있었다. 탁자 위에는 문방사우가 놓여 있었다. 정원에는 온갖 아름다운 꽃이 우아하고도 아름다운 자태를 뽐내고 있었다. 이곳은 현령이 휴식을 취하는 곳, 맛깔스럽고 깔끔했다.

방덕은 이면을 서재 안으로 모시고 황급히 의자를 가리키며 앉게 하고는 엎드려 절했다. 이면이 방덕을 일으켜 세웠다.

"아니 뭐 하러 이렇게 엎드려 절까지 하는가!"

"제가 붙잡혀 죽기만을 기다릴 때 나리께서 저를 살려주시고 노자까지 주셔서 오늘의 제가 있게 해주셨습니다. 나리께서는 저를 다시 태어나게 해주신 부모 같은 존재이니 큰절을 받기에 부족함이 없으십니다."

이면이 또한 충실하고 올곧은 사람이라 방덕이 이렇게 진심으로 이야기하자 바로 생각을 바꿔 방덕의 큰절을 받았다. 방덕이 이면에게 큰절을 올리고 일어나 왕태에게도 절을 올렸다. 방덕이 왕태와 이면의 하인 둘까지 세 사람을 곁방으로 안내했다. 방덕이 왕태에게 부탁했다.

"아전들 앞에서 제 옛날이야기를 꺼내지 말아 주시기 바랍니다."

"그 정도 눈치는 있으니 너무 걱정하지 마시오."

방덕이 다시 서재로 돌아와 의자를 당겨 이면 곁에 가까이 앉아 이렇게 말했다.

"나리께서 저를 살려주신 은혜는 한시도 잊은 적이 없습니다. 그 은혜를 갚고자 하는 마음이 간절했사온데 하늘이 아시고 나리를 저에게 보내주셨나 봅니다."

"그대가 잠시 곤경에 빠졌을 때 내가 도와준 것뿐인데 무슨 대단한 일을 했다고 그러시오!"

차를 들고 나서 방덕이 또 이렇게 말했다.

"나리, 어디로 부임하시는 길이시기에 여기에 들리셨습니까?"

"그대를 풀어주고 나니 경조윤이 직무 수행을 제대로 못 했다며 나를 파직시켰소이다. 그 후로 고향에서 지내다가 무료하기도 하고 그래서 산수를 유람하며 회포나 풀려고 했소이다. 지금은 상산에 가서 친구 안고경顔杲卿 태수를 만나려는 길인데 뜻밖에 그대를 만났소이다. 그대가 이렇게 관직을 수행하고 있으니 내 마음이 흡족하기 한량없소이다."

"나리께서 저 때문에 관직마저도 그만두게 되셨는데 저는 외려 이곳에서 편안하게 관리 생활을 하고 있으니 죄송할 따름입니다."

"옛날 선비들은 의리를 위하여 자기와 가족마저도 돌보지 않는다고 했으니 나 같은 경우는 뭐 그리 대단한 것도 없소이다. 그대가 옥에서 빠져나간 후 어떻게 해서 이곳 현령직을 맡게 되었는지 궁금하오이다."

"저는 옥에서 빠져나온 다음 곧장 범양으로 달려갔습니다. 거기서 다행히 친구를 만나 그 친구 편에 절도사 안녹산을 뵐 수 있었습니다. 그의 막료가 되어 신임을 얻어 반년 후에 이곳의 부현령으로 왔다가 현령이 세상을 떠나게 되어 제가 그 직을 이어받았습니다. 재주도 학식도 부족한 제가 현령직을 수행하려다 보니 어려움이 많습니다. 나리의 가르침을 바랄 뿐입니다."

이면은 안녹산이 반심을 품고 있다는 걸 이미 알고 있었는지라 방덕이 안녹산의 신임을 얻어 현령이 되었다는 말을 듣고 나중에 방덕이 반역의 무리에 속하게 될까 그것이 걱정되었다. 이면은 이게 걱정되어 가르침을 바란다는 방덕의 말을 듣고 이렇게 훈계했다.

"관직을 수행하는 것이 뭐 그리 특별히 어려울 게 있겠소! 그저 위로는 조정을 저버리지 않고 아래로는 백성을 해치지 않으면 되는 것이라. 목에 칼이 들어오고 뒤에서 도끼를 들고 쫓아오는 위급한 경우나 죽음이 왔다 갔다 하는 때라도 절대로 흔들리지 않는 굳은 절개만 있으면 되는 거 아니겠소. 도적 때 같은 놈들에게 미혹되거나 작은 이익에 흔들려 나의 절개를 굽히면 잠시 그럭저럭 넘어갈 수는 있어도 결국 두고두고 역사의 웃음거리가 되고 마는 것이오. 그대가 이 점만 잘 명심한다면 한 고을의 현령이 아니라 한 나라의 재상도 너끈히 해낼 수 있을 것이오."

방덕이 이면에게 감사하며 말했다.

"나리의 금과옥조와 같은 말씀을 평생 가슴에 새겨두겠습니다."

두 사람은 의기투합하여 서로 주거니 받거니 대화를 이어 나갔다. 잠시 후 노신이 아뢰었다.

"술자리가 준비되었습니다. 어서 자리를 옮기시지요."

방덕이 의자에서 일어나 이면을 안내하여 안채로 모셨다. 술자리는 상석과 하석이 서로 구분되어 마주 보는 형태였다. 방덕이 하인에게 맞은편 손님이 앉는 하석의 의자를 주인이 앉는 상석 왼쪽으로 옮겨놓으라 했다. 방덕이 이면을 상석에 앉게 하고 자기는 상석 왼쪽으로 옮겨놓은 자리에 앉으려는 것을 보고 이면이 사양하며 말했다.

"그대가 이렇게 하면 오히려 내가 미안해지지 않겠소. 그대가 주인 자리에 앉으셔야지요."

"나리는 저의 은인이신데 제가 나리 옆자리에 앉아 모시는 것조차도 죄송스러운데 어찌 감히 예의에 벗어나게 주인 자리에 앉겠습니까!"

"그대와 나는 이제 친구 사이 아니오. 그렇게 예를 따질 필요가 어디 있겠소!"

이면이 나서서 자리를 원래대로 돌려놓게 했다. 하인들이 술과 안주를 내오고 방덕이 자리를 잡고 앉았다. 정원에서는 악사들이 음악을 연주했다. 술과 안주가 풍성하기가 이루 말할 수 없을 정도였다.

봉황새 구이와 용고기 찜 빼고는,
산해진미 온갖 것 없는 게 없구나.

이면과 방덕은 흉금을 터놓고 두어 시간이 넘게 맘껏 부어라 마셔라 했다. 왕태 등이 다른 곳에서 따로 대접을 받았음은 물론이다. 이면과 방덕은 이야기를 나누면 나눌수록 더욱 친밀해졌다. 둘은 서로 손을 맞잡고 다시 서재로 돌아왔다. 방덕이 노신에게 윗사람을 모실 때 쓰는 이불을 가져오라고 하더니 친히 이불을 깔고 요강도 챙겼다. 이면은 황급히 방덕을 말렸다.

"아이고 하인들이 하는 일을 어찌 직접 하고 그러시오!"

"저는 나리의 은혜를 입어 이 세상에 다시 살게 되었습니다. 제가 나리의 말을 끌고 앞에서 등불을 들고 모셔도 그 은혜를 만분지 일도 갚지 못할 것이니 이런 정도 일이야 어찌 못하겠습니까!"

방덕이 이면의 이부자리를 다 준비하고 나더니 하인에게 이부자리 하나를 따로 더 마련하라 하여 이면의 곁에서 자겠노라 했다. 이면은 방덕이 이처럼 극진하게 정성을 다하여 자기를 모시는 걸 보고는 방덕이야말로 신의가 넘치는 선비로구나 생각했다. 두 사람은 등잔불을 돋우고 서로 이야기를 나눴다. 자신들의 평생 소망을 이야기하며 마침내 속마음을 모두 주고받는 그런 친구가 되었다. 이렇게 늦게 만난 게 아쉬울 따름이었다. 밤 깊은 시각이 되어서야 비로소 잠을 청했다.

이튿날 아침 이 소식을 들은 관원들이 모두 찾아와 인사했다. 방덕은 그들에게 이면을 이렇게 소개했다.

"예전에 나를 알아봐 주시고 나를 추천해주신 그런 은혜를 베풀어주신 분이오."

그들은 현령에게 잘 보이려 앞다퉈 이면을 초대해 대접하려고 했다.

번다한 이야기는 더는 하지 말자. 한편, 이면을 만난 후로 방덕은 온종일 이면과 술을 마시며 이야기를 나누느라 현령의 업무를 한쪽으로 미뤄놓아 버렸다. 천하의 효자라 소문난 자가 부모를 모시는 것보다 더 극진히 이면을 모셨다. 이면은 방덕이 이렇게 만사를 제쳐놓고 자기를 챙겨주는 게 못내 마음에 걸렸다. 십여 일이 지나고 이면이 방덕에게 이제 출발하여야겠노라 말했다. 방덕이 어디 이면을 놓아주려 하겠는가?

"나리께서 여기 오셔서 저를 만난 지가 얼마나 되었다고 벌써 떠나신다는 말을 하십니까! 몇 달 더 계시면 제가 말과 마차를 내어 상산까지 모셔다드리겠습니다."

"그대가 극진하게 나를 대접해주니 내가 차마 떠난다는 말을 꺼내지 못하고 있었소이다. 그러나 그대는 한 고을의 현령인데 나를 챙겨주느라 일을 다 젖혀두고 있으니 상부에서 알게 되면 당연히 좋을 것이 없소이다. 게다가 나는 이미 출발하기로 작정했으니 괜히 억지로 붙잡으려 하지 말기를 바라오."

방덕은 이면을 더는 붙잡을 수 없음을 깨닫고 이렇게 말했다.

"나리께서 꼭 가셔야겠다면 제가 어찌 붙잡을 수 있겠습니까? 하지만 이렇게 헤어지면 언제 다시 만날 수 있을지 모르겠습니다. 내일 하루 종일 술자리를 가져 이별의 정을 나누고 모레 출발하면 어떻습니까?"

"그대가 그렇게 말하니 하루 더 머물지 않을 수가 없구려."

방덕은 이면을 하루 더 붙잡아 둔 다음 노신을 불러서 같이 안채로 가서 이면에게 줄 선물을 준비했다. 한데 이 일로 말미암아 일이 생기고 이면의 목숨이 달아날 뻔했구나.

불행 속에 행복의 씨앗이 있고,

행복 속에 불행의 씨앗이 있구나.

마음이 담담한 사람은,

억지 부리지 아니하고 안분지족한다네.

이제 여기서 이야기가 갈라진다. 한편, 방덕의 아내 패씨는 방덕이 관리가 되기 전부터 뭐든지 자기가 좌우지하는 게 워낙 익숙했던 터라 방덕이 관리가 된 후에도 여전히 자기가 모든 일을 주장했다. 이번에 남편이 안채에서 하인 두 녀석을 조용히 불러내고 연속해서 열흘이나 현청에 출근하지 않는 걸 보고는 자기 몰래 무슨 수작을 부리는가 싶어 잔뜩 벼르고 있었다. 이날 남편이 안채로 들어오자 대체 무슨 일 때문에 남편이 저러는지 알아내고자 얼굴 가득히 미소를 짓고 물었다.

"아니 무슨 급한 일이 있으시기에 안채에 한 번도 들르지 않으시는 거예요?"

"당신은 알 필요 없네. 나의 은인이 오셨다네. 하마터면 내가 그냥 모르고 지나칠 뻔했다네. 다행히도 내가 눈썰미가 좋아서 우리 현청으로 모시고 와 며칠 동안 모실 수 있었다네. 이제 자네랑 상의해서 그분에게 선물을 드리고 싶다네."

"은인이라뇨, 누구를 말하는 거죠?"

"당신이 어떻게 잊을 수가 있어! 지난번 내 생명을 구해주신 경기 현위 이공 나리께서 나 때문에 관직에서 쫓겨나시고 지금 상산 태수 안공을 만나러 가는 길에 이곳을 지나게 되었다고 하오. 당시의 옥졸 왕태도 이공을 수행하여 같이 왔다네."

"아 그렇군요. 당신 그분에게 뭘 얼마나 드리려고 하는 거죠?"

"내 생명을 다시 이어준 은인이신데 드릴 수 있는 건 다 드려야지."

"비단 열 필이면 적을까요?"

"마누라, 지금 농담하는 거야! 나의 생명의 은인한테 겨우 비단 열 필이라니. 비단 열 필은 그분 하인에게 주는 거로도 모자라겠구먼."

"헛소리하지 마시라고요. 지금 현령 자리를 차지하고 있는 당신이 부리는 하인들 가운데도 비단 열 필 벌이를 하는 자가 어디 있어요? 당신한테 빌붙으러 온 사람인 것 같은데 그 사람 하인들까지 들먹이면서 더 못 챙겨줘서 안달하는 건 또 뭐죠! 나한테 더 챙겨달라고 하니 좀 고민을 하긴 하겠지만 너무 큰 기대는 하지 마시라고요. 그래 열 필을 더 주는 거로 하고 어서 보내시구려."

"마누라, 어쩜 그렇게 인정머리 없는 소리를 하고 있어! 그분이 내 생명을 구해주시고 내 노자까지 챙겨주시고 그 일 때문에 관직에서 쫓겨나기까지 하셨는데 비단 스무 필이라니 그게 말이 되냐고!"

패씨는 본디 타고나기를 쩨쩨한 성품이라 비단 스무 필도 자기 남편 생명을 구해준 은인이라는 말을 듣고 큰맘 먹고 말한 것이다. 그녀는 스무 필을 무슨 전 재산 떼어주는 것이라도 되는 양 가슴이 벌렁벌렁하면서 말한 건데 남편이란 작자가 그것도 적다고 타박하니 기분이 확 상했다. 그래서 그냥 어깃장을 부리며 말했다.

"그럼 백 필이면 어떻겠소?"

"그 정도면 왕태한테 딱 맞겠구먼."

패씨는 비단 백 필이 겨우 왕태 몫 정도밖에 되지 않는다는 방덕의 말을 듣고 대체 이 작자가 이면한테 얼마나 퍼주려는지 걱정이 앞섰다.

"왕태한테 비단 백 필을 준다면 현위 이공에게는 비단 5백 필은 줘야겠네요."

"5백 필로는 모자라지."

패씨가 버럭 화를 내며 말했다.

"그럼 차라리 1천 필을 주지!"

"그 정도면 얼추 될 거 같기도 하네."

패씨가 그 말을 듣고는 방덕 얼굴에 침을 뱉고 나서 쏘아붙였다.

"당신 미쳤구먼 정말! 관리 생활을 얼마나 했다고, 나한테 얼마나 벌어다 줬다고 이렇게 덜컥 남한테 퍼주겠다는 거야! 이 마누라를 팔아도 그거 반도 장만 못 하겠네. 아니 어디서 그걸 다 마련하겠다는 거야?"

방덕은 마누라가 이렇게 펄쩍 뛰는 것을 보고 일단 달래기 시작했다.

"여보, 할 말이 있으면 찬찬히 이야기해봐. 화부터 내지 말고!"

"얘기는 무슨 얘기! 당신한테 있기나 하면 주든지 말든지 알아서 하라고!"

"있기는 어디 있어. 그저 현청 창고에서 꺼내서 줘야지."

"아이고 배짱도 좋아. 현청 창고 물건이야 당연히 나라 것인데 그걸 사사롭게 쓰겠다고! 상부에서 조사라도 나오면 어떻게 하려고?"

방덕이 그 말을 듣더니 한참을 고민했다.

"당신 말이 일리가 있네그려. 그래도 은인이 오늘내일 바로 출발한다고 하는데 어떡하면 좋지?"

방덕은 그 자리에 꼼짝없이 앉아 고민했다. 패씨는 남편이 이면한테 뭐라도 퍼주지 못하여 안달하는 걸 보고는 마치 자기 살을 깎아내기라도 하는 것처럼 아프고 혹시라도 진짜 줄까 봐 조마조마했다. 패씨가 문득 불량한 생각이 떠올랐다.

"남자가 되어서 그렇게 결단력이 없어 가지고 어떻게 관직 생활을 하겠어요. 나한테 확실한 해결책이 있지요. 한 번만 눈 딱 감고 고생하면 평생 편안할 거라고요."

방덕은 아내가 좋은 뜻으로 그렇게 말하는 거로 여기고 바로 물었다.

"그래 무슨 방법이야?"

"너무 큰 은혜는 갚을 방법이 없다는 말도 있잖아요. 오늘 밤 기회를 봐서 그 사람 목숨을 뺏어버리는 게 깔끔하지 않겠어요!"

이 말을 듣고 방덕은 귀가 새빨개졌다.

"당신은 어떻게 그럴 수가 있어! 내가 전에 당신한테 베 두 필을 좀 달라고 했다가 거절당하고 아는 사람한테 하소연하러 나갔다가 저 도적 떼한테 끌려가 한 패거리가 되어 죽을 뻔했잖아. 만약 이면 나리가 자기 자리를 걸고 나를 풀어주지 않았다면 우리가 이렇게 같이 살 수도 없었을 거야. 자네는 나한테 좋은 걸 권해줘도 시원치 않을 판국에 그런 은인의 생명을 뺏으라는 말을 하다니. 그게 할 짓이야!"

패씨는 남편이 화내는 걸 보고선 외려 미소를 지으며 말했다.

"좋은 뜻으로 하는 말을 가지고 왜 그렇게 화를 내고 그래요! 내 말이 일리가 있으면 듣는 거고, 일리가 없으면 그냥 마는 거지. 왜 그렇게 호들갑을 떨고 그러는 거죠?"

"도대체 말이 되는 소리를 해야지!"

"그래 내가 전에 당신한테 베 두 필 안 줬다고 지금까지 그게 섭섭한 거야? 내 나이 열일곱에 당신한테 시집와서 먹는 거 입는 거 다 내가 대면서 살림한 마당에 그깟 베 두 필이 정말 아까웠을까! 소진이 출세하기 전에 식구들이 일부러 소진을 무시하고 자극해서 나중에 여섯 나라의 승상이 되게 한 이야기는 듣지도 못했소? 나는 그 소진 이야기를 염두에 두고 당신을 자극해준 거라고. 당신이 운수가 사나워 도적 떼를 만났고 또 당신이 소진처럼 그렇게 의지가 굳센 사람은 못 되어 그 도적 떼하고 일을 벌였으니 그건 당신이 자초한 것이지 나하곤 상관없는 거라고. 그리고 이면이 설마 잘난 당신을 구해주고자 하는 순수한 의리에서 당신을 구해 준 걸로 아시우?"

"설마 무슨 다른 꿍꿍이가 있었겠어?"

"당신 똑똑한 줄 알았는데 그것도 모르우? 대저 형옥을 맡은 관리들은 가혹하기가 그지없어 아무리 친척이라도 자기 손에 걸리면 인정사정 봐주지 않는다오. 게다가 당신하고는 일면식도 없고 당신 죄목이야 눈에 뻔한 건데 뭐 하러 자기 관직까지 버려가며 당신 같은 중죄인을 봐줬겠소! 당신이 강도 떼 두목이니 장물을 숨겨놓았을 거라고 짐작하고선 당신을 풀어주면 분명 자기한테 갖다 바칠 것이니 그걸로 상사에게 뇌물 먹이고 아랫사람 구워삶아서 자기 관직 생활을 탄탄대로로 만들고 남은 건 자기 재산으로 삼는 거지. 그런 꿍꿍이가 없고서야 왜 그 많은 도적 떼 가운데 유독 당신만 풀어줬겠어? 한데 당신이 초짜에다가 빈털터리로 풀어주자마자 그냥 내빼버리고 자기는 있는 관직마저도 떨어질 줄이야 몰랐겠지. 이리저리 수소문해서 당신이 여기서 벼슬살이하고 있는 걸 알고는 헐레벌떡 달려온 거지."

방덕이 고개를 가로저으며 말했다.

"그럴 리가 없어. 나를 풀어준 건 순전히 호의에서 그런 거라고. 다른 의도는 없었던 거지. 지금도 상산에 가는 길에 우연히 나를 만난 거고. 처음에는 내 공무에 방해가 될까 봐 일부러 고개를 돌리고 아는 체를 하지 않기도 했지. 나를 만나러 일부러 찾아온 게 아니야. 괜히 생사람 잡지 말라고."

"상산에 가는 길이었다고 하는 건 다 거짓말이라고. 어떻게 그걸 곧이곧대로 믿지! 다른 건 다 관두고 왕태를 데리고 온 거 하나만 봐도 그게 왜 찾아왔는지 뻔할 뻔 자지."

"왕태를 데리고 온 게 어때서?"

"어쩜 이렇게 머리가 안 돌아갈까. 이면이야 상산 태수와 잘 아는 친구 사이라 쳐도 왕태는 경조부의 옥졸이라 상산 안 태수랑 평소 인연을 맺은 건더기가 하나도 없는 처지인데 찾아갈 이유가 어디 있겠어. 그런

데도 같이 온 것은 다 꿍꿍이가 있는 거지. 일부러 고개를 돌리고 아는 체하지 않은 게 아니라 당신 알기를 우습게 알았기 때문에 그런 거고. 이런 게 다 그 사람 이면이 음흉하게 계획한 것이지, 호의는 무슨! 진짜로 상산을 가기로 했다면 여기서 이렇게 지체할 이유가 없지."

"그분이 원해서 그런 게 아니고 내가 좀 더 계시다가 출발하시라고 붙잡은 거라고."

"그게 다 그 사람이 꿍꿍이를 부려 당신이 자기를 얼마나 믿고 따르는지 시험해본 거라고."

방덕이 원래 자기 주관이 없는 사람이라 아내 말을 듣더니 점점 그 말에 끌려 들어가 아무 말 못 하고 고민했다. 패씨가 다시 입을 열었다.

"아무튼, 뭐 그런 은혜는 갚을 필요가 없는 거라고!"

"갚을 필요가 없다니 그게 무슨 말이야!"

"만약 당신이 이번에 조금이라도 적게 챙겨주면 그 사람은 안면을 싹 바꿔서 당신의 옛날 일을 모두 일러바칠 텐데 그렇게 되면 당신이 관직에서 쫓겨나게 되는 것은 물론이고 감옥에서 도망친 도적놈이라고 하여 잡아갈 텐데 그럼 목숨이 간당간당해질 거라고. 반대로 만약 후하게 선물을 챙겨준다면 그 사람은 그걸 당연하게 여기고 시도 때도 없이 와서 손을 벌리지 않겠어? 그때마다 후하게 챙겨주면 그냥 넘어가겠지만 조금이라도 자기 맘에 들지 않으면 옛날 일을 들먹일 텐데 그럼 당신은 빠져나갈 구멍도 없이 그 사람한테 코가 꿰이는 거라고. '선수 치는 놈이 이긴다'는 옛말도 있잖아. 지금 내 말을 듣지 않고 일을 미뤄두었다간 나중에 후회해도 소용없을 거야."

방덕이 이 말을 듣더니 넌지시 고개를 끄덕였다. 방덕의 마음이 이미 변하기 시작한 것이다. 이리저리 생각하더니 방덕이 입을 열었다.

"사실 내가 그분한테 보답하겠다고 한 거지, 그분은 그런 말 한 적도 없다고. 그분은 그런 생각을 하실 분이 아니야."

"당신이 어떻게 나오는가 보려고 기다렸던 거지. 이제 떠날 때가 되었으니 당연히 뭐라도 요구할 거라고. 그리고 또 그가 이번에 그냥 넘어간다고 하더라도 당신의 미래는 이미 위험해졌다는 걸 알아야지!"

"그럼 이제 어떡한다지?"

"그 사람이 여기 온 이후로 당신이 그 사람을 너무도 살갑게 대했잖아. 필시 현청의 모든 사람이 그 사람의 하인들에게라도 그 내력을 물어봤을 거라고. 한데 그 사람의 하인들이 당신 입장을 헤아려 입조심 했을까? 그럴 리가 없겠지. 틀림없이 있는 그대로 까발렸을 거라고. 당신도 알다시피 현청의 아전이나 하인들의 입방아가 여간 어지간한 게 아니잖아. 자기가 모시는 상관이 도적 출신이란 걸 알면 무슨 대단한 소식이라도 되는 양 소문 내고 다닐 거야. 동료들이 또 알게 되면 당신 면전에서야 대놓고 비웃진 않겠지만 뒤에선 얼마나 수군대겠어! 당신은 또 남들 앞에 얼굴 들고 다니기 힘들 거야. 그건 그래도 사소한 거지. 이면과 상산 태수가 막역한 친구 사이라는데 그 두 사람이 만났을 때 이면이 아무 말 안 하고 가만히 있겠어! 상산 태수도 당신 속사정을 미주알고주알 다 알게 되겠지. 내가 듣기에 그 상산 태수 노인네가 정말로 괴팍하다던데 게다가 당신은 또 그 노인네의 부하잖아. 당신 소문이 하북 일대에 퍼질 텐데 밤새 당신이 도망쳐도 늦을걸. 그러면 다시 옛날처럼 빈털터리가 될 텐데 평생 어찌 살려고? 지금 얼른 손을 쓰라고. 안 그러면 상산 태수 노인네한테 우세를 살 거라고."

방덕은 처음부터 이면의 하인들이 입을 싸게 놀릴까 걱정되어 다른 사람 몰래 왕태에게 입단속을 부탁했었다. 한데 이제 아내가 이거저거 따져가며 하는 말을 들어보니 자기가 걱정하던 것을 꼭 집어내는 것이라 이면한테 은혜를 갚고자 하는 마음이 마치 강물이 바다로 가뭇없이 흘러가 버리듯 사라지고 말았다.

"역시 내 마누라야, 그런 걸 다 꼼꼼하게 생각하다니! 당신이 아니었으면 내가 도리어 해를 입을 뻔했어. 한데 그가 여기 올 때 우리 현청의 사람들이 다 봤는데 갑자기 사라지면 이상하게 생각하지 않을까? 게다가 시체를 처리하는 것도 만만치 않을 거야."

"그게 뭐 어려울 게 있다고! 잠시 후 안채에서 나가면 심복 몇 명만 남기고 나머지는 모두 물린 다음 그 사람과 그 사람의 하인들한테 술을 대접하는 거야. 밤늦도록 술을 마셔서 그들이 술에 취하면 사람을 시켜 그들을 모두 찔러죽이라 하고. 그런 다음 서재에 불을 질러버리게 하는 거지. 내일 아침에 불에 타고 남은 해골을 수습하고 당신이 억지로 한번 곡을 하고 나서 염을 하고 입관해버리면 사람들이야 그걸 불에 타서 죽었다고 생각하지 다른 의심은 못 할 거라고."

방덕이 얼굴 표정이 밝아지더니 한마디 했다.

"그것 참 묘책이로다!"

방덕이 일어나 안채를 나서려고 했다. 남편이 귀가 얇은 걸 잘 아는 패씨인지라 이면과 같이 앉아서 오래 이야기하다 보면 또 마음이 변할까 걱정되어 마음을 고쳐먹고 말했다.

"아직 날이 너무 일러요. 여기서 좀 더 있다가 나가는 게 좋겠네."

방덕이 아내의 말을 듣고는 다시 자리에 앉았다. 이를 증명하는 시 한 수를 인용한다.

맹호의 날카로운 이빨,
긴 뱀의 날렵한 꼬리.
그러나 그보다 더 독한 것은,
부인의 심보.

'낮말은 새가 듣고, 밤말은 쥐가 듣는다'는 속담도 있지 않은가. 방덕 부부가 안채 방 안에서 이야기를 나눌 때 방덕 부인이 비단을 주기가 아까운 마음이 너무 앞선 나머지 남편한테 비단을 주지 말고 차라리 이면을 없애버리라고 부추기는 데 정신을 팔다 보니 누군가 엿들을지도 모른다는 생각을 할 겨를이 없었다. 게다가 안채에는 바깥사람이 왕래할 일이 없을 거라 여기고 마음 놓고 편하게 말을 퍼부었다. 그러나 누가 알았으랴! 하인 노신이 마님이 화를 내며 소리치기 시작하는 걸 보더니 벽에다 귀를 붙이고 방덕 부부가 서재에 불을 놓기로 한 거까지 하나도 빼놓지 않고 다 들었다. 노신이 화들짝 놀랐다.

'알고 보니 주인 나리가 원래 강도였구먼. 이면 나리 덕분에 목숨을 건져놓고 은혜를 원수로 갚으려 하다니. 세상에 어찌 이런 경우가 다 있을까! 자기 목숨을 살려준 은인한테도 이렇게 구는데 나 같은 하인배야 작은 실수라도 할라치면 목숨 부지하기 힘들겠구나. 이렇게 야박한 사람한테 붙어 있어 봐야 좋을 것 하나도 없겠구나!'

노신이 다시 생각에 잠겼다.

'사람 목숨 하나 구하는 것이 7층 부도탑 쌓는 것보다 낫다는 말도 있지 않은가. 저 네 명의 목숨을 구하자. 이것도 다 인연인데! 하지만 저 네 명을 도망가게 한 걸 알면 나도 가만 놔두지 않을 것이니 나도 도망가야겠구나.'

노신은 은자를 챙겨 품에 넣고 틈을 노려 살며시 안채에서 빠져나와 서재로 향했다. 마침 이면의 하인 지성이 곁방에서 찻물을 올려놓고 부채를 쥔 채 졸고 있었다. 노신은 지성을 깨우지 않고 곧장 안으로 들어가 왕태를 찾았으나 보이지 않았다. 이면이 혼자서 바른 자세로 책상에 앉아 책을 뒤적이고 있었다. 노신이 책상 가까이 다가가 목소리를 낮춰 말했다.

"나리, 큰일 났습니다. 어서 저를 따라오십시오. 뭘 꾸물대십니까!"

이면이 깜짝 놀라며 물었다.

"무슨 큰일이 났다는 거냐?"

노신은 이면을 한쪽으로 끌어당기더니 자기가 들은 이야기를 자세하게 전해주었다. 그런 다음 이렇게 덧붙였다.

"소인은 나리가 무고하게 해를 당하는 게 안타까워 특별히 알려드리는 것입니다. 지금 당장 도망치지 않고 지체하면 화를 면할 수 없을 것입니다."

이면은 그 말을 듣고 마치 몸이 얼음물 통에 빠진 것처럼 덜덜 떨렸다. 이면이 바로 노신에게 감사의 절을 했다.

"그대가 아니었다면 내 목숨은 오늘 끝장나고 말았을 것이오. 그대의 큰 은혜는 내 반드시 갚겠소이다. 저 배은망덕한 놈하곤 다를 것이오."

노신은 다급한 마음에 답례할 겨를도 없이 황급히 말했다.

"나리 목소리를 낮추시지요. 하인 지성이 듣고서 고자질하면 상황이 난처하게 됩니다."

이면이 말했다.

"나야 이렇게 도망친다지만 그대가 나 때문에 곤경에 빠질 것 같아 그게 걱정이오."

"저는 처자식도 없는 몸, 나리께서 빠져나가시면 저 역시 멀리멀리 떠날 것입니다. 걱정하지 마십시오."

"기왕에 이렇게 된 거 나랑 같이 상산으로 갑시다."

"나리께서 저를 거둬주신다면 저는 나리를 위해 말고삐를 잡고 따르겠나이다."

"그대야말로 내 생명의 은인인데 어찌 그런 말을 하시오!"

이면이 왕태를 불렀다. 몇 차례나 거듭 불러도 응답이 없었다. 이면이 발을 동동 굴렀다.

"이놈들이 대체 어디 있는 거야?"

노신이 대답했다.

"제가 가서 찾아보겠습니다."

"말이 모두 뒤쪽 마구간에 있으니 이를 어쩐다?"

"제가 가서 다른 핑계 대고 끌고 올 터이니 잠시만 기다리십시오."

노신이 서재에서 나와 보니 곁방에서 찻물 올려놓고 졸고 있던 지성이 이미 다른 데로 가버린 모양이었다. 사실 지성은 측간에 간 것이었으나 노신은 지성이 자기 말을 엿듣고 방덕에게 고자질하러 간 줄 알고 마음이 더욱 조급해졌다. 노신이 황급히 돌아와 이면에게 말했다.

"큰일 났습니다. 지성이 제 말을 엿듣고 방덕에게 고자질하러 간 모양입니다. 어서 떠납시다. 하인들을 기다릴 겨를이 없습니다."

이면은 너무 놀라서 아무런 대답도 하지 못하고 짐도 다 버리고 겨우 몸만 서재를 빠져나와 노신의 뒤를 따라갔다. 아전들이 이면을 보더니 자리에서 일어나 인사를 했다. 이면은 종종걸음으로 현청의 안쪽 문을 나섰다. 거기에 말 세 필이 매어져 있었다. 현령과 부현령이 타는 말이었다. 노신이 퍼뜩 꾀를 하나 생각해내었다. 노신이 마부에게 말했다.

"지금 이면 나리께서 손님을 맞으러 서문에 가시는 길이다. 어서 말을 끌고 오너라."

마부는 이면이 현령의 귀한 손님이라는 것을 잘 아는 데다가 현령의 심복이 분부하는 것이라 그걸 어찌 거절할 수 있겠는가? 황급히 말 두 필을 끌고 나왔다. 이면이 말에 올라타자마자 왕태가 신발 한 켤레를 들고 달려왔다.

"나리, 어디로 가시는 건가요?"

노신이 대답했다.

"나리는 손님 맞으러 서문으로 가신다. 너희들은 어디 가려는 거냐?"

"신발이 해져서 시장에 가서 새 걸 사 오려고 합니다. 나리는 누구를 맞으러 가시는 건가요?"

"그냥 따라오면 되지, 그런 건 뭐 하러 물어보는 거냐?"

노신은 마부에게 말 한 필을 더 끌고 오게 하여 왕태한테 타라고 하고는 같이 현청 대문을 나섰다. 마부가 고삐를 잡고 뒤를 따랐다. 노신이 마부에게 명했다.

"금세 돌아올 건데 뭐 따라올 필요가 있느냐!"

마부가 발걸음을 멈추고 그만 돌아갔다. 현청의 아전이랑 하인배들을 떼어놓자 이면이 말채찍을 갈겼고 말이 나는 듯이 달리기 시작했다. 왕태는 이면과 노신이 이리 서두는 걸 보고 대체 어떤 손님을 맞으러 가기에 이러는가 싶었다. 활을 쏘아 닿을 정도의 거리도 채 가지 못했는데 이면의 하인 둘이 신발을 벗어 손에 들고 허겁지겁 달려오며 소리쳤다.

"나리, 어디를 가시는 겁니까?"

"아무 말 말고 어서 따라오기나 해라."

말은 계속 앞으로 달려가고 하인들은 죽어라 달려 쫓아왔다. 하지만 어찌 쉽게 거리를 좁힐 수 있으랴! 서문이 코앞에 보였다. 이때 두 사람이 말을 타고 골목에서 나오는 게 보였다. 노신이 바라보니 다른 사람이 아니라 방덕 휘하의 아전 진안과 그의 동료였다. 그들은 이면을 보더니 즉시 말에서 내려 인사를 올렸다. 노신이 그 광경을 보더니 즉시 이면에게 말했다.

"나리, 지금 하인 둘한테는 말이 없으니 저 말을 빌리십시오."

이면이 바로 말귀를 알아듣고 말고삐를 당겨 말을 세우더니 말했다.

"그것참 좋은 생각이오!"

노신이 진안에게 말했다.

"나리께서 손님을 마중하러 가는 길인데 저 두 하인한테 말을 잠시 빌려주시면 고맙겠소이다."

진안과 동료는 이면에게 잘 보여서 방덕한테 말 좀 잘해줬으면 하는 마음이 간절했으니 노신의 청을 어찌 거절하겠는가?

"나리께서 쓰신다는데 어찌 안 될 리가 있겠습니까?"

조금 있으려니 이면의 두 하인이 헐레벌떡 달려왔다. 몸은 온통 땀투성이에 숨을 헐떡거렸다. 진안과 그의 동료가 말고삐를 그 두 하인에게 건네주었다. 두 하인은 말에 올라타서 이면의 뒤를 따라 성문을 나섰다. 스무 개의 말발굽이 마치 활시위를 벗어난 화살처럼 달리고 달려 상산을 향해 나아갔다.

새장을 깨치고 날아가는 봉황이요,
우리를 부수고 날아가는 이무기라.

자, 이제 여기서 이야기가 둘로 갈라진다. 지성이 측간을 다녀와서 찻물을 들고 서재로 들어와 보니 이면이 사라지고 보이지 않았다. 정원을 산책하나 싶어 찾아 나섰으나 코빼기도 보이지 않았다.

'나리가 며칠 여기 계시더니 답답하셔서 나들이라도 가신 모양이네.'

두어 시간이 지나도 이면이 돌아오지 않았다. 서재를 빠져나와 살피려다가 바로 방덕을 만났다. 방덕은 아내 패씨에게 붙들려 한참 있다가 현청으로 나왔다가 마침 지성을 만난 것이다. 방덕이 지성에게 물었다.

"노신은 어디 있느냐?"

"여기 없습니다. 아마 이면 나리를 모시고 출타한 모양입니다."

방덕이 찜찜한 기분이 들어 바로 지성에게 이면을 찾아보라 했다. 바로 이때 진안 일행이 들어왔다. 방덕이 진안에게 물었다.

"이면을 본 적이 있느냐?"

"방금 전 서문에서 뵈었습니다. 노신이 말하기로는 거기서 손님을 만날 거라고 했습니다. 제가 말을 빌려주기도 했습니다. 일행은 말 다섯 필에 나눠 타고 쏜살같이 달려갔습니다. 무슨 일이라도 생긴 것입니까?"

방덕은 그 말을 듣고 아무래도 노신이 기밀을 누설한 것 같아 걱정이 앞섰다. 진안에게 더는 묻지 아니하고 몸을 돌려 안채로 돌아가 아내에게 이 사실을 알렸다. 아내 패씨는 말이 새어나간 것 같다는 소식을 듣고 깜짝 놀랐다.

"아이고 이를 어쩌면 좋아! 당장 큰일이 닥치겠네!"

방덕은 아내가 이렇게 당황하는 걸 보고 자기도 정신이 까마득해졌다. 방덕이 아내에게 원망을 퍼부었다.

"아이고 이면을 못 찾으면 어떻게 해! 당신이 이러쿵저러쿵 따지고 들더니 결국 이런 사달이 벌어지고 말았어."

"정신 차려요. '일단 시작했으면 끝장을 봐야 한다'는 말도 있잖아요. 기왕에 이렇게 된 거 여기서 그냥 멈출 수는 없지요. 이면이 가 봐야 얼마나 갔으려고요. 심복 몇 명을 보내어 밤새 쫓아가 강도로 위장해서 모조리 죽여버리라고 하면 깔끔하게 처리되는 거죠."

방덕은 진안을 불러들여 이리저리 분부했다. 그 말을 들은 진안이 대답했다.

"저는 그 분부를 받들지 못하겠습니다. 저희야 관가의 심부름이나 하는 처지라 사람 죽이는 일은 익숙하지가 않습니다. 게다가 그들이 패를 지어 저희에게 대항하면 오히려 저희 목숨마저 위태롭게 됩니다. 저한테 좋은 꾀가 하나 있습니다. 이 사람 저 사람 불러들일 필요 없이 사람 하나만 보내도 이면 일행이 감히 빠져나가지 못할 것입니다."

방덕이 기쁜 표정을 지으며 말했다.

"그래, 그 계책이 대체 무엇이냐?"

"한 달 전에 제 옆집으로 기인이 이사 왔습니다. 그 기인은 이름도 알려지지 않았으며 무슨 일을 하는지도 잘 알려지지 않았습니다. 기인은 매일 외출했다가 술에 흠뻑 취하여 돌아오곤 했습니다. 그는 출신도 잘 드러나지 않고 행적도 기이하여 제가 주의 깊게 관찰해왔습니다. 하루는 한 호걸이 파란 옷에 비단 도포를 입고 말을 타고 찾아왔는데 수행원이 여럿 붙었습니다. 호걸은 그 기인이 사는 제 이웃집에 찾아와 사흘을 묵더니 떠나갔습니다. 제가 그 수행원들에게 살짝 호걸의 이름을 물어보았으나 아무도 입을 열지 않았습니다. 그 가운데 한 명이 저에게 귀띔하는데 그 호걸은 협객으로 칼로 사람 목을 딸 줄 알고 축지법을 부릴 줄 알아 순식간에 백 리를 가며 의협심이 강하여 전에 장안에서 억울한 사람을 대신하여 백주대낮에 사람을 죽여버리고 잠시 이곳에 숨어들었다고 했습니다. 나리께서 선물을 들고 그 호걸을 찾아가셔서 이면에게 모함을 받은 바 있으니 대신 원수를 갚아달라고 하십시오. 그 호걸이 나리의 말을 들어주기만 하면 일이 간단하게 해결될 것이니 그야말로 더할 나위 없이 좋은 계책 아닙니까!"

"정말로 좋은 계책이긴 한데 그 호걸이 내 부탁을 거절할까 봐 걱정이로다."

"이 고을의 현령이신 나리께서 정중하게 부탁하시면 절대 거절하지 않을 겁니다. 아마 나리께서 주는 선물은 받지 않을지도 모르겠습니다."

방덕의 아내 패씨가 병풍 뒤에서 이 말을 듣다가 끼어들었다.

"거 참 좋은 생각이네. 어서 가서 부탁해봐요."

방덕이 물었다.

"선물은 얼마나 준비하면 좋을까?"

진안이 대답했다.

"그는 정말로 의로운 호걸이라 의리를 중시하지 황금을 중시하는 자가 아닙니다. 은자 300전이면 충분할 것입니다."

패씨가 나서서 닦달하니 방덕이 은자 300전을 준비했다. 해저물녘 방덕이 평상복으로 갈아입고 진안과 지성을 데리고 말도 타지 않은 채 남의 눈에 띄지 않게 진안의 집으로 갔다. 진안의 집은 인가라고 해봐야 4, 5가구 정도밖에 없는 그런 골목에 있어 주위가 너무도 조용했다. 진안이 방덕을 안으로 모셨다. 진안이 자기 집의 등을 켜고 벽 틈으로 옆집을 살폈다. 호걸이 아직 돌아오지 않은 것 같았다. 진안이 집 대문을 나서 한참을 기다렸다. 호걸이 술에 만취하여 비틀거리며 자기 집으로 돌아오는 게 보였다. 진안이 다시 집 안으로 돌아와 방덕에게 알리니 방덕이 바로 나섰다. 진안이 방덕에게 말했다.

"나리께서 부탁하는 입장이니 같은 말을 하더라도 더욱 정중하고 정성껏 하십시오. 그래야 일이 될 것입니다."

방덕이 고개를 끄덕였다. 방덕이 진안과 같이 그 집 앞에 가서 대문을 두드렸다. 호걸이 대문을 열고 나와 대답했다.

"누구요?"

진안이 나지막한 목소리로 대답했다.

"우리 고을의 현령 나리올시다. 의로운 호걸을 만나고자 특별히 오셨소이다."

호걸이 술에 취한 채로 말했다.

"우리 집에는 의로운 호걸이라곤 없소이다."

호걸이 바로 문을 닫으려 하니 진안이 황급히 말했다.

"잠깐만! 긴히 할 말이 있소이다."

"졸려 죽겠구먼 누가 이렇게 귀찮게 하는 거요! 할 말이 있으면 내일 다시 찾아오시오."

방덕이 나섰다.

"잠깐이면 되오.. 이야기 마치고 바로 돌아가리다."

호걸이 대꾸했다.

"그럼 안으로 들어오시오."

방덕 일행이 대문 안으로 들어서니 호걸이 대문을 닫아걸고 작은 사랑방으로 안내하고는 촛불을 밝혔다. 방덕이 호걸에게 큰절을 했다.

"의로운 호걸이 우리 고을을 찾아왔는데 제가 미리 찾아뵙지도 못했습니다. 오늘에라도 이렇게 방문하게 되었으니 참으로 불행 중 다행이올시다."

호걸이 방덕을 일으켜 세웠다.

"한 고을의 현령이신 분께서 어인 일로 이렇게 직접 찾아와 예를 갖추시는지요! 이렇게 현령 체면을 돌보지 않으시다니! 게다가 제가 무슨 호걸이라고. 아무래도 사람을 잘못 보신 거 같소이다."

"저는 의로운 호걸을 찾아온 것입니다. 어찌 사람을 잘못 보았겠소이까!"

방덕이 진안과 지성을 시켜 준비한 선물을 전달하게 했다. 방덕이 호걸에게 이렇게 말했다.

"이건 약소하지만 호걸께서 약주 사드실 때 쓰시라고 준비한 것이니 받아주시길 바랍니다."

"하하. 나는 그저 세상을 내 집처럼 여기고 떠도는 방랑자일 뿐 재주 하나 없는 몸이니 무슨 호걸이라고 할 수 있겠소. 이런 건 필요 없으니 어서 거두시오."

방덕이 다시 큰절을 올리더니 말했다.

"비록 약소하나 저의 온 정성을 다한 것이니 제발 사양하지 말고 거

뒤주십시오."

"그대가 나같이 보잘것없는 사람을 몸소 찾아오고 게다가 이렇게 귀한 선물까지 준비해오다니 대체 무슨 일이 있는 거요?"

"이 선물을 받아주시면 말씀드리겠소이다."

"내가 비록 가난한 처지이나 영문도 모른 채 이걸 받을 수는 없소이다. 그대가 사연을 말하지 않으면 나 역시 이걸 절대 받지 않겠소이다."

방덕이 일부러 바닥에 엎드려 절하고 울면서 말했다.

"저한테는 불구대천의 원수가 있습니다. 지금 그 원수가 눈앞에 나타났으나 제가 힘이 없어 원수를 갚을 수가 없습니다. 그대가 섭정聶政4)이나 형경荊卿5)과 같은 재주를 지닌 호걸이라는 소문을 듣고 감히 용기를 내어 찾아왔으니 제발 저를 불쌍히 여기셔서 제 원수를 없애주신다면 저는 죽어도 그 은혜를 잊지 않겠습니다."

호걸이 손사래를 치며 말했다.

"사람 잘못 봤소이다. 나는 내 한 몸 건사하기도 힘든 주제요. 다른 사람 일에 나설 형편이 아니오. 게다가 사람을 죽이는 게 쉬운 일도 아니고. 괜히 이 일이 다른 사람 귀에 들어가면 나한테도 좋은 일이 없을 것이니 어서 돌아가시오."

말을 마치더니 호걸이 먼저 일어나 방에서 나가려고 했다. 방덕이 벌

---

4) 『사기·자객열전』에 등장하는 전국시대의 자객이다. 사람을 죽이고 제나라로 숨어 지내던 섭정은 한나라에서 제나라로 도망 온 엄중자의 부탁을 받고 엄중자의 원수인 한나라의 재상 협루를 죽이고 자신의 신체를 일부러 훼손하여 자신의 신원을 파악하지 못하게 만든다. 애초에 엄중자의 부탁을 받고선 살아계신 어머니 때문에 일을 결행할 수 없다고 사양했다가 어머니가 돌아가신 다음에야 부탁을 수락한 이야기와 누나 섭영이 연좌제의 위험을 기꺼이 감수하고 섭정의 시신을 얼싸안고 통곡한 다음 자결한 이야기가 유명하다.

5) 형경의 본명은 가軻이며, 경卿은 존칭이다. 연나라 태자 단의 부탁을 받고 진나라 왕궁으로 들어가 진왕 정(훗날의 진시황)을 암살하려다 뜻을 이루지 못하고 죽임을 당한다.

떡 일어나 가로막으며 말했다.

"그대는 충의를 중시하고 잔악무도한 무리를 징벌하며 곤궁에 처한 사람을 도와주는 천고의 의사라는 소문을 들었습니다. 지금 저에게 이렇게 억울한 일이 있음에도 그대가 저를 불쌍히 여기지 않으신다면 저는 이 원수를 영원히 갚지 못하고 말 것입니다."

방덕이 말을 마치더니 다시 대성통곡했다. 호걸이 한참을 지긋이 바라보더니 방덕의 말이 진짜인가 보다 싶은지 이렇게 말했다.

"그래 억울한 사정이 있다는 말이 정말이오?"

방덕이 대답했다.

"억울한 일도 없이 어찌 감히 그대를 찾아왔겠소이까!"

"그렇다면 잠시 앉으시오. 그 억울한 사정과 원수의 이름, 지금 사는 곳을 자세하게 말해보시오. 내가 나설 만하면 나설 것이고, 나서지 않아야 할 것 같으면 그만둘 것이오."

방덕과 호걸이 마주 보고 앉았고 진안과 지성이 그 옆에 서 있었다. 방덕이 없는 이야기를 지어내어 이렇게 말했다.

"이면이 나를 도적질했다고 무고하여 온갖 고문을 하더니 결국 나를 옥에 가두었습니다. 그런 다음 왕태를 시켜 몇 번이고 나를 모살하려고 했으나 사람들에게 발각되어 저는 목숨을 건질 수 있었습니다. 다행히 후임 관리가 현명해서 저의 억울함을 아시고 석방해주시어 제가 이 고을에 와서 벼슬을 할 수 있었습니다. 한데 이제 또 그 이면이 왕태와 같이 찾아와 저를 협박하여 은자 천 냥을 갈취하고는 그것으로도 양이 차지 않았는지 저의 하인과 결탁하여 몰래 저를 죽이려 들었으나 일이 사전에 발각되자 그 하인과 함께 상산으로 도망하여 상산 태수를 부추겨 일을 꾸미려고 합니다."

방덕이 이런 사연을 짐짓 장황하게 꾸며 이야기했다. 호걸이 다 듣고 나더니 격분하여 입을 열었다.

"그대가 그런 억울한 일을 겪었구려. 내가 그냥 두고 볼 수가 없소이다. 어서 현청으로 돌아가시오. 내가 오늘 밤 바로 상산으로 달려가 그 도적놈을 붙잡아 원수를 갚고 곧바로 다시 돌아와 그대에게 보고하겠소."

방덕이 대답했다.

"의로운 호걸님에게 감사할 따름이오. 나는 오늘 촛불을 밝혀 놓고 기다리겠소이다. 일을 마무리해주시면 내가 따로 후사하겠소이다."

호걸이 정색하며 말했다.

"나는 다른 사람이 억울한 일을 당하는 걸 보면 칼을 뽑아 들고 도와주곤 했소이다. 그게 어찌 보답을 바라고 한 일이겠소! 그런 보답은 사양하겠소이다."

호걸은 말을 마치자마자 홀연히 사라져 버렸다. 방덕 일행은 너무도 놀라서 입을 다물지 못했다. 모두들 이구동성으로 소리쳤다.

"진정 기인이로다!"

방덕은 준비한 선물을 일단 다시 챙겼다. 나중에 호걸을 만날 때 다시 전달할 심산이었다.

검을 들고 원수를 갚으러 떠나네,
의리를 중시하니 황금은 거들떠보지도 않는구나.
간사한 놈의 혓바닥이,
의로운 호걸의 마음을 농락했구나.

자, 이제 이야기가 둘로 나뉜다. 왕태와 다른 두 명의 하인은 이면이 성문을 나서 무슨 손님을 마중하는 것도 아니고 그저 계속해서 말을 몰아 달리기만 하는 걸 보고는 이게 대체 무슨 영문인지 어안이 벙벙할 따름이었다. 단숨에 30리를 달렸다. 날이 이미 저물었으나 객점을 찾을 생각도 하지 않았다. 음력 13일, 밝은 달이 하늘에 걸렸다. 달빛을 타고 길이 험하고 말고를 따지지 않고 마치 뒤에서 누가 쫓아오기라도 하는 양 온 힘을 다해 도망쳤다. 입도 뻥긋하지 않고 오직 달리기만 했다.

밤 열 시가 가까워지는 시각, 60여 리를 달려 한 마을에 이르렀다. 벌써 정형현이다. 목이 마르기도 하고, 배가 고프기도 하고, 말도 지쳐 더는 달리기 힘들어 보였다. 노신이 말했다.

"한참 멀리 달려왔으니 별일은 없을 것 같습니다. 여기서 머물 만한 곳을 찾아 머물렀다가 내일 날이 밝으면 바로 출발하시지요."

이면은 그 말을 듣고 객점을 찾았다. 그러나 밤이 늦어 그런지 객점마다 대문을 닫아걸어 어디 머물 곳이 없었다. 마을을 훑어 끝까지 가다 보니 그래도 객점 하나가 대문을 반쯤 열어놓고 이것저것 정리하고 있었다. 이면 일행은 말에서 내려 객점 안으로 들어갔다. 먼저 말을 끌고 마구간으로 가서 여물을 먹이라 했다. 노신이 주인장에게 말했다.

"여보시오, 우리가 쉴 만한 정갈한 방이나 하나 내주쇼."

"우리 객점 방은 안 깨끗한 방이 하나도 없습죠. 마침 빈방이 딱 하나 남아 있기는 하외다."

주인장이 점원을 시켜 방으로 안내하게 했다. 이면이 그제야 의자에 털썩 주저앉아 한숨을 내쉬었다. 왕태가 더는 참지 못하고 물었다.

"나리, 현령께서 그렇게 나리를 더 머물다 가시라고 붙잡고, 그예 가셔야 한다면 모레 말을 내주고 직접 전송하여 주신다고 했으니 그 말대로 하시면 될 것을 뭐 하러 이렇게 짐도 다 버려두고 야반도주하느라 사서 고생을 하십니까! 저 노신이 따라 오는 건 또 무슨 이유입니까?"

이면이 장탄식을 하고 나서 대답했다.

"네가 그 속사정을 어찌 알겠느냐? 저 노신이 아니었다면 나와 너희들은 뼈도 못 추리고 죽었을 것이다. 그래도 불행 중 다행으로 그 호랑이 아가리 같은 곳에서 빠져나올 수 있었으니 그것만으로 감사할 따름이지. 뭐 짐을 못 챙겼네, 힘드네 하는 말은 할 계제가 아니로다."

왕태가 깜짝 놀라며 그 연고를 물었다. 이면이 대답하려는 찰나 객점 주인이 찾아왔다. 객점 주인은 이면 일행 다섯이 말 다섯 필을 타고 야밤에 묵으러 오는데 짐은 하나도 없는 걸 보고 나쁜 짓을 하는 무리가 분명하다는 생각이 들어 대체 뭐 하는 사람인지 물어보고자 했다.

"형씨들은 무슨 일을 하오? 무슨 일을 하기에 이 시각에 여기에 다 오신 거요?"

이면은 그렇지 않아도 속으로 부아가 끓어올라 누구한테라도 털어놓고 싶었던 차에 객점 주인이 이렇게 물어주니 기다렸다는 듯 바로 입을 열어 대답했다.

"말하자면 사연이 참으로 길다오. 거기 좀 앉으시오. 내가 차근차근 설명해 드리리다."

이면은 방덕이 강도짓을 하고 붙잡혔을 때 그의 재주가 아까워 몰래 왕태를 시켜 풀어주게 했던 일부터 이 일로 말미암아 파면당한 일, 우연히 다시 방덕을 만나게 되어 방덕의 곁에 머물며 후한 대접을 받았던 일, 오늘 오후 방덕이 자기 아내의 말에 넘어가 자기를 죽이려 했던 일 그리고 노신이 그 소식을 알고 자기한테 황급히 알려줘 도망쳐 나온 일까지 자세하게 설명했다. 왕태는 그 말을 듣고는 방덕을 배은망덕한 놈이라고 거듭 욕했다. 객점 주인도 탄식을 멈추지 못했다. 노신이 말했다.

"주인장, 나리께서 말을 타고 오느라 힘들었을 텐데 어서 술과 안주 좀 챙겨오시오. 그걸 드시고 한숨 주무시고 길을 떠날 수 있게 말이오."

객점 주인이 그러마 대답하고 방을 나갔다. 바로 이때 침상 밑에서 신체 건장한 사람이 손에 검을 들고 위풍당당하고 살기등등하게 나타났다. 이면 일행은 너무도 놀라 얼이 다 빠지고 말았다. 그들은 바닥에 무릎을 꿇고 사정했다.

"제발 목숨만 살려주십시오."

호걸이 이면을 부축하여 일으키더니 말했다.

"놀라지 마십시오. 어서 일어나셔서 제 말을 들어보십시오. 저는 제 나름대로 의로운 사람이라 자부하고 의리를 배반한 자들을 응징하는 일에 앞장서왔소이다. 한데 방덕이 없는 말을 지어내 그대를 모함하여 저에게 그대를 죽여 달라고 부탁했소이다. 그 방덕이란 놈이 이렇게 양심도 없고 배은망덕한 놈이라니! 그대가 이렇게 사실을 이야기하지 않았다면 제가 엉뚱하게 그대를 죽였을 것이오."

이면이 황급히 절하며 말했다.

"그저 나를 살려주신 은혜에 감사할 따름이외다."

호걸이 이면을 말리면서 말했다.

"그런 말씀은 필요 없소이다. 내가 지금 어디를 갔다가 바로 돌아오겠소이다."

호걸은 마당으로 나가더니 담을 뛰어넘어 마치 새가 날아가듯이 어디론가 순식간에 사라져 버렸다. 이면 일행은 놀라서 벌린 입을 다물 줄을 몰랐다. 호걸이 다시 돌아오겠다는 말은 또 무슨 의미인지도 알 수가 없었다. 걱정되는 마음에 잠을 이룰 수가 없었고 객점 주인장이 준비해 준 술과 음식을 들지도 못했다.

숨을 헐떡이며 먼 길을 도망쳤네,
침상 밑에 숨어 있다 불쑥 나타난 호걸.
억울한 속마음을 하소연했더니,
호걸이 그걸 듣고 누가 진실을 말하는지 바로 알더라.

한편, 방덕의 아내는 남편이 돌아와 호걸에게 일을 잘 부탁했고, 호걸은 또 선물마저도 사양했다고 말하는 걸 듣고 입이 찢어져라 웃으며 좋아하면서 바로 술상을 차리고 불을 밝힌 채 대기했다. 진안도 곁에서 함께했다. 자정이 가까운 시각, 마당 나뭇가지에서 잠들어 있던 새들이 놀라 지저귀기 시작하고 나뭇잎이 우수수 떨어지며 장정 하나가 성큼성큼 방 안으로 걸어 들어왔다. 방덕이 고개를 들어 바라보니 바로 그 호걸이었다. 한데 호걸의 모습이 마치 하늘의 신이 강림한 것처럼 보여 전에 보았던 모습과는 영 딴판이었다. 방덕은 놀랍기도 하고 반갑기도 했다. 호걸은 그런 방덕을 거들떠보지도 않고 얼굴에 노기를 띠고서 저벅저벅 방덕 곁으로 다가와 앉았다. 방덕 부부는 호걸에게 절을 하며 감사의 뜻을 표했다. 그런 다음 입을 열어 뭐가를 물어보고자 했더니 호걸이 온통 화가 난 얼굴을 하고서는 칼을 뽑아 들고 방덕을 겨누며 소리쳤다.

"이 죽일 놈! 이면 어르신이야말로 네놈의 목숨을 구해준 은인이거늘 은혜를 갚을 생각은 하지 않고 마누라 말에 현혹되어 은혜를 원수로 갚으려 하다니. 네놈의 꿍꿍이를 이면 어르신이 알아차리고 스스로 떠났노라. 너 스스로 반성하여도 시원치 않을 판국에 없는 말을 지어내 나에게 죽여달라고 부탁하다니! 이면 어르신께서 사실을 말해주지 않으셨다면 나 역시도 불의한 일을 저지를 뻔했구나. 네놈의 심장을 갈기갈기 찢어버리는 것 말고는 내 화난 마음을 풀 길이 없도다."

방덕이 입을 열어 뭐라 말하기도 전에 이미 그의 목이 베어져 방바닥에 뒹굴었다. 패씨는 놀라서 그 자리에 얼어붙었다. 평소에는 그렇게 말도 잘하더니 지금은 가슴이 벌렁벌렁, 꿀 먹은 벙어리처럼 한마디도 하지 못했다. 호걸이 패씨를 바라보며 말했다.

"이 요사한 년! 남편한테 착한 일을 권하여도 시원치 않을 텐데 외려 은혜를 원수로 갚으라고 부추기다니. 내가 네년의 폐와 간을 꺼내서 어떻게 생겼는지 봐야겠다."

호걸이 벌떡 일어나 발을 걸어 패씨를 넘어뜨리고는 왼발로 패씨의 머리를 누르고 오른발로 두 다리를 눌렀다. 패씨가 연거푸 소리쳤다.

"호걸이시여, 제발 저를 살려주십시오. 앞으론 다시는 그런 일을 하지 않겠습니다."

호걸이 다시 패씨에게 욕을 퍼부었다.

"이 나쁜 년! 내가 너를 용서해준다 해도 너는 다른 사람을 용서할 줄 모를 것이다."

호걸이 칼을 들어 패씨의 가슴을 찔러 배꼽까지 쭉 그었다. 칼을 입에 물고 두 손으로 갈라진 틈을 벌려 오장육부를 꺼냈다. 호걸의 두 손에서 피가 뚝뚝 떨어졌다. 호걸이 등불에 그걸 비추면서 말했다.

"나는 이 개 같은 년의 폐와 간은 다른 사람들 것하곤 다른 줄 알았더니 뭐 별로 다른 것도 없구나. 한데 어째서 그리 악독하게 굴었을까?"

호걸은 패씨의 오장육부를 바닥에 내려놓고 패씨의 머리를 베어 오장육부와 머리를 가죽 주머니에 넣었다. 손에 묻은 피를 쓱쓱 닦고 칼을 집어넣고 가죽 주머니를 들고 마당으로 나와 담을 뛰어넘어 사라졌다.

의로움과 용기는 하늘과 땅을 뒤덮고,
영웅다운 심장은 귀신을 감동시키네.

한편, 이면 일행은 객점에서 새벽 오시가 넘을 때까지 기다렸다. 이때 홀연히 황금빛이 비치더니 마당에 사람의 형체가 출현했다. 일행은 동시에 자리에서 일어나 바라보았다. 바로 그 호걸이었다. 호걸이 가죽 주머니를 내려놓더니 말했다.

"그 배은망덕한 놈은 나한테 머리가 잘리고 오장육부가 도려졌습니다. 지금 그놈의 머리를 여기 가져왔습니다."

호걸이 가죽 주머니 안에서 머리 두 개를 꺼냈다. 이면은 놀랍기도 하고 기쁘기도 했다. 이면이 엎드려 절하고 나서 말했다.

"그대의 의로움은 천고에 드문 것입니다. 이름이라도 알려주셔서 제가 나중에 보답할 수 있게 해주십시오."

"나는 성도 이름도 없는 사람이외다. 그리고 누구의 보답을 바라고 한 일도 아니외다. 내가 침상 밑에 숨어 있었으니 나중에 혹시라도 다시 만나게 되면 침상 밑의 호걸이라 불러주시오.

호걸이 말을 마치더니 품에서 약을 한 봉지 꺼냈다. 새끼손톱으로 그 약을 덜어 머리의 잘린 부분에 뿌렸다. 그런 다음 이면에게 공수하여 예를 표하고는 담장 처마를 뛰어넘어 눈 깜짝할 사이에 사라져 버렸다. 이면은 목에 잘린 두 머리를 보노라니 겁이 나서 몸이 덜덜 떨렸다. 한데 참으로 기이하게도 잠시 후 그 두 개의 머리가 점점 작아지더니 마침내 맑은 물로 변했다. 이면은 그제야 마음이 좀 놓였다. 날이 밝았다. 노신이 객점 주인에게 돈을 치르고 나서 말을 끌고 나와 다시 출발했다.

이야기꾼이여, 당신이 말하기를 이면 일행이 60리 길을 가서 객점에 투숙했다고 했는데, 이 호걸은 말도 타지 않고서 하룻밤 사이에 어떻게 그렇게 바람처럼 왕래할 수 있었단 말이오? 아, 그러기에 내가 앞에서 그 호걸은 백리 길을 단숨에 다닐 수 있다 하지 않았소. 그 정도는 협객들 사이에선 일상다반사라오. 호걸이 방덕의 부탁을 받을 때는 황혼 무렵이었으니 호걸이 이면 일행을 쫓아가 보니 아직 길에서 열심히 달리고 있고 객점을 잡기 전이라 호걸은 먼저 객점의 방에 들어가 매복하고 있었다오. 호걸이 오가는 것이 마치 바람과도 같아 아무런 흔적이 없으니 호걸이 객점의 방에 숨어 있을 때 아무도 눈치채지 못한 것이라. 이게

다 그 호걸의 무예가 빼어났기 때문에 가능했던 거외다.

한편 호걸이 떠난 다음 별다른 일 없이 밤을 지낸 이면은 다음 날 아침에 일어나 출발했다. 이렇게 이틀을 더 가서 상산에 도착했다. 이면은 곧장 부 청사로 달려가 안 태수를 만났다. 오랜만에 만난 두 사람은 얼굴에 기쁨이 넘쳤다. 안 태수가 이면을 부 청사에서 머물게 했다. 안 태수는 이면에게 짐이 하나도 없는 걸 보고 참으로 이상하다 싶어 그 이유를 물었다. 이면이 그간의 사정을 소상히 설명해주었다. 안 태수는 너무도 기이하다며 찬탄해 마지않았다.

이틀 후, 백향현의 아전들이 현령 부부가 살해당한 연유를 문서로 작성하여 부에 보고했다. 그날 진안, 지성과 다른 하인들도 호걸한테 현령 부부가 살해당하는 것을 목격했으나 모두들 도망가기에 바빴다. 이튿날 날이 밝고 나서야 도망간 하인들이 다시 돌아와 살펴보니 머리가 잘려나간 두 시신이 피가 흥건하게 고인 바닥에 누워 있는데 오장육부가 반은 이미 잘려나가고 머리는 대체 어디로 갔는지 알 길이 없었다. 탁자 위의 그릇 같은 것은 전혀 손 타지 않고 그대로 있었다. 이런 일을 당한 그들은 힘들고 난감했다. 부현령과 사법 담당관에게 보고하니 그들 역시 깜짝 놀라며 현장으로 달려와 검시하고 목격자들에게 관련 사항을 자세하게 물어보았다. 진안은 방덕이 이면을 모함하고 호걸에게 부탁하여 죽이려 했던 일을 자세하게 설명했다. 부현령과 사법 담당관은 포졸들을 불러 모은 다음 진안에게 길 안내를 하라고 하여 그 호걸을 잡으러 출발했다. 이 사실이 온 고을에 다 퍼져나갔고 사람들이 몰려나왔다. 진안의 옆집으로 달려가 보았으나 텅 비어 있고 사람 그림자도 없었다.

부현령과 사법 담당관이 상의했다. 이면이 안 태수의 절친한 친구라는 걸 아는 그들은 이 사건을 그냥 그대로 보고하면 혹시 체면에 누가 될지 걱정이었다. 게다가 자신들의 현령 방덕이 배은망덕한 짓을 했는지라 괜히 이러쿵저러쿵 보고하여 긁어 부스럼을 낼 필요는 없을 것 같았다. 그들은 현령의 사저에 밤새 강도가 침입하여 현령 부부를 살해하고 머리를 잘라 도망쳤고 아직 그 머리를 찾지 못했노라 보고했다. 부현령과 사법 담당관은 이 일을 이렇게 마무리하고 관을 사서 염을 했다. 안태수는 백향현에서 올라온 사건 보고서를 그대로 다시 상부에 보고했다. 당시 하북 일대는 안녹산이 전권을 휘두르고 있었다. 안녹산은 방덕이 살해당했다는 보고를 접하고 자기의 심복을 잃어버린 것이 아까워서 범인을 찾아내라는 문서를 즉시 하달했다. 이면은 이 소식을 듣고 자신이 괜히 이 일에 엮어 들어갈까 봐 안 태수와 작별하고는 고향 장안으로 돌아갔다. 마침 왕홍이 다른 일에 연루되어 옥에 갇히게 되었고 왕홍의 탄핵을 받아 파면당한 자들이 모두 복직되었다. 이면은 원직인 경기 현위에 복직되었으며 반년이 못 되어 감찰어사로 승진했다.

하루는 이면이 장안의 거리를 행차하는데 어떤 사람이 노란색 적삼을 입고 백마를 타고 두 명의 호족 수행원을 거느리고서 이면의 행렬을 향해 다가오고 있었다. 이면의 수행원들이 소리치며 막았으나 전혀 아랑곳하지 않았다. 이면이 고개를 들어 살펴보니 바로 침상 밑의 호걸이었다. 이면이 곧장 말에서 내려 허리를 숙여 호걸에게 절했다.

"호걸이시여, 그동안 별고 없으셨나이까?"

호걸이 웃으면서 대답했다.

"저를 잊지 않으셨군요."

"하루도 마음으로 생각하지 않은 날이 없었으니 어찌 잊을 수가 있겠습니까? 저의 집으로 오셔서 잠시 이야기라도 나누시지요."

"나중에 따로 찾아뵙도록 하지요. 오늘은 함께할 수가 없습니다. 괜찮으시면 제 숙소로 같이 가셔서 이야기를 주고받으면 어떨지요?"

이면이 흔쾌히 호걸을 따라 말을 몰고 경원방의 쪽문 안으로 들어갔다. 집 몇 채를 지나니 저택이 나타났다. 저택의 각 건물이 우뚝우뚝 하늘을 향해 솟아 있었다. 저택 안의 하인들이 족히 수백 명은 되어 보였다. 이면이 말없이 고개를 끄덕였다.

'정말 기인은 기인이로다!'

대청 안으로 들어가 다시 인사를 나누고 각각 주인과 손님의 자리에 앉았다. 잠시 후 술자리가 마련되었다. 그 술자리는 왕후장상의 술자리가 부럽지 않았다. 악대를 불러 곡을 연주하게 했다. 한결같이 천하의 미인이었다. 호걸이 말했다.

"평소 먹던 대로 차린 것이라 귀인을 대접하기에는 턱없이 부족합니다. 너무 꾸짖지는 말아주십시오."

이면이 연신 고맙다는 인사를 했다. 두 사람은 고금의 영웅호걸에 대한 이야기를 나누다가 늦은 시각이 되어서야 헤어졌다. 다음 날 이면이 선물을 준비하여 그 집을 찾아가 보니 집만 덩그러니 있고 호걸의 자취는 찾을 길이 없었다. 이면은 그저 탄식만 하다가 돌아왔다. 이면은 나중에 중서문하평장사로 승진했고 견국공汧國公이라는 봉호를 받았다. 왕태와 노신도 작은 관직을 얻었다.

은혜와 원수는 명확히 구분되는 것,
은혜를 원수로 갚는 것은 절대 해서는 안 되는 일.
침상 밑의 호걸이 나타나,
인간 세상의 악한들을 다 쓸어내 버렸으면.

정 절도사가 신궁으로 공을 세우다

鄭節使立功神臂弓

미치광이 미륵보살이 명주에 찾아오고,
포대화상이 지팡이를 질질 끌고 다니고.
억만 번 변신하고 또 변신해도,
근심이란 놈이 잊지 않고 따라오더라.

한편, 동경 변량성 개봉부에 세상에 둘째가라면 서러울 부자가 살았다. 그 사람의 성은 장張, 집안의 큰아들이며, 이름은 준경俊卿이었다. 장준경은 겨울엔 붉은색 비단 휘장을 치고, 여름에는 하늘거리는 옥빛 휘장을 치고 살았다. 외출할 때면 잘 차려입은 하녀들이 두 줄로 늘어서고, 아름다운 한 쌍의 미녀가 곁에서 짝했다. 집에는 황금과 백은, 점점이 박힌 대모 보석, 흠집 하나 없는 진주, 코뿔소 뿔, 상아 같은 것들이 넘치고 또 넘쳐났다. 준경은 대문에 붙여 건물을 짓고 한쪽엔 금은방, 다른 한쪽엔 전당포를 열었다. 준경의 부친은 얼마 전 세상을 떠났기에 모친만 모시고 살았다. 준경이 다른 사람들한테 베풀기를 좋아하여 사람들이 그를 장 보살이라 불렀다. 어느 날 대문 앞에 스님이 찾아왔다. 그 모습이 범상치가 않았다.

두 눈썹은 눈처럼 하얗고,
두 눈엔 파란 물이 고여 있는 듯.
불에 타는 듯한 붉은 장삼,
일곱 군데나 조각 비단으로 기웠네.
마귀를 잡는 지팡이,
손잡이엔 아홉 개의 주석 고리.
깨달음을 얻은 자이거나,
도력이 높은 스님이려니.

그 스님이 준경에게 다가와 인사를 했다. 장준경도 답례했다. 스님이 소매 품에서 축문을 적은 종이를 꺼냈다. 그 종이에는 '죽림사에서 녹나무 5백 그루의 시주를 특별히 요청합니다.'라고 적혀 있었다. 준경은 말없이 생각에 잠겼다.

'내가 어려서부터 말로만 들어왔던 죽림사의 스님을 이렇게 뵙게 되다니! 한데 우리 집의 녹나무는 선친이 살아계실 때 태산의 동악東岳에 번듯한 불당을 짓겠다고 서원했던 것을 아직 이뤄드리지 못했구나.'

준경이 스님에게 이렇게 대답했다.

"그 녹나무는 선친께서 살아계실 때 용처를 미리 정해두신 것이라서 함부로 손댈 수 없습니다. 다른 것이라면 제가 다 시주해드리겠습니다."

"나리께서 시주할 마음이 없으신 모양이니 밤에 내가 사람을 시켜 가져가도록 하겠습니다."

그 스님은 말을 마치더니 몸을 돌려 가버렸다. 준경이 혼잣말했다.

'저 스님이 제정신이 아닌 모양이군!'

해가 서산에 기울고 장준경은 술 몇 잔을 들고 잠자리에 들려고 했다. 당직을 서던 하인이 달려와 소리쳤다.

"나리, 큰일 났습니다. 뒷마당에 불이 났습니다."

준경이 깜짝 놀라서 황급히 달려가 보니 불길이 매섭게 올라오고 있었다. 그 불길 사이로 아침에 찾아왔던 스님이 백여 명의 장정과 함께 있는 게 보였다. 장정들은 키가 칠팔 척이나 되는 거구라 얼핏 보면 사람으로 안 보일 정도였다. 그 장정들이 모두 녹나무를 옮기고 있었다. 준경이 그 사람들을 좀 더 가까이 다가가 살펴보려 하는 순간 잠시 불길을 잦아들더니 스님과 장정들이 모두 사라지고 보이지 않았다. 다시 뒷마당으로 가서 살펴보니 500그루의 녹나무가 흔적조차 하나 남기지 않고 모두 사라져 버렸다.

'어찌 이런 일이 일어났을꼬! 선친의 서원을 어떻게 이뤄드리지?'

준경은 밤새 잠을 이루지 못했다.

물시계 소리조차 숨을 죽이고,

해가 빛을 뿜어내어 어둠을 사르네.

옆집에서 닭이 꼬꼬댁,

여인이여 어서 일어나 분단장하라네.

말은 쉬지 않고 히잉히잉,

나그네여 어서 길을 떠나 부와 명예를 찾으라 하네.

몇 조각 아침노을은 산등성이에 걸리고,

아침 해가 동녘에서 얼굴을 내미네.

준경이 아침에 일어나 세수를 마치고 선친 영전에 향을 사르고 나서 어머니에게 어젯밤 일을 말씀드렸다.

"3월 28일에 태산 동악에 찾아가 돌아가신 아버님의 서원을 어떻게 이뤄드려야 좋을지 모르겠습니다."

"아들아, 너무 걱정 마라. 때가 되면 자연히 방법이 생길 것이다."

어머니와 이야기를 나누고 나서 준경은 금은방으로 나갔다. 때는 바야흐로 2월 중순이었다.

황금재갈 물린 말이 파릇파릇한 풀밭에서 노닐고,
살구꽃 필 제 저 사람 기루에서 술에 흠뻑 취하고.

이때 밖에서 징 소리가 들려왔다. 젊은 군관 하나가 수행원 하나를 데리고 모임 안내장을 들고서 준경에게 모임에 참가하라 초대하러 왔다. 선친이 살아계실 적에 친구 열 명과 함께 계를 만들었던 적이 있었다. 계원이 하나둘 세상을 뜨니 계모임이 흐지부지되었다. 그 계원의 아들 한둘이 나서서 아들들의 계모임을 조직하려 했다. 아직 2월 중순이지만 새 계원들끼리 들놀이라도 가려는 참이었다. 준경이 그에게 대답했다.

"나는 참석하기 힘들겠소이다. 선친의 서원을 이뤄드려야 하는데 녹나무가 다 사라져 버렸으니 이 와중에 어찌 참석할 수 있겠소이까?"

"계원이 한 명이라도 모자라면 이 계모임은 그냥 깨버리려 합니다."

준경이 그 말을 듣고서 주저하다가 어머니를 찾아뵙고서 말씀드렸다.

"계원들이 계 모임을 하자고 하는데 저는 녹나무를 잃어버려서 아버님의 서원을 이뤄드릴 일이 막막해져서 안 갈까 합니다."

어머니가 그 말을 듣고 비단 주머니를 건네며 말했다.

"이것은 네 아버지가 물려주신 것으로 이국에서 들여온 값을 따질 수 없는 보물이다. 이거로 네 아버지의 서원을 이뤄드리도록 해라."

준경이 어머니에게서 비단 주머니를 건네받아 붉은 색종이에 싸여 있는 것을 꺼내어 펴보았다. 옥가락지 한 쌍이었다. 준경은 어머니께 고맙다는 말씀을 드리고 젊은 군관에게 계모임 초청장을 받고 계에도 가입하고, 계모임의 들놀이, 즉 태산의 사당에 놀러 가는 것도 함께하기로 했다. 나머지 아홉 명의 계원들도 들놀이 갈 준비를 하고 하인들도 따라오게 했으니 그건 따로 이야기할 필요가 없겠다. 한편 준경은 군관처럼 차림새를 갖추었다.

卍자 문양 새겨진 사각 두건 쓰고,
동물 모양 조각 새긴 금반지 한 쌍 끼고.
서천 산 비단으로 지은 도포 차려입고,
붉은색 허리띠 둘러매고.
손잡이를 옥으로 장식한 칼 한 자루 차고,
가죽신 한 켤레 신었다네.

준경은 계원 몇몇과 함께 출발했다. 주리면 먹고 목마르면 마시고 밤이면 자고 해가 뜨면 길을 갔다. 며칠 후 태산의 동악에 도착하여 객점에 여장을 풀었다. 작정한 대로 2월 보름에 계원 열 명은 사당에서 향을 사르고 각자의 소원을 빌었다. 준경은 어머니한테 받은 옥가락지 한 쌍을 병령공炳靈公1) 사당 전에 바쳤다. 소원을 빌고 나서 별로 할 일이 없어 사당 회랑에 앉아 공연하는 모습과 술을 따라 바치는 것을 구경했다. 계원들은 모두 젊은이인지라 이 김에 산봉우리에 올라가 보기로 했다.

---

1) 도교 신선으로 동악대제의 셋째 아들이다. 오나라 지역에서 불의 신으로 섬김을 받았다.

준경도 일행을 따라 산행을 시작했다.

산은 높고 물은 맑고,
바람은 부드럽고 구름은 한가하네.
산봉우리 바위는 병풍처럼 둘러섰고,
소나무, 대나무는 마치 그림과도 같구나.
옅은 안개,
하늘에서 울려 퍼지는 새 지저귀는 소리.
따사로운 햇살,
버들가지, 파릇한 풀 어우러지는 이곳.

걷다 보니 피곤함을 느낀 준경은 나머지 일행한테 먼저 가라 하고 자기는 정자에 걸터앉아 다리쉼을 했다. 어디선가 도끼질하는 소리가 들려왔다. 준경이 바라보니 대나무 울타리 안에서 도량을 짓고 있었다. 칠팔 척은 되어 보이는 장정들이 울타리 안에서 작업을 하고 있었다. 마침 나무토막 하나가 굴러오기에 준경이 집어보았다. 자기 집에서 보관하던 녹나무였다. 선친이 도장을 찍어둔 흔적이 그대로 남아 있었다. 대체 이게 어찌 된 영문인가 하며 의아해하고 있자니 한 행자가 대나무 울타리 문을 열고 나와 준경에게 읍했다.
"주지 스님께서 나리와 함께 차라도 한잔 나누고 싶어 하십니다."
준경이 대나무 울타리 사이의 문 안으로 들어서니 마치 전설 속의 달나라 궁전에 들어가는 듯한 기분이 들었다.

일주문은 높기도 하네,
불당은 속세의 기운 하나 없어 맑기도 하여라.

일주문엔 황제의 친필 액자,

금강역사의 불상 두 개.

뭍과 물의 만물을 조각한 보대 위엔 관음보살상,

관음보살상 머리 덮개 아래엔 귀자모鬼子母.2)

준경이 일주문 안으로 들어가니 스님 한 분이 나와서 합장했다.

"일전에 큰 시주를 해주신 분께서 이렇게 직접 찾아주셨군요. 어서 안으로 들어가셔서 차 한 잔 같이 나누시지요."

준경이 멀리서는 미처 알아보지 못했으나 가까이 다가가 보니 지난번에 녹나무를 시주해달라고 했던 스님이 분명했다. 준경은 자기도 모르게 이렇게 대답했다.

"지난번에 스님께서 저를 찾아오셨을 때 실례를 범하고 말았습니다."

스님은 준경을 주지승 방으로 안내하여 같이 들어갔다. 서로 인사를 나누고 자리를 잡고 앉았다. 차를 한 모금 마셨을까 하는 순간 서로 이야기를 꺼내기도 전에 밖에서 노란 두건을 두른 자가 찾아와 뚝배기가 깨지는 듯한 목소리로 외쳤다.

"스님, 병령공이 여기 오셨습니다."

준경은 깜짝 놀랐다.

'병령공은 동악의 신령이신데 어떻게 여기 나타날 수 있다는 말인가!'

---

2) 하리티(Hāritī), 귀자모란 호칭은 아이를 잡아먹었던 데서 유래했다. 마가다국 왕사성에 어린아이가 실종되거나 살해되는 일이 잦았다. 사람들이 부처님에게 하소연하여 부처님이 하리티 집을 찾아가 보니 하리티의 500명 자식들이 즐겁게 뛰어놀고 있기에 그중 하리티가 가장 예뻐하는 아이를 데리고 떠났다. 자기 아이가 사라진 걸 알고 하리티는 7일 동안 찾아 헤매다 마침내 부처님을 찾아왔다가 자기 아이 하나 잃고 그렇게 슬퍼하면서 어이하여 다른 아이를 해치느냐는 가르침을 받고서야 잘못을 깨우치고 불교에 귀의하여 출산과 육아의 수호신이 되었다 한다.

스님이 준경에게 말했다.

"병풍 뒤에 잠시 숨어계시오. 소승이 이 일을 해결하고 나서 다시 이야기하도록 합시다."

준경은 스님의 말대로 병풍 뒤에 숨었다. 노란 두건을 쓴 십여 명의 장정이 신령의 뒤를 따라 들어왔다.

일자 눈썹, 쭉 찢어진 눈,
멋진 용모, 깔끔한 분위기.
붉은 비단 곤룡포,
남전에서 나는 백옥으로 장식한 허리띠.
금으로 테를 두른 모자,
비단 신발 한 켤레.

준경이 동악 사당에서 보았던 모습과 같았다. 스님이 계단 아래로 내려가 읍을 하더니 이렇게 물었다.

"어제 그 일을 어찌 되었습니까?"

"그 사람이 자기는 죽어도 제후 노릇은 하고 싶지 않고 딱 3년만 황제 노릇을 하겠다고 버팁디다."

"그렇게 말을 안 듣는다고 하니 소승에게 한번 데려와 보시지요."

장정 몇이 8척 장신의 한 사내를 붙잡아오는데 그 사내 온몸에 문신이 가득했다. 주지 스님 방에 이르자 그 스님이 그자에게 말했다.

"그대를 제후를 시켜주겠다는데 거절하는 이유가 무엇이오? 황제가 되려고 그리 애를 쓰다니! 매를 벌고 있구먼."

말을 마치기가 무섭게 노란 두건을 쓴 장정들이 그 사내를 바닥에 엎어놓고 곤장을 쳤다. 그 사내는 한숨을 몰아쉬더니 말했다.

"멈추시오. 그래 나에게 3년 황제를 시켜주지 못하겠다니 그냥 제후 노릇을 하겠소."

노란 두건의 장정이 곧장 그 사내의 얼굴 앞에 문서 한 장을 내밀고 서명을 받고는 풀어주었다. 병령공이 몸을 일으켜 예를 표하며 말했다.

"스님께 이런 심려를 끼치고 말았습니다."

인사를 마치고 병령공이 떠나갔다. 스님이 준경에게 병풍 뒤에서 나오라 했다. 스님이 준경에게 말했다.

"산문에서 대접할 만한 게 없소이다. 그저 약주나 한 잔 드시고 말씀을 나누시지요."

"스님께서 배려해주니 감사할 따름입니다."

준경이 약주를 몇 잔 마시고 나니 스님이 사람을 불러 그 잔을 치우게 했다. 스님이 준경에게 말했다.

"소승과 뒷산을 좀 거닐지 않으시겠습니까?"

"스님 말씀대로 하겠습니다."

둘이서 같이 산길을 걸었다.

우뚝 솟은 기이한 봉우리들,
아름다운 나무들은 그림자를 드리우고.
높디높은 기암괴석이 구름을 뚫고 솟아오르고,
하얀 비단을 펼친 것 같은 폭포의 물줄기.
만 개의 봉우리가 푸른 하늘 위로 솟아올랐는데,
그 가운데 한 봉우리 붉은 구름 위에 우뚝하구나.

준경이 그 풍경에 도취하여 자기도 모르게 스님에게 말했다.

"기암절벽이 참으로 험준해 보입니다."

"그리 위험하지는 않소이다. 이 물줄기를 보시지요."

준경이 고개 숙여 아래쪽 물줄기를 바라보는데 스님이 준경을 아래로 밀어버렸다. 준경이 소스라치게 놀랐다. 일어나 보니 정자에 누워 있더라.

'참으로 이상하다. 꿈이라고 하기엔 내 입의 술 향기가 그대로 남아 있고 꿈이 아니라고 하기엔 내가 걸어온 발자국이 보이지 않는구나.'

준경이 한창 생각에 빠져 있자니 다른 계원들이 돌아왔다.

"아니 어째서 오지 않는가 했더니 여기서 잠든 거였구먼."

"아이고, 몸이 좀 불편하여 같이 못 갔소이다. 미안하게 되었소."

준경이 자신의 꿈 이야기는 꺼내지 않았다. 계원들은 산행을 마치고 인사치레할 선물도 사고 짐도 꾸리고 하면서 돌아갈 준비에 분주했다. 준경이 집에 돌아오니 친지들이 원근 각처에서 찾아와 대접해주었다. 준경이 어머니를 보니 너무도 반가웠다.

사시사철 흘러가는 것이 베틀의 북 같아,
눈 깜빡할 사이에 한 해가 또 가버리네.

벌써 섣달 초, 차가운 북풍이 불어오고 하늘에선 눈발이 날렸다. 「자고천」사 한 수를 읊어보자.

사방이 얼어붙게 하는 차가운 바람,
하늘에서 어지럽게 날리는 눈.
순식간에 사방을 분간할 수 없게 만들더니,
산과 물을 흔적도 없이 다 덮어버렸네.
하얀 세계, 백옥 천하,

곤륜산마저 덮어버렸네.
이 눈이 삼경까지 내리면,
옥황상제 계신 곳까지 온통 하얗게 물들이리.

준경은 이렇게 눈이 많이 내리는 걸 보고 하인에게 창고를 열고 곡식을 꺼내어 가난한 사람들에게 나눠주게 했다.

한편 어느 객점의 투숙객이 점원한테 이렇게 독촉을 당하게 되었다.

"손님같이 사지육신 멀쩡한 사람이 부지런히 움직일 생각은 안 하고 아직도 드러누워 있구먼요. 오늘도 방세가 두 달 치나 밀렸는데 손님, 어서 방을 좀 비워주시라고요."

손님이 장탄식하더니 말했다.

"아이고, 너무 그렇게 몰아붙이지 말게. 나도 어쩔 수 없어서 그러는 것 아닌가!"

"오늘 앞 골목에 사는 장 나리가 창고를 열어 가난한 사람 구제한다고 하는데 거기 가서 배라도 좀 채우고 돈 몇 푼이라도 얻어서 노자에 보태시죠. 내가 뭐 손님한테 밀린 방세 받으려고 이러는 건 아니라고요."

"자네한테 너무 미안하네."

손님이 너덜너덜한 두건을 쓰고 다 해진 옷을 걸쳐 입고 종아리와 발을 그대로 드러낸 채 객점을 떠나 바람과 눈을 맞으며 준경의 집으로 향했다. 일이 참 재수가 없으려니 늦게 도착한 나머지 곡식 나눠주는 게 끝나고 말았더라. 손님이 준경 집 대문 앞에 다다라 문지기에게 말했다.

"댁에서 가난한 사람들을 도와준다고 해서 왔소이다."

"일찍 오지 그러셨소. 다 끝났소이다."

손님은 아이고 하는 소리를 내더니 그냥 땅바닥에 쓰러져버렸다. 준경이 그 모습을 보고 즉시 하인에게 일으켜 세우라 하여 그 손님이 다시 정신을 차렸다. 준경이 그의 얼굴을 살피다가 깜짝 놀랐다. 태산 동악 정자에서 꾸었던 꿈속에서 본 남자였던 것이다. 준경이 물었다.

"그대는 어디 출신이오? 성과 이름은 어찌 되시오? 지금은 어디에 머물고 계시오?"

그 손님이 두 손을 공손하게 모으고 대답했다.

"소인은 정주 봉녕군 출신으로, 내로라하는 부잣집 소생이었습니다만 조실부모하여 이런 지경이 되고 말았습니다. 나리 집 뒤에 있는 옥파 객점에서 머물고 있습니다. 성은 정鄭, 이름은 신信이올시다."

준경은 즉시 헌 옷 몇 벌을 챙겨주고 밥상을 차려내게 하여 대접했다. 준경이 정신에게 물었다.

"그대는 무슨 재주가 있으시오?"

"문서를 작성할 줄 알고 계산도 할 줄 압니다."

준경은 정신에게 돈을 건네주고 객점으로 돌아가 밀린 방세를 내게 했다. 정신이 장부 정리도 할 줄 알고 계산도 능한데다 자기가 꿈속에서 본 자와 얼굴도 똑 닮아서 자기 휘하의 일꾼으로 거두기로 했다. 정신은 본성이 영리하기도 하고 매사를 신중하게 처리하고 준경을 심히 존경하니 준경이 바로 정신을 심복으로 삼았다.

세월은 유수와 같이 흘러 다시 한 해가 지나고 또 2월이 왔다. 계원들이 준경에게 바람 쐬러 교외로 나가자고 청해왔다. 계 모임도 하고 그 김에 봄맞이 들놀이도 한번 하려는 심산이었다. 계원 몇몇은 평소 안면을 터 두었던 기생을 함께 데리고 가기로 말을 맞춰놓기도 했다. 그들은 준경이 아직 삼년상을 다 마치지 않은 것을 알기에 혹시 기생을 데려가는 걸 꺼릴까 봐 준경 몰래 일단 용모가 빼어난 기생 하나를 미리 오게 해두었다. 그 기생은 양경兩京3)을 통틀어 시도 잘 짓고 술도 잘 마신다고 소문난 기생 중에서도 으뜸 기생으로 왕천王倩이라 불렸다. 준경과 아주 잘 어울리는 그런 기생이었다. 준경은 왕천을 보더니 그냥 돌아가려고 들었다. 왕천이 준경을 붙잡았다.

"나리, 오랜만이네요. 제가 그동안 나리께 너무 소홀했습니다."

"그대 호의는 고맙소만 선친께서 돌아가셔서 아직 상복을 입은 처지라 괜히 다른 사람 눈에 띄어 불효자식이란 소리를 들을까 걱정이오."

준경이 다른 계원들에게 말했다.

"여러분들이 이렇게 나를 아껴 호의를 베풀어주는 것이야 고맙기 그지없으나 제가 맘이 불편하니 먼저 돌아가겠소이다."

다른 계원들과 왕천이 몇 번이고 붙잡으니 준경은 차마 뿌리치지 못하고 왕천을 옆에 두고 자리에 앉았다. 계원들은 각자 기생을 옆에 앉히고 술을 마시기 시작했다. 한창 술을 마시고 있을 때 누군가 찾아왔다. 그 사람이 어떤 모습이었을까?

남청색 두건을 쓰고,
금가락지 한 쌍을 끼고.
하얀 비단 조끼를 차려입고,
붉은색 허리띠를 매고.
고리가 부얼부얼 달린 삼베 신발 신고,
손에는 대광주리 하나 들고 있더라.

그자가 일행 앞으로 다가오더니 대광주리를 내려놓고 두 손을 가슴

---

3) 북송 때 낙양을 서경, 개봉을 동경이라 불렀다. 송나라를 건국한 조광윤은 주나라, 한나라의 수도였던 낙양과 개봉을 두고 고민하다가 개봉을 수도로 정했다. 개봉 서쪽에 있는 낙양은 서경이라 부르고 주요 거점으로 삼아 우대했다. 낙양과 개봉은 200킬로미터 정도 떨어져 있다.

앞에 모아 예를 갖추고는 인사를 세 차례 했다. 계원들이 물었다.

"무슨 일이 있으시오?"

그자는 말없이 대광주리에서 부엌칼을 꺼내어 쟁반을 하나 달라고 하여 소고기를 썰어서 쟁반에 담더니 계원들에게 말했다.

"여러분께서 여기서 술을 드신다는 말을 듣고 특별히 권해드리고자 찾아왔습니다."

그자가 쟁반을 계원들 앞에 내려놓고 일어섰다. 준경은 속으로 불쾌한 생각이 들었다.

'내가 저놈한테 몇 번이나 피해를 입었던고!'

그자는 동경의 유명짜한 파락호로 성은 하, 이름은 덕이었으나 별명인 광대로 더 잘 알려진 인물이었다. 하덕의 여동생이 일찍이 준경의 선친에게 시집왔다가 남편과 싸우고는 자기 분을 못 이겨 목매달아 죽고 말았다. 하덕은 이 일을 핑계로 몇 번이고 찾아와 선친에게 겁을 주고 손을 벌렸고 준경에게도 한두 번 찾아온 적이 있었다. 다른 계원들이 한마디씩 했다.

"걱정하지 마시게. 그저 돈을 좀 뜯어내려고 하는 거 아니겠어. 신경 쓰지 말고 술이나 들게."

바로 이때 하덕이 일행을 바라보고 말했다.

"오늘은 내가 운수대통했구먼. 이렇게 귀한 분들을 한꺼번에 보니!"

계원들이 말했다.

"우리 각자 두 냥씩 추렴해서 줍시다."

하덕이 손을 벌리고 준경 앞으로 다가오니 준경이 말했다.

"우리 계원들이 정한대로 나도 두 냥을 주지."

하덕이 그런 준경을 보더니 이렇게 말했다.

"여봐, 남들하고 똑같이 하면 안 되지. 남들이 두 냥을 내면 넌 2백 냥은 내야지."

"남들보다 두 배 해서 넉 냥이면 됐지 무슨 2백 냥을 내라는 거야?"

"다른 사람들이야 그렇지만 넌 나하고 친척 사인데 나한테 섭섭하게 하면 안 되지!"

준경은 하덕에게 스무 냥을 주겠노라 약조했다. 다른 계원들이 하덕에게 그 정도면 충분하지 않냐며 다독였다. 하덕이 말했다.

"내가 다른 사람들 얼굴 봐서 그리 하지. 근데 지금 당장 줘야겠어."

"지금은 없으니 내가 문서를 써줄 것이니 내 집 창고에서 받아 가게."

하덕이 알았다고 하고는 그 문서를 받아서 떠났다. 하덕이 준경의 창고 앞에 도착하여 주렴을 걷고 인기척 소리를 내니 준경의 하인들이 인사를 했다. 아직 출세하기 전인 정신이 하덕에게 물었다.

"물건을 맡기실 거요, 아니면 물건을 찾으시는 거요?"

"맡기는 것도 아니고 찾는 것도 아냐. 자네 주인의 문서가 여기 있으니 어서 스무 냥을 내놓으라고."

"주인 나리께서 뭘 사셨기에 스무 냥이나 되는 많은 돈을 지불하라는 거요?"

"나한테 소고기를 샀지."

"아니 주인 나리께서 그렇게 소고기를 많이 사셨던 말입니까?"

"점원 이놈아, 쓸데없이 묻지 말고 어서 돈 스무 냥이나 내놓아라."

정신은 하덕에게 스무 냥을 건네주고 싶은 마음이 들지 않았기에 그 스무 냥을 손에 들고 이렇게 말했다.

"여보쇼, 돈은 여기 있으니 나랑 같이 우리 주인 나리한테 가봅시다. 만약 주인 나리께서 맞다 하시면 바로 줄 거요."

이 말을 듣고 하덕이 바로 욕을 하기 시작했다.

"이런 빌어먹을 놈이 다 있나! 네놈 주인이 나한테 주라고 했으면 줄 것이지. 그래 좋다. 나랑 같이 가자. 가서 이 문서가 가짜가 아니란 걸 똑똑히 보여주마."

정신이 하덕을 이끌고 같이 준경이 있는 곳으로 가보니 준경이 정자에서 계원들과 술을 마시고 있었다. 정신이 다가가 기별했다. 준경은 정신이 찾아온 걸 보고 이렇게 말했다.

"아니 무슨 일로 온 건가?"

"나리, 나리께서 스무 냥을 지급하라고 한 문서를 누가 가져왔기에 한번 여쭤보고자 이렇게 찾아왔습니다."

"그놈은 파락호라네. 그냥 줘버리게."

하덕이 그 말을 듣더니 냉큼 다가와 정신 수중에 있는 은자를 채가려고 했으나 정신이 한사코 빼앗기지 않으려 하면서 하덕에게 소리쳤다.

"주인 나리께선 너에게 은자를 주라 하시지만 내가 결코 주고 싶은 마음이 없다. 네놈이 동경의 소문난 파락호라며 함부로 사람들에게 돈을 빼앗는 모양인데 다른 사람들은 너를 무서워할지 모르나 나는 네가 하나도 무섭지 않다. 좋다. 저분들 앞에서 우리 한판 겨뤄보자. 네가 나를 한 대라도 때리면 이 은자를 너에게 줄 것이나 한 대도 때리지 못하면 네가 그동안 파락호랍시고 쌓았던 명성은 그냥 무너지고 마는 거다."

하덕이 한마디 했다.

"참나, 내가 저런 하인 놈한테 다 무시를 당하는구먼!"

"입으로만 잘난 척하지 말고 어서 여기 널찍한 곳으로 나와서 나랑 한판 붙자."

정신이 웃통을 벗어젖히자 계원들이 보고서 모두 갈채를 보냈다. 일단 생김새도 멋진 데다 왼쪽 팔에는 세 신선이 검을 들고 있는 모습이, 오른쪽 팔에는 다섯 귀신이 용을 잡는 모습의 문신이 새겨져 있었다. 가슴엔 사각형 모양의 무늬가, 등에는 파산의 용이 물에서 빠져나오는 모습이 새겨져 있었다. 하덕도 웃통을 벗었다. 그놈의 몸에는 몇 개의 사각형 모양의 무늬와 투박한 글자체로 '참을 인' 자가 새겨져 있었다. 두 사람은 마당에서 승부를 겨루었다. 정신이 주먹으로 하덕의 정수리 한가운데를 명중시켰다. 하덕이 쿵 하고 바닥으로 쓰러지더니 즉사하고 말았다. 놀란 계원들과 기생들이 뒷걸음질 쳤다. 포졸들이 득달같이 달려와 정신을 에워쌌다. 정신이 손바닥을 맞부딪쳐 소리를 내면서 말했다.

"나는 정주 봉녕군 출신이오. 지금은 저 장씨 나리 밑에서 점원 노릇을 하고 있소. 저 하덕 놈이 우리 주인 나리의 돈을 편취하려 하기에 내가 한 대 때려준다는 게 너무 셌던 모양이오. 다른 사람들은 아무 상관없는 일이니 어서 나를 잡아가시오."

포졸들이 이구동성으로 찬탄했다.

"영웅이로다. 동경의 골칫거리를 없애주었네. 저런 의인이 살인죄로 목숨을 잃으면 어떡하나!"

포졸들은 정신을 묶어 개봉부 청사로 압송하고 더불어 검시를 위하여 하덕의 시체를 끌고 갔다. 정신은 모든 사항을 순순히 인정하고 하옥되어 집행을 기다렸다. 준경이 부의 관원들에게 돈을 써서 정신을 잘 봐달라 부탁하고 더불어 사형 집행을 조금이라도 늦춰줘서 황제의 사면을 기대할 수 있게 해달라고 했다.

하루는 개봉부의 부윤이 사당에 참배하려고 가마를 타고 나섰다가 길가에 오래된 마른 우물에서 검은 기운이 하늘로 치솟는 걸 보았다. 부윤은 곧장 가마를 멈추게 하고 그걸 바라보더니 기이하다는 말을 연발했다. 사당에 도착하여 향을 사르고 부로 돌아와 사처로 돌아가지 아니하고 바로 청사 집무실로 들어가 휘하의 관리들을 모두 불러 모았다. 잠시 후 관리들이 모두 들어오자 같이 차를 나누고 나서 부윤이 물었다.

"오늘 사당을 다녀오는 길에 오래된 마른 우물을 보았는데 그 우물에서 검은 기운이 하늘로 치솟았도다. 무슨 요괴라도 있는 것 같더군."

아무도 답을 하지 못하는데 통판이 일어나 대답했다.

"만약 나리께서 우물 속이 궁금하시다면 조정에 보고하시고 처형을 기다리는 사죄수 하나를 우물 아래로 내려보내 살펴보게 하시면 바로 확인할 수 있을 것입니다."

부윤은 통판의 말대로 조정에 보고하고 옥리에게 사죄수 가운데 우물 아래로 내려가 보기를 원하는 자를 골라오게 했다. 부윤이 휘하의 관원들을 대동하고 그 우물로 가서 사죄수를 대광주리에 실어 도르래에 매달아 내려보내게 했다. 방울 소리가 들리기에 끌어올려 보니 죽은 뼈다귀만 남아 있었다. 두 번째로 사죄수를 내려보냈더니 역시 똑같았다. 이번에는 둘을 한꺼번에 내려보냈더니 둘 다 죽어 올라왔다. 이렇게 죽은 사죄수가 열이 넘었다. 준경의 돈을 받은 옥리는 정신을 내보내지 않고 보호하고 있었으나 부윤이 옥에 있는 모든 사죄수를 데려오라 하니 정신을 더는 보호해 줄 수 없었다. 정신이 우물로 내려갈 차례가 되자 부윤에게 이렇게 아뢰었다.

"우물 아래로 내려가는 것은 사양치 않겠으나 그 전에 다섯 가지 물건을 갖춰주시기를 바랍니다."

"그 다섯 가지 물건이 대체 무엇이냐?"

"투구와 갑옷 그리고 신발 일체, 검 한 자루, 술 한 되, 고기 두 근, 떡 이렇게 다섯 가지입니다."

부윤이 즉시 정신이 말한 것을 다 준비하게 하여 일일이 정신에게 갖다 주었다. 정신이 고맙다고 인사하고서 술과 고기, 떡을 다 먹어치우더니 갑옷을 입고 검을 들었다. 지켜보던 사람들이 모두 갈채를 보냈다.

눈처럼 새하얀 투구,

은처럼 빛나는 갑옷.
검정색 신발 갖춰 신고,
손에는 일곱 개 별이 새겨진 검을 들었다.

정신이 복장을 다 갖춰 입고 대광주리에 들어가 앉으니 사람들이 대광주리를 도르래로 우물 아래로 내려보냈다. 잠시 후 방울 소리가 울려 끌어올려 보았으나 정신이 보이지 않았다. 그 우물에서 솟아오르던 검은 기운도 사라졌다. 부윤이 대광주리를 다시 내려보내라 하니 사람들이 다시 내려보냈다가 올려보았으나 아무것도 없었다. 돌멩이가 깊은 바다에 던져진 듯하고, 날던 연이 줄이 끊어진 격이었다. 부윤과 관리들이 한참이나 기다리다가 부 청사로 돌아갔다.

한편 정신은 우물 아래로 내려가자마자 대광주리 밖으로 나가 손에 칼을 쥐고 우물의 한쪽에 자리를 잡고 섰다. 처음에 내려섰을 때는 사방이 온통 어둡더니 시간이 지날수록 점점 환해졌다. 정신이 고개를 숙이고 살펴보니 한쪽 벽에 물구멍이 보이는데 사람이 들어갈 수 있을 정도로 커 보였다. 정신이 그 구멍으로 들어가 몇 발자국을 걷다가 다시 살펴보았다.

봉우리와 등성이가 이어지고 또 이어진 곳,
안개가 자욱하게 피어오른다.
파룻파룻 풀들은 연한 향기를 내뿜고,
바위틈의 꽃들은 맑은 향기를 내뿜는다.
푸른 하늘을 찌를 듯이 우뚝 솟은 소나무,
구불구불 졸졸 흘러가는 계곡물.

정신은 계속 발걸음을 옮기면서도 대체 이곳이 어딘지 못내 궁금했다. 사람 자취는 찾을 수조차 없었다. 정오 무렵, 멀리 소나무와 대나무 그림자가 성기게 드리워진 곳에 날렵한 처마를 두른 푸른 기와집이 보였다. 시원한 창문이 달린 그 건물을 바라보며 아마 은자가 사는 집인가 보다 했다. 정신이 높은 산등성이를 오르고 험한 골짜기를 지나 소나무 바람 소리, 시냇물 소리 들으며 그 집을 향하여 걸어가니 산등성이 사이로 산봉우리들이 겹치고 또 겹쳐 보였다.

> 깊은 산골짜기 구불구불 흐르는 계곡물,
> 바람도 쉬어가는 이곳에 구름만 한가로이 걸렸다.
> 소나무 숲에 갇힌 파란 기와 붉은 기둥,
> 대나무 그림자에 둘러싸인 처마와 옥 계단.
> 하늘 높이 솟아오른 누각,
> 깊숙하게 자리 잡은 안채.
> 임금의 궁전이 아니면,
> 신선의 처소.

정신이 그곳에 다다라 한참을 서 있었으나 인기척이 하나도 보이지 않았다. 고개를 들어보니 대문에 주홍색 바탕에 황금색 글자로 '노을 궁전[일하지전日霞之殿]'이라 적혀 있었다. 안쪽에서도 전혀 인기척이 들려오지 않았다. 검을 든 채로 대문 안으로 성큼성큼 걸음을 옮기니 안에서 여인 하나가 뭔가를 베고서 몸에 실오라기 하나 걸치지 않은 채 새근새근 잠들어 있었다.

> 향기로운 버들가지 피곤하여 몸을 숙였나,

옥처럼 아름다운 꽃 부끄러워 눈을 감았나.
욕조에서 갓 나온 양귀비가 사방에 향기를 흩뿌리는 듯,
서시가 마음이 아파 옥 베개를 베고 누운 듯.
가느다란 눈썹 살포시 모으고,
복사꽃 뺨에 홍조를 띠었네.
서원西園의 작약이 붉은 난간에 기대어 핀 듯하고,
남해의 관음이 막 눈을 감은 듯하네.

정신은 그 여자를 보자마자 우물의 요괴가 아닐까 하는 생각이 들었다. 정신은 소리 나지 않게 두 손을 뻗어 그녀의 머리를 살짝 들어 올리고 그녀가 베고 있는 물건을 살짝 빼낸 다음 그녀의 머리를 다시 살포시 내려놓았다. 밖으로 나와서 그 물건을 살펴보니 짙은 붉은색 가죽 주머니였다. 정신은 그게 뭔지 알 길이 없어 그 물건을 그대로 들고 꽃나무 아래로 가서 칼로 땅을 파서 묻었다. 정신이 다시 노을 궁전에 돌아와서 큰소리로 외쳤다.

"일어나라!"

그녀는 교태가 뚝뚝 흐르는 눈을 뜨고 온갖 아양을 다 떨면서 놀라고 무서워하는 듯한 표정을 지으며 고개를 돌렸다.

"나리, 어서 오세요! 소녀, 오래전부터 독수공방하면서 나리가 오시기만을 기다렸어요. 소녀와 나리는 5백 년 전에 이미 맺어진 인연인데 오늘에야 이렇게 만나게 되었네요."

여인은 본디 자기 본 모습을 드러내려고 했으나 자기의 신통력 물건을 빼앗긴 마당이라 임기응변으로 이렇게 대응한 것이다. 그녀의 모습이 못생겼더라면 정신도 단칼에 목을 베어버렸을 것이나 절세 미모에 자기도 모르게 마음이 흔들렸다. 정신이 그녀에게 물었다.

"소녀는 누구시오?"

"낭군님, 손에 들고 있는 칼 좀 내려놓으시고 갑옷도 벗고 소녀랑 사랑을 나누시지요."

저녁놀이 황제의 누각을 물들이고,
엷은 안개가 연못을 감싸네.
짝지어 나는 나비가 꽃 사이에 잠들면,
암수 같이 날던 꾀꼬리가 버들가지에 깃드네.
화려한 방,
주렴 내려지고 제비 돌아오네.
정원에서 날아오는 향기,
그 향기에 취하여 잠드네.
바람 그치니 두견새 울고,
달빛에 꽃 그림자 비단 창에 비치네.

그녀는 바로 하녀를 불러 술상을 봐오라 시켰다. 하녀가 금세 술상을 차려왔다. 산해진미가 빠짐없이 다 준비되었다. 술을 몇 잔 드니 술기운이 올라왔다. 그녀가 말했다.

"오늘은 하늘이 특별히 낭군님을 만날 수 있는 행운을 주셨으니 취할 때까지 맘껏 드셔야 합니다."

정신이 사양하니 그녀가 이렇게 말하며 권했다.

"소녀와 낭군님은 5백 년 전이 이미 맺어진 인연인데 어찌 이리 사양하시나요?"

정신이 다시 한참 동안 술을 마셨다. 소녀가 하녀를 불러 술상을 치우라 하고 정신의 손을 잡고 침실로 안내했다.

비단 주렴 낮게 드리우고,

비단 이불 펼쳐 놓았네.

연인과의 사랑의 기쁨,

하늘과 땅을 두고 맺은 맹세.

연인과 몸과 마음으로 서로 통하니,

그 운우지정을 어이 말로 다할 수 있으랴!

하늘 끝에 구름 걸리고,

그 구름 위를 나는 봉새와 난새.

물은 굽이굽이 흐르고,

그 물가에서 노니는 원앙새.

이 사랑은 이 세상 다하여도 끝낼 수 없어,

다음 세상에도 사랑은 기쁨으로 영원히 이어지리라.

아침 해가 밝아오자 그녀가 일어나 정신에게 말했다.

"낭군님, 소녀가 어젯밤 낭군님의 사랑을 듬뿍 입었습니다."

"나 역시 그대의 사랑에 감사할 따름이오. 그런데 그대는 누구요? 나중에라도 다시 만나면 내가 후히 보답하리다."

"소녀는 노을 선녀입니다. 소녀와 낭군님은 백년해로할 것인데 어찌 돌아가신단 말을 하시나요?"

정신과 그녀는 다시 사랑을 나누었다. 이렇게 밤이 가고 아침이 밝고, 다시 밤이 가고 아침이 밝았다. 어느 날 그녀가 정신에게 말했다.

"낭군님, 조금만 기다리셔요. 소녀가 잠시 다녀올 데가 있습니다."

"어디를 가려고 하는 거요?"

"하늘에서 열리는 반도연蟠桃宴에 참석했다가 돌아올 겁니다. 하녀를 남겨두고 갈 것이니 술이든 음식이든 필요하시면 준비해 달라고 하십시오. 낭군님께 부탁할 일이 하나 있습니다. 뒤뜰에 있는 건물에는 절대 들어가지 마십시오. 만약에 들어가신다면 큰일 날 것입니다!"

그녀가 말을 마치고 떠나갔다. 하녀 둘이 정신을 모셨다. 정신은 심심파적으로 하녀들에게 술상을 차려오라 하여 마시면서 시간을 보냈다.

'이곳에 온 것이 마치 꿈만 같구나. 내 아내가 뒤뜰 건물에 들어가지 말라고 한 것은 거기에 뭔가 감추고 싶은 게 있기 때문일 것이로다. 내가 살짝 들어가 보고 싶구나.'

정신이 뒤뜰로 걸어가 보니 별도의 대문이 하나 나타났다. 대문 안으로 들어가니 으리으리한 궁전이 나왔다. 궁전 현판에는 '달빛궁전[월화지전月華之殿]'이라 적혀 있었다. 정신이 현판 글자를 바라보려니 신발 소리가 들려왔다. 웃음소리, 말소리도 함께 들려왔다. 한 무리의 하녀가 선녀를 둘러싸고 다가오고 있었다.

반질반질 우윳빛 피부,
청초한 매화꽃 같은 화장.
앵두 같은 입술,
버들잎처럼 가는 눈썹.
검은 구름처럼 풍성한 머리카락,
바람이 씻어낸 백설처럼 뽀얀 피부.
물속에서 피어난 한 떨기 연꽃,
물이 연꽃 향기에 젖었다.
세속의 먼지는 다 날아가 버리고,
이 세상 온갖 아름다움이 여기 다 있구나.

정신은 그 달빛 선녀를 보고 저절로 미소가 지어졌다. 선녀가 정신을 보자마자 이렇게 말했다.

"아, 온 세상을 다 뒤지고 찾았더니 내 낭군이 바로 여기 계셨네!"

선녀가 말을 마치자마자 정신을 와락 껴안았다.

"낭군님, 어서 오세요. 오래전부터 독수공방하면서 낭군님을 기다렸어요."

"아가씨, 사람을 잘못 봤소이다. 나는 아내가 있는 몸이고, 저 앞 궁전에서 살고 있소이다."

선녀는 정신의 말은 신경도 쓰지 않고 정신을 안고 궁전 안으로 들어가 하녀들에게 술상을 차려오게 했다. 선녀와 정신은 술을 몇 잔 마시고 나서 손을 맞잡고 방 안으로 들어가 침상 휘장을 걷고 침상에 올라 사랑을 나눴다. 사랑을 나눈 후 옷을 챙겨 입고 침상에서 일어나기가 무섭게 하녀가 달려와 고했다.

"앞 궁전의 노을 선녀가 오셨습니다."

선녀가 너무 당황하여 정신을 어디 숨기지도 못했는데 노을 선녀가 들이닥쳤다.

"낭군, 여긴 대체 뭐 하러 온 거죠?"

노을 선녀는 정신의 팔을 끌고 앞 궁전으로 데려갔다. 달빛 선녀가 그 모습을 보고는 눈썹을 찡그리고 두 눈을 동그랗게 뜨면서 말했다.

"네가 저 낭군님하고 사랑을 독차지하면 난 그럼 어떡하란 말이냐?"

달빛 선녀가 하녀 수십 명을 이끌고 앞 궁전으로 달려와 소리쳤다.

"언니, 내 낭군님을 왜 빼앗아가는 거야?"

노을 선녀가 대답했다.

"내 낭군님이라고? 지금 무슨 말을 하는 거야!"

두 선녀는 서로 언성을 높이고 옥신각신했다. 노을 선녀가 정신을 어다 숨겨버렸다. 노을 선녀와 달빛 선녀는 서로 엉겨 붙어 한참이나 싸웠다. 달빛 선녀는 노을 선녀를 못 당하겠다는 생각이 들었다. 달빛 선녀가 곧바로 "얏" 하는 소리를 내고 허공으로 뛰어올라 본모습으로 변신했다. 노을 선녀도 본모습으로 변하려 했으나 자기 신통력 물건을 정신한테 빼앗겨 버린지라 변신하지 못하고 달빛 선녀한테 패하고 말았다. 노을 선녀는 황급히 정신한테 달려와 두 줄기 눈물을 흘리며 애원했다.

"낭군님께서 저와의 약조를 지키지 않았기에 이런 일이 생기고 말았어요. 게다가 낭군님이 제 신통력 물건을 어디다 숨겨버려서 제가 변신을 하지 못하고 저년을 처치하지도 못하고 있네요. 제발 그 물건 좀 돌려주세요."

정신은 노을 선녀가 이렇게 간절하게 애원하는 걸 보고 궁전 밖으로 나가 꽃나무 아래에서 그 물건을 파왔다. 노을 선녀는 달빛 선녀와 신통력을 겨뤘다. 노을 선녀가 패하고 돌아왔다. 정신이 말했다.

"여보, 어찌하여 저 선녀를 그리 못 당하는 것이오?"

"제가 임신 중이라서 저년을 처치하지 못하는 거 같아요. 제가 낭군님께 드릴 말씀이 있습니다."

"여보, 하고 싶은 말이 있으면 머뭇거리지 말고 바로 하시오."

노을 선녀가 하녀에게 뭔가를 가져오라고 했다. 잠시 후 하녀가 활 하나와 화살 한 대를 가지고 왔다. 노을 선녀가 정신에게 말했다.

"낭군님, 이건 이 세상 보통 물건이 아니라 신통력을 지닌 활로 백발백중입니다. 제가 공중으로 날아올라 신통력을 부리고 그녀와 겨룰 때 낭군님께서 밑에서 보다가 하얀 것이 보이면 활을 쏘아 맞혀주십시오."

"알겠소이다. 걱정하지 마시오."

말을 마치기가 무섭게 달빛 선녀가 달려왔다. 두 선녀는 구름 위로 올라가 본래의 모습으로 변신하여 싸웠다. 정신이 아래에서 바라보니 꽃 같고 백옥 같은 선녀는 어디 가고 하나는 하얗고 하나는 빨간 거미 두 마리가 싸우고 있었다. 정신이 혼잣말했다.

"아, 바로 저것들이었구나!"

잠시 후 빨간 거미가 패하여 달아나니 하얀 거미가 그 뒤를 쫓아갔다. 정신이 활시위를 힘껏 당겨 조준한 다음 "맞아라"라고 소리치며 활시위를 놓았다. 화살이 날아가 하얀 거미에 명중했다. 달빛 선녀가 너무 아파하며 소리를 질렀다.

"이 배신자, 뒤에서 나를 공격하다니!"

달빛 선녀가 하늘에서 떨어져 자기 궁전으로 돌아갔다.

노을 선녀는 다시 꽃처럼 아름다운 여인의 모습으로 돌아왔다.

"낭군님, 낭군님 덕분에 제가 곤경에서 벗어날 수 있었습니다. 평생 낭군님을 모시고 싶은 제 소원을 이룰 수 있게 되었어요."

이후 노을 선녀와 정신은 앉으나 서나 늘 함께하며 떨어질 줄 몰랐다.

봄, 따듯한 날,

함께 손잡고 꽃구경.

여름, 무더운 날씨,

함께 나무 그늘에서 더위를 피하네.

가을, 맑은 날,

정원에 앉아 함께 달구경.

겨울, 매서운 바람,

서로 껴안고 몸을 녹여주네.

이 세상에 있을 것 같지 않은 기쁨,

끝나지 않을 즐거움.

눈 깜짝할 사이에 3년 세월이 흐르고 둘 사이에 아들 하나 딸 하나가 태어났다. 정신이 혼자서 생각에 잠겼다.

'이곳의 생활이 밤낮으로 즐겁기는 하나 사내대장부가 세상에 큰 업적을 이루는 길은 아니로다.'

정신이 마침내 노을 선녀에게 이렇게 말했다.

"그대가 나를 이곳에 받아준 덕분에 3년이나 머물게 되었고, 우리 슬하에 아들, 딸도 두게 되었소이다. 내가 세상에 나가 출세하게 되면 그대에게 꼭 보답하겠소이다. 내 소원을 이룰 수 있게 도와주시오."

노을 선녀는 이 말을 듣고 두 줄기 눈물을 비 오듯 흘렸다.

"낭군님, 낭군님이 떠나시면 저는 어쩌라고요! 두 아이는 또 어떡하고요!"

"내가 미관말직이라도 얻으면 꼭 데리러 오겠소이다."

"낭군님, 어디로 가시려는지요?"

"태원으로 가서 장수의 길을 가려고 하오."

"낭군님, 제가 드릴 물건이 있습니다. 그걸 가지고 가시면 틀림없이 큰 공을 세우실 것입니다."

노을 선녀가 하녀에게 신비한 활과 화살을 가져오라 했다. 그건 지금 시대의 발에 걸어서 당기는 쇠뇌와 닮았다. 노을 선녀가 정신에게 당부했다.

"이걸 가지고 가시면 틀림없이 큰 공을 세워 5등 제후의 지위에 오르실 수 있을 것입니다. 제가 이 아이들을 잘 키우고 있다가 12년이 지나면 다른 사람 편에 이 아이들을 보내드리겠습니다."

"내가 만약 출세하게 된다면 바로 그대와 아이들을 데리러 오겠소."

"저와 낭군님이 만날 수 있었던 것은 숙세宿世의 인연 덕분입니다. 그리고 그 3년의 기한도 다 찼습니다. 신선 세상과 인간 세상은 서로 다른 세상이니 어찌 우리가 다시 만날 수 있겠습니까!"

노을 선녀는 말을 마치고 펑펑 울었다. 정신이 선녀에게 떠난다고 말을 했다가 이젠 다시 만날 수 없을 거라는 대답을 듣고 자기도 모르게 슬픔이 밀려와 두 눈에 눈물이 맺혔다. 정신이 선녀에게 조금 더 머물다가 출발하겠노라 말했다.

"부부의 인연이 다했으니 헤어지는 게 당연하지요. 제가 괜히 낭군님을 붙잡아 앞길을 막는다면 하늘의 벌을 피할 수 없을 것입니다."

선녀는 즉시 하녀에게 이별의 술자리를 준비하라 일렀다. 술을 몇 잔 들고 나서 선녀가 말했다.

"낭군님, 여기 오실 때 가지고 왔던 갑옷과 투구는 잠시 여기에 두고 가시지요. 제가 아이들을 보내드릴 때 증표로 삼으면 좋을 것 같네요."

"현숙한 그대의 말대로 하겠소이다."

선녀는 다시 이별의 술 석 잔을 따라 올렸다. 그런 다음 금은보화를 보자기에 가득 싸서 정신에게 건넸다. 선녀는 궁전 대문을 나서 정신과 함께 몇 리 길을 가더니 멀리 보이는 길을 가리키면서 말했다.

"낭군님, 이 길을 쭉 따라가면 큰길이 나올 것입니다. 부디 몸 건강하십시오!"

정신이 헤어지기 아쉬워 차마 발걸음을 떼지 못하고 있는데 갑자기 발밑에서 한바탕 거센 바람이 일어났다가 멈췄다. 선녀는 어디론가 사라지고 보이지 않았다.

    궁전은 파란 구름 사이로 숨어버리고,
    회랑은 엷은 안개 사이로 자취 감추고.
    귀 기울여도 숨소리조차 들리지 않고,
    되돌아봐도 산봉우리들 사라져 버리고.

노을 궁전은 바닷속으로 잠기고,

선녀는 봉래산으로 돌아가고.

장승요張僧繇[4]가 그린 풍경화 한 폭 같았고,

펼쳤던 풍경화를 한 번에 다시 말아 사라지게 한 것 같고.

정신은 신궁을 맨 채 한참 동안 멍하니 서 있다가 발걸음을 떼기 시작했다. 길 어귀에 다다르니 분주대로汾州大路가 나타났다. 이 길을 따라가면 하동 태원부太原府가 멀지 않았다. 태원부의 지부智部는 성은 종種, 이름은 사도師道였다. 종 지부는 현재 방을 내걸고 병사를 모집하고 있었다. 정신은 부의 군문을 찾아가 종 지부에게 신궁을 바쳤다. 종 지부는 무척 기뻐하며 그 신궁을 본떠서 활 수천 개를 만들게 하고 정신을 선봉대 장수로 임명했다. 정신은 나중에 토번의 공격을 여러 차례 막아내고 그 과정에 큰 공을 세웠으니 그게 다 신궁을 활용한 덕분이었다. 10여 년이 지난 후 정신은 양천절도사에 올랐다. 노을 선녀와의 약속을 지키기 위하여 다른 여인과는 결혼하지 않겠노라 맹세했다.

여기서 이야기가 갈린다. 한편 준경은 정신이 우물 아래로 내려간 이후로 정신을 마음에서 지우지 못했다. 매년 그날이 되면 하인을 시켜 제사 음식을 장만하게 하여 우물에 차려놓고 제사를 지내며 정신을 추모했다. 이렇게 하기를 몇 년, 한 해도 빼놓지 않았다. 하루는 제사를 마치고 돌아오는데 몸이 너무 피곤하여 대청에 앉아 쉬다가 자기도 모르게 잠이 들었다. 꿈속에서 천상의 오색 화려한 구름에 눈이 부신데 붉은 옷을 입은 선녀가 오른팔엔 사내아이, 왼팔에는 계집아이를 안고서는 이렇게 소

---

[4] 장승요(479~?)는 남조南朝 양梁나라 소주 출신의 화가로 불화를 잘 그렸고 특히 실물을 있는 그대로 잘 묘사했다 한다.

리쳤다.

"장준경, 이 아이들은 정신의 아이들이다. 이제 일단 그대에게 맡기니 그대가 이 아이들을 잘 돌보고 있다가 정신이 출세하고 나면 이 아이들을 검문劍門으로 데려다주도록 하라. 내 부탁을 잊지 말지라."

말을 마치고 아이 둘을 공중에서 던졌다. 준경이 그 아이들을 받기도 전에 온몸에 식은땀을 쫙 흘리며 잠에서 깨었다. 준경은 이상하다는 말을 연발하며 일어서려는데 문지기가 찾아와 아뢰었다.

"방금 백발이 성성한 노인네가 사내아이와 계집아이를 하나씩 데리고 찾아와 나리께 데려다주라고 하면서 '준경 나리가 우물에서 빌었던 그 소원이 이제 이뤄지게 되었노라'고 말했습니다. 더불어 이 보따리와 검을 주면서 '양천절도사의 증표가 여기 있으니 준경 나리가 직접 열어보게 하라'고 말했습니다. 대체 이 일을 어찌하여야 좋을지 몰라 이렇게 달려와 아룁니다."

준경이 이 말을 들으니 자기가 꿈에서 보았던 그대로라. 바로 보자기를 열어보니 투구와 갑옷이 들어 있었다. 준경은 투구와 갑옷 그리고 검을 들고서 직접 대문 밖으로 나가보았으나 백발노인은 이미 사라지고 없었다. 대신 똑똑하게 생긴 서너 살 먹어 보이는 사내아이와 계집아이가 있었다. 준경이 그 녀석들에게 물으니 "어머니 노을 선녀가 아버지 정신을 찾아가라고 보냈습니다."라고 대답했다. 준경이 자세한 속사정을 물었으나 그 둘은 더는 대답하지 않았다. 준경이 생각했다.

'우물에 빠진 준경이 어디 빠져나올 수가 있었을라고! 게다가 아이들까지 얻을 수나 있었을까? 요 녀석들의 아버지와 우연히 이름만 같은 거겠지.'

준경은 태산 동악의 사당에서 꾸었던 꿈이 생각났다. 그때 분명 그가 5등 제후가 된다고 하지 않았던가! 어찌해야 좋을지 망설이다가 일단 이 아이들을 거둬 잘 기르기로 작정했다. 한편 준경은 정신의 소식을 수소문했다. 세월은 유수처럼 흐르고 아이들은 어느새 장성했다. 준경은 이 아이들을 친자식처럼 대했다. 사내아이는 정무鄭武, 계집아이는 채낭彩娘이라 이름 붙였다. 준경에게는 친아들이 하나 있었다. 그 아들의 나이가 정무와 같았고 그 아들 이름이 장문張文이었으니 한 아이는 문, 다른 한 아이는 무라, 문과 무가 짝을 이뤄 친형제처럼 같이 서당을 다니며 공부했다. 채낭은 규중에서 침선을 배웠다. 이렇게 또 몇 년이 흘러갔으나 정신의 소식을 알 길이 없었다.

하루는 준경이 대청을 나서자니 문지기가 찾아와 아뢰었다.

"양천절도사의 서찰을 들고 온 관원이 나리의 이름을 대고 찾아와 서찰을 나리께 직접 전해드리겠다고 합니다."

준경은 괴이쩍다고 생각하면서도 바로 그자를 들라 했다.

종려나무 이파리를 꼬아 만든 모자,
하얀 밑창을 붙인 검정 신발.
촉 지방 천으로 지은 품이 좁은 배자,
은과 쇠로 장식한 허리띠.
산 넘고 물 건너오느라 지친 행색,
얼굴엔 흙먼지 자욱한데.
말 끌고 뒤따라오는 수행원 하나.

준경이 몸소 계단을 내려가 그자를 맞았다. 인사를 건네고 나니 그자가 선물과 서찰을 바치며 말했다.

"정 절도사 나리께서 전달해드리라 하셨습니다."

준경이 서찰을 보니 바로 정신의 필체임을 알 수 있었다. 서찰에는 이렇게 적혀 있었다.

　은인께서 저 정신을 알아봐 주시고 옥에 갇혔을 때도 저를 보살펴 주셨으니 그 은혜 너무도 큽니다. 제가 우물 아래로 내려가면서 인생이 끝장이라 생각했으나 뜻밖에도 노을 선녀를 만나게 되어 3년 동안 부부의 인연을 맺었으며 마침내 금은보화와 무기를 얻어 분주로 가서 장수가 되어 전공을 세울 수 있었습니다. 지금은 절도사가 되어 촉에 있습니다. 일찍 제 소식을 전해드리지 못한 잘못을 용서하소서. 이제 동경에 상소문을 들고 가는 사신 편에 황금 30냥과 촉 지방 비단 10단을 저의 작은 정성으로 보내드립니다. 촉으로 오는 길이 험난하다 하여 꺼리지 않으시고 제가 다스리는 촉에 찾아와주신다면 저의 더없는 영광이겠습니다. 저를 찾아와주시기를 바라고 또 바라나이다.

　준경은 서찰을 다 읽고 나서 손으로 이마를 짚으면서 혼잣말했다.
　"그래 정신이 결국 크게 출세를 했구나. 그러고도 나를 잊지 않고 이렇게 선물을 보내주었으니 덕 있는 군자로다."
　준경은 전에 자기가 꿈에서 보았던 일을 그 관원에게 낱낱이 이야기해주었다. 관원도 그 말을 듣고 놀라고 또 놀랐다. 그날 잔치를 벌여 관원을 대접했다. 관원은 제법 품계가 높은 무관이었으나 특별히 절도사의 명을 받들어 준경을 모시러 온 것이라서 언행 하나하나를 무척 겸손하게 했다. 준경은 그자를 자기 집에 머물게 하고 극진히 대접했다. 아무튼 쓸데없는 이야기는 더하지 말자.
　열흘 정도가 지나 공무를 다 마친 관원은 준경에게 어서 출발하자고 재촉했다. 준경은 부인과 상의하고 정신의 두 아이를 다 정 절도사에게 데려다주려고 했으나 여자아이가 먼 길 가기 불편할까 싶어 일단 집에 있으라 하고 아들 정무만 데리고 출발하기로 했다. 짐을 챙기고 나서 하인 넷과 관원, 이렇게 일곱이 각자 말을 타고 동경을 나서 검문을 바라고 출발했다. 며칠 후 절도사의 관아에 도착했다. 그 관원이 먼저 들어가 도착을 알렸다. 정신이 황급히 준경 일행을 사저로 안내했다. 정신은 하인이 주인을 뵙는 자세로 준경에게 인사를 올렸다. 준경은 정무를 아버지 정신에게 인사시켰다. 아울러 백발노인이 아이들을 데리고 와서 갑옷과 검을 증표로 바친 일, 그리고 두 차례의 기이한 꿈에 관하여 이야기했다. 정신은 노을 선녀와의 인연이 생각나 슬픔에 잠겼다. 헤아려보니 벌써 12년, 아이들도 열두 살을 더 먹었을 터였다. 헤어질 때 선녀가 했던 말 그대로였다. 정신은 큰 잔치를 열어 준경을 대접했다. 그 자리에서 정신의 딸과 준경의 아들을 정혼시키니 서로 사돈이 되었다. 은혜를 은혜로 갚은 것이다.

정신은 노을 선녀를 그리워하는 마음이 사무쳐 금강 가에 사당을 짓고 온갖 정성을 다하여 꾸민 다음 해마다 찾아가 향을 사르곤 했다. 3개월 정도 이곳에 머물던 준경은 집 생각이 나서 돌아가고자 했다. 정신이 이를 말릴 수가 없어 마차를 준비하여 십 리 밖까지 배웅했다. 정신이 준경에게 엄청난 선물을 준비해주었음은 말할 필요도 없다. 아울러 준경에게 황금 백 냥을 전달하고 태산의 사당에 시주하여 병령공 사당을 창건하게 했다. 나중에 금나라 올출兀朮이 침공하니 황제가 사방에 병사를 징발하게 했다. 정신은 아들 정무와 함께 금나라 병사를 무찌르는 데 혁혁한 공을 세우고 동경에 와서 준경과 재회하니 이때야 사위 장문과 딸 채낭의 얼굴을 볼 수 있었다.

정신이 나이 쉰이 되던 해 어느 날, 햇살 가운데 노을 선녀가 수레를 몰고 자기를 데리러 오는 게 보였다. 정신은 그 일이 있고 난 후 따로 아픈 데도 없이 평안하게 세상을 떠났다. 아들 정무가 아버지의 후광으로 선무사가 되었다. 그 후 금나라 병사들이 끊임없이 쳐들어오니 각 군현에서는 정신의 신궁을 본으로 삼아 활을 제조하여 적을 무찔렀다. 휘종, 흠종 두 황제가 북으로 끌려가고 강왕康王5)이 양자강을 건너 피난할 때 금나라 병사가 추격해왔다. 이때 홀연히 하늘에서 황금갑옷을 입은 신인이 나타나 하늘의 병사를 거느리고 신궁을 쏘아 적병을 무찔렀다. 강왕은 깃발에 '정鄭'이라 쓰여 있는 것을 보고선 함께 피난하는 신하들에게 물었다. 누군가 이렇게 아뢰었다.

"전 양천절도사 정신이 일찍이 적병을 무찌를 수 있는 신궁을 바친 적이 있사옵니다. 지금 그의 혼령이 폐하를 보호하고자 다시 찾아온 것이 틀림없습니다."

강왕은 황제로 즉위한 후 정신에게 살아서나 죽어서나 황제를 보필한 은혜로운 왕이라는 의미를 담은 '명령소혜왕明靈昭惠王'이란 칭호를 내리고 양자강 가에 사당을 지어주게 했다. 그 유적이 지금도 남아 있다.

정신이 출세하기 전부터,
준경은 꿈을 통해 이미 알았네.
인연이란 운명처럼 찾아오는 것일지니,
늦다고 미리 실망하지 말게나.

---

5) 강왕은 휘종의 아홉 번째 아들이자, 흠종의 이복동생인 조구趙構(1107~1187)를 가리킨다. 1127년, 남송 초대 황제인 고종(재위 1127~1162)으로 즉위했다. 정강 원년인 1126년, 휘종과 흠종이 금나라에 인질로 잡혀가고 강왕은 금나라에 붙잡혀갔다가 풀려나게 된다. 사당에서 잠시 쉬던 그를 금나라 병사들이 다시 붙잡으려 쫓아오자 강왕은 황급히 말을 타고 황하를 건너 환난을 피한다. 그때 강왕이 탔던 말이 바로 사당 앞에 서 있던 진흙으로 빚은 말이었다고 하는 전설이 전해온다.

백옥 말 장식 덕분에

黃秀才徼靈玉馬墜

황 수재가 백옥 말 장식 덕분에 하늘의 도움을 받다

먼지 하나 없는 책상, 밝은 창문,

온종일 책과 씨름하네.

우연히 풍류 두 글자가 눈에 들어오네,

이 두 글자가 얼마나 많은 사람을 망가뜨렸나.

　한편, 당나라 건부乾符 연간(874~879), 양주에 한 선비가 살고 있었다. 그 선비의 성은 황黃, 이름은 손損, 별명은 익지益之로 스물한 살 먹었다. 얼굴도 잘생기고 체격도 당당하며 아주 번듯하게 생긴 인재였다. 게다가 다섯 수레의 책을 읽고 가슴엔 재능이 넘쳐 또래 사이에서도 빼어난 인재로 꼽혔다. 본디 명문가 태생이었으나 어려서 부모를 여의는 바람에 가세가 기울었다. 부친이 그에게 보물 하나를 남겨주었으니 백옥 말 장식이었다. 윤기가 좔좔 흐르고 조각한 솜씨가 너무도 정교하여 크기는 작아도 세상에 둘도 없는 보물이었다. 황 수재는 어려서부터 이걸 소중히 간직하여 늘 몸에 차고 다니고 한시도 떼놓지 않았다. 어느 날 시장을 걷다가 우연히 한 노인을 만났다. 그 노인의 모습이 어떠했을까?

대나무 잎을 꼬아서 만든 모자,
누더기처럼 기운 겉옷.
노란색 비단 허리띠,
손엔 합죽선을 들었네.
동안에 백발,
파란색 눈에 각진 눈동자.
봉래산의 신선이 아니라면,
공력이 높은 도사렷다.

그 노인이 황 수재를 보더니 미소를 지었다. 황 수재는 노인의 품위 있는 모습에 절로 존경심이 일어 찻집으로 모시고 가서 차를 대접하며 대화를 시작했다. 노인은 세상의 원리와 오묘한 도학의 요체를 이야기했다. 황 수재는 자기도 모르게 감탄이 절로 나왔다. 대화가 한창 무르익어 갈 즈음, 황 수재가 무의식중에 팔을 들었고 그때 노인이 황 수재의 백옥 말 장식을 보게 되었다. 노인이 황 수재에게 말했다.

"그 말 장식을 한번 볼 수 있을까요?"

황 수재가 즉시 그 백옥 말 장식을 풀어 두 손으로 노인에게 건넸다. 노인이 그것을 꼼꼼하게 보고 또 보더니 극찬을 하고 나서 물었다.

"이 말 장식 값이 얼마나 되는지 모르겠네. 이 노인장이 사고 싶은데 팔지 않겠소?"

"이건 선친이 물려주신 겁니다. 어르신께서 갖고 싶으시다면 그냥 드리겠습니다. 이건 가격을 따질 물건이 아닙니다."

"수재께서 그렇게 돈을 따지지 아니하고 흔쾌하게 나오니 이 노인장이 어찌 감히 사양할 수 있겠소이까! 이 노인장이 언젠가는 크게 보답할 것이외다."

그 노인이 황 수재의 말 장식을 자신의 허리띠에 걸고 나서 손을 흔들어 인사를 하고 떠났다. 노인은 순식간에 떠나갔다. 황 수재는 깜짝 놀랐다.

"참으로 기이한 노인이로다. 이름을 물어볼 걸 잘못했구나."

이 이야기는 일단 여기까지만 하기로 하자.

한편 형양절도사 유수도劉守道가 평소 황 수재의 명성을 익히 들어왔던지라 수하 관원 편에 친필 서찰과 은을 선물로 보내어 막빈幕賓으로 초빙했다. 이 막빈이란 게 무엇인가? 절도사가 휘하의 군사와 백성을 다스림에 있어 번다한 일이 많으니 그 일을 대신 처리하여 주며 아울러 상부에 보고할 문서를 작성하는 일을 맡을 자가 필요하니 그자는 다방면의 재주를 두루 겸비한 자여야 했으니 그럴 만한 자격이 있는 자는 예물을 후하게 장만하여 모셔와 상객으로 삼았으니 이를 막빈이라 불렀다. 혹은 서기라고도 했다. 막빈 가운데 관직에 있는 자는 기실참군記室參軍이라 불렀다. 마침 황 수재가 곤궁하기도 하고 달리 할 일도 없는 처지라 유 절도사가 이런 제안을 하자 흔쾌히 응낙하기로 했다. 먼저 회신을 작성하여 초빙 서찰을 가지고 온 관원 편에 보내고 날짜를 정하여 형주로 찾아가 유 절도사에게 인사하기로 했다.

그 관원이 돌아간 후 황 수재는 짐을 꾸리고 친구들과 작별인사를 나눈 다음 배를 타고 출발했다. 황 수재가 탄 배가 강주에 이르렀을 때 강변에 엄청나게 큰 배가 한 척 정박해 있는 게 보였다. 그 배는 선창도 제법 그럴듯하게 만들어 놓고 다른 부분도 격식을 차려 꾸며 놓았다. 황 수재는 그걸 보고 바로 이런 생각이 들었다.

'저런 배를 타고 갈 수 있으면 높은 파도도 걱정하지 않을 텐데!'

마침 이때 그 배에서 뱃사람 하나가 강변에 올라 술을 사러 가는 길이었다. 황 수재가 그 사람을 뒤따라가며 물었다.

"어디서 출발하신 건가요, 또 어디로 가는 건지요?"

뱃사람이 대답했다.

"제가 모시고 가는 분은 휘주 사는 한 나리입죠. 지금 촉으로 친구를 만나러 가는 길이라오."

"촉으로 가는 길이라면 도중에 형강을 꼭 지나겠소이다. 내가 그곳에 가려고 하는데 저 배에 같이 탈 수 있을까요?"

"배야 원체 넓어 놔서 손님 한 명 더 태우는 게 무슨 문제겠소만, 한 나리의 식구들이 같이 타고 있어서 나리께서 허락하실지 걱정이외다."

황 수재가 동전 300전을 꺼내어 뱃사람한테 술값에 보태라고 주고 대신 말 좀 잘 전해달라 부탁했다. 뱃사람이 이렇게 말했다.

"내가 한 나리한테 여쭤보고 올 테니 여기서 잠시만 기다리십시오."

잠시 후 뱃사람이 술을 받아서 돌아왔다. 황 수재가 다시 그 뱃사람에게 말을 좀 잘 전해달라고 하니 뱃사람이 걱정 말라고 대답했다. 잠시 후 배에서 손짓하는 게 보였다. 황 수재가 배에 올라타서 뱃사람에게 물었다. 뱃사람이 대답했다.

"한 나리께서는 재주 있는 선비를 아끼신다오. 내가 나리를 재주 넘치는 선비라 소개했더니 바로 허락하셨습니다. 한데 앞 선창엔 짐이 많으니 낮에는 이물에 앉아서 가다가 밤에 잘 때만 뒤 선창으로 들어오시오. 중간 선창에는 한 나리님과 식솔들이 계시니 놀라지 않게 각별히 조심하기 바라오."

뱃사람이 황 수재를 한 나리에게 안내했다. 대화를 나눌수록 한 나리는 황 수재의 사람됨에 마음이 끌렸다. 그날 밤, 황 수재가 뒤 선창에 있다가 옷을 벗고 잠자리에 들려고 하는데 어디선가 구슬픈 거문고 소리가 들려왔다. 자세히 들어보니 중간 선창에서 나는 소리였다. 황 수재가 다시 옷을 걸쳐 입고 그 소리가 나는 쪽으로 귀를 갖다 댔다.

> 소리가 커졌다가 작아졌다가,
> 음이 올라갔다가 내려갔다가.
> 하늘에서 기러기가 우는 듯,
> 너른 들에서 학이 우는 듯.
> 계곡에서 맑은 물이 흘러가듯,
> 창가에 비가 내리치듯.
> 한나라 궁궐에서 조비연을 기리는 노래[明妃曲]를 연주하는 듯,
> 당나라 궁궐에서 방울 소리처럼 내리는 비[雨淋鈴]라는 노래를 연주하는 듯.

당나라 때 최고의 비파 연주자로는 강곤륜康崑崙1), 최고의 거문고 연주자로는 학선소郝善素를 꼽았다. 양주 기녀 설경경薛瓊瓊이 유일하게 학선소의 거문고 연주법을 물려받았다. 경경은 황 수재와 절친한 사이였고 서로가 죽이 잘 맞았다. 희종僖宗 황제(874~888 재위) 때 음악에 재주가 있는 여자를 널리 뽑았을 때 경경도 뽑혀서 황궁에 들어가게 되었다. 양주 자사가 경경을 추천했다. 황 수재는 경경을 그리워하는 마음이 사무쳐 그 이후로는 거문고 연주를 듣지 않았다. 오늘 밤 이 거문고 연주를 들으니 경경이 연주하던 그 거문고 소리와 매우 닮았는지라 황 수재는 속

---

1) 당나라 덕종, 헌종 시기에 활동한 서역 강국康國 출신의 궁정악사. 특히 비파를 잘 타서 당시 사람들에게 장안 제일의 고수라 불렸다.

으로 너무도 기이하다 생각했다.

밤은 깊어 가고 배에 사람들이 다 잠들어 아무런 소리도 나지 않았다. 황 수재는 다시 일어나 조용히 선창 문틈으로 살펴보았다. 중간 선창에서 열다섯 살도 안 되어 보이는 소녀가 살굿빛 비단옷을 입고 머리카락을 반쯤 풀어 늘어뜨리고 있는데 그 모습이 너무도 요염했다. 소녀는 향로에 향을 사르고 등불의 기름 심지를 돋우고 나서 섬섬옥수로 거문고를 끌어안아 연주를 시작했다. 잠시 후 한 곡조를 마치니 향로에서 올라오던 연기도 사라지고 등불도 어두워졌다. 황 수재의 정신이 온통 다 어디론가 사라져버린 듯했다. 그 소녀는 천상의 선녀인 듯, 아무리 경경이라 해도 그 소녀에 비길 수 없을 정도였다. 전전반측 다시 잠을 이룰 수 없었던 황 수재는 그 참에 사를 한 수 지었다.

나 평생 바라는 것 없었으나,
나 이제 악기 중에 거문고가 되고 싶어라.
아름다운 여인의 손가락 사이를 헤엄쳐,
아름다운 여인의 치마폭에 멋들어진 소리로 남을 수 있다면,
나 죽어도 여한이 없으리.

밤새 잠 못 이루다 새벽녘에 자리에서 일어나 꽃무늬 종이 한 장을 꺼내어 밤새 짓고 읊조렸던 그 사를 적은 다음 '양주의 황 수재 지음'이라 덧붙였다. 황 수재는 그 종이를 정성껏 접어 소매 품에 넣었다. 세수를 마치고 신경을 집중하여 중간 선창을 살폈으나 아무런 인기척도 들려오지 않았다. 얼마 후 한 나리가 뒤 선창에 답례 차 찾아와서 같이 앞 선창 쪽으로 가서 차나 한잔하자고 청했다. 황 수재는 몸은 한 나리 앞에 있었지만 마음은 오직 그 소녀한테 가 있었다. 한 나리와 대화를 나누다

자기도 모르게 엉뚱한 답변을 하기도 했으나 다행히 한 나리가 눈치를 채지 못했다. 이때 중간 선창에서 세숫대야에서 물 쓰는 소리가 들렸다. 황 수재가 황급히 일어나 뱃전으로 가면서 선창 창문으로 안을 넘겨보았다. 어렴풋이 소녀가 보이는 듯, 향내가 코를 찌르니 황 수재는 정신이 다 나가는 듯하고 몸이 나른해지는 듯했다. 황 수재가 소매 품에서 사를 적은 종이를 꺼내 창문 틈으로 밀어 넣었다. 다른 사람이 볼까 봐 황급히 걸음을 옮겼으나 두 눈만큼은 선창 창문에서 떨어질 줄 몰랐다.

한편 중간 선창의 그 소녀는 세수를 마치고 선창 창문 쪽에서 뭔가 바스락거리는 소리를 듣고 창문 아래에 떨어져 있는 종이를 집어 들었다. 사각으로 정성껏 접힌 그 종이를 펴자, 사 한 수가 적혀 있는 게 보였다. 읽어보니 감탄이 저절로 나왔다. 그 종이를 다시 원래 모양으로 접어 치마를 묶는 허리띠에 매어둔 비단 주머니 안에 넣어두었다. 어제 배에 동승한 그 수재가 밤에 거문고 연주 소리를 듣고 지은 게 틀림없었다. 구절구절이 절창이라 그를 흠모하는 마음이 절로 생겼다. 재주는 이처럼 훌륭한데 외모는 어떻게 생겼을까? 창문을 반쯤 열고 고개를 내밀어 밖을 살펴보니 그 수재가 혼자서 그대로 서 있지 않은가! 그 수재가 자기를 생각하고 있는 듯도 했다. 기린이요, 봉새 같은 자태, 고고하여 세속의 티끌 같은 건 하나도 없는 모습, 반안이나 위개衛玠2) 같은 자도 이 수재보다는 못할 것 같았다.

'장사하는 집안의 여식으로 태어나 다시 또 장사하는 사람 만나서 살기에는 참으로 아까운 인생! 저런 수재와 평생을 함께할 수만 있다면 얼

---

2) 위개(286~312)는 위진魏晉 때 하안何晏과 왕필王弼의 뒤를 이은 유명한 청담가이자 현학가. 태자세마太子洗馬라는 벼슬을 했다. 불과 26살에 요절하여 중국 역사를 통틀어 재주 많고 용모가 빼어났으나 아깝게 요절한 미남의 대명사가 되었다.

마나 좋을까!'

한 번 더 보고 싶은 마음이 굴뚝같았으나 사람들의 이목이 두려워 그냥 창문을 닫아걸고 말았다. 황 수재도 뒤 선창으로 돌아갔으나 그녀를 그리는 마음은 더욱 깊어져만 갔다. 아직은 배가 출항하기 전, 황 수재는 다른 핑계를 대고 강둑에 올라 소녀가 있을 법한 선창 쪽을 바라보며 강둑을 왔다 갔다 했다. 소녀 역시 발자국 소리를 눈치채고 선창 창문을 열어 밖에서도 자기 얼굴이 보이게 했다. 두 눈과 두 눈이 서로 만나니 눈빛을 따라 정이 오갔으나 서로 입을 열어 말을 할 수는 없었다.

서로 사랑하는 마음이 넘치고 또 넘치니,
말하지 않아도 그 마음 서로 알지라.

오후가 되자 옆에 정박한 배에 타고 있던 주인들과 안면을 튼 한 나리가 그들과 함께 강변 주점으로 술 한잔하러 갔다. 뱃사람들은 내일 출항을 하기 위해 배 곳곳을 살피며 준비했다. 황 수재는 소녀가 있는 선창의 창문에 시선을 고정하고 있었다. 마침 이때 소녀가 창문을 열고 밖을 내다보았다가 황 수재를 보더니 흠칫 놀라고 부끄러워하며 뒷걸음질 쳤다. 잠시 후 소녀가 손짓을 하여 황 수재를 불렀다. 황 수재는 너무도 기뻐서 단숨에 창문 쪽으로 다가갔다. 소녀가 창문턱에 기대어 낮은 목소리로 소곤대었다.

"밤에 잠들기 전에 조금만 기다려보세요. 소녀가 할 말이 있습니다."

황 수재가 뭔가를 물어보고 싶었으나 소녀가 이미 창문을 닫고 말았다. 황 수재는 너무 좋아서 죽을 지경이었다. 어서 해가 저물고 밤이 되었으면 했다. 손오공이 부리는 졸음 벌레를 동원하여 온 배의 사람들을 다 어서 잠들게 했으면 하고 바랐다. 그런 다음 소녀와 자기 둘만 맘껏 즐기면 얼마나 좋을까 하는 생각이 들었다.

사랑을 모르는 사람들은 밤이 짧은 줄을 절대 모르지,
사랑 약속이 있는 연인은 시간이 왜 이리 더디 가느냐 원망하지.

밤이 되자 한 나리가 만취하여 돌아와 배에 오르자마자 바로 잠들었다. 밤 깊은 시각, 배 안의 모든 사람이 쉬거나 잠들었다. 이때 벽을 두드리는 소리가 두세 번 들리는 것 같았다. 황 수재가 급히 옷매무새를 가다듬고 일어나 보니 달빛은 밝고 산들산들 바람이 불어오는데 소녀가 창문을 반쯤 열어놓고 기다리고 있었다. 황 수재가 황급히 뱃전으로 가서 두 손을 모아 인사했다. 소녀는 선창 안에서 답례했다. 황 수재가 선창 창문을 넘어 안으로 들어가려 하자 소녀가 막았다.

"그대의 재주를 사모하여 마음속의 말이나 서로 나눠볼까 한 것인데 너무 서둘지 마십시오."

황 수재도 너무 서두르다 일을 그르치고 싶지는 않았던지라 다시 선창 창문 밖에 다소곳이 서 있었다. 소녀가 황 수재에게 물었다.

"그대는 어디 사람인지요, 혼인은 하셨는지요?"

"양주 사는 황 수재올시다. 집이 가난하여 아직 장가들지 못했나이다."

"저의 어머니도 양주 태생이옵니다. 아버지는 휘주가 고향이신데 배를 타고서 촉 지방을 돌아다니시다가 양주에 가게 되셨을 때 저의 어머니를 만나 측실로 들였사온데, 두 분 사이의 소생은 오직 저 하나이옵니다. 제가 12살 나던 해 어머니가 세상을 뜨시고 올해 삼년상을 마치게 되자 아버님이 저를 다시 촉으로 돌려보내려 하십니다."

"그러고 보니 그대와 나는 한 고향 사람이라 어찌 더 반갑지 않겠소? 이름을 가르쳐 주시면 그 이름 내 가슴에 새기겠소이다."

"제 이름은 옥아玉娥이옵니다. 어려서 어머니한테 글을 배워 문장을 지을 줄 압니다. 어제 그대가 저에게 보내주신 사를 보니 주제도 참신하고 시어를 조탁하는 솜씨도 빼어나더군요. 그대는 진정 감성이 풍부한 자라 제가 그대와 백년가약을 맺을 수 있다면 맹광孟光3)을 본받아 실천하겠나이다."

"그대의 마음이 그러할진대 내가 목석이 아닌 이상 어찌 온 힘을 다하여 그대를 맞아들이려 노력하지 않겠소! 내가 그대와 결혼하지 못한다면 평생 혼자 살 것이외다. 그것이 그대의 아름다운 뜻에 대한 보답이 될 것이오."

"그대의 재주를 사모한 나머지 부끄러움을 무릅쓰고 이렇게 청을 넣었으니 나중에 출세하여 저 혼자서 늙어가는 일이 생기지나 않게 하여 주시기 바랍니다."

"그대의 말은 하늘이 듣고 강물도 들었으니 만약 내가 딴마음을 먹으면 하늘도 강물도 나를 용서하지 않을 것이오. 그러나 그대는 부잣집 외동딸, 나는 정처 없이 떠도는 가난한 선비. 내가 매파를 통하여 청을 넣어도 그대의 부친이 허락하지 않을까 걱정이오. 나중에 배가 목적지에 도착하여 우리 서로 헤어지면 언제 다시 만날 수 있을지 모르는 처지. 혹시 우리의 사랑을 이룰 수 있는 묘책이 있기라도 하시오?"

"밤이 깊었습니다. 부친이 깨어나실까 걱정되어 더는 이야기를 나누기가 어렵습니다. 석 달이 지나면 틀림없이 부주浯州에 이를 것입니다. 시월하고도 초삼일은 강신江神의 탄생일이라 부모님께서 뱃사람들을 다

---

3) 한나라 때 서생 양홍梁鴻이 태학에서 공부를 마치고 고향에 돌아와 농사를 짓다가 고을의 갑부 맹씨의 딸 맹광과 결혼했다. 맹광은 양홍과 결혼한 후 부잣집에서 호강하던 습속을 버리고 남편을 도와 농사일에 힘썼다고 한다. 특히 남편에게 밥상을 차려올 때 존중하는 의미로 밥상을 눈썹 높이까지 들어 올렸다고 하는 '거안제미擧案齊眉'란 말이 이 맹광에게서 유래한 것이다.

데리고 제사에 참례할 것이니 그때 배로 오시면 저를 만날 수 있을 것이고 평생의 가약을 맺을 수 있을 것입니다. 약속을 저버리고 저 혼자서 허공만 바라보며 눈물짓게 하지 마십시오."

"그대와의 약속을 어찌 감히 지키지 않겠소이까!"

황 수재가 말을 마치고 손을 뻗어 소녀의 팔을 잡으려고 하는 찰나 한 나리가 술에서 깨어나 차를 찾는 소리가 들려왔다. 소녀가 황급히 선창 창문을 닫았다. 황 수재는 물러나 잠자리에 들었다. 마음 한구석엔 여전히 아쉬움이 가득했다. 이 순간 이후로 황 수재는 눈만 감으면 소녀의 얼굴이 떠올랐다. 소녀는 더는 창문을 열고 모습을 드러내지 않았다. 출항하고 한 달이 지나 배가 형강에 다다랐다. 마침 순풍이 제대로 불어오는 때라 뱃사람들이 이때를 놓치지 않고 내쳐 가고자 하여 황 수재에게 꾸물대지 말고 빨리 배에서 내리라 성화를 부렸다. 황 수재는 차마 바로 배에서 내릴 수가 없었지만 어찌할 도리가 없었다. 감사의 표시로 돈 몇 푼을 뱃사람들에게 술값이나 하라고 건네고, 한 나리에게 작별인사를 고하고 난 다음 짐을 들고 강둑에 올랐다. 강둑에서 한참을 서서 배의 가운데 선창을 바라보다 배가 시야에서 사라지자 자기도 모르게 눈물이 났다. 옆에 서 있던 사람이 어찌 우는지 물었으나 황 수재는 우느라 아무런 대답도 할 수 없었다.

뜻대로 되지 않는 일이 열에 여덟아홉,
남한테 털어놓지 못하는 일이 열에 여덟아홉.

황 수재는 강둑에 우두커니 서 있었다가 해가 저물자 하는 수 없이 객점을 정하여 여장을 풀었다. 이튿날 아침 절도사 유수도를 찾아가 만나 뵙기를 청하는 서찰을 올렸다. 유 절도사가 황 수재를 맞이하여 평소

황 수재를 아껴왔음을 표시하고 바로 술자리를 벌여 환영해주었다. 황 수재는 소녀 생각에 뭘 먹어도 그 맛을 못 느꼈다. 유 절도사는 그런 황 수재를 보고 무슨 일이 있는지 물었으나 황 수재는 눈물을 흘리면서 그저 배를 타고 오는 도중에 병이 나서 그렇다고 대답할 따름이었다. 유 절도사는 좋은 말로 황 수재를 위로해주었다.

밤이 되자 유 절도사가 친히 황 수재를 서재로 안내해주었다. 서재는 화려하기 그지없었지만 황 수재는 그게 눈에 하나도 들어오지 않았다. 며칠 후 황 수재는 혹 소녀와의 약속을 지키지 못할까 걱정되어 이웃 군에 있는 친구를 만났다가 한 달 정도 후에 돌아오겠노라 핑계를 대었다. 그 말을 듣고 유 절도사가 이렇게 대답했다.

"지금은 군사 관련 일도 많고 정무에 관련하여 자문받고 싶은 일도 많으니 조금 기다렸다가 다시 이야기하도록 합시다."

며칠이 지나고 황 수재가 다시 이 건을 말씀드렸으나 유 절도사가 여전히 허락하지 않았다. 거듭 억지 부리다시피 청하기도 어렵고 절도사 공관은 경비도 삼엄하여 야간에는 꼭꼭 출입문을 닫아놓는지라 마음대로 출입하기도 쉽지 않았다. 이렇게 사흘 밤낮이 지났으나 뾰족한 수가 없었다. 하루는 공관을 담당하는 시동에게 물었다.

"어디 잠시 머리를 식힐 만한 곳이 없느냐?"

"저기 담 하나 너머 정원이 있습니다. 정자도 있고 꽃나무도 있으니 바람 쐴 만할 것입니다."

황 수재는 시동에게 서재 출입문을 열고 자기를 안내해 달라고 부탁하여 후원에 들어가 거닐었다. 그런 다음 다시 시동에게 물었다.

"후원 말고 또 다른 곳은 없느냐?"

"후원 담 너머로는 길이 있습죠. 순라꾼이 그 길을 순찰하는데 낮에는 딱딱이를 치고 밤에는 경쇠를 치며 순찰합니다. 절도사 나리님이 너무도 엄격하게 관리하십니다요."

황 수재는 그 말을 듣고 속으로 이렇게 저렇게 하는 수밖에 없겠구나 하고 생각해두었다. 그날 밤 황 수재는 옷도 안 벗고 잠자리에 누웠으나 잠이 오지 않아 뒤척이다 보니 벌써 삼경이 넘었다. 시각을 알려주는 북소리마저 잠들고 거리에 인기척마저 다 사라졌다. 지금은 순라꾼도 피곤에 지쳤을 때라 지금 결행하지 않으면 언제 할 것인가! 담 가까이에 있는 석류나무를 기어 올라가 담장 위에 걸터앉은 다음 후원으로 뛰어내렸다. 후원에서 밖으로 이어지는 담벼락에는 온통 가시나무 덤불이었다. 황 수재는 발에 돌멩이를 묶고 그걸로 가시를 문질러 없애고는 담을 타고 넘었다. 다행히 아무도 보는 사람이 없었다. 절도사 관서를 벗어났을 때도 아직 동이 터 오르지 않았다. 황 수재는 터벅터벅 걸음을 옮겼다. 행색이 상갓집 개요, 그물에 걸린 물고기 같았다. 이를 증명해주는 시를 한 수 인용하자.

다른 사람 밑에서 막빈이 되었으면서,
어찌하여 나무를 타고 담을 뛰어넘는가!
하지만 담 너머 저편에서 몰래 그리운 님을 바라만 볼 순 없지,
달빛 아래 밤새 달려 한신을 쫓아간 소하蕭何처럼 해야지.4)

이튿날 아침 시동이 일어나 하루 일과를 시작했다가 황 수재가 사라진 것을 보고서는 이렇게 혼잣말했다.

'거참 이상하다! 대문을 연 흔적도 없는데 대체 어디로 간 거지?'

---

4) 한신과 소하가 같이 유방을 섬길 때 유방이 자신을 신임하지 않는다 하여 떠나가는 한신을 소하가 밤새 쫓아가 설득하여 다시 데려온 사건에 근거한 구절이다.

시동이 황급히 달려가 유 절도사에게 아뢰었다. 유 절도사는 그 말을 듣고 깜짝 놀라 직접 서재로 달려갔다. 서재를 살펴본 다음 후원으로 가서는 담장으로 연결되는 가시나무 덤불이 젖혀지고 뭉개져 있는 걸 보고선 그 몰상식한 수재가 이곳으로 도망쳤다는 걸 알아차렸다. 그러나 대체 무슨 급한 일이 있어서 그런 짓을 저질렀는지를 헤아릴 수가 없었다. 유 절도사는 즉시 명령을 내려 순라꾼들을 들라 했다. 유 절도사는 그들을 심하게 꾸짖으며 물었으나 그들은 모두 본 적이 없다고 대답할 따름이었다. 황 수재가 자기에게 이웃 현에 친구를 만나러 가고 싶다고 말한 게 기억나 양주, 등주 등지로 사람을 보내어 찾아보게 했으나 아무런 자취도 찾지 못하고 빈손으로 돌아왔을 따름이었다.

여기서 이야기가 둘로 갈린다. 한편 황 수재는 유 절도사의 공관을 빠져나와 성문을 나섰다. 누군가 자기를 쫓아올까 염려하여 발걸음을 재촉하여 밤엔 자고 새벽엔 길을 걸어 부주로 향했다. '기이한 만남이 없으면 이야깃거리도 안 생긴다'는 말도 있지 않은가. 부주에 도착하니 그날이 바로 시월하고도 초사흘이었다. 황 수재가 유 절도사 공관에서 며칠을 지체했는데 어찌 이렇게 제날짜에 맞춰 올 수 있었던가? 한 나리의 배는 워낙 크기도 하고 또 상류로 거슬러 가는지라 바람이 불면 가고, 바람이 멈추면 멈출 수밖에 없었다. 황 수재는 육로로 혈혈단신 길을 재촉하여 비와 바람을 개의치 아니하고 달려왔으니 이렇게 시간에 대어 올 수 있었다. 황 수재가 강둑을 이리저리 왔다 갔다 하며 소녀가 탄 배를 찾았다. 거대한 돛을 단 큰 배들이 마치 물고기의 비늘처럼 어깨를 나란히 하고 모여 있었으나 한 나리의 배는 보이지 않았다. 황 수재는 다급해졌다.

'내가 너무 급하게 찾느라고 제대로 못 본 게 아닐까. 다시 한번 훑어봐야지.'

다시 발걸음을 옮기려고 하는 순간, 화살을 쏘면 닿을 거리의 반 정도 되는 곳의 강둑에 마른 버드나무 몇 그루가 있고 그 아래에 배 한 척이 세워져 있었다. 좀 더 다가가 보니 그 배 갑판엔 사람이라곤 한 명도 보이지 않았고 다만 중간 선창에 한 소녀가 선창 창문에 기대어 누군가를 기다리고 있었다. 그 소녀는 바로 옥아였다. 옥아는 황 수재를 만날 때 다른 사람들 눈에 띌까 봐 부친에게 버드나무가 있는 이곳이 북적대지 않아 좋으니 이곳에 배를 대자고 졸랐던 것이다. 부친 한 나리는 딸 옥아의 말이라면 다 들어주는 편이었기에 이곳에 이렇게 배를 댄 것이다. 황 수재는 옥아를 발견하고 기뻐서 폴짝폴짝 뛸 정도였다.

화촉을 밝히고 신방을 차리는 이야기하기는 아직 이르나,
타향에서 그리운 이를 만났으니 어찌 아니 기쁠까.

옥아는 멀리서 황 수재의 모습을 발견하고 얼굴에 미소를 띠었다. 옥아가 타고 있는 배는 강둑에서 조금 떨어져 있었다. 황 수재는 그걸 조금도 신경 쓰지 않고 바로 배로 뛰어내릴 기세였다. 옥아가 소리쳤다.

"물살이 거세니 배를 묶고 있는 밧줄을 잡아당겨서 배로 올라오셔요."

황 수재는 옥아의 말대로 손을 뻗어 배와 강둑의 말뚝을 연결한 밧줄을 끌어당기려 했다. 그러나 일이 터지려고 그랬던지 마침 바람이 거세게 불어와 밧줄이 팽팽해졌고, 황 수재가 손을 뻗친 그 순간 버드나무에 묶였던 밧줄이 풀려 버렸다. 그 큰 배가 강물에 출렁거리니 그 기세가 얼마나 대단하랴. 게다가 황 수재 같은 백면서생이 무슨 힘이 있으랴. 황 수재가 그 밧줄을 이기지 못하고 그냥 아이고 소리를 지르며 밧줄을 놓치고 말았다. 배는 강물을 따라 흘러가기 시작했다. 순식간에 몇 리는 간 듯했다. 황 수재가 강둑에서 소리를 질렀으나 사람들은 모두 강신 제사

에 참석하러 떠난 후였다. 이 부강의 물결은 워낙 거세어 하류 지역하고는 달랐으니 천강하고 멀지 않고 구당 삼협과도 가까워 마치 은하수가 뒤집혀 흐르는 것과 마찬가지라서 왕래하는 배들도 각자 자기 배 신경 쓰기 바빠 다른 배에 신경 쓸 엄두를 내지 못하는 터라 설혹 사람들이 있었다 하더라도 도움을 받기는 힘들었을 것이다.

황 수재는 일이십 리 길을 미친 듯이 달려 널리 시야가 트인 곳에 이르러 다시 한번 살펴보았으나 옥아가 탄 배는 보이지 않았다. 거기서 다시 이십 리를 갔으나 배는 보이지 않고 찾을 길도 막막했다. 그냥 돌아가 한 나리에게 이 사실을 알릴까 생각했으나 이게 외려 자기한테 화를 불러들이는 것은 아닐까 걱정되었다. 황 수재는 강물을 바라보며 한바탕 통곡했다.

'낯설고 물선 곳이라 의지할 사람 하나 없고 다시 유 절도사에게 돌아가자니 정말 면목이 없구나. 게다가 여비마저 다 떨어져 집이 있어도 돌아가기 어렵고 고향이 있어도 가기 힘든 상황이로다. 차라리 강물에 뛰어들면 옥아의 영혼과 만날지도 모르겠구나. 그럼 옥아가 나보고 약속을 저버린 자라고 손가락질하지는 않을 것 아닌가! 그래 다 그만두자!'

어차피 한 번 죽는 인생,
사랑을 위해 죽었다는 이름이라도 남겨야지.

황 수재가 막 강물에 몸을 던지려고 하는데 누군가 등 뒤에서 "안 돼, 안 돼!"라고 소리치는 것이었다. 황 수재가 고개를 돌려보니 바로 양주 시장에서 자기한테 백옥 말 장식을 얻어간 그 노인이었다. 황 수재는 노인을 보더니 부끄럽기도 하고 또 자기의 괴로운 신세가 서글프기도 하여 두 줄기 눈물을 주룩주룩 흘렸다. 노인이 황 수재에게 말했다.

"무슨 고통스러운 일이 있는지 이 노인장에게 털어놓으시오. 혹시 이 노인장이 조금이라도 도움이 될지 모르잖소!"

"기왕에 이렇게 된 거 말씀드리지 않을 수가 없네요."

황 수재는 옥아를 만나게 된 일, 서로 부강에서 만나자고 약속한 일, 옥아가 탄 배를 버드나무에 묶어두었던 밧줄이 풀려 버린 일을 상세하게 이야기해주었다. 노인이 그 말을 듣고 껄껄 웃으며 말했다.

"알고 보니 이런 사연이 있었구먼. 그런 일에 어찌 목숨을 던지려 드는가 그래!"

"어르신께서야 자기 일이 아니라서 그렇게 말씀하시겠습니다만 저는 하늘보다 넓고 바다보다 깊은 일이올시다."

노인이 손가락을 꼽아가며 헤아려보더니 말했다.

"이 노인장이 사주팔자를 좀 볼 줄 알기에 하는 말이오. 그대는 아직 죽을 팔자가 아니오. 게다가 옥아를 다시 만날 것이외다. 여기서 조금만 더 가면 초가지붕을 얹은 작은 암자가 하나 나타날 것이오. 그 암자의 주지가 내 사형 되는 분이니 그대는 우선 거기 가서 묵으면서 차차 앞일을 생각해보기 바라오. 이 노인장이 직접 그대를 데려가지는 못하나 주지가 그대를 필시 거둬줄 것이니 걱정하지 마시오."

"어르신이랑 같이 가지 아니하면 주지 스님이 나를 받아주지 않을까 걱정이 됩니다."

"그대가 전에 이 노인장에게 준 백옥 말 장식을 늘 차고 다녔고 주지도 그걸 봐왔으니 이걸 신표로 삼으면 될 것이오."

노인이 황색 허리띠에서 그 백옥 말 장식을 풀어서 황 수재에게 건넸다. 황 수재가 그걸 받으니 노인은 표연히 어디론가 사라졌다. 황 수재는 정신없이 노인과 이야기를 나누다 보니 이번에도 노인의 이름을 물어보지 못한 걸 뒤늦게야 깨달았지만 이미 지난 일, 후회한들 뭘 하겠는가.

날이 어둑어둑해지기 시작하니 황 수재는 발걸음을 재촉했다. 조금 걷다 보니 과연 너른 들판에 초가지붕 암자가 보였다. 암자 문이 반쯤 열려 있기에 황 수재는 그 안으로 들어갔다.

불당 안에는 유리 등잔이 놓여 있고 어둡지도 환하지도 않게 주위를 비추고 있었다. 암자의 방 안에는 방석 하나가 놓여 있고 그 방석 위에 나이 들어 보이는 서역승이 서역 나한 조각상처럼 결가부좌를 틀고 두 눈을 감은 채 있었다. 마치 열반에 든 모양이었다. 황 수재는 감히 경망스레 움직이지 못하고 스님 앞에 단정하게 무릎 꿇고 앉았다. 두어 시간이 지났을까, 스님이 눈을 뜨고 황 수재를 보더니 이렇게 소리쳤다.

"속세의 놈이 어찌 감히 함부로 여기에 들어왔느냐?"

황 수재가 스님에게 재배하고 백옥 말 장식을 바치고는 노인에게 들은 대로 하룻밤 묵어가기를 청했다. 스님이 그 말을 듣고 이렇게 답했다.

"하룻밤 재워주는 거야 뭐 어렵겠소. 한데 이 망망대해 같은 속진 세상을 헤매는 그대의 이 길은 어디서 멈춘단 말이오?"

"소생 황손, 진심으로 스님께 가르침을 받기를 원합니다."

황 수재는 옥아와 만나게 된 사연을 차근차근 스님에게 이야기하고 가르침을 청했다. 스님이 그 이야기를 듣고 나더니 이렇게 대답했다.

"출가한 사람은 세속 일에 관심 두지 않는 법이라. 어찌 세속의 여인네 일에 뭐라 이야기를 하겠소!"

황 수재가 계속해서 가르침을 간청했다.

"그대의 정성이 마음을 감동시키기에 소승이 한마디 하리다. 그대는 세상의 벼슬살이에 관심 있는 관상이라 대장부가 청운의 뜻을 품었으면 업적을 이뤄 이름을 날리는 게 먼저니 그걸 먼저 하고 이 일은 차차 해결하기를 바라오."

황 수재가 다시 한번 절을 하고 나서 말했다.

"저는 사고무친에 한 끼 식사조차 해결하기 힘들 정도라 공명을 이룰 일은 감히 엄두도 내지 못했습니다. 만약 노인 어르신께서 저를 구해주시지 않았다면 저는 이미 수중고혼이 되었을 것입니다."

"저 불상의 좌대 아래 은 열 냥이 있으니 그걸 여비로 삼게나. 장안에 가서 때가 오기를 기다리면 분명 그대의 소망이 이루어질 걸세."

말을 마치더니 스님은 다시 눈을 감아버렸다. 황 수재도 몸이 피곤하여 방석 옆에 팔을 베고 곯아떨어졌다. 눈을 뜨니 이미 여명이 밝아오고 있었다. 바라보니 다 쓰러져가는 암자, 사방엔 벽도 다 쓰러지고 전날 밤 보았던 서역승은 자취를 찾을 수가 없었다. 좌대 위의 불상도 깨지고 찌그러져 꼴이 말이 아니었다. 좌대 아래쪽에서 환한 빛이 나오기에 가보니 은 덩어리였고 그 은 덩어리에 '황손'이란 두 글자가 새겨져 있었다. 황 수재는 속으로 부끄럽다는 말을 되뇌었다. 어젯밤에 만난 스님이 진정 성스러운 스님이었음을 깨달았다. 황 수재는 불상 앞에서 큰절을 올린 다음 그 은을 들고 장안으로 출발했다. 사람은 하늘의 뜻을 거역할 때가 있지만 하늘은 사람의 앞길을 끊는 법이 없다는 말이 허튼소리가 아니렷다.

세상사 내 뜻대로 되는 게 하나도 없고,
인생사 모든 게 운명이요, 팔자라.

여기서 이야기가 갈린다. 한편, 한 나리가 뱃사람들하고 같이 강신제사에 참례했다가 돌아와 보니 배가 보이지 않는 것이었다. 황망히 다른 뱃사람에게 알아보니 묶어놓은 밧줄이 풀어져 자기들이 손쓸 틈도 없이 물살에 쓸려 내려갔다고 대답하더라. 한 나리가 너무도 놀라 강둑에 올라 주변 사람들에게 물어보았으나 역시 같은 말을 할 뿐이었다. 이삼

일을 열심히 찾았으나 배의 자취를 찾을 수가 없어 울며불며 돌아왔으니 그 이야기는 굳이 더는 하지 않겠다.

한편, 양주 기생 설경경에겐 설온薛媼이라 불리는 기생 어미가 있었겠다. 경경이 거문고 연주하는 재주로 뽑혀 궁궐로 들어간 지 벌써 2년, 설온이 운영하는 기생집은 파리만 날리고 있었다. 장안에 가서 경경을 만나 자기도 함께 황제의 덕이나 봤으면 좋겠다 싶은 마음에 설온은 배를 세내어 타고 출발했다.

배가 한수에 이르렀을 때 배 한 척이 뒤집힌 채로 상류에서 흘러 내려오다가 마침내 설온이 타고 있던 배의 앞머리와 '펑' 소리를 내면서 부딪쳤다. 배는 그제야 흘러가기를 멈췄다. 뱃사람들은 그 배에 값나가는 물건이 있을 거라는 생각에 배를 강둑으로 끌고 가서 도끼로 쳐내며 안을 살폈다. 그러다 배 안에 여자가 하나 있음을 발견했다. 설온은 그 소식을 듣고 황급히 달려가 여자를 구해냈다. 여자는 이미 물을 너무 많이 먹었고 겨우 한 줄기 숨만 붙어 있을 따름이었다. 겨울 강물은 너무도 차가워 사람이 한번 빠졌다 하면 바로 죽음이라. 그녀는 다행히도 가운데 선창에 있었고 선창의 문과 벽이 물을 막아줘 체온을 빼앗기지 아니할 수 있어 그나마 숨이 끊어지지 않은 것이다.

배에 있던 화물은 모두 물에 떠내려갔고 그나마 남아 있던 것들도 뱃사람들이 다 가져가 버렸다. 설온이 장안에 가려고 하는 것도 경경을 대신할 기생이 없어서였는데 이렇게 예쁜 여인을 얻었으니 입이 귀에 걸릴 정도로 기뻤다. 설온이 서둘러 여인의 젖은 옷을 벗기고 이불 속에 누인 다음 자신이 몸으로 꼭 안아 덥혀주었다. 그녀가 조금씩 정신을 차렸다. 설온이 그녀에게 따뜻한 생강탕과 미음을 먹이고 보살폈다. 그러면서도 좋은 말로 위로하니 그녀가 조금씩 마음 문을 열었다. 그녀가 자기 옷에서 비단 주머니를 챙기더니 손에 꼭 쥐었다.

설온이 그녀에게 내력을 물었다.

"소녀, 성은 한이고 이름은 옥아입니다. 부친과 함께 촉으로 가다가 배가 부주에 이르렀을 때 부친은 뱃사람들과 함께 강신 제사에 참례하러 가시고 저 혼자서 배에 남아 있을 때 그만 배를 묶어둔 밧줄이 풀려 이렇게 표류하게 되었습니다."

"혼약을 맺은 짝은 있으신가?"

"양주 태생 황손이란 수재와 스스로 백년가약을 맺었습니다. 이 비단 주머니의 꽃무늬 종이에 적힌 사는 바로 황 수재가 써준 것입니다."

"황 수재라면 원래 내가 데리고 있던 경경이하고 친구였던 그 자겠구먼. 황 수재는 재주와 용모를 다 갖춘 자이니 그대완 정말 잘 어울리는 짝이로구먼. 아가씨, 너무 걱정하지 마시오. 나랑 같이 장안에 갑시다. 내년에 과거가 있을 것이니 황 수재가 틀림없이 응시하러 올 것이오. 그럼 내가 황 수재를 찾아서 아가씨와의 백년가약을 맺어주면 정말 더할 나위 없이 좋은 일 아니겠소!"

"그렇게만 해주신다면 그 은혜 평생 잊지 않겠습니다."

이날 이후로 옥아는 설온을 양어머니처럼 모셨고 설온 역시 옥아를 딸처럼 대했다.

사정이 다급하여 어쩔 수 없이 따르는 것이 아니라네,
받은 은혜가 너무 커서 친어머니처럼 따르는 거지.

며칠 후 장안에 도착했다. 설온은 작은 방 하나를 세내어 옥아와 거처했다. 한편 경경은 궁궐에서 황제의 총애를 독차지하고 있었다. 기생 어미가 찾아왔다는 소식을 들었지만 만날 방법이 마땅치가 않았다. 하인 편에 맛난 음식이나 선물을 보내고 안부를 물어볼 따름이었다. 옥아는 거소에 틀어박혀 열심히 바느질하여 새어머니의 살림에 보태었다. 이런 연유로 설온의 형편은 그 나름대로 넉넉했다. 세월이 유수와 같이 흘러 한 해가 가고 다시 봄이 왔다. 그 모습을 시 한 수를 인용하여 그려보자.

폭죽 소리에 한 해가 저물고,
새로 빚은 술잔 기울이니 봄이 오는구나.
거리마다 집집마다 밝은 햇살이 비치고,
새로 핀 복숭아 꽃향기 맡으며 철 지난 부적 떼어내네.

한편 섣달 그믐날 밤, 옥아는 돌아가신 어머니와 생이별한 아버지 그리고 소식조차 알 길이 없는 그리운 님을 생각하며 남몰래 눈물을 흘렸다. 옥아가 울다가 잠이 드니 꿈속에서 하늘 문이 크게 열리고 나한존자가 나타났다. 옥아가 울면서 하소연하니 나한존자가 노란색 종이 하나를 하늘에서 던져 주었다. 옥아가 그 종이를 받아보니 '양주 황손 소식'이란 여섯 글자가 적혀 있었다. 옥아가 너무도 기뻐 그 종이를 풀어보려는 순간 천둥 치는 소리가 들려 깜짝 놀라 깨었다.

밖에서 새해맞이 폭죽을 터트리는 소리가 들려왔다. 폭죽 소리도 옥아의 마음을 즐겁게 해주지는 못했다. 그러나 오늘이 바로 새해 첫날, 옥아는 억지로 자리에서 일어나 세수하고 단장했다. 설온은 새해를 맞이하여 이웃에 마실 갔다. 옥아는 주렴을 내린 채 문 안쪽에 우두커니 서서 거리를 오가는 사람을 바라보며 생각에 잠겼다.

'올해는 과거가 열린다는데 황 수재님도 과거를 보러 장안에 오실까? 황 수재님이 이 길을 지나고 나하고 눈길이라도 한번 마주친다면 꿈속에서 본대로 이뤄지는 것이고, 내가 죽을 고비를 넘기고 다시 사는 보람을 느끼게 될 터인데!'

이렇게 한참 생각에 잠겨 있는데 서역승 하나가 주렴을 사이에 두고 큰 소리로 말하는 것이었다.

"부처님의 인연으로 찾아왔소이다. 시주 좀 하십시오."

옥아가 주렴을 사이에 두고 자세히 살펴보니 그 스님의 생김새가 어젯밤 꿈속에서 본 나한존자와 너무도 똑같은지라 자기도 모르게 일어나 공손하게 절을 올렸다. 그러나 여자 혼자 있는지라 스님을 들어오라 하기 뭐하여 망설이고 있는데 그 서역승이 주렴을 밀치고 안으로 들어왔다. 옥아가 몇 걸음 뒤로 물러났다. 그 서역승이 마당 한가운데 가부좌를 틀고 앉으니 이마에서 광채가 뿜어져 나와 하늘에 닿았다. 옥아가 깜짝 놀라 엎드려 절을 올리고 말했다.

"이 제자, 불구덩이에 빠지고 속세 인연에 헤매고 있나이다. 스님께서 길을 알려주시어 이 고해에서 빠져나올 수 있게 해주십시오."

"그대가 진정 불가에 귀의하기를 원한다 하여도 아직은 속세의 인연을 정리하지 못했구나. 내가 그대에게 줄 것이 있으니 이걸 다른 사람들이 눈치채지 못하게 몸에 귀히 간직하여라. 나중에 부부가 다시 만나는 날이 있을 것이니 그때 이것이 효험을 보여줄 것이니라."

서역승이 몸에서 보물 하나를 꺼내어 옥아에게 주었다. 그것은 바로 백옥 말 장식이라. 한 줄기 밝은 빛이 하늘을 향해 치솟았다. 서역승이 홀연히 사라져 보이지 않았다. 옥아는 도력이 깊은 스님의 화신이란 생각이 들어 그 자리에서 다시 감사의 절을 올렸다. 그런 다음 백옥 말 장식을 허리띠에 단단히 매었다. 설온이 돌아온 다음에도 옥아는 이 이야기는 입 밖에 내지 않았다.

이 사연은 가슴 깊은 곳에 묻어두어야 하네,
감사하는 마음으로 가슴 깊은 곳에서 향을 사르네.

한편 황 수재는 서역승에게서 은을 받고서 그걸 노자 삼아 과거에 응시하고자 장안으로 달려왔다. 그러나 앉으나 서나 오직 옥아 생각뿐이라. 과거 공부도 하지 않고 그렇다고 마음을 닦는 공부도 하지 않고 혹시라도 전에 만났던 서역승을 우연히 다시 볼 수 있을까 싶어 하루 종일 거리를 쏘다녔다. 아침에 나갔다가 밤늦은 시각에 돌아오는 생활이 반복되었지만 답답한 마음은 풀리지가 않았다. 과거시험 날짜가 다가왔다. 황 수재는 특별한 준비도 없이 평소처럼 과장에 나가 고민도 하지 않고 일필휘지하여 답안을 작성했다. 답안을 다시 검토할 기분이 나지 않았던 황 수재는 그저 과거 시제를 보고 한 번에 떠오른 생각대로 답안을 적었고 그러다 보니 막힘없이 술술 읽히는 그 답안이 시험관에 눈에 들었던 모양이다.

　　내 문장이 천하 사람들이 마음에 들기를 바라지는 않으나,
　　내 문장이 과거 시험관의 마음에 들기는 진정 바란다오.

급제자 방이 붙는 날, 황손이란 두 글자가 가장 높은 곳에 올랐으며 낭관郎官에 임명되었다. 당시는 여용지呂用之5)가 권력을 농단하고 있던 때라 자기 마음에 드는 자를 제멋대로 등용하고 도술을 맹신하여 조정 내외에서 그를 미워하지 않는 자가 없었다. 그러나 그의 권세가 무서워 아무 소리도 못하고 있었다. 황손이 용기를 내어 그의 죄상을 낱낱이 고

---

5) 여용지(?~887)는 강서 파양鄱陽 사람으로 대대로 차를 매매하는 상인 가문에서 태어났으나 어려서 고아가 되었다. 외숙부 밑에서 자라다 외숙부의 재산을 훔쳐 달아나 구화산九華山에서 도술을 배웠다고 한다. 나중에 회남淮南 군벌 고병高騈 휘하에서 참모로 활약하다가 고병을 능가하는 권력자가 되었다. 당말 군벌 시기에 세력 싸움에서 밀려 젊은 나이에 죽음을 맞았다.

하는 상소를 올렸다. 천자가 그 상소를 읽어보니 구구절절 근거가 있고 맞는 말이라 여용지를 파면시켰다. 황손은 젊은 나이에 장원급제한 데다 이렇게 용기 있게 상소를 올리니 천하제일의 선비로 대접받게 되었으며 그를 존경하지 않는 사람이 하나도 없을 정도였다. 장안의 권세가들이 황손이 아직 장가들지 않은 것을 알고 그를 사위로 삼고자 안달을 내었다. 황손은 옥아만을 마음에 두고 있었기에 다 사양하고 응하지 않았다. 설온 역시 황손이 장원급제한 소문을 듣고 바로 찾아가 만나려고 했으나 옥아가 만류했다.

"잠시만 기다려보시지요.. 출세하면 친구를 버리고 조강지처를 버리는 게 인심이라는데 황 수재가 어떤 사람인지 좀 두고 보시지요."

여기서 이야기가 갈린다. 한편 여용지는 집에서 할 일 없이 지내는 신세라 이 참에 단약을 조제하는 일에 몰두하게 되었다. 아울러 하인들을 시켜 천하의 미인을 찾아오게 하여 자신의 첩으로 삼고자 했다. 누군가가 설온의 양딸 옥아가 천하일색이나 아무에게나 정을 주지 않는다고 자랑했다. 그 말을 듣고 여용지가 이렇게 말했다.

"그런 여자가 없을까 걱정이지, 있다면야 어찌 못 데려오겠느냐!"

여용지는 곧장 하인 수십 명에게 오백 냥을 들려서 설온의 집으로 출발하게 했다. 설온의 집에 도착한 하인들은 다짜고짜 옥아의 침실로 쳐들어가 옥아를 가마에 태워 데려가 버렸다. 이 광경을 지켜본 설온은 몸이 다 굳어버린 듯 떨리고 도대체 어떻게 해야 할지 아무 생각도 나지 않았다. 나중에 여용지가 사람을 시켜 데려간 것임을 알게 되었으나 그 위세에 눌려 아무 소리도 내지 못했다. 황손에게 찾아가 이걸 알려도 이 일을 해결하는 데 그다지 도움이 되지도 않고 그의 앞길만 막을 거 같아 그저 꾹 참기로 했다. 이 이야기는 여기까지만 하자.

한편, 옥아를 태운 가마가 도착하자 여용지는 직접 가마 주렴을 걷어

올려 옥아의 용모를 확인했다. 옥아의 용모가 천하의 으뜸이라 여용지는 벌어진 입을 다물 줄 몰랐다. 즉시 하녀에게 명하여 옥아를 방으로 데리고 가라 하고 옷상자 몇 개와 온갖 장신구를 챙겨 단장시키게 했다. 옥아는 소리 내어 울며 장신구를 바닥에 집어 던지고 옷도 갈아입으려 들지 않았다. 하녀가 여용지에게 이를 알리니 그녀를 막 대하지 말고 좋은 말로 잘 달래라 대답할 따름이었다. 하녀들이 그 말을 듣고 서로 나서서 옥아를 구슬렸으나 옥아는 도무지 말을 들으려 하지 않았다.

권세만 있으면 모든 일을 다 제멋대로 할 줄 알았는가?
일편단심 그 마음은 화려한 옷에도 절대 흔들리지 않네.
인연이란 자고로 전생에 이미 정해져 있는 것,
가소롭다, 함부로 잔꾀를 쓰는 저 작자!

한편, 여용지가 첩을 새로 들였다는 소문을 듣고 식객이나 알고 지내던 관리들이 모두 축하하러 찾아오니 여용지는 그들을 맞이하는 잔치를 열게 되었다. 그 잔치가 해가 저물도록 이어지는데 마구간지기가 헐레벌떡 달려와 아뢰었다.

"대체 어디서 나타났는지 덩치가 엄청나게 큰 백마 한 필이 마구간에 들이닥쳐 다른 말들을 물어뜯고 하기에 소인이 몽둥이로 쳐서 쫓으려 했더니 글쎄 그놈이 안채로 뛰어들어가 버렸지 뭡니까."

"어찌 그런 일이 다 있단 말이냐?"

여용지는 하인들에게 명하여 횃불을 밝히고 몽둥이를 들어 마구간지기와 함께 그 말을 찾으라 했다. 하인들이 이곳저곳 뒤졌으나 말은커녕 말 그림자도 보이지 않았다. 하인들이 돌아와 보고하니 여용지는 이런 불길한 일이 왜 있나 싶었다. 여용지는 괜히 없는 이야기를 지어내 보고

했다며 마구간지기만 꾸짖고는 곤장 40대를 쳐서 쫓아버리라고 했다. 찾아온 손님들은 분위기가 갑자기 이상해지자 그냥 돌아가 버렸다.

여용지는 얼큰하게 술에 취한 채 바로 신방으로 들어갔다. 신방 안에서는 옥아가 계속 울고 있었다. 여용지는 여자를 다룰 줄 아는 자였다.

"내가 바로 세상의 제일가는 부자로다. 네가 내 말을 잘 듣는다고 약속하면 내가 내일 바로 부인으로 맞아주마. 그럼 너는 평생 호강하며 살 수 있을 것이다."

"저는 일개 여인네에 불과하나 그래도 예의염치는 아옵니다. 저는 이미 다른 남자와 정혼한 몸이니 두 남자를 섬길 수는 없습니다. 나리에게는 이미 예쁜 여인네가 넘치니 저 같은 여인 하나 없다고 무슨 문제가 되겠습니까! 제발 저를 불쌍히 여기시고 제가 정절을 온전히 지키게 해주십시오."

여용지가 어찌 그 말을 들어주겠는가? 여용지는 마치 나무뿌리라도 뽑아낼 것 같은 기세로 옥아를 안아 침상 위에 쓰러뜨리고 옷을 벗기려 들었다. 옥아는 그런 여용지를 뿌리쳤으나 힘으로야 당해낼 수 없어 그저 울기만 했다. 이 절체절명의 순간, 엄청나게 큰 백마 한 필이 침상으로 달려와 여용지를 밀치며 물어뜯었다. 여용지가 당황하여 옥아의 옷을 잡고 있던 손을 놓고 하녀를 소리쳐 불렀다. 백마가 방 안에서 계속 어지러이 뛰고 달리고 춤추니 그 하녀도 물리고 부딪혀서 온몸에 상처를 입었다. 여용지는 어찌할 줄 몰라 방을 빠져나가 도망치려 했다. 그 순간 백마도 사라져 보이지 않게 되었다.

여용지는 이게 요괴의 장난임이 틀림없다고 확신하고서 하인들을 시켜 사방으로 도술이 높은 도사를 청해오게 했다. 이튿날 서역승이 여용지 집에 찾아와 이렇게 말했다.

"소승이 세상의 기운이 흘러 다니는 것을 잘 보고 미래의 길흉을 미리 아는 재주가 있소이다. 지금 보아하니 이 집에 요기가 가득하니 소승이 특별히 요기를 없애는 제사를 지내주겠소이다."

문지기가 이 말을 듣고 곧장 안으로 들어가 보고하니 여용지가 그 서역승을 안으로 모시라 했다. 서역승이 들어오니 여용지가 예를 다하여 맞이했다. 서역승이 말했다.

"귀댁에 요기가 넘치니 주인장께서 필시 큰 화를 입을 것입니다."

"요기가 어디에 있다는 것인지요?"

"안채에 있소이다. 소승이 직접 살펴보고 싶소이다."

여용지가 서역승을 안채로 모시고 가서 방마다 보여드렸다. 옥아가 머물고 있는 방에 이르니 서역승이 소스라치게 놀라며 말했다.

"요기가 바로 여기서 나오고 있었군. 나리, 이 방엔 누가 있소이까?"

"새로 데려온 첩이온데 아직 첫날밤을 치르지는 못했습니다."

"나리, 축하드립니다. 나리가 큰 복을 타고나 늦지 않게 소승을 만날 수 있었소이다. 만약 첫날밤을 치른 다음 저를 만났더라면 나리는 큰 화를 입어 헤어나지 못했을 것입니다. 저 여인은 하늘나라 옥마玉馬의 정령으로 사람들에게 큰 재앙을 내려주는 요괴올시다. 그 요괴가 나리 집에 내려왔으니 하루빨리 쫓아내지 아니하면 화를 피할 수 없을 것입니다."

여용지는 서역승에게서 옥마의 정령 이야기를 듣고 서역승이야말로 도력이 빼어난 승려라고 굳게 믿게 되었다. 여용지가 물었다.

"어찌하면 그 요괴를 쫓아낼 수 있겠습니까?"

"이 여인을 어서 다른 사람에게 줘버리십시오.. 그럼 그 사람이 재앙까지 같이 가져갈 것이니 나리는 화를 면할 수 있을 것입니다."

여용지가 본디 여색을 좋아하고 또 옥아가 너무 예뻐서 아깝기가 그지없었으나 자기 목숨이 달린 일이고 서역승이 말하는 게 너무도 그럴듯한지라 두말하지 않고 바로 이렇게 물었다.

"그럼 누구한테 주는 게 좋을까요?"

"나리가 제일 미워하는 자에게 줘버리십시오. 그럼 그자가 한 달 안에 큰 화를 입을 것이고 나리는 두 다리 쭉 뻗고 잘 수 있을 것입니다."

여용지는 황손이 상소하여 자기를 파면시키게 한 일에 절치부심하였기에 즉시 마음을 정하고 서역승에게 예를 표하고 말씀대로 하겠노라 대답했다. 그런 다음 하인들에게 스님의 식사를 준비하라고 명하는 한편 금은보화를 있는 대로 가져오라 했다. 그때 서역승이 이렇게 말했다.

"나리는 천하의 복을 타고난 분이시라 소승이 이렇게 특별히 도우러 찾아온 것이니 어찌 사례를 바라겠소이까!"

서역승은 식사도 하지 아니하고 황급히 떠나갔다.

스님의 터무니없는 말을,
재앙을 쫓아내는 지혜의 말로 알아듣네.

여용지는 하인을 보내어 설온을 데려오게 했다. 설온이 감히 그 명을 거역하지 못하여 바로 따라왔다. 여용지가 설온에게 말했다.

"네 딸년이 아직 나이가 어리고 철이 없어 내가 거두기에 힘들겠도다. 듣자 하니 올해 과거에 급제한 황손이 아직 장가들지 않았다 하여 내가 네 딸년을 그 황손에게 화해의 의미로 보내주려 하노라. 네가 직접 네 딸년을 데리고 찾아가서 황손더러 사양하지 말고 받아들이라 하라."

설온이 머리를 조아리며 대답했다.

"나리의 말씀을 어찌 감히 거역하겠습니까?"

여용지가 다시 말을 이었다.

"네 딸년의 방에 있는 옷가지와 장신구를 결혼예물로 주노니 가져가도록 하라. 네 딸년을 데리고 나에게 따로 인사할 필요 없이 지금 바로 출발하도록 하라."

설온이 여용지의 말을 들으니 불감청이언정 고소원이라. 설온은 안내하는 하인을 따라 옥아가 있는 방으로 갔다. 옥아는 설온을 보고 여용지가 자기를 구슬려 보라고 보낸 줄 알고 속으로 거부의 마음이 먼저 들었다. 설온이 옥아의 귀에다 대고 자초지종을 조용히 설명해주었다.

"옥아야, 이제 안심해도 좋아. 나리가 네가 필요 없다고 하는구나. 너를 너하고 잘 어울릴 만한 다른 사람에게 보내주라고 하는구나."

"아니 이런 일이 다 있다니요!"

두 사람은 즉시 짐을 꾸리고 여용지의 하녀들에게 고맙다는 인사를 전해달라고 부탁하고는 짐꾼을 사서 황급히 출발했다.

그물에 걸렸던 물고기가 그물에서 빠져나가게 되니,
지느러미와 꼬리를 흔들며 뒤도 돌아보지 않고 달아나는구나.

한편, 황손이 아문에서 한가로이 앉아 있는데 문지기가 와 아뢰었다.

"양주의 설온이 나리를 뵙고자 합니다."

황손이 어서 안으로 모시라고 했다. 설온이 황손을 보자마자 바로 축하한다는 말을 건넸다. 황손이 이렇게 말했다.

"아니 무슨 일로 축하한다고 하는 것입니까?"

"이 할멈이 장안에 온 지도 벌써 반년이나 되었습죠. 나리를 찾아뵙고 싶은 마음이 굴뚝같았으나 차마 그러지 못하다가 오늘은 특별히 어떤 나리분의 명을 받들어 한 소녀를 나리와 혼인시키고자 찾아왔습니다."

"대체 누구의 명을 받았다는 말이오?"

"아, 그분은 얼마 전 파면당한 여 나리이십니다."

"아니 그 간신이 여인을 가지고 나를 농락하려 들다니! 할멈과의 옛 인연이 없었다면 내가 할멈을 바로 내쫓았을 것이오."

"너무 그렇게 화내지 마십시오. 그 소녀는 바로 이 할멈의 딸이고, 나리와 친척뻘 됩니다."

황손이 그 말을 듣고 화를 조금 누그러뜨리고 다시 물었다.

"할멈의 딸 경경은 이미 궁궐에 들어가지 않았소. 할멈한테 경경 말고 또 누가 있다고 그런 소리를 하오? 게다가 나하고 친척이 되다니!"

"아, 이 할멈에게 새 양딸이 하나 생겼지요. 성은 한, 이름은 옥아라 하옵니다."

황손이 깜짝 놀라며 물었다.

"아니 어디서 옥아를 만난 겁니까?"

설온은 한강에서 옥아의 배랑 부딪치고 옥아를 살려낸 일부터 하나하나 이야기해주었다. 그런 다음 이렇게 덧붙였다.

"여 나리가 옥아를 억지로 데려갔으나 옥아는 죽기를 각오하고 절개를 지켰지요. 근데 대체 무슨 영문인지 여 나리가 이 할멈을 불러서 나리한테 옥아를 데려다주고 나리와 관계를 회복하고 싶다고 합디다."

황손이 고개를 가로저으며 말했다.

"그 짐승 같은 놈이 옥아를 데려갔다면 절대 그냥 두지 않았을 것인데 어찌 순순히 옥아를 내주려고 하겠소! 게다가 옥아를 나한테 보내다니 그럴 리가 없소이다."

"그럼 옥아한테 자초지종을 속 시원하게 물어봅시다요."

"양주 태생 한옥아가 틀림없겠지!"

"나리가 사를 적어서 선물한 꽃무늬 종이가 여기 있습니다."

설온이 소매 품에서 물에서 건져낸 울퉁불퉁해진 종이를 꺼냈다. 황손은 그걸 보고서 옛날 부강에서 겪었던 일이 떠올라 왈칵 눈물이 났다. 황손은 곧장 가마꾼과 수행원들을 불러 설온과 함께 가서 옥아를 모셔오게 했다. 황손과 옥아가 다시 만났다. 두 사람이 서로 껴안고 대성통곡했다. 울기를 마치고 각자 지나온 이야기를 하기 시작했다. 옥아가 백옥 말 장식을 꺼내어 보여주며 말했다.

"이게 없었다면 저는 여용지 그 도적놈에게 당하고 말았을 거예요. 그놈한테 옷이 벗겨지고 다시는 나리를 볼 수 없게 되었을 거예요."

황손은 그 백옥 말 장식을 보더니 대경실색하며 말했다.

"이건 우리 가문 대대로 내려오던 보물이오. 작년 부주에서 서역승에게 이걸 드린 적이 있소이다. 한데 그대가 어찌 이걸 갖고 있소이까?"

"새해 첫날 제가 서역승을 만났는데 섣달그믐 밤에 꿈에서 본 스님과 그 모습이 정말 똑같았습니다. 한데 그 스님이 저에게 이걸 주시면서 우리 부부가 다시 만나고 말고는 이것에 달려 있으니 잘 간직하라 하셨습니다. 여용지가 저를 강제로 범하려던 날 밤, 갑자기 백마가 침상으로 달려와 그 도적놈을 물어 버리려고 하자 그놈이 놀라서 도망쳤습니다. 나중에 들으니 서역승이 그놈에게 백마란 본디 요물로 주인에게 재앙을 불러올 것이라 했답니다. 하여 그놈이 저를 낭군님에게 보내버리면서 그 재앙마저도 함께 떠넘기려 한 것입니다."

"그러고 보니 우리 부부가 다시 만나게 된 것은 모두가 그 서역승 덕분이오. 그 서역승은 정말 도력이 센 분이요, 백옥 말 장식은 영험한 물건이로다. 우리가 그 둘에게 마땅히 사례해야겠소이다."

황손이 제사를 지낼 준비를 하라 하고 그 제사상 위에다 백옥 말 장식을 올려놓고 술과 육포를 올려놓은 다음 부부가 함께 절을 했다. 설온 역시 같이 옆에서 머리를 조아렸다. 이때 홀연히 백마가 제사상에 나타나더니 힘껏 뛰어 하늘로 날아올라 갔다. 사람들이 모두 놀라며 문을 열고 내다보니 상서로운 구름이 펼쳐진 곳에 한 사람이 서 있는데 멀리서도 그 이목구비를 확연하게 알아볼 수 있었다. 그 사람이 누구인가?

양주의 시장에서 처음 만났지,

부강의 강둑에서 다시 만났지.

오늘은 상서로운 구름 사이에서 그 모습 보이네,

저분이 바로 옥마의 주인이로세.

그 사람은 바로 우리 이야기 처음에 나와 황손에게서 백옥 말 장식을 받아 간 노인이로다. 그 노인은 백마를 타고 구름 사이를 빙빙 맴돌다 누구도 알 수 없는 곳으로 사라졌다. 황손은 강둑에서 자기를 죽지 않게 붙잡아준 은혜를 생각하여 구름을 향하여 거듭 절하였다. 제사상 위의 백옥 말 장식은 이미 사라지고 없었다. 이날 밤 황손과 옥아는 비로소 부부가 되었다. 설온도 수를 누리고 세상을 떠났다.

황손은 사람을 촉에 파견하여 한 나리를 모셔오게 한 다음 봉양했다. 해마다 그 노인과 서역승의 신위에 향을 태우고 절을 올렸다. 나중에 황손은 어사중승까지 승진했다. 옥아는 아들을 셋 낳았다. 그 세 아들은 모두 벼슬길에 올랐으며 부부는 백년해로했다.

거문고 연주 소리 강물 위에 흐르니,

날 알아주는 이와 백 년의 혼약을 맺노라.

생사고락은 전생에 이미 정해진 인연,

인연에 없는 일은 굳이 억지 부리지 말지라.

얄궂은 농담이 큰 화를 부르다

十五貫戲言成巧禍

열다섯 꿰미 동전을 두고 한 농담이 엄청난 화를 부르다

본래 타고난 게 영리하고 똑똑하다네,
그저 겉보기에 바보 같을 뿐.
속 좁은 마음은 질투심을 불러오고,
심한 농담이 싸움으로 번지기도 하지.
굽이치는 황하 물결처럼 알 수 없는 사람 마음,
철갑옷 속에 감춰진 음흉한 얼굴.
술과 여인에 미혹됨은 나라와 가문을 잃는 길,
덕을 갖추는 것이 비난받지 않는 지름길.

이 시는 사람 노릇 하며 사는 게 얼마나 어려운지를 잘 보여준다. 세상살이란 게 만만치 않고 사람 마음을 읽어내기는 너무도 어렵다. 바른 길은 너무 멀어 보이고 사람들 마음은 서로가 너무도 다르다. 사람들이

서로 분주히 다니는 것은 모두가 이익을 위해서이나 바보 같은 짓을 하여 결국 화를 입는 경우가 더 많다. 변화무쌍한 이 세상에서 살면서 자기 한 몸이나마 명철보신하고 가정을 지키는 것이 얼마나 중요한 일인가. '찡그려야 할 때 찡그릴 줄 알고, 웃어야 할 때 웃을 줄 알아야 한다'는 옛말도 있지 않은가. 언제 찡그리고 언제 웃어야 할지를 신중하게 헤아려야 한다.

이번 회는 술을 한잔 걸치고 나서 내뱉은 농담 한마디 때문에 자신과 가정을 망치고 다른 사람들의 생명까지 잃게 만든 한 남자 이야기다. 그럼 잠시 들어가는 대목으로 다른 이야기 하나를 인용하고자 한다.

옛날 북송 때 젊은 선비 하나가 살았다. 그 사람 성은 위魏, 이름은 붕거鵬擧, 별명은 충소冲霄, 나이는 바야흐로 열여덟, 꽃처럼 아름답고 옥처럼 우아한 아내와 결혼했다. 결혼한 지 1년이 못 되어 동경에서 봄에 열리는 과거에 응시하러 가게 되었다. 출발하기 직전, 아내가 붕거에게 이렇게 당부했다.

"관직을 얻든 말든 일찍 돌아오셔서 부부 사이의 우의가 깨어지지 않게 하십시오."

"나처럼 능력이 뛰어난 사람의 운명엔 공명이란 두 글자가 이미 들어와 있으려니 그대한테 걱정을 끼치는 일은 생기지 않을 것이오."

붕거는 아내와 작별하고 동경에 가서 단번에 급제했다. 그것도 방안榜眼, 즉 최상위 등급에 속한 합격자들 가운데 차석의 성적으로 급제했다. 화려한 동경의 모습에 감탄한 붕거는 아내에게 보내는 서신을 쓴 다음 하인 편에 보내어 아내를 동경으로 모셔오라 했다. 서신에서 그는 먼저 안부를 묻고, 자신이 관직을 얻은 이야기를 한 다음, 마지막으로 '내가 동경에서 지내면서 나를 챙겨줄 사람이 없기에 첩을 하나 들였소이다. 그대는 어서 동경에 와서 나랑 같이 이 부귀영화를 누리기 바라오.'라고 한 줄 적었다.

하인이 붕거의 서신을 들고 고향 집에 도착하여 마님을 뵙고 축하 인사를 올리고 서신을 전달했다. 부인이 서신을 뜯어보더니 여차여차하더라. 부인이 하인에게 말했다.

"나리께서 정말로 의리가 없구나. 관직을 얻자마자 바로 첩을 들이시다니!"

"소인이 동경에서 나리를 모실 때 그런 일은 전혀 없었습니다. 아마도 나리께서 농담으로 하신 말씀 같습니다. 마님이 동경에 가보시면 바로 아실 것이니 너무 염려하지 마십시오."

"그럼 일단 더는 왈가왈부하지 말기로 하지!"

배와 뱃사람을 구해야 했고 짐도 꾸리려면 시간이 걸릴 것이기에 부인은 답신부터 써서 그걸 전해줄 사람을 구하여 먼저 보냈다. 서신을 전하는 사람이 동경에 도착하여 새로 과거에 급제한 위붕거의 거처를 찾아가 서신을 전해주고 술과 음식을 대접받고 돌아갔다. 위붕거에게 서신을 전한 자의 이야기는 더는 하지 않는다.

한편, 위붕거가 부인의 서신을 받아서 읽어보았다. 다른 말은 전혀 없고 단지 이렇게만 적혀 있었다.

당신이 동경에서 첩을 들였다고 하기에 나도 여기서 새서방을 들였소이다. 조만간 그 새서방을 데리고 동경으로 가겠소이다.

위붕거는 그걸 읽고서 아내가 농담으로 하는 말인 줄 알고 별로 괘념하지 않았다. 그 서신을 어디에 치워놓기도 전에 자기랑 같이 과거에 급제한 자가 찾아왔다. 위붕거의 동경 거처는 고향 집처럼 그렇게 넓지도 아니하고 또 그 친구는 위붕거가 혼자서 동경에서 지내는 걸 알고 있는지라 바로 안으로 들어와 자리를 잡고 앉았다. 서로 인사를 나누고 난 다음 위붕거가 측간에 가려고 나갔다. 그때 친구가 위붕거의 책상 위에 놓여 있는 서신을 발견했다. 집에서 부쳐온 것이었다. 친구는 그걸 보고 너무 재미있어 하며 일부러 큰소리로 읽으면서 놀렸다. 위붕거가 얼굴이 빨개지면서 말했다.

"아 그건 아내가 진담으로 한 말이 아니외다. 내가 먼저 아내에게 서신을 보내면서 농담을 적어 보냈더니 아내가 그런 답장을 보내온 거라오."

친구가 껄껄 웃으면서 대답했다.

"이건 그냥 웃어넘길 건 아닌 것 같소이다."

친구가 떠나갔다. 그 친구는 아직 어리기도 하고 남 말을 하기도 좋아하는 자라서 유붕거의 서신 이야기는 삽시간에 동경 전체에 퍼지게 되었다. 그러는 와중에 위붕거의 소년 급제를 질투하는 자가 이 작은 소문거리를 상세하게 적어 상주했다. 위붕거는 나이가 어려서 자기 관리를 제대로 하지 못하니 내직을 물리고 외직으로 돌려야 한다고 주장했다. 위붕거가 후회했으나 때는 이미 늦은 것. 나중에 위붕거의 관직 생활이 그다지 순탄하지 못하여 젊은 시절 탄탄대로처럼 보였던 그의 앞길이 그만 그냥저냥 묻히고 말았다. 한마디의 농담이 한 젊은이의 벼슬길을 망치고 말았던 것이다.

이제 또 다른 사람 이야기를 하련다. 그 사람이 술을 마시고 농담 한 마디 한 것 때문에 자신도 죽임을 당하고 다른 사람들도 억울하게 죽임을 당하고 말았다. 그게 대체 무슨 일인가? 시를 인용하여 설명하노라.

기구하고 슬픈 일도 많은 세상살이,
남들은 그저 비웃고 우스갯거리로 삼지.

구름이 본디 정해진 모양이 어디 있으랴,
미친 듯 부는 바람이 이리저리 몰고 가는 것.

한편, 남송은 임안을 도성으로 정했다. 임안의 번성함은 북송의 동경 못지않았다. 이 임안의 전교 왼편에 한 사람이 살고 있었으니 그자의 성은 유劉, 이름은 귀貴, 별명은 군천君薦이었다. 조상 대대로 떵떵거리며 살던 집안이었으나 유귀 대에 이르러 운이 막히기 시작했다. 유귀는 처음에 과거 공부를 했으나 그걸로 집안을 꾸려나갈 수 없음을 깨닫고 장사를 시작했다. 하지만 늦은 나이에 머리 깎고 출가하는 격이라, 장사 수완도 별로 없고 하여 본전만 까먹고 말았다. 넓은 집을 팔고 작은 집으로 이사하고 나중에는 결국 두세 칸짜리 집을 세내어 살게 되었다. 아내 왕씨와 결혼한 지 오래였지만 슬하에 자식이 없어 옹기장수 진씨의 딸을 작은 마누라로 맞아들였다. 유귀 집안의 하인들은 모두 그녀를 둘째 마님이라 불렀다. 그러나 이 역시 집이 좀 잘 살던 때 일이고 지금은 하인 하나 없이 그저 유귀와 두 부인만 달랑 남은 형편이었다.

유귀는 본디 워낙 성품이 온화하여 동네 사람들한테 인심을 잃지는 않았다. 동네 사람들은 그를 보기만 하면 이렇게 위로했다.

"유귀 당신이 지금 어쩌다 보니 운이 없어서 그런 거지. 운만 트이면 다시 보란 듯이 잘살게 될 걸세!"

이런 말을 들어서 기분 나쁠 거야 없지만 그렇다고 해서 달라질 건 또 뭐 있으랴. 유귀는 그저 할 일 없이 집에서 시간이나 죽이고 있었다.

한편, 유귀가 집에서 할 일 없이 지내는데 처갓집에서 일하는 칠순이 다 되어가는 하인 왕가가 찾아왔다.

"오늘이 나리의 생신이라 저한테 서방님과 아씨를 모셔오라 하셨습니다."

"아이고, 내가 사는 게 이렇다 보니 태산 같은 우리 장인어른의 생신을 다 까먹었었네!"

유귀는 아내 왕씨와 함께 옷가지를 챙겨 보자기에 싸고 하인 왕가에게 주어 지고 가게 했다. 그런 다음 둘째 부인 진씨에게 당부했다.

"집 잘 보게나. 오늘은 이미 날이 늦어 돌아오지 못할 거 같아. 내일 돌아올게."

유귀는 당부를 마치고 바로 출발했다. 성문을 나서 20리쯤 가서 처갓집에 도착했다. 장인어른을 뵙고 인사를 올리고 이런저런 이야기를 나눴다. 이날은 다른 손님들도 있는 마당에 장인과 사위가 먹고사는 이야기를 하기도 그래서 그 이야기는 서로 하지 않았다. 손님들이 돌아가고 난 다음에 유귀는 사랑방에서 쉬었다. 이튿날 아침, 장인이 찾아와 이렇게 말했다.

"여보게 유 서방, 자네도 이렇게 살 수는 없지 않은가. 일은 안 하고 놀고먹기만 하면 어떡하나. 목구멍이 포도청이라고. 나이는 자꾸 먹어가는데 어서 먹고 살 궁리를 해야 하지 않겠나! 내 딸년이 자네한테 시집가서 배곯지 않고 살기를 바랐더니 지금 이 꼴이 대체 뭔가 그래!"

유귀가 한숨을 쉬더니 대답했다.

"장인어른 말씀이 지당하십니다. 차라리 산에 올라가 범을 잡는 게 낫지 남한테 아쉬운 소리 하는 것은 정말 못하겠습니다요. 요즘 같은 세상에 누가 장인어른처럼 저를 생각해주겠습니까. 사정이 이러니 뭐 할 수 있는 게 있어야지요. 그러다 보니 사는 게 이렇고 다른 사람한테 가서 뭘 부탁해봐도 아무런 소득이 없습니다."

"자네 말도 일리가 있네그려. 내가 자네 사는 걸 차마 그대로 두고 볼 수가 없어서 장사밑천을 좀 보태주려네. 이걸 가지고 가서 싸전이라도 열어서 돈을 불리면 생활은 좀 할 수 있지 않겠나!"

"그렇게만 된다면 얼마나 좋겠습니까. 장인어른, 정말 고맙습니다."

점심을 먹고 나서 장인어른이 동전 열다섯 꿰미를 꺼내어 유귀에게 주었다.

"여보게, 이걸 가지고 가서 가게를 열어보게나. 자네 가게를 열고 나면 내가 열 꿰미를 더 줌세. 딸년은 그냥 여기 있으라고 하게. 자네 가게 열고 나서 내가 축하하러 갈 때 딸년을 데리고 가겠네. 자네 생각은 어떤가?"

유귀는 장인어른에게 거듭거듭 감사 인사를 드리고 나서 돈꿰미를 어깨에 들쳐 메고 처갓집을 나섰다. 임안 성문 안에 들어오니 해가 이미 뉘엿뉘엿한데 마침 친구네 집 옆을 지나게 되었다. 그 친구는 장사를 하는 친구라 같이 상의해보면 좋을 것 같았다. 유귀가 그 친구 집 대문을 두드렸다. 안에서 사람이 나와서 읍을 하더니 물었다.

"노형께서 어인 일로 나를 찾아오셨소이까?"

유귀가 저간의 사정을 소상히 설명하니 친구가 바로 대답했다.

"그렇지 않아도 요즘 내가 별로 할 일이 없어 집에서 쉬는 중인데 노형이 필요하다고만 하면 불원천리하고 달려가겠소이다."

"정말 고맙소이다."

두 사람은 그 자리에서 장사 이야기를 나눴다. 친구가 평소 먹던 대로 술상을 차려와서 같이 술 몇 잔을 나눠 마셨다. 유귀는 주량이 세지 않은 편이라 벌써 알딸딸해지는 것 같아 그만 술을 사양하고 자리에서 일어났다.

"오늘 실례가 많았네. 괜찮으면 내일 우리 집에 좀 와주게나. 같이 장사 이야기를 나누고 싶다네."

친구는 유귀를 동네 어귀까지 바래다주고 돌아갔다.

만약 지금 이 이야기를 여러분에게 해주는 이야기꾼이 그때 있었다면 그리고 유귀랑 같은 나이 또래의 친구였다면, 내가 틀림없이 유귀의 허리를 붙잡고, 팔뚝을 붙잡고 못 가게 해서 유귀가 그런 험한 꼴을 안 당하게 했을 텐데! 그 친구가 유귀를 붙잡지 않아서 그만 유귀가 역사책에 등장하는 험하게 죽은 자들보다 더 험하게 죽고 말았구나!

『오대사』에 등장하는 이존효李存孝,1)
『한서』에 등장하는 팽월彭越.2)

한편, 유귀는 돈꿰미를 메고 터벅터벅 걸어 집에 돌아왔다. 대문을 두드렸을 때는 이미 등불을 켜기 시작할 때, 둘째 부인 진씨가 홀로 집을 보고 있다가 날은 저물고 별다른 일도 없기도 하여 대문을 닫아걸고 등불을 밝힌 채 꾸벅꾸벅 졸고 있었다. 진씨가 이렇게 졸다 보니 남편 유귀가 돌아와 문을 두드려도 단번에 알아차릴 리가 없었다. 유귀가 한참 동안 대문을 두드리고 나서야 진씨는 겨우 알아차리고 "나가요" 하고 소리치며 자리에서 일어나 문을 열어주었다. 유귀가 대문을 밀치고 방 안으로 들어가니 진씨가 돈 꿰미를 받아서 탁자 위에 올려놓고 물었다.

"여보, 이 돈 어디서 난 거예요? 어디에다 쓰려고요?"

유귀는 술에 좀 취하기도 했고 아내가 문을 늦게 열어준 게 좀 괘씸하기도 해서 아내를 골려주려고 일부러 농담을 했다.

---

1) 이존효(858~894)는 당말 오대 시기의 유명한 장수로 본래 성은 안安, 이름은 경사敬思였으나 이극용李克用에게 양자로 입양되어 개명했다. 이극용을 도와 큰 공훈을 여러 차례 세웠으나 합당한 대우를 받지 못했던 데다 모함을 받아 이극용에게 사로잡힌다. 이극용은 본디 이존효를 죽이고 싶어 하지 않았으나 이존효를 시기 질투한 자들의 간언 때문에 거열형車裂刑에 처했다는 말이 전한다. 나중에 이극용의 친아들 이존욱이 후당을 건국한다.

2) 팽월(?~기원전 196)은 서한 건국과정에서 유방을 도운 일등 공신으로 한신, 영포와 더불어 서한 건국의 삼대 공신이자 장수로 칭해졌으나 서한 건국 후 반역죄로 몰려 처형당했다.

"사실대로 말하면 당신한테 싫은 소리 들을 거 같아. 그렇다고 해서 당신한테 알려주지 않을 수도 없고! 실은 내가 요즘 하도 힘들어서 당신을 잡히고 열다섯 꿰미를 빌렸어. 내가 형편이 좀 나아지면 이자까지 쳐서 갚고 당신을 다시 찾아올 거야. 뭐 일이 영 안 풀리면 그거야 어쩔 수 없는 거고."

진씨는 그 소리가 곧이들리지 않았지만 돈 열다섯 꿰미가 눈앞에 있으니 안 믿을 수도 없는 노릇이었다. 자기가 평소에 형님과도 말이 안 나게 처신도 잘하고 살았건만 남편이란 작자가 어찌 이런 야속한 짓을 할 수 있단 말인가! 도저히 믿을 수가 없었지만 그래도 어쩔 수 없는 노릇. 진씨가 남편에게 이렇게 말했다.

"아무리 그래도 친정 부모님께 알려드리긴 해야지요."

"당신 친정 부모님한테 말씀드렸다간 이 일이 되겠어! 당신은 내일 먼저 새 주인한테 가라고. 내가 차차 인편에 당신 친정 부모님께 알려드릴 테니까. 그럼 당신 친정 부모님도 뭐라고 하시겠어!"

"술은 어디서 그렇게 드신 거예요?"

"당신을 잡히고 문서를 작성하고 나서 그 사람한테 얻어먹었어. 그러느라고 늦게 온 거고."

"형님은 왜 같이 안 오셨어요?"

"당신하고 헤어지는 걸 차마 못 보겠다며 당신이 내일 떠나고 나면 돌아온다고 하더라고. 그걸 내가 또 뭐라고 하기 그래서 그러라고 했어."

유귀는 이렇게 말하고 나서 웃음을 참느라고 혼났다. 옷도 벗지 않고 바로 침상에 누웠다가 자기도 모르게 잠에 빠지고 말았다.

진씨는 남편의 말을 듣고 도무지 갈피를 잡을 수가 없었다.

'도대체 날 누구한테 잡혔을까? 아무리 그래도 친정 부모님한테 먼저 말씀드려야겠어. 내일 남편이 나를 찾으러 친정집으로 오게 하면 나를

파는 걸 그만두게 만들 수 있을지도 몰라.'

한참을 생각하고 나서 진씨는 돈 열다섯 꿰미를 남편 발밑에 밀어두고 남편이 아직 술에서 깨지 않은 틈에 우선 당장 입을 거 몇 가지만 챙겨서는 살금살금 문을 열고 나가 다시 문을 지그렸다. 그런 다음 평소 알고 지내던 이웃 주삼네 집에서 하룻밤 신세를 지기로 했다. 그녀가 주삼의 아내에게 말했다.

"제 남편이 오늘 무슨 일로 저를 잡히고 돈을 받았다네요. 서둘러서 친정 부모님한테 알려드리러 가야겠어요. 수고스럽겠지만 내일 제 남편한테 말 좀 전해주세요. 저를 저당 잡은 사람하고 같이 친정집에 와서 제 친정 부모님한테 사실대로 다 말씀드려 달라고요.. 그러면 저를 파는 걸 그만두게 할 수 있을지도 모르겠어요."

하룻밤이 지나고 진씨는 친정집으로 출발했다.

그물에 걸렸던 물고기가 그물에서 빠져나가게 되니,
지느러미와 꼬리를 흔들며 뒤도 돌아보지 않고 달아나는구나.

진씨 이야기는 잠시 놓아두자. 한편 유귀는 내처 자다가 삼경 무렵 잠에서 깨었다. 등불은 아직 꺼지지 않고 타고 있는데 진씨가 보이지 않았다. 부엌에서 설거지를 하나 싶어 차를 좀 끓여오라고 소리쳤다. 여러 차례 소리를 질러도 아무런 대답이 없자 일어나서 나가보려다가 아직 술이 덜 깨어서 그런지 그냥 또 잠이 들어버렸다. 마침 이때 불한당 같은 놈 하나가 낮부터 놀음하다가 끗발이 너무 안 좋아 본전을 탈탈 털리고 뭐라도 좀 훔쳐야겠다 작정하고 유귀 집 대문 앞에까지 이르렀다. 그놈이 진씨가 밖으로 나가면서 지그려 놓았던 대문을 밀어보니 쓱 열렸다. 살금살금 아무도 모르게 방 안으로 들어갔다. 침대 머리맡에 가보니 등불이 아직 환하게 타고 있었다. 주위를 한 바퀴 돌아보았으나 뭐 가져갈 만한 게 눈에 띄지 않았다. 침대 머리맡에서 아래쪽으로 쓱 더듬어 가보니 사람 하나가 누워 자고 있고 다리 밑에 동전 꿰미가 여럿 있기에 그 가운데 몇 꿰미를 가져가려 했다. 마침 이때 누워 자던 사람이 잠에서 깨어 일어나서 소리쳤다.

"야 이 죽일 놈아, 내가 장인어른한테 이걸 얻어 와서 어떻게든 먹고 살려고 하는데, 그걸 네놈이 훔쳐가면 나는 어쩌란 말이냐 이놈아!"

그놈이 다짜고짜 주먹으로 유귀의 면상을 후려갈겼다. 유귀가 얼굴을 돌려 피하고 그놈을 붙잡으니 두 사람이 엉겨 붙어 싸우기 시작했다. 그놈은 유귀가 제법 동작이 날쌘 것을 보고선 얼른 방에서 빠져나갔다. 유귀는 그놈을 포기하지 않고 부엌까지 쫓아갔다. 도둑 잡아라 하고 소리를 쳐서 이웃 사람들을 부르려는 순간, 그놈이 당황하여 도끼를 집어 들고는 유귀를 향해 내리찍었다. 사람이 몰리면 젖 먹던 힘까지 절로 나온다지 않는가. 그놈이 휘두른 도끼가 유귀의 정수리에 정통으로 내리꽂혔다. 유귀가 그만 그 자리에 쓰러지고 말았다. 그놈이 다시 도끼를 들어 유귀를 내려찍었다. 이제 유귀는 완전히 숨이 끊어져 버린 것 같았다. 오호라, 유귀가 저승길로 가고 말았구나. 그놈이 중얼거렸다.

"그래, 기왕 시작한 일 끝장을 봐야지. 네놈이 나를 쫓아온 거지, 내가 너를 죽이려고 한 게 아니다, 이놈아."

그놈은 방으로 들어가 동전 열다섯 꿰미를 이불보에다 둘둘 말아서 문을 열고 도망쳤다. 이 이야기는 여기까지만 하자.

이튿날 아침 이웃이 보니 유귀 집 문이 굳게 닫혀 있고 인기척도 안 나는 것이었다. 이웃은 '유귀, 오늘 아침은 왜 이리 늦어!'라고 소리를 쳐보았으나 그래도 아무런 응답이 없었다. 이상하다는 생각이 들어 대문을 밀쳐보니 대문이 잠겨 있지도 않았다. 안으로 들어가 살펴보니 유귀가 죽어 바닥에 쓰러져 있었다.

'본부인 왕씨는 그제 친정으로 갔다니 그렇다 해도 둘째 부인 진씨는 왜 안 보이지?'

그 이웃은 동네방네 다 들리게 소리를 질렀다. 그 소리를 듣고 어젯밤에 진씨가 신세를 졌던 주삼이 달려와 이렇게 말했다.

"진씨가 어제 저녁때 우리 집에 왔었어. 잠 좀 재워달라고 말이야. 남편이 덜컥 자기를 팔아버렸다면서 우선 자기 친정 부모한테 이 사실을 알려야겠다고 하더군. 그러면서 나에게 자기 남편을 찾아가서 기왕에 자기를 산 사람이 있다 하니 그자하고 같이 자기 친정집으로 찾아와 친정 부모에게 자초지종을 직접 속 시원하게 이야기해주었으면 좋겠다는 말을 꼭 좀 전해 달라고 했어. 지금 진씨 친정집에 사람을 보내면 그녀 행방을 바로 알 수 있을 거야. 아울러 왕씨 친정집에도 사람을 보내어 소식을 알리고 어서 돌아오라 해서 이 일을 처리하는 게 좋을 거구만."

사람들이 그 말을 듣고 모두 그렇게 하자고 대답했다. 먼저 왕씨 친정집에 사람을 보내어 이 소식을 전하게 했다. 소식을 들은 왕씨와 친정 부모가 대성통곡했다. 왕씨의 친정아버지가 소식 전하러 온 사람에게 이렇게 말했다.

"유귀가 어제 멀쩡하게 저 대문으로 걸어나갔어. 게다가 내가 동전 열다섯 꿰미를 주면서 그걸 밑천 삼아서 뭐라도 해보라고 했는데 어째 그렇게 죽임을 당했단 말인가 그래!"

"나리, 유귀가 집에 돌아왔을 땐 이미 날이 어둑어둑해지고 술도 얼큰하게 취했다고 하네요. 그 친구가 돈을 갖고 있었는지 어디 들르느라 늦었는지 그런 건 저희가 알 턱이 없죠. 다만 오늘 아침에 유귀네 집 대문이 반쯤 열려 있었고 사람들이 그 대문을 열고 그대로 안으로 들어가 보니 유귀가 죽어서 바닥에 엎어져 있고 돈도 안 보이고 진씨도 사라지고 안 보였다고 합니다. 사람들이 웅성대고 소리를 지르자 옆집 주삼이 달려와서 이렇게 말했답니다. 진씨가 어제 해질녘에 자기 집에 와서 재워달라고 하면서 유귀가 자기를 다른 사람한테 저당 잡혔으니 서둘러 자기 친정 부모에게 이 사실을 알려야 한다고요. 어젯밤은 자기 집에서 묵고 오늘 아침에 떠났다고 합니다. 사람들이 모여서 상의하여 저는 이렇게 나리께 알려드리러 오고, 다른 사람은 진씨의 친정집으로 달려갔습니다. 도중에 진씨를 따라잡지 못하더라도 친정집에서는 꼭 만날 것이니 진씨를 바로 데려올 겁니다. 그럼 어떻게 된 일인지 명확하게 물어봐야죠. 나리와 따님께서도 어서 같이 가셔서 유귀가 어찌 죽었는지 조사하고 원수를 갚아줘야죠."

왕씨와 왕씨의 친정아버지가 소식 전하러 온 사람을 대접하는 한편 서둘러 출발할 준비를 마치고 성안으로 달려간 것이야 따로 이야기하지 않아도 될 것이다.

한편 진씨는 아침 일찍 주삼네 집에서 출발하여 길을 따라 걸었다. 얼마 가지 못하고 바로 발이 퉁퉁 붓고 아파서 더는 걸을 수 없어 길옆에 주저앉았다. 이때 한 젊은이가 卍자 모양 두건을 쓰고 품이 넓은 저고리를 입고 발에는 비단 신발에 하얀 버선을 신고서 어깨엔 동전 꿰미를 넣은 보따리를 메고 걸어오고 있었다. 그자가 다가와 진씨를 살펴보니 천하일색은 아니더라도 그런대로 봐줄 만한 생김새라. 시원한 눈매, 하얀 치아, 춘색이 도는 얼굴, 생글생글 귀여운 모습이 제법 사람 마음을 흔들어놓았다.

야생화가 은근 더 멋들어지고,
소박한 시골의 탁주가 외려 사람을 취하게 하도다.

젊은이가 짐 보따리를 내려놓고 진씨에게 다가와 정중하게 읍했다.

"낭자, 혼자서 길을 가시는 모양인데 대체 어디로 가시우?"

진씨가 두 손을 모아 답례하고는 대답했다.

"친정 가는 길인데 너무 힘들어 이렇게 잠시 쉬고 있답니다. 그대는 어디에서 출발해서 어디로 가는 길인지요?"

젊은이가 두 손을 가슴께 공손하게 붙이면서 이렇게 대답했다.

"저야 태생이 촌놈입죠. 성안에서 베를 팔아 돈을 좀 벌고 이젠 저가당 마을에 가는 길입니다."

"아이고, 제 친정집이 저가당 옆에 있는데 저를 좀 데리고 같이 가주시면 정말 고맙겠습니다."

"안 될 게 뭐 있어요! 그렇게 말씀하시니 제가 아가씨를 모시고 같이 가야죠."

두 사람이 같이 길을 걷기 시작했다. 몇 발자국도 채 못 갔는데 사람들이 뒤에서 쫓아와 두 사람을 다짜고짜 붙잡았다.

"그래, 네놈들 참 잘하는 짓이다. 대체 어디로 가는 거냐?"

진씨가 놀라며 고개를 돌려 바라보니 바로 이웃 사람 두 명이었다. 그중 한 명은 진씨가 어제 묵었던 집인 주삼네 부친이었다. 진씨가 그에게 말했다.

"어제 아드님한테도 말했던 것처럼 남편이 저를 무단히 팔아버렸다고 해서 친정 부모님한테 그 말을 전하러 가는 길입니다. 한데 대체 무슨 일로 그렇게 저를 쫓아오신 거죠?"

주삼의 부친이 대답했다.

"원래 내가 남의 일에 나서는 사람은 아니네만 자네 집에 살인 사건이 났어. 어서 돌아가서 조사를 좀 받아야겠어."

"남편이 어제 저를 팔았다고 하면서 돈을 어깨에 메고 오기까지 했는데 무슨 살인 사건이 났단 말이에요? 저는 안 갈래요."

"성깔 부리지 말라고. 만약 정말로 안 간다고 버티면 이장을 불러서 살인범이 여기 있으니 어서 붙잡아 가라고 할 거야. 안 그러면 괜히 우리가 죄를 뒤집어쓸 판이라고. 이장이 성깔 사나운 사람이라는 거는 자네도 잘 알지 않아!"

젊은이는 일이 심상치 않게 흘러가는 걸 보고는 진씨에게 말했다.

"기왕에 이렇게 되었으니 아가씨는 돌아가는 게 좋을 거 같소이다. 나는 혼자서 갈 길 가겠소이다."

진씨를 쫓아온 두 사람이 일제히 소리쳤다.

"당신이 지금 여기 함께 없었더라면 모르되 이미 진씨하고 함께 있었던 이상 마음대로 못 떠나네."

"무슨 그런 황당한 말씀을 하시오! 나는 그저 길에서 우연히 저 여인을 만났고 그래서 같이 길을 가고 있었던 것뿐이오. 나는 저 여인에 대해서 아무것도 모르오. 한데 왜 나를 데려간단 말이오?"

"저 여인 집에서 살인 사건이 났다니까 그러네. 자네를 그냥 보내면 나중에 관가에서 누굴 데리고 심문하라고!"

이때 함께 쫓아온 사람이 끼어들었다.

"어디 구린 데가 있는 모양이네. 그러니까 자꾸 안 간다고 버티고 그러지. 당신을 절대 놔줄 수가 없네!"

두 사람이 젊은이와 진씨를 꼭 붙잡으니 네 사람이 한 덩어리가 되어 발걸음을 옮기기 시작했다.

유귀네 집에 도착해보니 시끌벅적했다. 진씨가 안으로 들어가 보니 남편 유귀가 도끼에 찍혀 땅바닥에 쓰러져 있었다. 침대에 있던 열다섯 꿰미의 동전은 하나도 보이지 않았다. 진씨는 벌어진 입을 다물지 못했다. 그 젊은이는 당황해하면서 이렇게 말했다.

"참나, 재수에 옴 붙었지. 저 여자랑 같이 길을 가는 게 아닌데. 이렇게 괜한 일에 얽혀들었네그려!"

사람들이 그 젊은이를 둘러싸고 어디로 못 도망가게 막아섰다. 그때 유귀의 첫째 부인 왕씨와 왕씨의 친정아버지가 헐레벌떡 안으로 들어왔다. 그들은 유귀의 시신을 보고선 한바탕 오열했다. 그런 다음 진씨에게 말했다.

"어째서 남편을 죽였느냐? 동전 열다섯 꿰미를 가지고 어디로 도망가려고 했던 거냐? 대명천지에 이런 뻔뻔한 일을 저질렀으니 어디 할 말이 있으면 해봐라!"

"동전 열다섯 꿰미야 저도 봤죠. 남편이 어제저녁에 돌아와서는 하도 일이 안 풀리고 힘들어 저를 다른 사람한테 저당 잡히고 동전 열다섯 꿰미를 몸값으로 받았다고 했어요. 오늘 저를 데려갈 사람이 집으로 찾아올 거라고요. 저야 대체 누구한테 저를 팔았는지 알 수도 없고 해서 일단 친정집에 가서 친정 부모님한테 말씀드려야겠다고 생각했지요. 그래서 남편이 잠든 사이에 그 동전 열다섯 꿰미를 남편 다리 밑에 밀어놓고 문을 지그려 놓은 다음 주삼네 집에서 하룻밤을 묵고 오늘 아침에 친정집으로 출발한 것입니다. 떠나면서는 주삼한테 제 남편에게 이렇게 말을 전해달라고 했어요. 저를 산 사람하고 같이 친정집에 와서 제 친정 부모님한테 사실대로 다 말씀드려 달라고요. 그러면 저를 파는 걸 그만두게 할 수도 있을 것 같더라고요."

"지금 무슨 말을 하는 거야! 친정아버지가 어제 분명 내 남편한테 동전 열다섯 꿰미를 주시면서 그걸로 식구들 먹여 살리라고 한 걸 내가 두 눈으로 똑똑히 봤는데. 남편이 뭐 하러 너를 팔았느니 말았느니 하는 말을 했겠어? 이게 다 네가 이틀 동안 집에 혼자 있으면서 다른 남자랑 눈이 맞아 가지고 요즘 집안 형편도 안 좋은 참에 이대론 못 살겠다 싶었는데 동전 열다섯 꿰미까지 보이니 눈이 확 뒤집혀서 남편을 죽이고 돈을 빼앗은 거 아냐. 그래도 네 나름대로 꾀를 낸다고 일부러 이웃집에 가서 하룻밤을 묵고 난 다음 눈 맞은 남자랑 같이 도망친 거지. 남자랑 같이 길을 가고 있었다면서? 입이 열 개라도 할 말이 없을 거야."

사람들이 이구동성으로 "마님 말이 일리가 있구먼!" 하고 맞장구쳤다. 그러면서 젊은이에게 말했다.

"이봐 젊은이, 어쩌자고 저 둘째 부인하고 짜고 유귀를 죽인 거야. 그러고는 둘이 다른 사람들이 모르는 곳으로 도망가서 일이 좀 잠잠해지기를 기다리려고 그랬던 거야?"

젊은이가 대답했다.

"나는 성은 최崔, 이름은 영寧이올시다. 난 저 여인하고는 일면식도 없소이다. 어제 성안으로 들어가 베를 팔아서 돈을 좀 벌고 돌아가는 길에 우연히 저 여인을 만나 동행했던 거요. 저 여인의 전후 사정을 내가 어찌 알겠소?"

사람들이 그 말을 어찌 곧이들어주겠는가! 젊은이의 짐 보따리 빼앗아 풀어보니 동전 열다섯 꿰미라. 더하지도 덜하지도 않게 정확히 딱 들어맞았다. 그걸 보더니 사람들이 일제히 소리쳤다.

"역시, 이건 뭐 하늘이 못된 짓 한 놈을 꼭 붙잡아준다니까. 어디 빠져나갈 구멍이 없다니까! 네놈이 저 둘째 부인하고 짜고 유귀를 죽이고 돈을 빼앗은 거지. 같이 타향으로 도망가고 유귀 죽인 죄를 우리 동네 사람한테 뒤집어씌우려고 한 거잖아!"

그 자리에서 즉시 왕씨는 진씨를 붙잡고 왕씨 친정아버지는 최녕을 붙잡고 다른 사람들은 증인이 되어 함께 임안부 청사로 달려갔다. 임안 부윤은 살인 사건이 발생했다는 보고를 받고 즉시 집무실로 나왔다. 살인 사건에 연루된 자들을 모두 불러 하나씩 심문하기로 했다. 먼저 왕씨의 친정아버지가 앞으로 나와 이렇게 고소했다.

"부윤 나리, 소인은 본 임안부의 성밖 시골 마을에 살고 있으며 나이는 60을 바라봅니다. 슬하에 딸이 하나 있는데 몇 년 전 임안부 성안에 사는 유귀에게 시집보냈습니다. 둘 사이에 자식이 없자 사위 유귀가 진씨 여인을 둘째 부인으로 맞아들였습니다. 이렇게 세 사람이 별 탈 없이 잘 살고 있었습니다. 그제가 제 생일이라 제가 사람을 보내어 사위와 딸을 데려오게 해서 같이 하루 묵게 했습니다. 다음 날 제가 사위가 형편이 어려워 식구들 건사를 못하는 걸 헤아려 동전 열다섯 꿰미를 챙겨주고 그거로 가게라도 열어서 먹고 살라고 했습니다. 이때 진씨는 집을 보고 있었습니다. 어젯밤 제 사위가 자기 집에 돌아갔는데 웬일인지 그 사위가 글쎄 도끼에 맞고 죽어버렸고 저 진씨와 최녕이라 하는 저 젊은이가 함께 도망을 쳤다가 사람들한테 붙잡혀왔습니다. 나리, 제발 영문도 모른 채 죽임을 당한 소인의 사위를 불쌍히 여기셔서 여기 이렇게 증거도 있으니 저 간악한 연놈을 처단하여 주십시오."

부윤은 왕씨의 말을 듣고 나서 둘째 부인 진씨를 불러올렸다.

"너는 어찌하여 외간 남자와 정을 통하고 본남편을 죽이고 돈을 빼앗고 외간 남자와 도주했느냐?"

"제가 비록 소실로 들어가긴 했으나 유귀를 남편으로 잘 모시고 살았습니다. 형님도 현숙하게 저를 잘 대해주시는데 제가 어이하여 그런 몹쓸 짓을 했겠습니까? 다만 어젯밤 남편이 술에 얼큰하게 취하여 집에 돌아오는데 동전 열다섯 꿰미를 메고 있었습니다. 제가 어찌 된 일인지 물어보니 먹고 살기가 힘들어 저를 동전 열다섯 꿰미에 팔았다고 했습니다. 제 친정 부모에게는 일언반구 말도 안 하고 다음 날 바로 저를 다른 사람한테 넘기겠다고 했습니다. 저는 너무도 당황하여 그 밤에 이웃집에 가서 하룻밤 묵고 오늘 아침에 일어나 친정 부모에게 가려고 했습니다.

그러면서 이웃집 어른한테 우리 남편한테 이야기해서 기왕에 저를 팔았다니 저를 산 사람하고 같이 제 친정집에 찾아와 달라고 했습니다. 저는 친정 부모의 도움을 받아 이 거래를 물리고 싶었습니다. 그런 생각으로 친정으로 가는 길에 어제 하룻밤 신세졌던 집 남정네의 아비 되는 자가 저를 찾으러 와서는 제 남편이 죽었다고 말해주었습니다. 저는 제 남편이 어떻게 죽었는지 전혀 알지 못합니다."

부윤이 그 말을 듣고 당장 호통을 쳤다.

"허튼소리 하지 마라. 이 동전 열다섯 꿰미는 분명 네 남편의 장인이 네 남편한테 준 것이다. 한데 너는 남편이 너를 잡히고 받은 돈이라고 하는데 내가 보기에는 허무맹랑한 소리다. 게다가 아녀자가 뭐 하러 야밤에 집을 나서느냐. 이는 필시 어디론가 도망가려는 수작이다. 이는 필시 아녀자 주제인 네가 혼자 꾸민 일이 아니라 외간 남자와 짜고 네 남편을 죽이고 재물을 뺏은 것이렷다. 어서 사실대로 자백하도록 하라."

진씨가 뭔가 이야기를 하려는데 동네 사람들이 일제히 나서서 무릎을 꿇고 이렇게 아뢰었다.

"나리 말씀이 틀림없습니다. 진씨가 어젯밤 이웃집에 와서 하루 자고 오늘 아침에 출발했습니다. 저희들이 유귀가 죽임을 당한 것을 발견하고 사람을 보내어 진씨를 쫓아갔습니다. 진씨 친정집 가는 길에 저 젊은이와 진씨가 같이 걸어가고 있었습니다. 저희가 돌아가자고 하니 죽어도 따라오지 않으려 들었습니다. 저희들이 저들을 억지로 붙잡아오는 한편 왕씨와 왕씨의 친정아버지를 모셔오게 했습니다. 유귀의 처갓집에 이르렀더니 그의 장인이 말하기를 유귀에게 장사밑천으로 동전 열다섯 꿰미를 주었다고 했습니다. 지금 유귀가 저세상으로 간 마당에 그 돈이 어디로 갔는지 알 길이 없습니다. 저희가 진씨에게 물었더니 집을 나가면서 남편 침대 위에 올려놓았다고 했습니다. 그런데 저희들이 저 젊은이의 짐 보따리를 뒤져보니 딱 더도 말고 덜도 말고 동전 열다섯 꿰미가 들어 있었습니다. 이게 진씨와 저 젊은이가 짜고 돈을 가져간 증거가 아니고 무엇이겠습니까. 이렇게 증거가 있는데 어찌 딴소리를 하겠습니까?"

부윤이 동네 사람들 말을 듣고 참으로 그럴듯하고 생각했다. 부윤이 젊은이를 불렀다.

"황제께서 계시는 이 임안성 안에서 어찌하여 그런 험한 짓을 저질렀느냐? 대체 어떻게 유귀의 둘째 마누라와 붙어먹고 동전 열다섯 꿰미를 뺏었느냐? 유귀를 죽이고 어디로 도망갈 작정이었느냐? 어서 사실대로 불어라."

젊은이가 대답했다.

"소인의 성은 최, 이름은 영이며 시골 태생입니다. 어제 성안으로 들어가 베를 팔고 동전 열다섯 꿰미를 받은 것입니다. 그리고 저 여인은 오늘 길에서 우연히 만났습니다. 저는 저 여인의 이름도 성도 모릅니다. 한데 저 여인의 남편이 죽은 걸 소인이 어찌 알겠습니까?"

부윤이 버럭 화를 내며 소리를 질렀다.

"무슨 소리냐! 어찌 세상에 이처럼 절묘한 일이 생길 수 있단 말이냐! 유귀가 빼앗긴 동전도 열다섯 꿰미, 네놈이 베를 팔고 벌었다는 동전도 열다섯 꿰미라는 게 말이 되느냐! 게다가 유귀의 마누라하고 네놈 사이에 아무런 일도 없고 네놈이 유귀 마누라를 건드리지 않았다고 한다면 어떻게 같이 길을 갈 수가 있단 말이냐? 이 천하에 몹쓸 놈, 맞지 않으면 자백을 안 하겠다 이거구먼!"

부윤은 즉시 최녕과 진씨를 거의 초주검이 될 정도로 고문했다. 왕씨와 왕씨의 친정아버지 그리고 이웃 사람들은 이구동성으로 최녕과 진씨를 욕했다. 부윤은 이 사건을 아주 오늘 끝장내려는 마음으로 두 사람을 고문했으니 불쌍한 최녕과 진씨가 그 고문을 견디지 못하고 그만 그대로 인정하고 말았다. 돈에 눈이 멀어 남편을 죽이고 동전 열다섯 꿰미를 훔쳐서 간부와 함께 도망쳤노라고 자백했다. 이웃 사람들은 열십자 모양으로 증인 서명을 했다. 두 사람에게 큰 칼이 씌워지고 사죄수 감옥에 하옥되었다. 최녕의 동전 열다섯 꿰미는 원래 주인인 왕씨의 친정아버지에게 돌려주었다. 그러자 왕씨의 친정아버지는 그 동전을 몽땅 아전들에게 인사치레하는 데 썼다. 부윤은 문서를 작성하여 조정에 보고했다. 조정에서는 이 문서를 검토하고 황제의 이름으로 다음과 같이 회신했다.

> 최녕은 남의 부인과 사통하고 살인을 저질렀으니 법에 의거하여 처형하도록 하라. 진씨는 간부와 사통하고 남편 살해에 가담했으니 이는 대역무도한 짓이라. 사람들이 보는 앞에서 능지처참하도록 하라.

그 자리에서 황제의 판결문을 낭송하고 감옥에서 두 사람을 나오게 하여 부 청사에서 한 사람한테는 '목벨 참斬' 자를 판결하고 다른 한 사람한테는 '살 발라낼 과剮' 자를 판결하고서는 시장으로 끌고 가서 사람들을 모아놓고 형을 집행했다. 두 사람이 입이 열 개라 하더라도 무슨 말을 더 할 수 있었겠는가.

> 벙어리가 황벽나무 열매 한 움큼 먹더니,
> 입이 써서 죽을 지경이나 말도 못 하네.

여러분, 내 말 좀 들어보시라. 이 살인 사건을 곰곰이 살펴보자. 만약 유귀의 둘째 부인 진씨와 최녕이 서로 모의하여 두 사람이 밤에 유귀를 살해했다면 곧바로 다른 곳으로 도망쳤을 일이지 뭐 하러 진씨가 이웃집에 와서 하룻밤 묵고 이튿날 아침에 친정집으로 가다가 마을 사람들한테 붙잡혔을까? 이 두 사람이 억울한 죽임을 당한 것이라는 건 조금만 꼼꼼히 생각해 보면 바로 알 수 있었을 것이다. 하나, 사건을 담당한 관리가 똑똑하지 못하고 그저 일만 빨리 해결하려고 했구나. 몽둥이로 때리고 족치면 뭐든지 자백을 못 받아내겠는가. 그들의 억울함은 저승에 가서도 풀리지 않을 것이니 멀리는 자손 대에 이르러서, 가깝게는 본인한테 반드시 그 대가를 치르게 할 것이다. 그러니 관리들이여, 절대 함부로 판결하지 말지라. 함부로 남을 벌주지 말지라. 공평무사하게 처리해야 억울하게 죽음을 맞는 자가 없게 된다. 죽은 자를 다시 살릴 수도 없는 노릇이고, 끊어진 것을 다시 이을 수 없는 노릇이라. 아, 이를 어쩔 것인가!

자, 쓸데없는 소리는 이제 그만하자. 왕씨는 집으로 돌아와 남편상을 치르고 집에 제단을 설치하고 남편 영혼을 기렸다. 친정아버지가 자기랑 같이 친정으로 가자고 권했으나 삼년상은 못 채우더라도 일년상은 채우고 친정으로 가겠노라며 사양했다. 친정아버지는 그러라 하고 돌아갔다. 세월이 무상하게도 흘러 왕씨가 남편상을 치른 지도 어언 1년이 되어갔다. 친정아버지는 혼자서 일년상을 치르는 딸이 안쓰러워 하인 왕가놈을 보내어 친정집으로 모셔오라 하면서 이렇게 당부했다.

"남편을 위해서 혼자서 일년상이나 치렀으니 이제 살림을 정리하여 친정으로 가자고 하여 모시고 오너라."

왕씨가 생각하기에도 친정아버지 말이 일리가 있는지라 살림을 챙겨 왕가에게 지우고 이웃에게 작별인사를 하고 나중에 다시 오겠노라 했다. 성문을 나서니 때는 바야흐로 가을, 가을바람이 소슬한데 갑자기 폭우가 내렸다. 두 사람은 비를 피할 요량으로 수풀 안쪽으로 길을 잡아 들어갔다가 그만 길을 잃고 말았다.

돼지와 양이 백정 집으로 들어가네,

한 발 한 발 죽을 길로 들어가네.

숲 안쪽으로 들어서니 나무 뒤에서 누군가 큰소리치는 게 들려왔다.
"나는 정산대왕靜山大王이다. 길 가는 놈들아, 냉큼 걸음을 멈춰라. 나한테 통행세를 바치지 않고 뭐 하느냐 이놈들아!"
왕씨와 하인 왕가는 놀라서 얼이 다 빠져나갈 정도였다. 이때 한 사람이 나무 뒤에서 나타났다.

진한 붉은색 두건 쓰고,
낡아빠진 군복 입고,
붉은색 천 전대를 허리에 차고,
검은 가죽 신발 신고,
손에는 칼 한 자루 들었네.

그놈이 칼을 휘두르며 달려오자 하인 왕가가 죽으려고 환장을 했는지 이렇게 소리쳤다.
"야 이 산적 놈아, 내가 너 같은 놈을 겁낼 줄 아느냐! 그래 이 늙은 목숨하고 네놈 목숨하고 한번 바꿔보자 이놈아!"
왕가가 산적을 향해 달려들어 박치기를 했으나 산적이 살짝 피하자 왕가는 그만 제풀에 넘어지고 말았다. 산적이 대로하여 말했다.
"이놈이 정말 무례하기 짝이 없구먼!"
산적이 검을 두세 차례 휘두르니 피가 사방으로 튀었다. 왕가는 저승 길로 떠났다. 왕씨는 산적이 이렇게 흉악한 짓을 하는 걸 보고는 바로 이 위기를 빠져나갈 꾀를 생각해냈다. 왕씨가 손뼉을 치며 외쳤다.
"잘 죽었다. 이놈아!"

산적이 칼질을 멈추고 눈을 부릅뜨더니 소리쳤다.

"저놈은 너랑 무슨 사이냐?"

왕씨가 거짓말로 대답했다.

"제가 박복하여 남편과 사별하고 매파한테 속아 저런 늙다리하고 재혼했는데 저놈은 밥 먹는 거 말고는 할 줄 아는 일이 없더라고요. 오늘 대왕님이 저놈을 죽여줬으니 제 골칫거리를 없애주신 겁니다."

산적이 보아하니 이 여자는 제법 눈치도 살필 줄 알고 얼굴도 반반하고 하여 이렇게 물었다.

"그래 내 산채에서 부인 노릇 할 생각이 있느냐?"

왕씨가 아무리 생각해봐도 달리 방법이 없는지라 이렇게 대답했다.

"기꺼이 대왕님을 모시겠습니다."

산적이 얼굴을 풀고 칼을 거둔 다음 왕가의 시체를 계곡에 던져 버렸다. 산적이 왕씨를 데리고 어느 엉성하게 생긴 장원에 도착했다. 산적이 땅바닥에서 돌멩이를 집어 지붕 위로 던지니 안에서 누가 나와 대문을 열어주었다. 초가지붕을 얹은 건물 안으로 들어가더니 양을 잡고 술을 준비하라고 하여 왕씨와 부부의 연을 맺었다. 두 사람은 그래도 제법 부부처럼 보였다.

어울리지 않는 짝이란 걸 잘 알지만,
사정이 급하니 어찌할 것인가!

산적이 왕씨를 아내로 맞이하고 반년이 못 되어 돈 많은 사람 몇 명의 재산을 연이어 빼앗아 살림이 제법 넉넉해졌다. 왕씨는 자기 나름의 생각이 있었던지라 좋은 말로 산적을 타일렀다.

"항아리는 물 긷다가 샘에서 깨지고, 장수는 싸우다가 전쟁터에서 죽는다는 옛말도 있지 않습니까. 당신과 제가 평생 써도 다 못 쓸 정도의 재산도 모았는데 이런 일을 계속하다가는 끝이 좋을 리가 없습니다. '양원梁園3)이 비록 멋진 곳이나 오래 정붙이고 살 곳은 아니라네'라는 말도 있지 않습니까. 이제 업을 바꾸셔서 장사라도 하는 게 목숨을 부지하는 길인 듯싶습니다."

아침저녁으로 왕씨한테 이 말을 듣던 산적은 마침내 왕씨의 말을 따르기로 작정했다. 성안의 집을 하나 빌려 잡화점을 열었다. 가게를 쉬는 날에는 절에 찾아가 향을 사르고 독경도 하고 육식을 금하기도 했다.

하루는 집에서 한가하게 지내다가 산적이 왕씨에게 이렇게 털어놓는 것이었다.

"내가 비록 산적질이나 하던 놈이나 '악행을 저지르면 당한 사람 눈에는 피눈물 나고, 돈을 빌리면 빌려준 사람은 애가 탄다'는 말 정도는 아는 사람이오. 나는 매일 남을 겁줘서 물건을 빼앗아 하루하루를 살다가 당신을 만나서 이렇게 장사라도 하면서 손 씻고 새사람이 되어 살고 있소이다. 그러나 가끔씩 옛날 생각을 하면 내가 두 사람을 죽인 것과 또 나 때문에 두 사람이 억울하게 죽임을 당한 게 늘 맘에 걸리오. 그 사람들을 위해 재라도 올려주고 싶었으나 그걸 맘에만 넣어두고 여태껏 당신한테 말하지 못했소이다."

"당신이 죽였다는 두 사람이 누구인지요?"

"한 사람은 당신의 남편이라오. 전에 내가 산적질 할 때 나한테 달려들었던 그놈을 내가 칼로 찔러 죽였지 않소. 당신 남편하고 나하고 무슨

---

3) 한나라 때 양효왕梁孝王이 만들었다고 하는 이름난 정원. 여기서는 멋진 정원, 화려한 집의 대명사로 사용되었다. 한나라의 유명한 문학가인 사마상여司馬相如가 자신의 뜻을 펴지 못하고 잠시 양효왕의 양원에서 식객 노릇을 하고 있을 때 '양원이 비록 멋진 곳이나 오래 정붙이고 살 곳은 아니라네'라고 한탄했다고 한다. 이 대목은 바로 이 구절을 인용한 것이다.

원한이 맺힌 것도 아닌데 내가 그를 죽이고 그의 마누라까지 차지했으니 그 사람은 죽어서도 눈을 감지 못할 것이오."

"뭐 꼭 그런 것만도 아니죠. 그렇게 하지 않았으면 내가 어찌 당신과 부부의 연을 맺을 수 있었겠어요? 다 지난 일인데 그만 이야기하시죠. 그런데 나머지 한 사람은 누구인가요?"

"이야기하려니 이 사람이 더욱 맘에 걸려. 게다가 이 사람 때문에 다른 두 사람이 무고하게 죽임을 당했어. 일 년 전에 내가 노름하다가 돈을 다 잃고 밤에 도둑질을 할 심산으로 이 사람 저 사람 집을 찾고 있다가 어느 집 대문이 잠겨 있지 않기에 밀고 들어갔지. 한데 안에 사람이 아무도 없는 거야. 방 안으로 들어가 보니 한 남정네가 술에 뻗어서 자고 있는데 다리 맡에 동전 꿰미가 있더라고. 그래서 내가 몇 꿰미를 들고 나가려는데 그 사람이 벌떡 일어나더니, '그 돈은 내 장인이 장사밑천으로 준 거라고. 그걸 네놈이 훔쳐가면 우리 식구는 다 굶어 죽고 만다고!' 그렇게 말하더니 방문 밖으로 나가 소리쳐 동네 사람들을 부를 기세더라고. 아이고 이러면 큰일 나겠다 싶었어. 마침 그때 내가 나무하는 도끼를 다리에 차고 다녔기에, 네가 안 죽으면 내가 죽는다 이놈아 하고 소리치며 그걸로 내려찍었지. 그리고 동전 열다섯 꿰미를 모두 들고 나왔어. 나중에 알아보니까 이 일로 그 죽은 놈의 둘째 마누라가 억울하게 죽임을 당하고 최녕이라는 젊은이도 죽임을 당했다더군. 두 사람이 살인을 하고 재물을 훔친 거라는 죄명으로 국법에 따라 처형된 거지. 내가 비록 산적질을 하고 살아 왔지만 이 두 사람의 죽음은 참 마음에 걸려. 내가 그 사람들을 위해 조만간 천도재를 지내줘야겠어."

왕씨는 산적의 말을 듣고 속으로 이를 갈았다.

'알고 보니 이놈이 내 남편을 죽였구나. 아우와 젊은이도 이놈 때문에 무고하게 죽임을 당했구나. 내가 괜히 그 두 사람이 범인이라며 죽여

야 한다며 주장하고 나섰구나. 그 두 사람이 저승에서 얼마나 나를 원망하고 있을까!'

왕씨는 산적의 말을 듣고 정말 좋은 말이라고 맞장구치기만 하고 다른 말은 전혀 하지 않았다. 이튿날 짬을 봐서 임안부 청사로 들어가 억울한 사건이 있다며 신원을 요청했다. 당시는 신임 부윤이 임명된 지 겨우 보름 남짓 지난 때였다. 부윤이 집무실에 나오니 아전들이 신원을 요청한 여인을 데려왔다. 왕씨가 계단 아래에 무릎을 꿇고서 방성대곡했다. 울기를 마치고 그 산적이 저지른 일을 고했다.

"그 산적 놈이 제 남편을 죽인 것인데 당시 판결을 맡았던 부윤이 정확하게 조사하지 않으시고 제 남편의 둘째 부인과 젊은이 최녕을 범인으로 지목하여 억울하게 죽게 했습니다. 그 산적 놈이 또 우리 집 하인 왕가를 죽이고 저를 억지로 취했습니다. 이 모든 사실을 그놈이 자기 입으로 제게 자백했습니다. 나리께서 모든 걸 명확하게 밝혀주셔서 이 억울함을 풀어주십시오."

왕씨는 말을 마치고 또 울기 시작했다. 부윤이 그 말을 듣고 사정이 너무 딱하여 즉시 포졸을 보내어 정산대왕을 잡아 오게 했다. 형구를 씌우고 심문하니 그자가 자백하는 게 그 여인이 한 말과 하나도 다르지 않았다. 부윤이 즉시 사형에 처하고자 문서를 작성하여 보고했다. 처리기한인 60일을 기다리니 황제의 비준이 내려졌다.

정산대왕은 살인을 저지르고 재물을 빼앗았으며 이로 말미암아 무고한 사람 둘이나 죽임을 당하게 했으니 법률에 의거하여 다음과 같이 처리한다. 죄 없는 자를 셋이나 넘게 죽인 범인이니 가장 가혹한 방법으로 참형에 처할 것이며 절대 집행 시기를 미루지 말라. 처음 이 사건을 처리한 관리는 실상을 제대로 파악하지 못했으니 관직을 박탈한다. 최녕과 진씨는 억울하게 죽었으니 담당 관리가 이들 집을 찾아가 용서를 구하고 위로하도록 한다. 왕씨는 강요에 못 이겨 정산대왕과 결혼했으며, 또 그로 말미암아 남편의 억울함을 풀어 줄 수 있었다. 정산대왕의 재산은 몰수하여 반은 관가에 귀속시키고 반은 왕씨에게 줘서 생계를 유지할 수 있게 하라.

형이 집행되는 날, 왕씨는 형장으로 가서 정산대왕이 참수되는 것을 지켜보았다. 정산대왕의 머리를 들고 가서 남편과 진씨 그리고 최녕의 고혼을 달래주고 방성대곡했다. 관가에서 받은 재산은 비구니 암자에 시주하고 아침저녁으로 가서 염불하면서 혼을 달랬다. 왕씨는 그렇게 평생을 보냈다.

착한 사람도 악한 사람도 모두 세상을 떠났네,
사소한 농담 한마디가 이렇게 참혹한 일을 빚어냈네.
한마디 한마디에 조심 또 조심,
우리네 입이 재앙이 들어오는 구멍이로세.

그놈의 동전 한 닢 때문에

一文錢小隙造奇冤

돈 한 푼에 맺힌 원한이 온갖 불행을 불러들이다

세상 사람들 뉘라서 이 말뜻을 알리,
명리란 가슴속에 품을 것이 아니더라.
한가로우면 그저 술 열 잔에 취하고,
흥에 취하면 시와 노래가 일백 편.
속진 세상 등지고 안개와 구름과 벗하리니,
술병 속에 비친 해와 달은 어찌 이리도 고우냐.
언젠가 공을 세우면 어디로 돌아갈 것인가?
그저 구름 타고 신선 세상으로 들어가면 그뿐.

이 시는 도사 여암呂嵒이 지은 것이다. 이 여암이 바로 악주 하동 사람 여동빈呂洞賓이다. 당 함통咸通 연간에 여동빈은 진사시험에 급제하고 장안의 술집을 순례하며 술을 마시다가 정양자正陽子 종리鍾離 선생을 만나 속세의 덧없음과 벼슬살이의 고달픔을 깨닫고 구도의 길로 들어서게 된다. 처음에 종리 선생은 구도를 향한 여동빈의 각오를 믿지 못하고 열 번이나 시험한 후에야 비로소 그에게 비법을 전수해주고는 쇳덩이를 다듬어 황금을 만들어 온 세상과 인간을 널리 이롭게 하라고 당부했다.

"그렇게 만든 황금이 나중에 변하지는 않습니까?"

"삼천 년이 지난 후에는 그것이 본래의 쇳덩이로 돌아가느니라."

이 말을 들은 여동빈은 침울한 표정으로 종리 선생에게 말씀 올렸다.

"비록 황금을 만들어 잠시 세상을 이롭게 할 수 있다고 하지만 삼천 년 후에 그 황금 때문에 눈물지을 자가 있을 것이니 제자 차마 그 비법을 받지 못하겠습니다."

종리 선생은 가가대소했다.

"그대의 마음 씀씀이가 이처럼 고울 줄이야. 삼천 가지 공덕이 차고 팔백 가지 선행이 이제 다 이루어졌구나. 일찍이 고죽진군苦竹眞君이 나에게 일러주시기를 입[口]이 둘인 자를 만나면 꼭 제자로 삼으라 하셨으되 내가 온 세상을 주유하여도 입이 둘인 자를 만나지 못했더니 이제 생각해보니 그대의 성씨가 여呂씨니 그대가 바로 입이 둘인 자 아니겠느냐."

마침내 종리 선생은 여동빈에게 음양오행의 도리를 모두 전수해주었다. 여동빈은 도를 닦으면서 단약을 만들어 온 세상 중생들을 제도한 후에야 득도하겠노라 맹서했다. 이때부터 여동빈은 속진 세상을 주유했는데 스스로를 회도사回道士라 불렀다. '회' 자 역시 입이 두 개이니 자기의 성씨인 '여呂' 자를 교묘히 상징하는 것이리라. 여동빈은 손에 술병 하나를 들고서 동냥하면서 장사 지방을 떠돌아다니고 있었다. 어느 날 여동빈이 시장에서 사람들에게 이렇게 말했다.

"나는 불로장생의 비법을 알고 있소. 누구든지 이 술병에 돈을 가득 채워주기만 한다면 내 그 비법을 알려주겠소."

사람들이 반신반의하면서 여동빈의 술병에 동전을 던져 넣었는데 이상하게도 계속 들어가기만 하고 도대체가 아무런 반응이 없었다. 사람들은 모두 어리둥절했다. 이때 스님 하나가 수레 가득히 돈을 싣고 가다가 장난삼아 여동빈에게 말을 걸었다.

"내 이 수레에는 돈이 일천 관이나 실려 있소. 그래, 그대의 술병에 내 돈을 얼마나 담을 수 있을 것 같소?"

여동빈이 웃으면서 대답했다.

"내 술병은 그대의 수레마저도 집어삼킬 수 있는데, 그깟 동전이야 말해 무엇하겠소?"

그 스님은 여동빈의 말을 듣고 어이가 없다는 듯 혼잣말했다.

"그 콧구멍만 한 술병 주둥이로 수레를 집어삼킨다. 허 참, 그걸 지금 말이라고 하는 건가."

여동빈은 한참이나 말이 없더니 마침내 입을 열었다.

"스님께서 보시하기 싫으신 게지, 보시하려는 마음만 있다면 수레가 이 술병에 들어가고도 남습니다."

사람들이 흥미를 느끼고 모여들더니 이제는 인산인해라. 사람들이 은근히 스님을 부추겼다. 스님 역시 설마 그런 일이 있겠는가 하는 심산에 응낙했다.

"도사께서 그런 재주가 있으시다니 제가 어찌 청해보지 않을 수 있겠나이까?"

여동빈은 술병을 기울이더니 술병의 주둥아리를 수레 쪽으로 향하게 하여 걸어가다 세 걸음을 남기고 멈추었다. 그리고 스님을 향하여 마침내 입을 열었다.

"그래 '집어넣어라' 하고 세 번만 외쳐보시구려."

스님이 집어넣어라 하고 한 번 외치니 수레가 술병 주둥아리 쪽으로 한 걸음 다가왔다. 스님이 집어넣어라 하고 다시 한번 외치니 수레가 다시 한 걸음 다가왔다. 스님이 마지막으로 집어넣어라 하고 외치니 마치 술병 안에 사람이 숨어 있다가 수레를 끌어당기기라도 하듯이 수레가 술병 안으로 들어가 버리고 말았다. 사람들의 눈이 모두 휘둥그레졌다. 수레가 사라져 버리다니 이게 무슨 조홧속이란 말인가. 여기저기서 놀란 함성이 터져 나왔다.

"이상하다, 이상하다! 어떻게 이런 일이 일어날 수 있지?"

사람들이 우 몰려와 술병 주둥아리를 들여다보았으나 술병 주둥아리 속은 컴컴하기만 할 뿐 아무것도 보이지 않았다. 말문이 막힌 스님이 여동빈에게 물었다.

"그대는 도인이시오, 아니면 마술사시오?"

여동빈은 아무 대답도 하지 않고 그저 시 한 수를 읊을 뿐이었다.

귀신도 아니요, 신선도 아니요,
마술도 아니요, 요술도 아니라네.
하늘도 땅도 다할 때가 있는 법이니,
상전벽해 몇 번이나 겪었던가.
내 육신도 내 것이 아닐진대,
하물며 재물에 욕심 둘 건 무언가.
나를 따라 이 세상을 떠돌아다니다가,
고래를 타고 저 파도를 넘어감이 어떠한가.

스님은 여동빈이 요술을 부린 거라 여기고 여러 사람들과 함께 여동빈을 붙잡아 관청으로 끌고 가려고 했다. 여동빈이 말했다.

"너무 걱정하지 마시오. 재물이 그렇게 아깝소? 내가 다시 돌려주면 될 것 아니오?"

여동빈은 붓과 종이를 꺼내어 부적을 써서 술병 주둥아리로 밀어 넣고는 주문을 외웠다.

"나와라, 나와라!"

수천수만의 눈동자가 술병 주둥아리만 뚫어지게 보고 있었다. 하지만 술병에는 아무런 변화도 일어나지 않았다. 여동빈이 다시 한마디 덧붙였다.

"어허, 이 술병이 재물을 너무 탐내서 한번 집어삼킨 수레를 도대체 내놓으려 하질 않는구먼. 아무래도 내가 직접 들어가서 꺼내와야겠어."

말을 마친 여동빈은 술병 주둥아리 쪽으로 펄쩍 뛰었다. 순식간에 여동빈이 모습을 감추고 아무 데서도 보이지 않았다. 그 스님은 연신 소리를 질러댔다.

"도사님, 어서 나타나시오! 어서 나타나시오, 도사님."

하지만 술병 주둥아리에서는 아무런 소리도 들려오지 않았다. 화가 난 스님은 술병을 집어 들고 땅바닥에 패대기를 쳤다. 술병은 산산조각이 났지만 수레도 도사도 보이지 않았다. 더군다나 사람들이 좀 전에 던져 넣은 동전마저도 하나도 보이지 않았다. 다만 시 한 수가 적혀 있는 종이 한 장만 달랑 발견되었다.

진리를 찾는다 진리를 찾는다 하더니만,
진리를 보고서도 깨닫지 못하는구나.
웃으면서 다시 만나고 싶어,
나는 수레를 몰아 동평로로 간다네.

한데, 종이에 쓰인 글자가 점점 사라지더니 마침내 종이마저도 사라져 버렸다. 사람들은 비로소 신선이 다녀갔음을 깨달으며 헤어졌다. 그러나 그 스님은 수레 한 대의 돈을 잃어버리고는 의기소침하다가 시 가운데 "웃으면서 다시 만나고 싶어, 나는 수레를 몰아 동평로로 간다네."라는 구절을 떠올리고는 급히 동평로로 달려갔다. 동평로에 도착하니 자신의 수레가 털끝 하나 상하지 않은 채 그대로 있고 여동빈이 그 옆에 서 있는 게 아닌가.

"오랜만이외다. 어서 수레를 가져가시오."

여동빈의 말이 계속 이어졌다.

"출가한 사람조차도 이렇게 돈을 밝히니 보통 사람이야 일러 무엇하리요? 온 천하에 구제할 사람이 하나도 없을진저. 하나도 없을진저."

말을 마친 여동빈이 구름을 타고 사라졌다. 스님은 한참을 멍하니 서 있었다. 수레의 양쪽 바퀴에 '구口' 자가 하나씩 쓰여 있었다. '구口' 자에 '구口' 자를 더하니 바로 '여呂' 자라. 그제야 스님은 그 도사가 바로 여동빈임을 알아차렸다. 하나, 이제 와서 후회한들 무슨 소용이 있으리.

천상의 신선이야 만나기 쉬울 것이나,
재물에 미혹되지 않는 지상의 인물 만나기는 너무도 어렵구나.

어허, 저 스님은 자신의 재물을 너무 아까워한 나머지 살아 있는 신선 여동빈을 뻔히 보고도 그냥 지나치고 말았구나. 물론 수레 가득한 돈이 어디 적은 것이냐며 스님을 탓할 것은 아니라고 생각하는 사람도 있을 것이다. 하긴 세상에는 돈 한 푼조차 아까워하는 사람들이 너무도 많다. 수레 가득한 재물을 아까워하지 않는 심성도 실은 돈 한 푼을 아까워하지 않는 마음 자세에서 시작되어야 할 것이다. 반대로 돈 한 푼조차 아까워하는 것은 수레 가득한 재물도 한 푼 한 푼 모여서 되는 것이라는 계산속 때문이다. 그러므로 돈이 많고 적은 게 문제가 아니다. 이제 이 이야기꾼이 돈 한 푼에 얽힌 이야기를 하련다. 여러분은 각자 깨우쳐 화를 삭이고 욕심을 버릴지어다. 아울러 세속을 초탈하여 도를 깨우치려 들지 않는 것 또한 명철보신의 바른 이치임을 기억하여야 할지니.

쓸데없는 말다툼하지 말 것이며, 재물을 탐하지 말라,
과감히 재물을 버릴 때, 인연이 싹트나니.
재물을 버리는 건 번뇌를 버리는 것,
번뇌가 사라지고 고민이 사라지면 그게 바로 신선 아니던가.

강서 요주부 부량현에 경덕진이란 마을이 있나니 그 경덕진에는 부두가 자리 잡고 있었다. 경덕진 사람들은 대부분 도자기 굽는 것을 업으로 삼고 살았다. 상인들은 이곳 경덕진의 도자기를 사다가 소주나 항주 같은 곳으로 나가 팔아서 이문을 남겼다. 구을대邱乙大는 바로 이 경덕진의 도자기 기술자였다. 그의 아내 양씨는 도자기에 그림을 그려 넣는 기술을 지니고 있었다. 구을대가 도자기를 빚어내면 그의 아내 양씨는 화초나 인물을 그려 넣어 팔아 벌이가 쏠쏠했다. 그들 부부는 비록 궁벽한 동네에 살고 있었지만 기술 덕택에 제법 살림이 윤택한 편이었다. 양씨는 나이가 서른여섯에 용모도 빠지지 않는 편이었고 간간이 외간 남자와 붙어먹기도 했다. 다만 남편 구을대가 워낙 무지막지한 사람이라 남편이 전혀 눈치채지 못하게 이만저만 주의하는 게 아니었다. 그들 부부 사이에는 아들이 하나 있었는데 이름은 구장아邱長兒요, 나이는 열넷인데 약간 모자란 데다가 일도 잘 못하여 그저 집에서 빈둥대고 있었다.

어느 날 양씨가 배가 너무 아파 산초탕이나 먹자는 심산에 돈 한 푼을 장아에게 쥐여주며 시장에 가서 산초를 사오라고 했다. 장아는 한 푼을 들고 문밖으로 나섰다가 역시 도자기 만드는 유삼왕劉三旺의 아들 유재왕劉再旺을 만났다. 재왕은 장아보다 한 살이나 어렸지만 머리 쓰는 것은 외려 장아보다 영특했다. 재왕은 또 돈치기를 좋아했다. 그 돈치기라는 것이 어떤 것인고 하니, 동전을 여덟 개 혹은 여섯 개를 던져 앞면, 뒷면이 어떻게 나오는가를 보는 건데, 앞면이면 앞면, 뒷면이면 뒷면만 나오는 것을 '한길보기'라 하고, 일곱 개 혹은 다섯 개를 던져 앞면과 뒷면이 섞여 나오는 것을 '섞어보기'라 했다. 재왕과 장아는 돈이 생겼다 하면 동네 골목 어귀에서 늘 돈치기를 하곤 했다. 오늘도 재왕이 장아를 보더니 돈치기나 하자고 꼬드겼다.

"나 오늘 돈 없어."

그렇다고 그냥 물러날 재왕이 아니었다.

"너 오늘 어디 가니?"

"엄마가 배 아파서 산초탕 사러 간다."

"그럼 돈도 없이 산초탕 사러 간단 말이야?"

"산초탕 살 돈만 달랑 들고 간다."

"그 돈 갖고 돈치기하면 되겠네. 난 앞면에 걸지. 자, 우리 두 사람 동전이 모두 뒷면이 나오면 네가 따고 모두 앞면이 나오면 내가 따는 거야. 그리고 하나는 앞면, 하나는 뒷면이 나오면 비기는 거로 하자."

"이 돈은 산초 살 돈이라고. 내가 잃으면 산초는 무슨 돈으로 사니?"

"걱정도 팔자셔. 네가 따면 그야 네 운인 거고, 만약 내가 따면 내가 다시 빌려주지."

장아는 순간 마음이 흔들려 돈치기를 하기로 했다. 장아가 먼저 동전을 땅에다 던졌다. 재왕 역시 주머니에서 동전을 꺼내어 바닥에 던졌다. 장아가 던진 동전은 뒷면, 재왕이 던진 동전은 앞면이 나왔다. 원래 돈치기에서는 비기는 경우 뒷면을 던진 사람이 먼저 던지는 것이라 장아가 동전 두 개를 다시 들어 엄지와 검지 사이에 동전을 끼우고 허리를 잔뜩 굽히고는 '뒷면 나와라'라고 주문을 외우며 바닥에 던졌다. 과연 동전은 모두 뒷면이 나왔다. 장아가 딴 것이다. 장아는 동전 한 닢을 집어 들고 나머지 한 닢은 바닥에 그대로 놔두었다. 재왕이 다시 주머니에서 동전을 꺼내었다. 이번에는 재왕이 동전 두 개를 바닥에 던졌다. 이번에도 동전 두 개가 모두 뒷면이 나왔다. 계속 돈을 딴 장아는 '오늘 끗발이 오르는데' 하는 생각이 들어 의기양양하게 재왕에게 물었다.

"너 돈 더 있냐?"

"돈 걱정은 마라. 그런데 너 첫 끗발이 개 끗발이란 말은 들어봤냐?"

재왕은 주머니에서 동전 열 개를 한꺼번에 꺼내서 짤랑거리면서 장아에게 물었다.

"너 계속할래?"

이번에도 장아가 돈을 땄다. 이렇게 십여 차례 장아가 계속 돈을 따서 장아의 돈이 벌써 십이 전이 넘었다. 장아는 마치 노다지를 캐는 듯한 기분이 들었다. 기분이 째진 장아는 싱글벙글 웃으면서 돈을 챙겨 일어났다. 재왕이 장아의 앞을 가로막았다.

"야 인마, 내 돈 다 따고 어디로 나르는 거야?"

"엄마가 아파서 산초탕 사러 가야 해, 더는 개길 수가 없다고."

"좋아, 내가 돈 다 잃으면 보내주지."

장아는 재왕의 말을 못 들은 척 그냥 가려 했다.

"그래, 너 그냥 가려면 내 돈 다 돌려주고 가. 겨우 한 푼으로 내 돈 그냥 가지고 가면 안 되지."

"야 인마, 내가 딴 거지 그냥 가져가는 거냐?"

화가 난 재왕은 주머니에서 돈을 한꺼번에 다 꺼내어 바닥에 쌓아 놓았다. 이삼십 전은 족히 되어 보였다.

"이 돈 다 잃으면 보내주지."

그 돈더미를 본 장아는 욕심이 일어났다. 더군다나 재왕이 계속 돈치기를 하자고 보채기도 하니 까짓것 한번 붙어 보자는 생각이 들었다. 그러나 늘 순풍만 부는 건 아니요, 싸움터에서 늘 승리만이 있는 건 아닌 법. 이제 행운의 여신은 재왕 편이 되어버렸다. 중간에 장아가 몇 판을 먹기도 했지만 결국 장아가 땄던 십이 전이 고스란히 재왕의 손으로 들어가고 말았다. 노름판 승부는 기세가 좌우한다지 않는가. 장아가 계속해서 돈을 딸 때는 기세도 등등하더니만 이제 수중에 단 한 푼 남으니 고민이 이만저만 아니다. 늘 가난하면 가난한 대로, 늘 부자면 부자인 대로 그럭저럭 살아가는 게 사람이지만 가난하다가 갑자기 벼락부자가 되면 흔들리고 중심 못 잡는 게 또 사람이라. 원래 장아가 잠시 운이 좋아서 딴 것일 뿐 자기 팔자에 없는 돈이었거늘 그 돈에 미련 두고 아쉬워하는 건 또 무언가?

"아이, 또 잃더라도 재왕이 빌려준다고 했으니 마지막까지 한판 붙어 보지 뭐."

이번에는 장아가 동전을 던져야 할 차례였으나 이미 새가슴이 된 장아는 재왕에게 던져보라 한다. 아뿔싸, 이번에도 모두 앞면. 장아는 염치 불구하고 바닥의 동전 하나를 집어 들고 도망갈 심산으로 허리를 숙였으나 동작이 더 빠른 재왕이 날래게 동전 두 개를 다 집어 주머니에 집어넣어 버렸다.

"야, 네가 따면 동전 빌려준다고 했잖아. 니가 다 가져가 버리면 산초탕은 어떻게 사냐?"

재왕은 장아가 자기 돈 십이 전을 따고서는 그냥 가버리려 했던 것에 잔뜩 화가 나 있던 참이었다. 군자가 원수 갚는 데는 삼 년, 소인이 원수 갚는 데는 일 초라던가. 재왕이 돈을 빌려줄 리가 있는가? 재왕은 장아를 밀쳐 버리고 거드름을 피우며 골목길 안으로 사라져버린다. 조급해진 장아는 얼굴이 똥 빛이 된 채로 재왕을 붙잡았다. 두 사람은 마침내 주먹다짐을 벌였다.

손빈孫臏과 방연龐涓이 서로 지략을 다투니 누가 이길꼬?
유방劉邦과 항우項羽가 서로 싸우니 누가 더 강할꼬?

한편 양씨는 이제나저제나 하며 아들 장아가 산초를 사오기만을 기다렸으나 장아는 오지 않고 배는 더욱 아파져 오는지라 참다못하여 집 밖으로 나가보니 장아와 재왕이 서로 뒤엉켜 싸우고 있었다.
"이런 때려죽일 놈. 그래 사오라는 산초는 안 사오고 무슨 싸움질이냐? 어서 떨어지지 못해!"
장아와 재왕은 그 말을 듣고서야 겨우 떨어졌다.
"그래, 사오라는 산초는 어디 있냐?"
장아가 눈물을 뚝뚝 떨어뜨리며 대답했다.
"산초 살 돈을 재왕한테 빼앗겼어요."
"빼앗은 거 아니에요. 제가 돈치기해서 딴 거예요."
양씨는 자기 아들이나 혼내고 돈치기해서 자기 아들 돈 따간 재왕을 혼낼 필요는 없었던 것을. 게다가 겨우 돈 한 푼 잃은 거야 뭐 별것도 아니니 그냥 넘어가면 좋았을 것을. 하나 어이하리. 양씨가 일시 너무 화가 뻗쳐서 한바탕 소동을 일으키고 말았으니. 이 소동으로 말미암아 또 얼마나 많은 목숨이 저세상으로 떠났던고.

생각 깊지 못하면 늘 후회할 일 생기고,
참을 인 자 세 번 가슴에 새기면 살인을 면한다네.

양씨는 산초 사오라고 심부름 보낸 아들이 꿩 구워 먹은 소식이라 이미 화가 잔뜩 나 있었는데, 아들이 심부름할 돈을 돈치기해서 잃었다고 하니 화가 머리끝까지 뻗쳐서 참을 수가 없었다.

"이런 육시할 놈의 새끼! 돈이 필요하면 네 어미한테 서방질이라도 하라고 하지 않고? 왜 우리 아들내미 돈은 뺏고 난리야."

양씨는 욕을 해대며 재왕의 허리춤을 잡아채고서는 두들겨 패기 시작했다. 다급해진 재왕이 몸을 빼 달아난다는 것이 그만 호주머니가 터져 동전이 땅바닥에 흘러 구르기 시작했다. 양씨는 그 꼬락서니를 보고서 한마디 했다.

"난 원래 우리 돈 한 푼만 있으면 돼."

장아는 엄마의 눈치를 살피더니 땅에 떨어진 돈을 한 움큼 집어 집 안으로 잽싸게 도망가 버렸다. 재왕은 발을 동동 구르며 억울하다고 왜장을 쳤다. 양씨는 집으로 들어가 장아에게 재왕의 돈을 돌려주라고 호통을 쳤다. 장아는 엄마의 기세에 눌려 손에 쥐고 있던 동전을 대문 밖 길바닥으로 던졌다. 재왕은 울고 욕하면서 동전을 주웠다. 아무리 주워도 동전이 예닐곱 개나 모자라는 게 아닌가. 장아가 숨긴 게 틀림없었다. 재왕은 대문을 가로막고 서서 욕을 해댔다. 양씨가 재왕에게 한 번 더 욕설을 퍼부었다.

"저 미친놈이 냉큼 꺼지지 않고 뭐 잘한 거 있다고 계속 지랄이야."

양씨는 야멸차게 문을 닫아걸고 안으로 들어갔다. 재왕은 문을 발로 차면서 욕을 하다가 제풀에 지쳐 집으로 돌아갔다. 재왕의 어미 손대낭이 집에서 밥을 짓다가 아들 재왕이 씩씩거리며 들어오는 걸 보고 물었다. 재왕이 울면서 대답했다.

"장아가 내 돈을 뺏어갔어요. 근데 그놈 어미는 외려 나를 후레자식이라고 욕하고 네 어미하고 붙어먹은 놈한테나 가서 달라고 했어요."

손대낭이 이 말을 차라리 듣지 않았더라면 별일 없었겠지만 손대낭이 이 말을 듣고 말았으니 어찌 아무 일 없이 지나가겠는가?

화가 머리끝까지 치밀어오르고,
미움이 가슴에 차오른다.

손대낭이 본시 아들을 끔찍이도 아끼는지라 아들이 잘못을 저질러도 그냥 눈감아주곤 했는데 오늘 아들이 잘못한 것도 없이 욕을 얻어먹었다는 소리를 들으니 어디 가만히 있을 수가 있겠는가? 게다가 손대낭은 성미도 괄괄하고 말도 많은 여인이었으니. 손대낭은 한번 맘먹고 욕을 시작했다 하면 열흘은 쉬지 않고 욕을 해도 입이 마르는 법이 없는 여인이었다. 그래서 그런지 그녀에게는 욕쟁이 아줌마라는 별명이 붙어 있었다. 손대낭은 양씨와 한동네에서 살고 있는지라 양씨가 외간 남자와 정을 통하고 있는 것을 잘 알고 있었지만 여태껏 싸울 일이 없었기에 그냥 입 다물고 가만히 있었던 것이었다. 그런데 오늘 재왕의 말을 듣고 나니 도저히 참을 수 없었던지 욕을 퍼부어 대기 시작했다.

"저런 빌어먹을 여편네! 지가 남편 몰래 딴 남자하고 놀아나고는 괜히 애먼 나한테 시비를 걸어. 내가 생긴 게 변변치 않아도 남편 얼굴에 먹칠하는 짓은 안 하지. 나야 본디 공명정대하고 사리 분명한 사람이니 겉으로는 얌전한 척 혼자 다 하면서 속으로는 호박씨 까는 너 같은 여편네하고는 차원이 다르다고. 아이고 마누라가 바람을 피운 것도 모르고 있으니 그 남편이란 작자 불쌍하기도 하지! 저런 여편네가 그러고도 감히 다른 사람을 욕하려 들어. 아무리 바람을 피워도 그렇지 이런 식으로 굴면 안 되지. 우리 아들내미는 아직 어려서 머리를 통째로 네년 구멍에 집어넣어도 헐렁헐렁할 텐데. 왜 그런 애송이를 걸고넘어져? 남자가 궁하면 네년 남자를 찾으면 될 것이지 왜 괜한 우리 아들 가지고 시비야, 시비가!"

손대낭이 죽일 년 화냥년 하며 욕을 해대니 그 기세가 자못 대단했다.

양씨는 혹시 남편이 저 소리를 들었을까 하는 마음에 가슴이 두근두근 하지만 치밀어오는 화를 도저히 참을 수 없어 온통 장아에게 욕을 바가지로 퍼부어 댄다.

"이 빌어먹을 놈의 자식, 그래 어쩌자고 저 여편네 아들하고 돈치기를 하고 난리야."

화가 머리끝까지 오른 양씨는 몽둥이를 집어 들고 장아를 두들겨 팼다. 장아는 피를 뚝뚝 흘리면서 엉엉 울었다. 구을대는 도요에서 집으로 돌아오다가 손대낭이 욕해대는 소리를 들었다.

"뉘 집 마누라가 행실을 똑바로 못하고 저 말 많은 여편네한테 소리를 듣는 거지?"

집에 돌아와 보니 아들내미가 울고 있는지라 그 까닭은 물으니 손대낭이 욕해대던 집이 바로 자기 집 아닌가. 구을대도 우직한 사람인지라 남들 구설수에 오를까 걱정되어 말 한마디 꺼내지 않고 화를 삭이며 조용히 앉아 있었다. 멀리서 손대낭의 심한 욕설이 끊이지 않고 들려왔다. 욕설은 황혼이 지나서야 겨우 그쳤다.

구을대는 술을 몇 사발 들이켜고는 밤 깊어 인적이 드물어질 때까지 기다렸다가 마누라를 불렀다.

"네 이년, 그래 나를 속이고 딴짓이나 하고 잘한다 그래! 도대체 어떤 놈하고 붙어먹은 거야, 이름을 대란 말이야. 내 그놈들에게 찾아가서 따져볼 것이야."

양씨는 구을대의 말을 듣고 마치 마른하늘에 날벼락이라도 치는 양

감히 한마디도 못 했다. 구을대가 말했다.

"그래 딴 놈하고 붙어먹는 재주는 있고, 그놈이 누구인지 말할 재주는 없단 말이야? 그래 남들 알까 걱정되면 애당초 하지 말 일이지. 서방은 속일 수 있어도 마을 사람 속일 수는 없는 거야. 이거 창피해서 얼굴을 들고 다닐 수가 있나! 어서 말해, 내 속이 시원하게."

"그런 일이 없는데, 누굴 대라는 거예요."

"정말 그런 일이 없단 말이야?"

"정말이에요."

"정말 그런 일이 없다면 사람들이 네년 이야기를 왜 그렇게 하며, 네년은 또 왜 아무런 말도 못 하는 거야? 도둑이 제 발 저리다고 그 사람들에게 한마디 말도 못 하고 가만히 있는 거 아냐! 만약 정말 네가 결백하다면 오늘 당장 목매달고 죽어서 네년의 결백함을 증명해봐. 그럼 나도 다른 사람들에게 떳떳하게 이야기할 수 있잖아."

양씨는 아무런 말도 못 하고 그저 눈물만 뚝뚝 흘리다가 구을대에게 따귀를 두세 대 연거푸 얻어맞았다. 구을대는 그녀를 문밖으로 내쫓고는 끈 하나를 던져 주면서 소리를 질렀다.

"어서 죽어, 만약 자결하지 않는다면 그건 네년이 다른 놈하고 붙어먹었다는 증거야."

말을 마치고 문을 잠그고 나가버렸다. 장아가 와서 문을 열어주려다가 구을대에게 흠씬 두들겨 맞았다. 구을대는 술기운을 못 이기고 잠들어버렸다. 밖에 내팽개쳐진 양씨는 이러지도 저러지도 못했다. 혼자 가만히 생각해보니 자신에게도 잘못이 없지 않은지라 그저 깨끗이 죽는 수밖에 없었다. 한참이나 슬픔과 원망에 가슴 졸이다가 새벽녘이 되기 직전 황망히 끈을 들고서 유삼왕 집 문 쪽으로 걸어갔다.

장차 죽기로 작정한 몸, 정신이 다 빠져버려 동쪽 세 번째 집인 유씨 집을 제쳐두고 서쪽 일곱 번째 집을 찾아갔다. 그 집이 유씨 집과 비슷한지라 벽돌 몇 장을 빼내어 발판으로 삼고 처마에 끈을 걸고 목을 매달아 죽었다. 가련토다, 영민한 부인네가 동전 한 닢 때문에 자결하고 마는구나!

저승 세계에 억울하게 죽은 귀신 하나 늘고,
이승에 도자기에 그림 그리는 부인네 하나 사라졌구나.

이 서쪽 일곱 번째 집은 대장장이 백철白鐵네 집으로, 새벽 사경이면 일어나 대장간 일을 하곤 했다. 이날도 새벽같이 일어나 문을 열고 오줌을 갈기는데, 한기가 오싹 밀려오고 모골이 송연했다. 정신을 차려 바라보고는 깜짝 놀랐다.

인형극에 출현하는 귀신인 줄 알았더니,
그네에 매달려 있는 처녀로다.

처마에 매달려 있는 물건은 무엇이런가? 두려움에 눈이 휘둥그레진 백철은 집 안으로 다시 들어가 불을 붙여 가지고 나와 비춰보았다. 목을 맨 사람은 이미 목구멍에 기가 끊어져 다시 살리기는 어려워 보였다. 가만히 내버려 두면 새벽에 순라꾼이 발견하여 한바탕 소동이 일어날 것이고 애매한 송사에 말려들 것이 분명했다. 이리저리 머리를 굴린 백철은 마침내 한 가지 방법이 떠올랐다.

"저걸 다른 곳으로 옮겨놓아야지. 그럼 나하고야 아무런 상관도 없게 되지 않아."

경황 중에 앞으로 나가 목에 걸린 끈을 풀었다. 본래 힘이 장사였던 백철은 그 여인을 가볍게 안아 내리더니 등에다 업고는 황급한 마음에 앞뒤 재지 않고 다른 집 앞에 던져 버렸다. 백철은 뒤도 돌아보지 않고 집으로 돌아왔다. 떨리는 마음이 아직도 진정되지 않아 쇠를 담금질할 엄두가 전혀 나지 않아 그예 다시 잠자러 들어가 버렸다.

한편, 구을대는 꼭두새벽에 일어나 마누라의 소식을 알아보려고 유삼왕 집 앞에 가보았으나 아무런 동정이 없었고, 골목 어귀에까지 가보아도 그녀의 자취가 보이지 않아 다시 돌아와 생각에 잠겼다.

"이년이 어디로 도망간 거 아냐?"

구을대는 다시 생각에 잠겼다.

"이년은 어디 나돌아다닌 적도 별로 없는데, 그 어두운 밤에 대체 어디로 갔을까? 그래, 만약 죽지 않았다면 내가 준 끈이 어디 있을 텐데."

다시 방문 앞으로 돌아와 살펴보았으나 끈은 보이지 않았다.

"틀림없이 유가놈 집 앞에서 죽었다가 유가놈한테 발견되었을 거야. 유가놈이 시체를 숨기고 나한테는 딱 잡아떼려는 수작이로군."

구을대는 다시 생각했다.

"유삼왕은 어제 집에 돌아오지 않았을 텐데. 그 말 많은 마누라쟁이하고 어린 녀석이 무슨 힘으로 시체를 옮긴다?"

"개미한테도 다리가 있다는데, 어찌 도와주는 사람이 없었으리? 그래 조금 기다렸다가 그 집에서 사람이 나오면 한번 유심히 살펴봐야지. 그럼 뭔가 덜미를 잡을 수 있으렷다."

한참 후에 재왕이 나오는데, 돈을 들고 시장에 아침거리를 사러 가는 본새라 아무런 이상한 낌새를 느낄 수가 없었다. 구을대는 마음의 갈피를 잡지 못하고 길거리를 왔다 갔다 했지만 거리에는 사람의 그림자도 보이지 않았다. 집에 돌아와 보니 장아는 아직도 코를 골며 잠에 곯아떨어져 있는지라 버럭 화가 나서 이불을 걷어차고 발길로 몇 번을 걷어찼다. 장아가 깜짝 놀라 벌떡 일어났다.

"그래, 네 어미는 유가놈한테 죽임을 당했는데, 네놈은 한심하게 잠이나 자고 있냐?"

구을대의 이 말은 분명 장아에게 가서 뭔가 일을 내라고 부추기는 말이렷다. 어머니가 죽었다는 말을 듣고서 장아는 울음을 터트렸다. 그는 옷을 주섬주섬 챙겨 입고 울면서 유삼왕의 집으로 달려가서 안에다 대고 냅다 소리를 질러댔다.

"이 개 같은 년, 이 갈보 년, 우리 엄마를 어서 살려내라."

장아가 자기 집 대문 앞에서 욕하는 걸 들은 손대낭이 어디 가만히 있겠는가.

"웬 후레자식이 우리 집 앞에서 주둥아리를 함부로 놀리는 거야!"

손대낭은 장아의 머리채를 휘어잡고 두들겨 패려다가 구을대가 걸어오는 것을 보고 슬그머니 머리채를 놓아주었다. 장아가 울면서 구을대에게 뛰어갔다. 구을대가 참지 못하고 손대낭에게 욕을 하니 손대낭도 이에 지지 않고 맞받아쳤다. 두 사람은 서로 치고받을 태세로 입씨름을 벌이다가 이웃 사람들이 말리는 바람에 겨우 떨어졌다. 구을대는 장아를 집 보라고 돌려보내고는 사람을 사서 고소장을 써서 부량현 현청으로 가서 유삼왕과 그의 처 손대낭이 살인을 저질렀다고 고소했다. 지현은 고소장을 접수하더니 피고와 원고를 모두 잡아두도록 하고 이웃 사람들을 증인으로 불러오게 했다. 본디 손대낭은 평소 입이 워낙 더러워서 이웃과 말다툼을 자주 했고 그녀를 싫어하는 사람들이 많았다. 이웃 사람들은 증언하면서 손대낭이 너무 심하게 욕을 했다며 은근히 구을대 편을 들었다. 지현 역시 이웃의 증언을 아무런 의심 없이 받아들였다. 지현은 유삼왕이 양씨를 죽이고 그 시체를 집 안에 숨겨두고 있는 거라 판단하여 포졸들을 보내어 찾아보게 했다. 이리 뒤지고 저리 뒤지고 천장을 뒤집어 보고 바닥을 파보아도 시체는 나오지 않았다. 시체를 찾아내지 못한 지현은 사건을 그대로 마무리할 수 없어 손대낭은 구속하고 유삼왕은 풀어주되 계속 감시하여 양씨의 행방을 찾도록 했으며, 구을대는 그냥 풀어주었다. 하나, 이 사건이 어디 쉽게 결판날 수 있겠는가?

욕쟁이 아줌마 주둥아리 함부로 놀리고,
도공은 결국 인생을 망치는구나.

손대낭과 구을대 이야기는 여기서 잠시 접도록 하자. 한편, 백철은 양씨의 시신을 술장수 집 앞에 버렸다. 그 술장수 왕씨는 나이가 예순이 넘었는데 홀어머니를 모시고 살았다. 그날 밤 오경쯤에 누군가 문을 두드리는 소리를 듣고 잠에서 깨었으나 그 소리는 다시 들려오지 않았다. 다시 눈을 감고 잠을 청하자니 다시 평평 문 두드리는 소리가 들려왔다. 거참 이상하다 싶어 옷을 걸쳐 입고 종놈 소이를 불러 문을 열어보게 하니 웬 사람이 고꾸라져 있다 한다.

"자세히 살펴보아라. 우리 동네 사람이냐? 우리 동네 사람이면 잘 데려다주어라."

소이가 허리를 굽혀 누군가 살펴보려니 그 사람이 엎어져 있어 누군지 알 수가 없다. 어둠 속에서 소이는 엎어져 있는 사람 목에 걸려 있던 삼베 끈을 말채찍으로 착각했다.

"이 동네 사람이 아니고 멀리서 온 마부인 듯합니다."

"그걸 어찌 아느냐?"

"이 사람이 말채찍을 가지고 있는 걸 보고 알았습니다."

"우리 동네 사람도 아니라면 그냥 내버려 두어라."

소이가 순간 흑심이 생겨 채찍이나 주워 가지려고 삼베 끈을 집었다.

그런데 아무리 잡아당겨도 그게 꼼짝하지 않았다. 다시 한번 몸을 구부려 힘껏 잡아끄니 갑자기 그 사람이 벌떡 일어섰다. 소이는 너무도 놀란 나머지 "아이야" 소리를 지르며 삼베 끈을 놓아버렸다. 그 시체는 다시 엎어졌다.

"이게 어찌 된 일이냐?"

"소인이 채찍이나 가져가려는 심산에 채찍을 잡아당겼더니 이렇게 되었습니다. 이게 산 사람이 아니라 시체입니다. 그리고 제가 채찍이라 말씀드린 것은 바로 이 시체가 목매달 때 사용한 삼베 끈입니다."

왕씨는 소이의 말을 듣고 혼비백산할 지경이었다. 이장한테 사실대로 말하자니 애매한 송사에 휘말리게 될 것 같고, 이장한테 알리지 않자니 뭔가 께름칙했다. 왕씨는 하는 수 없어 소이와 상의했다.

"나리, 너무 걱정하지 마십시오. 저놈의 시체를 우리 집에서 멀리 치워버리면 될 일 아닙니까요."

"네 말이 그럴듯하긴 하다만, 그래 저놈의 시체를 어디에다 버린단 말이냐?"

"강물에다 콱 집어 던져 버리죠, 뭐."

왕씨와 소이는 시체를 들고 강변으로 갔다. 이때 마침 멀리서 사람이 등 하나를 들고서 걸어오고 있기에 혹 발각될까 두려워 앞뒤 재지 않고 시체를 강물에다 던져 버리고 뒤도 돌아보지 않고 집으로 돌아왔다.

등을 들고서 강둑에서 걸어온 자가 누구였던가? 그자는 바로 이 동네에서 방귀깨나 뀐다고 하는 주상이었다. 주상이 원래 엉큼한 데다 욕심마저 많아서 뭔가 이득이 될 만하면 앞뒤 가리지 않고 재판을 걸곤 했다. 요즘은 옆 동네에 사는 조씨와 밭뙈기를 가지고 서로 다투던 중이라 꼭두새벽부터 일꾼을 데리고 삽이야, 칼이야 준비해서 배를 타고 가려는 참이었다. 주상이 강 언덕에서 내려와 보니 강물 위로 취객이 하나 떠내려가고 있는 게 아닌가. 주상의 일꾼 가운데 제일 날래고 영민한 복재가 취객 허리춤에 돈냥이나 있을까 하여 손을 뻗쳐 취객의 허리춤을 만져보았다. 그런데 어인 일인가? 취객의 몸이 너무도 차가워 깜짝 놀라 손을 도로 집어넣었다.

"이거 죽었잖아."

주상은 죽은 사람이라는 소리를 듣고서 음흉한 생각이 들었다.

"호들갑 떨지 말고 불 좀 비춰봐. 늙은 놈이야, 젊은 놈이야?"

불을 비춰보니 목매달아 죽은 아낙네라.

"너 여인네 목에 매달려 있는 끈을 떼어버리고 저 시체를 배 고물간에 잘 숨겨놓아라."

"나리, 혹시 저 여인네가 살해된 건지도 모르는데 괜히 숨겨놓았다가 귀찮은 일 생기는 거 아닌지 모르겠습니다요."

"신경 쓸 것 없다. 다 생각이 있느니라."

일꾼들은 하는 수 없이 시체의 목에서 끈을 떼어버리고 그 시체를 고물간에 숨겼다.

"복재야, 너 가서 아낙네 대여섯 명을 불러오너라."

"코딱지만 한 논에 벨 게 뭐가 있다고 그렇게 많은 사람을 불러오라 하십니까?"

"어서 가서 불러오기나 해라. 나한테 다 생각이 있다."

복재는 고개를 갸우뚱거리며 등을 들고 갔다. 얼마 지나지 않아 복재가 아낙네들과 같이 돌아왔다. 주상 일행은 배를 저어 강 한가운데로 나아갔다.

"나리, 저 시체를 싣고 가시는 거 무슨 생각이라도 있으신 건가요?"

"지금 우리가 벼를 베러 가면 조가네가 와서 분명 방해할 것이고 그러다 보면 우리하고 한판 붙을 수밖에 없을 거고 결국 관청에 가서 재판을 하지 않을 수 없을 거야. 한데 오늘 하늘이 우리에게 이 선물을 주셔서 재판을 하지 않아도 되게 되었어. 그거 말고도 쓸데가 있지."

"어떻게 재판을 면할 수 있다는 말씀입니까? 그거 말곤 또 무슨 쓸모가 있다는 말씀이신지?"

"너희들은 내가 시키는 대로 잘 따라 하기만 하면 돼. 너희들한테도 너희 나름대로 횡재하는 수가 있을 거야. 만약 조가 놈이 상황파악을 잘못하여 재판을 건다 해도 다 우리가 이기는 싸움이야."

"정말 기막힌 계책입니다요. 소인들이 그런 걸 어찌 생각이나 할 수 있겠습니까요."

기막힌 계책이 있다고 자기 자랑하기 바쁘고,
음흉한 수작 부려 남 해치기 바쁘구나.

우매한 촌놈들이 이해득실을 제대로 따질 것이며, 사리 분별을 제대로 할 것인가? 그저 주인 나리가 횡재할 수라 하니 그 말 한마디에 죽을 둥 살 둥 모르고 정말로 즐거워했다. 돈만 있다면야 재판을 하여도 이기는 것은 떼놓은 당상. 어서 조씨 집안 사람들이 빨리 배 옆으로 다가와서 소란을 일으켜 주기만을 고대했다. 하늘이 점점 밝아왔다. 주상은 아무도 없는 공활지에 배를 대어두게 했다. 그곳은 논에서 화살을 쏘면 닿을 만한 곳이었다. 일부만 배에 남아 있기로 하고 나머지는 모두 벼를 베러 갔다. 주상은 저만치 혼자 서서 상황을 살폈다. 이곳은 바로 이어교라는 곳으로 경덕진에서 십 리밖에 떨어지지 않았으며 여기서 좀 더 가면 태백촌이란 마을로 강남 휘주부 무원현 관할이었다. 말하자면 강서와 강남의 경계지역이었다. 이 논을 두고 주상과 다투고 있는 조완趙完이란 사람은 그 지방의 부호로 본디 부량현 사람이었는데 이곳 무원현으로 이

사 와서 살고 있었다. 조완은 부량현과 무원현에 다 자기 땅이 있었다. 조완과 주상이 서로 다투는 땅은 삼십 마지기 정도에 불과했으며 본디는 조완의 형님뻘 되는 조녕趙寧의 땅이었다. 조녕이 이 땅을 담보로 주상에게 돈을 빌렸다가 나중에 다시 이 땅을 조완에게 팔았다. 하여 소작인에게 농사를 짓게 하고는 삼사 년을 서로 속만 끓여왔는데 근자에 들어 조녕이 죽고 마니 조완과 주상이 본격적으로 서로 다투기 시작했다. 하여튼 올해 그 나락은 조완이 심은 것이었다.

그 땅은 조완 집 코앞에 있는데 조완은 어째서 일찌감치 수확해버리지 않았을꼬? 사실 조완은 힘깨나 쓰는 놈이고 욕심 많기로는 절대 남에게 뒤지지 않는 녀석인지라 자기가 직접 형에게 사들인 땅을 감히 다른 놈이 와서 찝쩍대겠냐 하는 생각도 있었고, 주상은 또 다른 마을에 사는지라 그놈이 와서 벼를 베려면 아무래도 번거로울 터이니 느긋하게 좀 더 지켜보자는 배짱이었던 것이라. 그런데 오늘 주상이 조완의 뒤통수를 치며 호랑이 굴 앞에 직접 찾아와 먹이를 채가려고 하지 않는가. 조완은 주상이 벼를 베어가려고 한다는 보고를 받았다.

"이런, 저 망할 놈의 자식이 간덩이가 부었나. 감히 여기가 어디라고 와서 벼를 베어가. 죽으려고 환장했구먼."

아들 조수趙壽가 말씀 올렸다.

"아버님, 옛말에 겁먹은 놈은 감히 일 저지르지 못하고, 일 저지르는 놈치고 겁먹는 놈 없다고 하지 않습니까? 주상을 너무 쉽게 생각하지 마십시오."

조완은 주상이 벼를 베러 왔음을 알려준 녀석에게 물었다.

"그래 몇 놈이나 몰려 왔느냐?"

"남자 십여 명에, 여자 예닐곱 명이 같이 왔습니다."

"그렇단 말이지. 그럼 아낙네들도 좀 나오라고 해라. 남자는 남자를 상대하고, 여자는 여자를 상대하도록 하지. 그 녀석들을 모두 잡아 와서 다리몽둥이를 부러뜨려버려라. 그리고 배도 압수해버려라. 그 녀석들에게 매운맛 좀 보여줘야지, 안 되겠구먼."

금세 이십여 명을 불러 모았는데, 아낙네가 십여 명이요, 남정네가 십여 명이었다. 남정네들은 모두 웃통을 벗어부치고 주먹을 쥐고 질풍노도처럼 달려왔다.

조완 부자는 뒤에서 따라가고 그 녀석들은 벌써 저만치 앞서 달려가면서 소리를 질렀다.

"벼 훔치러 온 놈들, 꼼짝 말고 게 섰거라!"

주상 집안의 아낙네들은 조완 집안의 사람들이 기세등등하게 달려오는 것을 보고는 일손을 멈추고 잽싸게 강변 쪽으로 뛰었다. 여인네들이 강변 쪽으로 도망 오자 주상이 빨리 옷을 벗으라고 소리쳤다. 여럿이 옷을 벗어부치고 한곳에 모여 있고 아낙 하나가 망을 보고 있었다. 망보던 아낙이 소리를 질렀다.

"이리 와봐, 내가 너한테 지면 사람도 아니다!"

조완의 소작인 가운데 기운깨나 쓴다는 전우아가 그 말을 듣고 잽싸게 앞으로 달려나갔다. 주상 집안의 사람들은 전우아가 기세등등하게 달려오는 것을 보고는 재빨리 양쪽으로 갈라섰다가 전우아를 에워쌌다. 전우아가 소리 질렀다.

"이놈들, 잘 걸렸다!"

전우아가 그중에서 제일 세 보이는 녀석을 골라 주먹을 날렸다. 저 녀석만 죽여 놓으면 나머지 놈들은 제풀에 떨어지겠지. 그러나 웬걸 주먹은 맥없이 허공을 가르고 자신이 외려 사람들에게 붙잡히고 말았다. 아무리 용을 써봐도 옴짝달싹할 수 없었다. 주상 집안의 사람들은 전우아를 밀면 밀리고 끌면 끌리면서 배에 옮겨 실었다. 배에서 기다리고 있던 사람들이 노와 몽둥이로 전우아를 두들겨 팼다. 조완네 사람들은 전우아가 배로 끌려가는 것을 보고는 벌떼처럼 배로 달려갔다. 배에 타고 있던 주상네 아낙네들은 양쪽으로 비켜서며 조완네 사람들이 배로 올라오도록 내버려 두었다. 조완네 사람들이 배에 오르자마자 사공들이 노를 저어 배를 강심으로 몰았다. 사람은 많은데 배는 작으니 배가 서너 번 뒤뚱거리다가 결국 뒤집어져 사람들이 모두 물에 빠지고 말았다. 아낙네들은 허우적거리며 강 언덕으로 기어올랐고, 남정네들은 물에 빠진 채로 서로 주먹질을 해댔다. 남정네들의 주먹질에 여기저기서 물방울이 튀어 오르니 마치 소낙비라도 내리는 것 같았다. 강 언덕에서 구경하던 사람들이 싸움질 그만두고 어서 강 언덕으로 올라오라고 성화를 대었다.

바로 이때 복재가 아침에 주운 시체를 강물에 슬그머니 밀어 넣고는 소리를 질러댔다.

"이장 나리, 여기 좀 와서 살펴보시오. 조완 네가 사람을 패 죽였소."

주상은 강 언덕에서 지켜보고 있다가 복재가 소리를 지르자 아낙네 예닐곱 명도 같이 소리를 질렀다. 그 소리가 하늘을 찔렀다. 조완네 아낙들은 젖은 옷을 짜고 있다가 사람 죽었다는 소리를 듣고 앞뒤 안 가리고 걸음아 날 살려라 하고 도망쳤다. 물속에서 싸우던 남정네들도 사람 죽었다는 말에 갑자기 간이 콩알만 해져 누가 누구를 죽였다는 것인지 따져볼 겨를도 없이 도망치기 바빴다. 이 틈에 주상네 남정네들은 도망가는 녀석들의 뒤통수를 쥐어 갈겼으나 조완네 남정네들은 그걸 신경 쓸 겨를 없이 외려 부모님이 다리를 두 개밖에 주지 않는 바람에 이 고생이라고 엉뚱하게 부모님 원망만 했다. 주상네 사람들이 쫓아가려 하자 주상이 말렸다.

"지금 저놈들 때려주는 게 중요한 게 아니다. 저 시체를 가지고 가서 할 일이 있느니라."

주상네 사람들은 시체를 메고 강가로 나갔다. 복재는 자기 마누라가 죽었다며 온갖 슬픈 척을 다한다. 주상은 몽둥이야, 노 같은 것을 잘 치워놓으라고 한 다음 구경꾼들에게 소리를 쳤다.

"동네 사람들, 이것 좀 보오. 사람을 때려죽이다니! 여러분이 다 봤으니 말이지 그래 저 조완 놈이 사람을 쳐죽었다네. 내가 없는 일을 지어내서 그놈을 무고하는 게 아니라오. 소송이라도 할라치면 번거롭겠지만 여러분이 꼭 증인이 되어주셔서 사실대로 이야기해주기를 바라오."

주상이 이미 다 꿍꿍이를 세워 놓은 다음에 뱉어내는 말이라 아무리 보아도 빈틈이 없었다. 하나, 주상이 여기서 대충 일을 마무리했더라면, 괜히 시체를 메고 조완네 집에 가서 이러쿵저러쿵 시비만 걸지 않았더라면 여러 사람이 다치지는 않았을 것을. 어이하리, 세상일이란 다 그런 것을. 조완 부자는 평소에 잘 나서지 않는 성격에다 이런 일에는 미리 설치고 나서봐야 별로 득 될 것이 없다는 생각이 들어 주상이 하는 대로 가만히 내버려 두고 상관하지 않았다. 주상은 조완네가 시큰둥한 반응을 보이자 시체를 거적에 싸고 노끈으로 잘 묶어서 네 명이 둘러메도록 하고 조완네 집을 찾아갔다. 구경꾼들은 도대체 이 일이 어떻게 결관날 것인지 궁금해서 못 견디겠다는 듯이 뒤에서 졸졸 따라갔다.

구리 통이 쇳덩어리에 부딪혀 봐야 우그러지기만 하듯,
나쁜 놈 지랄하면 그놈 잡아먹는 놈 또 있다네.

조완 부자는 주상이 기세등등하게 오고 있지만 그래도 자기네 식구들이 여럿 따라오고 있기에 적이 안심하고 기다렸다. 사람들이 다가오는데 모두가 물에 빠진 생쥐 꼬락서니였다.

"우리 식구가 훨씬 더 많은데도 저렇게 물에 빠지고 얻어터졌더란 말인가?"

"나리 어서 돌아가십시오. 일이 잘못되어버렸습니다."

"이런 등신 같은 자식들, 어찌 그리 한결같이 얻어터졌느냐?"

"얻어맞은 건 일도 아닙니다. 주상네 식구 하나가 죽어버렸습니다요."

조완은 사람이 죽었다는 소리를 들으니 정신이 번쩍 들었다. 몸이 얼어붙기라도 한 양 도무지 움직일 수가 없었다. 조수와 전우아가 조완을 양쪽에서 부축해서 집으로 모셨다. 그제야 조완은 겨우 입을 열었다.

"어쩌다가 사람을 때려죽였느냐?"

사람들은 서로 배 위로 몰려가서 싸우던 일을 자세하게 말씀드렸다.

"저희들이 결코 부인네를 때린 적은 없는데, 어떻게 부인네가 죽은 것인지 정말로 귀신이 곡할 노릇입니다. 아마도 그냥 물에 빠져 죽은 거 아닌가 싶습니다."

조완은 마음의 갈피를 잡을 수가 없었다.

"이 일을 어찌하면 좋단 말이냐?"

조완 집안의 온 식구가 다 몰려와서 같이 걱정했으나 뾰족한 수가 생각나지 않았다. 이때 사람들이 외치는 소리가 들려왔다.

"주상이 시체를 메고 오고 있습니다."

이 소리에 조완은 너무도 놀랐다. 마치 참선에 든 중처럼 얼굴색조차 변하지 않았다. 옛말에 이르기를 극에 달하면 다시 돌아오고, 사람이 다급해지면 꾀가 생긴다고 하지 않았던가. 조수가 옆에서 보고 있다가 한 마디 거들었다.

"아버님, 너무 심려하지 마십시오. 저에게 다 생각이 있습니다."

조수가 하인들을 모아 놓고 분부했다.

"너희들은 밖에 숨어 있다가 주상네 패거리가 집 안으로 들어오면 그놈들을 포위하고 한 놈도 도망가지 못하게 하라. 그놈들에게 대낮에 남의 집에 침입한 죄를 씌워 모두 관아로 데리고 갈 터이니 관아로 데리고 가는 도중에 그놈들이 행패를 부리면 그대로 내버려 둬라. 그놈들이 행패를 부리면 부릴수록 우리에게 유리할 것이니라."

하인들은 그 말을 듣고 일제히 밖으로 나가서 주상네가 오기만을 기다렸다. 조완은 혹시 인명피해가 날까 봐 다시 한번 다짐을 해두었다.

"괜히 사람 패지는 말아라."

조수가 심복 조일랑에게 옆에 남아 있도록 했다. 그리고 아낙네들은 밖에 나가지 말고 안에서 대기하도록 했다. 조급해진 조완이 아들에게 한마디 했다.

"얘야, 대낮에 남의 집에 침입한 죄보다 사람 죽인 죄가 더 중한 것 아니냐? 이걸 어쩐다냐?"

조수가 조완의 귀에다 대고 뭐라고 쏙닥거렸다. 아들의 말을 들은 조완의 얼굴이 금세 환해졌다.

"그래 지체하지 말고 그렇게 하도록 해라."

조수는 각각의 문을 걸어 잠그게 하고는 도끼와 몽둥이 하나씩을 준비하고 널빤지 두 장을 준비하게 한 다음 주방에서 노인장 한 명을 불러오게 했다. 그 조정문이라는 노인장은 바로 조완의 종형으로 병에 걸려 고생했으나 돌봐줄 자식이 없어 조완에 집에서 일을 거들면서 연명하고 있었다. 조정문은 영문도 모른 채 불려 나와서 조완에게 물었다.

"동생, 무슨 일로 불렀는가?"

조완이 아무런 대답도 하지 않는 사이 옆에서 지켜보고 있던 조수가 몽둥이를 치켜들고는 조정문의 관자놀이를 겨누고 내려치니 조정문이 아야 소리 한번 제대로 못 지르고 그대로 꼬꾸라졌다. 조수가 몽둥이로 조정문을 다시 한번 내리쳐 확실히 죽여 버렸다. 조수는 자기가 조정문을 죽이는 것을 아무도 보지 못했을 거라 생각했으나 아뿔싸 전우아의 어미가 사람 얻어맞는 소리를 듣고는 혹시 자기 아들이 무슨 일을 저지르는 거 아닌가 하는 마음에 잽싸게 달려왔다가 조수가 사람 죽이는 것을 목격하고 말았다. 전우아 어미는 그 자리에서 얼어붙은 것마냥 아무 소리도 내지 못하고 그저 덜덜 떨고만 있었다.

"아미타불, 백주대낮에 이런 일이!"

조완이 아들 조수에게 눈을 껌벅이니 조수가 그 뜻을 알아차리고 전우아 어미 머리통을 내리쳤다. 빨간 피가 마치 샘물처럼 솟아올랐다. 조수는 그래도 미덥지 않은 듯 몇 차례 더 갈겨대었다. 그놈의 동전 한 닢 때문에 두 사람 목숨이 또 날아갔구나.

인내하면 마침내 유익함이 있겠지만,
괜히 제멋대로 날뛰다간 필시 재앙이 생기지.

조일랑은 조정문을 불러다 조수 앞에 대령시킬 때만 하여도 조수가 이렇게 흉악하게 조정문을 때려죽일 거라고는 생각지도 못했다가 조수가 전우아 어미까지 때려죽이는 것을 보고는 자기가 바로 세 번째 희생자가 될 것만 같은 생각이 들어 서 도망가고 싶었으나 누가 자기 다리를 천근만근 붙잡기라도 하는 듯 도대체가 발이 떨어지지 않았다. 이때 조완이 조일랑을 불렀다.

"일랑아, 어서 와서 일을 거들어야지."

조일랑은 그 말을 듣고 가슴을 쓸어내리며 조수와 함께 시체 두 구를 뒷마당으로 끌고 가서 널빤지로 덮어두었다. 조수가 조일랑에게 다짐을 해두었다.

"이 일을 절대로 누설하지 말도록 하여라. 일이 다 해결되면 섭섭지 않게 해줄 것이니라."

"소인은 다 나리 덕분에 살고 있는데 어찌 감히 주둥아리를 함부로 놀리겠습니까?"

대충 일을 수습하고 나니 주상네 사람들이 들이닥쳤다. 조완과 조수, 조일랑은 물러서서 문 뒤에 몸을 숨기고 살펴보았다.

주상 일행이 시체를 메고 안으로 들어왔다. 집 안에 들어와 보니 사방의 문은 굳게 닫혀 있고 사람들은 그림자도 비치지 않았다. 주상이 분부했다.

"시체를 내려놓아라. 어서 조완, 이 망할 놈을 찾아내서 시체 옆에 대령해라."

주상네 식구들이 야단법석을 떨며 조완을 찾다가 마침내 뒷마당으로 와서 시체를 덮어둔 널빤지를 걷어내려고 했다. 이때 조수가 징을 치니 사방에서 조완네 사람들이 밀려들어 왔다. 주상이 징 소리를 듣고 누군가가 시체를 빼앗아가려는 게 아닌가 걱정이 되어 재빨리 시체 있는 쪽으로 달려가는데 어디선가 조완의 목소리가 들려왔다.

"전우아야, 네 어머니가 저놈들에게 맞아 죽었다. 저놈들 절대 도망가지 못하게 하여라!"

"제 어머니가 어쩌자고 여기 왔다가 맞아 죽은 거요?"

"아이고, 네 어머니가 조정문과 함께 나한테 뭘 물어보려 왔다가 저놈들한테 맞아 죽고 말았다. 난 다행히 잽싸게 피하여 화를 면했구나. 한 걸음만 늦었더라도 내가 바로 저 모양이 되었을 것이다."

전우아가 조일랑과 같이 널빤지를 들추어보니 자기 어머니와 조정문이 죽어 자빠져 있는 것 아닌가. 어머니의 머리통은 박살이 나서 피가 낭자하게 흘러나오고 있었다. 전우아는 목을 놓아 울었다. 주상이 처음 조완이 사람 죽었다고 소리칠 때만 해도 저 자식이 거짓말로 사람 겁준다고 생각했으나 실제로 시체 두 구를 보니 이거 큰일 났구나 하는 마음에 뒤도 안 돌아보고 도망쳤다. 주상네 식구들도 주상이 도망치니 너나 할 것 없이 모두 걸음아 날 살려라 하며 대문 쪽으로 달려갔다. 그러나 그게 될 법이나 한 일인가? 한 사람도 빠짐없이 모두 조완네 식구들에게 붙잡혔다. 조완은 이리저리 다니면서 사람을 때리지는 말라고 신신당부했다. 조수는 쇠사슬과 밧줄을 구해와 주상네 식구들을 한 무더기로 묶어놓았다. 전우아가 도저히 분을 삭이지 못하고 펄쩍펄쩍 뛰면서 소리를 질렀다.

"저 망할 놈의 주상을 때려죽이지 않으면 내가 사람이 아니다."

조완이 황급히 전우아를 말렸다.

"안 돼, 안 돼, 지현이 어련히 알아서 처리해줄 텐데 왜 네놈이 나서서 난리야."

조완은 사람들에게 전우아를 붙잡도록 했다.

이 일로 온 동네가 떠들썩하여 동네 사람들이 모두 몰려와 구경하고 있었다. 조완은 술상을 차려내라 하여 동네 사람들을 대접하면서 주상 일당이 와서 행패부린 것 좀 보라며 너스레를 떨었다. 동네 사람들이라고 해봐야 모두 조완의 친척 아니면 소작인이었으니 조완의 말에 고개를 끄덕이지 않는 자가 없었다. 조완은 즉시 사람을 시켜 고소장을 작성하게 하여 아침 해가 뜨자마자 무원현 청사로 달려가 고소장을 접수했다.

뛰는 놈 위에 나는 놈,
악한 놈 위에 더 악한 놈.

당시 무원현의 지현은 이정李正이라는 사람으로서 자는 국재國材요, 산동 역성현 사람이었다. 그는 진사 출신으로 영민한 데다가 올곧기까지 했으며 백성들의 억울한 심정을 잘 헤아려주는 마음씨를 지니고 있었다.

더군다나 돈을 밝히지 않아서 여태껏 뇌물이라곤 받아본 적이 없었다. 조완 일행은 연신 억울하다는 소리를 질러대면서 현청으로 들어와 섬돌 아래 꿇어앉았다.

"그래 억울한 일이란 게 대체 무엇이냐. 자초지종을 한번 이야기해보아라."

조완이 고소장을 손에 들고서 외쳤다.

"이 노인네 목숨 좀 살려주십시오."

이정이 아전을 시켜 고소장을 가져와 보게 하니 바로 살인 사건이었다. 지현이 조완 옆에 서 있는 자에게 물었다.

"그래 넌 누구냐?"

"전 조완의 이웃에 살고 있는데 주상 일행이 조완의 집에 몰려 들어와 행패를 부리는 것을 두 눈으로 똑똑히 봤습니다요."

지현은 검시관을 대동하고 사건 현장으로 가보았다. 검시관이 먼저 조정문과 전우아 어머니를 검시하고는 아뢰었다.

"이 두 구는 머리통을 맞고 죽은 것이 분명합니다."

검시관은 다음 주상이 메고 온 여인네 시체를 검시하고는 아뢰었다.

"이 시체는 맞은 자국은 없고 목에 혈흔이 있는 것으로 보아 맞아 죽은 것은 아니고 목매달아 죽은 것 같습니다."

"그 말이 사실이렷다."

"소인이 어찌 감히 허투루 아뢰겠습니까?"

지현은 납득이 가지 않았다.

"서로 싸우다 죽었다는데 어찌하여 저 여인네에게서는 맞은 자국이 발견되지 않는단 말인가?"

지현은 주상을 불러 물었다.

"저 여인네는 누구인가?"

"소인이 거느리고 있는 복재라는 녀석의 마누라입니다."

지현은 다시 복재를 불러 물었다.

"네 아내가 어제 난리통에 죽은 것이 확실한가?"

"그러하옵니다."

지현은 복재에게 이것저것 묻고 난 다음에 자신이 직접 시체 세 구를 살펴보았다. 시체는 검시관이 보고한 그대로였다. 지현은 아전들을 시켜 시체 세 구를 관에 잘 담아 현청으로 이송하도록 했다. 현청으로 돌아오는 길 내내 지현은 이런저런 생각에 잠겼다.

지현은 문득 감이 잡히는 것 같았다. 현청에 돌아온 지현은 원고와 피고, 증인을 바닥에 꿇어앉으라 하고는 먼저 주상만을 따로 불렀다.

"주상 이놈, 넌 저 두 사람을 때려죽였을 뿐만 아니라 저 여인네까지 죽였다. 어서 이실직고하라."

"저 여인네는 소인이 거느리고 있는 복재라는 자의 아내로서 조완네 식구들에게 맞아 죽은 것입니다. 이는 마을 사람들이 모두 직접 본 것입니다. 제가 어찌 감히 저 여인네를 죽일 수 있겠사옵니까? 나리께서 믿지 못하시겠다면 복재놈을 불러 물어보시면 될 일입니다요."

"네 이놈, 어디서 주둥아리를 함부로 놀리느냐? 복재야말로 네놈의 하수인인데. 네가 지금 날 갖고 놀려고 하는가. 저놈을 당장 묶어라."

지현의 말이 떨어지기가 무섭게 아전들이 달려와 주상의 신발을 벗겨버리고 칼을 씌웠다. 저 주상이란 놈은 본디 재판을 걸어서 남의 재산 뺏어내는 건 이골이 난 놈이었지만 본인이 직접 이렇게 묶이고 칼을 쓴 적은 한 번도 없는 놈이라 고통스럽기도 하고 와락 겁도 나서 단번에 이실직고하고 말았다.

"아이고 나리, 저 시체는 제가 부량현에서 주운 겁니다요. 실은 저년이 누군지는 저도 모릅니다."

지현은 아전에게 주상의 진술을 적어놓으라고 하고는 복재를 불러 물었다.

"죽은 저 여인네는 그대의 아내가 맞느냐?"

"예, 그렇습니다요."

"그렇다면 뭐 할 일이 없어 네 마누라를 죽여서 조완에게 해코지를 하려 들어."

"나리, 제 마누라는 조완네가 어제 때려죽인 것입니다요. 증인이 한 둘이 아닙니다."

지현이 탁자를 내리치며 대갈일성했다.

"이런 육시할 놈을 봤나. 왜 남의 마누라를 네놈 마누라라고 우기고 지랄이야? 네가 저 여인네를 죽였다고, 네 주인놈이 이미 나한테 다 불었어. 어디서 혀를 나불대고 있어. 여봐라, 저놈을 당장 묶어라."

복재는 지현이 마치 사천왕이 뱀 대가리를 잡아 비틀 듯한 기세로 호통을 치는 것을 보고 정신이 다 나가버렸다. 게다가 주인이 이미 불었다는 소리를 들으니 사실대로 자백하지 않을 도리가 없었다.

"아이고 나리, 제 주인이 저에게 그 여인을 제 아내라고 거짓말하라고 시킨 것이지 저는 아무런 죄가 없습니다요."

"그래 그럼 어디 자세히 한번 이야기해보아라."

복재는 어제 아침 배를 타려다 시체를 발견한 일부터 조완에게 덤터기를 씌우려고 그 시체를 배에다 싣고 왔던 일을 하나도 빠짐없이 지현에게 아뢰었다. 지현이 들어보니 복재의 말과 주상의 말이 하나도 빠짐없이 일치했다.

지현이 대충 감을 잡고 나서 다시 물었다.

"그래 좋다. 저 여인네를 네가 죽이지는 않았더라도 네 아내라고 사칭하여 조완이를 겁주려 한 것은 사실 아니냐. 게다가 네 주인놈하고 작당하여 조정문과 전우아 어머니를 죽였으니 그 죄는 죽어 마땅하다."

"나리, 소인은 결코 그 두 사람을 죽이지 않았습니다. 죽이기는커녕 한 대 때리지도 않았습니다."

지현이 복재에게 꿇어앉아 기다리라 하고는 조완과 이장을 불러들였다. 조완과 이장은 모두 주상 일당이 조완네 집에 몰려와 행패를 부렸으며 그때 조정문과 전우아 어머니를 때려죽였다고 주장했다. 지현은 맞아 죽은 시체 두 구가 눈앞에 있는 데다 두 사람의 주장도 그다지 의심스럽지 않아 주상을 조금 더 고문하면 그놈이 불겠지 하는 생각이 들어 주상과 복재에게 각각 곤장 사십 대씩 때린 다음 사죄수 감옥에 처넣으라 했다. 그 외 주상 일당에게는 각각 곤장 이십 대를 때린 다음 세 명은 수자리 살러 보내고 일곱 명은 하옥하라고 판결했다. 그리고 아낙네 일곱은 곤장을 친 다음 고향으로 돌려보내도록 했다. 이 바람에 그 땅은 명실상부하게 조완의 것이 되었으며 조완은 죽은 조녕을 대신하여 조녕이 주상에게서 빌렸던 돈을 갚아주도록 했다. 아울러 문서를 닦아 부량현에 보내어 죽은 여인의 신원을 확인하도록 했다. 주상은 본디 그 여인네 시체를 가지고 조완을 겁주어 그 땅을 확실하게 자기 것으로 만들 심산이었는데 오히려 자기가 파놓은 함정에 자기가 빠지고 말았다. 감옥에 앉아 있으려니 눈물이 절로 나오고 후회가 절로 되었다.

"차라리 어제 아침 저 시체를 만나지나 않았더라면 일이 이 지경으로 되진 않았을 텐데!"

뛰는 놈 위에 나는 놈 있다는 걸 알았더라면,
애당초 얄팍한 수 쓰지는 않았을 것을.

주상은 억울한 생각에 잠도 오지 않았다.

"이 억울한 일을 어떻게 한다?"

주상이 아들을 불러 부탁했다.

"내가 생각건대 저 세 구의 시체를 넣어둔 관은 목재도 시원찮고 만듦새도 엉성하여 시간이 지날수록 시체가 썩어들어갈 것이 틀림없다. 너는 먼저 가서 당직 서는 자를 만나 이 사건 관련 문서가 밖으로 못 나가게 해라. 그리고 우리 집안의 부인네들에게 모두 함구하고 이 사건에 대하여 아무 말도 하지 말도록 하여라. 아울러 우리 성의 관리에게 소장을 접수하여 이 사건을 내년 사오월 경에 처리하도록 하여라. 그때가 되면 저 여인네 시체도 썩어 문드러져 목매달아 죽었다는 증거가 사라지게 될 것이니 내가 살아날 방도도 자연 생기게 되는 셈이지."

한편, 경덕진에서 술장사를 하는 왕씨네 점원 소이는 은근슬쩍 왕씨에게 돈을 요구했다. 왕씨가 돈을 주지 않자 소이가 은근히 실없는 소리를 해댔다. 한데 왕씨는 신경도 쓰지 않았다. 며칠이 지나도록 왕씨가 아무런 반응을 보이지 않자 기다리다가 지친 소이가 노골적으로 왕씨에게 말을 건넸다.

"주인 나리, 그날 저녁 일 말이요, 그나마 내가 있어서 그럭저럭 넘어갔지, 만약 내가 재빨리 처리하지 않아 포졸들이 그 시체를 발견했더라면 이걸 조사한다 저걸 조사한다 검시한다 현장 조사한다 하며 귀찮게 굴었을 것이니 그게 뭐 잔돈푼으로 해결될 일이요? 또 돈을 쓴다고 쉽게 해결이나 되겠어요? 그래 그런 일을 내가 깔끔하게 해결해줬는데도 아무런 말이 없으니 어떻게 된 거요?"

원래 소인들의 식견이란 대체 이런 식이다. 게다가 눈에 뵈는 거라곤 돈밖에 없으니 어쩌다가 조그만 일이라도 하나 하게 되면 노골적으로 돈타령이다. 돈을 제때 주지 않으면 즉시 해코지하니 사람 하나 잘못 써서 신세 망치는 거 잠깐이다. 게다가 왕씨마저도 돈 욕심이 넘치는 사람이라 소이가 한두 푼 달라고 할 때 그저 없는 셈 치고 던져 주었으면 그만인 것을 그 돈 아끼려고 마치 자기 살이라도 떼어주는 양 아까워 파르르 떨면서 나무랐다.

"이런 경우 없는 녀석을 봤나! 어디 함부로 엉기려 들어. 그래 우리 집에서 내가 주는 밥 먹고 지내는 주제에 그깟 사소한 일 하나 했다고 유세하려 들어."

소이는 왕씨가 외려 화내는 걸 보고서 갑자기 열이 나서 쏘아붙였다.

"안 주면 그만이지. 왜 화는 내고 그래? 나 부려먹으려고 밥 먹여줬지 공짜 밥 먹여줬어? 그리고 말이야 나 밥 먹여주고 새경 주는 건 술장사 도와주라고 주는 거지, 시체 치우라고 주는 건 아니잖아."

이때 왕씨의 마누라가 나서서 한마디 거든다.

"콩알 한쪽을 먹을 때도 어른을 챙긴다는데, 어째 어른을 몰라보고 덤벼드느냐 이놈아!"

"아이고 마님, 제가 젖 먹던 힘까지 다해서 나리를 도와드렸는데 그냥 입 딱 씻으려 하니 제가 어찌 가만있을 수가 있겠어요?"

왕씨가 참지 못하고 한마디 더 했다.

"뭐, 아니 그 여인네를 내가 죽였냐? 왜 나한테 시비야!"

"나리가 죽인 거든 아니든 그 시체를 제가 치운 것은 사실이고 그냥 놔두었다간 골칫거리가 될 수밖에 없다는 것도 사실 아니오."

"그럼 관청에 가서 신고해라."

"신고하라면 못할 줄 알아요! 참 나 누가 더 아쉬운 건지 모르겠네."

"가서 신고해 인마, 누가 겁낼 줄 알아?"

왕씨는 소이를 밖으로 떠밀었다. 아무런 방비도 없이 서 있던 소이는 갑자기 왕씨가 떠밀자 중심을 잃고 넘어졌다. 일이 꼬이려니 소이의 머리가 바닥에 부딪혀 피가 낭자하게 흘렀다. 피를 보고서 열 받은 소이가 악에 받쳐 소리를 질러댄다.

"이런 망할 놈의 영감쟁이가 사람 죽이네!"

소이는 땅바닥에서 돌멩이를 주워들고 왕씨에게 던졌다. 참 일이 꼬이려니 소이가 던진 돌멩이가 왕씨 태양혈에 정통으로 명중하여 왕씨는 찍소리도 못하고 그대로 저세상으로 가버렸다. 왕씨 마누라가 놀라 달려가 흔들어보지만 아무런 대답도 없고 눈이 뒤집혀 흰자위만 맥없이 하늘을 바라본다. 왕씨 마누라는 땅을 치며 대성통곡했다. 그놈의 돈 한 푼 때문에 또 한 생명이 저세상으로 떠나는구나.

재물을 아끼다 이 세상 하직하니,
재물과 생명이 서로 다른 것이 아니로다.

소이는 왕씨가 죽는 것을 보고서 잽싸게 도망했다. 왕씨 마누라가 사람 죽인 놈이 도망간다고 왜장을 치니 동네 사람들이 나서서 소이를 잡아왔다. 동네 사람들이 숨을 헐떡이며 왕씨 마누라에게 도대체 무슨 일이냐고 물었다. 왕씨 마누라가 울면서 자초지종을 설명했다. 마을 사람들은 왕씨 마누라의 이야기를 듣더니 한마디씩 했다.

"이놈이 원래 이렇게 악독한 놈이었구먼. 우리가 먼저 혼 좀 내주고, 관가에 넘깁시다그려."

마을 사람들이 나서서 소이를 반쯤 죽을 정도로 패고서야 겨우 그만두었다. 이 일이 온 동네에 소문이 나자 사람들이 우르르 구경하러 몰려왔다. 한편 구을대는 아내의 종적을 찾지 못해 마음이 뒤숭숭하던 차에 소이가 여인네 시체 치운 일로 왕씨와 다투다 왕씨를 죽였다는 소문을 듣고 혹시 그 여인이 바로 자신의 마누라 양씨일지도 모른다는 생각이 들어 즉시 달려가 보았다. 마침 그때 왕씨 마누라가 고소장을 작성하고 있었다. 구을대가 왕씨 마누라에게 자초지종을 상세히 물어보고 그 시체를 발견한 날과 양씨가 집 나간 날을 맞추어보니 딱 맞아떨어졌다.

"우리 마누라가 종적도 없이 사라졌다 했더니 바로 소이놈이 갖다 버린 거였구먼. 그래 이제 증인도 나섰으니 욕쟁이 아줌마 년이 딴소리 못 하겠지."

왕씨 마누라가 고소장을 닦아 소이를 고소했다. 지현은 다른 사건도 아닌 살인 사건인지라 즉시 소이와 왕씨 마누라를 불러들이라고 했다. 소이는 더는 발뺌할 수도 없는 상황인지라 자초지종을 순순히 자백했다. 지현은 소이에게 곤장 삼십 대를 친 다음 하옥시키라고 명령했다. 이때 구을대가 나서서 지현에게 소이놈이 버린 것은 자신의 아내가 분명하니 자세히 조사해달라고 청원했다.

하나 무원현 지현은 시체가 없는 상황에서 더는 구을대 아내 살인 사건을 심리하기가 어려웠다. 지현은 포졸들을 시켜 아낙네 시체를 찾아보도록 했으나 별무소득이었다. 한편 소이는 동네 사람들에게 심하게 맞은 데다가 곤장까지 맞아서 장독이 퍼져 삼 일만에 옥사하고 말았다. 그놈의 돈 한 푼이 또 한 명의 생명을 앗아간 것이다.

그놈의 동전 한 닢 때문에,
수 없는 생명이 번번이 황천길이구나.

현청에서 나온 구을대가 집을 향해 천천히 걸어가고 있었다. 백철네 집을 지나는데 집 안에서 사람들이 곡하는 소리가 들려왔다. 백철이 그날 양씨 시체를 내다버렸다가 감기에 걸려 시름시름 앓다가 오늘 저세상으로 떠난 것이었다. 그놈의 돈 한 푼이 또 한 사람을 잡아먹었구나.

저승 세계에 놀라 죽은 귀신 하나 늘고,
이승에 대장장이 하나 사라졌구나

구을대는 백철이 죽었다는 소식에 절로 탄식을 했다.
"백철같이 건강한 사람이 겨우 감기로 앓다가 세상을 등지다니. 인생이란 이처럼 허망한 것인가?"
집에 돌아와 보니 아들 녀석은 그저 방구석 한쪽에 쭈그리고 앉아 있다. 아들 녀석을 보니 불쌍한 마음이 절로 우러난다.
"아이고 괜히 내가 마누라를 윽박질러 가지고 결국 이런 일이 생겼구나. 내가 미친놈이지."
구을대는 그날부터 일도 팽개치고 마누라 시체를 찾아다녔지만 감감무소식이다.
이러구러 해를 넘겨 다음 해 오월 중순. 주상의 아들 주태가 접수한 사건이 부량현에 접수되었으며 무원현에 보관되어 있던 사건 관련 서류가 부량현으로 이송되어 왔다. 아울러 주태는 관리들에게 뇌물을 써서 무원현에서 보관하고 있던 시체를 부량현으로 이송해주도록 했다. 조완 역시 이미 결판이 난 사건이라고 여겨서 별로 심각하게 생각하지 않았다. 부량현의 지현은 무원현에서 보내온 사건 관련 서류를 먼저 검토한 다음 사건을 심리하기로 했다. 주태는 이미 부량현의 아전들에게 돈을 두둑이 써놓았다. 지현이 먼저 주상에게 이야기했다.
"네가 시체를 함부로 사용하여 조완을 괴롭히려다 조완네 식구 두 사람을 때려죽인 일은 이미 결말이 난 사건인데 뭐 하러 다시 재판을 신청했느냐?"
"나리, 그날 조완이 우리 복재의 마누라를 때려죽이는 것을 본 사람이 한둘이 아닙니다. 그런데도 조완 녀석이 사람들을 매수하여 복재 마누라가 목매달아 죽은 거라고 거짓말을 하게 했습니다. 조정문과 전우아어미도 그놈이 직접 일을 저질러놓고 외려 저에게 뒤집어씌운 것입니다. 그날 조완네 사람 수가 우리네보다 월등히 많았는데 우리가 어찌 한 사람도 아니고 두 사람이나 때려죽일 수 있었겠습니까? 더군다나 두 사람은 모두 칠순을 바라보는 노인들인데 그같이 경황이 없는 틈에 뭐 하러 오늘내일하는 노인네들을 죽이겠습니까? 나리, 굽어 살펴주시옵소서."

"그럼 당시엔 왜 자백했는가?"

"나리, 고문에 장사가 어디 있겠습니까? 만약 그때 제가 거짓 자백이라도 하지 않고 버텼더라면 장하에 죽고 말았을 것입니다."

조완이 나서서 말했다.

"주상이 그날 자기 기세를 믿고 닥치는 대로 사람을 패고 다녔습니다. 우리 집 식구들은 너무 무서워 도망 다니기에 바빴는데 조정문과 전우아 어미는 늙어서 미처 피하지 못하고 저놈들 손에 당한 것입니다. 여인네는 우리가 쳐죽인 것이 아니라 목매어 죽은 것으로, 이는 이미 무원현 현령이 직접 검시하기도 했습니다. 나리, 제발 저놈의 요설에 속아 넘어가지 마십시오."

"그건 네가 걱정할 일이 아니다."

지현이 즉시 검시관에게 관을 열어 확인해보라 했다. 세상에 어찌 이런 일이 있는가? 이미 썩어 문드러졌어야 할 시체가 마치 어제 죽은 것마냥 하나도 썩지 않고 그대로였다. 양씨의 목에 난 자국도 그대로였다. 주상에게 뇌물을 받아먹은 검시관은 본디 시체가 썩어 문드러져 있기만 하면 중간에 손을 써서 주상의 죄를 벗겨주고 조완에게 덮어씌우려 했다. 한데 상황이 이러한지라 검시관은 참으로 난감했다. 지현은 대답을 기다리고 있고, 그대로 보고하면 주태에게서 뇌물 받기는 글렀고, 거짓으로 보고했다가 지현이 확인이라도 하는 날이면 목이 두 개라도 모자라고. 검시관이 주저주저하노라니 지현이 대강 감을 잡고 직접 걸어 내려와 시체를 검안하는 것을 감독했다. 검시관은 어쩔 수 없이 사실대로 보고했다. 옆에서 상황을 지켜보던 주상의 얼굴이 굳어졌다. 지현이 직접 살펴보니 시체의 상처는 무원현에서 보내온 서류와 정확히 일치했다.

"지난번 판결에 한 치의 잘못도 없거늘 어째서 무고하게 다시 재판을 걸었느냐?"

주상이 그 말을 듣고 꽁지를 빼면서도 계속 억울하다고 발병할 뿐이라 지현이 버럭 소리쳤다.

"저놈이 그래도 말이 많구나. 저놈을 단단히 묶어라. 그래 저 여인네 시체를 어디서 났는지 불 때까지 주리를 틀어라."

주상은 고통을 견딜 수가 없었다.

"그날 아침 배를 타려고 강가에 나갔다가 우연히 발견한 것입니다. 누가 죽여서 거기에다 버린 것인지는 소인도 모르옵니다."

영민한 지현은 이때 갑자기 작년의 일이 생각났다.

"작년에 구을대가 마누라의 시체를 찾지 못했다고 했었지. 그리고 왕씨 살인 사건에서 그의 마누라가 자백하기를 소이가 그날 새벽에 여인네 시체를 강가에 버렸다고 하던데, 저 시체가 바로 그 시체가 아닐까?"

지현은 주상과 복재에게 곤장을 삼십 대씩 치게 하고 예전처럼 사죄수 감옥에 집어넣게 했다. 조완은 자기 집으로 돌아갔다.

지현이 집무실로 돌아와 구을대의 소장과 소이 살인 사건의 서류를 대조해 보니 시체를 유기한 날과 장소가 일치했다. 지현은 아전들을 시켜 구을대, 유삼왕 그리고 수감 중인 손대낭을 모두 불러오게 했다. 때는 바야흐로 오월, 역병이 감옥을 휩쓸고 지나간 직후였다. 손대낭 역시 역병에 걸렸다가 겨우 목숨을 건진 터라 유삼왕과 유재왕이 부축하여 데리고 나왔다. 검시관이 시체를 덮어놓은 마포를 걷어내고 보여주니 구을대는 자신의 아내임을 확인하고는 목 놓아 울었다. 불려온 이웃 사람들도 모두 그 여인네가 바로 구을대 마누라 양씨라고 확인해주었다. 지현은 구을대에게 양씨가 죽던 날 상황을 물었다.

"유삼왕의 마누라가 너무도 심하게 욕을 해대니 제 마누라가 너무도 억울하여 목매어 자살한 것입니다."

유삼왕과 손대낭도 구구절절하게 상황을 설명했다. 이웃 사람들은 손대낭이 입을 함부로 놀려서 그런 것이지 유삼왕은 아무런 죄가 없다고 옆에서 거들었다. 지현은 아전들에게 손대낭에게 손가락을 죄는 형벌을 가하라고 명했다. 막 역병에서 몸을 추스른 손대낭은 자기 변호하느라고 기운을 많이 쓴 데다가 형벌까지 받으니 도저히 견디지 못했던지 그 자리에서 꼬꾸라졌다. 한번 꼬꾸라진 손대낭은 다시는 일어나지 못하고 숨이 끊어지고 말았다. 아, 저 돈 한 푼이 얼마나 많은 사람들의 생명을 앗아가는가?

이승에 욕쟁이 아줌마 하나 줄었으니,
지옥에 말 많은 귀신 하나 늘었겠네.

지현은 손가락 죄는 형벌을 그만두라 명령했다. 유삼왕은 옆에서 지켜보다가 목놓아 울었다. 재왕도 아버지를 따라 구슬프게 울었다. 지현도 마음이 짠하여 구을대를 타일렀다.

"네 처와 손대낭이 그저 입씨름이나 한 것이지, 서로 치고받고 싸움을 한 것도 아니지 않느냐. 더군다나 이제 손대낭마저도 저세상 사람이 되었으니 더는 아웅다웅 싸우지 말고 화목하게 지내도록 하라. 아울러 각자 자신의 마누라를 잘 장사지내고 이제 더는 이 사건을 가지고 왈가왈부하지 말라."

한편 주상과 복재는 돈을 쓰고도 죄를 벗지 못하고 다시 감옥에 갇히게 되자 화병이 난 데다 역병까지 앓아 결국 죽고 말았다. 그놈의 동전 한 푼 때문에 또 두 명이 목숨을 잃고 말았구나.

남을 해치려고 꼼수를 쓰더니만,
남은 해치지 못하고 자신이 먼저 당하는구나.

남을 해치지 못해 안달하는 주상이 옥사하는 건 이치에 당연하다고 하더라도 두 사람이나 때려죽인 조완이 시퍼렇게 살아 있는 건 아무래도 이상치 않은가? 옛말에도 "선한 일 하면 선한 보답을 받고, 악한 일 하면 악한 보답을 받는다. 혹여 보답을 받지 못한 것은 아직 때가 되지 않았기 때문이다"라고 하지 않았던가.
걱정하지 말지니. 하늘이 어찌 굽어살피지 않겠는가? 조완 부자가 아직 저렇게 살아 있는 것은 그들의 운수가 아직 다하지 않았기 때문이요, 아직 때가 되지 않았기 때문이요, 이 몸이 그동안 다른 이야기를 하느라 조완네 이야기를 잠시 접어두었기 때문이라. 이 몸이 혀가 두 개여서 한꺼번에 두 가지 이야기를 동시에 할 수만 있다면 좋으련만. 에구, 쓸데없는 소리. 조완 부자가 두 번째 재판에서도 승리하고 집으로 돌아오자 온 식구들과 동네 사람들이 몰려와 축하했다. 며칠 지나자 주상과 복재가 옥사했다는 소식이 들려왔다. 세월은 이럭저럭 일 년이 흘렀다. 조완은 나이가 비록 많았지만 여색을 탐하여 젊은 처자를 첩으로 들였다. 조완의 첩 애대아는 얼굴도 반반하고 교태도 줄줄 흐르는 데다 마침 미모가 물오를 대로 올랐다. 조완이 여색을 탐한다고는 하지만 나이가 있는지라 젊은 처자의 정욕을 어찌 만족시켜줄 수 있겠는가? 애대아는 나이도 젊고 인물도 준수한 조일랑을 가슴속에 품고 있었다. 애대아는 조일랑 옆을 지날 때면 괜히 어깨도 부딪치고 진한 농담도 스스럼없이 건네곤 했다. 젊고 예쁜 여자가 꼬리를 치는데 넘어가지 않을 남자가 어디 있겠는가? 결국 두 사람은 정을 통하는 사이가 되었다. 한창때 젊은이들인지라 한번 불이 붙으니 누구도 끄기 어려웠다. 애대아는 틈만 나면 조일랑 방으로 찾아들었다. 더군다나 조일랑이 여자 후리는 재주와 여자 녹이는 재주가 일품이라 애대아는 완전히 조일랑에게 푹 빠져버리고 말았다. 다시 반년쯤 지난 어느 날 애대아가 조일랑에게 속삭였다.

"우리가 지금 이렇게 서로 사랑을 나누지만 남의 이목을 신경 쓰지 않을 수 없어 맨날 이렇게 도둑 사랑을 나누다 보니 맘 놓고 사랑에 빠져들 수가 없어. 우리 어디 먼 데로 도망가자."

"그대가 정말 나를 사랑한다면 여기서도 우리가 맘 놓고 사랑을 나눌 방법이 있지."

"내 사랑을 의심하는 거예요? 그래 그 방법이란 게 뭐죠?"

"지난해 조정문과 전우아 어미가 주상네 식구들에게 맞아 죽은 게 아니라 젊은 도련님이 때려죽인 거야. 사실 그때 내가 시체 치우는 걸 도와주었는데 나리가 나에게 한몫 떼어준다고 약속했었지. 이제 그대가 나를 진정으로 사랑하니 나리에게 그대를 나에게 달라고 하지 뭐. 설마 내 말을 거절하진 못할걸. 그리고 또 그대가 그때 가서 도망 나와도 되고. 여차하면 전우아에게 사실을 고자질해서 둘이 같이 관에 가서 고발하면 우리 뜻대로 안 될 게 없지."

애대아가 이 말을 듣고 뛸 듯이 기뻐했다.

"그럼 뜸 들이지 말고 당장 시작하자고요."

다음 날 조일랑이 서재에 혼자 앉아 있는 조완을 찾아가 말씀 올렸다.

"전에 나리께서 일이 다 처리되면 한몫 떼어주신다고 했사온데 이제 주상마저도 죽었으니 저도 따로 한 살림 차릴 수 있도록 도와주십시오."

"알겠노라."

그날 조일랑은 애대아를 만나 조완이 자신에게 한몫 떼어주겠노라 약속했음을 알렸다.

"마님은 아무 걱정 말고 기다리십시오. 매사에 조심하시고요."

애대아가 말없이 고개를 끄덕였다.

조완은 조수를 불러 목소리를 낮추어 조일랑이 재산을 요구했다는 이야기를 전했다.

"내가 그저 지나가는 말로 재산을 나누어준다고 했더니 그걸 곧이듣고 그 녀석이 인제 와서 무리한 요구를 하는구나."

"당시 일랑을 어르느라 한 말인데 그걸 믿고 그러는군요."

"이미 엎질러진 물이니라. 그나저나 그놈이 돈푼깨나 받지 않고서는 그냥 물러나지는 않을 텐데."

조수는 다시 흉악한 생각을 했다.

"한번 끌려다니면 계속 끌려다니게 됩니다. 처음부터 싹을 잘라버려야 합니다."

조완이 조금이라도 어진 마음이 있는 사람이었다면 아들을 말리고 조일랑에게 몇 푼이라도 쥐여주라고 했을 것이다. 하지만 그렇지 못한 것도 운명이런가.

"내 생각도 그러하다만 어디 좋은 수가 있어야지."

"뭘 걱정하십니까. 내일 비상을 사다가 술에 타 먹이면 간단한 일 아닙니까? 우리가 조일랑을 총애한 것은 모두가 아는 사실이니 남들은 우리를 의심하지도 못할 겁니다."

낮말은 새가 듣고 밤말은 쥐가 듣는다고 했던가. 아무래도 마음이 놓이지 않았던 애대아는 조완의 서재 뒤에서 얼쩡거리다가 조완 부자가 나누는 대화를 훔쳐 들었다. 그러나 거두절미하고 한두 마디밖에 듣지 못한 애대아는 저녁에 술상을 차려 조완에게 대접하여 조완의 애간장을 녹여놓고는 침대에서 온갖 애교를 부려 조완의 혼을 쏙 빼놓았다. 조완이 애대아와 더불어 운우지정을 나누면서 그 맛에 빠져들 찰나, 애대아가 입을 열었다.

"나리께 드릴 말씀이 있습니다만 나리께서 듣고서 기분 나빠하실까 하여 차마 입을 열 수가 없네요. 그렇다고 그냥 넘어가려니 내가 화가 나서 참을 수가 없구먼요."

"누가 뭐라고 했기에 그렇게 화가 난 거야?"

"저 일랑이 놈이 오늘 아침 저를 희롱하지 뭐예요. 그래 제가 혼내주었더니 그 녀석이 나리와 작은 나리 목숨이 내 손에 달렸는데 나를 함부로 할 사람은 이 세상에 없다며 유세를 부리더라고요. 그래 무슨 사연이 있기에 일랑이 같은 놈이 그런 소리를 하는 거예요? 일랑이 놈은 틀림없이 일을 저지를 놈이니 미리 제거하여 후환을 없애야 해요."

"저런 죽일 놈이 있나! 걱정하지 마. 내일 저녁이면 끝장날 거야."

"내일 저녁에 어떻게 끝장난다는 거죠?"

그 노인네가 죽으려고 환장한 것인지 조일랑을 죽이려고 세워둔 계책을 일일이 이야기해주었다. 다음 날 애대아가 이 사실을 조일랑에게 그대로 일렀다. 조일랑이 이 말을 듣고서 깜짝 놀랐다.

"이런 악독한 놈이 다 있나! 도저히 용서할 수가 없구먼."

조일랑은 전우아를 찾아가 자초지종을 일러바쳤다. 전우아는 노기충천하여 조완 부자 놈을 당장에 때려죽인다고 설쳤다.

"그냥 대책 없이 설쳤다간 되려 당한다고. 관가에 고발하는 편이 더 낫다고."

"그래, 근데 어느 현에 가서 고발하지?"

"그때 무원현에서 먼저 재판을 시작했고 그때 지현이 아직 계시니 무원현에 가서 고발하자고."

두 사람은 곧장 무원현 현청으로 달려갔다. 마침 지현이 아침 업무를 처리하는데 두 사람이 들이닥쳤다. 두 사람은 현청 마당에 꿇어앉았다. 전우아가 먼저 지현에게 아뢰고 나중에 조일랑이 조정문, 전우아 어미를 때려죽인 일과 주상 일당을 무고한 일을 고해바쳤다. 지현이 들어보니 이미 오래 전 사건이긴 하나 모두가 다 사실에 부합하였다.

"그런 일을 왜 이제야 알려주느냐?"

"차마 주인 나리를 고발할 수 없었습니다. 한데 조완 부자가 저를 독살하려 한다는 말을 듣고 살기 위해 어쩔 수 없이 고발하는 것입니다."

"조완 부자가 너를 독살하려 한다는 것은 또 어떻게 알았느냐?"

갑자기 질문을 받은 조일랑은 자신도 모르게 사실을 그대로 이야기해버렸다.

"조완 나리의 첩 애대아가 소인에게 알려준 것입니다요."

"조완의 첩이 뭐 하러 그런 걸 다 알려줘? 네 이놈, 조완의 첩하고 그렇고 그런 사이구먼."

조일랑은 극구 변명했다. 지현은 포졸들에게 조완 부자를 잡아 오도록 하고 전우아는 일단 집으로 돌려보냈다.

한편 조수는 비상을 사왔으나 조일랑이 보이지 않자 이리저리 수소문했으나 조일랑의 행방을 아는 자가 없었다. 조완 부자는 설마 애대아가 그 일을 조일랑에게 알려주었을 것이라곤 생각지 못했다. 이튿날 새벽, 포졸들이 들이닥쳐 조완 부자를 붙잡아 갔다. 조완은 포졸들이 애대아까지 잡아가는 것을 보고 조일랑이 애대아를 희롱하다가 애대아가 말을 듣지 않자 애대아까지 무고하게 얽어 넣은 것으로 생각했다. 조완은 현청에 도착하여 조일랑의 자백을 듣고서야 둘이 서로 사통했음을 알게 되었다. 조완은 처음에 한사코 버텼으나 고문을 견디지 못하고 결국 모든 걸 자백했다. 지현은 살인죄를 저지른 조완 부자를 곤장 육십 대를 친 후 사형에 처하라고 판결했다. 조일랑은 상관의 첩과 사통하고 상관을 팔아먹은 죄로, 애대아는 간통을 저지른 죄로 모두 곤장 사십 대를 맞고 사죄수 감옥에 갇혔다. 전우아는 방면되었다. 지현이 문서를 꾸미고 증거를 수집하여 상부에 보고하니 가을이 되면 죄인들을 처형하라는 상부의 회신이 득달같이 왔다. 아, 겨우 돈 한 닢 때문에 네 명의 생명이 또 죽게 되는구나. 서로 원한 맺는 것도 다 이유가 있고, 빚쟁이가 있으면 빚진 놈이 있는 게 세상 이치라지만 애당초 동전 한 닢 가지고 서로 다투지만 않았던들 어찌 이런 일이 일어났겠는가? 이 동전 한 닢으로 말미암아 도합 열세 명이 목숨을 잃었구나. 이것이 바로「돈 한 푼에 맺힌 원한이 온갖 불행을 불러들이다」란 이야기다. 세상 사람들이여, 함부로 화내지 마시게.

그저 동전 한 닢 때문에 서로 다투더니,
그 작은 원한이 결국 이런 결과를 만들 줄이야.
너무 재물에만 눈 어둡지 말 것이며, 함부로 화내지 말지니,
아무런 재앙 없이 일생을 마치는 것,
그것이 바로 최상의 인생이라네.

늙은 하인이 집안을 일으키다

徐老僕義憤成家

서씨네 늙은 하인이 분연히 일어나 집안의 부를 일구다

개와 말도 주인을 알고 충성을 다하는데,
하물며 사람이야 두말할 필요조차 없으리.
그대 하인이라면,
단 하루 주인을 섬기더라도 아들이 아비 섬기듯 하고,
신하가 임금 섬기듯 해야 하는 법.
주인이 하인을 학대하는 것이 도리에 어긋나듯,
하인이 주인을 속이는 것 역시 인륜에 어긋나지.
선량하고 의로운 하인,
주인의 흥망성쇠에 따라 태도를 바꾸지 않는 하인은,
역사책에 실려 영원히 전해지리라.

한편, 당나라 현종 때 벼슬아치가 하나 있었으니 성은 소蕭, 이름은 영사顈士, 별명은 무정茂梃으로 난릉 출신이다. 어려서부터 총명하고 책 읽기를 좋아했고 다양한 학파의 이론과 서적을 두루 섭렵했으며 천문과 지리에도 통달했다. 다섯 수레의 책을 읽어 그걸 가슴에 담아두고 문장을 썼다 하면 고금에 으뜸이었다. 겨우 19살에 뛰어난 성적으로 과거에 급제하여 명성이 나라 전체에 자자했으니 재주 넘치는 학자라 할만했다.

그의 집에 두량杜亮이라는 하인이 있었다. 두량은 소영사가 서당에서 글공부를 시작할 때부터 소영사를 모셨다. 두량은 자기가 나서야 할 일이 있으면 물불 가리지 않고 덤볐으며 자신을 위해서는 한 푼도 챙기지 않았다. 소영사가 서재에서 책을 읽기라도 하면 자기가 알아서 간식거리를 챙겨드리곤 했다. 가끔 차를 우려와 소영사가 맑은 정신으로 공부할 수 있게 도왔고, 가끔씩 술을 따듯하게 데워 마시게 하여 소영사가 피로를 풀게 했다. 소영사가 밤새 공부할 때 옆에서 보좌하면서도 한 번도 졸지 않았다. 소영사가 책을 읽다가 뭔가를 깨닫고 한마디 하면 두량은 그렇게 기뻐할 수가 없었다.

소영사가 비록 완벽에 가까운 사람이긴 했으나 딱 두 가지 흠이 있었다. 그 두 가지가 뭔지 아는가? 첫째는 자기 재주를 믿고 오만하여 다른 사람을 무시하는 것이었다. 막 과거에 급제하고 벼슬자리에 오른 주제에 재상에게 덤비니, 그 재상이 만약 도량이 넓은 사람이라면 껄껄 하고 웃어 넘겨주겠으나 아뿔싸 당시 재상은 재주 많은 사람 시기하기를 좋아하는 좀스러운 이임보李林甫1)라. 사람들이 이임보를 놀리느라고 붙여준 별명이 바로 고양이다. 사람들은 이임보를 고양이 임보라 불렀다. 이임보

---

1) 이임보(683~752)는 당나라 현종 때 정치가이다. 내시와 후궁을 등에 업고 황제에 가까워졌으며, 나중에 재상에 올라 17년 동안 재직하며 관서절도사를 겸직했다. 드러나게 않게 매관매직 하였고 자신의 권력을 유지하기 위하여 능력 있는 자를 서슴없이 좌천시킨 것으로 유명하다. 안사의 난과 당나라 쇠퇴의 단초를 열었다는 평가를 받는다.

가 얼마나 많은 관리를 해코지했는지 모른다. 이임보는 피를 흘리지 않게 하면서 관리를 해치는 망나니였다. 소영사가 그런 이임보를 건드렸으니 그냥 아무 일 없이 지나갈 리가 없었다. 이임보의 덫에 빠져 목숨조차 건지기 힘들 지경이 되었으나 소영사의 과거 시험관이었던 자가 적극 나서서 변호해주어 벼슬에서 물러나 집에 돌아가는 것으로 해결되었다.

둘째는 성격이 급한 것이다. 그의 성격이 마치 불과도 같아서 이야기하다가 단 한마디라도 자기 마음에 들지 않으면 천둥번개가 요동하듯 이마에 불끈 힘줄이 튀어 오르면서 폭발해버린다. 하인이 뭐라도 실수하면 바로 매질했다. 그가 하인을 때리는 방법은 다른 주인들하곤 많이 달랐다. 뭐가 달랐던가? 다른 주인들은 하인을 때릴 때 하인이 무슨 잘못을 했는지 그 경중을 따져서 하인을 형틀 위에 올려놓고 다른 사람을 시켜 열 대 혹은 스무 대 이런 식으로 매질하게 한다면 이 소영사는 잘못한 일이 크건 작건 따지지 않고 하인이 자기 성미를 건드렸다 하면 바로 소리를 버럭 지르고 무슨 형틀 같은 거 챙기지도 않고 다른 사람을 시키지도 않고 자리에서 벌떡 일어나 그 하인을 바닥에 패대기치고 손에 잡히는 대로 아무거나 집어 들고 마구 때렸다. 누가 말려도 듣지 않았으며 화가 풀릴 때까지 때리고 나서야 그만두었다. 그래도 분이 안 풀린 듯하면 물어뜯기까지 했다. 소영사가 이렇게 표독하게 구니 하인들이 너무 무서워하여 사방으로 도망쳐버리고 오직 두량만 남게 되었다.

사정이 이러하니 매사에 좀 조심하고 배려하는 게 마땅할 것이언만 소영사의 천성, 기질, 남을 때리는 손버릇은 하나도 변하지 않고 예전 그대로였다. 하인이 많았을 때는 이 하인이 맞으면 저 하인이 안 맞고, 저 하인이 맞으면 이 하인이 안 맞고 했으나 이젠 두량 하나 달랑 남았으니 두량 입장에선 오히려 맞는 횟수가 늘어버렸다. 두량 입장에서야 주인이 이렇게 자기 내키는 대로 마구 때리고 하면 그냥 다른 하인들처럼 피하고 도망가 버릴 수도 있었을 것이나 그는 한 발도 움직이지 않고 묵묵히 주인의 매질을 그대로 받았다. 살이 벗겨지고 문드러져서 피가 나고 머리가 깨지기 일쑤였다. 그래도 두량은 주인을 원망하지 않고 자신의 처지를 한탄하지 않았다. 주인이 다 때리고 나면 옷매무새를 가다듬고 아픔을 견디며 바로 주인의 부름을 기다렸다.

여보시오 이야기꾼, 두량 같은 하인은 백 명 가운데 하나, 천 명 가운데 하나가 아니라 온 세상을 다 뒤져도 못 찾을 그런 특별한 경우 아니요! 게다가 소영사가 무슨 앞뒤 꽉 막히고 사리분별 하나 못하는 그런 바보도 아니고 과거에 급제하여 조정에서 벼슬살이를 했으며, 다섯 수레의 책을 읽고 세상 이치도 잘 아는 자인데 자기 성미대로 사람을 때리고 게다가 또 반성도 할 줄 모르는 그런 막무가내인 그런 사람이겠소! 하하, 여러분들이 잘 몰라서 그런 말을 하는 거외다. '세상이 변하는 게 쉽지, 천성 변하는 건 어렵다'는 말도 있지 않소. 소영사 역시 평소에 두량이 진중하고 일도 잘한다는 걸 익히 알고 있으니 자기가 그렇게 때리고 나면 늘 후회를 하면서 '이 두량이 나를 위해 일한 게 벌써 몇 년, 하지만 실수도 하나 하지 않고 얼마나 일을 잘 해주었나. 그런 두량을 내가 어찌 이렇게 때릴 수가 있었을까. 앞으론 절대 때리지 말아야지!' 이렇게 다짐하곤 했다오. 그러나 또 성깔이 나면 자기도 모르게 앞뒤 안 가리고 주먹과 발이 두량을 향하곤 했던 거지. 또 소영사 성질 급한 것만 탓할 수도 없는 노릇이라오. 누가 시킨 것도 아닌데 소영사가 버럭 소리를 지르기만 하면 바로 두량은 마치 종규鐘馗2)를 보고 놀라 오금이 저린 새끼

---

2) 종규는 중국 도교에서 사악한 기운을 쫓아내는 신으로 추앙받는다. 당나라 덕종 때의 실존 인물인 종규가 과거에 장원급제하고도 추악한 외모 때문에 취소당할 처지에 놓이자 자결을 하였고 그로 말미암아 옥황상제에게 마귀를 쫓는 신에 봉해졌다고 하는 전설이 전한다.

귀신마냥 그 자리에서 바로 무릎을 꿇고 꿈쩍도 하지 않았다오. 그러니 일단 때리려고 맘먹고 있던 소영사한테 얻어맞기 딱 좋았던 것이라.

두량에겐 먼 친척뻘 되는 동생이 있었다. 그 동생의 이름은 두명杜明으로 소영사의 옆집에 살았다. 두명은 자기 형님이 늘 이렇게 맞고 지내는 걸 보고선 너무도 화가 나서 두량에게 살짝 이렇게 말했다.

"남의 집 종살이하는 건 집이 가난하고 힘이 없어서 스스로 먹고살기 힘들어 다른 사람 밑에 들어가 먹고살려는 거 아니겠어요! 지금 당장 먹고사는 게 해결되고 나중에 주인이 크게 출세하면 그 덕에 부스러기라도 좀 챙겨 나름대로 재산도 이루고 여생을 편하게 지내는 거죠. 제가 형님 일하는 걸 보면 돈도 없는 가난한 선비를 주인으로 모시고 밤낮 쉬지도 못하고 뛰어다니고 그러면서 뭐 좋은 거는 하나도 없고 맨날 얻어터지기만 하더라고요. 형님 주인같이 성질만 부리고 겸손할 줄 모르는 사람한테 무슨 좋은 일이 생기겠어요! 다른 하인들이 견디지 못하고 다 도망가 버렸으니 형님도 다른 살길을 찾아봐야지 않겠어요? 형님보다 한참 못한 것들도 고관대작 집에 들어가 잘 먹고 잘 입고 그러면서 제법 돈푼도 만지다 보니 아문 드나들 때 대접도 받고 그러더라고요. 이 사람이 번거롭겠지만 이 일 좀 부탁합시다 하고 찾아오고 저 사람이 수고스럽겠지만 이 일 좀 부탁하니 힘 좀 써주시게나 하고 찾아오니 그런 사람들 상대하기 바쁘다네요. 이러니 종노릇하는 게 얼마나 신나겠어요! 형님은 문서도 잘 꾸미고 사람도 차분하고 조심스럽고 그러니 권세 있는 집 종으로 들어가면 얼마나 대접받겠어요! 형님의 주인이란 작자는 과거에 급제했다고는 하나 벼슬길에 오르자마자 바로 재상 이임보랑 맞서다 결국 쫓겨나 집에 들어앉아 있는 처지니 앞으로 출셋길은 노랗다고 봐야죠. 근데 형님, 뭘 더 지켜볼 게 있다고 떠나지 못하고 그렇게 붙어 있는 거죠?"

"그런 걸 나라고 모르겠는가? 만약 내가 그렇게 생각했다면 진즉에 떠났겠지. 동생이 이렇게 나한테 훈수 둘 때까지 참고 기다릴 이유가 뭐 있겠어. '훌륭한 신하는 군주를 가려 섬기고, 빼어난 새는 나무를 가려 깃든다'는 옛말도 있듯이 나 역시 비록 남의 종살이하는 것이나 그래도 괜찮은 주인을 가려 섬기려네. 내가 지금 모시는 주인은 성미 급한 거만 빼고는 이 세상 어디를 가도 더 나은 주인을 찾을 수 없을 거네."

"이 세상엔 재상이야, 높은 벼슬아치야 쌔고 쌨는데 어째서 찢어지게 가난한 형님 주인보다 나은 사람이 없다고 그럽니까?"

"그들이야 벼슬하고 돈, 이거 두 가지밖엔 없는 사람들이지."

"아니 그 두 가지 말고 뭐가 더 필요합니까!"

"벼슬이야 다 부질없는 것이고, 돈이란 본디 더러운 것, 그게 다 뭐가 중요하겠는가! 내가 모시는 주인처럼 재주가 높고 학문이 고매하며 붓을 들었다 하면 단숨에 멋들어지고 웅혼한 문장을 줄줄 지어낼 줄 아는 자는 세상에 없다네. 바로 이 한 가지 이유 때문에 내가 내 주인 곁을 떠나지 않는다네."

두량이 자기 주인의 재주를 아낀다고 하는 말을 듣고 갑자기 두명은 가가대소하며 말했다.

"형님, 웃긴 소리 좀 작작 하시우. 그래 형님이 모시는 쥔장이 학문과 재주가 있다고 말씀하시는데 배고플 때 그거로 밥을 해 먹을 수 있나요, 아니면 추울 때 그거로 옷을 해 입을 수 있나요?"

"웃기는 소리 좀 작작하게. 재주와 학문은 우리 주인 나리의 뱃속에 들어 있는 것인데 그거와 내가 춥고 배고픈 것이 무슨 상관이 있겠나!"

"그러니 형님의 주린 배도 못 채워주고, 형님의 시린 몸도 못 가려주는 그런 주인을 아껴서 뭐 하려고요! 요즘 권세 있는 사람들은 윗사람에 아부하는 자를 찾지, 재주 많고 뻣뻣한 자는 찾지 않습니다. 형님이나 저나 다른 사람 밑에서 종노릇하는 주제에 등 따습고 배부르고 돈푼이라도 챙길 수 있으면 된 거 아니오. 괜히 무슨 재주네 학문이네 하면서 얻어맞고 하는 게 그게 바보짓인 거죠."

"내 팔자에 재운은 없는 것 같으니 괜히 그런 거 얻겠다고 애쓸 필요 뭐 있겠나. 난 그저 이대로 살라네."

"아마도 주인장이 형님을 죽을 만큼 때리지는 않았나 보네요. 그러니 주인장의 몽둥이를 견디며 살겠다고 말하죠."

"형을 걱정해주는 아우님의 마음은 정말 고맙네. 나의 주인어른이야 재주 많고 학식도 넘치는 분이니 설사 그분에게 맞아 죽어도 나는 후회하지 않으려네."

두량은 아우 두명의 말을 듣지 아니하고 소영사를 계속 모셨다. 오늘은 주먹으로, 내일은 몽둥이로 맞다 보니 몇 년이 채 못 되어 두량의 사지육신이 안 쑤신 데가 없고 입에서는 피를 쏟곤 했다. 처음에는 어떻게 그럭저럭 버틸 수 있으리라 생각했지만 가면 갈수록 더 악화되어 잠을 제대로 잘 수도 없었다. 나중에는 아예 몸져눕기도 했다. 소영사가 그렇게 피를 쏟는 두량을 보고서는 자기가 때려서 그렇게 된 거라 너무도 가슴이 아프고 후회가 되었다. 소영사가 의원을 불러와 두량을 진맥하게 하고 자기가 직접 탕약을 달여 먹이기도 했다. 두량은 이렇게 두 달을 앓다가 그만 세상을 떠나고 말았다.

소영사는 두량이 평소에 자기에게 얼마나 잘해 주었나를 떠올리며 구슬피 울었다. 소영사는 수의와 관을 마련하여 두량의 장례를 치러주었다. 평소에 두량의 보살핌을 받아오던 소영사는 두량이 세상을 떠나자 매사가 불편해졌다. 주변에 하인을 좀 구해달라고 부탁해보았지만 소영사가 하인을 팬다는 소문이 너무 퍼져서 소영사의 하인이 되겠다는 자가 나서지 않았다. 어쩌다 한둘 나서는 자가 있기는 했으나 또 소영사의 눈에 차지가 않았다. 어쩌다 독서삼매경에 빠지기라도 하면 옆에 두량이 있는 것 같은 착각에 빠져 고개를 돌려보기도 하고 그러다 이내 두량이 세상을 떠났음을 깨닫고 눈물을 흘리기도 했다.

나중에 소영사가 두량이 동생 두명의 충고마저도 거부했었다는 말을 전해 듣고 자기도 모르게 오열하면서 이렇게 울부짖었다.

'두량, 내가 세상의 모든 책을 읽어보았으나 자네처럼 재주 있는 자를 알아보고 아껴주는 사람을 찾아보지 못했네. 내가 평생 출세도 못하고 이렇게 살았으나 그대가 나를 알아봐 주었네그려. 내가 눈이 있어도 안목이 없어 그런 자네를 알아보지 못하고 그만 자네를 죽이고 말았네. 이게 다 내 죄라네.'

말을 마치자마자 소영사의 입에서 선혈이 튀어나왔다. 그 후 소영사는 각혈을 하는 병이 생겼다. 소영사는 책을 모두 불태우고 입으로는 두량을 부르며 몇 달을 앓다가 세상을 떠나고 말았다. 자기를 두량 곁에 묻어달라는 유언을 남겼다. 이를 증명하는 시를 한 수 인용한다.

> 권세 있고 돈 있는 자에게 아부하는 게 세상인심,
> 재주 있는 자가 외려 인정받지 못하는 세상.
> 조정의 높은 자리에 있는 분들이 두량처럼 인재를 아낀다면,
> 어질고 현명한 자가 초야에 묻히는 일은 없으련만.

여보쇼 이야기꾼, 두량은 재주 있는 자를 아끼고 주인을 제대로 섬길 줄 아는 고금에 드문 인물이로군요. 한데 두량 이야기는 어딘지 모르게 좀 앞뒤가 잘 안 맞고 뒤끝도 안 좋고 그렇소이다. 어디 재미도 있고 특이한 이야기가 있으면 그걸 좀 더 해주시겠소. 여러분, 좀 가만히 앉아서 진득하게 기다려보쇼. 지금까지 내가 여러분에게 해준 이야기는 그저 맛보기에 불과하고 본래 하려던 이야기는 아직 시작도 안 했소이다. 내가

본래 하려던 이야기도 역시 남의 집 종살이하는 사람 이야기외다. 한데 그 하인은 두량과는 다른 사람이었소. 과부가 된 주인마님을 위해서 엄청난 재산을 일구고 마님을 대신해서 세 딸을 시집보내고, 아들한테는 정실부인과 소실을 얻어주고 자기한테는 한 푼도 안 남긴 자로 역사책에 실리기까지 한 그런 하인이외다. 내가 지금부터 차근차근 이야기해줄 테니 세상의 종살이 하는 자들이여, 이 주인공처럼 성심성의껏 주인을 섬기고 주인집 살림살이 챙겨줘서 세상에 두고두고 좋은 영향 남겨줄 수 있게 하시라. 은혜를 저버리고 주인을 배반하거나 꼬리가 머리를 흔드는 짓을 하여 두고두고 욕먹지는 마시게나.

그럼, 이 이야기가 어느 왕조, 어느 지역에서 있었던 것인지 아는가? 바로 우리 왕조, 명나라 가정 연간(1522~1566), 절강성 엄주부 순안현의 현성에서 몇 리 떨어진 곳에 금사촌이란 시골 마을이 있었겠다. 이 금사촌에 서씨네 가족이 살고 있었다. 그 집엔 아들 삼 형제가 있었다. 큰아들은 서언徐言, 둘째 아들은 서소徐김라. 이 둘은 각자 아들 하나씩을 두고 있었다. 셋째 아들은 서철徐哲, 아내 안顔씨 사이에 2남 3녀를 두었다. 삼 형제는 부친의 유언을 받들어 한솥밥을 먹고 같이 힘을 합하여 농사를 짓고, 소 한 마리를 같이 키우고, 말 한 필을 같이 타곤 했다.

서씨 삼 형제에겐 또 늙은 종이 하나 있었다. 종의 이름은 아기阿寄, 나이는 이미 쉰이 넘었다. 이 아기는 슬하에 아들 하나를 두었는데 이제 막 열 살을 좀 넘겼을 따름이었다. 아기는 본디 이 고을에서 태어나고 자랐으나 부모를 여의고 장사치를 일이 막막하여 서씨 집안에 종으로 들어왔다. 아기가 부지런하고 충직하여 새벽같이 일어나 밤늦게까지 부지런하게 농사일을 했다. 서언의 부친은 아기가 열심히 일하는 걸 귀히 여기고 우대했다.

부친이 세상을 떠나고 아들들이 집안 살림을 맡아 하게 되었을 때 이미 나이가 많은 아기를 탐탁지 않게 생각했다. 게다가 아기가 눈치도 없이 서언 형제가 집안일을 하다가 실수라도 할라치면 나서서 쓴소리도 마다하지 않았다. 셋째 아들 서철은 그래도 아기의 말을 들으려 했으나, 서언과 서소는 남의 말을 듣지 않는 성미라 아기가 말이 많다며 버럭 소리를 지르고 싫은 내색을 노골적으로 하기도 하고 화풀이 삼아 주먹질을 하기도 했다. 아기의 부인이 아기를 말렸다.

"당신도 이제 낄 때 안 낄 때를 분간할 정도로 나이를 먹었잖아요. 도련님들처럼 젊은 사람들이 세상일 맡아서 하는 때가 되었잖아요. 세상은 늘 변하고 새로워지니 그들이 알아서 하도록 내버려 두세요. 뭐 하러 그렇게 사서 욕먹고 그러세요!"

"내가 그래도 돌아가신 나리의 은혜를 입었는데 가만있을 수 있나!"

"당신이 그렇게 열심히 말해줘도 그들이 안 듣는 거니까 돌아가신 나리도 당신을 탓하진 않을 거라고요."

아기는 아내의 말을 듣고 난 다음부터는 입을 다물고 더는 나서서 충고하지 않았고 서씨 삼 형제에게 욕 얻어먹는 일도 없었다. 옛말 하나도 그른 게 없구나.

입 다물고 가슴에 담아두는 게,
안 다치고 몸 편하게 사는 지름길.

그 일이 있고 얼마 지나지 않아 서철이 갑자기 오한이 들어 앓더니 일주일도 못 되어 그만 세상을 떠나고 말았다. 부인과 자식들이 슬피 울며 수의와 관을 사서 장사를 지내고 천도재를 올려주었다. 두 달이 지나고 서언이 동생 서소를 불러 상의했다.

"너와 나는 아들 하나뿐이고, 셋째는 아들 둘에 딸이 셋 아니냐. 셋째네 먹는 게 우리 둘 합한 거보다 많구나. 셋째가 살아서 우리랑 같이 농사지을 때도 우리가 손해를 본 셈인데 지금은 셋째가 세상을 떠나서 일도 못하지 않느냐. 우리 둘이 온종일 뼈 빠지게 일해서 셋째네 식구 먹여 살리는 거 아니고 뭐냐. 지금은 그럭저럭 넘어간다고 치자. 나중에 애들이 커서 장가들일 때 셋째네 아들딸들도 시집장가간다고 할 거 아니냐. 그럼 그땐 우리보다 아마 네 배는 더 가져갈 것이다. 그러니 나중에 문제가 복잡해지기 전에 지금 깔끔하게 재산을 셋으로 나누자. 그래서 셋째네가 자기 몫을 챙긴 다음 있으면 먹고 없으면 굶게 하고 우리는 그만 신경 끄는 게 상책이다. 선친께서 유언하시기를 재산을 나누지 말라고 하셨지만 어쩔 수 없지 않느냐. 다른 사람이 뭐라 수군댄다고 그걸 신경 쓸 필요가 어디 있느냐!"

이 말을 듣고 서소가 그래도 조금이라도 어질고 바른 생각을 했더라면 형님한테 그런 말씀 하지 말라고 말렸을 것인데, 서소가 오래전부터 생각해오던 거나 형이 지금 말하는 거나 딱 들어맞으니 망설이지도 않고 바로 이렇게 대답했다.

"아버님이 그렇게 말씀하신 게 맞긴 하지만 돌아가신 지 이미 오래라 무슨 황제의 엄명도 아닌데 듣지 않는다고 죽는 것도 아니잖아요. 그리고 우리 집안일을 다른 사람이 뭐라고 감히 왈가왈부하겠어요!"

서언은 그 말을 듣고 지당한 말이라고 맞장구치고 나서 즉시 재산은 어떻게 분배하면 좋을지 정했다. 소출이 떨어지는 땅을 주로 셋째네로 돌렸다. 서언이 다시 물었다.

"저 종은 어떻게 나누지?"

서소가 조금 고민하더니 대답했다.

"아기 부부는 나이도 많이 들어서 이제 일도 잘 못할 거라 살아서는 공짜 밥 먹는 식구가 셋이요, 죽으면 또 장사지내줘야 할 식구가 둘이니 그냥 한몫에 셋째네 주고 깔끔하게 정리하는 게 낫잖아요."

이렇게 말을 맞추고 이튿날 술과 안주를 장만하여 친척들을 초대하고 제수 안씨와 두 조카 아들을 불렀다. 일곱 살 먹은 큰 조카 복아와 다섯 살 먹은 작은 조카 수아가 엄마를 따라 대청으로 나왔다. 안씨도 사실 무슨 영문인지 몰랐다. 시아주버니 형제가 일어나 이렇게 말했다.

"친척 어르신들이 이 자리에 계시니 말씀 올립니다. 돌아가신 선친께서 그리 많은 재산을 물려주신 건 아닙니다만 그래도 우리 형제들이 부지런히 일하여 제법 재산을 일궜고 나중에 아이들이 장성하면 물려주려고 했습니다. 한데 불행하게도 셋째가 먼저 세상을 떠났고 제수씨만 남아 살림 규모도 잘 모르고 또 어찌 일해야 할지 잘 모르는 형편입니다. 한데 사람 앞일이란 누구도 모르는 것이어서 나중에 우리 재산이 늘어나 조카들에게 더 많이 나눠줄 수 있으면 좋지만 만약 재산이 줄기라도 하면 우리 둘이 무슨 딴 주머니를 차기라도 한 것으로 오해받을 수도 있습니다. 그런 일이 생기면 골육지간에 의가 상하게 됩니다. 우리 형제 둘이 상의하여 재산이 그래도 아직 제법 남아 있을 때 그걸 삼등분하여 각자 따로 살림하는 것이 나중에 누가 더 많이 갖고 누가 더 적게 갖는다느니 하며 다투는 것보다 나을 거라고 결정했습니다. 여러 어르신께서 증인이 되어주시기를 바랍니다."

그런 다음 소매 품에서 재산분할증서 세 장을 꺼내어 들고 말했다.

"공평하게 셋으로 나눈 것입니다. 여러 어르신께서 보시고 서명하여 주시기 바랍니다."

안씨는 시아주버니가 재산을 분할한다는 말을 듣고 눈가에 눈물이 그렁그렁한 채로 말했다.

"시아주버님, 청상과부가 된 제가 저렇게 어린 것들을 데리고 어떻게 먹고살라고 이러십니까? 시아버지께서 살아생전에 재산을 함부로 나누지 말라고 당부하지 않으셨습니까. 두 시아주버님께서 살림을 맡아 해주시고 우리 애들이 자라면 그냥 재산 조금만 떼어주십시오. 저는 절대 많네 적네 군소리하지 않겠습니다."

서소가 그 말을 받아 대답했다.

"제수씨, 세상의 모든 일이란 게 시작이 있으면 끝이 있는 겁니다. 우리가 한 지붕 아래 천년을 같이 산다고 해도 언젠가는 헤어지는 날이 오는 겁니다. 돌아가신 아버님 말씀을 너무 들먹이지 마십시오. 제수씨의 아이들이 아직 나이도 어리고 하니 형님하고 저하고 상의해서 우리 집 하인을 제수씨에게 주기로 했으니 하인 아기 부부가 제수씨를 도와줄 것입니다. 아기가 나이가 좀 많기는 해도 아직은 힘도 세고 하니 일머리 모르는 젊은 것보다 나을 겁니다. 게다가 아기의 안식구는 실 잣기, 베 짜기도 잘하고 하니 공짜 밥을 먹지는 않을 것입니다. 조카들도 몇 년 지나면 들일을 할 수 있을 것이니 너무 걱정하지 마십시오."

안씨는 시아주버니들이 이렇게 나오는 걸 보고 그들이 이미 이렇게 하기로 작정했음을 눈치챘다. 괜히 더 이야기해보았자 소용없을 거 같아 그저 속절없이 울기만 할 뿐이었다. 친척들이 재산분할 목록을 보니 셋째네에게만 불리하게 되었음을 바로 눈치챌 수 있었지만 좋은 게 좋은 거라고 그냥 넘어갔다. 모두들 그냥 그대로 서명하고 안씨에게 몇 마디 위로의 말을 던지고 술자리에 앉아 술이나 들었다. 시 한 수를 인용하여 이를 증명하노라.

    세 장의 재산분할서, 겉보기엔 그럴듯하고,
    하인과 마소를 각각 나눈 것도 공평해 보이지만.
    늙어빠져 더는 일도 못할 하인 하나 달랑 넘겨받고는,
    저녁 바람에 눈물만 흘리는 청상과부 좀 보게나.

한편 아기는 아침부터 이곳저곳에 심부름 다니고 이 사람 저 사람을 모시러 다니느라 집에서 무슨 일이 벌어지는지 알지 못했다. 남촌에 가서 친척 어른 모시고 돌아올 무렵에는 일이 어느 정도 다 마무리되었다. 집 대문 앞에 도착해보니 아내가 기다리고 있었다. 아내는 자기 남편이 이 일을 알면 괜히 또 나서서 여러 말 할까 봐 이렇게 신신당부했다.

"오늘 큰 도련님이 나서서 재산을 나눴으니 당신은 괜히 이러쿵저러쿵 따지다가 싫은 소리 사서 듣지 마시우!"

아기는 아내 말을 듣고 깜짝 놀랐다.

"돌아가신 나리께서 재산을 나누지 말라고 하셨는데 지금 이렇게 갑자기 재산을 나누면 셋째 도련님이 돌아가셔서 홀로된 셋째 마님, 고아 같은 아이들은 어떻게 살아간단 말인가. 내가 나서서 말하지 않으면 누가 말하겠어?"

아기가 아내를 밀치고 들어가려 했다. 아내가 다시 아기를 가로막으며 말했다.

"아무리 현명한 관리도 남의 집안일은 관여하지 못한다고 합디다. 지금 찾아온 많은 일가친척들도 함구하고 있는데 무슨 집안의 대단한 어른도 아닌 하인 주제에 뭘 나선다는 말이오?"

"당신 말도 일리가 있지. 한데 재산을 공평하게 나눴다면야 내가 가만히 있겠지만 그게 불공평하면 죽음을 무릅쓰고라도 따져야지. 참, 나는 누구한테 줬다고 합디까?"

"그건 잘 모르겠네요."

아기가 대청으로 들어가 보니 사람들이 둘러앉아 기분 좋게 술잔을 기울이고 있었다. 아기는 그 분위기에서 뭐라고 물어보기가 그래서 그냥 옆에 서 있었다. 이웃집 사람이 그를 발견하고서 이렇게 알려주었다.

"이봐, 자네는 셋째 도련님네로 간다네. 가거든 홀로 된 셋째 마님을 위해 힘써 일 잘하게나."

아기가 그 말을 듣고 그저 건성건성 대답했다.

"저야 뭐 이미 나이가 많이 들어서 일이나 제대로 할 수 있을지 모르겠습니다."

아기가 입으로는 그리 대답했지만 속으로는 이렇게 생각했다.

'그래 내가 나이가 너무 들어서 이제 쓸모가 없어졌다고 셋째 도련님네로 떠넘겼구먼. 귀찮은 건 그냥 이렇게 처치해버리겠다는 거군. 그래 내가 보란 듯이 셋째 도련님네 살림을 일으켜 사람들한테 그럼 그렇지라는 소리는 안 듣게 할 테다.'

아기는 다른 사람들이 이러쿵저러쿵하는 소리는 듣지도 않고 바로 안씨의 방으로 찾아가 보았다. 안씨가 방에서 우는 소리가 들려왔다. 아기는 걸음을 멈추고 귀를 기울여보았다.

"아이고 하늘도 무심하시지! 당신하고 한평생을 같이하려 했더니 어쩌자고 도중에 그냥 떠나버리고 이렇게 어린 자식들만 올망졸망 남겨놓고 의지가지없게 했소그래. 시아주버니들한테라도 좀 기대볼까 했더니 당신 무덤의 흙도 마르기 전에 우리를 쫓아내 버리네요. 이제 나는 어떻게 살아요? 전답을 나눠준다고 했지만 시아주버니들이 차지한 거는 문전옥답, 저한테 남은 건 옹색한 박토. 그분들이 마음대로 나눈 것이라 저야 좋다 나쁘다 말조차 못 해봤네요. 그분들의 마음 씀씀이가 이렇게 표독스럽군요. 소는 밭이라도 갈고, 말은 사람들한테 세를 받고 빌려주기라도 하는데 이런 것들은 모두 그분들이 가져가 버리고, 다 늙어빠진 하인 부부만을 저에게 줬네요. 아이고, 이거 먹을 거 입을 거만 축내는 거 아닌지 모르겠네요."

아기는 셋째 마님의 푸념을 듣더니 갑자기 방문 주렴을 걷어 올렸다.

"마님, 제가 소나 말보다 못하고 괜히 먹을 거나 축낼 것 같다고 그러셨습니까?"

셋째 마님은 아기가 불쑥 이렇게 말을 건네자 화들짝 놀랐다. 셋째 마님이 눈물을 훔치고 말했다.

"아니, 그게 무슨 말이오?"

"소로 밭 갈고, 말을 세내준다고 해봐야 그게 얼마나 돈이 되겠습니까! 게다가 소나 말은 사람 손이 필요한 거고요. 저야 비록 나이가 많다 해도 아직은 일할 만한 기력이 남아 있고 힘든 일도 견뎌낼 끈기도 있으니 장사라도 나서서 해보렵니다. 제가 비록 전에 직접 장사를 해본 경험은 없으나 장사가 어떻게 굴러가는지, 그 이치 정도는 이미 꿰뚫고 있습니다. 마님께서 밑천을 조금만 대주시면 제가 그걸 불려올 것이니 그게 어찌 소로 밭 갈고 말 세내주는 것에 비기겠습니까! 게다가 제 마누라는 실 잣고 베 짜기를 잘하니 땔감 값 정도는 벌 수 있습니다. 그리고 나눠 받은 전답은 그게 옥토든 박토든 다른 사람들한테 농사짓게 빌려주고 가을에 세를 받으면 마님 식구들이 먹고사는 데 아무 문제 없을 것입니다. 이렇게 몇 년 지나면 밑천은 하나도 안 까먹고 재산을 불릴 수 있을 것인데 뭘 그렇게 걱정하십니까?"

"자네가 그렇게 힘써준다면야 얼마나 좋은 일이야! 한데 자네가 너무 나이가 많아서 그런 일을 감당할 수 있을지 모르겠네."

"마님, 제가 나이가 많기야 많지요. 그러나 아직은 건강하여 아침 일찍부터 밤늦게까지 부지런히 일하는 건 젊은 사람들도 저를 못 따라올 겁니다. 염려 마십시오."

"그래 대체 무슨 장사를 하려는가?"

"장사라는 게 밑천이 두둑하면 크게 벌이는 거고, 밑천이 적으면 조그맣게 벌이는 거지요. 일단 바깥세상에 나가서 시세 좋고 이문 두둑하게 남는 게 뭔지 잘 살펴서 품목을 정해야지, 안에 들어앉아서 뭐라 말할 수 있는 것이 아닙니다."

"그래, 그 말이 일리가 있네. 내가 곰곰이 더 따져볼 테니 좀 기다려 보세나."

아기는 셋째 마님한테 재산분할 문서를 받아서 거기 적혀 있는 대로 살림살이를 하나씩 꺼내어 한곳에 모았다. 그런 다음 대청에 나가 보고 했다. 친척들은 늦도록 술을 마시고는 헤어졌다.

한편, 이튿날 바로 서언은 목수를 불러 두 살림을 별도로 할 수 있게 집을 개조하여 따로 출입문을 내고 셋째네한테 별도의 출입문을 쓰라 했다. 셋째 마님은 묵묵히 자기 살림을 챙겼다. 그러면서 비녀 같은 패물, 값나가는 옷가지 같은 걸 아기한테 줘서 그걸 팔게 하여 은자 열두 냥을 마련했다. 마님이 그걸 아기에게 건네주며 말했다.

"이게 비록 얼마 안 되지만 내 목숨을 지탱해줄 전 재산이요, 우리 가족의 목숨이 여기에 달려있소이다. 이걸 모두 자네에게 줄 것이니 크게 불리는 것은 바라지도 않으나 입에 풀칠할 정도의 이문이라도 생겼으면 하고 간절히 바라오. 매사를 잘 가늠하여 처리하고 먼 길 다니면서 조심하시고 한번 시작한 일 마무리 잘하길 바라오. 시아주버니들에게 비웃음 사는 일이 없었으면 하오."

마님은 입으론 이렇게 말하면서도 눈에는 연신 눈물이 흘러내렸다. 아기가 입을 열었다.

"마님, 마음 탁 놓으십시오. 제가 그래도 장사에 도가 텄으니 마님 부탁을 저버리지 않을 것입니다."

"언제 출발할 거요?"

"밑천이 준비되었으니 내일 아침 날이 밝는 대로 바로 출발해야죠."

"운수 좋은 날 잡아서 출발하여야 하는 거 아니오?"

"제가 장사하러 갈 수 있는 날이 바로 좋은 날이죠. 택일하고 말 것이 뭐 있겠습니까!"

아기는 은자를 자기 속 배자 주머니에 집어넣고 자기 방으로 들어가 아내에게 말했다.

"난 내일 아침 장사하러 출발하네. 내 입던 옷가지 좀 챙겨줘."

아기는 자기가 장사하러 가는 일을 마님하고만 상의하고 아내한테는 일언반구 말도 꺼내지 않았다. 아기의 아내는 남편이 갑자기 장사하러 간다는 말을 듣고 너무나 놀랐다.

"아니, 무슨 장사를 어디로 하러 간다는 말이오?"

아기가 지금까지 마님이랑 같이 나눴던 말을 아내에게 이야기해주었다. 아내가 그 말을 듣고 이렇게 말했다.

"그게 다 무슨 말이래요! 당신이 나이만 많지 장사라고는 해본 적도 없어 당최 허당 아녀요.. 대체 무슨 허풍을 떨고 이 일을 맡은 거요? 혼자 된 마님의 그 돈이 얼마나 피 같은 돈이라고, 그거 날리면 두고두고 무슨 원망을 들으려고. 그냥 내 말 듣고 그 돈 마님한테 돌려주고 아침부터 밤늦게까지 부지런히 농사짓는 게 서로한테 좋을 거유."

"아녀자가 뭘 안다고 잔소리야! 왜 그리 재수 없게 내가 장사를 할 줄 몰라서 실패할 거라는 둥 초 치는 소리를 하고 있어!"

아기는 아내 말을 귓등으로 듣고 자기가 직접 옷가지와 덮고 잘 것을 챙겼다. 그걸 담을 게 마땅치 않아서 그냥 둘둘 말아서 보따리처럼 만들었다. 전대를 차고 먹을거리도 챙기고 난 다음 시장에 가서 우산 하나와 신발 한 켤레도 샀다. 이렇게 준비를 마치고 이튿날 아침 서언과 서소한테 찾아갔다.

"제가 오늘 장사를 하러 먼 길을 떠납니다. 우리 셋째 마님을 돌봐줄 사람이 없으니 서로 각자 딴살림하기로 갈라서긴 했다지만 그래도 두 분께서 조석으로 보살펴 주시기를 바랍니다."

　아기의 말을 듣고 서언과 서소는 터져 나오는 웃음을 억지로 참으며 말했다.

　"그건 네가 걱정 안 해도 되니 그저 가서 돈이나 많이 벌어오너라."

　"그야 당연히 돈 많이 벌어와야죠."

　인사를 마치고 돌아온 아기는 아침밥을 챙겨 먹고 마님에게 하직 인사를 올렸다. 신발을 신고 짐과 우산을 챙긴 다음 아내에게 당부했다.

　"아침저녁으로 늘 조심하라고!"

　대문을 나서려니 마님이 재삼재사 당부했다. 아기가 머리를 끄덕이며 대답하고 성큼성큼 발을 내디뎠다.

　한편 서언과 서소 형제는 아기가 인사를 마치고 떠나자마자 참았던 웃음을 터뜨렸다.

　"아이고, 제수씨가 생각이 짧기도 하지. 장사할 밑천이 있었으면 그걸 우리랑 상의해야지. 아기 저 늙은 종놈의 말을 듣고 앉았어. 아기 그놈은 평생 장사라고는 해본 적이 없잖아. 과부 마님 돈 가지고 자기 혼자 신나게 쓰고 돌아다니겠다는 말 아냐. 저 돈 그냥 날렸구먼!"

　서언이 한마디 더 덧붙였다.

　"우리가 함께 살 때는 가만있다가 서로 분가하자마자 아기한테 밑천을 쥐여주고 장사를 하게 하다니. 제수씨가 무슨 혼수를 제대로 해온 것도 아니고 하니 틀림없이 아버님 살아계실 때 셋째가 딴 주머니 차고 챙겨두었던 걸 이제 꺼낸 모양입니다. 아무튼 제수씨가 형님하고 저의 눈을 속이고 이렇게 일을 벌인 모양인데 그걸 가지고 뭐라 하면 우리가 자기를 질투하고 못살게 군다고 한소리 할 것이니 가만히 기다리고 있다가 아기가 밑천 다 까먹고 돌아오면 그때 한참 웃어나 줍시다."

멀찌감치 떨어져 싸움 구경이나 하세,
마지막에 누가 이기고 누가 지는지.
먼 길 가봐야 어느 말이 힘센지 알고,
오랜 세월 겪어봐야 사람 인심 아는 법.

아기는 집을 떠나 길을 걸으며 무슨 장사를 하면 좋을까 골똘히 생각에 잠겼다.

'그래, 옻을 파는 게 제법 이문이 실하다던데 일단 가까운 곳에 가서 한번 실제로 해보자.'

아기는 이렇게 생각을 굳히고 곧장 경운산으로 향했다. 옻을 채취하는 곳엔 그걸 사모아 중개하는 도매상이 있게 마련이다. 아기가 도매상 집을 찾아가니 옻을 사려고 온 사람들이 순서를 기다리고 있었다. '이렇게 하염없이 기다리다가는 노자만 축나는 거 아냐.' 이런 생각이 든 아기는 한가한 틈을 타서 도매상을 산골의 주점으로 데려가 술을 대접했다.

"나는 워낙 규모가 작은 행상이 되놔서 밑천도 없고 하여 오래 기다릴 형편이 못 됩니다. 주인어른이 이 촌놈을 불쌍히 여겨서 어떻게 나한테 물건을 조금 먼저 떼 주면 안 되겠소이까? 그렇게만 해주신다면 내가 술 한잔 크게 대접하겠소이다."

일이 잘 되려고 그런 것인지 아니면 도매상이 술을 좋아하는 사람이라서 그런지 아기한테 술을 엄청 얻어먹고는 그러마 대답했다. 도매상은 그날 저녁 산골 마을 집집마다 찾아다니며 필요한 수량을 맞추고 포장을 한 다음 다른 상인들 눈에 띄지 않게 이웃집에 맡겨놓았다. 다음 날 오경 즈음에 도매상이 아기에게 그걸 찾아주고 출발하라 했다.

이렇게 첫출발이 좋다니! 도매상이 편의를 봐준 덕분에 돈을 벌 기회를 잡은 아기는 너무도 기뻤다. 아기는 짐꾼을 사서 그걸 신안강 어귀로 옮겼다. 항주가 여기서 너무 가까워 값을 제대로 못 받을 것 같다는 생각이 든 아기는 배를 세내어 소주까지 가기로 했다. 마침 그때 소주 근방은 옻이 귀해져 아기의 옻을 보더니 마치 보배를 본 듯 반가워했다. 아기의 옻이 사흘도 안 되어 다 팔려버렸다. 그것도 외상이 아니라 모두 다 현금을 받고 팔았다. 모든 경비를 제하고도 두 배 장사는 한 것 같았다. 아기는 천지신명에게 감사드렸다. 아기는 잠시 궁리를 해보았다.

'돌아가는 길에 어차피 배를 타고 갈 건데 빈손으로 가다 보면 괜히 은자 간수하느라 신경만 더 쓰일 거라. 차라리 다른 물건을 사서 가는 게 이문이 많이 남든 적게 남든 더 나을 거 같구나.'

아기는 풍교 지역의 멥쌀이 워낙 풍작이라 쌀값이 폭락했다는 소식을 듣고 '요 멥쌀을 사서 팔면 크게 손해 보지는 않겠다'는 타산이 섰다. 아기는 풍교의 멥쌀 60짐을 사들여 항주로 싣고 가서 팔았다. 그때가 7월 중순이라 마침 항주에는 한 달가량이나 연속하여 장마가 져서 벼를 말리다 다 젖어버리니 쌀값이 갑자기 치솟았다. 아기가 쌀을 싣고 온 게 너무도 때가 잘 맞아 한 짐 당 2전씩이나 올라 다 해서 열 냥이 넘는 은자를 벌게 되었다. 아기는 이렇게 혼잣말을 했다.

'내가 장사를 시작하고부터 이렇게 매사가 순조롭게 풀리는 게 아마도 셋째 마님이 운수가 대통할 팔자이신가 보네. 그래, 기왕에 여기 왔으니 옻 값이나 한번 알아보자. 여기서 소주가 멀지 않으니 오가는 경비도 많이 안 들 거 같네.'

아기가 자세하게 알아보니 이곳 항주가 소주보다 외려 옻 값이 더 비쌌다. 여러분, 왜 항주 옻 값이 더 비싼지 이해되시는가? 옻을 취급하는 사람들이 모두 이곳 항주는 옻이 흔전만전하고 값도 헐하다고 하는데 대체 왜 더 비싸단 말인가? 옻 장수들이 이곳 항주는 소주랑 너무 가까우니 옻 값이 쌀 거라고 지레짐작하고 멀리 장사하러 가다 보니 정작 항주의 옻 값이 일시에 올라가게 된 것이다. '물건 자체에 값이 매겨져 있는 게 아니라 물건이 귀해지면 값이 올라가는 법'이라는 말도 있지 않은가. 이런 이유로 항주의 옻이 다른 곳보다 외려 비쌌던 것이다.

아기는 이 소식을 듣고 너무도 기뻤다. 아기는 불철주야 경운산으로 달려갔다. 옻 도매상에게 미리 준비해온 선물을 주며 인사를 하고 전처럼 술을 대접해주었다. 도매상은 아기한테 이런 대접을 받고 만면에 미소를 띠며 좋아했다. 도매상이 전처럼 아기에게 물건을 먼저 빼주었다. 아기가 그 물건을 받아서 항주에 도착하여 불과 이삼일 안에 모두 팔아치웠다. 계산해보니 지난번에 옻을 팔았을 때보다 외려 이문이 좀 더 많이 남았다. 그러나 지난번에는 돌아올 때 다른 물건을 받아 그걸 팔아서 이문을 더 냈는데 이번엔 그런 게 없었다. 아기는 다음에는 그래도 먼 고장에 가서 팔아야겠구나 생각하고 도매상에 찾아가 계산을 맞추고는 이제 집으로 돌아가려 했다.

'집을 떠난 지 이미 오래라 셋째 마님이 목이 빠지게 기다리겠구나. 일단 집에 돌아가 뵙고 저간의 상황을 말씀드려야겠다.'

아기가 다시 한번 더 생각에 잠겼다.

'그래, 어차피 옻을 사려면 도매상한테 가서 이틀은 기다려야 하니 먼저 경운산으로 가서 도매상한테 은자를 먼저 맡겨놓고 그런 다음 집에 다녀오는 게 여러모로 낫겠구나.'

이렇게 작정한 아기는 경운산의 도매상한테 가서 옻을 사달라고 은자를 맡기고는 자기는 집으로 돌아갔다.

남보다 먼저 옻을 넘겨받아 팔아서 큰 이문을 남길 수 있었다네,
처음 나선 장삿길에서 큰 공을 이루었다네.

한편 셋째 마님 안씨는 아기가 장사를 떠난 후로 아침저녁으로 근심 걱정이었다. 아기가 혹시라도 밑천을 날리면 어떡하나 속을 졸였다. 게다가 두 시아주버니 서언과 서소가 등 뒤에서 온갖 싯까스르는 소리를 해대니 그것도 참기가 어려웠다. 하루는 방구석에 혼자 앉아 있는데 두 아들이 아기가 돌아왔다고 왜장을 치며 들어왔다. 안씨가 그 말을 듣고 버선발로 뛰어나갔다. 아기가 벌써 코앞까지 걸어오고 있었고 아기의 아내가 뒤에서 따라오는 게 보였다. 아기가 다가와 큰소리로 인사를 했다. 안씨는 막상 아기를 바라보니 오히려 더욱 긴장되어 누군가 자기 가슴을 주먹으로 치는 것처럼 그렇게 가슴이 쿵쾅대고 혹시 정말 듣고 싶지 않은 말을 들으면 어쩌나 걱정이 앞섰다. 안씨가 아기에게 물었다.

"그래 장사는 어떻게 잘 하셨소? 이문이 좀 남기는 했습니까?"

아기가 두 손을 모아 가슴에 대고 차분하게 대답했다.

"천지신명께서 도움을 주신 덕분에 그리고 마님이 팔자에 큰 재운이 있으셔서 장사를 잘했습니다. 옻을 팔았는데 대략 대여섯 배 장사는 한 거 같습니다. 지금까지 이렇게 저렇게 해왔습니다. 혹시 마님께서 걱정하실까 봐 이렇게 특별히 돌아와 말씀드리는 겁니다요."

안씨가 그 말을 듣고 뛸 듯이 기뻐했다.

"은자는 지금 어디에 있소?"

"도매상한테 맡겨두고 옻을 더 구해달라고 했습니다. 제가 내일 아침에 다시 가볼 참입니다."

식구들이 그 말을 듣고 모두 기쁨을 감추지 못했다. 아기는 하루를 묵고 이튿날 새벽바람에 일어나 안씨에게 작별을 고하고 다시 경운산을 향하여 출발했다. 한편 전날 밤에 서언, 서소 형제는 성황신에게 제사 지내고 음복을 하느라 술에 흠뻑 취해 돌아와 아기가 집에 돌아왔다는 소식을 까마득히 몰랐다가 이튿날 아침에야 부리나케 찾아와 물었다.

"아기가 장사 마치고 돌아왔다는데, 그래 돈은 얼마나 벌었답디까?"

"그렇지 않아도 두 분께 말씀드리려 했는데 마침 잘 찾아오셨습니다. 아기가 옻을 팔아서 대여섯 배 장사는 했다고 합니다."

서언이 한마디 했다.

"아이고 능력도 좋다. 이렇게만 하면 몇 년 안에 바로 부자가 되겠는걸!"

"시아주버님, 그게 무슨 말씀이세요. 그저 밥술이나 먹으면 다행이죠."

서소가 끼어들었다.

"아기는 지금 어디 있습니까? 오랜만에 돌아왔는데, 어찌 나를 보러 오지 않았을까? 예의가 없구먼!"

"새벽같이 다시 돌아갔습니다."

"어째서 그렇게 빨리 떠났을까?"

이번에는 서언이 끼어들어 물었다.

"아기가 벌었다는 은자는 직접 보았소이까?"

"아기가 그 은자를 옻 도매상에게 맡겨놓고 왔다고 합니다."

"나는 또 실제로 장사를 잘해서 뭔가를 좀 벌어들였나 싶었더니 그게 다 그냥 헛소리였구먼. 떡 그림을 보고 배부르다고 하는 격이구먼. 하도 떠들썩하게 좋아하기에 뭔가 그랬더니 본전도 이문도 다 허공에 떠 있는 거고 말로만 벌었다는 거네! 원래 장사하는 사람들은 부모형제도 안 믿는 법이라 절대 남한테 돈 안 맡기지. 한데 자기 돈을 생판 모르는 사람에게 맡겼다니 그게 말이 되냐고. 내가 보건대 아기가 본전 다 까먹고 이런 없는 말을 지어내서 위기를 모면하려는 거라고."

서소도 끼어들었다.

"제수씨 살림에 내가 감 놔라, 대추 놔라 할 건 아니지만, 제수씨는 아무래도 아녀자 입장이라 바깥일을 잘 모르잖아요. 은자 몇 냥이라도 있으면 그걸 우리 두 형제한테 맡겨서 전답이라도 사두는 게 낫지. 아기가 무슨 장사를 할 줄 안다고 우리 몰래 아기한테 돈을 주고 밖으로 싸돌아다니게 한 거요? 그 은자라고 하는 것도 제수씨가 혼수로 장만해온 것도 아니고 셋째가 살아 있을 때 애써 모아놓은 거잖우. 그걸 어찌 그렇게 함부로 쓴단 말이오!"

서언과 서소가 서로 번갈아 가며 끊임없이 지청구를 떨어대니 안씨는 도저히 뭐라 말을 할 수도 없고 그저 속으로만 불안한 마음을 삭였다. 안씨는 대체 어찌하여야 좋을지 몰랐다. 어제 하루 느꼈던 행복감이 오늘은 갖은 고민으로 변하고 말았다. 일단 이 이야기는 여기까지만 하도록 하자.

한편 아기는 서둘러 경운산으로 달려갔다. 도매상이 이미 수매를 완료해놓고 아기를 보더니 넘겨주었다. 아기는 이번엔 소주, 항주에서 팔지 않고 곧장 홍화 지역으로 달려갔다. 이곳이 소주, 항주보다 이문이 더 나았다. 옻을 다 팔고 나서 홍화에선 은 한 냥이면 쌀 석 짐을 살 수 있고 저울도 잘 달아준다는 소리를 듣고 이렇게 생각했다.

'항주가 여전히 미곡 사정이 좋지 못하기도 하거니와 지난번 장사 나왔을 때 그저 보통 가격에 산 쌀을 항주에 가지고 가서 팔아도 그렇게 많은 이문을 남겼는데 지금 헐한 가격에 쌀을 사서 항주에 가서 팔면 두세 배 이문도 노려볼 수 있겠구나.'

배에 한가득 쌀을 싣고 항주에 도착하여 쌀 한 섬에 한 냥 2전을 받고 팔았다. 저울질하면서 떨어진 쌀만 긁어모아도 뱃삯을 대기에 충분할 정도였다. 이젠 아기가 경운산 도매상에 옻을 사러 가면 큰손 대접을 받았다. 안씨 팔자에 재운이 있었던 데다가 아기가 아주 영리하게 장사를 해서 아기가 손대는 품목마다 운수대통하고 이문이 철철 넘쳤다. 이래저래 아기는 이천 냥이 넘는 돈을 모았다. 이제 곧 한해도 저물어가려고 하는 때, 아기는 곰곰이 생각에 잠겼다.

'나이도 많은 내가 혼자서 이렇게 많은 돈을 가지고 다니면 좋을 게 없지. 그러다 정말 뭔 일이라도 생기면 지금까지 쌓은 공이 와르르 무너지고 말겠지. 게다가 요즘 셋째 마님 댁 형편이 많이 힘들어 오직 나 하나만 바라보고 있으니 서둘러 돌아가는 게 낫겠다. 돌아가면 마님과 상의해서 전답을 장만해서 농사를 짓도록 하고 남은 게 있으면 그걸로 다시 장사를 나와야겠구나.'

이번에 장사 나올 땐 아기가 모든 행색을 제대로 갖추고 왔는지라 은자도 하나씩 하나씩 잘 싸서 전대에 제대로 넣어 허리에 차고 물길은 배를 타고 뭍길은 말을 타고 해 뜨면 길을 나서고 해가 지면 바로 쉬면서 조심조심했다. 며칠 지나서 마침내 마을에 도착하여 사람을 사서 짐을 지우고 집으로 돌아갔다.

아기의 아내가 남편이 돌아오는 걸 보고는 바로 마님에게 소식을 전했다. 안씨는 그 소식을 듣고 기쁘고도 걱정이 되었다. 아기가 돌아왔으니 당연히 기쁘고 얼마나 벌었는지를 모르니 걱정되었다. 대체 얼마나 벌었을까? 지난번 서언 형제가 하도 한바탕 이러쿵저러쿵 말을 해댄 후라 더욱 걱정되었다. 안씨가 한달음에 바깥채로 가보니 아기가 들여오는 짐 모양새가 그래도 크게 손해 보았을 것 같지는 않아 적이 마음이 놓였다. 안씨가 더는 참지 못하고 바로 물었다.

"이번 장사는 좀 어땠는가? 은자는 얼마나 가져오는가?"

아기는 먼저 앞으로 다가와 인사를 올리고 나서 말했다.

"마님, 서둘지 마시고 조금만 기다리셔요. 제가 찬찬히 말씀드리겠습니다."

아기는 아내에게 집 중문을 닫으라 한 다음 짐을 안씨 방으로 들고 들어가 그 안에 들어있는 은자를 안씨에게 건넸다. 안씨는 이렇게 많은 은자를 보더니 벌려진 입을 다물지 못하고 그걸 바로 장롱 안에 넣어 두었다. 그제야 아기는 자기가 어떻게 장사했는지를 설명해주었다. 안씨는 괜히 시빗거리가 생길까 봐 서언 형제가 입방정 떨었던 말은 한마디도 옮기지 않고 그저 연신 이렇게 말했을 따름이었다.

"나이도 적지 않은데 너무도 고생이 많았소이다. 어서 들어가 좀 쉬시오."

그런 다음 아기에게 한 가지 더 당부했다.

"혹시라도 시아주버님들이 와서 뭐라고 물어도 속 이야기는 하지 말게나."

"무슨 말씀이신지 잘 알겠습니다."

두 사람이 이야기를 나누자니 밖에서 쿵쿵 문을 두드리는 소리가 크게 들려왔다. 서언 형제가 아기가 돌아왔다는 전갈을 받고서 어떻게 되었는지 알고 싶어서 이렇게 부리나케 달려온 것이다. 아기가 일어나 서언 형제에게 읍을 했다. 서언이 아기에게 말했다.

"지난번에 듣자 하니 자네 장사가 아주 잘 되었다며? 이번엔 얼마나 벌었나?"

"두 분 어르신께서 돌봐주신 덕분에 본전이랑 경비 빼고 4, 50냥 정도 번 것 같습니다."

서소가 끼어들었다.

"아니, 지난번에 대여섯 배나 남는 장사를 했다던데 이번엔 더 오래 장사를 다녀왔으면서 이문이 어떻게 이리 팍 줄어버렸는가 그래?"

서언이 다시 말했다.

"많이 벌고 적게 벌고가 중요한 게 아니라 벌어들였다는 은자를 지금 가져왔는가가 중요하지."

아기가 대답했다.

"아, 그건 이미 마님께 드렸습니다."

서언 형제는 아무 말 하지 않고 돌아가 버렸다.

한편, 아기는 마님과 상의하여 전답을 사기로 하고 조용히 중개해줄 사람을 찾았다. 대저 큰 부잣집에 망나니 같은 아들이 태어나는 법, 금사촌에 안安씨 부자가 있었다. 집에 재물도 많고 전답도 엄청나게 많이 소유하고 있었다. 그에겐 아들만 하나 있었는데 이름이 세보世保였다. 대대로 재산을 잘 지키라는 뜻에서 그런 이름을 지어준 것이다. 한데 이 안세보가 노름에 빠져서 안 부자의 속을 어지간히도 썩였다. 금사촌 사람들은 모두 다 그를 망나니라 부르고 안세보라는 이름 대신 세상에 자기 보물을 퍼주는 사람이란 뜻으로 헌세보獻世寶라는 별명을 붙여주었다.

세보가 다른 망나니들과 마찬가지로 밤낮 음주가무를 즐기다 보니 집안의 보물을 슬슬 팔아먹고 마침내 가업이 흔들리기 시작했다. 마침내 밭 1천 마지기를 3천 냥에 판다고 내놓았다. 대신 일시금으로만 판다고 했다. 금사촌에 부자가 꽤 있기는 했지만 한 번에 3천 냥을 내놓을 부자는 없는지라 바로 사겠다고 나서는 자가 없었다. 이렇게 연말이 다가오자 세보는 수중의 돈이 더욱 째어지고 하여 전답에다 집까지 얹어 반값에 처분하겠다고 나섰다. 아기가 우연히 이 소식을 듣고 중간에 사람을 놓아 한번 거래해보고자 했다. 다른 임자가 나설까 봐 이튿날 바로 만나서 담판을 짓기로 했다.

세보는 자기가 내놓은 물건에 관심을 보이는 자가 나타났다는 말을 듣고 너무도 기분이 좋았다. 평소 한시도 집에 안 붙어 있는 세보였지만 이날만은 집에서 한 발짝도 안 나가고 중개인이 오기를 기다렸다. 세보가 직접 중개인과 같이 매수자의 집으로 찾아갈 참이었다. 아기는 세보가 미식가라는 소문을 듣고 새벽같이 시장에 가서 맛난 음식 재료와 술을 사서 주방장에게 주고 요리하라 시켰다. 아기가 안씨에게 말했다.

"이번 거래는 엄청나게 큰 거래인데 마님은 아녀자 입장이고 두 도련님은 아직 어리고 제가 옆에서 뭐라고 말씀드리고 도와드리고 싶어도 하인 주제라 팔려고 하는 사람하고 맞서서 이야기하기 어려운 면이 있으니 시아주버니 두 분이 좀 같이 와주셔서 증인도 되어주시고 하는 게 좋을 것 같습니다."

"그럼 자네가 가서 두 분을 청해오면 좋겠네."

아기가 후다닥 서언의 집으로 달려가 보니 마침 서언과 서소 형제가 만나서 뭔가 이야기를 나누고 있었다. 아기가 그들한테 말했다.

"오늘 셋째 마님이 전답을 몇 마지기 사려고 합니다. 두 분께서 좀 나서서 도와주십사 하고 청하러 왔습니다."

서언 형제는 입으로는 마지못해 그러마 대답했으나 속으로는 그런 일이 있는데도 제수씨가 자기들한테 먼저 와서 상의하지 않은 게 몹시도 못마땅했다. 서언이 서소에게 말했다.

"전답을 사기로 했으면서 어째서 너랑 나에게 먼저 찾아와서 상의하지 않고 아기를 시켜 거래를 거의 다 해놓고 이제 마무리할 때가 되어서야 우리한테 알려주고 그러지! 아무튼 지금 우리 마을에서 판다고 나온 전답 중에는 조각 땅은 하나도 없다는데 말이야!"

서소가 그 말을 듣고 대답했다.

"어찌 된 일인지 자꾸 따져보면 뭐 하겠습니까? 가서 보면 알겠죠."

서언과 서소가 오전 내내 집에서 기다리니 세보가 중개인들과 함께 하인 둘한테 선물 상자를 들려서 얼굴에 미소를 머금고서는 한쪽 문을 열고 안으로 들어왔다. 서언 형제는 안으로 들어오는 세보를 보더니 깜짝 놀랐다.

"어라, 세보가 팔려고 하는 땅은 천 마지기나 되고 값도 3천 냥이라던데 제수씨한테 설마 그렇게 많은 돈이 있을까? 세보가 일, 이십 마지기씩 쪼개서 팔려고 하나?"

서언 형제는 궁금해하면서 자기들도 대청 안으로 들어가 세보네와 서로 자리를 잡고 앉았다. 아기가 나서서 말했다.

"안 나리님, 전답 가격은 어제 이미 말씀하셨으니 저희도 그 말대로 하기로 하고 토 달지 않겠습니다. 나리께서도 괜히 이것저것 딴소리하지 않으시기를 바랍니다."

세보가 큰소리로 대답했다.

"남아일언중천금이라. 만약 내가 다른 말을 하면 사람이 아니오."

아기가 말했다.

"그럼 먼저 계약서를 작성하고 그런 다음 대금을 치르도록 하지요."

아기가 미리 준비한 지필묵을 가지고 왔다. 세보가 붓을 집어 들고 계약서를 작성했다. 그러고 나서 말했다.

"자네가 마음이 안 놓일지 모르니 지금 바로 서명도 하지, 어떤가?"

"그러면 좋겠습니다."

서언 형제가 옆에서 보니 전답 1천 마지기에, 가옥까지 포함해서 총 1천 5백 냥이었다. 깜짝 놀란 서언 형제는 혀를 쑥 내밀고 벌어진 입을 다물 줄 모른 채 서로의 얼굴을 바라보며 속으로 생각에 잠겼다.

'아무리 아기가 장사를 잘했다고 하더라도 이렇게 많은 돈을 벌 수 없었을 텐데 다른 사람 돈을 뺏은 게 틀림없어. 아니면 어디 무덤이라도 도굴했을까? 모두지 알 수가 없구먼.'

중개인들도 서명을 마친 후 계약서를 아기에게 건네니 아기가 그것을 받아서 안씨에게 전달했다. 아기가 미리 빌려온 천칭 저울을 탁자 위에 올려놓고 안씨에게서 은을 건네받았다. 은이 모두 뽀얀 최상급이었다. 서언 형제의 눈에서 불이 튀고 목에서는 그렁그렁한 가래가 끓어올랐다. 사람들 사이를 비집고 저 은을 다 집어 오지 못하는 게 한이었다.

잠시 후 은을 다 재서 건네주고 난 다음 술상을 차려 한참을 마시고 나서야 서로 헤어졌다.

이튿날 아기가 안씨에게 말했다.

"새로 산 집이 넓은데 왜 이사할 생각을 안 하십니까? 거기로 이사하시면 도조로 받는 벼를 관리하기도 편하실 겁니다."

안씨는 그렇지 않아도 시아주버니들의 질투를 견디기 힘들어 어디든 멀리 떠나고 싶은 마음이 굴뚝같았는지라 아기의 말을 듣자마자 바로 준비하여 정월 초엿새에 새집으로 들어갔다. 아기는 또 독선생을 초빙하여 두 도련님 공부를 시켰다. 큰아들의 이름은 서관徐寬, 작은아들의 이름은 서굉徐宏이었다. 집안의 가재도구도 제법 좋은 걸로 다 갖췄다. 마을 사람들은 안씨가 전답을 1천 마지기나 장만하는 것을 보더니 안씨가 도굴해서 은을 흔전만전 가져왔고 안씨네 집은 요강도 은으로 만들었다고 소문내었다. 온 마을 사람들이 하나같이 안씨에게 잘 보이려고 무진 애를 썼다. 한편 아기는 이사한 집 살림을 어느 정도 갈무리해놓고서 다시 장사하러 떠났다. 이번에는 옻만 취급하지 않고 이문이 남을 만한 거를 그때그때 취급했다. 도조로 받는 미곡도 팔아서 돈으로 바꿔놓으니 10년 정도가 지나자 재산이 몰라볼 정도로 불어났다. 세보의 전답이 다 서씨네 것이 되었다. 대문에는 늘 찾아오는 사람으로 붐비고 소와 말이 넘쳐났고 부리는 하인만 해도 백 명을 채웠다.

부귀를 이루는 길이 다른 데 있는 게 아니라네,
근면 성실이 바로 그 길이라네.
저 게으른 자들을 보게나,
얼굴에 주린 행색이 역력하다네.

안씨의 세 딸은 하나같이 다 부자에게 시집갔다. 서관, 서굉도 각각 혼례를 치렀다. 이들의 결혼예물을 모두 아기가 준비해주었기에 안씨는 따로 신경 쓸 필요가 없었다. 아기는 안씨의 전답이 늘어나 요역이나 세금도 따라서 늘어나게 되자 돈을 바치고 서관, 서굉 형제에게 국자감 학생 자리를 사주어 요역을 면제받을 수 있게 했다. 안씨도 나서서 아기 아들의 혼사를 치러주었다. 아울러 아기가 연로하여 밖으로 나오지 아니하고 집에서 쉬려고만 하는 걸 보더니 말 한 필을 사 보내 타고 다니게 했다. 아기가 살림을 맡은 이래로 자기 스스로는 한 번도 맛난 거 안 먹고 좋은 거 안 입고 베 한 조각 비단 한 조각이라도 먼저 안씨에게 말하고 안씨의 허락을 받아 처리했다. 자기 처지를 헤아려 셋째 마님 일가친척 중에 누구라도 찾아오면 자기가 먼저 일어나 인사하고 말을 타고 가다 만나면 말에서 뛰어내려 말을 끌고 길가로 피하여 그자가 먼저 지나가게 한 다음 다시 길을 갔다. 이로 말미암아 원근 각처의 이웃과 친척들 가운데 아기를 존중하지 않는 자가 없었으며, 안씨 모자도 아기를 집안 어른처럼 모셨다.

서언과 서소 형제는 재산을 늘리고자 무진 애를 썼으나 안씨네 재산과 비교하면 새 발의 피라, 두 사람은 하루 종일 눈이 벌게서 씩씩거렸다. 아기는 그런 두 사람의 마음을 헤아리고 안씨한테 은자 백 냥씩 각각 챙겨드리자고 말씀드렸다. 아울러 묘지를 새로 마련하여 서철의 부모까지 함께 이장했다.

아기의 나이가 어언 여든 살, 병들어 몸져누웠다. 안씨는 의원을 청하여 치료하게 했다. 아기가 말했다.

"아이고, 저는 이미 살 만큼 살아서 이젠 죽어도 여한이 없습니다. 다만 한 가지 일만은 제가 주관하여 처리하고자 하오니 저를 너무 책망하지 마시기 바랍니다."

안씨가 눈물을 흘리며 말했다.

"저희 모자야 다 그대 덕분에 이렇게 살고 있는데 무슨 일이든지 분부만 하시오. 다 그 말대로 따르겠소이다."

아기가 머리맡에서 문서 두 장을 꺼내어 안씨에게 건네며 말했다.

"도련님 두 분이 이제 어느 정도 나이도 들었으니 조금 더 지나면 재산도 나눠 드려야 할 것입니다. 한데 재산을 나눌 때 서로 자기가 더 많이 갖겠다고 싸우면 형제 사이의 우의가 상하고 맙니다. 그걸 걱정해서 제가 전답과 재물을 공평하게 나누었습니다. 오늘 그 문서를 두 도련님께 드리니 각각 맡아서 관리하기 바랍니다."

아기가 부탁을 이어갔다.

"하인들 가운데 믿고 함께 일할 자가 없을 것이니 모든 일은 마님과 도련님들께서 알아서 처리하시고 하인에게 중책을 맡기지 마십시오."

안씨 모자는 울면서 그렇게 하겠노라 대답했다. 아기의 아내와 아들도 침상 곁에서 울고 있으니 아기가 그들에게도 몇 마디 당부했다. 그런 다음 홀연히 이렇게 말했다.

"아, 그러고 보니 첫째 나리와 둘째 나리께 인사를 올리지 않고 떠나는 건 예의가 아니지요. 두 분을 좀 모셔와 주십시오."

안씨가 즉시 하인을 보내어 두 시아주버니를 모셔오게 했다. 서언과 서소가 모시러 온 자에게 이렇게 말했다.

"한창 좋을 때는 우리를 거들떠보지도 않더니 병들어 죽을 때가 되니까 생각나는 모양이네, 참 웃기는 일일세! 안 간다, 안 가!"

그 하인은 어쩔 수 없이 그냥 돌아왔다. 서굉이 다시 찾아가 부탁했다. 서언과 서소 형제는 차마 조카의 청을 무시할 수가 없어 억지로나마 따라나섰다. 아기는 이미 말도 못 하고 그저 두 눈으로만 서언과 서소를 바라보면서 고개를 끄덕이더니 마침내 세상을 떠났다. 아기의 아내와 아들 그리고 며느리가 눈물을 흘리며 울었다. 안씨 모자가 대성통곡했다. 온 집안 식구들이 평소 아기가 자기들에게 베풀어준 은혜를 생각하며 눈물을 흘렸다. 오직 서언과 서소 형제만 도리어 얼굴에 희색을 띠었다.

쉬지 않고 실을 뽑아내더니 누에가 고치로 변했네,
고치가 실을 다 뽑아내니 누에는 생명을 다했네.
저 벌이여, 꽃을 찾아다니며 꿀을 모았더니,
달콤한 꿀은 사람들 차지로다.

안씨 모자가 한바탕 대성통곡했다. 그런 다음 장사지낼 준비를 했다. 서언과 서소는 아기를 위해 준비한 관이 너무도 단단하고 수의가 너무도 정갈한 것을 보더니 조카들에게 이렇게 한마디씩 했다.

"아기는 우리 집 하인 아니냐. 대강 묻어주면 되는 것이지 어째 이렇게 과분하게 장례를 치르려고 하느냐? 네 조부, 부친한테도 이렇게 성대하게 장례를 치러주지는 않았느니라."

서관이 대답했다.

"우리 집 살림은 모두 다 아기가 일으켜 준 것이 아닙니까. 저희는 아기의 장례식을 차마 소홀히 치를 수가 없습니다."

서소가 비웃으면서 말했다.

"넌 나이도 들 만큼 들었으면서 어째 그리 어린애 같은 소리를 하냐. 너희가 살림을 일군 것은 너나 네 어미 팔자에 다 그런 복이 있어서 그런 거지. 어째 그놈이 애써서 그런 것이겠느냐! 게다가 그놈이 이 나이 먹도록 살았으니 자기 딴살림도 제법 많이 챙겨놨을 거 아니냐. 한데 뭐하러 네가 네 돈을 들여서 그놈 장례를 치러주려고 하느냐?"

서굉이 대신 대답했다.

"그런 말씀 하지 마십시오. 제가 평소에 지켜보니 단 한 푼도 제멋대로 쓰거나 딴 주머니를 찬 적이 없었습니다. 모든 걸 다 어머니께 드렸습니다."

서소가 다시 말했다.

"딴 주머니 차면서 설마 너한테 보이게 했겠느냐? 못 믿겠다면 그놈 방을 뒤져봐라. 못해도 은자 천 냥은 바로 찾을 수 있을 거다."

서관이 대답했다.

"아기가 노력해서 벌어들인 건데 그가 좀 가져간다고 뭐가 잘못이겠습니까?"

서언이 말했다.

"그놈이 실제로 딴 주머니를 찼는지 안 찼는지 속 시원하게 조사해보면 될 것 아니냐!"

서관 형제는 큰아버지 둘이 하도 닦달을 하기에 하는 수 없이 어머니한테는 말하지 않고 아기의 방에 들어가 다른 사람들은 나가라고 하고 방문을 걸어 잠그고 장롱을 뒤졌으나 해진 옷 몇 벌만 찾았을 뿐 돈은 한 푼도 찾지 못했다. 서소가 다시 말했다.

"아들놈 방에 숨겨놓았을 것이니 거기를 한번 뒤져봐라."

서관 형제가 아기의 아들 방으로 가서 찾아보니 은자가 있기는 하나 겨우 두 냥이 안 되었다. 은을 싼 주머니 안에 종이 문서가 하나 있어 살펴보니 아기의 아들이 장가갈 때 어머니 안씨가 챙겨준 은자 세 냥 가운데 쓰고 남은 거라는 것을 알 수 있었다. 서굉이 말했다.

"제가 아기가 절대 딴 주머니를 찼을 리가 없다고 하지 않았습니까. 그런데도 이렇게 계속 조사를 해보라고 닦달을 하시다니요. 이제 그만하겠습니다. 괜히 다른 사람 눈에 띄면 우세 삽니다."

서언 서소 형제는 입맛만 다시고 제수씨에게는 온다간다 말도 없이 돌아가 버렸다. 서관이 큰아버지들과 있었던 일을 어머니께 말씀드렸다. 안씨 모자는 더욱 슬픔에 잠겼다. 안씨는 온 집안 식구들과 하인들에게 상복을 입게 하고 상중임을 알리는 등불을 곳곳에 걸고 독경을 하고 천도재를 올리게 했다. 49재를 지내고 아기를 새로 마련한 묘지에 안장했다. 절차마다 온갖 정성을 다했다. 안씨가 주장하여 재산 일부를 떼어 아기의 아들에게 주고는 스스로 가업을 일궈 늙은 어머니를 봉양할 수 있게 했다. 아울러 아들들에게 아기를 삼촌의 예로 모시게 했다. 이는 바로 안씨가 아기의 은혜를 잊지 않았음을 보여주는 것이다. 금사촌 사람들이 아기의 행적을 일일이 기록하여 부 청사에 올리고 정려비를 세워 후대에 길이 알리자고 요청했다. 부에서 아기의 행적을 조사하여 그 결과를 상부에 다시 보고하니 상부에서는 조정에 상소문을 올려 이를 아뢰었다. 이후 서씨 가문은 나날이 번성했으며 권세와 부를 누렸다.

> 나이 많고 기력이 쇠하여 소나 말보다 못하다며 천대받던 그 하인,
> 천금의 재산을 그 하인이 일구었네.
> 그 하인, 주인과의 약속을 끝까지 지켰으니,
> 주인의 목을 베어 바치고 불의한 제후[不義侯]란 작위를 받은 자를 부끄럽게 만드는구나![3)

---

3) 팽총彭寵(?~29)은 후한 초 어양漁陽을 근거지로 광무제光武帝 유수劉秀(25~57 재위)에게 항복하지 않고 연왕燕王이라 자처하던 세력가였다. 한데 그의 아내가 자꾸 악몽을 꾸자 점술사에게 해몽을 부탁했다. 그 점술사가 내부 반란의 조짐이라 풀이하니 팽총이 모든 이를 멀리하고 오직 자밀子密을 포함하여 세 명의 하인만 가까이했다. 그러나 결국 이 자밀이 팽총과 그의 아내를 죽이고 그 머리를 유수에게 갖다 바쳤다. 유수는 자신의 골칫거리를 제거해준 자밀을 고맙게 여겨 제후에 봉하였는데, 하인이 주인을 죽인 것을 빗대어 '불의후'란 칭호를 내려주었다.

채서홍이 모욕을 견뎌 원수를 갚다

蔡瑞虹忍辱報仇

술 한잔에 마음이 풀리고,
술 한잔에 고민이 사라지네.
한잔 또 한잔 즐거움은 더하지만,
그 술이 또 생명을 단축시키기도 하지.
조심스러움은 사라지고 제멋대로 굴고,
맑은 정신은 사라지고 흐리멍텅해지네.
우임금이 술을 멀리한 게 다 이유가 있다네,
사람들이 술에 취해 얼마나 많은 실수를 저지르는가.

이 사는 서쪽 강에 비친 달이라는 뜻을 가진 「서강월」이다. 사람들한테 지나친 음주를 삼가라고 권고한다. 오늘은 술을 너무 좋아하여 엄청난 재난을 당한 관리 이야기를 하련다. 선덕宣德 연간(1426~1435)에 남직예 회안부 회안위에 지휘指揮 벼슬을 하는 자가 있었으니 그자의 성은 채蔡, 이름은 무武였다. 집안 살림도 넉넉하고 거느리는 하인들도 자못 많았다. 그에겐 별다른 취미가 없고 그저 술을 즐길 따름이었다. 그는 술만 봤다 하면 물불 안 가리고 덤볐으니 사람들이 그를 술귀신이라 불렀다. 바로 이 술 때문에 채무는 관직에서 파면당하고 집에 있었다. 채무만 술을 좋아하는 게 아니라 그의 아내 전田씨도 술을 잘 마셨다. 이 두 사람은 부부라기보다는 술친구에 더 가까워 보였다.

그들이 이렇게 술을 좋아하고 잘 마셨음에도 불구하고 그들의 자식들은 술을 입에 댈 줄도 몰랐다. 큰아들 채도蔡鞱와 작은아들 채략蔡略은 아직 나이가 어렸다. 딸은 올해 나이 열다섯, 태어날 때 하늘에서 오색찬란한 무지개가 내려와 그의 집을 에워싸는지라 채무가 상서로운 징조라 여겨 딸의 이름을 상서로운 무지개라는 뜻으로 서홍瑞虹이라 지었다. 서홍은 너무도 예뻤다. 게다가 용이나 봉황 같은 것도 잘 그리고 꽃이나 새 같은 것을 수놓기도 잘했다. 이렇게 여자들이 갖추어야 할 손재주가 빼어나기도 하거니와 지혜롭고 영리하여 집안의 대소사를 그녀가 다 꾸려나갈 정도였다. 하기야 낮이나 밤이나 술에 취해 지내는 채무가 집안일을 어찌 신경 쓰기 좋아하겠는가?

여기서 이야기는 둘로 나뉜다. 한편, 지금은 병부상서를 맡고 있는 조귀라는 자가 그땐 아직 출세하기 전이었는데 채무 옆집에 살고 있었다. 조귀는 어려운 집안 형편에도 불구하고 오직 독서에 몰두하여 밤새 책을 읽다가 새벽닭이 우는 소리를 듣고서야 잠자리에 들곤 했다. 채무의 부친이 그런 조귀의 모습을 보고 가상히 여겨 늘 땔감이나 쌀을 보내주며 돕곤 했다. 조귀가 나중에 연거푸 과거에 급제하여 마침내 병부상서까지 오르게 되었다. 조귀는 채무의 부친이 자기를 도와준 은혜를 잊지 아니하고 채무를 호광 형양의 유격장군으로 특별히 승진시켜주었다.

이 형양의 유격장군은 남들이 다 탐내는 좋은 자리라 조귀가 특별히 그 자리를 챙겨준 것이다. 채무는 이 임명장을 받고 너무도 기뻐하며 아내와 상의하여 부임 날짜에 맞춰 출발 준비를 했다. 딸 서홍이 말했다.

"아버님, 제 소견으로는 이 자리에는 부임하지 않으시는 게 좋을 것 같습니다."

"무슨 이유로 그런 말을 하느냐?"

"벼슬살이하는 것은 이름을 날리거나 돈을 벌려고 천리만리 떨어진 곳도 단숨에 달려가는 것 아니겠습니까. 아버님은 요즘 집에서 늘 술만 드시고 다른 일은 하지 않으셨습니다. 임지에 도착하셔서도 그러실 것인데 누가 아버님께 은자를 갖다 바치겠습니까? 그저 매일 경비만 축내고 힘들기만 하지 않겠습니까? 임지로 가시느라 고생고생하고 말입니다. 물론 은자를 갖다 바치는 사람이 없는 건 사소한 일이고 오히려 중요한 일은 따로 있습니다."

"그래 은자 갖다 바치는 사람이 없는 거 말고 정말 더 중요한 일이 뭐란 말이냐?"

"아버님, 예전에 벼슬살이하면서 이것저것 많이 보셨을 텐데 설마 그걸 아직 모르시는 것은 아니겠지요? 그 유격장군이라는 것이 무관 중에는 그 나름대로 알짜배기라고는 하나 문관의 입장에서 보면 그저 지방을 지키는 일개 장교에 불과한 것이지요. 시도 때도 없이 관리들 지켜줘야 하고 이곳저곳으로 영접하러 다녀야 하고 새벽같이 일어나야 하는 거랍니다. 한데 아버님이 평소에 집에서 지내시는 걸 보면 늘 술 드시고 제멋대로 사는 게 워낙 몸에 배어서 임지로 가셔서도 자기도 모르게 그만 그런 생활 습속이 나올 텐데 어찌 상사의 질책을 면할 수 있겠습니까? 그건 그래도 넘어갈 수 있겠습니다만 갑자기 도적이 들기라도 하면 바로 체포하러 달려가야 할 것이고 다른 지방에서 도움을 청해오면 병사를 이

끌고 출정하여야 할 것입니다. 그때마다 말을 타고 배를 타고 가셔야 할 것이며, 몸에는 갑옷을 걸치고 손에는 창을 들고 가셔야 할 것입니다. 생사가 경각에 달린 그런 순간에 평소 아버님이 하시던 것처럼 술에 취하여 해롱해롱하게 되면 생명을 제대로 부지할 수나 있으시겠습니까! 차라리 집에서 하루하루 편하게 지내시는 게 좋지 뭐 하러 사서 고생을 하시려고 그러십니까?"

"술 마실 때는 술 마시고, 일할 때는 일한다는 옛말도 있지 않느냐. 설마 내가 술 마실 때와 일할 때를 구분 못하고 늘 술에 취해서 해롱거릴 것 같으냐? 집에서야 네가 집안일을 다 맡아서 하니 내가 마음 놓고 술 마시고 놀았던 거지. 임지로 부임하면 네가 내 대신 일을 해줄 수도 없을 것이라 내가 더욱 조심하여서 네가 걱정하지 않게 할 것이다. 게다가 이 자리가 또 얼마나 좋은 자리냐. 다른 사람들은 돈을 써가면서까지 이런 자리에 못 가서 안달인데 나야 병부상서 조귀가 호의를 베풀어 특별히 이렇게 자리를 만들어준 것이야. 그런데 그 자리에 안 가겠다고 하면 호의를 거절하는 게 되어버린다. 내가 내 나름대로 생각해서 결정한 것이니 너는 나를 말리지 마라."

서홍은 아버지가 기어이 임지로 가려고 하는 걸 보고 이렇게 말했다.

"아버님이 꼭 부임하시겠다고 하면 술을 끊으셔야 합니다. 그래야 제가 안심할 수 있습니다."

"너도 잘 알다시피 나는 술 덕분에 사는 사람 아니냐! 내가 어떻게 술을 딱 끊어버릴 수 있겠느냐? 어쨌든 술을 적게 마시마."

이렇게 말하고 나서 채무는 다음과 같이 읊조렸다.

이 사람의 생명은,
오로지 삼수변[氵]에 닭유[酉], 즉 '주酒'에 매어 있다네.

밥은 안 먹을 수 있어도,

술을 안 마실 수는 없지.

내가 너의 충고를 받아들여,

술을 줄이고 조심하련다.

하루에 열 번 마시던 것을,

하루에 한 번 마시고 그런 다음 아홉 번을 더 마시련다.

한 번 마실 때 열 되 마시던 것을,

이젠 한 말만 마시련다.

매번 한숨에 다 마시던 것을,

이젠 두 숨에 끊어서 마시련다.

전에는 탁자 위에서 마시던 것을,

이젠 바닥에 내려와서 마시련다.

전에는 삼경까지 마시던 것을,

이젠 자시까지 마시련다.

여기서 술을 더 줄이라고 하는 것은,

내 생명을 줄이라고 하는 것.

한편, 채무는 다음 날 하인 채용蔡勇한테 부두로 가서 관리 부임용 배를 한 척 빌려놓으라 하고 거기에 옷가지랑 패물 같은 것을 실어놓게 했다. 큰 가재도구는 자물쇠로 잠그고 하인 가족을 남겨두고 지키라 했다. 나머지 하인들은 모두 임지로 데리고 가기로 했다. 더불어 술을 잔뜩 사서 임지로 가면서 마실 수 있게 준비했다. 길일을 잡고 돼지와 양을 잡아 하백河伯에게 제사를 지내고 친척들에게 작별인사를 하고 배에 올라탔다. 선장이 밧줄을 풀고 양주를 향하여 배를 출발시켰다. 그 선장이 누구인가? 그의 이름은 진소사陳小四로 그도 역시 회안부 태생으로 나이는

30대, 뱃사람 일곱 명을 데리고 출발했다. 그 일곱 명이 누구인가? 꾀보 백가[백만白滿], 곰보 이가[이라자李癩子], 쇠솥단지 심가[심철옹沈鐵瓮], 땅딸보 진가[진소원秦小元], 망나니 하가[하만이何蠻二], 알랑방귀 여가[여합파余蛤朳], 언챙이 능가[능왜취凌歪嘴]가 바로 그들이었다. 이놈들은 모두가 승객들의 돈과 패물을 마구 털어먹는 불한당 같은 놈들이었다. 채무가 재수가 없으려니 이런 놈들의 배를 빌리게 되었다.

진소사는 채무가 이렇게 많은 짐을 싣는 걸 보고 이미 눈이 휘둥그레지고 웬 떡이냐 싶었는데 서홍의 아름다운 모습을 보고는 이미 정신이 다 나가버릴 정도였다.

'그래 조금만 배를 몰고 나가면 바로 손을 써야지. 여기서 손을 쓰면 다른 사람 눈에 띌 수 있으니까 말이야!'

며칠 후, 배가 황주 코앞에까지 다다랐을 때 진소사가 이렇게 중얼거렸다.

"이제 손을 쓸 때가 되었군. 동생들한테 알려야겠다."

진소사가 뱃머리 쪽으로 가서 뱃사람들을 불러 모아 말했다.

"선창 안에 있는 저 많은 재물을 그냥 보내줄 수야 없지. 오늘 밤 일을 치른다!"

뱃사람들이 일제히 웃으면서 말했다.

"저희야 진즉부터 눈독 들이고 있었습죠. 한데 형님이 아무 말씀 안 하시기에 혹시 동향 사람이라고 봐주시려나 했습니다."

"하하, 무슨 얘기냐! 그저 손을 쓰기 좋은 곳에 도달할 때까지 기다리다 보니 그놈이 며칠 더 살게 된 것뿐이다."

"그놈이 그래도 무관이고, 하인들도 많으니 다른 때보다 특별히 더 조심해야겠습니다."

"그놈은 소문난 술귀신이야. 무관은 무슨 얼어 죽을! 걱정 붙들어 매어라. 그놈이 술에 취할 때까지 기다렸다가 바로 그놈이랑 마누라를 처치해버려라. 아, 그놈 딸은 건드리지 말고 살려둬라. 내가 마누라 삼으련다."

잠시 후 배가 황주 어귀에 정박했다. 진소사는 술과 안주를 사 오게 해서 뱃사람들을 배불리 먹인 다음 다시 배에 닻을 올렸다. 돛이 바람을 팽팽하게 받으며 배는 화살처럼 강물 위로 나아갔다. 그날은 마침 보름, 황혼녘에 둥근 달이 떠오르니 대낮처럼 밝았다. 배가 넓은 곳으로 나아가자 진소사가 뱃사람들에게 말했다.

"자, 이제 그만 가고 여기서 손을 쓰자!"

그들은 곧장 노를 내려놓고 닻을 내리고 각자 무기를 들고 앞쪽 선창으로 달려갔다. 채무의 하인 하나가 이들이 흉악한 기세로 달려오는 걸 보더니 바로 소리쳤다.

"나리, 큰일 났습니다!"

정말 눈 깜짝할 사이에 그 하인은 말을 채 마치지도 못하고 그만 고꾸라지고 말았다. 그 하인의 정수리에 도끼날이 찍히고 피가 철철 흘러내렸다. 채무의 하인들은 모두 덜덜 떨기만 하고 어찌할 바를 몰라 했다. 강도들은 조금도 망설이지 않고 하인들을 칼로, 도끼로 죽여 버렸다.

한편 채무는 처음 배를 탔을 때는 술을 조금 자제하는 듯했으나 며칠 지나자 스스로 무료함을 느끼다 보니 예전처럼 아내와 술을 마시기 시작했고 서홍이 극구 말려도 듣지 않았다. 그날 밤도 아내와 한창 신나게 술을 마시기 시작하여 벌써 술에 얼큰히 취하고 말았다. 서홍은 앞쪽 선창에서 고함 소리가 나는 걸 듣고 급히 하녀를 보내 무슨 일인지 살피라 했다. 그 하녀가 한 걸음도 채 떼지 못하고 바로 소리를 질렀다.

"나리, 앞 선창에서 살인이 벌어졌습니다."

채무의 아내는 놀라서 정신이 반은 나가버린 듯했다. 채무의 아내가 겨우 몸을 일으키는가 했더니 강도들이 중간 선창으로 밀려들어 왔다. 채무는 술에 취하여 눈이 풀린 채로 소리쳤다.

"나 채무 나리가 여기 있는데 어느 놈이 감히 들어오느냐?"

쇠솥단지 심가가 도끼로 채무를 내려치니 채무가 어이쿠 하며 넘어졌다. 하인들이 일제히 무릎을 꿇고 외쳤다.

"아이고, 금은보화는 다 가져가시고 그저 목숨만 살려 주십쇼!"

강도들이 대답했다.

"둘 다 가져가야겠다."

진소사가 말했다.

"잠깐, 그래도 저놈과 내가 한 고향 사람인데 모가지는 끊지 마라. 저놈 몸뚱아리는 온전히 해서 죽게 해줘라."

진소사가 강도들에게 어서 밧줄을 찾아오라 했다. 강도 둘이 뒤 선창으로 가서 밧줄을 찾아와서 서홍만 빼고 채무 부부를 함께 묶었다. 채무가 울면서 서홍에게 말했다.

"내가 네 말을 듣지 않았더니 결국 이런 날이 오고 말았구나."

강도들이 채무 부부를 강물에 집어 던졌다. 채무의 하인들은 하나씩 모두 목을 베어버렸다. 시 한 수로 이를 증명하노라.

황금 직인을 지닌 장군이여, 너무도 술을 좋아하는구나,
녹림처사가 어찌 이리도 거칠고 용맹한가.
무정한 파도가 하늘 높이 굽이치는 건,
오자서의 분노가 하늘에 닿아서라네.

서홍은 강도들이 온 집안 식구를 도륙하면서도 자기만을 살려두는 걸 보고 필시 자기를 욕보이려 하는 것임을 직감하고 선창 문을 열고 뱃

전으로 달려가 강물에 뛰어들려고 했다. 진소사가 손에 들고 있던 도끼를 내려놓고 서홍을 붙잡았다.

"아가씨, 놀라지 마셔. 안 죽일 거니까 걱정 말라고."

서홍이 버럭 화를 내며 욕했다.

"이 강도놈아, 우리 가족을 몰살시키고 거기다가 나를 욕보이기까지 하려느냐? 어서 나를 죽게 내버려 둬라."

"아니, 이렇게 예쁜 아가씨를 어떻게 죽게 내버려 둘 수 있어?"

진소사는 이렇게 말하면서 서홍을 안고 뒤 선창으로 들어갔다. 서홍은 계속 이 죽일 놈의 강도, 저 죽일 놈의 강도 하면서 끊임없이 욕을 해대었다. 다른 강도들이 버럭 화를 내며 진소사에게 말했다.

"형님, 어디 여자가 없다고 그래 이런 욕을 다 먹고 그러십니까!"

강도들이 서홍을 죽여버리려고 하자 진소사가 황급히 가로막았다.

"동생들, 내 얼굴을 봐서 저 여자를 좀 용서해주시게. 내가 동생들한테는 내일 별도로 한 번 더 챙겨주겠네."

그런 다음 진소사가 서홍을 향해서 버럭 소리를 질렀다.

"어서 그 입 좀 다물라. 네가 다시 욕을 하면 그땐 나도 너를 어떻게 해줄 수가 없다."

서홍은 울면서 혼자 곰곰이 생각에 잠겼다.

'나마저 죽으면 우리 집의 원수는 누가 갚아주지? 그래 억울해도 이 모욕을 견디고 원수를 갚고 난 다음에 죽어도 늦지 않을 거야.'

서홍은 그제야 욕을 멈추고 울면서 터벅터벅 걸음을 옮겼다. 진소사가 그녀를 위로했다. 강도들은 시체들을 강물에 마구 던졌다. 배를 깨끗이 치우고 선창을 정리하고 난 다음 배를 모래톱에 세우고 바구니와 상자를 다 들고 내려서 각자 자기 몫을 나누려고 했다. 진소사가 말했다.

"동생들, 서둘 필요 없이 천천히 하자고! 오늘이 바로 보름이잖아. 내가 오늘 마누라를 들이는 기념으로 동생들 코가 삐뚤어질 정도로 한턱낼 테니까 먼저 술부터 한잔 들고 그런 다음 오늘 얻은 것을 같이 공평하게 나누면 되지 않겠어.”

"그 말대로 합시다요.”

그들은 채무가 사 온 술을 몇 단지 따고 안줏거리를 챙겨 같이 선창에 앉아서 촛불을 환히 밝혀 놓고는 채무가 챙겨온 은잔에 술을 따라 맘껏 마셨다. 진소사는 서홍을 안고 나와서 자기 옆에 앉혔다.

"아가씨, 나는 진정한 사내, 아가씨는 멋진 여인, 정말 잘 어울리는 한 쌍이지 않소. 오늘 밤 나랑 부부의 연을 맺고 백년해로합시다.”

서홍은 고개를 숙이고 계속 울기만 했다. 강도들이 한마디 했다.

"저희 동생들이 형수님께 술을 한잔 올리겠습니다.”

강도들이 술을 한 잔 따라서 들고 왔다. 진소사가 그걸 대신 받아서 서홍에게 건네며 말했다.

"동생들의 성의를 봐서 입에 살짝 대보기라도 하지.”

서홍이 어찌 그런 것에 신경이나 쓰겠는가? 서홍이 그냥 손으로 술잔을 밀쳐냈다. 진소사가 웃으면서 말했다.

"아우들의 성의를 저버릴 수 없으니 이 형이 대신 마시겠네.”

이렇게 말하고 나서 진소사가 단숨에 술잔을 비웠다. 땅딸보 진가가 말했다.

"형님, 한 잔만 드시는 건 안 됩니다. 두 잔은 마셔야 형수님과 함께 백년해로하십니다.”

땅딸보 진가가 이렇게 말하고 나서 술을 한 잔 더 따라와 건네니 진소사가 받아서 바로 마셨다. 다시 술을 더 걸러 와서 서로 주거니 받거니 했다. 진소사가 동생들의 술잔을 거듭 받아 마시다 보니 취기가 바짝 올랐다. 동생들이 말했다.

"우리들끼리 술을 마신다고 형수님한테 너무 불편하게 해드린 것 아닌지 모르겠습니다. 형님, 어서 안으로 들어가서 쉬시지요."

"그래, 그럼 아우님들끼리 편하게 마시게. 나는 이제 들어가겠네."

진소사는 서홍을 껴안고 등불을 들고 뒤 선창으로 들어갔다. 진소사가 서홍을 내려놓고 선창문을 닫고 서홍에게 다가와 옷을 벗겼다. 서홍이 어쩔 겨를도 없이 알몸이 되어버렸다. 진소사는 서홍을 침상 위에 던져놓고 맘대로 농락했다. 아, 꽃다운 소녀가 강도에게 더럽혀지는구나.

폭우에 꽃은 지고,
거센 바람에 새싹이 꺾이고.
이 하룻밤의 풋사랑은,
전생에서부터 맺어진 악연 탓이런가.

진소사의 이야기는 이제 그만하자. 다른 강도들은 선창에서 한창 술을 들고 있었다. 꾀보 백가가 말했다.

"진소사 형님은 지금쯤 한창 재미를 보고 계시겠지."

쇠솥단지 심가가 그 말을 듣고 이렇게 말했다.

"형님은 한창 재미를 보고 있는데 우리는 뭐지?"

땅딸보 진가가 말했다.

"우리가 뭐 재미없는 것도 아니잖아?"

쇠솥단지 심가가 말했다.

"일은 같이 하고 누구만 제일 큰 재미를 보고 그러네. 내일 우리가 번 걸 나눌 때 조금이라도 양보하려나?"

곰보 이가가 말했다.

"아 글쎄, '풀을 베면서 뿌리까지 뽑지 아니하면, 나중에 다시 싹이 돈는다'는 말도 있잖아. 그녀의 집 식구를 우리가 다 죽였으니 우리한테 얼마나 한이 맺혔겠어. 조금 잘해 준다고 해서 어찌 바로 마음 풀고 형님하고 같이 산다고 하겠어? 사람들이 모여 사는 마을에 들어가면 고래고래 소리 질러댈 텐데, 그럼 우리 목숨도 그녀 손에 왔다 갔다 하는 게 된단 말이지."

다른 강도들이 일제히 말했다.

"듣고 보니 그러네. 그럼 내일 형님한테 말해서 그녀를 없애버리라고 하지. 그럼 깔끔하지 않겠어."

이가가 다시 말했다.

"형님이 이미 그녀한테 푹 빠져버렸는데 죽이려고 할까?"

꾀보 백가가 말했다.

"형님한테 말하지 말고 우리가 조용히 일을 처리하자고."

곰보 이가가 말했다.

"우리가 나서서 그녀를 없애버리면 나중에 형님하고 관계가 엄청 껄끄러워질 거라고. 나한테 누이 좋고 매부 좋은 계책이 있다네. 형님 잠들었을 때 우리가 뺏은 물건들을 나눠 갖고 각자 흩어져서 살길을 찾자고. 형님이야 이미 여자 맛을 봤으니 그냥 몇 개 남겨드리면 되는 거고. 나중에 일이 탄로되면 그 뒤탈은 형님이 뒤집어쓰겠지. 그럼 우리는 안전할 거니까 그게 좋지 않겠어?"

다른 강도들이 모두 좋다고 맞장구쳤다. 그들은 함께 자리에서 일어나 하나씩 상자를 열어가며 금은보화, 옷가지, 장신구, 그릇 등을 나누고 별로 값나가지 않는 것 몇 개만 남겼다. 각자 자기 몫을 챙겨서 보자기에 싸고 선창 문을 밖에서 닫고 배를 몰아 갈림길이 나오는 곳에까지 가서 배를 정박하고 모두 강둑으로 올라가 사방으로 흩어졌다.

상자에 들어있는 금은보화는 남들이 다 나눠 가졌네,
난 이불 속에서 여인의 향기를 가졌다네.
사람들이 벌집의 꿀을 따가고 있건만,
벌은 여전히 꽃송이에 혀를 대고 잠들었구나.

한편 진소사는 서홍한테 푹 빠져서 동생들이 밖에서 어떻게 쑥덕공론을 하고 있는지 전혀 눈치채지 못했다. 이튿날 사시가 넘어서야 일어나 밖을 살펴보니 아무도 보이지 않았다. 자기가 어젯밤 술에 취하여 그냥 잠들어버린 게 생각났다. 이물로 가서 찾아보았으나 역시 아무도 없었다. 앞 선창으로 들어가 보았으나 역시 개미 새끼 하나 보이지 않았다. 금은보화가 들었던 상자들이 모두 열려 있기에 안을 들여다보니 남아 있는 게 아무것도 없고 그저 부스러기 몇 점과 서화 몇 점만 있었다. 동생들이 모두 가져간 걸 알게 되자 버럭 화가 났으나 어쩔 도리가 없었다.

"이놈들이 내가 여자를 살려서 데리고 있다고 나중에 문제가 생기면 내가 뒤집어쓰라고 이렇게 내빼버린 거로군! 나 혼자 이 배를 몰고 갈 수도 없고 그렇다고 여기 그냥 이렇게 죽치고 있을 수도 없고 진퇴양난이군. 배에서 내려 마을에 들어가면 이 여자가 고래고래 소리를 질러 사람 살리라고 하면 내 목숨도 간당간당해질 거야. 이거 참 호랑이 등에 탄 형국이라 내리지도 못하고. 일단 저 화근부터 없애버려야겠다."

진소사는 도끼를 들고 뒤 선창으로 들어갔다. 서홍이 침상에서 울고 있었다. 얼굴 가득 눈물이 번지며 울고 있는 서홍의 모습이 너무도 아름다워 자기도 모르게 도끼를 쥔 손에서 힘이 빠져나갔다. 서홍을 죽여야겠다는 다짐이 눈 녹듯이 사라져 버렸다. 진소사는 쥐고 있던 도끼를 바닥에 던져 버리고 서홍을 껴안고 한 차례 욕정을 불태웠다. 아 슬프도다, 이렇게 아리땁고 연하디연한 꽃이 미친 바람에 무참히도 짓밟히는구나.

진소사가 욕정을 채우고 나더니 서홍을 달랜답시고 이렇게 말했다.

"아가씨, 힘들지? 내가 가서 먹을 것 좀 챙겨다 줄게!"

진소사가 벌떡 일어나 이물에 가서 불을 지피고 밥을 짓다가 생각에 빠졌다.

'내가 이 여자한테 정신이 팔리다 보면 제 명에 죽지 못할 거 같은데 그렇다고 죽이자니 차마 손이 안 떨어지고. 그래, 그냥 재수 옴 붙었다 치고 이 배를 버리고 다른 데 가서 지내야겠다. 내가 재수가 좋아 돈을 왕창 벌게 되면 배 한 척 사서 전처럼 다시 신나게 살아보자고. 이 여자는 그냥 배에다 버리고 가자. 이 여자가 살 팔자면 우연히 다른 사람 눈에 띄어서라도 살 수 있겠지. 그러다 내가 혹시 잘못되어도 그것 역시 내 팔자인 거고!'

그러다 진소사가 또다시 생각에 빠졌다.

'아냐 아냐, 저 여자를 없애지 않으면 두고두고 화근이 될 거야. 좋아, 저 여자에게 칼자국 내지 말고 그냥 상처 없이 고이 죽이자.'

진소사는 자기가 지은 밥을 배 터지게 먹었다. 평소 들고 다니던 은자하고 동생들이 남기고 간 부스러기 몇 점을 같이 묶어서 한 덩어리로 만들어서 한쪽에 놓아두고 밧줄 하나를 챙겨 고리 모양으로 만든 다음 선창 안으로 들어갔다. 서홍은 진소사가 자기를 또 범하러 올지 몰라 진즉에 옷을 챙겨입고 안쪽을 향해 돌아앉아 눈물을 흘리며 어떻게 복수할까를 골똘히 생각하고 있었다. 서홍은 진소사가 자기를 죽이려 달려들 줄은 꿈에도 생각하지 못하고 있었다.

눈 깜빡할 사이에 이 강도 놈이 서홍에게 달려와 왼손으로 서홍의 머리를 잡아채고는 오른손으로 그 밧줄 올가미를 서홍의 목에 걸었다. 서홍이 소리를 지르려 했으나 진소사가 밧줄을 더욱 조이는 바람에 서홍은 숨이 턱 막힌 채 손과 발을 버둥거리면서 몇 번을 펄쩍펄쩍 뛰다가 그만 침상 위에 쭉 뻗어버렸다. 진소사는 서홍이 죽었거니 생각하고선 손의 힘을 풀고 선창 밖으로 나가 자기 짐을 들어 막대기에 끼워서 어깨에 멘 다음 강둑 위로 뛰어올라 길을 갔다.

베개맡의 사랑은 버렸으나,
골칫덩어리는 깔끔하게 처리했구나.

그래도 서홍이 죽을 운명은 아니어서 진소사가 묶은 매듭이 한 겹이었다. 처음 진소사가 그렇게 매듭을 묶은 밧줄로 서홍의 목을 졸랐을 때 서홍이 잠시 숨이 막히고 기절하기는 했으나 진짜 죄수를 목매달아 죽이는 그런 밧줄 매듭처럼 시간이 가면 갈수록 더욱 조여지는 것과는 다르게 진소사가 서홍을 내버려 두고 떠나자 매듭이 느슨해지고 목구멍이 숨을 쉴 수 있을 정도로 풀어지고 서홍의 숨이 다시 돌아오고 몸에 조금씩 피가 돌기 시작했다. 그러나 아직은 몸을 제대로 가눌 수가 없었으니 마치 안마를 받고 축 늘어진 양귀비 같았다.

서홍이 숨을 내쉬어보니 목이 너무 아팠다. 어떻게든 손으로 밧줄을 풀어보려고 애썼다. 마음이 너무도 쓰라렸다.

'아버지, 그때 제 말을 들으셨다면 어찌 이런 일이 일어났겠습니까? 저놈들하고 무슨 전생의 악연이 있어서 우리 가족이 이런 참화를 당했는지 모르겠습니다. 제가 저 강도 놈한테 몸이 더럽혀지면서도 꾹 참고 살고자 했던 것은 우리 가족의 원수를 갚고자 함이었습니다. 알고 보니 저 강도 놈 역시 본시 저를 살려주고자 하는 마음도 없었습니다. 저 하나 죽는 게 아쉽지는 않으나 원수를 갚지 못하고 물속 깊은 곳에 이 몸이 떨어져 버리면 저는 죽어도 눈을 못 감을 것입니다.'

서홍이 아무리 생각해도 울음만 나왔다. 한창 울고 있는데 이물에서 쿵 하고 뭔가 소리가 들려오고 배가 몇 번 흔들렸다. 서홍이 침상에 누워있다가 밑으로 굴러떨어질 뻔했다. 서홍은 깜짝 놀라서 울음을 멈추고 귀를 기울여보았다. 옆의 배에서 뱃사람들이 시끄럽게 떠드는 소리, 노 젓는 소리가 들려왔을 뿐 정작 서홍이 타고 있는 배에서는 아무런 기척도 없었다.

'이놈들은 다른 배가 와서 부딪쳤는데도 어째서 아무런 기척도 없지? 저 배도 한 패거린가? 아니면 관가의 배라서 찍소리 못하고 있는 건가.'

서홍이 살려 달라고 소리라도 지르고 싶었으나 어떤 상황인지 가늠이 되지 않아 망설이고 있었다. 바로 이때 선창 안으로 사람들이 들어와 호들갑스럽게 살피다가 뒤 선창으로 들어왔다. 서홍은 이자들도 강도인 줄 알고 이제 꼼짝없이 죽었구나 생각했다. 사람들이 떠드는 소리가 들려왔다.

"어느 관선이기에 이렇게 다 털렸지? 사람을 하나도 안 살려뒀구먼."

서홍은 이 대화를 듣고 이 자들이 강도는 아님을 바로 알게 되었다. 억지로 몸을 일으키며 살려달라고 고함을 쳤다. 사람들이 달려와 보니 아리따운 아가씨가 손으로 침대를 짚고 내려오고 있었다. 사람들이 연유를 물었다. 서홍은 말할 생각은 안 하고 눈물부터 흘렸다. 한참 후에 서홍은 아버님의 관직, 고향 그리고 강도를 당하게 된 시말을 자세하게 설명했다.

"나리들, 제가 이렇게 억울한 일을 당했으니 제발 저를 관가에 데려가 주셔서 강도 놈들을 붙잡아 원수를 갚을 수 있게 해주십시오."

"아이고 아가씨가 큰 고초를 겪었구먼. 한데 우리가 결정할 수는 없고 주인 나리가 오실 거니 주인 나리한테 잘 말씀드려 보시오."

그 가운데 한 명이 주인 나리를 모시러 달려갔다. 잠시 후 한 사람이 선창 안으로 들어왔다. 사람들이 일제히 일어났다.

"나리 오셨습니까."

서홍이 고개를 들어 그자를 바라보니 이목이 시원시원하고 옷도 제대로 갖춰 입은 데다 여러 사람들이 나리라고 부르는 것을 보니 필시 지체 있는 집안의 자제인 것 같아 바로 바닥에 엎드려 큰절을 했다. 그자가 당황하여 황급히 서홍을 일으켜 세웠다.

"아가씨, 이렇게까지 예를 차리실 필요는 없소이다. 할 말이 있으면 일어나서 하시오."

서홍이 지난 일을 소상하게 이야기했다.

"나리, 제발 저를 불쌍히 여기시고 환난에 빠진 저를 구해주신다면 저는 죽어도 그 은혜를 잊지 않겠습니다."

"소저, 너무 걱정하지 마시오. 강도들이 그리 멀리 가지는 못했을 것이니 내가 소저를 데리고 관가로 가서 알리고 사방에 사람을 보내어 추적하면 그들을 잡을 수 있을 것이오."

서홍이 눈물을 흘리며 고마움을 표했다. 그자가 하인들에게 말했다.

"일을 서둘러야겠다. 어서 소저를 모시고 우리 배로 건너가자."

하인들이 서홍을 안내할 채비를 했다. 서홍은 신발을 챙겨 신고 선창 문밖으로 나갔다. 옆에 정박해 있는 배는 선창 두 개가 이어 붙어 있는 엄청나게 큰 화물선이었다. 그 배로 건너가니 그자가 서홍을 선창 안으로 안내하여 쉴 수 있게 했다. 그 배의 뱃사람들이 서홍이 타고 있던 배에서 가재도구와 짐을 챙겨 옮겨 실었다. 그런 다음 배가 출발했다.

여러분, 이 사람이 누군지 아는가? 이자의 성은 변卞, 이름은 복福, 한양부 사람이다. 강호를 돌아다니면서 장사하여 가업을 일구고 마침내 이 큰 배까지 소유하게 되었다. 그리고 이 배에 타고 있는 뱃사람들은 바로 그의 하인이기도 했다. 강물을 따라 내려가는 길에 곡물을 싣고 가서 팔고 다시 돌아오는 길에 다른 물건을 싣고서 순풍을 맞이하여 항해하고 오다가 갑자기 큰 바람을 만나 강둑으로 배가 밀려 키잡이가 젖 먹던 힘까지 다해 어찌 막아보려 했으나 막지 못하고 결국 서홍이 타고 있던 배와 부딪치게 된 것이다.

보아하니 관가의 깃발이 꽂혀 있는 배라 혹시 무슨 말이라도 심하게 듣게 될까 봐 염려되어 잽싸게 뱃사람들이 바로 다른 곳으로 이동시키려 했으나 그만 배가 수심이 낮은 곳에 걸터앉아서 제대로 말을 들어먹지 않았다. 그리하여 뱃사람들이 일제히 구령에 맞춰 죽을힘을 다해 겨우 떨어뜨려 놓았다. 변복이 그 배를 바라보니 사람의 그림자조차 보이지 않는지라 너무도 이상하다 싶어 뱃사람들을 시켜 살펴보게 했다. 뱃사람들이 돌아와 여인 혼자 있으며 도움을 청한다 전했다. 변복은 그 말을 듣는 즉시 음흉한 마음이 생겨 일단 거짓 호의를 보이며 여인을 얼러서 자기 배로 데려왔다. 사실 그는 그녀를 관청을 데리고 가서 대신 고소해주고 억울함을 풀어줄 마음이 애당초 없었다.

서홍은 된통 참혹한 일을 당했으면서도 이 억울함을 풀어낼 길이 없어 막막했다가 변복을 만나자 마치 일가친척이라도 만난 양 그에게 도움을 청했다. 게다가 변복이 이렇게 자기 마음을 헤아리는 말을 해주니 철석같이 믿고 의심하지 않았다. 서홍은 배를 옮겨 탄 다음 생각에 잠겼다.

'아냐, 내가 지금 뭔가 착각하고 있는 것은 아닐까! 저 사람이 나의 일가친척도 아닌데 어찌 나를 도와주려고 나를 데리고 관가에 가겠어? 게다가 저 사람이 지금 나에게 베푸는 호의가 진심인지 아닌지도 알 수가 없잖아. 만약 무슨 흑심이라도 품고 있으면 어쩌지!'

서홍이 이렇게 고민하고 있는데 변복이 먹을 것과 마실 것을 챙겨서 들고 왔다.

"낭자, 배가 고플 텐데 이거 좀 드시오."

돌아가신 부모님 생각에 음식이 넘어갈 리가 있겠는가! 변복이 서홍

곁에 앉아 구슬렸다.

"내가 할 말이 있는데 낭자가 내 말을 듣고 싶어 할지 모르겠소이다."

"하실 말씀이 무엇인지요?"

"내가 아까는 의협심이 일어나 낭자와 같이 관가에 가서 고소하겠노라 했으나, 이 배에 화물을 잔뜩 실어놓은 상황을 미처 고려하지 못했소이다. 원래 관가 일이란 부지하세월인 경우가 많으니 그게 반년이 걸려도 제대로 결판이 나지 않는 경우가 허다한지라 그동안 이 화물을 어찌해야 할지 모르겠소이다. 그러니 이 화물을 처리하는 동안 낭자는 저를 따라다니고 제가 이 화물을 처리하고 나면 그때 작은 배를 별도로 빌려 낭자의 고소 건을 처리하면 그땐 아무리 시간이 오래 걸려도 내가 걱정이 없겠소이다. 그리고 한 가지 더. 처녀 총각이 같이 배를 타고 다니면 우리가 아무리 거리낄 게 없이 지낸다고 하더라도 사람들이 말을 해댈 겁니다. 결국 아무 일도 하지 않았는데 구설만 생기는 그런 억울함이 생기는 거죠. 보아하니 낭자는 사고무친이라 비록 내가 장사치에 불과하나 그대로 살림이 튼실한 편이니 나를 그렇게 싫어하지 않으신다면 나랑 부부의 연을 맺는 게 어떠하오? 그럼 낭자의 원수를 갚는 일은 내가 나서서 일사천리로 진행할 것이외다. 강도 놈들을 하나도 빠짐없이 붙잡아 낭자의 원수를 갚아줄 것인데 낭자의 생각이 어떤지 모르겠소이다."

서홍은 속이 뻔히 보이는 이 말을 듣고 자기도 모르게 눈물이 줄줄 흘러내렸다.

'내 팔자가 기구하여 또 이런 놈을 만났구나. 내가 이런 그물에 걸려들었으니 빠져나갈 길이 막막하구나. 그래 부모님의 원수를 갚는 게 중요하지 내 한 몸 망가지는 게 뭐가 중요하랴! 이미 더럽혀진 천한 몸, 지금 당장 자결하는 게 정절을 지키는 길도 아니니 우선 원수를 갚고 난 다음에 자결하는 게 나의 명예를 살리는 길일 것이로다.'

이렇게 작정하고 나서 서홍은 눈물을 머금고 대답다.

"나리께서 이렇게 진심으로 저를 위해 원수를 갚아주시겠다고 하시니 어찌 그 말을 따르지 않겠습니까! 나리께서 맹세만 해주신다면 당장 그 말대로 하겠습니다."

변복은 그 말을 듣고 너무도 기쁜 나머지 바로 무릎을 꿇고 맹세했다.

"내가 낭자에게 원수를 갚아주지 않는다면 나는 저 강물에 몸을 던져 죽을 것이외다."

변복이 말을 마치고 일어나 뱃사람들에게 분부했다.

"앞마을에 배를 정박하고 고기와 술과 과일을 사서 혼례를 치를 수 있게 준비하라."

그날 저녁 혼례를 치렀다.

며칠 후, 배가 한양에 도착했다. 어찌 알았으리, 변복에게 이미 아내가 있었던 것을! 게다가 변복의 아내는 질투가 무척이나 심하고 그악스러웠다. 변복은 아내의 눈치를 보느라 서홍을 집으로 들이지 못하고 다른 처소를 하나 구하여 거기에 들여앉히고 하인들에게는 절대 비밀로 하라고 신신당부했다. 한데 또 그 하인 가운데 마님한테 알랑방귀를 뀌는 놈이 있어서 뽀로로니 달려가 고자질했다. 변복의 아내가 그 말을 듣고 노기충천하여 남편과 대판 싸우려다가 생각을 바꿔서 아무 내색도 하지 않고 몰래 하인을 시켜 거간꾼에게 부탁하여 서홍을 사갈 사람을 물색하라 했다. 거래를 하기로 한 날, 한쪽은 돈을 내고 한쪽은 사람을 내어주기로 했다.

그날이 되어 변복의 아내는 남편이 술이 떡이 되도록 마시게 한 다음 정작 본인은 가마를 타고 서홍이 있는 곳으로 갔다. 서홍을 사갈 사람이 이미 도착해서 기다리다가 변복의 아내가 오자 따라서 안으로 들어갔다. 서홍에게 변복의 아내가 찾아왔다고 전갈을 하니 서홍이 부득불 나와서 맞이했다. 서홍을 사갈 사람이 곁에서 서홍을 살펴보더니 천하일색이라 얼굴이 싱글벙글했다. 변복의 아내가 얼굴에 미소를 머금고 말했다.

"가소롭게도 내 남편이 일을 거꾸로 한 것 같구나. 너 같은 여자를 소실로 들였으면 집으로 데리고 들어와야지 뭐 하러 이런 곳에다 숨겨놓는단 말이냐. 이거 참 우세스러워 남이 알까 무섭구나. 내가 패악질이라도 하는 줄 알 거 아니냐! 하여 내가 이렇게 특별히 너를 데리러 왔으니 옷가지 같은 걸 어서 챙기도록 하라."

서홍은 변복의 얼굴이 안 보이기에 사양하고 안 따라가겠다고 했다. 변복의 아내가 다시 입을 열었다.

"그래, 집에 들어와 나랑 같이 살고 싶지 않다면 그렇게 하여라. 하지만 내가 이렇게 직접 찾아온 성의를 봐서 나를 따라 우리 집에 와서 며칠 묵다가 다시 돌아오도록 하라."

서홍은 이 말을 듣고 계속해서 거절할 수만은 없어 방에 들어가 짐을 챙겼다. 변복의 아내는 하인을 시켜 밖에 나가서 서홍을 사갈 사람한테 몸값을 받게 하고 가마를 준비하게 한 다음 서홍이 나오자 그 가마에 타게 했다. 서홍이 탄 가마는 바람처럼 길을 잡아 나갔다. 가마가 강변에 이르자 그 사람은 서홍을 데리고 배에 올랐다. 서홍은 자기가 계략에 빠졌음을 알고 대성통곡하면서 강물에 몸을 던지려 했으나 그 사람이 서홍을 꼭 붙잡고 꼼짝 못 하게 했다. 거간꾼과 가마꾼이 배에서 내리자 배는 돛을 올리고 쏜살같이 출발했다.

한편, 변복의 아내는 서홍을 팔아치운 다음 서홍이 쓰던 집기를 모두 정리하고 문을 잠가버렸다. 집에 돌아와 보니 남편 변복이 아직도 자고 있었다. 아내가 변복의 뺨을 서너 차례 때려 깨우더니 욕하고 때리고 난리가 아니었다. 이렇게 날이 새도록 난리를 치니 변복은 감히 바깥출입을 할 엄두를 내지 못했다. 하루는 큰맘 먹고 서홍이 살던 곳에 가보니 문이 굳게 잠겨 있었다. 변복이 깜짝 놀라 하인에게 물어보고서야 아내가 서홍을 팔아버렸다는 걸 알게 되었다. 변복은 화가 머리끝까지 치밀어올랐다. 한데, 나중에 변복이 강물에 빠져 죽게 되는데 이게 다 서홍이 원수 갚는 걸 도와주지 아니하면 강물에 몸을 던져 죽겠노라 한 자신의 맹세대로 된 것이라. 변복의 아내는 원래 질이 안 좋은 여자라. 남편이 죽은 다음에 재물을 맘껏 쓰고 즐기다가 자신과 정을 통한 간부에 의해서 기생집에 팔리고 만다. 하늘이 무심치 않고 죄는 지은 대로 가는 법이다. 이를 증명하는 시를 한 수 인용해 보자.

모욕을 견디고 살아감은 원수를 갚기 위함이었으나,
정욕을 채우고자 간계를 부리는 자를 만나고 말았구나.
거짓 맹세를 하지 말지니,
하늘이 내려다보도다.

한편, 서홍은 이렇게 팔려서 배에 갇힌 자기 신세가 너무도 안타까워 구슬피 울었다. 서홍을 사들인 남자가 이렇게 위로했다.
"너무 그렇게 울지 마소. 그래도 맛난 밥 먹게 해주고 좋은 옷 입게 해주고 맘 편하게 살게 해줄 거니까. 변가네 마누라쟁이한테 시달리고 사는 것보다 백배 나을 거여."
서홍은 그자의 말엔 신경도 쓰지 않고 그저 혼자 생각에만 골몰했다.
'차라리 죽어버릴까? 아직 원수를 못 갚았으니 이를 어쩐다. 모진 목숨 이어가려니 음탕한 여인네의 길을 가야 하는구나.'
아무리 생각해봐도 원수를 갚으려면 이 모욕을 견디고 되어가는 형편을 보고서 어떻게 대처할지를 결정해야 할 것 같았다. 얼마 가지 못하여 바로 해가 저물었고 그자는 배를 강둑에 대었다. 그자가 서홍에게 갈이 자자고 했다. 서홍은 옷을 움켜쥐고 버텼다. 그자가 다가와 서홍을 억지로 껴안았다. 서홍은 사람 살리라고 고래고래 소리쳤다. 그자는 다른 배에 소리가 들려 괜히 문제가 생길까 봐 서홍을 풀어주고 더는 추근대지 않았다.

배가 무창부에 도착했다. 그자는 서홍을 포주 왕가에게 팔아넘겼다. 왕가 기생집에는 이미 기녀 서넛이 있었다. 그중 한 기녀가 온갖 치장을 하고 얼굴에 진한 화장을 하고서 문가에 기대어 웃음을 팔고 있었다. 서홍이 그런 모습을 보니 마음이 너무나 고통스러웠다.

'이렇게 기루에서 생활하다가는 원수 갚는 길이 막막하겠구나. 게다가 이런 생활을 하면서 무슨 염치로 얼굴을 들고 다닐 수 있을까!'

서홍은 차라리 죽어버리겠다는 심정으로 손님 받기를 거절했다. 그런데 참으로 기이한 인연이 있어 서홍이 이런 길로 들어서게 되었음에도 몸을 망치는 상황은 모면할 수 있었다. 포주가 기생 어미에게 상의했다.

"저년이 저렇게 손님을 받지 않겠다고 하니 데리고 있어 봐야 아무 소용이 없겠어! 앞뒤 안 가리고 죽겠다고 난리를 피우니 외려 손해가 막심이라. 다른 임자한테 팔아버리고 다른 애를 데려오는 게 낫겠어."

'세상사란 기묘한 우연으로 만들어진다'는 말도 있지 않은가. 마침 소홍紹興 사람 호열胡悅이 친척인 무창 태수를 찾아와 돈이라도 좀 얻어 써볼까 했다가 뜻밖의 횡재를 하게 되었다. 그 호열이란 사람이 본디 주색잡기를 좋아하여 숙소로 정한 곳도 기루 옆이라 시간만 나면 기루를 왔다 갔다 하다가 서홍의 미모를 보고서 한눈에 반해버렸다. 호열은 어떻게든 서홍을 손에 넣고 싶어 했다. 그러나 서홍이 죽기 살기로 거절하니 어쩔 도리가 없었다. 이번엔 호열이 포주가 서홍을 팔아버리려 한다는 소식을 듣고는 값을 후하게 치르고라도 서홍을 측실로 들이기로 작정했다. 일이 되려고 그랬는지 거래가 일사천리로 이뤄졌다.

호열은 서홍을 측실로 취하여 자기 거처로 데리고 왔다. 그날 밤 술과 안주를 마련하여 서홍과 함께했다. 서홍은 울기만 할 뿐 호열에게 가까이하려 하지 않았다. 호열이 여러 차례 달래다가 지친 나머지 이렇게 말했다.

"여봐 아가씨, 기루에 있을 때야 험한 일이라 내키지 않아서 손님을 안 받겠다고 한 거야 그런대로 뭐 이해하지만 이젠 내 마누라가 된 거잖아. 얼마나 좋아, 근데 뭐가 그렇게 서럽다고 울기만 하는 거야! 힘든 게 있으면 나한테 말하라고, 내가 다 해결해 줄 테니까. 그리고 정말 큰일이 있으면 서슴지 말고 이야기해봐. 이 고을 태수 나리가 내 친척이란 말이야. 내가 그분한테 말씀드려서 다 해결해 줄 건데, 왜 울고 그래!"

서홍은 그 말을 듣고서야 자신의 내력을 일일이 이야기하기 시작했다.

"나리께서 제 원수를 갚아주시기만 한다면 나리와 부부가 되는 것이 뭐가 문제겠습니까? 나리의 하녀가 되는 것조차 마다하지 않겠습니다."

"아이고, 지체 있는 집안의 딸이 이런 험한 일을 당했구먼, 아이고 불쌍해라! 한데 이 일은 금방 해결될 일이 아니니 일단 내가 친척분한테 이 일을 말씀드려 그놈들을 잡아들이라는 문서를 널리 돌리고 이곳저곳을 조사하여야지. 아울러 그대도 회안부로 돌아가 관가에 알려서 그 도적놈들의 집안을 뒤지고 그러다 보면 종적을 찾을 수 있을 것이네."

서홍은 바닥에 엎드려 절을 하며 말했다.

"나리께서 그렇게만 해주신다면 죽어서도 결초보은하겠습니다."

호열이 서홍을 일으켜 세우더니 말했다.

"우리는 부부 아니오. 부부란 일심동체인데 어찌 그런 말을 하오!"

호열이 서홍을 안아서 침상으로 올라갔다. 하나 이 호열 역시 그저 감언이설로 서홍을 속인 것이라. 며칠 후 자기가 태수한테 도적을 붙잡아 달라고 부탁했노라 둘러대었다. 서홍은 그 말을 철석같이 믿고 감사하고 또 감사했다. 며칠 후 배를 빌리고 짐을 꾸려서 출발했다. 마침 순풍이 불어 열흘 만에 진강에 도착하여 다시 작은 배를 빌려 타고 집으로 향했다. 호열은 서홍의 일은 한쪽에 밀어두고 아무런 신경도 쓰지 않았다. 서홍은 너무 실망했다. 그러나 이제 와서 또 어찌하겠는가. 서홍은 나날이 먹는 걸 조심하고 삼가며 낮이나 밤이나 천지신명에게 제발 원수 좀 갚아달라고 빌고 또 빌었다. 며칠 후 호열의 집에 도착했다. 호열의 아내는 남편이 밖에서 예쁜 처자를 달고 들어오니 질투가 이만저만이 아니었다. 서홍은 호열의 본부인과 맞설 생각은 아예 안 하고 호열이 자기 방에 들어오는 것조차 허락하지 않고 버티니 호열의 본부인이 그제야 조금 안심하는 눈치였다.

소홍 사람한테는 돈도 좀 있고 재주도 그 나름대로 있으면 북경에 선을 대어 임시직 아전 직함을 하나 산 다음 물이 좋다는 부현령 자리 같은 걸 꿰차는 것이 정해진 수순이었다. 그들은 이것을 '강물 날아 건너기'라 불렀다. 왜 이런 이름이 붙었을까? 아전이 정해진 임기를 채우고 고과를 잘 받아 벼슬아치가 되는 것은 몇 년을 기다려야 될지 모를 정도로 힘든 일이었다. 만약 요처에 돈을 잘 쓰면 며칠 안 지나 바로 벼슬아치가 될 수도 있었다. 이렇게 돈을 써서 짧은 기간 안에 곧바로 벼슬아치가 되니 이게 바로 강물을 날아 건너가는 것처럼 빠른 것 아니겠는가. 만약 자기 혼자 돈으로 이 비용을 감당할 수 없을 것 같으면 너덧 명이 돈을 모아 한 사람이 대표로 벼슬자리에 나가고 나머지는 그 사람이 긁어모은 돈을 나누기도 했다. 이들은 부임하자마자 선물을 뿌려서 상관들에게 아부하고 이 일 저 일에 다 관여하여 아무리 사소한 일이라도 자기가 직접 나서서 처리하면서 뇌물을 챙겼다. 그러다 나중에 너무 안 좋은 소문이 나게 되어 더는 발을 붙이지 못할 거 같으면 남몰래 도망쳐버린다. 그러므로 이런 식으로 벼슬살이하는 자들 가운데 별다른 문제 없이 자신의 명예를 지키는 자는 열에 하나둘도 안 된다. 이런 까닭에 천하의 하급 관리들의 태반이 소흥 출신이다.

　호열은 집에서 1년 정도 지내다가 북경으로 가서 아전 자리라도 하나 얻어야겠다는 생각을 했다. 게다가 요직에 있는 친구가 서신을 보내어 그를 끌어주겠다는 뜻을 내비치니 너무도 기뻤다. 호열은 당장 은자를 마련하여 출발하려 했다. 그러나 서홍과 아내가 집에서 서로 싸울까 봐 걱정하다가 서홍에게 같이 가자고 넌지시 말했다. 혹시라도 자기가 서홍네한테 강도짓을 한 놈들이 사는 곳에 부임하게 되면 강도 놈들의 종적을 찾아내겠노라고 덧붙였다. 이미 호열한테 한 번 속은 서홍은 그 말이 미덥지 않았으나 어쨌든 이곳저곳을 돌아다니다 보면 그나마 기회가 좀 생길까 싶어 따라가겠노라 했다. 호열의 아내가 이 소식을 듣고 죽네 사네 난리를 피웠으나 호열은 그냥 눈도 깜짝하지 않았다. 길일을 잡아 배를 세내어 서홍과 함께 출발했다.

　별다른 일 없이 바로 북경에 도착했다. 거처를 정하여 서홍을 머무르게 했다. 이튿날 예물을 챙겨서 요직에 있는 친구를 찾아갔다. 하지만 누가 알았으리, 이 친구가 그만 한 달 전에 병사했고 온 집안이 거덜이 나고 말았으며 식구들이 관을 메고 고향으로 돌아가 버렸던 것을! 호열은 자기가 기댈 언덕이 사라졌음을 알고 온몸에 힘이 쭉 빠져버렸다.

　'가져온 여비는 별로 없고, 친구는 세상을 떠났으니 어떻게 한 자리를 얻지? 그냥 빈손으로 돌아가자니 이 역시 창피한 노릇이고!'

　진퇴양난이라 쉽게 결정할 수가 없었다. 같은 고향 출신으로 아는 사람을 찾아가 상의했으나 그 친구 역시 호열처럼 자리 하나 노리고 왔다가 돈이 딸려 고민하고 있던 차라 외려 호열한테 사기를 쳐서 돈을 뜯어내어 자기 욕심을 채우려고 안달이었다. 재수가 없으려니 호열이 그자 꾐에 넘어가 그나마 자기가 갖고 있던 은자를 모두 그자에게 건네주고 말았다. 그자는 그 은자를 받아 자기 자리를 사고는 몰래 임지로 도망쳐 버렸다. 호열은 빈털터리가 되어 하루하루 먹을거리조차 걱정하게 되었다. 집에 서신을 보내어 노자를 좀 보내 달라 했으나 그 서신을 받은 호열의 아내가 그렇지 않아도 남편이 미운지라 노자를 보내줄 마음이 어찌 생기겠는가! 북경에서 끈 떨어진 연 신세가 된 호열은 날마다 이곳저곳 떠돌아다니며 북경의 왈패와 어울려 남의 돈 뜯어낼 궁리나 했다.

어느 날 엄청난 재물을 빼앗아낼 큰 쾌를 하나 물었는데 미끼가 없었다. 그러다 문득 서홍에게 생각이 미쳤다. 그녀를 자기 누이동생이라 거짓말하고 그녀를 이용하여 미인계를 쓰면 될 것 같았다. 이렇게 꿍꿍이를 하고 나니 서홍이 말을 안 들을까 그것이 걱정이었다. 호열이 감언이설로 서홍을 달랬다.

"내가 좋은 자리 하나 사서 임지에 가면 네 원수 놈들을 찾아내 혼쭐을 내주려고 했다만 운이 안 따라서 친구 놈이 이미 저세상 사람이 되어 버렸고, 또 그 죽일 놈의 사기꾼한테 내 은자를 날려버려 이렇게 진퇴양난이구나. 고향에 돌아가려고 해도 노자가 없으니! 한데 어제 내 친구랑 제법 좋은 수 하나가 떠오르더구나."

"무슨 좋은 수라도 있으신가요?"

"네가 내 동생이라고 하고 너를 첩으로 삼을 사람을 물색한다고 소문을 낸 다음 그걸 보고 찾아오는 사람한테 돈을 우려내는 것이지. 그런 다음 야반도주해버리면 그놈들이 우리를 어찌 찾겠어? 돈을 가지고 먼저 회안의 너의 집으로 가서 강도들을 찾아내면 내가 너한테 미안한 마음도 좀 덜할 것 같아."

서홍은 처음엔 그 말을 듣고 전혀 콧방귀도 안 뀌었으나 자기를 회안 고향 집으로 데려다준다고 하는 소리를 듣고는 그렇게 하겠노라 응낙했다. 호열은 서홍의 '예'라는 한마디 말을 듣고 너무도 기뻤다. 호열은 왈패 친구들에게 돈을 뜯어낼 임자를 물색하여 달라고 부탁했다.

하늘 땅 다 가리는 그물을 쳐놓고,
누군가 걸려들기만 기다리는구나.

이제 이야기가 두 갈래로 갈린다. 한편, 절강성 온주부에 한 선비가 살고 있었으니 성은 주朱, 이름은 원源이었다. 주원은 나이가 마흔을 넘겼는데도 대를 이을 아들이 없었다. 아내가 주원에게 소실을 들이라고 몇 번이나 권했으나 주원은 그때마다 이렇게 말할 따름이었다.

"아이고, 아직 벼슬길에 오르지도 못한 주제에 무슨 소실을 들이겠소이까!"

그해 가을 주원은 성에서 실시하는 과거에서 높은 등수로 급제하고 다음 해 봄에 북경으로 회시를 치르러 갔다. 하나 아직 급제할 운이 없었는지 그만 낙방하고 말았다. 그냥 고향에 돌아가기가 부끄러워 같이 회시를 치른 선비들과 북경에 남아 공부하면서 다음 기회를 노리기로 했다. 이 선비들이 주원에게 아들이 없는 것을 알고는 소실을 들이라고 권했다. 주원은 선비들의 권유에 등 떠밀려 그럼 한번 찾아봐 달라고 부탁하기에 이르렀다. 주원이 이 말을 하기가 무섭게 중매쟁이들이 입에서 입으로 소문을 내더니 며칠도 안 되어 짝을 구해와 보이곤 했으나 주원은 자기 마음에 드는 처자를 아직 만나지 못했다.

호열과 한 패거리인 왈패들이 이런 소문을 듣고 즉시 찾아와 주원에게 서홍이 천하일색이라며 서홍에 비길 만한 여자는 고금에 없을 거라며 떠벌였다. 그 말에 솔깃해진 주원은 날을 잡아 직접 보러 가기로 했다. 이때 호열은 서홍의 차림새가 별로 좋아 보이지 않자 왈패들에게 옷이랑 장신구를 빌려오게 하여 그걸로 서홍을 단장시켰다. 왈패들이 주원을 안내하여 안으로 데리고 들어오니 호열이 주원을 맞아들여 서로 인사를 나누고 자리를 잡고 앉았다.

차를 한 잔 대접하고 나서 서홍을 불러내었다. 서홍이 다가와 중간 문 옆에 섰다. 주원이 서홍에게 다가가니 서홍이 몸을 살짝 옆으로 돌리고 입을 열어 인사말을 건넸다. 주원이 황급히 답례하고 서홍을 자세히 살펴보았다. 정말 빼어난 용모라 자기도 모르게 찬탄했다.

'정말 아름다운 여인이로다!'

서홍 역시 주원의 생김새가 당당하고 행동거지가 단정한 것을 보고 속으로 이렇게 생각했다.

'이 분은 생김새부터가 정말 제대로 된 선비 같구나. 한데 어쩌다가 이런 놈들의 속임수에 걸려들었을까.'

서홍은 이런 생각에 마음이 편치 않아 잠시 서 있다가 바로 안으로 들어가 버렸다. 왈패들이 옆에서 끼어들었다.

"나리, 어떠시오? 우리가 허튼 소리한 게 아니란 걸 알겠소이까?"

주원이 미소 지으며 고개를 끄덕이고 말했다.

"정말 그대들 말대로요. 그럼 내 거처로 가서 저 여인의 몸값을 상의합시다. 그런 다음 날을 잡아 나한테 데려다주면 좋을 것 같소이다."

왈패들은 주원의 숙소까지 따라가 흥정하여 값을 1백 냥으로 정했다. 주원은 북경엔 사기꾼들이 많다는 말을 익히 들어왔는지라 자기가 몸값을 주면 그날 밤을 넘기지 말고 서홍을 데려다줘야 한다고 못을 박았다. 왈패들이 돌아와 호열에게 이 말을 전하고 상의하자 호열이 한참을 고민하다 마침내 꾀를 하나 내었다. 하지만 서홍이 말을 들어먹지 않을까 걱정이었다. 호열은 왈패들에게 잠시 앉아 있으라고 하고는 서홍한테 가서 이렇게 타일렀다.

"마침 이 선비가 우리 꾀에 걸려들었는데 우리한테 돈을 건네는 날

지체 없이 바로 자네를 보내라고 하니 만만하게 내빼기가 그러네. 어쩌겠어, 상황에 맞춰 꾀를 내야지. 일단 선비 말대로 돈을 받고 바로 자네를 보내줄 걸세. 자네를 보내주는 날 자네는 술과 안주를 장만하여 선비하고 새벽까지 술을 마시고 있으라고. 그럼 내가 내 패거리를 데리고 자네하고 선비가 술 마시고 있는 곳으로 쳐들어가 왜장을 쳐 이장을 불러와서는 선비가 유부녀를 강탈해갔으니 다시 데려가겠으며 선비를 관가에 고발할 것이라고 할 거야. 그 선비야 과거를 치를 사람이니 자기 앞길을 망칠까 봐 우리한테 문제 삼지 말고 넘어가 달라고 간청할 거란 말이야. 그럼 자네는 나를 따라 돌아오면 되니까 얼마나 편하고 좋아!"

서홍은 그 말을 듣고 인상을 찡그리며 싫은 내색을 했다.

"아이고, 내가 전생에 무슨 죄를 얼마나 많이 지었기에 이생에서 이렇게 엄청난 고난을 당하는지! 한데 이젠 천리에도 어긋난 속임수로 사람을 등쳐먹으라고 하다니. 나는 죽어도 못하겠소이다."

"낭자, 나도 어쩔 수 없어서 그러는 거라고! 이건 고육책이니 제발 못하겠다는 소리는 하지 마셔."

서홍이 하지 못하겠노라 계속 고집을 부렸다. 호열이 무릎을 꿇고 빌었다.

"낭자, 어쩔 수가 없어서 그래. 이번 한 번만 부탁할게. 다음엔 절대 이런 일 없을 거야."

서홍이 더는 외면하지 못하여 그냥 허락하고 말았다. 호열이 밖으로 달려가 자기 패거리에게 자기 속셈을 알렸다. 그들은 너무도 좋은 묘수라고 좋아하며 주원에게 달려가 회답을 주고 길일을 잡았다. 왈패들이 돈을 받아와서 호열에게 건넸다. 왈패들이 이 돈을 어서 나누자고 성화대니 호열이 이렇게 대답했다.

"조금만 기다려보게. 일을 다 매조지고 나서 나눠도 늦지 않을걸세."

해가 지자 주원이 하인을 시켜 가마를 빌려 가지고 가서 서홍을 모셔 오게 했다. 아울러 술과 음식을 장만하게 했다. 잠시 후 새로 들인 아내, 서홍이 도착했다. 주원은 그녀를 맞아들여 인사를 나누고 방으로 안내했다. 주원이 하인을 시켜 중매를 서준 자를 대접하라 했음은 물론이다.

한편 주원은 서홍과 함께 방 안으로 들어갔다. 서홍이 살펴보니 방 안에는 등불이 화려하게 빛을 발하고 술자리가 마련되어 있었다. 주원이 불빛 아래에서 서홍을 바라보니 더욱더 미모가 빛을 발하는지라 마음이 흡족했다.

"낭자, 앉으시지요."

서홍은 부끄러운 양 감히 입을 열어 대답하지는 못하고 그저 몸을 옆으로 돌려 살며시 앉았다. 주원이 시동에게 술을 따르게 하더니 그걸 받아서는 서홍 앞에 정중하게 내려놓았다.

"낭자, 한잔 드시지요."

서홍은 대답도 하지 않고 또 술을 마시고 답례로 주원에게 술을 권하지도 않았다. 주원은 그녀가 부끄러워하나 보다 생각하고 미소를 지으며 자기도 술을 한 잔 따라 서홍과 마주하여 앉았다.

"낭자, 나와 그대는 이제 부부 사이 아니오. 뭘 그렇게 부끄러워할 필요가 있소! 이 술을 그저 한 모금만 하시오. 나머지는 내가 다 마시겠소이다."

서홍은 그저 고개를 숙인 채 아무런 대답도 하지 않았다. 주원은 퍼뜩 이런 생각이 들었다.

'아무래도 여자이다 보니 시동들이 옆에서 지켜보는 게 쑥스러운 모양이네!'

주원이 시동들을 내보낸 다음 문을 닫고 서홍의 곁으로 다가왔다.

"술이 다 식어버렸을 것 같네. 따듯한 거로 다시 드리리다. 내 성의니 너무 사양하지 말기를 바라오."

주원이 다시 술을 따라서 서홍에게 건넸다. 서홍은 그 술잔을 바라보며 갑자기 부끄러움을 느꼈다. 그리고 그 부끄러움이 슬픔으로 변했다. 어렸을 적 부모님의 사랑을 아낌없이 받고 자란 내가 어이하여 이런 지경에 이르렀단 말인가? 몸은 이렇게 더럽혀졌건만 원수를 갚을 길은 보이지 않는구나. 한데 이렇게 다른 사람에게 사기나 치고 있으니 조상님을 뵐 면목이 없구나! 서러운 마음에 결국 두 눈에서 눈물이 줄줄 흘러내렸다. 주원은 눈물을 흘리는 서홍을 보며 나지막한 목소리로 말했다.

"낭자, 그대와 나는 정말 고귀한 인연으로 이렇게 만났으니 이게 하늘이 맺어준 인연이 아니고 무엇이겠소. 한데 이런 좋은 인연에 뭐가 부족하다고 그렇게 슬퍼하시오? 혹시 집에 무슨 안 좋은 일이 있어 그렇게 눈물을 흘리는 것이오?"

주원이 몇 차례나 물었지만 서홍은 아무런 대답도 하지 않았다. 주원은 서홍이 외려 더 슬퍼하는 거 같아서 또 이렇게 물었다.

"낭자의 표정을 보니 무슨 곡절이 있는 게 틀림없소. 그게 뭔지 숨김없이 말해줘야 내가 도울 수 있을 것이 아니오."

서홍은 그 말을 듣고도 아무런 대꾸도 하지 않았다. 주원은 달리 어쩔 도리가 없는지라 그저 직접 술을 따라 마셨다. 마시다 보니 얼큰히 취했다. 밖에선 벌써 밤이 깊어 인정을 알리는 북소리가 들려왔다. 주원이 서홍에게 말했다.

"밤이 깊었소이다. 어서 좀 쉬도록 하시오."

서홍은 전혀 신경 쓰지 않았다. 주원은 너무 채근하기도 그러하여 책상에서 아무 책이나 꺼내와서 서홍 곁에 앉아 읽었다. 서홍은 주원이 자기를 성심성의껏 달래는 걸 정작 자신이 모른 척했음에도 주원이 전혀 화를 내거나 싫은 내색을 하지 않는 걸 보고 이런 생각이 들었다.

'그래도 이 선비님은 마음가짐이 바른 분인 것 같구나. 내가 처음부터 이런 분을 만났더라면 진즉에 원수를 갚았을 텐데!'

서홍이 다시 생각에 잠겼다.

'이 호열이란 작자는 입에 발린 말만 할 줄 아니 내가 이 작자 곁에 붙어 있으면 언제 부모님 원수를 갚을지 전혀 알 수 없는 노릇이라. 이 작자가 분명 이 선비님의 돈을 받았으니까 나를 여기로 보냈겠지. 그래 나도 상황에 맞춰 꾀를 내보자. 이 선비님에게 나를 맡기면 원수를 갚을 길이 생길지도 모르지.'

서홍은 아직 결론을 내리지 못하고 이리저리 고민을 했다. 주원이 또 말했다.

"낭자, 어서 편히 주무시오."

서홍이 일부러 대답하지 않았다. 주원은 여전히 곁에서 책을 보고 있었다. 자정을 알리는 북소리가 들려왔다가 사라졌다. 서홍은 마음을 굳혔다. 주원이 다시 한번 어서 눈을 붙이라 권하자 그제야 서홍이 입을 열었다.

"제가 이제야 나리의 아내가 된 것 같습니다."

주원이 웃으며 말했다.

"그럼 언제는 다른 사람의 아내였단 말이오?"

"나리께서 저의 속사정을 어찌 아시리까? 전 본디 호열의 첩으로 그를 따라 이렇게 북경을 떠도는 신세. 호열이 왈패들과 짜고서 나리의 돈을 뜯어내고자 하는 것입니다. 조금 있으면 그들이 들이닥쳐 저를 데리고 가고 남의 아내를 뺏어갔다며 나리를 고소할 것입니다. 나리께서는 자기 앞길을 망치기 싫어서라도 조용히 넘어갈 거라 생각한 거지요."

주원이 그 말을 듣고 깜짝 놀라며 물었다.

"아니 어째 그런 흉악한 일이! 낭자가 말해주지 않았더라면 꼼짝없이 계략에 빠질 뻔했소이다. 한데 그대는 호열의 소실인데 어찌하여 나한테 그런 말을 해주는 거요?"

서홍이 울면서 말했다.

"제가 불구대천의 원수가 있으나 그 원수를 갚지 못했습니다. 나리가 덕이 넘치시는 분이라 저를 위해 원수를 갚아주실 거를 믿고 이렇게 제 몸을 맡기고자 합니다."

"낭자에게 어떤 억울한 곡절이 있는지 자세하게 설명해주시오. 내가 모든 힘을 다해 낭자를 돕겠소이다."

서홍이 울면서 자신이 겪은 일을 세세하게 설명했다. 서홍의 이야기를 들으면서 주원은 자기도 모르게 슬픔에 겨워 눈물을 흘렸다. 이야기를 나누다 보니 벌써 삼경을 넘어 사경, 서홍이 말했다.

"그놈들이 미구에 들이닥칠 것입니다. 나리, 어서 피하십시오. 안 그러시면 곤욕을 치르시게 됩니다."

"너무 걱정하지 마시오. 나랑 같이 과거를 치른 동료들의 숙소가 여기서 멀지 않소이다. 거기엔 숨을 만한 곳이 있으니 일단 거기 가서 하룻밤 지내고 내일 다시 우리 숙소를 정하여 이사 들어가면 될 거요."

주원이 문을 열고 살며시 하인을 불렀다. 하인이 등불을 들고 안내하여 주원의 과거 동기생들의 숙소를 찾아가 문을 두드렸다. 동료들은 주원이 이 야심한 밤에 그것도 내력을 알 수 없는 여인을 데리고 들이닥치니 너무도 의아해했다. 주원이 사정을 자세히 설명하니 동료들은 밖으로 비켜주고 주원이 안에서 잠잘 수 있게 해주었다. 아울러 하인들을 보내어 주원의 숙소에 있던 짐을 모두 옮겨오게 했다. 주원의 숙소엔 아무것도 남아 있지 않았음은 물론이다.

한편, 호열과 한 패거리는 서홍이 가마를 타고 떠나자마자 받은 은자 가운데 각자의 몫을 챙겨서 술과 안주를 사와서는 새벽 인시가 되도록 부어라 마셔라 하다가 주원의 숙소로 달려가 왜장을 치며 안으로 들이닥쳤다. 한데 안에는 사람 그림자조차 보이지 않았다. 호열이 너무도 당황하여 소리쳤다.

"어떻게 미리 알고 내뺐지?"

호열이 자기 패거리들에게 말했다.

"네놈들이 짜고서 나를 골탕 먹이는 거 아냐! 어서 은자를 다 내놓으라고!"

패거리들이 그 말을 듣고 버럭 인상을 쓰며 말했다.

"네가 네 마누라를 팔고 그런 다음 다시 마누라를 뺏어오겠다고 했던 거 아냐! 우리가 무슨 골탕 먹이고 말고 할 게 뭐 있어! 너랑 같이 일을 못하겠구먼!"

패거리들이 호열을 피멍이 들도록 흠씬 두들겨 팼다. 마침 북경성을 수비하는 포졸들이 지나다 호열과 그 패거리를 붙잡아 관청으로 끌고 가서 심문했다. 그들이 다른 사람한테 사기를 쳤음을 실토했다. 호열과 그 패거리는 각각 곤장 30대씩 맞았으며, 사기 치고 나눈 돈마저 다 몰수당했다. 호열은 호송원의 감시를 받으며 고향으로 쫓겨나게 되었다. 이를 증명해주는 시 한 수를 인용한다.

아무도 눈치채지 못할 기막힌 미인계,
그러나 미인이 말을 듣기를 거절했구나.
미인도 잃어버리고 얻어맞기까지,
이젠 다시 빈털터리.

한편 주원은 서홍을 소실로 맞아들인 후 서로가 서로를 아껴주고 존중하니 마치 물고기가 물을 만난 격이었다. 반년이 지나고 서홍에게 애가 들어서고 열 달이 지나 출산했다. 주원은 너무도 기뻐하며 가서家書를 보내어 본부인에게 이 사실을 알렸다. 세월은 또 유수와도 같이 흘러 그 아이가 돌을 맞았다. 그해는 마침 회시가 열리는 해, 서홍은 밤낮으로 천지신명에게 주원이 급제하여 자기 가문의 원수를 갚을 수 있게 해달라고 빌고 또 빌었다. 과거가 끝나고 방이 붙었다. 주원은 회시에 급제하고, 황제가 직접 주재하는 전시를 치러 65등, 3갑의 성적으로 급제하여 부현령 자리에 임명될 예정이었다. 마침 무창현에 자리가 하나 나서 주원은 그 자리에 자원했다. 주원이 서홍에게 말했다.

"이곳 무창은 당신 원수놈들이 살던 곳하고 멀지 않소이다. 그놈들이 이미 세상을 떠나버려 당신이 분을 풀 기회가 사라지지 않았기를 바랄 뿐이오. 그놈들이 죽지 않고 살아 있기만 하면 하늘 위에 숨었든 땅속에 숨었든 한 놈씩 잡아들여서 당신 부모님의 제단에 바칠 것이외다."

"나리께서 그렇게 애써주신다면 저는 죽어도 여한이 없습니다."

주원은 하인들에게 고향으로 가서 가솔들을 모시고 양주로 와 자기와 같이 임지로 갈 수 있게 기다리라 했다. 본인은 북경에서 이부의 임명장을 기다렸다. 며칠 후 임명장을 받고서 북경을 출발했다. 대저 강남 지역의 지방관으로 나가는 사람들은 임청 장가만에서 배를 빌려서 물길을 따라 임지를 향해 출발하여 가는 길에 고향에 들르거나 아니면 바로 임지로 가거나 편한 대로 했다. 물길을 따라 내려가는 길이라 힘들지도 않고 빠르기도 했다. 가솔이랑 함께 움직이면서 관에서 내주는 짐꾼도 없는 처지라면 뭍길이 더욱 힘들 것이었다. 쌀을 싣고 북경에 온 배가 쌀을 부리고 나서 그냥 빈 채로 돌아가느니 사람이라도 태우고 가면서 품삯이라도 버는 게 나을 것이라. 옛 규정에 따르면 이런 신참 관리들의 식솔을 선창에 태우고 짐을 싣고 가면 통행세도 면제받을 수 있었다.

한편 주원은 서홍과 함께 임청에 도착하여 타고 갈 배를 찾았으나 썩

마음에 드는 게 없었다. 마침내 한 척 마음에 드는 걸 찾았다. 선장이 자기 이름을 적은 쪽지를 주원에게 건네고 고개 숙여 절했다. 주원의 하인이 짐을 배에 옮겨 싣고 주원과 서홍을 모셨다. 부적을 태우고 나서 선장이 뱃사람들에게 배를 띄우라 소리쳤다. 서홍이 선창에 앉아 선장의 말을 들어보니 회안 말투, 자신의 원수 진소사의 말투와 똑같았다. 서홍이 주원에게 선장의 이름이 뭐라 되어 있냐고 물어보니 주원이 이름 쪽지를 펼쳐보았다. 그 쪽지에는 '선장 오금吳金'이라 적혀 있었다. 성도 이름도 달랐다. 상관없는 사람처럼 보였다. 그렇지만 들으면 들을수록 영락없는 진소사였다. 너무도 의심되어 도저히 의심을 거둘 수가 없었다. 서홍은 주원에게 다른 핑계를 대고 선장을 선창 쪽으로 한번 가까이 불러달라고 부탁했다. 서홍이 몰래 살펴보니 생김새도 역시 진소사와 똑 닮았다. 그저 이름만 달랐을 따름이었다. 너무도 이상했다. 선장 놈에게 뭐라도 물어보고 싶었으나 마땅한 빌미가 떠오르지 않았다. 마침 이날 주원의 스승이 탄 배가 이곳에 이르렀다. 주원이 잠시 배를 멈추라 하고 스승을 뵈러 갔다. 이 틈에 선장의 안식구가 차를 준비하여 선창으로 들어와 서홍에게 인사를 건넸다. 서홍이 그 여인을 바라보았다.

천하일색은 아니나,
그래도 그 나름의 멋은 있구나.

서홍이 조심스럽게 그 여인에게 물었다.
"올해 몇 살이시오?"
"스물아홉입니다."
"어디 사람이시오?"
"지양 사람입니다."

"남편은 지양 사람 같지 않아 보입디다."

"그 사람은 제 새 남편이올시다."

"전남편하고는 언제 사별하셨소이까?"

"저와 제 전남편이 양곡을 운반하여 여기까지 왔다가 전남편이 갑자기 병이 들어 세상을 떠나고 말았습니다. 지금 남편은 무창 사람으로 배에서 일손을 돕다가 제 전남편 장사지내는 걸 도와주었습니다. 저 역시 달리 의지할 데가 없어 그저 그 사람에게 기대게 되었지요. 하여 그 사람이 전남편의 이름을 달고 이번 양곡 운반을 마무리하게 되었습지요."

서홍은 그 말을 가슴에 깊이 담아두고 몰래 고개를 끄덕였다. 서홍은 그녀에게 향내가 나는 비단 손수건을 선물로 주었다. 그녀는 거듭거듭 고마워하며 선창에서 나갔다. 주원이 배로 돌아오자 서홍은 주원에게 선장의 아내에게서 들은 이야기를 전했다.

"저 오금이 바로 강도들의 우두머리 진소사입니다."

"배를 타고 가는 도중에 괜히 서두르다가 일을 망칠 수 있으니 임지에 도착한 다음 그놈을 붙잡아 심문하여 다른 놈들을 마저 붙잡읍시다."

"나리 말씀을 잘 알겠습니다."

서홍은 원수 놈을 눈앞에 뻔히 보면서도 며칠을 더 참아야 하는 게 너무도 큰 고역이었다. 왕발王勃을 등왕각滕王閣까지 쏜살같이 보내준 순풍이 지금 당장 또 불어와 이 배를 어서 무창까지 보내주기만을 고대하고 또 고대했다.1)

---

1) 이 책 마지막 편 이야기를 참조하라(817쪽). 당나라 초기 유명한 문인 왕발이 어느 날 꿈속에서 등왕각을 수리하고 낙성식을 하는 날, 그 낙성식을 찬미하는 글을 짓는 백일장이 열리니 어서 가서 참가하라는 어느 노인장의 말을 듣는다. 백일장이 열리기 이틀 전, 700리나 떨어진 곳에서 이런 꿈을 꾼 왕발은 그 촉박한 시간에도 포기하지 않고 배를 타고 길을 떠났고 때맞춰 불어오는 순풍 덕분에 정해진 시각에 맞춰 도착하여 「등왕각서滕王閣序」를 지을 수 있었다고 한다.

부모 원수 갚고자 맹세한 지 벌써 몇 년이런가,
창을 베고 칼을 껴안고 자면서 별렀지만 길이 보이지 않아.
원수랑 한 배를 탔으니 오월동주라,
몇천 리 뱃길만 조금 더 기다려 보자꾸나.

한편 주원이 탄 배가 양주에 도착했다. 그곳에서 주원의 본부인을 만나기로 했으나 아직 도착하지 않았기에 부두에 배를 대고 기다리는 수밖에 없었다. 서홍은 애가 탔다. 사흘째 되는 날, 강둑에서 한바탕 소동이 일어나 시끌시끌했다. 주원이 하인을 보내어 알아보게 하니 강둑에서 선장이 남정네 둘과 한판 붙었다고 했다. 강둑에서는 계속 "네가 뭘 잘했다는 거야!"라는 소리가 계속 들려왔다. 주원은 소실 서홍이 그동안 답답해하는 것을 풀어줄 수 없어 안타까웠던지라 무창현 부현령으로 임명받은 이참에 저 선장 놈을 붙잡아 곤장을 치는 거로 부현령 일을 개시하고자 마음먹었다. 주원이 즉시 호령했다.

"저놈들을 모두 붙잡아오너라!"

본디 이 뱃사람들은 선장한테 겉으로야 말은 못 했어도 속으로는 불만이 많았는데 그게 다 이유가 있었다. 진소사가 서홍의 목을 조르고 배를 버리고 도망간 다음에 어디 발붙일 데가 없어서 이리저리 떠돌다가 지양까지 흘러 들어갔다. 그때 우연히 오금을 만났고 양곡을 운반하는데 일손이 부족했던 오금은 진소사를 자기 배에 태웠다. 한데 오금의 아내가 남자 후리는 재주가 있고 그걸 진소사가 싫어할 리가 없어 결국 두 사람은 눈이 맞았다. 두 사람은 착 달라붙어 떨어질 줄을 모를 정도가 되었으니 이제 오금이 눈엣가시였다. 배가 황하를 지날 무렵, 오금이 오한에 걸려 드러눕자 진소사는 온갖 정성을 다하여 보살피는 체하더니 속으로는 독약을 준비했겠다. 그 독약은 아비 어미도 몰라보는 무자비한 것이라 단 한 번 먹이니 결국 오금은 황천길로 가고 말았다. 부인은 원래 오금이 지니고 있던 은자를 몰래 진소사에게 주고 그걸 다시 건네받으며 진소사에게 돈을 빌려 죽은 남편을 장사지내는 거라고 너스레를 떨었다. 두 번째 일주일이 지나고 진소사에게 빌린 돈을 갚을 길이 없어 그에게 몸을 맡긴다고 핑계를 대며 부인은 진소사에게 시집갔다. 비록 술과 음식을 장만하여 대접하고 그 나름대로 입막음을 한다고 했으나 그들이 속으로 진소사 부부를 곱지 않게 보았음이야 굳이 말할 필요도 없을 것이다. 이런 이유로 그들은 겉으로야 선장 말을 듣는 척했지만 속으로는 전혀 따르지 않았다.

하인들은 주원의 호령을 듣자마자 득달같이 강둑 위로 달려가 세 사람을 붙잡아 배로 데려와 돛대 옆에 무릎을 꿇렸다. 주원이 물었다.

"무슨 일로 이렇게 싸우느냐?"

선장이 아뢰었다.

"저 둘은 소인 밑에서 일했던 뱃사람인데 소인의 돈을 훔쳐 도망쳐 2, 3년 동안이나 종적을 감추고 있었습니다. 오늘 이렇게 하늘도 무심치 않아 이놈들을 만났습니다. 소인이 이놈들에게 돈을 돌려달라고 했더니 이놈들 둘이 힘을 합하여 저를 때리려 달려들었습니다. 제발 나리께서 소인의 억울함을 풀어주십시오."

주원이 그 뱃사람 둘에게 물었다.

"네 두 놈은 할 말 없느냐?"

뱃사람 둘이 대답했다.

"결코 그런 일은 없었습니다요. 저놈이 새빨간 거짓말을 하고 있습니다."

"아무리 그래도 그렇지. 아무런 일도 없었는데 갑자기 싸움을 시작했다는 말이냐?"

"그게 다 사연이 있습니다. 저희는 본디 저놈하고 같이 돈을 대고 배를 몰았습니다. 한데 저놈이 여인네한테 정신이 팔려버렸습니다. 저희는 저놈 때문에 일이 망가질까 봐 저희들이 낸 몫을 찾아서 각자 갈 길을 간 것입니다. 저놈의 돈은 한 푼도 건드리지 않았습니다."

"그래 네놈들의 이름은 뭐냐?"

뱃사람 둘이 머뭇거리며 입을 열지 않고 있는데 진소사가 나서서 대답했다.

"이놈은 쇠솥단지 심가라고 하고 저놈은 땅딸보 진가라고 합니다."

주원이 심문을 계속하려는데 등 뒤에서 누군가 옷을 잡아끄는 듯한 느낌을 받았다. 뒤돌아보니 계집종이었다. 계집종이 다른 사람이 듣지 못하게 나지막한 목소리로 말을 전했다.

"작은 마님께서 나리께 드릴 말씀이 있다고 하십니다."

주원이 뒤 선창으로 가보았다. 서홍이 두 줄기 눈물을 흘리고 있다가 주원을 보더니 옷자락을 부여잡고 낮은 목소리로 말했다.

"저 두 놈의 이름을 들어보니 저 강도놈과 함께 제 식구를 죽인 그 패거리가 틀림없습니다. 절대 그냥 풀어주시면 안 됩니다."

"알겠소이다. 기왕에 이렇게 되었으니 굳이 무창에 도착할 때까지 기다릴 필요가 없겠소."

주원은 즉시 자기 이름을 적은 서찰을 준비하고 가마를 대기시킨 다음 이장을 불러 세 놈을 포박하게 했다. 자기는 가마를 타고 양주로 가서 태수를 만나 이 사건을 알렸다. 태수가 자세한 내용을 물어보고 나서 강도놈 셋을 감옥에 가두라 하더니 다음 날 직접 심문한다 했다. 주원이 배에 돌아오니 진소사가 강도라는 걸 알게 된 뱃사람들이 진소사가 오금을 독살한 정황을 주원에게 자세하게 아뢰었다. 주원이 오금 독살 건을 바로 문서로 작성하여 태수에게 보내고 아울러 나머지 무리도 붙잡아달라고 부탁했다. 주원의 문서를 본 태수는 황급히 포졸을 보내어 오금의 부인을 잡아 오게 하여 진소사 패거리와 함께 심문하려 했다. 양주에 이 소문이 자자하게 퍼졌다. 강도와 간음이 뒤엉켜 있는 이 사건을 두고 사람들이 너무도 흥미를 느껴 구경하러 오지 않는 자가 없을 정도였다. 심문하는 날, 양주부 청사가 왁자지껄 발 디딜 틈이 없을 정도였다.

좋은 일은 대문 밖으로 잘 나가지 않으나,
나쁜 소문은 온 나라를 떠돌아다니지.

한편, 양주 태수가 현청 마루에 앉아 강도 셋과 부인을 대령하라 하니 포졸들이 그들을 모두 계단 아래 데려와 무릎을 꿇렸다. 진소사는 부인까지 붙잡혀 온 걸 보더니 깜짝 놀라며 '아니 싸움 좀 한 거 가지고 안식구까지 붙잡아온단 말인가?' 하며 속으로 구시렁댔다. 그러다 진소사는 태수가 자기를 오금이라고 부르지 않고 본명인 진소사라고 부르자 깜짝 놀랐다. 쉽사리 빠져나갈 상황이 아니었다. 진소사는 태수가 자기 본명을 부르는 것을 듣고도 모른 척하고 대답하지 않았다. 그러나 태수가 다시 한번 자기 본명을 부르자 어쩔 수 없이 대답했다. 그런 모습을 보고 태수가 코웃음을 치면서 한마디 했다.

"이놈, 3년 전 유격장군 채무의 일을 기억하고 있겠지? 하늘이 무심치 않아서 너 같은 놈을 그냥 두지 않고 잡아들일 수 있었도다. 그래 무슨 할 말이라도 있느냐?"

그 강도 셋은 꿀 먹은 벙어리처럼 아무 말도 못 하고 서로 얼굴만 쳐다볼 뿐이었다. 태수가 다시 물었다.

"그때 너희들과 함께 일을 저지른 곰보 이가, 꾀보 백가, 망나니 하가, 언챙이 능가, 알랑방귀 여가는 지금 다 어디에 있느냐?"

진소사가 대답했다.

"소인이 비록 그때 저놈들과 함께하기는 했으나 재물을 단 하나도 받지 못했고 저놈들이 모두 다 가져갔습니다. 저 두 놈에게 물어보시면 아실 것입니다."

쇠솥단지 심가하고 땅딸보 진가가 말했다.

"저희가 비록 재물을 좀 차지했을지는 모르지만 저 진소사 놈처럼 남의 집 여인을 억지로 범하진 않았습니다."

태수가 이미 그 사건의 진상을 다 파악하고 있는지라 혹여 주원의 체면이 깎이기라도 할까 봐 그놈들이 더는 말을 못 하게 버럭 고함을 쳐서 입을 막아버렸다.

"이놈들아, 쓸데없는 소리 하지 마라. 내가 지금 다른 놈들은 어디 있냐고 묻고 있지 않느냐!"

"그때 재물을 서로 나눈 다음 사방으로 흩어졌습니다. 듣자니 곰보 이가, 꾀보 백가는 산서 출신 상인들을 따라다니면서 양털 장사를 한다고 하고, 망나니 하가, 언챙이 능가, 알랑방귀 여가 이렇게 셋은 황주로 도망가서 배를 몰면서 돈을 번다고 합디다요. 저희들도 직접 만나보지는 못했습니다."

태수가 진소사의 아내를 불러내어 물었다.

"네가 진소사와 간통하여 전 남편을 독살하고 진소사와 부부가 되었겠다. 뭐 더 할 말이라도 있느냐?"

진소사의 아내가 변명이라도 어떻게 해보려는데 뱃사람들이 태수에게 그동안 일이 여차여차 했노라 상세히 말씀드리니 더는 어쩔 도리가 없었다. 태수가 대로하여 포졸들에게 어서 형틀을 준비하여 남녀를 불문하고 곤장 40대씩을 치라고 했다. 그들은 곤장을 맞아 살이 문드러지고 피가 낭자해졌다. 태수는 바로 그자들이 자백한 것을 문서로 꾸몄다. 그 강도 셋에게는 참형이 내려졌고 진소사의 아내에겐 능지처참형이 내려졌다. 죄수 넷에겐 칼이 채워지고 모두 하옥되었다. 그런 다음 사방에 포졸을 보내어 꾀보 백가, 곰보 이가 등을 붙잡아오게 했다. 태수가 이 일을 이렇게 처리하고 난 다음 직접 주원의 배를 찾아가 주원에게 인사를 하고 이 사건 처리 문서를 보여주었다. 주원이 태수에게 거듭 감사의 뜻을 전했다. 주원이 이 사실을 서홍에게 알려주니 서홍의 얼굴이 조금은 풀어졌다.

며칠 후 주원의 본부인이 도착했다. 서홍이 본부인을 뵈었다. 본부인과 소실이 서로 화목하게 지냈다. 본부인은 남편과 소실 사이에 태어난 아들이 똑똑하게 생긴 걸 보고 아주 흡족해했다. 며칠 후 주원이 임지인 무창에 도착했다. 사흘이 지나고 포졸들을 파견하여 망나니 하가와 그 일행을 붙잡아오라 했다. 과연 망나니 하가 등은 황주의 강어귀에서 배를 몰고 있었다. 포졸들이 그 일행을 붙잡아 대령했다. 주원이 문초하니 이렇게 자백했다.

"알랑방귀 여가는 병들어 1년 전에 죽었습니다요. 꾀보 백가와 곰보 이가는 다른 상인들하고 동업하여 성 청사가 있는 곳 근처에서 점포를 열고 있습니다."

주원은 그들을 일단 감옥에 가두고 나머지 일당을 다 붙잡은 다음 함께 처리하기로 했다. 성 청사가 있는 곳은 이곳 무창현에서 멀지 않으니 포졸을 보낸 지 얼마 안 되어 꾀보 백가와 곰보 이가가 붙들려 끌려왔다. 주원이 그 둘을 심문하고 각각 곤장 40대를 때리게 했다. 주원이 문서를 작성한 다음에 아전을 시켜 이를 양주부에 전달하여 이전 사건과 병합하여 처리하게 했다. 주원이 3년 동안 무창현을 다스리매 무창현 사람들은 길에 떨어진 물건을 줍지 아니하고 개가 밤늦게 짖을 일이 아예 생겨나지 않았다. 이로 말미암아 주원이 어사로 승진하여 회양으로 나가게 되었다. 이때 서홍이 주원에게 간청했다.

"양주 감옥에 있는 강도놈들이 아직 처형되지 않았을 것입니다. 나리께서 직접 이 일을 마무리해주셔서 돌아가신 부모님과 두 동생의 영전에 원수의 피를 바칠 수 있게 해주십시오. 그것이 바로 가족을 향한 저의 성심과 나리의 신의를 표시하는 길입니다. 그리고 한 가지 일이 더 있습니다. 부친께서 생전에 벽련이란 하녀와 관계하였는데, 돌아가실 때 그 여인의 배에 6개월 된 아이가 있었습니다. 제 어머니가 이를 용납하지 아니하여 그 여인은 결국 주재라는 다른 남자의 첩으로 가고 말았습니다. 나중에 들리는 소문으로 벽련이 낳은 아이가 사내아이라고 하던데 나리께서 그 여인을 좀 찾아주십시오. 제가 그 아이를 다시 채씨 집안으로 들여서 가문을 잇고 집안의 제사를 모시게 하고 싶습니다. 그렇게만 해주신다면 나리의 음덕이 천대 만대 빛날 것입니다."

서홍이 말을 마치고 대성통곡하면서 바닥에 엎드려 절했다. 주원이 황급히 서홍을 안아 일으키고는 말했다.

"방금 그대가 말해준 두 가지는 실은 내가 꼭 하고자 마음먹고 있었던 일이오. 내가 양주에 가서 그대가 부탁한 바를 하나도 빠짐없이 처리하고 바로 서찰을 써서 당신에게 그 결과를 알려줄 것이오."

서홍이 두 번 거듭 절하여 감사의 뜻을 표시했다. 한편 주원이 회양에 부임하니 이는 황제를 대신하여 일을 하는 것이라. 그냥 현령 같은 직위로 부임하는 것과는 차원이 다르구나.

추상같은 호령이 떨어지니 산천초목이 벌벌 떨고,
위풍도 당당하니 귀신조차 번쩍 놀라는구나.

때는 바야흐로 7월 중순, 죄수의 처형을 집행하기 전이라. 주원은 먼저 회안으로 가서 관원들에게 주재와 벽련의 소식을 알아봐 주기를 부탁했다. 과연 벽련이 낳은 아이는 나이가 여덟 살로 생김새도 똑 부러졌다. 회안의 관리들은 어사의 부탁을 받기도 했는지라 지체 없이 그 아이를 목욕시키고 옷도 갈아입히고 지방 수비대 숙소로 데려간 다음 곧장 문서로 먼저 보고했다. 주원은 그 아이의 이름을 채속蔡續이라 짓고 특별히 상소문을 작성하여 유격장군 채무가 강도들에게 죽임을 당한 일의 전후 사정을 자세하게 보고했다. 주원이 그 상소문 말미에 이렇게 덧붙였다.

"채무가 나라를 위해 봉사한 공로가 크니 그 후손이 끊어지게 해서는 안 될 것입니다. 지금 그에게 남은 어린 아들 채속으로 하여금 조상의 제사를 받들어 모시게 하는 게 가당하다고 보입니다. 그가 조금 더 자라나기를 기다렸다가 그에게 아버지의 자리를 잇게 하여 주십시오. 진소사 무리는 가을이 지나면 바로 처형하겠나이다."

황제의 허락이 떨어졌다. 그해 겨울 주원이 몸소 양주 관아로 달려가 옥에 갇혀 있는 진소사와 오금의 아내를 포함한 여덟 명의 일당을 모두 처형했다. 목을 벨 놈은 목을 베고 능지처참할 놈은 능지처참했다.

착한 일 하면 상을 받고,
악한 일 하면 벌을 받는 법.
상과 벌을 아직 받지 않은 것은,
때가 아직 이르지 않았기 때문.

주원은 망나니에게 명하여 도적놈들의 수급을 칠그릇에 담게 했다. 성황당 아래에 제단을 설치하고 채무의 영정을 모시고 향과 촛불을 사르고 소, 양, 돼지를 잡아 올리고 제사를 드렸다. 도적놈들의 머리를 한일

자로 갈랐다. 주원이 직접 제문을 지어 제사를 집전했다. 아울러 근처의 절에서 스님들을 모셔와 염불도 하고 천도재를 지냈다. 아울러 채속을 위하여 집도 마련해주고 그 지역 관리들에게 잘 부탁한다고 인사치레도 했다. 채속한테는 생모 벽련과 같이 살면서 해마다 생부 채무의 제사를 받들라 했다. 주재에게는 별도로 은자를 주고 다른 여자를 맞이하여 살게 해주었다. 모든 일을 다 마무리하고 서찰을 써서 일 잘하고 발 빠른 아전 편으로 집에 보냈다.

    서홍은 주원의 서찰을 읽고서 돌아가신 아버지의 후사를 이을 수 있게 되었음과 도적들이 모두 처형되었고 그 머리를 갈라 제사 지냈음을 알게 되었다. 서홍은 두 손을 모아 천지신명에게 감사했다. 이날 밤 서홍은 목욕재계하고서 옷을 갈아입고 남편 주원에게 보내는 서찰 하나를 작성했다. 그런 다음 본부인을 찾아가 인사를 올리고 다시 방으로 돌아와 방문을 걸어 잠그고 칼로 자기 목을 찔러 자결했다.

    천첩 서홍, 서방님 앞에 백 번 천 번 고개 숙여 인사를 올립니다. 저는 본디 무관 가문에서 태어났으며 어려서부터 규중의 법도를 익히며 자랐습니다. 남자는 의리를 최고의 덕목으로 치고, 여자는 정절을 최고의 덕목으로 칩니다. 여자이고서 정절을 지키지 못하면 금수와 무엇이 다르겠습니까! 제 부친은 장수로서 경계를 게을리하시고 술을 즐겨하셔서 마침내 도적을 만나 아내와 아들마저 잃게 되었습니다. 가슴이 무너지고 찢어져 울며 지낸 지가 이미 몇 년, 그러나 죽음의 길로 가지 않고 모욕을 참고 견뎠던 것은 저의 개인적인 염치 문제는 작은 일이나 제 집안의 원수를 갚는 일은 진정 큰일이기 때문이었습니다. 전에 이릉李陵 장군이 적에 항복했던 것도 한나라의 은혜를 갚을 기회를 찾기 위해서였습니다.[2] 저는 비록 아녀자의 몸이나 제 의지는 이 장군을 본받고자 합니다. 제가 불행하게도 도적 떼를 만났으나 제가 당한 그 억울함을 풀 길이 없었습니다. 다행하게도 서방님을 만났고 서방님께서 저를 모진 풍파에서 건져주시고 저와 부부의 연을 맺어 보살펴 주셨습니다. 저와 부부의 연을 맺던 날에는 저를 위해 원수를 갚아주시겠노라 맹세해주셨습니다. 하늘이 무심치 않으셔서 서방님이 바로 관직에 나가시게 되고 도적놈들을 차례차례 붙잡아 법대로 엄벌에 처하고 그놈들의 피를 부친의 제단에 뿌릴 수 있었습니다. 더군다나 다 끊어진 줄 알았던 채씨 가문의 씨를 찾아서 대를 이어주셔서 돌아가신 부친께서 해마다 제사를 흠향할 수 있게 되었습니다. 이 쇠락해가는 가문에 보여주신 서방님의 은혜는 하늘처럼 높고 땅처럼 넓으니 그 은혜를 무엇에 비길 수 있겠습니까! 원수를 갚았으니 제 소원은 이미 이룬 것입니다. 정절을 잃은 제가 구차히 더 살기를 바라는 것은 가문의 명예를 더럽히는 일이니 이제 제가 죽는 것이 지하에 계신 조상님들을 만날 면목이 서는 길입니다. 서방님과의 사이에 얻은 제 아들은 이미 여섯 살, 큰어머니의 사랑을 받으면 별 탈 없이 잘 자라날 것입니다. 제가 비록 이 세상을 떠나더라도 마치 제가 살아 있는 양 여겨주시기를 바라나이다. 저와 서방님 사이의 인연이 여기까지라 직접 얼굴을 뵙고 작별인사를 드리지 못하나이다. 그저 이렇게 글로나마 제 속마음을 전하는 것으로 작별인사를 대신합니다.

주원의 본부인은 서홍이 목숨을 끊었다는 소식을 듣고 너무도 애통해하면서 정성을 다하여 장례를 치러주었다. 서홍의 서찰을 잘 봉하여 아전 편에 주원에게 전달했다. 주원이 그 서찰을 받아 읽어보더니 너무 슬퍼 바닥에 엎드려 하염없이 울었다. 이 일로 앓아누워 며칠을 고생했

---

2) 이릉(기원전 74년 졸)은 흉노를 맞아 용감하게 싸워 승리하고 돌아오는 길에 흉노의 주력 본진의 공격을 받아 분전하다가 붙잡혀 20년간 포로 생활을 하다 죽는다. 그가 친구 소무蘇武(기원전 140~60)에게 보낸 서찰에서 조국 한나라에 더 크게 봉사하기 위해 구차하지만 항복하여 목숨을 부지하고 있음을 밝혔다는 이야기가 유명하다.

다. 현령과 태수들이 문병을 왔다. 주원이 그 사연을 하소연하니 모두들 듣고서 눈물을 글썽이며 서홍의 절개와 효심을 극찬했다.

　나중에 주원이 임기를 마치고 북경으로 돌아갔다. 승진에 승진을 거듭하여 삼변총제三邊總制에 올랐다. 서홍이 낳은 아들 주무는 소년 급제하더니 생모 서홍이 겪었던 생사고락을 적어 상소하여 정려문을 세워주시기를 간청했다. 황제가 이를 허락하고 절개를 지키고 효도를 다한 것을 기리는 정려문을 세우게 했으니 그 정려문이 지금까지 전해온다. 이를 찬미하는 시 한 수를 인용하노라.

　　원수 갚는 일은 남자 소관인 줄만 알았더니,
　　치마 입은 여자도 능히 이 일을 감당하는구나.
　　말만 많고 속 좁은 사람들,
　　일은 제대로 하지 못하고 공연히 한탄만 하는구나.

두자춘이 장안에 세 번 들어가다

杜子春三入長安

이성적이며 감성을 자제할 줄 아는 자는 구도자의 길을 갈 수 있으리,
이성적이지 못하며 감성이 넘치는 자는 흔들리기 쉽도다.
인간의 감정이란 통제하기 어려운 것,
그중에서 사랑이 불러오는 격랑은 너무도 비감하구나.

각설하고 수나라 문제 개황開皇 연간(581~600), 장안에 한 젊은이가 살고 있었으니 성은 두杜, 이름은 자춘子春이라. 그는 아내 위韋씨와 장안성 남쪽에 살고 있었다. 그의 집안은 대대로 양주의 소금가게를 운영했다. 집에는 재물이 넘쳐났고, 드넓은 전답을 소유하고 있었다. 두자춘은 선대가 일군 재산 덕분에 몸소 농사짓거나 일하는 수고를 전혀 모르고 살았다. 또 성격이 호탕했으며 옛날에 돈이 많아 사치하던 석숭이나 맹상군을 흉내 내었다. 집 뒤뜰에 정원을 만들고 정자를 짓고 돈을 들여 기

화요초를 사서 심어 한껏 멋지게 꾸며 놓았다. 그 정원 깊은 곳에 건물을 지어서는 노래 잘하고 춤 잘 추는 가기와 무희를 모아 살게 하니 아름답고 멋들어진 여인이 넘쳐났다. 두자춘은 매일 잔치를 열어 손님을 불러들였다.

여러분이 알다시피 양주라는 곳이 본디 화려한 곳이 아닌가. 놀기 좋아하는 젊은이들, 유행을 좇는 자들이 넘쳐나는 곳이 바로 양주라. 두자춘이 이렇게 물주 노릇을 하니 몰려들지 않을 자들이 어디 있겠는가. 3천 명에 달하는 식객은 없을지라도 와서 빌붙어 먹는 자가 기백 명은 족히 되었다. 이렇게 두자춘과 어울리는 자들이 어찌 집 안에서만 놀고 싶어 하랴. 그들은 두자춘에게 밖에 나가서 같이 놀아보자고 꼬드겼다. 두자춘 본인도 노는 걸 엄청나게 좋아하는지라 그걸 마다할 리가 없었다.

기운 센 말에 가벼운 마차,
봄나들이 가느라 저 길을 달린다.
사냥개와 매를 데리고,
가을 들판에 사냥을 나간다.
기루에서 여인의 웃음을 사는데,
천만금인들 뭐가 아까우리.
노름판에서 판돈을 걸었다가,
몇 수레의 돈을 잃기도 하네.
화려한 배에서 피리 연주 소리 흘러나오고,
마음껏 돌아다니며 노는구나.
경치 좋은 곳 찾아서,
마음껏 돌아다니며 즐기도다.
풍류계의 우두머리,

화류계의 맹주.

두자춘은 돈을 그저 심을 필요 없이 아무 때나 따기만 하면 되는 거로 여겨 물 쓰듯이 썼다. 아내 위씨도 한창 꽃다운 나이의 여인이라 좋은 옷 입고 맛난 거 먹는 데만 신경 쓰고 다른 거에는 관심조차 없었다.

집안의 돈이 씨가 마르고 소금가게에 있던 소금마저 다 팔려나가자 사방에 손을 뻗어 돈을 빌리기 시작했다. 양주 관내에서 두자춘이 재산이 많은 사람이란 걸 누가 모르겠는가? 두자춘이 돈을 빌려달라는 말을 하기가 무섭게 모두들 돈을 들고 와 빌려주었다. 그 빌린 돈마저 다 두자춘의 뱃속으로 들어가 버린 후 두자춘은 전답을 팔고 가옥을 팔기 시작했다. 두자춘의 사업이 흔들리는 것을 본 빚쟁이들이 한꺼번에 달려와 빚을 갚으라고 했다. 강변의 갈대 덮인 모래톱도 팔아버렸고, 바닷가 염전도 팔아버렸으니 집과 집에 딸린 뜰만 달랑 남았다. 두자춘은 그 집과 뜰만은 남에게 넘겨주고 싶지 않았는지 옷이랑 그릇 같은 것을 팔기 시작했다. 평소에 돈을 물 쓰듯 하던 습관이 있던 두자춘이라 이런 푼돈은 그저 차 한 잔 마실 정도의 짧은 시간에 바로 다 써버렸다.

두자춘은 어려서부터 돈이 넘치는 집에서 자라나 본디 손이 커서 일시에 돈이 쪼들리자 그걸 잘 견뎌내지 못했다. 그래도 두자춘이 돈이 다 떨어질 정도가 되면 돈 쓰는 걸 그만두지 않을까? 그러나 결국 두자춘은 집이랑 뜰을 몽땅 팔아치우게 되는 상황에 이르고 말았다. 돈이 많을 때는 그걸 언제 다 쓰나 싶지만 한번 돈이 줄어들기 시작하면 돈이 빠져나가는 게 대소쿠리에서 물 빠져나가는 것보다 더 빠른 법이라. 두자춘이 집을 팔고 나서 그 집에서 이사 나오기도 전에 집을 판 돈이 다 바닥나 버리고 말았다. 평소 두자춘을 뻔질나게 찾아오던 친구들은 두자춘의 재산이 모두 바닥난 걸 보더니 돈 많은 다른 사람 찾아서 떠나버리고 한 놈도 찾아오지 않았다. 하인들도 자기 주인이 이렇게 망해가는 걸 보더니 돈 내고 속량할 자는 속량하고, 도망갈 놈은 도망가 버려 아무도 남아 있지 않았다. 첩과 여종 가운데 인물이 좀 반반한 자는 빚쟁이한테 넘기고 좀 떨어지는 자들은 팔아서 돈 받아서 쓰고 하니 하나도 남지 않았다. 이젠 부부 둘만 달랑 남아 하인들이 거처하던 집으로 이사 들어갔다. 옷은 다 해지고 먹을 양식은 늘 모자랐다. 평소 두자춘한테 얻어먹던 사람들은 코빼기도 비치지 않았다. 설사 그들이 찾아온다고 해도 창피하여 만날 엄두조차 나지 않기도 했다. 두자춘은 그저 온종일 집에 틀어박혀 지냈다.

　　머리맡의 황금을 다 써버리니,
　　영웅호걸 얼굴의 광채도 다 사라져 버리네.

　　두자춘은 양주에서 한동안 영웅호걸 노릇을 하다가 하루아침에 살림이 거덜나 버렸으니 그냥 눌러살 면목이 없어 다른 사람 눈을 피하여 몰래 장안으로 돌아가 친척들의 도움을 좀 받을까 했다. 두릉杜陵 두杜씨와 위곡韋曲 위韋씨는 장안에서도 알아주는 가문으로 자손들이 엄청나게 번성했다. 벼슬살이하는 자, 장사를 크게 하는 자가 많고 이런 자들의 촌수를 따져보면 다 가까운 일가친척이라. 두자춘은 그들한테 가서 돈을 거저 얻지는 못해도 빌리기라도 하면 어떻게 살아볼 수 있을 거라 생각했다. 한데 친척들이 한결같이 이런 식으로 대꾸했다.
　　"자춘, 너는 그 많고 많던 재산을 다 날려버린 얼빠진 놈인데 너한테 돈을 빌려주었다가 돌려받을 수나 있겠냐?"
　　친척들은 모두 돈이 없다고 딱 잡아떼고 어느 누구도 빌려주지 않았다. 하지만 두자춘이 간청하고 또 간청하니 차마 내치지 못하고 빌려주는 친척이 있기도 했다. 두자춘이 돈 쓰던 버릇이 다시 도져서 그 돈을 금세 탕진하고 말았다. 마치 뜨겁게 달궈진 솥단지에 물 몇 방울 뿌린 격이었다. 며칠도 안 지나서 다시 먹을거리가 없어져 이리저리 뛰어다니다가 우연히 서문을 지나가게 되었다. 때는 바야흐로 섣달, 눈이 내렸다가 그치니 한기가 더욱 몸을 파고들었다. 서풍이 서문을 윙윙 울리며 불어오니 옷도 제대로 못 입은 두자춘은 이가 딱딱 부딪치고 배까지 고파 온몸에 닭살이 돋아 덜덜 떨었다.

"아, 나 두자춘이 어쩌다 이런 신세가 되었는고! 평소에 나랑 그렇게 친하게 지내던 친구들이 내가 돈이 떨어지니 모두들 모른 체하는구나. 나한테 얻어먹은 게 얼만데 어쩜 이럴 수가 있을까? 친척이고 친구고 다 소용이 없구나. 그래 사내대장부 이 두자춘이 언제고 다시 좋은 날이 안 올까 보냐?"

두자춘이 이렇게 중얼거리자니 한 노인이 지나가다가 두자춘이 장탄식을 하는 걸 보더니 발걸음을 멈추고 물었다.

"여보시오, 어째서 그렇게 장탄식을 하시오?"

두자춘이 그 노인을 바라보았다.

동안에 백발,
파란 눈에 시원시원한 눈썹.
종소리처럼 당당한 음성,
은으로 조각한 것 같은 구레나룻.
파란 비단 당건,
갈색 도포.
비단 천 허리띠,
삼베 신발.

신선인가,

도사일지도 몰라.

두자춘은 속마음을 어디 털어놓을 데가 없어 답답해하던 차라 노인이 자기한테 말을 걸자 속사정을 하나도 빠짐없이 다 이야기했다. 노인이 두자춘의 말을 듣더니 이렇게 대답했다.

"세상인심은 잘되고 못 되는 것에 따라 흔들리고, 사람 마음은 돈이 많고 적음에 따라 흘러 다닌다고 하지 않소이까. 그대가 돈이 많을 때야 물주 노릇을 하니 사람들이 당연히 당신을 따랐을 것이고, 지금은 당신이 돈 한 푼 없는 빈털터리니 그대를 거들떠보지도 않는 게 당연한 거 아니겠소! 그렇지만 자기 먹고 살 복 하나 정도는 다 받고 태어나는 법, 아무리 가벼운 풀이라도 땅에 뿌리는 다 내리고 있는 거 아니요! 당신도 세상의 의인을 만나 도움을 받을 수 있을 것이오. 그래 지금 은자가 얼마나 있으면 살 만하겠소?"

"3백 냥이면 충분할 것 같습니다."

노인이 웃으면서 말했다.

"그대 같은 큰손이 그깟 3백 냥으로 뭐할 거라고 그러시오. 그러지 말고 많이 부르시오."

"그럼 3천 냥이요."

"조금 더 불러 보시오."

"3만 냥이 있으면 다시 양주로 가서 물주 노릇을 할 수 있을 거 같습니다. 하지만 그렇게 많은 돈을 나한테 줄 사람이 어디 있겠습니까?"

"이 노인장이 비록 부자는 아니나 그래도 평생 남을 돕고 사는 걸 좋아하니 일단 내가 3만 냥을 주겠소이다."

그러면서 노인이 소매 품에서 3백 전을 꺼내주면서 일단 그걸로 밥이라도 사 먹으라 했다.

"내일 정오에 서시西市 페르시아관1)에서 만납시다. 약속 어기지 마시오."

노인은 말을 마치고 바로 떠나갔다. 두자춘은 너무도 기뻐하며 혼자서 중얼거렸다.

"내가 만나는 사람마다 돈 좀 빌려달라고 애걸복걸했으나 아무도 거들떠보지 않아 굶어 죽을 판이었는데 이 노인이 이렇게 나에게 선심을 써주다니. 이 노인한테 3만 냥을 얻을 수만 있다면 이건 하늘이 나를 도와주시는 것이겠구나. 일단 이 3백 전으로 술하고 밥이나 사 먹고 잠이나 푹 자둬야겠다. 내일 낮에 페르시아관으로 달려가서 노인한테 3만 냥을 받아와야지."

두자춘은 술집으로 달려가 3백 전을 모두 주인에게 건네고 허리띠를 풀어놓고 마음껏 먹고 마신 다음 집으로 돌아가 잠자리에 누웠다.

'내가 한평생을 당당하고 멋지게 살아오다가 어쩌다 요즘 들어 곤궁해진 것뿐인데 일가친척과 친구들이 모두 나를 무시하더군. 한데 저 노인네는 나하고 일면식도 없는 사이인데 어떻게 그렇게 많은 돈을 나에게 줄 수 있을까? 3만 냥 그게 만만한 돈이 아니잖아. 그냥 무게만 따져도 엄청나게 무거울 건데. 저 노인이 얼마나 부자면 나한테 3만 냥을 준다고 큰소리를 칠까? 내가 장탄식을 하는 걸 보고 불쑥 나한테 와서 사정을 물어보고 도와주겠다고 한 걸 보면 혹시 장난치는 거 아냐? 아무래도 내일 약속장소에 가지 말까 보다. 한데 그 노인이 나를 바라보는 모습이

---

1) 당나라의 수도 장안 내성의 서남쪽에 있는 시장을 서시라 불렀다. 페르시아 상인들도 실크로드를 통해 이곳 서시에 와서 머물면서 장사를 했는데 이들이 머물면서 장사를 하던 곳을 일러 페르시아관이라 불렀다. 당시 서시에는 220여 업종에 4만여 개의 상점이 있어, 그 규모가 세계 최대였다고 한다.

너무도 정이 넘치고 나를 아껴주는 것 같긴 했어. 그래도 그 노인을 찾아가서 돈을 좀 달라고 간청해볼까. 뭐 밑져야 본전 아닌가. 그 노인이 뭐 할 일 없다고 나한테 쓸데없는 거짓말이나 하고 그러겠어? 내일 꼭 가봐야지.'

가야 할 것 같기도 하고 갈 필요가 없을 것 같기도 했다. 한참을 고민하다 이렇게 결론을 내렸다.

'그래그래, 은 3만 냥이 아니라 동전 3만 전이라 해도 가야지. 3만 냥이든 3만 전이든, 3만은 3만, 배고플 때 밥 한 숟갈이 배부를 때 밥 한 솥보다 낫다는 속담도 있지 않은가. 3만 전이면 은자 30냥, 내가 며칠은 먹고 살 수 있는 돈. 안 갈 이유가 없지.'

두자춘은 은자 3만 냥이 눈앞에 어른거려 밤새 잠을 이루지 못했다. 새벽이 다 되어 자기도 모르게 잠이 들었다. 눈을 떠보니 해가 이미 중천에 떠올랐다. 황급히 일어나 세수했다. 두자춘이 좀 조심성이 있는 사람이라면 어제 노인한테 받은 3백 전 가운데 조금 떼어 남겨두었다가 오늘 아침에 뭐라도 사 먹을 것인데 그가 원래 돈 쓰기를 좋아하는 성미라 내일 3만 냥이 생긴다는 생각에 너무도 들뜬 나머지 3백 전은 받자마자 다 써버렸다. 두자춘은 아침밥도 못 먹었지만 3만 냥을 받는다는 생각에 전혀 배고픈 줄도 몰랐다.

머리 손질을 마치고 문을 나서면서 미소를 지으며 혼잣말했다.

"집에서 할 일도 없고 페르시아관이 예서 멀지도 않고 그러니 내 두 발로 천천히 걸어가 보자. 그 노인장을 만나면 은자 3만 냥 달라고 조를 게 아니라 어제 3백 전을 주신 것을 감사하러 왔노라 말하는 게 훨씬 더 멋질 거야."

페르시아관은 사방에서 조공을 바치러 온 자들이 보물을 사고파는 곳으로 보석, 패물, 코뿔소 뿔 같은 값나가는 것이 넘쳐났다. 사람들이 그곳을 보물창고라 불렀다. 두자춘은 노인이 말한 대로 은자를 주기를 고대하면서도 혹시 장난치려고 하는 것은 아닐까 하는 생각이 들어 별로 기대하지 않고 터벅터벅 걸어갔다. 그의 두 눈은 노인이 어디 있는지를 살폈다. 막 페르시아관 앞에 도착하여 안으로 들어가려고 하는데 밖으로 나오는 노인을 발견했다. 노인이 두자춘에게 화를 내며 말했다.

"왜 이렇게 약속에 늦은 건가? 내가 아침 진시부터 기다렸는데 해가 서산을 넘어가려고 하는 때까지도 나타나지 않다니 내가 기다리다 눈이 다 빠질 지경이오. 옛날에 황석공이 한나라의 창업 공신 장량한테 닷새 후 새벽 오경에 진흙다리[이교圯橋]로 찾아오면 병서를 전수해주겠노라 했으나 장량이 늦게 나타나자 다시 닷새 후 새벽 오경에 오라고 했고 그러기를 세 번이나 하자 장량이 아예 날이 새기도 전에 미리 가서 기다리다가 육도삼략六韜三略을 받은 일이 있는데 그대는 그걸 알기나 하오? 장량이 그 병서를 얻어 유방을 도와 천하를 통일하고 나중에 제후에 봉해졌다오. 이 노인장이 황석공 같은 사람이 못 되는 줄이야 내가 잘 아오만, 그대도 장량 같은 인물은 아닌 듯하오. 혹시 내가 돈이 없을 거라고 생각한 것은 아니오? 내가 어찌 나를 의심하는 사람에게 돈을 주겠소. 어서 돌아가시오. 나에게 있던 돈이 다 사라지고 말았소이다."

이 말을 듣고 두자춘은 깜짝 놀라 얼굴이 흙빛이 되었다. 그러나 후회해도 소용없는 것, 마치 날개 꺾인 늙은 새처럼 어깨를 축 늘어뜨렸다.

'3만 냥이 손에 들어올 뻔했는데! 내가 지지리 복도 없지. 오늘 같은 날 늦잠을 자고 이렇게 늦게 일어나다니. 이제 저 노인이 나한테 주려고 하지 않는구나. 아냐, 황석공처럼 한 번쯤 더 기회를 줄지도 모르니 그러면 아예 내가 밤에 여기다 자리를 깔고 기다려야겠다. 그래도 그렇지. 기왕에 나한테 돈을 주려고 했으면 내가 좀 늦게 왔더라도 그냥 주면 되는 거지. 이렇게 옛날이야기까지 들먹이면서 나를 혼내는 거는 또 뭘까! 아무래도 저 노인장한테 돈이 없는 거 같아. 그러니 이렇게 옛날이야기나 해대면서 그 핑계로 얼렁뚱땅 넘어가려고 하지.'

그가 이렇게 이 생각 저 생각을 하고 있으려니 그 노인이 마치 그의 머릿속에 들어갔다 나온 것처럼 이렇게 말하는 것이었다.

"내가 오늘 다시 약속을 정하여 그대에게 다시 찾아오게 할까 했으나 지금 그대가 내가 돈이 없을까 봐 의심하고 있네그려. 그래, 기왕에 좋은 일 하려고 한 거 뭐 하러 번거롭게 그대를 다시 오가게 할 필요가 있겠는가. 지금 바로 나를 따라 안으로 들어오게나."

두자춘은 은자를 주겠다는 말을 듣고 마치 용수철이 튀어 오르듯 바로 일어나 노인을 따라 서쪽 회랑에 있는 첫 번째 방으로 들어갔다. 노인은 벽장문을 열고 은자를 꺼냈다. 하나에 50냥씩 나가는 순은 덩어리 6백 개, 다 합해서 3만 냥을 두자춘 눈앞에 늘어놓았다. 두자춘은 눈이 다 휘둥그레졌다. 노인이 두자춘에게 말했다.

"자, 이걸 가지고 가서 뭐든지 하고 싶은 걸 하게나. 대신 나를 실망시켜서는 안 된다네."

여러분이 생각하기에 두자춘이 조금 정신머리 없어 보일지도 모르겠다. 노인의 이름도, 거처도 묻지 아니하고 그저 두 손 모아 읍하면서 고맙다는 말만 연신 하고는 짐꾼 30명을 사서 그 은자를 집으로 옮겼다.

이튿날 꼭두새벽에 일어난 두자춘은 준마를 한 필 사고 안장을 장만하고 새 옷 몇 벌을 마련하여 입고서는 일가친척을 찾아다니며 이렇게 떠벌였다.

"당신들이 나를 홀대했던 걸 생각하면 나는 진즉에 굶어 죽었을 거 같은데 하늘이 무너져도 솟아날 구멍이 있다고 내가 마음씨 좋은 사람을 만나서 은자를 몇만 냥이나 받았지 뭐야. 이제 다시 소금 장사를 하러 양주로 떠나려고 이렇게 인사하러 왔네. 내가 나의 소감을 시로 한 번 읊어볼 테니 들어보고 한 말씀씩 좀 해보라고."

솟을대문 아무리 두드려도 응답이 없어라,
이 모멸감, 이 증오 어이 견디랴.
이제 준마를 타고 양주로 달려가리니,
내 허리춤에 은자가 얼마인지 묻지 말게나.

두자춘의 친척들은 그가 가산을 탕진하고 빈털터리가 되었다고 비웃을 때만 해도 이렇게 다시 돈을 왕창 손에 쥘 수 있을 거라고는 상상도 하지 못했다. 친척들은 두자춘이 읊어주는 시를 듣고서 고개를 들지 못하면서도 이런 생각에 잠겼다.

'이 장안에 저 두자춘 같은 놈한테 3만 냥을 쾌척할 만한 자가 누굴까? 우리가 모르는 누군가가 있단 말인가? 그런 일이 있을 리가 없지.'

친척 가운데 누군가 이런 말을 했다.

"우리 조상님 묘에 묻어둔 보물을 그 녀석이 도굴한 건 아닐까?"

누구는 또 이렇게 말했다.

"먹고살기 힘들어지니 도적 떼와 한 패거리가 되어 객상을 털었거나 아니면 누구네 창고를 몰래 훔쳤을 거야."

모두들 두자춘의 말을 전혀 믿지 못하는 눈치였다. 일단 이 이야기는 여기까지만 하자.

한편, 두자춘은 은자를 수레 몇 대에 싣고서 장안의 동문을 나서 양주를 향하여 출발했다. 며칠 후 양주 고향 집에 도착했다. 아내 위씨가 두자춘을 맞이하며 말했다.

"당신 차림새가 이렇게 번듯하고 짐도 이렇게 많은 게 돈을 엄청나게 번 모양이네요. 혹시 친척이 돈을 빌려주기라도 한 건가요?"

"은자야 수만금이 있긴 하지. 한데 그건 친척들이 준 건 절대 아냐."

두자춘이 서문에서 한숨 쉬던 일, 페르시아관에서 노인에게 은자를 받은 일을 자세하게 설명해주었다. 아내 위씨가 말했다.

"세상에 어쩜 그런 의인이 다 있을까요! 그분의 이름을 여쭤보셨나요? 제가 저승에서라도 그분에게 보답하고 싶네요."

두자춘이 한참을 머뭇거리다 대답했다.

"그때 내가 은자에만 정신이 팔려서 노인의 얼굴도 제대로 못 보고 이름도 못 물어봤네. 당신 말을 잘 기억해두었다가 다음에 그 노인을 만나 은자를 또 받게 되면 이름부터 먼저 물어보겠네."

두자춘이 한창 잘 나갈 때 함께했던 친구들이 두자춘이 이렇게 많은 돈을 얻어 와서 써대기 시작하니 어디서 소문을 들었는지 하나도 빠짐없이 다시 찾아와 빌붙기 시작했다. 음식에 파리 꾀는 것과 하나도 다를 게 없었다. 백만 냥이 넘는 은자를 한 푼도 남김없이 탕진해본 가락이 있는 두자춘인지라 이 3만 냥 정도를 가지고 얼마나 오래 버틸까! 2년도 못 되어 한 푼도 남김없이 다 써버렸다. 돈이 다 떨어진 두자춘은 말을 팔고 노새를 타다가, 다시 노새를 팔고 걸어 다니면서 어떻게든 버텨나갔다. 그러나 가만히 앉아서 먹기만 하니 무슨 수로 더 버틸 수 있겠는가? 뭐 땅 파먹고 살 수 있는 것도 아니고 두자춘이 더는 견디지 못할 지경에 이르렀다.

'아이고 내가 방정이지. 장안을 떠나올 때 괜히 친척들한테 시를 지어 보여주며 입찬소리를 하고 절교해버린 건 또 뭐냐. 내가 지금 무슨 염치로 다시 그들한테 손을 내밀 수 있으리오. 내가 또 도와달라고 고개 숙여 부탁해도 나한테 도움의 손길을 내밀 리가 없지. 이렇게 힘든 지경에 빠졌는데도 손 내밀 데가 없으니 나는 어떡하면 좋으냐!'

아내 위씨가 이렇게 말했다.

"저번에 당신에게 은자를 준 그 노인이 다시 당신한테 은자를 줄지도 모르잖아요?"

두자춘이 코웃음 치며 대답했다.

"무슨 그런 어처구니없는 소리를 하는 거야. 그 노인네가 죽었는지 살았는지도 모르고, 아직 돈이 있는지 없는지도 모르는 판국에 노인한테 돈을 받을 걸 어떻게 기대하겠어. 그래도 죽으나 사나 친척밖에 없지. 친척들이 아예 나를 떼어버리지는 못할 거라고. '생판 모르는 사람보다는 아는 사람이 그래도 백번 낫다'는 말도 있잖아. 이것저것 따질 거 없이 장안에 가서 친척들을 만나봐야겠어."

먹고 살려면,
체면이고 염치고 따질 것 없지.

두자춘은 다시 장안으로 갔다. 몸을 굽히고 정말로 겸손하게 아니 비굴하게 친척들에게 도움을 요청했다. 친척들은 약속이나 한 듯이 모두 이렇게 말했다.

"너한테 그렇게 많은 돈을 주었다는 그분한테 가봐야지. 우리한테 어디 그럴 능력이 있겠어?"

친척들은 냉정하게 그리고 비꼬기라도 하는 것 같은 목소리로 이렇게 말했다. 두자춘은 화가 나기도 하고 부끄럽기도 하여 죽을 맛이었다.

어느 날 서문을 지나다가 우연히 그 노인을 다시 만났다. 두자춘은 너무도 기뻐 얼굴이 다 빨개졌다. 그 노인이 물었다.

"그대 얼굴색은 마치 무슨 횡재라도 한 것처럼 불그죽죽한데 입고 있는 옷은 어찌 그리 남루하오? 혹시 돈을 탕진한 거 아니오?"

"노인장께서 저에게 3만 냥을 주셔서 제가 아껴 쓰려고 굳게 마음먹었습니다만 어쩌다 보니 그만 금세 한 푼도 안 남게 되었습니다. 아무래도 제가 올해 운수가 좋지 않아 이렇게 된 것 같습니다."

"그대 친척들이 장안에 쫙 깔렸는데 설마 도와준다고 하는 사람이 하나도 없겠소?"

두자춘은 노인이 친척이 도와줄 거라는 말을 하는 걸 듣고는 눈썹을 찌푸리며 대답했다.

"친척이 많으면 뭐합니까? 모두들 돈이라면 벌벌 떠는 수전노입니다. 기꺼이 남을 도와줄 줄 아는 어르신하곤 전혀 같지가 않습니다."

"내가 그대에게 또 한 번 돈을 줘야 마땅하겠으나 3만 냥을 2년 만에 다 써버리는 걸 봐서는 그대가 백 살까지 산다고 하면 얼마나 많은 돈을 마련해야 하나 고민이 되는 게 사실이라오. 나를 너무 원망하지 마시오."

노인이 두자춘에게 읍을 하고는 서쪽으로 걸어갔다.

있을 때는 없을 때를 생각하여 아껴야지,
요즘 사람들이 옛날 사람하고 같을 거라 생각하진 말게나.

노인이 떠나자 두자춘이 장탄식을 했다.

"친척들이 다 나를 비웃을 때 오직 저 노인장만은 나를 불쌍히 여기고 위로해주었구나. 게다가 나에게 3만 냥이나 주었음에도 내가 지금 빈털터리가 되고 말았구나. 저 노인장 말고 내가 누구한테 손을 내밀 수 있을까?"

두자춘이 이렇게 혼자서 중얼거리고 있을 때 노인이 다시 돌아와 두자춘에게 말했다.

"내가 빈털터리 된 사람을 많이 봐왔어도 그대처럼 그렇게 대책 없이 빈털터리가 된 사람은 처음 봤소. 은자 3만 냥을 마치 동전 세 푼처럼 순식간에 다 써버리다니. 그대처럼 낭비가 심한 사람은 도와봐야 소용이 없겠다는 생각이 들기도 하나 그래도 이 노인장이 아니면 그대를 챙겨줄 자가 누가 있겠소? 그대가 춥고 배고파 죽게 된다면 내가 그대를 도운 공로도 헛수고가 되고 마는 거 아니오! 속담에 사람을 죽이려면 피를 볼 때까지, 사람을 살리려면 혼자 힘으로 완전히 살 수 있을 때까지 하여야 한다는 말도 있지 않소. 나한테 은자 몇 냥 없다고 큰일 나는 것도 아니니 내가 그대를 다시 한번 도와주리다.”

노인이 소매 품에서 동전 3백 전을 꺼내어 두자춘에게 주며 말했다.

“이걸 가지고 가서 밥이라도 사 먹게나. 내일 정오에 페르시아관 서쪽 회랑에서 나를 기다리게. 3만 냥도 모자르다고 하니 이번에는 십만 냥을 주겠네. 지난번처럼 늦게 와서 나를 기다리게 하지 말게나.”

지난번에 노인이 3만 냥을 줄 때도 그랬거니와 십만 냥을 준다고 하는 이번에도 역시 두자춘은 염치도 좋게 사양하지 않고 내일 받으러 갈 요량이었다. 게다가 노인이 지난번보다 7만 냥이나 더 준다고 하니 두자춘은 너무도 기분이 좋았다. 두자춘은 두 손으로 3백 전을 받고는 노인에게 읍을 하고 일어나 성큼성큼 걸어갔다.

두자춘은 곧장 술집으로 들어가 3백 전을 몽땅 술집 주인장에게 건네주고 자리를 잡고 앉았다. 점원이 안주를 가져다주니 어제부터 뱃속에 아무것도 집어넣지 못한 두자춘은 내일이면 십만 냥이 손에 들어온다는 생각에 마음 푹 놓고 맘껏 먹고 마셨다. 두자춘 수중에 돈이 있는 것을 확인한 점원은 술과 안주를 계속 날랐다. 두자춘 역시 눈대중으로 3백 전을 넘지 않을 거 같은지라 아무런 걱정도 하지 않고 날라다 주는 대로 넙죽넙죽 먹고 마셨다. 그리고 먹다 남은 것은 점원에게 먹으라고 인심을 썼다. 점원은 두자춘이 씀씀이가 큰 걸 보고 이렇게 혼잣말을 했다.

“저 손님이 옷은 다 해졌지만 생긴 거하고는 달리 돈을 쓸 줄 아는 손님일세!"

두자춘이 아래층으로 내려와 밖으로 나가려 하니 주인장이 계산을 정확하게 하고 가시라 했다. 두자춘은 아이고, 내가 3백 전어치도 다 못 먹었나 싶어 이렇게 대답했다.

"잔돈은 굳이 거슬러 줄 필요 없소이다. 그냥 넣어두쇼!"

주인장이 바로 대꾸했다.

"아니, 지금 무슨 소리를 하는 거요? 당신이 지금 먹은 게 얼만데 외려 선심을 쓰는 말을 하는 거요?"

"그건 내 알 바 아니지. 당신네들이 알아서 술과 안주를 마구 들이민 거 아니오!"

두자춘이 몸을 돌려서 가려고 하니 주인장이 막아서며 말했다.

"말 참 편하게 하네. 우리가 그걸 그냥 공짜로 주는 거로 아나 보지!"

두 사람이 말싸움을 시작했다. 지나가던 사람들이 와서 구경하다가 대체 얼마나 더 내야 하는지 묻기도 했다. 주인장이 한참을 계산하더니 대답했다.

"2백 전은 더 내야겠구먼."

두자춘이 너털웃음을 짓더니 말했다.

"내가 무슨 몇 만 냥 어치를 먹은 것도 아닌데 뭘 그리 호들갑이시오. 그깟 2백 전이야 말할 건더기도 안 되는구먼."

"그래 그럼 지금 당장 2백 전을 주면 되겠네!"

"근데 안타깝게도 오늘은 없으니 내가 내일 다시 와서 주지."

"내가 당신이 누군 줄 알고 외상을 준단 말이야?"

"장안 사람치고 이 두자춘이 대부호라는 걸 모르는 사람이 없지. 2백 전이 아니라 더 큰 금액이라도 당신한테 다 준다니까 그러네. 정 못 믿 겠으면 차용증이라도 하나 써줄 테니까 내일 와서 받으라고."

사람들은 두자춘이 자기를 대부호라 칭하는 걸 보더니 웃음을 참지 못하고 두자춘을 위아래로 훑어보았다. 두자춘의 형편을 좀 아는 사람이 뒤에서 웃으면서 말했다.

"아이고, 이 파락호 녀석이 하는 말 하고는! 아무리 그래도 대부호라는 말은 자네하곤 안 어울리지."

두자춘이 그 말을 듣고 대답했다.

"여보쇼, 나중에 괜히 후회할 말 함부로 하지 마쇼! 오늘은 비록 내 행색이 이렇지만 내일 낮에 내가 아는 사람이 은자 10만 냥을 주기로 했소이다. 그럼 내가 다시 대부호가 될 거 아니겠소?"

사람들이 그 말을 듣고 모두 포복절도했다.

"이 사람 미친 거 아냐? 은자 10만 냥을 그냥 주는 사람이 세상에 어디 있다고?"

술집 주인장이 말했다.

"당신이 10만 냥을 받든 20만 냥을 받든 나는 알 바 없으니 2백 전만 내고 어서 가라고."

"내일이면 두 배든 세 배든 내가 주겠지만 오늘은 한 푼도 없다고."

"아니, 어떤 후레자식이 음식을 먹고서 돈 없다고 배 째라고 하는 거야!"

주인장이 두자춘의 멱살을 잡고 한 대 치려고 했다. 두자춘은 어떻게 빠져나갈 도리가 없었다. 바로 이때 누군가 외치는 소리가 들렸다.

"때리지 마시오. 내가 할 말이 있소이다."

누군가가 사람들 사이를 헤치고 안으로 들어왔다. 두자춘이 자세히 보니 바로 그 노인이었다. 두자춘이 황급하게 외쳤다.

"노인장, 마침 때맞춰 잘 오셨소이다. 제발 날 위해 말 좀 해주시오."

노인이 술집 주인장에게 물었다.

"무슨 일로 이 사람을 붙잡고 주먹질을 하려는 거요?"

"아니, 술값 2백 전을 안 내고 그냥 도망치려고 하지 않소!"

두자춘이 끼어들어 대답했다.

"내가 노인장이 준 3백 전을 먼저 맡기고 나서 술을 마셨습니다. 한데 저 술집 점원이 내가 시키지도 않은 술과 음식을 마구 가져와서는 맘껏 먹으라기에 먹은 것일 뿐이지, 내가 뭐 억지로 뺏어 먹은 것도 아니라니까요. 내가 내일 후하게 갚아준다고 하는데도 절대 안 된다고 하면서 나를 때리려 드네요. 노인장, 이게 누구 잘못인지 말 좀 해주시지요."

노인이 주인장에게 말했다.

"먼저 돈을 받고 술을 내셨으면서 뭐 하러 받은 돈보다 더 많은 술을 내주셨소? 아무래도 이건 주인장 잘못인 거 같소이다."

노인이 이번에는 두자춘에게 말했다.

"돈도 없는 주제에 어찌하여 그렇게 분에 넘치게 먹고 마시고 그랬는가? 하나 지금 무슨 말이 필요하겠소. 내가 지금 2백 전을 내줄 테니 이거 받고 두 사람은 그만 다투시오."

노인이 소매 품에서 2백 전을 꺼내어 주인장에게 주었다. 주인장이 연신 고맙다고 인사했다. 두자춘이 노인에게 말했다.

"이거 또 노인장께서 해결해주시네요. 이 은혜를 어떻게 갚아야 할지! 괜찮으시다면 술이라도 한잔 대접하고 싶은데 어떠신지요?"

노인이 미소를 지으며 대답했다.

"뭐 그럴 필요까지야, 내일 만나서 합시다."

노인이 사람들을 향해 말했다.

"자 그럼 난 이제 그만!"

노인이 돌아가자 두자춘도 집으로 돌아갔다.

이날 밤 두자춘이 생각에 잠겼다.

'내가 곤궁할 때 나를 불쌍히 여기고 도와주는 사람이 단 하나도 없었는데 유독 이 노인만 나에게 3만 냥이나 주고, 이번에는 10만 냥을 또 준다고 하는구나. 오늘도 노인이 와서 날 도와주지 않았더라면 내가 주인장한테 손찌검을 당할 뻔했어. 노인이 실제로 은자가 있든 없든 꼭 가봐야겠구나. 지난번에도 거짓말하지 않았는데 설마 이번에 거짓말할 리가 있겠어?'

두자춘은 날이 밝기만을 기다렸다가 곧장 페르시아관으로 달려갔다. 노인이 벌써 와서 기다리고 있다가 두자춘을 데리고 서쪽 회랑에 있는 방으로 들어가 순은 덩어리 2천 개를 꺼냈다. 딱 10만 냥이었다. 노인이 그걸 두자춘에게 건네면서 이렇게 당부했다.

"이 은자야 당연히 그대에게 쓰라고 주는 것은 맞소이다. 그러나 순식간에 다 써버리고서 다시 나를 찾아오지 않기를 바라오."

두자춘이 고맙다고 인사를 하고는 대답했다.

"저 두자춘 다시 또 돈을 낭비한다면 그땐 노인장께서 다시는 저를 쳐다보지 않으셔도 좋습니다."

두자춘은 곧장 마차를 불러 은자를 싣고 노인한테 이만 물러간다는 인사를 하고서 떠나갔다. 제 버릇 개 못 준다는 속담도 있지 않은가! 두자춘은 은자를 싣고 집에 돌아오자마자 안장을 얹은 말을 구입하고 옷을 만들어 입고 친척들에게 인사하러 찾아갔다.

"여러분들이 알려주신 대로 내가 그 돈 많은 분을 만나러 갔더니 전혀 힘든 내색하지 않고 나에게 또 10만 냥을 주셨소이다. 이제 돈이 생겼으니 이 장안에서 살아도 그런대로 체면치레는 할 수 있게 되었소. 그러나 나 두자춘이 천생 개망나니처럼 살아온지라 우리 높으신 친척분들에게 누를 끼칠까 걱정되어 아무래도 양주로 돌아가 소금 장사꾼들하고 함께 지내는 게 좋을 것 같소이다."

두자춘이 이렇게 가시 돋친 말을 하니 친척들 또한 이 말을 듣고 기분이 몹시 언짢았지만 그냥 꾹 참고 아무런 말도 하지 않았다.

한편 두자춘은 말과 마차를 준비하여 은자 10만 냥을 싣고 양주에 도착했다. 아내 위씨가 이렇게 많은 말과 마차를 보고서 진즉에 남편이 은자를 얻어서 돌아오는 줄 알아차렸다.

"이게 다 서문의 노인장이 당신에게 준 거겠지요?"

"그럼 그 노인장 아니면 누가 주었겠소?"

"그분의 성함은 물어보셨나요?"

"아이고, 그 노인장이 페르시아관에서 은자를 내주실 때만 해도 당신이 한 말을 똑똑히 기억하고 있었는데, 그 노인장이 노파심으로 나한테 간수 잘하고 함부로 쓰지 말라며 이것저것 당부하는 바람에 그 말에 대답하느라고 바빴지 뭐야. 그러곤 바로 은자를 말에 싣고 옮겨오는 걸 신경 쓰느라 노인장한테 이름을 물어볼 엄두도 못 냈어. 아무리 그렇다 해도 이름을 못 물어본 게 나도 너무 아쉽네. 내가 옛날 버릇이 도져서 이걸 다 써버리면 그땐 어떻게 그 노인을 다시 만나지? 이거 꼼짝없이 굶어 죽는 거 아닌지 몰라."

두자춘이 처음 은자를 받았을 때만 해도 어떻게든 아껴 쓰고자 마음을 굳게 먹었지만 일단 양주로 돌아오고 나니 옛날 돈 쓰던 버릇이 도져 돈이 없어 쩔쩔매던 때를 완전히 까먹고 말았다. 두자춘이 돈이 없을 때는 나 몰라라 하던 술친구들이 다시 찾아와 빌붙기 시작했고 부잣집 딸로 자라서 아쉬운 걸 모르는 아내 위씨도 맛난 거 먹고 좋은 거 입기 바빴다. 돈이 많은 만큼 쓰는 것도 많았다. 3년이 못 되어 10만 냥을 단 한 푼도 남기지 않고 깡그리 써버리고 전보다 더 행색이 초라해졌다.

아내 위씨가 두자춘에게 푸념했다.

"내가 당신한테 그 노인의 이름을 꼭 물어보라고 했잖아요. 그걸 까먹고 물어보지 않다니 이젠 어떡하려고요?"

"나한테 그래 봐야 무슨 소용이 있어! 그 노인이 나한테 3만 냥을 줬다가 다시 또 10만 냥을 줬는데, 노인의 이름을 알아도 무슨 염치로 다시 찾아가 손을 벌리겠어? 노인한테 손 벌리기도 어렵고 친척들한테 손 벌리기도 어렵다고 해서 설마 나 두자춘이 그냥 굶어 죽기라도 할까 봐! 내가 보기에 장안 남쪽 우리 조상 대대로 살아오던 집이 못 나가도 만 냥은 넘을 거야. 사실 친척들이 모두 그 집을 눈독 들이고 있기도 하지. 나는 이미 알거지가 되었는지라 장안에 들어가 살 염치도 없으니 그 집이 나한테 무슨 소용이 있겠어. '전답은 천년 가지만, 주인은 천년 못 간다'는 말도 있잖아. 이번에 팔아서 살림에 보태 쓰자고. 안 그러면 쌀가게 옆에 두고 굶어 죽겠어!"

이렇게 해서 두자춘은 마침내 장안에 세 번 들어가게 된다. 두자춘은 정말 타고난 바보 아닐까! 증거 삼아 시 한 수를 인용해보자.

집안 가득 황금을 쌓아두었다 해도,
함부로 쓰기만 하면 얼마나 버틸까?
10년 동안 주변 사람들에게 돈을 펑펑 뿌렸으나,
이제 달려가 도움 청하니 누가 챙겨주던가.

한편, 두자춘은 장안으로 들어가서도 친척들을 찾지 않았다. 아울러 노인 눈에 띌까 봐 돌아다니지도 않고 장안 남쪽의 집에서 두문불출하면서 거간꾼을 불러 곧바로 조상 대대로 살던 가옥과 전답을 전부 다해서 1만 냥에 팔기로 약조했다. 두자춘이 직접 계약서를 작성하여 거간꾼에게 건네면서 일체를 알아서 팔아달라고 부탁했다. 두자춘은 이 가격이라면 임자가 금방 나타날 것이니 만 냥은 이미 손에 들어온 거나 마찬가지라고 생각했다. 한데 친척들은 두자춘이 지금 땡전 한 푼 없는 사정을 잘 아는지라 일부러 가격을 후려치려고 아무도 입질을 하지 않았다. 거간꾼이 돌아와 이 사실을 말하니 두자춘이 한탄했다.

"나 두자춘은 어째 이리 일이 안 풀리는가! 이 금싸라기 같은 땅도 팔려는 사람은 있는데 사려는 임자가 안 나서다니. 거간꾼이 중개를 잘 못하니 내가 직접 나서는 수밖에!"

두자춘이 거리에 나서니 저쪽에서 예의 그 노인이 걸어오는 게 보였다. 두자춘이 황급히 사람들 사이로 숨었다. 한데 노인이 어느 틈에 그에게 다가와 옷소매를 잡더니 이렇게 말했다.

"어쩜 그렇게 모른 척할 수가 있나 그래!"

이 말을 듣고 두자춘은 얼굴이 빨개졌다. 노인이 말했다.

"그대가 서문에서 탄식하던 날을 벌써 잊었소? 내가 갑부는 아니나 그래도 두 번이나 그대에게 은자를 몇 만 냥씩 도와주었는데 말이오. 내가 그대한테 무슨 보답을 바라는 것도 아닌데 어찌 나한테 아는 척도 안 하고 사람들 사이에 숨어버린단 말이오? 그 은자를 물에다 던졌으면 풍덩 하고 소리라도 났을 텐데."

두자춘이 사죄했다.

"저 두자춘이 돈 간수를 제대로 할 줄 모르기는 하나 그래도 양심은 있는 사람인데 어르신에게 받은 그 큰 은혜를 어찌 모르겠습니까! 다만 두 번이나 은자를 받았음에도 순식간에 탕진해버려 어르신을 본 순간 너무도 부끄러워 죽고 싶은 심정이었는지라 그래서 숨었던 거지, 어르신의 은혜를 잊어버리고 그런 것은 결코 아닙니다."

"그대가 그렇게 생각한다면 마음을 고쳐먹고 앞으로 돈을 절약하면 될 것 아닌가. 내가 그대를 한 번 더 도와주리다."

"하늘에 맹세코 이번만큼은 돈을 낭비하지 않겠습니다요!"

"맹세는 필요 없고 이번엔 어떻게 돈을 쓸 건지 이 노인에게 한 번 이야기해주시게나."

"조상에게 물려받은 바닷가 염전 몇 곳과 성 안팎의 요처에 가게가 몇 곳이 있고, 양자강 강줄기 따라 있는 갈대밭 사이로 비옥한 밭도 여러 군데였으나 제가 그만 아주 헐값에 저당을 잡히고 말았습니다. 은자가 생기면 그 돈을 갚고 다시 찾아오면 2년이 못 되어 재산을 다시 일굴 수 있습니다. 그런 다음 가난하고 힘든 사람들이 살 수 있는 숙소를 만들어 그들을 돕고, 노약자들을 돌보고, 과부나 고아를 거두고, 갈 곳 없어 떠도는 사람들을 쉬게 하고, 누구도 거두지 않아 들판에 뒹구는 시체를 장사지내주면 저의 추락한 명예도 회복할 수 있을 것입니다."

"그대의 마음이 그러하다면 내가 한 번 더 그대를 돕겠소이다."

노인이 소매 품에서 3백 전을 꺼내어 주면서 말했다.

"내일 오시에 페르시아관에 오면 나를 만날 수 있을 거요. 가급적이면 일찍 오면 좋겠소이다."

두자춘은 지난번에 술집에서 주인장에게 모욕을 당한 것이 생각나서 이번엔 술 마시러 가지 않고 노인에게서 돈을 받자마자 바로 곧장 집으로 돌아가며 생각에 잠겼다.

'나 두자춘, 평생 망나니처럼 살아왔으나 다행히 이 노인장이 두 번이나 나에게 은자를 주었지. 그런데도 내가 노인장의 이름도 물어보지 않아 마누라한테 지청구를 얼마나 들었나! 이번엔 이름을 꼭 물어봐야지.'

두자춘은 동이 트자마자 바로 페르시아관으로 달려갔다. 문 앞에서 한참을 기다리니 노인이 나타났다. 아직 아침 진시도 안 된 시각이었다. 노인이 웃는 표정을 지으며 말했다.

"이번엔 딱 때맞춰 잘 오셨군. 그대가 하려고 계획한 일은 은자가 조금이라도 부족하면 안 될 거 같아 내가 30만 냥을 주려고 하오. 은 덩어리가 6천 개라 이걸 세는 데만도 하루가 걸릴 것 같아 그래서 일찍 오라고 한 것이라오."

노인이 두자춘을 데리고 서쪽 회랑에 있는 방으로 들어가 은 덩어리 6천 개를 옮겨와서 건네주며 당부했다.

"이건 이 노인네의 전 재산이오. 그대가 이거마저 탕진해버리면 다시 나를 찾아도 도와줄 수가 없소이다."

"어르신의 성함과 사는 곳을 여쭙습니다."

"그건 왜 물어보시오? 나중에 보답이라도 하겠다는 거요?"

"어르신께서 저에게 43만 냥이나 주셨으니 그 엄청난 은혜를 제가 어떻게 갚을 수 있겠습니까? 제가 평생 아무리 노력한다고 해도 도저히 갚을 엄두조차 나지 않습니다. 만약 어르신께서 거처가 필요하시다면 제가 팔려고 내놓았으나 아직 팔지 못한 집 계약서가 여기 있으니 그 집을 드리고 싶습니다."

"이 노인네가 집이 필요했다면 그냥 이 은자를 써서 장만하는 게 더 낫지 않겠소?"

"저 두자춘이 빈털터리가 되었을 때 모두가 저를 외면했는데 오직 어르신만 세 차례나 저를 이렇게 도와주셨습니다. 저같이 이렇게 쓸모없는 인간에게 어찌 그렇게도 많은 은자를 주셨는지요? 만약 어르신께서 물에 들어가라면 물에 들어가고 불에 뛰어들라면 불에 뛰어들겠습니다."

"언젠가 필요할 때가 있겠지요만 지금은 아니오. 일단 집안 살림을 일으키시오. 그런 다음 3년 후에 화산 운대봉에 있는 태상노군 사당 입구 노송 두 그루 앞으로 나를 만나러 오시오."

이 상황을 증명하는 시 한 수를 인용해보자.

43만 냥이 별거 아니라는 듯,
마지막까지 자기 이름을 밝히지 않네.
운대봉으로 만나러 오라 하는데,
저 망나니 같은 녀석을 어디다 쓰려고 그럴까?

한편, 두자춘은 은자 30만 냥을 집으로 옮겼다. 이번엔 정말로 마음을 다잡고 말도 안 사고 새 옷도 장만하지 않았다. 조용히 말과 마차를 마련하여 양주로 출발했다. 그런 거금을 손에 쥐게 되면 마치 하늘에서 벼락이 치듯 온 장안에 소문이 나기 마련이라 친척들이 서로 말을 주거니 받거니 했다.

"두자춘한테 그런 거금이 생겼으니 자기 체면을 세우기 위해서라도 친척들한테 모른 척할 리 없지. 우리 가서 전별연이라도 열자고 하세."

"두자춘이 빈털터리가 되었을 때 우리가 얼마나 무시했어. 한데 이제 와서 전별연이라도 열자고 하는 게 말이 되겠소? 이거야말로 앞에서는 알랑방귀 뀌고 뒤에서는 욕하는 거지. 외려 두자춘한테 무시나 당하지."

그래도 전별연을 열자고 하는 사람이 더 많았다. 소수가 다수를 어찌지 못하는지라 함께 술을 장만하여 동문 밖으로 나가 두자춘에게 전별연을 열어주었다. 술이 세 순배 정도 돌자 두자춘이 일어나 감사의 말을 했다.

"멀리까지 전송 나와 주신 친척 어르신에게 감사합니다. 제가 잘은 못하지만 노래 한 곡조를 부르고 술 한 잔을 권해드리는 것으로 감사의 뜻을 전하고자 합니다."

여러분, 이 노래가 어떤 노래인지 아는가? 돈 떨어지니 아무도 도와주는 사람 없다는 내용을 읊은 노래라. 친척들은 노래를 듣고 그냥 앉아 있기도, 그렇다고 일어서기도 어려웠다. 차라리 전별연에 오지나 말지 뭐 하러 이렇게 사서 고생을 하는지! 두자춘이 부른 노래는 이러했다.

> 태어나기를 부잣집에 태어나,
> 어려서부터 사치하기를 좋아했네.
> 돈을 물 쓰듯 했지,
> 주머니는 점점 얇아지고,
> 손에는 아무것도 남지 않았네.
> 몸엔 달랑 해어진 옷 한 벌,
> 나랑 웃고 놀던 자들 나를 비웃고,
> 뒤돌아서서 나를 험담하더라.
>
> 남한테 도움을 청하는 건 정말로 어려운 일,
> 도와달라고 말하는 건 정말로 자존심 상하는 일.
> 남의 집 솟을대문 앞을 수없이 왔다 갔다 해도,
> 땡전 한 푼 구할 수 없었지.
> 서문에서 만난 노인장이 나에게 호의를 베풀어,
> 세 번이나 은자를 주지 않았더라면,
> 이 몸은 길거리의 송장이 되었을 것이니,
> 친척들이 아마도 내 송장을 거두었을 것이라.

두자춘이 노래를 마치고 술잔을 들고 소리쳤다.
"자 한 잔 드시지요!"
술을 벌컥벌컥 들이켜고 나서 두자춘이 생각에 잠겼다.
'내가 돈이 없을 때는 술은커녕 차 한 잔도 대접하지 않더니 이제 내가 돈이 있으니 성문 밖까지 나와서 술자리를 마련해주는구나. 돈이 이

렇게 소중한 것이로구나. 이제 다시는 함부로 낭비하지 않으리라!'

두자춘은 이런 생각을 거듭하면서 양주에 이르렀다. 아내 위씨는 남편이 조상 대대로 전해오던 집과 전답을 판 돈밖에 없어 말이나 의복이 검소한 모양이라고 짐작했다. 하긴 위씨가 남편이 노인 면전에서 제대로 살림을 하겠노라 맹세한 사연을 알 리가 없었다. 게다가 남편이 친척들이 마련해준 전별연에서 세상인심을 다시 한번 뼈저리게 느끼고 마음가짐을 달리했을 줄이야 짐작하지 못했다. 두자춘은 이제 좋을 때만 찾아오고 힘들어지면 모른 체하는 친구들을 모두 끊어버리고 집에 발걸음도 못하게 했다.

두자춘은 그동안 저당 잡혔던 염전, 객점, 모래사장, 전답을 차근차근 돈을 치르고 다시 사들였다. 과연 들인 돈이 많으니 벌어들인 돈도 많았다. 2년이 채 못 되어 천하의 갑부가 되었다. 양회의 남북 지역과 과주에 빈민 마을 몇 개를 건설했다. 그 마을 안에 농사지을 땅, 학교 그리고 마을 공동 무덤을 조성했다. 노약자, 과부, 고아 가운데 도움이 필요한 자에게는 바로 먹을 거 입을 거를 챙겨주고 배우고 싶어 하는 자에게는 스승을 청해서 가르쳐주고, 장사를 치러줘야 할 자에게는 관을 마련하여 땅에 묻어주었다. 두자춘의 이런 선행은 근동뿐만 아니라 세상천지에 널리 소문이 났다. 사람들이 모두 두자춘을 칭송해 마지않았다.

"저 망나니 같던 두자춘이 이렇게 열심히 사업을 하고 가세를 다시 일으키더니 이렇게 널리 사람들에게 베풀 줄 알다니 정말 하늘이 내린 의인이로세!"

두자춘은 노인과의 약속을 한시도 잊은 적이 없었다. 3년이 되자 집안의 모든 일을 아내 위씨에게 맡겼다.

"나 두자춘이 세 번 장안에 들어가 세 번 그 노인의 도움을 받았소이다. 만약 그 노인이 없었더라면 나는 어디선가 굶어 죽었을 것이오. 그 노인이 나에게 집안을 3년 동안 일으키고 화산 운대봉 태상노군 사당 입구 노송 두 그루 앞으로 찾아오면 나한테 뭔가 시킬 일이 있다고 했소. 이제 그 약속한 3년이 되었으니 내가 화산으로 떠나야겠소이다."

"당신이 그 노인에게 그렇게 큰 은혜를 입었으니 그분은 당신을 다시 살리신 부모나 마찬가지입니다. 당신뿐만 아니라 저 역시도 그분이 부른다면 달려가야 할 것입니다. 우리 집이 돈 한 푼 없이 가난할 때도 저 혼자서 살아왔는데 지금은 집에 돈이 넘치는데 입을 게 걱정이겠습니까, 먹을 게 걱정이겠습니까? 걱정 말고 어서 떠나십시오."

위씨는 당일로 술상을 준비하여 두자춘과 이별의 술잔을 나누고 서문을 나서 길 떠나는 두자춘을 전송했다.

대나무 잎 술잔 기울이며 아내와 작별하고,
진인을 찾아 연화봉으로 떠나네.

두자춘은 아내와 작별하고 아무도 함께하지 않고 오직 혼자서 말을 타고 화산을 향해 달려갔다. 천하의 명산으론 오악을 꼽곤 했다. 여러분, 이 오악이 어떤 산인지 아는가? 중악숭산中岳嵩山, 동악태산東岳泰山, 북악항산北岳恆山, 남악곽산南岳霍山, 서악화산西岳華山이 바로 오악이라. 이 오악은 신선이 사는 곳이다. 이 오악 가운데에서도 화산이 으뜸이라. 사방 어디에서 봐도 모두 네모반듯한 모양이어서 마치 도끼로 깎아낸 것 같은지라 '깎아 만든 산[삭성산削成山]'이란 별명으로 불리기도 했다. 화산의 꼭대기 부분의 좁은 길이 특히 험난하여 나무뿌리, 칡넝쿨을 붙잡고 가야 했다. 거기서 50리 정도 가면 바로 운대봉이었다. 두자춘이 고개를 들어 바라보니 두 그루의 노송이 눈에 들어왔다. 소나무의 푸른 이파리가 마치 사방을 덮은 우산과도 같았다. 그 가운데 붉은색 사당 문이 보였다.

그 문 위의 편액에는 '태상노군 사당'이란 여섯 개의 황금색 글자가 적혀 있었다. 때는 바야흐로 음력 7월 15일, 중원절中元節, 아직 여름의 열기가 가시지 않은 때라 산길을 걸어온 두자춘은 온통 땀이 범벅이었다. 흘러내리는 땀을 닦으며 옷매무새를 매만지고 사당의 신선상에 다가가 예를 올렸다. 노인이 걸어 나오는 게 보였다. 전에 보았던 모습과는 영 딴판이었다. 영락없는 신선의 모습이었다.

푸른 옥구슬 늘어뜨린 면류관,
붉은 비단으로 만든 하늘거리는 도포.
황금색 비단 허리띠는 도포 중간을 휘감아 돌고,
붉은색 신발, 발걸음도 산뜻하다.
양볼 아래에 이어지는 흰 수염,
머리엔 희끗희끗 서리 내리고.
팔을 휘저을 때마다 향기 아스라이 전해오고,
두 눈은 샛별처럼 빛나네.

그 노인이 멀리서 두자춘을 맞았다.
"과연 약속을 잊지 않고 멀리서 이렇게 찾아오셨구려!"
두자춘은 노인에게 다가가 엎드려 두 번 절하고 공손하게 대답했다.
"어르신께서 이 몸을 살려주셨는데 제가 어찌 약속을 잊을 수가 있겠습니까! 저 두자춘에게 무슨 일을 시키시려고 하시는지 모르겠습니다."
"다 부탁할 일이 있지요. 안 그러면 뭐 하러 이렇게 더운 때 먼 곳까지 그대를 불렀겠소?"
노인은 두자춘을 데리고 태상노군 사당으로 들어갔다. 이곳이 바로 노인이 단약을 조제하는 곳이었다. 두자춘이 눈을 들어 바라보니 사당

한가운데 대청이 있고 그 대청 안에 단약을 조제하는 솥단지가 있었다. 여자 도인 아홉이 그 솥단지를 빙 둘러 서 있고 청룡과 백호 조각이 좌우에 세워져 있었다. 대청 아래엔 높이가 일곱 자 정도 되는 엄청나게 큰 항아리가 있었다. 항아리 주둥이는 크기가 석 자도 넘었고 그 안에는 맑은 물이 가득 담겨 있었다. 서쪽 바닥에는 표범 가죽이 깔려 있었다. 노인이 두자춘에게 동쪽 벽을 바라보고 가부좌를 하고 앉으라 하더니 술과 음식을 가져다주었다. 여러분, 그 음식이 무엇인 줄 아는가? 그건 바로 하얀 돌멩이였다. 두자춘이 고민했다.

'이런 딱딱한 돌멩이를 어떻게 먹지?'

한데 두자춘이 씹어 먹어보니 토란 맛이 나고 아주 맛있었다. 산길을 한참이나 걸어왔는지라 배가 고팠던 두자춘은 그 쟁반에 담긴 술과 음식을 다 먹어치웠다. 해가 서산에 걸릴 무렵 노인이 두자춘에게 말했다.

"이렇게 더운 날씨에도 불원천리하고 나를 찾아주었으니 내가 그대에게 부탁할 일을 말해주어야겠소이다. 정신을 가다듬고서 날이 밝을 때까지 여기 앉아 있으시오. 그대가 눈으로 보는 것은 실상이 아니니 어떤 흉악한 것을 보든, 어떤 고통스러운 것을 보든 다 괘념하지 말고 참고 견디며 결코 입을 열지 마시오."

노인이 말을 마치고 단약 제조 아궁이 쪽으로 걸어가다가 고개를 돌리고 다시 당부했다.

"내 말을 잊지 마시오. 결코 한마디도 해선 안 되오. 꼭 기억하시오!"

두자춘이 그러마고 대답했다.

두자춘이 자리를 잡고 앉아 호흡을 가다듬었다. 한 장수가 나타났다. 키가 대략 열 자는 되어 보였다. 머리에는 봉황 깃털이 달린 황금색 투구를 쓰고 몸에는 황금색 갑옷을 입고 4, 5천에 달하는 말과 병사를 거느리고 북과 징을 울리며 깃발을 흔들고 대청으로 달려와 고함을 쳤다.

"대청 서쪽에 앉아 있는 놈은 누구냐? 나를 보고도 감히 피하지 않다니. 어서 이름을 밝혀라."

두자춘은 입도 뻥긋하지 않았다. 장수가 버럭 화를 내며 병사들에게 활을 쏘라 명했다. 병사들이 칼로 등을 베려고 달려오기도 하고 창으로 가슴을 찌르려고 달려오기도 하니 그 기세가 너무도 무서웠다. 두자춘은 노인의 분부를 가슴에 새기고 꾹 눌러 참으며 아무런 소리도 내지 않았다. 장수는 어쩔 수 없다는 듯이 병사들을 거느리고 물러갔다.

황금 갑옷 장수가 물러가자 길이가 열 길은 되어 보이는 이무기가 나타났다. 그 이무기가 꼬리로 두자춘을 감싸고 주둥이를 두자춘을 향하더니 혓바닥으로 두자춘의 콧구멍을 핥았다. 또한 승냥이 떼들이 두자춘을 향하여 달려들며 포효하는데 그 소리가 온 천지를 흔들었고 앞니는 톱날처럼 날카로웠다. 승냥이 떼들이 두자춘을 물어뜯으니 유혈이 낭자했다. 구리 대가리와 쇠뿔이 달려 너무도 무섭게 생긴 귀신들이 성큼성큼 뛰면서 두자춘에게 달려들었다. 두자춘은 그들이 뭘 하든 그냥 아무것도 상관하지 않고 그저 참고 또 참았다.

갑자기 일진광풍이 불어오더니 하늘과 땅이 온통 새까맣게 변하고 큰비가 쏟아져 내리기 시작했다. 대청 앞에 물이 찰랑거리더니 대청 안까지 물이 흘러들어올 기세였다. 번개가 두자춘의 머리에 치고 그 빛이 사방에 흩어졌다. 두자춘의 머리가 번갯불에 타는 냄새가 났다. 두자춘은 노인의 당부를 가슴에 새기고 절대 소리를 내지 않았다. 점점 번개가 그치더니 비도 그치고 물도 빠졌다. 두자춘이 기뻐했다.

'이제 곧 날이 밝으려고 하는구나. 나를 놀라게 하는 일이 더는 안 생기겠지!'

하지만 예상과는 달리 처음 나타났던 그 황금 갑옷 장수가 병사와 말을 이끌고 다시 나타나 두자춘을 향하여 소리를 치는 것이었다.

"이놈아, 너는 누구길래 감히 이 운대봉에 나타났느냐? 감히 이름도 밝히지 않다니, 내가 너를 가만 놔둘 줄 아느냐?"

장수가 병사들에게 어서 양주로 달려가 두자춘의 아내 위씨를 붙잡아오라고 명령했다. 그 말이 끝나자마자 위씨가 붙들려왔다. 장수는 위씨를 바닥에 무릎 꿇리더니 몽둥이로 3백 대를 쳤다. 위씨의 살이 터지고 피가 철철 흘러내렸다. 위씨가 애원했다.

"제가 비록 잘난 것은 없으나 그래도 오랫동안 낭군을 모셨는데 제발 부부의 정을 생각하셔서 저를 살려달라고 한 말씀만 해주셔요."

두자춘이 생각에 잠겼다.

'노인께서 나에게 눈에 보이는 게 실상이 아니라 했으나 지금 내 눈앞에 보이는 아내가 실상일지도 모르겠구나. 아, 그러나 노인에게서 큰 은혜를 입은 내가 아내 때문에 그분의 분부를 거역할 수는 없지!'

두자춘이 입을 열지 않자 장수가 대로하여 위씨를 칼로 난도질하기 시작했다. 위씨가 울고불고 욕하면서 애원했다.

"몇십 년 동안 부부의 연을 맺었으면서 어쩜 그렇게 매정할 수 있소! 내가 구천에 떨어져서도 이 원한을 갚고야 말겠소이다."

두자춘이 역시 못 들은 척했다. 장수가 버럭 화를 내며 말했다.

"이놈이 요술을 거의 다 완성했구나. 이런 놈을 살려둘 수는 없으니 이놈을 저년과 함께 죽여버려야겠다."

병사 하나가 큰 칼을 들고 달려와 두자춘을 향하여 휘두르니 두자춘의 몸이 두 동강이 나버렸다. 이제야 집안 살림을 제대로 하는가 싶었던 두자춘이 이렇게 비명횡사하는구나. 애통하도다!

구천을 떠도는 저 혼령은 어디로 갈까?
이승에 남은 일은 누구에게 맡길까?

몸뚱이가 잘린 두자춘은 이미 죽은 몸, 야차가 그의 혼령을 십간지옥의 염라대왕 궁전으로 데리고 갔다.

"두자춘은 운대봉에서 살았던 요술사로 풍도酆都 지옥으로 보내어 온갖 고초를 당하여 몸이 다 문드러지게 하여야 합니다."

윤회의 바람이 불었다. 두자춘은 몸은 그대로 십간지옥에 남고 혼백은 전임 송주 선보현 부현령인 왕권의 딸로 환생하게 되었다. 그 딸은 어려서부터 환난을 당하고 병치레를 많이 하여 늘 침과 뜸과 탕약을 달고 살았다. 나이가 들수록 그녀의 용모는 날로 예뻐졌다. 그러나 단 한 가지 그녀는 말을 할 줄 모르는 벙어리였다. 같은 고을에 노규라는 진사가 살고 있었다. 노규는 그녀의 미모에 반하여 그녀와 결혼하고 싶었다. 왕권은 자기 딸이 벙어리라는 이유로 결혼을 허락하기를 꺼렸다.

"저는 덕이 있고 용모 반듯한 처자를 바랄 뿐입니다. 말을 하지 못하는 게 무슨 흠이 되겠습니까? 말이 많은 것보다는 오히려 낫습니다."

노규가 예물을 장만하여 그녀를 신부로 맞이하여 갔다. 부부의 금슬이 말할 나위 없이 좋았다. 둘 사이에 아들이 생겼고 두 살이 된 그 아들은 눈매가 서글서글한 데다 빨간 입술에 새하얀 치아 모두 흠잡을 데 없이 잘 생겼다. 하루는 노규가 아들을 안고 어르다가 아내에게 물었다.

"여보, 당신이 보기에 이 아이가 어떻소이까?"

그녀는 웃기만 하고 대답하지 않았다. 노규가 버럭 화를 냈다.

"당신은 나랑 결혼한 지가 3년인데 한 번도 말을 해 본 적이 없으니 이건 분명 나를 무시하는 게 틀림없어. 그러니 부부 사이에 정이 붙을 리도 없으니 아이가 있다고 다 무슨 소용이야!"

노규는 안고 있던 아이의 두 다리를 잡고는 돌멩이 위에 패대기를 쳐 버렸다. 이 귀여운 아이가 마치 바닥에 떨어진 두부처럼 온몸이 뭉개져

버렸다. 두자춘은 자기가 왕권의 딸로 환생했다는 사실도 까먹고 어린아이가 남편 손에 산산조각 나버리는 게 너무도 안타까워 자기도 모르게 '아이고' 하고 소리를 내고 말았다. 이때 갑자기 단약을 조제하는 솥단지에서 한 줄기 불길이 치솟아 대청을 다 태울 뻔했다.

하늘이 이미 밝아왔다. 노인이 두자춘에게 달려왔다. 두자춘의 머리를 잡아 올리더니 그를 물 항아리에 집어넣어 버렸다. 한참이 지나서야 불길이 꺼졌다. 노인이 발을 구르며 탄식했다.

"사람한테는 기쁨, 슬픔, 사랑, 미움, 욕심, 걱정, 분노 이렇게 일곱 가지 감정이 있소이다. 그대는 이 일곱 가운데 여섯 가지는 초월했으나 오직 사랑만큼은 초월하지 못했구려. 그대가 마지막 순간만 참았더라면 나의 단약은 완성되었을 것이고 그대와 나는 신선이 될 수 있었을 것이오. 내 단약은 아직 완성되지 않았고 그대에겐 아직 속세의 기운이 남아 있으니 그대가 언제 그 속세의 기운에서 벗어날 수 있을지 모르겠소. 아, 이 세상에서 신선이 될 자질을 갖춘 자를 만나기가 이렇게 어렵구려."

두자춘은 후회가 막심했다. 대청으로 올라가 단약 솥단지를 바라보니 가운데에 팔뚝 크기만 한 쇠기둥만 있고 단약은 어디로 갔는지 보이지 않았다. 노인이 옷을 벗고 솥단지 안으로 들어가 칼로 그 쇠기둥에 붙어 있던 단약 부스러기를 긁어 두자춘에게 먹으라 하더니 이제 그만 하산하라 했다. 두자춘이 엎드려 사죄했다.

"저 두자춘이 불민하여 스승님의 당부를 지키지 못했습니다. 지금 저는 스승님을 따라 출가하고자 하니 제발 이 제자를 불쌍히 여기셔서 이곳에 머물게 하여 주십시오."

노인이 손을 휘저으면서 말했다.

"내가 있는 이곳에 어찌 그대를 머물게 할 수 있겠는가? 긴말하지 말고 어서 돌아가게나."

"스승님께서 저를 받아주지 않으시니 이 제자 스스로 허물을 고치고 노력하여 3년 후에 다시 찾아오겠습니다."

"온 정성을 다하여 마음을 닦고자 한다면 집에서도 득도할 것이고 마음을 닦는 데 정성을 다하지 못한다면 이곳에 와서 내 곁에 있다 한들 그게 무슨 소용이 있겠소! 그저 노력 또 노력할 뿐이오."

두자춘이 스승의 당부를 받잡고 인사를 올리고 하산했다.

며칠 후 두자춘이 양주에 돌아왔다. 아내 위씨가 두자춘에게 물었다.

"노인장께서 당신을 어찌 쓰시려고 부르신 건가요?"

"그 이야기는 하지 맙시다. 내가 불민하여 노인장의 깊은 뜻을 잘 받들지 못했소이다."

위씨가 무슨 사연인지 다시 물으니 두자춘이 대답했다.

"그 노인은 득도하신 분이라오. 나한테 단약 솥단지를 잘 지키면서 절대 입을 열어 말하지 말라고 했소이다. 한데 내가 신심이 깊지 못하여 그만 '아이고' 하고 소리를 지르는 바람에 그분이 몇 년 동안 애써 조제하려고 노력한 단약을 망쳐버리고 말았소. 내가 몇 분만 더 참았더라면 단약이 완성되었을 것이고 나도 신선이 되었을 거라고 합디다. 그분의 일을 망친 것뿐만 아니라 내 앞길도 망쳐버렸는지라 나한테 어서 돌아가 수련을 더 하라고 했소이다."

"어쩌다가 '아이고' 소리를 내고 말았습니까?"

두자춘은 자신이 보고 들은 것을 자세하게 설명해주었다. 두자춘 부부는 찬탄을 금하지 못했다. 이날 이후로 두자춘은 자신의 엄청난 재산은 뒷전이고 밤이나 낮이나 오직 향을 밝히고 정신을 집중하여 신선이 되는 도를 닦는 데만 신경을 썼다. 그러면서도 고아, 과부, 가난한 사람을 만나면 재산을 아끼지 않고 도와주니 땡전 한 푼 없이 가난했던 때보다는 낫지만 그래도 그 많던 재산이 점차 다 사라지고 말았다.

눈 깜빡할 사이에 3년이 또 지나갔다. 하루는 두자춘이 부인에게 말했다.

"이제 다시 운대봉에 가보려고 하오. 노인을 만나서 속세를 초탈하고 싶소이다. 남은 재산은 당신이 쓰시고 나는 그저 죽은 셈 치시오."

위씨 역시 제법 도량이 있는 여인이라 떠나겠다는 남편의 말을 듣고도 섭섭하게 생각하지 않고 그저 이렇게 말했을 따름이다.

"그 노인께서 당신에게 그렇게 많은 은자를 기꺼이 주었던 것은 당신에게 신선이 될 자질이 있음을 발견했기 때문일 것입니다. 그래서 당신에게 그걸 주면서도 전혀 아까워하지 않았겠지요."

이튿날 위씨가 두자춘에게 작별인사를 하고자 했으나 두자춘은 이미 전날 저녁 시를 한 수 적어놓고 운대봉으로 출발했다. 그 시는 이렇다.

부자가 되었다 거지가 되었다 사람들은 모두 비웃고,
죽었다가 살아났다 아 놀라운 인생.
이제 속세의 그물에서 벗어나,
백운대로 돌아가 길게 노래 부르리라.

여러분, 두자춘이 왜 아내 위씨와 직접 얼굴을 보고 작별인사를 하지 않았는지 아는가? 두자춘은 기왕에 3년 동안 정신을 닦았으니 양주에서부터 화산 운대봉까지 걸어서 가고자 작정했다. 혹시 아내가 자신을 전송하는 길에 말과 마차를 장만하여 주기라도 할까 봐 아예 아내 몰래 출발했던 것이다. 발바닥에 온통 물집이 잡히고 나서야 겨우 화주에 이르렀다. 거기서 다시 화산에 올라 태상노군 사당까지 도달했다. 노송 두 그루는 전보다 더욱 울창해졌다. 사당 안에는 인기척이 없었다. 단약을 조제하던 솥단지도 사라지고 보이지 않았다. 두자춘이 장탄식을 했다.

'아, 내가 신선이 될 팔자가 아닌 모양이구나. 스승님이 나를 이끌어 주지 않으시다니! 비록 그러하나 나는 더욱 크게 마음을 다잡아야겠다. 스승님도 못 뵙고 그냥 돌아갈 수는 없지 않은가. 죽어도 여기서 죽는 거지 그냥 돌아가지는 않겠다.'

두자춘은 사당 안에 자리를 잡고 지푸라기로 옷을 해 입고 시냇물을 마시며 꼬박 3년을 지냈다. 스승이 안 계시기에 그저 신선상 앞에 머리를 조아리고서 이렇게 기원했다.

불초한 제자 두자춘, 이 속세에 살면서 때가 많이 묻었습니다. 돈을 버는 시장터에서 분주히 돌아다니고 화류계에서 미혹된 삶을 살았습니다. 다행히 스승이 저에게 자비를 베풀어주셔서 도에 귀의할 수 있었습니다. 그러나 이 제자가 인간의 일곱 감정 가운데 사랑을 끊지 못하여 바른 깨달음을 얻지 못하고 말았습니다. 하여 고향으로 돌아가 3년을 한결같이 수도했습니다. 다시 이곳으로 돌아와 마음을 다하여 정진하고 저의 감정의 뿌리를 없애고자 했습니다. 참된 성정을 기르고 세상의 모든 인연을 끊어내고자 했습니다. 득도할 길을 열어주셔서 하루라도 빨리 신선이 될 수 있게 하여 주시기를 엎드려 빕니다. 속세에서 빠져나오고, 미혹된 길에서 깨달음의 길로 발걸음을 옮기고 싶나이다.

두자춘이 신선상 앞에서 이렇게 기원하고 있는데 갑자기 사당 뒤쪽에서 누군가가 나타났다.

"아주 지극정성이구먼!"

두자춘이 그 소리를 듣고 고개를 들어보니 바로 그 노인이었다. 놀랍기도 하고 기쁘기도 하여 바로 머리를 조아려 인사를 올렸다.

"스승님, 한시도 잊은 적이 없습니다. 이 제자 여기서 3년 동안 기다리고 있었습니다. 어찌하여 얼굴도 한 번 보여주지 않으셨습니까?"

노인이 웃으면서 말했다.

"내가 아침이고 저녁이고 그대 곁을 떠난 적이 없는데 어찌하여 3년 동안 한 번도 얼굴을 보이지 않았다고 하는 건가?"

"스승님이 제 곁에 계셨다고 하면 제가 어찌하여 스승님의 얼굴을 보지 못한 것인지요?"

"저 신선상을 보게나 나하고 닮지 않았는가?"

두자춘이 황급히 신선상 앞으로 걸어가 자세히 바라보니 신선상의 모습이 바로 스승의 모습이라. 두자춘은 그제야 노인이 바로 태상노군이었음을 깨닫고 엎드려 사죄했다.

"제자의 속된 눈으로 어찌 알아볼 수 있겠습니까? 스승님께서 이 제자를 가련히 여기시고 진즉부터 이렇게 대도를 전수해주신 것임을 이제야 알게 되었습니다."

"나는 그대가 세속에서 오래 살면서 미련을 끊지 못할까 걱정이 되어 인간의 일곱 가지 감정의 모습을 그대에게 다 보여주고 그대를 시험한 것이로다. 그대는 이제 모든 정욕을 끊고 이미 청정의 세계로 들어왔으니 내가 다시 무슨 말을 더하겠는가! 한나라 때 회남왕 유안이 신선술을 갈망하자 이에 감동한 상계의 여덟 신선이 하계로 내려가 유안과 함께 단약을 제조했지. 단약이 완성되자 모든 집 식구가 함께 승천하는데 닭이랑 개마저도 솥단지의 단약을 핥아먹고 함께 하늘로 올라갔지. 오늘날까지 그 닭이 하늘에서 울고, 그 개가 구름 사이에서 짖고 한다네. 이제 그대가 신선이 된 마당에 그대 아내가 신선이 되지 못할 이유가 없지. 나에게 단약이 세 알 있으니 그걸 그대에게 주노라. 그대는 그 가운데 한 알을 그대의 아내 위씨에게 주어 속세를 초탈하여 신선 세계에 올라오게 하라."

두자춘은 거듭 절하고 나서 그 단약을 받았다.

"이 제자가 곤궁할 때 장안의 친척에게 손을 내밀었더니 모두들 저를 거들떠보지도 않았습니다. 이 제자가 아내랑 같이 다시 장안으로 가서 조상 대대로 살던 집터에 태상노군 사당을 짓고 사당 안에 일곱 길이 되는 신선상을 모시고 향불을 사르고 싶습니다. 그러면 대중들이 모여들어 깨달음을 얻고 겹겹의 미혹됨에서 빠져나올 수 있을 것입니다. 스승님의 생각은 어떠하신지요?"

"그거 참 좋은 생각이로다. 기왕 그런 생각이라면 신선상이 완성되는 날, 내가 직접 나타나 그대를 데리고 승천할 것이니 서두르도록 하라."

십 년 동안 꾸었던 헛된 꿈,
속세의 온갖 사치와 낭비만 일삼았던 헛된 꿈,
그 꿈에서 깨어났네.

여기서 이야기가 둘로 갈린다. 한편 위씨는 두자춘이 떠난 후 온 정성을 다하여 도를 닦고 사치를 멀리하고 두자춘이 남기고 간 재산을 다 보시했다. 여도사들이 거처하는 도관에서 재계하며 생활했다. 양주 사람들은 두자춘 부부가 남편은 멀리 도를 찾아 떠나고 아내는 이렇게 재산을 보시하고 거지처럼 생활하는 이유를 도시 짐작할 수 없었다. 두자춘이 양주로 돌아와 아내를 만났다. 둘은 모두 도를 깨달은 자라 굳이 말하지 않아도 서로 통했다. 두자춘은 아내에게 단약을 주고 먹게 했다. 두자춘 부부는 탁발하는 도사 차림으로 장안으로 가서 친척들을 찾아갔다. 두자춘은 그들에게 모금 책자를 보여주면서 성 남쪽에 있는 조상 대대로 살던 집터에 태상노군 사당을 짓고자 특별히 황금 10만 냥을 모금하고 일곱 길이나 되는 신선상을 주조하여 봉안하고자 한다고 설명했다. 두자춘의 설명을 들은 친척들이 코웃음을 치며 말했다.

"저 두자춘이 두 번이나 횡재를 하더니 그걸 다 탕진한 것은 그렇다 쳐. 한데 마지막으로 엄청난 횡재를 하고서 그걸로 제법 가세를 늘리더니만 어쩌자고 3년이 지나자 그걸 다 다른 사람들에게 나눠줘 버렸지. 남편은 또 그렇다고 쳐도 아내인 위씨가 그걸 말리지도 않고 오히려 부추기고 마침내 자기도 모든 재산을 다 나눠줘 버렸지. 남편이나 아내나 다 제 복을 간수할 줄도 모르고 오늘날 이 꼴이 된 거지. 조상에게서 물려받은 저 집도 은자 수만 냥은 족히 될 건데 그걸 도관으로 만들고 별도로 모금까지 해서 신선상을 주조하겠다고? 우리가 돈을 모아줘도 사기꾼 같은 놈한테 뺏길 게 빤한데 돈을 모아줄 필요가 어딨어!"

친척들은 모두 돌아가 문을 걸어 잠그고 신경 쓰지 않았다. 두자춘 부부는 그저 빙긋 웃으며 돌아섰다. 친척들은 두자춘 부부가 신선상을 주조하지 못할 거라고 여겨 아예 돈을 내려는 생각 자체를 하지 않았다. 한데 불과 보름 후에 두자춘이 다시 찾아와 초청장을 건넸다.

저 두자춘이 능력에 넘치게 황금 6천 근을 모금하여 태상노군 신선상을 주조하기 시작했습니다. 이제 여러분들의 성원에 힘입어 이 신선상을 완성하여 내일 보좌 위에 세우고자 하니 부디 사양하지 마시고 이 자리에 함께하시기를 청합니다.

친척들은 이 초청장을 받아들고 놀라지 않는 자가 없었다.

"어디서 이렇게 많은 황금을 모았지? 어떻게 이렇게 빨리 신선상을 주조할 수 있었을까?"

그들은 도저히 믿을 수가 없어 하인을 시켜 알아보게 했다. 하인이 돌아와 온 친척들의 집에, 장안성 모든 사람 집에 같은 날 두자춘이 보낸 초청장이 다 전달되었다고 했다. 아니 두자춘이 대체 몇 명이나 된단 말인가? 사람들이 모두 이렇게 중얼거렸다.

"세상에 어찌 이런 기이한 일이 다 있지!"

다음 날 사람들이 하나도 빠짐없이 다 모여들었다. 거리마다 골목마다 신선상 낙성식을 축하하러 온 남녀노소들로 넘쳐났다. 멀리 새로 지은 사당이 모습을 드러냈다. 누각 처마엔 '장안 태상노군 사당'이라 적혀 있었다. 사당 대문 안으로 들어가니 건물이 보였다. 황금색 칠을 한 벽은 휘황찬란하고, 장엄한 기상은 천상의 궁전 같았다. 본전으로 들어가 보니 황금으로 도금한 일곱 길이나 되는 신선상이 우뚝 솟아 있었다. 사람들은 그걸 보고 자기도 모르게 웅성웅성 중얼거렸다.

"아이고 어쩜 이렇게 대단한 일을 다 해냈을까, 이 많은 금은 대체 다 어디서 났을까?"

신선상 앞에는 제사 음식과 술을 차려놓았다. 사람들이 그걸 보더니 속으로 이렇게 생각했다.

'아마도 이건 두자춘이 차려놓은 제사 음식인 모양이구먼. 간소하고 청정하게 준비한 건 알겠는데 이렇게 조금밖에 없으니 혼자 먹어도 금방 먹을 것 같구먼. 초대받고 온 많은 사람을 어떻게 대접하겠다는 걸까?'

그러나 참으로 이상한 일이 일어났다. 두자춘 부부가 황금 신선상 앞에서 손님을 맞아들여 제사를 집전한 다음 음식을 대접하니 한 명도 빠짐없이 음식을 배불리 먹고, 음식을 먹은 사람마다 너무도 맛나다고 칭찬하기 바빴다. 두자춘의 친척들이 어리둥절하고 있을 때 신선상 머리 쪽에서 한줄기 빛이 비치더니 세 갈래 흰 구름이 일어나고 그 흰 구름 한가운데 태상노군이 앉아 있었다. 태상노군의 왼쪽에는 두자춘, 오른쪽에는 두자춘의 아내 위씨가 앉아 있었다. 이 셋은 구름을 타고 하늘로 올라갔다. 땅에서 약 열 길 정도 떨어진 곳에 오르자, 두자춘이 손을 흔들며 사람들에게 작별했다.

"안목 없는 속인들이여, 그저 돈만 밝히기 바쁘니 어찌 대도를 알리요! 사방에서 재앙이 일어나고 여기저기서 고통을 당하게 되면 그 많은 재산이 무슨 소용이리! 애석하도다, 애석하도다."

두자춘의 가르침이 끝나자 어디선가 천상의 음악 소리가 들려오더니 허공을 가득 메웠다. 앞에서 깃발이 이끌고 휘장을 친 마차가 뒤따르며 아른아른 하늘로 올라갔다. 장안성의 모든 사람이 하늘을 우러러 합장하지 않는 자가 없었다. 이를 증명하는 시 한 수를 인용하노라.

모든 재산을 다 보시하고도 아까워하는 마음 없네,
득도하고 싶은 마음 변함없네.
오호라 마음 굳센 저 남자 마침내 득도하여,
흰 구름을 계단처럼 밟아 하늘로 오르네.

이 도사가 홀로 운문에 들어가다

李道人獨步雲門

신선은 너무 아득히 멀리 있어 보이고,
부와 명예라는 감옥에 벗어날 수 있는 자 없구나.
오늘 아침 우연히 운문 이야기를 읽으니,
한 줄기 바람이 내 몸을 시원하게 해주는구나.

한편, 수나라 문제 개황 연간(581~600)에 부자가 하나 살았다. 그 사람의 성은 이李, 이름은 청淸, 청주성에서 대대로 염색 가게를 열었다. 다른 거 안 하고 장사만 했지만, 집안 전체가 유족하여 5, 6천 명에 이르는 일꾼들이 자기 솜씨를 발휘하여 열심히 돈을 벌어들였다. 집안이 갈수록 부유해져서 사람들이 이청의 재산이 청주 재산의 반이라고들 했다. 이씨 가문에서 이청이 가장 나이가 많아 가문의 제일 큰 어른 역할을 했다.

이청은 천성이 어질고 따뜻하여 촌수가 가깝고 멀고를 따지지 않고 한결같이 대해주었다. 이런 이유로 가문의 모든 사람이 그를 따르고 존경했다. 해마다 이청의 생일엔 선물을 장만하여 찾아가 축하하고 장수를 빌어주었다. 가문의 그 많은 이들이 기이한 골동품, 품질 좋은 비단 같은 것들을 찾아서 선물로 드리고 생일을 축하하곤 했다. 그러나 이청 자신은 워낙 검소하고 허례허식을 싫어하여 받은 선물을 창고에 쌓아두었을 따름이었다. 그렇게 쌓아둔 선물이 너무 많아 셀 수 없을 정도였다.

이청은 오직 한 가지만큼은 아끼는 법이 없었다. 여러분, 그게 뭔지 아는가? 그는 어려서부터 베풀기를 좋아하여 다른 사람에게 아낌없이 퍼주었다. 신선술과 도를 좋아하여 몇천 꾸러미의 돈을 보시하고, 떠돌이 도사나 속세를 떠난 수련자를 만나면 집에 머물게 하고 음식을 해먹이면서 단약을 제조하는 법이나 복식 호흡법을 배웠다. 하지만 누가 알았으리, 그런 사람들 대부분은 사기꾼 같은 놈들이어서 그저 이청의 돈이나 노린 것이지 진정 도에 대하여 알고 수련한 자는 아니었구나. 그나저나 이청의 이런 도를 향한 정성만큼은 변함이 없어 매일 향을 사르고 좌정하여 성정을 다듬고 수양하면서 이 속세를 초탈하고자 갈망했다.

마침 이청의 일흔 살 되는 생일을 앞두고 자손들이 두 달 전부터 상의를 시작했다.

"칠십은 예전부터 고희라 했으니 정말 귀한 것이라 다른 해 생일잔치하고는 달라야 할 것이외다. 정말 특별한 선물로 어르신이 만수무강하기를 축하하고 기원하여야 할 것이오."

이청은 자손들이 이렇게 자기 생일을 준비할 것 같은 생각이 들어 자기가 먼저 술자리를 마련하고는 촌수를 따져 따로따로 술자리에 참석하게 했다.

"너희들이 애써준 덕택에 이렇게 살림이 늘고 해마다 나에게 생일 선물을 해주니 그 선물이 창고에 가득하고 옷과 장신구가 셀 수 없이 많도

다. 하지만 내가 평생 도를 닦고자 하는 마음이 간절하여 그저 삼베옷 입고 푸성귀 먹고 산 지가 이미 50년이라 이제 이런 사치스러운 것들은 아무 소용이 없노라. 내가 너희들이 선물을 해주는 마음까지 내칠 수 없어 그 선물을 받아두기는 했으나 그것들은 그냥 창고에 쌓아두기만 하고 전혀 쓰지 않았느니라. 아마 창고에서 그만 썩어버린 것도 있을 것이다. 너희들이 아까운 돈을 써서 장만하여 나에게 준 선물이 나에게는 아무런 쓸모가 없는 것이 되어버리면 얼마나 낭비냐. 이제 다행히 하늘이 나를 데려가지 않아 곧 생일이 다가오니 너희들이 틀림없이 내 생일을 챙겨주고자 준비할 것 같구나. 하지만 그건 내가 정말로 바라는 바가 아니니 너희를 이렇게 먼저 부른 것이다. 제발 그런 일은 하지 말라."

자손들이 일제히 이렇게 대답했다.

"자고이래로 생일을 축하하는 것은 만수무강을 기원하고자 함입니다. 하물며 인생에서 일흔 살을 사는 게 몇 번이고 가능한 게 아니라 딱 한 번 아닙니까! 한데 저희한테 생일잔치를 하지 말라고 하시다니요. 저희의 효심을 표현하는 일을 너무도 하찮게 여기시는 것 아닌지요?"

"그래, 너희들 마음이 정 그렇다면 내가 필요하다고 하는 걸 나중에 선물로 주면 어떻겠냐?"

자손들이 흔쾌히 대답했다.

"말씀대로 하겠습니다."

"내 생일 열흘 전에 손가락 굵기만 한 대마 밧줄 백 자씩 선물해줘라. 그러면 아마 5, 6만 길 정도의 대마 밧줄이 생길 것이니 이 덕분에 내 생명이 더욱 늘어나지 않겠느냐!"

자손들은 이 말을 듣고 속으로 굉장히 괴이쩍다는 느낌을 받고는 일제히 여쭈었다.

"어르신의 분부를 어찌 저희가 거역하겠습니까만 그 밧줄로 뭐 하시려고 그러시는지요?"

"너희들이 다 선물해주면 내가 너희들에게 알려주마. 하나 지금은 함부로 말해줄 수가 없느니라."

자손들은 이청의 분부를 받잡고 입에서 입으로 널리 전달했다. 자손들 집집마다 삼베 밧줄 백 길씩 꼬기 시작하여 생일 전에 선물로 드렸다. 그렇게 모은 삼베 밧줄을 땅에 쌓아 놓으니, 마치 산봉우리 같았다. 대체 이 밧줄로 뭘 하려고 하는지 다들 궁금해했다.

청주성 남쪽 십 리쯤 되는 곳에 운문산雲門山이라고 하는 산이 있었다. 산봉우리가 두 갈래로 갈려 있는 모양이 마치 도끼로 짝 갈라놓은 것처럼 보였다. 청주성에서 남향집에 사는 사람은 그저 고개만 들면 이 봉우리를 쉽게 볼 수 있었다. 그 봉우리 사이에 떠 있는 구름, 지나가는 새들을 뚜렷하게 볼 수 있었다. 사람들은 이 산을 도끼산이라 부르기도 했다. 그 산봉우리에 여섯 개의 구멍이 있었다. 끝없이 이어지는 그 구멍은 대체 그 깊이가 얼마나 되는지 알 수가 없었다. 호기심이 많은 자들이 돌멩이를 던져보았으나 바닥에 떨어지는 소리가 들리지 않을 정도였다. 사람들이 이 구멍엔 바닥이 없다고들 했다.

이청은 자손들에게 밧줄을 선물로 받고서는 하인을 시켜 운문산에 올라가 구멍 입구에 기둥을 세우게 하고 그 기둥에 도르래를 매달아 놓게 했다. 또 대나무 그릇을 잘 만드는 장인을 불러 대광주리를 만들게 하고 대장간에 가서 쇠방울 수백 개를 만들어오게 했다. 사람들은 대체 이청이 무슨 일을 하려는지 너무도 궁금해했다. 자손들이 달려와 물으니 그제야 이청이 대답했다.

"언젠가는 말해주려고 했지. 설마 끝까지 너희들 모르게 하려고 했겠느냐? 내가 도에 관심을 가진 지도 벌써 50년이나 아직까지 하나도 얻은 게 없구나. 지도를 살펴보니 운문산에는 신선이 사는 일곱 번째 동굴이 있다는구나. 내 나이 이미 일흔, 앞으로 2, 3년밖에 더 못살 것이니 조금이라도 기력이 있을 때 내 생일 선물로 너희들이 보내준 밧줄로 대광주리 네 귀퉁이를 묶고 가운데에 기둥 하나를 더 세우고 쇠 방울을 매단 다음 내가 그 광주리에 앉으면 나를 내려 보내주도록 하라. 만약 뭔가 심상치 않은 곳에 이르면 이 밧줄을 흔들 테니 쇠 방울에서 소리가 나면 나를 다시 끌어올려 주어라. 만약 나에게 인연이 있어 신선을 만나게 되면 돌아와 너희들에게 알려주마."

이청이 말을 마치기가 무섭게 자손들이 일제히 말했다.

"안 됩니다. 그 구멍에 산의 요물, 나무 괴물, 독사, 괴수가 얼마나 많이 있을지 누가 압니까. 게다가 구멍 안의 음산한 기운이 사람을 죽일지도 모릅니다. 나이도 많으신 분이 어찌하여 그런 위험한 일을 하려고 하십니까?"

"나는 이미 결심이 섰으니 죽어도 후회하지 않을 것이로다. 너희들이 막으면 몰래 갈 것이니라. 광주리와 밧줄이 없으면 다시는 올라오지 못하겠지."

그 가운데 나이가 좀 지긋한 어른이 이청이 오랫동안 득도에 관심을 기울여왔음을 잘 아는지라 이렇게 말했다.

"자식이 자기 효심을 표시하는 것보다는 부모의 말을 들어주는 게 먼저라고 하는 말도 있지 않나. 하지만 이렇게 큰일을 자손들 몰래 혼자 해서는 안 되지. 자손들에게 널리 알리고 함께 운문산에 가야지. 그리고 이 이야기가 천하에 널리 퍼지면 미담이 될 수 있지 않겠는가."

그 말을 듣고 이청이 대답했다.

"그래 그 말이 그럴듯하네!"

이씨 가문의 자손들 숫자만 해도 족히 5, 6천이 넘는데 한둘씩 친구라도 데리고 오니 만 명이 넘는 건 순식간이었다. 이청의 생일날, 악사들은 악기를 연주하고 자손들이 모두 술과 음식을 장만하여 찾아와 이청을 모시고 운문산을 향하여 출발했다. 자손들 말고 구경하러 따라간 사람들도 부지기수였다. 청주성이 텅텅 빌 정도였다.

얼마 지나지 않아 운문산 봉우리에 도착했다. 사람들이 눈을 들어 사방을 바라보니 정말 천하의 절경이었다.

뭇 봉우리들이 머리를 조아리듯,
사방을 빙 둘러 호위하네.
콸콸 소리를 내며 샘물이 흐르고,
빽빽한 풀들은 바람에 이리저리 흔들리네.
깎아지른 절벽의 나무는 하늘을 향하고,
바위틈의 꽃은 햇볕을 받아 반짝이네.
산길은 안개에 모습을 감추고,
들판의 풍광은 다리를 건너 다가오네.
언덕에 안개 피어올라 아득히 멀어 보이고,
시내 건너 흰 구름 사이에 들려오는 소나무 바람 소리.
나무들 이슬 떨구는 소리,
바람에 날리는 나뭇잎 소리.

대광주리와 밧줄을 모두 다 꼼꼼하게 준비했다. 자손들이 차례로 이청에게 술을 바쳤다. 그 가운데 이청처럼 나이가 꽤 든 자가 말했다.

"영감, 그대가 도를 좋아하는 마음이 이처럼 간절하니 신선의 길을 찾게 되리라는 것을 믿어 의심치 않고 이번에 이렇게 동굴에 들어가는 것도 그리 크게 염려하지는 않소이다. 그래도 우리가 일을 하려면 만약을 대비하여야 않겠소. 이 동굴이 너무도 어둡고 깊은 데다 아무도 들어가 본 적이 없으니 영감같이 소중한 분이 덜컥 내려갈 수는 없을 것이오. 이제 대광주리와 밧줄도 마련되었으니 일단 개 한 마리를 내려보냅시다. 그 개가 아무런 일이 없으면 다시 날랜 하인을 내려보내어 동굴에 신선이 어디 사는지 살펴보고 올라오게 한 다음 그 하인의 말을 들어보고 영감이 직접 내려가 보는 게 안전하지 않겠소이까?"

"하하, 무슨 말씀인지 잘 알겠소이다. 하나 신선의 도를 찾는 사람은 목숨을 아까워하지 않아야 신선이 그걸 보고 가상히 여겨 제자로 삼는다고 하오. 이 동굴은 신선이 사는 일곱 번째 동굴로 알려져 있으니 뭐 비상보다 더 위험한 것도 아니지 않소? 한데 그걸 못 믿고 시험해 보고 할 수는 없지요. 이렇게 의심하는 것은 도를 향한 마음을 해치는 것이니 어찌 속세를 초탈할 수 있겠소이까? 내 마음은 이미 정해졌소. 내가 직접 내려가 볼 것이니 그대들은 너무 걱정하지 마시오. 내가 입에서 나오는 대로 시 네 구절을 읊을 것이니 비웃지 말고 들어나 주시오."

자손들이 일제히 소리쳤다.

"지혜의 말씀을 들려주십시오."

이청이 시를 읊조리기 시작했다.

내 목숨에 미련 두지 않은 지 이미 오래,

운문산의 신선을 찾는 나는 외로움조차 모른다네.

우습구나, 득도했다는 호리병의 노인이여,[1]

---

1) 후한 때 호공이란 자가 시장에서 약초를 팔았다. 시장이 파하면 옆에 걸어놓은 호리병에 들어갔다. 시장을 관리하는 자가 그 속을 들여다보니 그 안에 집과 길을 비롯한 또 다른 세상이 있었다. 관리는 그 노인이 신선임을 깨달았다. 호공이란 이름 자체가 호리병 노인이란 뜻이다. 이청은 호공이 시장에 나와서 약을 팔고 호리병에 들어가 숨는 것도 부질없는 자랑질이라고 비판한다. 득도하고 신선이 되었으면 조용히 혼자서 세속을 초월하는 것이 바른길이라는 것.

구태여 시장 바닥에 호리병 달아매고 뭘 하겠다는 건가!

자손들은 이 시를 듣고 고개를 끄덕이며 찬탄해 마지않았다. 자손들은 이청에게 자신들의 바람을 실어 이렇게 말했다.
"우리 어르신의 도심道心이 이렇게 견고하신 줄을 이제야 알았습니다. 이번에 동굴에 내려가시면 단번에 신선을 만나기를 바랍시다."
"그대들의 축원에 감사하노라. 이 노인네의 인연이 어떠한지 두고 보세나."
이청이 일어나 하늘을 우러러 두 번 절했다. 그런 다음 대광주리에 들어앉아 말없이 자손들에게 손을 흔들며 작별인사를 했다. 도르래에 매달린 밧줄이 천천히 아래로 내려갔다. 자손들의 얼굴은 모두 흙빛이 되었다. 이 일을 구경하러 따라왔던 자들까지 모두 긴장하면서 혀를 찼다.
"아이고, 저 노인네 집에서 해주는 밥이나 먹고 편하게 살 것이지 뭐하러 저 깊은 동굴 속에 기어들어 가 신선을 만나겠다고 고집을 피우는 거야! 이게 바로 죽을 길을 제 발로 찾아가는 거 아니겠어."
이청이 동굴에 내려가서 언제 다시 세상으로 나올까?

신선 역시 본디는 사람이었지,
사람이 신선이 되고자 노력하지 않는 것일 뿐.

한편, 이청이 몇천 길을 내려갔는지 모른다. 동굴 바닥에 닿은 이청은 대광주리에서 기어 나와 신선의 발자취를 이리저리 찾아보았다. 하지만 동굴 바닥이 너무 컴컴하여 어디가 어딘지 분간할 수조차 없는 데다 물까지 철벅거려서 미끌미끌했다. 걸음을 내딛으려 하면 넘어지기 일쑤였다. 일흔 살 먹은 노인네가 무슨 기력이 있으랴. 이리저리 미끄러지고 넘어지다가 그만 기절하고 말았다. 동굴 밖에서 기다리던 자손들은 날은 저물어오는데 이청이 밧줄을 흔들지 아니하고 쇠 방울 소리도 나지 아니하자 서로 얼굴을 보며 수군거렸다.

"어르신이 동굴 바닥의 음산한 기운에 혼절이라도 하신 모양이네!"

서둘러 도르래로 밧줄을 감아올려 보니 대광주리가 텅 비었다. 자손들은 당황하여 바로 대광주리를 다시 내려보내고 한참 기다렸다가 다시 끌어올려 보았으나 역시 이청은 그 안에 앉아 있지 않았다. 구경하러 따라온 사람들은 누구는 혀를 차기도 하고 누구는 코웃음을 치기도 하면서 돌아갔다. 자손들은 동굴 입구를 바라보며 대성통곡했다.

"우리가 그렇게 말려도 안 듣고 동굴에 내려가시더니. 일흔 살 먹은 노인네라 요절한 것은 아니니 시신이라도 거두면 바로 관을 마련하여 장례를 치러드리면 되겠는데 이건 뭐 시신조차 없으니 이 일을 어찌할꼬?"

자손들은 모두 구슬피 울며 눈물을 흘렸다. 친척 가운데 자기 나름대로 세상 이치를 안다고 자처하는 자가 나서서 말했다.

"사람이 살고 죽는 건 다 팔자소관이라오. 오늘 어르신의 생일이 바로 또 어르신이 세상을 떠나는 날이었던 거라오. 그러니 집에 가만있었다고 하더라도 돌아가셨을 것이오. 어르신이 꼭 해보고 싶었던 일을 하고 돌아가셨으니 아마 후회는 없으셨을 거외다. 어르신의 시신은 없어도 어르신이 입었던 의관이 있으니 일단 돌아간 다음 내일 도력이 높은 도사를 모시고 다시 와서 어르신의 혼령을 불러봅시다. 의관을 묻고 장례를 치르는 것 역시 옛날의 법도에 크게 어긋나지는 않을 것이오. 내가 듣기에 헌원 황제도 득도하고서 정호鼎湖라는 곳에서 하늘로 올라가 칼 한 자루와 신발 한 켤레만 남겨 그 칼과 신발을 관에 넣고 교산橋山에서 장사를 지냈다고 하오. 어르신이 진짜로 신선이 되었기에 우리한테는 그냥 빈 무덤을 만들라고 하는지도 모를 일이지 않소. 여기서 이렇게 울고

만 있는 것은 바보짓이라오."

　자손들은 그 말을 듣고 하는 수 없다는 듯이 눈물을 훔치고 짐을 챙겨서 집으로 돌아갔다. 다음 날 다시 산꼭대기로 이청의 혼백을 부르러 올라갔다. 관을 안치하고 모든 친척들이 빠짐없이 제사를 지냈다. 49재가 지나고 관을 묻고 봉분을 만들었다.

　한편 이청은 동굴 바닥에 넘어져 졸도했다가 한참 시간이 지나서 깨어나 다시 주변을 더듬기 시작했다. 동굴 바닥은 그다지 넓지 않았다. 좌우 한 길 정도, 사방은 석벽으로 둘러싸여 있었고 별다른 것이 없었다. 바닥의 진흙이 물에 젖어 질척거리기도 하고 미끄러워 걸음을 떼기가 어려웠다. 이청은 하는 수 없이 밧줄을 잡아당겨 쇠 방울을 울려서 자손들한테 자기를 끌어올려달라고 하기로 마음먹었다. 이청이 손을 뻗어 사방을 더듬어 봐도 대광주리가 잡히지 않았다. 아무리 소리를 질러도 아무런 응답이 없었다. 날아 올라갈 수도 없으니 올 때는 어떻게 왔는데 돌아갈 길은 막막했다.

　이청이 그렇게 며칠을 바닥에 앉아 있었는지 모른다. 너무도 배가 고파 견딜 수가 없었다. 옛날에 사람이 살기 위해 눈을 녹여 마시고, 양털 방석까지 뜯어먹었다는 이야기가 떠올랐다. 그러나 여기는 눈도 없고, 양털 방석도 없고, 사방에 진흙뿐이라. 이청은 손으로 그 진흙을 퍼서 맛보았다. 신선이 사는 동굴에 3천 년에 한 번씩 바닥이 열리면서 진흙이 솟아올라오는데 그걸 파란 진흙이라 부른다. 신선들이 이걸 밥 삼아 먹는데 맛이 있을 뿐만 아니라 갈증도 풀린다. 이청이 그걸 몇 모금 먹으니 정신이 맑아졌다. 다시 주변을 더듬어 보니 석벽 아래쪽에 작은 구멍이 있었다. 높이는 두 자가 채 안 되어 보였다.

　'여기 이렇게 가만히 앉아 있으면 죽을 게 빤하구나. 독사나 요괴가 나올지도 모르고. 저 구멍으로 들어가서 끝까지 살펴보자.'

바로 이 생각으로 말미암아 어둡고 꽉 막힌 것 같은 동굴 너머 새로운 세상이 열리고 목숨을 걸고 찾아온 자에게 살길이 새로 열리는구나.

염라대왕이 저승에 불러올 자라 확정하지 않았으니,
산봉우리 동굴에도 살길이 있으렷다.

이청은 죽음을 두려워하지 않고 작은 동굴 안으로 기어들어 갔다. 한참 가다 보니 높이가 조금씩 높아지긴 했으나 서서 걸을 수 있는 정도는 아니라서 계속 기어갔다. 이청은 날이 새는지 밤이 오는지 알 수가 없는 노릇이어서 졸리면 자고 피곤하면 파란 진흙을 먹으며 아마 20리 정도는 간 것 같았다. 앞쪽에서 별처럼 빛이 새어 들어왔다.
'아, 빠져나갈 구멍이 보이는 건가.'
파란 진흙을 한 모금 더 먹고 정신을 가다듬고 나서 앞으로 나아가 동굴을 벗어나니 푸른 산과 나무가 나타나는 게 별세상이었다. 이청이 일어나 기지개를 켜고 다리를 펴보고 옷매무새를 다듬고 신발의 흙을 턴 다음 하늘을 우러러 감사했다.
'아이고, 오늘 이렇게 큰 재앙에서 벗어나게 되었습니다.'
이청은 길을 따라 십 리 넘게 걸었다. 배가 고프고 목이 마르기도 했으나 인가라곤 하나도 보이지 않았다. 하긴 뭘 파는 곳이 있다손 수중에 돈 한 푼이 없으니 어쩔 수도 없는 처지였다. 동굴의 파란 진흙을 퍼온 것도 아니어서 배가 고파 더는 갈 수가 없었다. 바라보니 길 양쪽에 시냇물이 졸졸 흐르고 국화가 흐드러지게 피었다. 이청이 시냇물을 한 모금씩 마셨다. 이 물은 사람들이 쉽게 마실 수 있는 보통 물이 아니라 신선들이 국화 샘물이라 부르는 무병장수하게 해주는 물이었다. 이청이 물을 몇 모금 마시니 정신이 맑아지고 온몸에서 기운이 솟아났다.

다시 십 리 넘게 걸어가니 산꼭대기에 유리처럼 반짝이는 기와를 얹은 누각이 하나 나타났다. 금색 벽이 반짝거리는 그 누각이 어떤 것인지 알 길이 없었다. 이청은 바로 그곳으로 달려갔다. 선홍색 대문, 백옥 같은 대리석으로 9층까지 쌓은 기단, 한 층에 일곱 자도 넘어 보였다. 그 누각에 이르는 길이 나 있지가 않아서 넝쿨을 붙잡고 칡뿌리를 부여잡고 죽을힘을 다해 기어 올라갔다. 올라가 보니 대문은 잠겨 있었다. 바로 대문을 두드리기가 뭐하여 그냥 그 자리에서 숨을 고르며 누군가 나오기를 기다렸다. 세상이 천지개벽이라도 할 것처럼 그렇게 길게 느껴지는 시간을 기다리고서야 파란 옷을 입은 동자 하나가 문을 열고 나와서 이렇게 소리쳤다.

"이청, 어떤 일로 오셨소이까?"

이청이 황망히 바닥에 엎드려 머리를 조아렸다.

"청주 사는 염색 장인 이청, 저의 주제를 파악하지 못하고 감히 신선 세상으로 찾아와 제자가 되기를 간청합니다. 저를 제자로 거둬주신다면 죽어도 그 은혜를 잊지 않겠습니다."

동자가 웃으며 대답했다.

"제가 어찌 제자로 거두고 말고가 있겠습니까? 그저 제 스승에게 안내할 따름이지요."

파란 옷의 동자가 안으로 들어갔다가 얼마 되지 않아 다시 나와서 이청을 안으로 데리고 들어가 옥으로 만든 섬돌까지 안내했다. 섬돌에서 올려다보니 그 화려함이 천상의 궁전과도 같았다.

주홍색 용마루가 햇살 아래 반짝,

벽옥색 기와가 노을빛에 반짝.

몇백 길에 달하는 쭉쭉 뻗은 전각,

9층짜리 하얀 대리석 누각.
보석을 박아 넣고 조각한 대들보,
산호로 장식한 기둥.
자개로 장식한 건물들,
처마는 높이 치솟아 하늘까지 닿았네.
옥으로 장식한 건물들,
우뚝우뚝 푸른 하늘까지 닿았네.
마노로 장식한 난간,
진주로 장식한 주렴.
난새와 학이 짝을 지어 날고,
하얀 사슴과 붉은 기린이 노니네.
들판엔 온갖 꽃들이 흐드러지게 피고,
수풀 사이엔 온갖 새들이 지저귄다네.

이청이 그 누각을 바라보니 한가운데 우두머리 신선이 앉아 있었다. 푸른 옥구슬이 달린 면류관을 쓰고, 황금색 실로 수놓은 도포를 입고, 노란색 허리띠를 매고, 붉은색 신발을 신고, 손에 여의봉을 들고 있는 게 세속을 초탈한 기품이 있어 보였다. 우두머리 신선 양옆에 네 명씩 신선이 앉아 있었다. 하나하나가 서로 다른 복장을 하고 있었으나 모두 신선다운 분위기를 풍기고 있었다. 누각엔 상서로운 구름이 서려 있고 향기가 분분했다. 온갖 바람이 다 소리를 멈추고 티끌 하나도 없는 엄숙한 분위기였다. 이청이 다가가 한 분 한 분에게 머리를 조아려 인사를 올리면서 죽음을 무릅쓰고 신선을 만나러 온 사정을 일일이 설명했다. 가운데 앉아 있던 우두머리 신선이 이렇게 말했다.

"이청, 굳이 그럴 필요 없었도다. 이렇게 막무가내로 여기에 오면 어떻게 하느냐? 여기에는 너를 위한 자리가 없도다. 어서 돌아가라."

이청이 울면서 아뢰었다.

"저 이청은 평생토록 도를 흠모했으나 아직 그 징표를 받은 적이 없습니다. 오늘은 정말 운이 좋아 이렇게 신선 궁전에 와서 신선을 뵐 수 있게 되었는데 어찌 그냥 돌아가겠습니까? 저는 이미 일흔을 넘긴 노인네, 돌아간다고 해도 얼마나 더 살지 모르는 처진데 설마 저에게 다음 생에나 득도하라고 하시는 말씀은 아니시겠지요? 저는 차라리 여기서 죽을지언정 돌아가지는 않겠습니다."

우두머리 신선은 계속 고개를 가로저을 따름이었다. 옆에 있던 신선이 이청을 대신하여 우두머리 신선에게 이렇게 말했다.

"여기가 이청이 올 자리는 아니지만 이청의 정성이 너무도 대단하여 그걸 그냥 내치기만은 어렵습니다. 그냥 돌려보내면 이청이 신선의 도는 더는 수행할 수 없는 것이라 포기할지도 모릅니다. 우리 신선의 도리는 사람을 구제하는 것을 제일가는 공덕으로 치지 않습니까. 일단 이청을 잠시 여기 있게 하시지요. 만약 견디지 못하면 그때 돌려보내도 늦지 않을 것입니다."

우두머리 신선이 그제야 고개를 끄덕였다.

"그래 좋다. 이청을 일단 서쪽 곁방에 머물게 하라."

이청이 황급히 감사의 절을 올리고 곁방으로 걸어가면서 생각했다.

'만약 나에게 도를 이룰 자질이 없었다면 신선의 제자가 될 수도 없었을 것이다. 다만, 내가 자손들에게 신선을 만난 후에 말미를 얻어 돌아와 사정을 알려준다고 약속한 게 걸리는구나. 지금 내가 애걸복걸하여 겨우 받아들여지고 옆에 앉아 있던 신선이 거들어줘서 겨우 제자로 받아들여졌는데 어떻게 집에 갔다 오겠다는 말을 할 수 있겠는가? 괜히 그랬다가 신선이 나에 대해 좋지 않은 마음이라도 갖게 되고 내가 아직 속세의 때를 벗지 못했다고 하면 어떻게 하지? 일단 마음을 다스리고 편하게 정진을 시작했다가 어느 정도 시간이 흐른 다음 다시 생각해봐야겠다.'

이청이 서쪽 곁방으로 걸어가 자리를 잡고 앉으려니 한 노인네가 문밖에서 들어오며 아뢰었다.

"봉래산 하명관霞明觀의 정 존사丁尊師가 방문했기에 서왕모가 특별히 요지瑤池에서 연회를 연다고 합니다. 신선들께서도 함께 참석하시지요."

누가 준비했는지 학과 난새 아홉 마리가 궁전 앞마당에 대령하고 있었다. 우두머리 신선이 앞장서고 그의 양옆에 앉아 있던 여덟 신선이 차례대로 뒤를 이어 궁전 마당으로 걸어 나왔다. 이청도 파란 옷을 입은 동자를 따라서 섬돌 아래로 내려와 떠나는 신선을 배웅했다. 우두머리 신선이 이청을 보더니 이렇게 분부했다.

"너는 여기서 산과 들을 마음대로 유람하고 돌아다녀도 좋다. 그러나 북쪽 창문만큼은 함부로 열지 마라. 이 말을 꼭 기억하라."

신선들은 각자 학과 난새를 타고 하늘로 날아올랐다. 구름과 노을이 이들을 호위하고 피리 소리 널리 울려 퍼지는 가운데 이들이 날아간 이야기는 자세하게 하지는 않겠다.

한편, 이청은 서쪽 곁방에서 삼면의 창문에 기대어 경치를 구경했다. 기이한 새들이 지저귀는 소리가 끊이지 않고 들려오고, 기화요초가 봄날의 파릇한 색깔을 뽐내고 있었다. 아무리 보아도 질리지 않았다. 몸을 돌려보니 북창이 눈에 들어왔으나 굳게 닫혀 있었다.

'삼면의 경치가 이렇게 아름다운데 왜 유독 북창만은 밖을 볼 수 없게 막아두었지? 필시 뭔가 특별한 것이 있어 나한테 보여주고 싶지 않은 모양이구나. 지금 신선들이 모두 연회에 참석하러 출발했으니 그 먼 길을 다녀오려면 시간도 많이 걸릴 것이니 내가 몰래 창문을 열고 살펴봐야겠다. 신선들이 내가 그렇게 한 걸 어찌 알겠어.'

이청이 북쪽 창문으로 다가가 손을 뻗어 창문을 밀쳤다. 끼익하면서 창문이 열렸다. 이청이 고개를 들고 자세히 살펴보았다. 어찌 이리 기이한 일이 다 있을까! 청주성 전체가 창문 아래에 펼쳐져 있었다. 인가들이 하나씩 다 눈에 들어왔다. 자기가 살던 고대광실이 다 무너지고 퇴락하여서 직계는 물론이고 방계 자손들도 모두 다 몰락해버렸다. 이청은 자기도 모르게 탄식했다.

'내가 집 떠나온 지가 며칠이나 되었다고 이런 꼴이 되었단 말인가! 집안에 가장이 없으면 기둥뿌리가 흔들린다는 옛말이 하나도 그르지 않구나. 내 이럴 줄 알았다면 집을 떠나 여기 오는 게 아닌데. 자손이란 놈들이 아직 제 몫을 못하고 이렇게 가문을 망쳐놓았구나.'

이청은 집에 돌아가고 싶은 마음이 절로 일어났다. 이청의 탄식 소리가 사라지기도 전에 신선들이 돌아왔다. 궁전에서 '이청, 이청' 하고 부르는 소리가 들려왔다. 이청은 황급히 창문을 닫고 계단으로 달려갔다. 선장이 대로하며 소리쳤다.

"내가 너한테 북창을 열지 말라 했거늘 어찌하여 명령을 어기고 마음대로 창문을 열었는가? 탄식하고 후회하며 돌아가고 싶은 마음이 생겼구나. 내가 너를 받아들이지 않으려고 했던 이유도 네가 아직 속세의 때를 벗지 못했기 때문이다. 내가 어찌 너를 여기 머물게 할 수 있겠느냐. 어서 속히 돌아가거라. 이곳 신선 세상을 더럽히지 마라."

이청은 입이 열 개라도 할 말이 없었다. 이청은 머리를 조아리며 사죄하고 애걸복걸했다.

"이곳에 찾아오면서 제가 얼마나 많은 환난과 고초를 겪었는지 모릅니다. 오직 밧줄 하나에 의지하여 여기까지 왔습니다. 지금은 돌아가고 싶어도 자손들이 대광주리와 밧줄을 치워버렸으니 30리가 넘는 이 동굴에서 노인네가 혼자서 어떻게 빠져나간단 말입니까."

우두머리 신선이 웃으면서 대답했다.

"그건 걱정하지 마라. 내가 다른 길을 알고 있으니 다른 사람을 시켜 너를 데리고 가게 하겠다."

그 말을 듣고 마음이 놓인 이청은 인사를 올렸다. 이청이 신선 궁전 문을 나서려는데 우두머리 신선 동편에 앉아 있던 신선이 뭐라고 우두머리 신선에게 말을 했다. 그 말을 들은 우두머리 신선이 바로 소리쳤다.

"이청, 잠시 돌아오너라."

이청은 그 말을 듣고서 지난번에 자기를 여기 머물게 해주자고 권했던 신선이 이번에도 자기를 여기 머물게 해주자고 말해주었나 생각했다. 이청은 기쁨에 겨워 황급히 무릎을 꿇고서 우두머리 신선의 말씀을 기다렸다. 여러분, 우두머리 신선이 이청을 불러 무슨 이야기를 했는지 아는가? 그의 말씀은 이러했다.

"내가 너를 돌려보내긴 돌려보낼 텐데 네가 돌아가서 뭘 하고 먹고살려고 그러느냐? 이곳 서가에 책이 넘치니 네 마음대로 아무거나 한 권을 골라 가거라. 그 책 안에 너의 먹고살 거리가 있느니라."

이청이 그 말을 듣고 생각했다.

'저 신선님이 이곳 신선 세계의 사정은 잘 알지 몰라도 우리 세상의 일은 잘 모르시는구나. 우리 집에 황금이 지천이고 내 생일 때 자손들이 보내주는 선물만 해도 창고를 가득 채우고 남는데 내가 여기 며칠 와 있었다고 설마 먹을거리가 없을까!'

그러나 신선의 호의를 생각하여 이청은 마지못해 서가로 다가가 가장 얇은 책 하나를 고른 다음 신선에게 다가가 감사 인사를 올렸다. 우두머리 신선이 물었다.

"책을 골랐느냐?"

"예."

"책을 골랐으면 어서 출발하여라."

이청이 막 출발하려는데 서쪽에 앉아 있던 신선이 뭐라고 우두머리 신선에게 말을 했다. 그 말을 들은 우두머리 신선이 바로 소리쳤다.

"이청, 잠시 돌아오너라."

그 말을 듣고서 이청이 혹시 이번에는 진짜로 자기를 여기에 머물게 하는 것일까 생각하고 있는데 그건 아니었다. 우두머리 신선이 말했다.

"집에 가려면 먼 길을 걸어야 하고, 집에 간다고 바로 먹을 게 있는 것도 아닐 것이니 여기서 배를 채우고 출발하도록 하라."

동자가 토란 두 개를 가지고 와서 이청에게 건네주었다. 받아보니 그건 토란이 아니라 계란처럼 생긴 구운 조약돌이었다. 그 조약돌은 부드럽고 향기롭고 달았다. 동굴 바닥에서 먹었던 파란 진흙보다 훨씬 더 맛났다. 이청이 다시 우두머리 신선에게 다가가 감사 인사를 올렸다. 우두머리 신선이 이청에게 말했다.

"이청, 네가 이번에 떠나더라도 70년만 지나면 다시 여기로 돌아올 것이다. 그러나 청주성에 사는 무수한 어린 목숨이 모두 너의 손에 달렸도다. 널리 선행을 베풀고 도덕심을 잃지 않기를 바라노라. 네가 평생을 지니고 갈 게송 네 구절을 주노니 꼭 기억하도록 하라."

돌[石]을 보면 가고,
박판[簡] 소리를 들으면 물어라.
금[金] 곁에 거하고,
배[裵]가 나타나면 숨어라.

이청이 게송을 받아드니 처음에 안내했던 동자가 그를 다시 안내했다. 어느 길로 갔는지 모르겠으나 나무 등걸을 붙잡고 칡뿌리를 밟고 왔던 그런 험난한 길이 아니었다. 동자가 안내한 곳은 신선 궁전 뒤편의 산기슭이었다. 그곳에 하얀 바위가 있었고 사람들이 그 바위를 다듬고 있었다. 이청이 물었다.

"어디에 쓰려고 이 돌을 다듬는 것인지요?"

동자가 대답했다.

"이건 백옥이오. 조만간 존사 한 분이 오신다기에 옥장이를 시켜서 열 번째 의자를 만들고 있는 거라오."

"그 존사의 이름이 어찌 되는지요?"

"우리도 그저 존사가 한 분 오신다는 말만 들었을 뿐이니 이름을 어찌 알겠소? 또 안다고 해서 말해줄 수도 없지요. 천기를 누설하면 벌 받지요."

이청과 동자는 이야기를 나누면서 십 리하고도 반을 더 걸었다. 길은 평평하고 폭도 넓었으며 양쪽엔 하늘을 찌를 듯한 나무가 서 있었고 그 사이에 기화요초가 두루 자라는 게 천하일색의 경치였다. 그들은 경치에 취하여 얼마나 많이 걸었는지 모를 지경이었다. 높은 산봉우리 하나를 넘으니 길이 점차 좁아 들기 시작했다. 동자가 길을 가리키며 말했다.

"여기서 십 리도 못가서 바로 청주성 북문이라오."

"내가 출발할 때는 남문으로 나왔는데 돌아올 때는 어떻게 북문으로 오게 되었을까요? 내가 청주성에서 칠십 넘게 살았지만 운문산이 청주성을 빙 둘러싸고 있는 줄은 몰랐소이다. 선궁에서 북창을 열었을 때 청주성이 눈에 들어옵디다. 어디가 앞길이고 어디가 뒷길인지 나한테 좀 알려주시오. 다음번에 우두머리 신선을 다시 뵈러갈 때 우리가 지금 걸어온 길을 따라가면 나무 등걸, 칡뿌리 부여잡고 길을 가고 운문산의 동굴을 기어가는 수고를 덜 수 있을 것 아뇨."

이청이 말을 채 마치기도 전에 어디선가 일진광풍이 몰아치더니 호랑이 한 마리가 뛰어나와 이청에게 달려들었다. 깜짝 놀란 이청이 혼비백산하여 "아이고" 소리를 지르며 뒤로 나자빠졌다.

신선 세상에 이름을 올리기도 전에,
육신이 먼저 호랑이 뱃속으로 들어가는구나.

이 이야기꾼이 여러분에게 한번 물어봅시다. 파란 진흙과 구운 조약돌은 신선의 양식으로 세속의 사람이 아무리 열심히 찾아도 만나기가 힘들다는 말이 있다. 한데 인연이 있는 사람이 그걸 우연히 찾아 먹게 되면 온갖 병이 찾아들지 못하고 요괴도 가까이하지 못하고 호랑이나 늑대도 상처를 입히지 못한다는 말을 들어본 적이 있지 않은가? 이청은 파란 진흙과 구운 조약돌 두 가지를 다 엄청나게 많이 먹은 자이며 선궁에서도 살았던 자라. 비록 도심이 아직 굳지 못하여 쫓겨나는 신세가 되었지만 70년이 더 지나면 다시 선궁으로 돌아와 신선이 될 운명을 타고난 자라. 그런 자가 호랑이 먹이가 될 리가 있으랴! 여러분은 조바심내지 말고 천천히 내 이야기를 들어보시라.

그 호랑이는 사람을 잡아먹는 보통 호랑이가 아니라 신선 세계의 호랑이로 선궁의 수문장 역할을 하는 호랑이라. 동자가 그 호랑이를 불러서 이청을 놀래켜서 그동안 걸어온 길을 기억하지 못하게 하려는 것이지 이청의 목숨을 앗아가게 하려는 것은 아니었다. 이청은 반쯤은 죽었다가 서서히 깨어났다. 이청은 입으로 계속 사람 살리라는 말을 뱉어냈다. 이청이 정신을 가다듬고 사방을 바라보니 호랑이가 보이지 않고 파란 옷을 입은 동자마저도 어디로 갔는지 알 길이 없었다. 이청이 발을 동동 구르며 혼잣말했다.

'아이고, 아이고! 호랑이가 물어간 모양이네. 불쌍해서 어쩌나!'

이렇게 혼잣말하던 이청은 한편 다른 생각이 들기도 했다.
'동자는 우두머리 신선을 모시던 자인데 그래도 그 나름대로 신선의 기운을 쐬지 않았을까. 그런 자를 호랑이가 감히 해치지 못할 것이라. 나를 끝까지 바래다주지 못할 사정이 있어 도중에 돌아간 건지도 몰라.'
이청은 이 생각 저 생각이 다 들었다. 이청은 자리를 털고 일어나 옷매무새를 다듬고 난 다음 고개를 뒤로 돌려보았다. 이청은 다시 한번 깜짝 놀랐다. 자신이 걸어온 게 온통 험난하기 그지없는 고산준령 사잇길이라. 이청은 연신 '이럴 수가, 이럴 수가!' 소리를 지르며, 마음 한구석엔 호랑이가 또 나타나 자기를 잡아먹으려 들면 어떡하나 걱정도 하며 죽을힘을 다하여 사오 리를 걸어가니 세 갈래 길이 나왔다. 지나가는 사람도 없어 어느 길로 가야 하는지 물어볼 수도 없었다. 해도 저물려고 하는데 길을 잘못 들면 큰일이었다.
이러지도 저러지도 못하고 있을 때 한쪽 길에 엄청나게 큰 돌멩이 하나가 서 있는 게 보였다. 그걸 보자마자 이청은 우두머리 신선이 들려준 게송 가운데 "돌[石]을 보면 가고"라고 한 구절이 떠올랐다. '그래 이 길로 가라고 하신 거구나.' 과연 사오 리를 더 가니 청주성 북문이었다. 문 안쪽으로 들어가니 그래도 눈에 익은 듯한 모습이었으나 길 양쪽의 건물들이 자신이 보던 것들과는 너무도 달라 의아했다. 사람들한테 물어봐야겠다 했으나 어째 아는 사람이 하나도 보이지 않았다.
보아하니 해가 곧 저물 기세라 서둘러 집을 찾아갔다. 집 건물이 다 변하고 담도 새로 쌓은 게 그 기세가 너무도 웅장했다.
'혹시 관아를 내 집으로 착각하고 잘못 들어온 건가?'
이청이 다시 자세히 살펴보니 관아 같은 느낌이 나기는 했으나 그래도 자기 집이 틀림없었다.
'아무리 집을 수리하고 그랬다 하더라도 내 집을 못 알아볼 리는 없는데. 내가 집을 떠나 운문산 동굴에서 며칠 헤맸다 해도 그게 뭐 얼마나 되려고. 나중에 동굴에서 빠져나와 다시 집에 돌아온 오늘까지 그 짧은 시간에 어째 이런 상전벽해 같은 변화가 일어날 수 있지. 혹시 내가 없는 동안 주 지사가 우리 집을 맘대로 관아로 바꿔버린 건가. 아무리 그래도 그렇지 집주인에게 물어보지도 않다니! 오늘은 이미 늦었으니 내일 날이 밝는 대로 고소장을 작성하여 들고 가서 따져야지. 관에서도 값을 톡톡히 쳐서 나에게 갚아야 할 것이야.'

이청이 객점을 잡으려 했으나 수중에 돈이 한 푼도 없어 옷을 벗어 저당을 잡히고 돈을 구했다. 아직 배가 고프지 않아 술만 조금 마시고 잠자리에 들었다. 아무리 잠을 청하여도 싱숭생숭하여 잠이 오지 않았다. 이청은 자리에 누워 이리저리 뒤척이며 탄식도 하고 후회도 했다.

'우두머리 신선이 하신 말씀이 하나도 틀린 게 없구나. 그분께서 내가 고향에 돌아가면 뭐 하고 먹고살 거냐며 걱정하시고 나한테 책 한 권 들고 가서 그걸로 먹고살 궁리를 하라 하셨지. 게다가 고향에 돌아가면 당장 배고플 거라면서 구운 조약돌을 두 개나 주고 먹으라 하셨으니 그분이야말로 내가 오늘 이런 일을 당할 줄 미리 알고 계셨구나.'

이청은 황급히 소매 품을 더듬어 보았다. 다행히 그 책이 그대로 있었다. 지금 당장 펼쳐 볼 짬은 없어 보였다. 이튿날 아침 방값을 치르고 청주성 거리를 이리저리 돌아다녀 보았다. 그 많던 일가친척이 하나도 눈에 띄지 않았고 염색 가게 역시도 흔적도 남아 있지 않았다. 이청은 조심스럽게 만나는 사람마다 물어보았으나 모두 고개를 흔들며 입술을 삐죽 내밀고는 이렇게 대답했다.

"우리는 이청이라는 사람을 모를 뿐더러 그 사람이 무슨 운문사 동굴에 들어갔다는 이야기도 들어본 적이 없소이다."

그 대답을 듣고 이청은 너무도 당황하여 어찌할 줄을 몰랐다. 저녁이다가오자 이청은 하는 수 없이 객점을 찾아갔다. 다음 날 청주성 안의 골목길을 누비며 일가친척을 찾았으나 한 명도 만날 수 없었다. 만나는 사람을 붙잡고 물어보면 어제랑 똑같은 대답만 돌아올 뿐이었다. 이청은 어안이 벙벙했다.

'그래, 그저께 돌아온 길도 출발할 때랑 다르더라니. 그럼 이 청주성이 옛날 내가 살던 그 청주성이 아니고 몽땅 새로 생긴 건가. 그래서 내가 아는 사람이 하나도 안 보이는 건가. 이 세상에 운문산이 하나가 아니고 두 개일 리는 없지. 내가 분명 남문에서 출발하여 운문산으로 갔잖아. 운문산이 달라진 게 아니라면 이 청주성이 달라진 걸 거야. 아무튼 한번 되짚어 다녀 와보면 대체 무슨 일이 생긴 건지 알 수 있을 거야.'

이청은 서둘러 남문을 나서서 운문산을 향하여 갔다. 산꼭대기에 거의 다 다다랐을 즈음에 정자가 하나 눈에 들어왔다.

'이 길이 운문사 가는 길이 분명한데 언제 여기에 정자가 있었지? 그래 무슨 정자인지 한 번 살펴보자.'

그 정자에는 '썩은 동아줄 정자[난승정爛繩亭], 개황 4년(584) 건립'이라 적혀 있었다. 이걸 보고 이청이 생각에 잠겼다.

'맞다. 예전에 한 나무꾼이 신선들이 바둑 두는 걸 보았는데 그 바둑 한 판이 끝나고 나니 몇 년이 지나버렸고 옆에 세워두었던 도끼 자루가 다 썩어버렸더라는 전설이 있지. 내 자손들도 나를 바구니에 태우고 동아줄에 묶어 운문산 동굴에 내려 보내주었다가 나중에 동아줄로 끌어올려 주려고 했다가 내가 신선을 만나서 돌아오지 않는 거라 생각하여 그만 동아줄을 놓고 돌아가면서 이 정자를 지은 모양이다. 내가 신선을 만나러 떠난 이야기가 사방에 널리 퍼지기를 바랐던 모양이군. 뒷면에 개황 4년이라 적혀 있는 걸 보니 바로 올해 건립한 거구먼. 한데 어째서 성안의 사람들이 모두 다 바뀌었을까? 위쪽으로 가서 살펴봐야겠다.'

동굴 입구에 비석이 하나 세워져 있었고 그 비석에는 '이청의 혼령이여 돌아오라'고 적혀 있었다. 이청은 깜짝 놀랐다.

'내가 이렇게 시퍼렇게 살아 있는데 내 혼령이 돌아오라고 하는 건 또 뭐야!'

이청이 다시 생각에 잠겼다.

'맞아, 내가 위험한 동굴 바닥으로 내려간 다음 대광주리를 들어올려 보니 내가 없어 내가 죽은 줄 아는 모양이로군. 그래서 여기다 내 혼령이 어서 돌아오라고 하는 비석을 세운 거구나. 참, 내가 정말 죽은 거고 난 지금 혼령만 살아서 여기에 돌아온 건가.'

아무리 생각해봐도 속 시원하게 결론을 내릴 수가 없었다.

'내 혼령을 부르는 비석이 있으면 내 몸을 묻은 무덤도 있을 건데. 만약 내 몸을 묻었다면 그곳은 필시 조상님 선영 근처렷다. 사람들이 바뀌었을지라도 조상님 선영이야 천 년이 지나도 바뀔 리가 없으니 거기로 가보면 뭔가 확실해질 것이로다.'

이청이 운문산에서 내려와 청주성 남문을 통과하니 멀리서 선산이 보였다. 그 기세가 마치 한 마리 용이 하늘에서 내려오는 것 같았다.

'장례 길라잡이 책[장경葬經]에 따르면 '봉새가 비상하는 형세나 용이 똬리를 틀고 있는 형세의 산에 무덤을 쓰면 천년 후에 신선이 난다'고 했지. 우리 조상님 선영을 바라보니 바로 그 형세인데도 내가 신선을 보자마자 이렇게 바로 쫓겨나고 말았으니 내가 하늘에 오를 수 있는 날이 언제 올지 모르겠구나. 그럼 이 풍수의 영험한 기세를 받을 자는 누구란 말인가?'

이청은 선영에 다다라 재배했다. 주변을 뒤덮고 있던 허다한 소나무와 백양나무가 모두 베어져 하나도 보이지 않았다. 비석도 거의 다 넘어지고 깨져버렸다. 모든 게 예전의 모습이 아니었다. 이청은 처량한 마음이 절로 밀려와 자기도 모르게 탄식했다.

'아니, 그 많던 자손들이 다 어디로 가고 아무도 조상님 선영을 돌보지 않는단 말인가!'

오직 비석 하나만 넘어지지 않고 서 있었고 새겨진 글자도 마모되지 않아 읽어볼 수 있었다.

'도사 이청의 묘.'

이청이 생각에 잠겼다.

'그냥 혼령만을 모시는 장례식을 치렀다면 여기엔 그저 내 의관만 묻었을 것이니 빈 관이 있을 것이로다. 한데 비석에 이렇게 이끼가 낀 걸 보면 이 무덤은 개황 4년에 만든 게 아니고 내가 죽은 지도 엄청 오래된 모양이구나. 그럼 지금의 나는 그저 혼령인 것이라. 이승과 저승이 서로 달라 자손들이 나를 봐도 알지 못하는 것이구나. 그렇지 않고서야 어찌 수천수만의 사람들이 약속이나 한 것처럼 나를 몰라볼 수가 있으랴!'

이청이 다시 생각에 잠겼다.

'아, 일장춘몽을 꾼 것인가! 여기가 지금 이승인가, 아니면 저승인가? 누구한테 물어봐야 속 시원하게 대답해줄까?'

이청이 이렇게 고민하고 있을 때 어디선가 어고魚鼓 두드리는 소리가 들려왔다. 소리 나는 곳으로 달려가 보니 동악묘 앞에 나이든 장님 하나가 반주 소리에 맞춰 이야기 공연도 하고 사람들에게 돈도 받고 있었다. 이청은 선궁에서 출발할 때 우두머리 신선이 자기에게 들려준 게송의 두 번째 구절이 '박판[筒] 소리를 들으면 물어라'였던 게 떠올랐다. 아, 박판이란 게 바로 이 어고 아닐까? 이청은 그 장님에게 물어보리라 작정했다. 이청은 그 이야기꾼 옆에 서서 기다리다가 사람들이 흩어지고 나면 물어보리라 생각했다.

한편, 그 장님은 겨우 열 푼 정도만 거두었을 뿐 더는 돈을 던져 주려는 자가 없어 보였다. 구경꾼 가운데 누군가가 이렇게 제안했다.

"여보슈, 어서 이야기를 더 들려줘 보쇼. 그럼 우리가 돈을 더 거둬주리다."

"그건 안 될 말이오. 나는 장님 아니오. 내가 이야기를 다 들려줬을 때 구경꾼들이 우르르 빠져나가면 내가 어디서 돈을 받는단 말이오?"

구경꾼들이 일제히 대답했다.

"그럴 리가! 당신처럼 앞을 못 보는 사람을 속여 먹으면 사람 자식이 아니지."

그 장님은 구경꾼들의 말을 듣고 조금은 안심이 되었던 모양이다. 어고를 두드리며 박자를 맞춰 시 네 구절을 읊기 시작했다.

더위가 가고 서늘한 기운이 몰려오니 가을이라,
해질녘 다리 아래, 물이 동쪽으로 흘러가네.
전장에서 말 달리던 장수는 지금 어디에?
들풀 사이에 흐드러진 꽃은 외려 수심만 가득하게 하는구나.

이 네 구절의 시를 읊고 난 다음 본격적으로 이야기를 풀어내기 시작했다. 그 이야기는 바로 「장자가 해골을 두고 탄식하다莊子歎骷髏」였다. 이건 도가의 이야기로 지금 이청의 심사와 딱 닮았다. 이청은 한 걸음 바짝 다가가 귀를 기울여 듣기 시작했다. 그 장님 이야기꾼은 구술과 노래를 번갈아 가면서 마침내 해골에 피부와 육체가 돌아나고 다시 목숨이 붙어 땅속에서 벌떡 일어나는 대목을 풀어내기 시작했다. 청중들도 웃는 자, 탄식하는 자가 두루 있었다. 이야기가 마침내 한참 재미있는 대목으로 넘어가려니 이야기꾼이 어고 두드리는 것을 멈추더니 돈을 내야 다음 대목으로 넘어가겠노라 했다. 이게 바로 이야기를 구연하는 이야기꾼들의 상투적인 수법이렷다.

 청중들이 이야기를 들을 때는 그렇게 신나 하더니 돈을 내라는 말을 듣더니 서로 얼굴을 쳐다보기만 하며 돈을 내려고 하지 않았다. 수중에 돈이 없는 자는 괜히 이야기가 재미없다면서 트집을 잡고는 그냥 가버렸다. 겨우 닷 푼만 거뒀을 뿐이라. 돈을 걷던 자가 속이 상하는지 청중들에게 욕을 했다. 청중 가운데 남하고 시비 붙기를 좋아하는 젊은 녀석 하나가 괜히 돈을 걷는 자한테 싸움을 걸었다. 이 두 사람은 서로 죽기 살기로 욕을 주거니 받거니 하더니 마침내 주먹질을 시작했다. 그러다 그 사람이 거뒀던 열다섯 푼이 바닥에 떨어져서 나뒹굴고 그 틈에 사람들이 웅성웅성대더니 그만 다 사라져 버렸다. 아직 가지 않고 남아 있던 사람들은 싸움질하는 두 사람한테 다가가 싸움을 말렸다. 그 자리에는 이야기를 들려주던 장님 이야기꾼만 남아 있었다. 이청은 장님 이야기꾼이 안쓰러워서 땅에 떨어진 동전 열다섯 푼을 주워서 건네주며 이렇게 탄식했다.

 "세상인심이 이렇게 야박하다니! 돈 한 푼을 이렇게 아까워하다니!"

 장님 이야기꾼이 손으로 돈을 건네받으며 이청의 탄식 소리를 듣더니 물었다.

 "그대는 뉘시오?"

 "소식을 좀 물어보러 왔소이다. 나한테 소식을 알려준다면 술이라도 사드시게 몇십 푼 정도는 드릴 수 있소이다."

 "무슨 소식을 물어보신다는 거요?"

 "이 청주성 안에 염색 가게를 하는 이가네들이 있을 건데 당신 그들 소식을 좀 들은 게 있소이까?"

 "내가 바로 이가올시다. 그대의 성과 이름이 어찌 되시오?"

 "나는 이청이라고 하외다. 올해 일흔 살 되었소이다."

그 장님 이야기꾼이 픽 웃으면서 말했다.

"아니, 어째 이 눈먼 이야기꾼을 속이려 드시오. 나를 만만하게 보고 그러는 모양인데. 나도 물정 모르는 어린아이가 아니란 말이오. 내가 올해 일흔여섯 살이라오. 나의 작은 증조할아버지가 바로 이청이란 분이시오. 한데 당신이 어찌 이청이라는 이름을 들먹이는 것이오?"

"세상에 이름이 같은 사람이 어디 한둘이요? 내가 당신 속여서 뭐 득 될 게 있다고. 그래 당신의 증조할아버지란 분은 지금 어디 계시오?"

"말하자면 사연이 길다오. 그러니까 수문제 개황 4년, 내 증조부님이 일흔 살 때 밧줄에 광주리를 매달아 타고서 신선들이 산다는 운문산 동굴로 들어갔다오. 당신도 알다시피 그 동굴은 한 번 내려가면 다시 살아 돌아올 수 없는 곳 아뇨. 우리 일족은 원래 그분 덕에 먹고사는 처지였는데 그분이 돌아가신 다음엔 가세가 기울기 시작했다오. 게다가 전란을 겪으면서 일족들이 모두 죽고 말았지요. 겨우 나 하나 살아남아 여기서 아들딸 하나 없이 이야기나 팔면서 먹고 살고 있다오."

이청이 속으로 혼자서 생각했다.

'아, 내가 운문산 동굴에서 죽은 줄 알았던 모양이구나!'

이청이 다시 그 이야기꾼에게 물었다.

"그자가 운문산 동굴에 들어간 게 1년이 채 못 되었을 텐데 그 짧은 기간에 집안 꼴이 어쩌다 이렇게 순식간에 아니게 되었으며 일족이 모두 저세상으로 떠나게 된 거요?"

"이 노인네가 지금 무슨 자다가 봉창 떨어지는 소리를 하는 거야! 지금은 개황 4년이 아니라 당나라 고종황제 영휘永徽 5년(654)이라고. 수나라 문제가 24년 동안 천하를 다스리고는 그걸 양제에게 물려주었지. 양제는 14년 동안 황제 노릇을 하다가 우문화급宇文化及2)에게 죽고 말았다오. 이로 말미암아 세상에는 한바탕 소란이 일어났고 당 태종이 천하를 평정하고는 천하를 아버지에게 맡기니 그게 바로 고조라. 고조가 9년 동안 천하를 다스리고 난 다음 태종이 스스로 황제가 되어 23년 동안 천하를 다스렸소이다. 지금의 황제는 바로 태종의 태자로 황제 자리에 오른 지 5년이 되었다오. 개황 4년부터 계산하면 72년이 되오. 나의 그 증조할아버지가 세상을 떠났을 때 겨우 다섯 살이었던 내가 지금은 일흔여섯인데 당신은 그래 어쩌다 그 짧은 시간에 이런 일이 일어날 수 있냐는 식으로 말을 하는 거요?"

"이가네 일족이 장정만 해도 5, 6천 명이나 되었다고 하던데 설사 72년이 지났다 하더라도 이렇게 당신 혼자만 남고 다 사라지는 건 너무도 이상하지 않소!"

"당신이 그 이유를 어찌 알겠소? 우리 일족은 워낙 능력이 좋아서 맨손으로도 돈을 벌고 먹고살 수 있는데 그만 수양제가 죽고 나자 왕세충王世充3)이란 자가 난을 일으키고는 우리 고장 청주성에 와서 우리 일족의 장정들이 건장한 걸 보고는 모조리 끌고 가서 자기 휘하의 병사로 삼았다오. 한데 왕세충이 병사를 제대로 통솔할 줄을 몰라 싸우는 족족 패하고 자기 휘하의 병사들을 모두 죽게 하고 말았다오. 내가 당시 앞을 못 보는 장애가 없었다면 나도 오늘까지 살아남지 못했을 것이오."

이청은 그 말을 듣고 마치 꿈에서 놀라 깨듯이, 술에 취했다가 깨듯이 마음속으로 의아해하던 것이 다 풀렸다. 수중에 있던 34푼의 돈을 모

---

2) 우문화급(?~619)은 수양제의 신임을 얻어 양제의 근위대장이 되었다가 각지의 반란군이 횡행하는 틈을 타서 자신이 직접 반란을 일으켜 양제를 죽음으로 몰아넣었으나 자신 역시 또 다른 반란 세력인 두건덕에게 죽임을 당한다.

3) 왕세충(?~621)은 수나라 말기 당나라 초기에 활약한 군웅이다. 수양제 때 여타 군벌들을 진압하고 강도통수로 승진했다. 우문화급이 양제를 시해하자 양제의 손자를 황제로 옹립하고 스스로 정왕이 되었다. 당 태종에게 패하고 당나라에 항복하였으나 621년 장안에서 암살당했다.

두 그 장님 이야기꾼에게 건네주었다. 이청 자신의 사연은 말해주지 아니하고 바로 이별을 고하고 다시 청주성으로 출발했다.

이청은 길을 걷는 내내 생각에 잠겼다.

'"선궁에 70일 다녀왔더니, 세상은 이미 천년이 흘렀도다"라는 옛날의 시 구절도 있던데 실제로 이런 기이한 일이 다 일어나는구나. 내가 개황 4년에 운문산 동굴에 내려가서 고향으로 돌아온 게 불과 며칠 상간인데 지금은 벌써 당 고종 영휘 5년, 그사이에 72년이 흘러버렸구나. 인간 세상의 시간이 이렇게 허망하게 빨리 흘러가다니! 만약 내가 선궁에서 며칠 더 머물렀더라면 이 청주성조차도 다 사라져 버렸을 수도 있구나. 내 자손들이 모두 다 저세상으로 떠났고, 내가 살던 집도 모두 다른 사람 손에 넘어가고 말았구나. 그래 그건 그렇다 치자. 내 수중에 돈 한 푼도 없고, 주위에 아는 사람도 하나 없어 돈을 빌릴 수도 없으니 이제 나는 어찌 살아갈꼬? 아무리 둘러봐도 사방이 다 죽을 길인데 우두머리 신선님은 어쩌자고 나를 내쫓으신 건가?'

이청은 이렇게 탄식을 하다가 퍼뜩 생각이 떠올랐다.

'아이고 내가 왜 이렇게 둔하지! 그러면서도 신선이 되기를 바라다니! 내가 선궁을 나설 때 신선께서 내가 집에 돌아가면 먹고살 게 없을 거니까 서가에서 책을 꺼내 가라고 하지 않았나. 그 책이 지금 내 소매 품에 있는데 그걸 꺼내보지 않고 뭐 하는 거지. 그걸 보면 뭘 하고 먹고 살라는 건지 답이 나오겠지.'

여러분, 그게 무슨 책인지 짐작이 가는가? 그 책은 의술서로 특히 어린아이 병을 치료하는 비법이 적힌 책이다. 거기엔 소아병 처방이 몇 개 적혀 있었다. 이청은 퍼뜩 짚이는 게 있었다.

'신선께서 나에게 말씀하시길 이번에 떠나면 70여 년 후에 나를 다시 선궁으로 돌아올 수 있게 해주시겠다 했는데, 이 70년이란 게 운문산 동굴에서처럼 그렇게 쉬 지나가지 않을 것 같구나. 더군다나 나는 평생 살면서 의술에는 발을 담가본 적이 없는 사람인데 무슨 재주로 널리 사람의 병을 고쳐준단 말인가! 그리고 본전도 없는데 어디 가서 약재를 사오지? 차라리 한약방에 가서 경험 많은 의원을 찾아서 이야기해보고 같이 일을 해보는 게 낫겠다.'

3백 걸음 정도 걸었을까. 흰색 천의 깃발이 보이고 거기에 '원조 김가네 한약방. 사천과 광동의 생약재와 가공약재 취급'이라고 적혀 있었다. 이청은 이걸 발견하고 너무 기뻤다.

'그래, 신선께서 주신 게송 가운데 세 번째 구절이 "금[金] 곁에 거하고"였지. 이 약방이 김가네인데 바로 이걸 두고 하신 말씀이겠구나. 사람들이 신선은 미래를 꿰뚫어 보는 능력이 있다고들 하는데 내가 게송의 내용을 믿지 않을 이유가 없구나.'

한약방 안에 앉아 있는 자를 보니 20살을 갓 넘은 자로 김대랑이라 불렸다. 이청은 서둘러 달려가 그에게 물었다.

"이 약재는 현찰로만 파는 거요? 외상으로도 팝니까?"

"그야 물론 현찰 거래죠. 다만 의원을 열고 있는 분들이야 우리 단골들이니 그분들이 약재를 달라고 하면 일단 장부에 달아놓기만 하고 가져가고 한 계절에 한 번, 혹은 한 달에 한 번 몰아서 계산해서 값을 지불하니 현찰 반 외상 반이라고 칠 수 있겠소이다."

이청이 짐짓 거짓말을 했다.

"나는 어린아이를 보는 의원이올시다. 등짐 하나 매고 이곳저곳 다니면서 치료해주고 다녔는데 이제 나이도 들고 했으니 자리를 잡고 의원을 열었으면 하는데 어디 빈방이라도 하나 있으면 빌리고 싶소이다. 그리고 당신네 약재상하고 거래를 트고 싶소이다."

"그렇지 않아도 옆집에 빈방에 하나 있다고 합디다. '세놓음'이라고 써놓은 거 못 보셨소? 한데 너무 좁아서 불편하지 않을까 싶소이다."

"나야 뭐 딸린 식구도 없고 하니 방 한 칸이면 충분하외다. 하지만 의원 앞에 간판이라도 달아야 하고, 의원 안에는 약장이랑 약초 써는 작두 같은 걸 구색에 맞게 놓아야 그 나름대로 의원 꼴을 갖출 것인데 이런 걸 다 어디서 어떻게 구해야 할지 막막하외다. 이런 걸 좀 어디서 외상으로 구할 수 있겠소이까?"

"내 가게에 그런 건 쌔고 쌨소이다. 지금 있는 걸 빌려드릴 테니 나중에 장사가 잘 되면 약재값이랑 한꺼번에 갚으시오. 그럼 서로 편하지 않겠소!"

김대랑이 이렇게 편의를 봐준 덕분에 이청은 김대랑의 한약방 옆에 거처를 잡을 수 있었다. 이청이 혼자 생각에 잠겼다.

'내가 자손들과 헤어져 운문산 동굴로 갈 때 "우습구나, 득도했다는 호리병의 노인이여, 구태여 시장 바닥에 호리병 달아매고 뭘 하겠다는 건가!"라고 읊은 적이 있는데 내가 또 이렇게 저자로 돌아와 의원을 열 줄이야.'

이청은 대문 앞에 호리병을 걸어놓은 곳이라는 뜻의「현호처懸壺處」라 적은 간판을 달아 걸었다. 그런 다음 큰 간판 하나를 마련하여「소아난치병전문, 이의원」이라 적어서 걸었다. 의원을 여는 데 필요한 집기를 다 갖추었다. 자리가 사람을 만들고 행색이 사람을 만든다고 이렇게 준비를 갖추고 보니 이청이 마치 명의라도 된 듯했다.

마침 그해 청주성에 역병이 돌아 부잣집 아이든 가난한 집 아이든 가리지 않고 이 병을 앓는 자가 많았다. 이 병은 소아역병이라 불렸다. 이 병에 걸렸다 하면 모두 죽음을 면치 못했다. 소아 의원이 부족하여 어른을 치료하는 의원을 청하여 갈 정도였다. 하나 이 병이 워낙 치명적이어서 아무리 유명하다는 의원이 지어준 약이라 해도 그걸 채 다 쓰기도 전에 죽고 말아 그저 남은 약만 부질없이 흐르는 냇물에 갖다버릴 따름이었다. 사람들은 눈을 뻔히 뜬 채로 아이들이 죽어가는 것을 지켜보기만 했다. 한데 오직 이청이라는 이 늙은 의원은 너무도 이상했다. 그는 아픈 아이를 진맥도 하지 않고 그냥 아이가 어디가 아픈지 듣기만 하고는 척척 약 한 첩을 조제해 주었다. 그 약에 들어가는 약재가 비싸든 말든, 나중에 그 약이 효과가 나든 말든 그저 백 전만 받았다. 만약 두 첩 달라고 조르는 사람이 있으면 이렇게 대꾸했다.

"내 약을 어찌 두 첩이나 쓰려고 그러시오?"

이러면서 한 첩 약값도 돌려주고 약을 주지 않으려 했다. 약을 받아가는 사람들도 반신반의했지만 그래도 병세가 워낙 위중하여 한 첩이라도 주는 대로 받아가 지켜보자는 심산이었다. 그러나 참으로 기이하게도 이 약을 가져가 아이에게 한 입 먹이기만 하면 병이 벌써 반은 나았고 그 약이 뱃속으로 내려가면 병이 다 나았다. 게다가 약을 받아가지고 집에 돌아갔다가 아이가 이미 죽어버린 경우엔 그 약을 달여서 그 향을 아이 코에 씌워주면 바로 깨어났다. 이청은 청주성 전체에 유명해졌다. 사람들은 모두 이청을 '이한첩'이라 불렀다. 이청이 얼마나 많은 어린 환자를 치료해주었는지 모른다. 그 덕에 이청은 엄청나게 많은 돈을 벌었다.

이청은 홀몸이라 매일 쓰는 경비도 별로 안 들 거고 약재값, 방세, 약장이나 기구 빌린 세 제하면 모두 이문으로 남을 거였다. 이청이 옛날에 생일 선물 받은 것을 창고에 쌓아 놓듯이 그렇게 쌓아두기만 했을까? 그러나 들어오는 곳이 있으면 나가는 곳이 있는 법. 이청이 청주성으로 돌아온 다음부터는 돈을 벌기만 하고 쓸 줄은 몰랐던 옛날 모습하고는 달리 방세랑 약재값이랑 다른 거 외상으로 구입한 거 갚는 데 들어가는 돈 그리고 자기 생활비 말고는 일체를 다 하나도 남김없이 가난한 사람들 돕는 데 썼다. 이것이야말로 널리 선행을 하는 것이오, 한없는 공덕을 쌓은 것이라.

　이로 말미암아 이청의 명성이 더욱 널리 퍼졌다. 청주성뿐만 아니라 산동 지역 전체에 명성이 퍼지니 의술을 배우려는 자들이 이청의 문하에 몰려들었다. 이청은 무슨 의서를 보는 것도 아니요, 환자를 진맥하는 것도 아니요, 그저 약을 받으러 오는 사람한테 돈을 받고 약재 이것저것 몇 가지 섞어 약 한 첩을 건네주는 게 전부였다. 게다가 같은 증상에 다른 약을 처방하기도 하고 다른 증상에 같은 약을 처방하기도 했다. 아무튼 약을 받아간 환자 가운데 낫지 않는 자가 없었다. 그들은 아무리 생각해봐도 도대체 그 이유를 알 수가 없었다. 그자들은 이청이 한가한 틈을 타서 조심스럽게 가르침을 청했다. 그들에게 이청이 이렇게 말했다.

　"너희들은 내가 진맥도 하지 않고 처방을 한다고 의심할 것이다. 그러나 의술에는 보기, 듣기, 물어보기, 진맥하기 이렇게 네 가지 진찰법이 있느니라. 그 가운데 봐서 아는 것이 첫째요, 진맥하기는 네 번째이니라. 게다가 어린아이는 어른하고 달리 아직 기와 혈이 다 자라지 않아 맥을 짚어 병을 찾아내기가 어렵다. 모든 병을 치료하는 요체는 '심心'에 있다. 내 심을 밝게 하여야 맥을 짚는 손가락이 밝아지고 한마음으로 병을 찾아내고 치료할 수 있다. 틀에 박힌 처방으로 어찌 환자를 구할 수 있겠느냐? 너희들은 내가 처방하는 그 모습만 보고 내가 처방하는 그 마음은 보지 못했도다. 우리 고장 산동에서 나온 『약초대관』이란 책이 있지 않느냐? 너희들은 그 책을 먼저 읽고 약초의 성질을 제대로 알아야 약을 쓸 수 있느니라. 첫째, 한 해의 일기를 헤아려 약초의 성질이 따뜻한 것인지 차가운 것인지를 구분하여야 한다. 둘째, 병을 앓는 사람이 산골에서 사는지 물가에서 사는지 보고 그 사람이 습한지 건조한지를 구분하여야 한다. 셋째, 그 사람이 살아온 환경을 봐야 한다. 부자는 대개 몸이 유하고 가난한 사람은 대개 몸이 뻣뻣하다. 따라서 보를 할 것인지 아니면 넘치는 것을 빼야 할지를 먼저 결정하여야 한다. 병자의 증상을 꼼꼼히 물어보고 살펴서 어떤 약을 써야 할지 정한 다음, 더욱 정밀하게 이것저것 고려하여 어느 약재를 주로 쓰고 어느 약재를 보조로 쓸 건지, 뭘 더하고 뭘 뺄 건지를 정해야 약과 병증이 딱 맞아떨어져 약을 복용하자마자 병이 사라지고 마는 것이다. 이런 이유로 옛날 사람들은 약을 쓰는 것을 전쟁에서 병사를 쓰는 것과 같아서 적절하게 쓰는 게 중요하지 많은 게 중한 것이 아니라고 했다. 병사의 수가 많은 게 중요한 게 아닌 것처럼 약도 많이 쓰는 게 중요한 게 아니다. 너희들은 조괄趙括이 병서만 열심히 읽고 실제 전장에선 대패한 것4)을 기억해야 할 것이다."

그들은 모두 엎드려 절하고 감사를 표하고는 물러났다. 이청이 선궁에서 얻은 책이 있음을 어찌 경홀하게 그들에게 누설할 수 있었으리!

어린아이의 목숨이야 당연히 구해야지,
나이든 의원, 선궁의 책이 없이는 치료할 수 없다네.

이청이 고종 영휘 5년부터 의원을 열어 치료를 시작한 이래로 눈 깜짝할 새에 영휘 6년이 지나고, 현경顯慶 5년, 용삭龍朔 3년, 인덕麟德 2년, 건봉乾封 2년, 총장總章 2년, 함형咸亨 4년, 상원上元 2년, 의봉儀鳳 3년, 조로調露 1년, 영륭永隆 1년, 개요開耀 1년까지 하여 총 27년이 훌쩍 지나가 버렸다. 이제 바야흐로 영순永淳 원년(682), 조정에서 조서가 하달되었다. 황제가 직접 태산을 방문하여 한무제가 단을 쌓고 하늘에 제사를 올렸던

---

4) 조나라의 장수. 아버지 조사趙奢를 뒤이어 조나라의 대장이 되어 병사를 이끌고 진나라와 일전을 겨뤄 대패한다. 아버지와는 달리 실전 경험이 일천하고 오직 병서로만 용병술을 익혔고 그 때문에 실제 전쟁에서 대패했다는 말이 전한다.

봉선封禪을 거행하겠노라 했다.

여러분, 봉선이 무엇인지 아는가? 천하의 유명한 다섯 봉우리의 산, 이것을 오악이라 부른다. 이 오악 가운데에서도 태산을 으뜸으로 친다. 위로는 하늘에 닿아 구름과 비가 머무는 곳이다. 그러므로 도를 깨친 황제는 천하가 태평하고 바람과 비가 순조로울 때 직접 태산 꼭대기에 올라 산신에게 제사 지내고 그 공덕을 새긴 비석을 세우고 천지신명에게 제사를 지낸다. 그 비석에 글자를 먼저 새기고 난 다음 모두 순금으로 칠했기에 '금서金書'라 불렸다. 이 비석 옆에 백옥으로 만든 함을 두고 그 함 안에 두루마리 글을 넣어두었다. 이것은 '옥검玉檢'이라 불렸다. 이는 조정에서 가장 중시하는 행사였다. 산신에게는 절대 함부로 할 수가 없었다. 만약 비석에 글을 새기는 데 조금이라도 소홀함이 있으면 바로 거센 바람이 불고 폭우가 내려 일을 마무리할 수 없게 된다.

이 봉선은 한무제 혼자 만든 게 아니다. 우임금 이전부터 79대 동안 이 봉선이 끊어지지 않고 행해졌다. 후대의 진시황이나 한무제가 어찌 덕이 있는 황제라 하겠는가? 그저 천하가 태평하다고 억지를 부려 사람들이 보고 부러워할 그런 의식만 치른 것이라. 진시황은 봉선을 하다가 큰비가 내리자 소나무 아래로 피했다고 하고, 한무제는 산을 내려오다 왼발을 다쳤다고 한다. 이런 일이 있었기에 한무제 이후 봉선을 하겠다는 황제가 감히 나타나지 않았다. 고종이 봉선을 행하겠다는 조서를 내린 것은 이번에 세 번째다. 청주성은 태산을 가려면 꼭 지나가야 하는 곳이다. 청주성의 자사는 이 조서를 받아 들고는 황제가 도착하기 전에 성문 수비대를 점검하고 거리를 정비하려고 했다. 이청도 의원을 열고 있는 까닭에 부역을 나가야 했다.

당시 이청이 청주성에 의원을 열고 난 다음에 다른 소아 의원들은 모두 문을 닫고 말았다. 만약 이청이 길을 닦는 부역을 나간다면 아이들이 병이라도 걸리면 치료할 길이 막막해지고 말 것이었다. 이런 이유로 사람들이 주 관아로 달려가 이청의 부역을 면제하여 달라고 간청하기로 했다. 그들 가운데 말을 좀 조리 있게 할 줄 아는 자 몇이 주 관아로 가서 아뢰었다.

"지금 의원을 열고 있는 이청은 나이가 아흔일곱 살로 곧 백 살이 될 자인데 무슨 기력으로 부역을 감당하겠습니까? 저희가 대신 돈을 내겠으니 젊은 사람을 사서 부역을 맡기시고 이청은 의원을 계속 열게 하는 것이 우리 성의 어린아이들을 살리는 길이 될 것입니다."

이청이 처음 청주성에서 의원을 열 때 자신의 나이가 70살이라고 해서 사람들이 지금 이청의 나이가 97세라고 알고 있는 것이다. 이청의 실제 나이가 168살이라고 하는 건 아무도 몰랐다. 법률에 따르면 70이 넘는 노인은 부역을 면제받을 수 있었다. 사람들은 이 점을 들어 다른 사람을 사서 부역을 대신하게 하고 이청은 계속하여 의원을 열게 할 참이었다. 그러나 청주 자사는 의술보다는 무당을 더 믿는 풍습이 있는 광동 지방 출신이라 외려 이렇게 말하는 것이었다.

"이청의 나이가 아흔일곱이라고는 하나 아직 기력이 있잖느냐? 약재를 썰 힘은 있고 길을 닦을 힘은 없단 말이냐? 강태공은 여든두 살에 주 무왕을 보좌하여 병사를 이끌고 전쟁터에 나갔도다. 조정의 백성이라면 죽을힘을 다해 부역해야 맞지. 어찌하여 이리저리 내빼려고 하느냐. 그가 어린아이를 잘 치료한다고 하는데 이 청주성에 어린아이를 치료할 의원이 그자 하나뿐이더냐. 그가 의원을 연 지가 27년이 되었다고 하는데 그럼 그동안 다른 의원은 다 저세상으로 떠났단 말이냐. 어째 그자가 없으면 처방 하나도 얻지 못할 거처럼 그렇게 호들갑을 떠는가."

사람들이 두 번 세 번 간청했으나 자사는 들으려 하지 않았다. 사람들은 마음이 조급해졌으나 다른 수가 없었다. 다시 이청의 의원으로 돌아와 상의했다. 그런 다음 그들이 사정이 너무도 다급하니 다시 관아로 찾아가 사정하고 매달려보자고 했다. 이청이 이렇게 말했다.

"여러분의 정성에 감사하오. 이 노인네가 보건대 굳이 가지 않아도 좋을 거 같소이다. 여러분이 부탁하는 일이야 들어주려고만 한다면 뭐 어려울 게 있겠소이까. 그런데도 자사가 이렇게 말하는 걸 보면 황제가 납신다고 하니 다른 상관이 오는 것하고는 너무도 다른 일이라. 조금이라도 실수하면 자기 목이 날아갈까 봐 바짝 긴장하고 있는 게 분명하오. 혹시라도 다른 사람을 사서 대신시켰다가 무슨 사고라도 나면 나중에 그 사람을 조사해서 찾아내기도 어렵고 해서 그럴 거외다. 벼슬아치들 생각하는 게 대체로 다 그렇지 않소이까. 다시 찾아가서 아무리 이야기한들 절대 듣지 않을 것이오. 그러나 내가 헤아려보건대 이 황제가 봉선 제사를 지낸다고 하는 조서도 얼마 지나지 않아 취소될 것이라오. 이런 조서는 인덕 2년에 한 차례, 조로 원년에 또 한 차례 해서 지금이 세 번째라오. 지난 두 차례에 행차를 못 했는데 지금은 또 무슨 수로 행차할 수 있겠소? 닷새가 지나지 않아 이 일을 그만둔다는 소리가 나올 것이니 마음 푹 놓으시오. 벼슬아치들이 뭐라고 하든 그냥 두고 보시오."

사람들은 모두 못 믿겠다는 듯이 말들을 했다.

"지금 한창 자사가 명령을 발동하여 닦을 길의 거리를 재서 부역을 동원하려고 한다는데 저 노인네가 참 한가한 소리를 하고 있네그래. 만약 이 행차를 그만둔다는 조서가 내려오지 않으면 저 노인네는 무단으로 부역을 안 한 게 되잖아! 아무래도 따로 인부를 사서 저 노인 대신 부역을 하게 하는 게 낫지 않겠어. 그런데 저 노인네가 저렇게 부역을 가도 문제없을 거라고 바득바득 우기는 걸 보면 요즘 의원이 장사가 잘 안되어서 부역을 나가 하루 두 푼 주는 거라도 받고 싶은 모양이지!"

사람들은 모두 코웃음을 치며 제 갈 길을 갔다. 아무튼 고종황제가 이번만큼은 꼭 태산에 가서 봉선 제사를 지내겠노라 굳게 결심하고 예부에 모든 준비물을 마련하라 명령하고 길을 택하여 출발만 기다리고 있었다. 한데 어찌 알았으리! 고종황제한테 마비증이 와서 자리에서 일어설 수조차 없었으니 언감생심 멀리 봉선 행차를 가겠는가? 이로 말미암아 청주성을 관할하는 상부에서 바로 문서를 보내 황제의 행차 준비 건을 취소했다. 청주성 사람들은 그제야 이청이 신통력을 지녔다며 찬탄했다.

본디 산동 지역엔 도사들이 많이 나왔다. 진시황이 도사를 좋아하여 서복을 시켜 오백 명의 동남동녀를 태우고 봉래산으로 가서 불사약을 캐오게 했다. 그 서복이 바로 제나라 그러니까 이곳 산동 사람이다. 한무제 역시 도사를 좋아하여 이소군李少君을 문성장군文成將軍에, 난대欒大를 오리장군五利將軍에 봉하고 날마다 통천대通天台, 죽궁竹宮, 계관桂館 등에서 신선이 내려오기를 빌게 했다. 이 이소군과 난대 역시 산동 사람이다. 이청이 나이 70에 의원을 개원한 이래 이미 27년이 지났으니 벌써 백 살을 바라보는 노인이라. 하지만 그에겐 조금도 노인 태가 나지 않고 용모나 분위기가 외려 더 젊고 힘 있어 보였으니 이는 필시 그만의 양생법이 있었기 때문이리라. 이청은 또 미래의 일을 미리 알아보는 능력을 갖추고 있었다. 그가 도를 깨쳤기 때문에 가능했을 것이다. 이청은 동봉董奉이나 한강韓康처럼 이름을 감추고 의원을 연 그런 자이리라.5) 이를 보고 도를 흠모하는 자들이 각처에서 몰려들어 이청의 도와 수양방법을 배우려 했다. 이청은 자기가 나이가 많아서 그런 것이라 겸손하게 말하지만 실은 나이 서른부터 온갖 정욕을 끊고 세상만사에 대한 관심도 끊고 오직 수양에만 전념했다. 그런 까닭에 병을 앓지 않고 오늘날까지 이를 수 있었

---

5) 동봉과 한강은 모두 중국 동한 시기의 유명한 의원이자 도사다. 신선이 되고자 도를 닦았던 자들이다. 이 책의 26번째 작품 「설위가 물고기 꿈을 꾸다」의 각주 2, 3번을 참고할 것(214쪽).

다. 하나 도를 배우고자 하는 자들은 이청이 뭔가를 숨기고 자기들에게 말해주지 않는 거라 여겼다.

"무병장수하는 거야 정욕을 끊고 양생하면 할 수 있다고 하지만 미래의 일을 예지하는 능력은 쉽게 얻을 수 있는 게 아닙니다. 스승님께 어떤 도술이 있으셔서 5일 안에 황제 행차를 취소하는 조서가 내려올 거라고 아셨는지요?"

"내가 무슨 신선도 아니고 어찌 점도 안 쳐보고 미래의 일을 알 수 있겠느냐? 너희들은 공자께서 개구리밥 열매나 외다리 새를 보고 그게 뭔지를 알아내셨던 일을 모르느냐?6) 평소에 들었던 동요를 통해서 잘 미루어 짐작해서 그걸 맞힌 것이다. 아무런 뜻도 없이 무심하게 부르는 것 같은 동요도 천지만물의 이치를 품고 있으니 세심하게 듣고 이해하는 사람에게는 정말 의미 있는 자료가 되는 것이다. 나 역시 영휘 5년부터 여기에 의원을 열었는데 용삭 연간(661~663)에 이런 동요가 유행했었다. 아마 너희들도 들어보았을 것이다. 그 동요는 바로 이러하지. '태산이 높고 높아, 몇 층이나 높을까? 태산에 오르지 못할 것도 없으나, 태산 근처에 오기가 힘들다네. 세 차례나 호위병과 말을 동원했지만, 그저 주위만 뱅뱅 돌았지. 한 차례, 두 차례, 세 차례나 출발하려 했으나, 결국은 근

---

6) 초楚나라 소왕昭王이 배를 타고 강을 건널 때 뱃사공이 배에 와서 부딪치는 열매를 건져다 소왕에게 바쳤다. 소왕이 그게 무엇인지 신하에게 물었으나 아무도 몰랐다. 하여 사신을 노나라에 보내어 공자에게 물으니 공자가 그게 바로 평실萍實(개구리밥 열매)이라 알려주었다. 주위에서 공자에게 그걸 어찌 아셨냐고 묻자 예전에 진陳나라를 지나다 아이들이 초나라 왕이 개구리밥 열매를 쪼개어 먹으니 꿀처럼 달았다는 내용의 동요를 부르는 것을 들은 적이 있으니 그게 바로 이걸 두고 부른 노래 아니겠느냐 대답했다 한다. 상양商羊은 외다리 새다. 입으로 강물을 퍼올려 메마른 대지에 뿌려 비를 내리게 하는 새다. 이 새가 노나라 세자 옥좌 앞에서 깡충거리자 그 세자가 공자에게 대체 어떤 새인지 물었고 공자가 그 새가 어떤 새인지 알려주고 인근에 홍수가 일어날 조짐이라고 알려주니 제방을 쌓아 재앙을 피할 수 있었다고 한다. 이미 듣거나 보았던 정보를 잘 조합하여 새로운 것을 추론해내는 공자의 능력을 보여주는 사례라 하겠다.

처에 오지 못했네.' 앞의 두 차례가 실패했으니 지금 세 번째도 실패할 거라는 건 불문가지. 나이가 들면 안목이 생기고 경험도 쌓이고 하니 이걸 미루어 저걸 아는 거지. 무슨 대단한 도술이 필요한 게 아니라네."

이청에게 도술을 배우고자 찾아온 자들은 이청이 비법을 말해주지도 않고 매일 헐값에 약을 지어주고 거기에 더하여 어려운 사람 돕느라 눈코 뜰 새 없는 걸 보고는 하나둘씩 돌아가 버렸다. 다음 해 고종이 붕어했다. 측천무후가 등장하여 21년 동안 세상을 다스리고 난 다음 태자 중종이 즉위했는가 싶었으나 난을 일으킨 위황후(韋皇后)[7]한테 6년 만에 죽게 되고, 예종황제가 다시 위황후를 제거하고 6년 동안 재위하다가 현종황제에게 물려주었다. 현종이 연호를 개원(713~742)이라고 칭한 지가 벌써 9년이다. 43년의 세월이 흐른 것이다. 온 청주성에 이청의 이름이 널리 퍼졌다. 이청의 나이는 벌써 140, 의술이 여전히 신통하고 용모 또한 전혀 늙은 태가 나지 아니하니 신선이 아니라 하더라도 나이 많으면서도 품위 넘치는 자라 칭하기에 부족함이 없었다. 이로 말미암아 의술을 배우려고 하거나 도술을 배우려고 하는 자들, 이청을 진정 믿고 따르는 자들이 문전성시를 이뤘다.

신선도 본디 속세에서 살던 자라,

그 육신이 속세를 통하여 단련되는 법.

---

[7] 위황후는 본디 궁녀로 입궁했다가 훗날 중종황제가 되는 이현의 총애를 받았다. 시어머니인 무측천에게 남편과 함께 쫓겨났다가 무측천이 죽은 뒤 남편이 황제에 올라 중종이 되자 조정의 정사에 관여하기 시작했다. 자신이 정사에 관여하는 것을 비판하는 여론이 조성되자 남편 중종을 독살하고 북해왕 이중무를 황제에 앉히고 정권을 장악했다. 얼마 가지 않아 이융기가 위황후를 중종 시해의 책임을 물어 사형시키고 현종에 즉위했다.

여기서 이야기가 둘로 갈린다. 현종이 신선을 사모하고 도교를 존중하여 두 명의 국사를 모셨다. 하나는 엽법선葉法善이고, 다른 하나는 형화박邢和璞이다. 둘 다 득도한 자로 오로지 현종을 위하여 기이한 능력을 지닌 자를 찾아주고, 내외단의 비법과 양생술을 전수하여 주었다. 때는 바야흐로 개원 9년(711), 엽법선과 형화박 두 국사가 현종에게 아뢰었다.

"지금 세상엔 세 명의 신선이 있습니다. 하나는 장과張果, 항주 조산 출신입니다. 다른 하나는 나공원羅公遠, 악주 출신입니다. 또 다른 하나는 이청李淸, 북해 출신입니다. 그들은 비록 속세에 살고 있으나 세상의 영화에는 아무런 관심도 없습니다. 조정에서 정성을 다하여 그들을 초대하면 혹시 응할지도 모르겠습니다."

현종이 그 말을 듣고 중서사인中書舍人 서교徐嶠를 시켜 장과를 모셔오게 하고, 태상박사太常博士 최중방崔仲芳을 시켜 나공원을 모셔오게 하고, 통사사인通事舍人 배오裵晤를 시켜 이청을 모셔오게 했다. 이 세 사람이 현종의 친서를 들고 조정을 출발하여 세 신선을 모시러 간 이야기는 더 하지 않겠다.

한편, 이청은 속세에 머물 기한이 다 차기도 하고 덕행을 널리 베풀면서 신선의 품성과 영험한 기운이 두루 갖춰졌기에 배오가 자신을 모시러 올 거라는 걸 미리 알 수 있었다. 이청은 이제야 우두머리 신선이 자기에게 건네준 네 구절의 게송 가운데 마지막 구절에서 '배[裵]가 나타나면 숨어라'라고 한 그 이유를 깨달을 수 있었다. 이건 바로 피하고 숨으라는 것이니 지금이 바로 그럴 때라. 이젠 육신은 죽고 혼령이 빠져나갈 때로다. 이게 무슨 말인가? 도를 깨치고 신선이 되면 이 속세를 떠나게 된다. 속세를 떠나는 방법은 마치 해가 하늘에 떠오르듯 그렇게 몸과 혼령이 함께 날아 올라갈 수도 있고, 마치 보통 사람처럼 그렇게 죽고 난 다음 육신을 남기고 혼령만 빠져나갈 수도 있다. 이렇게 육신은 죽고 혼령이 빠져나가 신선이 될 때 어느 경우엔 관 속에 옷만 남기고 시체까지 빠져나가는 경우도 있어 이를 시해屍解라고 불렀다. 이 시해의 단계에 이르는 자는 보통 사람과 겉보긴 하나도 다르지 않으나 독특한 품성이 숨겨져 있다. 보통 사람들도 그런 자를 따라 음양오행을 실천하면 모두 시해의 단계에 도달할 수 있으나 그런 수행을 스스로 행하지 않은 자는 그런 시해를 시전하는 자를 알아보지도 못한다.

이청이 아침 일찍 일어나 제자들에게 오늘은 의원 팻말을 내다 걸지 말라고 분부했다.

"오늘은 환자를 보지 않겠노라. 그리고 정오에 너희들과 이별을 하겠노라."

제자들이 깜짝 놀라며 물었다.

"사부님, 이렇게 정정하신데 무슨 그런 말씀을 하십니까? 게다가 저희들이 사부님을 오랫동안 모셨지만 아직 비법을 전수하지 못했는데 지금 어디로 가신다는 말씀이십니까? 조금만 더 여기 머물러 계셔서 저희에게 비법을 전수하여 주신다면 사부님께서 신선이 되어 떠나신다고 하더라도 사부님의 가르침과 법통은 계속 이어질 것이며 이로 말미암아 사부님이 득도하셨으며 신선이 되셨음을 후세인도 다 알게 될 것입니다."

이청이 웃으면서 대답했다.

"나한테 그런 대단한 비법 같은 것도 없고 후세인이 알았으면 좋을 그런 것도 없도다. 그저 나에게 허락된 기간이 다 되었으니 그걸 어찌 억지로 미룰 수 있겠느냐? 다만 지금은 김대랑도 없고 하니 너희들이 관이라도 하나 사서 내가 숨이 끊어진 다음에 나를 입관시켜주고 관뚜껑에 못질이라도 해주기를 바란다. 절대 내일까지 미루지 말라. 여기 의원에 있는 집기나 물건은 모두 김대랑에게 주어라. 그걸로 우리가 지난 70년 동안 서로 이웃으로 지낸 정리와 나에게 약재를 대어준 고마움을 표시하고 싶노라."

제자들은 이청의 말을 듣고 서둘러 관을 비롯한 다른 장례용품을 마련했다. 김대랑은 89살이나 되었음에도 여전히 정정했고 걸음걸이도 꼿꼿했으며 엄청난 재산도 일구고 자손들도 번성했다. 사람들은 모두 그를 김 어른이라 불렀다. 다만, 이청은 김대랑이 어릴 적부터 나이 들어가는 것을 같이 보면서 지내왔기에 김씨 집안 장손이란 의미로 붙인 어릴 적 이름 그대로 김대랑이라 불렀다. 김대랑은 그날 아침 다섯 시 경에 일어나 시골에 나갔기에 집에 있지 않았다. 이청은 낮 12시에 물을 데워 목욕을 하고 난 다음 새 옷으로 갈아입고 방으로 들어갔다. 제자들이 바싹 붙어 따라 들어오니 이청이 그들에게 이렇게 말했다.

"너희들은 문밖에서 기다려라. 내가 좌정하고서 마음을 가다듬고자 하노라. 마지막 순간을 맞이하여 마음이 어지럽힘을 당하고 싶지 않노라. 그리고 김대랑이 찾아오면 나에게 안내해주어라. 그동안 서로 이웃하여 살아온 정이 가볍지 않노라."

제자들이 그 말을 듣고 밖으로 나가 김대랑이 돌아왔는지 물어보니 아직 돌아오지 않았다는 대답이었다. 얼마 후 제자들이 방 안으로 들어가 보니 이청이 이미 세상을 떠난 후였다. 이청을 오랫동안 모셨던 제자들은 통곡하며 눈물을 흘렸다. 그러나 못난 제자 몇몇은 혹시 뭐 쓸 만한 게 없나 사방을 뒤지기도 했다. 한바탕 웅성웅성하다가 이청의 분부대로 입관을 하기로 했다. 한데 이청의 시신에 이상한 구석이 있었다. 이청의 두 팔과 두 다리가 모두 가슴에 모아져 있는 게 마치 용이 똬리를 틀고 있는 듯한 형상이었다. 그냥 그대로 입관할 수는 없다 싶어 그 팔과 다리를 펴려고 했으나 쇳덩어리처럼 뻣뻣하게 굳어서 아무리 힘을 써도 펴지지 않았다. 하는 수 없이 그대로 입관하고 관 뚜껑에 못질해서 의원 안에 놓아두었다. 이청의 명성이 오래전부터 천하에 자자했는지라 이청이 세상을 떠났다는 소식이 금세 사방에 널리 퍼졌고 이청에게 진료를 받았던 청주성 사람들이 모두 조문하러 몰려왔다. 제자들은 조문객들을 맞이하느라 입이 헐고 허리가 굽을 지경이었다. 이 모습을 읊은 시를 한 수 인용한다.

이 풍진 세상에서 지낸 100년의 자취,
이 아침에 떠나 흰 구름을 타고 올라가네.
하늘 마차와 무지개 깃발은 어디에 있는가?
약초를 빻던 절구만 덩그러니 남았구나.

한편, 통사사인 배오는 역참에서 말을 바꿔 타면서 한달음에 청주성에 달려왔다. 청주성의 자사가 이 소식을 듣고서 성안의 모든 유지와 함께 배오를 맞을 준비를 했다. 배오가 청주성 관아의 대청에 올라 조서를 꺼내어 읽었다. 신선 이청을 조정으로 초청한다는 내용이었다. 자사가 이청에 대하여 아는 바가 하나도 없어 대답하지 못하자 배오가 다시 유지들에게 물었다. 유지가 이렇게 대답했다.

"우리 청주성에는 소아를 전문적으로 치료하는 이청이라는 의원이 있으나 올해 나이는 140살이고 어제 정오에 저세상으로 고통 없이 떠나갔습니다. 그 말고는 무슨 이청이라고 하는 자가 없습니다."

배오는 그 말을 듣고 깜짝 놀랐다.

"본관이 황제의 조서를 들고 먼 길을 쉬지 않고 달려온 것은 바로 그 의원 이청을 모시고 입조하여 황제를 알현하게 하고자 함이었으나 어쩌면 이렇게 교묘하게 어제 세상을 떠나고 얼굴도 못 보게 되었단 말이냐! 아, 너무도 아쉽구나. 옛날 한무제가 누군가가 장생불사약을 조제했다는 소식을 듣고 대부를 보내어 그 조제법을 받아오게 했으나 대부가 도착하기도 전에 그자가 세상을 떠나버렸지. 무제는 그 대부가 늦게 찾아가는 바람에 조제법을 받아오지 못한 거라 생각하여 대부를 죽여버리려고 했지. 그때 마침 동방삭이 이렇게 간언했다더군. '만약 그 사람이 진짜 불사약을 조제했다면 그 약을 먹고 죽지 않았을 것입니다. 한데 그 사람이 이미 죽은 걸 보면 그 약도 효험이 없는 모양입니다. 그 조제법을 알아냈다 한들 소용이 없을 것입니다.' 한무제는 그 말을 듣고 문득 깨닫는 바가 있었다고 하네. 지금의 황제는 한무제보다도 더 영특하신 분이니 동방삭과 같은 사람이 옆에서 간언해주지 않아도 본관을 죽이려 하시지는 않을 것이네. 하지만 엽법선과 형화박 두 국사가 이청이란 자는 신선이며 장생불사할 것이라 했는데 어찌 이리 죽을 수가 있단 말인가? 그럼 신선이 아닌 셈이지. 그래도 140살까지 살고 병을 앓지도 않고 죽는 것은 참으로 드문 일이긴 하네."

배오는 곧장 자사에게 명하여 이청의 이웃에게 이청이 평소 행동거지가 어떠했고 수양은 어떻게 했으며, 몇 월 며칠 몇 시에 세상을 떠났는지를 물어보고 난 다음 이를 정리하여 보고하라고 했다. 자사는 그 명령을 받자마자 바로 이청 주변의 사람들을 불러들여 오게 했다. 어서 문서를 작성하여 배오가 조정으로 돌아갈 수 있게 하고자 했다. 이렇게 부름을 받아 관아에 들어온 사람 가운데 하나가 이렇게 말했다.

"저희들은 모두 나이가 많지 않아 이청의 초년 시절을 잘 알지 못하니 뭐라 말씀드릴 수가 없습니다. 다만 김 어른이란 분이 이청이 처음 의원을 열 때부터 함께 알고 지냈다고 하니 아마도 그분의 모든 일을 다 잘 알고 있을 것입니다. 어제 시골에 갔다고 하나 오늘은 돌아왔을 것이니 그분이 이청과의 기억을 되살려 문서를 작성하여 바치게 하는 것이 더 나을 듯합니다."

다른 사람들도 그게 좋겠다고 맞장구쳤다. 사람들은 다시 동네로 돌아갔다. 마침 김 어른이 시골에서 돌아오는 길이었는데 누군가가 풀더미를 한 부대 들고 뒤를 따라오고 있었다. 사람들이 김 어른에게 말했다.

"김 어른, 어서 오십시오. 어른께서 어제 시골에 가지 않았더라면 이청 의원과 작별을 하실 수 있었을 텐데요."

"아니, 그 양반이 어디를 갔다고 작별을 말하는 건가?"

"의원님이 어제 정오에 세상을 떠났습니다."

"무슨 그런 허튼소리를 하는 건가! 내가 어제 남문에서 그분을 뵈었는데 그게 무슨 말인가 그래!"

사람들이 그 말을 듣고 오히려 깜짝 놀라며 물었다.

"진짜 돌아가신 게 맞는데 어찌 그분을 보셨다는 말을 하십니까? 혹시 혼령을 보신 게 아닐까요?"

김 어른도 깜짝 놀랐다.

"설마 그런 기이한 일이 있을까!"

김 어른은 집으로 돌아가려던 발걸음을 돌려 이청의 의원으로 향했다. 거기엔 이청의 빈소가 차려져 있었고 제자들이 모두 상복을 입고 있었으며 수많은 사람이 조문하러 와 있었다. 김 어른은 연신 고개를 가로저으며 이상하다고 되뇌었다. 이청의 제자들이 그런 김 어른에게 다가와 말했다.

"사부님이 어제 정오에 세상을 떠나셨습니다. 어르신께서 댁에 안 계시기에 아직 운구를 못하고 기다리고 있습니다."

제자들이 김 어른에게 문서 하나를 건네주며 말했다.

"사부님께서 의원의 집기랑 가구를 모두 어르신께 드리라고 당부하셨습니다."

김 어른은 그 문서를 받아서는 읽어볼 생각도 하지 않고 바로 이렇게 소리쳤다.

"설마 그분이 진짜로 돌아가셨을까! 이거 정말 믿을 수가 없구먼."

이웃 사람들이 물었다.

"김 어른, 어제 이청 의원을 보셨다면서요? 그게 어찌 된 일인지 좀 말씀해 주시지요."

"내가 어제 일찌감치 집을 나섰지. 성 남문을 나서기 전에 우연히 친척을 만났는데 나한테 집에 와서 밥을 먹고 가라는 거야. 그러다 보니 한참 시간이 지난 다음에야 다시 길을 나설 수가 있었어. 운문산 아래에 도착했을 때는 이미 정오 무렵이었지. 제법 좋은 약초가 눈에 들어오기에 거기서 바로 약초를 캐고 있는데 파란 옷을 입은 동자가 향로를 들고 걸어가는 게 보이더라고. 하지만 나는 별로 신경 쓰지 않았어. 한 6, 70걸음 걸어갔을까 싶을 때 자네들의 사부가 보이는데 웬일인지 왼발에는 신발을 신었는데 오른발은 맨발이더라고. 내가 어디 가는 길이냐고 물으니, '운문산 난승정에 있는 아홉 분의 사부 사형들이 나랑 이야기를 나누려고 기다리고 있다네. 며칠 동안은 돌아올 수 없을 거라네.' 그러더니 소매 품에서 서찰 하나와 비단 주머니 하나를 꺼내더군. 비단 주머니 안에는 여의주 같은 게 들어 있었어. 그러면서 이걸 통사사인 배오에게 잘 전달해주어 배오가 일을 망치지 않게 하라고 하더군. 지금 내가 그 서찰과 비단 주머니를 이렇게 가지고 있는데 이청이 죽었다고 하는 게 대체 무슨 말인가?"

김 어른이 소매 품에서 그걸 꺼내어 보여주었다. 이청의 제자들이 처음에는 김 어른이 잠시 귀신들린 것이라고 여겨 믿으려 들지 않았으나 이청이 김 어른에게 맡겼다는 물건을 보더니 이내 생각이 바뀌었다.

"어르신이 사부님을 만난 게 정오인지 아닌지가 중요한 게 아니라 우리 사부님은 의원 문밖으로 나간 적이 없는데 어떻게 그것들을 어르신께 맡길 수가 있다는 말인지?"

이웃 사람들도 한마디씩 거들었다.

"정말 기이한 일이로다! 죽은 사람이 어찌 물건을 전달할 수 있을까? 게다가 통사사인 배오가 찾아온다는 것도 미리 알고 말이야. 혼령이 나타난 것이라고 하기엔 너무도 생생했다네. 꼭 살아 있는 사람 같았어. 아무래도 진짜 신선인가 보네."

김 어른이 통사사인 배오 이야기는 또 뭐냐고 물었다. 사람들이 조정에서 배오를 보내어 이청을 모셔오게 했는데 그만 이청이 세상을 떠나고 말아 자사에게 명하여 전후 사정을 문서로 작성하게 한 자초지종을 설명해주었다. 김 어른이 그 말을 듣고 말했다.

"이제 이청이 남겨준 서찰과 신표가 있으니 굳이 문서를 작성할 필요가 뭐 있겠나! 나랑 같이 주 관아로 달려가 이걸 통사사인 나리에게 전달하자고."

사람들은 김 어른의 말을 듣고 김 어른과 함께 관아로 달려갔다. 김 어른이 어제 이청을 만났던 일 그리고 물건을 건네받았던 일을 자세하게 아뢰었다. 자사는 정말로 기이하다며 혀를 차고서는 휘하 관리를 대동하여 배오를 찾아가 보고했다. 배오는 이번 행차에는 별무소득으로 돌아가야 할 판이라 보고 문서나 어서 준비하게 하여 출발하려던 참이었다. 바로 이때 자사가 휘하 관리들과 함께 찾아와 이청이 어제 정오에 김 어른에게 서찰과 신표를 건네주고 자기에게 전달해주라 했으니 직접 서찰을 읽어보시라고 했다. 배오가 서찰을 열어보니 바로 황제에게 올리는 감사의 상소문이었다.

폐하께서 보내주신 서한은 이미 천상에서 읽어보았습니다. 진인이 잠시 이 세상에 내려와 백성을 편안하게 다스리고자 한다면 마땅히 요순임금을 본받아 아무런 억지도 없이 자연스럽게 하셔야 할 것이며, 문제나 경제의 검소함을 본받아야 할 것입니다. 그런 다음 운수가 도래할 때를 기다렸다가 선궁으로 들어가게 됩니다. 어찌 굳이 삼베옷을 입고 초근목피를 먹으며 험한 산과 깊은 계곡을 찾아다니며 비법을 익혀야 하겠습니까! 저는 겨우 대도의 초입에 들어선 정도에 불과하며 신선이 되기에는 아직도 멉니다. 장과나 나공원 같은 신선과 도인 역시 이 세상 밖으로 멀리 나가려고 하니 조정에서 오래 머물면서 폐하와 함께 도를 논할 처지가 아닙니다. 옛날 진시황이 동해에 있는 안기생安期生[8]을 불렀으나 안기생이 응할 형편이 못되어 찾아온 사신 편에 붉은 옥 신발 한 켤레를 보냈다고 합니다. 저 역시 재주도 없사오나 폐하께 어찌 답례를 생략할 수 있겠습니까? 벽옥 여의주 한 쌍을 드려 저의 성심을 표하고자 하니 폐하께서 어여삐 여기시고 받아주시기 바랍니다.

배오는 서찰을 읽고 나서 찬탄을 금하지 못했다.
"내가 듣기로 신선은 죽지 않으며 혹시 죽더라도 반드시 시해屍解한다고 했느니라. 이청의 관을 열어보지 않을 수 없구나. 만약 관이 비어 있으면 그가 신선이란 사실이 명백히 밝혀지는 것이다. 그러면 내가 조정에 돌아가 보고하기도 좋고 여기 수많은 사람들의 궁금증도 바로 풀릴 것이다."
청주성의 관리와 백성들이 모두 그 말이 지당하다고 맞장구쳤다. 모두들 이청의 의원으로 달려가 관 뚜껑을 열어보았다. 관 속에는 대나무 지팡이 하나, 신발 한 짝만 있을 뿐 어제 죽은 이청의 시신은 어디로 갔는지 알 길이 없었다. 관을 열어보기 전에는 몰랐을 기이한 일이 또 일

---

[8] 안기생은 전국시대 말기, 진나라 초기에 활동한 의사이자 도사이다. 진시황이 동쪽 지방을 유람하면서 불로장생술을 배우고자 안기생을 부르니 옥 신발 한 켤레와 나중에 봉래산으로 찾아오라는 서찰을 남기고 표연히 떠나버렸다고 한다.

어났다. 한 줄기 파란 연기가 하늘을 향해 올라갔고 이어서 관이 하늘로 날아 올라가더니 마침내 자취를 감추었다. 오색 향기가 청주성에 가득하여 근동 3백 리 안의 누구라도 그 향기를 맡을 수 있었다. 배오와 청주성의 모든 관리들이 일제히 하늘을 향하여 절을 올렸다. 청주성의 자사와 관리들은 서찰과 비단 주머니를 챙겨 조정으로 돌아가는 배오를 전송했다. 이듬해 천하에 역병이 돌았으나 오직 청주성 사람들만은 지난해 오색 향기를 맡았던 까닭에 병에 걸리지 않았다. 이청이 속세를 떠나면서도 자기 고향 사람들을 위해 이런 신통력을 발휘한 것이다. 운문사에는 오늘날까지 이청의 사당이 있어 봄가을로 제사를 지낸다고 한다.

신선놀음에 도낏자루 썩는지 모른다고 하지,
운문산에는 썩은 동아줄이 있다네.
속세의 백 년은 선궁의 하루,
오직 바보만이 명예와 이익을 두고 다툰다네.

왕 대윤이 보련사를 불태우다

汪大尹火焚寶蓮寺

머리 깎고 납의 걸치고 수도하고,

향을 사르고 예불 올리고 마음 다듬고.

남의 눈을 피해 제멋대로 행동하지 말 것이며,

명예를 더럽히지 말지라.

염불하고 육식을 금하고,

불경을 읽고 참선하네.

속세를 떠나 마음 비우고 한가롭게 지내니,

허리춤의 돈꿰미 같은 건 부러워하지 않네.

이야기인즉슨, 옛날 항주 금산사에 스님이 한 분 있었겠다. 법명은 지혜至慧로 어려서 출가하여 스님으로서의 경력이 제법 오래되었다. 어느 날 거리를 지나다 아름다운 아낙을 보고는 자기도 모르게 정신이 오

락가락하고 온몸에 힘이 쭉 빠져버렸다. 한달음에 달려가 그녀를 안고 싶은 마음이 굴뚝같았으나 그저 침만 꿀꺽 삼키면서 길을 걸었다. 집 열 채 정도를 지났을까 싶었을 때 고개를 돌려 바라보았다.

'저 여인은 누구이기에 이렇게 아름다울까! 저런 여인과 하룻밤 같이 지낼 수 있다면 죽어도 여한이 없겠구나. 우리 같은 스님도 다 아버지, 어머니가 낳고 길러 준 자일진대 머리를 깎았다고 어찌 여인을 가까이할 수조차 없게 했을까. 부처님도 참 답답하신 분이지. 성불하고 종파를 창건하신 분이니 당신 혼자서 계율을 잘 지키시면 되었지, 어이하여 이런저런 계율을 만들어서 후세의 우리 같은 사람을 다 얽매어놓으셨을까! 나 같은 사람은 어찌 견디라고? 게다가 옛날에 나라의 법을 만든 관리들도 참 못됐어! 자기들은 준마 타고 아름다운 여인들과 함께 얼마나 멋들어지게 잘 놀았어! 그럼 아랫사람들을 보살피고 덕을 베풀 줄도 알아야지. 우리 스님들하고 무슨 원수가 졌다고 이런 꽉 막힌 법을 만들어 놓은 거야. 스님이 여인과 함께 자면 곤장부터 치게 하는 법은 대체 뭐란 말인가. 아니 스님은 사람도 아닌가. 수행하는 일도 그렇지. 그게 본심에서 우러나야 하는 거지 몽둥이로 때리고 우격다짐으로 몰아붙인다고 될 일인가?'

지혜는 다시 부모를 원망했다.

'아이고 어머니 아버지, 이 몸을 키우기가 힘들었으면 그냥 죽게 내버려 두지, 그랬으면 모든 게 깔끔하게 끝났을 건데. 어쩌자고 이런 중놈으로 만들어서 이러지도 저러지도 못하게 한 거야! 그래, 이렇게 원망스럽고 답답한데 차라리 환속하자. 그래서 마누라도 얻고 아들딸도 낳아서 가정을 꾸려서 화목하게 살아보자.'

그러다 또 이런 생각이 들었다.

'중노릇하면 힘들게 밭 갈지 않아도 밥 먹을 수 있고, 길쌈하지 않아도 옷을 입을 수 있고, 절간에 떡하니 자리 잡고 앉아 향불 피우고 차도 마시고 하니 그 역시 호강하는 거는 맞긴 하네!'

이 생각 저 생각 온갖 잡념이 다 일어나 한 걸음 떼고 한 번 돌아보고 하다가 마침내 절에 돌아왔다. 멍하니 앉아 있다가 밤이 채 이슥해지기도 전에 자리에 누웠다. 낮에 보았던 그 여인과 인연을 맺을 수 없음이 안타까워 저절로 한숨이 나오니 어찌 잠이 오겠는가? 한참 생각에 잠겨 있다가 자기도 모르게 탄식했다.

'여인의 이름이나 사는 곳도 모르면서 이렇게 그리워만 하고 있으니 나도 참 바보구나!'

그러다 다시 이런 생각이 났다.

'맞아, 그래, 그 여인이 앙증맞은 발에 작고 굽 높은 신발을 신고 있는 걸 봐서 그리 먼 길을 갈 심산은 아니었을 것이니 그 근방에 사는 게 틀림없어. 며칠 시간을 내서 그곳에 가서 소식을 좀 알아봐야지. 혹시 인연이 있다면 다시 만날 수도 있겠지. 그럼 몰래 여인의 사는 곳을 알아 두고 그녀를 잘 아는 사람한테 부탁해서 어떻게 손에 넣어 봐야지.'

이렇게 작정을 한 다음 지혜는 이튿날 날이 밝자마자 침상에서 일어나 세수하고 새 비단 장삼을 꺼내 입고 건혜(乾鞋1)와 깔끔한 버선을 꺼내 신고서 산뜻하게 단장한 다음 방을 나섰다. 관음전을 지나다 퍼뜩 이 생각이 들었다.

'그래, 저 관음보살님께 내가 이번에 가면 그 여인을 만날 수 있을지 한번 물어봐야겠다.'

지혜는 관음보살상 앞에 다가가 무릎을 꿇고 두 번 절했다. 그런 다음 탁자 위에 놓여 있는 산가지 통을 두세 번 흔든 다음 그 가운데 하나

---

1) 기름을 먹이지 않아 마른 땅에서만 신는 신.

를 뽑았다. 18번째 산가지로 '상상上上' 두 글자가 적혀 있었다. 그리고 이 '상상'을 풀이하는 네 구절의 시는 이러했다.

하늘이 그대에게 허락한 인연,
오늘 그 인연 만나는 게 어찌 우연일까!
게으름 피우지 말고 힘써 일하라,
오늘이 어제보다 나을지니.

이 산가지를 읽어보고 나서 지혜는 뛸 듯이 기뻤다.
'그래, 이 점괘대로라면 그녀를 조만간 만나겠구나. 이 기회를 놓칠 수야 없지.'
지혜는 관음보살에게 다시 두 번 절하고 산가지 통을 내려놓고서 어제 그녀를 만났던 곳으로 황급히 걸음을 옮겼다.
한 여인이 사뿐사뿐 걸어오고 있었다. 자세히 바라보니 바로 어제 보았던 자기 마음을 빼앗아간 여인이 혼자서 걸어오고 있었다. 지혜는 반갑기도 하고 놀랍기도 했다.
'관음보살님이 뽑아준 산가지가 정말로 영험하구나. 이번엔 분명 뭔가 좋은 일이 생길 거야.'
지혜가 여인의 뒤로 바짝 다가갔다. 그녀가 길옆 어느 집의 주렴을 들어 올리고 그 집 안으로 들어서려다 말고 고개를 돌려 지혜를 바라보더니 화사하게 미소를 지으며 손짓하여 불렀다. 지혜는 정신이 다 아득할 정도로 기뻤다. 사방을 휘둘러보니 지나가는 사람이 아무도 없는지라 바로 주렴을 들추고 그 집 안으로 들어가 여인에게 인사를 건넸다. 그 여인은 지혜의 인사에 답례할 생각은 하지도 않고 자신의 소맷부리로 지혜의 머리를 휙 하고 쳐서 지혜의 모자를 떨어뜨리더니 종종걸음치며 그 모자가 떨어진 쪽으로 달려가 발로 차버렸다. 모자가 떼구르르 하고 굴러가는 소리를 듣고 그녀는 깔깔대며 웃었다. 그 여인한테서는 사향과 난초 냄새가 났다.

"아가씨, 너무 그리 웃지 마시지요!"

지혜가 이렇게 말하고서 모자를 주워 다시 썼다. 그 여인이 말했다.

"아니, 스님이 백주대낮에 여인네 집에 찾아와 뭐 하겠다는 거죠?"

"낭자께서 저를 아끼셔서 저를 초대해놓고 지금 무슨 말씀을 하시는 거요?"

욕정이 끓어오른 지혜는 여인이 뭐라든 상관하지 아니하고 여인을 와락 껴안고 옷을 마구 풀어헤쳤다. 여인이 자지러지게 웃으며 말했다.

"아니, 이런 불한당이 또 어디 있담! 평생 여자 얼굴 한번 못 본 사람처럼 굴다니. 어서 나를 따라오세요."

여인은 지혜를 방으로 안내했다. 여인과 지혜는 서로 옷을 벗고 침상 위로 올라가 일을 치르려고 했다. 바로 이 순간, 남정네 하나가 도끼를 들고 방으로 뛰쳐 들어와 소리를 질렀다.

"너는 대체 어느 절의 까까머리 중이관대 남의 여인과 붙어먹으려 하는 거냐?"

깜짝 놀란 지혜가 바로 바닥에 무릎을 꿇고 빌었다.

"소승이 그만 큰 죄를 짓고 말았소. 부처님 얼굴을 봐서라도 소승의 목숨만은 좀 살려주시오. 내가 절에 돌아가 그대의 복락을 위해『법화경』열 권을 독경하겠소이다."

그 남정네가 어디 그 말을 들어주려고 하겠는가! 그 남정네는 도끼를 들어 지혜의 정수리를 향하여 내리쳤다. 지혜가 살았을까, 죽었을까? 본디 생각이 간절하면 꿈에 나타난다고 하지 않는가! 지혜가 깜짝 놀라 꿈에서 깨었다. 일어나 생각해봐도 꿈속의 광경이 너무도 무서웠다.

'계율을 깨치고 여인을 탐하는 것이 이처럼 무서운 일이로구나. 그래 그런 일은 하지 말아야지. 차라리 환속하는 게 오히려 안심이겠구나.'
 지혜가 환속하여 머리를 기르고 여인을 얻었으나 3년이 채 못 되어 몸의 정기가 다 빠지더니 그만 죽고 말았다. 일찍이 그가 절을 떠날 때 지었던 시를 인용하노라.

 어린 시절 벼슬살이할 생각은 아예 없었으니,
 그저 억지로라도 출가할 수밖에.
 눈 내리는 추운 밤, 혼자 잠드니 발이 시리고,
 서리 내리는 날, 머리를 깎으니 뼛속까지 한기가 밀려오는구나.
 여염집 미녀야 내 팔자엔 없는 것,
 분단장한 여인은 바라봐서도 안 되지.
 난 죽으면 몽당총각귀신이 되겠지,
 서천에 먹구름만 새까맣게 끼어있을 거고.

 지혜는 비록 파계하고 환속하였을지라도 그래도 스님의 명예는 더럽히지 않았구나. 지금 하려는 것도 스님의 이야기다. 그 스님은 불가의 계율을 지키지 아니하고 한바탕 소동을 일으켜 부처님 얼굴에 먹칠을 하고 절간의 체면을 깎아버렸구나. 이 이야기가 어디서 생겨난 것일까? 바로 광서 남녕부 영순현의 성 남쪽에 보련사란 절이 있었겠다. 이 절은 원나라 때 세워져 대대손손 이어져 내려왔으니 건물만 해도 수백 칸에 달하고 절에 딸린 전답만도 수천 마지기였다. 절에 쌓여 있는 돈꿰미나 곡식이 엄청났고 일용할 의복 같은 것도 넘쳐났으니 명실상부한 천년고찰이었다.
 이 보련사에는 주지 불현佛顯 스님 이하 백여 명의 스님이 있었고 스님들은 각각 자기 맡은 소임이 있었다. 누군가 절을 찾아오면 이를 맞이하여 안내하는 스님이 있었다. 그 스님은 방문한 자를 승방으로 안내하여 차를 대접하고 난 다음 절을 한 바퀴 돌며 안내하고 다시 다과를 차려 예를 다하여 대접했다. 방문객들을 모두 이렇게 대접하는 것 같기는 하지만 그래도 그 안에 나름의 차등이 있었으니 권문세가와 그냥 보통내기 사람을 달리 대접했음이야 굳이 말해 무엇하겠는가!

대저 절간에서 대접하는 음식은 여태후呂太后가 권하는 술잔보다 더 무서운 것이라서 함부로 받아먹을 수가 없는 법이다.2) 이게 왜 그런고 하니, 스님이란 자들이 비록 출가했다고 해도 재물을 밝히는 게 속세 사람들보다 오히려 더 심하여 차 한잔 과일 한쪽이 마치 고기를 낚는 미끼와도 같구나. 부자든 아니든 가리지 않고 보시를 청하는 문서를 보여주며 돈을 바라는데 그 명목이 개금불사, 대웅전 중창 등등 갖다 붙일 수 있는 건 다 갖다 붙이고 그도 안 되면 부처님 전을 밝힐 등불의 기름값이라도 내어달라고 할 정도였다. 보시하겠다는 사람을 만나면 나중에 다시 또 보시를 받을 수도 있겠다는 생각에 그 앞에서 온갖 아부를 다 하고 시도 때도 없이 찾아가 돈을 우려낸다. 만약 선뜻 보시를 안 하려 드는 자를 만나면 쩨쩨하고 자린고비 같은 자라고 비웃고 뒤돌아서서 욕을 하고 길에서 지나가는 걸 보면 침을 뱉기도 한다. 실상이 이러하니 스님이란 도시 만족할 줄을 모르는 족속이라.

---

2) 여태후(기원전 180년 졸)는 한고조 유방의 본처로 유방이 죽고 난 다음에 자신과 유방 사이에 태어난 아들 유영이 혜제로 즉위하자 조정의 대소사를 마음대로 처리했다. 이 여태후가 유방과 척부인 사이에 태어난 아들 유여의에게 독이 든 술잔을 건네주고 죽이려 했던 일, 유방의 장자 유비에게 역시 독이 든 술잔을 건네주고 죽이려 했던 일, 조정의 신하들을 모아놓고 술자리를 벌여 마시게 하고는 평소 여태후에게 미움 살 만한 일을 했다고 생각한 자가 못 견디고 자리에서 이탈하려 하자 죽여 버린 일로 말미암아 형식은 잔치이나 속 알맹이는 숙청 혹은 처벌과도 같은 것을 일러 여태후의 술잔, 잔치 자리라 부르게 되었다.

한편 자기 가족이나 일가친척이 굶어 죽는데 그걸 먹여 살릴 생각은 안 하고 이런 스님들한테 척척 보시하는 자가 있으니 이자들은 아무래도 본말이 전도된 바보가 아닐까 싶다. 이를 증명해줄 시가 한 수 있어 인용하노라.

사람은 챙길 줄 모르고 부처만 챙기네,
대중은 챙길 줄 모르고 스님만 챙기네.
자비를 베풀 때도 먼저 할 것과 나중에 할 것이 있는 법,
고통받고 가난한 자 먼저 챙겨야 할 것이라.

보련사는 수시로 전각을 중창하면서도 다른 사찰과는 달리 사람들에게 보시를 요구하지 않았다. 원근 각처의 사람들이 보련사의 스님들은 너무도 선량하다며 존경해 마지않았으며 오히려 더 나서 보시를 하니 억지로 돈을 내라고 하는 것보다 오히려 돈이 더 많이 들어왔다. 이 사찰에는 자식을 낳게 해달라고 비는 자손당이 있었는데 그게 영험이 너무도 좋다고 소문이 자자했다. 자손당에 가서 향을 피우고 자식을 낳게 해달라고 빌면 정말로 아들이고 딸이고 쑥쑥 낳을 수 있었다.

자손당이 어찌 이리 영험할 수가 있을까. 자손당의 좌우 양켠에는 각각 승방이 열 칸씩 있었는데, 승방 안에는 휘장이 쳐진 침상이 하나씩 놓여 있었다. 보련사는 젊고 건강한 부녀자들만을 가려 뽑아 자식을 낳게 해달라고 치성을 드리게 했다. 이렇게 뽑힌 부녀자는 먼저 7일 동안 목욕재계하고 몸가짐을 바르게 한 다음 자손당에 빌러 왔다. 부녀자들은 부처님 전에서 대막대기를 뽑아 바닥에 던져 정면이 위로 올라오면 승방에서 하룻밤을 지내게 했다. 승방 한 칸에 부녀자 한 명씩 자게 했다. 만약 대막대기가 뒤집어지면 정성이 부족하다고 하여 스님이 대신 그 죄를

빌어주었다. 부녀자는 집에 돌아가 7일 동안 목욕재계하고 몸가짐을 바르게 한 다음 다시 오라 했다. 각각의 승방은 사면이 바늘구멍 하나 없이 다 막혀 있었고 그걸 또 부녀자의 남편이나 하인들을 시켜 다시 한번 살피게 했다. 그 승방 가운데 하나를 마음대로 택하면 밤에 부녀자가 그 승방에 들어가고 남편이나 하인은 밖에서 잠을 자거나 지켰다. 이런 이유로 의심하는 자가 하나도 없었다. 부녀자가 집으로 돌아가면 바로 아기가 들어섰고 출산하면 하나같이 튼튼하여 잔병치레하지 않았다.

 자손당이 이처럼 영험이 있었기에 고관대작부터 시정의 아낙까지 찾지 않는 이가 없을 정도였다. 이 소문은 이웃 고을에까지 퍼졌다. 이로 말미암아 보련사는 날마다 찾아오는 사람들로 발 디딜 틈이 없었고 이들이 바치는 시줏돈만 해도 셀 수 없을 정도였다. 부녀자들에게 물어보면 보살이 나타났다는 둥, 꿈속에서 부처님이 나타나 아들을 주셨다는 둥, 꿈속에 나한이 나타나 같이 잤다는 둥, 온갖 말들이 다 나왔다. 또 어떤 부녀자들은 얼굴을 붉히고 아무 말도 하지 않기도 했다. 한번 치성드리러 갔다가 다시는 가지 않는 부녀자도 있고, 시도 때도 없이 찾는 부녀자도 있었다.

 여러분, 한번 생각해 보시라. 불가의 보살은 개인적인 욕망과 인연을 다 끊고 자기 수행에 힘쓰는 자인데 어찌 사람들의 애욕 문제에 끼어들어 밤에 이런 절간에까지 찾아와 꿈속에 들어가 아이를 생기게 해주겠는가? 이거야말로 말짱 거짓말이라. 이 고을이 본디 미신에 사로잡혀서 사이비가 판을 치고 사악한 것을 진짜로 여기면서도 그게 문제가 있음을 깨닫지 못하고 아녀자들을 절로 보내어 저 머리 깎은 중놈들에게 갖다 바친 것이라.

 사람 죽이는 독초를,

사람 살리는 명약이라 하는구나.

　보련사의 중놈들은 겉으로는 겸손하고 순진한 척하지만 속으로는 엄청나게 여자를 밝히는 호색한들이라. 그 승방이란 게 사방이 다 막혀 있는 것 같지만 비밀 통로를 따로 마련하여 밤이 이슥해지고 부녀자가 잠들면 중놈이 몰래 찾아와 부녀자와 함께 잠을 잤다. 부녀자가 이걸 눈치채지 못한 것은 아닐 터이지만 괜히 소리 지르고 시끄럽게 해 봐야 우세스러운 일만 될 것이라 그냥 꾹 참고 넘어갔다. 젊고 건강한 부녀자들만 뽑아서 7일 동안 목욕재계하고 몸가짐을 단정히 하게 한데다 힘 좋고 젊은 중이 부녀자들에게 아이 잘 서는 값비싼 환약까지 먹이고 거사를 치르니 열에 아홉은 바로 임신이 되었다. 그래도 양심이 있는 부녀자는 꿀먹은 벙어리처럼 남편에게 그저 아무 소리 하지 못하고 끙끙 앓았다. 예의염치도 없고 음탕한 부녀자는 이 일을 빌미로 수시로 절간에 드나들며 즐기곤 했으니 그게 여러 해를 넘기기도 했다.

　그 중놈들의 행음이 너무 심해졌다고 생각해서일까, 하늘에서 관리를 파견하게 되는구나. 그 관리가 누구일까? 바로 그 현의 신임 대윤으로 성은 왕汪 이름은 단트이라. 복건성 천주 진강현 출신이었다. 어린 나이에 과거에 급제할 정도로 총명하기 그지없었다. 이 고을이 이족夷族과 한족이 섞여 사는 곳이고 풍습이 거칠어 다스리기가 만만치 않은 곳이라는 걸 알고는 부임하자마자 숨어서 나쁜 짓 하는 무리를 모조리 찾아내고 고을에서 힘 좀 쓴다는 자들을 결코 두려워하지 않으니 반년이 못되어 나쁜 짓 하는 악랄한 무리와 도적질하는 무리가 자취를 감추고 백성들이 기뻐 춤을 출 정도였다. 왕 대윤은 보련사의 자손당이 그렇게 영험하다는 소문을 들었지만 내심 믿지는 않았다.

　'보살이 영험하다면 그저 치성만 드리면 되었지 부녀자가 그 절에 가서 잠을 자야 할 필요는 없지 않은가. 여기엔 뭔가 꿍꿍이가 있을 거야. 하나 내가 그 실상을 속속들이 알지를 못하니 경거망동할 수는 없고 내가 그 절을 직접 찾아가 본 다음에 상황을 보고 처리하여야겠구나.'

왕 대윤은 9월 초하루에 특별히 날을 잡아 보련사를 방문하기로 했다. 왕 대윤 일행이 절 앞에 당도했다. 왕 대윤이 바라보니 말끔하게 색칠한 담장이 사방을 둘러싸고 있고 그 주위에 노송과 버드나무가 심어져 있었다. 붉은색 칠을 한 일주문이 보이고 그 일주문 지붕 처마에 '보련사'란 글자를 황금색으로 새긴 편액이 걸려 있었다. 일주문 주변 담장에 기대어 허다한 가마가 세워져 있었다. 보련사 안팎에는 불공을 드리려는 사람들로 북적대었다. 사람들이 왕 대윤이 도착한 걸 보고 사방으로 비켜섰다. 가마꾼들도 서둘러 빈 가마를 다른 곳으로 치워주었다. 왕 대윤은 하인들에게 괜히 사람들 번거롭게 하지 말라고 분부했다. 주지 스님은 본 현의 대윤이 행차하자 종을 치고 북을 울려 스님들을 모두 불러 일주문으로 나와 대윤을 맞이하도록 했다. 대웅전 앞에 도착하자 왕 대윤이 가마에서 내렸다. 왕 대윤이 바라보니 정말로 멋들어진 사찰이라.

층층 누각,
겹겹 회랑.
대웅전 바깥엔,
털구름이 붉은색 일주문을 감싸고 도네.
대중이 모이는 당 앞엔,
상서로운 기운이 푸른 기와를 덮었네.
쭉쭉 뻗은 회나무와 대나무,
기둥과 들보에 그늘을 드리우네.
푸른 소나무와 잣나무,

회랑의 구불구불한 난간을 덮네.
이 세상에 드문 정토, 천하 명산,
중들이 다 차지하고 있구나.

왕 대윤은 부처님 전에 향을 사르고 절을 올리고는 남몰래 자손당의 비밀을 밝히게 해달라고 빌었다. 부처님 전에 절하기를 마치니 주지 불현이 스님들을 거느리고 다가와 인사를 올리고 함께 주지 스님 방으로 가자고 청했다. 차를 들면서 왕 대윤이 불현에게 말했다.

"이 사찰의 스님들이 수도에 정진하고 계율을 잘 지킨다고 하는데 이게 다 주지 스님이 잘 지도하신 덕분이 아닌가 싶습니다. 주지 스님의 나이와 출신지를 적은 서류를 잠시 건네주시죠. 본관이 상부에 보고하여 스님께 도첩을 내리도록 하겠습니다. 더불어 스님을 우리 현의 대표 스님으로 추대하고 영원토록 이 사찰을 관리하게 하고 싶습니다."

불현은 이 말을 듣고 너무도 기뻐서 머리를 조아리며 감사했다. 왕 대윤이 또 말했다.

"이 사찰에서 치성을 드리면 특별히 영험이 있다는 소문을 들었는데 실제 그렇소이까?"

"우리 절에는 자손당이라고 있는데 그 자손당이 특히 영험합니다."

"자손당에서 치성을 드리려고 하면 뭘 준비하여야 하오?"

"특별히 제사를 지내거나 독경을 하거나 그럴 필요는 없습니다. 다만 아이를 낳게 해달라고 치성을 드릴 여인이 신체 건강하고 마음가짐이 정갈할 것이며 7일 동안 목욕재계하고 난 다음 부처님 전에 빌고 대막대기를 뽑아 바닥에 던져 정면이 나오면 그 자손당에 붙어 있는 승방에 들어가 잠을 자게 됩니다. 이때 태몽을 꾸면 아이를 낳는 것이지요."

"부녀자가 승방에서 자려면 불편하지 않을까요?"

"이 승방은 사방이 막혀 있고 방 하나에 한 명씩 자게 되며 문밖에서 부녀자 집안의 식구들이 지켜보면서 다른 사람이 함부로 들어가지 못하게 하니 뭐 불편할 것도 없을 것입니다."

"아 그렇군요. 실은 본관도 아직 자식이 없으나 내자가 여기 오기가 만만치 않소이다."

"만약 나리께서 자식을 낳고 싶어 하신다면 굳이 이곳에 오지 않으시고 직접 향을 사르고 치성을 드리시고 마님께서 목욕재계하시고 몸가짐을 바로 하신다면 바로 효험을 보실 것입니다."

"사람들이 이구동성으로 절에서 치성드리고 하룻밤 묵어야 효험을 볼 수 있다고들 하던데 내자가 절에 오지 않고도 효험을 볼 수 있을까 걱정이오."

"나리는 현의 모든 백성의 아버지 되시는 분이고 일념으로 불법을 지키셔서 이미 하늘과 땅과 교통하고 있사온대 어찌 보통 사람들과 같겠습니까?"

여러분, 불현이 어인 일로 이렇게 왕 대윤의 부인이 사찰을 방문하는 것을 극구 만류하는지 알겠는가? 도둑이 제 발 저린다는 속담도 있지 않은가! 불현이 다른 중들과 함께 온갖 꿍꿍이를 다했는데 대윤이 많은 수행원들을 데리고 왔다가는 혹시 꼬투리라도 잡히지 않을까 걱정되어 이렇게 한사코 막는 것이었다. 물론 왕 대윤은 이런 사정을 간파하고 불현이 어떻게 나오는가 보려고 그랬을 뿐이다. 그 자리에서 왕 대윤이 다시 이렇게 말했다.

"스님 말씀도 일리가 있소이다. 다음에 다시 날을 잡아 치성을 드리러 오기로 하고 오늘은 사찰을 한번 둘러보기로 합시다."

왕 대윤이 주지 스님 불현을 따라 대웅전을 지나니 바로 자손당이 나왔다. 그곳에서 향을 사르며 빌던 자들이 대윤이 찾아왔다는 말을 듣고 사방으로 흩어지며 길을 내주었다. 자손당은 세 칸짜리 큰 누각이었다. 기둥과 들보도 화려하기 그지없고, 서까래와 기와도 휘황찬란했다. 자손당 한가운데에는 여신상이 모셔져 있었다. 진주 구슬 관을 쓰고 화려한 저고리를 입고 손에는 아이를 안고 있었다. 그 옆에는 4, 5개의 남녀 상이 세워져 있었다. 이 신은 삼신할미로 불렸다. 삼신할미 상 앞에는 문짝이 달린 탁자가 놓여 있었고 그 탁자 양옆에는 황금색 비단 휘장이 드리워져 있었다. 그 탁자에는 사람들이 바친 이 색깔 저 색깔 신발이 있었는데 그 수가 대략 수백이 넘었다. 비단 깃발과 화려한 덮개가 그 수를 헤아릴 수 없을 정도였다. 높게 매달려 있는 촛대걸이 위에는 촛불이 환하게 위아래를 비췄다. 향로에서 뿜어져 나오는 향기가 자손당 안과 마당까지 가득 메웠다. 왼편에는 자식을 점지해준다는 신선 상이, 오른편에는 생명을 연장해준다는 신선 상이 세워져 있었다.

왕 대윤은 부처님을 향해 읍을 하고 사방을 천천히 한 바퀴 돌았다. 그런 다음 불현에게 부녀자들이 잠을 자는 승방을 구경시켜 달라고 했다. 승방은 한 칸씩 독립되어 있는데, 위는 천장, 아래는 평평한 바닥, 가운데에는 휘장이 쳐진 침상, 의자와 탁자가 정갈하게 배치되어 있었다. 왕 대윤이 꼼꼼히 살펴보았으나 빈틈이 하나도 없어 생쥐나 개미도 숨을 수가 없을 정도였다. 별다른 틈을 찾지 못한 왕 대윤은 자손당에서 나와 가마에 올랐다. 불현은 중들을 거느리고 일주문까지 따라 나와 왕 대윤을 전송했다. 왕 대윤이 가마 안에서 혼잣말을 했다.

'승방은 사방이 막혀 있어 무슨 엉뚱한 짓을 하기도 힘들 거 같긴 하구나. 그런데 진흙으로 만들고 나무로 조각한 그 신상이 영험하다고 하는 건 당최 믿을 수 없구먼. 괜히 엉뚱한 미신으로 사람들을 속이고 그러는 것 아닐까?'

이리저리 고민하던 왕 대윤은 갑자기 계책 하나가 떠올랐다. 현 관아로 돌아와 아전을 불러 분부했다.

"다른 사람이 눈치채지 못하게 기녀 둘을 불러 네 식구라 하고 오늘 밤 보련사에 보내어 하룻밤 머물게 하라. 더불어 주사와 먹물을 준비하여 혹시 밤에 누군가 찾아와 범하려 하거든 그자의 머리에 몰래 칠하라 하라. 그럼 내가 내일 아침에 다시 절을 찾아가 조사하겠노라."

아전이 즉시 자신이 평소 알고 지내는 기녀 둘을 집으로 불렀다. 하나는 장미저張媚姐, 다른 하나는 이완아李婉兒였다. 아전이 전후 사정을 설명하고 더불어 왕 대윤이 특별히 부탁한 것이라 하니 어찌 거절하겠는가? 해저물녘 두 기녀는 양갓집 부녀처럼 꾸미고 가마 두 대를 부르고 하인을 시켜 주사와 먹물을 넣은 상자를 들고 뒤따르게 하여 함께 보련사로 향했다. 아전이 승방 두 칸을 정하여 기녀를 머물게 하고 하인도 남겨둔 다음 돌아와 왕 대윤에게 보고했다.

잠시 후 스님이 사미 편에 등불을 들려 차를 갖다 주었다. 이날 치성을 드리러 온 여인이 열 명이 넘었으니 이 두 기녀가 미리 와서 치성을 드리고 대막대기를 뽑은 적이 있는지 없는지를 누가 따지겠는가? 밤을 알리는 종소리가 울리고 북소리가 나더니 여인들은 각자 잠자리에 들었다. 여인들을 따라온 자들은 각방의 문밖에서 지키고 있었다. 스님 역시 각자 자기의 거처로 들었다.

한편, 장미저는 자기 방문을 잠그고 주사를 담은 그릇을 머리맡에 놓고서는 등불을 밝게 밝히고 옷을 벗고 침대에 올랐다. 그 나름의 해야 할 일이 있는지라 졸음이 올 틈이 없었다. 밤 일경 정도 되었을까, 주위에는 아무런 소리도 나지 않는데 갑자기 침대 앞쪽 바닥에서 끅끅하고 울리는 소리가 났다. 쥐가 바닥을 긁는 소린가! 고개를 들어보니 바닥이 한쪽으로 밀리더니 방바닥 밑에서 머리가 쑥 올라왔다. 스님이었다. 장미저가 깜짝 놀랐다.

'이 중들이 이런 수작을 부려서 선량한 아녀자들을 미혹한 것이구먼. 대윤 나리께서 이런 계책을 내신 이유가 다 있었구먼.'

장미저는 아무런 소리도 내지 않고 가만히 그 중을 바라보았다. 그 중이 살금살금 다가와 등불을 끄고 침상으로 와서 옷을 벗고는 휘장을 걷고 이불 속으로 들어왔다. 장미저는 그냥 자는 척했다. 중이 이불 속에서 장미저 몸을 올라타서 무릎을 꿇고서 일을 치르기 시작했다. 장미저는 자다가 놀라서 깬 양 이렇게 말했다.

"누구세요? 누구시관대 이렇게 밤에 찾아와 나를 건드리는 거예요?"

장미저가 두 손을 들어 올려 중을 밀쳤다. 중이 오히려 더 힘껏 장미저를 껴안았다.

"나는 그대에게 자식을 점지해주려고 특별히 찾아온 아라한이다."

중이 그렇게 말하면서 아랫도리를 맘껏 돌렸다. 중이 그 방면의 경험이 제법 많은지 몸놀림이 제법 힘찼다. 장미저 역시 그 방면에 도가 튼 기녀였으나 중의 몸놀림을 견디지 못하고 숨을 헐떡이고 말았다. 중이 한창 방사에 몰두해 있을 때 그 틈을 타서 준비해간 상자를 열어 그 안에 있는 주사를 중의 머리통에 발랐다. 중은 장미저가 자기를 좋아하여 애정 표시를 한다고 생각하고 신경 쓰지 않았다. 중이 연이어 두 번이나 일을 치르더니 침대에서 내려서는 작은 상자 하나를 내밀었다.

"이건 월경을 조절하고 아이가 잘 들어서게 해주는 환약이니 매번 세 알씩 아침 공복에 먹게나. 며칠이 지나면 자연스레 태기가 있을 것이고 태아가 자리를 잘 잡게 될 거네."

중이 말을 마치고 사라졌다. 장미저는 몸이 너무도 노곤하여 바로 눈이 감겼다. 한데 이때 누군가가 자기 몸을 누르는 느낌이 들었다. 이 중은 먼젓번 중보다 더욱 노골적이고 거칠어 이불 속으로 들어오자마자 두 손으로 바로 장미저의 두 다리를 벌리고 곧장 일을 치르려 했다. 장미저가 이 중이 바로 방금 전에 일을 치르고 나간 중인 줄 알고 일단 밀쳐내면서 말했다.

"내가 두 번이나 일을 치렀더니 몸이 피곤해서 죽을 지경이라고. 이젠 좀 자야겠는데 뭐 하러 또 온 거야? 아이고 이 스님은 그래 지치지도 않나 보네!"

중이 대답했다.

"낭자, 사람을 잘못 본 모양이네. 난 새로 들어온 새 손님이라고. 난 아직 재미도 못 봤는데 무슨 지치지도 않느니 마느니 그런 말을 하는 거야?"

장미저는 중들이 번갈아 가면서 들어오는 걸 보고 와락 겁이 났다.

"저는 몸이 허약하여 이런 일에 익숙하지 않아요. 제발 저를 괴롭히지 말아주세요."

"걱정도 하지 말라고. 나한테 쾌락청춘단이 있어. 그걸 먹으면 밤새 일을 치러도 전혀 피곤하지 않을 거야."

중이 옷 속에서 종이로 싼 뭔가를 주섬주섬 꺼내서 장미저에게 건넸다. 장미저는 혹시 이 약에 독이라도 들어있는 거 아닌가 싶어 감히 복용할 수가 없었다. 일단 이 중의 머리에도 주사를 칠했다. 이 중은 조금 전 중보다 훨씬 더 정력이 넘치는지 새벽닭이 울 때가 되어서야 비로소 떠났다. 중들이 떠난 다음엔 바닥이 예전처럼 다시 평평해졌다.

한편, 이완아가 침대 위에 올라가자마자 나방이 퍼득거리는가 싶더니 등불이 꺼져버렸다. 밤 일경 정도 되었을까, 침대 뒤쪽에서 쓰윽쓰윽 소리가 나더니 누군가가 휘장을 젖히고 침대로 올라와 이불 속으로 파고 들어 이완아를 껴안고 입을 맞추려 들었다. 이완아가 손을 뻗어 머리를 만져보니 바가지처럼 반질반질했다. 이완아는 일단 먹물을 그자의 머리에 발랐다.

"어느 방의 스님이신지요?"

그 중은 대답도 하지 않고 일을 치르려 들었다. 중의 물건은 크기도 하고 딱딱하기도 하여 마치 창이나 몽둥이 같았다. 이완아는 장미저보다 어리고 팔팔한지라 중의 물건을 보고는 놀랍기도 하고 기쁘기도 했다.

'중들이 원래 정력이 세다는 말을 듣기는 했지만 내가 그 말을 믿지 않았더니 과연 틀린 말이 아니네.'

이완아는 자기도 모르게 몸이 달아올랐다. 이 운우지정이 너무도 황홀했다.

한사람은 사찰의 불자,
한사람은 유곽의 여인.
사찰의 불자는,
아라한이라 속이고,
유곽의 여인은,
양갓집 규수라 속이네.
오랫동안 써온 절구,
얼마나 많은 방아질을 견뎠을까!
막 깎아서 새로 만든 방아,
아무리 거친 곡식도 다 빻아버리네.
불가의 계율도 헌신짝처럼 버리고,
오직 쾌락에 눈이 멀었네.
대윤의 부탁은 뒷전,
쾌락이 앞전.
아난보살이 마녀를 만난 것인가,[3]
옥통화상이 홍련과 한판 벌이는 것인가.[4]

이 중과의 운우지정이 끝나자마자 침대 뒤쪽에서 다른 중 하나가 또 나와서 나지막이 말했다.

"너희들 재미를 다 봤으면 이제 나에게 양보를 좀 해야 할 거 아냐. 설마 끝까지 가겠다는 심산은 아니겠지."

이완아와 일을 치른 중이 씩 웃으며 일어나 사라졌다. 나중에 나타난 중이 이불 속으로 파고 들어와 손으로 살며시 이완아의 온몸을 어루만졌다. 이완아는 일부러 원치 않는 척 밀어내었다. 중이 이완아를 꼭 껴안고 입을 맞추고는 말했다.

"방금 저놈하고 일을 치르느라 피곤해진 모양이구려. 나한테 청춘단이 있으니 이걸 드시오. 그럼 바로 기운이 샘솟듯 할 것이오."

중이 입으로 약을 물고 그걸 이완아 입에 넣어주었다. 이완아가 그걸 삼키니 향기가 코끝까지 밀려왔다. 중과 몸을 섞는 동안 뼈와 살이 하늘하늘 늘어지는 것 같고 기분이 묘하게 들떴다. 이완아는 이렇게 환락에 빠져들어가는 순간에도 왕 대윤의 명령을 감히 까먹지 못하고 준비해온 먹물을 중의 머리통에 발랐다.

"참 반짝반짝 멋지기도 하셔라!"

"낭자, 난 다정다감하고 멋진 녀석이라고. 거칠고 무식한 다른 놈들하고는 달라. 내가 그리 싫지 않으면 자주 찾아오라고."

---

3) 아난은 아난다라고도 한다. 석가모니의 시자 역할을 했으며 석가모니 열반 후 불법을 전하는 데 아주 중요한 역할을 했다. 특히 인물이 출중하여 아난을 유혹하려는 여인들이 많았고 이로 인하여 시험을 많이 당했다고 한다.

4) 수월사水月寺 주지 옥통선사玉通禪師가 자신을 파계시키려는 목적으로 자기를 꾀는 여인 홍련에게 넘어가 쾌락에 빠져드는 이야기. 『유세명언』의 29번째 작품 「월명화상이 유취를 제도하다月明和尙度柳翠」에 나오는 이야기다.

이완아는 일부러 그냥 그러겠노라고 대답했다. 일을 치른 다음 그 중도 마찬가지로 환약 한 포를 건넸다. 닭이 새벽 울음을 울 무렵, 중은 아쉽다는 듯이 떠나갔다.

스님과 규수가 하룻밤을 보내니,
평생 함께한 부부보다 더 애틋하구나.

자, 이제 여기서 이야기가 둘로 갈린다. 한편, 왕 대윤은 그날 밤 아전의 보고를 받고 이튿날 새벽 오경 무렵 관아를 출발하여 날래고 힘깨나 쓰는 포졸 백여 명에게 병장기와 밧줄을 들라고 하여 그들을 거느리고 보련사 앞으로 달려갔다. 왕 대윤은 포졸들에게 보련사 양쪽에 열 지어 서서 명령을 기다리라 하고 10여 명만 자기를 따르라 했다. 사방이 밝아져 왔으나 보련사 문은 아직 잠겨 있었다. 왕 대윤이 부하에게 문을 두드리라 했다.

주지 스님 불현은 왕 대윤이 찾아온 걸 알고는 옷을 제대로 갖춰 입지도 못하고 바로 스님 10여 명을 불러 헐레벌떡 달려 나왔다. 왕 대윤은 대웅전 앞에 이르러 가마에서 내렸다. 왕 대윤은 부처님 전에 가서 절하는 걸 생략하고 곧장 주지 스님 방으로 들어가 앉았다. 주지 스님 불현이 다른 스님과 함께 인사를 올렸다. 왕 대윤이 스님의 명단을 확인하고 싶다고 하니 불현이 종을 쳐 스님들을 불러 모았다. 스님들은 자다가 눈을 비비고 일어나 주지 스님이 점고한다는 말을 듣고 서둘러 준비했다. 잠시 후 스님들이 모두 모였다. 왕 대윤이 스님들에게 모두 모자를 벗으라고 명령했다. 대윤의 명령을 누가 감히 거역하겠는가! 하지만 그들은 그 속뜻을 짐작도 못 했으리라. 스님들이 모자를 벗으니 그 가운데 붉은색 주사가 묻은 자가 둘, 먹물이 묻은 자가 둘 있었다. 왕 대윤이 부하들에게 명하여 그 네 명의 스님들을 붙잡아 데려오게 했다.

"너희 네 놈은 어찌하여 머리통에 주사와 먹물을 바르고 있느냐?"

그 네 명의 스님은 영문도 모르는 채 그냥 서로의 얼굴을 바라볼 뿐 아무 말도 하지 못했다. 다른 스님들도 모두 어안이 벙벙했다. 왕 대윤이 재차 물으니 그저 자기들끼리 장난삼아 한 것이지 다른 건 아니라고 대답할 따름이었다. 그 말을 듣고 왕 대윤이 웃으면서 말했다.

"그래 내가 너희들에게 장난삼아 주사랑 먹물을 발라준 사람을 불러다 주지!"

왕 대윤이 즉각 아전에게 명하여 기녀 둘을 불러오게 했다. 하지만 그 기녀 둘은 밤새 스님들에게 시달려 한창 잠에 빠져 있었다. 아전과 하인들이 어깨가 빠지게 문을 두드리고 목이 쉴 정도로 소리를 지르니 그제야 자리에서 일어났다. 두 기녀가 주지 스님 방으로 달려왔다. 왕 대윤이 물었다.

"너희들이 밤새 본 것을 사실대로 아뢰어라."

기녀들은 스님들이 자기들과 몸을 섞은 일, 청춘단을 먹인 일, 아이 잘 서는 환약을 준 일 그리고 자기들이 스님들의 머리통에 주사와 먹물을 바른 일을 일일이 아뢰었다. 그리고 소매 품에서 환약을 꺼내어 바쳤다. 스님들은 일이 들통 난 것을 알고는 깜짝 놀라고 떨며 어찌할 바를 몰랐다. 네 명의 스님은 모두 머리를 조아리며 살려달라고 빌었다. 왕 대윤이 버럭 소리를 질렀다.

"이 도적놈 같으니라고! 천지신명을 들먹이며 혹세무민하다니. 그러고도 무슨 할 말이 있느냐?"

불현이 퍼뜩 머리를 굴려 다른 스님들에게 모두 무릎을 꿇으라 하고는 갑자기 이렇게 아뢰었다.

"이 절의 모든 승려는 계율을 잘 지키고 있습니다. 다만 저 네 놈이 음욕을 탐하고 나쁜 짓을 저질렀기에 수차 경고했으나 뉘우치지 않기에 관아에 고발도 하고 벌을 주려던 참이었습니다. 그걸 이제 나리께서 이렇게 명쾌하게 밝혀주시니 그자들은 죽어 마땅합니다. 나머지 승려는 모두 아무 잘못이 없습니다. 나리께서 굽어 살펴주시기를 바랍니다."

"어제 자식을 낳게 해달라고 치성을 드리러 온 부녀자들이 한둘이 아닐 텐데 분명 방마다 비밀 통로가 있을 것이다. 저 네 놈이 어째 다른 방에는 들어갈 생각을 안 하고 유독 저 두 여인한테만 찾아와 하필이면 내가 쳐놓은 함정에 걸려들었단 말이지. 세상에 그게 말이 된다고 생각하느냐!"

"정말 그 두 방에만 비밀 통로가 있습니다. 다른 방에는 그런 게 없습니다."

"그래, 내가 다른 부녀자들을 불러 물어보도록 하지. 만약 부녀자들이 그런 걸 본 적이 없다고 하면 다른 스님들은 관련이 없는 거겠지."

왕 대윤은 즉각 부하들에게 명하여 자식을 낳게 해달라고 빌러온 부녀자들을 불러오게 했다. 왕 대윤이 그녀들에게 물으니 이구동성으로 스님이 자기 방으로 들어온 적이 없다고 대답했다. 왕 대윤은 부녀자들이 창피하여 사실대로 대답하지 못하는 걸 직감할 수 있었다. 왕 대윤이 부하들에게 부녀자들을 조사해 보라 하니 모두들 아이 서는 환약을 몸에 지니고 있었다. 왕 대윤이 웃으면서 말했다.

"하하, 스님들이 찾아온 적이 없다는데 이 환약들은 대체 어디서 난 건가?"

부녀자들이 이 말을 듣고 부끄러워 목덜미까지 다 빨개졌다. 왕 대윤이 그걸 보고 이렇게 말했다.

"아마 청춘단을 복용한 모양이구먼!"

부녀자들이 그 말을 듣고도 아무런 대꾸도 하지 못했다. 왕 대윤은 더 따져 묻지 아니하고 부녀자들에게 돌아가도 좋다고 했다. 곁에서 이 광경을 지켜본 부녀자들의 남편과 친척들은 모두들 화가 나서 몸을 부들부들 떨면서 치욕을 눌러 참으며 부녀자들을 데리고 돌아갔다. 불현은 왕 대윤이 아이 서는 환약을 찾아내자 그걸 절에 들어올 때 나눠준 것이라 둘러대었다. 두 기녀는 그건 스님들이 자기를 범하고 준 것이라고 강변했다. 왕 대윤이 말했다.

"일이 다 드러났는데 억지 부릴 필요 있겠는가!"

왕 대윤은 포졸들에게 불목하니와 사미를 빼고 나머지 중들을 모두 포박하라 했다. 불현이 처음에는 왕 대윤에게 반항하려 했으나 왕 대윤이 거느리고 온 자들의 수가 어마어마하고 게다가 병장기까지 들고 있는 걸 보고 감히 어찌하지 못했다. 왕 대윤은 아전에게 두 기녀를 데리고 출발하게 하고 자신도 가마를 타고 뒤따랐다. 장정들과 포졸들은 중들을 데리고 앞장서 출발했다. 고을 사람들이 소문을 듣고 구경하러 나왔다. 왕 대윤은 현 관아에 도착하여 형구를 대령하라 하고 심문을 시작했다. 평소에 편하게 놀고먹던 중들이 모진 고문을 어찌 견디랴! 치도곤을 갖다 대기가 무섭게 술술 불었다. 왕 대윤은 그들이 자백한 것을 받아 적게 하고 그들을 옥에 가두게 한 다음 문서를 작성하여 상부에 보고했다.

옥에 갇힌 불현이 다른 중들과 쑥덕공론을 하더니 옥리 능지凌志에게 말했다.

"우리가 잠시 잘못하여 나쁜 일을 저지르고 말았으니 후회막급이로소이다. 이제 이렇게 옥에 갇혔으니 언제 바깥세상에 나갈 수 있을지 모르겠소. 오늘 아침에 이렇게 맨몸으로 잡혀오다 보니 진짜 아무것도 없소이다. 우리 절에 그동안 모아놓은 재산이 제법 많으니 만약 우리 가운데 서넛을 보내주신다면 그걸 가져와 이곳의 관례대로 능지 나리를 챙겨드릴 뿐 아니라 은자 백 냥을 더 얹어드리겠소이다."

능지는 불현이 수작을 걸어오는 말에 마음이 움직였다.

"여기서 일하는 동료가 한둘이 아니라 나 혼자 어찌할 수 있는 게 아니라오. 은자를 받으면 이곳저곳에 다 뿌려야 하니 정작 나한테 들어오는 게 얼마나 되겠소? 앞으로 남고 뒤로 밑지는 거라오. 은자 이백 냥을 이 사람 저 사람에게 뿌리고, 따로 백 냥은 내가 챙겨야 하지 않겠소. 이 정도를 낼 요량이라면 내가 당신들 데리고 한번 다녀오지."

불현이 그 말을 듣고 지체 없이 대답했다.

"당연히 그 말대로 하지요. 어찌 토를 달겠소이까!"

능지는 즉각 다른 옥졸들에게 이 사실을 알리고 그들과 함께 승려 넷을 데리고 보련사로 돌아가 방을 뒤졌다. 과연 금은보화가 쏟아져 나왔다. 불현이 그 자리에서 은자 삼백 냥을 능지에게 건네었다. 옥졸들은 은자를 받고서 입이 귀에 걸렸다. 불현이 옥졸들에게 말했다.

"잠시만 기다려주시오. 이불 좀 챙겨 가지고 올 테니. 그래야 저녁에 잠이라도 편히 잘 거 아니오."

옥졸들은 그 말을 듣고 딴은 일리가 있다고 생각하여 스님들이 들어가 이불을 챙기게 허락했다. 네 명의 스님은 절 안에 있던 칼이랑 도끼 같은 것을 이불 속에 집어넣고 둘둘 말아서 준비한 다음 불목하니를 시켜 짐꾼들을 불러오게 했다. 그 이불 짐을 짐꾼들에게 들려서 함께 감옥으로 갔다. 스님들은 아울러 술과 고기를 사서 옥졸들을 모두 흠뻑 취하게 대접하고 해가 지기만 하면 옥에서 빠져나가리라 작정했다.

생사의 갈림길을 빠져나가려 뇌물을 쓰네,
황천 가는 길에서 도망치려 온갖 꾀를 부리네.

한편, 왕 대윤은 이 도적 같은 중놈들을 잡아와서 기분이 너무도 흡족했다. 밤이 되어 관아에서 촛불을 밝히고 상부에 보고할 문서를 작성하다가 갑자기 이런 생각이 들었다.

'내가 지금 흉악한 도적놈들을 붙잡아왔는데 만일 이놈들이 불측한 생각이라도 해서 난동이라도 치면 어떻게 하지?'

왕 대윤은 즉시 명령서를 작성하여 아전에게 주고 널리 날랜 포졸들을 모아 병장기를 갖춰 현청 주변에서 숙직하고 방비하게 하라고 지시했다. 밤 일곱 시가 조금 넘었을 무렵, 옥에 갇혀 있던 스님들이 일제히 칼과 도끼를 들고 고함을 치면서 옥졸들을 도륙하고 겹겹이 잠근 옥문의 자물통을 깨치고 달려 나와 소리를 질렀다.

"억울하게 옥에 갇힌 자들아, 어서 원수를 갚자. 우리는 그저 저 왕 대윤의 목을 원할 뿐 다른 사람을 해치지는 않겠다. 투항하면 살려줄 것이나 우리에게 덤비는 자들은 죽음을 면치 못할 것이다."

그 소리가 하늘과 땅을 진동시켰다. 이때 마침 왕 대윤이 소집한 포졸들이 도착했다. 옥 앞에서 일전이 벌어졌다. 왕 대윤 역시 이 소리를 듣고 황급히 현청의 대청으로 나왔다. 현의 장정들도 스님들이 파옥하려 한다는 소식을 듣고 창과 칼을 들고 달려왔다. 스님들이 아무리 악을 쓰고 덤빈다 하더라도 그들이 갖고 있는 무기라 해봐야 단검 정도에 불과하고 포졸들은 모두 장창에 대검이라 결국 찔리고 상처만 입을 뿐 옥에서 빠져나오지도 못했다. 불현은 세 불리함을 눈치채고 휘하의 스님들에게 동작을 멈추라고 한 다음 다시 감옥 안으로 들어가 병장기를 감추고 이렇게 외쳤다.

"파옥하려고 작당한 놈은 십여 명에 불과하고 그놈들은 이미 다 죽었습니다. 저희들은 결코 파옥에 가담하지 않았사오니 저희 말을 좀 들어주십시오."

왕 대윤은 사태가 이미 진정되었음을 알고는 형방에게 특별히 날랜 포졸들을 거느리고 감옥에 들어가 조사해 보라 했다. 형방이 감옥 안에 있던 병장기를 모두 찾아내 대청 앞으로 가지고 나왔다. 왕 대윤이 대로하여 소리쳤다.

"이런 도적놈 같으니라고! 온갖 음란한 짓을 다 하더니 그게 드러나니까 이제 파옥을 하려고 드는구나. 내가 방비하지 않았더라면 내가 저놈들 손에 죽는 것은 물론 우리 현의 백성들이 저놈들 손에 추풍낙엽처럼 날아갈 뻔했구나. 저놈들을 모조리 죽이지 않으면 두고두고 후환이 될 것이로다."

왕 대윤은 포졸들에게 감옥에서 찾아낸 병장기를 다시 건네주면서 명했다.

"저놈들이 지금은 파옥에 실패했지만 언제 또다시 나쁜 짓을 할지 모른다. 이번 기회에 저놈들의 뿌리를 잘라버려야겠다. 일단 내일 심문하여 자초지종을 알아볼 수 있게 몇 놈만 남겨두고 나머지는 모두 목을 베어버려라. 일을 다 마친 다음 보고하도록 하라."

포졸들은 명령을 받들더니 횃불을 밝혀 들고 감옥 안으로 들어갔다. 불현은 사태가 안 좋은 방향으로 돌아가는 걸 보고 연신 소리쳤다.

"저희는 파옥하는 데 가담하지 않았습니다."

이 말을 채 마치기도 전에 불현의 모가지가 바닥에 나뒹굴었다. 얼마 후 스님들의 모가지 백여 개가 바닥에 떨어졌다. 마치 수박 통이 바닥에 떨어져 깨져 빨간 물이 흐르는 것 같았다.

죄는 지은 대로 덕은 닦은 대로 가는 법,
그저 이르고 늦은 차이만 있을 뿐.

이튿날 왕 대윤은 중들을 불러 어떻게 그렇게 많은 무기를 감옥 안으로 숨겨올 수 있는지 물었다. 중들은 옥졸 능지가 은자를 받고 자기들 가운데 넷을 보련사에 몰래 데려가 준 사실을 자백했다. 전후 사정을 자세하게 파악한 왕 대윤은 중들을 다시 옥에 가두고 옥졸 능지 일행을 찾았으나 이미 죽임을 당한 이후였다. 왕 대윤은 밤새 보련사 중들을 소탕한 내용을 자세히 담아 상부에 보고할 문서를 꾸렸다.

승려 불현 일당은 옥정에 사로잡혀 온갖 추잡한 일을 다 벌였습니다. 간사한 꾀를 부려 자식을 낳게 해달라고 빌러온 양갓집 규수를 유인하여 방바닥 밑에 비밀 통로를 파놓고 규수들과 억지로 정을 통했습니다. 규수를 껴안고 보살이 환생한 것이라 거짓말하여 자신들을 거부하지 못하게 하여 규수들은 나한이 꿈속에 나타난 것이라 여기게 했습니다. 가련하게도 갓 피어난 한 떨기 꽃이 미친 나비에게 당하는 격이요, 향료와 백옥이 모진 광풍에 부질없이 날려가 버리는 격입니다. 하얀 비단에 더러운 얼룩이 묻으니 빨아도 지워지지 않게 되었습니다. 칠흑같이 어두운 밤에 당한 그 치욕스러운 일을 어찌 다른 사람한테 말할 수 있었겠습니까? 본관이 이완아, 장미저 두 기녀를 동원하여 주사와 먹물을 여인을 범하는 자들의 머리통에 칠하게 했습니다. 승려 일당이 앞장서 정욕에 빠져 악행을 저지르고 남몰래 엉큼하게 서로 부추기며 음행을 저질렀습니다. 이에 그들을 모두 붙잡아 감옥에 처넣었습니다. 이는 그들이 자초한 일이며, 색계에 스스로 빠져든 것이니 입이 열 개라도 변명할 수 없을 것입니다. 그러함에도 그들은 병장기를 이불에 감싸서 짐꾼 편에 감옥 안에 숨겨 들여와 파옥하고 도망치려 했으니 승려가 아니라 반역의 무리요, 자비를 베푸는 자가 아니라 강도의 무리입니다. 그놈들은 해가 저물기가 무섭게 불법을 지키던 그 힘으로 감옥을 깨치려 하고, 인정 소리가 나자마자 금강용사의 힘으로 탈옥하고자 했습니다. 하지만 이미 독 안에 든 쥐라, 그물에 잡힌 물고기가 발버둥치는 격이요, 함정에 빠진 호랑이가 날뛰다가 오히려 사람에게 잡아먹히는 격입니다. 양갓집 규수를 범하고 선량한 사람을 꾄 죄는 죽음으로도 씻기 어려울 것인데 옥졸을 죽이고 백성들을 상하게 했으니 그 죄를 어찌 다 갚겠습니까? 그들을 죽여 그 모가지를 저잣거리에 걸어놓는 것이 마땅할 것입니다. 주지 불현은 죄인 중의 우두머리니 그를 능지처참하고, 보련사는 죄수들의 소굴이니 마땅히 불태워버려야 할 것입니다. 감춰진 죄를 만천하에 드러내어 청정무구한 불심이 다시 회복되기를 바랍니다.

왕 대윤이 작성한 이 보고 문서가 현 전체에 널리 퍼져나갔다. 백성들이 모두 통쾌하다며 칭송했다. 보련사에 가서 치성을 드리고 낳은 아이의 아버지들은 자기 자식으로 인정하지 않으려 했다. 나이든 자식은 쫓겨나고, 어린 자식은 물에 빠뜨려 죽였다. 부끄러워 목을 매어 죽는 부녀자들이 부지기수였다. 이 고을의 풍습이 이제야 바로잡히게 되었다. 성마다 고을마다 이 소식이 퍼져나갔고 방을 붙여 부녀자들에게 아이 낳게 해달라고 절에 치성드리러 가지 못하게 했다. 지금까지도 상부에서 왕왕 이를 금하는 문서를 하달하는 이유는 바로 여기에 있다. 왕 대윤은 이 일로 명성을 얻었으며 나중에 감찰어사가 되었다. 이를 증명하는 시를 한 수 인용한다.

자식은 억지로 바라는 게 아니라네,
절에 가서 구하는 건 음란함에 빠지는 길.
꿈속에서 나한이 찾아온다는 건 말짱 거짓말,
옳고 그른 흐름 명확히 갈라내어 섞이지 말게 할지라.

마당 신령이 왕발을 등왕각에 보내주다

馬當神風送滕王閣

보물을 품고 있는 산은 아무리 감춰도 멋들어지고,
황금을 품고 있는 모래는 저절로 빛이 나누나.
가슴에 재주를 품고 있는 사람은,
입에서 나오는 말 한마디조차 멋지구나.

흙 속에 감춰져 있는 진귀한 보석이나 순금은 사람의 눈에 띄어 능력 좋은 세공장이 손에 들어가 갈고 다듬어져야 마침내 제대로 된 보물이 된다. 자고이래로 넘치는 재주와 덕을 가슴에 품고 사는 문인이나 선비 역시 마찬가지다. 이게 바로 위의 네 구절의 시가 읊은 내용이다. 그러므로 빼어난 선비를 지칭하는 '수재秀才'라는 두 글자는 아무한테나 함부로 붙일 수 있는 것이 아니다. '수秀'는 이 강산에 자라는 것 가운데 우뚝 솟아 최고라는 의미요, '재才'는 천하를 주름잡는 재주 있는 자란 의미다.

겉으로는 두드러지지 않아 보이는 사람이라도 가슴에 빼어난 기상을 품고 있고, 속에 재주와 학식을 품고 있다면 말 한마디 한마디가 범상치 아니하니 우리는 그런 자를 일러 수재라 칭송하는 것이다.

여보시오 이야기꾼, 지금 이 '수재'라는 말을 들먹이는 이유가 뭐요? 하하, 소인 이야기꾼이 오늘 「바람을 일으켜 왕발王勃(648~675)을 등왕각에 보내준 이야기」를 하려 하기 때문이지요.

이 이야기는 당나라 고종황제 때 있었던 일이라. 그때 한 수재가 있었으니 성은 왕, 이름은 발, 별명은 자안子安이며, 진주 용문 출신이다. 어려서부터 재주가 빼어나고 경서를 비롯한 온갖 서적을 두루 통독했다. 그때 나이가 13살이었다. 외삼촌을 따라 강호를 유람하다가 하루는 금릉에서 구강으로 가는 길에 마당산을 지나게 되었다. 마당산은 구강 가는 길 가운데 가장 험한 곳이었다. 얼마나 험난할까? 육로망陸魯望5)의 「마당산명馬當山銘」이란 시를 한번 보자.

> 산 가운데 가장 험난할사, 태항산,
> 물 가운데 가장 위험할사, 여량呂梁.
> 이 험난과 위험을 한곳에 모으면,
> 바로 마당산이라네.

왕발의 배가 마당산에 이르렀을 때 홀연히 바람이 불고 파도가 일렁이더니 그 물길이 하늘까지 치솟았다. 검은 구름이 천지를 뒤덮고 물살 치는 소리가 허공을 감쌌다. 배가 기울어질 찰나였다. 배 안의 모든 사람들이 두려움에 떨며 용왕에게 살려달라고 애원하고 있었다. 오직 왕발만

---

5) 육로망(?~881)은 당나라 때 소주에서 활동한 시인으로 본명은 구몽龜蒙, 로망은 별명이다.

이 배 위에 그대로 앉아서 놀라는 기색 하나 없이 책을 읽고 있었다. 뱃사람이 보기에 그 모습이 너무도 기이한지라 바로 물었다.

"이 배의 모든 사람들의 목숨이 경각에 달렸는데 그대는 얼굴에 두려운 기색이 하나도 없으니 대체 어찌 된 일이오?"

왕발이 웃으면서 대답했다.

"내 목숨은 하늘에 달린 것이지, 용왕에 달린 게 아닙니다."

"아니 그런 말은 하는 게 아니라오."

"내가 이 배에 탄 사람들의 목숨을 살려드리지요."

왕발이 말을 마치고는 지필묵을 꺼내어 시 한 수를 적어 강물에 던졌다. 잠시 후 구름과 안개가 걷히고 바람이 자고 파도가 멈추었다. 그 시는 이러하다.

당나라의 성현은 초나라 합려대부 굴원이 아닐지니,
이 강이 굴원이 몸을 던진 멱라수도 아닐지니.
나는 평생 충성과 절개를 지키며 살지니,
오늘의 바람과 파도 또한 내가 굳이 걱정하지 않으리라.

이때 배에 탄 사람들이 경탄하며 말했다.

"그대의 재주가 용왕조차 감동시켜서 파도를 멈추게 했구려. 그대가 아니었으면 우리 모두 물귀신이 될 뻔했소이다."

"목숨은 하늘에 달린 것이니 나에게 복이 있었기에 피할 수 있었을 따름입니다."

사람들은 왕발의 말에 탄복해 마지않았다. 얼마 지나지 않아 배가 마당산에 정박했다. 사람들이 모두 강둑에 올랐다. 왕발 역시 강둑에 올라 한가롭게 돌아다녔다. 길가 푸른 소나무가 빽빽하고 그늘진 곳에 오래된 묘당이 하나 있었다. 왕발이 바라보니 붉은색 현판에 황금색 글자로 '중원中源 용왕의 별장'이라 적혀 있었다. 왕발이 그걸 보더니 바로 필묵을 꺼내어 벽에다 시 한 수를 적었다.

마당산 아래에 배를 대었네,
갈대 어우러진 사이로 강물이 흐르네.
반쯤 닫힌 붉은색 대문,
그 안에서 뿜어져 나오는 상서로운 기운.

시를 다 짓고 나서 묘당 안으로 들어가 사방을 바라보니 우아한 정취가 천하일품이었다. 그 모습이 어떠할까? 시 한 수를 증거로 인용한다.

파란 기와 겹겹, 구름 사이에 치솟아 있고,
빨간 대문 햇빛을 듬뿍 받고 있네.
황금색 기둥,
옥구슬이 자갈처럼 깔린 길.
황제께서 친필로 하사한 편액,
천하의 명필이 쓴 비석글자.
사직과 백성을 보호할지니,
때맞춰 바람 불어주고, 비 내려주시네.

왕발은 묘당의 신전에 들어가 향불을 사르고 축도했다. 그런 다음 주변의 경치를 한참이나 감상했다. 막 배로 돌아가려고 하는데 강가에서 한 노인네가 너럭바위 위에 앉아 있는 게 보였다. 파란 눈에 긴 눈썹, 새하얀 수염, 백옥 같은 얼굴색, 신비한 분위기에 비범한 기상이 영락없는 신선이었다. 왕발은 참으로 비범하신 분이로구나 하는 생각이 들어 바로 옷깃을 여미고 인사를 올렸다. 노인이 말했다.

"그대는 왕발이 아니오?"

왕발이 깜짝 놀라며 물었다.

"제가 어르신을 뵌 적이 없고 또 아는 사이도 아닌데 어찌 제 이름을 아시는지요?"

"오래전부터 그대를 알고 있었네."

왕발은 노인이 보통 사람이 아님을 깨닫고 너럭바위 옆에서 공손히 두 손을 모아 읍했다. 노인이 왕발에게 옆에 앉으라 했다. 왕발이 감히 앉지 못하고 있으니 재차 앉으라 권했다. 그제야 왕발이 앉았다. 노인이 말했다.

"내가 진즉에 그대가 시를 지어 강물에 던져준 것을 읽어보았노라. 그 시가 정말 빼어나더군. 한데 그런 재주를 지니고서 어찌하여 벼슬길에 나가 떵떵거리며 살지 아니하고 곤궁하게 살며 이렇게 처량하게 떠돌아다니고 그러는가?"

"가세가 곤궁하여 따로 노자를 장만할 수가 없는지라 과거를 치르러 떠날 엄두를 내지 못하고 이렇게 정처 없이 떠돌고 있습니다. 벼슬살이 나갈 꿈은 이미 접었습니다."

"내일은 중양절, 홍도의 염閻 태수가 「등왕각기滕王閣記」를 짓고자 한다네. 그대는 천하에서 제일가는 문장가인데 어찌하여 가서 문장을 지어 바치지 않는가. 만약 그렇게만 한다면 수천 금을 상으로 받을 것이요, 이름이 길이길이 남을 것이라네."

"여기서부터 홍도까지 얼마나 걸리는지요?"

"물길로 7백 리 정도 된다네."

"아이고 이미 늦었습니다. 하루밖에 안 남았는데 제가 어찌 도착할 수 있겠습니까?"

"걱정 말고 배를 타게나. 내가 바람을 일으켜 자네가 내일 아침에 홍도에 도착할 수 있게 해주겠네."

왕발이 거듭 절하고 물었다.

"감히 여쭙겠습니다. 어르신은 신선이신지요, 아니면 용왕이신지요?"

"나는 중원의 용왕이로다. 이곳 묘당이 바로 나에게 향을 사르는 곳이라네."

왕발이 깜짝 놀라며 다시 재배했다.

"제가 아직 삼척동자에 불과하고 가난한 선비요 안목도 없어서 눈앞에 용왕님을 두고도 제대로 알아보지 못했습니다. 이 죄를 용서하여주시옵소서."

"그게 무슨 말인가! 허허. 홍도에 도착하여 문장을 써서 상급을 받거든 나에게도 좀 나눠줄 수 있겠는가?"

"제가 만약 상급을 받는다면 어찌 그걸 제 마음대로 하겠습니까?"

"하하, 내가 농담한 것일세."

잠시 후 배가 한 척 도착했다. 노인이 왕발한테 타라고 했다. 왕발이 노인에게 인사를 올리고 배에 올랐다. 배가 밧줄을 풀고 돛을 올리자마자 바람이 불어오더니 상서로운 기운이 맴돌고 붉은색 기운이 강에 서리고 자색 운무가 강둑에 자욱했다. 왕발이 깜짝 놀라 강둑을 바라보니 노인은 앉았던 자리에서 사라지고 보이지 않았다.

쏴아 쏴아 바람소리,
굽이치는 파도.
새가 날개 펴듯 돛이 펼쳐지고,
유성이 날아가듯, 배가 나아가네.

잠시 고개 돌리니 천 개의 봉우리를 지나고,

　　눈 깜빡할 사이, 수백 리를 달리네.

　　새벽닭이 울기도 전에,

　　파양鄱陽을 지나고,

　　물시계 물방울 떨어지기도 전에

　　강동에 도달했다고 하네.

　　그렇다. 운이 없으려면 명필의 글자를 탁본하려는 순간 비석이 번개 맞아 망가지고, 운이 좋으려면 바람이 불어와 배를 등왕각까지 옮겨주는구나.

　　날이 밝을 무렵, 배는 이미 홍도에 도착했다. 왕발은 놀랍고도 기뻤다. 뱃사람에게 일단 여기서 기다리라고 한 다음, 왕발은 옷매무새를 바로잡고 강둑에 올라 성안으로 들어갔다. 과연 홍도는 멋진 곳이었다.

　　홍도는 세상에서 제일 번화한 곳,

　　십만의 가옥이 넘쳐나는 곳.

　　파란 물, 푸른 산, 비단 같은 꽃,

　　끝없이 이어지는 성벽과 누각 그리고 노을.

　　오늘이 바로 9월 9일, 왕발은 곧바로 현청으로 갔다. 과연 염 태수가 잔치를 열고 있었다. 이름난 선비, 재주 많은 문사들이 모두 초대되어 왔다. 온갖 술과 안주가 술상에 넘치고, 초대받은 벼슬아치와 선비들은 직위와 연치를 따져서 자리를 잡고 앉았다. 오늘 태수와 마주 보고 앉은 자는 풍주 목사로 새로 부임한 우문균宇文鈞이었다. 그 주변에 벼슬살이 하는 자 그리고 진사 유상도劉祥道, 장우석張禹錫 같은 자들이 사이사이에 끼여 앉아 있었다. 그 외에도 글깨나 짓는다고 하는 자, 재주가 빼어나다고 하는 자 백여 명이 앉아 있었다. 누구 하나 당시 유명짜한 선비 축에 못 드는 자는 없었다.

나이가 한참 어린 왕발은 말석에 자리 잡고 앉았다. 잠시 후 염 태수가 자리에서 일어나 좌중에 있는 선비들에게 말했다.

"일찍이 황족께서 세우신 이 누각은 홍도의 절경이라오. 내가 여러분을 모신 것은 여러분이 빼어난 글솜씨로 「등왕각기」를 지어주기를 바라기 때문이라오. 내가 그걸 돌에 새기게 하여 비석으로 만들어 만세토록 전하고자 하오. 여러분 덕분에 등왕각의 명성이 영원히 전해져서 그 명성이 사라지지 않기를 바라나니 여러분은 사양하지 마시오."

염 태수가 아전들에게 지필묵을 준비하여 선비들에게 갖다 주게 했다. 선비들은 누구 하나 선뜻 지필묵을 받지 못하고 서로 양보했다. 마침내 지필묵이 왕발 앞에까지 왔다. 왕발은 용기를 내어 지필묵을 받았다. 그 자리에 앉아 있던 자들은 왕발이 나이도 어리고 낯설기도 하여 떨떠름한 표정을 지었다. 그들은 서로 얼굴을 보면서 수군거렸다.

"저 아이는 누구네 아들인가? 어쩜 이렇게 무례하지!"

염 태수는 왕발이 지필묵을 받아들이는 걸 보고는 기분이 팍 상하여 자리에서 일어나 다른 작은 방으로 들어가 버렸다. 사실 염 태수가 드러내놓고 말하지는 않았으나 속으로 이렇게 생각하고 있었다.

'내 사위, 장사 출신 오자장吳子章은 세상에서 으뜸가는 재주를 지닌 자로다. 내가 오늘 근동의 선비들을 초대하여 글을 지어달라고 했으나 실은 선비들이 알아서 양보해주면 내 사위 오자장이 「등왕각기」를 짓게 될 것이고 이로 말미암아 가문을 빛내게 될 것이라. 한데 저 새파랗게 어린 녀석이 감히 여러 선비들을 제치고 스스로 나서다니 참으로 무례한 놈이로다.'

염 태수가 아전에게 명했다.

"저놈이 문장을 어떻게 짓는지 한번 보고 오너라."

한참 후에 아전이 돌아와 보고했다.

"'옛 이름은 남창, 새 이름은 홍도'라고 썼습니다."

"그거야 뭐 틀에 박힌 표현이로다. 누구나 그리 쓰지 않겠느냐!"

조금 있다가 다른 아전이 들어와 보고했다.

"'익翼성과 진軫성에 해당되는 곳, 형衡산과 여廬산에 접해 있는 곳'이라 적었습니다."

"모든 문인들이 다 쓰는 비유적 표현이구먼."

다른 아전이 또 들어와 보고했다.

"'삼강三江을 옷깃처럼 휘감고 오호五湖를 띠처럼 두르고 있으며, 만형蠻荊에 잇닿아 있고, 구월甌越을 끌어안고 있느니'라고 적었습니다."

염 태수가 아무런 대꾸도 하지 않았다. 다른 아전이 또 들어와 보고했다.

"'풍부한 물산은 하늘이 내려준 보배요, 용천검의 빛이 북두성과 견우성을 비추는 곳이라. 헌걸찬 인재는 땅의 영기를 받았으니, 진번陳蕃은 몸소 걸상을 내어주며 서치徐稚한테 앉게 했구나'6)라고 적었습니다."

"이자가 나를 만나보고 싶어 하는 모양이구먼."

다른 아전이 또 들어와 보고했다.

"'당당한 고을이 즐비하고, 준걸이 밤하늘의 뭇별처럼 넘치네. 성곽과 해자가 중원과 남만 사이를 가로지르고, 주인과 빈객은 동남의 헌걸

---

6) 서치(97~168)는 별명은 유자孺子, 동한 때 예장(홍도) 출신의 현자이다. 지극히 검소했으며 자기 힘으로 거둔 것이 아니면 먹지 않았다 한다. 예장 태수 진번이 그의 인품을 흠모하여 그를 위한 특별한 의자를 마련하여 그와 회동할 때 앉게 했고, 회동을 마친 다음 다른 사람이 앉지 못하게 벽에 걸어두었다는 이야기가 전한다.

찬 인재를 망라했도다'라고 적었습니다."

염 태수는 이 말을 듣고 조금 동요되기 시작했다.

'이 자의 재주가 만만치 않구나!'

아전들이 번갈아 가며 달려와 왕발이 짓는 문장을 구절구절 보고할 때마다 염 태수는 감탄해 마지않았다. 다시 또 한 아전이 보고했다.

"'저녁노을과 외기러기가 나란히 날고, 가을 물빛과 높은 하늘이 같은 색이로다'라고 적었습니다."

염 태수가 이 말을 듣고 자기도 모르게 손바닥으로 책상을 내리쳤다.

'이자가 한 자 한 자 적을 때마다 신이 돕는 듯하구나. 천재로다!'

마침내 염 태수는 다시 옷을 갈아입고 연회 자리로 나갔다. 자리에 있는 선비들이 모두 어찌할 바를 모르는 난처한 표정을 짓고 있었다. 염 태수가 왕발을 보고 말했다.

"그대의 문장 솜씨는 천하의 으뜸이로다."

염 태수가 왕발에게 상석으로 나오라 했으나 왕발이 사양했다.

"문장을 다 짓고 나서 말씀을 받들겠습니다."

잠시 후 왕발이 문장을 다 짓고 나서 염 태수에게 바쳤다. 염 태수는 그 문장을 받아 읽어보고 너무도 흡족해했다. 하인을 시켜 그 문장을 좌중에 앉아 있는 사람들에게 건네주고 읽어보게 하라 했다. 사람들은 모두 망연자실, 경탄하면서 감히 한 글자라도 덧붙이거나 뺄 엄두를 내지 못했다. 그 문장은 비석에 새겨져 지금까지 그대로 전해온다. 염 태수는 친히 왕발의 손을 잡아 자기 옆자리에 앉히고 말했다.

"황족께서 세우신 누각이 천하의 으뜸이라면, 그대의 문장이 있어 오늘 우리의 연회도 길이길이 후세에 전해지게 되었소이다. 홍도의 경치와 정취가 모두 천하의 명품이 된 것은 오로지 그대의 공이요. 내가 그대에게 후사하리다."

바로 이때 좌중에서 누군가가 일어나 소리쳤다.

"삼척동자가 어디서 선배들의 글을 베껴서 자기가 지은 것인 양하여 사람들을 속이고 득의양양하는가?"

왕발은 그 말을 듣고 깜짝 놀랐다. 염 태수가 시선을 돌려 바라보니 바로 사위 오자장이었다.

"이건 저도 옛날에 본 적이 있는 문장입니다."

"그걸 어찌 아는가?"

"못 믿으시겠다면 제가 한번 외워보겠습니다."

오자장은 그 자리에서 당장 왕발이 지은 문장을 처음부터 끝까지 한 자도 틀리지 않고 줄줄 외웠다. 좌중의 선비들이 모두 대경실색하고 염 태수 역시 왕발을 의심하게 되었다. 왕발은 그 말을 듣고 조금도 당황하지 않고 느긋하게 말했다.

"그대의 암기력은 양수楊修, 자건子建, 왕평王平, 장송張松보다 더 낫소이다."

"그대의 문장은 선배들이 예전에 지었던 것이라. 내가 전에 이미 읽고 보고 외워두었던 것이네."

"제가 지은 문장이 선배들이 예전에 이미 지었던 것이라 하는데 그럼 거기에 시가 한 수 덧붙여져 있는 건 아시오?"

"시는 없었소이다."

마침내 왕발이 자리에서 일어나 좌중의 선비들에게 물었다.

"제가 지은 문장이 선배 문인의 문장을 베낀 것인지 아닌지는 아마도 마지막에 붙일 여덟 구절의 시로 판가름 날 것 같습니다. 혹시 그 시를 외우고 있는 분은 안 계신지요?"

왕발이 거듭해서 물어도 아무도 대답하지 않았다. 왕발은 이미 머릿 속에 다 구상해두었던 듯 붓을 들자마자 한 치의 망설임도 없어 적어 내려갔다.

강 모래톱에 우뚝 솟은 등왕각,
패옥소리 방울소리 멈추고, 노래와 춤 그쳤네.
화려한 누각 기둥 사이로 남포의 아침 구름 날아오네,
진주구슬 주렴 걷으니 서산에 저녁 비 내리네.
강물엔 구름 그림자, 하늘엔 아득한 해,
달이 바뀌고, 별이 가고, 몇 해가 지났으리.
누각의 주인은 지금 어디에?
강물만 난간 너머로 속절없이 흐르네.

왕발이 시를 다 짓고 나서 염 태수에게 바쳤다. 염 태수와 좌중의 선비들 그리고 사위 오자장이 그 시를 읽어보았다. 왕발이 물었다.
"이건 새로 지은 건가요, 아니면 베낀 건가요?"
오자장은 부끄러워하면서 물러나려 했다. 좌중의 선비들이 염 태수에게 말했다.
"왕발의 창작 능력이나 오자장의 암기 능력이나 모두 세상에 드문 것이니 가히 쌍벽을 이룬다 하겠습니다."
"지당하신 말씀이외다."
오자장과 왕발은 서로 정식으로 인사를 나누었다. 좌중의 사람들은 모두 즐겁게 해가 지도록 술을 마시고 헤어졌다. 염 태수는 사람들이 흩어진 다음에도 왕발을 붙잡고 같이 술을 나눴다.
이튿날 왕발이 떠나려 하자 염 태수가 왕발에게 비단 5백 필과 금은보배를 선물로 주니 대저 천금의 가치에 달했다. 왕발이 감사 인사를 올리고 떠나려 하니 염 태수가 하인들에게 그걸 배에 실어주라 했다. 뱃사람들이 돛을 달고 출발했다. 강물 소리가 마치 하늘에서 내리는 빗소리처럼 왕발의 귀에 감겼다. 배가 마당산에 도착하니 왕발은 염 태수에게 받은 비단과 보배를 들고 묘당으로 들어가 용왕님 전에 그걸 펼쳐놓고 머리를 조아려 사례했다. 절을 마치고 일어나 보니 벽에 적어둔 시가 아직도 선명했다. 왕발은 전에 지은 시에 운을 맞춰 다시 한 수를 지었다.

바람을 일으켜 하룻밤 사이에 배를 보내주네,
바람이 돛을 밀어 단숨에 강물 따라 흘러가게 하네.
신령님은 내 평생소원을 아시려니,
이승에서나 저승에서나 함께하고 싶어라.

왕발은 시를 다 적고 묘당 문을 걸어 나왔다. 술과 희생을 마련하여 용왕님께 바치고 싶어 강변을 바라보았으나 배도 보이지 않고 뱃사람들 역시 보이지 않았다. 이걸 어쩌나 하며 고민하고 있자니 상서로운 구름이 일어나더니 묘당 주변을 감싸고 향내 나는 바람이 불어오면서 한 노인이 바위 위에 앉아 있는 게 보였다. 왕발이 전에 뵀던 중원 용왕님이었다. 왕발이 인사를 올렸다.

"용왕님께서 저를 굽어살피시고 바람을 불게 해주시니 제 배가 시간 안에 홍도에 닿을 수 있었습니다. 그 덕에 제가 큰 상금을 받았습니다. 제가 술과 희생을 마련하여 용왕님께 바쳐 저의 감사하는 마음을 표하고 싶습니다."

노인이 그 말을 듣더니 고개를 숙이고 웃고 나서 말했다.

"그대가 나에게 희생을 바친다고 하는데 어떤 희생을 바치려는가? 양인가, 소인가? 이런 일로 무고하게 양이나 소를 잡는 것은 예에 어긋나는 짓이라네. 바람 좀 불게 해줬다고 어찌 그런 희생을 받을 것인가!

생명을 살리는 것이야말로 우리 용궁에서 제일가는 덕 짓는 일이니, 산 것을 죽여 희생으로 바치는 제사를 내 어찌 받겠는가. 그런 제사는 필요 없네. 그대가 묘당의 벽에 써준 시를 보니 이승에서나 저승에서나 함께 하고 싶다고 했더군. 그 마음이면 충분하다네. 하지만 그대의 생명줄이 아직 끊어지지 않아 이승에서 살 날이 더 남아 있으니 그 세월이 지나고 나면 우리가 다시 만날 날이 있을 걸세."

왕발이 그 말을 듣고 다시 머리를 조아려 재배했다.

"용왕님의 말씀대로 하겠습니다. 저의 운명과 명수를 알 수 있겠습니까?"

"명수야 음부의 주재자가 주관하는 것이니 어찌 함부로 발설하여 화를 자초하겠는가. 다만 내가 그대의 길흉 정도는 이야기해주겠네. 내가 보니 그대는 재주도 많고 영특하나 몸이 건강하지 않으며, 기운은 맑으나 신체는 약하네. 특히나 자네는 두개골이 탄탄하지 아니하고 눈동자가 온전하지 아니하여 조자건과 같은 영민한 재주가 있고 고매한 선비와 같은 자질이 있어도 끝내 귀해질 수는 없다네. 하나 부귀는 하늘이 내는 것이고 씨 뿌리고 거두는 것조차도 다 하늘이 주관하는 것이니 높은 벼슬에 오르고 하는 것이야 뭐 말해서 무엇하겠는가. 제왕의 스승 노릇 하던 공자님도 다 고액을 당하기도 했으니 이는 자질은 대단하나 열매를 맺지 못한 것이라. 그저 평소에 성심으로 지내고 착한 일을 하다 보면 하늘이 복을 내릴 것이니 부귀와 장수는 따져 무엇하겠는가! 그대는 이 점을 명심하게나."

노인이 일어나 왕발에게 작별인사를 하고는 떠났다. 노인이 몇 걸음 걸어가다가 다시 돌아와 왕발에게 말을 건넸다.

"내가 그대에게 특별히 부탁할 일이 하나 있네. 장로長蘆에 있는 사당을 찾아가서 지전을 좀 살라주게."

"무슨 연유 때문인지요?"

"내가 그 사당의 신에게 빚진 게 있으니 그대가 대신 갚아주기를 바란다네."

"제가 돈이 아까워서 그러는 게 아니라, 용왕님 전에는 사람들이 바친 돈이 산더미처럼 쌓여 있는데 어찌하여 그걸로 갚지 않으십니까?"

"그대는 그 돈이 자기만 잘 살겠다는 무리가 다 남을 등치고 해치고 괴롭히고 못살게 굴어서 얻은 거라는 걸 모르는 모양이구먼. 그런 사람들이 우연히 사당에 들렀다가 망령되게 복을 빌고, 신이 자신을 벌주기 전에 먼저 자기 마음에 두려움을 느껴 억지로 돈을 바친 것이라네. 그런 돈이야말로 장물과도 같은 것이니 내가 어찌 쓸 수가 있겠는가!"

왕발이 재배하고 그 명을 받았다. 노인은 바람을 타고 사라졌다. 왕발은 깜짝 놀라며 자신의 보배를 챙겨 마당산을 떠나 배를 타고 장로로 출발했다. "두개골이 탄탄하지 아니하고 눈동자가 온전하지 아니하여 끝내 귀해질 수 없다"는 노인의 말이 떠오를 때마다 마음이 울적했다. 배가 장로에 도착했다. 왕발이 노인의 부탁을 잠시 까먹고 있었다. 이때 갑자기 차가운 바람이 사정없이 불어오고 엄청난 높이의 파도가 일렁이고 까마귀 떼가 까악까악 울며 배 주위를 날았다. 까마귀가 돛대와 뱃전에 앉기도 했다. 배는 더 나아갈 수 없었다. 배 안의 모든 사람들이 놀라고 두려움에 떨었다. 왕발도 마찬가지였다. 왕발이 뱃사람에게 물었다.

"여기가 어디요?"

"장로라는 곳입니다."

왕발은 그 말을 듣고 퍼뜩 노인의 부탁이 떠올랐다. 왕발은 향을 사르고 말없이 강신에게 빌면서 바람이 잦아들면 강안에 올라가 지전을 사와서 사르겠노라 했다. 이때 바로 까마귀들이 다 날아가고 바람이 자고 파도가 멎었다. 뱃사람들이 하나같이 다 기뻐했다. 이튿날 배를 강안에 대었다. 왕발이 지전 10만 전을 사서 돌아와 다시 배를 돌려 어제 바람이 불고 파도가 치던 곳에 이르러 살랐다. 그런 다음 배를 다시 출발시켰다. 나중에 나은羅隱이 이곳을 지나다 여덟 구절의 시를 지었다.

> 강신이 재주 넘치는 선비를 아껴,
> 홀연히 신령스러운 힘으로 여행길을 도왔구나.
> 번개 같은 저 바람은 하룻밤에 천 리를 가게 하고,
> 비석에 새겨진 문장은 천하의 명문이라.
> 명문은 천년만년 전해지고,
> 그 명성은 두 도성을 흔들어버리는구나.
> 이승과 저승을 넘나들며 돕는 신령이 없었다면,
> 등왕각 문장이 어찌 태어날 수 있었으리.

후에 왕발의 부친이 도성에서 멀리 떨어진 해안 고을에 부임하게 되었다. 왕발은 부친을 만나러 말을 타고 길을 떠났다. 어느 날 한 역참에 이르러 역참 관리에게 뭔가 물어보려 했더니 역참의 대청에서 누군가 이렇게 말하는 것이었다.

"왕군, 오랜만이네. 오늘은 어인 일로 여기 오셨는가?"

왕발이 깜짝 놀라 바라보니 낯이 익은 얼굴이었다. 어디선가 본 거 같기는 한데 이름이 떠오르지 않았다.

"여보시게, 나를 잊으셨는가? 전에 홍도부에서 그대를 만난 적이 있다네. 나는 학사 우문균이라네."

왕발은 너무도 기뻐하며 인사를 올렸다. 우문균이 왕발을 어서 올라와 앉으라 했다. 우문균이 역참 아전에게 차를 내오라 하여 서로 차를 마시며 이야기를 나누었다. 그런 다음 우문균이 말했다.

"전에 홍도에서 연회에 참가하던 그때가 좋았는데 오늘 이렇게 외진 바닷가 고을 역참에서 고생할 줄이야."

"우 학사께서는 어쩐 일로 여기에 오시게 되었습니까?"

"내가 전에 교수직을 맡고 있다가 나중에 우사간관右司諫官에 임명되었소이다. 황제께서 고구려를 정벌하고자 하실 때 내가 직언을 했다가 황제의 비위를 거슬러 이 바닷가 고을로 쫓겨나게 되었소이다. 이 천리만리 떨어진 곳에 혼자 지내자니 얼마나 슬프고 외로운지! 이런 역참에서 인연이 있는 친구를 만날 줄은 상상도 못 했소이다. 내가 지은 「귀양살이하는 자의 노래」라는 시가 있으니 그걸 그대에게 들려드리겠소."

만리타향에서 귀양살이하는 신세,
일엽편주에 망망대해를 떠다니는 신세.
호숫가엔 연꽃만 피고 또 피고,
바닷가 논밭은 소출도 적네.
장안으로 돌아가고 싶어,
풍토병에 걸리지 말아야지.
몸 사리고 간언을 참는 자만,
황제 곁을 차지하고 있네.

"황제가 실수하면 거침없이 간언하는 게 신하의 도리지요. 학사께서 비록 귀양을 떠나오셨어도 그 명성은 천년토록 전해질 것입니다."

왕발이 답례로 시 한 수를 지었다.

굶어 죽을까 걱정하며 봉록이나 탐하는 자를,
어찌 충신이라 칭할 수 있으리오!

나라를 위해 직언을 서슴지 않는 자,

죄를 지어도 부끄럽지 않으리니.

멀고도 먼 바닷가 역참,

날마다 수염에 서리가 내리네.

사관이 이걸 기록하면서,

어찌 눈물 흘리지 않으리.

두 사람은 밤늦도록 시를 주고받다가 역참에서 눈을 붙였다. 이튿날, 우 학사가 술과 음식으로 왕발을 대접했다. 셋째 날, 우 학사가 왕발을 데리고 유람을 떠나려 했으나 갑자기 검은 구름이 몰려오고 비가 내려 출발하지 아니하고 역참에 머물며 대화를 나눴다. 온종일 이야기를 나눠도 조금도 질리지 않았다. 닷새째 되는 날, 비로소 해가 얼굴을 내미니 두 사람은 같이 배를 타고 나가 며칠 동안 유람했다. 바다 한가운데로 나가니 홀연히 일진광풍이 몰아치고 거친 파도가 굽이치니 그들이 탄 배는 그저 나뭇잎 한 조각 같았다. 언제 뒤집힐지 모를 지경이었다. 뱃사람들은 모두 두려움에 떨었다. 우 학사 역시 두려움에 떨면서 이렇게 탄식했다.

"바닷가 궁벽한 고을에 귀양 왔다가 결국 바다의 파도 속에서 이렇게 세상을 떠나는가. 이것도 운명인가 보네."

왕발은 얼굴색 하나 변하지 않고 지난번에 마당산에서 파도에 휩쓸렸던 일, 중원의 용왕을 두 차례 만났던 일을 이야기해주며, 목숨과 부귀영화란 것은 결국 하늘에 달려 있음을 설파하고 비록 바람 불고 파도가 쳐도 아무런 걱정할 필요 없다고 달랬다. 왕발이 이렇게 말하고 나자 파도가 멈추고 바람도 불지 않았다. 뱃사람들이 모두 기뻐했다. 이때 홀연히 신선의 음악이 들려오고 오색찬란한 구름이 하늘에서 내려와 물 위까지 퍼졌다. 그 구름이 왕발이 타고 있는 배까지 다가오니 사람들이 깜짝 놀랐다. 그 상서로운 구름 사이로 마차가 등장하고 붉은색 깃발이 펄럭이더니, 비단옷을 입고 화려한 저고리를 갖춰 입고 화사한 모자를 쓰고 붉은색 치마와 바지를 입은 자들이 두 줄로 늘어섰더라. 그들은 바로 수십 명의 선녀로다. 선녀의 옷은 화사하고 옥패는 찰랑찰랑 소리를 내며 흔들거렸다. 선녀 앞에는 파란 옷을 갖춰 입고 손에 신표를 들고 있는 시녀가 서 있더라. 시녀가 왕발에게 말했다.

"신녀님의 명을 받들어 그대를 모시러 왔소이다."

"신녀라니 누구를 말하는 것이오?"

"이 세상 모든 수중 것들을 관장하는 옥녀 오채란(吳彩鸞)7)이옵니다. 신녀께서는 지금 봉래방장산에서 머물고 계시는데 마당산 용왕님이 그대의 문장이 세상의 으뜸이라면서 그대를 봉래방장산으로 모시고 와서 문장을 짓게 하여 그곳의 풍경을 전하게 하라 했습니다. 어서 따라오시지요. 신녀님의 명령을 거역할 수는 없습니다."

"신과 사람의 길이 다른데 어찌 나를 불러들일 수 있단 말이오? 생과 사는 하늘에 달린 것이요, 목숨은 염라대왕에게 달린 것인데 옥녀께서 어찌 나를 불러 문장을 쓰라 한단 말이오. 그럴 리가 없으니 나는 따라 나설 수가 없소이다."

"그대가 말을 듣지 아니하면 중원 용왕님이 직접 오실 것이외다."

바로 이때 동남쪽에서 한줄기 검은 구름이 일어나더니 왕발의 배 곁으로 다가와 내려섰다. 그 가운데 한 신인이 등장했다. 머리엔 황색 두건을 쓰고 백송이 꽃을 수놓은 도포를 입고, 손에는 마귀를 제압하는 칠성

---

7) 오채란은 예장(홍도) 출신의 선녀이다. 호랑이를 타고 다니는 미녀로 그려진다. 가난한 선비와 결혼하여 문서를 베끼는 일로 호구하다가 나중에 부부가 같이 신선이 되었다고 한다.

검을 들고서 큰소리를 쳤다.

"왕발, 나는 봉래 신녀의 명령을 받들어 그대를 불러 문장을 짓게 하고자 왔노라. 그대는 어찌하여 따라나서지 않는가? 게다가 중원 용왕도 지금 함께 있으니 뭇 신선들이 모두 그대를 기다리고 있는 거로다. 그대 역시 신선이 될 자질을 갖추고 있는 데다 전에 묘당에서 '이승에서나 저승에서나 신령님과 함께하고 싶구나'라고 읊조린 것을 잊었단 말인가!"

그 말을 듣고 왕발은 퍼뜩 깨달았다.

"당장 따라가겠습니다."

신인이 그 말을 듣고 신선 세계의 나졸들에게 명하여 말을 배 옆으로 끌고 오라 했다. 왕발은 너무도 기뻐하며 이곳이 바다라는 것도 잊어버리고 마치 평지라도 되는 양, 우 학사와 뱃사람들에게 작별인사를 하고 배에서 바다로 내려와 말에 올라탔다. 검은 구름과 안개가 사방에 자욱하니 우 학사와 뱃사람은 놀라서 입을 다물지 못했다. 잠시 후 왕발은 어디론가 사라졌다. 구름과 안개가 걷히고 바람이 멈추고 파도가 그쳤다. 배에 타고 있는 자들은 모두 무사했다. 왕발이 신선이 되어 승천한 것이다.

재주 넘치는 선비가 바로 신선,
바람이 그를 홍도로 보내준 것이 어찌 우연이랴!
세상에 등왕각서 남기고,
중원의 용왕 따라 신선 세상으로 떠났도다.

『성세항언』을 옮기고 나서

이제 『성세항언』을 우리말로 옮겨 세상에 내놓는다. 풍몽룡(1574~1646)이 『유세명언』과 『경세통언』에 이어 『성세항언』 40편을 출간한 것이 1627년이었으니 2년 모자란 400년 만에 이 『성세항언』을 마지막으로 '삼언三言'이 모두 우리말로 번역, 출간되는 셈이다. 풍몽룡이 삼언 가운데 제일 먼저 『유세명언』을 출간한 게 1621년이었으니 그가 삼언을 출간하는 데에 꼬박 6년이 걸렸다. 내가 삼언 번역을 시작한 것이 2013년이고 일단 번역을 마무리한 게 2019년이었다. 의도한 것은 아니나 번역에 걸린 시간이 원작 출간에 걸린 시간과 딱 맞아떨어졌다. 우리말 번역본 『유세명언』 제1권이 출간된 것이 2019년이었고 마지막으로 우리말 번역본 『성세항언』 1, 2권이 출간되는 게 2025년이니 이 역시 6년이 걸렸다. 세상에는 어떤 묘한 인연이나 운명 같은 게 있는 모양이다.

풍몽룡은 『유세명언』을 출간하며 붙인 서문에서 백화 단편소설은 이야기 구연에 그 뿌리를 두고 있어 원래 그렇게 속되고 재미나며, 바로 그 특성으로 말미암아 대중의 사랑을 받고, 더 나아가 대중에게 자연스럽고 편안하게 교훈을 줄 수 있다는 점을 강조했다. 그는 이런 방식으로 공맹지도도 아니요, 나라 정치와 직접 관련된 것도 아니요, 그것을 읽는다고 밥이 나오는 것도 아닌 백화 단편소설도 나름 정당한 자리가 있음을 강조하고 그 자리를 찾아주고 싶어 했다. 그는 이 서문에서 백화 단편소설이 재미있고 감동적이며 교훈적이라는 점을 여러 차례 강조했다.

그랬던 그가 이 『성세항언』의 서문에서는 세상이 복잡해 보이고 이랬다저랬다 하는 것처럼 보이고, 흐리멍덩하다고 느껴지는 것은 전적으로 우리 인간이 세상을 명확하고 일관성 있게 인식하여 서술하지 못하기 때문이라고 진단한다. 이 세상에서 벌어지는 다양한 현상과 사건은 그것의 질서와 의미를 찾아낸 다음 그것을 하나의 이야기로 구성하여 서술하면서 간접적이고 형상적으로 이해하는 수밖에 없다고 주장한다. 이야기로 구성하여 형상적으로 세상을 이해할 수 있게 하는 것, 그것이 바로 소설이라는 것이다. 그러므로 그는 우리가 명확하고 일관성 있게 세상을 인식하고 서술하는 거의 유일한 방법으로 소설 쓰기가 존재하며, 세상을 명확하고 일관성 있게 인식하고 이해하는 거의 유일한 방법으로 소설 읽기가 존재한다고 선언한다. 120편의 단편소설 작품을 수집하고 정리하고 때론 직접 창작하면서 내공을 쌓아온 이 6년의 시간이 그에게 이처럼 선언할 수 있게 해주었다.

『성세항언』에 수록된 작품은 풍몽룡이 이전에 간행했던 『유세명언』이나 『경세통언』에 수록된 작품과 문체나 작품 길이의 측면에서 확연히 다르다. 『성세항언』에 수록된 작품이 오직 스토리 전개에 필요한 상투어의 활용, 작가가 독자에게 작품의 대의나 요지를 직접 설명하는 방식, 작가가 설정한 복선이나 스토리 전개 과정에서 혹시 독자가 놓쳤을지도 모를 그 무엇을 다시 세세히 친절하게 설명하는 방식을 활용하는 횟수가 『유세명언』이나 『경세통언』의 수록 작품에 비해 3배에서 10배까지 많으며, 심지어는 30배나 많은 경우도 있다. 이렇게 작가가 스토리를 매우 정교하게 구성하여 세상사의 이면을 친절하게 보여주고자 하고, 독자가 제대로 이해하지 못했을까 봐 직접 나서서 해명하고, 유사한 사례를 또 들어가며 보충 설명하다 보니, 『성세항언』에 수록된 작품은 『유세명언』, 『경세통언』에 수록된 작품에 비해 평균 1.4배 정도 길다. 『유세명언』, 『경세통언』에 충성심, 카리스마, 공공선을 강조하는 작품이 다수 수록되어 있다면, 『성세항언』에는 개인적 욕망을 정당화하거나, 개인적 취향의 대상으로서 자연을 찬미하거나, 도교적 세계관을 옹호하거나, 속세를 떠나 은거하는 것을 추구하는 작품이 다수 수록되어 있다. 사건 자체의 기이함이나 교훈성보다는 그 사건을 서술하는 작가의 기교와 관점이 강조되고, 소위 당시 사회의 규범적 질서 의식보다는 보편적 질서 의식에서 크게 벗어나지 않는 한 개인의 욕망과 그 실현에 더 주목하는 작품이 다수 수록되어 있는 특성에 착안하여 『성세항언』이 풍몽룡 한 사람의 창작과 편찬이 아니라 또 다른 작가와의 공동 작업일 수도 있다는 주장이 제기되기도 한다. 이런 주장을 하는 이들은 『성세항언』의 공동 작업자는 바로 낭선浪仙이며, 그가 22편 작품의 수집, 정리, 다시 쓰기에 관여했을 것이라고 밝힌다.(『성세항언』 수록 작품의 길이나 문체 그리고 공동 작업자에 대해서는 『중국백화소설』의 6장을 참고할 것. 패트릭 하난 저, 김진곤 역, 차이나하우스, 2007.)

　　『성세항언』을 출간하는 시기에 이르면, 풍몽룡은 백화 단편소설에 대한 자기 나름의 생각을 정립하게 되었으니, 이런 백화 단편소설관을 공유하면서 기존 작품을 개작하거나 혹은 새롭게 써내는 일을 담당하는 자가 등장하는 것이 오히려 더 가능했을 수도 있다. 이 공동 작업자는 풍몽룡의 선행 두 백화소설집, 즉 『유세명언』과 『경세통언』을 본보기로 삼아 그것을 뛰어넘는 작품을 쓰고자 했을 것이다. 이 공동 작업의 의도와 결과로 말미암아 『성세항언』 수록 작품은 새로운 실험이 다수 포함되었을 것이고 형식적 성취도 역시 상당히 높아졌을 것이다. 이런 면에서 보자면 『성세항언』은 삼언의 최고봉이다. 『성세항언』이 이룩한 이 형식적 수월성은 초기 백화 단편소설이 지녔던 거칠지만 참신했던 생명력을 희생으로 바치고 이룩한 것이다. 『성세항언』은 중국 백화 단편소설이 앞으로 맞이할 운명을 예고하는 것이었는지도 모른다.

『성세항언』이 공동 작업의 결과이듯 이번 한국어 번역본의 출간 역시 공동 작업의 결과이다. 아모르문디 출판사의 김삼수 대표가 이 작품의 가치를 알아봐 주고 출간해 주었다. 그는 이 40편 작품의 제목도 다듬어주고, 비평적 관점에서 순전히 한글 번역본만을 읽어보고도 나의 오역과 오해를 짚어주었다.

내 처, 서진숙에게 감사한다. 이 40편을 셀 수 없이 읽어주고 손봐준 유일한 사람이다. 그녀는 감사와 찬사를 받을 자격이 충분하다.

작품이 있음에, 세상을 바라보는 창으로써 작품이 있음에, 읽을 수 있음에, 곱씹어 읽어볼 시간이 있음에, 그런 시간을 주는 선생이라는 자리를 나에게 준 우리 공동체가 있음에 감사한다. 더 바랄 것은 없다. 그냥 읽을 수 있으면 되었다.

2025년 10월 김진곤